CENTRAL EUROPA

WILLIAM T. VOLLMANN

Central Europa

Tradução
Daniel Pellizzari

COMPANHIA DAS LETRAS

Grafia atualizada segundo o Acordo Ortográfico da Língua Portuguesa de 1990, que entrou em vigor no Brasil em 2009.

Título original
Europe Central

Capa
Alceu Chiesorin Nunes

Mapa
William T. Vollmann

Preparação
Luís Eduardo Gonçalves

Revisão
Bonie Santos

Dados Internacionais de Catalogação na Publicação (CIP)
(Câmara Brasileira do Livro, SP, Brasil)

Vollmann, William T.
Central Europa / William T. Vollmann ; tradução Daniel Pellizzari. — 1ª ed. — São Paulo : Companhia das Letras, 2025.

Título original : Europe Central.
ISBN 978-85-359-4031-2

1. Ficção norte-americana I. Título.

25-278523 CDD-813

Índice para catálogo sistemático:
1. Ficção : Literatura norte-americana 813

Cibele Maria Dias – Bibliotecária – CRB-8/9427

EDITORA SCHWARCZ S.A.
Rua Bandeira Paulista, 702, cj. 32
04532-002 — São Paulo — SP
Telefone: (11) 3707-3500
www.companhiadasletras.com.br
www.blogdacompanhia.com.br
facebook.com/companhiadasletras
instagram.com/companhiadasletras
x.com/cialetras

Este livro é dedicado à memória de Danilo Kiš,
cuja obra-prima Um túmulo para Boris Davidovitch
me fez companhia por muitos anos enquanto eu me
preparava para escrever este livro.

A maior parte das minhas sinfonias são lápides.

D. D. Chostakóvitch, *Testimony*[1]

Sumário

Patronímicos, 13

VISTA DE UM FORTE ROMENO EM RUÍNAS (1945)
◂ Aço em movimento (Europa, 1939-45), 21

MOVIMENTOS DE PINÇA (1914-75)
◂ Os salvadores: Uma história cabalística (URSS, 1918), 31
▸ Mobilização (Alemanha, 1914), 49

◂ Mulher com filho morto (Alemanha, 1927), 53
▸ Fechaste os portões do Danúbio (URSS, 1936), 78

◂ Os foguetes de Elena (URSS, 1931), 82
▸ Voo inaugural (Alemanha, 1933-9), 89

◂ Quando Parzival matou o cavaleiro vermelho (Alemanha, 1934), 93
▸ *Opus 40* (URSS, 1935), 97

◂ Operação Fogo Mágico (Alemanha, 1936), 110
▸ E eu secaria meu cabelo salgado (URSS, 1937), 116

◂ Caso Branco (Alemanha, 1939), 131
▸ Operação Barbarossa (URSS, 1941), 133

◂ O sonâmbulo (Alemanha, 1936-45), 136
▸ A palmeira de Débora (URSS, 1906-42), 149

◂ Intactos (Alemanha, 1939-45), 224
▸ Distantes e vastos são os confins de meu país (URSS, 1936-68), 230

◂ Ruptura (URSS e Alemanha, 1942-6), 260
▸ O último marechal de campo (Alemanha e URSS, 1942-57), 322

◂ Zoia (URSS, 1941), 398
▸ Mãos limpas (Alemanha, 1942-5), 403

◂ O segundo front (URSS, 1943), 454
▸ Operação Cidadela (URSS, 1943), 466

◂ O telefone toca (URSS, 1944), 492
▸ Êxtase (URSS, 1945), 497

◂ Operação Hagen (Alemanha, 1945), 504
▸ Adentrando a montanha (Alemanha, 1945), 508

◂ Desnazificação (Alemanha, 1945), 511
▸ Idílios de ponte aérea (Alemanha Ocidental, 1951), 515

◂ A Guilhotina Vermelha (Alemanha Oriental, 1963), 550
▸ Nunca mais mencionaremos (URSS, 1959), 575

◂ Por que não falamos mais sobre Freya (Alemanha Oriental, 1960), 585
▸ Operação Wolund (URSS, 1961), 594

◂ *Opus 110* (URSS, 1943-75), 596
▸ Um pianista de Kilgore (URSS, 1958), 692

◂ Vitórias perdidas (Alemanha Ocidental, 1962), 701
▸ As noites brancas de Leningrado (URSS, 1941), 708

Notas, 715
Um triângulo amoroso imaginário: Chostakóvitch, Karmen, Konstantinovskaia, 761
Agradecimentos, 765

Patronímicos

Para a comodidade dos meus compatriotas que se perdem em romances russos.

Akhmátova [Gorenko], Anna Andrêievna

Arnchtam, Leo Oskarovitch

Chebalina, Alisa Maksimova

Chostakóvitch, Dmitri Dmitriévitch. *Apelidos*: Mítia, Mitenka etc.

Chostakóvitch, Galina Dmitriévitch. *Apelidos*: Galia, Galicha, Galotchka

Chostakóvitch, Maria Dmitrievna. *Apelido*: Mariucha

Chostakóvitch, Zoia Dmitrievna

Dantchenko, Natália Kovalova

Denissov, Edisson Vassílievitch. *Apelido*: Edik

Glikman, Isaac Davidovitch

Glivenko, Tatiana Ivanovna

Kainova, Margarita Andrêievna

Konstantinovskaia, Elena [Ielena] Evseievna. *Apelidos*: Elenka, Elenotchka, Liália, Lialka, Lialotchka

Krupskaia, Nadejda Konstantinovna

Lebedinski, Liev Nikoláievitch

Lênin [Ulianov], Vladímir Ilitch. Muitas vezes chamado Ilitch

Litvinova, Flora Pavlovna

Nikolaieva, Tatiana Petrovna

Rostropóvitch, Mstisláv Leopóldovitch

Supinskaia [depois, Chostakóvitch], Irina Antonova. *Apelidos*: Irinotchka, Irinka

Ustvolskaia, Galina Ivanovna

Varzar [depois, Chostakóvitch], Nina Vassilievna. *Apelidos*: Ninotchka, Ninucha, Ninka, Nita

Vlasov, Andrei Andrêievitch

CENTRAL EUROPA

Operação Barbarossa
Londres
Berlim
Łódź
Paris
Dresden
Praga
Munique
Viena
Caso
Роман Кармен
Madri
Operação Fogo Mágico
Roma

CÍRCULO POLAR ÁRTICO
Mar Branco
Operação Aurora Boreal
Leningrado
Operação Cidadela
Operação Anel
Operação Pequeno
Operação Saturno
Moscou
Operação Reinhard
VORONEJ
Stalingrado
CARCÓVIA
OREL
POLTAVA
LVIV
LEMBERG
VINNITSA
Operação Blau
Mar Cáspio
Bucareste
Sebastopol
Mar Negro
Constantinopla

VISTA DE UM FORTE ROMENO EM RUÍNAS (1945)

Aço em movimento

Com muita frequência, as coisas que nos atraem em outra pessoa são bem triviais, e em Blumentritt o que sempre me encantou foi seu apego fanático ao telefone.

Marechal de campo Erich von Manstein, *Lost Victories*[1]

1.

Um telefone preto e bojudo, digo, um polvo, o deus de nosso Corpo de Comunicações, ocupa um nicho em Berlim (mais provavelmente Moscou, batizada por um general alemão de "o âmago de todo o ser do inimigo").[2] Em algum lugar, em meio a recifes de aço, vibra um cabo envolto em guta-percha: "Por meio desta... zzzZZZZ... a situação crítica... um golpe esmagador". Porém, uma vez que as frases ainda não foram autenticadas (e que a pena para a escuta clandestina é a morte), não é recomendável colar a orelha ao cabo, que de todo modo é coberto de farpas eletrificadas; melhor permanecer sentado e obediente, pois a espera não há de ser longa; as negociações fracassaram. Chamberlain, em fuga ligeira, brada: "Paz para o nosso tempo!". A França faz a gentileza de se mostrar indiferente ao governo de Praga. Colunas motorizadas tomam Pilsen, coberta de neve, e seguem avante. A Itália antevê as recompensas do aventureirismo, das quais preferiria abster-se, mas, encantada pelo telefone, caminha sonâmbula até a sacada e declara: "Não podemos mudar nossa política neste momento. Não somos prostitutas".[3] Unem-se em matrimônio o sempre atento sonâmbulo de Berlim e o realista do Kremlin, prestes a ser tapeado. “Isso vai estourar como uma bomba!”,[4] gargalha o sonâmbulo. Por toda a Europa, telefones começam a tocar.

Na sala redonda de claraboia em forma de leque, com uma fila de deuses gregos por trás do estrado, os delegados austríacos ocupam rigidamente as mesas de madeira rígida, cujos ornamentos retangulares e negros acentuam a elegância; foram os primeiros a aceitar nosso futuro; seu telefone tocou em 1938. A Bulgária, a quem a Grã-Bretanha negara os créditos que de qualquer modo não a teriam protegido, aceita os quarenta e cinco milhões de Reichsmarks do sonâmbulo. O realista não concede créditos a ninguém, exceto ao sonâmbulo. Embaralhando ícones como num jogo de cartas, a Romênia reitera sua neutralidade na esperança de ser ignorada. A Iugoslávia emprega palavras melífluas para obter aviões da Alemanha e dinheiro da França. A sombra úmida de Varsóvia já se encontra perfumada com arquejos de pânico. O cabo vibra: “Determinação fanática… prontos para tudo”.

Segundo o telefone (pode ser que eu, sorrateiro, tenha ouvido às escondidas, apenas uma vez), a Central Europa não é, de maneira nenhuma, um aglomerado de países, mas uma zona em branco — com ícones pretos e relógios com aros de ouro — cujas divisões territoriais fortuitas e infinitamente contestadas (em essência, antigas muralhas dos tempos romanos) podem ser retraçadas a nosso bel-prazer, apagadas pouco a pouco por gauleiters e comissários até restarem apenas linhas pontilhadas cinzentas, de permeabilidade conveniente a forças policiais. Agora é o momento de contemplar as curvas vermelhas dos telhados avançando como ondas sobre o oceano, o azinhavre das ilhas-torres que assomam às fachadas brancas de janelas sorridentes e submergem até recifes ainda não loteados pelo cabeamento telefônico; é hora de aproveitar as anêmonas de guarda-sóis dos cafés da Central Europa, as algas de antigas telhas encardidas de sujeira, o tropel retinindo cada vez mais alto com sinos a badalar, as sombras de pessoas muito, muito lá embaixo, nas ruas estreitas. Agora é o momento, pois, como anuncia o telefone, amanhã tudo terá de ser “obliterado sem aviso, destruído, arrasado”, germanizado, sovietizado, “aniquilado por inteiro”. É uma ordem. É uma necessidade. Não lutaremos como molengas covardes que se deixam refrear por escrúpulos; liquidaremos a Central Europa! Mas ainda não é tarde demais para negociar. Se nas próximas vinte e quatro horas vocês nos entregarem tudo que queremos, serão recompensados com terras no Leste infinito.

Em Mecklenburg, preparamos uma demonstração da primeira aeronave com propulsão a foguete do mundo. Estimulando o arrebatamento do sonâmbulo, Göring promete que mais quinhentas dessas aeronaves ficarão prontas da noite para o dia. Em seguida, escapa para se encontrar com Lída Baarová, estrela do cinema. Em Moscou, o marechal Tukhatchévski anuncia que, “em uma futura guerra, as operações se desenrolarão com manobras amplas, em escala grandiosa”.[5] Em seguida, ele será executado. E os ministros da Central Europa, que também serão executados, aparecem em sacadas com sustentação fornecida por jovens nuas em mármore, de onde eles proferem discursos vagos, sempre atentos à campainha do telefone. Afirmam que a Central Europa resistirá, pelo menos até o início da Caso Branco. Todos os homens receberão uma carabina automática negra e suada, possivelmente forjada à mão, e mais dez balas redondas de chumbo, três granadas "abacaxi" pouco maiores do que o cabo de uma pistola e um polvorinho em forquilha de marfim amarelado, adornado por estrelas inscritas dentro de círculos...

O telefone tripudia: "Avanço libertador... tropas de assalto... proporção de forças mecanizadas".

Do outro lado da fronteira vizinha, em cuja cerca cada fileira de mourões se esquiva da anterior, os vaidosos poetas militares de nossa vítima em comum serenam qualquer receio equiparando Varsóvia em 1939 com Smolensk em 1634. Enquanto eles posicionam seus inúteis escalões, traçamos a Linha Ribbentrop-Molotov, sobre a qual carimbamos GEHEIM, que significa "secreto". E por que parar aí? O sonâmbulo recebe a Lituânia; o realista, a Finlândia. Nosso credo é uma lâmpada de fulgor calibrado, arqueada sobre sua zona. "Os negros vieram e vêm para a Renânia pelas mãos dos judeus.[6] Por esse exato motivo, o Partido afirma que o trotskismo é uma perversão social-democrata em nosso meio."[7] O telefone toca; o general Guderian recebe instruções para ativar a Caso Amarelo. Em um turbilhão, varreremos as folhas de bordo cor de vinho e os pálidos campanários hexagonais da Central Europa.

2.

Não será possível assistir — não se permitem janelas neste gabinete; portanto, é provável que você se entedie em alguns momentos, mas pelo menos nunca estará sozinho, pois sobre a mesa de aço, ao alcance perfeito da mão, repousa o polvo cujos dez olhos redondos, cada um com a inscrição de um número, encaram ferozes o mundo através de você. "O Pacto de Aço... uma decisão correta... minha vontade inalterável... arregimentar o Partido de Lênin e Stálin." A última gaveta da direita contém um livro de códigos cujas invocações controlam velocidades e cargas úteis de aço, mas o polvo parece atento. Corra o risco, se tiver coragem; quão bem enxergam aqueles dez olhos? O sonâmbulo da Chancelaria do Reich poderia responder (não que fosse responder): são os olhos *dele*, desprovidos de pálpebras, ovais, o que lhes confere uma aparência monótona de imbecilidade ou histeria; na vala do lado de fora, outras cem cabeças com olhos esbugalhados voltam a se tornar barro, não que tenham qualquer coisa em comum com o polvo, cujo olhar feroz permanece eternamente senciente.

E o bocal? É verdade que conseguimos escutar nossa própria respiração através dos furinhos negros? Em seu quartel-general subterrâneo, com inúmeros guardas, o realista se senta cansado diante de uma mesa enorme, esperando pelas reivindicações do telefone. Ainda que seja especialista em desligar na cara dos outros com a mesma força de um soldado enfiando mais um projétil em nosso canhão antitanque, a força é direcionada a eles, ao ato de desligar na cara *deles*, não ao telefone em si, sem o qual ele não pode viver. Subordina-se ao telefone e a tudo escuta: sabe quando

Chostakóvitch toma seu nome em vão. Ao primeiro toque convocará seus generais a virem ter com ele diante da mesa de conferência forrada de verde.

O sonâmbulo é todo olhos; o realista é todo ouvidos; sua parceria compõe o telefone.

3.

Talvez essa consciência derive mesmo, como afirmarão os americanos vitoriosos, de fatores de todo mecânicos: no interior do crânio de baquelite* da entidade, aninhado ou sufocado em uma treliça de cabos escarlate, repousa um cérebro malignamente complexo e pouco maior que uma noz. O córtex consiste em dois lobos marrons e amarelos com filamentos de delicados fios de cobre. Armazena ideias em quantidade e com rigor de organização comparáveis aos desbotados estandartes amarelos da Polônia, com suas águias: "O campo da contrarrevolução... a retidão alemã... as calúnias da oposição... a racionalidade da teoria Völkisch". Sabe como apanhar todos, de Akhmátova (que, sendo visionária, confunde o telefone com um coração de róseo coral) a Jukov (que se ilude ao julgar que o telefone pode ser manipulado), de Gerstein a Guderian, esses livres-pensadores gêmeos que dançam sozinhos no interior de suas arrojadas prisões-bala em obediência à potenciação do cérebro telefônico no centro do projétil.

Não confie em nenhum técnico que ateste a "neutralidade" desse cérebro — sem demora, você ouvirá o fone se chacoalhar furioso no gancho. Kollwitz, Krupskaia e todos os outros — ele se livrará de todos em um passe de mágica. Tem o número deles. (Enquanto o sonâmbulo repreende o coronel-general Paulus: "É preciso estar atento, como uma aranha na teia...".)[8] Em suma, fará cumprir o princípio do comando unificado.

Ele estabelece a conexão. Ele toca.

Do fone, que agora se sacoleja como a motocicleta de um estafeta sobre as pedras do calçamento de Praga, até o corpo frio e negro, corre uma espiral cuja elasticidade prolonga o processo de estrangulamento. (Graças a este telefone, o general Vlasov sucumbirá enforcado com uma corda de piano.) Da boca anal por detrás do disco se projeta outro filamento de entranha negra, mais fino e menos elástico que a espiral do fone, que pulsa em toda a sua extensão até alcançar a tomada na parede. "Desde hoje cedo nossas tropas têm..." Uma loirinha romena faz cara feia e obstrui o caminho; precisamos abatê-la a tiros. E agora vamos penetrar as florestas verdejantes da Central Europa! "A relação de forças no setor de Stalingrado...

* Se este organismo de fato reside em Moscou, presumo que a composição da caixa craniana inclua duralumínio soviético — uma variedade excelente, batizada de *kol'tchugaliuminii* e desenvolvida por I. G. Muzalevskii e S. M. Voronov.

instalações de defesa em concreto armado." Será que tendões de borracha sentem alguma coisa? Como posso fazê-los sangrar? "Fanatismo implacável... encontraremos um jeito de lidar com ele." Agora ondulam, enquanto o telefone toca.

O telefone toca. Está agachado como um ídolo. Como posso tê-lo confundido com um polvo?

Por trás da parede, tentáculos negros emborrachados se estendem pela Europa. Aparecem em mapas militares representados como fronts, trincheiras, salientes e movimentos de pinça. São codificados como fronteiras (*destruídas, arrasadas, completamente aniquiladas*) pelos políticos. Na imaginação dos administradores, são estradas e rios. São tomados pelas autoridades de saúde pública como filetes negros de pessoas, definhando dia após dia nas ruas congeladas de Leningrado. São conhecidos pelos poetas como as veias do corpo martirizado da partisan Zoia. São qualquer coisa. Podem fazer qualquer coisa.

4.

Em um instante, o aço vai começar a se mover — de início aos poucos, como trens de transporte de tropas deixando a estação; em seguida, com mais rapidez e onipresença, o avanço de multidões quadradas de homens com capacetes de aço, flanqueados por fileiras de aviões reluzentes; depois, tanques, aviões e outros projéteis acelerarão até o infinito. Soldados poloneses usam telas para camuflar porcamente os capacetes. Alemães vão ao cinema para se apaixonar por estrelas da tela; quando a Operação Cidadela fracassar, estarão enamorados de Lisca Malbran. A cavalaria russa entra em ação, investindo contra tanques alemães; colegiais alemãs tentam neutralizar tanques russos derramando água fervente dentro das torres. Balões de barragem flutuam pelo ar, gordos e com barbatanas, lembrando peixes desenhados por crianças. Não se preocupe; as tropas da Central Europa resistirão, pelo menos até a Operação Barbarossa! (Suas disposições estratégicas estão mofadas e encardidas como uma Bíblia de muitos séculos de idade.) O aço encontra todos.

O aço, imbuído com a visão mágica do sonâmbulo, se ilumina enquanto surge para matar. (Entre a neve acumulada nos cemitérios de Leningrado repousam tanto os que têm caixão como aqueles que não o têm. Quem fez isso foi o aço.) Os amplos raios de luz de quando um *Nebelwerfer* é lançado a partir de uma meia-lagarta delineiam a mirada do aço, marcam o alcance do aço.

Do metal grosso e corrugado da mira de uma metralhadora DShK, a mirada de um soldado se estende para que a bala avance certeira. O aço precisa dele para ser posto a caminho, mas não seria verdade que os deuses sempre precisam de adoradores? Do cérebro do telefone, pensamentos chispam através de condutores de cobre revestidos por isolamento. É hora de dar início à Operação Blau. O Corpo de Comunicações se prepara para receber e retransmitir a mensagem: "Defender as conquistas do poder soviético... uma punição severa mas justa...". E o telefone já voltou a tocar! Quem vai atender? Talvez ninguém, exceto o Corpo de Comunicações, cujas bandeiras, conectadas a braços evoluídos a partir de braços humanos, conseguem transformar qualquer comando em uma série de cores articuladas. O telefone toca!

O telefone toca. O fone se agarra a uma boca e uma orelha. (De onde *elas* saíram? Achei que fossem minhas.) Outra ordem chega voando pelo cabo negro, corre pela espiral elástica e penetra no ouvido: "Não consentiremos de modo nenhum com preparações de artilharia, que desperdiçam tempo e arruínam o fator surpresa".[9]

O V-fone toca; o S-fone toca. Botas militares ressoam sobre as calçadas irregulares de Varsóvia. Os tirvacos minaram suas pontes com dinamite turca. "Acreditamos, ao contrário, que a combinação do motor de combustão interna com a chapa blindada nos permite levar nosso poder de fogo até o inimigo sem qualquer preparação de artilharia..."

Por toda a Europa, telefones tocam, teletipos começam a ranger os dentes famintos, um funcionário do Corpo de Comunicações, com um aceno, autoriza o avanço dos primeiros aviões, e a velocidade impregna monstros encouraçados de aço, cujos rebites e escamas são mais ofuscantes que o brilho dos poemas de Akhmátova. Cada monstro traz em seu interior homens sentados em assentos móveis, esperando matar e morrer.

Será que, por precaução, não deveríamos agora invocar nossos retângulos de carne reptiliana e encaroçada? Cada caroço, o capacete de um soldado do Exército Vermelho, retângulos marchando pela neve rumo às cúpulas do Kremlin enquanto gélidas faixas celestes de cor púrpura avançam na mesma direção, alternadas com faixas brancas de nuvens. São ícones escuros, quase pretos. O telefone toca: que tenha início a Operação Pequeno Saturno. Tudo se transforma em uma entidade móvel composta de segmentos articulados. Não se preocupe. Nos palácios do cinema, Lisca Malbran nos ajudará a fingir que isso não está acontecendo.

Lá vêm os canhões que parecem agulhas sobre bases arredondadas, e os canhões que se projetam entre dois escudos cinzentos, e os canhões que brotam de cogumelos de aço, e os canhões longos como casas, ancorados em chassis capazes de abrigar uma tripulação de vinte pessoas, os canhões com canos compridos como torpedos e os canhões sobre rodas com trombas gordas e longos supressores de clarão. É mera questão de tempo e de efetivos. E assim as hordas mecanizadas avançam a toda a velocidade pela Europa, a leste e a oeste.

5.

Como proteção contra a culpa na posteridade, o telefone fez ressalvas: "Desde que a operação sempre obedeça às seguintes condições: terreno adequado, fator surpresa e emprego maciço das unidades". Além disso, ele adverte, cada um dos componentes deve ser metálico, substituível, confiável, rápido e letal — apesar do emprego maciço de unidades, não havia um número suficiente de componentes. A operação vai fracassar.

Algum dia, destituído de propulsores, o aço vai repousar e enferrujar. (O telefone implora: "Reforço mecânico".) Usuários sorridentes do capacete estrelado hastearão bem alto a bandeira vermelha, como registrado por R. L. Karmen. "Resistam até a última bala." Em seguida, em meio ao silêncio traumatizado da Europa, "que desperdiça tempo e arruína o fator surpresa", da neve brotarão necrotérios e institutos. No interior de um deles, em um nicho desprovido de janelas e provido de telefone, eu me encontro sentado diante de uma mesa, brincando com uma bala Geco 7.65.

6.

O que impeliu milhões de balas, tripuladas ou não, a entrarem em movimento? Você diz "Alemanha". Eles dizem "Rússia". Não pode ter sido a própria Europa, isso é certo, e muito menos a Central Europa, que sempre foi uma menina tão obediente e dócil. Repito: a Europa é uma novilha mansa, uma virgem roliça, uma donzela-R ou uma menina-P pronta para ser amada, um anjo, um prêmio submisso. A Europa é Lisca Malbran. A Europa jamais queimou uma bruxa nem encostou sequer um dedo em um judeu! Como seria possível catalogar suas joias? Em Praga, por exemplo, vemos o céu da aurora pelas janelas em arco dos campanários, um céu que se torna mais desejável por estar fixado na moldura coberta de verdete cuja base, o dedo do próprio campanário, emerge da carne da cidade, das fachadas com relevos florais, cártulas e cabeças de leão nas ruas amuralhadas e sinuosas, que tantos olhos possuem; a Europa é atenta porque foi violentada muitas vezes, o que talvez explique por que mesmo agora em alguns de seus olhos ainda brilham lamparinas, mas de que adianta perceber que eles estão chegando? Os primeiros piolhos metálicos já passeiam sobre o corpo da Europa, pavimentado com folículos cinza-escuros e cinza-claros. A Europa tudo sente, tudo suporta, erguendo aos céus os dedos-igreja anelados de firmamento para contrair matrimônio.

O que pôs o aço em movimento? O falecido *ϟϟ-Obersturmführer* Kurt Gerstein me aconselhou a buscar respostas nas Escrituras, referindo-se às antigas Bíblias gregas da Central Europa, com capitulares vermelhas e gravuras negras de múmias assustadoras irrompendo de sarcófagos estreitos; algumas poucas dezenas desses volumes sobreviveram à guerra. Para Gerstein, a *elucidação* se tornou um solvente mais mágico que o xileno, no qual nossos peritos forenses mergulham os documentos de identidade desenterrados da floresta de Katyń. (Com esse banho, voltam à vida as tintas descoloridas pelos fluidos cadavéricos.) Já viu um vagão-tanque explodir ao ser alvejado por balas incendiárias? O brilho da *elucidação* deve ser ainda maior! Gerstein se perguntou o que não ousou perguntar ao próprio pai, tão rígido: Por que, por que tanta morte? As Bíblias vermelho-sangue revelaram o porquê.

O telefone toca. Informa que a resposta de Gerstein foi recusada, que Gerstein foi enforcado, obliterado, aniquilado sem piedade. Coloca o antigo marechal de campo Paulus na linha.

Paulus me informa que a solução de qualquer problema é uma mera questão de tempo e efetivos.

Então, agora, nesta escura noite de inverno, me dedico a preparar a invasão do sentido da Europa; consigo fazê-lo; quase posso fazê-lo, como alguém que, ao se aproximar de uma lacuna na muralha de um forte romeno em ruínas, olha para baixo para espiar as copas vicejantes das tílias; é possível ver as árvores ondearem, se concentrarem e, em seguida, bem ao longe, escoarem abruptas na direção dos campos. ▶

MOVIMENTOS DE PINÇA
(1914-75)

Os salvadores: Uma história cabalística

1.

A história de Fanni Kaplan, a idealista de cabelos escuros, rosto pálido e corpo esbelto, se relata com uma nefasta brevidade, adequada à sua época. Pois, tal como os tiranicidas desdenham da morosidade da justiça, também ocorre o mesmo com os tiranos. Façanha e recompensa estão separadas por apenas quatro dias, o que na maior parte das histórias não comportaria mais que uma elipse entre palavras, um quarteto de pontos finais, assim:. . . . — mas que, se numa leitura atenta nós os ampliarmos até se tornarem esferas, demonstrarão conter em seu interior um emaranhado de vinte e quatro horas cinzentas e subterrâneas, como camundongos órfãos; e na carne de cada hora uma multidão de instantes vãos, como formigas cuja rainha sucumbiu; e no interior de cada instante uma profusão incontável de momentos que lembram sílabas pontiagudas, como estrelas brotadas ao se sacudirem palavras — que no encerramento deste intervalo Fanni Kaplan ultrapassou *Tav*, a derradeira letra do alfabeto mágico. A tentativa ocorreu em 30 de agosto de 1918. Está escrito que a jovem assassina fugiu histérica depois que Lênin caiu, mas então, ao lembrar que o código moral dos Socialistas Revolucionários exigia que ela desse a própria vida em troca da vida da vítima, parou de correr, voltou e, tremendo em silêncio, se entregou às nossas forças de segurança. Em 3 de setembro, Fanni Kaplan, conhecida pelas "feições judaicas", foi conduzida até um pátio estreito no Lubianka e executada pelas costas pelo comandante do Kremlin em pessoa, P. D. Malkov. (I. M. Sverdlov, o luminar que já tinha exercido um papel indispensável no aniquilamento da família Románov, instruiu Malkov: "Os restos mortais devem ser destruídos de modo a não deixar sequer um rastro dela".) Foi essa a vida e a obra da mulher de cabelo preto.

A história da noiva de Lênin, N. K. Krupskaia, rende uma parábola mais alegre. E não seria possível afirmar que a parábola tem mais integridade, quem sabe até mais virtude, do qualquer outra forma literária? Suas diversas convenções tecem um pacto sagrado entre o leitor, que recebe a mistificação desejada em formato de bocadinho, e o autor, tornado divino por sua ausência. Mas é preciso admitir que esse mesmo rigor pode às vezes ampliar as coisas até atingirem proporções de absurdidade onírica. No caso de Krupskaia, se não fosse pelo casamento quase acidental, ela teria sem a menor dúvida permanecido tão oculta para a história quanto a silenciosa letra *Alef*. Como ela era, então, quando solteira? Não queremos chamá-la de enigma; não podemos negar que sua parábola, assim como a nossa, teve início com o nascimento. Mas neste gênero (como no poema lírico) não pode haver causas aleatórias. Toda morte deve ocorrer por um bom motivo. Toda *palavra*, das boquiabertas letras "o" às sorridentes letras "e", deve possuir alguma ressonância com frases que a antecedem e que a sucedem — não estamos falando de previsibilidade, veja bem, o que seria tedioso, mas depois de cada vírgula o leitor dotado de visão retrospectiva precisa ser capaz de dizer: Como não percebi que isso aconteceria? Fanni Kaplan, por exemplo, jamais foi notificada de sua condenação à morte. E ainda assim, quando a primeira bala de Malkov explodiu entre suas omoplatas, ela percebeu a coerência e gritou, não de surpresa, mas de medo desesperado e indignação em face da inevitabilidade. — Quanto a Krupskaia, pode ser chamada de favorita dos contadores de parábolas; apresentada como "a perfeita personificação do convencional". (Por esse mesmo motivo suas obras completas são mortalmente enfadonhas.) Trótski foi condescendente com ela; ao fim da vida era comandada por Stálin; mesmo por Lênin ela foi usada, e nada mais. Historiadores a consideram leal, mas medíocre. De minha parte, sempre notei em Krupskaia um esforço em ser generosa, o que considero elogiável. Típica de sua época a um grau inexprimível — e assim talvez curiosamente parecida com Fanni Kaplan —, passou a vida inteira agitada pelo *fervor*. Assim como a mesma letra pode aparecer em duas palavras de sentidos contrários, as vidas dessas duas mulheres se redigem em caracteres quase idênticos. Quem sou eu para afirmar que os entusiasmos de Krupskaia diferiam dos de Fanni Kaplan? Uma amava a revolução, a outra odiava. Que força transformou as duas em opostos, se é que *eram* opostos?

2.

Lemos que a princípio (isto é, antes do suposto início de sua parábola) Krupskaia era uma garotinha religiosa que rezava diante do ícone que tinha no quarto e que, mais tarde, se tornou uma tolstoiana fervorosa. Na companhia de amigos, atacou com bolas de neve um industrial abastado. Vemos Krupskaia aos quinze anos cortando feno para ajudar camponeses hostis e atônitos e, em seguida, aos vinte e dois, alfabetizando operários em aulas noturnas. Era uma dessas almas cujo maior anseio é ser útil para o mundo. Sem perceber, acabou atraída pela letra *Het*, que lembra a letra grega pi e a alude à posse, representando visualmente um portão. Krupskaia desejava se doar, ser possuída, saber o seu lugar.

Aos vinte e seis anos, recebia, materializava e transportava para gráficas clandestinas os manifestos enviados por Lênin da prisão, redigidos com tinta invisível. Reza a lenda que uma de suas maiores alegrias era assistir ao surgimento das letras mágicas com a água fervente, como se encerrassem uma mensagem secreta escrita expressamente para ela, em vez de se tratar de outro mero apelo metálico e impessoal aos trabalhadores. (Afinal de contas, leitor, você não prefere acreditar que esta história que está se dando ao trabalho de ler tenha algo a lhe dizer pessoalmente?) Mas, pelo mesmíssimo motivo que rechaçava roupas da moda, chocolates e outros prazeres frívolos, Krupskaia não poupava esforços para se convencer de que seu destino estava na autorrenúncia da *transcrição*.

Ao completar vinte e sete anos, N. K. Krupskaia foi presa pela primeira vez. Após dois meses de detenção provisória, ganhou a liberdade por ser considerada um zero à esquerda que havia se envolvido com atividades ilegais por engano, mas tão ousadas e intensas foram suas ações em prol dos grevistas de Kostroma que ela precisou de apenas dezoito dias para acabar voltando para a prisão.

Aqui tenho mais uma vez a impressão de ver a Socialista Revolucionária pálida, de formas protuberantes, que aspirou a matar Lênin. Dizem que aos dezesseis anos Fanni Kaplan já havia se tornado uma anarcoterrorista engajada. Quando os policiais arrombaram a porta, ela e os camaradas estavam em volta da cama, montando com todo o cuidado as peças de uma bomba, como cabalistas organizando as diversas emanações e manifestações de Deus em moléculas encrespadas no interior de diagramas encerrados em círculos. Dizem que até os policiais ficaram comovidos com a perfeição das esferas cinzentas, eriçadas como ouriços-do-mar, dispostas sobre os lençóis brancos da jovem. Temendo pela segurança do tsar, o tribunal a princípio condenou Fanni Kaplan à morte, mas levando em conta sua pouca idade e o fato de ser mulher, a sentença foi comutada para trabalhos forçados perpétuos na Sibéria. Ali, viveu entre os rios congelados e os alfabetos celestiais das constelações até ser anistiada pela Revolução de Outubro. A essa altura, estava mais determinada do que nunca a libertar a Rússia inteira da abominação centralista.

Quanto à Camarada Krupskaia, que demonstrou impenitência idêntica, foi mantida na desolação das celas por cinco meses até uma detenta chamada M. F. Vetrova atear fogo a si mesma em protesto contra o próprio destino. Assim, vestida de fogo, essa mulher (de outro modo quase desconhecida) ditou sua história de retidão. Quem disse que histórias não passam de palavras? Constrangidas pelo triunfo propagandístico de Vetrova, as autoridades se sentiram obrigadas a dedicar às prisioneiras restantes a mesma leniência que concederiam a Fanni Kaplan. Em março de 1897, pouco após seu vigésimo oitavo aniversário, Krupskaia foi libertada por motivos de saúde. (Fanni Kaplan, de sua parte, também estava com vinte e oito anos ao ser libertada para sempre pelas balas de Malkov.)

Uma fotografia desse período revela a beleza pálida e severa de Krupskaia. A fronte lisa brilha como raios de sol invernais sobre um campo coberto de neve, os lábios cerrados não conseguem esconder por inteiro a própria sensualidade e os olhos fitam com sinceridade dolorosa a direção do ideal — são olhos escuros, olhos desejosos dos quais sangra, sem cessar, uma ânsia por sentido. Está coberta até perto do queixo pelo colarinho alto e recatado, de modo que não passa de um rosto, que apesar de fechado ainda promete algo, como uma flor em botão. O cabelo está penteado para trás com afinco e cortado bem curto; ela é uma recruta, uma combatente, uma militante.

3.

Ciente de que Lênin precisava de um copista no exílio siberiano e informada de que também seria exilada (a polícia não era de todo analfabeta na leitura de periculosidade), aceitou a proposta de casamento de conveniência feita pelo líder, respondendo com as famosas palavras, cuja intenção era demonstrar impermeabilidade às instituições burguesas: "Bem, qual seria o problema? Se é preciso ser como esposa, que seja como esposa". — Na verdade, não faltam motivos para crer que por baixo da bravata residia uma paixão idólatra. — Com sua chegada, no ano seguinte, quando Fanni Kaplan celebrava o décimo aniversário, os ateus reunidos se submeteram a uma cerimônia completa de casamento religioso em Chuchenskoe, conhecida com certo exagero como "a Itália siberiana".

A lei exigia uma troca de alianças; devotos do mais cabalístico dos gêneros, a parábola dentro da parábola, acabariam se concentrando nesse episódio tão patético da cerimônia, incapazes de resistir a dissecar o simbolismo irônico das duas alianças de cobre repousando lado a lado sobre a almofada de veludo negro.* Dizem que ao ver as alianças pela primeira vez, a eternamente virginal Krupskaia corou. O cobre recém-trabalhado possui um brilho peculiar, que lembra ouro tinto de sangue. Não precisamos nos deter aqui em correlações e analogias místicas, pois Deus é inefável; a impressão é de que a luminosidade bruta das alianças, em seu clarão revelacional, expôs os sentimentos inconfessos de Krupskaia. Eram obra de um camarada finlandês ainda aprendiz do ofício de joalheiro — estava inclusive endividado com Krupskaia

* Sem esforço, a exegese revela outras ironias: registrou-se que o sacerdote vestido de púrpura estava tão exasperado quanto as vítimas, pois aquele casamento lhe impedia de alugar o quarto extra da casa de Lênin, que agora seria ocupado pela noiva e sua mãe. (Se tivesse permanecido solteira, Krupskaia seria remanejada para a localidade de Ufa.) E talvez farejasse o ateísmo dos prisioneiros nubentes. O que ele deve ter pensado do constrangimento de Krupskaia, dos sorrisos sarcásticos de Lênin? Como teria se comportado caso tivesse entendido que sua igreja, selando a união daquele par de colaboradores, estaria acelerando a própria destruição e a dele mesmo?

por causa das ferramentas, de modo que fez um esforço especial, inscrevendo nas alianças os nomes da noiva e do noivo, em caracteres cuja angulosidade bojuda poderia muito bem ter decorado as esferas concêntricas de algum diagrama astrológico do século XVII. Dizem que o formato das alianças lembrava a letra *Samek* — uma espécie de "o" que se afila ao reencontrar o ponto de partida e exibe no topo uma saliência diminuta, que noivas sonhadoras identificam com uma pedra preciosa. Preciso acrescentar que esse caractere do alfabeto místico simboliza tanto *ajuda* quanto *sono*? (Lembrando o ambíguo provérbio de Marx: "A religião é o ópio do povo".)

Quem arriscaria um palpite sobre o destino desses aros reluzentes? A aliança que Krupskaia deslizou pelo dedo de Lênin nunca mais foi vista. Já o anel que ele colocou no dedo de Krupskaia foi removido na mesma hora, em nome das convenções revolucionárias. E então a cerimônia chegou ao fim, e eles voltaram para casa por caminhos diferentes.

Assim, Krupskaia se tornou tanto serva como discípula, o bom soldado, a parceira de cama (ou parceira ocasional, para ser mais preciso, pois na suíte do Kremlin cada cônjuge tinha seu quarto separado, mobiliado com uma cama de solteiro de estrado metálico),* a mediocridade inofensiva, a exterminadora do pessimismo, a amadora que transcrevia os ensaios de Lênin e cerzia seus pijamas. (Clara Zetkin, comunista alemã bem mais glamorosa que Krupskaia, visitou o feliz casal antes e depois da Revolução; em suas memórias, louva com satisfação a "franqueza, simplicidade e recato quase puritano" da esposa.)

Ele a chamava de Nádia. Ela o chamava de Volódia.

4.

Naquele dia de agosto, duas décadas mais tarde, quando a mulher de cabelos escuros, rosto pálido e corpo esguio se aproximou do Rolls-Royce de Lênin para, em seguida, apontar trêmula a pequena Browning enquanto uma ruga de determinação histérica rasgava os cantos de seus lábios crispados, a deidade suprema da União Soviética deveria ter sido recolhida e elevada ao coração do paraíso da mesma forma que, dizem, as letras do alfabeto hebraico alçam voo no decurso de certos êxtases cabalísticos. Sem dúvida, Fanni (alcunha: Dora) contava com isso ao se entregar para cumprir o pacto de "uma vida por uma vida". Mas à mulher de cabelos escuros, ainda que gozasse de boa reputação na Organização de Combate dos Socialistas Revolucionários (ou seja, tinha tendências ao autodesperdício), faltava competência.

* Quando de sua fuga da Sibéria para a Inglaterra em 1902, Trótski também encontrou o casal em cômodos separados. "Nadejda Konstantinovna Krupskaia [...] ocupava o centro de todo o trabalho de organização", escreve em suas memórias. "Em seu quarto havia sempre um cheiro de papel queimado por causa das cartas secretas que, para ler, aquecia sobre o fogo."

É impossível não relembrar a bomba montada pela metade sobre sua cama na juventude. Teria sido mera questão de má sorte o final daquela história, ou teriam ela e os cúmplices se esquecido de postar sentinelas? (Nessa conexão, faríamos bem em invocar a letra *Dalet*, cuja forma — o ângulo superior direito de um quadrado — implica tanto conhecimento quanto ausência de esclarecimento, uma porta que pode se abrir e se fechar. Os jovens anarquistas tinham fé* de que a porta permaneceria fechada até que terminassem as preparações para o assassinato do ministro do Interior. Acabou sendo arrombada pela polícia. Em ambos os casos, a história teria seguido adiante, e a porta, continuado onde estava.) O que mais deveríamos esperar? Um número excessivo de revolucionários é de intelectuais, uma classe de pessoas cujas aspirações tendem a extrapolar as capacidades pessoais. Pense no *communard* parisiense do século anterior, acostumado a ficar sentado em cafés, construindo com farelos de pão miniaturas de barricadas tão lindas que eram admiradas por todos; quando chegou a insurreição, usou pedras para construir uma barricada perfeita — que acabou flanqueada pelas tropas. (Seria adequado registrar que Krupskaia era absolutamente inútil com uma arma na mão e que suas incursões na criptografia levaram sorrisos aos lábios dos espiões da polícia tsarista?)

Com exotismo tipicamente histérico, Fanni Kaplan gravou cruzes de dundum nas balas para que representassem átomos mágicos e, em seguida, as mergulhou em uma substância que ela acreditava ser o veneno curare, mas que se provaria de todo ineficaz. Mais tarde, partiu para tentar a sorte. Assim que Lênin concluiu o pronunciamento de sexta-feira aos trabalhadores, ela disparou três tiros que zumbiram como a letra *Mem*. Um deles atravessou uma mulher que reclamava do confisco de pães nas estações de trem. O segundo tiro atingiu a parte superior do braço de Lênin e feriu seu ombro. A terceira bala cruzou seu pulmão de baixo para cima e chegou até o pescoço, ficando alojada em um lugar fortuito (se é que podemos descrever dessa maneira um ferimento à bala). O rosto de Lênin empalideceu e ele desabou no estribo do automóvel, sangrando, inconsciente.

5.

A Tcheká mandou um carro para buscar Krupskaia, sem explicar o motivo. Ela estava aterrorizada; naquele dia o destacado tchekista Uritski já havia sido assassinado. Em momentos como esse, quando nos vemos em risco de perder o protagonista que amamos, a história de nosso casamento começa a brilhar e as letras tremem

* Fé cega, poderíamos dizer. Na Sibéria, Fanni ficou literal e misteriosamente cega por três anos, mas na cegueira estava gravado o alfabeto secreto da causa. Sob influência da terrorista Spiridnova, jurou que seria paciente e que um dia a justiça seria feita. Então, como num passe de mágica, o mundo voltou a se revelar diante de seus olhos.

sobre a página, como no passado tremeram também nossas almas ao nos darmos conta da inevitabilidade do primeiro beijo. Mais tarde, se ele continuar vivo, essas mesmas palavras se tornarão secas e bolorentas. Mas enquanto o bem-amado Nome treme em cada partícula integrante, nos sentimos fracos e doentes. Krupskaia já havia começado a sofrer da doença cardíaca que sublinharia os capítulos restantes de sua vida. Era quase como se estivesse sufocando. Enxergava dobrado; as ruas de Moscou cintilavam com lágrimas. Quando, ao penetrar o círculo mágico dos Fuzileiros Letões, encontrou o marido que parecia moribundo,* recuperou a compostura e, em silêncio, segurou a mão dele com força. (Anos mais tarde, não derramaria sequer uma lágrima em seu funeral.) Lênin estava deitado sobre o lado direito do corpo. Disseram que abriu os olhos quando o carro parou; queria subir as escadas sozinho. No interior do bolso secreto do vestido, os dedos de Krupskaia agarraram a aliança de cobre que ele lhe havia dado em Chuchenskoe.

Os médicos já haviam cortado e tirado o terno para expor o corpo. Os olhos de Lênin não se abriam. Ele respirava com os arquejos curtos e desesperados de um amante próximo do orgasmo; e, como se para reforçar essa impressão, no peito dele, branco como papel, uma ondulação de sangue tinha secado na forma da letra *Lamed*, cuja forma serpentina tem associações cabalísticas com o coito.

Ao raiar do dia, a respiração ficou mais profunda, então Lênin olhou para Krupskaia. Ela suspirou: Você é tudo que temos. Fique conosco; nos salve…

Como encorajamento, uma das enfermeiras (que também chorava) disse: Ele precisa de você, Nadejda Konstantinovna.

Em seguida, todos se ocuparam da cura, aplicando injeções com uma seringa de vidro robusta cuja forma lembrava a letra *Qof*, emblema da visão interior.

Assim que Lênin recobrou a consciência, ficou impaciente. Tinha muito a fazer para garantir que sua Revolução fosse irreversível. Krupskaia raramente se via a sós com o marido. Primeiro, eram os médicos; depois, Trótski, Stálin e todos os outros, que vinham lhe congratular por ter sobrevivido. Lênin a encarava com certo humor, revirando os olhos. Krupskaia sabia que ele ansiava por voltar ao trabalho e preparar novos mandamentos e testemunhos. O que ela podia fazer para ajudar? Como poderia impedir que se exaurisse e tivesse uma recaída? Pigarreando de forma tímida, sugeriu: Melhor fingir que essa convalescença não passa de outra temporada na prisão, Volódia. Você sabe que é capaz de lidar com isso! Ele riu, encantado.

Em 14 de setembro, ela o levou para uma propriedade confiscada no agradável vilarejo de Górki. Por trás daquelas paredes, ele se recuperou às escondidas. Krupskaia se manteve ao seu lado com a frequência que ele permitiu. Enquanto Lênin dormia,

* Talvez se possa afirmar que Fanni Kaplan, como gostam de dizer os exegetas, "teve mais sorte que juízo", pois a bala que ficou alojada no pescoço de Volódia se mostrou uma bomba-relógio. Quase três anos depois, os médicos enfim decidiram remover o projétil e, ainda que a cirurgia tenha sido um sucesso, dois dias mais tarde Lênin sofreu a primeira das hemorragias cerebrais que o levariam ao túmulo.

ela ficava sentada no quarto, repetindo seu nome em sussurros tão fervorosos que as enfermeiras comentaram: É como se ela acreditasse que ele se desvaneceria caso ela fechasse os olhos por um minuto! — Tentaram convencer Krupskaia a descansar um pouco, mas ela se desmanchou em lágrimas.

Ao fim de mais uma semana as ataduras de Volódia foram retiradas. Antes de outubro chegar, ele voltou a caminhar sem a ajuda da esposa, ainda que tivesse perdido muito sangue e estivesse com olheiras profundas. Krupskaia o levou de volta ao Kremlin pouco antes do final daquele mês, dormindo com a porta aberta para ter certeza de que ouviria caso ele chamasse. Lênin já havia retomado o hábito noturno de andar de um lado para o outro dentro do gabinete, na ponta dos pés, murmurando, pensando em novas diretrizes; esses ruídos familiares a tranquilizavam. No início de novembro, ele já estava quase inteiramente recuperado. E, para celebrar, bolcheviques de toda parte reproduziam gravuras com sua imagem.

6.

Fanni Kaplan foi executada no mesmo dia que o comissário do Interior anunciou a famigerada "Ordem relativa a reféns", decretando que todos os Socialistas Revolucionários de Direita fossem de pronto presos e retidos para liquidação em massa conforme a necessidade. Somente em Perm, fuzilaram trinta e seis prisioneiros para vingar Lênin e Uritski. Como se vê, os terroristas receberam uma resposta imediata. Menos de vinte e quatro horas mais tarde nascia o Terror Vermelho. O anúncio do nascimento zuniu pelas linhas de telégrafo como a letra *Shin*, cujos três braços verticais culminam em três papoulas flamejantes. Enquanto isso, a imprensa continuava pedindo mais sangue, mais sangue. Nas sempre oportunas palavras do Camarada N. V. Krilenko (cujo próprio destino seria a morte por fuzilamento): "Não devemos executar apenas os culpados. A execução de inocentes deixará as massas ainda mais impressionadas".

Porém, ao contrário da assassina, cujo suor estava empesteado de raiva e medo, Krupskaia não acreditava na execução de uma colega revolucionária.

O Comitê Central terá de decidir, afirmou seu marido. Ele sabia que o cadáver de Fanni Kaplan já tinha sido queimado, e as cinzas, enterradas em uma cova anônima.

Volódia, não pense que acredito em conciliação. Minha postura não mudou ao longo destes trinta anos.

Levarei isso em conta.

Peço desculpas por incomodar com este assunto. Só dei atenção especial ao caso dela porque…

Erguendo aos poucos a cabeça calva para interromper a leitura do *Pravda* (aberto de cabeça para baixo para ela), jornal que ele tinha o hábito de segurar com as duas mãos, encarou a esposa por sobre a zona neutra da mesa, protegido dela por dois tinteiros cujas tampas de latão brilhavam como cúpulas de igrejas ortodoxas, pelo abajur e pelo telefone, pela tesoura comprida e esguia com a ponta voltada para ela, e seus olhos estavam cheios de tristeza quando perguntou: Onde está o dicionário de Marakov? Acho que vou estudar os verbetes. Palavras em disposição alfabética criam um caos muito revigorante. Ah… veja só. Em uma fileira, encontramos "sonolento", "insecável", "vadiagem", "anonimato", "êxtase" e, por fim, "inarmonia". Que ideias díspares! E tudo apenas por começarem com as letras **HE**. Em inglês ou hebraico, por exemplo, imagino que estariam dispostas de forma bem distinta. E se existir alguma ordem perfeita que nunca passou pela cabeça de ninguém? Mas minhas opiniões sobre linguística de nada importam…

Prometa que não deixará que façam isso, rogou Krupskaia, que por causa dos problemas de tireoide já havia desenvolvido os olhos protuberantes que lhe renderiam o apelido de "Peixe". (O curioso é que na juventude um de seus cognomes revolucionários tinha sido "Lampreia".)

Lênin piscou e disse: Nádia, você sabe muito bem que nossa Revolução está enfrentando muitos perigos.

Nunca lhe pedi nada. Casei com você; cerzi suas roupas; deixei que tivesse uma amante e até colaborei com ela. Salve essa mulher, Volódia, eu imploro!

Lênin respondeu: Nádia, você precisa controlar suas emoções.

Tremendo, ofegante, ela se sentou. Estava acima do peso, doentia; pouco tempo depois sofreria o primeiro ataque cardíaco.

Lênin não deixava de ser um marido devoto. Havia usado as próprias mãos para levar leite à esposa quando ela estava internada em um sanatório. (Em uma dessas missões, bandidos roubaram seu casaco. Em outra, expropriaram um de seus carros.) Concedeu poder político a Krupskaia de acordo com suas habilidades. Deu-lhe um escritório no Kremlin com uma mesinha enfeitada, uma janela com vista, um sofá ladeado de estantes de livros e uma biblioteca pessoal com vinte mil volumes; eram esses os luxos de Krupskaia. Aquela foi a primeira e última vez que ela pediu alguma coisa ao marido. E assim Lênin convocou o Camarada J. V. Stálin, tão útil em assuntos como aquele. Stálin sorriu irritado e respondeu que cuidaria de tudo.

Não preciso fazer as vontades dessa mulher só porque ela dá pro Lênin, disse Stálin ao subalterno Molotov, que concordou de imediato: Ela não entende nada de política. Nada.

Uma semana depois, Lênin informou à esposa: Tudo bem. Estudei o assunto. Pode falar com ela amanhã. Mas tudo precisa ser mantido em segredo. Neste momento, o mundo inteiro está contra nós.

Krupskaia se ajoelhou e beijou a mão do marido.

7.

Como era de seu feitio, foi sozinha à prisão, usando um vestido de camponesa manchado e sujo, com o cabelo preso em um coque no alto da cabeça. Nevava, e as ruas cobertas de gelo ofereciam perigos. Naqueles dias, cada passe costumava ser inspecionado por dezenas de rostos ameaçadores e semianalfabetos, nenhum dos quais livrava o portador de sentir medo, e todos tinham autoridade absoluta para atirar. Sob os ditames do Terror Vermelho, a brutalidade equivocada seria perdoada; a misericórdia equivocada, talvez não. Graças a seu vínculo especial com Lênin, Krupskaia tinha a segurança dos eleitos, mas até mesmo ela deveria contar com aborrecimentos, ainda mais por estar indo ao encontro de uma prisioneira inimiga do povo. Não obstante, é estranho dizer, a sentinela, cujo chapéu lhe tapava os olhos, abriu o portão rangente sem manifestar qualquer oposição, e quando ela desceu as escadas encontrou, em um labirinto de corredores de alvenaria, outro guarda já à sua espera, embora dele não tenha visto nada além das costas. Em silêncio ele a conduziu por outra escadaria, descendo ainda mais, com escuridão emanando das botas. Pelas paredes chegavam gritos cadenciados, às vezes amortecidos pela terra daqueles profundos poços-cova, às vezes amplificados pelos canos de ventilação, lembrando o que se diz sobre os gritos das vítimas sicilianas na era clássica, ecoando da garganta de um touro oco de bronze dentro do qual o condenado era assado lentamente. Como sabemos, Krupskaia era sentimental (entre todos os livros que possuía, tinha como predileto, em segredo, *Mulherzinhas*, de Louisa May Alcott) e ficou horrorizada com esses sons. Desde a infância, porém, era impossível abalar sua firmeza pesada e melancólica, que se disfarçava de otimismo. Seguiu caminhando a duras penas, atrás do guarda, que enfim parou para destrancar uma antiga porta de ferro com três chaves. Ele saiu do caminho, com o rosto oculto nas sombras, e, assim que ela entrou, fechou a porta.

8.

Quanto à cela, Krupskaia deve ter observado que as paredes traziam gravadas letras hebraicas que pareciam quase trêmulas à luz hesitante da lamparina. Mas, é claro, ela estava tão distante de sua fase religiosa que tinha ficado cega para o mistério. E ainda assim lemos em suas memórias que seu coração literalmente disparou de alegria quando ela leu *Das Kapital* pela primeira vez, pois ali Marx havia provado, com infalibilidade científica, que o capitalismo estava destinado à ruína. Bem, o que poderia ser considerado misterioso por uma bolchevique devota? A presença de uma Socialista Revolucionária? Mas por que buscar o mistério? Motivações se embutem dentro de motivações, como os valores numerológicos das letras nas parábolas hebraicas. Se, conforme postula a cabala, o sentido mais secreto é também o mais precioso, devemos mergulhar na escuridão hermenêutica. Krupskaia sentia uma necessidade de se mostrar tão excelente, tão acima de personalismos vingativos, que podia perdoar até mesmo quem tentou matar seu marido-deus. E o perdão não precisa excluir o desdém. Nos meandros dessa lógica se escondia um segundo anseio que ela mal ousava admitir, um desejo ardente de ter sua Revolução reassegurada. Mas nem isso explicava a intensidade da atração de Krupskaia por Fanni Kaplan.

Na juventude, conheceu uma professora de dezoito anos chamada Timofeika que pregava o socialismo aos camponeses. Krupskaia a adorava e expressava essa adoração imitando a professora. Seu desejo de abrir mão do próprio eu e se tornar Timofeika pairava entre as duas como uma fulgurante letra *Tsadi*, que apresenta a forma de "Y", como as partes pudendas femininas, mas termina em um anzol, simbolizando apego, penetração e parasitismo. (Não me entenda mal: elas jamais sequer se tocaram. As palavras-chave da história das duas nada têm de lascivas, mas, como de costume, estão relacionadas com honra, veneração, imolações.) De todo modo, Timofeika logo foi presa; Krupskaia nunca mais a viu. É muito provável que tenha se tornado uma Socialista Revolucionária, como Fanni Kaplan. Assim, Krupskaia teria precisado romper com ela de qualquer forma para não colocar em risco Volódia, que na Sibéria havia lhe negado permissão para pintar ovos de Páscoa, porque fazer isso seria sucumbir à superstição religiosa. Em sua curiosidade a respeito de Fanni Kaplan talvez se escondesse uma réstia de aspiração pela pureza de Timofeika. E a despeito disso, como ocorria cada vez mais com tudo que ela amava, a ânsia estava poluída com aversão e fúria.

E assim Krupskaia se sentou com a mão sobre a mesa, vestida com a blusa branca e o corpete listrado encardido que tantas vezes usava, encarando com tristeza a prisioneira e piscando os olhos cansados e protuberantes. O rosto parecia sujo de tão bronzeado, devido a todo o trabalho de propaganda ao ar livre. O cabelo desgrenhado e as duas rugas verticais entre os olhos concediam a ela uma expressão de urgência quase demente.

9.

A prisioneira, por sua vez, mal se dignou a dirigir o olhar semicerrado a Krupskaia. A visitante tomou essa contínua frieza, ou pelo menos resguardo, como uma evidência de culpa. Mas em sua fé socialista, assim como nas relações particulares com o marido, estava havia muito acostumada a considerar irrelevantes quaisquer peculiaridades individuais, de modo que essa reticência pouco a afetava. Perguntas podiam ser respondidas sem que a "personalidade" deturpasse as palavras. As fileiras organizadas de livros por trás da mesa de Volódia ofereciam estatísticas, erros, energia, fertilização. De que importava o olhar dos autores? Seu interesse por Fanni Kaplan residia no fato de esta encarnar uma força que ameaçava sua interpretação da história.

Enfim, a outra mulher, chegando quase a desviar o rosto, afastou o cabelo dos olhos com a mão comprida e pálida, pigarreou e, rouca, quis saber: Bem, por que você veio?

Krupskaia respondeu: Não vim salvar ninguém. Vim aqui para entendê-la. Vim tirar um peso da minha alma.

Ah! Falou como uma verdadeira russa — tão mística, tão emocional…

E você? Por acaso não é russa?

Sou judia.

E o que isso tem a ver? Trótski é judeu, assim como Sverdlov, Litvinov, Chicherin, Radek, Zinoviev, Kamenev, Krestinski…

Enquanto vivi, fui uma Socialista Revolucionária, mas agora que estou morta me tornei uma judiazinha. Quando me prenderam, não pararam de falar de minhas feições judaicas…

Falaram por falar, insistiu Krupskaia. Você sabe que origens nacionais não querem dizer nada. Não me diga que você cometeu *aquele crime* por ser judia.

Krupskaia se viu dizendo *aquele crime* porque não queria pronunciar o nome do marido diante daquela infeliz. Usar *Lênin* seria negar sua relação com ele, o que chegava a parecer uma traição; por outro lado, *Volódia* seria íntimo demais; sem a menor dúvida, ela não desejava ter qualquer intimidade com F. D. Kaplan. Em público, muitas vezes usava o familiar mas ainda um tanto oficial *Ilitch*, que talvez se encaixasse naquela situação, mas de certo modo preferia que a presença da vítima pairasse inominada entre ambas, como a lâmina de uma gigantesca guilhotina.

Mas por que não chamar de ato religioso o que fiz?, perguntou a mulher com um sorriso nervoso e provocativo. Por que não chamar de mistério?

Com os lábios crispados e o queixo projetado ligeiramente para a frente, Krupskaia respondeu: Então você agiu movida por alguma superstição fanática…

Eu atirei em Lênin por acreditar que ele é um traidor.

Então você merece a morte. Em um momento como este, em que a Rússia…

Claro que sou uma fanática. Quanto menos possibilidades eu tiver, maior a urgência de usar a imaginação.

Não consigo entendê-la.

Respondeu a boca taciturna: Nadejda Konstantinovna, você sabe muito bem o que queremos: sufrágio universal, liberdade de imprensa, poder para os camponeses, um governo popular representativo…

Essas frases pseudodemocráticas estão impressas nas constituições de repúblicas capitalistas do mundo inteiro! Não percebe que não significam nada? Como pode apoiar o sufrágio universal quando os mais ricos controlam os votos? Liberdade de imprensa — e quem é o dono dessa imprensa? Um governo popular — de qual povo? Você se deixou converter em marionete da Guarda Branca…

Até mesmo uma marionete às vezes controla o destino, respondeu a mulher com um belo sorriso.

Vocês, SRs, querem estar no centro; é o seu erro. Tentam convencer as pessoas de que é possível se abster da escolha entre nós e os capitalistas. Aí está um crime pelo qual todos vocês merecem ser abatidos a tiros, como se fossem cães raivosos…

Diante desses contra-argumentos, contudo, a criminosa apenas voltou a sorrir. Algo quase inexprimível se expressava através dela. O que seria? A indignação e o ódio de Krupskaia começavam a dar lugar a sensações indistintas de confusão.

10.

Os olhos de Lênin carregavam o famoso brilho irônico quando comentou com Stálin: Espero que ela seja mesmo competente. Nádia não é nada boba, você sabe.

Stálin abriu um sorriso grosseiro, pensando: Talvez a inteligência dela não ultrapasse a polêmica espontânea.

Mais estranhas congruências de palavras: Nádia era também o nome da esposa de Stálin, vinte anos mais jovem que ele e de olhos castanhos, com quem ele mal se casara e que já lhe causava problemas. Era, óbvio, tão bela quanto uma história perfeita. Os cachos se enrolavam ao redor da orelha, à imagem da letra *Pe*; uma das poucas do alfabeto hebraico que não é angulosa, está relacionada não apenas à orelha e ao ouvido, mas também à submissão (e, é claro, ao seu oposto) e, por coincidência, ao sonho de todos os políticos, a retórica eternamente perfeita. Ao longo de toda a vida, a Camarada N. A. não foi outra coisa para Stálin senão um ouvido subjugado. Mais arguta que Krupskaia, ou pelo menos mais sensível, era descrita por amigos e parentes pelo clichê "corça assustadiça". Seu futuro foi o suicídio. Ao lado do próprio cadáver ensanguentado, deixou um bilhete denunciando os crimes do marido. Desse modo, passou a dominar Stálin no fim, fazendo uma letra *Pe* pairar para sempre sobre sua cabeça, condenando seus crimes sem poder ser contestada. Mas em 1918 ainda faltavam catorze anos para a disputa final. Stálin havia decifrado alguns caracteres da mensagem ameaçadora que se estampava na testa da esposa, mas, confundindo silêncio com estupefação, acabou se convencendo de que não tinha lido nada ali — uma inversão patética da paranoia que cultivava em relação a todos os outros seres humanos. Sobre seu rosto, Deus escreveu: "Sucede-me o que mais temia, o que mais me aterrava acontece-me".* Sem dúvida, esse lema influenciou a leitura que ele fazia de Krupskaia, cuja solicitude de esposa tinha às vezes se interposto entre Lênin e ele. Isso era imperdoável. E, no caso em questão, aquele apego compulsivo por uma traidora que ela nem sequer conhecia constituía nada menos que uma investida contra o Partido. Krupskaia havia constrangido Lênin. Aquela era a chance de fazer um favor a Lênin, mas também de colocar aquela megera gorda no devido lugar. Além disso, agora Stálin tinha um modo perfeito de chantageá-lo caso algum dia isso se mostrasse necessário.

E assim, quando a atriz entrou no gabinete e se postou diante dele, ereta como a letra *Vav*, que lembra um prego, Stálin acendeu o cachimbo, deu uma boa olhada e perguntou: Bem, camarada, você compreende que recebeu uma responsabilidade *moral* gigantesca?

Sim, Camarada Stálin, eu…

Tenho minhas dúvidas sobre isso. Agora, escute aqui. Não quero que essa jararaca volte a nos dar tanto trabalho. Não tenho que respeitar essa mulher só porque

* Jó 3,25.

ela divide o banheiro com Lênin. Ei! Você ouviu o que eu falei? Não invente de me dizer que está doente.

Não estou, Camarada Stálin.

Faça com que ela odeie você, e não dê motivos para a menor desconfiança. O embuste é um dever, entendeu? *Nu*, você é uma judia, então se comporte como uma.

Se a mulher vestida de negro tinha decifrado corretamente, Stálin queria que ela punisse e aterrorizasse Krupskaia. Cada sílaba que saísse de sua boca deveria se tornar um animal de rapina pronto a atacar a alma da distinta dama.

À diferença da maioria dos detentos da época, a mulher enxergava o futuro com o mesmo brilho de uma estrela de seis pontas de fogo violeta ao redor da qual rodopiassem todos os signos celestes. Até que ela deixasse de existir, Lênin e Stálin temeriam que o ardil viesse à tona. E assim ela precisava se refugiar em declarações aforísticas. — Sua apreensão cresceu ainda mais, até ela se dar conta de que mesmo um caminho tão obscuro quanto o *embuste*, como Stálin havia descrito, de nada lhe serviria. Não importava o que falasse ou fizesse, estava condenada.

E assim ela se sentiu ainda mais coagida ao silêncio, como a própria Fanni Kaplan, que segundo diziam não fez nada além de olhar pela janela do cárcere, à espera da bala nas costas. Era inútil.

Assim que Krupskaia adentrou a cela, porém, a mulher sentiu pena. Honraria o texto cujas letras se arrastavam com tanta inquietude ao seu redor. "A sorte se joga na orla da veste, mas de Javé depende o julgamento."*

11.

Quase todos os críticos literários concordam que a ficção não pode ser reduzida a mera falsidade. Protagonistas bem construídos ganham vida, a pornografia causa orgasmos, e fantasiar que a vida é como queremos que seja pode muito bem resultar na condição desejada. Daí as parábolas religiosas, o realismo socialista, a propaganda nazista. E se da mesma forma esta história se arrastar com sobrenaturalismo reacionário, talvez se deva ao fato de o autor ansiar por enxergar letras correndo velozes pelo teto e começando a se materializar cuidadosamente em forma angelical. Pois se ao menos elas forem capazes disso, por que não seríamos também?

Uma ânsia semelhante por autonomia sem dúvida inflamava a prisioneira ao cochichar em um tom de voz baixo e pesado: Nadejda Konstantinovna, você já leu a cabala?

Não tenho tempo para esse lixo. Diga o que quiser…

Está escrito que o homem é a mão motriz, e Deus é a sombra. Somente o homem pode salvar Deus. E agora você e Lênin são os dois deuses da Rússia. Não tente negar,

* Provérbios 16,33.

Nadejda Konstantinovna! Você é *Deus*.* E só eu posso salvá-la. Apenas eu posso restaurar sua glória.

Krupskaia começou a se levantar, encarando atônita a mulher. — Então você é uma dessas, falou. Não é nem mesmo inteligente.

De modo nenhum. Mas pelo menos *eu sou real*. Tentei matar Lênin porque ele queria ser Deus, mas depois de alcançar a meta ele se tornou minha sombra, então tenho a obrigação de venerá-lo. E você também, com seus tremores, seu isolamento e suas tolices, você também é minha sombra! Se não fosse por mim, você nem estaria aqui…

Você deveria estar em um hospício. Vou embora.

Eu busco mundos ocultos, a mulher declarou diante do olhar fixo e do rosto imperturbável de Krupskaia. E em seguida, com um tom de voz muito baixo (pois, não havia a menor dúvida, Stálin estava ouvindo tudo por detrás das paredes), sussurrou: Você é verdadeira consigo mesma?

Como é? Eu não lhe devo satisfações, assassina!

Não estou pedindo que se justifique, Nadejda Konstantinovna. Peço apenas a sua piedade.

O coração de Krupskaia estava acelerado. Passando a mão pela testa, ofegando sem parar, ela se perguntou quando um derrame enfim acabaria com tudo.

Você vai ter piedade de mim?, a mulher exigia uma resposta.

Eu…

Olhe para mim. Olhe para onde estou. *Você vai ter piedade de mim?*

Krupskaia sentiu vontade de chorar, mas não se atreveu. Pigarreando, declarou, hesitante: Lembro de estar na prisão e ter convicções passionais sobre a necessidade da luta armada. E eu… eu acho que você também deve ter convicções passionais.

Então o rosto da mulher se inchou em uma expressão de êxtase surdo e ela se ajoelhou diante de Krupskaia sobre as lajotas da cela, levantando a cabeça e expondo a garganta, de modo que a forma do seu corpo lembrava a letra *Bet*, que significa tanto sabedoria como loucura.

Mas você está louca! Precisa de um médico. Vou falar com Ilitch…

Não se dê ao trabalho, Nadejda Konstantinovna…

Então Krupskaia começou a tremer, e ela perguntou: Você não é Fanni Kaplan, não é verdade?

Se eu não sou quem digo ser, então tire suas próprias conclusões…

Ela está morta?

Levantando, a mulher disse: Em outras palavras, você quer saber se eu sou a assassina em si ou a manifestação de uma assassina.

Quem é você?

Eu sou a sua revelação.

* Literalmente, SHEKINÁ, o aspecto feminino de Jeová.

Então a mulher (que à diferença tanto de Krupskaia como de Fanni buscava retardar a própria ruína) se ajoelhou mais uma vez e começou a murmurar estas palavras: "Suria, Príncipe da Presença, jejuei com a cabeça entre os joelhos; agora adjuro-Lhe cento e doze vezes com o Nome de Deus. Adjuro-Lhe com o nome NADEJDA KONSTANTINOVNA KRUPSKAIA HA-SHEM ELOHEI YISRA'EL".

Empalidecendo gradativamente na escuridão até sua carne lembrar uma chama branca, cento e onze vezes (cada uma delas em um único e prolongado fôlego) ela repetiu esse Nome clandestino, assentindo a cada sílaba, contando nos dedos das mãos estendidas em êxtase.

Krupskaia não se moveu na cadeira, paralisada. Mais tarde, mal conseguia se lembrar do que tinha sentido. Era como se nem tivesse sequer estado ali, ou como se tivesse estado ali de alguma forma insubstancial, como uma nuvem de fumaça... Então, sussurrando "LE'ARSIY IEHOLE MEHS-AH AIAKSPURK ANVONITNATSNOK ADJEDAN", a mulher tremeu e desabou no chão, espumando pela boca, e nos olhos dela havia uma escuridão semelhante à escuridão no interior das narinas de Krupskaia. Nesse momento, as letras convulsionantes na parede se tornaram vermelhas como fogo e alçaram voo, reunindo-se em um enxame circular em volta do rosto da mulher, de modo que seus traços foram encobertos da mesma forma que a execução de Fanni Kaplan tinha sido velada pelos rugidos misteriosos de um motor de automóvel (Malkov temeu que, sem isso, testemunhas ouvissem os gritos). Então as letras desapareceram dentro da boca da mulher. Krupskaia ficou sem palavras. A mulher começou a brilhar cada vez mais, até emanar uma luz tão branca e pura quanto uma página da Torá.

Ela se levantou e se aproximou de Krupskaia, que, tomada por um impulso misterioso, beijou sua boca e as duas enfim beberam uma da outra.

Em seguida, com uma voz tão delicada quanto as rendas que ornavam as vitrines das lojas russas antes de serem retiradas pela Revolução, a mulher disse: Eu a contemplei, e rezei por você, e restaurei sua glória com o poder da minha retidão. Você está livre de culpa. Quanto a mim, porém, agora que a contemplei, é certo que vou morrer.

Quem é você?, perguntou Krupskaia, apertando a mão da mulher.

E se eu dissesse, você me desprezaria por isso?

Quem é você?

Eu sou você. Eu me tornei você. Eu me doei por inteiro a você. E agora, o que vai fazer? Você é inocente e perfeita, e, assim, capaz de qualquer coisa.

Quem é você?

Eu sou incognoscível, sussurrou a mulher. Eu não sou nada.

12.

Roçando nas baionetas fixas de tchekistas ironicamente gentis postados diante dos muros do Kremlin, Krupskaia subiu três lances de escadas longos e íngremes, esfregando as mãos trêmulas uma contra a outra. Sua adoradora tinha bebido de seus lábios o beijo da iluminação, mas quem poderia iluminar Deus em Pessoa? Krupskaia se sentia presa no interior de um círculo de fogo.

Ontem falamos em legalizar essa gente; hoje estamos prendendo todos eles!, ela ouviu Volódia dizendo com sua risadinha alegre. É assim que se elimina a contrarrevolução...

Não muito tempo depois, a Camarada Angelica Balabanoff fez uma visita. Quando ela mencionou a execução de Fanni Kaplan, dizem que Krupskaia derramou muitas lágrimas.*

13.

Aqui talvez a parábola devesse chegar ao fim, porque nos anos derradeiros de vida Krupskaia pouco teve em comum com qualquer uma das duas Fannis Kaplan. Pregou, lecionou, viajou, criou escolas, eternamente encantada, ainda que fosse incapaz de admitir, pelo antigo lema *narodnik*: *Ir ao povo*. — Bem, desse modo ela ainda guardava alguma semelhança com os assassinos do marido! Como podemos terminar por aqui? — Ela escreveu ensaios austeros sobre pedagogia. (Krupskaia amava crianças, e teria adorado dar à luz algumas delas. Mas Volódia agora estava embalsamado, no interior do Mausoléu ao qual ela tinha se oposto.)** Em seus escritos, é recorrente a frase "A tarefa que temos diante de nós...". Nos anos em que seu Partido estava matando milhões de ucranianos, certo camarada que não deixou qualquer outro registro na história lhe falou sobre um garotinho pobre que gostava de desenhar flores, mas que tinha nascido paralisado da cintura para baixo, de modo que precisava ficar dentro de casa e raramente via alguma planta de verdade; como sempre, Krupskaia chorou; queria fazer alguma coisa. E que direito tenho eu de menosprezar o choro? Não é um fato que ela possuía bondade e bom senso de sobra para empregar contra todo e qualquer adversário? — Em termos cabalísticos agora ela tinha afinidade com a letra *Yod*, que se assemelha a uma bala deformada extraída de um cadáver e que significa, acima de tudo, *práxis*. Em resumo, ela seguiu a linha correta, permanecendo digna da experiência suprema. Os prisioneiros lhe diziam: Sou bem tratado... — Antes da morte de Volódia ela já propagava ordens oficiais exigindo que as bibliotecas eliminassem livros indesejáveis, inclusive os êxtases nocivos e superficiais dos tolstoianos. Culpe Volódia, se quiser. Foi por orientação dele que, muito tempo antes, ela havia rompido com os *narodniks*, que no

* No seco e confiável *Bride of the Revolution*, R. H. McNeal chega ao ponto de escrever que "é bem provável que Krupskaia tenha passado o resto da vida consolada pela crença de que Fanni Kaplan seguia viva na prisão".

** Nas últimas fotografias tiradas antes da viuvez, já se identifica uma expressão rígida e ausente em suas feições marcantes, mesmo quando todos os outros sorriem.

passado haviam emprestado suas gráficas para compor ilegalmente os ensaios que ele escreveu com tinta invisível na prisão. Teria sido Volódia a chave para sua submissão? Ou teria sido apenas sua falta de autoconfiança intelectual, que a deixou uma vida inteira convencida de que ainda sabia muito pouco para oferecer qualquer sacrifício para o qual não tivesse recebido orientação?

Quando a nova onda de "repressões" teve início, em 1928, os camponeses, que a veneravam, mandaram muitas cartas implorando que ela salvasse suas famílias da desculaquização, do exílio e do cativeiro. Até mesmo responder a todas era impossível. Krupskaia pensou consigo mesma: Minha leitura pessoal dessas palavras é irrelevante. A Revolução deve ser salva. — O arrebatamento havia desaparecido. Ela não nutria mais esperanças de escrever no Livro da Vida, ou mesmo de ser a copidesque de Lênin; tudo que lhe restava era ler em voz alta tudo que lhe pusessem diante dos olhos. Em 1936, a vemos apoiando em textos os julgamentos de fachada promovidos por Stálin, afirmando que muito de seus antigos companheiros de luta mereciam ser abatidos a tiros como se fossem cachorros raivosos (um clichê recorrente da época). A essa altura, havia se tornado uma *babuchka* triste, de rosto redondo, uma boa *Kommunistka* que encarava o mundo com vagar. Às vezes lhe chegavam sussurros afirmando que Fanni Kaplan ainda vivia. Engolia crédula esses boatos, apresentados como oferendas.

Superior em destino à assassina assassinada, escapou até mesmo dos julgamentos teatrais de Stálin. O boato de que teria sido envenenada por ele não merece qualquer crédito. Morreu de arteriosclerose em 1939, uma doença estranhamente apropriada para alguém cuja vitalidade e espontaneidade foram enrijecendo aos poucos. Stálin sobressaiu entre aqueles que carregaram sua urna funerária até o nicho que a aguardava no muro do Kremlin. ▸

Mobilização

Muitas vezes percebi que minha vontade havia tomado uma decisão antes mesmo que eu acabasse de pensar.

Bismarck (*c.* 1878)[1]

1.

Na época do kaiser, cruzes de ferro pendiam do Portão de Brandemburgo, e desfilavam cortejos de cavalos brancos e oficiais prussianos cujos imensos botões metálicos brilhavam impetuosos. (De início os russos não se importavam; o tsar e o kaiser eram primos.) Depois das nossas aventuras espetaculares na França, começamos a superar o medo humano da morte e até mesmo (em certas noites muito quentes) a falar de destino entre nós. Um homem na cervejaria se levantou num salto e declarou que aquele seria o ano em que nosso século enfim teria início, com catorze anos de atraso; e pouco importavam aqueles catorze anos perdidos, porque tínhamos mais mil pela frente! E ninguém riu. Logo, todos estávamos nas ruas. O aroma das tílias em julho, o resplendor dos rios, as promessas do kaiser e a umidade perfumada exalando dentre os seios das mulheres se dissolviam mesclados em uma solução supersaturada cujas moléculas se espargiam pelo ar, se empoleiravam nas tílias, abriam as asas e, em seguida, incapazes de permanecerem sozinhas além do limite de saturação, voltavam a se reunir nos novíssimos lemas cristalinos do kaiser.

Uma geração antes, o Chanceler de Ferro havia comentado: "Sempre encontrei a palavra Europa nos lábios de estadistas que desejam algo de uma potência estrangeira que nunca se arriscariam a pedir em seu próprio nome".[2] E assim o kaiser, inaugurando um século de honestidade perfeita, se divorciou da palavra "Europa". Disse "Alemanha". Na mesma hora, as lojas de departamentos de Berlim se tornaram tão espaçosas e repletas de vidraças quanto estufas. Os relógios que as coroavam abriam os ponteiros dourados para abraçar uma futuridade de verão imorredouro.

O kaiser gritou: *Alemanha*! Nas paredes externas da Zeughaus, capacetes de pedra que passaram quase dois séculos pairando obedientes sobre colarinhos de pedra ganharam vida. Dentro da escuridão de cada capacete, gotas agitadas de umidade lutavam para se tornar águias.

2.

Quase todas as figuras aladas das pontes de Berlim alçaram voo, pois certas coisas deram errado na Europa, que deveria ter se convertido na Alemanha; os erros amadureceram em forma de bombas, e nossos anjos precisaram fugir para não serem esmigalhados. Mas, mesmo agora (estou escrevendo em 2002), Berlim continua sendo a cidade das águias; e em 1914, quando tudo começou a acontecer, estávamos, se posso dizer assim, abrilhantados à perfeição com esses régios pássaros bélicos, que nos inspiravam na mesma medida em que nos protegiam, às vezes se disfarçando de deidades aladas nas colunas — penso na Vitória dourada que ainda arqueia as asas no topo do falo triunfal da Siegessäule —, às vezes protegendo nossos mortos, como faz, por exemplo, a águia negra de ouro sobre o antigo pálio de Anna Elisabeth Louise, a filha do margrave.

Na época de Hitler, ainda acreditávamos nos livros a ponto de queimá-los. Imagine então quanta vida nossa fé era capaz de conceder a águias de pedra na época do kaiser, quando crenças ainda significavam alguma coisa! O Portão de Brandemburgo ainda não tinha sido calcinado pelo tempo até ganhar cor de terra. Nenhuma das pessoas nas fotografias antigas estava morta — nenhuma! Os salgueiros verde-pálidos de Berlim se inclinavam sobre a água, ansiando por se casarem com o próprio reflexo e assim completarem o círculo da eternidade; muitos foram bem-sucedidos. Em pontes e colunas, as águias guinchavam. Novos átomos de umidade ganhavam o céu para se tornarem águias.

3.

Então surgiu nosso kaiser, elegante e genuíno; era mais severo que uma estátua de Bismarck em uma cripta; sua alma era um sarcófago com dragões-lagartos dourados e rostos boquiabertos eternamente fundidos em bronze negro. Surgiu de uniforme, com Cruz de Ferro e faixa escura, emergindo do portão de uma cripta entre pilares coroados por um par de anjos-águia. Tivera uma conversa íntima com a alva imagem funerária do kaiser Frederico III, o esquife dourado de Frederico I. Havia encostado o ouvido no mármore e ouvido uma voz gemer: *Alemanha*.

Quer saber mais? Debaixo daquele esquife, o mármore era atravessado por um túnel engenhoso. Ali, se tornava secreto; mais abaixo, ultrassecreto. Era onde a pedra sempre suava e os túneis deixavam de se bifurcar; restava apenas uma escolha. A passagem profunda terminava em um nicho onde um medalhão havia sido engastado de forma permanente (ou seja, até 1945). E trazia a imagem de quem? Quem mais poderia ser além dele, que recebeu o beijo da paz do papa mesmo quando a Europa inteira estava contra nós, que foi o primeiro a enviar nossos tentáculos de ferro até o Leste eslavo, que lançou a Terceira Cruzada? Oh, sim, debaixo da coroa robusta estava o rosto redondo e cruelmente aquilino de Barbarossa; os olhos eram salientes; empunhava pontas de lança florais; fuzilava todos nós com seu olhar desde o disco monetário redondo e pesado. E assim o kaiser se acercou. Ficou de joelhos e encostou o ouvido no rosto de Barbarossa, como fazemos com telefones. E Barbarossa suspirou com uma voz nem áspera nem líquida: *Alemanha*.

O kaiser se levantou. *Alemanha* estava agora sobre seus lábios. *Alemanha* seria pronunciada.

À espera das palavras do kaiser, nós, os homens da cervejaria, nos preparamos para jogar os chapéus para o alto. Tínhamos trazido nossas mães, esposas e filhos de aparência marcial, todos com olhares em branco, tranquilos e fortes, as crianças protegidas pelas mãos das mães, as mães vigiadas pelo perfil dourado de Frederico I, por sua vez sustentado por águias sinistras e ameaçadoras.

Nosso kaiser começou a falar. Fechando o punho envolto pela luva branca, afirmou que, sendo pessoas honestas e corajosas, deveríamos honrar nossa promessa aos austríacos e punir os sérvios; que isso significava entrar em guerra contra a Inglaterra e a França; que pela recusa da Rússia em se manter imparcial na questão sérvia, a única saída correta era também declarar guerra à Rússia.

Então o kaiser gritou: *Alemanha!*, e, antes mesmo que pudéssemos acenar com os chapéus, todas as cabeças de Medusa que, nos escudos de pedra, tinham nos encarado sonolentas desde a criação de Berlim, que tinha sido a criação do mundo, despertaram. Queriam jogos de guerra e aventuras. Logo mais, nossas jovens vestidas de branco acenariam em despedida aos trens cheios de soldados.

Na Schlossbrücke, uma deusa alada segurava um guerreiro nu, moribundo, sobre uma águia pronta a devorar uma serpente. Tinham carne de pedra, mas agora a serpente se contorcia, o guerreiro gemia, a deusa gargalhava e a águia guinchava! Na Berliner Dom, uma imensa águia branca, atarracada e ameaçadora, com cauda em leque, havia passado anos disfarçada de anjo. Agora também começava a berrar, batendo as asas até todos os cartões-postais saírem voando do pequeno quiosque do lado de fora. Os vitrais da catedral emitiram um brilho amarelo. Então os tubos prateados do órgão começaram a disparar; notas musicais em ouro e prata subiram pelo ar; e bem ao meu lado um homenzinho pálido, provavelmente um mendigo, com cabelo desgrenhado e um bigode trapezoidal escuro, começou a dar pulinhos, sorrindo, com olhos de sonâmbulo, para o mundo. Era o mesmo homem que tinha saltado na cervejaria da outra vez. Ele agarrou a minha mão e gritou: Eu vi! Eu vi quando elas ganharam vida! Foi quando o kaiser disse *Alemanha*…

Era um homenzinho ridículo. Porém, ergueu o queixo para gritar: *Alemanha!*, e seu grito afogou o grito do kaiser; foi se tornando mais alto à medida que se afastava, e ao passar pelo Museu Egípcio e pelo Palácio de Charlottenburg estava tão alto que nossos tímpanos estouraram e não conseguimos ouvir mais nada. E as plantas rasteiras e as lianas de fogo começaram a avançar para esconder a Europa, exatamente como fizeram na "Música do Fogo Mágico" de Wagner. ▸

Mulher com filho morto

Uma noiva chora até o sol raiar; uma irmã chora até ganhar um anel de ouro; uma mãe chora até o fim de seus dias.

Provérbio russo[1]

1.

Berlim em 1914, multidões gritando e acenando com os chapéus quando a mobilização foi anunciada, essa foi a época dela, a época das águias. Uma vez ela tinha se encontrado com Rodin. Isso basta para provar o quão velha ela já era nessa terrível nova Europa.

Por ordem do kaiser, anularam a própria decisão e se negaram a lhe conceder a medalha de ouro; era uma mulher, veja bem, e além disso tinha veleidades esquerdistas. E ela ficou ali, com os cabelos brancos, mas a aparência ainda jovem, vestida com uma bata clara, pulsos envoltos em mangas brancas e cruzados diante da escuridão, altiva e exasperada na derrota. Karl ficou enfurecido e depois trouxe flores. E agora o kaiser havia fugido para jamais voltar. A Alemanha familiar e odiada, adoradora dos próprios heróis, havia morrido com eles, e depois disso as águias pararam de gritar e voltaram a fingir que eram feitas de pedra. O que seria de nós agora? A única esperança era o socialismo mundial.[2]

Crianças russas brincavam com a cabeça tombada da estátua de Alexandre II; crianças alemãs ansiavam por um salvador. Quanto a ela, seguia desenhando com traços rápidos, sobre cartões, imagens brutas que mostravam homens doentes, mães desesperadas, crianças encolhidas de terror diante do esqueleto pronto para atacar. Em certo sentido, a série dos *Tecelões* foi a obra de sua vida. Em outro sentido, a obra de sua vida foi a iteração e reiteração de uma única imagem, que alcançou a expressão final quando a artista se viu diante de uma mulher que ela havia esculpido em pedra, encarando o rosto dessa mulher — seu próprio rosto — enquanto chorava e acariciava a face de granito.[3] Isso ainda não havia acontecido. Naquele momento, ela não conseguia parar de pensar em Frau Becker, uma paciente de Karl que não parava de perder os filhos; de onze, cinco já estavam debaixo da terra. Frau Becker costumava falar sobre aquilo como se não tivesse nada a ver com o assunto: os maiores morriam, os menores sempre voltavam. —[4] Em honra de Frau Becker, Käthe produziu outra água-forte de uma mãe com um filho morto. Era estranho pensar que já tinha se sentido sem inspiração nenhuma...

Veja! Bandeiras vermelhas na Unter den Linden! Soldados gritavam; quem podia imaginar o que fariam? Karl implorou que ficasse em casa, mas ela jamais se perdoaria se perdesse aquilo. Estava no Portão de Brandemburgo quando eles jogaram as rosetas no chão. Peter teria feito o mesmo ao lado deles, disso ela não tinha a menor dúvida.[5]

Em seguida, da janela da Chancelaria do Reich, Herr Scheidemann proclamou uma república. Não importava que sua única intenção fosse impedir Liebknecht de espalhar a revolução de Lênin; vamos dar graças a Deus pelo resultado! Isso fez as águias gritarem, é óbvio, mas foram abafadas pela euforia das multidões. Ela foi correndo testemunhar a cena, ainda vestida com a bata clara que usava no ateliê; foi carregada até lá pela ideia de fraternidade humana. Uma república na Alemanha! Ficou tão feliz. E logo em seguida, furiosa consigo mesma por estar feliz, lembrou-se da primeira vitória da guerra de Peter, em 11 de agosto de 1914, quando recuperamos a Alsácia-Lorena para o Reich; até os sociais-democratas foram hipnotizados pelo 11 de agosto de 1914; fizemos chover rosas sobre nossos soldados enquanto marchavam pelo Portão de Brandemburgo, e até a família do dr. Karl Kollwitz dependurou na sacada a bandeira imperial; jamais haviam feito aquilo, e jamais voltariam a fazer.[6] Quem celebrava o 11 de agosto de 1914 agora? Fazia tempo que a Alsácia-Lorena tinha voltado a ser francesa, e os soldados que a haviam conquistado agora passavam fome ou estavam mutilados, ou então formavam uma linha compacta de cadáveres dentro de uma vala. Um instante atrás, ela havia ficado feliz com a república de Scheidemann, e por quê? Do outro lado da rua, um homenzinho amalucado de bigode sacudia furioso o punho cerrado, dando patadas no chão como Rumpelstilzchen,[7] enquanto ao lado dela uma multidão de trabalhadores cantava sem parar a *Internacional*.

O fato é que, no ano anterior, ao receberem a notícia da Revolução Russa, sentira tanta alegria que chegou a chorar. Não tinha vergonha dessas lágrimas, e jamais teria.

E agora uma república! Sem dúvida havia algo de bom nisso...

Voltou correndo para casa para contar a Karl que tínhamos uma república. Ele a levantou nos braços, de tanta alegria. E então faltou luz.

Os ferroviários atacavam outra vez; tropas vigiavam as pontes, cada soldado com sua granada de mão. Então, com um repique oco de cascos de cavalo, a polícia chegou; uma fila de camburões Minnas verdes esperava pelos prisioneiros. E os spartakistas foram derrotados; a história de sempre; as pessoas cantavam *Deutschland, Deutschland über alles*.

Era o que tinham cantado quando Peter e Hans partiram marchando com seus regimentos. Ela se lembrou da bandeira de Peter dependurada na varanda,[8] hinos chegando do campanário, e depois *Deutschland, Deutschland über alles*. Como todos eram jovens naquela época! E antes disso, quando era pequeno, Peter gritava *urra!* para os zepelins.

Perguntou se Hans se lembrava disso, e ele assentiu em silêncio. Morava sozinho no quarto andar.

Ela ouviu tiros nas ruas. Karl estava na cidade; ela não sabia onde estava Hans.

O dia em que votou pela primeira vez na vida deveria ter sido muito alegre; mas no dia anterior ela havia escrito no diário: "Assassinato vil e escandaloso de Liebknecht e Luxemburgo".[9] Tudo mudou para sempre em sua república, como já tinha mudado em seu coração depois que ela recebeu a notícia sobre Peter. Após morar tantos anos logo acima do consultório de Karl, ouvindo às vezes os gemidos dos pacientes através do piso, descobriu-se cada vez mais oprimida pelo sofrimento alheio; como artista, como esquerdista, como alemã e ser humano, e acima de tudo como mãe de Peter, seria incapaz de evitar esse sentimento mesmo que quisesse. Assim, não apenas imaginou os últimos momentos dos dois mártires, mas os experimentou. (Karl também tinha chorado ao ficar sabendo.) Nove dias mais tarde, Liebknecht foi enterrado na companhia de outros trinta e oito. "Para Rosa Luxemburgo, um caixão vazio perto de Liebknecht."[10] Haviam jogado Rosa no Landwehrkanal.

A história do sepulcro vazio da Páscoa sempre a assombrara. Quem dera pudéssemos deixar a morte para trás! Ah, ela tinha tantos sonhos! Registrava um por um em seu diário; contava todos para Karl e Lise, sua irmã. Tentava não torturar Hans com eles; não teria sido justo. O sepulcro ocupado era pior, bem pior; por outro lado, quantas vezes na vida tinha encontrado o jazigo aberto, o esqueleto despojado de sua presa? O melhor que se podia esperar era a república de Scheidemann. Nessas condições, um monumento oco não seria o pior de tudo? O caixão de Rosa Luxemburgo não estava desocupado por causa da ressurreição, mas porque ela havia desaparecido. Era o que os assassinos faziam naqueles tempos, quando eles…

Ela esculpiu os pranteadores em luz e sombra sobre o féretro branco como a neve de Liebknecht, as cinzeladas em cada rosto gravado na madeira lembrando músculos sob pele esfolada. Ouviu dos comunistas que não tinha direito de fazer aquilo, pois não era um deles. Mas havia sido convidada pela família. Rosas vermelhas foram colocadas na fronte do cadáver para esconder os buracos de bala. Do lado de fora, os direitistas cantavam *Heil Dir im Siegerkranz*.

Liebknecht não foi o último. As coisas ficaram quase insuportáveis, mas, é óbvio, não se comparavam à Guerra Mundial. Em última análise, o que mais ela poderia fazer senão trabalhar, e às vezes tirar sonecas no quarto de Peter quando Karl não estava por perto para ficar magoado? Karl sempre buscou uma intimidade cada vez maior, sem limites. Agora ela sabia que nunca, jamais desejaria isso. Não havia espaço.

Os trens de Berlim seguiam zunindo sobre as pontes de aço; os barcos de Berlim seguiam cruzando por baixo delas. Nossos veteranos do front, exaustos, seguiam se reunindo; agora se chamavam Velhos Combatentes, embora a maioria ainda estivesse com vinte e poucos anos. Direitistas e esquerdistas matavam uns aos outros, movidos pela ira.

Ela visitou o necrotério e contou duzentos e quarenta e quatro cadáveres assassinados, desnudos por trás do vidro, com as roupas levantadas até a altura da barriga. Ouviu o choro de quem amava aqueles mortos. Disse a si mesma: Ah, que lugar triste, tão triste… —[11] Em seguida, voltou para casa, na Weissenbürgerstrasse, para gravar em lágrimas e pintar em sangue o que tinha visto. Na Guerra Mundial havia sido pior, é claro; disso ela nunca se esqueceria.

Mais um filho de Frau Becker tinha morrido. Karl afirmou que nada poderia ter sido feito, dadas as condições em que aquela família era obrigada a viver. Chegou a ficar emocionado. Até os vivos não parecem estar crescendo muito. Ela se lembrou de como Peter havia crescido de repente aos catorze anos…

Podia ouvir o choro de Frau Becker no consultório de Karl, que deveria lhe estar ministrando um sedativo. Depois, regressou o aprendiz de merceeiro, ainda que já se estivesse no meio da noite; ela conseguia ouvir a tosse; e a atmosfera do consultório de Karl, úmida de lágrimas e escarro, começou a se infiltrar ao redor dela. Faria outra gravura de Frau Becker, mas não agora, porque não tinha forças. Às vezes se sentia anestesiada, e nesses momentos seu trabalho não valia nada; ela ansiava por sentir. Quando o sentimento voltava, porém, muitas vezes ela se sentia vencida por ele e não conseguia fazer mais nada além de chorar ou ficar olhando para o chão. Entrava no quarto de Peter e fechava a porta. Ali dentro ela se sentia em paz.

Muitos anos antes, ela e Karl brigaram e ela acabou dormindo sozinha. Então Peter, que era bem pequeno, teve um pesadelo e foi correndo se deitar com ela. Assim que o abraçou, toda a desolação que sentira até aquele momento se dissipou. Claro, as coisas não eram mais desse jeito. Ah, ela estava cansada, tão cansada! Ainda não tinha idade para ter o direito de se sentir cansada. Ordenou a si mesma: Trabalhe.

Trabalhava livre de referências ao ardente protocubismo daqueles anos em que o passado figurativo e clássico estava tão morto quanto o próprio Segundo Reich, morto, morto! — tão morto quanto os oficiais tsaristas agora enterrados sob o campo de desfiles barrento e cheio de ervas daninhas para que o Partido de Lênin e Stálin pudesse marchar sobre seus rostos em decomposição. Desde 1912, ela tinha um ateliê no Siegmundshof, onde se dedicava às artes plásticas. Ali dentro, criaria a pranteadora de pedra. Na maior parte do tempo entalhava, gravava e pintava no apartamento da Weissenbürgerstrasse. Nessa época, as figuras dos quadros alheios começaram a ficar ainda mais achatadas, mais berrantes, mais distorcidas, e as cores, para ela, eram sofríveis, embora gostasse de alguns dos galopantes cavaleiros caligráficos de Kandinsky. A ira desesperada das caricaturas de Grosz, a amargura radiográfica de Otto Dix, isso sem mencionar o construtivismo abstrato; ela não nadava com essa corrente. Käthe Kollwitz seguia pintando pessoas pobres, gente faminta (figuras brancas em campos escuros, giz escuro sobre papel Ingres marrom), mulheres violentadas, mulheres com filhos moribundos, mães com filhos mortos. No fim das contas, representava sobretudo a si mesma, o rosto pesaroso e simiesco refletindo e lamentando. Ela também era uma mãe com filho morto.

2.

O filho havia morrido rápido. Fora o primeiro do regimento a morrer. Tinha morrido inocente, como nosso herói alemão Siegfried, que em crônicas latinas, épicos nórdicos e poemas e canções germânicas morre por vezes sem conta, invencível pela frente, apunhalado pelas costas. (Goethe era seu autor favorito, muito possivelmente por não ter sido feliz.) Nem percebeu a chegada da morte, porque chegou enviada por uma máquina; como poderia ter lutado contra ela?

(As pessoas esquecem que Hagen, o assassino de Siegfried, também era alemão. Teve seus motivos. Esta era a guerra de Siegfried. A próxima seria de Hagen.)

Depois da agonia inicial, o percurso solitário que ela, forte ou fraca demais para se suicidar, ainda teria que percorrer seguia tão imenso quanto o verbete "guerra" em nossa enciclopédia *Grosser Brockhaus* de 1935: quarenta e sete páginas, dez tabelas, doze mapas coloridos, retratos fotográficos de nossos heróis alemães.

3.

Como mencionei, ela morava com Karl na Weissenbürgerstrasse, em um bairro cujas pilastras de telhados vermelhos e vários andares encerravam pátios úmidos para trabalhadores pobres. Viveu ali por cinquenta e dois anos, produzindo obras como a litogravura *Tombados* (1921), em que uma mãe cobre o rosto com as mãos, tomada pela angústia, cercada de filhos desnorteados, irrequietos, aflitos, estendendo as mãos na direção dela em busca de um consolo impossível naquele momento. A garotinha ao fundo parece abraçar uma boneca e encara a mãe com o mesmo rosto de tantas outras crianças mortas, fazendo pensar nos pontos negros sobre fundo branco das peças de dominó. — Depois vieram as viúvas, mais mães enlutadas; talvez fosse um tema. Isso do lado de dentro. Do lado de fora, a polícia seguia levando grevistas embora em Minnas verdes. Os trabalhadores continuavam em greve. Foi em honra deles que, sobre uma folha de cobre, ela sulcou com ponta-seca as dobras, linhas e sombras das calças dos prisioneiros amontoados por trás do arame farpado. Depois de impressa, a gravura seguiu chorando para sempre com lágrimas de tinta, brilhantes e trêmulas. Os pássaros no Tiergarten, a luz verde do verão no Tiergarten, isso ela não tinha. Tinha a escuridão.

Às vezes, ela comprava esperança nos pequenos quiosques de jornaleiros postados entre bancas de floristas; queria ficar a par dos desdobramentos na Rússia. Por que não seguir tendo esperança?

Contudo, o putsch de Kapp, quando Berlim ficou totalmente às escuras, e depois as batalhas de rua entre grevistas e integrantes das *Freikorps* cobertos de suásticas, os tiroteios e os gritos, tudo aquilo seguia sem cessar. Após a Guerra Mundial, seria de imaginar que as pessoas tivessem aprendido alguma coisa. Mas, claro, como poderiam? Ela tinha quatro anos quando os alemães levantaram as espadas para saudar a vitória no Salão dos Espelhos de Versalhes; e ainda era isso que os alemães queriam. Às vezes se sentia tão cansada; não havia início ou fim. Karl tinha virado social-democrata; depois do assassinato de Luxemburgo e Liebknecht, afirmou que era chegada a hora de ser realista, ainda mais na república de Scheidemann. Käthe não discutiu. Ela se sentia mais comunista que social-democrata; e fazia litogravuras para os comunistas, porque eram mais ativos e enérgicos. De qualquer modo, Karl sempre havia sido uma pessoa "realista". Poucas semanas após receberem o telegrama a respeito de Peter, o regimento de Hans foi enviado para uma zona de tifo. Karl propôs escrever ao Ministério da Guerra para advertir contra essa decisão por motivos médicos. Quando Käthe, contente mas surpresa ao saber que ele se disporia a empreender um esforço tão inútil, perguntou no que diabos ele estava pensando, Karl respondeu, quase com crueldade, como ela refletiu mais tarde: Você tem forças para o sacrifício e o desapego, mas não para estar atenta às coisas pequenas da vida. —[12] Ainda que o rosto estivesse mais esquelético e ele estivesse mais calvo, pouco havia envelhecido. O cabelo de Käthe, naturalmente, já estava branco por inteiro.

Nas primeiras horas do inverno, quando ela ouviu os confrontos na rua, seu pesar pela Alemanha se mesclou com os sonhos recorrentes que tinha quando Peter ainda estava vivo; às vezes, ele e Hans estavam juntos no campo de batalha; ela tentava ajudar o filho a descobrir o que poderia fazer para evitar levar outro tiro.[13]

4.

Ele havia tombado em 22 de outubro de 1914, em Flandres, dez dias após o início da guerra. Foi o primeiro do regimento a morrer.

Peter foi voluntário. O outro filho, Hans, que ela mal conhecia, sobreviveu, é claro. Hans percebeu que por baixo da guerra havia todo um esqueleto político. Mais tarde ele se tornou médico, como Karl. Sempre foi realista.

5.

Karl negou permissão a Peter, que então precisou apelar à mãe. Ela nunca entendeu bem como o filho conseguiu fazê-la superar o medo, mas ele conseguiu, e depois disso o pai, como de costume, obedeceu à mãe.

Então chegou o telegrama: IHR SOHN IST GEFALLEN.[14]

Liebermann, seu amigo, deu o seguinte conselho: Trabalhe.

6.

Criada por uma mãe perfeita e intocável, ela se viu destinada a também ser assim — na verdade, viera ao mundo para isso —, ao mesmo tempo que emanava secretamente um ar de opulência maternal. E então, saindo de uma nuvem preto-azeviche, os braços compridos e cinzentos da morte surgiram para ceifar seu filho como parte de uma colheita de crianças de olhos arregalados. Quantas mulheres já vimos definhar por terem sido impedidas de dar todo o amor que tinham dentro de si? A *Grande enciclopédia soviética*, que a apresenta sob uma luz favorável, explica que ela "enxergou a Primeira Guerra Mundial sob o prisma da tragédia particular, o que concedeu à sua obra um tom soturno e sacrificial". Daí as figuras ensandecidas dançando boquiabertas ao redor da guilhotina; daí os braços compridos, estriados de músculos, erguidos ao céu em lamento e fúria.

Passou quase toda a década seguinte criando cartazes para o Partido Comunista alemão. Ao mesmo tempo, prosseguia com os autorretratos pesarosos e simiescos; xilogravava a centésima mãe gritando com o filho morto nos braços, cercada de outras mães na procissão rumo à sepultura.

7.

É fácil demolir o mito de que essa obra foi inspirada pela morte do filho. *Morte, mãe e filho*, por exemplo, data de 1910, quando ainda restavam a Peter quatro anos de vida. Em termos formais, lembra um esboço a giz do ano anterior, intitulado *Adeus*: o rosto da criança, adorável e realista, tinindo de branco, apertado pela mãe contra o próprio rosto, maior e mais cinzento, que em seu pesar parece se decompor no borrão negro, muito negro, que vem logo abaixo. Em 1903, tanto em *Pietà* quanto em *Mulher com filho morto*, as posições foram invertidas, a mãe agarra o pequeno cadáver por sobre ele, repousando a cabeça no peito do filho, ao passo que a cabeça do filho ficava pendente, lábios entreabertos no rosto branco. Houve outra *Mulher com filho morto* naquele mesmo ano, esta quase blakeana no destaque concedido em primeiro plano a perna, pé e dedos dos pés; a mãe sentada de pernas cruzadas com um joelho erguido, a cabeça baixa sobre o filho, cujas formas, envoltas por um borrão fálico, se misturavam com as dela; a orelha, a testa vincada e um olho fundo da mãe estavam presentes, mas apenas do modo saburrento e decomposto comum a embriões e arte inacabada; o kaiser não teria enxergado virtude nenhuma naquilo.

Em 1911, Peter crescia rápido, mas seguia abaixo do peso; lia o Novo Testamento em grego e corria para ver zepelins; enquanto isso, sua mãe completava *Mãe na cama de um filho morto*, de novo o rosto branco, muito branco, dessa vez quase lembrando um crânio, as hachuras grosseiras no lençol, e então o rosto da mãe, tracejados escuros sobre fundo negro, com a luz solitária de uma vela a brilhar lastimosa por trás; os dedos escuros e pesados se estendem para acariciar o rosto branco; as órbitas muito escuras parecem conter fibras de músculos, como em um cadáver dissecado com afinco. O amor e o pesar vagarosos, sobre os quais Kollwitz sobrepôs a torpeza quase reptiliana do corpo vivo, se combinam para formar algo simplesmente horripilante. Logo em seguida, ela produziu outra versão de "mãe e filho morto", esta intitulada *Tod und Frau um das Kind ringend* (1911): a boca da criança, um abismo negro sobre um rosto tornado um pouco mais escuro, e o rosto da mãe, por correspondência, mais claro, para que o par de fendas negras da boca crispada e do olho salte diante de nós; aqui também se enxerga a morte, um esqueleto branco cujas órbitas redondas encaram a dupla com algo entre curiosidade e regozijo; tiras de carne, talvez ocultando costelas, unem o esqueleto às duas formas que ele começou a separar. Vamos ignorar variantes como *Morte e mulher*, em que a criancinha luta, com a pouca força de que dispõe, para salvar a Mãe de ser ceifada pela morte; imagino que já tenham entendido.

Quatro anos antes da Guerra Mundial, e dois anos antes de o kaiser ordenar a remoção do cartaz exigindo pracinhas em conjuntos habitacionais de baixa renda (uma garotinha triste parada ao lado de um muro, agarrada a um bebê doente; atrás deles, o cartaz diz **PROIBIDO BRINCAR**), Kollwitz escreve em seu diário: "Hoje comecei a trabalhar na escultura *Mulher com filho morto*".[15]

8.

Por vários anos ela observou pela janela o mesmo homem esquelético de cartola e esgares no rosto. Nunca descobriu o nome dele, mas aprendeu a reconhecer seus passos sobre as pedras do calçamento. Por algum tempo, apareceu acompanhado por um garotinho loiro de olhos fundos, mas o menino loiro morreu de tuberculose e em seguida o homem também caiu vítima da mesma doença; ele se tratou com Karl, mas não revelou seu nome; sentia muita vergonha por não ter como pagar. Sem dúvida foi por isso que abandonou o tratamento. Pode ter sido salvo por Karl; seguiu vivendo por muitos anos. Käthe havia acabado de se tornar mãe e trabalhava na série dos *Tecelões* quando avistou o homem pela primeira vez; ainda traçava sobre papel pardo as linhas escuras, sutis e repletas de angústia, trazendo à vida crianças pálidas, figuras débeis em negro, a morte. Em certa ocasião, deve ter sido por volta de 1895, o homem esquelético tirou a cartola para coçar a cabeça, e então, naquele exato momento, quando os olhos de ambos quase se encontraram, ela o capturou, esboçando sua cabeça por três ou quatro segundos de empenho ardente; sim, ele fora possuído por ela; agora lhe pertencia; sua agonia já não era mais em vão; ele havia se tornado um dos tecelões.

Em 1921 ela desenhou um cartaz para a Russenhilfe; queria fazer tudo que estivesse ao seu alcance para ajudar os comunistas a combaterem a fome terrível que assolava o país. Não se interessou, todavia, em ingressar no Partido, porque não se adaptava às táticas. Desenhou dois pares de mãos estendidas com respeito para apoiar a cabeça pendente de alguém de aparência eslava, de cabelos escuros, com os olhos fechados devido à fraqueza extrema. Todos os proletários doentes tratados por Karl, com histórias tão tristes, e que tantas vezes viviam e morriam sem que pudessem ser ajudados por ninguém, foram lembrados por Käthe na criação daquela face russa. — Não, todos não. Aquele homem de cartola, passando pela janela, transmitiu uma impressão tão dramática que na mesma hora ela apanhou a barra de grafite, mas aquele rosto continha raiva em demasia e fraqueza insuficiente. Lembrou-se do filho de Frau Becker, o moreno, que havia morrido no ano anterior, e de seus olhos descaídos no leito de morte. Colocou aquela face no rosto eslavo. Então deu uma boa olhada e pensou consigo mesma: Ficou bom, graças a Deus. —[16] Karl concordou, como sempre.

Käthe se sentou no quarto de Peter e cogitou produzir uma série de cartazes muito francos sobre Lênin. Contudo, quando por acaso se pegou discutindo política com Hans, afirmou: Outros problemas me interessam no momento, problemas humanos essenciais, como a morte.[17]

Mas a xilogravura que você fez sobre Liebknecht…

Um tanto severa, ela respondeu: Não sou mais aquela Käthe Kollwitz, combativa e cheia de ódio.

Permaneceu, de fato, tão imutável quanto o verde-pálido das folhas e das árvores próximas ao rio no verão em Berlim, pois sua angústia era tão fidedigna quanto o ocre pardacento do arenito.

9.

Em 1922, incluiu a lua craniana da morte na escuridão que paira sobre crianças curvadas se contorcendo em harmonia com os milhões de voluntários agrilhoados de nosso século; o título é *Fome*, e li que essa imagem, reproduzida em baixa qualidade em uma monografia de terceiros,[18] ficou décadas à espera, como uma mina antipessoal cujo único intuito era horrorizar Galina, filha de Chostakóvitch; certo dia, quando esta, ainda solteira e, ao que tudo indica, em Leningrado para assistir à estreia da *Décima-primeira sinfonia* do pai, explorava os quiosques de livros da avenida Niévski, a mina explodiu: Galina, que procurava um presente de dia do santo onomástico para o irmão, abriu o volume por acidente — bem, não seria isto uma tautologia? Todo acidente não seria um acidente? Não vou exagerar; não vou alegar que a jovem gritou; afinal de contas, ela havia sobrevivido à Grande Guerra Patriótica, ainda que não conseguisse se lembrar de tudo; tinha visto inúmeros crânios de verdade! Mesmo assim, tamanho foi o poder daquela imagem que ela teve um pesadelo, e pela manhã seu pai famoso, também tomado de certa ansiedade, enxergou no rosto da filha uma infelicidade peculiar, que o atingiu como um soco no estômago; essa sensação, convenientemente traduzida pelo acorde *D-D-Sch*,[19] mais tarde se imiscuiu tanto na *Décima-quinta sinfonia* como na profana *Opus 110*.

Enquanto isso, o homem de cartola flanava triste sob a janela de Käthe Kollwitz.

10.

Em 1926, A. Lunatcharski, nosso então Comissário Popular de Cultura, dedicou o seguinte elogio a Käthe: "Ela busca um efeito imediato, de modo que logo na primeira olhada o coração se aperta. É uma grande agitadora".[20] Foi nesse ano que ela viajou com Karl para visitar pela primeira vez o túmulo de Peter no Roggevelde.

Em 1927, ela se viu em meio ao júri da Academia Prussiana, velhos de cabelos curtos e trajes escuros, munidos de bengalas e cartolas, segurando com as duas mãos uma de suas gravuras enquanto o homem ao seu lado, apoiando o chapéu na barriga imensa, encarava a Arte com olhar respeitoso. Talvez lamentassem que, vinte e nove anos antes, o kaiser não lhes tivesse permitido conceder a Käthe a medalha de ouro. Eles a faziam lembrar-se de Hans e Peter quando pequenos, dois pares de olhos a encarando logo acima dos colarinhos brancos que tanto odiavam. O salão reluzia com a luz do privilégio celestial. Eles a agraciaram com um prêmio.[21]

Após a cerimônia, um cavalheiro da Frente Nacional tentou falar com ela a respeito do papel místico da maternidade, e o professor Moholy-Nagy, recém-saído da Bauhaus, repreendeu sua composição mais recente, outra xilogravura em branco sobre preto de uma mulher com o filho moribundo, por ser demasiadamente estática e sombria.

Ora, ela respondeu cansada, é uma representação da morte.

É uma necessidade biológica elementar dos seres humanos, retrucou com severidade Moholy-Nagy, absorver cor, extrair cor.[22]

Como assim, uma necessidade biológica?

Vivemos em uma época desprovida de cor.

Então você é triste, como eu.

Não diga isso! Eu rejeito incondicionalmente as emoções.

Com toda a delicadeza de que foi capaz (havia muitas pessoas no recinto), Käthe respondeu: Todos saímos feridos dos anos de guerra. No seu caso, talvez você esteja com medo de sentir, porque…

O professor Moholy-Nagy interrompeu, vingativo: A pintura tradicional se tornou uma relíquia histórica, está encerrada.[23]

Käthe sorriu. Em seguida, se afastou lentamente para receber mais congratulações de elitistas e militaristas, os mesmos que haviam matado Peter, e não apenas Peter, mas todos os bravos rapazes de capacete que, com o rosto pálido, avançaram a duras penas por trincheiras em zigue-zague e marcharam por cenários infernais, tombando uma dúzia por vez, os jovens de pele esfumada armados com adagas que se enfiavam em túneis para assassinar uns aos outros, os rapazes corajosos que se bateram contra arame farpado, acabaram espetados e ficaram presos até serem transpassados pela tempestade de balas; ou então aqueles com mais sorte, que se tornaram prisioneiros de olhos apertados, marchando para longe entre fileiras de franceses a cavalo; então passaram anos à espera de voltar para casa, amargos, pobres e cheios de ódio, prontos para a guerra seguinte. Quando não conseguiu mais aguentar aquilo, Käthe pegou o bonde para a Weissenbürgerstrasse. Voltou para casa e para o marido com nervos estropiados por excesso de trabalho, cujos pacientes tantas vezes serviram de modelo para Käthe retratar o rosto da pobreza.

O homem de cartola estava do lado de fora. Dessa vez, ela espionou sua conversa com o aprendiz de merceeiro, o jovem tuberculoso encantado por Hitler; Karl disse que não havia muito o que fazer por ele; em seis meses estaria a sete palmos. Käthe certa vez tinha questionado o rapaz, perguntado o que ele tinha contra judeus, como podia desejar mais ódio e mais guerra para a Alemanha. E ele respondeu: Perdão, Frau Kollwitz, mas eu quero defender alguma causa. Quero ter alguma serventia. —[24] Agora ambos usavam braçadeiras com a suástica. Ela nunca tinha visto os dois tão animados.

De início, nem a perceberam. Então a viram. Disse o homem de cartola: Ora, ora, Frau Kollwitz está de volta.

E ela entendeu que também havia sido observada ao longo de todos aqueles anos.

Tinha tolerado coisas demais na Academia Prussiana. Não tinha nada a dizer ao homem de cartola.

Ele, porém, tinha algo a dizer. Dando dois passos à frente, encarado com olhos brilhantes pelo aprendiz de merceeiro com rosto cinéreo, falou: Sabe qual a diferença entre nós e você, Frau Kollwitz? Nós somos *otimistas*.

Aquilo deixou Käthe tão chocada que ela ficou sem ar, porque era mesmo verdade.

O aprendiz moribundo se intrometeu: Nós nunca desistimos. Mesmo nos últimos momentos, ainda acreditávamos na vitória.

Ela encarou os dois e quis saber: E agora, ainda acreditam nela?

Sim, Frau Kollwitz; *nós*, ao menos, seguiremos com fé.

Subiu apressada os degraus que levavam ao consultório de Karl; a porta estava fechada, um homem gemia. Ela precisava de Karl naquele momento, mas fazer o quê? Ficou exausta com o último lance de escadas. Destrancou a porta do apartamento e foi direto para o quarto de Peter.

Nessa noite, ela sonhou com o homem de cartola dando dois passos à frente, e então mais dois, até se transformar de repente em um dos desenhos dela, em que uma mãe segura o filho-soldado morto que de maneira pavorosa desaba em seus braços; na manhã seguinte, bem cedo, ao acordar soluçando nos braços de Karl, ela se deu conta de que havia feito amizade com a morte; renderia um famoso autorretrato (número de catálogo: 157) em que ela é conduzida pela morte com toda a gentileza. (Como riu o sonâmbulo para o coronel Hagen: Não acha que isso tem algo de judaico?) *Ruf des Todes* foi o título que escolheu. Aquela mão atravessando a plenitude do tempo para tocar o ombro da artista, a quem pertencia? Não a um esqueleto, mas também não a Peter. Para Käthe, a mão do filho agora parecia eternamente frágil e diminuta, como se ele não fosse um homem crescido, mas um menininho bonito e nu. A mão em *Ruf des Todes* era pesada e velha; talvez fosse a mão de Karl; o toque era familiar; trazia Käthe de volta a si para que, cansada e nem um pouco surpresa, pudesse acompanhar o dono da mão para se deitar em paz. Mas, mesmo que a mão não pertencesse a Peter, foi na cama de Peter que ela se deitou.[25]

11.

Naquele mesmo ano de 1927, os povos fraternos da URSS se prepararam para celebrar os feitos do poderio soviético. Apesar de Trótski, dos cúlaques e dos monopolistas burgueses, tínhamos construído a democracia socialista! Sendo mais específico, o depauperamento das massas sob o jugo do capitalismo, expressado com tanta força na obra visual de nossa querida amiga Kollwitz, *desaparecera* para sempre, como as prostitutas da Niévski do pré-guerra. Além disso, levamos a cabo tal feito de humanismo sem ceder terreno à anaconda capitalista que nos cercava. Em 1927, tínhamos como exibir aos olhos do mundo todo uma série invicta e indestrutível de vitórias. Foi o ano em que uma aeronave da nossa série R-3 realizou o primeiro voo Moscou-Tóquio-Moscou. No front musical, Chostakóvitch ainda não havia caído em desgraça. Éramos competentes na fotografia e na metalurgia; no campo da educação, chegamos perto de liquidar o analfabetismo.

Assim, para marcar o décimo aniversário da nossa Revolução, decidimos convidar novecentos e quarenta e sete delegados estrangeiros, dentre os quais K. Kollwitz foi um dos primeiros nomes a serem lembrados:* K. Kollwitz, dotada de uma empatia tão sincera pela classe trabalhadora — fora chamada pelo kaiser de artista da sarjeta; K. Kollwitz, que nunca ingressara no Partido e cuja presença em nossa terra provaria nossa boa vontade e nossa mente aberta; K. Kollwitz, cujas cenas sobre trabalhadores-

* Em 1924 nosso companheiro de viagem Otto Nagel abriu a primeira exposição de arte alemã na União Soviética.([a]) Incluía obras de Käthe Kollwitz. Ninguém fez qualquer comentário depreciativo.

([a]) Otto Nagel, *Käthe Kollwitz*, Dresden: VEB Verlag der Kunst, [1962 ou posterior], p. 41. Sobre a exposição, consultar as pp. 53, 56, 63-4. [Esta e as demais notas chamadas por letras são do tradutor.]

-mártires, matizados pelo sofrimento, mostravam a superioridade do nosso sistema por estarem ambientadas na Alemanha — eu mesmo admiro sobretudo a litogravura de uma proletária de perfil (1903) cujas mãos velhas e cansadas se entrelaçam indecisas, o rosto pálido se abaixando, submisso, na escuridão; Kollwitz fez o cabelo com pontos em vez de traços, de modo que a trabalhadora lembra uma prisioneira de cabeça raspada. — K. Kollwitz, que tinha boas chances de morrer antes de poder se voltar contra nós; estava com sessenta anos, velha, exausta, temia estar acabada. — Em retrospecto, foi uma ótima aposta; em 1944, seu penúltimo ano de vida, quando estava claro que o sonâmbulo perdia a guerra contra nós, Käthe escreveu aos filhos, aconselhando que ensinassem russo ao pequeno Arne: "Com os dois países destinados a um vínculo tão estreito... melhor ele aprender o idioma enquanto ainda há tempo".[26] Naquele mesmo mês, registrou: "Minha única esperança é o socialismo mundial". (Desnecessário dizer que escreveu também: "O desejo, a ânsia inextinguível pela morte, permanece. — E chego ao último ponto, meus queridos filhos. Obrigada, de todo o coração".)[27] Em outras palavras, Käthe Kollwitz permaneceu tão confiável quanto nosso caça biplano Polikarpov-Grigorovich I-5 de 1930 (duzentos e oitenta quilômetros por hora).

Então o dr. Kollwitz e a esposa embarcaram no bonde que seguiu com eles seu trajeto, passando por uma janela fechada com tábuas em um prédio de quatro andares, por árvores e pássaros, por sombras próximas à ponte sobre o rio; então surgiu um batalhão desfilando com bandeiras e catorze faixas escarlate que denunciavam os grandes financistas comandantes da hidra judaica, e Käthe achou ter visto em meio a eles aquele homem, aquele sujeito esquelético e de cartola que por tantos anos havia se postado debaixo da janela de sua casa fazendo cara feia, mas agora vestia um uniforme marrom, e o braço direito chegava a encostar no céu, e ele urrava de êxtase. Soando a campainha, o bonde virou a esquina e, antes que se dessem conta, tinham chegado à estação Ostbahn. Vultos debruçados e corcundas mendigavam nos degraus; podiam ter saído de uma das gravuras de Käthe. Ela lhes deu todas as moedas que trazia no bolso, enquanto Karl, sorrindo paciente e cofiando a barba cinza-metálica, protegia a bagagem.

Cada um levava uma valise. Tinham comprado as passagens sabendo que os reembolsaríamos. Subiram as escadas até a plataforma. O trem chegou. Os lugares estavam reservados. Guardaram a bagagem, tomaram assento. E o trem começou a se mover. Ela nunca se esqueceria da partida lenta do trem repleto de soldados, Peter acenando de uma das janelas. Animado, o kaiser havia anunciado às tropas que partiam: "Todos estarão de volta assim que as folhas caírem!".

Uma jovem de franja e cabelos loiro-avermelhados baixou a janela do trem até conseguir encostar o queixo sobre ela; então se apoiou, observou, espreguiçou-se e se virou com a agilidade de um girino. Karl ajustou a lâmpada de leitura para a esposa. Käthe escreveu em seu diário: "E preciso fazer as gravuras sobre a Morte. Preciso, preciso, preciso!".[28] Sempre tinha desejado visitar a Rússia.

O rapaz alemão que dividia com eles a cabine do trem, cruzando as pernas esbeltas e dedilhando quase sem perceber as longas melenas negras, trazia um cantil de água embaixo do braço e lia Hölderlin. De repente, percebeu que a esposa daquele médico era alguém importante; mas já era tarde demais. — Ora, ora, gostamos de acreditar que "Hölderlin ou Kollwitz" é uma "escolha", mas o que é a cultura senão uma forma historicamente determinada de organização social?

Quanto mais avançavam rumo ao Leste, maior o frio. Ao cruzarem a fronteira, já nevava. — É outro mundo, disse Karl. — Trocando de trens, esperando pela inspeção dos documentos, chegaram com três horas de atraso à Estação Bielorrussa--Báltica, mas um homem com botas cor de framboesa estava à espera deles na plataforma. Conduziu o casal até um de nossos automóveis russos, preto e com teto plano, cuja carroceria se derramava sobre as rodas de ambos os lados, lembrando as mandíbulas cerradas de um louva-a-deus; Karl ajudou a esposa a entrar, e ainda que o carro avançasse muito devagar, por causa do gelo, quando deram por si já estavam exatamente onde deveriam estar. A bagagem foi enviada para o hotel.

Karl estava com vontade de esticar as pernas; ansiava por um passeio na Tverskaia, mas foi avisado de que não haveria tempo para isso, devido ao atraso do trem. Fitou, triste, a rua, até a vitrine de uma confeitaria no pavimento oposto. Mas aqui estava a curadora, tremendo, à espera do casal. Aqui estava a bela intérprete de cabelos longos e escuros. O homem de botas cor de framboesa, que parecia rir sozinho de alguma piada particular, acenou em despedida e seguiu adiante com o motorista. Então Käthe e Karl tiveram que entregar os casacos. Käthe estava um pouco atordoada; não sabia bem o motivo; Karl precisou ajudá-la a tirar o casaco. Tanto ela havia sonhado em estar ali, e agora mal conseguia sentir qualquer curiosidade. E também receava cometer algum erro, esquecer algo importante no bolso do casaco ou acabar ofendendo aqueles russos que pareciam tão agradáveis — a intérprete, por sinal, devia estar nervosa, pois se esforçava tanto em ser acolhedora que Käthe mal conseguia pensar. Talvez o nome dela fosse Elena; a memória de Käthe já não era mais a mesma. Karl decerto se lembraria, mas como ela poderia fazer essa pergunta estando bem ao lado da moça? Melhor esquecer. A curadora tagarelava e gesticulava. Que grande homem era esse marido que lhe trazia rosas vermelhas na cama, que chorava ao ver suas obras concluídas e que costumava examinar Peter no consultório para em seguida dividir com ela todo e qualquer temor pela fragilidade do rapaz! Cochichou, gentil, no ouvido da esposa: Não cabe em mim o orgulho que sinto de você, Käthe. — Ela segurou sua mão.

Nas paredes da sala da exposição, sua dor já estava no lugar, emoldurada e provida de legendas: xilogravuras na galeria principal, litografias à esquerda, águas-fortes mais importantes à direita, desenhos na outra galeria; talvez ela não tivesse usado aquela mesma disposição, mas a curadora, nervosa e extática, olhava para Kollwitz com tanta admiração que a artista se sentiu obrigada a demonstrar a mais completa satisfação com a organização, a seleção e a iluminação das incontáveis crianças de Käthe Kollwitz, os olhos redondos voltados para cima, os vultos descorados que se apoiam nas próprias mãos, as mulheres pálidas e imundas com os rostos iluminados pela lâmpada de arco voltaico da exploração.[29] Eram todos pessoas reais cujas tragédias estavam tão ligadas à vida em si quanto a qualquer outra coisa: Grete, cuja insanidade tinha um forte componente sexual e que, aos trinta anos e casada, permanecia virgem; Anna, que sangrava e sentia dores por excesso de relações sexuais e que chegou a pensar em suicídio; a velha *Proletarierfrau* que se postou carrancuda e furiosa diante do necrotério depois que duzentos e quarenta e quatro comunistas foram abatidos a tiros.[30] Em meio a outras composições angulosas por causa da agonia e distorcidas pelo sofrimento, as xilogravuras, com seu pseudorrealismo cadavérico, monopolizavam a atenção.

E havia também a ampliação de um antigo retrato fotográfico. Aos vinte e poucos anos, Käthe tinha uma estranha semelhança com a esposa de Lênin, Nadejda Krupskaia, por acaso apenas dois anos mais jovem. Ambas tinham os mesmos olhos intensos, os mesmos lábios crispados que pareciam tentar esconder que eram carnudos.[31] Käthe passou um longo tempo encarando sua imagem juvenil. Por algum motivo, não soube discernir o porquê, não ousou olhar para Karl.

Foi apresentada ao povo soviético com a seguinte descrição: "Ela veio de uma família engajada no movimento dos trabalhadores".[32] A obra de sua vida inteira preenchia tão densamente a sala, e os russos a tratavam com tanto afeto, que ela mal sabia quem era. Fotografaram Käthe sentada no centro de um grupo dos nossos artistas soviéticos, as pálpebras vetustas abatidas, moças tocando nela com carinho, luz refulgindo nos óculos de pintores, fotógrafos e atores, um membro do teatro de Meierhold em um canto, com uma pose rígida ou irônica, como se soubesse que não lhe restava muito tempo na superfície da terra. Karl, consciente de si mesmo, mantinha-se fora de quadro, exceto ao ser chamado. Uma lembrança dos pacientes pobres a seu respeito: "O doutor chegava na hora, a conta não chegava nunca".[33]

Outro homem com botas cor de framboesa se apresentou como crítico de arte e apontou para uma das águas-fortes, exigindo de forma brusca que ela a explicasse.

Bem, disse Käthe, é a desventura típica[34] de uma família trabalhadora: um homem bebe ou adoece, em seguida se torna um parasita, fica louco ou se mata. E depois disso, você bem sabe, a desgraça da mulher é sempre a mesma.

Mas aqui isso não acontece mais, porque todos fazemos parte do coletivo.

Fico tão satisfeita com isso, ela respondeu. É muito, muito bom estar em um lugar onde a esperança existe de fato!

Sem sorrir, o homem assentiu e fez anotações em um bloquinho.

Uma sala inteira foi reservada para a série *Tecelões*, em que cada vinco era escuro e o solo era feito de linhas delicadas, tudo marchando, progredindo ou rachando: mãos esticadas, corpos curvados, punhos agarrando pedras, casas escuras com cadáveres no chão, viúvas ensandecidas tentando agarrar o nada. A obra cuja medalha de ouro fora vetada pelo kaiser em pessoa.

Através da intérprete de cabelos escuros, uma proletária exclamou com bastante vigor que, por ter perdido o filho na última guerra, Frau Kollwitz sem dúvida compartilhava de nosso inquebrantável ódio de classes.

Sim, não sou estranha a esses sentimentos.

É verdade isso sobre seu filho?, indagou a intérprete. Frau Kollwitz, sinto muito, muito mesmo! Na minha família também…

E a curadora seguia borboleteando, animada, preenchendo cada fôlego com exclamações.

Käthe sabia que aqueles novos amigos, inclinados a emoções intensas por causa da natureza eslava, enxergavam sua obra de forma no mínimo tão profunda quanto seus compatriotas. E de fato aos comentários não faltava paixão ou intelecto, sobretudo com relação à série dos *Tecelões*. Ainda assim, a intérprete, que nada sabia acerca do evento mais importante da vida da artista, sem mencionar a pobre curadora, que, como outros colegas ao redor do mundo, carregava com tanta dedicação aquele fardo — a necessidade de buscar a todo custo o sucesso do evento — que não tinha tempo para se comunicar com a criadora das obras; a mulher que pensou em substituir tristeza por ódio; essas pessoas todas começaram a infectá-la com desilusão, que ela combatia com o desespero de um Velho Combatente lutando contra um inimigo qualquer.

Frau Kollwitz, é verdade que os direitistas a acusam de inimiga da nação?

Karl gargalhou, orgulhoso, e com um meio-sorriso ela admitiu que de fato era o caso.

Muitos de seus novos colegas — jovens teóricos tão sagazes e frágeis! nem é preciso dizer que todos, exceto um, estavam condenados — opinaram que, sendo a revolução um processo dinâmico e em última análise universal, a arte também precisava ser dinâmica; destacaram que suas pinturas e águas-fortes podiam retratar apenas momentos, enquanto um filme podia literalmente desenrolar o tempo ao ser tirado da lata pelo projecionista. Ademais, insistiu em excelente alemão um rapaz (usava os mesmos óculos pequenos e ovais de Hans na época de estudante), a sequência temporal de um movimento podia ser transmitida com mais eficácia por meio de articulação acústica, em vez de óptica.[35]

Tudo isso ultrapassa minha compreensão, ela respondeu com calma. Mal ouvia o que ele estava dizendo. Avistou uma mulher que havia observado na rua pela manhã, uma senhora idosa que nitidamente havia levado uma vida repleta de trabalho pesado; poderia ter sido paciente de seu marido. Sentiu muita vontade de abraçá-la.

Mulher com filho morto é uma magnífica peça de propaganda, dizia o rapaz. É muito eficaz em mobilizar todos nós contra os banhos de sangue e os massacres que seguirão inevitáveis enquanto o mundo for dominado pelo capital.

Obrigada, disse Käthe.

Você acha que não tenho compaixão. Agora percebo. Para você, não passo de um tolo apaixonado por uma ideia.

É uma ideia bonita, ela respondeu, da forma mais educada que conseguiu. (Como estava cansada!)

Aquilo pareceu encorajar o rapaz. Chegando mais perto, ele confessou: Antes eu acreditava que, se chegasse ao fim da vida sem inspirar compaixão em ninguém, teria sido bem-sucedido. E eu amava as massas porque elas jamais inflamavam minha compaixão, mesmo quando pereciam. —[36] Estou vendo sua frustração, sua censura (ou isso nos seus olhos seria compaixão?). Talvez eu não tenha como explicar. Naquela época, eu tinha apenas me decidido: que se danem os sentimentos particulares! Tudo que eu queria era viver como parte de um coletivo.

Ela teve de rir um pouco. Agora gostava dele.

E ainda é isso que você quer?

Mas é claro.

O rapaz, que se chamava Camarada Aleksandrov, se ofereceu para acompanhar Käthe e Karl a um concerto de Chostakóvitch.[37] Ao que parecia, o tal Chostakóvitch era o queridinho da União Soviética naquela época. Logo sua *Segunda sinfonia* estrearia em Leningrado, explicou o rapaz. Karl se animou, porque enfim conseguiria fazer o passeio. Tinha convivido com Käthe por anos e anos, a série dos *Tecelões* não lhe era exatamente uma novidade. De fato, até mesmo Käthe tinha convivido com aquela série por tantos anos que, àquela altura, tudo quase lhe parecia morto; quando reviu as obras naquela noite, só conseguia pensar que alguns detalhes deveriam ter sido feitos de outra forma; de resto, era o que era. Quanto ao passeio, Käthe teria preferido voltar para casa. — Acho que seria maravilhoso ir ao concerto, disse, acariciando o cabelo grisalho do marido.

Veja, Käthe!, ele gritou atônito. Aquela loja só vende manteiga! E todo mundo está fazendo fila!

Correto, disse o rapaz, e encarou Karl por algum tempo. Os Románov arruinaram nosso país.

Karl ficou em silêncio. Käthe, por sua vez, nem tinha visto a loja mencionada. Havia tanto gelo sobre a calçada, e a noite estava tão escura, que ela só conseguia prestar atenção em cada passo que dava. Na verdade, havia muito a ser visto. O Museu do Ateísmo estava aberto. A passamanaria em metal afunilado da Torre de Rádio de Chukhov ainda não estava concluída; faltavam dois anos para as aberturas envidraçadas da central elétrica de Joltóvski começarem a brilhar; mas ninguém poderia negar que estávamos muito à frente de Berlim. (Kiel Vermelha, Leipzig Vermelha, Munique Vermelha, Frankfurt Vermelha, Stuttgart Vermelha, todas tombadas como a estátua de Alexandre II!) Tremendo, uma velha senhora se abrigava em um vão de entrada, tentando vender bonequinhos de massa doce. Käthe teria comprado um, somente por pena, mas o Camarada Aleksandrov, que cada vez mais a fazia lembrar-se do filho Hans, explicou que eles não tinham tempo para aquilo. Ela não olhou para o rosto de Karl.

A composição a que assistiram, o "Scherzo em mi-bemol maior", tinha sabor de algo moderno, mas não exatamente novo. Karl, como ela percebia muito bem pelo sorriso vago, não havia gostado nem um pouco. Quantas coisas ele precisava aturar pela esposa! Ela, de sua parte, preferia Schnabel, cuja música descrevia como "clara--reconfortante-boa".[38] Sempre que ouvia Beethoven no gramofone, os céus se abriam.[39] Esse scherzo era como dar uma espiada no inferno. O fedor da tristeza ascendia da terra cinza e sem vida. À medida que gemiam as notas de Chostakóvitch, o grande salão parecia esfriar tanto que ela não se surpreenderia se enxergasse sincelos pendendo do teto. Ao mesmo tempo, aquela música tinha algo que a assombrava, não a mera cor acústica, que debaixo de todo o cinza lembrava uma aurora boreal pavorosa, mas uma mensagem secreta, desesperada, que a desconcertava. Compartilhou essa impressão com o Camarada Aleksandrov, que respondeu em tom amável: Ora, se é incompreensível, então quer dizer que ele fracassou. — Käthe achou essa posição severa demais. No final, viu o tal Chostakóvitch, chamado a fazer sua mesura no palco. Pareceu um bom rapaz, um tanto eufórico e nervoso. Tudo na Rússia era tão estranho...

A senhora parece cansada, Frau Kollwitz. Se quiser, podemos voltar de trenó ao hotel. Assim poderá ver as luzes da alameda Tverskoi.

Para falar a verdade, ela decerto *estava* muito, muito cansada, mas se viu dizendo: Obrigada, parece muito bonito, mas estou bem.

Como queira.

Caminharam e caminharam, a Rússia se curvando extática ao redor dela como os bondes soviéticos que guinavam em trilhos duplos por meio do mosaico de paralelepípedos, o cruzamento quase vazio, alguns poucos retardatários atravessando depois do bonde, e então nada mais além de desolação em pedra e desolação em concreto, monótonas e eternas.

E agora creio que tomaremos um bonde, Frau Kollwitz. Herr Doktor Kollwitz, não concorda? Sua esposa parece exausta.

O motorista do bonde, uma mão sobre a outra, observava pelo espelho redondo.

A zeladora e seu garotinho dormiam em um colchão debaixo das escadas, o rosto gorducho da criança pressionado contra a boca fatigada da mãe, cuja mão gasta pelo trabalho repousava sobre o pescoço do filho. O velho rosto observador de Karl, tornado falsamente entusiasmado pelas lentes dos óculos, recaiu sobre a dupla que dormia, e ele suspirou.

Na manhã seguinte, enquanto o Camarada Aleksandrov acompanhava Karl até a praça Vermelha, que achou tediosa, e a catedral de São Basílio, cujas cúpulas, com seus padrões variados de listras de balão, saliências de pinha, espirais de sorvete e ondas marinhas, ele considerou dignas de contos de fadas, Käthe permaneceu no hotel; estava velha; queria apenas dormir. Karl, tão devotado à esposa, e que sempre repetia quanta sorte e quantas coisas boas ela havia lhe trazido — como ela o amava; como ela o odiava! "O casamento é uma espécie de trabalho",[40] havia comentado certa vez com a amiga Lene Bloch. Karl nunca tinha entendido por que ela precisava ficar só. Ficava magoado. Não que ela não o amasse! Käthe havia aprendido a esconder do marido a felicidade que sentia ao adentrar sozinha o quarto de Peter. Até mesmo a Rússia a sufocava; devia mesmo estar muito, muito velha.

Então aconteceu um desfile na praça Vermelha, com o Mausoléu de Lênin sempre no plano de fundo, e ela foi assistir: um desfile militar, depois trabalhadores armados, seguidos por manifestações.[41] A seu modo, era tão adorável quanto uma missa na Marienkirche. Karl, o social-democrata cheio de empatia, bradou vivas com o restante dos presentes, ainda que não entendesse nem sequer uma palavra do que diziam. Foi ali que ela produziu o desenho a lápis intitulado *Atentos*, que seria litografado no ano seguinte com o título traduzido para o equivalente russo, *Sluchaiuoschie*,[42] os olhos tornados ainda mais brilhantes e inocentes, o contraste ampliado. (Otto Nagel: "Käthe Kollwitz trouxe de Moscou uma bela página, que mais tarde retrabalhou em pedra".)[43] Naquele momento, *Atentos* era apenas um desenho a lápis com três cabeças jovens olhando para cima, enlevadas (a mais distante, boquiaberta como o filho morto — mas existe vida nos olhos desse jovem, assombro e admiração, pois escuta as palavras do Camarada Stálin!). Depois vem uma cabeça com lábios cerrados; a figura está absorta no discurso; então, em primeiro plano, sentada no colo do pai, aconchegada em seu braço direito e com a cabeça encostada em seu ombro, está a criança, rosto branco e olhos arregalados, boca aberta, absolutamente curiosa e surpresa, mas na mesma posição de tantas crianças mortas de Kollwitz, a cabeça pendendo inerte para trás. Mas o que estou dizendo? Não tinha nada de inerte! Quando eles tomavam café ou chocolate quente com os filhos em algum café arborizado, às vezes os pequenos se agarravam à cadeira, espiando o mundo por cima do encosto! E Peter havia dito…

O marido disse: Não paro de sonhar com bolos russos muito elaborados.

12.

Esta história, assim como este livro, é derivativa. No insuperável *Um túmulo para Boris Davidovitch*, o escritor sérvio Danilo Kiš relata uma fábula: Édouard Herriot, socialista radical francês de primeira ordem, orador carismático e político eficaz (em parte graças a ele a França reconheceu o governo soviético), veio fazer uma visita a Odessa. Monsieur Herriot, que quase posso chamar de Camarada Herriot, tem uma única fraqueza: é muito sensível à perseguição de sacerdotes. Infelizmente, ele deve chegar em quatro horas, e faz muito tempo que transformamos a catedral de Santa Sofia em fábrica de cerveja! E agora, o que fazer? Muita calma! Melhor tirar a faixa antirreligiosa da fachada. "Sob minha supervisão pessoal, cento e vinte detentos da prisão regional mais próxima levaram a cabo outra restauração da igreja, em menos de quatro horas."[44] E Herriot é enganado.

E Käthe Kollwitz? Por acaso ela também não queria ser enganada? Não tinha no mínimo uma vontade de sentir nem que fosse uma única vez a antítese do sofrimento mórbido ao qual havia tanto tempo fora condenada a vagar? Que importava que fosse uma luz falsa ao fim do túnel? No final daquele ano, de volta a Berlim, ela pegou seu diário e louvou "Moscou e sua atmosfera diferente, fazendo eu e Karl retornarmos como se tivéssemos sido muito bem arejados".[45] Seria bem simples escrever esta história como uma parábola sobre um coração que, graças à própria empatia, acabou enganado. Mas ela viu a zeladora, ainda que os russos preferissem que isso não tivesse acontecido. Percebeu significados ocultos no tom do Camarada Aleksandrov. Os discursos na praça Vermelha lhe importavam menos do que as crianças que ouviam tudo extasiadas. Tinha plena consciência de que o júri da Academia Prussiana, como seus antecessores da época do kaiser, teria preferido incluí-la em algum ponto da lista *Frauensport, Frauenheim, Frauenhaus* (termo obsoleto para bordel), *Frauenkauf* a reconhecê-la como artista. Por que não lhe dar o crédito de supor que ela também enxergou a verdade por trás de seus equivalentes soviéticos? Por exemplo, quando o Camarada Aleksandrov, talvez movido por curiosidade genuína, mas mais provavelmente buscando avaliar seu grau de cooperação, quis saber seus pontos de vista sobre a depauperação do proletariado germânico, ela o encarou sem piscar e respondeu: Quando o homem e a mulher têm boa saúde, uma vida de trabalhador não é intolerável.[46]

Em retrospecto, o que ela *deveria* ter pensado ou entendido? Ficar feliz pelos outros, estar em harmonia com eles, sempre havia sido um de seus maiores prazeres na vida;[47] será que o mesmo não deveria valer para todos? Dadas as limitações de suas origens burguesas, será que sua empatia pela classe trabalhadora não deveria ter bastado para contar a seu favor, de modo que a "posteridade" nada mais esperasse dela? Suas impressões sobre a Rússia poderiam muito bem estar de acordo com seu monumento em memória de Peter, que de início retratava o próprio Peter mas agora retratava seus pais. Às vezes temo que isso valha para as impressões de todos a respeito de tudo. (Danilo Kiš teria falado isso tudo com muito mais competência, usando seu característico estilo irônico; infelizmente, agora ele se encontra no mesmo lugar que Peter.) Talvez Käthe tenha mesmo continuado a trabalhar sem ilusões. Seria mesquinho demais escrever que alguém ficou bisbilhotando enquanto ela desenhava *Atentos*. E mesmo que fosse verdade, e mesmo que ela não tenha percebido, e daí?

Li, não nos diários dela, mas no relato do Camarada Aleksandrov, de quem sou muito próximo, que em dado momento, quando ele fez um comentário que ela poderia ter interpretado como sinistro, pois parecia instá-la a elogiar o retrato do Camarada Stálin (cabelo escuro, bigode escuro, não muito asiático, quase sorridente), ela respondeu apenas: Devemos todos cumprir as nossas obrigações.

É justo dizer que essa nova Rússia Vermelha, com seus caminhões intermináveis de focinho proeminente e seus bondes de teto plano, literalmente a intoxicava, e que por esta bela Elena — sim, seu nome era mesmo Elena — de cabelos escuros, que explicava a todos que Frau Kollwitz havia começado a trabalhar com águas-fortes de modo a distribuir o maior número possível de gravuras entre a classe trabalhadora,[48] Käthe começou a sentir uma onda repentina de sensações físicas, como não sentia por mulher nenhuma desde que era muito, muito mais nova. Seus ouvidos zumbiram. Corajosa, tentou cantar a "Canção da hélice...".

13.

Quando chegou a hora de partir, outra festa foi promovida em sua homenagem, é claro, e ao chegar na estação de trem ela encontrou algumas pessoas organizadas de forma espontânea para saudar sua despedida; algumas até carregavam cartazes. Entre elas estava um jovem fotojornalista de Odessa; ele pediu permissão para fotografar Käthe com a câmera do falecido pai; com um tom de voz baixo e tímido, afirmou nutrir esperanças de que um conhecido seu, editor na *Vsiermirnaia Ilustratsia*, aceitasse publicar um retrato da grande artista K. Kollwitz. Ela já estava bastante cansada, muito, muito cansada mesmo; mas também sentiu pena dele, e concordou.

Ele era muito sincero e muito rápido. Käthe acabou gostando dele. O rapaz perguntou se ela aceitaria posar ali mesmo, na plataforma da estação, segurando sua última obra-prima, *Atentos*, inspirada pela vida em nossa União Soviética, mas ela explicou que o desenho já estava guardado na bagagem. Ele sorriu, compreensivo.

Ela perguntou o que ele pretendia fazer da vida, e o rapaz respondeu que queria documentar o progresso da revolução comunista em nosso país e ao redor do mundo. Estava pensando em entrar na Escola Estatal de Fotografia, caso encontrasse alguém disposto a ajudar. Queria fazer filmes.

Käthe meneou a cabeça e se encostou no ombro de Karl. Só queria tomar assento no trem e descansar. Em um mundo perfeito ela nunca mais precisaria responder nada, exceto as perguntas dos netos! Ao mesmo tempo, não conseguia ser rude com o rapaz. Se conseguisse impedir que Karl percebesse o quanto ela estava cansada! Se ele tentasse resgatá-la, certamente magoaria os sentimentos do jovem.

Perdão, querido, ela lhe disse, poderia por favor repetir seu nome? Nós, idosos, infelizmente acabamos ficando um pouco estúpidos.

Mas é claro, Frau Kollwitz! Meu nome é Karmen,[49] Roman Lazarevitch. Talvez algum dia eu também adquira algum renome.

E de onde mesmo você disse que é?

De Odessa. Esta câmera pertencia ao meu falecido pai. Foi tudo que ele me deixou. Ele foi torturado pela Guarda Branca por ter publicado artigos na imprensa comunista. Mais tarde foi libertado, mas nunca se recuperou. Morreu muito jovem.

Pobre, pobre menino, disse Käthe, balançando a cabeça. Torceu para que o marido não tivesse escutado. Karl, que também tinha perdido o pai e a mãe muito cedo, ficava transtornado facilmente com casos semelhantes.

É uma história comum, infelizmente. Sua expressão está perfeita; poderia ficar parada assim por um instantinho?

E o belo e jovem Karmen, com seu gorro de veludo e seu rosto liso, olhou pelo visor da câmera, cujos foles estavam semiestendidos e travados na posição correta pelo X de aço na parte superior; ela percebeu que a placa metálica dianteira da lente estava blindada, como todo o resto.

(Seria preciso descrever a tal expressão perfeita? Käthe transmitia uma expressão de serenidade triste, acima de tudo; não apenas não precisava mais de nenhum modelo além de si mesma, mas havia também se transformado em uma das próprias esculturas. Seus olhos, como os de Chostakóvitch, pareciam sempre prestes a explodir de aflição, como cadáveres voando pelos ares quando uma bomba desgarrada atinge uma vala comum.)

O rapaz não parecia nem um pouco amargo. Tinha algo de Peter, do idealismo mobilizado que todos tínhamos na Alemanha durante aquela primeira semana (ainda que o velho Reschke do Café Monopol tenha acertado em cheio ao dizer: Graças a Deus a mobilização começou; ninguém aguentaria mais tanta expectativa...) —[50]

quando Peter vestiu o uniforme ela ainda o considerava uma criança; tinha dezoito anos e meio; mas o entusiasmo dele a deixou tão comovida que ela quase chorou; Karl, por sua vez, disse: Que geração de jovens nobres, não podemos medir esforços para sermos dignos deles. —[51] Isso foi logo no início, é claro, quando até mesmo ela acreditava no kaiser e Peter ainda estava vivo.

Quantos anos você tinha quando seu pai morreu?

Catorze, ele respondeu com um sorriso breve. Foi quando os poloneses ocuparam Kiev…

Acionou o obturador; o pó de magnésio lampejou.

Obrigado, Frau Kollwitz. Mandarei uma cópia pelo correio. Bem, esta câmera me permitiu começar, mas estou ficando entediado com a fotografia estática. Acho que não representa o dinamismo da nossa nova era. Chegou a ver a exposição de Rodtchenko?

Sim, vi, ela respondeu educada. O Camarada Aleksandrov tinha providenciado a visita. Ela odiou.

Bem, aqueles ângulos estranhos, aquelas distorções, eu amo demais tudo aquilo! E ele também é útil; produz grandes cartazes educativos, que chamam a atenção do povo. Mas eu quero ir além! Quero animar tudo! Ao mesmo tempo é importante se manter fiel à vida, como a senhora sempre foi. Não vou fazer filmes escapistas; vou fazer documentários.

Naquele momento o rapaz a lembrava tanto de Peter que ficou difícil de suportar; sendo mais específico, ele lembrava Peter no último mês de vida, sorrindo dentro do uniforme escuro com uma coluna de grandes botões reluzentes; usava o novo quepe sempre que podia, sempre com o olhar perdido na direção do que imaginava ser o futuro.[52]

Parece uma ambição admirável, respondeu Käthe, sorrindo para o rapaz. E agora preciso embarcar no trem.

Posso, por favor, pedir um conselho?, ele perguntou.

Está na nossa hora, retrucou Karl.

Terei prazer em ajudar, Roman Lazarevitch. Mas apenas se você não me fizer perder o trem!

Onde estava Karl? Ah, graças a Deus, ele havia embarcado toda a bagagem…

O jovem Roman Lazarevitch abriu um de seus sorrisos breves e disse a Käthe: Que coisa terrível ser uma mãe chorando sobre o filho morto e perceber um homem vendo e filmando aquilo![53] Pelo menos eu imagino que seja. Ainda não fiz nenhum filme, mas sei que minha tarefa vai ser procurar a desgraça e, espero, revelar suas causas e soluções. Assim, de certo modo, quero me tornar a próxima Käthe Kollwitz. Quero dedicar minha vida a mulheres e a filhos mortos. Mas me parece errado *usá-los* para qualquer propósito, mesmo que seja para o bem comum.

Karl, cujos olhos diminutos pareciam viver abrigados por trás dos óculos, tinha voltado e colocado um dos braços em volta da esposa. Murmurou: Você não é obrigada a responder se não quiser, Käthe.

O que ela deveria ter dito? Deveria ter confessado que, sem jamais ter pedido permissão, capturou aquele homem esquelético de cartola, agora aprisionado para sempre na série dos *Tecelões*? Isso era verdade, mas bem mais frequente era sua busca pelo próprio rosto, antigo e exausto!

De repente ela achou mais uma vez que iria chorar. Nada lhe teria sido mais odioso.

Respondeu: Roman Lazarevitch, para mim é muito simples. A mulher com o filho morto sou eu, sou eu mesma. E o filho também sou eu.

14.

E assim os dois voltaram a cruzar a porta em forma de arco do número 25 da Weissenbürgerstrasse. Fazia treze anos que o quarto de Peter permanecia idêntico, a cama branca arrumada com perfeição, a silhueta emoldurada na parede, os vidros fechados no gabinete de curiosidades juvenis; flores no vaso, roupas nos ganchos.[54]

Segundo os comentários de um analista, "nos diários não se encontra quase nada sobre a viagem, e até mesmo o filho em Berlim, a quem ela costumava enviar relatos frequentes e detalhados das viagens, parece ter recebido somente uma única carta".[55] Assim mesmo deve ter ficado satisfeita com a experiência, porque no ano seguinte, enquanto o sonâmbulo, vestido com traje social e chapéu elegante,[56] fazia outro discurso em Hamburgo, andando frenético de um lado para o outro com um chicote de equitação curto na mão, Käthe terminou de entalhar uma xilogravura com Elisabeth grávida de Johannes e Maria grávida de Jesus, tirou o avental, sentou diante da ampla mesa de madeira da sala da estar e escreveu a Górki: "Tudo que eu vi na Rússia, vi à luz da estrela soviética".[57] Vinda de uma alemã, a frase seguinte agora parece no mínimo irônica: "E sinto uma ânsia de voltar, de adentrar mais uma vez essas terras até chegar ao Volga". Catorze anos mais tarde, seu neto, também chamado Peter, morreria ali, afogado em um turbilhão de balas e bombas perto do grande redemoinho conhecido como Stalingrado.

Na época ela já havia perdido o costume de ficar olhando pela janela, então não tenho como afirmar se enxergou ou não o homem de cartola subindo e descendo o calçamento da Weissenbürgerstrasse com os companheiros camisas-pardas; talvez já tivesse morrido àquela altura; o aprendiz de merceeiro estava enterrado fazia tempo. Andava ocupada demais para aproveitar a luz do fim de verão, que dirá as brumas sobre o Wannsee; estava sobrecarregada demais de honrarias. Quando a Grande Depressão apunhalou sua República pelas costas, Käthe foi promovida a chefe de departamento da Academia Prussiana de Artes. Quando Chostakóvitch estreou a *Segunda sinfonia* ela estava produzindo outra xilogravura escura, o rosto da mãe borrado lembrando uma múmia encoberta, o pequeno aparentemente morto; ela batizou a gravura de *Dormindo com filho*.

Em 1931 sua imensa litogravura *Nós protegemos a União Soviética!*[58] exibia proletários com expressões amargas e severas de braços dados com proletárias de aparência determinada; estavam todos em fila, uma muralha contra o mal; por coincidência, me fazem lembrar dos vultos em fila nos documentários de Roman Karmen. "Seu trabalho criativo, devotado ao proletariado alemão e à luta por libertação por ele empreendida, é um dos pontos altos da arte realista revolucionária europeia."

No ano seguinte, enquanto o avião-foguete RP-1 de S. Korolev executava o primeiro voo pelos céus soviéticos e o sonâmbulo convocava os subordinados para uma reunião no hotel Kaiserhof, exigindo obediência muda,[59] ela chegou ao cemitério onde Peter estava enterrado. Era julho. Sofreu sozinha por dois dias, se afastando do toque de Karl. (Quando tinha enfim decidido se casar, depois de anos de hesitação, sua mãe lhe prometeu que ela jamais ficaria sem o amor do marido.) O cemitério parecia mais agradável a cada visita. Estava fechado na primeira vez, cercado por arame farpado. Um soldado belga ajudou Käthe a entrar e a conduziu até o túmulo de Peter. Ela ficou grata pelo silêncio do soldado e por sua ausência de surpresa. Ah, mas naquela época tudo parecia tão lúgubre! Agora ela já estava acostumada.

Hans chegou no dia 25. — E de repente a bala o atingiu!,[60] ela se repetia enquanto Hans a olhava fixamente, balançando a cabeça com vagar. Foi colocado na trincheira por Keim e os outros, explicou, porque achavam que ele estava apenas ferido, mas na verdade já estava morto…

Aquele olhar, que ela nunca conseguia decidir se era apagado ou cauteloso, tinha invadido os olhos de Hans durante os anos da guerra; talvez só marcasse presença quando Hans estava com ela; teria sido natural para ele acreditar que a mãe amava mais a Peter, simplesmente porque nunca parou de se lamentar por ele. Quando Hans completou dezesseis anos, ela fez um ex-líbris com um anjo loiro e nu, cujos genitais não eram exagerados nem ocultos à maneira americana; e o anjo estava postado à beira de uma ilha branca, com asas e punhos erguidos, olhando para baixo na direção de um mar cinzento, a cena inteira iluminada pelas riquezas da futuridade, das quais, como ficou provado, Hans conseguiria desfrutar e o irmão, não.[61] Será que ela não teria pressentido isso? Conhecia tão bem os corpos dos dois; primeiro Hans lhe tinha servido de modelo, depois Peter. E Karl vivia preocupado com os pulmões de Peter, com o baixo peso do filho. Bem, agora o pobre Hans estava ficando grisalho.

As esculturas foram instaladas no dia 28, não na sepultura, que seria pequena demais, mas no lado oposto à entrada do cemitério: o pai ajoelhado, com os braços cruzados para dentro, rígidos, enquanto olha fixamente adiante, ou finge fazê-lo; na verdade está fitando a terra, que não é lugar nenhum; o rosto está congelado; ele reprime o luto. — Nossa vida é assim, ela disse a Karl. — A mãe, por sua vez, está claramente curvada para a frente e para baixo; parece prestes a desabar dentro da sepultura a qualquer momento. De fato, durante a instalação da escultura a figura feminina começou a se inclinar para a frente no chão macio; os trabalhadores tiveram que corrigir o pedestal para em seguida recolocar a mãe na pedra de vigília. — Não tenho certeza se o Congresso Mundial dos Amigos da União Soviética se interessaria por esse tipo de detalhes.

E foi também o ano de sua segunda e mais abrangente exposição soviética, ocorrida em Leningrado. Gravuras emolduradas, colocadas nas paredes em alturas determinadas por suas dimensões, cobriam as paredes de um salão rococó cujos entalhes florais a Revolução ainda não tinha removido do teto. O esbelto Otto Nagel vestiu o terno de risca e compareceu ao vernissage, assim como muitos cidadãos de Leningrado; na fotografia enxergo uma jovem de cabelos escuros, muito escuros, a décima primeira da esquerda para a direita; acho que se chama Elena Konstantinovskaia. Duas fileiras atrás, e sem de maneira alguma olhar na direção de Elena, porque ainda não haviam percebido um ao outro, enxergo D. D. Chostakóvitch, não tenho a menor dúvida; Nina, sua nova esposa, está no trabalho, longe dali. —[62] Mas Käthe ficou em casa, ou seja, no túmulo de Peter, rodeada por cruzes de madeira amarela.

Em seguida tudo na Alemanha se tornou preto, branco e vermelho — as cores do Terceiro Reich.* Käthe relembrou algo que o professor Moholy-Nagy costumava dizer: Não tenho interesse em participar desse tipo de evento óptico.

15.

No fim das contas, sua arte acabou suplantada nas duas zonas. Uma mãe atormentada com o filho morto nos braços, veja bem, talvez seja algo demasiadamente universal — ou, como diria o Camarada Stálin, *incorreto*. Pois como avançar nossa causa se dermos a entender que todos, até mesmo o inimigo, sofrem com filhos mortos? Bem melhor é o famoso cartaz exibindo a soldado do Exército Vermelho com uma das mãos no quadril e a outra sobre o peito coberto de medalhas, ereta como uma sentinela diante de um muro alemão esburacado de balas, o quepe com estrela vermelha apoiado no crânio de modo a exibir o cabelo (curto, mas ainda assim feminino) enquanto ela sorri para o futuro! Essa é a visão russa. Do outro lado precisamos apenas citar a máxima de nosso Führer segundo a qual "os alemães — isto é essencial — precisarão constituir entre si uma sociedade fechada, como uma fortaleza".[63] ▸

* Surpreende que até 1939 tenham permitido que Käthe contasse com um verbete no *Meyers Lexikon*:([a]) ela nasceu; recebeu uma educação germânica; era uma esposa desde 1891. *Suas páginas expressivas não estão imunes ao viés de luta de classes utilizado pela propaganda comunista.* Quando será que bateriam em sua porta? Quando enfim batem, três anos após sua demissão forçada da Academia Prussiana, a Gestapo ordena que ela repudie certas declarações a favor da Rússia, dadas em uma entrevista ao *Izvestia*. Käthe obedece. Depois disso ela e Karl planejam, sem muito afinco, ter veneno à mão. Karl, já proibido de exercer a medicina, morrerá de velho assim que os tanques do sonâmbulo deslizarem Paris adentro. Em 23 de outubro de 1943 o prédio da família será destruído por bombardeiros americanos. Käthe morrerá na Saxônia, logo após Dresden ser arrasada por bombas incendiárias. Cito uma de suas últimas cartas: *Oh, Lise, deve ser tão bom estar morta, mas eu tenho muito, mas muito medo de morrer, de sentir um medo terrível na hora da morte.*([b])

([a]) Verbete sobre Kollwitz no *Meyers Lexikon — Vol.* 6 (publicado em 1939), p. 1300. Meyers lista algumas obras, como *Proletariat* (1925). Sugere que ela é ultrapassada.

([b]) *Diary and Letter*, p. 195 (carta de fevereiro de 1945).

Fechaste os portões do Danúbio

Assim que a morte fica visível por trás de tudo, ela perturba o processo imaginativo. Uma ameaça é mais estimulante quando não está sendo confrontada de perto.

Käthe Kollwitz (1932)[1]

1.

Nossa atual literatura soviética (nacionalista em forma, socialista em conteúdo) não admite épicos e porcarias antiquadas do gênero. Mas um trecho do *Canto da campanha de Igor*, do século XII, me parece relevante para contexto. Diante de *Iarosláv de Aliche, o Príncipe de Oito Mentes*, para quem não dou a mínima, canta o bardo anônimo:

Reinas no alto do teu trono de ouro;
Trancaste as montanhas da Hungria
usando tuas tropas de ferro como ferrolho;
bloqueaste o avanço do Rei;
fechaste os portões do Danúbio.[2]

É verdade; ele fechou os portões do Danúbio, e você sabe a quem me refiro; você compreende o que significa o Danúbio.

O rei cujo avanço ele bloqueou contemplava neste instante um longo cano arborizado cujo aço era formado de pedras de calçamento; a boca do rifle tinha um brilho dourado; e por meio daquele cano em meio ao túnel verde avançava a Legião Condor, carregando armas e estandartes ao marcharem como balas através da boca do cano. Era o desfile da vitória. — Eu não estava lá. Estava vigiando os portões do Danúbio.

Meus observadores estavam posicionados no Portão de Brandemburgo coberto de suásticas quando a Legião Condor surgiu marchando; naquela noite o telefone preto tocou, e quando levantei o fone minha Orquestra Vermelha começou a tocar uma canção para mim, uma canção de Hindemith, não de Chostakóvitch: fechando os olhos, traduzindo em imagens a música do programa, consegui enxergar tudo: primeiro o trio carrancudo de jovem guerreiros com boinas inclinadas na cabeça e reluzentes botas de meio cano. O soldado central carregava o estandarte, que estava encimado por uma águia com a suástica. Todos os três estavam condecorados. Atrás deles, a uma distância prudente, avançavam as colunas com rifles erguidos. *Prestissimo*, agora! A Legião Condor surgiu marchando em passo de ganso com baionetas armadas na ponta dos rifles apontados para cima, ultrapassando uma fila de tocadores de tambor uniformizados, com capacete de aço.

2.

Pode me chamar de Kirov de bronze, robusto com meu macacão de trabalhador, ombros largos, sorridente, cabeça coberta por um chapéu. As mulheres idosas se impressionam comigo. Meus deveres são tão tediosos quanto os cães, a neve e os cavalos de Leningrado. Vagueio por entre os livreiros da avenida Niévski, garantindo que esteja tudo em ordem com nossos portões do Danúbio. Iejov me liga pelo imenso telefone preto: *Mande mais pequenas bailarinas*! Não é meu trabalho, mas cuidarei disso. Meu trabalho é tudo que é comprido e rasteiro.

Você já esteve nos países neutros? Eu não. Para mim não existem países neutros. Por esse motivo, escutar transmissões radiofônicas estrangeiras em Leningrado será em breve um delito punido com a morte.

Entreguei meu relatório sobre a Operação Fogo Mágico e fui para casa. As bailarinas de Iejov já me cochichavam sobre a Operação Barbarossa, mas a Caso Branco ainda nem havia sido aberta; ainda contávamos com um tempo infinito. O futuro não existe até acontecer.

Moro sozinho, por escolha própria. Meu único desejo é exacerbar as contradições da cultura capitalista. — Você é burro o suficiente para acreditar em uma coisa dessas? — O que realmente gosto de fazer é ouvir a Orquestra Vermelha. E, sempre que recebo a ordem, pego o carro e vou espionar Akhmátova. Aposto que, esta noite, Lídia Tchukovskaia vai estar de novo por lá. Ninguém jamais pegou essas duas em flagrante, mas eu sei que são lésbicas. Por mim, fuzilavam as duas.

O humilde secretário em seu trono de ouro fechou os portões do Danúbio. Sabendo o que sei, nem discuti. Segundo a Orquestra Vermelha, primeiro o Rei assinaria um tratado conosco para não ter que lutar uma guerra em dois fronts. Ora, isso seria bastante lógico.

O Rei nunca conseguiria atravessar. Estávamos a salvo. Você-sabe-quem reinaria para sempre em seu trono de ouro.

3.

Ontem Piotr Alekseiev, minha companhia ocasional em trabalhos sujos, me contou uma boa. Parece que um bando de colcozianos com sapatos cheios de esterco fresco chega a Moscou;[3] você sabe como é; são trabalhadores de choque; ganharam o prêmio! Imagine esse bando como se fossem recortes de papel de Rodtchenko, abstratos, pintados com óleo escuro e montados em bases circulares de madeira. O guia explica que agora estão na capital mundial do progresso, da abundância, da liberdade, a conversa toda. Depois de algum tempo um dos camponeses, tímido, se manifesta: Camarada Líder, ontem eu caminhei pela cidade inteira e não vi nenhuma dessas coisas! O guia tem a resposta perfeita. Retruca: Você deveria passar menos tempo andando por aí e mais tempo lendo jornais!

É o que repito para mim mesmo. Ele fechou os portões do Danúbio, então tudo vai bem. Não é bem o que eu sinto, mas eu deveria passar menos tempo andando por aí e mais tempo lendo jornais. Infelizmente, meu trabalho é andar por aí.

Tukhatchévski informa ao Camarada Stálin que a próxima guerra será travada com tanques. Muito bem — vamos fazer experiências com tanques na Espanha. Logo de saída, sessenta de nossos blindados são capturados pela Legião Condor, a maioria com a ajuda de mouros aos quais os fascistas pagaram quinhentas pesetas por cabeça.[4] O Camarada Stálin tem uma resposta para essa provocação: Fuzilar Tukhatchévski. Ele deveria ter passado mais tempo lendo os jornais. Se tivesse feito isso, saberia que tanques jamais oferecerão perigo nenhum. E a Legião Condor avança a passo de ganso.

Pego o grande telefone preto. Melhor dar uma escutadinha, meus caros! Tchukovskaia está dizendo o seguinte, com o característico tom malicioso que adota para impressionar Akhmátova: As ruas andam tão molhadas e soturnas…

Penso: Lídia Korneieva, você não faz ideia!

Akhmátova responde: Digamos que catástrofes caem bem a Leningrado…[5]

Penso comigo mesmo: Mas quanta bobagem! Chega a ser ofensivo que uma pessoa dessas tenha conseguido publicar alguma coisa.

Akhmátova não para: O rio gélido, os ocasos funestos, a lua operística, aterrorizante…

Tchukovskaia sussurra: A água negra salpicada de luz amarela…

No fundo da água negra é bem onde você merece estar. Foi isso que eu pensei. Ninguém, claro, dá a mínima para as *minhas* opiniões.

4.

Os portões do Danúbio estão congelados, a salvo, assim como o sonâmbulo está congelado com a mão esquerda no cinto e o braço direito estendido e levantado, dedos ligeiramente entreabertos; diante do sonâmbulo o *Generalmajor* Freiherr von Richthofen imita seus gestos, e a Legião Condor está congelada em um múltiplo passo de ganso, uma das pernas erguida no ar, esgares nos rostos de hidra; é uma dança de marinheiros. ▸

Os foguetes[1] de Elena

As crianças inventaram uma brincadeira na qual enchem de terra meias de mulher que em seguida atiram para o alto como se fossem foguetes, e ao caírem elas criam imensas nuvens de poeira. Os pequenos brincam disso o tempo todo, ainda que tenham sido proibidos pela administração.

Anônimo, Memorando ao vice-presidente
da Comissão para as Crianças da Cidade de Moscou,
assunto: Comuna das Crianças, Baribino (1936)[2]

1.

Já naquela época, alguma coisa em Elena Konstantinovskaia a tornava objeto de desejos obsessivos. Nas fantasias de Chostakóvitch, que ela ainda levaria anos para conhecer, às vezes Elena se parecia com um anjo de Rodtchenko, cujo longo vestido era uma construção de ripas de um azul muito vivo, semelhante a uma tenda; do topo desse triângulo, ou seja, bem na cintura de perímetro infinitesimal, saíam braços esqueléticos de um branco muito puro, que lembravam estacas de cerca; os braços estendidos abençoavam o mundo com mãos triangulares e douradas. (Em nome da completude, acrescento que esse anjo também possuía espáduas rubras, isso sem mencionar uma cabeça rubra e triangular cuja única feição era uma solitária protuberância branca, comprida e delgada como uma palha.)[3] Talvez Elena não tivesse essa aparência aos olhos de ninguém exceto Chostakóvitch, e mesmo para ele era apenas em certos dias, quando a música que ela inspirava atingia o limite máximo de formalismo. Como se escreveu acerca do cientista aeroespacial F. Zander, "uma das tragédias desse intelecto formidável era que suas soluções de engenharia, por mais maduras que fossem, não correspondiam às possibilidades técnicas de sua época".[4]

Bem, e qual era a aparência *real* de Elena? Por Akhmátova, que a conhecia de vista, foi comparada a uma igreja — mais especificamente, a uma das *quarenta vezes quarenta* igrejas dos poemas de Marina Tsvetáieva sobre Moscou.*[5] Lembre-se de que nessa época não era nada recomendável sequer mencionar igrejas; estavam todas sendo demolidas ou transformadas em museus do ateísmo por todo o nosso território soviético. "Igreja vezes igreja, todas estas quarenta vezes quarenta", Akhmátova cantarolava sem parar esses versinhos infantis, pelos quais Tsvetáieva sem dúvida pagou um preço muito alto e que mais tarde podem ter ajudado a precipitar o castigo da própria Akhmátova, mas nesse ponto da história o caráter suspeito dessas três pessoas — estou me referindo a Chostakóvitch, Akhmátova e Tsvetáieva — me parece menos importante que sua compulsão por comparar uma coisa com a outra. Rodtchenko produzia "construções" de vanguarda — um ato que também parece ligeiramente suspeito, agora que parei para pensar, mas tudo bem; vamos supor que essas "construções" foram concebidas de um modo correto —, por que Chostakóvitch precisou distorcer Elena até que se tornasse uma delas? Se Elena fosse apenas Elena, qual seria o problema? Por que precisava ser uma igreja? Uma das minhas teorias — aqui quem fala é o Camarada Aleksandrov — é que Akhmátova teve tantas mulheres que elas bem que podiam ser as quarenta vezes quarenta igrejas da Moscou pré-revolucionária! Isso expõe o cerne do que torna intelectuais perigosos. Usamos os intelectuais para agregar *novidade* à vida, o que a torna suportável, mas a novidade não pode se transmutar em completa alienação; uma mulher jamais deveria se transformar em uma igreja. E agora peço desculpas e sairei da história.

Chostakóvitch, Akhmátova e Tsvetáieva eram rebeldes, na medida em que era possível ser rebelde sem acabar liquidado (Tsvetáieva liquidou a si mesma). Elena Konstantinovskaia, por outro lado, estava mais para boa moça. Estou vendo aqui que foi inscrita pelos pais nos Pequenos Outubristas, mas ultrapassava em alguns meses a idade máxima. Nos Jovens Pioneiros (elo "Carpinteiro", Brigada N. K. Krupskaia),[6] Elena demonstrou características de líder em meio às outras crianças, graças ao entusiasmo em produzir faixas e cartazes. Sua desculpa para não ingressar de imediato no Komsomol (a saber: dedicação aos estudos) me parece bem plausível. Quando enfim ingressou, aos quinze anos, suas notas continuaram excelentes. Uma das professoras, a viúva Liadova, parece ter sido responsável por sua decisão de estu-

* Na verdade dizem que ela lembrava Tsvetáieva, sobretudo a boca, ainda que o cabelo longo e escuro, quase sempre com uma franja reta encostada nas sobrancelhas, também fizesse algumas pessoas se lembrarem da poeta condenada.

dar linguística.[7] Ao longo da preparação deste resumo examinei as traduções de documentos militares alemães feitas por Elena, pois em 1941 tive um motivo infeliz para aprender esse outro idioma; apesar do relatório desfavorável do tenente N. K. Dantchenko, que por acaso também tenho em mãos, posso atestar que são literais e neutras. Tais qualidades não podem ser desconsideradas, particularmente em tradutores do escalão da linha de frente, cuja busca perfeccionista pela palavra exatíssima às vezes acaba corrompida por laivos de autoexpressão.

O trabalho de Konstantinovskaia me tranquiliza com seu toque de artificialidade: mostra uma profissional mais preocupada com a correção do que com o estilo. Além disso, ela levava uma vida tranquila. Tenho informações confiáveis de que, quando Chostakóvitch proferia discursos imprudentes, irreverentes e às vezes até mesmo provocativos contra o poderio soviético, ela o instava a se acalmar. Não aprovava os conhecidos mais extremistas de Chostakóvitch, e durante uma briga exclamou: Ainda bem que os seus amigos não são amigos meus!, o que para mim sempre contará a seu favor. Suas manifestações de apoio à formalista-individualista *Opus 40* podem ser desculpadas, já que a obra foi dedicada a ela. Quando a mandamos para o norte em 1935, foi com a única intenção de pressionar Chostakóvitch, para que não se *esquecesse*. Pode acreditar: nada tínhamos contra Elena. Prendemos o filho e o namorado de Akhmátova naquele mesmo ano, por motivos equivalentes. Foi um prazer ajudá-la a ser libertada mais cedo, não que ela tenha ficado sabendo da minha intervenção. Meu trabalho tende a me fazer pensar coisas horríveis a respeito das pessoas. Sobre Elena Konstantinovskaia penso apenas coisas boas.

Ainda assim, e esta pode ter sido uma das qualidades que atraíram Chostakóvitch, Elena tinha uma perversão nada secreta — inofensiva, admito. Como vou dizer? (Se fui mais grosseiro ao falar de Akhmátova é porque nunca gostei dessa mulher.) Em 1928, quando nossa terra soviética lançou os primeiros foguetes, Elena acalentava uma intimidade anormal com a colega Vera Ivanovna. Um relatório sobre as duas afirma que "notamos duas marcas roxas no pescoço de Elena Konstantinovskaia. Primeiro ela não quis explicar a origem, mas depois revelou constrangida ter sido beijada por Vera Ivanovna no bosque, o que causou as marcas roxas no pescoço".[8] Esse incidente me impele a reconsiderar seu relacionamento com a professora Liadova, que por sinal apresentou Elena aos poemas da bissexual Tsvetáieva.

Depois de Vera, na verdade um ano inteiro mais tarde, o ano em que Chostakóvitch se casou com Nina Varzar e a esposa do Camarada Stálin se matou com um tiro; um ano depois da sobrinha de Hitler se matar com um tiro e um ano antes de Hitler se tornar chanceler, aconteceria uma conferência internacional de linguística, e entre os delegados estaria uma camarada alemã de nome Lina, uma mulher de olhos e cabelos castanhos, com franja reta, que na primeira ocasião tomaria assento na poltrona macia do quarto de hotel em Leningrado, observando Elena e usando as duas mãos para ajustar a gola do suéter no pescoço; Lina e Elena haviam passado meia hora envolvidas em uma discussão fervorosa sobre a melhor tradução russa para o seguinte verso do século XIII: "A canção secreta de Isolda era sua maravilhosa beleza, cuja música invisível escapava pelas janelas dos olhos".[9] Lina estava nua exceto pelo suéter, os joelhos brancos quase na altura dos ombros, as coxas brancas reluziam, os lábios compridos e brancos da vulva eram irresistíveis como uma guloseima para Elena, e o ânus era uma estrela branca. Em um instante Elena ficaria de joelhos para enterrar o rosto nas carnes da jovem alemã; ela sabia disso, e Lina também. Pouco antes que isso acontecesse, Lina comentaria: Nós duas temos quase o mesmo nome, não é?, e Elena, quase incapaz de lidar com seu desejo pela outra, assentiu rapidamente enquanto Lina tirava o suéter com a mão direita e estendia os braços sem pressa, encostando os dedos no cabelo de Elena, torcendo e forçando para baixo a cabeça da outra; não, não, não seria assim, de modo algum; Elena, vencedora de um prêmio na competição de esgrima do Komsomol, investiria contra a boceta de Lina como um lúcio atacando a isca; depois Lina acariciaria o topo da cabeça de Elena, murmurando: Nós duas somos tão brancas, não é? — E *então* Lina agarraria Elena pelos cabelos e puxaria sua cabeça com mais força, sussurrando: Ah, meu amor, mas você é branca como a neve e eu sou branca como uma nuvem... — e antes mesmo de terminar a frase Elena começaria a derreter com o calor de Lina, que se transformaria em chuva na boca de Elena. Haveria uma segunda vez, e uma terceira (a essa altura Elena estaria disposta a morrer por Lina), depois uma quarta e uma quinta, tudo no espaço de uma longa noite branca. Pela manhã Lina voltaria insone para Berlim e Elena nunca descobriria o que aconteceu com ela.

Você quer saber a diferença entre Vera Ivanovna e Lina? Elena fez a mesma coisa, praticou o mesmo ato sexual, com ambas. Mas ao fazer isso com Lina, como já estava mais adulta e experiente, agiu como Von Karajan conduzindo a *Décima sinfonia* de Chostakóvitch: de um modo suave, redondo, requintado, elegante (isso se percebe sobretudo nos metais), menos áspero e desesperado que André Previn. Especialmente na ferocidade do segundo movimento, ainda que o tempo de Karajan seja até mais rápido que o de Previn e soe mais abundante, mais modulado. (Neste ponto eu de minha parte prefiro a aridez de Previn.) No terceiro movimento toda e qualquer ironia é abandonada, resultando no que considero uma interpretação muito equivocada de Chostakóvitch; mas em troca Karajan concede uma doçura pungente à música, bem diversa do resultado obtido por Previn. Como é estranho que as mesmas notas soem de modos tão distintos!

(A propósito, Karajan recebeu seu cartão do Partido Nazista em abril de 1933, menos de dois meses após o sonâmbulo se tornar chanceler.)

Quando se tornou amante de Chostakóvitch, ou seja, a musa da *Sonata para violoncelo em ré menor*, Elena já havia aprendido a fazer amor com mais fluidez e perfeição que na época de Lina. Estar com ela — Akhmátova estava certa! — tinha algo de adentrar uma igreja antiga. Não era apenas uma questão de saber como alcançar e sustentar um vibrato, como *manipular* (assim resumiu o sexo ao marido Roman Karmen mais tarde); Elena tinha algo que fazia seus amantes chorarem.

Mas o que Elena tinha de mais estranho era a competência em usar o disfarce da simplicidade (creio que para não se machucar). Quando colocava os óculos redondos e prendia o cabelo em um coque, dificilmente alguém lhe lançava olhares na rua. E na escola era igualmente discreta — um traço altamente adaptativo para sua época e lugar. Segundo li, todos que tiveram a sorte de ver Elena soltando o cabelo jamais a esqueceram. Em 1927, ano do carro-foguete de A Ia. Fedorov, uma garota se matou por causa dela.

Certa vez Chostakóvitch, em um momento de curiosidade, perguntou se havia uma chance de ela deixar de sentir atração por mulheres, ao que Elena respondeu, severa e orgulhosa: Eu nunca vou mudar.

E por que deveria? Como eu disse antes, por que Elena deveria ser compelida a ser qualquer outra coisa senão Elena? Acredito que ela tenha amado Chostakóvitch acima de qualquer outra pessoa porque para ele, quem e o que ela era era perfeito. Não há como melhorar um mi sustenido; ele não pode ser substituído por um si bemol. É o que é. Elena amava mulheres, e Chostakóvitch a amava por isso.

2.

Em 1931, quando teve início a construção do primeiro planador-foguete soviético, Elena pensou seriamente em se inscrever no Instituto de Aviação S. Ordjonikidze de Moscou. Poderia ter feito qualquer coisa; era boa em integrar o coletivo. Talvez por isso vivesse sonhando que dentro de todas as salas havia um grande telefone preto que tocava sempre que ela passava por perto. Havia guardado os jornais do ano anterior sobre a Sétima Competição de Planadores da União Soviética, em que o planador "Estrela Vermelha" de S. M. Korolev se demonstrou capaz de acrobacias espetaculares; Elena se imaginou apaixonada por Korolev. Em 1934, quando Elena estava tendo o caso com Chostakóvitch, um jovem e atraente Roman Karmen, vestido com uma boina quente e um traje de aviador abotoado até o pescoço, empunhava uma câmera branca como a neve para filmar o aviador W. S. Molokov, Herói da União Soviética, também jovem e atraente mas inteiramente coberto e usando um espesso gorro de pele, de modo que não era possível identificar quem era quem; Molokov estava com óculos de voo sobre o gorro, Karmen não; foi ao ver essa fotografia de Karmen que Elena se apaixonou por ele. A essa altura nosso primeiro foguete com propulsão líquida, bem pequeno, tinha obtido sucesso em deixar a plataforma de lançamento. Logo seria suplantado por um foguete tão alto quanto a torre da Fortaleza de São Pedro e São Paulo! Elena leu sobre tudo isso no *Izvestia*. E bem quando se decidiu de uma vez por todas a se casar com Roman Karmen recebeu um cartão de Vera Ivanovna, que não seria expulsa do Komsomol até 1937, um ano depois de Elena, que ao abrir o cartão se lembrou da lama nos sapatos de Vera nua se inclinando para a frente na cadeira e dos cabelos compridos, adorados e ligeiramente oleosos de Vera caindo sobre os olhos, a sombra no decote, a sombra entre as pernas.

3.

Elena sem dúvida teria estado ali, olhando para o alto por entre bandeiras e flâmulas, quando o avião AHT-20 *Maksim Górki* levantou voo em 1935, mas isso aconteceu quando a tínhamos trancafiado. Lembro-me de quando a prendemos; eu estava lá, e ela se postou diante de nós com os olhos semicerrados, parecendo os faróis desligados de um bonde em tempos de guerra; foi então que eu *soube* que se tratava do seu "olhar íntimo", que Chostakóvitch, Vera, Lina e todos os meninos e meninas apaixonados por ela, que viviam atirando foguetes, tinham visto; foi bem ali que me apaixonei por ela; eu me tornei outra de suas vítimas.

Quadrados de soldados do Exército Vermelho marchavam ao longo da base de uma muralha de aeronaves com hélices dispostas em paralelo perfeito ao solo, mas Elena não estava lá; estava conosco.

Repito: Qual era a aparência *real* de Elena? Ela não se parecia nem um pouco com um anjo de Rodtchenko, não mais do que se parecia com o planador KPIR-3 de 1925: asas que pareciam folhas de bananeira aparadas em retângulo, corpo que lembrava um esqueleto de triângulos ocos. Para o bem dela, confesso ter alterado certos detalhes de sua aparência no decorrer deste livro. Por exemplo, Elena Konstantinovskaia era loira, e teria sido como loira que Chostakóvitch, o protagonista destas histórias, decerto teria pensado nela, mas para mim, e o que eu digo é o que vale, ela sempre será "a mulher de cabelos escuros", ou, se você preferir, "a mulher de cabelos muito, muito escuros".

4.

Em 1930, o comissário popular Vorochilov compareceu ao voo inaugural do bombardeiro TB-5, mas Elena ainda era muito nova. (Seu relatório do Komsomol para o ano em questão registra sua proficiência extrema em tiro de precisão e primeiros socorros — duas habilidades que lhe seriam úteis na Espanha.) Como ela teria ficado feliz ao assistir à decolagem do TB-5! Vou escrever que ela estava ali, se me der vontade; colocarei Elena em um lugar na primeira fila do que ainda gostavam de chamar de cosmódromo. Será que não posso me divertir? Afinal de contas, o grande aviador V. Tchkalov foi punido pela travessura de voar por baixo de uma ponte em Leningrado.

Como prova de merecimento, devo lembrar que nunca encostei um dedo em Elena Konstantinovskaia. Nunca me apresentei a ela, nem mesmo quando a prendi. — Com Vera Ivanovna foi diferente. — Assim sendo, não é a experiência pessoal, mas a *observação* pessoal que me permite descrever com precisão a maneira como Elena podia ser tão distante e irascível com quem a amava e tão doce para reconquistar quem estava escapando de suas mãos. Não cheguei perto de Roman Karmen, nem mesmo de Chostakóvitch, aquele canalha, até Elena ter se decidido a seguir em frente com sua vida. De 1953 em diante me limitei a seguir seus passos apenas uma vez por semana, por maior que fosse a tentação. (Lembro-me de uma manhã de inverno em Leningrado em que contemplei Elena flutuando entre cada uma das oito colunas brancas, antes amarelas, do Instituto Smolni.) Quando ela morreu, em 1975, me abstive respeitosamente de comparecer ao funeral. Adotar esse código de conduta não me exigiu uma formação em ciência aeroespacial (um empreendimento de suma importância para nossa terra soviética, que por isso sempre recebeu o apoio do marechal M. N. Tukhatchévski). Na realidade, a maioria dos cientistas aeroespaciais acaba virando traidor. Eu queria que não fosse assim. Mas como é o caso, por que não imaginar que existe um único cientista aeroespacial acima de qualquer suspeita? E quem mais seria senão Elena Konstantinovskaia, que é pura, perfeita e boa? Será que devo transformá-la em astrofísica? Não invente de me dizer que não tenho coragem! Ora, se me der na telha posso sagrá-la com os paralelogramos rubros que encontramos apenas e somente nos ombros de nossos comandantes do Exército Vermelho!

B. N. Iuriev foi o primeiro a construir uma prova teórica sólida da possibilidade do voo em helicóptero. Por acaso você poderia fazer alguma coisa comigo se eu corrigisse a história de modo a conceder a autoria dessa prova a E. E. Konstantinovskaia? No mínimo dos mínimos, será que não posso colocá-la a bordo de um dos biplanos soviéticos azuis e verdes que zumbiam o tempo todo sobre nossa cabeça?

Eu sei de tudo, sei mesmo. Poderia contar quais exatos dois versos de Akhmátova foram murmurados por Vera Ivanovna ao pé do ouvido de Elena naquele último dia às margens do rio, quando ela entendeu que tudo estava definitivamente acabado entre as duas. Li o diário de Elena (que agora se encontra em nosso arquivo) e, graças não somente ao privilégio da distância mas também ao meu treinamento profissional, sei melhor do que ela jamais soube o motivo por trás do sonho que teve após conhecer Chostakóvitch. São tentações às quais também sou imune; sem dúvida você não se interessa por acidentes bioquímicos de personalidade. Mas vou relatar outro dos sonhos de Elena, pois era um sonho que todos tínhamos naquela época, graças à situação internacional que piorava cada vez mais, resultado inevitável da luta entre os capitalistas para decidir quem devoraria mais lucros. Mais de uma vez, Elena Konstantinovskaia acordou suada de um sonho que odiava tanto quanto o do telefone preto; sonhava com uma bomba de aletas compridas cruzando lenta a escuridão sobre uma pirâmide fulgurante. ▸

Voo inaugural

Que criança vive, como eu vivi, a meio caminho entre realidade e conto de fadas, e não sente às vezes o anseio de deixar o mundo familiar para trás e partir em busca de reinos novos e fabulosos?

Hanna Reitsch, piloto alemã, *c.* 1947[1]

1.

O telefone tocou. Em seguida veio o acordo: Cracóvia para nós, Lviv para eles, Varsóvia para nós, Brest-Litóvski para eles. Assim definimos a Linha Ribbentrop--Molotov. — Nem um centímetro a mais!, gritou o sonâmbulo no bocal do telefone preto e pesado, mas o zumbido obediente de aquiescência talvez escondesse alguma coisa. O sonâmbulo tinha ganas de arrebentar a casca de baquelite do telefone e dar uma boa espiada nas entranhas, mas temia o que podia encontrar ali. Tudo bem; venceria usando ordens e altercações.

Disse ao telefone: Mande alguém trazer a ordem de batalha.

Trudl, disse então à secretária favorita, teria a bondade de me trazer a pasta branca da Barbarossa? Obrigado, menina.

Instruiu o telefone: Isso não faz a menor diferença. Nesse ponto eles só contam com formações eslavas de baixa qualidade.

Em seguida chegou a hora de confirmar com Göring que nossos aviões-foguetes estavam prontos.

Na verdade não deveríamos sequer ter tanques. Até mesmo veículos blindados de reconhecimento tinham sido proibidos pelos plutocratas anglo-americanos. Bem, e foguetes? Nossos inimigos haviam deixado isso de fora. Eu também era um adepto fervoroso dos foguetes, e tinha sido assim desde os Torneios de Planadores do Rhön em 1933. De outro modo, como poderíamos recuperar o Corredor Polonês?

Se ao menos pudéssemos ir à Lua!, suspirou Herr Doktor von Braun. — Eu o vi uma vez — sem dúvida era um gênio. Morreu nos Estados Unidos, bem depois da guerra. Imagine só! Ele se vendeu aos vencedores para que alguém fosse à Lua.

Mas na época do sonâmbulo nossos pretendentes à Lua voavam no interior de bombas movidas a jatos de capacidade propulsiva intermitente.

Você nem deve se lembrar do seu primeiro foguete, pelo mesmo motivo que me esqueci do meu primeiro telefone. O primeiro foguete que vi era um monstro comprido, verde-acinzentado, com um homem de capacete e óculos de proteção na cabine, cruzes negras em cada asa, motores estridentes e bombas gorduchas, além do par de metralhadoras na parte de cima. Você jamais chamaria aquilo de foguete; você vive no futuro, quando os americanos estão prestes a conquistar Saturno. Aquele primeiro foguete não passava de um caça com motor a jato, as bombinhas eram de faz de conta. Doktor von Braun não havia começado a trabalhar em nossas armas-V;[2] os russos ainda não nos tinham passado a perna com o *Sputnik*. Mesmo assim, por que não chamar de foguete? Era equipado, por sinal, com um quintuplicador que registrava cinco tipos de dados aéreos; isso eu posso garantir, porque eu mesmo inventei o quintuplicador! Oh, sim, eu estava lá; eu estava *lá* desde o início; mesmo antes dos experimentos com turbojato de Heinkel-Hirth. Eu também sempre quis visitar a Lua, veja bem. [3]

Eu também era bastante prático, é claro. Nas palavras de Heidegger: "O olhar voltado para o alto se dirige aos píncaros celestes e ainda assim permanece na superfície da terra".[4] Você é jovem demais para entender a natureza espiritual do voo, pois agora foguetes e aviões são onipresentes; voar se tornou uma vulgaridade. Quando eu era pequeno, corríamos todos para as ruas para ver os biplanos verde-alaranjados passarem por cima de nós! Aceite de uma vez por todas: você nunca vai entender.

Não me importo de contar que aplaudimos animados quando aquele avião-foguete decolou para o voo inaugural, escalando degraus de chamas velozes! Para onde foi? Isso é ultrassecreto, mas todos vimos, todos que importavam viram seu avanço por sobre vilarejos decorados com bandeiras e flores; tenho informações confiáveis de que pousou suavemente nas dunas de areia da Prússia Oriental. Você deve estar sorrindo desdenhoso, mas naquela época isso era um feito, sobretudo considerando as limitações políticas impostas por nossos adversários; não havia muita diferença entre a Prússia Oriental e a Lua, e mesmo assim conseguimos chegar lá! Nunca deixarei de acreditar que isso foi um triunfo para a raça humana.

Antes da metade de 1934 a BMW já produzia motores de propulsão a jato. (Por ordens do sonâmbulo, é claro, não podíamos fazer qualquer comentário a esse respeito; você é a primeira pessoa a quem estou contando.) Eu estava lá, e de uniforme! Em

1937 a empresa Junkers também fazia experiências com propulsão a jato; e nunca me esquecerei da viagem inaugural daquela imensa bala de aço com aletas que pareciam barbatanas de tubarão, decorada com símbolos alemães — suástica no leme, cruz negra nas asas e na fuselagem —, meu coração brilhou ainda mais do que na primeira vez que ouvi as sirenes de um *Stuka-Geschwader* 77! Quando um foguete ou qualquer coisa que se pareça com um foguete se eleva vertiginosamente pelo céu, temos uma bela experiência de inevitabilidade. A gravidade foi derrotada, cancelada, em um estalar de dedos! E como isso se mostrou simples! Com aquele foguete seguimos todos *nós*, ascendendo na direção dos nossos sonhos, aço em movimento, fazendo algo que ouvimos a vida toda que jamais poderíamos fazer! E ele seguia, cada vez mais rápido, em crescimento ascendente, fruto de aço de uma árvore de chama, a chama se aferrando à terra por um longo tempo e depois se elevando atrás do foguete, arrancando as próprias raízes para ir até um novo lugar, a bala de aço encolhendo até se tornar uma pinta de metal, e depois mais nada; enxergávamos somente a chama; e então a chama adentrou uma nuvem e sumiu. Ainda que a situação da segurança nacional não nos permitisse falar a respeito, a Alemanha viu! Vimos na Suábia e tivemos um vislumbre na Ostmark; voltamos a cabeça para o alto com as multidões na Hermann Göringstrasse e vimos nossos sonhos se elevarem. Enquanto isso, o professor Focke inventava o primeiro helicóptero do mundo.

2.

Naquela época eu sonhava com voos e nada mais. Sempre que estava com uma mulher, seu abraço me lembrava as asas de gaivota invertidas do Ju-87. Quando o projeto BMW-003 teve início, em 1939, eu já tinha visto tudo. Por acaso *você* já viu tudo? É claro que não, a menos que tenha visto o voo de ensaio ou, melhor ainda, o voo de combate de um avião-foguete Me-163B, merecedor do nome por ser propulsionado por um foguete Walter legítimo. (Walter era meu amigo.) Como acontece com tantas outras coisas na vida, essa máquina nos proporciona no máximo cinco ou seis minutos no ar, por causa da voracidade do ritmo de consumo de combustível; além disso é preciso alijar o trem de pouso, uma garantia de pousos não muito tranquilos; mas voltando ou não da viagem, podemos ditar sensações e emoções ao mundo inteiro via laringofone!

Naquela época usávamos T-Stoff e C-Stoff como combustível; eu sabia de tudo. Infelizmente nunca pilotei um foguete, mas me mantive sempre tão próximo que seria capaz de realizar o procedimento durante o sono: apertar o botão preto para que o hidrato de hidrazina e o álcool comecem a se combinar com o peróxido de hidrogênio, depois apertar o botão vermelho e sentir a chama se esgoelar! Em um piscar de olhos estaremos mais altos que a Torre Flak; pousaremos em uma pista secreta na Terra dos Sonhos e depois seguiremos em frente em um carro blindado... Calma e coragem — receberemos uma Cruz de Ferro!

3.

A chama do foguete é sagrada, como uma flor colocada nas mãos de um soldado alemão ferido. Foguetes são sagrados porque sua missão é se aproximar do ideal. E a cada geração que passa, mesmo depois das armas-V, eles se tornam mais quem são. A esbeltez se torna mais elegante, as ogivas afuniladas mais aerodinâmicas. Mas agora que a guerra acabou e eles estão perfeitos, ninguém se importa mais. Não é triste? Por isso prefiro me concentrar nos voos inaugurais. Na época nossos foguetes eram meros protótipos; nossos pilotos de testes assumiam riscos; ninguém sabia o que podia acontecer. Quando volto no tempo até 1936, antes de o sonâmbulo ligar para Göring com o telefone preto, vejo foguetes mais robustos e rudimentares cruzando nossos céus alemães. Foi quando voltamos a ocupar a Renânia. Em 1935 os foguetes eram ainda mais largos, quase retangulares. Queimavam álcool misturado com oxigênio líquido. Em 1934, quando realizamos o expurgo de Röhm e o resto da escória, nossas máquinas voadoras eram essencialmente quadradas em corte transversal, e as asas duplas lembravam páginas metalizadas de partituras musicais. Em 1933, quando o sonâmbulo tomou o poder, eu estudava filosofia em Freiburg. Era noite. Estávamos em círculo diante da biblioteca, esperando. A ordem chegou. Eu estava pronto; fiz a minha parte. Decolar! E assim se elevou e voou, com a gloriosa propulsão da força humana; com alegria indescritível eu o vi girando as pontas afiadas como um estranho novo aparelho em forma de hélice, criado para cortar os fios dos balões de barragem do inimigo. Estimei sua massa e velocidade; previ sua trajetória; calculei a duração do voo com precisão de segundos; já sabia as temperaturas de combustão envolvidas. Pouco antes de atingir a altura máxima, desapareceu por um mero piscar de olhos na fumaça que se ergueu ao redor de todos nós; em seguida adentrou a zona de luminosidade impiedosa, primeiro como silhueta, e depois, assim que começou a descer, ele se abriu, girando em volta do eixo da lombada com as letras nas páginas nítidas o bastante para que eu conseguisse ler, se quisesse, até cair na pira — era um livro judeu, se não me engano alguma coisa sobre pacifismo —, e o professor Heidegger, recém-eleito reitor por unanimidade após a renúncia de seu antecessor anglo-bolchevique, falava conosco, ou gritava, melhor dizendo, a voz grave, exultante, e mais *segura* do que jamais havia soado em qualquer uma das aulas que tive com ele; dizia a nós todos que aquilo marcava uma nova noite para a cultura alemã; que o antigo precisava queimar para o bem do novo. Eu estava ao lado da minha colega Edelgard, que mais tarde seria morta com os dois filhos em um bombardeio britânico; e fiquei excitado com o êxtase no rosto dela, iluminado pelo fogo; ela arremessava livros a mancheias, e seus cabelos eram mais bonitos do que o fogo; então apanhei as obras completas do judeu Freud e lancei tudo para o alto; os volumes atingiram o apogeu no instante em que o primeiro livro que eu tinha arremessado para o alto enfim desceu rodopiando para se entregar às chamas do verão da Alemanha. ▸

Quando Parzival matou o cavaleiro vermelho

Foi em tempos idos, quando gritavam as águias...

Primeiro Canto de Helgi (século XII)[1]

1.

Quando Parzival matou o cavaleiro vermelho simplesmente por ter ganas de usar sua armadura, o rei ficou triste e as donzelas da Corte choraram; ainda assim não podemos culpar Parzival, seria como censurar o gatinho que abate orgulhoso seu primeiro tordo. É ação e nada mais: penas rubras, sangue vermelho, entranhas cinzentas e um fedor. Cruel? Sim. Inútil? De modo algum. É assim que aprendem.

Quando certo sonâmbulo liquidou os camisas-pardas, não pense que ele não teve seus motivos! A sensação de novidade fez seus batimentos cardíacos dispararem como balas de metralhadora por causa da novidade. Ele estava apenas começando; ainda era um gatinho.

O telefone tocou.

Prendemos Röhm, disse.

Conte tudo.

Sim, meu Führer. Nós o pegamos na cama. Com um homem. Trocaram um beijo de despedida.

O gatinho nem precisou pensar; Parzival enxergou a armadura vermelha e na mesma hora sentiu que aquilo lhe faria feliz, mas o sonâmbulo hesitou. Röhm tinha sido seu amigo. Röhm havia ajudado...

Bem, dessa vez nenhuma donzela choraria. Ele montou no cavalo vermelho; vestiu com estrondo a nova armadura, tão vermelha que avermelhava os olhos de quem a fitava.[2]

2.

Criou a própria lenda com a mesma perfeição de Parzival. Como prova, abriremos seu livro de histórias.

Folheando o volume cinco do *Meyers Lexikon*, sem demora chegamos ao verbete "Hakenkreuz", ilustrado com um antigo pictograma branco encontrado na Suécia, um escudo de bronze (*Nabel*) com quatro braços ondulados, cada um rematado por um copo de espada com três saliências; depois um candelabro (*Gewandspange*) em forma de suástica, cada braço descrevendo uma espiral de fora para dentro, na direção do encaixe da vela; em seguida uma panela antiga de Hanôver com suásticas marchando pelas laterais; os restos de um disco de bronze de Baden, com uma suástica no centro, seguido por um verbete razoavelmente extenso que termina com esta citação do *Mein Kampf*: "E com ele a vitória da Ideia reificada, que sempre foi, e sempre será, antissemítica".[3]

Agora vamos às galerias de página inteira com pranchas em preto e branco: ADOLF HITLER I e ADOLF HITLER II: — veja! O pai, a mãe, o local de nascimento! Aqui está ele com os camaradas na Grande Guerra (nunca haverá outra guerra); é um instantâneo de soldados com uniformes e quepes, esparramados de qualquer jeito em frente a algumas árvores; no centro da primeira fila, um homem está com as mãos enfiadas no bolso mas sua aparência é descontraída demais; afinal de contas, heróis românticos devem começar em malfadado anonimato. Assim sendo, talvez Parzival seja aquele na extrema esquerda, pois parece mais solitário, como convém ao homem de nascimento noturno, destinado a enterrar um vasto tesouro de guerreiros alemães nas profundezas sob o sol; já usa o bigode. Na página seguinte, em ADOLF HITLER II, nós o vemos analisando planos urbanísticos com Albert Speer; as estradas de Berlim dividirão os brancos e verdes do mapa da paisagem alemã! Em ADOLF HITLER II ele também aparece recebendo flores de meninas alemãs usando vestidos tradicionais; em ADOLF HITLER II, outrossim, abraça um companheiro dos Velhos Combatentes, a cabeça abaixada com um lado do rosto apoiado no peito do homem, que lhe agarra os ombros.[4]

Quer saber o quanto ele é modesto? Ainda que já tenha matado o Cavaleiro Vermelho e a raça inteira esteja bradando por um bis,[5] ainda que seja *Führer und Reichskanzler*, ainda que seja *Gründer und Führer der nat.-soz. Bewegung*, insiste que o espetáculo se encerre após ADOLF HITLER I e ADOLF HITLER II. À guisa de comparação, GARTEN I não termina em GARTEN II (uma horta de guerra, se bem lembro), ah, não; GARTEN III se integra ao ataque, encerrado com sucesso em GARTEN IV. E isso não é nada! GERMANEN I segue em frente até chegar a GERMANEN VIII — uma distância tão vasta quanto a da própria Operação Barbarossa![6]

No volume oito, no verbete sobre nacional-socialismo,[7] ali está ele de volta, colorido e em página inteira, com seu olhar penetrante.

3.

Quando Parzival matou o Cavaleiro Vermelho era 1934, um bom ano para a série *Morte*, de Käthe Kollwitz. Admiro especialmente a Folha 1, *Frau vertraut sich dem Tod an*: uma mulher parecida com a artista aperta o filho contra as saias, estendendo a mão em súplica à morte esquelética. Mas a Morte obedece ordens.

Na Folha 4, *Tod packt eine Frau*, uma de suas composições mais fortes, o esqueleto parece abraçar uma mulher por trás, mordendo sua nuca, e ela grita e vira a cabeça enquanto a criança estende o braço para cima, tentando afastá-lo. Também não podemos nos esquecer de *Tod hält Mädchen im Schoss* (número de catálogo: 153): os lábios da criança se retraem, como se ela chorasse sentada no colo de uma Morte de ar maternal, com o rosto negro de uma muçulmana coberta por um véu; a criança apoia o rosto na cabeça escura da Morte. Ah, e *Tod greift in Kinderschar*, ha, ha! O anjo de ossos com asas negras de paraquedista, nacos de carne pendendo do esqueleto, mergulha ágil das alturas para recolher crianças confusas, de olhos arregalados, da mesma forma que Skorzeny buscaria Mussolini em 1943. A essa altura todos estaremos transformados em personagens do conto de fadas de Parzival.* Poderíamos ter vencido a Guerra Mundial! Lembra que nossos três-zero-cinco arrasaram a bateria francesa em Verdun? Mas infelizmente os judeus nos pegaram. Isso não vai acontecer de novo. Em todas as Cruzes de Ferro que usarmos, com um pássaro gravado no centro, o pássaro branco agarrará os ossos brancos de uma suástica. Vamos nos tornar tão rígidos e fundamentais quanto esqueletos. E o esqueleto de Parzival é de todos o mais fundamental: invulnerável, de crescimento incessante; os pistões do coração trabalham protegidos pelas costelas de aço de uma ponte.

Mas ainda estamos em 1934, quando uma mulher abraça a Morte e encara seu rosto escuro como fazem os amantes, aproximando a cabeça da cabeça da outra. O título: *Tod wird als Freund erkannt*, morte percebida como amiga.

4.

Quando Parzival matou o Cavaleiro Vermelho, fez isso em nome dos braços alvos de Lina e por Freya e Elena, isso sem mencionar os braços alvos de Lisca Malbran.

* Até mesmo Käthe Kollwitz copiou em seu diário a carta enviada por Nietzsche à irmã com comentários entusiasmados sobre o *Parsifal* de Wagner.

Em tempos idos, as guerras eram travadas por heróis que nutriam admiração mútua, mas se viam obrigados ao embate pelo destino ou por obrigação de vingança. Em nossa época, lutamos por ogros abomináveis contra outros ogros igualmente abomináveis. Adotando um ponto de vista prático, não poderíamos afirmar que nada mudou?

Parzival matou o Cavaleiro Vermelho *por nós*. Em nosso nome, tanques com lagartas ensanguentadas em breve moerão os milharais. *Tod wird als Freund erkannt.*

Não fujam do choque! Moam mais ouro para ele! Ele sabe fazê-lo vermelhar.

5.

O que mais estava acontecendo quando Parzival matou o Cavaleiro Vermelho? Nos confins da floresta Myrkvith, onde ogras montam em lobos usando serpentes como rédeas, mais além de Solfjoll e Snæfjoll, na Sowjetrussland, outro Cavaleiro Vermelho (estou falando de Kirov) tombou diante do Parzival da Rússia, que compareceu ao velório, clamou por vingança e lançou seu Grande Terror.

Um ano antes Erich von Manstein foi promovido a coronel e um ano depois Friedrich Paulus seria promovido a coronel. Ferreiros cativos nos forjavam anéis de ouro vermelho. Colegiais alemães começaram uma nova área de estudos: a Cavalaria. Foi o ano em que nasceu Irina, futura esposa de Chostakóvitch. Nosso compositor, casado havia dois anos com Nina Varzar, dormia nos braços de Elena Konstantinovskaia quando Irina veio ao mundo. Foi para Elena que compôs a romântica *Opus 40*. Enquanto isso o futuro marido de Elena, o bom e leal Roman Karmen, filmava *Kirov*.

Parzival matou o Cavaleiro Vermelho e se tornou rei, e agora estamos todos à espera de muitos anos de boas colheitas.

6.

Quando Parzival matou Galogandres, porta-estandarte do rei Clâmide, os agressores suspenderam a batalha. Os canos longos e escuros, semelhantes a encanamentos, de seus rifles antitanque não o assustaram: Parzival tinha salvado a rainha Condwiramurs! No dia seguinte, é verdade, ele precisou derrotar o rei Clâmide em duelo, mas mesmo que na época tenha parecido difícil — tão difícil, na verdade, que os olhos de Parzival esguicharam sangue — terminou da forma correta, com o sonâmbulo sobre o palanque de revista com o braço rigidamente paralelo ao solo, Berlim, exatamente ao meio-dia, 7 de junho de 1939, e a regressada Legião Condor desfilando diante dele com as armas apontadas para o alto. ▸

Opus 40

> *Tudo ao teu respeito me inunda com uma onda de alegria e paixão ardorosa. Liália, eu te amo tanto, eu te amo tanto, como ninguém jamais amou. Meu amor, meu tesouro, minha adorada, eu te amo tanto; deposito meu amor aos teus pés.*
>
> Chostakóvitch a E. E. Konstantinovskaia (1934)[1]

1.

Considero cada sinfonia de Chostakóvitch uma ponte destroçada, um arquipélago de aço sumindo dentro do rio. A *Opus 40*, todavia, é uma casa de quatro cômodos. Na frente, é verdade, há uma escadaria dourada, com muitos ornamentos, se erguendo a partir de uma planície nevada para então desaparecer em pleno ar, inacabada. Mas Chostakóvitch sempre adorou as próprias piadas — oh, céus!

Nesses anos ele ainda parecia um menino. Olhando doce para o mundo através dos óculos redondos de armação escura, cativou Elena Konstantinovskaia. Elena mal podia esperar para acariciar com suas mãos talentosas o pedacinho de camisa branca engomada que enxergava por baixo do paletó escuro. Chostakóvitch olhava para baixo, tímido, olhos semicerrados. Em seguida construiu a *Opus 40* para que morassem juntos,[2] e Elena o conduziu para dentro.

Teriam um apartamento com um corredor escuro, e depois passos e quase passos, tons e semitons. Morariam ali, em Moscou, bem debaixo das teclas do piano. Nina podia ficar em Leningrado.

2.

Era 1934, ano de *Kirov*, a elegia imortal de I. Bilioch com fotografia de R. L. Karmen. Mas Kirov ainda não estava morto naquela noite branca entre maio e junho, quando Elena segurou a mão de Chostakóvitch pela primeira vez. O festival de música havia chegado ao fim e o garoto pálido e recém-casado cruzou os pulsos macios e brancos,[3] arrebatado, encarando Elena através dos óculos. *Você é a pessoa certa para mim*, ele disse. Hora de ter aulas particulares de inglês! Antes mesmo que Chostakóvitch beijasse Elena, suas glândulas de graves e agudos já tinham começado a compor a *Opus 40*, que prenuncia suas mais belas fugas.

3.

O clitóris elétrico e a frase *clitóris elétrico* foram os dois primeiros aspectos de Elena a serem traduzidos em música — uma alegação que teria sido rejeitada pelo tradutor, já que até a *Sétima sinfonia* se orgulhava de desdenhar da música programática; mas às vezes a exegese do crítico é mais sábia que a do compositor, pelo mesmo motivo que, em gravações da *Opus 40*, Emanuel Ax toca o trecho para piano bem melhor que Chostakóvitch; ninguém que tenha lido todos os documentos relativos ao caso pode negar que o clitóris de Elena Konstantinovskaia era elétrico, e que suas vibrações doces cantam eternas na melodia para violoncelo que abre o primeiro movimento. A expressão ou apelido derivado de seu clitóris se expressa na sexualidade alegre, cômica, lúdica do piano no segundo movimento, em que nosso jovem Chostakóvitch olha autodepreciativo para baixo (quem já bebeu absinto entenderá o que é se ver prostrado pela droga quase ao ponto da paralisia e ao mesmo tempo existir no interior de uma esfera invisível de consciência que paira precisamente a meio caminho entre o corpo e o teto); dotado de uma eminência cintilante de partículas de poeira no quarto da datcha em Luga, o segundo movimento (*allegro*) olha irreverente para baixo, encarando seu pai descorado e atabalhoadamente extático, a quem prefiro chamar de criança; gemendo de euforia, a criança cavalga seu cavalinho de pau, Elena. As omoplatas sobem e descem à maneira elaborada dos braços mecânicos de uma pianola; está copulando desenfreado! Breve, esse tema expressa um sentimento típico dos amantes: Veja como eu sou ridículo se comparado a você! Unido a você, faço ambos ficarmos ridículos! Mesmo assim vamos, vamos, digamos, *mandar ver*, minha adorada pequena Elenotchka, porque você é a pessoa certa para mim.

Então case comigo, disse Elena Konstantinovskaia.

E por que não se casar com ela? De todas as mulheres que havia encontrado, era a única capaz de morar ao seu lado na casa de quatro cômodos que trazia no peito, que ambos eram plenamente capazes de conectar, mediante corredores semelhantes a trompetes, com as quatro câmaras do coração de Elena, de modo que assim teriam juntos um admirável castelo, oh, nossa, para compartilhar refúgios e segredos.

E na primeiríssima noite ele a levou para dentro do mundo debaixo das teclas pretas, sussurrando: Minha tônica deve ter sido ré menor, quando você, você sabe... E ela entendeu. Sempre entendia. Sorriu e o acolheu, dando não mais que meio passo, na verdade quero dizer um semitom, o espaço entre notas adjacentes na escala diatônica que nos rege a todos. Ela era a única!

4.

Portanto a *Opus 40*, em especial o primeiro movimento, composto de clarões de fogo e beijos, permanece sendo a composição mais romântica de Chostakóvitch. Na gravação que fez com D. Chafran dez anos mais tarde, em que tocou a parte para piano e Chafran o violoncelo, este tão incisivo quanto a própria Elena, o piano constante e reluzente como Chostakóvitch; ainda que eu já tenha afirmado que a canção de Elena foi interpretada da forma mais perfeita na gravação de E. Ax e Y.-Y. Ma, tudo já estava ali; o violoncelo era a carne; ele era o conhecimento e a comemoração; ela era a vida.

5.

Elenotchka, quero dizer, Liália, ou melhor ainda, minha mais perfeita de todas as Lialkas russas, você possui todos os nomes! Você é minha joia, ah, sem dúvida, e eu sou apenas um, um... quero ser um cientista aeroespacial para você; sei que gosta de foguetes. Infelizmente tudo que consigo fazer é, hã, você sabe. É uma decisão muito complicada para tomarmos, Elena, com muitos, muitos fatores, como, quer dizer, e se eu não for a pessoa certa para você? Porque se você me deixar, nunca a perdoarei. Prefiro que seja eu a, a — não sou desprezível? Lialotchka, não consigo mais dormir de tanto que penso em você! Por favor, não me abandone para ficar com um cientista aeroespacial! E nada de heróis, também! Melhor você não se sentir atraída por indivíduos corajosos que adoram desbravar lugares; eu sou apenas um molusco; preciso me esconder para sempre no interior dessa sua concha adorável...[4]

6.

O brilho vermelho das brasas visto através do cabelo de Elena quando ambos estavam deitados ao lado da lareira em Luga, em seguida os beijos impetuosos de Elena, e a boca dele na boceta de Elena (a língua trabalhando com a delicadeza dos dedos de um verdadeiro pianista, obedecendo aos timbres dos suspiros para dar prazer da maneira mais exata possível: em suma, os suspiros de Elena eram a partitura; os beijos dele eram a execução; o que significa que os beijos dele também eram a partitura, e os suspiros de Elena a execução, a música da própria *Opus 40*); e a boca dele na boca de Elena quando a penetrava, e a beleza sobrenatural do rosto de Elena durante o orgasmo, e o modo como Elena o agarrava firme por um longo, longo tempo até os dois cochilarem com o pênis dele ainda dentro dela; ainda eram literalmente uma só carne — tudo isso parece, gramaticalmente, ser o tema (mas por favor, confirme isso com o Camarada Acadêmico Aleksandrov); o verbo só aparece aqui; pois essa série de atos, ocorrências e resultados se tornou, como os corpos deles, uma coisa só, uma constituição de coerência autossuficiente que, assim como um substantivo, simplesmente é; eram aquilo que faziam; eram amor; quando Elena suspirava, suspirava "eu te amo" e em seguida os braços macios e lisos se enrijeciam para que ela se protegesse do calor da lareira e os suspiros se tornassem expressões inarticuladas de êxtase, e aqui volto a estar falando de música.

Ele disse a Elena: Obrigado por toda a felicidade que você me proporcionou. Ela o beijou, apaixonada. A música de Chostakóvitch ganhou pálpebras tão pesadas quanto as de Käthe Kollwitz.

7.

Chostakóvitch conseguia fazer uma leitura direta de Elena, por assim dizer; sabia como fazê-la ter a impressão de que uma orquestra estava tocando. (Ora, e não estava?) Perdeu essa capacidade com o passar do tempo, mais ou menos na época da construção do Muro de Berlim; as mulheres começaram a reclamar que esse Chostakóvitch não tinha empatia erótica — um dos dois motivos pelos quais G. Ustvolskaia se recusaria a casar com ele em 1954. A essa altura ele falava sozinho; depois que Nina morreu, costumava dizer, se não estou enganado, para o piano: Oh, céus, Elena, oh, nossa; bem, se assim não está funcionando, talvez seja melhor terminarmos e, sabe, evitar cometer os mesmos erros da próxima vez que nós, que nós, me desculpe. É apenas meu, como vou dizer, *meu* ponto de vista. — Mas em 1934 ele ainda não tinha perdido nada, nem coragem, nem confiança, muito menos integridade; em 1935, ainda transbordava de piadas; [5] Elena ria sem parar! Contava com ele para se manter sempre animada; era uma das incontáveis formas com que Chostakóvitch a acalentava; ele permanecia intocado pelo que vou chamar de história, e por esse motivo reafirmo que prever o futuro é tão inútil quanto notar que o terceiro tema do quarto movimento da *Opus 40* tem na partitura uma aparência mais desigual que o segundo tema do primeiro movimento. Mas imaginar o futuro e mais tarde confundir imaginação com previsão é um dos prazeres da vida; sem dúvida, a ambos parecia (e como poderia ter sido diferente?) que sempre que se beijavam, bebiam do futuro.[6]

Beijando Elena por vezes sem conta, ele se embriagou. Ao redor deles, as fachadas cinza-foscas e cinza-róseas dos prédios de Leningrado ganhavam ângulos e articulações de acordo com os meandros do canal. Mais um beijo, Lialotchka!

Quando ele deslizava o dedo para dentro dela, em um lento vaivém, Elena emitia estalos delicados do fundo da garganta, os olhos fechados em êxtase.

8.

O grau da paixão de Chostakóvitch por essa jovem (que, por sinal, ainda era membro em boa posição do Komsomol — mesmo que fumasse cigarros) talvez seja mais bem expressado registrando que na terceira semana do caso, em junho, ele precisou viajar para uma turnê de concertos; em julho se encontrou com Nina em Ialta, depois passou alguns dias com ela em Polenevo, onde o violoncelista Kubatski, condoído com o desespero de Chostakóvitch, implorou que ele se distraísse compondo uma nova sonata, e no mês seguinte, a poucos dias do retorno dos dois a Leningrado, Nina já tinha ido embora de casa, ao que seu marido desatou a chorar e disse: É totalmente desnecessário tomar, tomar, como vou dizer, Ninutcha, tomar o caminho mais fácil e... Em seguida saiu às pressas para levar Elena Konstantinovskaia a outro concerto.

9.

Isso foi em 13 de agosto. Chostakóvitch percorreu a grande avenida arborizada no parque Aleksandróvski para poder, sabe, pensar em Elena. Em 19 de setembro o quarto movimento da *Opus 40* já estava concluído, porque ele não conseguia, como vou dizer, parar quieto; quando criança, não parava de se mexer na cadeira, de modo que sua mãe precisou... vamos mudar de assunto. Elena chorou ao ouvi-lo tocar seu tema no piano: em questões do coração, meus amigos, um volume considerável de lágrimas costuma fazer parte da, sabe, música ambiente. Em 10 de março de 1935 ele informou ao confidente mais próximo, Sollertinski, que talvez nunca mais voltasse para Leningrado; agora conseguia se ver em Moscou com Elena, onde teremos um pequeno, sabe, com dois jogos de quatro cômodos. Sua mãe nunca tinha gostado de Nina, mesmo — não que a mãe preferisse Elena, mas a irmã, Mariucha, a adorava. Em Moscou podemos ficar longe de tudo, nós dois e mais ninguém; vamos começar de novo e nunca mais verei Nina. E, de fato, foi em Moscou que ele mostrou a L. T. Atovmian sua certidão de divórcio.

10.

E Nina? Bem, e ela? A falecida S. Khentova, cujo *Udivitelienui Chostakóvitch* (*1993*) apresenta quarenta e duas cartas de Chostakóvitch a Elena, com cortes em alguns trechos mais íntimos (tenho tudo isso por aqui, mas não sairá da minha coleção particular), deixou como legado a seguinte apreciação das rivais: "Em contraste com Nina Vassilievna, que não tinha o menor interesse em moda, ela se vestia com elegância, cultivando graça, feminilidade e sensualidade".[7]

Ainda assim, Chostakóvitch voltou para Nina — duas vezes.

11.

Khentova, a quem Chostakóvitch evitava como se fosse a própria morte, nem sempre é digna de crédito. Não estou afirmando que ela estava a soldo de potências estrangeiras; digo apenas que o seu serviço de inteligência era menos confiável do que o meu. Por exemplo, ela afirma que nosso compositor não se tornou amante de Elena Konstantinovskaia até o verão de 1934, quando uma das aulas particulares de inglês no apartamento de Chostakóvitch *terminou em beijos*. Mas a própria *Opus 40* prova que esse amor foi consumado logo no primeiríssimo movimento, o *allegro non troppo*. Sem dúvida eles tomaram precauções naquelas noites brancas. Chostakóvitch ainda não tinha se disposto a abandonar Nina; Elena não tinha adquirido uma certeza inabalável do amor que sentia por ele. Assim sendo, ambos se esconderam no interior da casa com oito câmaras, onde nem mesmo os olhos aguçados de Khentova conseguiam enxergar. Enganaram, sem a menor dúvida, Mravinski, Glikman, Sollertinski, Nina (pensando bem, talvez a Nina não tenham enganado) e, o mais impressionante, a própria mãe de Chostakóvitch, que ainda lia o diário do filho sempre que tinha a oportunidade. Desceram bem fundo, até o cerne rubro que ele revisitaria sozinho vinte e seis anos mais tarde, ao compor a *Opus 110*.

Um pianista às vezes lembra um nadador submerso, vagaroso, e da mesma forma um amante nada no interior do mar do outro, nas profundezas que nenhuma onda alcança; lá em cima a tampa do piano, mais pesada que a tampa de um caixão, isola as vibrações externas, ao mesmo tempo que demarca os limites entre água e ar. Debaixo d'água é tudo perfeito demais; é isso que nos mata, a perfeição! (Essa teoria não é minha, óbvio; eu não acredito em perfeição.) E era a toxicidade viciante dessa perfeição que inundava Chostakóvitch com a alegria de algo ilícito, primeiro quando ele era pequeno e tocava coisas estranhas no piano quando os outros esperavam um foxtrote; e mais tarde quando estava casado com Nina e consumava a paixão por Elena. Outra aula de inglês, por favor, Lialotchka! Elena está para a pobre Nina assim como a *Opus 110*, o *Quarteto de cordas no. 8*, estará para o *Quarteto de cordas no. 1*, rejeitado pelo compositor como um "exercício singular em forma de quarteto".[8] Perdão, Ninutcha!

12.

Depois de consumar o divórcio, Chostakóvitch se encontrou com a musa anterior, T. Glivenko, e declarou com uma risada triste: Tenho uma esposa muito esperta, ah, sim — muito esperta...[9]

13.

Como Chostakóvitch não conseguia parar de beijar Elena, os lábios deliciosamente carnudos foram as partes seguintes do corpo dela a serem traduzidas. Continuou sugando aqueles lábios ao longo de toda a tradução. Aulas particulares de inglês, oh, céus, oh, nossa! Não conseguia parar! E assim, no segundo movimento, os lábios de Elena nos beijam a todos para sempre. Elenka, minha querida, vou compor um, vejamos, um *Concerto de Moscou*, para que eu e você possamos ir a Moscou! E lá vamos fazer aquilo de novo, oh, sim, Lialka, vamos orquestrar alguma coisa mais uma vez! Porque você é a minha...

E depois os cabelos de Elena — oh, seus, como vou dizer, seus, bem, seus cabelos compridos e escuros...

14.

Bem aqui, no número três da *Sovetskaia Muzika*, um certo D. D. Chostakóvitch renega qualquer espécie de tradução. Parece um daqueles desgraçados com quem lido diariamente no escritório; rastejam, admitem ser trotskistas, mas quando exijo uma confissão mais detalhada, mencionando ações e, acima de tudo, nomes, tentam de tudo para se safar. Pode imaginar uma coisa dessas? No mesmo espírito, Chostakóvitch declara à *Sovetskaia Muzika*: "Quando um crítico do *Trabalhador e Teatro* ou da *Gazeta Vermelha da Tarde* escreve que nesta ou naquela sinfonia os funcionários públicos soviéticos estão representados pelo oboé e pela clarineta, e os soldados do Exército Vermelho pelos metais, me dá vontade de gritar!".[10]

Bem, no meu escritório sabemos muito bem o que escutamos. E se Chostakóvitch quer discutir conosco, podemos levá-lo até os porões e mostrar o que é uma verdadeira gritaria. Ele tem a audácia de negar os cabelos compridos e escuros de Elena.

15.

Juro que desde a primeira vez que Elena pegou na mão de Chostakóvitch — a primeiríssima vez — ele de fato acreditou; ela estava disposta, sozinha, bela; queria alguém para amar de todo o coração — ele era esse homem; ela ansiava por cuidar dele, mais consciente do que o próprio Chostakóvitch do quanto ele precisava que alguém fizesse isso — ele ainda não sabia dar nó na própria gravata e, bem, você sabe. Ele acreditou, pois um artista tem a necessidade de acreditar com a mesma facilidade e intensidade que uma criança chora. O que é a criação senão uma crença autodecretada? — Agora uma nota de advertência, cortesia de E. Mravinski: a música de Chostakóvitch é *autoirônica*, o que para mim implica falta de sinceridade. "Essa farsa transmite a impressão espúria de que Chostakóvitch está sendo sentimental. Na realidade, sua música esconde sentimentos líricos extremamente profundos, protegidos com esmero do mundo exterior."[11] Em outras palavras, Chostakóvitch é sentimental ou não? Sentimentos escondem — sentimentos! Seria possível que esse anseio arfante que escuto na *Opus 40* na verdade mascare outra coisa? Mas Chostakóvitch não havia jurado a Elena que ela era a pessoa certa para ele? E como pode o amor ser autoirônico? Sim, eu me lembro da sequência do cavalinho de pau, mas será que esse autoescárnio não passaria de simples abnegação, o velho truque dos amantes? Elena acredita em mim, eu sei que acredita! É tão maravilhoso que chego a sentir cócegas! Até mesmo Glikman percebe, ainda que eu talvez não devesse ter contado a Glikman, porque... O que pode ser o amor senão fé? Olhamos o rosto do outro e *acreditamos*: Aqui está a pessoa certa para mim! Liália, nunca se esqueça disso, não importa quanto tempo você viva e aconteça o que acontecer entre nós: Você sempre será a pessoa certa para mim. E *provarei* isso ao longo da minha vida. Você vai ver. Sollertinski alega que Elena estava apenas se sentindo sozinha. E se Elena apenas estivesse com vinte anos? Ora, eu também me sinto sozinho. Ah, essa viagem de trem de Moscou a Baku é tão maçante. Não consigo me perdoar por não ter raptado minha preciosa Elenotchka e a trazido para Baku comigo.[12] Ou será que ela, como vou dizer, espera demais do destino? Meu Deus, destino é uma palavra tão ridícula. Vou tentar não ser muito, quer dizer, *por que não*? Minha vida ainda está começando. Aquele pesadelo do ponto vermelho rodopiante não vai me deter! Posso começar tudo de novo com Elena e... *Ela me ama*. Ninucha me ama, mas Elena, ah, meu Deus, ela me encara com esperança e gana; seu amor ainda é imaculado, como o amor de uma criança. Quero ser pai. Vou dizer a Nina que o motivo é ela não poder ter filhos. Isso não vai magoar tanto quanto, você sabe. No fundo é verdade, porque Nina... Talvez eu possa dar a informação por carta, para não ter que... se eu implorar, Achkenazi cuida disso para mim. Ele é gentil, tão gentil. Então tudo estará acabado! Assim que voltar aos braços da minha Lialka terei forças para superar qualquer coisa.[13] Adoraria saber como impedir esse amor que ela sente por mim de algum dia cair e machucar o joelho, ou pior ainda, crescer e se tornar sábio e amargo! Desse modo ela ainda vai me olhar daquele jeito na velhice; ainda serei a pessoa certa para ela.

É verdade que você não informou sua mãe nem suas irmãs quando se casou?

Minha querida Elenotchka, é verdade, oh, sim, porque, veja bem, eu, *eu não queria*. Vamos ao Jardim de Verão e...

Você não queria o quê?

Não queria me casar com Nina! Mas também não queria magoá-la, e ela, bem.

E você quer continuar casado com ela?

Não, ele respondeu com a voz firme.

Com quem você quer se casar, se é que existe esse alguém?

Com você, Elena!

Tem certeza?

Sim, tenho certeza.

Então ela gargalhou de alegria e pulou em cima dele; foi a gênese do quarto movimento (mais uma vez, *allegro*); pode ser chamado de uma dança vivaz, mas ainda assim imponente, em tom menor; não é uma dança de esqueletos — são travessos demais, *dramáticos* demais para isso! —, mesmo que por um instante a *Opus 40* incorra no que se tornará o tom cinzento característico de Chostakóvitch. Com o piano, a vida retorna: Elena e Chostakóvitch se perseguem sorrateiros, como se fossem gatos! Segundo um pianista renomado que executou essa composição, "aqui a genialidade é sinistra em vez de exibicionista";[14] eu discordo; Chostakóvitch está feliz! Chega então o pizzicato: Elena raspa as unhas compridas pela barriga de Chostakóvitch, lenta e amorosa. Em seguida o piano cascateia alegre até o calor de um leito de cordas, onde o sexo radiante, enérgico e exímio do jovem casal resplandece diante de nós. (Por que exímio? Porque um é especialista no outro. — Mítia amado, estou tão feliz, quase sinto gosto de pão de mel!) De volta à canção de abertura, a melodia esplendidamente russa, que se estende em diversas variações pós-coitais; por fim, a *Opus 40* se encerra com a surpresa deliciosa de um ruído de dentes se chocando: foi quando Elena mordeu Chostakóvitch mais uma vez — uma bela marca de propriedade, bem na lateral do pescoço!

16.

Em Baku o vento do mar cobriu de areia o piano de cauda. Tantas pessoas foram ao concerto que requisitamos outra apresentação de Chostakóvitch no dia seguinte, com a qual concordou por jamais conseguir dizer não a alguém que era gentil com ele; depois fomos ao restaurante Nova Europa ouvir canções ciganas. Sempre que os ciganos cantavam sobre amor ele quase chorava, mas mantinha o controle. Já sabia então que sem Elena, morreria. E estava prestes a se encontrar com Nina em Ialta. Sentia dores de cabeça; tudo era culpa de Elena...

Aquela marca no pescoço deixada por Elena havia começado a coçar. Chostakóvitch sentia felicidade a cada coçada. Como representar aquilo com música? Ficou bêbado e exibiu a marca aos ciganos, que aplaudiram. Ora, no quarto movimento, bem ao final, vou, vou — esperem só e vocês vão ver! Vou fazer com que ela viva para sempre, porque... Oh, Liália, oh, meu Deus. Quando pensava em Elena, tinha certeza de que era capaz de qualquer coisa.

17.

Já que tantos suvenires de Elena foram encontrados nessa sonata — e sem dúvida muitos outros estão à espera dos musicólogos —, seria possível falarmos de um Tema de Konstantinovskaia na *Opus 40*?

Antes de mais nada, para a comodidade de pessoas como meu bom colega

Piotr Alekséiev, um analfabeto musical, me permitam três distinções: *Motivo* é uma espécie de termo bastante novecentista, que jamais seria aplicável à nossa atual música soviética.* *Leitmotiv*, que encontramos com muita frequência aplicado especificamente a Wagner, é um trecho muito breve relacionado a um personagem, objeto ou evento: por exemplo, a música do Fogo Mágico. Por mim, que os fascistas fiquem com isso! *Tema*, ao menos em Chostakóvitch, é algo elaborado, desenvolvido, mais longo.[15]

É consenso atual nos círculos sociais progressistas que a humanidade inteira constitui um único superorganismo. Estendendo à cultura esse raciocínio tão correto, por que não avaliar as obras completas de Chostakóvitch como um todo? Nesse sentido, podemos detectar um Tema de Konstantinovskaia de 1934 a 1960. Segundo Béria, Iagoda e T. N. Khrennikov, suas características são tons em arco-íris ressumando de forma inesperada em poças de cinza metálico, melodias dançantes que se alternam entre ponderosas e básicas e, acima de tudo, padrões acromáticos que se elevam vertiginosos até regiões que ultrapassam a compreensão humana, dos quais um exemplo perfeito é a "Fuga em lá menor" que vive no interior da *Opus* 87.

Nesse momento a lealdade ao Estado exige que eu dê um passo para trás e faça uma análise a longo prazo. Seria possível desnudar o contexto do Tema de Konstantinovskaia? Como poderíamos definir o caráter geral da produção de D. D. Chostakóvitch?

O musicólogo Ekkehard Ochs, da Alemanha Oriental, escrevendo após a morte de Chostakóvitch, imbuído por um espírito apropriado de reverência para com um camarada, relembra o processo dialético: "Quando o mundo muda, o homem muda, e o mesmo acontece com o compositor e a arte".[16] A mesma fonte fala sobre a dialética entre vida e morte presente nas sinfonias. Nesse espírito, vemos Chostakóvitch escrevendo a certa E. Konstantinovskaia: "Tento parar de amar você e em vez disso te amo cada vez mais. Meu amor por você tem muito de tristeza e de decepção. Circunstâncias muito complexas [qual será a melhor maneira de escrever isso para que ela, você sabe, não me odeie?] desempenham um papel importante nisso tudo".[17]

* A chamada "assinatura D-S-C-H", que será abordada mais adiante, em minha análise da *Opus 110*, é, por este critério simples, similar a um motivo: em outras palavras, é irrelevante para o povo. Assim sendo, quaisquer referências a uma "assinatura E-E-K" devem ser descartadas com desdém como provocações antissoviéticas. Como gostamos de dizer, não é por *acidente* que mesmo no *Musik Lexikon* de Moser,([a]) publicado no primeiríssimo ano do Reich de Mil Anos, Chostakóvitch é ignorado. "Sousa" e "Música sérvia" se fazem presentes; pouco depois serão considerados inimigos. No verbete "Russische Musik", o professor de Chostakóvitch, Glazunov, é mencionado na página 721, e um pouco abaixo um "Gruppe Glasunow" se exibe reunido com ar reverente. Glazunov, veja bem, era um classicista; Chostakóvitch é um formalista. Até mesmo os fascistas alemães reconhecem veneno quando está diante do seu nariz.

([a]) Verbetes de Moser sobre Chostakóvitch, Sousa, música sérvia, "Glasunow" et al. — *H. J. Moser's Musik Lexikon* de 1933 (Berlim-Schöneberg: Max Hesses Verlag, 1935).

18.

Outros — gente otimista, imbuída de espírito público — afirmaram perceber na *Opus 40* (provavelmente no segundo movimento) o cheiro das flores no funeral de Kirov. Quem sou eu para dizer que não sinto nenhum cheiro de flores? Mas não sinto. Quando aspiro a *Opus 40*, o que farejo é lenha fumegante, vinho e os cabelos de Elena.

19.

Foram a uma exibição de *Camarada Dmitrov em Moscou*, de R. L. Karmen, porque o filme parecia tão enfadonho que nenhum conhecido deveria dar as caras por lá, nem mesmo Glikman. Quando o Kino Palace ficou escuro, Elena segurou a mão de Chostakóvitch. Dessa experiência deriva o terceiro movimento, o *largo* (completado em 13 de setembro), que pode soar melancólico para quem não conhece Chostakóvitch, em particular o Chostakóvitch tardio; na verdade esse é seu bunker secreto, a mais profunda das quatro câmaras de seu coração, cujo teto foi construído com a madeira das notas graves e regulares do piano. Aqui o piano e o violoncelo cantam um dueto que pode soar triste ao resto do mundo, ou mesmo (e aqui está a palavra favorita de Elena em inglês) *creepy*, repulsivo, mas eles se esconderam tão bem que ninguém mais pode ouvi-los, muito menos julgá-los mal; eles fecharam os portões do Danúbio! Nos cantos mais escuros o cômodo é irregular, a madeira do teto de notas graves tão fantástica quanto as vigas de ossos de baleia de uma antiga moradia do Ártico; e nessa escuridão, Chostakóvitch e Elena Konstantinovskaia adormecem um nos braços do outro, a cabeça de Elena no peito dele, os tornozelos de Chostakóvitch entrelaçados aos dela; são como duas trepadeiras que cresceram unidas em um velho cemitério.

20.

Em 1º de dezembro, o assassino Nikolaiev tirou a vida de nosso estimado Camarada Kirov — um golpe traiçoeiro, pelo qual fizemos os espiões e sabotadores estrangeiros pagarem muito caro. Em 4 de dezembro foram expedidas as primeiras sentenças de morte. Em 29 de dezembro fuzilamos Nikolaiev, que se condenou em dobro ao tentar incriminar os círculos mais altos de nosso Estado soviético. Em meados de janeiro estávamos prendendo dezenas de milhares[18] de seus cúmplices. Enquanto isso, Chostakóvitch tinha voltado a morar com sua querida Ninotchka! Quando ela voltou, ele caiu em lágrimas: Ah, obrigado, obrigado, muito obrigado! — Depois escreveu para Elena dizendo que continuava ocupadíssimo cuidando de sua Ninucha, que sofria de uma doença grave, e que por isso não tinha tido tempo para telefonar. Por favor me perdoe, minha amada Liália, porque eu...

Elena nem respondeu.

Então ele telefonou apavorado, sussurrando: Liália, estou sentindo uma coisa muito estranha, uma coisa muito *creepy*, como acho que você diria...

Estava se sentindo observado. Mas que ridículo! Claro que estava sendo observado! Ainda era um herói naquela época. Se me permite dizer, ele nem fazia ideia.

Voltou a levar Elena para concertos. Precisava de mais aulas de inglês. (Sollertinski tinha fracassado nas tentativas de lhe ensinar alemão.) Ia para casa com ela (Prospekt Kiróvski, 65, número 20). Quando faziam amor eram tão barulhentos que os vizinhos esmurravam as paredes. Aí está o segundo movimento! O violoncelista A. Ferkelman, que executou a *Opus 40* com Chostakóvitch em 1939, nos informa que "nunca consegui fazer qualquer outro pianista alcançar tempos tão rápidos. Seu modo de tocar era seco, mas por outro lado tocava incrivelmente alto, sem dúvida graças a um temperamento de incrível força".[19] Em resumo, ele ainda a amava. Tocaram o terceiro movimento com facilidade diabólica; ainda assim, algo não estava certo na canção de Elena. Ele chorou e disse: Lialka, não acredito que serei seu e que você será minha.[20] Às vezes eu acredito; às vezes não. Em meu atual estado de ânimo eu acho muito difícil, sabe, acreditar.

Elena estava sentada ao lado dele no Teatro Kirov, pouco antes da cortina se abrir para a estreia de sua nova ópera, *Lady Macbeth*. Sem dizer nada, ela deslizou o casaco pelos ombros, se levantou, deu as costas a Chostakóvitch e saiu.

21.

Chostakóvitch correu atrás dela; se ajoelhou na imundície da neve derretida e implorou. (Eu estava lá, no encalço de A. Akhmátova; lembro-me de neve na cerca de ferro ao redor do Jardim de Verão, neve nas árvores do Jardim de Verão.) E Elena o levou para a casa dela; sabia que ele a amava! O que ele tanto temia? Fazia tempo que haviam decidido juntos o início do segundo movimento, com sua melodia russa pungente em tom menor, passadiços de andaimes dourados dignos de Rodtchenko se conectando em seguida a uma melodia alegre que depois de uma carícia do violoncelo, muito peculiar e irrepetível, se torna breve e adocicada como manteiga, porque Chostakóvitch estava deitado de barriga para cima com Elena montada sobre ele, uma perna de cada lado, provocando com os suculentos lábios internos da boceta e o possuindo lentamente, obtendo orgasmo atrás de orgasmo, proibindo que ele fizesse qualquer movimento, fazendo pausas quando tinha vontade, pelo tempo que tinha vontade; e durante todo esse tempo ele precisou ficar deitado e perfeitamente imóvel, como um garotinho obediente! Depois vem a sequência já mencionada, o cavalinho de pau, que se transforma em outra doce eternidade de manteiga derretida: Chostakóvitch havia terminado e Elena estava montada nele mais uma vez, cavalgando como queria até gozar com o som de uma abelha melífera, o arco passando suave e estridente por sobre a caixa de ressonância. Voltando à melodia russa, a *Opus 40* então concede ao piano outra chance de se acariciar, de modo que uma segunda cópula de cavalinho de pau galopa até uma ejaculação feliz, momento em que o piano fagulha e brilha; e sei de fonte confiável que nesse instante eles faziam amor enquanto amanhecia, e logo antes de chegarem ao fim os sons da manhã tiveram início enquanto o sol cintilava e brilhava intenso sobre um copo d'água caído e transformado em uma improvável joia aracnídea cujas patas eram raios de luz branca.

22.

A verdadeira história da *Opus 40* se encerra ao final de certa noite no verão de 1935, quando a mulher insone enfim discou o número de Chostakóvitch. Nina atendeu e declarou, sumária: Ele vai ficar comigo.

Fiquei esperando e esperando ao lado do telefone, sussurrou Elena, na esperança de que ele talvez me ligasse.

23.

Sem dúvida por respeito a Nina, Chostakóvitch permaneceu eternamente evasivo a respeito da *Opus 40*, mas declarou publicamente que naquele ano deu um salto extraordinário[21] (ou, como diriam os alemães, *ein grosser Durchbruch*) no âmbito da música de câmara e de concerto. (Chostakóvitch a Konstantinovskaia: "Quando eu a conheci? Por que me apaixonei? Podia ter vivido em paz. Minha vida anterior não existe mais".)[22]

A estreia aconteceu em 25 de dezembro de 1935. Elena Konstantinovskaia estava ausente. Quem não nos quer bem sem dúvida insistirá em chamar a atenção para o fato de que, seguindo a orientação determinada pelo Camarada Stálin, tínhamos naquela época detido mais alguns milhares de integrantes da escória, incluindo Elena. Tenho plena consciência de que na cadeia temporária ela recebeu um cartão-postal de Chostakóvitch — outra marca negra contra ele. Tendo conferido todos os documentos pertinentes, posso garantir que na época isso havia se tornado uma necessidade urgente; todos os departamentos distritais fervilhavam com inimigos de classe. Jamais se provou nada de definitivo contra Elena. Ainda assim, não choremos lágrimas de crocodilo por causa de aborrecimentos sofridos por uma pessoa que, como todas as outras pessoas, era um foco legítimo de interesse de nosso Estado soviético. Bem mais pertinente a este estudo da *Opus 40* é o fato de que o concerto, como posso atestar pessoalmente, foi um sucesso, eu diria até um sucesso retumbante. Que importa se Konstantinovskaia não estava presente? Afinal de contas, o compositor não dedicou a *Opus 40* a ela, mas ao amigo V. Kubatski. ▸

Operação Fogo Mágico

E é nesse meio-termo indistinto e cinzento que ocorrem os conflitos fundamentais de nossa era. Um imenso formigueiro em que todos rastejamos.

Chostakóvitch (*c.* 1970)[1]

1.

Dizem os poloneses que a vida é um trem de refugiados comprido e malcheiroso percorrendo os trilhos mais lentos da Europa, sendo desviado para dar lugar a vagões de transporte de tropas e cargas industriais; nesse momento todos permanecem sentados, suando, fedorentos, temerosos e aflitos. Berra o apito; hora de voltar a se mexer! Então vem a próxima fronteira, em que policiais e agentes à paisana peneiram mais alguns de nós (o visto dela está incorreto; ele na verdade é um judeu fugitivo). O mais risível é que odiávamos a vida; queríamos "chegar a algum lugar"; e agora que estamos sendo levados em bando a algum lugar, sentimos vontade de ainda estar naquele trem comprido onde tudo fedia! Bem, a vida é isso mesmo, não tem outra.

2.

Reza a lenda, e pelo que sei é tudo verdade, que um quarto de hora após a melhor apresentação do *Siegfried*, de Wagner, desde o início de nossa recuperação alemã, um certo sonâmbulo se recolheu à Haus Wahnfried, onde havia residido o compositor em pessoa, e depois que Winifred Wagner serviu o chá e o sonâmbulo beijou o pulso de Verena Wagner, as duas mulheres se recolheram, Göring fechou a porta após a saída da dupla e o coronel Hagen, que aguardava no corredor, apareceu na companhia de um empresário alemão cujos interesses financeiros coincidiam com os do general Franco. Era o verão de 1936, quando a causa de Franco ainda parecia desprovida de qualquer esperança. Aliás, nosso Ministério das Relações Exteriores tinha sido muito enfático ao aconselhar ao sonâmbulo que não se envolvesse naquilo, acima de tudo porque os rebeldes não precisavam somente de bombas, mas também de dinheiro. Herr Schacht, do Reichsbank, alertava seguidamente que mal tínhamos condições para nosso rearmamento, que dirá para financiar aventuras alheias. O sonâmbulo, todavia, raciocinou desta forma: se Franco fracassar, sem dúvida o governo espanhol de esquerda se tornará um satélite comunista. E se isso acontecer, a França também se tornará vermelha, deixando nosso Reich ameaçado a leste e a oeste. — E não é que ele tinha razão? No fim das contas, não foi mesmo uma guerra em dois fronts que acabou conosco? — Em resumo, o sonâmbulo concordou em ajudar os falangistas. Na pista de pouso do deserto, nossa longa fila de aviões a hélice estava pronta para apunhalar os céus com seus narizes pontiagudos. (Na mesma ocasião o sonâmbulo demitiu Herr Schacht, que por causa disso escapou de ser enforcado pelos vencedores de 1945.)

E assim nossa Legião Condor teve seu batismo de sangue; a Blitzkrieg foi elaborada. O bombardeio aéreo de Guernica se demonstrou uma obra-prima do contraponto, e além disso nossas metralhadoras novas não emperraram. Fizemos o que escolhemos fazer; os Flechas Azuis de Mussolini se encarregaram do resto. Creio que todos podemos concordar que a guerra teve um avanço rápido. Três anos mais tarde Franco estava na capital, trazendo entre os dedos o tradicional cigarro queimado até a metade. Mussolini enviou uma conta, mas fomos mais generosos; nós pensamos a longo prazo.

O sonâmbulo não apenas tomou a iniciativa do exercício como também o batizou: Operação Fogo Mágico.

3.

Na realidade, a famosa música do Fogo Mágico tem lugar ao final de *Die Walküre*, não em *Siegfried*. Tradicionalmente, as quatro óperas do ciclo do *Anel* são encenadas ao longo de uma tarde e três noites; desse modo, quando o coronel Hagen apareceu na companhia do empresário e Verena Wagner serviu o chá, *Die Walküre* só poderia ter sido apresentada na noite anterior. Admito que isso está dentro dos limites de uma memória que sempre se pressupôs perfeita; me refiro às estatísticas sobre disposições de tropas e produção de tanques, eternamente na ponta da língua do nosso Führer! Se alguém no mundo chegou a conhecer o *Anel* de cor, só poderia ter sido ele. Por esse exato motivo eu gostaria de saber por que ele não batizou a operação de "Siegfried". Afinal de contas, essa ópera proporciona escolhas dramáticas apropriadas: a reforja da espada, o abate do dragão et cetera.

Conforme uma de minhas especulações mais plausíveis (adoro inventar teorias, pois ninguém pode me responsabilizar por elas), na Noite das Valquírias ele já havia se decidido a ajudar os falangistas. Afinal, se já não tivesse tomado uma decisão, por que teria se disposto a se reunir com o empresário? Ele não era exatamente um sujeito aberto a debater para mudar de ideia.

Também é possível, contudo, que o fogo mágico em si tenha algum significado em nosso contexto espanhol. Recapitulando: Brünnhilde desobedece Wotan ao fazer o que ele mesmo teria feito se não estivesse impedido pela própria promessa rancorosa: salva Siegmund da morte no duelo com Hunding, um elemento impuro, não germânico. (Nosso sonâmbulo se identificaria com Wotan. Ficava furioso sempre que precisava fingir endosso a algum pacto de não agressão.) Em consequência, Wotan abate Siegmund por dever e Hunding por prazer e em seguida deserda Brünnhilde, que lança em um sono sobrenatural e por fim rodeia com um anel de chamas que somente um herói (Siegfried, o filho de Siegmund, como se saberá) ousaria atravessar.

A cena é comovente. Wotan, condenado e abjurado desde a primeiríssima ópera, *Das Rheingold*, sabe muito bem que Brünnhilde tem razão. Essa justeza de Brünnhilde nasce do instinto; assim sendo, é tão impossível de "refutar" quanto a superioridade ariana. Brünnhilde *é* Wotan, mais do que o próprio Wotan é Wotan. Por isso ele a ama tanto.

Wotan retumba um acalanto cujas últimas palavras são: "Deus que se afasta de ti, e um beijo o divino te dá".[2] Sua voz embala e afaga. Depois vai sumindo. Após um momento de silêncio a música fica tensa, imperiosa. Wotan invoca Loki, o amoral espírito do fogo. (Quase enxergo a Legião Condor em fila tríplice à beira da pista, os biplanos à espera observados por uma figura uniformizada no alto de um morro coberto de flores e arbustos do deserto.) Golpeia o solo com o bastão. O fogo brota no mesmo instante enclausurando a mulher adormecida, que um dia foi uma valquíria. Os biplanos decolam! Graças ao gênio de Wagner, a música do fogo soa agradável em vez de ameaçadora. Loki é pura atividade lúdica. Ele é qualquer coisa, é todas as coisas. Engole o coração chamuscado de uma mulher má, engravida e dá à luz a raça dos ogros.[3] Ele nos salva do frio, ele nos mata assados. Sua essência dança no topo da montanha de Brünnhilde e nas piras de Dresden com o mesmo entusiasmo. Talvez por isso, ao ouvir a música do Fogo Mágico não imagino o arco-íris flamejante que o motivo talvez sugira ao ser tocado isoladamente, mas as chamas azuis e verdes que brotam da madeira de naufrágio incrustada de sal que chegou trazida pelo mar. Wotan não canta mais; a ópera está chegando ao fim; mas pareço enxergar

Wotan, envolto em um manto negro e apoiado no bastão, em pé diante do círculo que protege a filha que perdeu.

Então, com um beijo, vamos expulsar a democracia da Espanha! Que durma por cem anos! Vem aí a muralha de fogo, florescida das sementes de metal que plantamos; e se quiser saber como o fizemos, posso desenhar uma ilustração de página inteira e coluna dupla mostrando formações de aeronaves: a *Gruppenwinkel*: três Vs consecutivos; a *Gruppenkeil:* três grupos de três Vs, cada um consistindo em três aviões, com a máquina central abaixo das outras duas; enquanto isso o grupo mais central dos três voa logo abaixo dos vizinhos para que a constelação forme um V ainda mais imenso; também devo mencionar a *Staffelkolonne links*, a *Staffelwinkel*. Quando voamos até Valencia, nossa *Gruppenkeil* lançou muitas sementes de uma só vez, todas a meio caminho entre bala e dardo, com um ferrão na ponta; tombavam duas a duas pelo ar.[4]

Agora que tudo deu tão errado, porém, eu me pergunto: que fada madrinha nós nos esquecemos de convidar para o batismo da Operação Fogo Mágico?

4.

Certa noite, quase cinco anos mais tarde, o coronel Hagen e eu marcamos um encontro em um jantar no Ausland Club, na Leipziger Platz. Como cheguei cedo, pedi uma cerveja e fiquei lendo sobre a Questão Chinesa nos jornais. Para ser franco, ainda que na época os japoneses fossem nossos aliados e tivessem até mesmo recebido o título de "arianos honorários", até aquele momento eu nunca havia demonstrado grande interesse pelas atrocidades e conquistas da Esfera de Coprosperidade da Grande Ásia Oriental. Isso sem dúvida revela as minhas limitações. Nem sei por que estou me lembrando da Questão Chinesa. Afinal de contas, nunca estive na China. — E também estávamos enfrentando nossas próprias dificuldades; nossas tensões harmônicas, digamos assim. Áustria, Tchecoslováquia, Polônia, França, até mesmo Noruega, todas essas operações tinham se desenrolado de maneira satisfatória (ninguém negaria que para nós, alemães, é saudável tentar obter o que queremos), mas agora as nações mais poderosas do planeta estavam contra nós — naturalmente não incluí a Rússia, pois segundo as informações do sonâmbulo teríamos apenas de arrombar a porta para que a estrutura, apodrecida, desabasse por inteiro; além disso, tínhamos assinado um tratado de amizade quase eterna com aqueles russos. E o que mais? Nossas metralhadoras alemãs eram mais rápidas que todos os outros modelos, como o francês, por exemplo, mas um soldado bêbado que tinha perdido as pernas em uma explosão no cerco de Varsóvia me perguntou se tínhamos condições de seguir produzindo metralhadoras suficientes para enfrentar o mundo inteiro. — Não tenho a menor dúvida, respondi, esse é o nosso capital. É isso que vai resolver tudo para nós.

Eu, todavia, não estava tão confiante. Estava assoviando no cemitério. Fazia meses que bombas britânicas caíam no Tiergarten, e mesmo assim o sonâmbulo tinha abortado a Operação Leão-Marinho; sabia que seria impossível conquistar a Inglaterra. Franco também não nos ajudaria; o sonâmbulo fez um apelo pessoal que não deu em nada; Franco apenas sorriu e fumou outro cigarro; nem sei o que dizer sobre um homem desses.

E assim o sonâmbulo se ocupou de forrar a Europa Central inteira com castelos melódicos de Wagner, construídos a partir de repetições variadas. Mas a Inglaterra se fortalecia. Os Amis,* manipulados por seu presidente judeu, Roosevelt, estavam ajudando os britânicos e a qualquer momento poderiam entrar na guerra. Enquanto isso o sonâmbulo raciocinava: Agora o leste da Polônia é um satélite comunista. Se não tomarmos alguma providência logo, nossas novas terras ao leste correrão um sério risco; os russos poderiam atravessar a Linha Ribbentrop-Molotov quando menos esperássemos. Reagir a *isso* não seria tão fácil quanto organizar um de nossos desfiles de motocicletas! Em resumo, tudo de bom já tinha acontecido; tudo de ruim ainda estava por vir. E por que eu me importava com a China? E mesmo assim me lembro perfeitamente de cada detalhe daquela noite! Melhor nem falar em pressentimento wagneriano.

Falando em pressentimentos, agora acredito piamente que Hagen já sabia da Operação Barbarossa. Precisaríamos todos ser corajosos, brutais e leais.

Ao chegar, Hagen estava mais carrancudo do que o habitual. Como ele não quis tomar cerveja, pedimos uma garrafa de vinho romeno, um tinto quase negro. Ele me perguntou: Você conhece a fundo nosso épico nacional?

O épico de setecentos anos de idade ou este que estamos escrevendo?

Dá no mesmo. Lembra-se de que Siegfried voltou a sangrar dentro do ataúde quando o assassino passou por perto? Por isso pedi o vinho escuro.

Um toque germânico antigo!, comentei. Mas sangue é apenas sangue. Quando Siegfried foi morto, sua esposa derramou lágrimas de sangue. Qual o significado disso? Foi um detalhe incluído pelo poeta para nos dar uma pista sobre o que estava por vir. Talvez a intenção tenha sido unificar passado e futuro, mas para mim não passa de um toque barato, como você tomando vinho para demonstrar um ponto de vista. Você nem ao menos gosta de vinho.

Eu me declaro culpado!, Hagen admitiu com uma risada. Mas em nosso próximo encontro, em Bayreuth, espero que você proteste contra esses leitmotivs sombrios do *Anel*! Depois disso, é claro, Verena Wagner nunca mais vai sorrir para você...

5.

Quando relembro a Operação Fogo Mágico, enxergo Verena Wagner com seu vestido branco ajustado na cintura (tão branco que parecia puro algodão, como uma

* Americanos.

nuvem de fumaça antiaérea); servia chá para seu Tio Wolf, que também era nosso tio (*Meyers Lexikon*, 1938: "Ele não é um ditador, que esmaga os oprimidos, mas Führer de um povo confiante, que nele tem plena fé e o cerca de amor incondicional"),[5] demonstrando sequência e variação com o pulso;* e por algum motivo imagino também a perfeita luz antiaérea sobre a muralha de estandartes com a suástica e sobre os longos retângulos reluzentes de homens de aço; isso foi em 1º de maio de 1936, o comício nazista em Berlim, seis meses antes de Verena Wagner servir o chá do Fogo Mágico; Franco ainda não era ninguém; mesmo depois que a Espanha foi rodeada pelo Fogo Mágico e o sonâmbulo deu esse caso por encerrado de uma vez por todas, a vida permanecia quase a mesma; os britânicos ainda acreditavam em paz para o nosso tempo! Assim como a esposa de Siegfried.

Os acordes ambíguos e quase desafinados do Fogo Mágico enganaram muitos ouvintes. O tom tem as cores vermelho e laranja; tudo parece alegre; como dizem os Amis, é apenas a lareira a crepitar. Os legionários da Condor cantaram ao redor da fogueira; Franco entregou medalhas dispostas sobre uma mesinha com toalha branca. Barbarossa acenava; Verena Wagner sacudia o pulso com charme; ela nos serviu uma guerra cujos diversos casos, manobras e operações seriam tão justos quanto as boinas dos rapazes barbeados da nossa Legião Condor. E assim o leitmotiv foi vindicado. ▸

* Em tempos antigos os reis folheavam a ouro os chifres das vacas favoritas, e eu não ficaria surpreso se o bracelete de ouro usado por Verena tivesse sido um presente do Tio Wolf.

E eu secaria meu cabelo salgado

E eu secaria meu cabelo salgado sobre uma pedra plana distante da terra firme.

Anna Akhmátova (1914)[1]

1.

Em 23 de agosto de 1942, enquanto os Stukas e Ju-88s da Frota Aérea Quatro bombardeavam Stalingrado, nossos membros do Komsomol ajudavam os cidadãos que apareciam no intervalo de cada onda de aeronaves para retirar cadáveres dos destroços. Sempre que alguém reconhecia um corpo, era imediatamente abraçado pelos komsomols. Uma contribuição válida à nossa defesa; nada tenho contra o uso de crianças onde se façam necessárias. E em setembro do ano anterior, A. A. Akhmátova havia feito um pronunciamento no rádio para enaltecer as mulheres de Leningrado, que àquela altura já morriam aos milhares. À luz de sua fama (único motivo para o adiamento de sua punição), essa transmissão deve ser considerada equivalente a dez tanques Stálin[2] enviados diretamente ao front. Pelo menos foi o que me disse o Camarada Jdanov. Do meu ponto de vista, mais correto teria sido tirar Akhmátova de cena e botar a culpa nos fascistas. (Uma bomba alemã caiu, levantando fumaça marrom.) Mas ninguém me dá ouvidos. Estou disposto, isso é certo, a aceitar que uma diretriz consistente é melhor que diretriz nenhuma, motivo pelo qual exigimos que Chostakóvitch concluísse a *Sétima sinfonia*, agora conhecida mundialmente como *Leningrado*. Ele cumpriu a tarefa com sucesso em dezembro. Orientados pelo Camarada Jdanov, chegamos até mesmo a evacuar o canalha, e sua família também. Akhmátova recebeu o mesmo tratamento. Como garantiu o Camarada Jdanov, mais tarde lidaríamos com ela.

Diziam que Akhmátova era bem esquisita, digo, exótica, na cama, talvez por causa do notório talento de enganchar a perna na própria nuca. Ninguém acreditaria no que ela fez com A. Laurie. E ao mesmo tempo era igualmente famosa pela polidez reservada e fria. Ah, nem gelo derreteria dentro daquela boca! Por isso meu trabalho é tão importante; eu exponho essa gente! Vi aquele desenho de Akhmátova, aquele que deveríamos ter confiscado e vendido no estrangeiro; os condes libertinos que ainda existem no mundo ocidental teriam pagado uma quantia suficiente para financiar um orfanato ou uma fazenda coletiva. Piotr Aleksêiev me informou que se trata do suvenir de um róseo encontro amoroso com Modigliani em Paris, logo que ela terminou o primeiro casamento.

Obtivemos fotografias de seus diversos casos. Akhmátova era a maior fonte de diversão em nosso departamento, uma diversão bem *dura*, como alegava Piotr Aleksêiev, e não vou contar o que ele quis dizer com isso. Não é verdade que ela era míope, mas, como a maioria desses supostos "intelectuais", vivia com a cabecinha enfiada no próprio rabo, ou no rabo de alguém — ninguém acreditaria nas imundícies que eu a vi fazer! —, de modo que ficar de olho nela se mostrou uma tarefa bem simples. Eu, de minha parte, teria preferido desafios maiores. Devo dizer que sou exímio em arruinar os planos de gente sorrateira. Por exemplo, se dependesse de mim, Soljenítsin nunca teria conseguido contrabandear seu venenoso *Arquipélago Gulag* para o outro lado. Assim que caiu nas mãos do *New York Times*, essa suposta "história" nos causou danos incalculáveis. Um dia ele vai receber o mesmo tratamento de Trótski.

Preciso admitir uma coisa a respeito de Akhmátova: ela cooperou conosco, em nome do bem-estar do filho. (Uma de suas odes do pós-guerra afirma: "Onde Stálin está, está a liberdade,/ O esplendor da Terra e a paz!". Mas que putinha obediente!)[3] Do nosso ponto de vista, ela se manteve longe de confusões e ficou com uma ficha limpa — tão limpa quanto possível para alguém que enfiava a cabeça no… — ah, as coisas que eu vi!

Dizem os ignorantes que ela fundou uma sociedade secreta de enlutados. Acredite no que eu digo; isso nunca aconteceu. Tenho plenas condições de afirmar. Sei tudo que essa mulher comeu no café da manhã nos últimos trinta anos!

Ela tinha admiradores, devo admitir. A "Sétima Elegia do Norte" é dotada de certo engenho, apesar de toda a imoralidade. (Para falar a verdade, literatura me entedia.) Na primeira vez em que a vi ela estava usando um de seus inúmeros colares, posando de perfil, como que envolta em si mesma, os olhos semicerrados com malícia. — Nada mal!, comentei com Piotr Aleksêiev. — Dentre as outras poetas da mesma época, ela se destacava tanto quanto E. E. Konstantinovskaia se destacaria se transportada para uma pintura de Larionov, com suas bailarinas de carnes rosadas, quase roxas, e coxas carnudas.

O trotskista N. Punin, que admitiu beber a urina de Akhmátova, e quem prendi pessoalmente — você vai gostar dessa parte: como liquidamos seu antecessor Gumilev em 25 de agosto de 1921, ao sumirmos com Punin* em 1949 esperamos até o dia 26 de agosto, só para que ela ficasse confusa! —, gostava de argumentar, e tenho as palavras exatas registradas em algum lugar por aqui, na verdade a arte não deriva da vida, mas muda a percepção da existência, sua apreciação, se lançando sobre a vida *como uma sombra*.[4] Infelizmente, ele tinha razão. Por mais derivativa que fosse, Akhmátova sem dúvida deixou sua marca — como uma cadela no cio. Não urinou apenas em seus amantes pervertidos; fez a mesma coisa com a nossa cultura soviética.

2.

Anna Akhmátova, sobrenome de solteira Gorenko, é conhecida sobretudo por dois poemas, em especial pelo detestável "Réquiem", que ataca os "órgãos" de segurança do Estado e aproveita para difamar nosso sistema prisional. Chostakóvitch estava entre os admiradores dessa peça literária; eu adoraria ter espaço suficiente para revelar algumas coisinhas a respeito desse filho da puta. (Por outro lado, ele nos fazia rir de vez em quando; não vou negar que meu trabalho tinha suas recompensas. Em 1953 Akhmátova estava tentando impressionar Chostakóvitch com algum disparate a respeito da *Sétima sinfonia*, ao que ele agradeceu com a falsidade costumeira e em seguida foi ao Hotel Sovietskaia e disse à então amante, G. I. Ustvolskaia, supondo ingênuo que as paredes não têm ouvidos: "Acima de qualquer outra coisa, não tolero que escrevam poemas a respeito da minha música".)[5] Nossa linha sobre essa suposta "obra de arte" era a seguinte: como a poeta tivera o bom senso de não transformar "Réquiem" em uma causa, não havia problemas em deixar que seguisse levando sua vidinha patética. Já a tínhamos isolado. Fuzilar Akhmátova poderia ter nos custado caro no Ocidente. Somos os acusados em "Réquiem", mas como já nos conhecemos muito bem o poema tem zero interesse investigativo.

Assim, resta o "Poema sem herói", cuja publicação sempre acolhi favoravelmente. Lembra-se de quando Hitler promoveu aquela exposição de arte degenerada? Não me entenda mal; sempre que vejo um alemão tenho vontade de pendurar o infeliz no teto pelas bolas; ainda assim, sou homem o bastante para admitir sem rodeios: neste caso Hitler não estava errado. E o "Poema sem herói" era tão degenerado quanto qualquer coisa banida pelos nazistas. Retrata a suposta "vida" de um

* Cito seu diário:([a]) "Se não entendo coisa alguma de arte, do que eu entendo, então? Da pessoa 'viva' e nada mais. Continuem fuzilando os vivos; eles atrapalham o povo, atrapalham o proletariado. Continuem fuzilando".

([a]) Diário de Punin, op. cit., p. 72 (registro não datado de 1921, anterior a 28 de julho).

grupinho de parasitas e intelectuais em Leningrado antes da nossa Revolução. Era a época do simbolismo, cuja atmosfera o sagaz N. Berdiaev caracterizou como "o ar putrefato de uma estufa".[6] Meus filhos chegaram a estudar esse poema na escola (mandei prender o professor). Para mim, o interesse principal do poema está no seguinte: como todos os personagens são reais, será que já identificamos todos esses canalhas e mandamos para onde merecem?

3.

Certa vez encontrei a beleza, mas a beleza me abandonou. Não posso dizer que sofri, pois a experiência me ajudou a apreciar aquele rosto pálido e onírico, os olhos negros e os cabelos escuros com franja reta, a sensualidade obscura de Akhmátova. Depois da guerra, seu retrato decorava a parede do apartamento dos Chostakóvitch em Moscou; sei bem o motivo. O famoso ar nobre de Akhmátova, que tantos julgavam condescendente, era uma qualidade totalmente ausente em Elena Konstantinovskaia, que era tímida em vez de reservada, triste em vez de severa. A calma de Akhmátova era inabalável, por causa da grandeza que ela sabia possuir, ou que a possuía; a calma de Konstantinovskaia era uma máscara de chumbo defensiva. Ambas se provaram de um egoísmo extraordinário no amor; mas no caso de Akhmátova podemos falar de uma fidelidade maior à Musa; em Konstantinovskaia, por sua vez, se tratava de uma decepção irremediável. Em 1934 ela enviou a Chostakóvitch um bilhete que consistia em uma única linha cifrada em um código particular, com o convite incluso: "Quem traduzir ficará comigo". Não me importo de informar que abrimos essa correspondência e fizemos de tudo para decodificar seu conteúdo; fracassamos. (Por causa disso Piotr Aleksêiev queria colocar as mãos em Konstantinovskaia, mas fui magnânimo; falei: Não encoste nela!) A questão era evidente: havia uma chave para o mundo interior de Konstantinovskaia, e uma única outra pessoa a possuía. Essa pessoa permitiu que a chave lhe caísse das mãos; disse para si mesmo: Mas que, que, digo, que *erro* eu cometi! Ah, meu Deus, Lialka; ah, meu Deus... — Chostakóvitch, por sua vez, tinha um mundo próprio debaixo das teclas do piano. Estava dedicado ao que agora anda em voga chamar de *emigração interior*. Em meu departamento esse termo não é muito estimado, e digo o porquê: Hindemith, Von Karajan e Furtwängler fazem música para os hitleristas e depois, quando tudo está terminado, têm o descaramento de implorar: Juro pela minha honra que eu não estava *lá*! Não há como eu ter colaborado, pois passei esse tempo todo vivendo dentro da minha própria cabeça! — Quer saber minha resposta a isso? Respondo o seguinte: oito gramas pra cada um! E se você não sabe o que isso significa, acredite, melhor assim.

Mas e Akhmátova? Em certo sentido, qualquer pessoa capaz de ler russo estava convidada ao *seu* mundo interior. Muito de sua lírica supostamente mais "pessoal" permaneceu inédita enquanto ela vivia, é verdade, mas em nossa União Soviética estamos pouco nos fodendo para esse negócio de individualismo. Aquelas pilhérias ao mesmo tempo beligerantes e aduladoras do futuro suicida Maiakóvski expressavam um amor verdadeiro, sem dúvida, baseado em um conhecimento íntimo obtido somente através de palavras: ícones e hera, beijos às escondidas, abraços ambíguos por trás das cortinas da antiga São Petersburgo. Maiakóvski sonhava com ela, sem dúvida; certa vez o observei seguindo Akhmátova pelos pavilhões do Jardim do Palácio Tauride; mas tudo que recebeu dela foi um vestido amarelo no verão, neve azul no inverno, sabe, esse tipo de coisa, que qualquer outro também ganha — quanta promiscuidade! Piotr Alekséiev, que embora nunca vá admitir segue apaixonado por ela, insiste que todas as vezes que relê "À beira-mar" inala a fragrância lilás das tranças de Akhmátova. Ele, Maiakóvski e dezenas de outros — o que há de errado com os homens da nossa Rússia?

O mundo interior de Chostakóvitch era um bunker dentro do qual ele sobrevivia aos ataques constantes. Tenho uma planta do lugar bem aqui na minha frente. Como a qualquer momento as defesas podiam ser rompidas por algum dos oitenta e oito dos alemães ou algum dos nossos destacamentos especiais, o caráter do ambiente acabou influenciado por isso de modo irrevogável.

O mundo interior de Konstantinovskaia era um jardim cercado por um muro, abrigando em seu interior um chafariz desligado. Uma vez o chafariz esguichou e as árvores deram flores e frutos — apenas uma vez. Depois de 1935, o que mais crescia ali dentro além de ruínas e múmias? Bem, mas o motivo de minha admiração por Konstantinovskaia é que, ao contrário de Akhmátova, ela não construiu uma carreira baseada em sentir pena de si mesma. Parabéns, garota! Quanto àquela Ordem da Estrela Vermelha com a qual ela foi condecorada, bem, por que não informar que isso teve dedo meu?

O mundo de Akhmátova, porém, era o mundo semipúblico de Tsarkoie Selo. Nos primeiros anos da minha tarefa, seguir Akhmátova significava passear pela longa costa de pilares pálidos do Palácio de Catarina. Isso me mantinha em forma. Como via de regra essa escória nos obriga a passar o dia inteiro sentados ouvindo tudo que dizem, não posso dizer que odiava Akhmátova. Na verdade, certa vez eu lhe disse que estava pensando em ler "O Cavaleiro de Bronze", de Púchkin. Pedi sua opinião. Valia mesmo a pena? Eu queria saber. E no mesmo tom de voz monótono em que recitava seus poemas quando requisitada, Akhmátova me garantiu que seria uma perda de tempo. Sempre serei grato a ela por isso, pois sou um homem ocupado.

Às vezes ela me levava ao Jardim dos Trabalhadores na praça Uritski, onde eu podia aspirar um pouco de luz do sol. Sou considerado excelente no que faço; Akhmátova nunca me via, nem mesmo quando virava na minha direção aquele rosto frio e liso como um ícone esmaltado. Por algum tempo a Academia de Engenharia do Exército Vermelho em Ulitsa Rakova, que ela insistia em seguir chamando de Italianskaia, era um de seus destinos prediletos. Eu não me importava; conheço muitos engenheiros.

Onde você acha que ela estava quando estourou a Revolução de Fevereiro? Em um ensaio geral de Meierhold! Sim, é verdade que a vimos zanzando de barricada em barricada, mas não para participar da nossa luta, apenas para fazer o que fazem os poetas: brincar com fogo. E o que ela estava fazendo quando tomamos o poder na Revolução de Outubro? Parada na ponte Liteini. Onde será que ela estava em 1936 quando os trabalhadores stakhanovistas, vestidos de branco, marcharam em nossa direção pela praça Vermelha, com a gigantesca imagem branca do Camarada Stálin, do alto de sua coluna, estendendo o braço na direção deles enquanto R. L. Karmen filmava tudo? Onde, você acha? Em certa aleia próxima ao canal Vittolóvski.

Por isso fico magoado quando ignorantes alegam que "isolamos" Akhmátova. Em 1918, quando ela se divorciou de Gumilev e adentrou o suposto "casamento" com V. Chileiko (tive acesso ao livro do administrador do bloco e posso garantir que essa união nunca recebeu o registro devido), o feliz casal se retirou para o labirinto de gelo do Palácio Cheremetev, que sempre me lembra a fábula de Hans Christian Andersen sobre a Rainha do Gelo: paredes de gelo, peças congeladas de quebra-cabeças, silêncio mortal e uma mulher com um beijo gélido! (Não me diga que não sou poético.) Enquanto isso, registrei um aro negro em volta do pescoço de um amante que partia, um poema sobre o pranto, um poema sobre cruzes brancas. Mas isso não interessa. Ficamos inquietos pois mesmo depois de prendermos as cobras que ousaram votar contra o poder soviético na Assembleia Constituinte, flagramos Akhmátova congregando inimigos do povo com um poema intitulado "Seu espírito está obscurecido pela arrogância".

4.

Quando ainda era jovem e bela o suficiente para escrever que o poder do passado pode fracassar, Akhmátova pranteou lábios não beijados. Quando nossa Revolução provou que o passado pode, de fato, ser destruído, o que lhe restou? Lábios não beijados voltaram a pairar eternamente sobre Akhmátova em meio à névoa amarelada que encobre Leningrado. Eu a vi se demorar um longo tempo diante de uma arcada com cabeças hirsutas; permaneceu ali por uma hora; meus dedos dos pés estavam congelando, sem brincadeira. Fitou cada efígie como se fosse alguém que ela tinha amado. Bem, com essa aí tudo era possível! Lábios não beijados! Quando deveríamos estar construindo o socialismo! Cada boca era um nó de forca — ah, ela se enforcou mil vezes! Mas desde o princípio celebrou seu lamento com coloridos ícones de palavras. *Precisava* condenar a si mesma no interior daqueles lábios abertos. Descobri um termo para esse comportamento: asfixia sexual! Como reflexos de cercas se desfazendo com as ondulações da água e em seguida começando a se refazer, sem nunca chegar ao fim do processo, em Akhmátova o sofrimento do amor e da vida pulsava em exaltação.

Um beijo, e depois o pranto por um beijo — para conhecer ambos é preciso ter a experiência do fim do amor. Certa noite de verão em 1935, enquanto Chostakóvitch repousava nos braços de Elena Konstantinovskaia, Akhmátova descansava nos braços de quem? De ninguém. Estava deitada na grama úmida, contemplando o topo do Pavilhão Chinês. Eu estava por lá; vi como tremeram seus lábios frios. Chostakóvitch encontrou a salvação nas cortinas dos cabelos de Elena. Akhmátova assombrava a si mesma com cisnes e água parada.

Nessa época ela já estava aprendendo que ainda maior que o poder do amante ausente é o *nosso* poder, o poder soviético! Faríamos tranças bem mais apertadas em seus cabelos…

Encontrei Akhmátova no ombro de Gumilev, olhando distraída para o lado oposto; ele traz uma rosa sobre o coração, folhas de carvalho no peito e na manga; uma espada de luar fracassa em cortar fundo a água negra às costas do casal; são espionados por estátuas detrás das árvores. Tenho todos os motivos para concluir que naquele momento Gumilev sonhava com sua Elena, a quem havia batizado de "Estrela Azul".[7]

Naquela época meu departamento ainda acreditava que a sensibilidade de Akhmátova lembrava um relógio cor de arco-íris cujos ponteiros eram campanários estalando em volta de Petersburgo pela última vez, antes de os fazermos parar. Ninguém poderia ter imaginado "Réquiem"; nós a associávamos com "À beira-mar".

5.

Em seguida, em parte graças ao casamento infeliz, e também ao seu temperamento inato, Akhmátova não se contentou mais em expressar o sofrimento; de um modo tipicamente russo, passou a entesourá-lo! Sua Musa não inspirava mais confiança: "Sua felicidade será vigiada pelas estátuas do Jardim de Verão". Para ela, era tudo a mesma coisa. Sendo tão intenso o sofrimento, por que não acreditar que se tornaria invencível ao se deixar ser definida por ele? Ainda em 1915, N. Nedobrovo percebeu sua "serenidade em confessar dor e fraqueza".[*8] A essa altura Marina Tsvetáieva já lhe escrevia poemas de amor. Em 1916, um amante que identifiquei como B. Anrep lhe causou uma agonia muito específica, que brilhou dentro dela como uma pedra branca no interior de um poço. (Em termos de luto ela superava em muito Chostakóvitch, que tremia e se despedaçava.) Então Chileiko a fez sofrer no Palácio Cheremetev e proporcionou ainda mais tristeza no Palácio de Mármore; era assim que ela passava o tempo. Petersburgo se tornou Petrogrado, e depois Leningrado; a cidade morreu de fome e apodreceu inteira ao redor dela. Os lábios escuros e reluzentes de A. Lourie, os gestos afetados de O. Glebova-Sudeikina, as pálpebras caídas do suposto "poeta" Kuzmin, toda aquela

* Em nome da justiça, sou obrigado a mencionar a crueldade desdenhosa de Akhmátova para com a esposa de Nedobrovo, a quem desprezava por ser ignorante em matéria de poesia — pelo menos do marido ela gostou. No final, abandonou o marido — abandonava a todos!

corja pálida de estetas do Cabaré Cão Vadio, todos, um por um, foram tornados irrelevantes graças a nós.

E você acha que nossa Anna aprendeu alguma coisa com isso? De modo algum. "Imortalizou" todos esses indivíduos no "Poema sem herói".[9]

6.

A introdução do poema traz a data de 25 de agosto de 1941, da *Leningrado sitiada*, o que me tira do sério. Akhmátova nunca disparou um tiro sequer em nossa defesa. Sim, ela estava em Leningrado quando os fascistas atacaram. Eu também estava. Sempre fui contra lhe conceder aquela medalha. Mas isso não vem ao caso. Desde 1948 me convenci de que existe uma pessoa no poema, uma mulher de cabelos escuros, a quem Akhmátova protege com palavras ambíguas; ou seja, essa mulher de cabelos escuros continua à solta; ainda não a pegamos. Tarde da noite, quando não consigo dormir, releio o poema; quase decorei os versos todos, o que é irônico, porque eles também foram citados por boa parte dos "ativistas políticos" que mandei para o gulag; em meu museu particular conto com uma versão quase completa, inscrita de memória em páginas feitas com casca de vidoeiro. Não tenho nenhum problema em admitir que possui alguns belos trechos.

7.

Em 11 de dezembro de 1920 nossa paciência acabou, e desmascaramos o caráter apolítico e purulento de Akhmátova para quem quisesse ver. Essa experiência se tornou mais uma pérola para sua concha de ostra! Amargura e reflexões sobre amargura se tornaram inseparáveis em seus poemas, como as ovais concêntricas de pontes em arco e seus reflexos sobre o canal de Inverno. Pouco depois eu a vi rezando e chorando no cortejo fúnebre de Blok; lágrimas que se tornaram novas contas em seu colar de sofrimento. Em nossa atual União Soviética, onde esperamos que a arte tenha valores positivos e vitais, não há lugar para esse tipo de gente.

Quando liquidamos Gumilev em 1921 por causa de intrigas antissoviéticas, outra joia rubra caiu com estrépito no poço. Eu estava lá; assegurei que tudo corresse de modo profissional. Em seu último momento ele ficou rígido e pálido como uma das estátuas diante do Palácio de Catarina. Não se humilhou como os outros, admito.

Eu estava lá em 1930 quando Akhmátova descobriu o túmulo de Gumilev — dois buracos para sessenta pessoas, pois aquela escória não merecia sepulturas individuais. Ali estava ela, chorando e soluçando mais uma vez! Se dependesse de mim, teria sido fuzilada ali mesmo. Mas quem me dá ouvidos? E assim, é claro, ela voltou para casa e escreveu mais poemas antissoviéticos.

Muito antes disso, no odioso "Quando em angústia suicida", ela já havia comparado Leningrado a uma vadia bêbada. Bem, disso ela entendia bastante. Era por isso que eu preferia ter resolvido o assunto com oito gramas, ainda que Akhmátova seja tão franzina que bastariam sete.

Em 1933, ao prendermos seu filho Liev pela primeira vez, uma mera provocação, outra joia de sofrimento reluziu no interior do seu poço poético; a exegese revela uma segunda joia vermelha. O ponto vermelho tão temido por Chostakóvitch — que assombrava todos os seus pesadelos — era, naturalmente, a morte. E para Akhmátova, o que era? Estrelas e água, bebidas envenenadas, sal e igrejas, essas entidades tão específicas formavam seu mundo, no qual tudo não apenas significava aquilo que significava, mas também existia de forma independente. Para Chostakóvitch, o ponto vermelho não era nada além da morte. Para Akhmátova isso não era suficiente, e ele se tornou também um rubi.

Presumo que seja a essa concreção de tesouros que L. K. Tchukovskaia se refere ao escrever que o destino de Akhmátova se tornou "algo ainda maior do que ela própria".[10]

De qualquer modo, tínhamos enfim começado a fazer algum progresso. Para educar essa gente, primeiro fuzilamos algum ente querido, para que se deem conta de que isso pode e vai acontecer com eles; em seguida, *levamos embora* algum ente querido a quem eles amam mais do que a si mesmos. Quando fizemos isso com Chostakóvitch, os resultados foram excelentes. No caso de Akhmátova também obtivemos um sucesso razoável: "Onde Stálin está, está a liberdade", e o resto você já conhece.

Sem dúvida ela sofreu outros choques, pois nossa Revolução arrancou fora quase tudo, até mesmo as placas metálicas das portas da cidade que antes se chamava São Petersburgo. Quase gargalhei ao ver a surpresa de Akhmátova ao ver a estátua de Krilov no Jardim de Verão, quase toda encoberta por sacos de areia!

Naquele mesmo ano proibimos sua suposta "obra" — uma medida que, muito me alegra informar, permaneceu em vigor até 1940. Seu rosto branco e as tranças negras, como a neve e os salgueiros em Tsarkoie Selo, seguiram em frente como se esquecidos; na verdade ninguém se esqueceu de Akhmátova, nós muito menos. Certa vez ela escreveu que a morte diminui a sede — com lixívia. Comentamos entre nós: Vamos deixá-la com mais sede! Beijos e orações, batidas sem resposta, mais beijos, tédio, abandono e morte, quem se importava com qualquer uma dessas coisas? Todavia, não me envergonho de revelar que gostava de observar seus beijos.

8.

A essa altura o vestido preto e justo já estava cheio de buracos, e havia muito ela tinha vendido o camafeu oval do cinto; quem entre nós, russos, não estivera desesperado por pão?

Nossa meta para Akhmátova: Basta de poemas de verão. Queremos os céus esverdeados de Leningrado no outono. Então saberemos que ela está onde queremos que esteja.

Em 1937 completamos a Rota Stálin, o voo sem escalas até a América pelo polo Norte, a bordo de um ANT-25 com uma estrela vermelha em cada asa![11] Um evento como esse merecia ser comemorado. Fiz questão de comparecer à cerimônia. Elena Konstantinovskaia e Roman Karmen, recém-casados e recém-chegados da Espanha, também estavam no aeródromo. Elena não me reconheceu, admito com alívio. Assisti meia dúzia de vezes ao cinejornal de Karmen. É muito bom, de verdade. Mas você acha que Akhmátova se dignou a participar de nossa vitória? Em vez disso, poliu mais uma joia naquele colar envenenado que batizou de "Réquiem".

Em 1938 prendemos seu filho mais uma vez e o condenamos a ser fuzilado, mas tudo ainda não passava de um jogo; estávamos curiosos para ver o que ela faria. Fui um dos que recomendaram que a sentença fosse comutada para cinco anos, e foi isso que ele levou, não que merecesse refresco; tentou nos desafiar mesmo depois de ser espancado por oito meses.[12]

A essa altura a persona de Akhmátova tinha assumido certas qualidades que nos eram muito convenientes: resignação, pobreza, martírio e uma mansidão fingida (não que se possa confiar na burguesia, nem mesmo quando estamos com os pés em seu pescoço). Havia também os adornos religiosos, aos quais não nutro qualquer aversão quando se trata dessa gente; só temos a lucrar quando uma classe moribunda se entorpece com *o ópio do povo*. Confiscamos seu vestido amarelo; agora ela não era melhor do que os homens trêmulos e encasacados e as mulheres corcundas de xale, esperando por sua vez na janela, ao sol dos holofotes, sob o hálito lunar da fatalidade: Será que vão aceitar meu pacote? Se não aceitarem, significa que o destinatário foi fazer companhia a Liev Gumilev. L. Jukova, cujos parentes já tinham sido *levados embora*, encontraram Akhmátova na fila da Liteini Prospekt, número 4, em certo dia de inverno, e a descreveram em carta como "um manequim indiferente". Assim dava gosto de ver! Infelizmente, sua presença ainda eletrizava qualquer multidão. Para mim isso prova que não fomos rígidos o bastante com ela. Até podia ser um manequim indiferente, imóvel como água sob gelo; mas nossa tarefa era congelar Akhmátova por inteiro. Nisso nunca tivemos sucesso; afinal de contas, era a autora de "Réquiem", poema admirado até mesmo por nosso capacho Chostakóvitch e que, lamento informar, já ouvi dos lábios de estudantes, prisioneiros, prostitutas, camponeses e operárias com lenços na cabeça. Nem preciso registrar que "Réquiem" não é mencionado na *Grande enciclopédia soviética*. Tudo que posso dizer é que os eventos globais confirmaram o acerto dessa diretriz.

9.

Foi o período em que L. Tchukovskaia, enfeitiçada pelos olhos russos de Akhmátova (severos mas não tristes, firmes mas não fixos; conscientes, capazes de delicadeza e crueldade), se tornou sua confidente. No diário (li todas as páginas), Tchukovskaia insiste que "ela como um todo, suas palavras, seus feitos, sua cabeça, seus ombros e os movimentos das suas mãos eram imbuídos de uma perfeição que, neste mundo, costumamos ver apenas em grandes obras de arte".[13] Tente me convencer de que não estava apaixonada! Mais tarde Akhmátova se voltou contra ela em Tachkent, sem motivo algum. Essa gente é assim.

10.

Segui as duas por uma ponte de pedra sobre um canal, e a torre de uma igreja de pedra tremulou nas águas negras — ainda não decapitada, apenas refletida. — Anna Andrêievna, o que acha da música de Chostakóvitch? — Bem, sem dúvida tem momentos brilhantes, respondeu Akhmátova. — Tchukovskaia lhe pegou no braço. Em seguida viraram à direita. Em nome da imperceptibilidade eu me deixei ficar para trás, fumando um cigarro e pensando em Elena Konstantinovskaia. Piotr Alekséiev já estava a postos. Ele adorava essas saídas — ainda que estivesse bem mais apaixonado pelas duas irmãs carnudas e alegres que haviam se sagrado campeãs de tênis da nossa terra soviética. Ficou mal-humorado quando Akhmátova foi à Liteini Prospekt enviar outro pacote para Liev; estava trabalhando em um dia de folga. Depois informou que em dada ocasião, quando Akhmátova se aproximou da janela e disse seu nome, uma mulher na longa fila às suas costas desatou a chorar. Que desagradável. Nosso próximo passo teria que ser muito bem planejado. Nas tardes em que fiquei para trás, passei momentos muito agradáveis organizando o futuro de Akhmátova. Quando as possibilidades se esgotaram, pensei mais um pouco sobre Elena Konstantinovskaia. Tchukovskaia voltaria bem tarde, e sozinha. Esperei na ponte. Depois voltei para casa, contando as janelas quebradas de Leningrado.

Sob todos os aspectos, esse período marcou o ápice da minha carreira. Como os hitleristas ainda não haviam nos atacado, até mesmo eu ainda mantinha um punhado de ilusões sobre "paz" e "liberdade"; enquanto isso, tínhamos enfim impressionado nossa querida e mimada Anna Andrêievna! Para confirmar, N. K. Dantchenko, que com frequência recebia essa incumbência, me informou que Akhmátova parecia desnutrida (não que eu não tenha visto isso com meus próprios olhos) e que o rosto dela lembrava "o clarão de um vestido amarelo sobre uma vidraça".

Voltando ao relatório, quando aquelas duas relíquias do requinte burguês tiravam os casacos surrados e sentavam frente a frente na mesa da cozinha, eu estava invariavelmente pronto.

11.

Nessa época as tentativas de nos enganar já haviam se tornado lamentáveis e desesperadas. Quantas vezes vi Akhmátova passar um fragmento de poesia ilícita para Lídia Tchukovskaia, que o lia às pressas e em silêncio, decorava tim-tim por tim-tim e depois o devolvia à anfitriã, que o queimava sobre um cinzeiro? Eu estava deitado de bruços no piso do apartamento do andar de cima, observando as duas por um buraco no candelabro.*

Como o outono chegou cedo este ano, disse Akhmátova,[14] ateando fogo a outro fragmento decorado de "Réquiem". Eu já tinha anotado tudo. Pensando bem, já conhecíamos o "Réquiem" de cor antes mesmo que fosse concluído; é justo dizer que nós mesmos o escrevemos.

Às vezes Tchukovskaia implorava que Akhmátova recitasse alguma coisa.

Para mim é tudo igual, ela respondia. — Para mim também era. Não estou negando que às vezes ela conseguisse obter determinados efeitos (falo aqui como alguém que entende de arte — profissionalmente, é claro).

Por favor, querida Anna Andrêievna, se está cansada, não precisa se incomodar! Como está se sentindo?

Adoro saber que logo estarei morta, respondeu Akhmátova.[15]

Tchukovskaia a encarou com os olhos se enchendo de lágrimas. Ah, aquilo era mesmo amor! Por mim as duas podiam tomar o mesmo rumo que demos a Gumilev.

Na verdade, sob qualquer ponto de vista prático, ambas deveriam ter deixado de existir. Só foram salvas pela guerra. Pobre Lídia — quando vou falar sobre ela? Pobre Anna Andrêievna, com calcanhar fraturado e dentes faltando! Eu me sentia um médico da ᛋᛋ refletindo diante de uma coleção de crânios judaicos, pois aquelas duas eram *fantasmas* deslizando sobre tapetes vermelhos de tempos passados. Às vezes não faziam nada além de se encararem, olho no olho, e então eu aproveitava para almoçar, pois existe um antigo costume russo de fazer refeições ao lado de túmulos.

Às vezes ela recitava poemas de *Rosário*, que sempre considerei sua antologia mais fraca graças a todo o lixo religioso. Tenho um exemplar bem aqui na minha frente, que segundo o frontispício foi publicado em março de 1914, quando eu ainda me dedicava ao que prefiro chamar de *negócios de rua*. Não tenho problemas em informar que minha vida não era fácil naquela época. Mas quem se importa comigo? Em 1914 eu odiava todo e qualquer ortodoxo. Quando estávamos julgando os padres nos anos 20, minha postura ultrapassou o mero ódio; defendi que a posse de *Rosário* deveria ser o suficiente para justificar uma sentença de morte. Mas alguma coisa na religiosidade daquelas duas mulheres patéticas quase me desarmava.

* Só em 1945, no dia seguinte à partida da cobra estrangeira Isaiah Berlin, instalamos um microfone no teto de Akhmátova. Nós o deixamos bem visível de propósito; isso nos poupou trabalho. Quando Berlin voltou ao nosso país, ela, sabiamente, não quis saber de conversa.

12.

Quando prendemos Gumilev, encontramos um antigo volume de Masarik em seu gabinete. Não me constranjo em informar que, vasculhando o livro em busca de anotações nas margens, aprendi algumas coisas sobre meu país. Sobre Dostoiévski, ele escreve: "Seu ídolo não é Cristo, mas o Cristo russo".[16] Compreendi de imediato que isso também simbolizava a postura de Akhmátova. E, para ser franco, até mesmo stalinistas dedicados como eu no fundo têm orgulho de serem russos, ainda que nem sempre possamos demonstrar. A conspiração mundial dos sacerdotes contra o povo, é óbvio, precisa ser eliminada. Mas se o Cristo de Akhmátova for um Cristo russo, por que não deixar que ela se demore um pouco mais ao Lhe dar um beijo de adeus? Se ela tiver sorte, morrerá antes d'Ele.

Masarik defende também que o ateísmo russo "não é o agnosticismo positivista, mas uma espécie de ceticismo amargurado que se deleita com o dilaceramento da alma". Isso eu admito. Sempre que trabalho com um padre (dilacerando o infeliz, digamos assim), chego em casa com um humor especialmente mau. E mesmo quando Akhmátova e Tchukovskaia se ajoelhavam para rezar eu não sentia o nojo esperado. Isso atesta minha justeza e neutralidade.

Além disso, sou um amante das artes.

13.

Tudo isso é um preâmbulo para o fato, que em nada me constrange, mas que por motivos óbvios eu jamais revelaria a qualquer um, de que em certa tarde congelante de dezembro — escura como breu às quatro horas —, em que Akhmátova se encontrava com um humor delicadamente feliz porque, sob minhas instruções, havíamos aceitado seu pacote naquele dia (estava na vez de Piotr Alekséiev levar o pacote para casa, não que os pacotes de Akhmátova nos rendessem grande coisa), e Tchukovskaia tirou o máximo proveito desse sucesso para requisitar ao oráculo que elucidasse "À beira-mar" — parece que ficou sabendo do poema graças a M. Chaguinian, cujo arquivo não estudei mas cujo círculo social parece colocá-la em proximidade suspeita de círculos antissoviéticos —, uma alegria sincera tomou conta de mim, porque se trata do meu poema favorito; e um quarto de hora mais tarde, quando Akhmátova, tremendo dentro de uma camisola preta com um dragão prateado nas costas, concordou em recitar o poema, mal pude acreditar na minha sorte; então ela começou: "Enseadas feriam a costa baixa", e meu coração bateu mais rápido.

14.

No verão de 1914, enquanto os Románov, cegos pelo misticismo e por alianças equivocadas, arrastaram a Rússia para ainda mais perto da guerra, Gumilev estava no segundo ano do caso com a jovem T. Adamovitcha, que com ele queria se casar e a quem ele dedicou seu livro de poemas seguinte, que ninguém no mundo estudou com mais afinco do que eu. Desde sua viagem à África, como sei por ter lido seu diário, ele tinha pesadelos com o futuro. Em um desses sonhos, que mencionei durante o interrogatório, ele se viu condenado por cumplicidade em uma revolta palaciana na Abissínia; após a decapitação, ele bateu palmas ensanguentadas à excelência e à simplicidade do processo inteiro. [17] Nos braços de Tania, é óbvio, sonhava outros sonhos. Akhmátova, por sua vez, abandonada sozinha com o filho de ambos em Slepniovo (não que já não tivesse iniciado sua suposta "amizade" com N. Nedobrovo), se deitou no sofá e escreveu "À beira-mar". Mas que parasita!

A noção de que existe uma "alma" capaz de se expressar através da poesia já foi refutada de forma retumbante; assim mesmo (sem dúvida por causa de minha nacionalidade russa), "À beira-mar" é belo o suficiente para fazer lágrimas me brotarem dos olhos. O primeiro verso: "Enseadas feriam a costa baixa".

15.

Era uma vez Akhmátova, ou a jovem de tranças que talvez fosse ela, sentada nua sobre uma pedra-ilha plana quando todas as velas se rasgaram. Tinha enterrado o vestido amarelo ainda na praia, para que não ficasse molhado e ninguém o roubasse. "E eu secaria meu cabelo salgado sobre uma pedra plana distante da terra firme." Era o que costumava fazer todos os dias, antes de ela e a Rússia mudarem. Brincava com o peixe verde e o pássaro branco. Experimentava variadas formas de sensações, sem saber que se tratava de felicidade; e enquanto eu assistia e ouvia tudo pelo telhado, me perguntava se a felicidade seria invisível até se ver perdida, instante em que o Destino (rejeito a Deus, como qualquer comunista decente) a arremessa nas profundezas de um buraco (por exemplo, a mina onde atiramos os Románov), onde ela brilha na escuridão como uma joia sobrenatural. "À beira-mar" é esse tipo de joia; que nossa Musa do Pranto, que amava o inverno, possa ter escrito um poema desses ainda me parece inexplicável; partes dele merecem ser publicadas amplamente.

Era uma vez uma garota de tranças que descansou sobre uma onda escura e quente como sangue; deixou-se carregar para muito longe; então nadou de volta à pedra plana e secou o cabelo salgado. Sem saber que estava feliz, cantou para o pássaro branco; nadou em volta da pedra, e o peixe verde lhe fez companhia. Tão mar adentro ficava a pedra que, quando ela nadava de volta para casa, estava sempre anoitecendo e o farol já tinha começado a bruxulear.

Akhmátova queria se tornar uma tsarina que defenderia sua enseada com seis encouraçados e seis navios de guerra. Assim sendo, rejeitou o jovem pescador de olhos cinzentos que lhe trouxe flores e esperou pela chegada do tsarévitche. Ao chegar, ele estava morto, afogado; tinha os olhos verdes como o peixe verde. Paralisada, sua irmã-dublê chorou; a igreja resplandeceu como uma ilha; os sinos dobraram pela alma do tsarévitche.

Isso foi apenas o início e o fim. (O final, a propósito, revela a postura de submissão religiosa à qual já aludi. Precisamos reescrever isso.) Deixei o meio de fora, para que este relatório não fique comprido demais. E a essa altura a garota de tranças, há muito enviuvada do tsarévitche, está sempre com uma camisola rasgada e sem açúcar para o chá. Por um instante — tal é o poder da poesia, e o seu perigo — até senti pena dela. Mas é importante lembrar que um sentimento pessoal é apenas um sentimento pessoal. Fuzilei um número considerável de mulheres sedutoras.

Admito que fui subjugado; culpa do meu sangue russo. De sua parte, Tchukovskaia se ajoelhou e beijou aquilo que Gumilev, em um de seus poemas mais tristes, celebrou como "suas mãos geladas e esguias".[18]

16.

E depois? Depois árvores nuas na neve dos bancos do rio Moika.

E naquela noite, ao voltar para casa, não me importo de confessar que estava com a cabeça recheada de versos ridículos, como "a lua e seis velas e um beijo em seus cílios". O que eu podia fazer? Acabei pegando *Os fundamentos do leninismo* e lendo duas páginas a esmo. Isso me curou. Ainda me sentia melancólico, e é possível que tenha sido rude com minha esposa. Mas como Akhmátova zomba, amarga, em um de seus primeiros poemas de amor, "Não curo ninguém de felicidade!". ▸

Caso Branco

> *... com a lente misteriosa no olho, você se tornará o mestre dos pensamentos alheios... Ao se mover livre pelo mundo, seu sangue fluirá com mais facilidade, todas as ruminações sombrias terão fim e, o melhor de tudo, ideias e pensamentos de cores vívidas brotarão em seu cérebro...*
>
> E. T. A. Hoffmann (*c.* 1822)[1]

Na época do sonâmbulo, cortejos de tanques, tropas da ϟϟ e diplomatas suplicantes da Inglaterra e da França desfilavam enquanto nos preparávamos para rechaçar a morte de uma vez por todas. Os homens que antes pulavam em cervejarias gritando sobre o destino agora comandavam regimentos. E assim foram abertas as ordens para a Caso Branco, e os regimentos ficaram sabendo que iriam até Varsóvia, uma cidade de igrejas atarracadas, cor de mel, e pedras de calçamento cobertas de sujeira azulada, para que pudessem conferir as pernas róseas e suadas das polonesas.

Nossos amigos russos colocaram *Die Walküre* no Bolshói (uma produção livre de judeus, para nos fazer gosto). Estavam ansiosos pela Caso Branco; concordamos em deixar que devorassem metade da Polônia. E o que fariam depois? Enxergo uma luva branca de oficial, descolorida pelo fluido cadavérico, um molho de chaves enferrujadas, uma águia polonesa de latão, fragmentos foscos e enlameados de lona verde; multiplicados três mil ou talvez doze mil vezes (pois ninguém jamais concorda com a contagem) na floresta de Katyń. Que açougueiros esses eslavos!

Os austríacos também ficaram felizes com a Caso Branco. Queriam mostrar ao seu novo Reich do que eram capazes. (Aceitem o conselho dos parentes; compensem suas antigas perdas. Foi o que lhes dissemos!) Os tchecos e os romenos tinham suas próprias esperanças. Na verdade, quem *não* se animou com a Caso Branco? A operação abriu o cenário mais espetacular jamais escrito: a Alemanha não pode mais ser uma espectadora passiva! Todas as possibilidades políticas se esgotaram; nós nos decidimos por uma solução pela força! —[2] Por acaso você já leu os contos sobrenaturais de E. T. A. Hoffmann? Foi ele que esboçou a Caso Branco; inventou tesouros, lentes mágicas, monstros! Se está pensando em me lembrar de que Hoffmann morreu no século XIX, tudo que tenho a dizer é o seguinte: isso só melhora as coisas! Nossos regimentos vão marchar com a perfeição monótona e quase enlouquecedora da caligrafia de Hoffmann, cada fila perfeitamente nivelada e perfeitamente espaçada em relação à linha de cima e à linha de baixo, cada letra inclinada no mesmo ângulo, com a mesma reverência. As ondas marinhas da caligrafia de Rilke, as assimetrias delicadas da letra de Mozart, a aglomeração enfeitada da escrita de Schiller, todas tiveram sua época; agora, mais uma vez, era a hora de Hoffmann, com acompanhamento musical dos rabiscos pomposos de Beethoven e disposições de tropas redigidas com a letra cursiva surpreendentemente elegante de Wagner, estilizada e inclinada, os **d**'s encrespados. E ao longo do verão inteiro, apesar dos diplomatas que corriam apressados por sobre seu rosto, a Europa se mostrou tão desgraçadamente passiva quanto uma das mulheres de Dostoiévski. Na cervejaria, um homem me garantiu que é isso que toda mulher deseja; toda mulher anseia ser estuprada pela besta loira. Havia acabado de ser aceito na Divisão Grossdeutschland de Granadeiros Panzer. Ele me pagou um chope e mostrou uma fotografia da esposa, com quem tinha se casado naquele mesmo ano, no aniversário do Tio Wolf, e quando perguntei se ele já a tinha estuprado ele respondeu que algumas mulheres não precisam ser estupradas, porque são velas; você as acende e elas queimam sozinhas por inteiro; derretem e ardem. Depois me perguntou se eu tinha entendido; quis saber se eu já tinha estado com uma mulher, e respondi que não sonhava mais com mulheres; quando fechava os olhos à noite enxergava uma pirâmide flamejante. Deixando as mulheres de lado, anunciou que a Polônia não seria suficiente; era preciso levar em conta o futuro do nosso povo. (Na Europa tudo é um espetáculo; tudo é anunciado.)

Três anos mais tarde, o ato seguinte se encenaria acima dos rostos pálidos e das mãos congeladas dos moscovitas que ouviam os alto-falantes públicos anunciarem que os fascistas alemães estavam a caminho. Na Polônia, nessa época, já havia gente subindo pela chaminé. Mas antes disso, sim, antes disso, o verão fez suas adoráveis promessas frondosas. Lembro-me muito bem de Varsóvia; lembro-me das colunas amarelo-claras e das estátuas da igreja da Assunção da Virgem Abençoada. Uma das estátuas, pela aparência um profeta, erguia o braço para acariciar a coluna, feita da mesma substância amarela e poeirenta que ele; era tudo uma vela pronta para ser acesa. ▸

Operação Barbarossa

Assim, este deus jovem sempre morre cedo, pregado na árvore… é engolido sob forma negativa pelo princípio materno que o deu à luz, e é alcançado pela feiura e pela morte… Nesse momento, muitos preferem morrer, seja em um acidente ou em uma guerra, a envelhecer.

Marie-Louise von Franz (1995)[1]

Na noite anterior ao jogo do Dínamo ele deveria estar feliz, porque naquele momento o futebol era sua única fuga, exceto pela própria música; além do mais, antes de se recolher ao quarto à noite, Nina informou que Chebalina, que ela tinha encontrado por acidente na fila do açúcar, cochichou que tudo seria perdoado; a pobre Ninucha, que sempre havia sido tão resoluta, até acreditou naquilo; chegou quase a parabenizá-lo; e ele teria rido na cara da esposa se ela não estivesse tão obviamente confiante de que suas vidas enfim ficariam, como vou dizer, melhores e mais alegres; em suma, ele deveria ter ficado feliz, mas naquela noite sonhou que Nina não tinha rosto, ou melhor, que o rosto dela era um disco negro de baquelite, perfurado por constelações concêntricas de buracos perfeitamente redondos; na prática, sua esposa havia se tornado um aparelho telefônico monstruoso; e ele acordou em meio a mais uma crise de pânico, as quais nunca perturbavam ninguém do outro lado da porta porque ele não gritava, nem mesmo gemia. Que som era aquele? Seria incluído na *Opus 110*. Ele se levantou e deu uma olhada na família. Que som era aquele? Com a garganta à mostra, entregue, e as duas cabecinhas repousando sobre o peito, ela roncava piano, *forte*, piano, *forte*, o rosto tristonho, envelhecido precocemente; ela respirava muito mal; fazia algumas semanas que reclamava de uma dor de dente. Ele preferia ter se casado com E. E. Konstantinovskaia, mas agora Nina era a mãe de seus filhos; e ela tinha se mantido leal a despeito dos perseguidores, que incluíam todo mundo até chegar, você sabe, *naquele desgraçado*. Já durava cinco anos. Uma vez vieram buscá-lo, e isso bastava para lhes conceder permissão legal para voltarem e fazer o mesmo com ela. Nina sabia disso, mas se negava a pedir o divórcio. Ela o amava sem entendê-lo, o que talvez seja o amor mais nobre de todos.

Retornando à cama, voltou a mergulhar em um pesadelo pontuado por sinais elétricos, assim como muito em breve sua vida seria pontuada por balas traçantes, e ali estava Nina mais uma vez, em cima dele, gritando com aquela voz elétrica e inumana, aquela voz cantante, quer dizer, aquela música; aquilo que o rosto redondo, negro e com feições cruéis de pássaro emitia só podia ser música! Mas quando ele acordou, seu humor parecia reconfigurado por uma espécie de sistema escalonado giratório: sentia que algo *estupendo e animador* estava prestes a acontecer. E aconteceria mesmo: o jogo do Dínamo!

Somente no Estádio Lênin ele podia abrir a boca e gritar, gritar de verdade — e aqui devo dizer que apenas ele consideraria grito aquilo que fazia; nunca se deixava levar como V. V. Lebedev; o máximo a que chegava era praguejar *Marginais!* diante de alguma jogada desleal, mas até isso lhe concedia um prazer extremo. Torcia para o Dínamo por causa de Peki Dementiev, que todos chamavam de "Bailarina" devido à sua elegância.

Uma vez ele levou Elena Konstantinovskaia a um Zenit versus Spartak, ou seja, uma partida Leningrado versus Moscou; ela chorou o tempo inteiro, porque ele tinha acabado de informar que teria de ficar com Nina, por causa do que se revelou uma falsa gravidez. Ambos usavam a camisa branca e os calções escuros do Dínamo Clube. Ele, também chorando (os óculos estavam sujos), sussurrava entre os gritos: Sabe, Elena, quando me olhei no espelho hoje de manhã eu, bem, eu, eu disse para mim mesmo: *Chostakóvitch não abandona seus filhos*. Essa é a, digamos, situação. Mas se você preferir, estou disposto a, conheço um homem que tem... — Quando Peki fez um gol e todos ao redor gritavam e gritavam como cúlaques sendo executados, ele, se sentindo protegido pelo alto nível do sinal, se é que você me entende, tentou enxugar as lágrimas de Elena com beijos desastrados, o que só serviu para que ela chorasse mais ainda; pressionando os dentes contra a orelha dela de modo que seu próprio sinal fosse transmitido por condução óssea, ele sugeriu: Vamos acender treze velas, Elenka, e fazer um brinde a, a — você *sabe* que eu preferia que fosse você...

Outro gol! Ele não conseguiu se controlar dessa vez; também começou a gritar e gritar! (Esses astros do futebol logo seriam salvos do front ao serem empregados como policiais.)

Elenka, Elenotchka, Liália Konstantinovskaia, bem, agora ela estava *acabada*, por assim dizer: casada com R. L. Karmen; sem dúvida houvera aquela longa última noite na datcha de Luga, ela chorando e ele arrefecendo, ou como dizemos em música, *morendo*, noite após a qual ele apenas precisava se lembrar de que os sentimentos que o dominavam quando enxergava o rosto de Elena (me refiro à fé que nutria por suas qualidades perfeitas, isso sem mencionar a ânsia de estar sempre em sua companhia) não tinham significado algum e podiam ser induzidos a se vincular a outras mulheres, à querida Ninucha, por exemplo, ainda que o rosto dela fosse um disco negro. Em suma, Elena Konstantinovskaia não iria com ele naquele dia.

Na verdade, ele tinha duas partidas de futebol para assistir. I. D. Glikman, que, verdade seja dita, morria de tédio em eventos esportivos, havia concordado em ir à primeira, movido somente pelo instinto de venerar heróis. Onde estavam os calções do Dínamo de Glikman? O sujeito não sabia se vestir como pedia a ocasião, infelizmente. Como Nina, na verdade ele não dava a mínima para...

Não fique com essa cara triste, Dmitri Dmitriévitch! O que foi? Você *a* viu em algum lugar?

Sabe, eu, eu, bem, isso seria, para dizer o mínimo, *impossível*, ele respondeu a Glikman com desdém, porque o casal estava na Espanha.

Tenha coragem! Achei melhor contar! Ali estava, na página sete do *Izvestia*: "O documentário *Espanha*, cujas sequências notáveis, filmadas por Roman Karmen em dupla com Boris Makasseiev, arriscando as próprias vidas, expõe as mentiras do...". Não se preocupe, Dmitri Dmitriévitch, por favor, por favor, não se preocupe! Se eu a vir, peço que fique longe de você...

Tem razão! Mas seria possível, caso não se importe, não mencionar... Porque Ninucha ficaria, ah, puxa, ah, *puxa*, vamos nos atrasar! Ali vai o bonde...

Algo dentro dele tinha se partido. Lialka, você preencheu meu coração até ele quase explodir e então, ah, céus![2] Estava cansado. Sabia que nunca esqueceria Elena Konstantinovskaia, e assim presumiu que, acima de qualquer outra coisa, seria definido para sempre por ela, ou ao menos por sua ausência. Mas naquela mesma manhã, bem quando ele chegou ao estádio com Glikman, o alto-falante anunciou: *Guerra*.

E de imediato ele soube, de algum modo simplesmente *soube*, que a guerra seria o núcleo de sua vida. ▸

O sonâmbulo

> *É consenso, porém, que existe um círculo interno de pessoas superiores para quem a obra inteira tem um significado filosófico e social urgente e penetrante. Eu me declaro uma dessas pessoas superiores...*
>
> George Bernard Shaw, O *wagneriano perfeito: Um comentário sobre O Anel do Nibelungo* (1898)[1]

1.

Guthrún, a irmã-escrava, presa por matrimônio aos hunos do outro lado da floresta escura, enviou a Gunnar e Hogni um anel envolto em pelos de lobo como advertência, para que não fossem até lá; mas tais estratagemas não têm sucesso garantido nem mesmo em sonhos. Enquanto os dois irmãos fitavam através da fogueira o emissário sentado no lugar de honra, mantendo um silêncio esperançoso ou irônico, Hogni murmurou: Nosso caminho se encherá de espinhos se buscarmos as dádivas que ele promete!... — E então, erguendo os cornos de beber dourados e cheios de hidromel para os brindes exigidos pela majestade, aceitaram o convite dos hunos. Não tinham como fazer outra coisa, estando aprisionados, como mencionei, em um sonho fatal. Em meio às lágrimas dos vassalos, cruzaram sonâmbulos o salão de madeira, colocaram os elmos, montaram os cavalos e galoparam pela floresta Myrkvith até o castelo dos inimigos, onde Guthrún também chorou ao vê-los, gritando: Traição! — Gunnar respondeu: Tarde demais, minha irmã... — pois quando sonhos se tornam pesadelos, sempre é tarde demais.[2]

Quando, no dia Z de 1936, o chanceler da Alemanha, um certo Adolf Hitler, ordena que vinte e cinco mil soldados cruzem seis pontes e adentrem a Renânia, também receia o futuro. À diferença de Gunnar, parece pálido. Franzindo o cenho, segura o pulso esquerdo com a mão direita. Renunciou ao hidromel. Come apenas frutas, vegetais e tortinhas vienenses. Cerrando os dentes, caminha ansioso de um lado para o outro. Aos poucos, todavia, sua voz vai ficando mais grave e se torna um grito ríspido. Engole em seco. Baixa a voz. Em tom monótono, anuncia: "Neste momento, tropas alemãs estão em marcha".

Qual será a reação dos ingleses? Nenhuma, pois é um sábado, quando todos os lordes estão em suas propriedades rurais, contando dinheiro e bebendo champanhe com judeus. Os franceses são mais dispostos a pôr seus soldados à prova…

Chega um ultimato! Sua cabeça se contrai como um canhão retrocedendo na carreta após um disparo. Ele afasta a mecha solta de cabelo que sempre lhe cai no rosto. Mas então os ingleses dizem aos franceses: "Os alemães, afinal de contas, só estão adentrando o próprio quintal". — Já é tarde demais a essa altura, tarde demais.

Sei o que deveria ter feito se eu fosse os franceses, Hitler ri. Deveria ter *atacado*! E impedido que um único soldado alemão cruzasse o Reno!

Aos vassalos e comparsas de Munique, entoa: "Sigo o rumo ditado pela Providência, com a convicção de um sonâmbulo". — Eles o aplaudem. As donzelas hunas, com seus braços brancos, gritam de alegria.

2.

Em meio a uma multidão austríaca reunida para celebrar sua entrada em Viena (sombras triangulares de corpos em desfile, tanques retangulares, passos de ganso, fuzis apontados para o alto), uma mulher ladra antes do resto: *Heil Hitler!* — Crianças arremessam flores na carreata. Os tanques trazem ao mesmo tempo bandeiras alemãs e austríacas. Ele redige uma lei para unir a Áustria à Alemanha em um prazo de vinte e quatro horas. Está trazendo os austríacos de volta para casa, para o Reich, afirma, com um sorriso tão amistoso como quando se inclina sobre uma mesa para assinar outro pacto de não agressão com os anões crédulos de Niflheim.

Anões, de fato! Com as mãos erguidas (ele é tão pálido em contraste com o bigode escovinha), partilha a seguinte verdade inalterável: Neste mundo só existem anões e gigantes. E *eu* sei quem é quem!

Sob o olhar do sonâmbulo, sua criação Göring, coração de lobo, explica que a Tchecoslováquia é um *pedaço insignificante da Europa*. (Camisas-pardas já haviam surgido no local, dando boas-vindas ao sonâmbulo com uniformes, estandartes, grinaldas. Logo escreverão **JUDEU** em vitrines judaicas e sacudirão o punho cerrado. No ato seguinte, enquanto as cortinas se erguem no palco, veremos policiais chegando com cabeças metálicas, rígidos nas carretas, para levar embora judeus e reféns.) Göring prossegue: Os tchecos, uma raça desprezível de anões sem qualquer cultura — não se sabe nem de onde saíram —, estão oprimindo uma raça civilizada; e por trás deles, ao lado de Moscou, podemos enxergar a face perene do demônio judeu![3]

E a Tchecoslováquia desaparece como um punhado de livros despencando em fogueiras noturnas. Na Inglaterra e na França as crianças começam a experimentar máscaras de gás, na expectativa da marcha das colunas do sonâmbulo.

Agora, sob a vasta águia dourada do Reichstag, ele envia manadas de tanques para pastarem nos prados da Polônia. Bombas desabam como címbalos se chocando; braços se estendem em uníssono por seu governo de recuperação nacional.

3.

Volta a hesitar. Teme o que está à sua frente na floresta Myrkvith. Não que seja uma hesitação prática — ele já não aceitou o convite dos estrangeiros para a peleja? Tem pavor de suas cruzetas e suas trapaças, mas a guerra começou; ele precisa avançar de forma honrada.

Anseia por desanuviar a mente. Sim, a cortina subiu, mas ele precisa se perder uma última vez dentro da *Schalldeckel* negra e curva que esconde o túnel até o fosso da orquestra abaixo do palco. Do nada ele veio. Ah, se tivesse saído de um robusto salão de madeira, como Gunnar e Hogni! Bem, ela vai *sonhar* uma Alemanha robusta. Sem casa, sem forma, relaxa mergulhando no nada sempre que ninguém está olhando. Precisa ser algo enfiado em veludo, mas teme que esse algo na verdade não seja nada. Imagina como Gunnar se sentiu ao ser enterrado vivo pelos hunos no covil das serpentes. Em sonhos, às vezes ele se transforma em um saco negro repleto de serpentes. Acorda vomitando, mas as serpentes não rastejam para fora da sua garganta.

Gunnar tinha uma harpa; tocou até que as serpentes dormissem — todas, exceto uma. E o sonâmbulo, este se disfarça com música.

4.

Os lacaios do sonâmbulo lhe construíram um sonho chamado Ninho da Águia — um nome corretíssimo para uma casa no alto da montanha, pois não seria ele o dono das zumbidoras águias de aço que então rapinavam a Polônia? (Cada Stuka não passa de uma emanação do braço direito do sonâmbulo cortando o ar.) Chega-se ao Ninho da Águia primeiro percorrendo uma sinuosa estrada de montanha, que conduz o acólito até o portal de bronze, em seguida atravessando um corredor escavado na rocha, mármore com veios marcados, e por fim subindo até as alturas por um elevador de latão; o fosso tem cinquenta metros de profundidade — ora, é ainda mais alto que a futura chaminé de Auschwitz! Daqui o sonâmbulo pode contemplar do alto seu mundo de comparsas, compatriotas e competidores. De lá até a Polônia enxerga aplausos de mãos pálidas e intermitentes, e rostos congelados e pálidos sob capacetes de aço soerguidos em busca de sua voz rouca, alta, intimidante. Assim como em Bayreuth vemos cantores e público compartilhando a mesma escuridão, da mesma forma Hitler e seus vassalos sonham agora em atravessar a grande noite que, como uma aranha,[4] ele urdiu a partir do próprio medo, fiando cordões de escuridão cada vez mais espessos até as luzes se esmaecerem no firmamento — de fato, de fato, é como em Bayreuth! (Antes de Wagner, consumidores frívolos de música entravam saracoteando na casa de ópera quando bem entendiam e eram acomodados pela iluminação, de modo que se enxergavam músicos e alçapões, convertendo os cantores em meros seres humanos.) E ao comando do sonâmbulo, feudatários lançam ao oriente seus dotes de fósforo, chumbo e aço.

5.

Abrindo fogo vêm os Stukas, em descida, ruas polonesas se espraiando diante deles como manchas de sangue, e então caem bombas; chamas alçam voo; pessoas gritam e correm na direção das metralhadoras. Os Stukas sobem vertiginosos, agora desdenhando as ruínas tortuosas e enegrecidas que os inimigos fizeram por merecer, as pontes pendendo destruídas sobre os rios.

6.

Seu rosto pálido, alerta e imóvel assiste ao desfile da vitória, os olhos semelhantes aos de um pássaro. Wagner tinha máquinas de vapor e luzes coloridas em Bayreuth; *ele* tem as múltiplas nuvens de fumaça da Varsóvia arruinada. E tudo acontece como antes — as mesmas longas colunas de ouvintes em comícios do Partido, os longos quadrados de gente, as casernas móveis que se deslocam para ouvi-lo gritar, advertindo e alentando filhos de todas as idades. Entra em cena a Gestapo, preparando novas listas de nomes, confiscando as antigas. Na Áustria, acompanhavam a voz do sonâmbulo com mais discrição, da mesma forma que a orquestra wagneriana fica à espreita na escuridão atrás da *Schalldeckel*. Prenderam setecentas e cinquenta mil pessoas em Viena no primeiro dia da reunificação, mas com delicadeza. Na Polônia eles não precisam ser delicados. Têm o apoio de todos os alemães de bem, até mesmo de senhoras e meninas sorrindo e gritando *heil*, todos concordando que as aventuras estrangeiras devem mesmo ser, como diz a própria frase aterradora do sonâmbulo, *seladas com sangue*. Buscam a si mesmos naquele rosto pálido e mudo, ele com a mão segurando o punho enquanto padece as comemorações de seu quinquagésimo aniversário, sorvendo a estática áspera de uma ovação infinita.

7.

Em 23 de julho de 1940 ele se encontra com Kubizek em Bayreuth. Kubizek é um velho amigo da época de estudante (se considerarmos que algum dia ele teve um amigo). Rejeitado duas vezes como estudante de artes, o sonâmbulo se afastou do outro garoto, que não era um predestinado, e se tornou um vagabundo itinerante. Em seguida passou anos encerrado dentro da *Schalldeckel*! A vida não lhe forneceu qualquer indicação de escala; ele podia ser um gigante ou um anão, conforme o tamanho das árvores pintadas no pano de fundo onde os estrangeiros, pessoas reais, aplaudiam bem acima de sua cabeça. Mas então veio o som mágico de um tambor; e de repente nosso sonâmbulo se tornou um dos soldados acenando dos vagões de transporte de tropas em 1914, e muito em breve ele se viu correndo desesperado por entre trincheiras angulosas, fugindo de bombas de gás contra as quais lenços amarrados sobre a boca tinham muito menos poder que a harpa de Gunnar. Talvez na época Kubizek tivesse alguma admiração por ele, pois foi condecorado, mas... Bem, agora que ele era o Führer, não precisava mais ter vergonha de coisa nenhuma. As tropas voltaram a acenar dos vagões. Uma imensa suástica pende sobre o sonâmbulo desde que ele se tornou ditador legítimo.

Prometeu financiar, às custas do Estado, a educação artística dos filhos de Kubizek. Ficou muito interessado, sim, ficou mesmo. Chegou até a enviar a Kubizek ingressos para o *Anel*.

Dessas quatro óperas, sua favorita é *Das Rheingold*. (Os anões são crianças judias famintas com rostos velhos e cansados, e homens com braços que lembram hastes de cachimbo.) Será que seu apego à música o enfeitiça a ponto de esquecer-se de Kubizek? Na verdade, está muito interessado na direção. Depois vem *Die Walküre*, em que, na música do Fogo Mágico, a heroína virginal e obstinada dorme em segurança protegida pela muralha de holofotes como as chamas no interior das ruínas de casas na França e na Bélgica, onde vizinhos choram, gesticulam e enterram seus mortos em crateras profundas. O sonâmbulo percebeu o aplauso frenético de Kubizek durante a "Cavalgada das valquírias" (um hino à guerra assombroso, arrepiante e desapiedado, que graças à arquitetura subterrânea acaba ficando um pouco mais suave e difuso em Bayreuth). Desejando reacender a amizade, pensa em convidá-lo ao seu camarote particular, mas na mesma hora Frau Goebbels e o marido fazem um escândalo a respeito de alguma infidelidade... Já é hora de *Siegfried*, que ele deseja fruir com Speer, quase a sós, de modo que possam conversar aos sussurros sobre novas construções.

Enfim, no primeiro intervalo de *Götterdämmerung*, ele consegue um tempo para o encontro. Sente pavor; gostaria de nunca ter sido convencido pelo próprio sentimentalismo a fazer aquilo. Não tem tempo a perder com gente sem importância, como August Kubizek.

Tímido, Kubizek parabeniza o sonâmbulo pela conquista da França. Ele responde: E aqui estou, forçado a ver a guerra roubar os melhores anos da minha vida… Estamos ficando velhos, Kubizek. —[5] Kubizek se curva e assente, sem saber o que dizer.

E ainda assim, diz o sonâmbulo, e ainda assim, *isto*… Lembra-se de como ficávamos horas e horas em pé assistindo a Wagner, por não termos dinheiro para sentar? Lembra-se como chorávamos com *Götterdämmerung*?

Sim, meu Führer…

É como um banho de aço, sem a menor dúvida. Depois de Wagner, eu me sinto enrijecido e renovado…

O sonâmbulo volta ao camarote para se sentar, enlevado até o fim do ato derradeiro, quando a mulher devotada ateia fogo em tudo que ama e construções desabam como castelos de areia, fachadas pontilhadas de janelas desabando lentas na rua, se transformando em poeira e vidro quebrado.

Em seu camarote mais humilde, Kubizek lembra que, quando eram jovens e andavam juntos, o sonâmbulo escreveu certa vez um "Hino à amada" para uma garota loira, alta e esbelta, chamada Stephanie Jansten, mas jamais chegou a falar com ela. (Era exatamente assim que nossos antigos heróis se apaixonavam. Siegfried e Gunnar nunca tinham visto as princesas por quem ansiavam.)[6] Ó sim, loira! Ora, seu cabelo era tão claro quanto a fumaça que agora se ergue de todas as sinagogas! Algumas vezes o sonâmbulo decidia se matar; esse estado de espírito perdurava por horas a fio, mas o problema era que Stephanie precisava estar disposta a morrer com ele.

Surge no palco uma luminosidade de archotes em colunas vacilantes de luz. Quando o sonâmbulo grita, eles gritam e estrondeiam, estendendo e recolhendo os braços enquanto jovens rígidos golpeiam tambores. Fala o sonâmbulo, ou canta Siegfried; para os rostos rígidos e atentos, não faz diferença. A luz resplandece em uma das faces do sonâmbulo.

8.

Em 1941 ele ataca sua aliada, a Rússia. Guerra em todos os fronts! Agora a Alemanha está segura, cercada por uma muralha de fogo! Quanto tempo será necessário para reduzir aquele império a uma mancha na sola de suas botas? Três semanas, provavelmente, mas neste mundo a exatidão às vezes falha. Em Bayreuth, por exemplo, o *Rheingold* foi encenado em duas horas e quinze minutos, mas às vezes chega a demorar três horas.

Para a campanha russa, o sonâmbulo escolhe um fragmento dos *Prelúdios* de Liszt para ser tocado no rádio como fanfarra de vitória.

9.

O sonâmbulo sorri, encantador, enquanto com ambas as mãos segura firme o pulso de Verena, neta de Wagner.

Sim, Tio Wolf, ela murmura. Mandarei que ninguém o perturbe.

Ele adentra seu camarote particular, na parede dos fundos. Contempla do alto os assentos vazios, que lembram o teclado de uma imensa máquina de escrever com a qual ele pode compor a trilha sonora que bem desejar.

Não permitirei que essa guerra atrapalhe meus objetivos, o sonâmbulo sussurra para si mesmo. A Rússia não vai morrer. A Rússia está vindo em sua direção como o dragão-serpente que se erguerá no fim do mundo, as garras cheias de cadáveres. Ele foi enganado pelos estrangeiros, como sempre soube que aconteceria. Mas ergueu o cálice da promessa. Precisa seguir em frente.

10.

Outro fracote, outro frouxo, pede permissão para falar. O sonâmbulo o encara com olhos furiosos.

O frouxo reclama de certas medidas extremas. Mas que pássaro de mau agouro! Grasna e grasna. (Não seria verdade que, no *Anel*, mesmo os deuses precisam enganar o capitalista judeu nanico, e até roubá-lo para salvar o mundo?) O sonâmbulo encara o frouxo, mas este não desaparece. Onde está Keitel? Onde está Jodl? Alguém deveria colocá-lo para fora! Sobre a mesa da sala de conferências da Toca do Lobo, o frouxo espalha fotografias de multidões famintas nas ruas do Gueto de Varsóvia, crianças com rostos de caveiras lacrimosas, corpos pálidos e imóveis na calçada, pessoas emaciadas e pálidas deitadas aos montes sobre colchões de feno.

Uma datilógrafa perde o fôlego.

O sonâmbulo se vira e beija sua mão. — Não é nada, menina — ele a consola. Ela sorri e deixa a sala às pressas.

O frouxo não para de se queixar. Tem certeza de que o Führer jamais ficou sabendo desse assunto. Claro que os judeus são nosso infortúnio, mas isto…

E o sonâmbulo? Dá uma pancadinha em uma das fotografias com a unha do polegar. Sua boca se crispa.

11.

Outro general insiste em perturbá-lo com más notícias sobre o avanço dos russos. Diz que as condições estão decaindo ao longo de todo o front.

Ora, então que decaiam!, grita furioso o sonâmbulo. Melhor para mim!

Sim, meu Führer. Mas nossas próprias tropas estão morrendo congeladas. Ontem mesmo eu vi…

O sonâmbulo tapa os ouvidos. — Talvez eu seja sensível demais — responde.

12.

Os trabalhadores se reuniram diante do sonâmbulo, formando exércitos retangulares. Estandartes com a suástica começam a marchar em fila por um longo manancial de futuridade. Eles gritam; ele aguarda, austero e impassível. Muito antes do primeiro Expurgo Sangrento de 1934 ele havia sido visto avançando a passos largos até o palco do destino, se postando no alto de um palco imenso com uma suástica na parede mais próxima de seus pés. Agora todos precisam ser alistados, as fábricas transformadas em mais um front. Ele precisa de anéis de ouro e comparsas.

Fala de assuntos espirituais. Somente eles podem salvar suas catedrais cinzentas e seus sobretudos dos judeus russos, que sempre voltam à vida por mais que sejam queimados. Os trabalhadores precisam construir novas barricadas. Por acaso não devem todos prestar contas aos mortos da guerra? Agora até as mulheres terão que trabalhar, a despeito de tudo em que o sonâmbulo acredita. Siegmund não se acasalou com a própria irmã para salvar o sangue da raça?

E os trabalhadores escutam. Honram seu sacrifício. Não privarão o sonâmbulo de sua guerra. Como a plateia da casa de ópera, oferecem "aplausos retumbantes". Ao som do tambor refulge o clarão deslumbrante de dez mil pás erguidas pela Frente para o Trabalho. Em honra do sonâmbulo, as alemãs penduraram bandeirolas em suas casas de pão de mel. Logo mais, bombas inimigas choverão sobre as casas e o sonâmbulo dará as costas, o rosto leitoso à luz de archotes.

13.

Todo ano ele comparece ao primeiro ciclo em Bayreuth. Dessa vez, novamente chega mais cedo. Em Bayreuth o palco não tem telhado, como Stalingrado depois dos bombardeios. O sonâmbulo zanza inquieto por seu camarote particular, encarando taciturno os leques de assentos vazios lá embaixo. Acaricia as colunas coríntias. Desabotoa o colarinho da camisa. Quase escuta a respiração de Verena Wagner do lado de fora. A *Schalldeckel* se escancara perante ele: a cova aberta da música. Como o noivo que mal pode esperar para estar com a noiva sob os lençóis de linho, o sonâmbulo anseia por esse vazio, esse descanso secreto. Apenas ali tem a chance de estar a salvo dos outros, a quem nunca pode deixar de estar atento. Ali sua magia se renova; ele dorme sem sonhar.

E assim ele desce à *Schalldeckel*. As velhas tábuas do assoalho rangem sob suas botas de cano alto. Com um nervosismo indiferente, afasta a mecha de cabelo suada, tagarelando baixinho para si mesmo, escolhendo onde descansar. Mas dessa vez, para além da escuridão ele enxerga ao longe as fogueiras cintilantes! Não sentiu medo. Ele é o loiro contra a escuridão. Mas está *tão* escuro, tanto quanto durante a Guerra Mundial anterior, quando ele era jovem e foi cegado por gás venenoso... Avança às cegas a passos largos. Por acaso seus próprios soldados não se agacham para correr por túneis em meio às ruínas, mesmo perseguidos por clarões de projéteis russos e serpentes de chamas?

As chamas se erguem. Mais adiante, em pé, uma mulher alta. O sonâmbulo mal bate em seus joelhos. As pupilas dos olhos dela lembram as fagulhas nas pontas das lanças das valquírias. Ciosamente desconfiado, ele para, desconfiando, os próprios olhos luzindo como uma dupla de anéis vermelhos.

A mulher cerra o punho. O sonâmbulo então percebe que está sendo julgado. Por um instante ele acorda, encarando-a francamente com seus olhos grandes e penetrantes. Poderia conquistar essa mulher, basta se dedicar. Inclina a cabeça para trás, fala empinando o queixo. É sombrio, divino, impassível. Sonhando uma resposta para o que a mulher ainda não disse, conta que nas óperas a aspiração mais nobre de Wotan é a própria queda. Ele não se importa de perder a guerra, desde que consiga impedir que os judeus recuperem o anel mágico.

Ora, mas que bom para você, ela responde.

Como você é chamada?

Ri-das-Lamúrias.

Quem deu você à luz?

Fogo é meu pai. *Perdição* se chama minha mãe.

E por que me espera aqui?

Para contar o que você sempre soube — que nasceu culpado e sobrepujado, que o nada pelo qual você arde se recusa a recebê-lo, que tesouros do passado se corrompem ao seu toque.

O sonâmbulo grita: Traição e mais nada! Agora sei por que minha ofensiva russa fracassou! Esta é minha justificativa. Se nasci predestinado, como podem me culpar? Vocês, cadelas judias, criaram obstáculos a cada um dos meus passos, mas acham que me importo? Vão em frente; me apunhalem pelas costas; eu vou aniquilar vocês; vou exterminar vocês todos! Acham que são imortais, mas testarei em vocês todos os ácidos venenosos que existem! Sempre fui leniente demais. Bem, isso está prestes a mudar. Triturarei todos vocês sem dó; sei o que é preciso; vou arruinar vocês…

Mas *Ri-das-Lamúrias* responde com uma risadinha que parece um chacoalhar de futuridade, como ossos se sacudindo dentro de uma procissão de caixões pálidos ao longo da terra arrasada de Auschwitz liberto.

Não vou desistir!, grita o sonâmbulo. Não me importo que seja inútil!

A valquíria permanece em silêncio.

E então, com um tom suplicante, ele sussurra: *Por que você me criou?* Eu nunca quis ser criado…

Para fins de propaganda, é claro. Está tudo no seu livro. Como podemos convencer os outros a fazer o bem se não tivermos um mal para servir de exemplo?

Logo se acalmando, ele sorri e comenta: Então devia ter se poupado ao trabalho. O que imaginou — que eu caminharia submisso até o patíbulo? Acha que nunca fui julgado?

Não preciso de opiniões, homenzinho.

E acha mesmo que farei algum mínimo desvio do rumo que tracei para mim mesmo? Acha que pode me incitar a fazer algo mais extremo do que eu já faria de qualquer modo? Você é mesmo tão otimista? Ora, mas *que bom para você*.

O sonâmbulo recua, escoltado até quase alcançar a luz por duendes que lembram tanques russos avançando em meio a ruínas. Está em pânico. Volta às pressas para Berlim, onde pode se trancar com Speer e fitar a Grande Avenida da Berlim pós-guerra, em escala um para mil. Os marceneiros de Speer construíram a nova Casa de Ópera em escala um para cinquenta, e bem aqui haverá um cinema para as massas. Todo edifício terá a mesma altura.

Com formalidade respeitosa, Speer pede a opinião dele sobre algum aspecto da Estação Ferroviária Central. Cauteloso, o sonâmbulo experimenta a frase da valquíria: *Não preciso de opiniões*. Já enxergo tudo.

Speer não pisca, com ar de estupidez. O sonâmbulo se sente inspirado.

14.

E agora? O braço estendido um milhão de vezes replicado, a mão como uma lâmina de faca, as vozes estrondosas que ecoam a sua, os oradores de uniforme, todos cantam para aguentar firme. A Alemanha permanece obediente, aos pés do sonâmbulo, como uma vista aérea de campos, uma trilha de corpos que em breve lutarão na Rússia, tremendo, aquecidos apenas pela dor das próprias feridas. Os estandartes com a suástica são a grama do prado de uma guerra sem fim. Erguer estandartes! *Sieg Heil!* O sonâmbulo é protegido por soldados imundos, de olhos encovados. Chega a grande batalha entre Siegmund e Hunding; os Nibelungos continuam lutando no salão ardente; depois, em longas filas, coveiros empurram carrinhos com cadáveres até a cova aberta, dois a dois; os corpos deslizam pela tábua; então cobrimos tudo e adicionamos uma pitada de terra, às pressas para não ter ainda mais problemas com os alemães que nos vestiram com uniformes listrados e rugas pálidas de prisioneiros de campos de concentração, e que continuam forjando nossa perdição com torres quadradas e arame farpado.

15.

Cai a Itália, mas o sonâmbulo sabe como salvá-la dos judeus. Paraquedas belos como flores brancas brotam nos céus que ele está capturando. Colunas negras de fumaça converteram as praias da Normandia na escuridão do palco após um intervalo. No ato seguinte o sonâmbulo precisa cantar sobre tropas alemãs em retirada, sobre cavalos mortos e luz suprimida. O bigode escuro como uma mancha de tinta no rosto cinzento, a boca negra, escancarada, e as mãos erguidas sugando sangue novo dos pomares de estandartes com a suástica, que nunca param de marchar. À sua frente, além dos guerreiros encurvados debaixo dos quepes, o sonâmbulo parece enxergar uma planície de rostos e luzes. Onde poderia ficar? Cada vez mais dourado, essa terra o atrai para além de si. Agora sua alma compreende por que Gunnar e Hogni não conseguiram resistir ao convite dos hunos: embora tenha significado sua ruína e o sofrimento da irmã, pelo menos conquistaram aquele momento de luz brilhante, ainda que sinistro, ao se aproximarem do território inimigo. A futuridade brilhava como um lampejo de chama sobre uma folha de ouro. Sabiam que seriam recebidos por braços erguidos e por rostos, rostos mais pálidos e numerosos que gotas de chuva. O sonâmbulo murmura, como na véspera da campanha russa: *O mundo vai prender a respiração...*

16.

Acalmado pelas fileiras sólidas de colunas marchando entre os assentos de Bayreuth, o sonâmbulo acaricia as folhas de acanto. Ajuda Verena Wagner e a mãe com dádivas de ouro munificente. Logo seu *Anel* recomeçará. Assistirá do início ao fim, sem erro. Sempre cumpre suas promessas.

17.

Uma saudação horizontal de Hitler nas nuvens! O sonâmbulo sonha que seu rosto se afasta da longa fila de prisioneiros de guerra alemães esfarrapados e imundos marchando a caminho de prisões soviéticas no Ártico, mandíbulas envoltas em trapos e cobertores. Enquanto isso, suas filas de trabalhadores escravos marcham débeis por escombros de edifícios e ferrovias. Os sonhos do sonâmbulo murcham e secam. Seus comparsas passam por cima dos próprios cadáveres na África. Bombas e chamas, tanques na neve, cavalos com crinas enregeladas, canhões de sítio ecoando ao vento, tudo isso toma seus sonhos de assalto enquanto os Gigantes do Gelo russos avançam para o oeste.

18.

Agora ele vive entre paredes de fumaça. Chamas sobem pelas escadarias; candelabros se transformam em aranhas chamuscadas. A luz excita o sonâmbulo. Ao longe, ele enxerga brilhos elétricos de arame farpado. Para combater os judeus, seus comparsas construíram inúmeras cidades geladas, cuja longas aleias de arame farpado têm como sinalização cadáveres congelados com os braços estendidos, cobertos de neve. Pilhas de mandíbulas e montanhas de alicates marcam os locais onde seus vassalos extraem dentes de ouro dos vivos e dos mortos. Vidas voam ao vento como ondas de areia. Se ele conseguir sonhar este sonho por mais algum tempo, todos acabarão subindo pela chaminé. Mas onde estão seus heróis musculosos com espadas em punho? Morreram todos? Tanques russos muito brancos enfrentam chamas azuladas e neve azulada para conquistar Auschwitz, onde mais de sete toneladas de cabelo humano aguardam transbordo. Cadáveres macilentos e dessecados surgem em desfile para contar mentiras e inspirar novas conspirações judaicas.

19.

Quando, aprisionado, Gunnar disse aos hunos que só revelaria o tesouro dos Niflungs (cujo ouro brilhava ainda mais que os lampejos verticais do sol sobre as botas da ϟϟ em marcha) sob a condição de que arrancassem o coração de Hogni, tentaram enganar sua mente ricamente forjada trazendo-lhe sobre um tabuleiro o coração de um mero escravo; mas ele sabia que o coração do irmão jamais tremeria de horror como aquele tremia, mesmo morto. Sem mais recursos contra a astúcia de Hogni, resolveram matá-lo. Hogni morreu gargalhando. Em seguida Gunnar afirmou que não tinha mais nada a temer, pois era o único guardião restante do segredo e jamais o revelaria.

Quando Gunnar foi colocado na masmorra viscosa das víboras, ele tocou sua harpa. Foi tão belo que todas as serpentes dormiram. Ele acabou se cansando, porém, e do novelo de répteis sobre o qual ele tinha sido forçado a se deitar um se ergueu para lhe picar o fígado, e assim Gunnar sucumbiu em meio à escuridão serpentina.

Ciente de seu dever, a valente Guthrún serviu o coração dos próprios filhos ao marido que havia matado seus irmãos. Em seguida ateou fogo ao castelo.

Em seu casaco cinza-pálido (nossas lembranças do sonâmbulo se tornaram tão cinzentas e granuladas), ele anseia por se tornar um novo Gunnar. Por acaso não era também um harpista? Até então, não tinha sempre sido capaz de acalentar todas as serpentes até que caíssem no sono? E sua Alemanha será Guthrún. A Alemanha deve morrer feroz, incendiando tudo...

20.

Em 12 de abril de 1945 a Filarmônica de Berlim apresenta a última ária de Brünnhilde, o final de *Götterdämmerung*. O sonâmbulo já assistiu mais de cem vezes a *Götterdämmerung*. Em todas as ocasiões, seu cérebro volta a arder em chamas de ouro cor de salmão. Silhuetas de cadáveres enforcados definem o perímetro de seu império agora minúsculo. Um refém civil ergue os braços. Onde estavam os rostos jovens e pálidos sorrindo, cruéis, sob capacetes de aço? Onde estava a miríade de seguidores da bandeira da suástica, subindo o monte? — Se não estavam na Sibéria, estavam mortos debaixo de lama ou de pálidas pedras de calçamento! — O rádio, que antes propagava suas palavras como uma epidemia, agora pulsa sem nenhum sentido: "Obliteração completa... vergonhoso... promessa solene...". Os russos já haviam chegado à floresta Myrkvith; ondas de judeus americanos os cercam em todos os outros fronts. Verena Wagner resolve planejar um *Anel* sem suásticas para 1946. Indistintas multidões noturnas queimam aquilo que passaram doze anos vestindo, uniformes costurados e ornamentados à imagem do sonâmbulo. Outras multidões, com uniformes listrados, começam a surgir da aleia de arame farpado. Montanhas de sapatos que à distância parecem arenque enlatado monumentalizam aqueles que nunca mais voltarão. E o sonâmbulo sonha. Ordena que todos os novos traidores sejam executados. A Alemanha ficará a salvo. Sorrindo, enfim, falando aos colegiais que em vão lutaram por ele contra as ondas sucessivas de tanques russos que adentravam Berlim, o sonâmbulo menciona uma linhagem comum e distribui insígnias que lembram os antigos anéis de ouro vermelho. Os meninos gritam: *Heil Hitler*! Fechando os olhos, relembra que, cinco anos antes, longas filas de seus guerreiros vitoriosos passaram pelo Arco do Triunfo enquanto ele prestava sua homenagem a Napoleão. Mas o mundo dos deuses antigos estava corrompido; tinha de ser esmagado. O sonâmbulo não diz isso aos meninos. É tarde demais para dar explicações. Alguns dias depois, cercado por chamas russas sobrenaturais, o sonâmbulo e sua noiva secreta se matam.

21.

Em seu primeiro discurso como chanceler, o sonâmbulo vociferou: Eu me recusei a fazer promessas baratas ao povo! — E apontou para o próprio coração. Mas e agora, com quais promessas conta Gunnar para acalentar tantas serpentes ingratas? Ele se cansa; sua música cessa. Confessa, tímido: No dia seguinte ao encerramento do festival de Bayreuth fui tomado por uma tristeza imensa — como a que sentimos ao retirar os enfeites de uma árvore de Natal...[7]

Sua música cessa, seus berlinenses correm por trás de montanhas de escombros, chamas escapam das janelas, pois ele perdeu o jogo de damas que no passado os deuses jogavam com peças de ouro, mas ainda assim tem esperanças, pois Roosevelt está morto; Stálin e Churchill têm desavenças; e a mais antiga de todas as profecias nórdicas suspira nos lábios da Mãe mofada e ervosa que de tempos em tempos emerge desta terra infestada de sepulturas: algum dia, talvez até mesmo nos prados poloneses onde suas manadas de tanques até pouco tempo cabriolavam, "as peças de ouro, as figuras célebres, serão reencontradas, as mesmas que possuíam nos tempos antigos".[8] Então, banhado por uma luz constante e abrasadora, o sonâmbulo reconquistará sua cidade feita de ouro, cujos monumentos e praças se mantêm impolutos, intocados pela humanidade. ▸

A palmeira de Débora

Sabe, até certo ponto acredito que a fórmula "os fins justificam os meios" é válida na música.

D. D. Chostakóvitch (1968)[1]

1.

Arame farpado como pautas de música retesadas em grupos de cinco, reivindicadas pela causa do grave ou pela causa do agudo — pois nunca houve nem pode haver uma zona instrumental neutra —, abraçava Leningrado, o chamado "berço da revolução proletária". As melodias artilheiras dos timbales do comando do grave seriam tocadas pelo Grupo de Exércitos Norte: trinta e duas divisões, setecentos mil fascistas alemães, regidos pelo marechal de campo Wilhelm Ritter von Leeb. Do interior da cidade (agudo, *tremolo*), em contraponto, vinha a música de flautim dos gritos. (Como pude julgar *possível*, questionou o brigadista de incêndio míope no telhado do Conservatório, que dirá *passável*, nos representar em *pianissimo* antes da entrada do tarol? Porque não temos nada de *pianissimo*. Somos, bem, você sabe. É isso que vão esperar, ao mesmo tempo que também teremos de ser os mais sonoros. Querem que eu, que eu, sabe, transforme isso em algo que sirva de alimento às pessoas, em vez de salsichas! E a propósito, sem formalismo! Eles que se danem. Eu me garanto.) Nos compassos de abertura daqueles Novecentos Dias, o coro consistia em três milhões de moradores de Leningrado, mas um terço sucumbiu. Fraca demais para enfrentar a fila do pão, uma viúva caiu sobre a neve. Uma criança assexuada mastigava borra de café. Uma família comia torta de algodão com celuloide. O Camarada Jdanov ligou para Stálin pelo telefone de campanha, mas Stálin não atendeu.[2]

Quanto ao brigadista de incêndio, cujo nome era D. D. Chostakóvitch, consigo escutá-lo tamborilando o Tema do Rato na borda do capacete. Ele jamais confessaria, mas a guerra havia chegado em excelente hora! A reação arrebatada à sua *Primeira sinfonia*, tanto tempo atrás, deveria ter servido de aviso, pois em nossa União Soviética, como em qualquer zona sitiada, não é sensato se destacar de forma vil ou vistosa. Mas — criança excêntrica se metamorfoseando em prodígio com boca feminina, depois em herói com cigarro entre os dedos, ou melhor, um caruncho subversivo — ele nunca foi bom em camuflagem. (Sua deixa: estrondo de címbalos: pratos percutindo.) Ah, quantas vezes acabou magoado com as outras crianças! Desajeitado, pálido, olhos de susto por trás das lentes redondas, observava todos ao seu redor com uma consciência melancólica da própria vulnerabilidade, muitas vezes confundida com submissão. Deveria ter assumido a rendição como diretriz, pois enquanto larva de caruncho, ou seja, o clichê branquelo do verme intelectual, ele exalava delicadeza. Enquanto as moças tinham vontade de beliscar suas bochechas, a maioria dos rapazes sentia desprezo antes mesmo do segundo compasso da abertura. Quando se acredita, como qualquer bolchevique genuíno, que a classe trabalhadora, destinada a ser a classe vitoriosa, tem a capacidade de enviar destacamentos avançados para romper o perímetro da burguesia, por que não admitir que sistemas condenados possam, no decurso de sua retirada, deixar para trás o contrapeso de retardatários traídos por mãos macias e aspirações íntimas? Ainda sobreviverão por alguns compassos; o compositor não precisa excluí-los da partitura desde que sigam o ritmo, mas de qualquer modo estão ultrapassados; são tão pré-históricos quanto a lendária coruja de ouro do Palácio Tauride, que um artesão imperial há muito desaparecido conseguiu certa vez, auxiliado por engrenagens e orações, dotar de consciência suficiente para revirar os olhos em ocasiões pomposas. (Os olhos não se mexem mais. Depois da revolução, o mecanismo se desgastou.) Já o rapaz encarava o mundo com olhos arregalados de coruja. Por que cheguei a compará-lo com um inseto? Pensando bem, era um pássaro; ou talvez fosse um — vamos chamá-lo de um formalista. Ele piscou. Depois se sentou ao piano. Os dedos, que pareciam bem mais frágeis que libélulas ou biplanos obsoletos de tempos distantes, deram início às suas belas convulsões. Ah, ele conseguiu chamar a atenção, sem a menor dúvida… — Mas e a música em si? Uma figura do quilate de A. K. Glazunov, diretor do Conservatório de Leningrado, admitiu que não conseguia entender aquelas harmonias, ainda que tenha se disposto a permiti-las. Nosso Mítia, ele opinou, era sem dúvida o queridinho do futuro.

(Chostakóvitch baixou a cabeça de repente.)

Talvez seja apenas inveja de minha parte, continuou Glazunov (e os outros professores riram ao imaginar alguém tão importante quanto Glazunov com inveja de um aluno), mas, ao mesmo tempo, não gosto da sua obra mais recente! Ha ha, o que estou dizendo? Sei que ele é sincero — você não está apenas brincando conosco, certo, Mítia? — e o que está tentando fazer é tão, digamos, *revolucionário* que não tem como ser apreendido em um primeiro momento...

O pupilo sorriu, mexendo nas luvas. Do seu ponto de vista, que teria defendido de pronto em ambientes menos intimidadores, a música deveria permanecer livre, indiferenciada de qualquer conteúdo além do emocional, e talvez até mesmo deste. Talvez não fosse uma ideia tão nova quanto parecia; talvez Glazunov não estivesse tão chocado quanto fingia estar. (É natural ser condescendente com a juventude à guisa de estar fazendo concessões! — Deixem o rapaz superestimar um pouquinho os próprios conceitos, pensou Glazunov. Talvez ele crie algo importante depois de amadurecer.) Quando os professores mencionaram a música programática de Mússorgski, Wagner, Berlioz e Rimski-Korsakoff, nosso jovem gênio desgrenhado argumentou que essas composições podiam ser descoladas de seus supostos temas sem sofrer nenhum prejuízo; se não fosse possível, teriam fracassado como música. Se as coisas eram assim, por que não construir sequências de notas sem nenhuma pretensão temática? Dmitri Dmitriévitch Chostakóvitch estava pronto para usar tropas de assalto, métodos de choque! — Ainda assim, suspirou Glazunov, sugando álcool discretamente através de um longo tubo de borracha, você não precisa ser tão *irreverente*, Mítia. — O rapaz se desculpou em meio a espasmos.

Ainda que isso o deixasse nervoso, ele precisava ser notado. Uma das qualidades aprazíveis de Glazunov era sua tolerância natural a praticamente qualquer coisa. Em uma noite branca de verão, quando o rapaz foi atacado pelo diretor-assistente, Glazunov interveio: Então seu lugar não é aqui. Chostakóvitch é uma das maiores esperanças da nossa arte. —[3] Quem então ousa alegar que os mentores de Mítia não quiseram ajudá-lo? Na URSS exercemos dois tipos de crítica: a denúncia impiedosa da ideologia burguesa e a crítica aduladora e amistosa dos colegas. Caso persistisse no caminho bem traçado que Glazunov tinha chamado de sinceridade, Chostakóvitch garantiria a crítica do segundo tipo, que nunca dói.

Nascido nos tempos antediluvianos em que Leningrado ainda era a claustrofóbica "Petersburgo" dos simbolistas, em cujos pesadelos folhas caídas rodopiavam em espirais cada vez mais estreitas, e os mesmos dominós vermelhos ou terroristas de olhos vermelhos perseguiam aristocratas onde quer que aparecessem, ele vivia, como toda criança, no coração do mundo. Prefiro não o rotular de narcisista, mas as pessoas adquirem as características dos lugares onde vivem, e Petersburgo é tão labiríntica, enigmática e literalmente autocentrada quanto sua melhor poeta, A. A. Akhmátova. Quer mais adjetivos? Ao mesmo tempo enfeitada e empobrecida, como o condutor de um *drójki* com adornos dourados que não consegue alimentar a própria família (e, pensando bem, como a própria Akhmátova), Petersburgo infecta seus filhos mais sensíveis com um desespero tão nobre quanto desprovido de pragmatismo. Em uma cidade cujos estetas ricos são capazes de admirar o matiz esverdeado da neve derretendo no rio ao mesmo tempo que ignoram o mesmo tom no rosto dos famintos, é de esperar que os dominós vermelhos triunfem mais cedo ou mais tarde. Pois acima de tudo Petersburgo ainda é a cidade de Raskólnikov, que existe apenas nos pesadelos de Dostoiévski, mas cujo crime, o assassinato em nome de uma ideia, demonstra repetidas vezes a própria realidade. Tambores soam de leve no início do Tema do Rato, ainda não composto. Alguma coisa se aproxima. Mítia estende as mãos para aparar as folhas rodopiantes e suas luvas caem. Sua mãe se abaixa, ralhando. O tempo tiquetaqueia e o tique-taque da bomba assassina da revolução mal pode ser ouvido porque se esconde com engenho no gabinete do ministro. A cada compasso, o prelúdio da morte pulsa como as bocas em arco do campanário da São Nicolau refletidas no canal Kriukov, o pináculo dourado do formalismo nadando como um rabo de peixe, orifícios negros se contraindo de forma rápida e sexual, mais vivos em sua intocabilidade distorcida do que os arcos "reais" que os contemplam. Do alto, o queridinho do futuro contempla o trêmulo peixe dourado e estende a mão. Sua mãe sorri e o afasta.

Tinha um ano de idade quando o Domingo Sangrento destruiu a fé do povo russo no tsar. Aos nove, a mãe começou a lhe ensinar piano. Li que ela havia sido uma pianista decente antes de se casar; o filho tímido e magricela relutava em sentar-se ao seu lado no banco de mogno, reza a lenda familiar, mas — provando que os pais sempre sabem o que é melhor para os filhos — ao final da terceira aula a mãe anunciou à família que ele tinha "talento". Os olhos da corujinha se reviraram.

A atriz N. L. Komarovskaia relembra que mesmo quando ainda era um "menino pequeno e pálido com uma mecha rebelde de cabelo caindo na testa",[4] o espírito travesso de Mítia nadava contra a corrente. Pediam que tocasse um foxtrote, por exemplo, e ainda que ele tentasse (ao contrário de gerações de ativistas do partido, Komarovskaia nunca duvidou que ele havia feito um esforço sincero de ser simpático), os dedos logo passavam a um galopar incessante, sem o menor cuidado; em seguida improvisações exóticas sequestravam a melodia, deixando em seu rastro um chilreado berrante e ensandecido. Será que ele não entendia os próprios erros? Como ainda era jovem demais para ser acusado de cinismo, ninguém sabia se o correto seria chamá-lo de tímido, incompetente ou simplesmente confuso. — As composições dele são muito boas, disse a prima Tania. Claro, algumas ninguém consegue entender na primeira audição. —[5] Ele olhou para cima, como se tivesse sido chamado por alguém. Na verdade, sempre que as pontas de seus dedos repousavam sobre um piano, as teclas brancas ganhavam um brilho tão adorável quanto sincelos tocados pelo sol do fim da tarde, enquanto as teclas pretas se tornavam fendas na brancura do mundo, buracos que boquiabriam todo sentido até se tornarem pura música. O que mais ele podia fazer? Perdido, deliciosamente fascinado, tocava o inefável.

Um mês após seu décimo primeiro aniversário, aconteceu a revolução. A mente dos perdedores aprendeu a se esquivar por trás de olhos congelados. No quarto movimento de sua vida, quando chegaram os hitleristas, Leningrado ficaria ainda mais introspectiva no interior da barreira do anel ferroviário. Fascistas de capacete fumavam cigarros e incendiavam povoados por todos os cantos, desferindo pontapés enojados em cadáveres russos. Bombas alemãs chegavam gritando, orgulhosas, e as pessoas estavam mais do que dispostas a abrir caminho para *elas*, mas... *Bum!* Uma explosão embevecida incendiou a casa do ministro! *Bum!* A batuta do maestro desceu chiando... — Dmitri Dmitriévitch, você conquistou uma vitória no front cultural! — Obrigado, obrigado, sussurrou o jovem compositor. Cruzou e descruzou as pernas. Esgares inquietos vibraram em seu rosto.

Mesmo no Conservatório, como insinuei, ele despertava inveja. Alguns alunos (afinados à sua época, digamos assim) queriam fazê-lo perder o ordenado que o blindava contra a fome. De todo modo, não conseguiram. Sua mãe tentou enfrentá-los quando levaram embora o piano emprestado, mas Mítia pediu-lhe que não se preocupasse; conseguia ouvir cada um dos acordes na cabeça assim que os punha no papel. Beethoven não fora detido pela surdez, de modo que ele ainda podia, bem, você sabe. Desde o décimo terceiro aniversário ele havia se consagrado nas congelantes salas de aula da nossa Revolução. Sua mãe quase morreu de fome para mantê-lo alimentado; alunas mais velhas, em grupos de três ou quatro, o protegiam, dedos inquietos em torno de cigarros brancos e compridos. Nem as provocações mais baixas dos colegas (ou seja, suas críticas amistosas) o atingiam. Seria fácil afirmar simplesmente que ele "acreditava em si mesmo", mas isso não quer dizer nada; todos buscamos nossos próprios interesses e tememos atribulações, não é? Ou, como diria Mítia, cada um compõe a própria partitura, e em seguida todos comparamos as nossas versões. Será que não posso dizer que ele acreditava no poder da música? Para Mítia, a Guerra Civil significava o seguinte: Marinheiros da nossa frota do Báltico foram acalentados pela *Nona* de Beethoven e depois navegaram direto até o front para combater os Brancos! Ele estava no cais, aos quinze anos; julgou que a orquestra tinha cumprido a tarefa de modo aceitável, ainda que o coro, bem, não se pode ser rígido com pessoas famintas. E os marinheiros, bem, estavam mais que interessados, porque alguns deles até, por onde começo a contar? Por exemplo, ele jamais esqueceria o pirata grisalho que aplaudia como uma criança. Alguns, de tão felizes, choraram. Segundo os auxiliares, aquela tinha sido a primeira vez, entende. E não tínhamos nem pão para dar a eles, nem isso! Mesmo assim, eles, eles, como vou dizer; eles nos *agradeceram*! E então partiram e, acho que dá para imaginar. Muitos não voltaram. — Em suma, Chostakóvitch desdenhava questões práticas. O mesmo podia ser dito da Revolução como um todo, ou pelo menos era o que alegavam; mas nessa vida encontramos pessoas que, por mais empolgadas que imitem Raskólnikov matando a velha agiota, apenas fingem ser, como o enrascado se convenceu de que era, um dos deuses, dos árbitros, dos "homens extraordinários"; seu motivo verdadeiro para o assassinato, como sabemos muito bem, é a pura ganância. Chostakóvitch nunca seria um deles. Nutrido pelas melodias que compunha, se mantinha apto para o combate, por assim dizer (olhando, ninguém veria nele nada de formidável), expectativas protegidas e consoladas pela certeza de que se a pressão se tornasse maior do que podia suportar, ele seria abrigado pelo mundo no interior das teclas pretas. — Você não passa de um punheteiro, zombou um dos rivais. Depois de ouvir sua música, posso apostar que você não veio da classe trabalhadora! — Mítia se magoava com a maledicência, sem dúvida, sobretudo por seu avô ter sido revolucionário na Sibéria! Ainda assim, ninguém rompia suas defesas. Limpando os óculos com rapidez, encarava os outros rapazes com uma consciência tranquila do próprio valor.

Começaram a acusá-lo de individualista. Sua lealdade à vida coletiva não passaria de fingimento. Não seria capaz de superar seu vício nas harmonias transgressivas da escala cromática.

Mais ou menos na época em que ganhamos a guerra, fuzilamos Koltchak e o resto da escória e estabelecemos o poder soviético para sempre, Chostakóvitch tocava piano no cinema Rolo Brilhante para ganhar a vida, os dedos ultrapassando a suposta "ação" de filmes mudos cuja mediocridade o oprimia até a fúria brotar; quando o herói morria, ele dedilhava alguma improvisação banal e animada; quando a heroína ganhava um beijo, ele martelava alguns motivos do *Götterdämmerung* de Wagner enquanto tentava controlar sua tosse de tuberculoso. Ah, como estava farto de tocar a soldo, muito obrigado! Como era sempre igual e *seria* sempre igual, eles veriam só! Às vezes os clientes reclamavam; na maior parte do tempo estavam mais ocupados com bolinação mútua ou eram, como vou dizer, *ignorantes*, então nem percebiam. Às vezes ele até ganhava elogios. Um ex-coronel perneta assistia a cada filme uma meia dúzia de vezes, sempre sacudia um dedo em riste, exclamando: Falta mais sentimento, meu rapaz! Faça o público rir; faça o público chorar! — Mas eu, sim, sim, *sim!* respondia nossa coruja esganiçada. Da próxima vez eu acerto! Mais sentimento; deixa eu anotar aqui para poder, hã, você sabe. — Então regurgitava a história no ouvido do projecionista, gargalhando e tossindo. Todas as noites, a caminho do trabalho, repetia para si mesmo: Se daqui a cinco anos eu ainda estiver fazendo isso, eu mereço ser, se é que você me entende, *ridicularizado*. A lâmpada minúscula exposta sobre o piano quase lhe esquentava as mãos. Lênin chegava para ajudar! Ele havia tocado aquela parte quarenta e duas vezes. Naquele momento era melhor prestar atenção, pois quem zombasse de Lênin podia entrar em apuros. Muito bem, muito bem; agora que Lênin se foi posso aprontar mais um pouco; Dmitri e Elena estão se separando para sempre, então vamos tocar uma marcha nupcial! Quando acabou dispensado pela gerência após um mês inteiro, foi um alívio.

Antes mesmo que ele completasse vinte anos, sua *Primeira sinfonia* estreou com a Filarmônica de Leningrado. Como se pode imaginar, uma facção se opôs à apresentação inaugural. Ele respondeu às acusações de imaturidade e grosseria com a polidez implacável de costume. — Uma abordagem muito original, disse o maestro, N. Malko. De um ponto de vista instrumental, tem a mesma compressão da música de câmara. Seria uma honra para a Filarmônica interpretá-la, Mítia. —[6] Nosso prodígio se contorceu, olhando fixamente para as teclas do piano. — Só temos uma pequena dúvida, Malko prosseguiu. Você se importaria de tocar o encerramento mais uma vez para mim?… Como eu tinha pensado. Você toca com muita precisão, rapaz, com consideração pelas notas. Isso é bom. Mas o tempo do finale é impossivelmente rápido. — Então você concorda em mudar ao menos isso, Mítia?

Entenda, estamos na época dos ensaios, e... — Sim, camarada maestro, prometo acatar seu conselho na minha próxima sinfonia... — Sem dificuldades, os músicos tocaram o finale da forma que tinha sido composto.

No dia da estreia, Mítia não demonstrou qualquer nervosismo, exceto por um tremor na perna esquerda. Foi até a biblioteca e leu sobre os hábitos sexuais dos insetos. Ao amigo I. Sollertinski, com a malícia costumeira, propôs uma "Dança da Merda". Na Ponte dos Leões, flertou com uma garota chamada Tatiana Glivenko. Sendo mais específico, informou à garota que ela era uma lira amuada com garras de caranguejo, com as quais ele ansiava por ser beliscado enquanto dedilhava suas cordas — a abordagem correta, ao que parece, pois ela o acompanhou até a avenida Niévski. Após três beijos, ele conferiu o relógio. Despediram-se com mais um beijo; Mítia deixou que ela lhe arrumasse o cachecol e lhe fechasse o casaco até o último botão. Depois ele teve que sair correndo até o Grande Salão da Filarmônica (que mais tarde receberia seu nome), para não se atrasar, o que representaria uma mancha em sua dignidade. Tatiana acompanhou a corrida com os olhos, rindo em vez de parecer desamparada. Nem preciso dizer que ele chegou em cima da hora. Malko, a quem o rapaz já se considerava superior, precisou lhe emprestar o próprio cinto e branquear seus sapatos com pasta de dentes. Então Mítia correu até o espelho. Encheu as bochechas de ar para se divertir. Vinte e sete minutos livres! Malko não parava de pedir que ele não ficasse nervoso. Na verdade Mítia estava pensando em Tatiana Glivenko, que era realmente, de fato, você entendeu. Malko ajustou sua gravata. Vinte e seis minutos. Satisfeito com a impressão causada, Mítia tentou provocar a orquestra fingindo que queria acelerar ainda mais o finale. (Bem, ele sem dúvida sabe o que quer, comentou o maestro, sorrindo. Preciso admitir que isso é formidável! Nossos ensaios confirmaram a correção de seus conceitos.)[7] Enfim chegou o momento de todos assumirem seus lugares. — Vai dar tudo certo, disse Malko, e Mítia, sentindo um enjoo repentino, assentiu sem mudar de expressão.

Um aplauso atrás do outro! Não sei o que a mãe dele achou, mas todos os outros estavam arrebatados; foi preciso um bis do scherzo...

Depois disso, os experimentos harmônicos de Mítia ficaram ainda mais ousados, quase obscenos, como no caso de sua primeira ópera, *O nariz* (*Opus 15*) — não foi "acidente" *isso* ser denunciado como exemplo de decadência formalista. *Bum!* Ali está o Nariz em pessoa, usando uma cartola, cantando de pernas cruzadas diante de um nu ao estilo de Modigliani. — Tatiana quase vomitou de tanto rir. Depois puxou Mítia para a cama enquanto o chamava de *meu geninho*. Não deve ter sido a única. Mas ele precisava correr; precisava conceder uma entrevista para a *Músico Proletário*. Haveria como explicar ao público suas intenções? — Bem, respondeu Mítia com um risinho, por que não dar a eles um pouco de... sabe? Quer dizer, eu, eu, bem, pense nas construções espaciais de Rodtchenko, são como, hã, robôs de compensado! Então por que eu não posso fazer maluquices? *Ele* não sofreu qualquer retaliação. Aquelas supostas "esculturas não objetivas" são... Uma delas ergue o braço como se fosse um sinalizador ferroviário, o que por algum motivo me deixa,

deixa, digamos assim, ereto... — Em uma manhã de inverno, bem antes de raiar o dia, Mítia os espionou se amontoando excitados sob a entrada de pedra do Teatro Kirov, que naturalmente ainda não tinha esse nome; Kirov ainda estava vivo: velhas senhoras bamboleando com os pés doloridos, homens altos com gorros de pele, estudantes, intelectuais. Conferindo os horários nas vitrines, aguardavam a hora de comprar ingressos para *O nariz*. — Por favor, me perdoem, ele disse aos ativistas que tentaram apontar seus erros. *O nariz* foi apenas um... vamos chamar de mero prelúdio! Esperem só até verem as minhas... Quer dizer, agora que vocês me elucidaram, vou seguir a orientação do Partido com mais afinco nas próximas óperas... — Os ativistas ficaram satisfeitos. Por outro lado, e se fosse sarcasmo? Toda Leningrado (uma cidade dilacerada em zonas semiautônomas por seus canais) comentava que ele e os amigos pertenciam à facção que fetichiza a suposta "liberdade do artista". Akhmátova estava quase fora de controle na época; até Mandelstam ainda podia cantar. Mas Mítia, saturado de vulnerabilidade inquieta, parecia tão desprovido de autoconfiança, em razão de seu enorme constrangimento, que *precisava* ser dócil. Os simpatizantes no Conservatório seguiam dando conselhos para o bem dele, e achavam estar ficando loucos ao notarem que cada nota permanecia onde estava antes. Mulheres cometeram erros semelhantes. Como ele amava com tanta paixão, elas tinham certeza de o estarem convertendo à fidelidade. Li que ele muitas vezes se recordava com saudade e remorso do verão de amor livre com a núbil Tatiana Glivenko. Ela estendia os braços como as barras duplas que trancam notas ascendentes em um compasso afim e o chamava de Mitenka. Ele a ouvia gemer em coloratura durante os orgasmos. Ela ansiava por tomá-lo de vez e para sempre, mas ele, se recusando a ficar preso em um único tom, tergiversou até ela se casar com outra pessoa. Depois disso ele insistiu em tentar reconquistá-la. Essa fase só chegou ao fim quando o marido a engravidou. Então Mítia, aos tombos, se viu mergulhado em uma escuridão perplexa.

Vamos chamá-lo de solista. Se tivesse vivido nos tempos antigos (e, claro, sido nobre), que vida ele poderia ter composto! Até o final do século XVIII, pelo que li, qualquer sinfonista de destaque tinha liberdade para exibir seu virtuosismo improvisando uma *cadenza* quase ao fim do último movimento. Beethoven foi o primeiro compositor a abolir esse privilégio. Escrevia, ele mesmo, todas as *cadenzas*. Lênin e Stálin compuseram regras ainda mais rígidas; pois, de modo a salvaguardar a revolução, precisamos consolidar em vez de divergir. O Camarada M. Kaganovitch anunciou o tema: "O chão deve tremer quando o diretor adentrar a fábrica".[8] Enquanto isso, a *Músico Proletário* afirmou que, se Chostakóvitch não admitisse que tinha dado um passo em falso, "sua obra fatalmente chegará a um beco sem saída".[9] Mas ele não concordaria com isso, ainda que nas entrevistas à imprensa recitasse obediente: Sem dúvida eu, eu, é claro que a música não pode deixar de ter uma base política... — Um cacho de cabelo escuro caía sobre sua testa como uma onda. Estava intoxicado pelo talento que borbulhava, tão puro, de seu coração. Proporcionava tanta felicidade que ele — pobre rapaz! — se imaginava no direito de exercer o próprio gênio da forma que bem desejasse. Mas as carruagens negras da corte do antigo regime tinham ido embora, e suas lanternas vermelhas se apagado para sempre. Nada de dissonâncias em vez de acordes triádicos!

2.

Pela janela do Conservatório, enxergou uma tropa de garotos correndo animados pela praça do Teatro, empinando uma pipa feita por komsomols com páginas de uma Bíblia (talvez confiscada do Convento Smolni) cujas capitulares iluminadas e caracteres escuros e pesados do antigo eslavônico eclesiástico ganhavam, no ar, uma aparência feliz em vez de cômica, dançando nas alturas sobre aqueles rostos juvenis. Para Mítia, que sempre havia considerado a religião uma piada, aquele espetáculo concedia um prazer quase inexprimível. Ele quase conseguia imaginar que era uma de suas partituras a esvoaçar lá em cima, o que teria sido, bem, você sabe. Não que ele sentisse vontade de ser rasgado, espalhado, cortado e enfim colado em losangos, não, de jeito nenhum! Mas por que não podia compor um concerto em forma de losango, ou um trio que levantasse voo? Por acaso não estava na Terra da Revolução, onde deixar de inovar era o mesmo que profanar?

Nos anos em que os acólitos de Stálin se ocuparam de exterminar cúlaques ucranianos aos milhões, Chostakóvitch cumpriu seu período no Teatro Jovem dos Trabalhadores de Leningrado, tentando criar arte proletária. Dedos pálidos e pueris escapavam das mangas escuras, tocavam o piano e faziam a música acontecer. Suas boas intenções eram sinceras. Embora fitasse a partitura com atenção através dos óculos redondos, jamais precisava dela. Cada um dos músicos ao seu redor, com os violinos apoiados no ombro como rifles, encaravam um abismo particular de sofrimento, descoberta ou alegria. Ele, por sua vez, se perdia em cada um dos mundos que criava. Sua tuberculose perdurou por uma década, mas ninguém jamais lhe ouviu reclamar. Esbelto, formal, quase elegante (ainda que nunca tenha aprendido a fazer reverências solenes), produzia sons impecáveis. Quando outros tentavam ajudar, ele ouvia, educado. — Dmitri Dmitriévitch, talvez aqui pizzicato funcionasse melhor, diziam. — Sim, sim, *sim!*, ele respondia com um sorriso lisonjeiro. Tem razão! Pizzicato seria uma tremenda, hã, melhoria. Mas por favor, vamos deixar em *arco* só dessa vez... — *Arco* era como ele havia composto.

Em 1929 abandonaram sua trilha para o filme mudo *Nova Babilônia* após um punhado de apresentações — não por motivos políticos ou artísticos, garantiram, mas por ter se mostrado complexa demais para a habilidade limitada das orquestras de cinema. Pensando na própria carreira infeliz no Rolo Brilhante, não era difícil acreditar que nos cinemas o padrão fosse baixo; além disso, seu ego exigia que somente ele fosse capaz de fazer amor com a Musa que desejasse, da maneira que desejasse, e não que o mundo adorasse sua prole. Ele não tinha interesse em se vender. Se não o compreendiam, ou mesmo se espalhassem, como vou dizer, falsas impressões, bem, Mítia continuava livre; Mítia estava feliz! Não ficou frustrado por rejeitarem *Nova Babilônia*, porque podia compor outra trilha em duas horas! Era isso que eles queriam? — Não exatamente, caro Dmitri Dmitriévitch, pois na verdade (lamentamos informar) houve reclamações; as pessoas preferem *A camponesa*, opereta de N. M. Strelnikov. — Nosso jovem gênio não se importou. Para Sollertinski, que raramente usava gravata e que havia se tornado seu melhor amigo, fez piada: Vencer a resistência de uma orquestra é um trabalho para ditadores natos! —[10] Levantando o chapéu como um marinheiro da nossa Frota do Báltico, Sollertinski bateu os calcanhares e bradou: *Ja, mein Führer!* Depois ambos se embebedaram. Combinaram de se tornar uma dupla de ditadores; jamais deixariam que alguém mudasse uma mísera nota sequer! Sollertinski tinha ouvido falar de uma garota de quinze anos; parecia mais velha; seu nome era Elena e se tratava de uma genuína arma secreta, pode acreditar, silenciosa por fora e... — mas naquele instante A. Akhmátova passou com o nariz empinado, e (ainda que os dois admirassem os poemas) a dupla se divertiu tanto zombando dela pelas costas que se esqueceu totalmente da tal Elena.

Tenho certeza de que não difamo Mítia ao comentar que em prol da autossuficiência econômica, do prestígio e, acima de tudo, do tempo livre para se lançar no poço secreto do próprio ouvido e da própria mente em busca da Beleza, que sozinha definia sua vida, ele vivia cedendo diante do mundo. Por exemplo, às vezes, a essa altura, ele compunha música programática. Qual a diferença entre fazer isso e tocar acompanhamentos para filmes mudos no Rolo Brilhante? Além do mais, como apontou o leal Sollertinski, lançar mão de um motivo não impedia a sofisticação, nem mesmo a obscuridade absoluta que Mítia ainda considerava tão hilária. Às vezes nem mesmo Wagner era um problema, e se fosse possível se apropriar de seus leitmotive e fazer miséria com eles, talvez improvisando uns truques de ventriloquia para que ninguém nem ao menos suspeitasse que aquilo era Wagner, quanta diversão! Era assim que Mítia encarava as coisas. Ainda que às vezes se irritasse ao fazer o que os outros mandavam, desde que pudesse construir alçapões secretos e escotilhas de emergência em todas as partituras, para que o mundo debaixo das teclas do piano não fosse esquecido, ainda estava vivendo pelas próprias regras. Os pedreiros da Antiguidade costumavam emparedar viva uma vítima em cada templo ou ponte que construíam; ao ficar bem mais velho, Mítia se encarceraria da mesma forma na pedra angular de sua *Opus 110*; mas, por ora, não havia motivo para ser tão drástico. Ele podia não ser inteiramente compreendido pelo público, mas ainda satisfazia as próprias vontades, o que, agora que parei para pensar, até que não é nada mau. Se reverencio a memória de Lênin e em seguida crio o que bem desejar, estarei mais limitado do que um poeta preso às arbitrariedades da rima? Dessa forma, Mítia seguia tendo uma excelente opinião a respeito de si mesmo. Além disso, pontificou Sollertinski enquanto ele e Mítia urinavam bêbados no Neva, pense no "Poema do fim", de M. Tsvetáieva, cuja linguagem rodopia ao redor de variações da palavra *ruka*, mão. Ele ficava impressionado com o rodopiar, não com a *ruka*. O próprio

Mítia não acreditava que o conteúdo era irrelevante? Tudo já não havia sido dito? Nossa tarefa era dizer a mesma coisa de uma nova maneira, e nada mais. Agora escute! E Sollertinski recitou as primeiras seis estrofes, que recapitulavam os sentimentos da autora sobre ser rejeitada por um Guarda Branco em Praga. Fruto proibido!, Mítia se exaltou; pois se Tsvetáieva tinha dormido com um inimigo de classe, então *ela* era uma inimiga de classe, o que tornava seus poemas ainda mais secretos, ilícitos, empolgantes. Se ela quisesse, Mítia lhe concederia sem hesitar um visto para brincar com ele debaixo das teclas do piano... (Por sinal, diziam que ela era bonita, com inclinações quase lésbicas.) Se, portanto, era permitido (estou falando no, no, você sabe, sentido estético mais elevado) a Tsvetáieva compor música programática, como Mússorgski e provavelmente até mesmo Shakespeare também tinham feito, por que nosso D. D. Chostakóvitch não poderia também ganhar alguns copeques compondo vez por outra uma trilha para cinema, ou inoculando uns compassos da *Marselhesa* em alguma peça orquestral de quinta categoria, ainda mais se na estreia ele cochichasse gracejos mordazes no ouvido de Sollertinski para provar que aquelas mutilações tinham sido efetuadas de forma plenamente consciente, deixando assim de serem mutilações? Ah, céus, ah, puxa!

Aqueles colegas maldosos que o importunavam nos corredores do conservatório, o obstrucionismo pomposo e bem-intencionado de Malko, essas e outras mensuras que até então Mítia só havia reconhecido de forma isolada agora se lançavam sobre ele como a urdidura e a trama da própria sociedade, com o peso de inúmeras peças de musselina delicada caindo sem cessar sobre seu rosto. Afastava algumas com a mão e outras caíam rodopiando. Se ele tivesse se permitido cogitar de onde vinham, talvez tivesse entrado em pânico. Não tenho como não me compadecer. Tudo que ele queria era tomar fôlego. Ninguém acha repreensível perder tempo efetuando as funções excretórias dos corpos nos quais nossa criatividade se encontra aninhada; também não nos queixamos de como é enfadonho ter que respirar para levar adiante nossos projetos. Assim sendo, não seria desculpável que Chostakóvitch realizasse os desejos dos outros, sob formas muito bem definidas (ainda mais com sua capacidade de compor com tão pouco esforço), de modo a obter recursos para satisfazer a si mesmo no resto do tempo? Ele ainda acreditava em si; de fato, a medíocre *Segunda sinfonia*, e as declarações públicas que se fizeram recomendáveis, serviram como testemunho de sua crença: O fim justifica os meios. Logo antes da mesura, cochichou no ouvido de Sollertinski: *Ruka, ruka*. Não podia estar mais satisfeito. Depois de cada concerto uma festa acontecia no apartamento da rua Nikolaievskaia, Chostakóvitch tocando piano, convidados dançando, gritando brindes e flertando com sua mãe, quebrando copos, debatendo algo genuinamente russo: como salvar algo de Mússorgski (no fim da vida, Chostakóvitch faria nova orquestração das *Danças da morte* desse compositor); e enquanto o mundo girava ao redor dele, com seus cidadãos bebendo até o último bonde, Chostakóvitch combinava um encontro com a garota mais recente, ao mesmo tempo que demonstrava a habilidade de Sollertinski de criar trocadilhos trilíngues sempre que necessário;

Meierhold aparecia para que Zinaida, sua esposa vaidosa, pudesse se exibir; Rodtchenko tinha uma ideia para uma nova fotocolagem; I. D. Glikman estava ali, ajustando deslumbrado a gravata do compositor, e creio que Liev Lebedinski talvez também estivesse por lá; sua irmã Maria picava o último peixe defumado e implorava que todos comessem; Zinaida repreendia Meierhold por exagerar no tamanho do filé; Sollertinski contava outra piada sobre Akhmátova; Chostakóvitch inclinava a cabeça, piscando os olhos por trás dos óculos límpidos como cristal, e enfim todos iam embora e sua mãe roncava feliz na poltrona. Quieto, ele fechava o piano. Então os dedos compridos, que ao contrário do resto permaneciam sóbrios, começavam a rastejar como uma aranha sobre as partituras. Algum dia ele escreveria um trecho ainda melhor que o motivo "Destino" da *Quinta* de Beethoven; ascenderia cada vez mais! Naquela época, ele não conhecia nenhum frio truque musical; a música esguichava das pontas de seus dedos em orgasmos de alegria; a perícia que falta ao jovem artista costuma ser compensada com sinceridade; mesmo quando os princípios determinam que se contenha, ele não consegue deixar de se doar. Por isso as primeiras composições de Chostakóvitch para o cinema muitas vezes se mostram superiores às mais tardias — ainda que nenhuma se iguale ao motivo "Destino". Em resposta ao slogan leninista "Menos, mas melhores", ele infundia todos os tons maiores que emanavam cantarolados de seus esgares e sorrisos com "sem parar e cada vez mais alto".

Zanzando de lá para cá para ganhar a vida, como a versão musical de um menino de recados, piscava um dos olhos de coruja. Tinha enganado o mundo, e por sorte tudo se apressava! (Mítia a Glikman, com o rádio no volume máximo para ninguém mais ouvir: Stálin, o Politburo e todos os outros figurões estão descendo o Volga a bordo de um, você sabe, navio a vapor, que de repente, imagino que por obra de, hã, sabotadores trotskistas, começa a ir a pique. Se ele afundar imediatamente, quem se salva? Vamos, Isaac Davidovitch, é fácil: O povo da URSS!)[11] Tubas germânicas, marchas, sensações boas por todos os lados, batidas crescentes de tambor-coração avançando sobre as páginas das partituras com um senso de inovação inteiramente desprovido de insegurança. Nosso jovem compositor presunçoso desfilava no palco dos próprios sonhos mesmo apenas sentado na primeira fila com um sorriso tímido no rosto, os braços cruzados. A mãe ainda se orgulhava dele, e sua biografia era impecável. Galzunov, Malko e outros luminares chancelaram sua excelência. Ainda não molestado por aquilo que, por razões diplomáticas, vamos seguir chamando de "o mundo", conservou tamanha pureza de intenções que seus bunkers secretos de harmonia não foram envenenados por qualquer bomba de gás desgarrada. *Bum!* Voltando a gemer, Tatiana Glivenko fechou os olhos, torcendo para que o marido não descobrisse. Enquanto o gênio aproximava seu rosto do rosto dela, os longos cílios negros de Tatiana se tornaram doze oitavas de teclas de piano.

3.

Mencionei que ele pouco se importou com *Nova Babilônia*. No ano seguinte, todavia, sua trilha para o balé *Dinamíada* sofreu uma morte igualmente prematura. À beira da exasperação (como ainda era inocente!), tentou responder aos ativistas nos caminhões de propaganda escuros e com focinho de porco. Tinha aprendido com Sollertinski a fumar sofisticados cigarros Kazbek. Ofereceu cigarros a todos, mas os ativistas fecharam a cara e se recusaram a aceitar. Por que eram daquele jeito? Assinalou mais uma vez que seu avô tinha sido revolucionário na Sibéria e, além do mais, se as melhores músicas que ele compunha não se pareciam com as de mais ninguém, aí estava mais um motivo para que elas fossem valorizadas pelo Estado. Infelizmente, segundo as ordens do Camarada Stálin, somente material em conformidade explícita com a linha do Partido deveria ser publicado.

4.

Os amigos recomendaram que ele se protegesse. Por acaso não queria continuar sua ascensão? Aconselharam: Jogue alguma coisa para os lobos, nem que seja um osso velho! Não se preocupe, Dmitri Dmitriévitch, será um sacrifício puramente retórico...

Malko, seu antigo mentor, tinha emigrado para a zona capitalista. Estava, portanto, fora do alcance do Partido. Além disso, nunca havia conquistado o respeito de Chostakóvitch. Mordendo a língua, este escreveu a carta aberta à *Músico Proletário*, condenando a si mesmo por ter permitido que Malko regesse um de seus foxtrotes. Esse tipo de música ligeira (concedeu, humilde) precisava ser totalmente aniquilado, pois se tratava de uma perigosa infiltração burguesa.

Sentiu vergonha, é claro. Como não sentiria? Seus simpatizantes lembraram que ele não tinha feito mal algum a Malko, que Malko (que nunca o perdoou) não tinha como entender as condições atuais por ali, e que se rendendo à ortodoxia antes de receber ordens de rendição, Chostakóvitch havia evitado o pior.

O pior?, ele quis saber, fazendo beicinho com seus lábios femininos. E o que seria isso?

Melhor nem falar sobre isso, Dmitri Dmitriévitch! Por sinal, é verdade que Nina Varzar anda de olho em você? Ouvi falar que é uma garota muito determinada. Quando coloca uma coisa na cabeça, ela...

Apesar dessas precauções, sua *Terceira sinfonia*, batizada com prudência de *O Primeiro de Maio*, foi imediatamente atacada. Todos pediram que tomasse cuidado, mas ele passou dois dedos na mecha de cabelo e deu risada. Ainda contava com profundas reservas de fé em si mesmo.

Em 1931, compôs a música para a acelerada versão cinematográfica de *Hamlet* dirigida por N. P. Akimov, da qual a maioria dos monólogos foi excluída para não distrair as massas. Dizem que a facilidade foi tanta que ele a compôs quase inteira no intervalo de uma partida no Estádio Lênin. Quando o Dínamo fez uma jogada particularmente espetacular, ele pulou como um louco e a partitura caiu do bolso e saiu voando! Escreveu tudo de novo em um piscar de olhos. A sátira fálica da cena da flauta — ideia do compositor, dizem — ficou famosa. Para se divertir, declarou ao *New York Times*: "Consideramos Scriabin nosso inimigo musical mais ferrenho. Por quê? Porque a música de Scriabin tende a um erotismo doentio".[12] Depois, saiu correndo para a cama com Tatiana Glivenko.

Dinamitamos a catedral de Cristo Salvador — outra vitória contra a reação. Julgamos mais mencheviques e exigimos que fossem fuzilados; deu em todos os jornais. Contrarrevolucionários confessavam no tribunal, e em seguida desapareciam. — Ora, ora, diziam os amigos de Chostakóvitch, no fim das contas talvez eles tenham mesmo alguma culpa.

Naquele mesmo ano ocorreu a estreia do seu balé *O parafuso*, que lidava com o tema da sabotagem industrial. Um crítico do *Rabochii i Teatr* escreveu que a reação do público a um espetáculo tão equivocado "deveria servir como um último aviso ao compositor".[13]

5.

A fonte mais infalível desse período é, naturalmente, nossa *Grande enciclopédia soviética*, que afirma: "Nos anos 1930 a cultura musical soviética teve avanços notáveis. Completou-se, em essência, sua reestruturação".[14] Mesmo assim, Chostakóvitch se recusava a entender que precisava se reestruturar. Contrariando todas as recomendações, seguiu fingindo que o parecer do *Rabochii i Teatr* era apenas o resmungo de um crítico, e não um recado dos "órgãos" estatais. Afinal de contas, como poderia continuar vivendo se não pudesse galrar as próprias canções de coruja? (Enquanto isso, Akhmátova escrevia em versos proibidos que, "neste lugar, belezas sem par disputam/ o privilégio de se casarem com carrascos".)[15] Hora de se retirar! No centro da espiral quadrada do Conservatório, onde no passado havia estudado e no futuro ensinaria, nossa larva pálida se entronou por detrás de um piano, protegido de todos os lados pelas extremidades de tubas, trompetes e trompas apontadas para fora; os músicos, por sua vez, habitavam o interior do ouriço coletivo cujos espinhos eram os arcos dos violinistas. Em seguida as paredes cinzentas de quatro andares, decoradas com grinaldas em baixo relevo e uma ou outra lira. Depois, as sebes. Ao redor deles, o diamante inclinado da praça do Teatro definia os contornos dos próprios segmentos com edifícios: o Teatro Kirov, é claro, onde sua infame *Lady Macbeth* estrearia em breve; os labirintos maciços no trajeto para a avenida Rimski-Korsakoff, as fachadas de prédios de apartamentos acompanhando as curvas do canal e, por fim, os jardins murados do Palácio Iusupov, onde Raspútin encontrou seu final quadruplamente horrendo. Mas tudo isso formava apenas as defesas internas de D. D. Chostakóvitch.

A praça do Teatro fica na extremidade sudoeste de uma ilha comprida, cercada pelas intersecções do rio Moika, do canal Griboedova e do canal Kriukov, que se reencontra com o Moika. E isso não é tudo, pois a ilha fica no interior de uma outra ainda maior, formada pela confluência de dois arcos aquosos: o Neva e o canal Fontanka (este último conduz à residência de Akhmátova). Este é o centro de Leningrado. Aqui a cidade nos cerca e nos protege. Algum dia haverá ainda outro círculo, cuja perversidade apontada para dentro nos obrigará a cobrir as janelas. Seus canhões ferroviários com calibre de quatrocentos e vinte milímetros terão um alcance de vinte e oito quilômetros. Surgirão cartazes: **HITLER — O LIBERTADOR**. A linha de frente será o salão de baile da morte, onde sitiantes e sitiados se veem congelados em uma contradança caduca. Mas essas predições, que trazem consigo as sensações de estar sucumbindo no interior de um cômodo desprovido de ar, estavam muito distantes da realidade para Chostakóvitch. Em outras palavras, tanto a música que ele amava como a seda melodiosa funcional que ele desfiava com a facilidade de uma aranha ainda pareciam coexistir dentro da mesma totalidade. Em pesadelos, ele tinha vislumbres; e a música em si (ao menos a música mais pura) se via inflamada de tristeza. Não importava. Chostakóvitch era assim. Mesmo que cada vez mais se comentasse que aquele intelectual precoce, com pretensões elitistas, não tinha a menor chance de compor obras com o mesmo apelo popular de, por exemplo, a "Canção da tatchanka", de K. Ia. Listov, em 1932 a "Canção do contraplano" (*Opus* 33) não saía da boca do povo. Ouvir os compatriotas cantarolando sua melodia nos bondes deixava Chostakóvitch tão feliz quanto se estivesse preparando a língua para gritar em coro com os amigos em partidas de futebol. Ponderosa, alegre, com toques de marcha militar, *Contraplano* saudava e felicitava a todos nós, como se estivéssemos indo juntos a algum lugar, madeiras sentimentais se alternando com metais deliciosamente pomposos. Os mesmos arrivistas que sempre lhe recomendavam cautela agora diziam que ele havia conquistado mais uma vitória no front cultural! Até mesmo os capitalistas gostaram; se apropriaram da canção para um filme de Hollywood.*

Nesse ano, Chostakóvitch se casou com a física Nina Varzar. (Mesmo assim, tentou desesperadamente convencer Tatiana Glivenko a fugir com ele.) Para Nina, que passou a vida tentando proteger o marido do mundo, ele cantou um *Erotikon* tépido.

Nina também tinha sido cantora diletante. Ele logo a fez abandonar o hábito de emitir sons imperfeitos em sua presença. Não eram felizes. O rosto macio e pálido de Chostakóvitch tinha ficado mais roliço a essa altura, e irradiava mais confiança e determinação do que nunca. Os olhos, ampliados pelas lentes dos óculos redondos e escuros, absorviam o ambiente com uma consciência nervosa que às vezes exalava um mau cheiro de tristeza.

* O título original do filme americano diz tudo: *Thousands Cheer* (Milhares aclamam).([a])

([a]) Esse filme foi exibido no Astor em setembro de 1943. Foi descrito por Bosley Crowther, do *New York Times*, como um sucesso de público.

Mariucha, sua irmã, escreveu à tia de ambos logo após o casamento: "Nosso maior erro foi tê-lo venerado. Mas não me arrependo. Afinal de contas, agora ele é mesmo um grande homem. Para ser franca, ele tem uma personalidade bem complicada…".[16]

Em 1934, foi eleito deputado do Distrito de Outubro em Leningrado. Sonhou que tinha sido convocado a Moscou.

Perto do final daquele ano, o Camarada Kirov foi assassinado pelo bloco trotskista internacionalista (ou, segundo os historiadores capitalistas, pelo Camarada Stálin) e as grandes farsas judiciais tiveram início. Nosso recém-casado ainda acreditava que, se mantivesse distância da política, ninguém encostaria nele. Mas, apesar dessas fantasias ingênuas, a cultura musical soviética continuava a fazer avanços notáveis. A maré venenosa tinha alcançado seus pés.

6.

Agora ele estava marcado, ainda que não tivesse como perceber. Com a vaidade afetada submersa em um rancor reticente, seguiu fazendo de tudo para garantir a própria segurança. Através dos óculos grossos, observava e observava. Li que, durante mais algum tempo, continuou protegido pela aparência juvenil, que abrandava seus esgares mais sarcásticos em um borrão indistinto, de modo que não se podia provar nada contra ele. Por baixo dessa armadura de carne, branca como neve, ele fortificou ainda mais a própria inocência no interior das muralhas de castelo de areia das abstrações dissonantes. Com as mulheres, continuava (nas palavras de Sollertinski) *tocando oitavas*, ou seja, conseguia soar a mesma nota no coração de diversas conquistas, como um pianista tocando ao mesmo tempo dois fás sustenidos separados por oito notas. Mas ele só fazia isso para, como vou dizer, sobreviver; porque sentia calafrios de solidão no lugar secreto em que vivia; isso nem mesmo Sollertinski conseguia entender; Glikman e Lebedinski, que se tornaram seus amigos mais próximos depois da morte de Sollertinski, jamais sequer imaginaram a existência do mundo debaixo das teclas pretas. Em dado momento ele tentou seduzir o maior número possível de mezzosopranos; os gemidos exuberantes nutriam sua música com uma riqueza especial. Como é mesmo aquele poema de Baudelaire? Porque eu, você sabe, desde que Elena e eu nos separamos eu não consegui mais, como não sei ler francês, enquanto ela, enfim, tem uma rima, acho que era *dever* e *prazer*, uma coisa bem calma, lenta, sensual e, e, não sei como, acho que era plena de si, como a mão de Elena deslizando vagarosa pelas minhas costas. *Calma, exuberante, voluptuosa*, acho que também me lembro dessas palavras, mas hoje em dia a sensação é, digo, prefiro nem tentar; acho que estou me sentindo, qual é mesmo a palavra, desiludido. Em resumo, Chostakóvitch perdeu a sintonia com sua época. As composições não eram muito, você sabe. Nina, que apesar do temperamento explosivo nunca deixaria de amar e perdoar Chostakóvitch, cansou de alertá-lo sobre a má impressão que causava, mas ele não conseguia mesmo se controlar! Se uma melodia explodia dentro da sua cabeça, entenda, ele precisava tomar nota! Seus registros de exotismos, dignos de um batedor, se infiltravam nas pautas das partituras como silhuetas de cabeça coberta surgindo com rifles em punho por brechas em arame farpado. Das canções que todos os outros se viam obrigados a cantar o tempo todo, ele seguia tendo apenas a mais vaga ideia. Afinal de contas, sua *Contraplano* não havia conquistado uma vitória? Sem dúvida se lembrariam disso!

Em 1935, quando o Camarada Stálin determinou que crianças de doze anos poderiam ser condenadas à morte e Akhmátova escrevia que "sem carrasco e patíbulo um poeta não tem lugar no mundo",[17] sua *Sonata para violoncelo em ré menor* (*Opus 40*) despertou uma perplexidade colérica nas autoridades. Ainda assim, Gavriil, irmão de Glikman, foi encarregado de esculpir um busto de Chostakóvitch para a Filarmônica de Leningrado. Nesse caso, raciocinou o modelo, por que ele deveria, você sabe, especialmente considerando que de qualquer modo sempre havia sofrido de insônia. Foi chamado de Kandinsky da música;[18] foi nomeado Rodtchenko da música. Nina fez de tudo para evitar que Chostakóvitch ouvisse os boatos mais assustadores que circulavam no trabalho; em muitos aspectos, ele nunca superou a infância frágil. Sollertinski alertou Nina de que ele andava exagerando na bebida, ao que ela respondeu: Não me diga!

Talvez seja o caso de registrar que a *Opus 40* foi composta durante os meses de sua paixão adúltera pela tradutora E. E. Konstantinovskaia, e que as melodias refletem essas vicissitudes emocionais e sexuais. (Ela dormia em seus braços. Ele, deitado, ouvia o vento.) Elena nutria por ele um amor sem esperanças, ainda que Chostakóvitch já tivesse se divorciado de Nina. Ele hesitava e tremia. Agora, outra aula de inglês; vamos brincar de beijos, vamos recolher folhas de tília nas trilhas de Tsarkoie Selo. Tudo isso é extremamente... Ela o encarava com olhos imensos e escuros. Ela o fazia sentir-se, como vou dizer, enfim, é irrelevante; isso nunca deveria ter acontecido, porque... Quanto mais ele a via, mais doloroso tudo se tornava, e mais ele ansiava por vê-la, ainda que naturalmente fosse haver outras mulheres; ele precisava, digamos assim, seguir a partitura. Enquanto isso, não demorou para reatar o casamento com Nina, para o bem do filho que ela esperava.

Sua música para o balé *O límpido regato* foi condenada com estrépito no *Pravda*. A essa altura, quarenta mil moradores de Leningrado já haviam sido presos em represália ao caso Kirov. Bolcheviques da Velha Guarda, engenheiros, generais, comissários, camponeses, artistas, médicos, estudantes, famílias inteiras desapareceram nos camburões, os Marias Pretas. Era melhor não fazer perguntas a respeito deles. Glikman levou Chostakóvitch para o banheiro, ligou as torneiras e cochichou ter visto uma fila de Marias Pretas seguindo na direção dos charcos onde o Camarada Kirov caçava patos. Ali a estrada chegava ao fim. Chostakóvitch colocou as mãos em concha ao redor do ouvido de Glikman e respondeu: — Isso se chama dialética, sabe? — Para falar a verdade, não conseguia acreditar no que tinha acabado de ouvir. Não fazia sentido alguém conseguir ser tão, sabe.

Elena Konstantinovskaia foi levada para passear em um Maria Preta, e ninguém jamais soube o porquê. Teve uma sorte fantástica; foi libertada após um ano. Nos pesadelos de Chostakóvitch ela gritava e gritava, contralto.

7.

No início de 1936 ele foi chamado a Moscou para comparecer a uma apresentação de sua ópera *Lady Macbeth do distrito de Mtzensk*. Uma convocação dessas significava nada menos que a presença do Camarada Stálin. Chostakóvitch passou dois dedos pelo cabelo que caía na testa. Deu um beijo de despedida na esposa grávida, pegou a maleta e embarcou no Expresso até Moscou. Fios elétricos marcavam suas silhuetas sobre a neve acumulada enquanto o trem sacolejava até o sudeste. Os sacolejos quase podiam ter sido representados por repiques abafados de tambor. Crispando a boca de tanto entusiasmo, pensou consigo mesmo: Quanta estupidez hilária eu vou ouvir! Esses, esses *picaretas* que se julgam deuses da arte, eles… — Mal podia esperar para voltar a Leningrado e fazer um relato completo para Sollertinski. Afinal de contas, tudo indicava que ele enfim teria sua recompensa. No início daquele mês, seu colega I. I. Dzerjinski (não chamaremos de rival, pois Chostakóvitch, sempre generoso, ajudou na orquestração) se viu de repente ao lado de Stálin nos compassos centrais da decididamente medíocre *O Don silencioso*. Foi parabenizado por Stálin. E agora ninguém ousava recusar qualquer pedido de Dzerjinski! Para Nina, se Dzerjinski tivesse um mínimo de gratidão, teria intercedido a favor de Chostakóvitch. E por que não? Dois anos antes, *Lady Macbeth* havia estreado em Leningrado e recebido mais de meia hora de "aplausos exaltados"; foram oitenta e três apresentações com lotação esgotada. A ópera foi encenada até em países capitalistas. — Isso não quer dizer nada, ele brincou, falando com Nina, eles só querem ver se, se, é comparável à minha obra-prima, a "Canção do contraplano"… O musicólogo D. Jitomirski, que tinha atacado *O nariz*, se viu obrigado a aplaudir *Lady Macbeth* pelo brilhante retrato do "desespero da alma perdida",[19] ainda que, prudente, só tenha publicado esses elogios em 1990.

Na verdade, nosso ingênuo e enfatuado Mítia, enfim começando a entender o que queríamos dele, tentava melhorar como artesão! Sempre amaria e teria como lar o mundo secreto de dissonância cromática conhecido por todos como "formalismo"; ainda não engolia a noção de que a música precisa estar agrilhoada a qualquer "conteúdo", mas como seus simpatizantes nunca o deixavam esquecer que o povo não o alimentava para que satisfizesse apenas a si mesmo, ele aspirava sinceramente a ser ideológico, recobrir seu talento com sentimentos, e até o fim, ou pelo menos até compor a *Opus 110*, ele relembraria com nitidez melancólica a pureza desse projeto: criar beleza *e* ser útil. Quem poderia dizer que tocar Beethoven para a Frota do Báltico não tinha ajudado a vencer a Guerra Civil?

Quando começamos a despertar do estupor do egoísmo juvenil, tentamos negociar com o mundo, confiando que com nossa saúde e força podemos fazer o que bem entendermos e ao mesmo tempo levar a cabo as exigências mundanas. Quando terá início a comunhão plena com o mundo? Estamos prontos. E o mundo, está?

Chostakóvitch, por sua vez, já havia se encontrado com o Camarada Stálin em uma ocasião — no novembro anterior, na verdade, no Congresso dos Trabalhadores Stakhanovistas. Sentado sob o candelabro estava Stakhanov em pessoa, o mineiro que havia superado em catorze vezes sua cota diária. Ao lado dele, Liudmilla, campeã em enlatar peixes; talvez merecesse aparecer em uma ópera. De qualquer modo, talvez estivesse disposta a, você sabe. Todos os heróis e heroínas estavam vestidos de branco, como se prontos para um casamento, mas o Camarada Stakhanov parecia especialmente imaculado. Abriu um sorriso sardento para Chostakóvitch e lhe desejou a mais completa glória no front cultural. — Obrigado, obrigado, Camarada Stakhanov! Digo, vou fazer tudo que puder. — No mesmo instante, do outro lado do salão, o Camarada Stálin, que parecia surpreendentemente baixinho, fitou ambos com um olhar misteriosamente complexo. Matutando o que aquilo poderia significar, Chostakóvitch se safou com o raciocínio lógico de que, no fim das contas, um olhar não queria dizer nada. Além disso, uma camarada de olhos castanhos, que tinha cruzado e descruzado as pernas por um número estonteante de compassos, havia pousado a mão sobre a dele e declarado aos sussurros ter ouvido boatos muito promissores a seu respeito. E quando ele ingressaria no Partido? Ah, nossa, ela era muito... E assim Chostakóvitch foi aprisionado por certas esperanças diante das oito colunas de tubos do órgão do Teatro Bolshói.

Entrou no saguão acompanhado por ansiosos apparatchiks do mundo da música. (Que grande oportunidade para você, Dmitri Dmitriévitch!, exclamou o diretor. — Chostakóvitch mostrou os dentes de forma imprópria e desviou o olhar.) O brilho dos lustres se projetava asqueroso nos ladrilhos brancos e pretos, que refulgiam sob aquela luz berrante, resplandecendo em dobro com a neve derretida que, como lágrimas imundas, escapava das botas dos presentes. Chostakóvitch foi conduzido até o vestíbulo principal, passando pelo piano, caminhando *pianissimo*, e em seguida até os bastidores, para inspirar a orquestra. Estava com a boca seca; quase não conseguia engolir. Deu uma espiada no camarote das autoridades, idêntico a uma cama de dossel dourada; os assentos sob o toldo vermelho ainda estavam vazios, é claro. O público começou a entrar. As fileiras de assentos ao redor de Chostakóvitch, que formavam um despenhadeiro curvo e escarlate, pretejaram de gente. Gaivotas amantes da música, com plumagens de lã e peles, se assentavam nos ninhos. Chostakóvitch tomou seu assento vermelho, cercado por dignitários servis, e esperou que a cortina vermelha subisse.

Tudo correu bem desde o primeiro instante. Ao seu redor, a plateia fitava com horror inquieto a miséria da Rússia pré-revolucionária: uma casa desmoronava tendo ao fundo as cúpulas em forma de cebola da superstição reacionária, que brotavam como cogumelos. Ele havia se recusado a compor qualquer tipo de abertura; em plena revolução, quem tinha tempo para isso? Além disso, os musicólogos revolucionários insistiam que aberturas, por não terem conteúdo nenhum, eram um mero formalismo que o povo jamais compreenderia. Ele não queria ser um formalista, certo? E assim a soprano começou a cantar, e a música de Chostakóvitch desabou sobre os ombros de todos como uma nevasca de melancolia.

Ao longo de toda a vida, ele nutriu empatia pela situação das mulheres. Sua Lady Macbeth russa — na verdade, devo dizer, uma criação de N. Leskov, fabulista do século XIX — tinha sido adúltera, três vezes homicida, rejeitada pelo vilão por quem ela tinha feito tudo isso, suicida. Para Leskov, uma predadora. Para Chostakóvitch, bela, inteligente e amaldiçoada. Nos tempos tsaristas, quando moças podiam ser vendidas para se tornarem brinquedos de velhos mercadores animalescos, alguém como Catierina Izmáilova jamais poderia ter qualquer esperança de felicidade. Por esse motivo, no libreto havia poucas palavras que não eram vulgares, maldosas ou intimidantes. Os coros dos trabalhadores precisavam ser ao mesmo tempo melodiosos e desagradáveis — por exemplo, na canção de despedida ao marido de Catierina, cujas cadências Chostakóvitch havia composto para transmitir que a tristeza de ambos não passava de puro fingimento, nascido do medo; como alguém sentiria saudades sinceras de um senhor estúpido e cruel? Em resumo, era o conteúdo ideológico da ópera, não a alma do compositor, a exigir da "melodia" que brilhasse por um curto período, e unicamente em epifanias de erotismo sufocado logo em seguida pelos guinchos porcinos dos metais. (Que soldado cultural, nosso Chostakóvitch! Pela vida inteira, sua música permaneceria em *posição de sentido*, admirável.)

Ardendo em devoção entusiasmada, planejou um ciclo de óperas sobre mulheres. (E o que você sabe a nosso respeito?, perguntou Nina, sonolenta, com um beijo e uma risada.) Deu vida e morte à sua Catierina Izmáilova. A próxima heroína seria uma corajosa terrorista do movimento Vontade do Povo. (Chostakóvitch receava que ela também tivesse de morrer.) Depois disso, ele contaria a história de uma mulher durante a Revolução de 1905. Seria uma história trágica? Isso dependia de muita coisa. A ópera derradeira, é claro, deve se passar em nossa atual Rússia soviética, onde, segundo cunhou com tanta sagacidade o Camarada Stálin, **A VIDA FICOU MELHOR, CAMARADAS; A VIDA FICOU MAIS ALEGRE**. A heroína dessa obra não seria mais um indivíduo, mas a estilização de uma camarada coletiva — operária, professora e engenheira, tudo ao mesmo tempo. (Será que essas trabalhadoras-modelo dançam mesmo ao saltarem dos tratores à noite? É o que estou lendo bem aqui no *Izvestia*. Parece, digamos assim, meio idiota. Acho bom não tentarem me obrigar a incluir *isso* na minha...) Quase conseguia enxergar uma jovem russa de expressão austera ao volante de uma colheitadeira, cercada de trigo amarelo por todos os lados. (Melhor ainda, propôs Sollertinski, que tal um desfile de mulheres esgrimistas na praça Vermelha, mostrando *bastante* das pernas?) Anunciou à imprensa: Quero compor um *Anel dos Nibelungos* soviético![20]

Amava Catierina, talvez por ela não existir. Bem mais paciente com essa heroína do que com qualquer outra pessoa, Elena Konstantinovskaia incluída, explicou para Nina, que não a suportava: Toda a música de Catierina tem como propósito justificar seus crimes.[21]

Então, no fim das contas, você está compondo música programática, ela respondeu, seca, e mais uma vez ele mergulhou em confusão.

Ouvindo atento as flatulências amargas dos trompetes e o estrépito provocador dos metais no Ato I, Chostakóvitch estava certo de ter conseguido transmitir a escuridão da Rússia pré-revolucionária, vegetativa; e, além disso, de que havia levado a plateia consigo. A mezzosoprano Nadejda Welter, que cantou o papel da prostituta Sónietka em *Lady Macbeth*, mais tarde relembrou que "às vezes éramos dominados por uma sensação gelada de medo e horror ao testemunhar a maneira brilhante como Chostakóvitch contrabalançava os temas eternos, bem e mal, a busca pela liberdade e a luta contra a brutalidade".[22] Agora os trabalhadores tinham prendido a cozinheira dentro de um barril e passavam as mãos nela, cantando: Só uma chupadinha! enquanto ela chorava, transcromática: *Ay! ay! ay! ay!* Inquieto no assento, se remexendo, Chostakóvitch reconheceu no semblante de todos os ouvintes exatamente o que esperava encontrar: ninguém estava se divertindo ou nem mesmo demonstrando repugnância, mas transpareciam pena e indignação. Naquela chocante terceira cena, enquanto Catierina Izmáilova tirava as roupas devagar, soltando o longo cabelo e entoando seu anseio por um homem que lhe acariciasse os seios pálidos ou ao menos lhe sorrisse, Chostakóvitch enxergou ternura nos olhos dos vizinhos — sim, ele tinha conseguido!

Existe um termo chamado *portamento*, que se refere à transição ou mudança da voz musical. Estava quase chegando, mas Mítia ainda não escutava, pois as cordas tinham se tornado doces e pesadas como deveriam, com um perfume esplêndido de "exotismo" amoroso. Veio a sedução, quase estupro — frio, raiva e estridência, com *uhs* e *ahs* zombeteiros e lascivos dos metais, até Serguei terminar e o tédio desesperado de Catierina retornar com um glissando desagradável e desalentador.

Entretanto, a música era *linda* — tão aveludada quanto as curvas do pescoço de Elena Konstantinovskaia...

Ao final, ele imaginou, teria de haver um bis, e em seguida ele seria conduzido ao camarote das autoridades. Por mais que se esforçasse, não conseguia encontrar algo a dizer. Nina tinha mandado que ele sorrisse, baixasse a cabeça e agradecesse em voz baixa e suave. — Tem tudo de que precisa?, perguntaria Stálin. Chostakóvitch precisava de inúmeras coisas, mas Sollertinski, Glikman, sua mãe e Nina haviam todos lhe aconselhado a responder que sim, possuía absolutamente tudo. Isso agradaria ao Camarada Stálin...

Chostakóvitch aguardou paciente o término da despedida pseudowagneriana dos amantes ilícitos no Ato II, e ainda assim não foi chamado, o que ele achou estranho. Nas primeiríssimas palavras do terceiro ato, Serguei parecia se dirigir diretamente ao seu criador ao cantar para Catierina Izmáilova: Por que você não se mexe? Por que está de boca aberta? — Ela, por sua vez, seguiu olhando para o porão onde se escondia o cadáver do marido. E Chostakóvitch continuou se remexendo no assento, tentando não olhar para o camarote das autoridades.

Ao final do terceiro ato, Stálin, Molotov e os outros luminares se levantaram dos assentos e em seguida se retiraram do camarote das autoridades em meio a um silêncio agourento. Tomado pelo enjoo, Chostakóvitch aguardou o término do último ato, recompôs a expressão serena de máscara funerária exigida por aqueles tempos e chegou até a fazer uma mesura ao ser convocado pela plateia arrebatada — pois a opinião pública, leitor, tem sua inércia particular; e o sucesso da ópera na Suécia, nos Estados Unidos e na Tchecoslováquia não podia ser desfeito instantaneamente. Chostakóvitch foi aos bastidores para agradecer aos músicos — que recuaram como se ele fosse um leproso. Sua boca se crispava, enlouquecida. Ele apanhou a valise em silêncio. Ninguém acompanhou sua saída. Desceu pelo pórtico até a palidez azul de mais uma noite nevada e parou. Ergueu a cabeça para fitar os cavalos de Apolo empinados sobre a colunata — cavalos congelados. Durante a Guerra Civil, as almas mais afortunadas comeram carne de cavalo. Oh, sim; por isso nossos marinheiros comeram Beethoven. Rendido às ruas, Chostakóvitch passou por um policial de ombros esverdeados obscurecidos pela neve. Algumas horas mais cedo teria sorrido para aquele homem. Agora, não se atrevia a encará-lo. Embarcou no trem para Arcangel, as pontas dos dedos tamborilando a marcha estimulante, enlouquecida, lúbrica e embriagada que se estabelece quando o camponês maltrapilho, após descobrir o cadáver malcheiroso do marido, corre até a delegacia para denunciar Catierina e Serguei. E o vagão de Chostakóvitch chocalhou *allegro* avançando na direção do lilás estranho e terno de uma aurora do inverno russo.

Dois dias mais tarde o *Pravda* expôs o obscurantismo burguês da ópera. Manifestando uma resistência silenciosa e educada, Chostakóvitch seguiu com a turnê. Todos começavam a recuar perante sua culpa.

8.

Chostakóvitch foi intimado pelo Sindicato dos Compositores de Leningrado a debater as acusações, mas se recusou a comparecer. Isso também foi usado contra ele, como prova de um individualismo renitente.

Menos de uma semana depois, o *Pravda* denunciou sua comédia sobre as fazendas coletivas, *O límpido regato*, como uma "fraude disfarçada de balé". Piotróvski, o coautor, foi banido e mais tarde executado. Chostakóvitch nunca mais compôs um balé.

Todos que haviam elogiado *Lady Macbeth*, por sua vez, acabaram na mesma situação da dupla de paraquedistas, Tamara Ivanovna e Liubov' Berlin, que de tão desesperadas para superar uma à outra na mais recente competição pansoviética se esqueceram de puxar o cordão a tempo. Como os admiradores lidariam com essa reviravolta? O *Pravda* denunciou a "crítica musical adulatória". Para se salvarem, seria preciso saltar o mais longe e o mais rápido que conseguissem, deixando Chostakóvitch sozinho nos céus tempestuosos do formalismo. (E ele sabia disso; conhecia as regras. Tinha feito a mesma coisa com Malko. De Arcangel, enviou um telegrama a Glikman: Por favor, caro Isaac Davidovitch, envie agora mesmo os recortes de jornal com as notícias! Ele queria ouvir cada nota individual da sinfonia de denúncias.) Seria preciso chegar logo em terra firme. Seria preciso excluir Chostakóvitch de qualquer amizade, caridade, lembrança. Reclusão implacável em particular, conformidade implacável em público — os dois fios que precisavam puxar de modo a se guiarem em segurança na descida até a obscuridade. De vez em quando algum crítico era levado embora, e o resto empalidecia; mas como era perigoso fazer qualquer comentário sobre quem tinha sido devorado, e mais arriscado ainda se perguntarem se acabariam presos no próximo clique do metrônomo, faziam de tudo para provar sua fé na máxima **A VIDA FICOU MELHOR, CAMARADAS; A VIDA FICOU MAIS ALEGRE**, até porque, convenhamos, quem não desejaria que fosse o caso? Alguns encontravam consolo na crença de que o Camarada Stálin não fazia ideia do que estava sendo cometido em seu nome; se a verdade fosse essa, talvez não estivessem irremediavelmente perdidos. Mesmo quem tinha a infelicidade de contar com um conhecimento mais amplo da situação ainda nutria esperanças de que, pelo menos no que tangia ao crescente acervo de vítimas, o Camarada Stálin fosse como um antigo boiardo russo, que por viver em meio ao luxo, distante das realidades de seu vasto poder, precisava da ajuda de seus administradores sempre que, por algum motivo improvável, desejasse saber quantos vilarejos, servos e galgos possuía. Na verdade, claro, Stálin se reunia noite após noite com Molotov no Kremlin, registrando tudo, ordenando tudo, rubricando longas listas de nomes às quais ambos acrescentavam a prescrição: *Fuzilar todos*.

Chostakóvitch se isolou. Repetia para Nina: Não entendo.

Em 10 de fevereiro, P. Kerjentsev, diretor do Comitê da União para Questões Artísticas, conclamou e exortou publicamente o tal Chostakóvitch a se redimir estudando as melodias harmônicas da música folclórica de cada região soviética. Como apenas os primeiros compassos dessa crítica amigável tinham sido orquestrados, naquele momento oportuno ainda restava, como um reflexo do próprio lema **MELHOR-ALEGRE** sobre as águas de um canal, uma imagem trêmula de esperança para o compositor, que talvez não se provasse nada além de um egoísta que tinha cometido erros por desleixo. Cantaria um oratório de contrição; cumpriria a penitência exigida; levaria a cabo quaisquer expiações subsequentes, e sua vida cada vez mais cinza talvez voltasse a ganhar listras coloridas de guloseima, como a cúpula mais alta da catedral do Sangue Derramado (um dos edifícios mais pitorescos de Leningrado, transformado em Museu do Ateísmo pelo nosso Partido). Vários indivíduos, que até ali tinham aberto mão de um mínimo de decoro e do próprio bem-estar para desejar sorte a Chostakóvitch, comentaram que ele acabaria se esquecendo de qualquer apreensão por causa da energia que teria de gastar limpando o próprio nome. Se Chostakóvitch acatasse todas as ordens, diziam eles, talvez os próximos compassos fossem mais ensolarados.

Chostakóvitch ficou em silêncio, e depois se manteve humildemente ambíguo. Solicitou um encontro com o Camarada Stálin. Infelizmente, o Camarada Stálin não parecia disposto a isso.

9.

Cochichando com Nina todas as noites, Chostakóvitch tentava descobrir o que teria ofendido *aquele canalha*. Depois saltava da cama; dificilmente conseguia dormir, mesmo bêbado. Que som era aquele? Sentava-se ao piano, arrepiado, a camisa abotoada até o pescoço, olhando para baixo através dos óculos de lentes grossas, como se tivesse no colo uma partitura virgem. A solidão tinha sido a primeira coisa a transpor seu egoísmo. Logo ele começou a sentir o medo.

Estou tentando, entenda, cochichou, manter, manter uma postura filosófica, mas ao mesmo tempo me ajudaria muito saber o *porquê*. Por acaso você ficou sabendo de alguma novidade…

Encare como uma piada!, replicou a esposa, com uma risada que parecia ter ferrão. Qual a diferença? De qualquer maneira, saiba que essa piada envolve nós dois.

Eu… Como assim?

Será que você é mesmo tão infantil? Perguntando se eu fiquei sabendo de alguma *novidade*! E quem vai falar comigo? Não tenho mais coragem nem de pedir emprestada uma xícara de açúcar…

Chostakóvitch tentou ser engraçado. Disse: É apenas o primeiro movimento, Ninotchka. Quando chegar o finale terão que me fuzilar, então eu insisto, vamos, no, no mínimo chegar na recapitulação, mas ainda estamos no desenvolvimento…[23]

Isso, continue rindo. Será que alguém consegue rir ao ter a cabeça estourada? Você não tem mesmo noção de nada.

Ora, ora, ora, ora. Talvez nós dois… Mas na verdade eu… Enfim, os discursos fazem vômito jorrar dos meus ouvidos.

Fale mais baixo, Mítia!

Por favor, me diga uma coisa. *Otelo* continua sendo minha ópera favorita de todos os tempos. Você também não gosta de Verdi?

Aonde você quer chegar?

Como *Lady Macbeth* é dedicada a você, eu pensei, bem… você gostou?

Aos poucos ela se aproximou de Chostakóvitch, pousando um braço sobre a tampa aberta do piano. O cinto estava na altura do rosto dele. Encostou a barriga grávida em sua face, e ele, ele, você sabe. Ela disse: Mítia, querido, você sabe que eu fiquei lisonjeada.

Não foi isso que eu perguntei. Eu quis fazer uma coisa *importante*. Se é arte e mais nada, significa que não fui bem-sucedido, então talvez eu, eu… sabe, os crimes de Lady Macbeth são um protesto contra a vida na qual ela está aprisionada, a existência sufocante da classe mercantil do século passado…[24]

Você não disse nada. Qual é, afinal, a sua pergunta?

"Será que a música pode atacar o mal?"[25] Se eu tentasse, com toda a sinceridade, e talvez sofresse, e buscasse o sofrimento alheio, ou…

Como a música poderia fazer uma coisa dessas?

A Frota do Báltico…

Pare com isso, disse Nina. Até parece que eles não achariam melhor ter ganhado pão.

Então, para você, o que eu tentei fazer na verdade era, sabe, *impossível*.

E quem se importa se é impossível ou não? Você adora se torturar com essas questões abstratas. Na verdade, você fica tão ocupado se torturando que nunca...

Desse jeito eles não precisam — ha, ha! — fazer isso por mim...

Por favor, Mítia, tome cuidado, ah, meu Deus! O que você está querendo dizer?

Por algum motivo eu, sabe, me compadeço de Catierina. Como se ela fosse... E se eu tivesse conseguido fazer os outros também se compadecerem...

Chega de falar no pretérito!

Aí, talvez, alguém poderia até, sabe, salvar uma mulher em algum lugar, que esteja aprisionada da mesma forma...

Que estupidez!

E Serguei, sabe, minha música o deixa, por assim dizer, nu. (Acabaram meus cigarros.) Através de seu ar de pequeno comerciante astuto ressuma o futuro cúlaque que, se não tivesse sido condenado a trabalhos forçados, teria se tornado um explorador mercantil...[26]

De onde você tira essas coisas? Está falando como se estivéssemos em público!

Não, não! E pare de me interromper! Eu sinceramente...

Eles insistem que você peça desculpas e se filie ao Partido. Talvez deva mesmo fazer isso. Morda a língua e faça isso, Mítia! Não se preocupe comigo, mas lembre-se de que em breve você vai ser pai.

Eu vou, eu, bem, eu vou resistir. Quando estivermos todos mortos, eles vão ver. Minha música vai...

Mítia, escute aqui. Eu deixo você ter amantes e permito esses seus joguinhos antissociais, que talvez até sejam crimes. Não é suficiente? Preciso também deixar que você se suicide?

De qualquer modo, disse ele, limpando os óculos com delicadeza, eles podem me ameaçar o quanto quiserem. Talvez nem façam isso — mas apesar das ameaças vou seguir compondo a música que bem entender.

Muito nobre, ela respondeu, fitando as mãos inquietas do marido. E a sua família?

Ninucha, você sabe que não foi isso que eu quis dizer.

Que livro é esse escondido debaixo da almofada?

Ah, é — olha só. Um álbum de recortes de notícias de jornal. Glikman me fez o favor de, bem, eu, eu comecei a montar o álbum mês passado, para entender onde estou errando, por assim dizer. Mas, sabe, não estou conseguindo.

E, gaguejando, mais uma vez ele repassou tudo que poderia ter sido considerado incorreto na ópera. (No teto, a dupla sombra de Nina o aterrorizava.) Seria a extorsão policial no Ato III, que pode ter sido vista como uma alfinetada em nossos órgãos de segurança? Por outro lado o Camarada Stálin, tão ocupado, talvez não tenha percebido a ironia no *Amém* cantado pelos trabalhadores quando o sogro de

Catierina, envenenado por ela, dá seu último e desagradável suspiro. (Talvez fosse o caso, dado o ardor de nossa atual campanha antirreligiosa, de *jamais* se dizer *Amém*, nem mesmo de brincadeira. Só agora isso lhe veio à mente. Mítia tinha enfim crescido.) Analisando a música em si, ficou preocupado com a música sádica e sardônica das chibatadas que açoitam as costas de Serguei enquanto Catierina, assistindo impotente da janela, grita em perfeita sincronia com cada golpe. Talvez isso possa ser mal interpretado. Talvez ele devesse ter abrandado o cromatismo abstrato do primeiro entreato...

Você só pode estar brincando, Nina interrompeu. O problema deles é com a ópera inteira! Mas que bom você ter percebido (ela prosseguiu, sarcástica) que talvez os "órgãos" não apreciem sua denúncia da corrupção policial, e que talvez, apenas talvez, nos dias de hoje, a vanguarda não se entusiasme com a inclusão de dois padres e um fantasma...

Glikman e a esposa querem nos visitar. Você acha que consegue preparar alguma coisa, se não for, sabe, demais para você nesse estado? Eu estava pensando que talvez...

Você nem ouviu o meu raciocínio, e estou indo dormir. Como você acha que sabe do que eu estou falando, nem me escuta. Eu não estou contra você, Mítia, você sabe disso. Mas como todo mundo vive falando para você se adequar só um pouquinho...

Mas...

Ah, Mítia, por favor, por favor, tome cuidado. O que eu faria sem você?

Ele sonhou que homens com botas altas e reluzentes apareciam chamando seu nome no meio da noite.

10.

Konstantinovskaia, sua antiga amante, tinha acabado de voltar das regiões inomináveis. Chostakóvitch foi cumprimentá-la. (Quando ele foi embora, ela virou o rosto para a parede.) Disse: Bem, Elena, viu que sorte você não se casar comigo...[27]

Mas ela não queria falar sobre isso. Disse apenas: Uma pena o que aconteceu com *Lady Macbeth*.

Posso, por favor, dizer uma coisa, minha querida? Na verdade, eu — bem, claro que você não teve chance de assistir à minha ópera, porque estava *naquele lugar*. Então talvez não esteja familiarizada, se posso dizer assim, com o último ato. Os amantes adúlteros estão na prisão, e...

Elena não tinha deixado de olhar para ele com carinho; Chostakóvitch sabia que ela o amava, e sempre saberia; ela o amava mais do que a qualquer outra pessoa, de modo que, naturalmente, foram as circunstâncias que o impediram de se casar com ela, não que ele não tenha, por assim dizer, cogitado a possibilidade de — bem, a verdade é que toda noite ele tentava, digamos, compor a trilha sonora da própria vida, que se bifurcava desajeitada entre Elena e Nina, de modo que ele vivia sonhando que um de seus dentes da arcada superior estava mole, e no sonho ele mexia no dente até que enfim se soltava, e com ele saía um osso comprido e estranho que o deixava apavorado — ah! não se atreveria mais a mexer naquele dente! —, e então ela se levantou, nua da cintura para baixo, e parou diante da janela coberta de geada para acender outro cigarro Kazbek com piteira de papelão.

E sabe, eu pensei em *nós*. Por isso eu quis lembrar ao público que os prisioneiros não passam de infelizes que merecem nossa compaixão, e que não é certo chutar alguém que está caído.[28] Eu estava pensando em você, Elenka, ah, sim, estava…

Não chore, Mítia. É tarde demais para isso. De qualquer modo, não é o meu sofrimento que você teme, mas seu próprio desgosto…

Como assim?

Fique comigo esta noite, Mítia. Por favor. Nina não vai se importar.

Mas…

Chostakóvitch se sentou e mexeu na valise. Não conseguia parar de pensar em um tema para violino.

Ela sabe. Você me disse que ela sabe!

Se estiverem me vigiando…

Claro que estão. Mas como eu acabei de voltar de *lá*, e você (odeio admitir) deve estar a caminho de *lá*, não quer passar mais uma noite junto comigo? Como Nina pode nos negar uma coisa dessas? Ela tem todo o resto! Por sinal, você está tremendo desse jeito por causa dos nervos ou está irritado com algo que eu disse?

Não, não, ele respondeu, *decrescendo*, e em seguida: Estou com frio… Não acha que precisamos de um pouco de vodca, e talvez de um pouquinho de peixe defumado? Tenho aqui na valise quinhentos gramas de — por favor, não diga nada; é um presente! E eu também queria dizer… Vamos provar? Bem, é certo que todos esperam minha derrocada. É… Tome, Elenotchka, viu o que eu trouxe? Sollertinski me deu esse esturjão. Não sei onde ele conseguiu…

Vou arrumar a nossa cama, Mítia, ela disse em voz baixa.

Mas eu não posso ficar a noite inteira. Eu…

11.

Com pena do querido amigo Sollertinski, que andava tendo a lealdade avaliada (e que de qualquer modo já estava sob suspeita, por causa de sua fluência em mais de duas dúzias de línguas estrangeiras), Chostakóvitch permitiu que ele votasse da maneira mais apropriada. Com a voz trêmula, Sollertinski agradeceu. Assim, a moção condenatória dos compositores de Leningrado, condenando a ópera conforme a linha determinada pelo *Pravda*, foi aprovada "unanimemente" (pois não ousaram registrar a abstenção do modernista V. Scherbatchov).

Em Moscou, o compositor V. I. Chebalin foi duas vezes "convidado" (em tons de extrema ameaça) a depor contra o colega. Quando enfim se manifestou, disse:

Considero Chostakóvitch o maior gênio entre os compositores de nossa época. —[29] Como resultado, a música de Chebalin não pôde mais ser tocada.

Górki em pessoa fez uma petição a favor de Chostakóvitch, sem sucesso. Morreria logo em seguida, de forma misteriosa — envenenado, ao que dizem, por ordens do Camarada Stálin.

Ignorando os riscos para seu famoso teatro, V. E. Meierhold, que havia empregado Chostakóvitch quando este era quase um anônimo, defendeu o compositor de forma pública e apaixonada, insistindo: "Não devemos confundir experimentação com patologia". — Chostakóvitch baixou a cabeça temeroso, enxugando o suor da fronte. Graças a este e outros crimes, sem a menor dúvida, Meierhold acabou preso dois anos mais tarde. Desapareceu para sempre. Sua esposa foi encontrada em casa, morta, os olhos perfurados.

Eventos como esses forçaram Chostakóvitch a algumas conclusões, uma delas relacionada a *Lady Macbeth*: o Camarada Stálin, tudo indicava, preferia o musical *Volga-Volga*.

12.

Na mesa de canto de certo bar glamoroso na rua Górki, onde Chostakóvitch costumava esperar por Elena, surgiu certa vez um homem com óculos de lentes esfumadas e botas cor de framboesa que, bebericando cerveja, olhava diretamente para seu rosto. Fingindo que o homem não existia, Chostakóvitch pediu uma vodca. Assim que Elena entrou às pressas, o rosto inteiro já sorrindo de amor, o homem pagou, se levantou e saiu a passos largos, olhando para trás e encarando o casal. E *ela* — não, melhor não falar disso! O que significava? Nada. Elena tinha sido levada embora, mas não dali, e não com ele; então não se tratava de culpa por associação. Ele não podia ser responsabilizado. Ou será que Elena tinha sido presa apenas para assustá-lo?

Ele ficou se perguntando se deveria evitá-la completamente dali em diante, pelo bem da esposa e da criança que ela esperava. Era, por assim dizer, uma situação triste, de fato, diria até desesperada, mas eu, sabe, exagero. Certa vez ele disse a Glikman, um dos poucos que não o evitava naquela época: Tudo que amamos demais acaba sucumbindo, meu caro Isaac Davidovitch. Por isso é necessário, bem... —[30] Sem dúvida ele não tinha amado tanto assim essa E. E. Konstantinovskaia, senão teria, sabe. Elena, viu que sorte você não ter se casado comigo? Assim, não precisava se preocupar; ela não sucumbiria se ele deixasse de manter distância. Decidiu fazer outra visita, somente para, você entendeu, mas um sujeito de aparência familiar embarcou no bonde logo depois dele e desceu na mesma parada, então... Na verdade foi melhor assim, porque...

13.

Diz o clichê que nas trincheiras não existem ateus, mas em nossa União Soviética, onde apenas contrarrevolucionários ou idiotas se recusam a ser ateus, os habitantes dos fossos tendem a invocar aquele Deus vivo, o Camarada Você-Sabe-Quem. Quem mais poderia interceder? Reunindo coragem, Chostakóvitch se convenceu a incomodar o marechal Tukhatchévski, seu conhecido havia mais de dez anos. Flagelo da Polônia, açougueiro de Kronstadt e Tambov (sua máxima para erradicar o banditismo antissoviético: "É preciso colocar em prática a repressão em ampla escala e empregar incentivos"),[31] defensor da mecanização, da mobilidade e do choque operacional, Tukhatchévski assistiu a quatro apresentações de *Lady Macbeth*. Dizem que seu trecho favorito eram as cordas encantadoras, mas traiçoeiras, do momento em que Catierina Izmáilova promete viver com o amante às vistas de todos. (Bem, Elena, viu que sorte você não se casar comigo?) De fala rápida e rosto liso como o de um colegial, nosso gênio estratégico do Exército Vermelho era também violinista e luthier amador. Além do mais, como Chostakóvitch, admirava as pernas da bailarina Olga Lepechinskaia. Como se divertiam! — As pernas, digo. — Bem, ao menos Tukhatchévski se divertia; Chostakóvitch, de sua parte, nunca superou um certo medo dos, bem, dos olhos de Tukhatchévski...

Chegou na hora exata, vestindo seu melhor terno, na esperança desesperada, que dificilmente poderia ser chamada de confiança, de que caso implorasse pontualmente, caso se mostrasse receptivo, aquela dor que o incitava a viver com pressa, como se sua carne estivesse sempre em chamas, *sem dúvida* seria sanada, simplesmente por ser uma sensação tão terrível que ele conseguiria seguir vivendo se acreditasse na iminência de sua cessação. E quem não havia se sentido assim? A criança castigada, aquele cuja amante acaba de anunciar gentil e solenemente que o está deixando para sempre, o explorador ártico sucumbindo sem comida, como poderiam deixar de nutrir a crença de que seriam salvos se seguissem à risca um método qualquer? Tukhatchévski, no caso, era o xamã de quem se esperava a chuva.

Na sala de estar, as janelas permaneciam escancaradamente desprovidas de cortinas. Era quase como voltar aos dias submersos da Petersburgo onírica, com numerosas luminárias, salões de baile, mazurcas e cavaleiros galantes. Akhmátova recitava poemas no Cão Vadio; todos promoviam orgias, e o pobre Mítia era jovem e estudioso demais para participar. Então explodiu a espiral vermelha: *Bum!* Um quarto de século mais tarde, ele representaria essa explosão na *Opus 110*. Mas onde estava a família do marechal? Será que Chostakóvitch havia se tornado tão impuro que eles preferiam não estar presentes, ou...? Não se atreveu a perguntar. Sacudindo o pé e contorcendo o rosto em mil caretas, fitou as mãos apertadas, envergonhado de si mesmo e se esforçando para fingir que Tukhatchévski não percebia nada disso. — Eu *esperava* que você se metesse em apuros!, dizia o "Napoleão Vermelho" com uma voz agradável de barítono, mas Chostakóvitch se sentia tão sufocado pelo próprio terror que não entendia coisa alguma.

Tinha imaginado que o carro oficial do anfitrião estaria à espera. Iriam até o bosque ou aos salões do Hermitage e passeariam lado a lado, o protetor alto, de olhos engenhosos, meio compasso à frente, olhando para trás para falar com Chostakóvitch como sempre fazia nas escapadas costumeiras ao recitar suas teorias sobre cinema, impressionismo francês, campos de prisioneiros alemães e a maneira mais eficaz de executar prisioneiros. Mas o carro não estava lá. Bem, a família deve ter levado, ou… Essa mudança na partitura deixou Chostakóvitch inseguro. E Tukhatchévski parecia tão forte e atraente com aquele terno novo…

Toque o primeiro movimento da nova sinfonia, Mítia. Quero ouvir de novo, o tempo tem alguma coisa que (com todo o respeito) merece alguma crítica. Dizem que você ainda não foi criticado o suficiente. Mas que mundo!

Eu…

Por que você não se filia ao Partido?

Sabe, eu…

Não se acanhe. O piano está bem ali. Acabaram de escrever sobre ele no *Pravda*. Sabe por quê?

Desculpe…

Ha, ha! Porque é *meu*! Quando estive em Londres mês passado, um amante da música me perguntou: Marechal Tukhatchévski, se o senhor precisasse representar os sons da guerra usando um único instrumento musical, qual deles escolheria? E eu escolhi o piano, acima de tudo para aborrecer o sujeito, porque ele esperava que eu optasse por algo mais percussivo, mas defendo que o piano tem uma qualidade inumana, ao mesmo tempo elegante e fria, como um plano operacional que resultará em milhares de baixas no inimigo…

Mikhail Nikoláievitch, balbuciou Chostakóvitch, por favor, compreenda. Não estou aqui por minha causa. Já me dei conta de que não mereço…

Nada de timidez com um velho amigo, Mítia! Você sabe o quanto admiro sua obra. Especialmente agora que está sendo elogiada por todos. Gosto sobretudo deste comentário: "Ele ignorou que a cultura soviética exige a abolição de toda e qualquer vulgaridade e desregramento em todos os aspectos da vida soviética".[32] Quando li isso no *Pravda*, gargalhei tanto que minha esposa quase chamou o médico! Pode autografar para mim? "Toda e qualquer vulgaridade e desregramento!" Cheguei a decorar, viu? Lembra-se de quando você fez aquela Elena de Tal tomar meio litro de vodca? Isso foi bem desregrado, sem dúvida. Que fim levou ela?

Eu…

Ela *tirou umas férias*, não foi? Bem, não tem problema. De agora em diante, ela precisa tomar mais cuidado com as amizades, se é que você me entende…

Entendo, murmurou Chostakóvitch.

Mas você, é claro, quer facilitar um pouco a vida de Nina Vassilievna. É natural. Como ela está, a propósito?

Nina? Ah, ela vai muito bem, obrigado, exceto por…

E quando nasce?

Chostakóvitch pensava consigo mesmo: Não importa o resultado disso tudo, mesmo que algum dia me reabilitem por completo, nunca mais serei o que fui. Quando o cabelo do meu pai ficou todo grisalho de repente, não entendemos como aquilo podia acontecer; Maria ficou insistindo que só podia ser feitiço. Por que eu não consigo me concentrar? Será que ele está me pedindo alguma coisa? Mas agora eu me conheço e não, bem, não *gosto* do que conheço! Ele está me encarando! Mas talvez seja um sintoma normal do fim da juventude, sentir que o céu ficou mais cinzento e que a maioria das coisas que eu julgava belas não passam de pátina. Eu...

Os dois adentraram o gabinete do marechal e se sentaram sob uma luminária curva como um instrumento médico. (O anfitrião desligou os telefones e, por precaução, passaram a falar em voz baixa.) Ao sair, Chostakóvitch estava sorridente. Correu para casa, se sentou ao piano e começou a improvisar algumas expressões de sua felicidade trêmula. Tukhatchévski havia prometido escrever uma carta — endereçada diretamente ao Camarada Stálin! Tukhatchévski havia dito: Vamos resolver essa questão da forma *correta*. — Tukhatchévski tinha garantido: Não se preocupe, Dmitri Dmítrievitch. Eu sempre consigo tudo que peço.[33]

Mítia esperou. Tinha como objetivo superar todas as apreensões e voltar ao seu estado anterior, de inocência, que Leskov teria chamado de *tédio russo*. Saiu com Glikman para assistir a outro jogo do Dínamo. Peki Dementiev deu um chute que, nossa... Com mãos nervosas, Mítia rabiscou pautas em folhas de papel e em seguida deu à luz notas musicais que pareciam agarradas nas pautas, espiando. Tukhatchévski havia dito... Assim, quase sem perceber, completou a *Quarta sinfonia*, em dó menor (*Opus 43*), mas os elogios derramados do lacaio capitalista Otto Klemperer, então visitando Moscou e Leningrado em uma turnê de Beethoven, só vieram a agravar os riscos. No dia seguinte, Nina deu à luz Galina, sua primeira filha. O nome de Klemperer estava no cabeçalho do telegrama de felicitações. Isso sem dúvida seria usado contra ele — o que não significa que não gostasse de Klemperer, que bebeu vodca com ele no apartamento e para quem havia tocado piano, Klemperer oscilando para a frente e para trás com uma expressão de êxtase, Mítia sonhando que tinha voltado a 1932 ou 1933 e que ainda era o menino-prodígio da nossa União Soviética, e seria cantado com alegria crescente. E Rodtchenko? E a experimentação de Dziga Vertov mesclando sons aquáticos, ruídos de máquinas e fala humana? (Tukhatchévski aplaudiu, gargalhando.) E Akhmátova, Mandelstam ou, a propósito, um tal D. D. Chostakóvitch? O distinto marechal Tukhatchévski havia recuperado a todos; pois era um deles — um homem intimidante, é verdade (Elena teria usado sua palavra favorita do inglês, *creepy*), mas ao mesmo tempo um, um, como vou dizer, um inovador que admirava novidades e gênios, e conseguia obter tudo que queria. Ah, puxa, ah, nossa, Elena, você sem dúvida deveria ter se casado comigo! Pois nesse caso você, Ninucha e eu poderíamos ter... Inclinou a cabeça, compartilhando e ouvindo confidências acerca dos segredos compositivos de Mússorgski. Klemperer estava quase bêbado. Mítia estava quase pronto a confessar qual acorde o fazia enxergar sincelos de arco-íris. Logo brindariam em sua homenagem, fazendo tanto barulho que a mãe dele acordaria; V. V. Lebedev ordenaria a todos os presentes que reconhecessem a perfeição de seu time predileto, que por acaso também era o Dínamo; Glikman ficou sentado em um canto, nutrindo Chostakóvitch com o olhar de quem venera um herói; Nina ainda o amava, amava *mesmo*; ele estava à beira do primeiríssimo encontro com Elena Konstantinovskaia, não que ela fosse, como posso ser mais claro? E então, com a partida dos convidados (Klemperer havia pegado o último bonde), tudo voltou a ser como era antes, e ele ficou sozinho, compondo uma música que já surgia perfeita. Tinha voltado a acreditar em si. Por baixo das teclas do piano havia um lugar branco e luminoso, com sombras de ébano, onde, você sabe, e suspeito que bem por aí certos longos cabelos escuros o aqueciam, e certo rosto branco brilhava mais do que a lua, e certos lábios vermelhos traçavam espirais.

Imbuído desse espírito, releu a partitura da *Quarta sinfonia* e não encontrou nada a ser corrigido, e precisamente por isso no ensaio os músicos assustados tocaram mal, fitando o compositor com os olhos tristes e raivosos dos ícones russos, pois o miasma formalista da composição era tamanho que até mesmo participar daquilo poderia ser considerado uma provocação. E assim Chostakóvitch se viu convocado ao gabinete do diretor.

Que silêncio poderia ter sido mais silencioso que o medo calado que brotou da orquestra naquele momento, os músicos acendendo cigarros, a sós, afastados dos próprios instrumentos como se estes fossem objetos perigosamente eletrificados? Quando Chostakóvitch desceu as escadas, suado e pálido, anunciou que por uma decisão particular, inteiramente voluntária, retiraria a obra do programa. A *Quarta sinfonia* não seria apresentada até o final de 1961.

Foi para casa, para que Nina soubesse de tudo. Ainda que ela não tenha esboçado qualquer reação quando sua própria mãe foi levada em um Maria Preta, explodiu em lágrimas ao ouvir aquilo.

14.

Chostakóvitch sonhou que caminhava sozinho por uma rua nevada de Moscou. Talvez fosse a rua Górki; ali havia um bar elegante, onde ele costumava beber com Elena Konstantinovskaia. Diante dele brilhava uma luz celestial, filtrada por uma vidraça. De repente o vidro se estilhaçou de uma forma assustadora, e a luz e o calor respingaram em seu rosto.

Com Nina, foi ao local de votação para votar no candidato ao Soviete Supremo. Só havia um nome na cédula.

Em 6 de dezembro, durante os festejos em honra da nova Constituição de Stálin, que garantiu os direitos de todos os povos, ele cochichou no ouvido de Glikman: Se deceparem minhas duas mãos, vou seguir compondo com a caneta entre os dentes...

15.

Ele se encontrava no que poderia ser chamado de primeiro entreato da vida, quando a orquestra da compulsão baixou os arcos venenosos dos violinos e o público, a saber, o próprio Chostakóvitch e todos que com ele se importavam, recebeu uma permissão temporária para abandonar seus lugares por um momento, descer as escadarias de mármore e se postar ao lado da janela aberta, fumando cigarros. O que aconteceria em seguida? O Camarada Stálin havia escrito o programa, mas o programa não foi distribuído em lugar algum. Mesmo quem subornasse um funcionário do teatro com infinitos rublos não teria a menor ideia do que estava por vir. A campainha tocou. Todos voltaram às pressas. Os monstros voltaram a cantar.

Prenderam o cunhado de Chostakóvitch. Levaram embora V. Dombróvski, seu contato na NKVD, e o liquidaram. Marias Pretas começaram a aparecer em sequência para todos os seus colegas. Exilaram sua irmã mais velha na Ásia Central. Ele foi aos gabinetes da NKVD na avenida Liteini rogar por ela, sem sucesso. Mal teve tempo de comprar botas de feltro para esquentar os pés da irmã...

Ele se resignou. Foi ao Estádio Lênin, saltou e abriu a boca para torcer pelo Dínamo, mas não saiu som nenhum. (Que som é esse?, ele se perguntou. Digo, esse, esse som que não... Onde ele está? Será que vou gritar quando ouvir?) Glikman telefonou convidando para assistir ao cinejornal *Sobre os acontecimentos na Espanha*, de R. L. Karmen, que talvez pudesse servir de inspiração. Pobre Glikman — ou melhor, mas que ideia! Mesmo assim Chostakóvitch foi, só para, para, sabe. Como resultado direto disso, compôs uma trilha edificante para a peça *Salve, Espanha!*. Escreveu também a música do filme *O regresso de Maksim*.

Um Maria Preta apareceu para levar Tukhatchévski. Ele foi torturado e julgado. (Dizem que perguntou a um dos coacusados, que parecia sôfrego por se autoincriminar: *Você está sonhando?*) Em benefício de todos os povos amantes da paz, Tukhatchévski foi liquidado e enterrado em uma vala de um terreno de obras. Fuzilaram também sua esposa, sua mãe, uma das irmãs e os dois irmãos. Sua filha e as três irmãs restantes foram mandadas direto para campos de prisioneiros.

Pouco depois desses eventos, Chostakóvitch foi convocado aos gabinetes da NKVD para depor sobre sua ligação com o traidor Tukhatchévski.

16.

Nosso compositor foi pontual a vida inteira. Nas raras ocasiões em que se atrasava por um minuto, implorava por desculpas. Justamente por isso, se enfurecia quando um cantor ou músico não aparecia na hora certa. Assim, nada o deixava mais intimidado do que a polícia secreta fazê-lo esperar por horas e horas. Era um prédio amplo e antigo do pré-guerra, com paredes rococó do tempo em que Leningrado ainda era Petersburgo, com papéis por todos os lados, até mesmo no chão, e cheiro de botas recém-engraxadas. Todos que ainda não haviam sido chamados eram obrigados a ficar de pé. Sorrindo, Chostakóvitch enxugava a testa com o lenço.

Havia uma janela, a qual ele fitou apenas para ter o que olhar, mais uma manifestação, pessoas vestidas com roupas escuras amontoadas em um retângulo comprido por baixo dos fios e dos megafones, algumas faixas bem esticadas, outras flácidas. Quase avistava o antigo Clube do Exército e da Marinha, onde Kussevitski tinha regido Scriabin logo antes da Revolução; sua mãe tinha gostado da apresentação; tocaram o *Êxtase*. Os gostos dela eram, sabe. Mas então dois tchekistas o empurraram, literalmente o empurraram para longe da janela, e um deles falou: Não adianta pular, amigão. Se você se matar, vamos descontar em Nina. Sabemos exatamente o que fazer com ela.

Como ele começou a desmaiar, mesmo, de verdade, foi arrastado até uma cadeira, onde o deixaram por mais quatro horas.

Certo, Chostakóvitch, acorda e entra ali naquela sala. E vê se não demora.

Queriam saber se era verdade que ele havia tocado duetos de violino com o inimigo do povo, Tukhatchévski. Ele confessou que sim, era. Investigaram a questão dos códigos musicais. Que mensagens poderiam ser transmitidas por um violino? (Dizem que, em seus últimos instantes, o condenado fez um comentário: Eu teria me saído bem melhor como violinista.)[34] O compositor respondeu: Bem, camaradas, eu, eu, digamos assim, não sou treinado em criptografia, sabe…

Não muda de assunto, seu merda!

Que favores, exatamente, aquele inimigo do povo havia feito para o Cidadão Chostakóvitch? E por que o retrato daquele inimigo do povo continuava na parede do apartamento do Cidadão Chostakóvitch?

Perguntaram o que ele sabia sobre o plano de Tukhatchévski para matar o Camarada Stálin. Ele respondeu que não sabia de nada. Disseram: Hoje é sábado. Vamos assinar o passe e deixar que você volte para casa. Mas é melhor aparecer por aqui na segunda-feira, e é melhor ter se lembrado de alguma coisa. Isso é muito sério.

Voltou correndo para casa. Nina estava no trabalho, graças a Deus, porque se enxergasse o rosto dele naquele momento ela, sabe…

Chostakóvitch só se salvou porque o interrogador foi preso.[35]

17.

Ficou em casa até parar de vomitar. (Para Nina, cochichou: Não, não, não é nada, apenas um caso moderado de choque operacional.) Então, mordendo os lábios, voltou para a avenida Liteini.

Na entrada, voltou a ser insultado com desdém pela dupla de sentinelas com baionetas caladas. Tudo bem; ele queria descobrir o que podia ser feito para ajudar a irmã exilada.

Que diabos você pensa que está fazendo aqui?, gritou o promotor. Melhor tomar cuidado, senão você vai ser o próximo. Não dou a mínima para os seus supostos "feitos musicais"...

Voltou a solicitar um encontro com o Camarada Stálin, mas não teve resposta.

18.

Com o subtítulo *A resposta criativa de um artista soviético a justas críticas*,[36] e concluída *fortissimo* em tom maior, a *Quinta sinfonia* estreou recebendo aplausos retumbantes em 1937, mas investigadores do Partido acusaram Chostakóvitch de plantar cúmplices na plateia para puxar os aplausos. Em Leningrado, o *largo* do terceiro movimento literalmente provocou lágrimas. O maestro Mravinski acenou com a partitura. Chostakóvitch foi ficando pálido e fraco à medida que os aplausos rebeldes prosseguiam. Esse tipo de manifestação insultava o Camarada Stálin... Naquele mesmo ano vemos Chostakóvitch compondo uma suíte de jazz cuja melodia em parte deriva, prudentemente, de "Suliko", canção favorita de Stálin.

Ele tinha recuado um pouco, sem dúvida; havia retrocedido para seu próprio interior. Sem saber disso, alguém poderia até dizer que ele, bem, estava em uma situação confortável, quase estereotipada: filhos e tudo o mais, digo. Por exemplo, Galina, Galia, Galotchka, Galicha, que menina estupenda! Seu aniversário de dois anos foi uma apresentação exemplar, embora por algum motivo Nina estivesse muito, não importa. Com Galina, Chostakóvitch aprendeu que tudo é puro para uma criança. Ficou com inveja dela e sentiu vergonha. Maksim, por sua vez, aquela criatura de rosto afogueado, com o apelido de *Opus 2*, ainda não tinha nem seis semanas de idade. Sollertinski disse... Chostakóvitch sabia que, supostamente, um pai deveria se envolver com os filhos. Bem, por que entrar em detalhes? Ele não lavaria as mãos diante de nada. Quanto à sua suposta "carreira" (não me faça, sabe, rir), tinha esperanças de ainda poder compor a música que bem entendesse, mas apenas de vez em quando e apenas se fosse apresentada de uma forma servil o bastante. Glikman recomendou que ele compusesse mais trilhas para cinema, com muitos coros animados; todo mundo sabe quem adoraria isso! E se ele conseguisse, digamos, evitar que aquilo o afetasse pessoalmente...

Mesmo que agora ele fosse oficialmente conhecido como "o inimigo do povo, Chostakóvitch", ainda assim os "órgãos" permitiram que alugasse uma datcha perto de Luga, porque não tinham o costume de tocar sempre o mesmo acorde; e foi ali que ele dormiu nos braços de Elena Konstantinovskaia pela última vez. Era julho, pelo que me contaram; ele acordou na manhã branca e úmida para assistir ao balé do sol e das folhas, que mais tarde Lebedinski afirmou ter encontrado na *Sexta sinfonia*; quando voltou para a cama, ela estava acordada e quase vestida. — Por acaso já contei, Elena (é muito hilário), que, que Glikman tentou me convencer a compor uma ópera, bem, mais provavelmente uma opereta, sobre um soldado do Exército Vermelho e a filha de um padre na Espanha? Porque a Espanha, sabe, é, bem, com a guerra civil e tudo o mais, é uma prova de fogo da luta mundial dos povos; a hipótese de Glikman é que o Camarada Stalin poderia, digamos, *gostar* disso. Você já viu *Salve, Espanha!*? Eu não vou assistir. Às vezes Glikman é muito... Com isso, eu conseguiria deixar *Lady Macbeth* para trás. É a teoria dele, e — Elenka, meu amor, por que você está chorando? — Estou indo para a Espanha e nunca mais vou voltar, ela disse. E desenhei um coração na parede, atrás da cabeceira da cama, onde ninguém vai ver, e dentro do coração escrevi nossas iniciais. Não quero que você olhe. E não vou mais beijar você, nunca mais.

No outono de 1938, pouco antes de cair a primeira neve, Chostakóvitch anunciou que sua próxima sinfonia seria dedicada a Lênin. Magro, ansioso, pálido, reconhecível pelo perfil delgado como a lâmina de uma faca, prometeu também incluir canções folclóricas. Na estreia, todavia, ninguém registrou qualquer referência a Lênin. Os críticos escarneceram do finale dessa *Sexta* suposta *sinfonia*, que não passava da recapitulação de uma partida de futebol;[37] ele nunca se esqueceu *dessa* humilhação, mas ao menos não sentiu que corria risco de vida. Por algum motivo, o terror deu uma trégua. Em 1941, com efeito, seu *Quinteto para piano em sol menor* (*Opus* 57), a despeito de inúmeras denúncias secretas, recebeu um Prêmio Stálin, categoria um.

Leu na imprensa que o volume da produção em Leningrado agora era 12,3 vezes maior do que em 1913.[38] Leu que a *Aichviek* (A beleza lunar), do compositor quirguiz A. Maldibaev, agora era considerada um "clássico soviético". Esse último artigo o lembrou de sua irmã Maria, que ainda mofava na Ásia Central.

Saiu de cena com a família, que *O modo de vida soviético* define como "uma comunidade sociobiológica de pessoas, caracterizadas por relações de matrimônio ou parentesco, que moram juntas e têm um orçamento comum".[39] Chostakóvitch e Nina estavam sentados juntos, em silêncio, lendo a *Gazeta Vermelha Vespertina*. Para Glikman, que guardou todas as suas cartas e de quem ele escondeu muita coisa, sua mudez era quase literalmente divina: Nada perturbava o grande Chostakóvitch! Mas as cortinas viviam fechadas. Sempre que alguém batia na porta, Nina respirava fundo. Chostakóvitch tentava não demonstrar qualquer emoção, mas os dedos seguiam incontroláveis. Ele se levantava para apertar Nina com força contra seu coração apavorado. Fingia que a beijava para poder cochichar: Essa é a nossa vida... — Às vezes, tarde da noite, ouviam salvas indistintas vindas da Fortaleza de Pedro e Paulo. Quem morria nos porões? Galicha acordava e tentava se esconder; Nina tinha medo que ela sufocasse debaixo dos travesseiros. Ah, mas que vida cômica nós levamos! Abraço Galia e me sinto melhor; então tenho vergonha de me sentir melhor, porque ela vai crescer sozinha. Bem, bem, eu amo minha filha; esse fato, não tenho dúvida, fala por si. Evitado pelos virtuosos e pelos prudentes, esperava que alguém batesse em sua porta à meia-noite, e depois a viagem só de ida em um Maria Preta. Elena contou como acontecia. Assim, não é surpresa alguma o celebrado "horror" da *Quinta sinfonia*, que nas palavras de S. Volkov "expressa os sentimentos do intelectual que tentou em vão se esconder do ameaçador mundo lá fora".[40] E, naquele momento, do mundo lá fora vinham bombas, trevas, luzes e tanques.

19.

Ainda que no futuro o sucesso fosse chegar com a música programática da *Sétima sinfonia*, o desenrolar da guerra é mais bem simbolizado pelos primeiros três movimentos da incomparavelmente superior *Oitava sinfonia em dó* (um trabalho insalubre, sem dúvida, cujo pessimismo se distancia da linha do Partido). O tema de abertura de fato se compara ao motivo "Destino" da *Quinta* de Beethoven; porém, enquanto a urgência da melodia alemã é temperada pela brandura outonal, a versão de Chostakóvitch nos golpeia com a inclemência de um inverno russo. As maçãs caíram, a neve chegou, e o destino não reserva qualquer possibilidade que não seja maligna. A ressonância profunda e tamborilante do primeiríssimo acorde evoca uma comunidade unida apenas pelo sono. A maldade paira por trás das janelas de Leningrado, cobertas de geada. A maldade está em marcha; e a *Oitava sinfonia*,[41] comprimindo o tempo como as paredes da cela de um condenado, apressa a sua chegada. Em meus sonhos nas noites que antecedem os aniversários de dias ruins, às vezes enxergo a minha morte como uma sombra alta recurvada sobre mim, alertando com uma voz suave de barítono que é melhor eu me levantar e ficar pronto, porque chegou a hora de abandonar para sempre o calor da minha cama. Mas ainda é noite, e faz tanto frio lá fora; não quero acordar e me descobrir nesse sonho! E quem é essa sombra? Não pode ser de fato a morte; como eu poderia morrer? A Rússia, por sua vez, não conseguiu perceber nem ao menos os contornos do vulto que a ameaçava, graças ao Pacto Nazi-Soviético que o Camarada Stálin tão sabiamente assinou em 1939. Não podíamos mais denunciar o fascismo de Hitler. Estávamos unidos contra o bloco imperialista franco-britânico.* Quando a Alemanha engoliu o oeste da Polônia, a União Soviética, defendendo os interesses do proletariado oprimido, invadiu o leste. Agora, somente rios e arame farpado nos separavam. Os diplomatas batizaram essa conveniente partilha de Linha Ribbentrop-Molotov, que em mapas militares era preta com suásticas e flechas à esquerda e vermelho-sangue com estrelas e flechas na direita. Todos os generais que se atreveram a dar alertas sobre preparativos militares no lado alemão, sobre concentrações de tanques e aeronaves, foram ameaçados de morte.

Em Berlim, aquele outro compositor, Adolf Hitler, registrava as disposições finais na partitura de sua *Décima terceira sinfonia*: `Skizze B: Heeresgruppe Nord. Eigene Lage am 22.6.1941 abds. Operation "BARBAROSSA"`.[42] Algarismos romanos, uma bandeira com uma ampulheta, bandeiras com padrão xadrez, algarismos dentro de círculos e semicírculos, tudo em negrito sobre

* Conforme explica a *Grande enciclopédia soviética*: "O Partido Comunista e o governo soviético, prevendo a chance de um confronto armado com as forças do imperialismo, adotaram ao longo dos anos de desenvolvimento socialista pacífico todas as medidas necessárias para fortalecer as capacidades defensivas do país".([a])

([a]) V. 4, p. 334, verbete sobre a Grande Guerra Patriótica.

um mapa cinza-claro do oeste da Rússia. Uma *pauta* é uma ordem do dia. Seu estado-maior estava, inteiro, empilhado em paralelo sobre a pauta na grade. Sua partitura não tinha fim. Chostakóvitch, dizem, era capaz de compor vinte ou trinta páginas diárias quando estava empenhado em uma sinfonia, e o *Heeresgruppe Nord*, Grupo de Exércitos Norte, faria um progresso rápido similar ao longo da planura cinza-clara a caminho de Leningrado. Os outros dois Grupos de Exércitos se mostraram igualmente exemplares. Antes que a sinfonia chegasse ao fim, matariam quase tantos oficiais russos de alto escalão quanto o próprio Camarada Stálin.

Como bem sabe qualquer aluno de conservatório, as pautas para vozes mais agudas têm o privilégio nobre de passar por cima dos parentes de vozes mais graves na partitura orquestral. Os campos de prisioneiros soviéticos seguem a mesma regra, com os ladrões de vozes encorpadas ocupando as tarimbas mais altas e quentes, enquanto os "políticos" moribundos, quase fracos demais para emitir qualquer som, se esticam abaixo deles sobre pranchas de madeira glaciais ou, se têm vozes *muito* baixas, sobre as tábuas congeladas do assoalho imundo ao lado do balde de mijo. O maestro alemão também honrou esse princípio. Mais tarde, todos os seus generais que sobreviveram se lembrariam dos insultos estridentes lançados sobre eles sem descanso. Ele, o sonâmbulo deles, era o único solista. Compositor, regente e mezzosoprano, criava a música de seus sonhos.

Desnecessário dizer que as páginas de uma partitura não são apenas subdivididas na horizontal pelas pautas, mas também na vertical pelas divisões entre compassos, que asseguram que cada voz cante na mesma batida. Na sinfonia Barbarossa, essas barras de compasso foram supridas por uma fila dupla de carrascos alemães de grande envergadura, apontando seus rifles para uma fila bem espaçada de prisioneiros civis virados de frente para um muro de pedra.

20.

Assim chegou a noite de 21 a 22 de junho de 1941, quando a melancolia severa e solene da abertura da *Oitava sinfonia* adquire veloz a estridência de um alarme. Após um trecho de cordas tétricas, fica ainda mais estridulosa, dessa vez com um componente marcial. Rufos de tambores que lembram rajadas de metralhadoras distantes anunciam a guerra total, e os metais gritam como sirenes de ataque antiaéreo. Barbarossa tem início: dez contrabaixos, doze violoncelos, doze violas, trinta violinos de dois tipos, quatro trompas, quatro flautas, dois oboés, um corne-inglês, duas clarinetas, clarone baixo e piccolo, e vinte e dois outros instrumentos ao longo de um front com quatro mil e quinhentos quilômetros de comprimento. Os sentinelas soviéticos surgem correndo do interior dos abrigos de concreto; são abatidos por metralhadoras. A Rússia acorda cedo demais naquela manhã negra, se despedaçando na urgência aguda de múltiplos medos solitários. Uma marcha insana, pesada e odiosa aproxima os assassinos: Os *Panzergruppen* cruzaram as pontes. Aí vêm os aviões.

Em dois dias, duas mil de nossas aeronaves serão destruídas. Em uma semana, Minsk se renderá (um crime pelo qual o Camarada Stálin fuzilará mais oito de seus generais). A sinfonia avança entre lamúrias. Nem sequer uma nota sem miasmas de tristeza e horror. Uma fanfarra pavorosamente idiota proclama uma cabeça de ponte inimiga — assumiram o controle de Riga — ou será que devemos interpretar essa fanfarra literalmente, como uma conclamação bélica soviética? — ou será que Chostakóvitch espera que os "órgãos" entendam aquilo literalmente, quando na verdade não passa de uma crítica severa ao próprio Stálin? Bem, é apenas música.

De repente somos iluminados pelo assombro clangoroso das trompas. Soa ainda mais genuíno por ser tão triste, quase desesperançado.

O segundo movimento, sobre o qual um crítico afirma que "quaisquer esboços de alegria são logo esmagados e metamorfoseados em ironia e mordacidade", quase serviria como material para uma trilha de cinema, excretada com sarcasmo pelo jovem Chostakóvitch na época do Rolo Brilhante. (Uma vez ele quase foi demitido pela trilha deliberadamente absurda para o filme *Aves dos charcos da Suécia*. Ao longo de toda a carreira, trilhas para balés e filmes foram seu ganha-pão. Em sua própria obra, continuou a rejeitar expressamente qualquer intenção de representação programática: Os soldados do Exército Vermelho *não* eram instrumentos de sopro, disse. — Não acredito nele. — Sua ambiguidade característica infesta esse segundo movimento. Galicha sorri e tenta dançar? Então fracassei. Eu preciso que ela, que ela, Deus me perdoe, não que eu acredite em Deus! Chostakóvitch compôs com estrondo; compôs com raiva, deixando a marca de uma qualidade frenética quase animada, que se alterna com a marcha lúgubre. E ao fim vem o estertor da morte.

O terceiro movimento, o *allegro non troppo*, começa em pleno voo, a partitura em si, a folha plana e pálida de infinitude conhecida como estepe ucraniana, semiobscurecida por campos e cidades em chamas, cuja ruína foi traduzida musicalmente em cordas graves. É julho. Logo os Panzers deles estarão por aqui. A fumaça negra dos tanques já está no horizonte; o céu quente está negro de combustão. E nós, aprisionados pelo gênio de Chostakóvitch no interior dos batimentos cardíacos das violas de gamba envenenadas pelo medo, precisamos assistir a tudo impotentes. Crianças gritam como piccolos. Também gritarão assim em Leningrado. Eu nos ouço correndo pela planície, passando por vilarejos abandonados com choupanas e abrigos de tratores que logo servirão a batalhões inimigos. Nossos passos são violas e violinos. Lampiões extintos pendem de paredes caiadas. Novos incêndios virão; o verão já calcina os cantos da partitura. Agora todos foram para o leste, aqueles que lá chegarão; o resto de nós está morto ou escondido. Aos poucos se ofuscando em expectativa aflita, a sinfonia de Chostakóvitch quase ilumina a relva dos pesares: terra ainda não queimada, que logo beberá de sangue e lamentos. É, agora, uma página quase em branco, uma planície de grama pisoteada, coberta pelas roupas dos que escaparam. A uma velocidade maligna, o restante perece. E então? Faça essa pergunta a D. D. Chostakóvitch e ele responderá, embriagado: Quem tiver ouvidos, ouvirá. Aguardem a morte. Cornetas proclamam que *aqui estão eles*, vencendo uma escarpa dourada com as armas apontadas para nós. Corram, corram, corram! Agora eles nos enxergam! Corram, corram! Nós nos escondemos! Eles vêm. Nós corremos. Eles vêm! Muito de repente *nós somos eles* e tudo se torna tão jovial quanto o sorriso de um cadáver.* Nós, nazistas, avançamos a todo vapor, atirando. (Mas chame de dança eslava se quiser; chame de Stálin em tempos de paz, assassinando camponeses ucranianos aos milhões.) Ha, ha, ha, ha, ha! *Sempre cresc. sin'al.* Com floreios de sopros de madeira incendiamos todas as casas de Vitebsk; Smolensk arde como nos tempos de Napoleão; fumaça em tom de pura luz ferve janelas afora. Todos os T-34 deles fugiram. Com floreios de violinos, avançamos pela grama dourada em direção ao leste. Cruzando a mesma escarpa que vigiamos do lado oposto naquela era primordial em que nós tínhamos sido nós, espionamos os vermelhos fugindo na direção do horizonte. Tudo bem; as metralhadoras dos nossos aviões acabarão com quase todos. Estamos agora na planeza sem atrito da partitura; com umpapás e umpapás nossos tanques cabriolam por esta pista de dança da ambição gratificada, avançando para Moscou e Leningrado com a mesma facilidade como se patinássemos. Quando os russos enfim arregimentam suas tropas, são débeis e translúcidas como nuvens de chuva em um horizonte de violinos em *pianissimo*. Pouco importa isso que eles chamam de Linha Stálin, ou a tal Linha do Luga; vamos passar direto pelas duas, mal percebendo o rufar defensivo dos tambores. Matamos tudo, metralhamos até a última carga de almas penadas. Um velho cossaco enlouquecido galopa em nossa direção, e explodimos sua cabeça! Ele aderna; é um chafariz de sangue, valsando cômico e repugnante sobre o cavalo até desabar. Agora a música volta a se inclinar, como as cabeças voltadas para cima dos ucranianos enforcados, e mais uma vez *nós somos nós*, correndo, correndo acuados diante do estrépito dos metais. Mas *ali vêm eles*, acabando conosco... Deveríamos ter imaginado que o único motivo para sermos restaurados pelo pesadelo de Chostakóvitch seria nos forçar a beber do cálice da angústia. Não que nosso espaço na página tenha chegado ao fim; poderíamos fugir para sempre em direção ao leste, sendo a União Soviética infinita, mas os Panzers nos alcançam em menos de três dúzias de compasso. Então... *Vitória! Vitória!* Eles são eles mesmos, sem piedade. Enquanto gongo, tarol e címbalos soam uma fanfarra triunfal de maldade, eles nos esmagam sob lagartas de tanques; brindam a si mesmos erguendo nossas cabeças decapitadas...

21.

Em 20 de agosto os alemães fecharam o cerco em torno de seu objetivo transversal, Leningrado. Em 4 de setembro o marechal de campo Von Leeb ergueu o

* Talvez esta parte tenha influenciado Martinov acima de qualquer outra em sua caracterização do terceiro movimento como "Tocata da morte".

bastão: Começaram os ataques aéreos e bombardeios. — Não se preocupem, camaradas, anunciou nosso rádio, nós os detemos na Linha Ligovo-Pulkovo… — Em 6 de setembro, um comunicado oficial do inimigo anunciou que o cerco estava "progredindo" rumo a uma vitória, e dois dias mais tarde a última conexão ferroviária de Leningrado foi perdida. Em 22 de setembro, Hitler, o Libertador, expediu com a bondade habitual a seguinte "Diretriz sobre o Futuro da Cidade de Petersburgo": "O Führer decidiu varrer da face da Terra a cidade de Petersburgo… Após a derrota da Rússia soviética, não interessa prolongar a existência desta ampla área habitada". (Precisamos registrar, a seu favor, que ele temia expor seus soldados a epidemias.)

No interior dessa zona mortal restavam duzentos mil soldados mal equipados do Exército Vermelho e trezentos mil cidadãos nem um pouco treinados ou armados, mas gloriosamente alistados na Milícia Popular. Mulheres pálidas e cansadas labutavam de cabelo preso, colocando explosivos dentro das cápsulas das bombas dispostas em filas diante delas, lembrando imensas garrafas metálicas. Suas colegas de Moscou faziam o mesmo. Todos estavam prontos para o futuro, para a morte.

O Camarada Jdanov convocou os ativistas para uma reunião e anunciou, com o melodrama habitual: Ou a classe trabalhadora de Leningrado será escravizada, depois que seus melhores membros forem exterminados, ou vamos transformar Leningrado na tumba dos fascistas.[43]

O Partido prometeu ser impiedoso com desertores. O Partido alertou que nenhum tipo de individualismo egoísta seria tolerado. Chostakóvitch já tinha ouvido tudo aquilo.

22.

Segundo alguns relatos, a *Sétima sinfonia*, conhecida como "Leningrado", já estava em andamento antes da invasão. Em agosto de 1939, quando os fiéis exigiram saber por que, a despeito de todas as promessas, a medíocre *Sexta sinfonia* não havia celebrado Lênin, Chostakóvitch se encheu de tiques nervosos, ajustou os óculos no nariz, esboçou o maior sorriso que conseguiu sem deixar transparecer a irritação e teve a cara de pau de anunciar que a *Sétima* seria enfim música programática, e sensatamente adulatória: *Primeiro movimento — juventude de Lênin. Segundo movimento — Lênin comandando a tempestade de outubro*… Tais palavras foram reproduzidas com entusiasmo no *Leningradskaia Pravda*, no *Moskovskii Bolchevik* e em órgãos semelhantes de nossa crédula imprensa soviética.

A piada foi mais além: a publicação capitalista *Biografia Atual*, na última edição a ser publicada antes dos hitleristas atacarem a Rússia, proclama que "no início de 1941 Chostakóvitch completou sua *Sétima sinfonia*, dedicada à memória de Lênin".[44]

Li também que foi somente em julho, quando o Grupo de Exércitos Norte já havia passado por cima de todas as casamatas da Linha Stálin, que a composição de fato teve início. (Os fascistas estão cortando todos os fios!, gritou sua colega Iudina, mas quando ele perguntou que fios, e com qual resultado, ela não sabia ao certo; tinha ouvido aquilo no sistema de alto-falantes.) Enquanto isso, um tal Camarada Aleksandrov me assegurou que, antes de agosto, Chostakóvitch não havia feito coisa alguma. — Quanto mais se estudam essas afirmações conflitantes, mais peculiares elas se tornam; como se em uma noite de verão os inúmeros canais de Leningrado se reunissem e se reagrupassem em uma espiral! — Conforme a segunda revisão de sua biografia, ao fim de julho ele havia concluído apenas o primeiro movimento, provisoriamente rebatizado de "Guerra".

Será que importa qual das versões é a real? Musicólogos me garantem que sim. O que, então, queremos dizer com "em andamento"? De minha parte, dou crédito à fórmula da pertinaz, triste e raivosa N. Mandelstam, baseada no que ela aprendeu com o marido-poeta mártir e sua musa, a rival dela, A. Akhmátova, a qual reza que "em sua totalidade, o processo de composição é um esforço por capturar e registrar alguma coisa formada pela combinação entre harmonia e sentido no momento em que ela é retransmitida por uma fonte ignorada...".[45] Vamos supor que essa descrição se aplique à música da mesma forma que se encaixa na poesia. Quem Chostakóvitch ouvia chamar seu nome? Certa mulher de longos cabelos escuros vem à mente (que sorte a sua por não ter se casado comigo), mas devo abafar essa fantasia, que representa o pior do individualismo utópico. A alegação de que durante esse período Chostakóvitch foi ferido por um estilhaço de projétil alemão que, ao se alojar em seu cérebro, passou a lhe presentear com melodias sublimes sempre que ele inclinava a cabeça é uma falsidade igualmente pitoresca. — Por que não admitir que a harmonia e o sentido caíam sobre ele por graça e nada mais? A caneta adejava pelas pautas das partituras, avivando tudo. Por trás das cortinas veladas, a chama seguia brilhando noite após noite no gabinete de Chostakóvitch. Acordes e motivos rolavam entre seus ouvidos como silhuetas de tanques sondando os dentes negros do concreto antitanque.

Definir a data da inspiração para o primeiro movimento é particularmente crucial, pois seu infame Tema do Rato, a marionete em onze variações, evoca a loucura do fascismo alemão. E o que representaria se tivesse de fato sido concebido enquanto ainda éramos amigos de Hitler, o Libertador? (Uma pista: alguns críticos afirmam encontrar no Tema do Rato uma mistura de *Deustchland über Alles* e *A viúva alegre*; mas também pode haver uma pitada da *Quinta* de Tchaikóvski.)*

A despeito da conclusão que descortinarmos, sempre restarão níveis mais profundos de sentido, bunkers jamais penetrados, no interior da *Sétima sinfonia*. Chostakóvitch nos escapa; ele morrerá livre. Escrevendo sobre ele, o maestro Mravinski disse que em Chostakóvitch "tudo foi ouvido de antemão, vivido, pensado e calculado".[46]

* Um crítico chegou a identificar nessa sinfonia um "motivo Stálin"([a]) de duas notas, que aparece primeiro no quarto e no quinto compassos.

([a]) Descrito no livro de Ian MacDonald, *The New Shostakovich* (Boston: Northeastern University Press, 1990), p. 157.

23.

Sonhou que uma bomba cantava para ele. Vinha de longe para se casar com ele. A bomba era seu destino, caindo sobre ele, gritando.

24.

Em agosto, os panfletos lançados pelos aviões inimigos recomendavam que as mulheres vestissem branco para serem reconhecidas como não combatentes. Apesar dos alertas de nossos alto-falantes, algumas acreditaram. Com seus vestidos brancos, viravam alvos perfeitos enquanto escavavam o marrom das trincheiras antitanque. Mas qualquer vestido colorido de dona de casa surtia o mesmo efeito, e elas explodiam em mil pedacinhos esperando nas filas do pão. Para a sorte de Chostakóvitch, sua esposa prestou atenção quando ele avisou: Ninotchka, as promessas podem ser novas, mas os truques são antigos. Eles são fascistas! — E Nina, vestida de marrom-terra, restou incólume, ainda que naquela noite tenha voltado para casa rastejando, o rosto salpicado do sangue de outra mulher. A história se repete. Por exemplo, o Camarada Stálin me prometeu mundos e fundos, sabe, mas logo depois me deu um pontapé metafórico na bunda! Não parece piada? É bem quando Elena enfim se sentiu pronta para casar comigo, Nina anunciou que estava grávida, quando na verdade… Essa foi a piada *dela*. As coisas são assim. A vida exige um alto nível de surdez; só assim podemos, por assim dizer, ser felizes. Na verdade isso é quase mais do que eu consigo suportar, sabe. Por que eu não nasci surdo? De seu posto no terraço, Chostakóvitch ouvia as metralhadoras dos aviões e os gritos, e nossos alto-falantes tentando abafar tudo. Estrondo e mais estrondo! Desabavam as tílias da avenida Niévski. Os gritos eram uma experiência nova. Nos tempos de paz, quando Nina e ele ficavam sentados em casa esperando apavorados pela batida na porta, ambos ouviam os tiros pela cidade, mas a pedra abafava os gritos. Foi então que ele começou a cogitar a ideia de que um grito lancinante era, ao menos, mais livre do que um assassinato domesticado pelo silêncio. Sua música, como vou dizer, amadureceu à altura.

O movimento de abertura da *Sétima*, que para alguns revela dívidas para com Sibelius, de início não grita. Em tom maior, mas ainda assim "dramático", lembra uma floresta ensolarada matizada com motivos graves. Não desenvolve um tema, vira cambalhotas sobre ele. Em suma, é um tipo agradável e vegetativo de melodia, notavelmente esquecível. Como Chostakóvitch explicou em missiva telegrafada ao *Novas Massas:* `A primeira parte da sinfonia narra a vida feliz e prazerosa de um povo que confia em si e no futuro`. Elena, sorte sua não ter se casado comigo. `É uma vida simples, como a que levavam milhares dos Guardas Populares de Leningrado...` —[47] Glikman escreveu isso para Chostakóvitch, que assinou. **A VIDA FICOU MELHOR, CAMARADAS; A VIDA FICOU MAIS ALEGRE**. (Glikman era extremamente útil.) Chostakóvitch ficou de coração partido ao relembrar os tempos de Leningrado, quando Sollertinski perguntava o que ele gostaria de ser, até onde ele queria chegar com sua música. Pois naquela época ele tinha aspirações, entende. Ora, ora. (Sollertinski tinha sido recém-evacuado para Novosibirsk.) Até mesmo Stálin gosta de arte; ele aprecia canto coral. E eu, eu... Chostakóvitch ponderou o que significava estar emparedado. Uma vez, aos cochichos, Elena compartilhou com ele a experiência de ser forçada a entrar em um espaço minúsculo e sufocante na parte traseira de um Maria Preta, sem nenhuma companhia além dos gemidos de invisíveis colegas de infortúnio, cada qual agachado em um espaço escuro e sem ar. E então alguém acabava vomitando, ela explicou, e antes disso já era bem difícil respirar. Ninguém sabia se o Maria Preta estava a caminho de outra cadeia temporária ou de uma vala na floresta. Chostakóvitch a apertou nos braços e sua boca tremeu; ele sentiu vontade de gritar. Começou a desejar que sua sinfonia gritasse, porque talvez fosse verdade, ainda que Nina jamais acreditasse nisso (tomara que seja verdade!), que através da música é possível denunciar o mal e dessa forma, digamos, consumar alguma coisa; muitos discordarão de mim nesse ponto, é claro, mas o Partido está ao meu lado. E assim ele forçaria os metais a uivarem desafiadores e os sopros de madeira a sussurrarem em desespero. Por que não? Não existe nada que não possa ser transformado em música! As sirenes dos bombardeiros de mergulho Stuka, por exemplo, ilustravam o conceito de portamento, o qual, como sabemos, é a condução ascendente de uma nota a outra em um sopro de madeira... Tarde da noite se ouviam as canções agudas, de inseto, dos bombardeiros que se aproximavam, e em seguida as baterias antiaéreas rugindo até o apartamento tremer, e enfim as bombas assobiando e explodindo, os sons do vidro se quebrando, os gritos, ah, meu Deus, Galia e Maksim gritando nos braços de Nina.

Mas Nina estava a serviço da defesa civil. A mãe dela cuidava das crianças. Chostakóvitch compôs sete ou oito arranjos para concertos na linha de frente...

25.

Ele se apresentou como voluntário para a Milícia Popular. Ao ficar sabendo, Nina gritou.

26.

Fitando perplexos aqueles óculos redondos, o rosto pálido de colegial rodeado de cabelo escuro, a boca minúscula e ligeiramente afeminada, os ativistas do nosso Partido entenderam muito bem que se o mandassem para o front ele morreria em uma semana. Se fosse qualquer outra pessoa, qualquer outro cadáver, eles pouco se importariam. Mas, mesmo naquela época, já se comentava sua *Sétima sinfonia*.

Intelectuais capitalistas gostavam dele. Precisávamos dos capitalistas. Precisávamos que eles abrissem o segundo front.

Não perca seu tempo, disseram a Chostakóvitch. O que você está querendo?

Eu, eu, bem, somente combatendo poderemos salvar a humanidade da destruição...[48]

Mas vejam só! Ele até acreditou!

Assim como tantos "presos políticos" condenados pelo Artigo 58 que estavam sendo libertados dos campos de prisioneiros no Ártico para combater o fascismo alemão, Chostakóvitch viu seus erros artísticos do passado serem minimizados. Com educação, informaram: Você será convocado ao front quando isso se fizer necessário.[49]

Ele teria, é claro, de proferir um discurso expressando sua gratidão por ter sido perdoado por erros tão incontáveis. E assim o fez, inclinando a cabeça de um lado para o outro em um movimento curiosamente mecânico. (Um clarão profano sobre o Gostini Dvor se dissolveu em novos cadáveres e uma muralha de fumaça.) Nada de formalismo, nunca mais, ele prometeu. Garantiu a todos: Não pode haver música sem ideologia, camaradas! A música não é mais um fim em si, mas, como vou dizer, uma arma vital da luta. E eu mesmo, depois que superei minhas, sabe, tendências antipopulares...[50]

Tendo convencido a si mesmo de que essas palavras não passavam de uma articulação da pressão pulmonar com a ponta da língua em um instrumento de sopro (*frulatto*, em italiano), procedeu à sua execução, *allegro*, e depois tentou se esquecer. Nina foi sensível o bastante para não fazer nenhuma pergunta, ou apenas estava cansada. Não foram nada rígidos com ele. Tinham coisas bem mais importantes a fazer do que esmagar um certo D. D. Chostakóvitch...

Eles o chamaram. De início cavou valas antitanque, como Heidegger faria logo em seguida na Alemanha. Entrou na brigada de escavação do Conservatório. Às vezes trabalhava na mesma trincheira do diretor do Hermitage. Pendendo de fios, como cabeças decapitadas, os alto-falantes gritavam todos os artigos da Constituição de Stálin. Ah, se Gógol estivesse vivo para satirizar *isso*! Nesse caso, sem dúvida, a experiência seria mais, sabe. Não estou muito animado. Na verdade, tudo isso é bastante, ah, enfim. Vendo os colegas músicos arregaçarem as mangas e as calças dos ternos (as únicas roupas de trabalho que possuíam) para em seguida começarem a remover terra com muito suor e nenhuma habilidade, pensou consigo mesmo: Se não tivessem fuzilado Tukhatchévski tudo isso já teria sido feito, e certamente de um modo mais, digamos assim, profissional. Nós não somos profissionais. Isto é absurdo. —[51] Em um esforço sincero (ele de fato queria fazer alguma coisa), cavava com o mesmo ímpeto dos outros, o rosto largo e cinzento trancafiado em sorrisos. Enfim foi designado pelo Partido para uma brigada de incêndio sediada em um telhado...

Um retrato da Sovfoto mostra Chostakóvitch no telhado do Conservatório, vestido com um impermeável claro de bombeiro, as mãos enluvadas com o mesmo material brilhante, um cinturão duplo logo acima dos quadris, uma correia brotando por baixo do colarinho. Debaixo do capacete claro e reluzente, seu rosto delicado quase parece nos encarar através dos óculos redondos. O telhado tem uma aparência estranha, confusa, como o cenário de um balé surrealista. Do telhado do Conservatório ele inspeciona as cúpulas da São Nicolau, antes claras e de um raro dourado, agora cinzentas como um dia turvo qualquer. Nossos alpinistas já haviam escalado a Torre do Almirantado e a camuflado com tinta cinzenta. Chostakóvitch perguntou a Nina se ela imaginava quando eles se dariam por satisfeitos. Será que pintariam de cinza as teclas do nosso piano? Pareciam mesmo empolgados demais, sabe. E lá vem outra bomba alemã; ah, céus, ah, nossa, eles estão tocando seus *études*...

Entre um ataque aéreo e outro, se dedicava a trabalhar na partitura. Nos outros telhados, enxergava canhões antiaéreos na vertical, lembrando contrafagotes. As ruas de Leningrado estavam quase tão vazias quanto o papel sobre o qual suas notas, associadas em forma de acordes ou compassos, pareciam insetos correndo sobre o arame das pautas. Às vezes esses insetos moribundos contavam com apenas uma pata, à qual ainda se aderiam uma cabeça, um tórax e um abdômen; às vezes trechos de arame vazio serviam como um emblema de letalidade perfeita; muitas vezes ele criava bichos malignos de muitas cabeças, com patas eriçadas (*poco animato*). Seus poucos amigos que ainda não haviam se tornado hostis ou ausentes o parabenizavam pelo trabalho importante que lhe tinha sido confiado. Baixando a cabeça, ele respondia com sua paródia de sorriso: Eu, eu, eu quero compor sobre a nossa época. —[52] Os elogios o deixavam ainda mais agitado, porque ele vivia descobrindo que estava enganado sobre as pessoas; achava que tal amigo ou tal amante merecia confiança para em seguida descobrir que ninguém prestava; não podia confiar em ninguém, exceto talvez em Glikman, Sollertinski (que estava longe e logo mais morreria num acidente), Lebedinski, Elena Konstantinovskaia, que gostava de ser chamada de Liália e a quem era melhor não ver mais, porque...

Um dia, três agentes bem nutridos da NKVD com botas altas e reluzentes fizeram uma visita ao telhado. Tudo bem; Chostakóvitch não tinha mais nada a fazer senão usar seus binóculos emprestados para contemplar a aproximação dos bombardeiros. Lá embaixo, nas ruas, avistava pessoas preparando casamatas em bueiros e prédios de esquina. Estava na hora do scherzo diário; os alto-falantes, nossa defesa final no interior das paredes de concreto e aço, começou a gritar ordenando que procurássemos abrigo. Mas os homens de botas cor de framboesa não pareciam nem um pouco ansiosos, o que Chostakóvitch achou admirável. Perguntaram sobre a aguardada sinfonia. Onde ele guardava a partitura? Respondeu que estava em sua cabeça, sem contar uns garranchos que ele tinha no bolso, ao que ameaçaram puni-lo e ele quase deu risada; eram tão, tão, bem. Sem dúvida ele podia acelerar o tempo da... E lá embaixo as operárias de rosto redondo com lenços na cabeça passavam correndo pela estátua de Lênin, algo que deveriam ter feito noventa segundos mais cedo, e os canhões antiaéreos começaram a disparar, e um de nossos tanques de linhas retas e angulosas, que exibia com orgulho a inscrição **MORTE AOS INVASORES ALEMÃES**, tentou levantar o canhão em uma saudação hitlerista, mas no mesmo instante os aviões passaram por ali, as bombas desceram assoviando e o tanque explodiu. Fumaça marrom! Como eu deveria representar *isso* musicalmente? É isso que esses desgraçados querem. Vou é compor umas, sabe, palavras cruzadas bem animadas para eles. — Como os agentes não demonstraram medo, ele também permaneceu impassível. Os aviões se afastaram; pelo rumo que tomaram, ele não conseguiu discernir se voltavam para Sibirskaia ou Gatchina, agora propriedades de Hitler, o Libertador; teria comentado isso com os agentes da NKVD, mas nunca era uma boa ideia conversar com eles, que de qualquer modo tinham voltado a ameaçá-lo, ou pelo menos dois deles fizeram isso, e talvez nem estivessem ameaçando, só tentando extrair mais música, de um modo profissional; enquanto isso o terceiro se inclinou na cumeeira e cuspiu. As pessoas saíam dos buracos. Quantos mortos? Ele costumava contar, mas naquele momento estava, bem, distraído. Mesmo quando lhe recordaram que ele era um ex-inimigo do povo ele não se importou, pelo menos não naquele instante; se todas as noites enfrentava o mesmo pesadelo — uma longa fila de alemães de capacete rastejava até ele por uma fenda que tinham aberto no chão —, como poderia ter medo *daqueles* idiotas? (Mas naquela noite ele contou a Nina que havia recebido uma visita, e ela tremeu.) Os agentes o "convidaram" a tocar para eles em um dos pianos do Conservatório, implicando que, caso não tivesse composto a cota esperada de acordes, ele teria de encarar a linha de frente, a prisão ou a parede mais próxima. Bem, muito bem; nem mesmo na época de estudante ele tinha fracassado diante de uma prova surpresa; então, azar o deles. Desceram, passando pela janela estilhaçada que dava para uma parede semidestruída onde um cartaz anunciava: **MORTE AOS ASSASSINOS DE CRIANÇAS!** Fizeram-no ir na frente. Por que não? Conhecia as escadas melhor do que eles. E agora, que piano deveria...? Aquele não; nele havia tocado a *Opus 40* para Elena. Preferia... Os agentes acenderam os cigarros e ficaram sentados, bocejando, enquanto ele tocava os primeiros quinhentos compassos da *Sétima sinfonia*. Interrompendo, exigiram saber: Havia algum resíduo de formalismo naquilo?

Chostakóvitch jurou que não cometia mais esse erro.

Dmitri Dmitriévitch, poderia incluir mais um pouco de abnegação? E talvez...

Não se preocupem, não se preocupem, vou fazer o possível, murmurou o compositor, cansado.

E heroísmo? Preste atenção! Queremos passar a mensagem de que qualquer um pode ser um herói.

Nutro um grande amor, digamos assim, pelo heroísmo. Vou enfiar um pouco de heroísmo agora mesmo.

(Longe dali, nossa frota do mar Negro disparava. Salomon, irmão de Glikman, tinha acabado de ser morto. Mais perto, o marechal de campo Ritter von Leeb soou os atabales. Do outro lado da rua, um homem malcheiroso, a face escurecida, agarrou com força seu bocado de pão. Estava ali todos os dias. Ah, se ele pudesse colocar *aquele* homem na sinfonia. Encontraria um jeito.)

Eu estava falando sobre mais otimismo, talvez.

Bem, daria a impressão de...

Acreditamos que você não percebeu como os cidadãos de Leningrado são otimistas. Afinal de contas, milhares aqui morreram de fome durante a Guerra Civil mas isso não abalou a cidade!

Você não se lembra, não é, Dmitri Dmitriévitch? Estava muito bem protegido por sua origem *privilegiada*.

Por favor, com licença, mas na verdade eu, bem, meu avô...

Sabemos tudo sobre esse seu avô. Sorte sua que ele está morto.

Por exemplo, se você reescrever alguns compassos em tom maior...

Compreendo, disse Chostakóvitch forçando o sorriso. Isso decerto deixaria tudo bem melhor, ainda que talvez neste caso...

E aquele suposto Tema do Rato, ou Tema do Fascismo, ou sei lá o quê, bem, francamente, Dmitri Dmitriévitch, aquilo é um tanto preocupante. É muito comprido?

Muito *comprido*? Vejamos, vejamos; acho que são duzentos e oitenta compassos. Mas que importância tem a duração?

Agora se entende por que Konstantinovskaia o deixou! Chostakóvitch, por acaso você já satisfez uma mulher? Entendi por que o chamam de masturbatório!

Não, tudo bem, Dmitri Dmitriévitch. É irrelevante. Nossa preocupação é com o início melodioso demais, que pode confundir as massas, levando-as a acreditar...

Que eu gosto de ratos?

Mas é um piadista!

Que eu sou um, um, digamos, *hitlerista*?

É você que está dizendo! Precisa tomar muito, mas muito cuidado. Olha, se você puder...

Agradeço pelas críticas. Quem tiver ouvidos, ouvirá. Entendi que preciso refletir bastante, Camarada Petrov...

Mas por favor, Dmitri Dmitriévitch, nada disso tem a intenção de reduzir a majestade de sua sinfonia. (Que estupidez!, interpôs o Camarada Aleksandrov.) É mesmo bem formidável, especialmente as partes mais estrondosas.

Estou muito agradecido...

Mas você precisa trabalhar mais rápido. Consegue terminar em uma semana?

Uma semana, talvez, seja, digamos, um pouco...

É muito boa, de verdade. Quase não se percebe seu antigo individualismo...

Obrigado, obrigado, meu caro amigo. Bem, nossa vida anda tão repleta de temas brilhantes...

Recomendaram-lhe que seguisse o exemplo do colega Khrennikov, que sempre o perseguira, que o perseguiria até o último suspiro, e que por essa razão, entre outras razões semelhantes, estaria presente na capitulação de Berlim. Em consequência, Chostakóvitch prometeu se deixar guiar por esse gênio. (Como eu costumava dizer a Elena, sou uma pessoa com uma, como devo me descrever? Com uma personalidade muito fraca. Não tenho certeza se a felicidade está ao meu alcance.)[53] O terceiro homem cuspiu no chão. Obrigado mais uma vez por isso, *caro* amigo. Chostakóvitch agiu de todas as formas possíveis como se eles o tivessem vencido, como se ele tivesse de fato engolido toda aquela imundície. Será que algum deles conseguiria ao menos indicar a dominante de uma escala qualquer? Bem, bem; sem dúvida o conhecimento técnico é, como vou dizer, superestimado, especialmente quando tudo que você precisa saber é — ha, ha! — como quebrar ossos.

Eles o lembraram, como se Chostakóvitch pudesse se esquecer, com os alto--falantes berrando aquilo o dia inteiro, do decreto do Camarada Stálin segundo o qual qualquer soldado que se rendesse merecia a pena capital. Ele não queria se render ao derrotismo, certo? Em seguida, o nomearam presidente do Teatro da Guarda Popular, e ele compôs vinte e sete canções patrióticas em um piscar de olhos.

Ao final da semana, quase todos em Leningrado cantarolavam sua "Juramento ao Comissário do Povo", uma canção de fato muito, como devo dizer, complicada, porque a partitura, bem, apenas finge ser mentecapta. Os "órgãos" ficaram felizes com isso; a canção terminava louvando a liderança militar do Camarada Stálin. Espiando do telhado do Conservatório, avistou uma tropa de rapazes do Komsomol marchando para enterrar minas em mais fábricas e pontes. Algum dia seu filho estaria fazendo isso, caso sobrevivesse. Cantavam "Juramento ao Comissário do Povo" em harmonia vocal.

Na era da guerra total, tratar músicos com excesso de indulgência podia parecer uma fraqueza. Mas nossos apparatchiks sabiam o que estavam fazendo. A música inspirava os trabalhadores a se esforçarem mais e os distraía de pensamentos perigosos. Além disso, música era tudo que podíamos oferecer. O 70º e o 73º Exércitos da Frente Norte e o 8º, o 11º e o 27º Exércitos da Frente Noroeste — trinta e nove divisões e duas brigadas no total — mantinham posição resistindo aos fascistas, mas as tropas minguavam aos milhares. (Muitos tinham sido liquidados pela *ϟϟ-Totenkopf*, a Divisão da Caveira.) E os MIG-3 atarracados e movidos a hélice que sobrevoam Leningrado em formação ainda não estavam prontos; primeiro tínhamos de transferir nossas fábricas de aviões para longe do alcance de Hitler e depois seria preciso, digamos, você sabe. Onde estavam os tanques T-34? Aguarde mais dois anos; ainda não tínhamos exércitos blindados. Por isso os alto-falantes cantavam em todas as esquinas (Akhmátova estava no rádio); por isso, mesmo ao longo do canal do mar Branco, em cuja construção centenas de milhares pereceram, orquestras de prisioneiros às vezes se amontoavam sobre lajes de concreto, os metais descaindo como bicos de corvos moribundos enquanto tocavam melodias inspiradoras.

Mas desta vez você precisa atingir um público maior, Dmitri Dmitriévitch.

Não é preciso nem dizer, camaradas! Vou, vou, vou seguir sua orientação fraterna...

(Mais tarde naquela mesma noite, quando se encontrou com Nina, cochichou essa frase em seu ouvido, e ela riu e fingiu que ia lhe dar um tapa. Em seguida ela se levantou de repente para ver se alguém estava bisbilhotando na porta.)

E as coisas eram assim. Trinta anos mais tarde, ele confidenciou ao traiçoeiro discípulo Volkov: Compus a *Sétima sinfonia* muito rapidamente. Não podia deixar de compor. A guerra nos cercava; eu precisava estar ao lado do povo...[54]

Mas àquela altura ele mal lembrava como realmente havia se sentido. Depois de trinta anos a pessoa fica sentimental.

27.

Em 1º de setembro ouvimos Chostakóvitch no rádio,[55] afirmando ter concluído o segundo movimento da sinfonia *uma hora atrás*. E prossegue: Estamos todos em nossos postos de batalha...

À primeira vista, a alegação parece uma fantasia propagandística. Que coincidência! Chostakóvitch acaba de concluir esse movimento, uma hora antes de aparecer na rádio oficial! Ainda mais depois de nossa querida pequena Galicha, tão brincalhona, ter escondido os óculos do pai por vinte minutos. Mesmo assim não podemos eliminar totalmente essa possibilidade, ainda que depois Chostakóvitch vá escrever a Glikman afirmando ter completado o primeiro movimento no dia 3 de setembro, e o segundo no dia 17. Ainda que tenha distorcido um pouco a verdade para agradar ao Partido, tenho certeza de que o movimento estava *quase* concluído. O maestro G. V. Iudin se recorda de um dia de provas no Conservatório, vinte anos antes do cerco. Com tensão e expectativa fermentando juntas no estômago, Iudin se juntou aos colegas diante da porta fechada após Chostakóvitch ter sido chamado. "Depois de uma breve pausa, enquanto lhe diziam o que tocar, o silêncio por trás das portas fechadas foi quebrado de repente por uma sucessão de acordes tocados em andamento *prestissimo*. A velocidade era tão fantástica que ficamos pairando entre espanto e admiração."[56] De 1921 a 1941, Chostakóvitch só podia ter se aperfeiçoado. Por que, então, duvidar que ele conseguia compor uma sinfonia no mesmo ritmo *prestissimo*? Além do mais, temos o exemplo da infame *Décima segunda sinfonia*. Segundo Lebedinski, essa suposta ode a Lênin é na verdade uma sátira furiosa do fundador de nossa União Soviética. Atinando, três ou quatro dias antes da estreia, que aquela composição era praticamente uma sentença de morte para sua família inteira, Chostakóvitch se sentou e compôs uma partitura inteiramente nova — ainda que, nas palavras de Lebedinski, se trate de uma composição "assustadora em sua impotência".[57] Em resumo, nosso Chostakóvitch trabalhava rápido, a *Sétima* estava progredindo muito bem e o segundo movimento, "Reminiscência", talvez se prove o mais agradável, graças à sua leveza veranil.

28.

Em 2 de setembro, as rações de pão foram reduzidas pela primeira vez (a um quarto da quantidade anterior).[58] Em 4 de setembro, os primeiros obuses alemães explodiram dentro de Leningrado. Em 6 de setembro veio o primeiro bombardeio aéreo. Até então Chostakóvitch nunca tinha visto nenhum, vamos chamar de, você sabe, *exercício* envolvendo explosivos aéreos. Você sabia que nas condições ideais as bombas, enquanto desabam zunindo, são capazes de expressar todos os oito graus da escala diatônica? Às vezes até mesmo a escala cromática inteira pode, bem, de qualquer modo isso me distrai do medo. Nina seguia preparando barricadas de terra, fossos antitanque, posições cercadas com arame farpado, casamatas. Toda manhã ele se despedia dela para sempre. Sua mãe estava velha e doente demais para fazer qualquer coisa. Os ossos no rosto dela, meu Deus, e o jeito que ela tosse... Em 8 de setembro os armazéns de Badaiev foram destruídos por bombas incendiárias. Agora os tanques alemães estavam a quinze quilômetros do centro da cidade.

Em 9 de setembro, durante um dos piores ataques, Chostakóvitch convidou alguns amigos e alguns dos amigos deles ao seu apartamento de quinto andar na rua Bolchaia Puchkarskaia para ouvirem (não importa que as datas de composição continuem não batendo) os dois primeiros movimentos da sinfonia, tocados ao piano. Nina estava fora de casa, cavando trincheiras; sua mãe estava com as crianças; em resumo, não havia ninguém para fazer chá. Um quilo de carne de cavalo por uma garrafa de vinho tinto, as coisas estavam nesse andor. Bem, Glikman levou o vinho. Ele estava muito... Ficaram ali sentados, se engasgando com pó de tijolo enquanto os alto-falantes se esgoelavam do lado de fora.

Uma bomba caiu e na mesma hora todos ouviram notas de flautim sendo guinchadas pelas vítimas, mas ninguém fez qualquer menção ao abrigo antiaéreo. Um dos gritos durou quinze minutos. — Tom ruim, pensou Chostakóvitch, falta de ar. Ou talvez, bem, talvez agora o bocal esteja largo demais. Espero, espero que não seja Elena.

Suspirando, Chostakóvitch se levantou, espiou pela cortina velada e voltou a se sentar. Ainda não conseguia discernir de onde vinha aquele grito. Não tinha fim. Agora ele tinha certeza de que era Elena. Voltou a se levantar. O piano estava imundo, coberto de pó de tijolo. Ele foi até o banheiro para buscar um pano molhado, bem, na verdade, entende, ele foi se recompor, porque... — Perdão, ele disse. Peço desculpas a todos por este, este, vocês sabem.

Voltando a se sentar, limpou tecla por tecla. Nas ruas de Leningrado, Elena Konstantinovskaia gritava e gritava.

Bem, muito bem, ele anunciou animado. Não há como escapar da morte. Essas teclas, por exemplo, são, como vou dizer, brancas e pretas, como um cadáver vestido semiencoberto pela neve. Não sei nem se deveríamos... De qualquer modo, agora elas estão limpas.

Esqueça tudo isso! Estamos prontos, Dmitri Dmitriévitch!

Ah, bem, ah, muito bem, vamos continuar. Esse é o espírito. E o que estão achando?, perguntou aos convidados. Porque temos de seguir em frente, como se nosso sofrimento tivesse algum sentido! Entendem o que estou querendo dizer? Porque do contrário... Este é o primeiro movimento, e eu, bem, aqui vai ele.

E ele tocou um tema que lembrava um campo de relva vicejante, no qual consciência e premonição pastavam juntas como gazelas selvagens. Então suas mãos se ergueram de repente, os dedos se crispando no compasso do silêncio enquanto ele tocava uma pausa tão negra e quadrada quanto a silhueta de uma casamata, e em seguida veio o que na versão para orquestral seriam taróis suaves, e o Tema do Rato teve início.

Naquele momento crítico, poderia ter sido o tema de uma amante ou musa — batidas leves e insinuantes, como se ele tivesse sido acordado por certo alguém com as iniciais E. K. para uma hora de deleite erótico no Hotel Astoria; mas e se fosse a NKVD, que por diversão sádica batia da mesma forma sedutora, para que ele abrisse a porta sorrindo, usando suas melhores cuecas, quando na verdade deveria ter pulado pela janela? Quando percorreu pela primeira vez as teclas brancas, as teclas pretas e os espaços entre elas, empregou todos os artifícios de seu sarcasmo característico, o qual, no fim das contas, é um parente próximo do sadismo *deles*, de modo a expressar a feiura com beleza, da mesma forma que os trechos mais horripilantes e sinistros de *Lady Macbeth* sempre ocorriam em tom maior, ou, a propósito, da mesma forma como pelo resto da vida ele se referiu a informantes e espiões da polícia como seus *caros, caros amigos*, precisamente da mesma forma que ao exaltar o gênio militar perfeito do Camarada Stálin ele tinha em mente a intenção oposta. Com que delicadeza ele tocou! E a segunda iteração do Tema do Rato soava ainda mais aberta, doce e bela. No terceiro retorno, porém, sopros de madeira se espreitavam dissonantes sob a doçura dos agudos. O Tema do Rato adquiria uma vitalidade estridente e metálica, abandonando a hesitação anterior, com violoncelos, trompas, clarinetas, metais e xilofone se infiltrando rumo ao *ostinato*. E acredite quando afirmo que ainda que naquele dia Chostakóvitch não contasse com uma orquestra, apenas um piano desafinado com a tampa ferida por estilhaços de bomba, ele tocou de tal forma que tudo estava ali; aquela foi a verdadeira estreia, ainda que não houvesse quase ninguém para ouvir. E então o tarol endureceu o Tema do Rato, e o tornou marcial. A quinta repetição era como a segunda, mas muito mais alta, mais confiante. O Flautista tinha entrado no ritmo (e por amor às nossas vidas, sem nem entrar no mérito de nossas carreiras musicais, vamos chamá-lo de Adolf Hitler, porque senão, você sabe). Soaram os tambores processionais da orquestra, o Tema do Rato se tornando nacional-patriótico, e na sétima volta estava indubitavelmente severo, o tarol soando como uma cascavel. Logo em seguida parecia infantil e fútil, com xilofones estrondosos, e depois astuto e impressionista, macaqueando Debussy com uma intensidade vaga, em ondas; mas na décima encarnação surgia arrepiante e horrendo, com a dissonância lamuriosa de sirenes de ataque aéreo e alarmes de submarino; e na décima primeira marchava e urrava a plena voz em um tom maior, que talvez não soasse mais que pomposa em outro contexto (disse Chostakóvitch a Glikman: Imagino que críticos sem nada melhor para fazer vão, digamos, me condenar por cópia do *Bolero* de Ravel. Ora, que condenem. Veja bem, meu caro amigo, é assim que eu ouço a guerra!);[59] a décima segunda volta muda de tom, porque o Tema do Rato, mais decidido e irrefreável do que nunca, já começa a se desmanchar no próprio caos. Os fragmentos se agitavam em confusão frenética, chafurdavam insanos, voltavam à vida em tom maior, mas apenas por um instante, e então se desfaziam em lascas, se estilhaçavam, desmoronavam e morriam. Com o incidente *Lady Macbeth*, Chostakóvitch tinha aprendido que jamais sabemos quando chegará a morte; com os cadáveres da avenida Niévski, de braços estendidos e punhos cerrados, ou braços recolhidos, ou braços desaparecidos, ele tinha aprendido que igualmente secreta é a forma que a morte tomará. Então regressava uma lenta música fúnebre que lembrava Sibelius, espelhando o tema de abertura do movimento, até a vigília se distrair e o astucioso Tema do Rato ressuscitar a si mesmo em uma espécie de acompanhamento inócuo para montanhistas, corajoso e desportivo. Címbalos se chocam e rangem como dentes de monstros; o Tema do Rato, já muito distante do que havia sido, escapa a passos rápidos em direção ao formalismo antiprogramático. Uma contemplação triste, lenta e quase silenciosa extraiu fios de consciência musical dentre as ruínas, sopros de madeira pesarosos pairando como fumaça sobre a vibração arrepiante do contrabaixo. Então uma reprise do tema de abertura, doce, melancólico mas destemido, pareceu fechar o movimento com segurança. Bem ao final, contudo, em meio a outros golpes arrepiantes e ao chocalhar do tarol, o Tema do Rato regressou, desta vez disfarçado de "Toque de silêncio".

Tocou inteiramente de memória, sem cometer erro algum. E os amigos ouviram e choraram em silêncio. Tantas lágrimas! E ao final, um homem que Chostakóvitch mal conhecia disse a ele: Graças à guerra, Dmitri Dmitriévitch, e graças também a você, podemos chorar em público pela primeira vez. Aqui todos perderam alguém, alguém que foi morto pelos fascistas ou então *antes*...[60]

Meu Deus!, gritou Glikman apavorado. Por favor, tome cuidado com o que diz, Ivan Borissovitch!

Peço desculpas a todos. Não, claro que não foi isso que eu quis dizer. Perdão, Dmitri Dmitriévitch...

29.

Muitas bombas caíram mais tarde naquele mesmo dia, e pareciam desabar bem ao lado do seu ouvido. Virando a esquina, havia uma suposta "fábrica" onde rapazes pálidos e magricelas, tremendo, montavam pentes de metralhadora; os fascistas descobriram, é claro, e começaram o bombardeio. Uma pena esses rapazes provavelmente estarem, por assim dizer, bem. Chostakóvitch havia compartilhado com Glikman a tese de que uma pessoa armazena tipos diferentes de coragem dentro de si, como se fossem depósitos de gordura; a maior parte pode se exaurir, marcando o ponto em que um homem se torna um covarde; é preciso alimentar a própria coragem; é tudo uma questão de química. Seu amigo o encarou com olhos imensos e tristes e pediu: Pelo seu próprio bem, imploro que tente não se tornar um cínico, Dmitri Dmitriévitch!

Ah, não sou cínico. Eu apenas, eu, bem, eu me pergunto como tudo isso vai afetar nossas vidas no futuro. Isso se nos deixarem viver para termos um futuro...

Deu uma espiada por sobre a cumeeira do telhado do Conservatório. Estávamos tentando reconquistar o controle das Colinas de Pulkovo, e os alto-falantes se esgoelavam. À esquerda, mulheres de olhos desconfiados rodeavam um lago de sangue. À direita, uma garota bonita, com feições infantis sob um gorro de lã, enfaixava a cabeça de um rapaz ensanguentado que não parava de esfregar a mão no peito, o rifle caído sobre os fragmentos de tijolos ao seu lado. Então parou de se mexer de repente. Suspirando, a enfermeira ficou em pé e se afastou. — Entende agora?, Chostakóvitch murmurou para si mesmo, sem nem sequer saber o que estava dizendo.

30.

Em 10 de setembro o general Vorochilov foi transferido por motivos de "passividade" e o general Jukov chegou a Leningrado, com ordens expressas de Stálin para manter a linha de frente *a qualquer custo*. — Bem, e por que não?, disse o brigadista de incêndio ao ficar sabendo. Nina estava cansada demais para responder. Ele pediu: Entre no banheiro para eu contar uma piada. Não se preocupe; eu abro a torneira para fazer barulho…

Vai se danar, Mítia.

Nossos livros de história exibirão a cabeça sólida e raspada de Jukov inclinada com um ar severo enquanto ele escuta sua Musa estratégica: Stálin será o salvador da Europa.[61] Foi o dia em que uma bomba caiu na avenida Liteini, e Chostakóvitch torceu para que o quartel-general da NKVD tivesse sido atingido. Estava muito otimista, na verdade, ou talvez não fosse exatamente otimismo, mas uma manifestação de raiva concentrada, como a que se ouve com frequência no segundo movimento de sua *Oitava sinfonia*; definitivamente não era otimismo, que poderia até mesmo ser impossível naquelas condições. Em 12 de setembro, as rações de pão foram novamente reduzidas. A fome chegava lenta como um *adagissimo*. Chostakóvitch nada tinha a dizer sobre isso. Mas logo as pessoas estariam usando máscaras antigás para se proteger do frio e comendo cola de farinha de trigo. E as crianças, veja bem, Maksim já chorava no meio da noite por estar de barriga vazia, ora, será que consigo inventar um jeito de incluir isso no Tema do Rato, para que eles…? Nina não acredita nisso, mas eu preciso acreditar, para, para, entende? Quando seu filho chorava, com frequência emitia um som muitíssimo específico em lá bemol menor. Seria possível fazer algo com isso? Isso me machuca, é claro, não que eu tenha algo a dizer a respeito, porque, porque, mas a verdadeira questão aqui é que se isso não me machucasse, seria inescrupuloso incluir na minha música, mas já que eu, meu Deus, como eu poderia *não* chorar vendo meus filhos sofrerem? E assim sendo, seria inescrupuloso não usar esse lá bemol menor quando, de algum modo, ele poderia, bem, é importante relembrar que cada um de nós tem sua própria obra.

Glikman já havia provado torta de bagaço de sementes de algodão. Disse que o gosto era horrível, mas com um pouco de vodca, sabe, um pouco no copo e um pouquinho na torta, enfim, era assim que a esposa de Glikman gostava. (Já estava ficando fraca.) Ah, nosso excelente provérbio russo: *da merda, fazer torta*. É o que estou fazendo com essa sinfonia. E Glikman disse… (Nina cochichou ter ouvido falar que os fascistas haviam conquistado Kiev; o general Vlasov, inclusive, quase não conseguiu escapar.) Então bateram na porta, duas pancadinhas; primeiro Chostakóvitch achou que fosse a NKVD e vomitou, mas era apenas Akhmátova de volta, insuportável, as mãos sangrando melodramáticas de tanto costurar sacos de areia, como se outras pessoas também não, você me entendeu; ela sempre havia se achado especial, e agora vivia no rádio. Eu mesmo prefiro, como vou dizer, ouvir um metrônomo. Chostakóvitch reconhecia que ela era elegante, um gênio e tudo o mais. Ela sem dúvida também sabia disso. De qualquer modo, Akhmátova prometeu usar sua influência para tentar tirar Chostakóvitch dali, e ele respondeu: Minha cara Anna Andrêievna, não há necessidade. Estou onde devo estar, digamos assim. Eu tiro minhas forças de, eu — qual era mesmo aquele protagonista grego que, você sabe — espera! Estou lembrando; Anteu, isso! Ou seria Lênin? Aquele que, digamos, ficava mais forte sempre que era derrubado no chão. A terra russa tem algo de especial, e quando me derrubarem vou encher a boca com uma mordida… Por sinal, Anna Andrêievna, nós nos encontramos quando eu era bem pequeno. Você não deve se lembrar, mas…

Akhmátova fechou os olhos e balançou a cabeça bem devagar. Parecia tão envolvida naquele momento, tão, como vou dizer, erótica, que Chostakóvitch não conseguiu deixar de imaginar como seria, bem. Ela era apenas dezessete anos mais velha; isso não era nada. Mas ele prosseguiu: Tem alguém que, bem, de certo modo isso é uma, uma questão delicada, mas, você sabe, alguém que, alguém que, eu diria alguém que merece bem mais do que eu a chance de ser evacuado…

Mais que sua própria família, Dmitri Dmitriévitch? — Akhmátova sorriu e disse: Isso deve ser amor!

Ah, *por favor*, ele sussurrou em agonia, dando uma olhadela para trás para ter certeza de que Ninotchka não tinha entrado.

Será que arrisco um palpite sobre de quem se trata?, Akhmátova deu uma risadinha.

Não há necessidade, cara Anna Andrêievna, não há necessidade nem motivo para sermos, como vou dizer, específicos demais…

Compreendo, disse Akhmátova. Na época de Púchkin as pessoas não expunham tanto de si mesmas.[62]

Obrigado por isso; obrigado, *obrigado*! Porque…

Acho que ela já está na lista, então nem se preocupe. Mas o que você *enxerga* nela, príncipe de olhos cinzentos? Ela não me diz nada.

E ela… como ela…

Está sobrevivendo. Roman Lazarevitch está cuidando muito bem dela, pelo que ouço falar. Por que não se casou com ela? Como você foi tolo.

Minha *cara* Anna Andrêievna…

E agora eu preciso ir.

Em 25 de setembro, quando estilhaços mataram muitos cidadãos obedientes que faziam fila em troca de sepulturas, Chostakóvitch celebrou seu aniversário à luz de velas, com pão preto e batatas em vez de bolo. (Nina anunciava aos convidados, com fúria e orgulho: Ele se recusou a ser evacuado!) Quatro dias mais tarde ele completou o terceiro movimento da sinfonia.

Em consideração a quem talvez ainda se pergunte como as supostas "criações" desse intelectual formalista podiam ser tão úteis quanto, digamos, as acrobacias circenses das Irmãs Kokh, que em 1943 distraíram as massas das preocupações dos tempos de guerra com seu famoso número do Grande Semáforo, eu gostaria de debater este terceiro movimento doce e brilhante, o *adagio*, que contém vestígios da última primavera anterior à invasão, quando Chostakóvitch estava na Crimeia colhendo bagas de zimbro com Alisa, esposa de Chebalin, uma mulher que para ele personificava Leningrado, agora que Elena Konstantinovskaia havia ido embora; com Alisa ele tinha vivido, ao menos por um par de dias, em um mundo tão distante quanto os beija-mãos de condes e condessas. Como ela tinha rido de seus olhinhos de coruja! E ele... Bem, mas de certa forma também foi difícil, porque à noite ele acordou pensando em Elena. Tudo bem; todos nós temos nossas, digamos, mágoas. Não que haja qualquer necessidade de ser sentimental, ainda mais a respeito de Elena, que não era exatamente; ah, esqueça; em vez disso estou pensando em, em Nina. Na verdade, se a floresta fosse música, ouviríamos um tema tranquilo em tom maior — digamos, este terceiro movimento, que de início Chostakóvitch batizou de "Os espaços abertos das terras centrais" e cuja qualidade catedralesca lembra a ode pascal de Rimski-Korsakoff. Nina havia pedido: Não foda tanto essa mulher a ponto de esquecer de *me* trazer umas bagas. — Era o destino de Nina sempre ceder e doar, mas de um modo afobado e ressentido, para que suas dádivas não fossem recebidas com gratidão. Chostakóvitch, de sua parte, era um homem generoso sem nada para doar. Bem, ele encheu de bagas o avental de Alisa (digo, minha cara, cara senhora, o que...). Curtiram as bagas em vodca, mas acharam o resultado forte demais; ficaram tão bêbados e suas línguas queimaram tanto que os dois começaram a gargalhar e quase perderam o trem de volta para casa porque Alisa perdeu um brinco e depois quase todos os pneus do táxi furaram na estrada pantanosa e cheia de pedras, de modo que Chostakóvitch ficou nervoso quase a ponto de vomitar, em especial por ter confidenciado a ela que: Todos nós temos alguém por quem, por quem, você sabe, por quem chorar... — e naquela noite após uma rodada de carteado com ele o violinista P. retornou ao vagão da primeira classe e morreu dormindo, o que resultou em Chostakóvitch sendo interrogado e quase preso, o que sem dúvida tirou Elena da sua cabeça. E aqui o tema *Pacques* do terceiro movimento cede lugar a uma dança eslava em tom menor, uma dança ensandecida que de repente assumia os passos firmes de botas vingadoras. Então a melodia onírica se reacendia, tão bela quanto os quádruplos fachos luminosos de balas traçantes que brotavam das metralhadoras Maxim de Leningrado.

31.

Receio não ter descrito muito bem esse terceiro movimento. Permita que eu tente mais uma vez. Ele abre, como mencionei, com uma euforia grandiosa equivalente à do *Grand Pacques*, de Rimski-Korsakoff, para em seguida perder o viço até assumir moldes austeros para apresentar um dos temas mais puramente belos que Chostakóvitch compôs, que será reiterado com matizes asiáticos. Depois uma música que cresce em espiral, como se estivéssemos dentro de um avião voando em círculos ao redor das montanhas. Naquela época Chostakóvitch não tinha viajado muito de avião; a região entre Moscou e Leningrado não é montanhosa; mas quando o avião que carregava Nina, Galia, Maksim e ele para fora da cidade sitiada (no fim, é claro, Nina venceu a discussão) enfim transpassou as nuvens negras e a névoa branca, todos gritaram, porque diante deles, abraçando o horizonte inteiro, se via um arco-íris perfeitamente plano antes escondido pelas nuvens; esse arco-íris formava uma das linhas mais belas que qualquer um deles jamais havia visto, no alto um céu lilás e abaixo um céu de luminosidade difusa, com cores que iam do azul anil ao amarelo e cor de pêssego. E ao ver isso Chostakóvitch ouviu mais uma vez dentro de si os compassos "em espiral" do já concluído terceiro movimento, que sem demora se torna mais severo e soturno, de repente vigoroso e mecânico em um sentido positivo, marcial, como caminhões abarrotados de soldados deixando o Cazaquistão rumo ao oeste e se aproximando do front de Stalingrado — e poderíamos registrar que no telhado do Conservatório em Leningrado ele tinha escutado com grande atenção os morteiros médios e pesados dos defensores, tentando decidir como seriam mais bem representados. Em nome de Leningrado ele estava disposto a compor algo simples, compreensível, até mesmo vulgar. Quando ouço o Chostakóvitch tardio, cujas melodias são quase desprovidas de luz, não sei o que pensar a respeito dessa *Sétima sinfonia*.

32.

Quando desceu com dificuldades do telhado do Conservatório, tão debilitado pela fadiga e pela fome que estava quase cego, uma criança agarrou sua mão, choramingando não ter forças suficientes para voltar para casa. — Não se preocupe, não se preocupe, respondeu Chostakóvitch. Sacou do bolso um resto de pão. Mais tarde sentiu culpa, porque deveria ter guardado aquilo para seus próprios filhos.

33.

Em outubro, mês dos ventos úmidos que engrossam a tosse do doente, toda noite os fascistas bombardeavam às sete em ponto. Assim como Chostakóvitch, adoravam a pontualidade. Foi em outubro que as batatas terminaram. Foi só em novembro que as pessoas começaram a se alimentar de uma geleia feita a partir de tiras de couro. Outubro foi um mero prelúdio da época em que as ruas largas e brancas ficavam escorregadias com as placas de gelo, os dias dos homens de chapéu enrolados em cachecóis, das mulheres de gorro e xale, todos corpulentos gente-urso, e Leningrado começou a ficar salpicada de montículos de cadáveres. Em setembro os órgãos de nosso corpo cívico ainda estavam funcionais o bastante para que os mortos fossem recolhidos, mas àquela altura nossa tarefa exigia outras providências. Aqueles rapazes de treze anos que montavam obuses de artilharia na escuridão congelada de cada fábrica não podiam ser dispensados para limpar as ruas, não em outubro. Outubro começou *pianissimo*. Em algum lugar da escuridão congelante surgiram os movimentos iniciais da batuta do maestro: `Skizze B: Heeresgruppe Nord`, executados pelo marechal de campo Ritter Wilhelm von Leeb. Teve início o primeiro compasso. Primeiro chegaram zunindo os sopros de madeira, e então o primeiro estrépito dos pratos se ouviu no palco de Leningrado. Mulheres pálidas e cabisbaixas, tremendo no interior de uma padaria sem calefação, esperando para colocar suas rações de pão dentro da bolsa ou de um bolso do casaco, conquistaram a inexistência aos serem iluminadas por um milhão de espelhos de vidro estilhaçado. Algumas gritaram como sopranos, mas um aulido de baixo se estendeu por um tempo considerável — um marido, ele supôs. Se ele tivesse como, por favor, por favor, sabe... Então o alto-falante começou a gritar palavras de incentivo, primeiro gritando e depois gritando *mesmo*; por um instante, aquilo soou quase como, hã, você sabe quem, mas ele teve de parar de acreditar nisso. Anos mais tarde, comentou com S. Volkov: Talvez o medo da morte seja a mais intensa de todas as emoções. —[63] Mas naqueles tempos isso não era verdade; ou pelo menos *ele* não temia intensamente a própria morte; vivia com pavor de que algo acontecesse com a mulher que amava, não que ele ainda a amasse de verdade, porque isso tudo teria sido, digamos assim, bem... A bomba seguinte matou uma família no segundo andar do prédio do outro lado da rua. Chostakóvitch viu tudo acontecer. E o que havia a ser dito? Talvez a música conseguisse. Paredes aplaudiam ao desabar. Armas de assédio não passam de, digamos assim, instrumentos de sopro de metal — mais especificamente, "trompas wagnerianas", as mesmas que ouvimos no ciclo do *Anel*... Eu me recuso a ter medo delas. Posso ser um sujeito ilógico e inútil; sem dúvida eu deveria, você sabe; mas não vou ter medo deles; e se eu tiver medo deles, vou fingir ser valente mesmo que para isso precise esconder o medo dentro de mim, onde ele pode acabar envenenando minha vida — que vida? Para o bis, os pratos alemães despejaram morte sobre um homem com gorro de pele que tremia e soprava as mãos enquanto labutava na fábrica de munições destelhada, e Chostakóvitch viu isso também; torceu para que um Ju-88 aparecesse e o metralhasse bem ali no telhado, onde assistia a tudo com furiosa aflição! Teria conseguido? Será que o Tema do Rato dizia tudo que havia a ser dito? (E que tal o som das tábuas sendo arrancadas dos prédios do Okhta para servir de lenha? Isso Chostakóvitch deixou de fora; mais tarde, enfiaria na *Opus 110*.) Ah, céus, aqueles gritos! E então quando eu chegar em casa Nina vai, ela vai, e os olhos dos meus filhos já estarão mortos; prevejo que Maksim vai ser o primeiro a morrer. Quanto a mim, a arte, se é que isso existe, não sofrerá se eu... Mas Nina quer que eu... — Taróis repicaram além das trincheiras e mais pessoas caíram mortas, esguichando de furos encarnados.

Agora vamos repetir o compasso, *da capo*. É tudo música programática. Cruzando as arranhadas portas de carvalho do conservatório, Chostakóvitch subiu a meia dúzia de degraus, passou pela catraca e atravessou uma porta depois da outra até se sentir seguro. Os cômodos tinham voltado a ficar frios e escuros, como em sua infância durante a Guerra Civil. Ele não se importava. Estava em casa, sob as teclas do piano. Encurvado, roeu um pedaço de torta de algodão até desanuviar a mente. Glikman contou que às vezes ganhava chucrute dos soldados, ou outros alimentos; as rações deles eram melhores. Seria, seria possível concluir a *Sétima* com um toque de esperança e ao mesmo tempo se manter fiel a ela? Na verdade ele sabia que sim; não temia trair a música que tanto amava, ainda que a vida estivesse bem diferente do que ele havia esperado. A música não apenas poderia salvá-lo; ela (sim, o feminino faz sentido) já havia feito isso. Chostakóvitch sabia que poderia morrer por ela, e por ela estava vivendo; assim sendo, tudo havia se tornado estranhamente simples e bom. A música falava com ele através de seus próprios dedos nervosos e delgados, que bastavam para expressá-la. Um estouro brilhante e limpo de estilhaços de bomba, bem, se eu fosse um artista visual talvez os expressasse de forma caleidoscópica, por serem tão, como vou dizer; de qualquer modo um carrilhão talvez transmita aquele tilintar faiscante se espalhando, um arco-íris de aço se desfazendo e, e, especialmente por causa de o carrilhão ser um instrumento tão, sabe, *germânico*. E se eu determinar que a orquestra use malhos de metal... Sorrindo de felicidade absoluta, ele subiu ao terraço se perguntando se iria morrer naquele mesmo dia.

Os fascistas alemães lançaram bombas incendiárias o mês inteiro; a fábrica de lentes (que agora produzia granadas e baionetas) pegou fogo trezentas vezes em uma única noite. Se alguma coisa caísse sobre o Conservatório ele teria que, teria que, não importa; era absurdo. Não muito ao longe ele ouviu rajadas de metralhadora, e em seguida sirenes se esgoelando. Não, não; ficaria escondido pela névoa e pelas pedras de Leningrado. E ao longo disso tudo seu cérebro organizava a abertura do quarto movimento. Quando o rosto de Maksim ganhou um tom azulado, Chostakóvitch saiu de casa à noite e comprou um quilo de alguma carne ilegal e desconhecida de um carniceiro de cavalos tártaro que estava agachado em meio aos cadáveres diante de um muro de tijolos. Como vendedor e comprador se encontraram? Bem, melhor chamarmos de um, um, um incidente típico. Mais tarde, ficou consternado com o risco que havia corrido — graças a Deus Nina nunca descobriu; ela imaginou que Glikman tinha mais uma vez agido como benfeitor. Chostakóvitch poderia ter levado um tiro! E aquela carne, bem, a esperança era que não tivesse vindo do cemitério; diziam que no mercado havia uma linguiça feita com carne humana. Não importa. É sempre mais fácil acreditar no que queremos acreditar, bem mais fácil. Mentalidade de galinha, sua mãe tantas vezes repetiu, e agora proferia sandices intermináveis a respeito de nossa vitória iminente sobre os fascistas.[64] Certo, mamãe, cem por cento, digamos assim, correto! Amanhã mesmo chegaremos a Berlim e depois aquele canalha no Kremlin vai se aposentar! Ha, *ha*! Seriedade para quê? Elena, entenda, viu que sorte você não ter se casado comigo?

No dia 13 de outubro, seu colega A. D. Kamenski tocou Tchaikóvski no rádio. Chostakóvitch queria ouvir, mas tinha de cumprir seu dever no terraço. Espiando por sobre a cumeeira, avistou meninas de nove anos puxando trenós carregados de lenha. Será que elas são novas demais para sentir medo?, ele se perguntou. Parecem famintas e nada mais. Meus filhos estão com medo. Devo estar longe demais das meninas para, para, bem, afinal de contas eu tenho binóculos. — Então ele acompanhou as meninas com aquelas lentes milagrosas de qualidade militar que lhe haviam emprestado para o retrato da Sovfoto, e confirmou que de fato elas estavam com medo, o que ao mesmo tempo o entristeceu e consolou. Mas ele não estava com medo. Fechando os olhos, imaginou Elena a salvo, percorrendo radiante o longo e luminoso caminho até o Instituto Smolni; a esperança mais ardorosa de Chostakóvitch era que ela se tornasse amante de Jukov, ou, já que ele estava mesmo sonhando, do Camarada Stálin, mas pensando bem, talvez o Camarada Stálin fosse mais perigoso do que qualquer tanque alemão.

No dia 14, por coincidência o aniversário de oitocentos anos do poeta azerbaijano Nizami, caiu a primeira neve. As pessoas já estavam comendo cachorros, gatos, cobaias de laboratório. Uma louca espalhou o boato de que as bombas de ação retardada dos alemães eram recheadas de açúcar, e dezenas morreram tentando demonstrar que era verdade. Ao entrar no banheiro pela manhã, Chostakóvitch surpreendeu a esposa comendo brilhantina. Naquele dia fez mais sol, e quando o bombardeio começou ele na mesma hora avistou as multidões escuras ao longe, no lado oposto da rua, o lado seguro, com fachadas brancas de múltiplas janelas. Tudo era preto e branco, preto e branco, como teclas de piano, como um cadáver vestido semiencoberto pela neve.

O bombardeio cessou. Não foi daquela vez que o Conservatório pegou fogo. Surgiram nossos soldados armados de submetralhadoras, que com os uniformes brancos de inverno pareciam árabes do deserto, especialmente agora que tantos deixavam a barba longa para aquecer o rosto. E um cadáver embalado em branco passou deslizando, arrastado pelas ruas brancas. Talvez fosse uma das senhoras idosas de xale incumbidas de escavar fossas antitanque; era grande demais para ser uma criança. Entre as pilhas de neve do cemitério, os com caixão e os sem caixão aguardavam essa nova companhia, mas então, bem do outro lado da rua, duas mulheres com os ombros cobertos de neve pararam para olhar com indiferença para uma terceira, que havia acabado de cair morta. Chostakóvitch ouviu o estrondo do motor de um T-34, e mais ao longe ouviu os GrW 34 sendo disparados pelas baterias dos fascistas alemães, e logo as bombas voltaram a cair sobre Leningrado. Amontoados humanos vestidos com roupas escuras escapuliam para as entradas dos edifícios. Chostakóvitch, ele disse para si mesmo, hoje eu vou morrer. — Tentou ser, digamos, progressista, filosófico, realista, até mesmo — por que não tentar usar esta palavra mais uma vez? — otimista (por exemplo, por sorte os bondes ainda se moviam; ainda não haviam congelado no meio das ruas); e o que muito provavelmente deve ter sido em essência um, sabe, sentimento infundado blindou Chostakóvitch contra o medo, pelo menos naquele momento, enquanto muralhas de chamas tão denteadas quanto vidraças quebradas brotavam ao seu redor dele e ele acionava o alarme. Anos mais tarde ele se lembraria das chamas refletidas em poças de açúcar derretido, mas isso deve ter acontecido no mês anterior, quando os armazéns Badaievski foram sorteados.

No dia 17, Chostakóvitch estava no telhado do Conservatório quando uma forma indistinta e negra desabou na rua. Ele evitou olhar para aquilo por um longo tempo, e mais tarde pensou consigo mesmo, se eu pudesse ter pensado com mais clareza, eu nunca, eu, eu, mas a fome baixou minha guarda e então eu, bem. Perdão. Isso não deveria... Era minha tarefa naquele momento, para o bem da sinfonia, procurar o sofrimento. Sei disso.

Depois que muitas horas se passaram, ele usou os binóculos para dar uma espiada nos olhos fechados daquela cidadã de Leningrado, os lábios contraídos de uma forma quase coquete, o gelo no queixo. Esses detalhes o fizeram mudar um acorde no segundo movimento.

No dia 19, Moscou foi declarada oficialmente em estado de sítio. Nina perguntou o que aconteceria em seguida. Chostakóvitch limpou os óculos e respondeu: Tenho certeza de que eles, em outras palavras, *aquele canalha*, você sabe de quem estou falando, vai salvar todos nós — amanhã! Ele vai liderar a, digamos, carga da cavalaria. Vai se engasgar com sua, sua... — olhou para um lado e para o outro, e então sussurrou no ouvido de Nina em tom de repulsa: Sua *Constituição*. — E ora, quem poderia adivinhar? Assim que Chostakóvitch parou de cochichar, o rádio anunciou uma contraofensiva vitoriosa! Então, como sempre, tudo ficou em silêncio exceto pelo tênue tique-taque de um metrônomo. Nina ficou tonta; precisou se deitar. Quanto a ele, ele, bem, você não consegue adivinhar?

Pela janela, avistou uma mãe arrastando um trenó infantil com o filho pequeno até o cemitério. Tremendo, colegiais tentavam arrastar um ouriço antitanque pelo gelo; uma das meninas caiu e permaneceu deitada por um bom tempo antes de se levantar. As outras ficaram paradas e sem reação, não tentaram ajudar. Enfim conseguiram puxar o obstáculo até a esquina, passando pelo cadáver com bolhas de sangue nos lábios, que estava ali fazia duas semanas; graças a Deus havia sido coberto pela neve. Assustava as crianças. E Galia dizia: Papai, estou com fome.

Era noite. Na escuridão friorenta por detrás da cortina velada, Maksim estava deitado no sofá, o rosto ainda mais pálido do que antes, os braços e as pernas tão flácidos quanto os arcos e crescentes dourados na cortina do palco do Teatro Kirov, onde havia tanto tempo ele havia estreado os malogrados balés *Dinamíada* e *Raio*. Por que eu estava pensando em *Raio* naquele momento? Meus balés me dão náusea. Nunca mais vou compor um balé, juro. É claro que nunca mais vou compor outra ópera, porque estarei (por que não fazer piada?) *morto*. Mas amanhã Maksim vai estar se sentindo melhor. Glikman trouxe notícias de que as pessoas haviam começado a comer sopa de cola. Logo nossos engenheiros do Exército Vermelho começariam a dinamitar o solo congelado do cemitério Volkovo para fazer valas comuns. — Maksim, você quer que eu leia uma história? — O menino abriu os olhos mas não respondeu. Bem, mas afinal de contas, o pai apavorado tentou se tranquilizar, as crianças, especialmente as crianças pequenas, ficam debilitadas mais cedo (não que essa situação não deva ser acompanhada de perto), mas também se recuperam mais rápido do que nós, o que não significa que de algum modo eu não deva me preparar, ou, ou, ou mas por exemplo, e aqui vai apenas um de, ah, centenas: Quando eu tenho um ataque de bronquite passo dez dias sofrendo, ao passo que Galia e Maksim ficam novos em folha depois de três dias. Assim sendo... — E limpou os óculos no suéter, enxugando as lágrimas, mas tudo que conseguiu foi borrar as lentes. Naquele dia tinha visto do telhado do Conservatório levarem outra carroça de cadáveres até Volkovo, os reflexos das rodas brilhando em uma poça de gelo que derretia, e ele se lembrou do carniceiro de cavalos tártaro. Ora, ora. Sem dúvida isso é corriqueiro nos dias de hoje. Mas eu, eu, para mim, eu, bem, eu nunca havia pensado nessas coisas.

Fitando a esposa e os filhos, enxergou como se fosse pela primeira vez os pescoços compridos e famintos brotando das golas dos suéteres, e o inverno estava apenas começando. O Tema do Rato subiu até sua garganta, como se fosse vômito. É preciso acompanhar essa situação de perto, afirmou para si mesmo. Ha, ha! Hitler, o Libertador, quer, quer, nos emagrecer. No mês anterior, Akhmátova havia confidenciado que os tesouros artísticos da cidade estavam sendo transferidos a bordo de trens. Mas aquela notícia devia estar, digamos assim, ultrapassada, porque os fascistas haviam cortado todas as nossas ferrovias. Talvez para Elena não fosse novidade. Tinha sido levada de Maria Preta até *aquele lugar*, onde a água para se lavar sempre congelava e meninas encarquilhadas e desprovidas de seios se prostituíam em troca de meio quilo de pão. Por que haviam libertado Elena? Deve ter sido uma decisão aleatória; talvez seu acusador tenha sido preso. E agora ela... De qualquer modo, não podemos desfazer a história. O relógio vai parando e damos corda, mas quando a mola, sabe, cede... Agora não estou falando de mim; estou falando de outra coisa. Que sorte a sua não... Se Maksim morresse, o que ele faria, ele... Galicha talvez... O que ele podia fazer naquele momento? Podia contar mentiras edificantes aos filhos, como o rádio fazia; talvez conseguisse trazer um pouco mais de comida clandestina para dentro de casa; mas... Nossos soldados camuflados de branco nos tanques, apontando armas negras para a neve, talvez consigam salvar Leningrado, mas não têm como salvar os filhos dele. Ninguém pode salvar pessoa alguma, e é por isso que um dia esta será, como vou dizer, a melhor página da minha autobiografia: sinceridade, abnegação, um inimigo comum cujo nome não precisa ser sussurrado, então quando Galia morrer eu posso pegar emprestado o trenó de Litvinova e... Ninguém pode fazer nada. Esse motivo, como as cartas de um soldado que continuam chegando por algumas semanas após ele ter morrido, contagiaria sua música pelo resto da vida.

Mas naquele mesmo mês, apesar de seus protestos balbuciantes, Chostakóvitch e família foram evacuados a bordo de um avião especial! Os ativistas disseram: Chega de objeções, Dmitri Dmitriévitch! Exceto se for mesmo verdade que você está torcendo pelos alemães.[65] Ouvimos falar que você admira as fugas de J. S. Bach...

A "Musa de Leningrado", ou seja, Akhmátova, já tinha sido evacuada. Dizem que levou no colo a partitura original para piano da *Sétima*, como precaução para o caso do avião de Chostakóvitch ser abatido. Ele, por sua vez, levou a partitura para orquestra, assim como seu amado rebento *Lady Macbeth*. Romain Rolland havia gostado daquela ópera. Alguém nos salve desses humanistas! A esposa de Glikman já estava morrendo a essa altura. E onde estariam Sollertinski, Lebedinski e, e, sabe? Melhor esquecer! A mãe, a irmã e o cunhado de Chostakóvitch tiveram de ficar em Leningrado. — Em resumo, as autoridades concordaram com sua mãe, que havia escrito que se o teto desabasse e ela precisasse escolher quem salvar, a resposta seria "Mítia, é claro — pois esse seria o dever de todos para com a sociedade, para o bem da arte — a despeito de quaisquer sentimentos particulares".[66] Ele disse a si mesmo: Se um dia eu me esquecer de que fui poupado, estarei sendo tão maléfico quanto, você sabe, *aquele canalha*. A última coisa que ele enxergou na cidade natal foi o cano semiderretido de uma metralhadora na neve, serpentino como a boquilha de um clarone baixo.

34.

A queda de Moscou parecia iminente. Vlasov e todos aqueles outros generais ainda não tinham virado o jogo. Como vou dizer? Estávamos recuando com glória. Todos tremiam, exceto os agentes da NKVD com suas jaquetas de pele de cordeiro. Era uma nova era, uma era de especialistas. Certas pessoas se especializavam em, sabe, se manterem quentes. Os Chostakóvitch, não especialistas, não conseguiam se decidir se continuariam seguindo em frente até Tachkent como Akhmátova (Glikman tinha informado que Elena Konstantinovskaia também estava por lá) ou se parariam na nova capital de facto, Kúibichev. Chegaram tarde da noite na Estação Kazan, onde mulheres dormiam de boca aberta em todos os bancos, hálito condensado irrompendo dos rostos como se fossem roncos visíveis, cazaques inquietos, ameaçadoramente altos com seus chapéus de pele cilíndricos, gritavam com vozes graves, enquanto avôs russos apontavam e faziam estardalhaço, crianças assustadas tossiam, meninas adolescentes sentavam no chão de mãos dadas.[67] A pobre Galotchka tremia sem parar, o rosto vermelho. Sempre que os morteiros dos fascistas lançavam uma bomba ela gritava. Nina não sabia mais o que fazer com ela. Nosso compositor, por sua vez, manteve o senso de humor. Quando uma gorda peidou, ele cochichou no ouvido de Nina: Um pouco de, hã, artilharia preliminar, digamos assim. — Quieto e de olhos esbugalhados, Maksim agarrava com força um pedaço de torta de algodão.

Enfim embarcaram. E então, camaradas: "Os espaços abertos das terras centrais!" — na verdade a Rússia é tão soturnamente desordenada quanto uma página de manuscrito de Dostoiévski, com suas extirpações, inserções em formato de ponta de lança, rabiscos de santos barbudos. — Chostakóvitch não conseguiu deixar de voltar seis anos no tempo, à viagem otimista de Leningrado a Moscou no interior do metal aerodinâmico do trem expresso, com seu nariz rombudo e bulboso, adornado com uma estrela; seria possível compará-la com uma verruga, mas essa alegoria não seria correta nesta era de visão perfeita, é claro; melhor concebê-la como uma imensa bala engastada em um falo articulado de aço ejaculando minúsculos V's de vapor branco, pelos dois lados, enquanto avança estrepitoso pelos trilhos. *Lady Macbeth* renderia a Chostakóvitch a proteção permanente do Camarada Stálin. Tudo acabou se desenrolando de uma forma, como vou dizer, educativa. Em outra ocasião, ele havia embarcado neste mesmo trem para pedir em casamento Elena Konstantinovskaia, que aceitou, cheia de esperança e alegria tão doces; pode ter sido a última vez em que ele a viu sorrir — mas talvez não, pois a maioria de nós não consegue parar de sorrir sem ter motivo. Ah, nossa, como ela gemeu naquela primeira vez! Um oceano de gemidos crescentes e fantasmagóricos, parecidos com o som que crianças fazem ao deslizarem a ponta dos dedos pelos fios tensos e delgados no interior de um piano, ascendendo as oitavas em uma música rarefeita e fantasmática que ecoa metalicamente; foi assim que Elena gemeu, exatamente dessa forma, *presto appassionato*. Por dias a fio ele tamborilou suavemente na parede de aço, sorrindo desesperado para o nada, e pressionando os cabelos cada vez mais grisalhos contra os cabelos cada vez mais grisalhos de Nina. Estava solucionando o quarto movimento da nova sinfonia. — Uma sinfonia! Era ótimo, mas não era nada; apenas beijando Elena ou penetrando muito, muito fundo dentro dela Chostakóvitch encontrava conforto, gratidão, preenchimento, paz absoluta, coisas que nunca havia sentido antes e que jamais voltaria a sentir — não, não, outro exagero; temos de, você sabe, comer o que nos aparece na mesa, mesmo que seja apenas torta de algodão — enfim, de início ele não se acostumava com o que Elena o fazia sentir; desconfiava daquilo, porque, bem, ele desconfiava de tudo, mas *ela* era verdadeira e constante desde aquela primeiríssima noite em que, sem sorrir, o convidou para dormirem juntos; ela não meramente "se entregou" a ele como faziam as outras mulheres, ela criou um lar para ele dentro do próprio coração, uma casa doce e forte dentro da qual ambos poderiam ter vivido até a morte se o teto não tivesse voado pelos ares; e depois, quando ela fumava um cigarro, nua diante da janela do hotel, Chostakóvitch se sentia ainda mais próximo do que quando ela estava em cima dele; em geral, quando o ato chegava ao fim ele se sentia, digamos, sozinho, especialmente quando a mulher desviava o olhar; para falar a verdade, naquele instante Elena não olhava para ele, mas a curva das costas dela, que ainda brilhava de suor, permanecia consciente dele e o amava. Li que ele de fato *era* um amante soberbo, e pelo mesmo motivo que fazia dele um gênio musical: intuía com delicadeza harmonias e espaços; a descaída extática de uma pálpebra feminina lhe era tão eloquente quanto uma tecla preta de piano pressionada até a metade; seu corpo e o corpo dela se tornavam instrumentos, com os quais ele podia tocar um dueto para ambos; anos mais tarde, incontáveis cidadãos de Moscou e Leningrado chorariam nas estreias das "sinfonias da morte" de Chostakóvitch, como Elena chorava sempre que faziam amor; soluçava de luxúria feliz, chorava de amor e depois gritava, esse grito um acorde peculiar com domínio do si sustenido, e aquilo se tornou o tesouro dele, escondido com reverência dentro de seu próprio coração grisalho, e nunca permitiu que viesse a brilhar em qualquer composição sua. Em certa noite de dezembro, décadas após a guerra, quando Lebedinski, um pouco bêbado, ousou perguntar o que tanto ele amava em Elena, foi como se ele relembrasse aquele acorde, aquele som secreto e magnífico, ao responder: Quem tiver ouvidos, ouvirá. Ou talvez estivesse apenas falando de Elena; ela ainda era, como sempre seria, no interior de sua alma mais recôndita, o emblema de sua juventude, força e bravura, além da bondade da qual ele tinha se afastado e da dedicação pré-histórica que se esvaecia. Quem tiver ouvidos, ouvirá. Não faz sentido pensar sobre isso! E como quem tiver ouvidos, ouvirá, ele quis garantir que cada trecho de cada movimento estivesse tão bem fortificado quanto uma trincheira dos fascistas alemães. Precisavam daquela sinfonia para ontem, assim como precisavam dos novos foguetes Katiúcha. Seguiria infalível? E por que não? Tinha sido escolhido com antecedência para supervisionar os ensaios do grupo de música e dança da NKVD. Enquanto isso, havia perdido as duas valises: A. I. Khatchaturian precisou lhe dar algumas das próprias roupas. Depois perdeu a partitura da *Sétima*, que Nina tinha envolvido em uma colcha, mas V. Y. Chebalin acabou encontrando. Esquecia-se de comer; vivia preocupado com a mãe. Nina implorou por um peixe defumado a D. B. Kavalevski, coisa que, com sua timidez, Chostakóvitch nunca conseguiria ter feito; ao longo da vida só pediu favores em nome de outras pessoas; e enquanto mastigava o peixe, engolindo as espinhas distraído, disse: Sabe, Ninotchka, não tenho certeza absoluta, mas já que Isaac Davidovitch... — Você quer se encontrar com ele em Tachkent, respondeu Nina sem rodeios, e num tom de voz alto o suficiente para que todos ouvissem. Você quer se encontrar com ele porque a sua *outra* mulher está à sua espera por lá, de braços abertos, de pernas abertas, motivo pelo qual não consigo entender o que o marido enxerga nessa mulher, mas ele passa muito tempo longe, não é? Talvez seu plano seja apenas passar distraído pela frente da janela dessa mulher, mas a janela vai estar coberta por uma cortina velada, então qual o sentido? — Em 22 de outubro chegaram ao refúgio, batizado em honra a Kúibichev, o membro moderado do Politburo cujos misteriosos problemas cardíacos em 1935 haviam sido tão convenientes para o Camarada Stálin. O trem parou, recapitulando o violino quase sufocado do primeiro movimento. Um mendigo com voz de barítono cantou uma canção sobre nosso Exército Vermelho.

35.

A incandescência branca como a neve de uma lâmpada, o reflexo de sua própria silhueta abatida e atarracada na tampa do piano, a partitura brilhando como uma chapa luminosa, a longa mandíbula branca das teclas do piano, que cantavam em resposta às suas carícias, assim girava seu mundo, mantido em segurança precária pelos rodopios de bombardeiros pequenos e bojudos, com estrelas vermelhas na cauda e na lateral, doze aviões por esquadrão, três esquadrões por regimento, quatro regimentos por divisão, duas divisões por corpo. As crianças dormiam. Nina se aproximou do piano e colocou a mão em seu ombro. Ele olhou pela janela.

Desde a chegada dos fascistas, a frieza entre eles não mais importava, ou talvez nem fosse mais frieza essa dissonância, essa incompatibilidade química; agora eles quase nunca brigavam, pelo mesmo motivo que raramente dormiam juntos; isso era desencorajado pelos rigores da situação, e a agonia de Leningrado esfriava o egoísmo e a raiva.

Em novembro, três mil habitantes daquela cidade morriam de fome entre dois nasceres de sol. As rações tinham sido reduzidas pela quinta vez àquela altura. Moscou também estava em apuros, é claro... Assombrado por imagens recorrentes de sua mãe abrindo buracos na rua congelada em busca de água, de crianças de olhos inchados, de idosas demenciadas tiritando, ele se empanturrava de estatísticas semissecretas, que não faziam o menor sentido e já estavam obsoletas: trezentos balões de barragem, novecentas toneladas de açúcar queimado. Antes ele considerava a música a coisa mais importante do mundo, mas agora percebia que faria qualquer coisa, até mesmo abrir mão do próprio talento, para ajudar Leningrado, antes conhecida como Petrogrado, e antes disso como São Petersburgo, ou seja, a Cidade da Tabela Periódica — a cidade de Glinka, Mússorgski, Tchaikóvski, Stravinski, Prokofiev, Chostakóvitch! Qual o problema de compor música ruim? Não, ele nunca... Ainda seria sua música, doada de forma sincera e generosa, e ao mesmo tempo algo que poderiam usar. Em resumo, se eles queriam música programática, era isso que receberiam. Ele lhe conferiria alguma qualidade, apesar de suas convicções. Queriam algo conveniente e eficaz; tudo bem, mas ele realmente, me desculpe dizer, amava Leningrado, então com aquela sinfonia eles também receberiam, sabe, *Leningrado*.

Liev Oborin, que parecia muito cansado, apareceu sem aviso para uma hora de piano a quatro mãos. Sorria; não apenas ele havia arranjado quinhentos gramas de linguiça de cavalo como tínhamos acabado de libertar Kalínin! Galia pulava sem parar, gritando: *Kalínin, Kalínin*! Já tinha passado da hora de ela estar na cama. E ela ainda não havia se livrado daquela tosse, a "tosse de Leningrado", como era chamada. Kalínin, então agora vou ter de compor uma... Que som é esse? Ah, é só... Além disso, prosseguiu Oborin, em Leningrado ganhamos uma ponte de gelo cruzando o lago Ládoga; refugiados saíam e alimentos entravam, pouca coisa, não o suficiente, e às vezes os aviões fascistas metralhavam nossos caminhões, mas Chostakóvitch não conseguia deixar de pensar no orgulho e na esperança que sentiu ao ler a confirmação dessa notícia no *Pravda*. Anos mais tarde, quando voltou a Leningrado, apenas como visitante (nunca voltou a morar na cidade), os amigos lhe contaram que algumas vezes as pessoas arrancavam pães das mãos dos outros na frente das padarias, mas em geral passavam fome em silêncio. Ninguém queria ceder, entende. E ao ouvir isso ele, bem, ele ficou emotivo.

Havia muitas novas valas comuns no cemitério Piskariovskoie. Isso piorou em dezembro. Conforme alguns cálculos, seis mil pereceram a cada dia daquele mês; outros falam em quatro ou dez mil. Ninguém tinha forças para contar. Como peras maduras caindo da árvore, corpos congelados desabavam pelas janelas e caíam nas ruas cobertas de neve. Diziam que todos os dias canibais matavam crianças perdidas; cortavam a carne de ombros, coxas e nádegas de cadáveres abandonados no cemitério. Em 17 de dezembro, o rádio anunciou que o Front de Volkhov tinha sido formado sob o comando do general Meretskov, mas nem o locutor conseguiu transparecer grandes esperanças. Depois, de volta ao tique-taque de um metrônomo; era tudo que Leningrado tinha forças para transmitir. Trenós infantis continuavam sendo arrastados até o cemitério, transportando crianças mortas. Poetas desmaiavam e morriam por causa do esforço de ficar em pé para ler versos na Rádio Leningrado. Em seguida, voltava o metrônomo. Por isso Chostakóvitch não queria construir sua sinfonia com música, mas com neve e explosões.

Está quase pronta, disse à sua esposa.

Quando terminar, você vai ter realizado um feito grandioso. E vai me contar tudo em que anda pensando, ou pelo menos sua música vai fazer isso. Você tem tanto a me contar e nunca diz nada.

Mas é a guerra, Ninotchka, é só a guerra. E Maksim nunca larga de você...

Eu sei, querido. Depois da guerra vamos ter mais liberdade...

Não crie ilusões.

Colocando o corpo para fora da janela, ouviu dois soldados bêbados do Exército Vermelho cantando “Na floresta da linha de frente”, de Blanter, a plenos pulmões.

36.

No início de dezembro, os defensores de Moscou retomaram a ofensiva e começaram a rechaçar o inimigo; o cerco de Leningrado, todavia, continuou se arrastando. Dezesseis graus abaixo de zero era o máximo de calor; pelo menos eram os boatos. Chostakóvitch tentou não, não, você sabe. Em seu coração, via o framboesa, dourado e branco da Filarmônica. Era ali que sua sinfonia deveria ser executada, pois deviam isso a ele tanto quanto ele devia isso aos cidadãos de Leningrado. Gritando slogans patrióticos, soldados feridos do Exército Vermelho se agachavam em trincheiras individuais, na esperança de conseguirem matar pelo menos mais um fascista alemão. Chostakóvitch incluiu isso no terceiro movimento, de um modo subterrâneo, digamos assim, em que os acordes faziam mira como um atirador de elite e disparavam antes mesmo de o ouvido perceber que estavam ali. Cossacos com espadas curvas se lançavam contra a saraivada de balas. Lares se tornavam cenários mais vanguardistas que as havia muito reprimidas produções teatrais de Meierhold e Chostakóvitch, paredes e corpos arrancados de quartos onde todas as quinquilharias permaneciam intactas; mulheres e crianças se entrincheiravam, esperando a queda da nevasca de aço. (Seus homens estavam no front.) Mulheres entrouxadas rastejavam pela neve entre bondes congelados, na esperança de toparem com o rato congelado ou o pedaço de torta de algodão que lhes daria forças para se levantarem. Chostakóvitch não tinha nada a oferecer a essas pessoas, exceto a sinfonia, cujo quarto movimento resplandecia tão brilhante quanto as maçanetas niqueladas do automóvel do falecido marechal Tukhatchévski.

37.

A última nota da *Sétima sinfonia* foi escrita em 29 de dezembro de 1941, na cansada e apinhada Kúibichev. No rádio, o Camarada Stálin decretava lentamente: "Morte aos invasores fascistas alemães. Morte, morte, morte". E Chostakóvitch se levantou do banco do piano. Vários simpatizantes, os mesmos que não entendiam por que ele ainda não havia pendurado o retrato do Camarada Stálin sobre seu instrumento, recomendaram alterações mutuamente contraditórias no encerramento da sinfonia, e ele prometeu inserir todas elas na *Oitava*. Nina precisou correr até o banheiro para esconder o riso; ele ouviu a água sair da torneira. Mais uma vez o incitaram a se filiar ao Partido, porque isso ajudaria a *Sétima* a ser mais compreendida. E segundo o Camarada Aleksandrov... Chostakóvitch concordou em pensar a respeito. Talvez depois de obter uma compreensão mais ampla do, do, sabe, do leninismo... Ele tinha voltado a ser um figurão; poderia despistar todos eles para sempre! De qualquer modo, havia um triunfo mais importante para informar: As rações de pão em Leningrado haviam acabado de ser dobradas.[68]

Em 5 de março de 1942 a primeira execução da sinfonia foi transmitida pelo rádio. Ainda que o concerto tenha acontecido em Kúibichev, o locutor seguiu as ordens e fingiu estar no Teatro Bolshói, em Moscou. (Outras fontes alegam que esta primeira apresentação ocorreu em Novossibirsk.) Vemos Chostakóvitch de pernas cruzadas na sexta fila, nervoso, com os braços também cruzados e apertados, o corpo envolto no paletó muito justo, a gravata escura quase escondida. Nada se enxerga além de reflexos nas lentes dos óculos redondos. Nessa fotografia, os atris da orquestra aparecem como quadrados ofuscantes de brancura; poderiam até ser clarões de bombas. Em casa, no número 2a da rua Vilonóvski, Nina escuta a transmissão sentada, na companhia das crianças e dos vizinhos, em silêncio total. Ela sabe que Glikman e os outros membros do Conservatório de Leningrado estão ouvindo em Tachkent. Imagina que Elena Konstantinovskaia também. Ali vem o Tema do Rato; na quinta repetição, Nina ouve diversos Panzer III irrompendo de barrancos. É estranho, mas na maior parte dos dias, e até mesmo na maior parte das noites, ela não deseja mal algum àquela outra mulher. Por acaso ela não alegrava Mítia, e até mesmo inspirava sua música?

Nina conhece muito bem o marido, melhor do que Elena jamais poderia conhecer. Conhece o egoísmo, o rancor horrível, o narcisismo. Elena conhece somente o pênis. Pode até acreditar que conhece o gênio, mas isso ninguém conhece, nem mesmo o próprio Mítia; ele nem ao menos sabe o que lhe deixa feliz! Na verdade ele não tem muita consciência de si. (Agora ele acende outro cigarro Kazbek.) Por exemplo, ao chegar em casa banhado com o perfume de Elena, não fazia a menor ideia de que Nina percebia alguma coisa. E quando esta dá suas próprias escapadas, ele nem percebe! Certa vez ele apareceu com uma marca roxa no pescoço; passou dias coçando aquilo. Mítia, sua criança idiota, se eu pudesse manter você a salvo... Em resumo, ele precisava dela bem mais do que imaginava, e por isso ela estava pronta para qualquer coisa. "Mítia, é claro — pois esse seria o dever de todos para com a sociedade, para o bem da arte — a despeito de quaisquer sentimentos particulares." Depois era preciso pensar nas crianças.

Akhmátova também está sintonizada na transmissão; disso ela tem certeza. Akhmátova tem atração por Mítia. Bem, que mulher não teria? E Nina ficou com ele, que sortuda! Mítia está grudado à vida dela, úmido e pegajoso. Talvez seus amigos jogadores de futebol do Dínamo também estejam escutando, isso se algum ainda estiver vivo. E, é claro, quem pode saber o que escuta o Camarada Stálin? Dois violinistas, vistos de perfil, agarram decididos os arcos do instrumento, apontados para fora como baionetas. Uma imagem cinzenta e lúgubre.

Em Leningrado, a poetisa Olga Berggolts, que em algum tempo se veria recitando odes a Stálin aos colegas de prisão, proclamou sobre Chostakóvitch: "Este homem é mais forte que Hitler!". —[69] Dizem que o próprio Stálin comentou que a *Sétima* tinha o mesmo poder ofensivo de um esquadrão de bombardeiros. O *Pravda* descreveu a sinfonia como "a criação da consciência do povo russo". A fama de Chostakóvitch era tão ofuscante quanto a neve congelada nos muros de Leningrado. (Pareço enxergar seu rosto esbranquiçado e quase juvenil chamejando bem perto do rosto de B. Dulova, ambos enlevados nos assentos do concerto em 1942.) Toscanini regeu a *Sétima* no Radio City, em Nova York. O diretor da Sinfônica de Boston proclamou: "Desde Beethoven não surgia um compositor que cativasse tanto as massas". O exilado Seroff, que ao que parece nunca se encontrou com Chostakóvitch, escreveu às pressas uma biografia que se inicia com a seguinte justificativa: "Hoje em dia o americano 'médio' consegue não apenas pronunciar esse nome, mas até mesmo soletrá-lo".[70] Bartók parodiou a *Sétima* com uma aversão amarga — uma forma de elogio. O *Dicionário de temas musicais* da Grã-Bretanha citou nada menos que onze motivos da sinfonia.[71] O crítico burguês Layton condenou o Tema do Rato, insistindo que "essa pincelada ingênua de pitoresco reduz a *Sétima* à impotência da arte que versa sobre os temas do momento".[72] Na era do pós-guerra, outros intelectuais que nunca precisaram tocar conforme a música para sobreviver manifestariam em público seu desdém pela *Sétima sinfonia*,[73] escutado ali um campo de batalha musical ocupado por dois antagonistas totalmente irreconciliáveis: o desejo de Chostakóvitch de expressar a realidade e sua necessidade de agradar a seus senhores. Leitor, qual deles você escolheria?

38.

Ainda que D. D. Chostakóvitch não fosse judeu nem polonês, o próprio Camarada Stálin havia declarado que o conceito de nacionalidade não passa de uma cortina de fumaça usada pelos capitalistas para impedir que o povo enxergue as diferenças de classe. Quanto à máxima do Partido segundo a qual a arte deve ser nacional em forma e socialista em conteúdo, não passa de um mero esquema transitório para que as pessoas se libertem aos poucos das categorias conservadoras. Assim sendo, não peço desculpas por terminar esta fábula com um excerto das divagações de Moisés Cordovero, um cabalista da Varsóvia do século XVI. No *Tomer Devorah*, comumente traduzido como *A palmeira de Débora*, está escrito: "Deus não se comporta como um ser humano. Se uma pessoa enfurece a outra, mesmo após se reconciliarem a segunda não consegue se obrigar a amar quem a ofendeu com a mesma intensidade de antes. Quem peca e depois retorna a Deus, todavia, conquista uma condição superior. Como reza o ditado, 'Quem retorna a Deus assume um lugar que não pode ser ocupado nem mesmo pelos integralmente justos'".[74] E assim se deu que em 11 de abril de 1942 Chostakóvitch recebeu o Prêmio Stálin, Primeira Classe.

39.

Às sete da noite de 9 de agosto de 1942 — o dia em que perdemos a batalha de Maikop — a *Sétima sinfonia* foi executada em Leningrado. Como devo contar essa história? O afetuoso Glikman nos deixou um relato completo de seus dez dias de viagem de trem de Tachkent a Kúibichev, se alimentando ao longo de todo o trajeto de vinte tortas de carne infestadas de insetos; parece que não havia um modo mais fácil da partitura chegar aos refugiados do Conservatório de Leningrado, então Glikman foi buscar pessoalmente. Chostakóvitch se encontrou com ele na estação e em seguida foram para casa a pé, pois os bondes estavam infestados de tifo. Para Glikman, como de costume, estava tudo perfeito, até mesmo o "divã de bom tamanho no qual dormi com muito conforto por um mês... Fiquei feliz apenas por estar perto dele e poder dar umas espiadelas em seu rosto vistoso e animado".[75] Muitos dias mais tarde, seu herói tocou a *Sétima* no piano apenas para ele, e em seguida falou: Sabe, Isaac Davidovitch, sem dúvida, em última análise, eu estou, estou feliz com essa sinfonia, mas... —[76] Glikman o encarou, atônito. Pigarreando, o anfitrião encheu as duas taças e cochichou (Nina e as crianças já haviam se recolhido atrás de sua cortina para dormir): Acho que Elena Konstantinovskaia já foi, você sabe, evacuada para Tachkent. Talvez você possa mandar a ela meus cumprimentos. Às vezes os, hã, amigos a chamam de Liália. Talvez você também possa — não, perdão, perdão; isso seria pessoal demais. Mas transmita as minhas saudações, compreende? Somente as minhas... Na verdade, pensando bem, melhor não. Você é muito... Mas envie minhas felicitações a todos, e expresse as minhas, hã, desculpas pelo fato de esta sinfonia não ser mais, sabe, otimista... — Em meados de maio, a partitura estava sã e salva em Tachkent. (Foi então que Chostakóvitch enfim começou a ouvir quais de seus colegas de Leningrado tinham morrido.) Em junho, quando os fascistas alemães lançaram a Operação Blau (Carcóvia já havia tombado), nossos músicos equilibraram as coisas aprendendo suas partes.

Chegaram a Leningrado bem quando teve início o primeiro ataque a Stalingrado. As notícias, na verdade, eram as piores possíveis. Durante os ensaios os lugares na plateia estavam vazios, lembrando filas de lápides, porque não havia como liberar ninguém de escavar valas antitanque. Músicos substitutos foram trazidos do front, e a partitura (copiada à mão por Glikman, reza a lenda) chegou a bordo de uma aeronave Li-2 vinda do aeroporto de Vnukovo. Membros importantes do Partido começaram a aparecer, obedecendo à vontade do Camarada Stálin. Radialistas passaram os cabos por entre as colunas decoradas com baixos-relevos. Não era de modo algum nosso primeiro espetáculo semelhante. Para celebrar o aniversário da Revolução de Outubro, promovemos um desfile militar em Moscou em meio aos momentos mais negros do cerco àquela cidade. Tais espetáculos educavam o mundo, afirmou o Camarada Stálin, que sempre se provava com a razão: até os americanos ficaram impressionados. Por que não repetir a mesma lição em Leningrado? Apesar de tudo, como era estranho que nosso esguio e traiçoeiramente brilhante Mítia, cujos dedos nunca paravam de tremer como tentáculos de medusa, cuja esposa se recusava a dormir com ele, cuja amante havia se casado com outro e cuja mentalidade tinha sido condenada pelo crime de formalismo acabasse promovido dessa forma, quando havia muito todos tínhamos concordado que seu futuro parecia tão precário quanto o piso do Conservatório, que sua próxima estreia aconteceria nos porões do Lubianka, que sua suposta "voz musical" não passava do eco flatulento de uma tuba no final de um corredor! E como parecia ainda mais estranho que Leningrado, aquela cidade tão misteriosa, sutil e narcisista, e portanto encarada com desconfiança, quanto sua poeta oficial, Anna Akhmátova, recebesse tanto tempo de transmissão no rádio! Mas isso apenas confirma nossa fé no Camarada Stálin, cujo gênio é capaz de construir o socialismo usando os tijolos mais improváveis. (O crítico reacionário Wolfgang Dömling comentou, a meu ver de forma abonatória, que é "graças a essa aura histórica e à imensa estatura moral da obra que as discussões a respeito de seu valor estético parecem ter importância secundária".[77] Seja como for, por motivos de alçada exclusiva dos "órgãos", Mítia não compareceu à própria apresentação.

O Alto-Comando dos fascistas alemães havia retirado a maior parte do 11º Exército de um ataque contra os campos de petróleo do Cáucaso e enviado ao norte para conquistar Leningrado. O marechal de campo Von Manstein em pessoa estava a caminho — um sinal certeiro de que o sonâmbulo de Berlim tinha de fato começado a acordar. O marechal de campo Ritter Wilhelm von Leeb havia pedido exoneração sete meses antes; não conseguiu cumprir as ordens de arrasar a cidade, e nossa contraofensiva havia neutralizado cem mil de seus homens. Três anos mais tarde esse velho cavalheiro estaria agachado no pátio da prisão de Mannheim, rabiscando no chão cada trincheira e formação do passado para provar aos colegas marechais, vlasovistas e membros da ᛋᛋ que em 1941 ele poderia ter adentrado Leningrado sem a menor dificuldade se não fosse pelas intervenções diletantes de Hitler. Até podia ser verdade. De qualquer forma, primeiro ele foi substituído pelo marechal de campo Busch, depois pelo coronel-general Von Küchler, nenhum dos quais estava à altura de Von Manstein, ainda que este último tenha parecido um maestro até competente, soando muitos toques de recolher sobre a cidade alquebrada, que ainda assim se manteve firme. Como dizia nosso novo lema: "Leningrado não teme a morte; a morte teme Leningrado!". Mais um motivo para sacudirmos a *Sétima sinfonia* de Chostakóvitch diante das suas fuças!

Peças de artilharia emprestadas de Moscou (orientadas em ângulos de quarenta e cinco graus, como fagotes) deteriam os fascistas pelo tempo necessário, impedindo que destruíssem o Grande Salão da Filarmônica. Isso se provou uma precaução muito útil, pois o general Friedrich Ferch, chefe de estado-maior do 18º Exército alemão, chegou de fato a ordenar uma canhonada ao surpreender seus homens ouvindo o rádio; a canhonada fracassou, graças a nós. Li que o general Ferch também ouviu o rádio, sentado imóvel como se estivesse à espera de algum pronunciamento. Von Küchler, por sua vez, ficou bem melancólico naquele dia, e o resto da guerra, isso sem mencionar sua vida, também não seria muito feliz para ele. E assim os fascistas se agacharam em suas trincheiras mais abaixo da grama dourada, com minúsculos salpicos de sol adornando os capacetes escuros enquanto assistiam ao céu se escurecer com a fumaça dos tanques soviéticos que tinham abatido. Os morteiros calaram; eles estavam com pouca munição.

E saiu de Leningrado, rodopiando sem cessar, nossos transmissores aumentando artificialmente a indutância para reduzir a atenuação, transformando a sinfonia em eletricidade pura, como se fosse uma única voz humana (por exemplo, a voz do Camarada Stálin) a ter seus componentes harmônicos convertidos por inteiro em sinais análogos, superando toda a interferência cruzada do inimigo em trinta e cinco decibéis ou mais! O Grande Salão da Filarmônica, aquele prédio amarelo fosco com escassos adornos, com esparsos ornamentos rococó desbotados em branco sobre amarelo, havia se tornado o cérebro do nosso telefone nacional; e Chostakóvitch trançou as subondas de seu imenso sinal de modo a aplicar os comandos do gabinete automático central da forma mais bela e estrondosa, a um ritmo de constância tão reconfortante quanto fileiras de soldados do Exército Vermelho marchando com rifles apontados para o alto diante de nosso abrigo trapezoidal para o Cavaleiro de Bronze. O primeiro movimento, deveras idílico e delicado até a chegada do Tema do Rato, com pitadas ocasionais de um devaneio que me lembra a silhueta das antigas torres de Novgorod recortadas contra o céu do anoitecer, fazia os fascistas alemães se lembrarem das próprias paisagens, pois afinal de contas havia a intenção de falar com eles, com uma brandura similar ao silêncio do telefone depois de tocar tarde da noite — Elena, é você? — Não, a estridência clangorosa no interior do rosto negro do telefone significa que a polícia secreta está verificando a presença de alguém como preparativo de sua detenção. Já é tarde demais.

Chostakóvitch ouviu a transmissão em Kúibichev. Nina segurava sua mão. Suas lágrimas silenciosas eram mais pesadas que balas. No chão, as crianças brincavam muito, muito silenciosas. Bem dentro do coração ele sentiu uma dissonância esmagadora, ou talvez fosse melhor chamar de *acciaccatura*.

O locutor murmurou: *Ouçam, camaradas...*

Muitos choraram. Leningrado foi transformada em ouro.

40.

As fanfarras implacáveis e austeras do quarto movimento (intitulado "Vitória") deram lugar primeiro a um réquiem, e então retalhos de luz solar cintilaram através das nuvens, como a terra começando a surgir por baixo da neve derretendo. Esvaeceu retornando ao tema pascal de perda e ressurreição, voltando a toda em cordas; em seguida, como tanto acontece com Chostakóvitch, voltou cinza e fraca ao tema principal do início, mais uma vez iluminada e atenuada até o *attacca* do encerramento.

41.

Em 23 de agosto de 1942 Hitler, o Libertador, transmitiu novas ordens a partir do Quartel-General Lobisomem: ETAPA 1, FAZER JUNÇÃO COM OS FINLANDESES. ETAPA 2, OCUPAR LENINGRADO E PÔR ABAIXO A CIDADE INTEIRA.[78] Na manhã de 2 de janeiro de 1943, todavia, nosso Exército Vermelho lançou a Operação Iskra. Seis dias mais tarde, o bloqueio nazista havia sido penetrado oito quilômetros a sudeste de Petrokrepost. Em 27 de janeiro o cerco foi levantado e os Novecentos Dias chegaram ao fim. A cidade comparada por Dostoiévski a uma jovem tuberculosa que, corando, se torna bela de um modo breve e inexplicável estava mais uma vez livre,[79] livre para devorar a si mesma em redemoinhos claustrofóbicos e secretos de medo.

Quanto aos mapas militares secretos dos alemães, estes se viram forçados a cantar: *Dislokation Heeresgruppe Nord nach Lage Ost Gen St d H OpAbt/IIIb*. Essas linhas negras e nítidas, superpostas à caneta sobre o mapa da paisagem russa, em que os rios cinza-pálidos, os topônimos e os entroncamentos na brancura mais pareciam rendilhados de terra sobre a neve em uma manhã sombria de inverno, essas linhas não podiam ser obrigadas a mentir descaradamente para o

Führer, mas as flâmulas dos *Heeresgruppe* e as bandeirolas da ᛋᛋ, que antes se concentravam em acordes ladrantes de temas para cornetas de caça, agora sangravam até empalidecer, notas negras esmaecendo em fatigadas pausas de semínima que, brancas, se agarravam congeladas de fadiga às pautas no interior de suas trincheiras até os batedores soviéticos aparecerem sorrateiros com alicates de cortar arame farpado e a Operação Iskra soar o seu clangor.

Em 31 de janeiro os fascistas se renderam em Stalingrado. Nem mesmo Von Manstein conseguiu reverter nossa magia. Hitler, o Libertador, seguiu entoando: *Os russos estão mortos!*, mas ao longo daquele verão inteiro e em boa parte do seguinte seus soldados se dedicaram a fugir rastejando por entre campos de girassóis. E assim todos deixaram nossa terra soviética — os que sobreviveram. Em meados de 1944 já tínhamos criado um bloco nacional-democrático muito sólido na Romênia...

Assim sendo, quem se atreve a duvidar de finais felizes? Em 1945, a capacidade produtiva de Kúibichev era cinco vezes superior à registrada em 1940.

42.

Na companhia de outras noventa e três mil pessoas, Akhmátova recebeu a Medalha pela Defesa de Leningrado, ainda que, como já mencionamos, tenha sido compelida a passar os Novecentos Dias em outro lugar. Desnecessário dizer que ela escreveu um poema exaltando a Operação Iskra, e muitas outras odes marciais; mas ninguém jamais disse que o seu talento era tão poderoso quanto o canhão de um tanque Ióssif Stálin. Como não precisávamos mais dos anglo-americanos, o momento era ideal para trazer o passado dela à tona. Em 1946 a expulsamos do Sindicato dos Escritores de Leningrado. O Camarada Jdanov deu uma mãozinha. Desenterrando o antigo epitáfio de Akhmátova, *meio freira, meio vadia*, espalhou que ela era uma verdadeira *tchéstnaia daválka*, uma mulher que gosta de foder. Ele mesmo acabou morrendo em circunstâncias misteriosas, em agosto de 1948. Deve ter sido culpa do bloco fascista-trotskista. Milhares acabariam executados ou encarcerados por envolvimento no chamado "Caso Leningrado". Pois, na sinfonia de Stálin, tínhamos chegado ao trecho marcado como *a battuta*, ou seja, um retorno ao andamento rígido.

Chostakóvitch, por sua vez, se deu muito bem, como mencionei. Seu cabelo começou a branquear mais ou menos um ano antes de o cerco ser rompido. Manchas castanhas brotaram em sua face, como se ele fosse muito idoso. E o que seriam essas marcas, sinais ou imagens, seja lá como se queira chamar, senão lembretes de que um dia a carne apodrecerá dentro do caixão? (E Chostakóvitch agora também se foi, como os limoeiros do Peterhof mortos pelos alemães.)

Foi na *Oitava sinfonia* que ele começou a articular as diversas *danses macabres* que não conseguia mais deixar de escutar. Ossos, assassinados ou meramente defuntos, devem ficar em silêncio. É a lei. Porém, velozes e estridentes como um guincho de violino, *eles retornam*, para o pavor de todos os culpados de seguir vivendo, e então dançam, saltando sobre os túmulos com leveza felina — mas é um jogo maligno, odioso, colérico; ser um esqueleto não tem a menor graça! Sonhou que era chamado por Elena Konstantinovskaia. O rosto dela estava leitoso de medo. Estava sendo levada embora, gritando, e então uma bomba começou a cair zunindo sobre o Maria Preta e ela gritava, gritava! No tempo devido, essas assombrações nos ouvidos de Chostakóvitch dariam origem à apavorante *Opus 110*. Por ora, a música ainda tinha um propósito que não a própria Morte: ele podia culpar os alemães. Talvez até o condecorassem como Herói da União Soviética. Escondendo todos os segredos por trás dos dedos que se contorciam como vermes, ele cruzou as pernas, se aconchegando na deliciosa esposa de Aram Khatchaturian e suas tranças enquanto os três — isto é, Chostakóvitch e os dois Khatchaturian — repassavam a partitura da *Oitava sinfonia*. Sorriu, ansioso. Seu olhar se escondia nas órbitas de seus olhos feridos. ▸

Intactos

Libertos das restrições impostas pela política aventureira de suas classes intelectuais governantes, vocês cumprirão seu dever de fazer o melhor trabalho possível, e ele será realizado sob a poderosa proteção da Grande Alemanha. Todos ganharão o pão trabalhando como dominados; isso será justo. Por outro lado, não haverá lugar para agitadores políticos, especuladores desonestos e exploradores judeus...

Governador-geral Hans Frank aos poloneses, 1939[1]

1.

Às três da tarde em ponto um *Kampfflieger* cobriu Varsóvia de presentes, o piloto de ombros volumosos e boina inclinada, a cabeça bem enterrada no pescoço enquanto ele pairava no interior de uma imensa roda por meio da qual as casas polonesas, compactas e de telhados oblíquos, começavam a se desfazer em fumaça; no centro da roda se escondia uma roda interna seccionada em quadrantes; era a mira da metralhadora de seu avião. A roda era o relógio da Polônia, que tiquetaqueava balas, cada bala não um instante mas o final de um instante para outro polonês transformado como que por feitiço em um cadáver enegrecido, deitado de costas, com o rosto paralisado em um esgar e enterrado na lama ao lado dos restos carbonizados de um rifle ou um carrinho de bebê.

Às quatro da tarde em ponto o *Kampfflieger* sobrevoou um rio e em um passe de mágica materializou um cruzador polonês já começando a afundar (magia operada com o acionamento de uma alavanca preta), momento em que a Caso Branco já estava quase consumada e alemães com cabeça de cogumelo plantavam a bandeira da suástica no topo dos escombros das casamatas de Westerplatte.

Cessar-fogo, armistício, a proclamação de Frank, a primeira "ação judaica", cada qual marcou outra hora no grande mostrador do relógio. Às nove da noite em ponto um avião de reconhecimento passou e, com todas as câmeras ativas, colheu imagens aéreas da fumaça pardacenta que era Varsóvia; às dez e quinze o exemplar mais perfeito dessas imagens, ainda úmido da última bandeja da câmara escura, chegou a Berlim por correio especial, de modo que também pudesse ser contado, reconhecido, preservado. (Na história militar oficial de nossa vitória polonesa se encontra essa mesma fotografia, que exibe ruínas de uma margem à outra, com a piedosa legenda: "A igreja está intacta".)[2] Às onze e quarenta e cinco, os russos acabaram de devorar sua metade da Polônia. Exatos dez minutos mais tarde a Linha Ribbentrop-Molotov tinha sido inteiramente demarcada até a Prússia Oriental. Quantas passagens ela continha? Isso é confidencial! Mas nem é preciso dizer que cada posto de controle foi imediatamente guarnecido por um de nossos *Feldgendarme* com sua guarita de listras pretas e brancas; e a cem metros de distância, mais ou menos, um dos sentinelas *deles* o observava, fumando um cigarro de *mahorka*. Essa era a Linha Ribbentrop-Molotov. Às onze e quarenta e sete, teve início a limpeza de nossos respectivos setores. Os chamados "políticos nacionais", democratas burgueses, elementos chauvinistas poloneses, intelectuais, cúlaques, oficiais e judeus foram neutralizados. Então, com um repique vibrante, chegou a meia-noite, e o dossiê volumoso ainda aberto sobre a mesa do sonâmbulo, um dossiê funestamente branco como a neve, lembrando a Rússia vindoura, recebeu o último visto e o último carimbo de águia: a Caso Branco estava encerrada.

Em seguida veio o dossiê da Operação Barbarossa. Tímida, uma das secretárias depositou a pasta no canto daquela mesa imensa. — Obrigado, minha querida Trudl, disse o sonâmbulo, oferecendo um bolinho redondo.

Nessa etapa o dossiê ainda estava bem fino. O único documento que continha era um desenho arquitetônico, executado muito corretamente mas ainda assim com certo estilo, que transmitia uma noção de como a Central Europa poderia ser convertida em um pátio de pedras brancas como luz, com uma fila dupla e rígida de silhuetas muito, muito negras à espera de cruzar uma porta negra, duas a duas; nunca sairiam.

Afinal de contas, disse o sonâmbulo a si mesmo, estou compelido a agir de modo decisivo. Preciso deixar tudo à prova de tanques. Um lunático ou uma célula cancerosa judia poderiam me eliminar a qualquer momento. E se acontecesse, quem sabe como tudo isso poderia acabar?

E assim foi inaugurada a Operação Barbarossa, com todos os nossos pesadelos duplamente censurados, como os cartões-postais enviados para casa pelos soldados da *Totenkopf*. O telefone tocou, solicitando uma verificação do escalão avançado da Seção L. O aço começou a retinir avançando da Alemanha em direção à Rússia.

2.

Leningrado permanecia quase intacta, infelizmente. O Grupo de Exércitos Norte havia mordiscado as beiradas — o melhor que conseguimos fazer. — Precisamos assumir o controle deste entroncamento ferroviário, resmungou o sonâmbulo encarando um dos mapas.

O dossiê da Operação Barbarossa estava mais volumoso. Logo ficaria infinitamente grande, ou seja, precisamente do mesmo tamanho da Rússia; já chegava na altura da cabeça do sonâmbulo; nem todas as secretárias juntas conseguiam carregar aquilo de um lado para o outro, mesmo usando um carrinho com dez prateleiras. Como um iceberg parindo blocos imponentes a partir de si mesmo e os lançando nas profundezas, a Operação Barbarossa desovou as Operações Azul, Wilhelm, Tubarão, Edelweiss, Fredericus, Garça, Esturjão, Tempestade de Inverno, Trovoada, Aurora Boreal... Esses dossiês, acompanhados pelos subdossiês relevantes, agora compunham séries de volumes encadernados dispostos em fileiras de estantes metálicas, uma biblioteca cujos corredores se estendiam ao infinito. Quanto à questão fundamental, Barbarossa em si, por mais que o sonâmbulo a desbastasse, de nada adiantava; ela seguia inchando como um cadáver prenhe. Muito depois da meia-noite, quando o palavrório dos Velhos Combatentes havia mergulhado em sonhos profundos, o sonâmbulo ficou sozinho na Chancelaria, desenrolando os mapas brancos da Rússia, sobre os quais aspirava a sobrepor seus próprios projetos. Aqui outra ponta de lança! O emblema de nossa 14ª Divisão Panzer é a runa Odal, em formato de ponta de flecha, que significa *Posse*. E a 19ª Panzer, que indicamos invertendo a runa-relâmpago Yr, *Morte*, e fazendo um corte com uma linha horizontal. Morte a todos eles! O sonâmbulo sentiu vontade de gravar múltiplas dessas runas sobre a brancura, mas resistiu. A 7ª Panzer é um Y, uma vulva; guarde bem isso. Tanto a 23ª como a 22ª são flechas; apontaremos ambas para Moscou.[3] Agora isole outro território-satélite bem aqui; isso mesmo, isole com ataduras de arame farpado. Cauterize seus medonhos vasos sanguíneos vermelhos; pressione com decretos e passagens triunfais. Subdivida em fazendas alemãs. Agora o território foi neutralizado; qualquer um pode cuidar dessa questão menor de comando operacional. Apesar de tudo, não parecia fazer diferença o quão imensos fossem os quadrângulos reforçados, o quão alongadas fossem as artérias; Barbarossa sobrepujava tudo. O sonâmbulo concentrou exércitos e injetou todos eles na Barbarossa, onde se expandiram em retângulos, flechas e nos ouriços eriçados da artilharia; Barbarossa diluía os exércitos em tracinhos mais insignificantes que pestanas sobre os mapas brancos. Como ficou sem espaço sobre a mesa, precisou desenrolar mais mapas no chão. Tentou encobri-los com todos os documentos que possuía. Essas páginas deixavam o sonâmbulo arrepiado e sonolento, um estado que ele temia acima de qualquer outra coisa.

Veio chegando o mensageiro do correio especial, trazendo mais notícias ruins sobre a Operação Barbarossa. Manobrou a motocicleta entre a longa fila dupla de reluzentes limusines com traseira de besouro na Wilhelmstrasse (mais uma recepção diplomática a todo vapor) e mostrou o passe para os guardas. Já eram dezessete horas. O mensageiro deve estar no Salão dos Mosaicos. Logo estará no Runde Saal. Não, o sonâmbulo já escutava as botas de cano alto ecoando cada vez mais altas enquanto o mensageiro avançava pela Galeria de Mármore.

O sonâmbulo queria estar na Toca do Lobo. Voltaria no dia seguinte. Ali as notícias ruins teriam mais dificuldade para chegar.

Ele se levantou, caminhou até a porta, onde os dois sentinelas bateram os calcanhares, e disse: Não quero ser incomodado. Não deixem ninguém entrar, a menos que seja pelo Pacto Anticomintern.

Sim, meu Führer.

Dando as costas aos sentinelas, fechou a porta. O Exército russo estava essencialmente aniquilado. Sentou diante da mesa e esperou o telefone tocar.

3.

Às oito da noite em ponto enterramos os Panzers em buracos cor de palha em Millerovo, para que continuassem intactos apesar do frio congelante da Rússia; mas os ratos comeram a fiação. A Operação Barbarossa saltou do dossiê com uma imensa explosão branca, e agora aquelas páginas nevadas começavam a descer rodopiando do céu, nos enterrando vivos com mapas. Não conseguíamos entender nenhum deles.

Às oito e dez, me apoderei de um documento soviético ultrassecreto cujos diagramas com hexágonos embutidos um dentro do outro e insígnias com Ys invertidos guardavam uma estranha semelhança com os esboços do escultor abstrato Rodtchenko;[4] como aquilo poderia explicar tudo, entreguei ao Quartel-General com minhas próprias mãos; infelizmente o avião de correio que deveria levar o documento do Quartel-General à Toca do Lobo foi abatido, então...

Às oito e vinte, o sonâmbulo nos enviou uma mensagem da Toca do Lobo por teletipo. Disse: O ataque não é assim tão sério. Vou manter essas forças bem aqui, sem a menor dúvida. Se pudéssemos ter certeza de que o front ocidental vai ficar intacto por seis a oito semanas...

4.

Ele tinha nos prometido que o Reich permaneceria intacto, mas depois de Dresden, Berlim e de todo o resto, em que deveríamos acreditar? Às nove da noite, o Ministério das Relações Exteriores (número 76, Wilhelmstrasse) havia se tornado uma carcaça corroída pela guerra com a fachada letalmente fustigada em diversos pontos deixando à mostra o esqueleto coberto de poeira branca e cujo rosto de pedra sereno, redondo e de cabelos cacheados, postado acima das portas duplas, logo seria extraído por um foguete russo; por outro lado, até mesmo os russos mostrariam ter limites em relação ao que conseguiam tocar: mesmo depois que perdemos tudo, o gêmeo daquele rosto de pedra seguiria encarando com um olhar meditativo aqueles de nós que sobreviveram para andar de cabeça baixa pelas trilhas perfeitamente retas traçadas à régua entre pilhas de escombros.[5]

Do ponto de vista do sonâmbulo, tudo permanecia intacto e com proporções perfeitas, ao menos no universo da potencialidade. (O dr. Morell prescreveu duas colheres de sopa de Brom-Nervacit antes de dormir.) Décadas antes ele havia decorado o mapa da Ringstrasse de Viena. O arco triunfal e o pavilhão nazista de Berlim ofuscariam tudo isso. O novo ministério de Göring teria o que ele tanto desejava: a maior escadaria do mundo.[6] Melhor ele perder alguns quilos se quisesse usá-la! O dr. Goebbels também ganharia um novo ministério. (Fiquei sabendo que ele ainda tinha intimidades com a atriz de cinema tcheca Lída Baarová.) — Desenrolando o projeto mais recente de Speer e apoiando projéteis antitanque nos cantos, o sonâmbulo se ajoelhou sobre o Salão dos Soldados, que abrigaria os maiores tesouros da Alemanha: as criptas de nossos imperadores, Führers, marechais de campo. Enquanto isso, a esplanada da nascente Estação Ferroviária Central seria adornada com armas capturadas do inimigo. Seus cinemas, casas de ópera, hotéis e letreiros elétricos já existiam em maquete. Estariam prontos para a Feira Mundial de 1950. Himmler garantiu o suprimento de blocos de granito para deixar tudo em ordem.

Ah, mas o sonâmbulo era um bom construtor! Nos anos da Ocupação, nossa Torre Flak do Zoológico derrotaria os conquistadores britânicos: Plantaram vinte toneladas de TNT debaixo da torre, mas permaneceu intacta! Seria preciso fazer inúmeras perfurações e usar cargas de termita! Ou que tal a catedral de Berlim, onde Hermann e Emmy Göring se casaram? Uma guarda de honra de duzentos aviões de guerra sobrevoou os convivas ao final da cerimônia. A catedral de Berlim certamente ainda não havia sofrido dano algum; não seria atingida por bombas incendiárias até 1945. Enquanto isso, e agora voltamos aos tempos de guerra, as janelas altas da Schauspielhaus, os cafés da Kemperplatz, a águia de pedra e os sentinelas gêmeos da Chancelaria, ainda não estavam todos ali?

Às nove e quarenta, uma bomba aérea ateou fogo no domo da Catedral Francesa, mas às dez e quarenta e cinco Berlim já havia recuperado as condições normais de operação. Às onze e quinze os russos ainda não tinham invadido a Toca do Lobo. Até quase meia-noite o Ministério da Propaganda do dr. Goebbels permanecia intacto…

Um minuto antes da meia-noite, eu mesmo fui salvo por uma mulher de pelos pubianos tão delicados quanto o pó vermelho de tijolos arremessado ao ar nas últimas explosões no Tiergarten quando o Reich chegou ao fim. Ela deixou que eu me escondesse dentro de seu útero, e os russos nunca me encontraram. Quanto ao sonâmbulo, alguns dizem que ele fechou a escotilha atrás de si e desapareceu para sempre. Isso me lembra a lenda nórdica da Serpente de Midgard, que engoliu a própria cauda. De minha parte, tendo a suspeitar que ele está esperando a poeira baixar ali dentro, no interior daquele relógio-cuco. Uma bala russa paralisou os ponteiros quando faltavam dez segundos para a meia-noite. ▸

Distantes e vastos são os confins de meu país

> *Ao assistir a esse filme os punhos se cerram de ódio involuntariamente... Esse filme incita ao combate e inspira a certeza da vitória.*
>
> Roman Karmen (1942)[1]

1.

Europa é um nome próprio; Europa é uma mulher. Europa se chama Marie-Luise Moskav e Berlin Liubova; Europa é Elena Ekaterinburg e Constanze Konstantinovskaia, isso sem mencionar Galina Germana, Rosa Russkaia; Europa abrange o território inteiro, de Anna a Zoia, sem omitir os cruciais entroncamentos ferroviários Nadejda, Nina, Fanni, Coca (cujo nome formal era Elena), Katiúcha, Verena, Viktoria, Käthe, Katerina, Berthe, Brynhilda, Hilde e Heidi; acima de tudo Europa é Elena.

Ela era tão deliciosa quanto o pão de mel branco de Viazma vendido durante a Semana de Ramos na velha Petersburgo; graças à sua ficha policial, estou ciente, como ela jamais estaria, de que até os três anos de idade, e nossa Revolução acabou com a Semana de Ramos, a mãe de Elena costumava pegar um bocadinho e colocar na boca da filha. Era por isso que às vezes, ao ficar muito feliz, ela quase sentia gosto de pão de mel. Repito: ela era tão deliciosa quanto o pão de mel branco de Viazma e nem ao menos sabia disso! Nem ela, nem tantos outros. Dela não existe outra exegese senão a minha. Não importa o que digam, ela não era loira; tinha cabelo escuro. Morreu em

1975; com isso eu concordo. Era por demais recatada para usar sua Ordem da Estrela da Vermelha com muita frequência. Quando passavam por ela na rua, os apparatchiks para quem servia de intérprete não reconheciam seu rosto. Os colegas a ignoravam; os alunos nunca enxergavam para além dos óculos. Vasculhe o índice remissivo de qualquer biografia de Chostakóvitch (exceto a de Khentova) e verá que as referências a ela são muito escassas, e não existe fotografia. E ainda assim ela era a mais perfeita de todos nós, tão branca e doce quanto um pão de mel! Nas óperas ilícitas de Chostakóvitch, era o clarão de luz nos céus turbulentos do cromatismo.

Foi R. L. Karmen quem ficou com ela em seguida.[2] Nascido no mesmo ano antediluviano de Chostakóvitch, mesmo na juventude tinha o hábito de parar em pé com as pernas bem separadas como um velho gordo, e resumiu desta forma seu papel vitalício: "Éramos soldados, armados com uma câmera".[3] À diferença de Chostakóvitch, tinha um temperamento essencialmente animado, prospectivo. Um homem risonho dança pendurado em uma escada de corda, enquanto um acordeonista olha para ele com carinho; uma cena famosa do filme *Volga-Volga*, derivado do musical favorito do Camarada Stálin; mais de um de nós, sobretudo mulheres, comparou Roman Karmen com esse homem risonho. Tia Olga, que morava no mesmo andar que eu, uma vez me disse que algo na aparência de Karmen, baseado nas fotos que às vezes apareciam no *Izvestia*, faziam com que ela se sentisse *determinada*. (Não por acaso ela caiu morta por insuficiência hepática em 1964.) Karmen sem dúvida deve ser considerado um exemplo formidável de nosso homem soviético bem-sucedido.[4] Recebeu o prêmio Estatal da URSS em 1942, em 1947 e mais uma vez em 1952. Ah, como sabia sorrir e gargalhar!

Esse sorriso e a serenidade com que concordava em iniciar, abandonar ou alterar projetos de acordo com nossas sugestões deram origem à hipótese (altamente benéfica à sua carreira) de que ele aceitava seu lugar em um mundo cujo cinema é uma necessidade tão corriqueira quanto longas mangueiras de combustível penetrando os reluzentes capôs quadrados dos automóveis.

Roman Karmen foi chamado de grande artista. E será que era? No ano de 2002, quando telefonei para Yuri Tsivian, especialista em cinema da Universidade de Chicago, recebi o seguinte veredicto: "Karmen, bem, digamos que ele é um clássico oficial, mas não é lembrado como grande cineasta. Não filmou a rendição em Stalingrado por ser um grande artista, mas porque era um funcionário de confiança. Era corajoso e leal, mas não alguém por quem eu teria admiração".[5]

Pobre Karmen! Mas e se o professor Tsivian estivesse errado? A propósito, mesmo se não estivesse, como Karmen deveria ter agido? Tudo que podemos fazer nessa vida é o melhor possível. E se acreditamos em nós mesmos, se o nosso melhor possível nos agrada, isso não significa que seguimos o caminho certo? E quem pode afirmar que cinema não é gasolina? Conheço uma senhora que decide a qual filme assistir não pelo tema, mas pela duração que lhe é mais conveniente. Alguém precisa encher seu tanque. Alguém precisa defender sua mente. "Éramos soldados, armados com uma câmera."

Karmen mal tinha quinze anos quando chegou a Moscou, no mesmo ano em que Lênin sofreu os dois primeiros derrames e o Camarada Stálin se tornou secretário-geral do nosso Partido. Seu bem mais precioso era a câmera legada pelo pai mártir.

Enviou fotografias para a revista *Ogoniok* e recebeu a primeira credencial de imprensa em 1923, quando entrevistou Vassil Kolarov, o herói búlgaro. Ansioso e inexperiente, exagerou no óxido de magnésio; o flash encheu a sala de fumaça negra. Como o negativo ficou velado, ele voltou ao hotel de Kolarov na manhã seguinte. Pode ter sido o sorriso, talvez a honestidade, ou simplesmente o desespero. De qualquer modo, o jovem fotojornalista conseguiu publicar tanto o retrato como a legenda. Passou anos assombrado pela gentileza irônica de Kolarov ao lhe conceder outra chance. Com a costumeira propensão a se abrir aos outros, contou essa história constrangedora a Elena Konstantinovskaia, que riu discretamente. Por algum motivo o constrangimento voltou com tudo; Karmen não entendeu o porquê; havia contado essa anedota tantas vezes que já estava surrada; só ao envelhecer compreendeu não apenas que aquilo o humilhava perante ela, mas também o que tinha motivado aquela revelação: a gentileza de Elena, oh, a gentileza.

Fotografou o cadáver de Lênin sendo velado em câmara ardente e registrou muitas cenas carregadas de emoção, mas a primeira vez em que o poder das imagens o marcou com força total foi mais tarde naquele mesmo ano, 1924, quando o jovem Roman Karmen passou por uma exposição de arte alemã organizada por Otto Nagel. Em meio a coisas imprestáveis estava *O sacrifício*, de Käthe Kollwitz.[6] Como descrever essa gravura? O manto negro da mãe se abre, revelando os seios enquanto ela entrega o bebê à morte.

No mesmo fólio, intitulado *Guerra*, Karmen, atônito e fascinado, viu *Os pais*, xilogravura negra de um homem que se lamenta, enterrando o rosto na mão apoiada nas costas da esposa, que se lamenta em seu colo; o casal compõe uma massa escura de luto em silhueta contra um fundo branco, os contornos brancos impressos em negativo.

Essas duas gravuras arrancaram lágrimas de Karmen. Mas quando, ao vasculhar as paredes quase com ferocidade, determinado a encontrar todo e qualquer pedaço de papel assinado por aquela artista, descobriu *Fome*, que se tornaria a folha número dois da maioria das versões do grande fólio *Proletariado*, de 1925, a emoção que tomou conta dele foi *raiva* — a raiva de um sistema que fazia as pessoas sofrerem daquela forma. E como era estranho que ele se comovesse! Pois também conhecia a fome, e seu pai havia sofrido nas mãos da Guarda Branca. Nesse momento, entendeu que a representação da realidade pode ser mais real que a própria realidade.

Vi uma fotografia de Karmen com um boné de marinheiro inclinado na cabeça, sorrindo com doçura, os dentes brancos surgindo de um canto do instrumento semelhante a um acordeão que o pai havia lhe deixado; o ano é 1926 e ele está diante de um cartaz que defende a causa dos trabalhadores alemães. Um momento antes dessa fotografia ser tirada, ele tinha acabado de elogiar *Fome*, de Kollwitz, mais uma vez.

Em 1927, quando de uma exposição individual das obras de K. Kollwitz em Moscou, Karmen conseguiu fotografar a artista, mas àquela altura ela já não o empolgava tanto. Ele morava em frente a um outdoor criado por Rodtchenko; um anúncio de macarrão da Mosselprom. Analisava esse outdoor diariamente. Tinha a impressão de que cada elemento daquela imagem estava em perfeita sincronia. Rodtchenko não apenas transmitia informações como as *desfamiliarizava* ao estilo dos formalistas russos (que ainda não tinham sido decretados estranhos à nossa cultura soviética). Além disso, sem nos distrair em qualquer momento do encargo de vender macarrão, Rodtchenko oferecia também um pouco de excentricidade, até mesmo de humor — uma qualidade ausente em nossa querida amiga K. Kollwitz.

No final da década vemos Karmen em todos os periódicos, do *Projektor* ao *Vsiermirnaia Ilustratsia*, passando pelo *Lef* de Maiakóvski. Havia começado com uma câmera de imagens fixas, mas o que realmente o seduzia era o *movimento*. Rodtchenko teria se contentado em fotografar uma única atleta moscovita de cabelos curtos cuja insígnia da Estrela Vermelha a declarava **PRONTA PARA TRABALHAR E DEFENDER**; Roman Karmen nos mostrou muralhas de pernas de atletas surgindo e desaparecendo sob ícones de Lênin e Stálin na praça Vermelha!

Registrou Dmitrov, Górki, Aleksei Tolstói, o teórico-entusiasta interplanetário Tsiolkóvksi e até o primeiro embaixador dos Estados Unidos, William Bullitt. Nos filmes inspiradores desse período, crianças baixam a cabeça para estudar em mesas compridas; chaminés vomitam negrume por cima de cartazes dependurados como estandartes, homens de aparência mongólica com trajes típicos de povo autônomo sopram cornos de comprimento anormal, que lembram as chaminés.

Graças à benevolência de nosso Estado soviético, Karmen conseguiu frequentar a Escola Estatal de Fotografia, no salão com colunas de malaquita do antigo restaurante Iar. Entre seus talentos estava a capacidade sobrenatural de conhecer todas as pessoas de que precisava e evitar as perniciosas. Dizem que foi encarado com vivacidade pelo próprio Eisenstein, com uma pasta enfiada embaixo do braço. Mas uma qualidade canina inteiramente estranha a, por exemplo, Chostakóvitch, impediu o rapaz de aceitar bênçãos excessivas desse deus que se poderia acreditar eternamente ancorado ao próprio pedestal. Em vez disso se tornou protegido do rival, Pudovkin. Fez amizade com L. O. Arnchtam, que deixou o teatro de Meierhold no último segundo; em 1937, quando Meierhold e a esposa *desapareceram*, Arnchtam não apenas não foi levado como seguiu fazendo filmes para a Lenfilm! Ele e Karmen eram inseparáveis.

De Dziga Vertov, já considerado suspeito por causa do formalismo de *Um homem com uma câmera*, Karmen manteve distância, ainda que tenha assistido a um bom número de seus cinejornais. Essa neutralidade meticulosa sem dúvida trouxe benefícios a Karmen nos últimos anos de vida, quando ele lecionou no Instituto Estatal de Cinematografia da União.

Na sala de montagem era cativado até pelos arranhões nas guias das películas, que passavam por seus olhos como os fachos luminosos dos bondes noturnos de

Moscou. Logo começamos a associar Karmen à fachada de pilares neoclássicos do Estúdio Lenfilm de Leningrado. Um catálogo se empolga: "Ângulos incomuns, o mais incrível posicionamento de câmera, a interação entre luz e sombra, as composições — tudo era novo, singular e sem precedentes".[7] O curador, é claro, nunca tinha ouvido falar em Rodtchenko.

Em 1938, quando seu futuro com Elena era tão minúsculo quanto uma bomba ainda bem longe no céu e ele ainda nem tinha se formado no Instituto Estatal de Cinematografia, Karmen foi convidado por Vladímir Erofeiev a ser assistente de câmera em nosso primeiro filme sonoro soviético, *Na Ásia profunda*. E assim o encontramos na Ásia profunda, colaborando com o renomado e esguio Edward Tissé, registrando a expedição ao deserto de Karakum. Nossos novos caminhões soviéticos seriam aprovados no teste! A temperatura chega aos setenta graus Celsius.[8] Karmen filma o último gole d'água. Aqui está uma fotografia de Karmen montado em um camelo, tendo às costas um guia de turbante; não está perdendo tempo; está filmando!

Na China, vadeando um rio com a câmera cinematográfica atada a outro camelo; no cordame coberto de gelo do *Sedov* com a câmera encostada no peito da parca; na Leningrado sob cerco, se apoiando sobre o capô de um caminhão destruído para determinar sua posição; com a câmera no olho em uma cobertura nova-iorquina; traçando uma panorâmica com o Kino-Olho ao longo de uma coluna sinuosa de prisioneiros de guerra franceses no Vietnã; assim ele levaria a vida. Um filme por ano, e muitas vezes até mais! Quando Simonov pensa em Karmen, lembra-se de alguém sempre trabalhando, mesmo enfaixado, doente ou exausto, sem dar importância ao seu estado de espírito ou ao risco das circunstâncias.

Tentou com sinceridade filmar não apenas a essência, mas a esperança. Quando produziu os cinejornais sonoros sobre os trabalhadores-modelo Nikita Izotov e Ivan Gudov, filmou Gudov no torno; filmou Izotov tentando estudar geometria. Por acaso Izotov se tornou um geômetra? Não exatamente. Mas graças à sua produtividade devotada conquistou a chance de tentar, o que nunca aconteceria sob o capitalismo. Agora qualquer trabalhador tinha aquela chance. Era isso que Karmen queria nos mostrar. Poderíamos chamar essa estratégia de "arte"? Roman Karmen não dava a mínima. Não era um formalista, não mesmo!

Em 1933, fez um filme chamado *Desfile na praça Vermelha de Moscou*. Em 1938 fez *Primeiro de Maio*. Em 1948 e 1952 fez dois filmes, ambos chamados *Primeiro de Maio na praça Vermelha*. Ninguém pode dizer que ele negligenciou o front doméstico.

Entre 1938 e 1939 vemos Karmen rodando a série de cinejornais *China em conflito*, o colarinho de pele de carneiro desabotoado, o chapéu de pele de carneiro inclinado para trás na testa para não obstruir a vista, mirando na direção de uma torre em chamas uma câmera cinematográfica curiosamente semelhante a uma borboleta metálica, ou talvez a uma chave de dar corda em relógio. Recomendou inúmeras vezes aos colegas que "concatenassem todos os pontos em qualquer ordem temporal",[9] um credo que havia muito ele tinha esquecido que aprendera com Vertov. Mas tudo bem! Após essa deferência ao dinamismo, Karmen invariavelmente concatenava todos os pontos na ordem A., B., C. Mais impressionante do que o arranjo dos pontos é o fato indiscutível de a equipe ter percorrido vinte e cinco mil quilômetros. Ao voltar, ele escreveu *Um ano na China*, que — um indicativo de sua diligência — iniciou e concluiu em novembro de 1939. Esse livro foi publicado de imediato. O autor foi aceito no Sindicato dos Escritores Soviéticos.

2.

Em 1936, Karmen deitou de barriga para cima em meio a um ataque aéreo italiano e filmou apontando a câmera para o alto, com mulheres e crianças etíopes morrendo ao seu redor. Sempre teve sorte, se quiser chamar assim. O documentário resultante, *Abissínia*, solapou e constrangeu os fascistas. Quase em seguida começou a filmar as vinte e duas partes de nosso cinejornal *Sobre os acontecimentos na Espanha*.

Ouvi falar que foi assim: Karmen escreveu uma carta particular ao Camarada Stálin, levou em mãos até aos guardas nos portões do Kremlin, esperou uma semana — parece até uma parábola antiga! — e então ele e o colega cinegrafista Boris Makasseiev foram chamados ao Conselho Central de Cinematografia. Na manhã seguinte, os dois embarcaram em um voo para Madri. Roman Karmen tinha toda a sorte do mundo! Naquele mesmo dia Chostakóvitch tremia dentro de casa em Leningrado, esperando ser preso...

Dois soldados de uma divisão Panzer, com boinas inclinadas, avançam até Madri, separados pelo imenso canhão que aponta para o céu. Roman Karmen está filmando escondido em uma trincheira, não sei como! Nas palavras de K. Simonov: "Ao assistirmos aos filmes enviados por Karmen da distante Espanha, nós, jovens poetas, éramos consumidos por uma inveja abrasadora daquele homem que não conhecíamos, aquele homem com uma câmera que estava na linha de frente da luta contra o fascismo".[10]

Batalhas nas ruas de San Sebastián e Irún; mulheres erigindo fortificações nos arredores de Madri, como logo estariam fazendo nos arredores de Moscou; uma tourada na Plaza de Torres em Barcelona, após a qual os toureiros e o público seguiram direto para o front — e ali está nosso asseado rapaz, orelhas descobertas pela boina escura, segurando a alavanca comprida da câmera cinematográfica, inclinado para a frente e para baixo na direção do tubo da lente. (Dziga Vertov: "As filmagens na Espanha representam um feito indiscutível da cinematografia soviética e refletem o empenho grandioso de Makasseiev e Karmen". Não importava que Makasseiev viesse primeiro na lista. "Suas lentes estão focadas no real, no aspecto direto e heroico do conflito.")[11] Em cada um desses vinte e dois cinejornais, Karmen nos alertou de que aquilo era apenas o começo da agressão fascista, que outra grande guerra estava a caminho.

As sequências mais perigosas e aterradoras do documentário *Espanha* foram rodadas por Karmen sem ajuda de ninguém; pois com o colapso flamejante de

Madri, até mesmo Makasseiev partiu; Roman Karmen foi o único cinegrafista com coragem suficiente para ficar.

Um dos cinejornais de 1936 deixou Elena muito abalada: o mais famoso, com o close da moça determinada erguendo os punhos cerrados; outros jovens às suas costas defendem a Espanha com as mãos e os rifles. E assim Elena foi para a Espanha. Um ato de coragem, sem a menor dúvida. Também ouvi falar, claro, que ela estava passando por algum problema amoroso nessa época.

O que se passava dentro de Elena? Nenhum de nós jamais a conhecerá; para nós ela é tão fechada quanto qualquer alemão. Mas deve ter ficado cativada não apenas pela valentia apaixonada dos filmes, mas também pelo homem em si. Serguei Drobaschenko se lembra dele como "um homem cheio de energia e elegância" —[12] a antítese do impotente e desgrenhado Chostakóvitch.

3.

Ao retornar para casa, Chostakóvitch e Glikman foram assistir a todas as partes de *Os acontecimentos na Espanha*, vendo os republicanos sorrirem orgulhosos com barretes triangulares que pareciam dobraduras feitas com guardanapos de pano. Chostakóvitch estava ansioso com alguma coisa — ah, céus, muito ansioso! — Da tela do Kino Palace os republicanos, empunhando seus rifles, encaravam os dois; e Chostakóvitch, cujo sorriso era tão irregular quanto as ruas geladas de Leningrado ficariam durante o cerco, declarou que estava muito, sabe, *feliz* por Elena.

Sem dúvida ele perdeu muitas noites se perguntando como Elena Konstantinovskaia e Roman Karmen deviam ter se sentido na Espanha.[13] Comigo foi assim. Vi, é claro, aquela fotografia de Elena usando sua Ordem da Estrela Vermelha.* Ela

* Simonov, cujo testemunho não é confiável porque ele também parece ter sido apaixonado por Elena, lembra de vê-la entrando no Palace Hotel de Madri,([a]) então transformado em orfanato, sempre levando alguma coisa para as crianças. Em 24 de outubro de 1936, quando os primeiros tanques soviéticos entraram em combate nas cercanias de Aranjuez,([b]) Elena estava por lá, em meio a um destacamento de voluntários do Komsomol. Karmen a viu e ficou fascinado. Julgou que ela sentia a mesma atração que ele pelo descaso espanhol diante da morte. Fui informado de que o treinamento do Komsomol lhe foi útil; dizem que Mirova, jornalista da *Tass* que infelizmente *desapareceu* ao voltar a Moscou em 1937, ficou encantada por ela e muitas vezes expressou sua admiração (embora não para Karmen, que por instinto mantinha distância dessa pessoa como manteve do igualmente desafortunado Koltzov, do *Pravda*). Todavia, o que Mirova interpretou em Konstantinovskaia como sendo eficácia serena, e Koltzov como fúria secreta, Ehrenburg, do *Izvestia*, um dos poucos jornalistas que sobreviveu aos expurgos, considerou uma decisão deliberada com intenção de voltar às boas graças do Partido para dissipar o espectro do tempo que passou na prisão em 1935. Em sua correspondência particular, Ehrenburg escreve sobre ela com uma malevolência digna de um pretendente rejeitado. De

sempre conseguiu tudo que se dispôs a alcançar — exceto em um único caso, é claro. E assim ficou com Karmen. É possível que o tenha colocado na mira anos antes, quando ele fez aquele cinejornal fascinante sobre o piloto ártico Farikh, rodado no aeroporto coberto de neve. Elena sempre gostou de aviadores e pilotos. Mesmo assim, qualquer pessoa que se disponha a escrever sobre ela logo se vê confuso. Elena é incognoscível.

E quanto a Karmen? Pouco falou sobre o tempo em que os dois passaram juntos, talvez porque, como escreveu certo senhor de escravos, nada é mais doloroso do que tempos alegres relembrados em tempos miseráveis. Assim, é melhor nos limitarmos às evidências externas, e não estou falando de fotografias oficiais: vemos Karmen com um sorriso amarelo e um ar jovial ao lado do escritor burguês-romântico americano E. Hemingway, ambos com as boinas escuras dos combatentes bascos. Karmen segura com força a câmera pousada no colo. Hemingway parece entediado. — Isto eu garanto: Roman Karmen sempre teve boas intenções, e seus filmes nos louvaram e nos promoveram com toda a sinceridade do mundo; a raiva que sentia a nosso favor era uma raiva carinhosa e construtiva, como a raiva de Lênin; odiava os assassinos fascistas; abominava a ignorância, a exploração, a pobreza; tinha um coração bom. O aspecto mais maravilhoso da Revolução era nos impelir a fazer coisas que de fato estavam além do nosso alcance — a própria Revolução! —, e de vez em quando tínhamos sucesso. Os experimentos de Chostakóvitch, assim como os de Rodtchenko, Vertov, Tsiolkovski, estavam todos de acordo. Sonhávamos juntos dentro do grandioso sonho vermelho do Camarada Stálin. E Karmen se superou! Seria cruel chamá-lo de medíocre? Acho que não. Um homem sem pernas é um perneta, e nunca é injusto dizer algo que é simplesmente verdadeiro: ele não tem culpa de não ter pernas. E Karmen teria alguma culpa por não receber mais destaque na *Grande enciclopédia soviética*?

Voltando à Espanha: certa sequência nos cinejornais, uma sequência terrivelmente poderosa, mostra uma senhora vestida de preto acompanhada pelo filho, também vestido de preto, apoiado no colo da mãe como se a cena tivesse sido criada por K. Kollwitz; a criança olha para o lado, a senhora olha diretamente para nós com uma expressão assustada; então um menino nos encara mais de longe; mais de perto, uma jovem está sentada de lado sobre um cobertor e nos lança um olhar inescrutável; todos estão sentados no chão; e em primeiro plano vemos uma figura deitada, de costas para nós, estendendo as mãos brancas na direção dos outros; tem um fardo sob a cabeça e de início não temos como saber se aquela pessoa está viva ou morta.

---

qualquer modo, Konstantinovskaia combateu com bravura, conquistando a Ordem da Estrela Vermelha na inútil contraofensiva de Brunete em julho de 1937.

([a]) Destinos de Mirova, Koltzov e Ehrenburg: Burnett Bolloten, *The Spanish Civil War: Revolution and Counterrevolution* (Chapel Hill: The University of North Carolina Press, 1991), p. 308. Mirova desapareceu ao voltar a Moscou em 1937; Koltzov foi preso em 1938 e morreu no gulag em 1942; mais tarde foi reabilitado.

([b]) Gabriel Jackson, p. 319.

(Em outra cópia do mesmo filme, a mãe e o filho kollwitzianos não estão de preto. Enxergamos mais detalhes. Tudo é mais claro e cinzento.) São refugiados; os bombardeiros fascistas estão a caminho. E ali Karmen de algum modo descobriu como fazer justiça artística tanto a quem filmava como ao próprio coração. Por que só então? Talvez por estar apaixonado.

É precisamente nesse momento da carreira que vemos Karmen se afastando aos poucos dos planos de grupos e passando para os planos de indivíduos. Mais uma vez eu me pergunto o porquê; a mesma resposta vem à mente: os sentimentos que nutria por Elena eram tamanhos que ele enfim compreendeu em seu âmago que um de nós pode nos representar a todos, da mesma forma que o múltiplo contém o individual. Sem dúvida foi a paixão de ambos, que logo floresceu em casamento, que o distraiu de filmar a partida das reservas de ouro de Madri para Moscou,[14] ou nossa liquidação justa e necessária do trotskista Andrés Nin, que cumpria pena em uma prisão espanhola.[15]

Outra sequência de *Os acontecimentos na Espanha*: uma longa fila de soldados de capacete com bandoleiras cruzadas, alguns com binóculos, munição aos pés; olham fixamente para diante. De repente a câmera fecha em uma mulher de longos cabelos escuros.

4.

Karmen passou onze meses na Espanha. Dias após voltar a Moscou, voou para o Ártico em busca do avião de Levanevski, relíquia do voo polar fracassado para os Estados Unidos. Em seguida passou um ano no Ártico, na ilha chamada de Rudolf-Insel pelos alemães. Naquele mesmo ano agiu com responsabilidade e se filiou ao Partido Comunista da União Soviética.

Nessa altura já confiávamos nele a ponto de conceder os recursos necessários para que dirigisse os próprios filmes: *Os homens do Sedov* em 1940 e *Na China* um ano mais tarde. *Os homens do Sedov* foi seu descanso; os tripulantes encalhados se enfileiraram obedientes contra a colcha de retalhos preta e branca formada pelo aço congelado do navio; mas Karmen sentia o mal surgindo em todo lugar, mesmo ali no oceano Ártico. Mal conseguia dormir; precisava ir à China! Muito tempo depois de tudo se acabar, K. Slavin definiria assim o credo de Karmen: "Preciso estar sempre presente, onde quer que estoure um conflito".[16]

E assim o vejo à espreita com dois rebeldes chineses na fenda de um penedo, o soldado à frente fazendo mira, pronto para abater fascistas japoneses enquanto Karmen começa a erguer a câmera com muito cuidado por sobre o ombro do homem, tomando cuidado para não deixar o sol cintilar na lente. (Tocar em Elena era bem mais difícil.) Por onze províncias, e já citei a cifra de vinte e cinco mil quilômetros, ele registrou para todo o sempre o heroísmo fraterno dos operários, camponeses e combatentes chineses.

Na época feliz do Pacto Molotov-Ribbentrop, vemos Karmen à vontade em meio à equipe, filmando as ruas da Ucrânia, sempre inclinado para a frente, pronto para que algo sensacional aconteça. A câmera traça uma panorâmica por jovens operários emaciados e sorridentes, estranhamente parecidos com o próprio Karmen. Seguram objetos cilíndricos prateados e brilhantes que podem ser peças mecânicas, obuses ocos ou troféus. Um engenheiro ucraniano chora de alegria! Deve ter conquistado um emprego em nossa União Soviética. E nosso Roman Karmen está ali para filmar. Esse filme, *Um dia no Novo Mundo*, empregou não apenas Karmen como noventa e seis outros cinegrafistas. Informo com orgulho que conquistou o Prêmio Estatal de nossa URSS.

5.

Não parece haver registros em filme da vida conjugal do Camarada Karmen, nem mesmo uma fotografia emoldurada do jovem casal. Tenho uma cópia daquela famosa imagem em que ele posa em fila com outros cinco correspondentes de guerra, todos de uniforme, alguns com cigarros na mão, e atrás deles um avião que traz na cauda a estrela vermelha com bordas brancas da nossa Força Aérea soviética. A data é 1943. Tenho informações de que Elena guardou esse retrato consigo pela vida inteira. Por ser uma mulher soviética com espírito público, preferia ver o marido na companhia dos colegas.

No outono de 1940 Elena descobriu estar grávida. Continuou trabalhando no Conservatório de Leningrado, e também em Moscou. Karmen deixou Moscou para se encontrar com ela no dia previsto para o parto: 22 de junho de 1941.

6.

Ao contrário de nós todos, Karmen acreditou na hora ao ouvir a notícia no rádio. Voltou correndo para o estúdio. Dois dias mais tarde, vemos Karmen a bordo de um trem militar, rumo ao front, acompanhado por seus cinegrafistas favoritos, Lítkin e Scheer. Em Velikie Luke, o avanço do trem foi interrompido por um ataque fascista. As primeiras cenas que ele rodou na guerra, filmadas de um ninho de metralhadora, registram como nossas tropas tombaram e morreram em um contra-ataque inútil. (Na cidade em ruínas, ficou sabendo por um telefone de campanha que Elena havia dado à luz uma filha.) No espírito das canções de Akhmátova, passamos a nos chamar de "uma família em sofrimento". Roman Karmen traçou uma panorâmica por uma fila de cavalos mortos apoiados em um muro de tijolos…

Montada em cavalos brancos, uma divisão de cavalaria soviética galopou ensandecida, enfrentando rajadas de metralhadora com os sabres em riste. Todos tombaram. Roman Karmen estava ali, filmando.

Lítkin gritou. Seu ombro tinha sido atravessado por uma bala. Tentando consolar o amigo, Karmen disse: Que filmagem preciosa para todos nós, são as primeiras imagens da crônica de nossa Grande Guerra Patriótica![17]

E apontou as lentes para Lítkin, que lhe devolveu o sorriso mais valente que conseguiu. Não havia médico.

7.

Nossos rapazes russos, com seus sorrisos nervosos e os sobretudos que usariam ao longo de meia década, nos invernos e nos verões, eram seus verdadeiros heróis. Seus quadros *Notícias da guerra*, para o *Sovkinojurnal*, destacavam pessoas comuns, compelidas pela emergência e pela coerção a sacrificar sua vida, e as transformavam em voluntários! Ora, mas e não eram? Elena havia mencionado que até mesmo Chostakóvitch tinha se apresentado como voluntário… Karmen filmou as nossas retiradas e se dedicou com afinco a pintar cada uma delas como vitórias. (Nós o vemos fatigado e pálido, mas ainda animado, na clareira de uma floresta de nosso front ocidental, apoiando uma mão no tripé, dando uma espiada simpática em nossa direção enquanto ao seu lado uma dupla de soldados exibe ao nosso olhar um mapa aberto; Karmen toca em um ponto na brancura, ao mesmo tempo que continua olhando para nós com uma sinceridade doce.) Chostakóvitch nos fez ouvir trenós arrastando cadáveres sobre o gelo da ponte Kiróvski, tendo ao longe chaminés camufladas com tinta branca; o Camarada R. L. Karmen nos mostrou novos T-34 rangendo e raspando as ruas brancas, as torres abertas, as armas apontadas para a frente! Ele nos fez posar em filas indômitas, empunhando nossos rifles. No rádio, ouviu a lírica angustiada de Akhmátova — "Os cidadãos de Leningrado, sangue do meu coração, marcham em fileiras simétricas, os vivos e os mortos; a fama não os consegue distinguir!" —[18] e na mesma hora decidiu rodar um filme sobre as motoristas de bonde de Leningrado para que o mundo inteiro pudesse amá-las e admirá-las. O que é a verdade? Platão afirma que "a máscara do ator se torna seu rosto". Nossos escrúpulos variam, assim como nossas necessidades. Um ato que algum de nós define como uma prova suprema de amor, outro pode rejeitar com estas palavras: Se você me ama, não vai me obrigar a fazer isso. E o conceito de devoção de cada amante continua irredutível, pelo menos para si mesmo.

Quaisquer que fossem as definições de Karmen, ficaram mais rígidas quando ele topou com os patíbulos em Volokolamsk. Filmar mortes violentas na China ou na Espanha é uma coisa. Registrar a invasão da própria terra natal é bem diferente, e mais diferente ainda é testemunhar a tortura e o assassinato em massa de inocentes, alguns dos quais poderiam até ser seus amigos. Não consegui averiguar se Karmen viu com os próprios olhos o famoso cadáver de Zoia Kosmodemianskaia, mas conhecia o fotojornalista Lidin — Karmen conhecia todo mundo! —, e foi Lidin que tornou famosa sua morte. Então o desejo de Karmen de servir à humanidade explodiu em veemência, e ele compreendeu de todo o coração, e não apenas com o intelecto, a intenção de Górki ao falar do amor que criava e sustentava o ódio de Lênin pelos inimigos de classe. Não devemos mais pensar nos alemães como humanos! Lembrando-se das mulheres e das crianças mortas que o comoveram na exposição de Käthe Kollwitz tantos anos antes, agora sentia um prazer vingativo com seu sofrimento. Se tivesse como matar todos os homens, mulheres e crianças alemães...!

Em uma única noite rascunhou seu próprio roteiro que retratava o "Batedor Pachkov", de Aleksei Surkov, capturado pelos fascistas, torturado, fuzilado e enterrado, para em seguida voltar para nós e nos guiar por trás das linhas do inimigo para acabar com ele![19] Karmen se curvou sobre a mesa de campanha. Seria preciso uma enfermeira chamada Liuba, cujos longos cabelos escuros lembrariam os cabelos de Elena; um camelo cazaque cuidaria de puxar o vagão da artilharia. Karmen tinha aspirações tão longas quanto os canhões de trinta e sete milímetros dos nossos Chturmoviks.

Stálin ordenou que o Camarada Voronov rebatizasse de regimentos seus batalhões de artilharia antitanque, em prol do moral e da autoridade. Roman Karmen incluiu as legendas correspondentes nos cinejornais. O que Käthe Kollwitz teria feito com os pés cobertos de neve de um cadáver em Leningrado? Roman Karmen sabia o que fazer; não tinha dúvidas nem tempo para tê-las.

Mesmo então sua obra ainda tinha algo das construções espaciais de Rodtchenko, o páthos e o eventual sentimentalismo de Kollwitz. Assim como na visão de Chostakóvitch a ciência do tom exige a notação de todos os gritos entre as duas zonas demarcadas com arame farpado, para Roman Karmen o trabalho cinemático objetivo exige a representação dos estranhos ângulos que surgem nos rostos famintos.

Estava mais uma vez com Boris Makasseiev, rodando *Derrota dos exércitos fascistas alemães perto de Moscou*, operando a alavanca de panorâmica com a naturalidade de um trabalhador manejando uma pá. Queria muito que aplicássemos um golpe esmagador no inimigo! Avistou um trabalhador muito pálido com capacete de proteção que rosnava de fúria à espera da próxima salva fascista, e o filmou; resgatou aquele homem para sempre. Depois contou outra piada a Makasseiev, perto de quem sempre parecia especialmente apresentável e elegante.

Um projétil inimigo surgiu guinchando em sua direção. Gargalhando, Karmen se levantou e acendeu um cigarro. Makasseiev precisou arrastar o amigo até ficarem a salvo entre as bancas de livros da Kuznetski Most, fortificadas com sacos de areia. A objetiva de Karmen isolou uma colegial em meio a outras, dentro de uma vala antitanque inacabada, enxergou a colegial melhor do que ela própria se enxergava, lembrou-se dela para sempre e a recuperou para nós como um anjo da vitória.

Em 1944, Karmen estava na Ucrânia, cujo gauleiter nazista tinha proposto matar todos os homens com mais de quinze anos e conservar as mulheres apenas para fins de reprodução. Como prova de sua presença por lá, ajuízo aquela foto deliciosa do Kinogrupo da Segunda Frente Ucraniana; estão todos sorrindo, posando em volta de um jipe, com R. L. Karmen ao volante, e ao lado dele (mas em pé, não sentada ao lado dele) uma morena carrancuda de uniforme abotoado até a garganta. E aqui está seu close do soldado fascista alemão morto com um dicionário de verbos russos na mão, como se algo entre `Aspektverhältnis` e `Zeichen`[20] pudesse salvá-lo. *Die vollendeten und die unvollendeten Formen der Verben...*

Karmen foi o primeiro jornalista a filmar um campo de extermínio. No caso, as instalações de Majdanek. "Exceto pelos mil cadáveres humanos salvos pelo Exército Vermelho, nenhum interno escapou com vida", informou ao mundo. Suas imagens foram aceitas como prova contra os principais criminosos de guerra em Nuremberg, e uma vez o ouvi dizer que o maior orgulho de sua carreira era ter contribuído para mandar aqueles homens para a forca. "Concatene todos os pontos em qualquer ordem temporal", aconselha Dziga Vertov; portanto, projetarei agora as sequências sombrias de *Julgamento dos povos* (1946), de R. L. Karmen, os fascistas criminosos de guerra cochichando com seus advogados, cercados por policiais militares de capacetes brancos enquanto aguardavam seu destino por entre as colunas danificadas pela guerra; são esses capacetes brancos, quase do mesmo tamanho dos rostos nesse ângulo e a essa distância, que percebemos logo no início e no fim; os rostos fascistas são um cinza-médio opaco e tênue; as colunas são mais escuras; o vão da porta aberta entre elas é preto como carvão. Eu estava lá; vi Karmen e seu assistente de câmera postados nas sombras, ambos encostando no tripé como se aquilo fosse algo mágico, Karmen se apoiando com a outra mão em um pilar enegrecido enquanto fitava a sala do tribunal, esperando a ocorrência da próxima sensação. Mais tarde, ele me disse: Como tudo naquele tribunal seguia uma lógica estritamente consecutiva, a versão final do meu filme expressava a mesma lógica inflexível da vida.[21]

8.

Algumas das imagens mais suicidas foram filmadas em 1943, quando esmagamos a Operação Cidadela do inimigo. K. M. Simonov, um dos poucos amigos de Karmen na linha de frente ainda vivos nesse período, informa tê-lo visto surgir impassível de uma de nossas fundas valas antitanque, camuflada com grama, e um tanque Tiger disparou na mesma hora contra ele! Karmen se agachou e voltou a se levantar; ao assistirmos *Batalha do Oriol*, descobrimos que ele continuou filmando ao cair de costas na trincheira, de modo que o céu aparece em uma guinada louca e granulada, e o projétil o cruza de um lado a outro! O Tiger se aproximou rugindo; Karmen filmou o tanque de frente; e quando foi abatido por um de nossos morteiros de cento e vinte e dois milímetros, Roman Karmen registrou isso em filme! Depois disso o encaramos com admiração; ao mesmo tempo, alguns de nós imaginaram que talvez ele fosse infeliz, por isso arriscava a vida daquela forma. Receber uma ordem e avançar rumo à morte certa, como faziam nossos soldados, era uma coisa, mas Karmen jamais recebeu uma ordem dessas.

Ao mesmo tempo, tínhamos plena consciência de que seus sentidos eram aguçados e suas habilidades de interpretar, organizar e improvisar eram simplesmente magníficas. Conseguia reconhecer de muito longe se nossos Katiúchas estavam municiados com M-13s ou M-30s. Quando os fascistas alemães abriram fogo com os oitenta e oito, sua premonição a respeito de onde cairiam as bombas era espantosa. Certa vez perguntei qual era o segredo, e ele respondeu: O som diz tudo, Camarada Aleksandrov! Claro, prosseguiu, com um sorriso de modéstia jocosa que lembrava uma careta, não vou dizer que tenho as mesmas habilidades acústicas de um Chostakóvitch…

Esteve nos bunkers subterrâneos de tijolos de Poznań; filmou os velhos loucos do Volkssturm e os alemães se escondendo em montes de feno quando chegamos; por fim estava na própria Berlim sitiada, a qual, nas palavras de V. I. Tchuikov, "fazia chover rios de aço em brasa sobre nós".[22] Filmou a captura do Reichstag.

Na Adolf-Hitler-Platz havia um apartamento chamuscado mas repleto de livros, que os soldados de mente sadia de nosso Exército Vermelho se ocupavam de pisotear e transformar em pedacinhos. Karmen pegou da estante um volume encadernado em couro, abriu e leu em voz alta, com um tom irônico: "Um dia ele ouviu falar que na Borgonha vivia uma donzela de beleza ideal, e ela, como quis o destino, lhe concederia tanto uma grande alegria como uma grande tristeza". — Mas que lixo burguês pervertido! Vou jogar isso fora agora mesmo, Roman Lazarevitch! — E o jovem oficial sadio e bronzeado começou a arrancar todas as páginas daquele livro velho e ruim, gargalhando como uma criança. Karmen se ajoelhou, resgatou uma das folhas arrancadas e leu para si mesmo: "Aproveitavam o tempo com inúmeras distrações, embora, para dizer a verdade, repetidas vezes ele sentisse as pontadas do amor com que a princesa o afligira e que terminaria por arrastá-lo até uma triste ruína". — Sentiu um grande desconforto; não sabia o porquê. Ao mesmo tempo, era mais interessante que filmar os procedimentos mecanizados do preparo de alimentos em nossa Fazenda Estatal Gigante.[23]

9.

Passemos ao seu feito mais conhecido: Quando a batalha de Stalingrado teve início, no verão de 1942, Roman Karmen, como era de seu feitio, sentiu muita vontade de estar por lá. — Ver Paulus derrotado!, ele ria. É o sonho de todo soldado russo…

É estranho, mas embora Karmen tenha rodado os trechos mais cruciais do documentário *Stalingrado*, de Varlamov, com sete rolos, esse feito não recebe qualquer menção na *Grande enciclopédia soviética*, que presta tributo à sua existência nos volumes onze, doze e dezenove. —[24] Corra ao armazém!, gritaram os oficiais do Estado-maior, que eram todos seus amigos. E assim ele conseguiu estar com a câmera na porta quando o marechal de campo Paulus se rendeu (ou, como eu deveria explicar, quando a rendição foi oficialmente reencenada). Karmen já havia se destacado por correr inúmeros riscos no decurso da defesa de Stalingrado, e levavamos isso em conta. Todos os dias ele tinha uma piada nova na ponta da língua: Sabe o que Rokossóvski disse? "Se você conseguir pegar o Paulus, pode ser o primeiro a fotografá-lo!" Abrindo um largo sorriso, apontava a câmera para os tanques que se aproximavam! Gostava daquilo que os alemães chamam de *heisse Punkte*, os pontos de tensão. (Ali está ele, de lado, com uniforme e boina do Exército Vermelho, trazendo para perto do olho a vigilante câmera que parecia uma pistola e apontando em paralelo ascendente com o longo canhão do tanque T-34 ao seu lado; atrás dele estão as ruínas da Usina Metalúrgica Krasni Oktiabr' de Stalingrado.) Ainda que o avanço do inimigo (emparelhado na trilha sonora com o Tema do Rato da *Sétima sinfonia* de Chostakóvitch) apareça principalmente por intermédio de filmagens alemãs capturadas, muitas das cenas mais ousadas de *Stalingrado* são de Karmen: a boca do soldado se escancarando em um grito cheio de dentes, tão larga e redonda quanto o capacete, a mulher de roupas escuras imóvel sobre ruínas cobertas de neve, soldados borrados do Exército Vermelho agitando fuzis com baionetas caladas, e em seguida o inimigo vindo direto para cima de nós, cada vez mais próximo, até a boca dos canos das armas ocupar o plano inteiro. Não admira que um companheiro descreva esse filme como "simples e heroico no sentido mais acabado da palavra".[25]

Foi a Roman Karmen que as latas de filme foram confiadas naquele voo especial de 2 de fevereiro de 1943. Ainda estava escuro quando o Chturmovik decolou; no bolsão norte, os fascistas famintos do 11º Corpo não se renderiam até as quatro da tarde, mas sem dúvida tudo havia chegado ao fim. Karmen não conseguia parar de sorrir! Pretendia beijar e, se tudo desse certo, fazer amor com Elena em meio ao rubor cinzento de um meio-dia de inverno em Moscou, mas Elena não estava lá. Então ele celebrou com os colegas no Estúdio Central de Cinejornalismo, e todos o abraçaram. (No estúdio o vemos posando com muitos rolos de filme, franzindo o cenho ao olhar para o buquê de fotogramas que segura com as duas mãos, enquanto pilhas reluzentes de latas de filme assomam à sua frente e às suas costas.) Por que, então, Karmen acabou omitido dos créditos? Quinze outros cinegrafistas foram listados. Será que a notória vaidade de Varlamov tinha apagado Karmen? De qualquer modo, ninguém jamais ouviu uma reclamação sua. Sabia que sem dúvida era mais afortunado que o colega V. Grossman, que foi mantido nos créditos mas teve seus comentários removidos por causa de desvios ideológicos.

Ao contrário de Dziga Vertov, Karmen não aparece no *World Film Directors*, de Wakeman.[26] Tenho o prazer de informar que o verbete sobre direção de cinema da *Grande enciclopédia soviética* faz duas menções respeitosas a ele, uma por causa do premiado *História dos trabalhadores do campo petrolífero do mar Cáspio*, produzido no ano da morte de Stálin, e a outra por *Continente em chamas* (1972), que (como não assisti ao filme, me baseio na descrição do meu colega Piotr Alekséiev) "retrata a luta contra o imperialismo".

10.

Elena não o acompanhou até o mar Cáspio nem ao continente em chamas. Tinham se divorciado a essa altura. Sua famosa foto de Paulus, rígido e pálido na rendição em Stalingrado, me lembra do próprio Karmen no dia em que Elena foi embora.[27] Tudo deve ter acabado (mas quem consegue medir uma coisa dessas?) no dia em que ela lhe informou que todos os seus inúmeros projetos e sonhos — ah, se não estivesse acontecendo uma guerra ele a levaria até a Sibéria e rodaria um filme apenas sobre as cores do gelo; encontraria no gelo um arco-íris para ela; queria descer com ela até o fundo do oceano a bordo de uma batisfera, acompanhados por peixes luminescentes; queria que ela estivesse ao seu lado quando documentasse as revoluções vindouras na América Latina (que levariam décadas para acontecer, mas quando aconteceram ele estava mesmo por lá); tentou descrever sua vontade de ir com ela aos desertos do Turquestão — e aqui eu poderia mencionar que há muitos anos, há tantos anos que os tempos eram de paz, o sonâmbulo não tinha nem chegado ao poder, houve uma ocasião em que Roman Karmen estava escrevendo em seu diário em meio ao calor do verão do deserto de Karakum com Ierofêiev e Tissé, e o que mais o alegrava era imaginar que algum dia voltaria para lá com uma mulher que o amasse! Ah, ele era passional; era um romântico! Foi a primeira de suas três viagens ao deserto. Tinha voltado em 1936 com o próprio carro; em 1950 rodaria *Turquestão soviético*. Elena não disse nada, e ele falou que também queria estar com ela em uma praia tropical deserta, ou caso ela não gostasse de praias ambos podiam flutuar lado a lado em um rio largo de águas mornas — um projeto que seria realizado com louvor na adorável e politicamente confiável narrativa de viagem *Nossa amiga Índia* (1954) —; ele propôs tudo isso em uma tarde de verão, tentando fazer com que os dois ficassem mais próximos; primeiro ele perguntou quais eram os sonhos *dela*, que nada respondeu, em seguida ele disse sim, a Lua e o polo Norte e os mares do sul; adoraria levá-la com ele; queria ficar com ela para toda a eternidade — em Elena essas fantasias inspiravam sensações de isolamento — e depois do relacionamento com Chostakóvitch ela nunca mais queria ficar isolada — ou de medo. Com um tom de voz baixo e grave que imaginava ser reconfortante, Karmen tentou explicar; Elena achou que ele estava sendo defensivo e disse: Estou ficando muito incomodada. Esse seu tom de voz é *creepy*... — Então ele ficou magoado; não queria que ninguém o achasse *creepy*. Pelo contrário: era animado, valente, sadio! Oh, como ele ficou magoado.

Talvez para compensar, depois disso Karmen vivia prometendo levar Elena para Odessa, onde ele havia nascido. Depois, pararam de falar sobre ir a lugares.

11.

Elena tinha lhe devolvido a virilidade. Um relacionamento anterior havia acabado de forma tão desastrosa que ele ficou impotente, sem desejo nenhum, por mais de um ano. Dedicou-se ao trabalho na Espanha; quase chegou a torcer para ser morto. Na primeira noite com Elena, pediu desculpas e alertou, sorrindo constrangido (passou a vida inteira sem aprender que esse sorriso constrangido era igual ao sorriso animado que exibia para jornalistas e em noites de estreia), que talvez ele não fosse mais um homem; estava com muito medo, mas com Elena tudo voltou, não apenas uma, mas duas, três vezes, e não foi apenas delicioso como também terno desde a primeira vez; por mais sentimentais que essas coisas soem ao serem enunciadas, foi a experiência sexual mais romântica da vida dele, sobretudo quando ela estava por cima, e em vez de se mexer com velocidade incansável, como fazem tantas mulheres (não que ele também não gostasse disso), Elena o fazia com concentração e graça extraordinárias, em movimentos tão, mas tão lentos que ele quase não suportou, sempre olhando fixamente para ele, às vezes provocando, às vezes se concentrando com muita atenção no próprio prazer, sem pressa, parando às vezes ou mal se mexendo, agarrando e se contraindo ao redor dele com extrema determinação enquanto o desejo e o suspense sexual se erguiam dentro dele como a fumaça do cigarro semiapagado que ela havia deixado no cinzeiro ao lado deles. Mesmo quando chegou ao orgasmo ela não se mexeu muito mais rápido, ainda que tenha virado a cabeça para trás no último instante e a boca se aberto e emitido um grito agudo.

Quando estava por baixo, Elena tinha um modo específico de segurar a cabeceira da cama quando estava tendo um orgasmo, ou às vezes apenas erguia as duas mãos acima da cabeça. Depois de alguns meses juntos, ela começou a cobrir os olhos com o pulso logo antes de chegar ao clímax. De início ele não deu importância. Mas aos poucos, cada vez mais, aquele pulso surgia sobre o rosto dela sempre que ele tentava beijá-la.

Certa manhã estavam na cama, recém-acordados, e ele se virou, tomou Elena nos braços e começou a beijá-la, mas ela afastou a boca. Disse que ele estava com mau hálito. Ele ficou magoado, mas não disse nada.

Depois disso ele começou a notar que ela quase sempre virava o rosto quando estavam fazendo amor e ele queria beijá-la, ou senão a mão estava ali entre o rosto dos dois, mantendo-o um pouco distante. Talvez fosse a barba. Certa vez no café da manhã ela comentou que bigodes deixavam os homens com cara de idiotas, e então ele raspou o bigode, mas naquela noite quando fizeram amor ali estava a mão dela, empurrando delicada o rosto dele para longe, de modo que tudo que ele beijou foram os dedos dela. Às vezes, quando estava por cima, ela ainda o beijava, nunca com a intensidade que ele gostaria, nunca como antes o tinha beijado; ele aprendeu a ser passivo nesses momentos, deixá-la beijar seus lábios com as lambidas suaves e superficiais que ela apreciava, quase mordidelas; não queria assustá-la.

Não era, de modo nenhum, ou pelo menos não exatamente, o caso de ela estar se afastando, ou de não querer que ele a visse. A seu modo, na verdade ela era um pouco exibicionista. Amava a si mesma ao mesmo tempo que não amava. Gostava que ele a fotografasse nua, mas quando ela escolhia a pose era sempre deitada de bruços, escondendo o rosto, mostrando as nádegas. Se ele visse um retrato de outro alguém com essas características, teria pensado: aqui está uma pessoa que não quer ser fotografada. Mas ela havia pedido que ele tirasse a foto.

12.

Era esse o cerne da questão; assim ele teria contado a história se estivesse fazendo um cinejornal a respeito da própria vida: Primeiro ela guinchava como um rato ao gozar, depois grunhia, e por fim não emitia nenhum som!

Disse a ela como se sentia conectado quando faziam amor, alma ligada com alma, e ela o encarou em silêncio.

Não é assim para você, Elena?

Não quero magoar você.

Isso destroçou a confiança de Karmen, que dali em diante agradecia em lágrimas sempre que ela fazia sexo com ele. — Não me agradeça, ela sussurrava triste.

Eu te amo, ele dizia.

Eu também te amo, muito, muito mesmo.

Preciso de você.

Não, não precisa!, ela gritou em pânico. Você não precisa precisar de ninguém. Você me ama. Isso basta. Eu me alegro ao pensar em você como alguém forte, que vai sozinho para a Espanha ou a China, autossuficiente. Por isso você é meu herói.

E então, se apoiando num cotovelo, falou: Quero que você seja feliz por mim. Sempre penso em você como aquele homem risonho de *Volga-Volga*.

13.

Vivia sonhando que enxergava Elena através de uma janela. Ficava pensando se Chostakóvitch, cuja fama era ter sido extremamente apegado a Elena, teria sonhado algo assim; ao que parecia, só não tinha abandonado a esposa para ficar com ela por ser fraco de caráter. Karmen torcia para que ele já tivesse esquecido Elena. O marido atual não tinha intenção nenhuma de esquecê-la; muito pelo contrário; mas mesmo em sonhos não conseguia mais estar presente por inteiro com Elena. Brigavam na cama; ela se virava de costas; arrasado e entediado, ele caía no sono. Onde estava agora? Nesse outro mundo, tudo se arrastava eternamente. Ele pairava e cintilava, nem mesmo sabendo que existia. Então, através da janela, viu Elena, nua, acolhendo a face de outra mulher despida contra a sua; estava reclinada, com a cabeça um pouco inclinada, aninhando a cabeça da outra mulher nas mãos, os dedos enterrados no cabelo dessa outra mulher; e a outra mulher estava com os olhos fechados de êxtase, quase gritando, boquiaberta, com a língua de fora;

enquanto a esposa dele, também de olhos fechados, roçava delicada o nariz no lábio superior dessa outra mulher quase como um bebê sugando um mamilo, os lábios entreabertos, sem alvoroço. Essa outra mulher, que ele nunca tinha visto antes, era a parceira ativa e ávida, suspirando de carência pela esposa, que com tanta doçura a abraçava e se oferecia; e embora ela fosse a passiva, doadora em vez de receptora, havia um ar de exploração indescritivelmente doce no modo com que Elena roçava o nariz na boca da outra mulher; a ternura entre as duas, espantosa, perfeita, fez com que ele mergulhasse em uma insanidade angustiante, porque naquela época, mesmo quando Elena aceitava o sexo, escondia o rosto com a mão, sobretudo ao atingir o orgasmo; ela ainda não o havia proibido de olhar para seu rosto, mas ele tinha certeza de que isso a irritava; tudo nele a irritava. Quando se tornaram amantes, quem fechava os olhos era ele; quando ele se aproximava do orgasmo, a intensidade do escrutínio dela o deixava tímido; de *tão* presente, ela ficava quase intolerável, mas isso não queria dizer que ele não a amava, significava apenas que se entregar a ela seria um passo irrevogável. Talvez ela agora sentisse o mesmo; de qualquer modo, ele buscava o rosto dela porque a estava perdendo; pelo mesmíssimo motivo que precisava estar com a câmera quando testemunhava a "história", para que nada se perdesse, precisava dos pedacinhos de Elena ainda disponíveis. E ela interpunha a mão entre as bocas sempre que ele tentava beijá-la! E ainda assim o amava; tentava ser compreensiva (dizia sempre: *Eu entendo*); admitiu que não sabia como transmitir segurança — tinha escolhido viver com ele, afinal de contas! Poderia estar vivendo com uma mulher, isso sem falar em D. D. Chostakóvitch.

Uma vez Elena telefonou de Leningrado, muito animada, de modo que ele não estranhasse nada, para informar que estava tudo bem. Conversou com ele sobre coisa nenhuma; ele ficou quente e corado ao ouvir a voz dela. Em seguida voltou a telefonar e disse: Ontem à noite traí você.

Com quem?

Dmitri Dmitriévitch. Ele estava bêbado e apareceu no meu quarto; começou a chorar, fiquei com pena; ah, Roman, desculpa, me desculpa...

E depois, o que aconteceu?, ele perguntou, receoso.

Não há muito o que contar. Ele e eu, nós — nós... Ele estava tão bêbado que não conseguiu fazer tudo que queria. E não parava de chorar. Foi horrível. Depois eu disse que nunca mais poderíamos fazer aquilo, porque eu me sentia mal traindo você. Falei que estava tudo acabado, e ele ficou muito triste. Prefiro não tocar mais nesse assunto, a menos que você queria muito perguntar alguma outra coisa. E prometo que isso nunca mais vai acontecer.

Karmen sabia que ela precisava ser perdoada; ficou agradecido por ela ter confessado na manhã seguinte; por outro lado, e isso era o que mais o magoava, havia aquele telefonema anterior, que em retrospecto o deixava horrorizado por sua animação, porque *ele* tinha ficado animado; tinha *acreditado*. Foi assim que entendeu que nunca, jamais, perceberia quando Elena estivesse mentindo.

Ele era de fato uma pessoa tolerante, e não apenas na própria avaliação. Como acontece com tantos profissionais itinerantes, também tinha dado suas puladas de cerca; havia encontrado estabilidade em vários relacionamentos mutuamente não monogâmicos, em obediência à teoria *sexo-é-como-um-gole-d'água* de A. Kollantai; mas esses relacionamentos foram honestos. Se desde o início Elena tivesse dito: Roman, eu quero ficar com você, mas vou continuar indo para a cama com Dmitri Dmitriévitch, ele poderia ter aceitado ou rejeitado essa proposta, consciente de onde estava se metendo. Dmitri Dmitriévitch talvez o deixasse um pouco magoado, mas a dor seria *dele*, infligida a Karmen por si mesmo. A dor infligida por Elena não era dele. Por isso, consistia em (e ela tinha usado a palavra) traição.

Mais tarde, o acontecido não lhe saía da cabeça. Queria ter perguntado: Dmitri Dmitriévitch passou a noite inteira na cama com você ou foi embora depois do ato? Ele quis ficar mas você o mandou embora porque já sentia remorso, ou você considerou que, como tinham acabado de copular, não haveria grande problema em deixar que ele passasse a noite ali, e talvez fazer tudo de novo mais uma vez?

Perguntas como essas pareciam importantíssimas para que ele entendesse o comportamento de Elena, mas teriam mesmo importância? Ele já não sabia tudo que precisava saber? Aquele outro homem, Dmitri Dmitriévitch, havia penetrado Elena com o consentimento dela, enquanto ela estava casada com ele. Será que colocou devagar? Será que foi delicado e cuidadoso; será que levou em conta o prazer dela, talvez até em primeiro lugar, e nesse caso a conexão emocional entre eles seria ainda mais perigosa? Ou será que Dmitri Dmitriévitch se concentrou nas próprias necessidades? Será que Elena teve um orgasmo? Durante o sexo, será que ela pensou em, ou, melhor ainda, será que imaginou estar com... um certo Roman Karmen? Se não fez isso, que imenso problema. Por outro lado, se fez, então o que *isso* dizia sobre Elena?

Nunca perguntou nada disso a ela, por temer que um longo interrogatório a magoasse. Sabia muito bem o quanto lhe era necessário, tanto na vida como no trabalho, visualizar todos os fatores nos mínimos detalhes; no caso da infidelidade de Elena, essa reconstituição ficaria eternamente bem mais incompleta do que qualquer documentação feita ao vivo; ele jamais saberia o bastante! Melhor esquecer.

14.

Beijou os mamilos de Elena. Queria dizer que os seios dela eram brancos e doces como pão de mel de Viazma, mas teve receio de que isso a fizesse temer ainda mais que ele a quisesse consumir.

É apenas uma compulsão, Roman, nada mais. Já pensei sobre mim mesma, como você pediu, e até conversei com outras pessoas. Concluí que eu sou normal e você é anormal.

Mas outras mulheres nunca me chamaram disso...

Não me compare com outras mulheres.

Desculpa.

Elena olhou para ele de seu modo delicadamente aterrorizante, acendeu um cigarro e disse: Sabe, quando criança eu era uma masturbadora compulsiva. Viciada. Não aguentava passar mais de algumas horas sem ter um orgasmo. Passava o tempo todo inventando modos de ficar mais de quinze minutos sozinha. E era horrível. Acabei me livrando desse vício. E nunca mais quero ter uma recaída!

Preciso que você precise de mim como eu preciso de você.

Você quer que eu volte a ser infeliz, como eu era com Vera. Eu era fraca, ciumenta, dependente. Nada que ela fizesse era suficiente. Não tinha como me fazer feliz.

Mas ela traía você a torto e a direito! Era cruel! E eu não sou assim.

Prometi a mim mesma que nunca mais teria uma recaída, disse Elena. Eu progredi. Superei esse modo de ser. Tenho orgulho disso. E você quer que eu volte a ser assim. Desculpa, Roman, mas eu nunca, jamais, vou voltar a ser assim.

15.

Sobre a mesa da esposa, Karmen viu um envelope aberto, enviado por Vera Ivanovna. Foi tomado por desconfiança e ciúme. Mais do que qualquer outra coisa, queria ler a carta e descobrir se Vera e Elena continuavam se relacionando sexualmente. Chegou a pegar o envelope. Então se perguntou: Meu Deus, o que estou fazendo? Eu não a amo? Não confio nela?

Elena, ele perguntou naquela noite, durante o jantar, você tem tido notícias de sua amiga Vera?

Elena acendeu um cigarro e disse: Na verdade ela me convidou para uma festa, mas acho que não vou. Ando cansada.

Acreditou nela; ficou feliz; mudou de assunto.

16.

Sempre que implorava que Elena dissesse, apenas uma vez, que ele era o amor da sua vida, Elena se enfurecia. Não queria ser espetada como uma borboleta! Repetia: E se algum dia você virar um monstro?

De todas as mulheres com quem estive, você é a única que não diz que sou o amor da sua vida.

Talvez eu seja a única honesta, Elena respondeu.

17.

Sei que é injusto, ela cochichou delicada. Sei que estou sendo egoísta. Desculpa…

Amor, agonia e uma dor estranhamente erótica explodiram dentro dele. Ela dizia aquilo com tanta frequência, e sempre que o fazia, ele sentia a mesma coisa.

Sei que parece um pouco desigual, Elena sussurrou. Desculpa…

Sei que é difícil, Elena falou baixinho.

Estou vendo que você está triste, disse Elena com um tom de voz lindamente reconfortante. Mas sei que você é forte.

E Karmen, sofrendo intensamente, ansiou pela próxima ocasião em que falaria com Elena e seria rejeitado.

18.

Um certo Camarada Aleksandrov, que tinha sido o responsável por unir o casal, um dia chamou Karmen em particular e disse: Vou ser direto, Roman Lazarevitch. Bem, talvez eu não deva falar. É um segredo. Quer ou não saber?

Que tipo de segredo?

É sobre Elena Evseievna. Você precisa se separar. Desculpe dizer isso.

Como assim?

Você precisa jurar que vai guardar segredo. Não pode dizer nada a ela. Você jura?

É claro que juro, respondeu Karmen anestesiado.

Tem um sujeito do conservatório que… olha, nem sei como falar, mas em novembro sua esposa foi vista com ele em uma festa. Ela não tirava as mãos dele, Roman Lazarevitch! Sinto muito.

Entendo.

E então, mês passado, vimos os dois juntos mais uma vez, bebendo. Sabe, a sua esposa tem, como vou dizer, *olhos de flerte*. Não é minha intenção desrespeitar ninguém; é a natureza dela; quer dizer, é isso que Elena transmite, e é uma característica encantadora, fascinante, sobretudo em uma jovem tão bonita. Então nossa primeira reação foi simplesmente supor…

E quem são esses outros que estavam com você?

Não importa. De qualquer modo, ficamos de olho nos dois, e infelizmente não era apenas flerte. O jeito que ela o beijava, e onde colocava as mãos…

Compreendo.

Mas não me delate para ela.

Posso saber o porquê?

Preciso proteger minha carreira. É tudo que posso dizer.

Certo, mas então o que posso fazer?

Peça o divórcio. É isso que você deve fazer.

Mas não é justo!, gritou Karmen. Ela não pode enfrentar quem fez a acusação; não sabe o motivo pelo qual resolvi me separar; não pode negar as alegações…

Quer saber o nome do sujeito?

Eu…

É um compositor. Naquela primeira vez, novembro passado, ela não tirava as mãos dele, tanto que o homem acabou indo embora da festa. Sei que é uma história desagradável. Ele ficou aborrecido; reclamou de Elena para um amigo, que me contou; esse amigo, em tese, tinha que manter segredo, porque você sabe como é, ele depende de Elena para uma recomendação. Por isso você não pode mencionar o nome dele. Acredita em mim?

Karmen ficou imóvel. Enfim respondeu: Claro que acredito, Camarada Aleksandrov. Mas se não tenho permissão de abordar esse homem ou mencionar seu nome para minha esposa, precisarei continuar fingindo que acredito nela.

19.

Então, um mês mais tarde, quando Karmen estava na Ucrânia (e sabia muito bem que, ao ficar tão longe, estava abandonando e decepcionando Elena, e que em vez disso ele deveria ter continuado a rodar documentários sobre fazendas coletivas locais para o *Sovkinojurnal*), ela telefonou e ele fez a pergunta:

E então, o que você acabou fazendo ontem à noite?

Não fiquei em casa, para ser sincera. Um amigo me telefonou e saímos para beber…

Ah, é? Que amigo?, perguntou com um tom de indiferença. Nunca tinha feito essa pergunta.

Depois de um silêncio, ela respondeu com a voz muito baixa: Chostakóvitch.

Foi como se ela lhe tivesse dado um chute na barriga.

Ah, Karmen respondeu.

Você parece aborrecido, respondeu a voz de Elena.

Ah, nem um pouco. Não estou aborrecido. Você se encontra muito com ele? Não me lembro de ter ouvido você falar dele nos últimos tempos.

Ele é… um amigo bem próximo.

Ah, Karmen disse mais uma vez, e mudou de assunto.

Claro que ela é infiel, Roman Lazarevitch. (Era a opinião de todos os amigos.) Um homem não leva uma mulher para jantar com tanta frequência se não estiver recebendo algo em troca, especialmente se for uma mulher casada.

Eu sei, eu sei.

E então?

Acho que na verdade eu não me importo. Se ela me contasse, aí eu…

Agora você está falando frases incompletas, igualzinho ao Chostakóvitch.

A questão é que eu penso nela o tempo todo.

Trabalhe mais, Roman Lazarevitch! É a melhor cura.

Eu sei. Mas o estranho é que não me importo mais com meu trabalho. Sei que isso é ridículo, mas às vezes eu sinto que meu amor por Elena é a única coisa que tenho de genuíno.

20.

Postada à esquerda da mesa em que o marido trabalhava à luz de um lampião, ao lado de um cantil e do fotômetro apoiado sobre um dos cantos do papel, Elena abriu um sorriso carinhoso.

Você acha que temos alguma esperança?, ele quis saber.

Para ser sincera, não posso afirmar que sinto esperança alguma, ela respondeu, delicada.

Mas continuaram juntos.

E agora a guerra havia começado, e sempre que ele conseguia se encontrar com Elena, com muito mais frequência do que a maioria dos outros maridos interessados em se encontrar com as esposas, se sentia claustrofóbico; não conseguia esquecer que Elena o tinha chamado de *creepy* por querer ficar totalmente a sós com ela em lugares isolados.

Já contei que durante o idílio nazi-soviético Karmen embarcou no quebra-gelo *Iossif Stálin* para filmar o resgate do *Sedov* com seus treze tripulantes. Esse navio estava preso no gelo havia oitocentos e vinte dias. Karmen nunca se esqueceria das tempestades magnéticas, do frio, do silêncio. E nada disso havia lhe causado depressão; era um aventureiro; adorou mesmo a experiência! (Chostakóvitch teria se matado.) Claro, o pior de se estar preso no gelo é a solidão, mas um homem sociável está blindado contra isso. Roman Karmen tinha um estoque infinito de piadas. Dividia o beliche com o cinegrafista V. Chtatland e o técnico de som Ruvim Khalulachkov; se algum deles ficava de mau humor, Roman Karmen sabia como arrancar sorrisos.* O derrotismo é um crime. Registraram o conserto e a remontagem do motor do *Sedov*. O motor ligou; o *Sedov* foi salvo; mais um filme de Roman Karmen

* Em uma fotografia do catálogo de uma retrospectiva alemã-oriental, vemos Karmen vestido com uniforme republicano, mas sem chapéu, feliz entre os colegas, a câmera apoiada no ombro como se fazia com os rifles, tendo às costas sacos de areia e uma porta. É o homem mais alegre da foto; para ele, a Espanha parece uma brincadeira. Seus colegas de boina ficarão ali para morrer, ou então, quando a guerra chegar ao seu final triste, fugirão para campos de refugiados na França. Mas essa interpretação cruel e ignorante do sorriso de um homem corajoso omite dois fatos: em primeiro lugar, enquanto estava com eles Karmen correu no mínimo os mesmos riscos; em segundo lugar, ele acreditava, e com razão, que a causa espanhola só teria chances de triunfar se despertasse o entusiasmo do mundo, lançando mão, por exemplo, da propaganda cinematográfica de R. L. Karmen.

terminou bem! Mas agora, com Elena, ele retornava ao frio; estavam sentados juntos, infelizes, na cabine gélida do capitão.

21.

Karmen perguntou a Elena se ela tinha certeza de que o problema era ele, e não ela, e ela respondeu que sim, tinha certeza.

Era assim com Chostakóvitch?

Jamais.

22.

Foi convidado a filmar a estreia da *Sinfonia de Leningrado* de Chostakóvitch, mas não queria ver Chostakóvitch; mesmo depois de ser repreendido por Arnchtam, respondeu que estava sem tempo. Em vez disso, pediu transferência do Kinogrupo Central da Linha de Frente e filmou *Leningrado contra-ataca!* (sob o olhar tímido de um cartaz titânico de D. D. Chostakóvitch com capacete de bombeiro). Rastejou com sua câmera por sobre o gelo do lago Ládoga para filmar a agonia e incentivar os defensores, e em quatro ocasiões quase foi morto.

Dois soldados perdidos, com as submetralhadoras cobertas de gelo, se amontoam sobre o motor congelado do caminhão enquanto tentam ler um mapa. Ruínas se estendem diante deles e às suas costas. Talvez morram hoje, mas foram fotografados por Roman Karmen; ele quer que vivam para sempre. Nós os contemplamos por um único e longo instante no cinejornal, e ficamos condoídos; queremos que cheguem a salvo em Leningrado. Roman Karmen é um homem que se importa! Enterrado até os joelhos na neve de Leningrado, usa o mesmo sobretudo forrado de pele com o qual filmou *Os homens do Sedov*, e atrás dele, muito negro, está o esqueleto de um ônibus destruído. Empertigando a cabeça e os ombros, ao mesmo tempo que mantém o olhar fixo para a frente, escora a câmera de cinema no peito, na altura do coração.

Os olhos semicamuflados dos caminhões de suprimentos se arrastam às cegas em meio à névoa e a neve brancas do lago Ládoga. Karmen salta de um lado, filma, embarca em outro caminhão cheio de soldados taciturnos que ele nunca tinha visto; em trinta segundos ele os faz sorrir com sua imitação do homem risonho de *Volga-Volga*.

Voltou para casa e Elena estava sentada ao lado do gramofone, ouvindo a *Sonata para violoncelo em ré menor* de Chostakóvitch (que, se não me engano, é a *Opus 40*). Sentou-se ao lado dela, que o encarou aborrecida.

23.

Havia acabado de saber da aprovação de sua inscrição como palestrante na Conferência sobre Cinema Americano e Britânico. Todos estariam por lá, até mesmo Eisenstein, pois era um nome conhecido dos americanos; leria um artigo sobre longas-metragens. Aquilo significava diversão e boa comida, duas coisas raras naqueles anos de guerra, e Karmen tinha imaginado que Elena iria com ele; na verdade, havia se inscrito por causa dela. Mas então o casal teve o que se chama de *uma conversinha*, o que significa uma conversa na qual Elena, aos poucos e com cuidado, foi expressando com mais e mais detalhes o quanto se sentia desiludida, ao mesmo tempo que não deixava de prestar atenção no marido para controlar a letalidade de cada dose. Foi como a vez em que uma enfermeira de quem Karmen gostava foi morta por uma barragem da artilharia fascista, e então fizeram com que ele se sentasse e primeiro disseram: Roman Lazarevitch, temos uma notícia muito ruim, e depois: Sentimos muito, mas aconteceu uma coisa, e assim por diante, *und so weiter* como diriam os fascistas alemães. No mesmo espírito, Elena perguntou o que ele achava da vida do casal, a opinião dele, a opinião dele, sempre a opinião dele! Ele acabou entendendo: Ela quer que eu faça o trabalho sujo!

Não é justo!, protestou debilmente.

Eu entendo, disse Elena, dando sinais claros de sua intenção de permanecer infinitamente cordata desde que alcançasse seu objetivo. Em geral ela se irritava na mesma hora em que Karmen a acusava de estar sendo injusta.

Você já pensou nisso?, ela insistia em perguntar.

Depois de um tempo ele se sentiu como um personagem de filme mudo — um filme semimudo, melhor dizendo, porque ainda conseguia ouvir e se lembrar das palavras de Elena, mas tudo que ele dizia era indistinguível do silêncio.

Tentei fazer você enxergar que não há nenhum problema em ser feliz, ela dizia. Você merece alguém melhor do que eu.

Você tem sido uma fonte de apoio para mim, ela disse. Não sei o que vou fazer sem você.

Sei que estou decepcionando você, Elena choramingou. Desculpa, desculpa mesmo. Odeio perder você.

Tudo bem, Karmen respondeu cansado.

Colocou às pressas o impermeável e saiu. Elena havia pedido que ele telefonasse, para ela não ficar preocupada, mas Karmen não telefonou. Ela sabia onde ele iria ficar: no estúdio, é claro. Dois dias mais tarde telefonou para ele, que explodiu em lágrimas. Elena tinha esse efeito nas pessoas.

Ele soluçou: Quando aconteceu, eu tinha certeza de que era uma coisa mútua, mas hoje não é. Toda vez que o telefone toca eu torço para ser você, e agora que é, estou torcendo para que você diga *por favor, deixe-me voltar. Você é o amor da minha vida.*

Uma parte enorme de mim odeia perder você, disse Elena em tom de consolo.

24.

Isso não aconteceria até o verão de 1943, pouco antes da Operação Cidadela. Em 1942 Karmen colaborou em *Derrota dos exércitos alemães perto de Moscou* e dirigiu *Leningrado em combate*. Já contei como o vi em Stalingrado, fotografando avidamente o marechal de campo fascista alemão capturado, um certo F. Paulus, que, como alguém recém-morto, ainda não tinha abandonado por inteiro o antigo esplendor; dentro de uma semana ele seria mais um prisioneiro, um ninguém, mas por ora ainda sabia se sentar com a coluna ereta, orgulhoso do uniforme. E ao mesmo tempo olhava para o nada, sem piscar! Fazia Karmen se lembrar de alguém, mas ele não sabia quem. Infelizmente, a luz não era boa o suficiente para se fazer cinema. Vi cenas dele em Viazma, entre os colegas soldados da câmera, K. M. Simonov e B. Tseitlin. Com o casaco volumoso e o chapéu de pele, Karmen tem uma semelhança estranha com um menino de rua, abrindo um sorriso meio dentuço; sim, ele parece uma criança francesa perdida. Simonov, fumando cachimbo, parece o mais genuíno dos três. O riso pálido de Tseitlin sob o barrete é tenso, e o sorriso de Karmen é cauteloso. Atrás deles, ruínas e neve suja.

25.

Cuidou da câmera nas tomadas mais complexas do filme *Zoia*, de L. Arnchtam,[28] em 1944, com trilha sonora de Chostakóvitch: plano fechado no oficial nazista fitando a lamparina esguia, perdendo a batalha contra si mesmo; então uma panorâmica até a própria Zoia, bela, machucada e furiosa, muito ereta diante do oficial, vestida com uma jaqueta acolchoada; está pronta para assumir seus atos, decidida a morrer sem sentir misericórdia nenhuma de si mesma. Corte para plano fechado de seus lábios ensanguentados dizendo: Vocês não têm como enforcar cento e noventa milhões de nós.

Chostakóvitch queria saber se seria possível alterar a velocidade de um determinado plano geral da força, porque isso afetaria o ritmo da, você sabe. Não havia mais ninguém no estúdio. Arnchtam havia saído às pressas para outra discussão no Ministério. Zoia tinha acabado de limpar a maquiagem dos lábios e estava por trás da porta entreaberta do lavabo, flertando com o oficial nazista.* O técnico tinha ido tomar vodca na câmara escura.

* Quanto alguém pode ceder ao inimigo? A própria Zoia responderia: nem um centímetro! Mas G. Vodianischkaia, que fazia o papel de Zoia, estava, sem a menor dúvida, disposta a seguir o roteiro de Arnchtam; não seria a aquiescência uma das qualidades mais preciosas de uma atriz? Diversos rolos de filmagens particulares de Karmen desapareceram imediatamente após sua morte em 1978, mas informações confiáveis afirmam que ele convenceu duas atrizes iniciantes a se beijarem diante da câmera; assistiu a essa cena por vezes sem conta no Estúdio

Karmen pôs a mão no ombro de Chostakóvitch e disse: Espero que você não fique triste por trabalhar comigo, dadas as circunstâncias.

A questão não é essa, Roman Lazarevitch, oh, não, de modo algum! Sabe, você nasceu no mesmo ano que eu, quase no mesmo dia! Três semanas de diferença — que trincheira estreita! Isso nos torna, por assim dizer, contemporâneos. É evidente que ela gosta de homens mais velhos. Porque nós, eu, você sabe. Bem, esse é outro assunto. A questão é, a questão é que aqui, entende, em nossa pátria soviética, para nós... — e aqui os lábios de Chostakóvitch se retorceram revirados até formarem um sorriso sarcástico e escarninho — o *cinema* é a arte mais importante, e não a música.[29]

Meu caro Dmitri Dmitriévitch!

Não, *nein, nyet, noch nie!* Dmitri Dmitriévitch, aquele desgraçado, não me preocupa no momento. O cinema é mais... Como você sabe, o próprio Lênin disse. Quem vai discutir com Vladímir Ilitch? *Ela* não faria isso, porque ela foi, você sabe. O resultado é conhecido...

O resultado de discutir?

Você está, como devo dizer, maluco?, gritou Chostakóvitch apavorado. É claro que não estou dizendo isso! Quando ela foi, não, não! Ele nunca nem ao menos... O resultado de, de, estou me referindo ao *cinema* soviético em nossa pátria soviética atual! E o Camarada Stálin confirmou a ideia profunda e justa de Lênin e a colocou em, por assim dizer, *execução*.

A atitude seguinte de Karmen exemplifica por que gostamos dele. (Ele se viu pensando, como de costume: Um dos maneirismos dessa pessoa na verdade é meu, mas não sei qual.) Agachado diante de Chostakóvitch, os joelhinhos rijos oscilando, disse: Não há necessidade de nutrir rancores a esse respeito, Dmitri Dmitriévitch, de modo nenhum. Acho que você sabe o porquê.

Chostakóvitch ficou em silêncio; Chostakóvitch desviou o olhar. E isso enfureceu Karmen de um modo inexprimível. Não andava rindo muito. Um ano mais tarde, com uma atadura branca dividindo a cabeça em três zonas, o ar juvenil teria desaparecido inteiramente enquanto ele filmava as ruínas de Berlim com a mão firme e nenhuma compaixão. Estava com o 2º Regimento da Guarda Blindada a essa altura. Nutria por Chostakóvitch uma raiva em nada menor que a dedicada ao inimigo. Ainda assim, alguma coisa o predispôs a ser delicado. Ah, a delicadeza dela, um tanto doce como leite!

Ele se levantou, sorriu e disse: Lembra o que disseram a Robespierre no fim? Tenho certeza de que se lembra.

Está dizendo quando arrancaram a, a, atadura? E ele...

---

de Filmes-Documentários, tarde da noite, tentando aceitar Elena como ela era. Muito depois de eles terem se separado para sempre, às vezes Karmen explodia de fúria ao ver duas mulheres sozinhas à mesa de um restaurante, uma olhando nos olhos da outra.

Você teve uma educação melhor do que a minha. Sou apenas um rato das sarjetas de Odessa. Antes de ser preso, ele estava ofendendo a todos de todas as formas possíveis, e responderam perguntando: por que perturbar o povo por causa da autoestima ferida de um único homem? Nós dois precisamos ser mais otimistas, Dmitri Dmitriévitch.

Chostakóvitch o encarou. Escancarou a boca como se fosse gritar.

26.

Em 1945, dirigiu *Berlim*. (Menos cabelo e mais peso, jovial de jaquetão folgado; levou para casa como suvenir uma placa da Unter den Linden com buracos de bala.) De algum modo, simultaneamente encontrou tempo para colaborar com Troianóvski na produção de *Albânia*. No ano seguinte dirigiu o documentário soviético sobre os Julgamentos de Nuremberg.*

De cabelos brancos, filmou Ho Chi Minh em 1954, apoiado sobre o cotovelo, alerta enquanto o líder vietnamita erguia um braço em saudação. (Foi nesse ano que o formalista Dziga Vertov, havia muito excluído de nossa vida nacional, morreu de câncer.) Em 1955, seu *Vietnã* foi lançado e recebeu considerável aplauso oficial. Até mesmo Burt Lancaster, propagandista do monopólio americano, se viu forçado a reconhecer (ainda que talvez não no contexto desse filme antiamericano) seu "amor passional pela vida e pelas pessoas, mas também um ódio irreconciliável pela guerra, pela violência e pelo fascismo".[30] As condições de trabalho de Karmen no Vietnã do Norte foram arriscadas, mas na recepção após a estreia ele se serviu de caviar com uma bolacha e disse: Meu pai morreu aos quarenta e quatro, graças à Guarda Branca. Completei quarenta e quatro em 1950. Então, não importa o que aconteça, eu passei na frente! — Então gargalhou até levantar o queixo, como nosso ator favorito em *Volga-Volga*.

Um ensaio que encontrei no porão da biblioteca cita seu *Distantes e vastos são os confins de meu país*[31] como o primeiro filme a usar o sistema Kinopanorama, com a tela larga e curva e nove canais de som estereofônico (e somos informados de relance que o sistema americano equivalente contava com apenas sete). Infelizmente,

* Considerado *sinistramente satisfatório* pelo *New York Times*, com a ressalva:([a]) "Exceto pela óbvia parcialidade em relação aos promotores soviéticos, o filme poderia ter sido montado por qualquer artífice competente entre os Aliados".

([a]) Opinião do *New York Times* a respeito do documentário de Karmen sobre os julgamentos de Nuremberg ("Judgment of the Peoples"), *The New York Times Film Reviews 1913-1968*, v. 3 (de 6): *1939-48*, p. 2184 (Bosley Crowther, "The Nuremberg Trials", 26 maio 1947; 24:2), frase completa bastante resumida por WTV. Quanto ao filme sobre a Albânia, foi considerado pelo *Times* menos eficaz do que o documentário de I. Kopalin e P. Atacheva sobre a libertação da Tchecoslováquia (p. 2128, "At the Stanley", 15 jul. 1946, 21:1).

a dificuldade de sobrepor os três projetores com precisão se demonstrou intensa, de modo que, segundo a *Grande enciclopédia soviética* nos informa, o Kinopanorama veio a ser "usado com frequência cada vez menor a partir de 1963".

Foi um dos delegados do XXV Congresso do Partido em Moscou. Eu o vi de sorriso aberto diante de Honecker, líder da Alemanha Oriental, que devolvia um sorriso ainda mais forçado, mais parecido com o sorriso de Hilde Benjamin; Karmen, de sua parte, permaneceu *natural* a vida inteira. Por isso todos gostávamos dele: Dolores Ibárruri, dirigente do Partido Comunista espanhol, o exaltou e sorriu eternamente; a respeito dele, Castro disse: Em nome do nosso povo, agradecemos sua amizade desinteressada e profunda;[32] Salvador Allende mencionou "meu amigo Roman Karmen".[33] Pelo mesmo motivo, na Academia de Cinema de Moscou, ele era notório pela proximidade natural com os alunos mais jovens, tanto homens quanto mulheres. Mas esses detalhes desviam a história de Karmen de seu verdadeiro fim.

Em 1965, A *grande guerra patriótica* surgiu assinado por ele. Dois planos famosos: um ancião aflito aperta o chapéu contra o peito; um velho soldado, tranquilo, bate continência.

Em 1966, pouco antes de voltar à Espanha como turista, Karmen recebeu o título de Artista do Povo da União Soviética. (Lembro-me dele escuro e magricelo como um *gamin* francês operando a manivela da panorâmica de sua câmera de cinema em 1933, rodando *Moscou-Karakum-Moscou*.) A edição daquele ano do Kinoslovar de Moscou descreve o caráter de seus filmes como visivelmente impressionante, mas os sentimentos são luminosamente fiéis, o que significa incrivelmente dramáticos, mas sempre em um contexto de interesse público.[34] Seu nome é mencionado por Drobaschenko ao lado do grande Dziga Vertov.

Em 1968 codirigiu *Granada, Granada, minha Granada** com K. M. Simonov, com quem sempre teve boas relações. Dizem que um vulto feminino encoberto que aparece na metade do primeiro rolo, com imagens de arquivo de 1936, pertence a Elena Konstantinovskaia. ▸

* O título russo, *Grenada, Grenada, Grenada Moya*, lembra mais ainda uma canção de amor.

Ruptura

Com poucos, mas valentes aliados... precisamos assumir a responsabilidade pela defesa de um continente que, em grande parte, não merece ser defendido.

Joseph Goebbels (1944)[1]

1.

Até julho de 1942 o tenente-general A. A. Vlasov, comandante do 2º Exército de Choque do Front de Volkhov, ainda era um daqueles homens heroicamente imaculados de mármore soviético, todos com uma estrela radiante bem no centro da fronte, lembrando a marca de casta de uma mulher indiana (por que os atiradores de elite alemães não atiravam nela?), todos segurando com mãos brancas a arma negra reluzente, mirando confiantes. É assim que são retratados nas velhas fotografias, com todos os detalhes diluídos em alva pureza. Não se enxerga mais Vlasov entre eles. Também não foi considerado digno de citação na *Grande enciclopédia soviética*. Existe, na verdade, um verbete raivoso sobre os "Homens de Vlasov". Faz sentido, pois o crime cometido por Vlasov teve natureza coletiva: organizou um exército de traidores para lutar contra sua própria pátria.

Dizem que ele foi ao mesmo tempo corajoso e calmo na defesa de Lviv, desde sempre condenada ao fracasso. Em uma série de ataques vigorosos, comandou uma ruptura através das pinças alemãs, salvando suas tropas para combates futuros. Ao repetir esse feito arriscado e ingrato quando o inimigo tomou Kiev, preservou o que restava do 37º Exército. (Nas duas ocasiões foi sem dúvida ajudado pelos boatos, cada vez mais difíceis de desmentir, de que os fascistas estavam metralhando prisioneiros aos milhares.) Chegou a Moscou pouco antes da cidade se ver sitiada. Estava cercado de pessoas tão indistintas e intermitentes quanto seu reflexo nas vidraças estilhaçadas e pintadas de preto. A maioria nunca tinha sequer arremessado uma granada. Vlasov visitou a esposa e tentou prepará-la para o pior. Em 10 de novembro de 1941, foi convocado a comparecer sob as estrelas de cinco pontas de cristal de rubi do Kremlin (cada uma pesando uma tonelada, iluminada por dentro por lâmpadas incandescentes) e assim se viu na presença do Camarada Stálin em pessoa. Era meia-noite em ponto. Com rígida cortesia, Vlasov esperava a honra ou a morte.

Stálin exigiu as opiniões do tenente-general a respeito da proteção de Moscou. Vlasov não deixou nada mais brando, mas também não deu sinais de derrotismo, recomendando uma defesa escalonada profunda para retardar o Grupo de Exércitos Centro dos fascistas até a chegada do inverno.[2] A linha defensiva de Mojaisk, em especial, deveria ser fortalecida. Talvez fosse necessário ceder algum território, em Kalinin, por exemplo, mas jamais sem luta. Enquanto isso, seria essencial usar o tempo conquistado com o sacrifício de mais algumas centenas de milhares de jovens camponeses para deixar as reservas siberianas em forma.

Stálin levantou a cabeça cansada. Perguntou: Onde se dará a ruptura inimiga?

Vlasov se levantou, chegou perto do mapa de situação e disse: Já mencionei Mojaisk. Em termos gerais, o eixo de Iartsevo estará em perigo.

Fale a verdade, como um verdadeiro comunista. Perderemos Moscou?

Creio que não. Ao final deste mês os fascistas estarão morrendo congelados, e então poderemos contra-atacar…

Com o quê?

Bem, Camarada Stálin, conforme mencionei, com as reservas siberianas.

Qualquer um consegue defender Moscou com reservas.[3]

Vlasov assentiu, obediente.

Ainda assim sua análise está correta, Camarada Vlasov. Vou lhe dar quinze tanques. E quanto a essa defesa escalonada, você tem uma hora para apresentar diagramas ao Camarada Jukov…

E naquele mesmo dia os quatrocentos e cinquenta mil moscovitas tiritantes que haviam sido mobilizados (três quartos dos quais eram mulheres, pois todos os homens aptos tinham sido enviados ao front havia muito tempo) começaram a materializar a linha defensiva de Mojaisk com suas pás. Mojaisk caiu em mãos inimigas. Os sobreviventes se reagruparam para cavar mais trincheiras, seguindo as especificações de Vlasov: profundas e estreitas, como os corredores do Lubianka. Em questão de horas, cadáveres envoltos em cobertores preenchiam uma vala — representações ampliadas dos vermes que os devorariam quando chegasse o verão. Posições de tiro feitas com blocos de concreto afundaram como lápides. Ainda imaculado, o homem foi assumir o comando do 20º Exército com seus quinze tanques surrados.[4] O céu noturno já se tornava cor-de-rosa graças ao fogo da artilharia fascista. Dessa vez

Vlasov não teve chances de se despedir da esposa, que, com o rosto branco emoldurado pelo tecido escuro do casaco de inverno e do xale, doente demais para cavar trincheiras, tentava se aquecer com as mãos dentro das mangas do casaco, encostada no samovar, o apartamento iluminado apenas por uma vela. Logo estaria dormindo debaixo da terra com os outros, sob os tetos em arco da estação de metrô. Alguém com botas cor de framboesa perguntava a um funcionário da ferrovia qual seria o último trem para Kúibichev. Vlasov esperava morrer em no máximo uma semana.

Em dezembro, o 20º Exército e o 1º Exército de Choque lançaram contragolpes bem-sucedidos contra o comando fascista alemão. Solnechnogorsk foi liberada; o inimigo já havia ateado fogo a Volokolamansk em preparação para a retirada. E assim o comissário requisitou aos soldados do 20º Exército que redobrassem seus esforços. Destacou que, graças ao Camarada Stálin, agora tínhamos cinquenta e quatro tanques. Invocou as pirâmides de armadilhas antitanque criadas inteiramente pelas moças de Leningrado, e que chegavam na altura do pescoço. Vlasov, que estava estudando as máximas estratégicas de Napoleão, saiu do abrigo subterrâneo, e o discurso do comissário foi abafado por um mar de vivas. Vlasov sorriu, tímido. Naquela noite ele os conduziu de volta à batalha, demonstrando um admirável desdém pela própria segurança. Tão alto que chegava a ser anormal, Vlasov sobressaía em meio às outras formas humanas avolumadas e protegidas pelas roupas de inverno, cabeças inchadas e com o topo aplainado, lembrando parafusos imensos, ombros inchados, quadrados. Conquistaram Volokolamansk. O general Rokossóvski enviou pelo rádio uma mensagem de agradecimento e congratulação; o comissário, de sua parte, alertou aos "órgãos" de segurança que A. A. Vlasov talvez fosse um elemento suspeito.

Na véspera de Ano-Novo, quando a fotografia de Vlasov apareceu na galeria de retratos de generais em destaque no *Izvestia*, ele já havia recuperado terreno até a Linha Lama-Riza. Mais de meio milhão de alemães morreram na neve. Era costumeiro encontrar seus cadáveres com canhestras galochas de palha, pois o alto-comando fascista não lhes tinha fornecido qualquer material de inverno. A liberação de Mojaisk era iminente. Em 24 de janeiro de 1942, Vlasov recebeu a Ordem da Bandeira Vermelha.

Havia se tornado tenente-general. Aqueles anos de homens pálidos encarando mapas abrigaram muitas carreiras meteóricas — promoções e execuções instantâneas, iniciativas leais, funerais de heróis —, mas nenhuma mais dramática que a de Vlasov. Era um sujeito modesto, leitor inveterado, que sabia muito bem quando não se meter em política — a saber, sempre.* Até agora, sem dúvida, essa abstinên-

* Em nossa União Soviética, naturalmente, só é possível ser apolítico da maneira mais entusiasmada e militante. Dizem que, em certa ocasião, Vlasov, logo após denunciar o caráter assassino, brutal e hipócrita de certo artigo do *Pravda*, foi interrompido pela visita de um apparatchik do Partido. Na mesma hora passou a elogiar o mesmíssimo artigo. Quando a visita enfim foi embora, a esposa de Vlasov, parada atônita na entrada da cozinha, lhe perguntou: "Andrei, como você consegue viver desse jeito?".([a])

cia tinha sido uma virtude. Em reuniões com os oficiais de seu estado-maior, ele se via menos inclinado a mencionar a inevitabilidade de uma vitória soviética do que a chamar a atenção de todos para alguma brilhante manobra de campo de Pedro, o Grande. Havia conseguido não se sabe como um tratado do executado Tukhatchévski. Mais tarde, também veio à tona contra Vlasov o fato de ter ousado louvar o gênio operacional de Guderian, comandante fascista de *Panzergruppe*. Vlasov julgava suficiente conhecer o inimigo para roubar sua tecnologia; não sentia necessidade de perder tempo o detestando. Orgulhoso do próprio racionalismo, de fato uma espécie de coragem (comparável com o nobre ateísmo do verdadeiro bolchevique, que luta e morre sem qualquer esperança de recompensa pós-morte), fracassou em prever como seu perímetro se mostraria débil contra as pontas de lança de uma vontade alheia.

No fim de fevereiro Vlasov abraçou a esposa pela última vez. Sob os olhos dela, covas amarelas e negras como manchas na neve após a explosão de um *Nebelwerfer*. Ela sussurrou seu adeus quase com indiferença; Vlasov não conseguiu distinguir se ela tinha decidido suportar aquilo.

Em março, pouco antes da estreia da *Sétima sinfonia* de Chostakóvitch, o Camarada Stálin nomeou Vlasov subcomandante do Front de Volkhov. Meta estratégica: a ruptura do cerco de Leningrado. Uma missão naturalmente impossível, mas naquela altura da guerra, o que não era? — Respondeu: Camarada Stálin, aceito a responsabilidade.

Naquela noite, Vlasov foi levado de avião até uma sinistra zona de taiga coberta de neve. Duas divisões com quantidade reduzida de efetivos aguardavam seu comando. Não se toleraria nenhuma retirada. E ninguém poderia se deixar capturar pelos fascistas, pois seria colaboracionismo. Vlasov tinha todas as motivações possíveis para buscar o sucesso.

Dizem que sua dedicação quase monástica inspirou o setor. Era adorado pelos siberianos, carentes de treino e alimento. (Em nossa memória, por que não imaginá-los com os mantos escarlates e as auréolas dos ícones russos, a escuridão da floresta entre os rostos delineados com capilares de ouro?) Gentil sempre que possível, mas sempre franco, transmitindo sua mensagem com provérbios populares (como qualquer herói comunista, era filho de camponeses pobres), lembrava aos soldados que a vitória era a única esperança de adiar a morte. Alguns estavam equipados com fuzis antitanque. Todas as outras nações tinham desistido dessas armas havia muito tempo, pois o homem que combate um tanque dificilmente pode esperar uma vitó-

---

([a]) Catherine Andreyev, *Vlasov and the Russian Liberation Movement: Soviet Reality and Émigré Theories*, Nova York: Cambridge University Press, 1987, p. 39. Na realidade, a esposa de Vlasov não era a figura moscovita alegórica da minha concepção, mas médica de um pequeno vilarejo na província de Nijni Novgorod. Foi mesmo presa e executada quando ele desertou. Tinham um filho pequeno, cujo destino ignoro.

ria, mas naqueles dias o Exército soviético não tinha outro recurso.* Os fuzileiros siberianos sorriam para Vlasov, fumando seus cigarros de *mahorka*. Depois partiam para morrer por ele. Sua chama eterna era o clarão de solda elétrica quando um tanque era atingido. Ainda assim, nosso ataque perdeu ímpeto e estacionou.

Estavam instalados em um bolsão em formato de martelo, o cabo atravessando a linha de frente entre Novgorod e Spaskaia Polist, e em seguida se alargando em formato plano e achatado na margem oeste do rio Luga. Tanques alemães apontavam os canhões para eles, ainda que os tanques estivessem congelados e os canos dos canhões recheados de gelo. Enquanto durasse o frio, o 2º Exército de Choque estaria a salvo. (Alinhados contra Vlasov: duzentos tanques e mil e duzentas peças de artilharia autopropulsada do 18º Exército alemão.) Meditando insone sobre aquele tabuleiro estático, Vlasov releu os ensaios de Guderian. Uma referência aos erros dos militares tradicionalistas o assombrou: "Esses homens permanecem essencialmente incapazes de abandonar a guerra de posições, que insistem em enxergar como o combate do futuro, e não conseguem levar a cabo a ação necessária: arriscar tudo em uma decisão rápida". A crítica de Guderian soava genuína. A única questão era descobrir em qual refugo de filosofia operacional ele, Vlasov, estava congelado. A guerra de posições havia suplantado as cargas de cavalaria porque uma única posição de metralhadora conseguia dizimar a mais valente e entusiasmada irmandade de cavaleiros. O que mais poderiam fazer os guerreiros senão se entocar em trincheiras? Então surgiram o tanque e o avião, os grupos Panzer, a Blitzkrieg. A guerra de posições ficou obsoleta para sempre. Mas o sucesso da Blitzkrieg também já tinha gerado seus próprios tradicionalistas. Guerreiros Panzer atacavam com a mesma temeridade de seus antepassados cavalarianos. Os eixos de suprimento se estendiam; a máquina fascista ficou sem combustível diante de Moscou. Como esse fenômeno poderia ser explorado em todo o mapa?

Desobedecendo à recomendação do comissário, releu Tukhatchévski, o qual insistia que a Blitzkrieg poderia ser derrotada com planejamento, determinação e reservas operacionais. Vlasov não podia contar com planejamento nem com reservas. Disse ao comissário: Se ao menos tivéssemos cem tanques...

Releu a crônica de Caulaincourt sobre a derrota de Napoleão em Moscou. Tempo, espaço e clima acabaram com ele.

Muito de vez em quando, as sentinelas na retaguarda avistavam à noite os inúmeros olhos luminosos e felpudos dos caminhões na estrada de gelo. Era raro os

* Aqui podemos inserir outra alegoria. O metal do momento era o aço. Hitler e Mussolini tinham seu Pacto de Aço. "Stálin" é um pseudônimo literalmente acerado; esperava-se que todos os corações estivessem endurecidos e blindados. Mas a triste verdade é que em nossas fundições soviéticas era mais comum encontrar aço sendo amalgamado contra a corrosão não com platina, essa substância utópica, nem mesmo com o adequado níquel; em vez disso esse papel cabia forçadamente ao manganês, abundante e barato na URSS. Podemos dizer o mesmo de nossas armas e até mesmo de nossos combatentes...

fascistas dispararem contra o comboio. Às vezes um avião pousava, trazendo emissários do Camarada Stálin, encarregados de transmitir instruções e conduzir questionamentos. Protegido por um anel de campos minados, Vlasov enfim era comandante de fato. Haviam prometido lhe enviar o 6º Corpo da Guarda de Fuzileiros, mas isso não aconteceu. Garantiram que o 1º Exército de Choque seria reincorporado a seu grupo antes do degelo, e então ele poderia desbordar o flanco dos fascistas em Liuban, salvar Novgorod, libertar a faminta Leningrado. Exigiram saber por que ele ainda não tinha rompido o cerco. Sua aparência se deteriorou muito rápido. Sabia muito bem que o 2º Exército não podia esperar nada além daquilo que o inimigo chamava de *Kesselschlacht*, caldeirão de matança.[5] Enquanto isso, jamais se alimentava melhor que seus infantes e nunca hesitava em se expor ao fogo inimigo. Ao lado do abrigo subterrâneo que serviu como posto de comando naquela primavera, era emblemática a mão congelada de um cadáver, despontando de uma pilha de gelo e aço.

2.

Em 24 de abril o general K. A. Meretskov, outrora superior de Vlasov, estava mais do que ansioso a respeito da situação do 2º Exército de Choque. — Se nada for feito a catástrofe será inevitável, disse ao Camarada Stálin. —[6] Stálin deu de ombros.

Esse Meretskov já tinha sido preso sob suspeição de atividade antissoviética. Como nenhuma prova incriminadora jamais foi encontrada, o caso se tornava ainda mais sério. No mínimo dos mínimos, Meretskov poderia ser condenado por derrotismo. Assim como um número excessivo de comandantes, vivia exigindo reforços e implorando permissão para recuar. (Não havia reforços; e quaisquer retiradas adicionais significariam a queda de Moscou.) Por esse motivo, Stálin o havia dispensado do Front de Volkhov no dia anterior. Teve sorte. Muitos de seus colegas tinham sido fuzilados por perder batalhas. Em 8 de junho, esse Herói da União Soviética, de rosto redondo e sobrancelhas recurvadas, recuperaria todas as suas honras com um pedido de desculpas de Stálin. Sobreviveria a Stálin, inclusive. Vice-ministro da Defesa, deputado do Soviete Supremo, sete vezes condecorado com a Ordem de Lênin (que Vlasov recebeu apenas uma vez), viveu para ser sepultado com honrarias nos muros do Kremlin.

Enquanto isso, os infantes de Vlasov suspiravam entre si: Ah, se o Camarada Stálin soubesse como estão sabotando suas diretrizes!

Uma nuvem negra pairou sobre um tanque por um milissegundo fotográfico, macia, quase um saco embrionário, mas em seguida caiu, composta de terra, escombros e vigas de aço.

Vlasov foi convocado a falar com o Camarada Stálin no V-fone.

Qual sua objeção a prolongar esta ofensiva, Camarada Vlasov?

Podemos sustentar o setor por mais alguns dias, mas nossas cabeças de ponte foram comprimidas por penetrações profundas do inimigo.

Explique esse fracasso.

Bem, os tanques dos fascistas não estão mais congelados. Eles recuperaram a mobilidade…

Por um instante Vlasov não conseguiu escutar nada além de uma respiração pesada e aborrecida, e então a voz metálica disse: Não temos como enviar reforços.

Talvez se o 1º Exército de Choque…

Impossível. Colocaria o front Noroeste em perigo.

Então o 6º Corpo da Guarda de Fuzileiros…

Não.

Nesse caso, peço permissão para empreender uma ruptura imediata.

Sua análise está incorreta, respondeu Stálin. Você vai defender a linha a todo custo.

E a conexão caiu. Pesaroso, Vlasov se sentou à luz de velas no abrigo subterrâneo. Encostando na orelha o receptor do telefone, assentiu. Até sorriu. Lembrou-se de uma frase: "Esses homens permanecem essencialmente incapazes de abandonar a guerra de posições".[7]

E então, Camarada General?, perguntou o comissário.

Uma retirada seria prematura, responde.

Entendo como você deve estar se sentindo. Mas se é uma determinação do Camarada Stálin, não podemos fazer nada, somente obedecer.

Então estamos condenados. Em menos de uma semana levaremos tiros de enfiada da artilharia…

Em um tom exasperado, o comissário retrucou: Tudo que você diz pode estar correto do ponto de vista militar, mas politicamente falando é bastante incorreto. Melhor tomar mais cuidado. Ouvi falar que seu irmão mais velho foi fuzilado por atividade antibolchevique durante a Guerra Civil…[8]

Veio o sinal de "alarme geral".

General, as comunicações telefônicas foram interrompidas!

Mande chamar o oficial de ligação.

Está morto.

Em 24 de junho, muito tempo depois das pinças alemãs se fecharem, Vlasov informou aos soldados que a única esperança restante era romper o cerco em pequenos grupos. Então desejou boa sorte a todos, e o 2º Exército de Choque debandou em fuga.

3.

Esse intervalo de vinte dias passado por Vlasov entre o sistema soviético e o sistema nazista foi, como adoram dizer os biógrafos, "crucial para seu amadurecimento". Na primeira fase ele seguiu não medindo esforços para descobrir uma brecha nas linhas fascistas, para repetir os quase milagres de Lviv e Kíev. Esse período se encerrou um dia depois que ele, o tenente-coronel e o batedor tiveram de se alimentar de uma família de ratos selvagens, afogados em um lugar qualquer perto de Mostki. O batedor já havia passado pelo arame farpado e o tenente-coronel segurava dois fios enferrujados para que Vlasov rastejasse por entre eles quando a agulha ereta de um canhão de tanque começou a se mover ao longe. Quando Vlasov retornou ao próprio corpo se viu coberto de sangue, mas o sangue não era dele. Estava sendo procurado por lampejos de sol em capacetes e armas alemãs. Rolando para a cratera de bomba em que jaziam seus companheiros, fechou os olhos, mas não conseguia se lembrar do rosto da esposa. Em boa hora, quando as explosões da artilharia pareciam ganhar força ao leste, Vlasov se esquivou para o sul, na direção dos pântanos. Continuava procurando um caminho de volta à condição imaculada, mas tinha perdido a confiança e os ruídos de motores o incomodavam tanto quanto as moscas no uniforme manchado de sangue. Córregos e céus prateados, lodo arenoso, árvores imensas, e de vez em quando um uniforme recheado com algo a meio caminho entre carne humana e estrume — aquele brejo da taiga, limbo minguante da soberania soviética, permanecia tão ausente dos mapas dos dois inimigos quanto rugas na fronte de um herói. — Será que Vlasov deveria ter se enterrado ali? Pergunte ao Camarada Stálin. — De qualquer modo, acabou desentocado pela fome.

Já tinha adentrado a segunda fase quando à margem da estrada de Luga, não muito longe de onde Púchkin travou seu duelo fatal, topou com os cadáveres de cinquenta camponesas a céu aberto, ao lado das casas em ruínas. Haviam sucumbido de várias formas, como costuma acontecer, algumas de bruços na terra, outras, digamos, deitadas de lado, com as pernas contraídas em um espasmo derradeiro, e uma até jazia inexplicavelmente de barriga para cima, as mãos cruzadas sobre o peito, como se um ente querido tivesse preparado aquele corpo para um velório. Amalgamando essas manifestações de individualismo em uma parábola enigmática de morte universal havia o fato de cada vítima ter levado um tiro na nuca — um método de execução que a língua alemã, tão eficaz em inventar palavras para quaisquer ocasiões, chama de *Nackenschuss*. Cápsulas vazias reluziam sobre a grama manchada de sangue. Suspeito que nem o próprio Vlasov poderia descrever o que sentiu naquele momento, ainda que já tivesse testemunhado tantos horrores quanto qualquer outro militar, sobretudo durante a queda de Kiev. No campo de batalha os cadáveres tendem a se aglomerar de forma aleatória, joelhos e cotovelos enroscados formando paisagens que lembram cordilheiras fotografadas de grandes altitudes. Vlasov tinha se adestrado a encarar essas mortes como acidentes. Mas aquelas mulheres jaziam em uma linha de intervalos uniformes, como desertores depois que a sentença é imposta pelo comissário. Pode não ser irrelevante mencionar que durante a retirada do 32º Exército até Moscou certos despachos esquecidos por acidente (ordens de defender a Linha Stálin, havia muito rompida) deram a Vlasov a chance de retornar a um vilarejo evacuado uma hora antes. Lamento informar que, para a sua surpresa, os camponeses agiam com o mais completo desprezo pelo poder soviético e já preparavam o pão e o sal das boas-vindas tradicionais, que nitidamente pretendiam oferecer aos fascistas que se aproximavam. Foi com dificuldade que Vlasov impediu seu atirador de metralhadora de banquetear aqueles traidores com chumbo. Talvez essa inação seja reprovável. Foi justamente por essa aversão a matanças que Vlasov pediu permissão para empreender uma retirada do bolsão de Volkhov. Qual a utilidade de permitir o massacre do 2º Exército de Choque sem qualquer esperança de uma ruptura operacional ou tática? Mas o Camarada Stálin respondeu: Você vai defender a linha custe o que custar. — Esses cinquenta cadáveres (exatamente cinquenta) provaram a justeza da ordem do Camarada Stálin. Se o colapso do 2º Exército de Choque tivesse sido prevenido, essas mulheres ainda estariam vivas. Cansado de tanto sofrimento, ansiedade e culpa, Vlasov quase regressou à primeira fase. Mas então ouviu motores. Vasculhando as cinzas da casa mais próxima, encontrou algumas batatas carbonizadas, colocou-as no bolso e correu pelo chão úmido e arenoso, circulando o vilarejo até encontrar um lugar onde se esconder. Lembrou-se das últimas palavras da partisan Zoia (conforme registradas por Lidin, jornalista do *Pravda*): "Vocês não têm como enforcar cento e noventa milhões de nós". Fechando os olhos, foi como se enxergasse aquela fotografia dos seios congelados e mutilados. Não era estranho que aquela imagem ainda magoasse seu coração, pois ele ainda se mantinha imaculado. Como Zoia, que talvez tenha chorado em silêncio antes de ser executada pelos fascistas, ele podia acabar cercado e aniquilado, mas ninguém conseguiria romper o mármore inexpugnável das suas convicções. Pouco tempo após Vlasov ter rastejado até a grama mais alta para comer as batatas, uma fila de canhões móveis de assalto surgiu rangendo pela estrada de Luga, canos e esteiras brilhando, com rapazes alemães de capacete sentados no alto, sorrindo ligeiramente diante das lentes da história. Com o que o 2º Exército tinha imaginado se opor a eles? Algumas metralhadoras Maksim Sokolov de 7,62 milímetros, que lembravam máquinas agrícolas com suas duas rodas e forqueta de reboque, canhões gordos apontando para trás como se armados para derramar sementes de chumbo nos campos (quinhentas sementes por minuto) — que ridículo! — E após pensar nisso ele adentrou a terceira fase.

Durante esse tempo todo Vlasov guardou consigo uma das cápsulas das balas usadas no massacre, apertada com tanta força na mão esquerda que seus dedos ficaram com manchas esverdeadas. Quando os fascistas se foram, ele aproximou a cápsula dos óculos para ler a marca: Geco, 7,65 milímetros, de fabricação alemã.

4.

A quarta fase no amadurecimento de Vlasov foi um prosseguimento inexorável da terceira, graças ao apego do general à lógica. O intelecto que lia com imparcialidade Napoleão, Caulaincourt, Guderian, Tukhatchévski e Pedro, o Grande, se orgulhava da disposição em admitir a influência das leis da física, mesmo e sobretudo se essas leis operassem em seu prejuízo. Quem diz *Fracassei* tem mais chances de ser sincero do que aquele que declara vitória. Dados: os invasores fascistas excediam em número as forças armadas soviéticas por um fator de 1,8 em pessoal, 1,5 em carros de combate médios e pesados, 3,2 em aviões de combate e 1,2 em canhões e morteiros de infantaria. Leningrado cairia naquele verão, e também Moscou. Sem demora, o inimigo controlaria os campos petrolíferos do Cáucaso. Não podia ser derrotado. Eram os fatos. Logo, qualquer tentativa de derrotar o inimigo era absurda.

(Vlasov se lembrou das últimas palavras do tenente-coronel: Não entendo como os fascistas conseguiram atravessar a Linha Stálin...)

Ali, nas ruínas destelhadas da datcha onde ele se escondia (na parede ao lado do esqueleto da cama alguém havia desenhado um coração com as iniciais E. K. e D. D. C.), outros fatos e lembranças insistiam em vir à tona, como o rosto sofrido da esposa aparecendo por trás da cortina erguida até a metade, como acontecia sempre que ele a abandonava. Quantos rostos tristes o encaravam agora! O general Meretskov tinha cochichado em segredo que *dez mil vidas* tinham se perdido apenas na evacuação de Tallinn. Quanto desse número poderia ser atribuído à mera inferioridade numérica, quanto a uma liderança incompetente e quanto a uma loucura que ultrapassava os limites da crueldade? (Andrei, perguntou a esposa, como você consegue dormir à noite?)

Vejamos o caso de Kalitaiev, capitão do *Cazaquistão*. (Meretskov também tinha contado essa história a Vlasov.) Perdeu a consciência com a explosão de uma bomba alemã e caiu na água. O *Cazaquistão* seguiu navegando sem ele. Resgatado e levado até Kronstadt, Kalitaiev acabou fuzilado por deserção.

Aliás, todos sabiam que Stálin e Béria haviam fuzilado o general Pavlov e em seguida os generais Klimovskikh e Klitch pelo crime de derrota. Seus batalhões destreinados e com escassez de efetivos tinham sido colocados em ação às pressas, contando apenas com um punhado de balas por cabeça, com ordens de defender a linha enquanto os fascistas eram derrotados por meia dúzia de tanques "doados" por alguma fazenda coletiva. Nenhum avanço inimigo deveria ser permitido. A última coisa que esses soldados ouviram enquanto morriam foi o discurso metalicamente amplificado do Camarada Stálin, repetido por vezes sem conta, lembrando a todos das virtudes da nova Constituição Soviética.

Vlasov sabia de tudo isso, mas em nome do "realismo" que nos permite viver a vida, nunca havia *confessado* nada até aquele momento. Agora tremia. Refletiu com cuidado. Ficou mais racional do que nunca.

(Dois dias antes de Vlasov dissolver o 2º Exército de Choque, com o bolsão já tão estreito quanto um corredor do Lubianka, o Comando Supremo tinha enviado um caça Lavotchkin 5FN para que ele fosse evacuado. Vlasov se recusou, preferindo ficar com seus homens. Foi corajoso? Todos diziam que sim. Mas o Camarada Stálin tinha dito que nenhum recuo seria tolerado. Vlasov preferiu não ter o mesmo destino dos generais Pavlov, Klimovskikh e Klitch.)

Mastigando um punhado de mirtilos, ouviu estouros de artilharia soarem na direção de Leningrado. Quantas colegiais cavadoras de trincheiras estariam morrendo por lá naquele dia? Partindo do pressuposto de que sua bravura se igualava (já que nada poderia superar) à da dupla de soldados russos de Smolensk que passou dez dias escondida dentro do casco de um tanque ao lado do cadáver em decomposição de um camarada, transmitindo por rádio as posições dos alemães vitoriosos que passavam por eles vindos de todos os lados, então o quê?

(No fim, o que deve ter acontecido com esses dois soldados? — Descobertos, fuzilados.)

5.

Orientado pelas chamas alemãs que reluziam entre os esqueletos de telhados, Vlasov encontrou um velho camponês que lhe deu de comer. Disse o camponês: Quando não existir mais Exército Vermelho, os alemães vão devolver nossas terras.

Sem dizer nada, Vlasov mostrou a cápsula Geco de 7,65 milímetros.

O camponês respondeu: O Camarada General vai me desculpar, mas na última guerra os alemães se comportaram de forma muito correta.

Vlasov tinha suas próprias lembranças da guerra. Eram parecidas com o sangue endurecido que cobria seu uniforme, suvenires do tenente-coronel e do batedor.

6.

Em 12 de julho de 1942, quase ao mesmo tempo que Stálin promulgou a Ordem Número 227 ("Nenhum Passo Atrás"), o tenente-general Vlasov foi capturado pelos fascistas.[9] Tinha sido traído mais uma vez, agora pelo idoso a quem tinha mendigado um pouco de pão. Como se sentiu ao ouvir o ferrolho se fechando às suas costas? Vamos chamar a noite que passou no galpão dos bombeiros de quinta fase de seu amadurecimento político. Ninguém lhe trouxe nem ao menos um copo d'água. No final da manhã seguinte, quando Vlasov estava começando a passar mal de calor, ouviu o rosnado de um veículo, provavelmente uma viatura do comando, se aproximando pela estrada ruim. Ouviu os passos característicos dos soldados alemães. O ferrolho se abriu. Pela porta que se abria, Vlasov enxergou duas silhuetas apontando metralhadoras, e em seguida uma voz em russo com sotaque alemão gritou: *Fora*!

Não atirem, murmurou, exausto. Sou o general Vlasov…

Permitiram que ficasse com tudo a princípio, exceto a pistola. (No bolso do sobretudo, uma cápsula: Geco, 7,65 milímetros.) Examinando seus documentos de identificação, encadernados no melhor marroquim, toparam com a assinatura de ninguém menos que o próprio Camarada Stálin, e passaram o dedo sobre ele em uma espécie de reverência. Para garantir, fizeram com que ele lhes mostrasse o dente de ouro, mencionado nas mensagens de "procura-se".

Por incrível que pareça, não colocaram Vlasov dentro de um dos vagões já abarrotados de russos, todos amontoados na vertical — a maioria ainda vivos (logo começariam a devorar uns aos outros). Também não o entregaram para um dos assassinos alemães de boa aparência a quem mais tarde arquivistas e promotores envolvidos em julgamentos de crimes de guerra espiariam em fotografias, posando despreocupados no meio do declive da vala comum mais recente. Em vez disso levaram Vlasov para ser enquadrado no *Stalag* da linha de frente.

Foi reconhecido de imediato pela polícia de campanha. Disseram: Não se preocupe, general. O senhor é um elemento politicamente aceitável.

Vlasov ficou à espera de ser fuzilado. Mas em vez disso foi conduzido respeitosamente ao quartel-general de um general alemão vestido com um sobretudo cinzento. O nome do general alemão era H. Lindemann. Comandava o 18º Exército. E o general Lindemann disse a Vlasov, com a mesmíssima gentileza que usaria com algum de seus soldados feridos: Bem, sua guerra chegou ao fim. Mas devo dizer que você lutou com bravura. Palavra de honra, colega, você nos deu um trabalho e tanto...

Vlasov fez uma leve reverência, bebericando o chá servido pelo ordenança do general Lindemann.

Se tivesse recebido os reforços que merecia, até teria alguma chance de nos desbordar o flanco! Ha, ha, veja só esse mapa! Está vendo essa brecha na minha linha bem aqui atrás de Liuban? Todos os dias, até mais ou menos quase abril, eu diria, repeti aos oficiais do meu estado-maior: Cavalheiros, vamos rezar para que Vlasov não receba reforços...

General Lindemann, no meu lugar um oficial alemão teria se matado?[10]

Céus, não! Alguém como você, que lutou com sua unidade até o último instante, não deve ter vergonha nenhuma de ser capturado... Por que está me olhando desse jeito?

Peço desculpas, general Lindemann. Estou um pouco cansado...

Não somos os monstros dos discursos de seu premiê Stálin. Somos seres humanos.

Vlasov sorriu irônico, à espera de ser fuzilado.

Acho que você está se perguntando o que viemos fazer aqui, disse Lindemann. Eu particularmente fui contra, mas hoje em dia as opiniões pessoais não têm a menor importância. O destino enviou um grande gênio para a Alemanha: Adolf Hitler. Precisamos obedecer a sua vontade.

Vlasov ficou em silêncio.

Agora me deixe falar uma coisa, continuou o general Lindemann com extrema amabilidade. Na minha opinião, o bolchevismo é um crime infligido sobre o mundo em geral e a Rússia em particular. Vocês, eslavos, são perfeitamente capazes de formular ideias éticas, como aprendi com Dostoiévski e — hm, Tolstói não é muito viril — e ainda assim vocês se deixaram enganar a ponto de seguirem esses, bem, me desculpe, esses *assassinos*.

Quanto a essa questão eu não sei nem por onde começar a responder, general Lindemann.

Ambos ouviram a bomba se aproximar guinchando, mas aquilo não queria dizer nada. Então o ajudante apareceu com um despacho, parou com ar meio pateta e em seguida recuou lentamente, ainda segurando aquele pedaço de papel que, no fim das contas, nem devia ser tão importante. A bomba russa passou por cima deles até explodir com um ruído surdo em algum ponto a oeste.

Muito bem, general Vlasov. E se não for verdade? E se nós formos, de fato, monstros? Diga como isso invalidaria nossa crítica dos *seus* monstros. Pense nisso. E agora receio que nosso pessoal da Inteligência Militar precise incomodá-lo um pouco…

E assim Vlasov foi engolido pela Alemanha. A Alemanha era um monstro de borracha, petróleo, ouro, aço e minério de cromo.

7.

O homem sentado detrás da mesa de aço ofereceu um cigarro a Vlasov. Uma cortina velada cobria algo na parede, talvez um mapa militar. O homem disse: Não pense que aprovo todas essas medidas.

Que medidas?

E agora ele se atreve a retrucar. Imagine só. Estamos em 1942 e eu tenho de tolerar um eslavo se atrevendo a retrucar. Estou pouco me fodendo para o que o general diz. Isso deve estar acontecendo em outro país. Isso não deve ser a Rússia. O que você acha, eslavo? Acha que isso explica o que está acontecendo?

Vlasov ficou à espera de ser torturado ou fuzilado.

Onde você estava?

Fui capturado no vilarejo de Tukhovetchi.

Disso nós sabemos. Agora me diga por que demoramos tanto para capturar você.

Não fiquei parado no mesmo lugar.

Quem escondeu você?

Ouvi falar do Decreto Barbarossa, disse Vlasov, à espera de ser fuzilado.

Então você não quer ver seus amigos partisans executados. A pequena Zoia cuidou de você, foi isso? Bem, é compreensível. Mais tarde extrairemos de você nomes e lugares. Mas talvez você tenha ideias errôneas sobre nós. Não temos problema em trabalhar com pessoas que admitem integralmente seus erros.

Cometi erros, disse Vlasov palidamente. Ou não estaria aqui.

Bem, pense sobre o que falei, disse o homem detrás da mesa. Você tem todo o tempo do mundo.

Quanto tempo?

O resto da vida.

8.

Todos recomendavam que Vlasov pensasse sobre aquilo. O general Lindemann, um homem extremamente belo, tornado ainda mais magnífico pela cruz negra no pescoço, pela cintilante águia de metal e pela fileira de seis botões, todos tão reluzentes e fulgurantes quanto o sol, havia recomendado que ele refletisse sobre a questão da equivalência moral. Vlasov se obrigou a ter em mente que tais argumentos nem de longe tinham motivações objetivas; ainda assim, podiam ser verdadeiros. Pensou sobre isso. Mesmo quando respondeu ao ser perguntado quantos tanques e peças de artilharia tinha comandado no bolsão de Volkhov, pediram que ele pensasse melhor, na hipótese de ter se esquecido de alguma coisa. Quando foi questionado sobre as novas divisões de Meretskov, respondeu (a cabeça pendendo sem graça como nas fotografias oficiais dos propagandistas, o novo uniforme escuro e estranho — liso e marrom, não alemão — grande demais para ele, envolvendo seu corpo como lâminas de chapa metálica) que sua honra de soldado o impedia de fazer qualquer comentário, e eles responderam que compreendiam isso. Então sugeriram que ele refletisse mais sobre aquela questão. Pálido e ansioso, Vlasov usou o indicador para traçar arcos invisíveis diante do general Lindemann. O datilógrafo registrava tudo. Agradeceram as informações, que afirmaram serem muito proveitosas e importantes. Sentindo alguma culpa, Vlasov se questionou sobre o que havia revelado, ou se aquilo seria apenas mais um dos truques dos alemães...

Mas afirmou para si mesmo: Preciso ser realista. Preciso salvar o que pode ser salvo.

Um oficial da inteligência militar serviu dois cálices de conhaque parisiense. Vlasov ficou chocado com a gratidão que sentiu. O oficial comentou: Admiro sua determinação fanática. A campanha polonesa não vai ocupar mais de um parágrafo nos livros de história. Mas vamos ter de escrever um capítulo inteiro sobre vocês, eslavos! Sabe o que eu falei para minha esposa no verão passado? Repeti o que meu comandante havia prometido. Não se preocupe, eu disse. A questão russa vai ser resolvida em seis semanas.

Vlasov riu um pouco, simpatizando com o homem. Do lado de fora, uma voz amplificada entoou de forma quase agradável: *Judeus e comissários, um passo à frente*!

Ainda assim, seus tanques não têm a menor chance contra nossos novos canhões de oitenta e oito milímetros.

De qualquer modo, respondeu Vlasov com um sorriso triste, já perdemos vinte mil tanques.

9.

Após um interrogatório meticuloso mas correto em Lotzen, Vlasov foi enviado até Vinnitsa, na Ucrânia, onde um campo confortável de prisioneiros estava à sua espera — era de fato agradável, e os internos saboreavam o sono como um gato lambendo gotas de leite. Foi uma viagem quente, mas os fascistas o colocaram em um vagão especial onde ele podia esticar as pernas, acompanhado por policiais perfeitamente corretos da SD. — Não se assuste, alertou o capitão, mas antes de entrar no Reich todos os russos precisam ser despiolhados na Estação Eidtkuhnen...

— Esboçando um sorriso indiferente, Vlasov aguardou os passos seguintes. A liberdade de ação de sua vida anterior parecia assombrosa, mas então ele se lembrou de que ser inserido no bolsão de Volkhov para combater à toa não tinha sido uma escolha sua. E se alguma coisa boa resultasse de tudo aquilo? Quando foi enviado à China pelo Camarada Stálin não fazia a menor ideia do que esperar, e mesmo assim cumpriu seu dever sem decepcionar ninguém; foi até condecorado com a Ordem do Dragão Dourado por Chiang Kai-shek, embora a medalha tenha sido confiscada pela polícia secreta por razões de Estado assim que Vlasov regressou à União Soviética. Sua esposa ficou decepcionada; queria ter visto o dragão de ouro... Na esperança e na crença de que podia romper o cerco daqueles novos problemas, respondeu de forma cortês mas não servil à conversa-fiada dos homens da SD, que exigiam saber que paisagens da Crimeia ele julgava mais belas. (Havia combatido ali com distinção em 1920, contra os monarquistas.) Depois disso o capitão da SD falou sobre um cruzeiro que fez no Bodensee certa vez, sete anos antes, quando foi sorteado no programa "Força Através da Alegria" do Führer. Por acaso o general tinha ouvido falar do Bodensee? Vlasov assentiu, pigarreando.

Como Vlasov não empreendeu qualquer tentativa de escapar, enfim lhe contaram para onde estava indo. — Sim, Vinnitsa, respondeu com um de seus sorrisos sem sentido. Lembro-me de quando era o quartel-general do general Tiulenev...

(Mais de um terço das forças armadas populares já estava fora de serviço — se não contássemos todas as colegiais morrendo em nome de inúteis obstáculos antitanque. Aquela cifra explodia no interior da fronte de Vlasov em uma tentativa maligna de abrir uma brecha e escapar.)

Ainda que seu transporte tenha passado por vários dos recém-nascidos campos de concentração em que russos sedentos e doentes se aglomeravam em terrenos desprovidos de vegetação e cercados por arame farpado, escavando ratos e minhocas com as mãos nuas para conseguirem passar fome por mais tempo, dizem que Vlasov não viu nada. Afinal de contas, admirar a paisagem pela janela não é um passatempo permitido a prisioneiros de guerra. Nem seria justo imputar maldade à administração alemã com base nesses campos, pois deixar territórios conquistados em ordem leva tempo. Quando essas zonas estivessem mais germanizadas, os sobreviventes, os um-em-dez, seriam vestidos com uniformes listrados. Usariam um triângulo vermelho com a letra **R** superposta.

10.

Vinnitsa, onde nas palavras de um policial-poeta alemão "vimos dois mundos mas só permitiremos que um deles impere",[11] tinha acabado de ser limpa de judeus. Nos tempos atuais provavelmente a chamaríamos de "área estratégica", pois vinha se tornando rapidamente um entroncamento para várias formas de tráfego militar. De trás do arame farpado, muitas vezes os prisioneiros enxergavam procissões de veículos blindados de transporte de tropas, cravejados de rostos e capacetes alemães. (Sim, é tudo verdade, balbuciou no ouvido de Vlasov um major ensandecido de sofrimento. Somente em Smolensk capturaram cem mil dos nossos...) Longos trens-hospital retiniam rumo à retaguarda; carregamentos de munição e garbosos estafetas de motocicleta seguiam na direção oposta. Havia poucas semanas o Führer tinha instituído seu mais recente quartel-general militar nas cercanias da cidade, em um complexo na floresta, pequeno e discreto, batizado de "Lobisomem". Lobisomem era tão secreto que até os internos do campo de prisioneiros sabiam tudo a seu respeito. Diziam que o Führer em pessoa queria orientar o avanço até os campos petrolíferos do Cáucaso. Stalingrado não o *deteria* por muito tempo! Ninguém sabia ao certo quando Moscou enfim tombaria, mas o drama da vitória que se avizinhava deixava todos excitados, em uma fúria impaciente bem discrepante da resignação que se poderia esperar; pois aos "Prominentes" parecia inevitável que dali a seis meses, quando a guerra tivesse terminado, seria tarde demais para demonstrarem seu valor aos novos senhores. Vlasov, por sua vez, sentia esperança com a proximidade inesperada do líder do governo alemão. (Todas as paredes o regalavam com cartazes anunciando **HITLER — O LIBERTADOR**.) Tinha noção suficiente do próprio valor para saber que a mínima racionalidade ditava que ele fosse reabilitado e empregado de alguma forma útil pelo Führer. Nesse ponto, Vlasov ainda não sabia o que queria. Permanecia determinado a ocultar a própria integridade dentro das mais profundas e concentradas defesas. Sobre o rosto, porém, sentia o alento sedutor da oportunidade.

Um velho camponês fotogênico, de músculos e barba magníficos, repetia a todos: Assim que acabarem com os comunistas, todos vamos poder voltar para casa.

Está vendo o meu rosto, general?, perguntou um coronel polonês. Com todo o respeito, quando seu Exército Vermelho me capturou em 1939, arrancaram metade dos meus dentes. Como eu não aceitava assinar coisa nenhuma, mantiveram minhas pálpebras abertas usando palitinhos...

Estou francamente surpreso de vê-lo por aqui, respondeu Vlasov. Imaginei que os fascistas estivessem liquidando todos os oficiais poloneses.

Não é tão simples. Na verdade... Mas em nosso alojamento temos um compatriota seu, chamado coronel Vladímir Boiarski. Ele pode lhe explicar tudo...

Ainda que este tenha sido o Boiarski cujas garantias enfim convenceram Vlasov a sentar-se e dialogar, primeiro com o diplomata Gustav Hilger e em seguida com o segundo-tenente Dürken, diretamente do Departamento de Propaganda do OKW, e por fim com o capitão Wilfried Strik-Strikfeldt, sem o qual dificilmente teria havido um Exército de Vlasov, Boiarski apenas abriu as portas do destino.* Quase a mesma coisa pode ser dita sobre Hilger. Menos de uma semana depois daquela entrevista, todavia, Vlasov foi intimado à presença do segundo-tenente Dürken. Foi conduzido

* Há relatos divergentes sobre seu destino. O leitor está convidado a escolher um elemento de cada um dos seguintes pares: bala ou forca; alemães ou russos.

por um guarda até o gabinete do comandante. E nesse momento avistou do outro lado do campo de exercícios um homem, um homem pálido e esbelto, de olhos fundos, lábios finos, com a caveira branca na insígnia de colarinho e uma Cruz de Ferro logo abaixo da garganta; um homem com uma suástica no bolso do peito, um homem cuja expressão sonhadora e enigmática proclamava sua condição de senhor do mundo. Era um dos indivíduos mais sinistros que Vlasov já tinha visto. Em inúmeras batalhas, rupturas de cerco e evacuações tinha visto cadáveres de homens das Waffen-ᛋᛋ, e apenas cadáveres; eles nunca se deixavam ser capturados com vida. Perto de Kiev há uma ravina profunda chamada Bábi Iar. Vlasov se lembrava muito bem dela. Tinha lido no *Izvestia* que, uma ou duas semanas depois de a área cair nas mãos dos fascistas, homens das Waffen-ᛋᛋ haviam metralhado trinta mil judeus por ali, mas essa história parecia implausível.[12] Tinha comentado com a esposa: Esse tipo de conduta só atrapalharia o esforço de guerra alemão, colocando o povo contra eles. Além disso, que ameaça famílias judias desarmadas ofereceriam à Wehrmacht? Sabe, quando eu estava na Polônia descobri que quase tudo publicado pelo *Izvestia* sobre exploração de classe é mentira. Os camponeses da Polônia se alimentam melhor do que nós...

Acredito em você, Andrei, ela respondeu, receosa. Não precisa discutir isso comigo. Mas fale mais baixo, por favor; alguém pode estar ouvindo...

Não, general, eles são honrados, Boiarski insistiu em seguida. Essa guerra está coberta por uma névoa de propaganda; ela encobre tudo! Não vou negar que houve represálias contra alguns judeuzinhos aqui mesmo em Vinnitsa, mas esses casos foram investigados a fundo. Ouvi falar que todos eram carrascos de Stálin.

Mas mulheres e crianças...

Não foi como você está pensando. Eram todos partisans! E tudo foi feito de forma humana. Quando os judeus viram como era fácil ser executado, correram para as valas por vontade própria.[13] Afinal de contas, por acaso *você* já foi torturado por aqui? Se não foi, como pode inferir que eles sofreram algum tipo de coação? Pense nisso. E esses ᛋᛋ, de quem todo mundo não para de reclamar, são na verdade bem nobres à sua maneira. Sabe como um homem da ᛋᛋ destrói um de nossos tanques K.V. II? Assisti com meus próprios olhos. Primeiro arrebenta uma esteira a tiros. Depois corre e planta uma granada dentro da boca do canhão! Você precisa admitir...

Sejamos racionais, interrompeu Vlasov. Ninguém se entrega correndo para ser fuzilado a menos que...

Sei que é difícil de explicar. Então vou fazer outra pergunta: *Você quer viver sem nenhuma esperança?*

Perdão?

General Vlasov, até a guerra terminar não temos como calcular o número de vítimas de ambos os lados. Mas lembre-se dos expurgos de 37...

Mas...

Com licença, general! Lembre-se das prisões em massa, dos horrores da coletivização, das baixas desastrosas e completamente desnecessárias da Guerra Finlandesa. Como resumiria isso tudo?

Em um tom baixo e sincero, Vlasov respondeu: *Falta de realismo*.

(E de fato, aquilo sempre lhe tinha parecido não apenas irrealista, mas irreal. Parecia estar enxergando a esposa, rainha de olhos castanhos de sua integridade, se erguendo com dificuldades de seu leito de doente para perguntar: Como você pode ter certeza? Andrei, você *viu* os homens de Stálin matarem todos esses milhões? Vai conseguir dormir à noite se estiver enganado?)

Certo, insistia Boiarski. E não seria *realista* esperar que talvez o outro lado seja melhor? Porque viemos de um lado tão impossivelmente mau…

E no fim das contas o homem da caveira não era o segundo-tenente Dürken, só uma espécie de porteiro. Inspecionou o passe apresentado pelo guarda, assinou um recibo para Vlasov e o conduziu até uma sala de espera, onde apontou um banco. Ambos se sentaram. Intimidado, Vlasov não teria puxado conversa alguma, mas o carcereiro não parava de esquadrinhar seu rosto com estupefação, até enfim declarar: General Vlasov, temos algo em comum. Você sobreviveu e se defendeu no bolsão de Volkhov. E eu fui cercado por seus exércitos em Demiansk!

Nesse caso seriam o 11º, o 34º e depois o 1º Exército de Choque…

Isso mesmo. Você comandava o 2º Exército de Choque, correto?

Eu — sim.

Combatentes fanáticos!, riu o homem da ϟϟ. Vocês nos pressionaram bastante mesmo depois que os forçamos a ficar na defensiva!

Obrigado…

Não desanime, general. Você pode ser eslavo, mas o respeito como homem. Aceita um cigarro?

Sim, por favor.

Tenho uma curiosidade. O que exatamente é um exército de choque?

Um instrumento para rupturas, respondeu Vlasov, um tanto formal.

Ah. O tenente está quase pronto para vê-lo. Até agora não tinha tido tempo de ler seu arquivo. Ele considera essa preparação especialmente importante em casos como o seu.

Do que você está falando, exatamente?

O tenente vai recebê-lo agora.

E conduziu Vlasov para dentro de uma sala pintada de branco.

O segundo-tenente Dürken não se levantou. Sorrindo, disse que estava muito disposto a conceder aos homens de Vlasov o status de aliados parciais.

Preciso que você seja mais claro, retrucou Vlasov, sentindo o retorno de todos os seus temores.

No momento oportuno. Vejo aqui que você se filiou ao Partido Comunista em 1930, general. Foi movido por convicções políticas?

Naquela época, sim.

Em outras palavras, seu modo atual de ver as coisas pode ser diferente, ou não. Certo. Trataremos desse assunto. Tenho grande interesse no comunismo como fenômeno. E você, general?

Não sei do que você está falando.

Sua forma de governo foi desacreditada há muito tempo por Platão. Na *República*, ele enfatiza que a democracia autêntica é o governo da turba. E é isso que vocês, eslavos, têm. Como acham que foram conquistados tão rápido? Porque o governo da turba expurgou os melhores pensadores dentre seus oficiais!

Preciso discordar, respondeu Vlasov. Esses expurgos foram organizados pela cúpula soviética…

Isso não importa. A questão é que à diferença do nosso sistema, o comunismo não deixa espaço para o mérito individual. Ouvi falar que você admira o general Guderian. Bem, nós, alemães, também damos crédito a quem merece. Alguns de nós não se importam de considerar seu Tukhatchévski um gênio, mesmo que — ora, foi por *medo* do gênio desse homem que vocês o fuzilaram. Nós o teríamos promovido a marechal de campo!

Eu mesmo muitas vezes desejei que tivéssemos seguido as diretrizes de Tukhatchévski a respeito do desenvolvimento de tanques…

Ah, você usa o nome de Tukhatchévski, general Vlasov, mas seria capaz de fazer uma citação? Sem dúvida o regime tirânico judeu-bolchevique…

Com um sorriso irônico, o russo declamou: "É necessário cumprir a promessa de tratamento privilegiado aos que se rendem voluntariamente e entregam suas armas".[14]

Ah, ele disse isso? Hm. Talvez não fosse impiedoso o bastante para os dias atuais. De qualquer modo, vocês o fuzilaram.

Tenente, quem apertou o gatilho não fui eu!

Claro, *nunca* é alguém em particular! Mas Stálin existe mesmo ou seria apenas uma projeção conveniente para uma multidão de judeus?

Stálin existe, sem dúvida. Já me encontrei com ele. Você está dizendo coisas bem estranhas, comentou Vlasov com um tom exasperado e orgulhoso. E, se me permite dizer, vocês ainda não conquistaram a Rússia.

Ah, convenhamos. Talvez Leningrado e Moscou aguentem mais uns seis meses, mas e depois? Você mesmo comentou! A maior parte de seus elementos de alta qualidade foi destruída bem antes de chegarmos. Considere-se afortunado, general, por ter sido capturado a tempo de ser salvo…

O que vocês querem, de verdade?

Queremos uma democracia dos melhores, uma sociedade em que todos os aristocratas sejam livres e iguais, para doarem ao Estado o melhor de si. Imagine todos os oficiais com liberdade de ação! Nada de expurgos…

E o resto das pessoas?

Servos, é claro. Por ora, precisamos deles por causa de seu valor produtivo. Mais tarde, quando puderem ser trocados por robôs, não precisaremos deles para nada.

Serão exterminados?

Claro que não. Permitiremos que aproveitem os frutos de nossas façanhas, desde que nos obedeçam de forma incondicional. As medidas que somos obrigados a tomar em tempos de guerra não passam de mera necessidade de autodefesa.

É verdade que vocês estão fuzilando todos os judeus?

Propaganda! Os judeus estão sendo reassentados em campos de trabalho para ajudarem no esforço de guerra. Mas não vamos perder tempo falando dessas pragas…

Vlasov hesitou. Em seguida, um sorriso amargo percorreu seu rosto. Entre polegar e indicador, começou a rolar um suvenir: Geco, 7,65 milímetros.

No fim das contas não conseguiu se forçar à cooperação com o segundo-tenente Dürken, cujo ataque às suas defesas morais carecia de profundidade e evidenciava um caráter vulgarmente linear. Por insistência do coronel Boiarski, todavia, escreveu uma carta endereçada diretamente ao Reich, pedindo permissão para estabelecer um Exército Nacional russo autônomo. Dizem que, ao receber a correspondência, as autoridades alemãs enfeitaram as margens da carta com pontos de exclamação.

11.

Enfim a enigmática organização Fremde Heere Ost enviou um de seus integrantes, um certo capitão Wilfried Strik-Strikfeldt, que desempenharia um papel crucial no jogo de Vlasov — talvez tenha sido até mais importante que o próprio Vlasov. Strik-Strikfeldt era germano-báltico e havia cursado a universidade em São Petersburgo. Nosso Führer ensina que o sangue clama pelo sangue; e, neste caso, a afinidade racial facilitou mesmo o projeto. Com um sorriso sardônico, quase implacável, olhos apertados com alegria e testa alta e sem rugas, corte escovinha expondo as orelhas, Strik-Strikfeldt tinha uma aparência vistosa. Vlasov simpatizou com ele de imediato.

Sentados em cadeiras feitas com ramos torcidos de bétula, aproveitando os dias de julho na planície polvorenta de Vinnitsa, encaravam um ao outro de lados opostos da mesa. Ao lado de ambos havia oficiais alemães, com quepes na cabeça, e na mesa vizinha, ao alcance do ouvido, um alemão de óculos escuros fingia ler o jornal enquanto uma estenógrafa registrava a conversa inteira. Atrás dela as cabines rústicas que serviam de alojamento jaziam sonolentas e silenciosas, e árvores despontavam por todos os lados.

Strik-Strikfeldt começava a se sentir como um americano que tivesse acabado de se tornar milionário. Aquele general russo era decente, inteligente, capaz e disposto a receber orientações de alguém que não cometesse os mesmos erros de Dürken. "Vlasov falava abertamente", comenta em sua autobiografia, "e eu fiz o mesmo, até onde permitia meu juramento de lealdade."[15]

Como a vida é peculiar!, comentou. Combati no Exército Imperial Russo e agora aqui estou eu, servindo no Estado-Maior Geral alemão. Às vezes mal consigo tomar fôlego…

Vlasov sorriu triste, espiando os adornos em forma de lira no colarinho escuro e a águia alemã logo abaixo.

Sem constrangimento algum, Strik-Strikfeldt prosseguiu: Meu caro colega, você acha que Stálin teria permitido que eu me alistasse no Exército soviético, mesmo como soldado raso? Eu teria recebido *oito gramas*. Oito gramas de chumbo…

Imagino que tenha visto meu memorando, cortou Vlasov, um tanto impaciente.

Sem dúvida. Foi estudado por muitos de nós. Já mencionei que antes da guerra eu tinha um negócio em Riga? Não pense que sou indiferente à Mãe Rússia! E vou dizer uma coisa. Com a situação territorial tão fluida, *agora é a hora* de avançar certas medidas. Juro que podemos compensar todas as perdas da Rússia.

Com as mãos unidas, Vlasov disse com rispidez: Colocar valores humanos acima de valores nacionalistas seria minha única justificativa para aceitar sua ajuda contra o Kremlin.[16]

Ora, ora, ele vai direto ao ponto! Admiro sua sinceridade, general. Bem, temos inúmeras questões a debater, mas não é impossível que possamos ajudá-lo.

Vlasov aguardou, nitidamente ansioso.

Antes de mais nada, precisamos conhecer sua postura a respeito do governo de Stálin. Imagino que tenha sofrido...

O regime soviético não me trouxe qualquer desvantagem pessoal, respondeu Vlasov sem rodeios.[17]

Ah.

Como o russo olhava para ele com uma expressão carrancuda, Strik-Strikfeldt, muito astuto em tais situações, prosseguiu: E não tenho dúvidas de que no exercício de seu comando você recebeu toda a ajuda possível, e sempre recebeu ordens sensatas...

Wilfried Karlovitch, fui atacado em Przemysl e Lviv, mantive minha posição e estava pronto para contra-atacar, mas minhas propostas foram rejeitadas.[18] Em Kiev recebemos ordens inúteis de manter nossa posição até o último homem, apenas para esconder a vaidade e a incompetência de nossa liderança; você sabe tão bem quanto eu quantos milhares de homens morreram como resultado. Quando se recusaram a permitir que o 2º Exército de Choque se retirasse do bolsão de Volkhov, enquanto ainda havia tempo para isso, essa decisão assassinou mais e mais e *mais*...

Vlasov parecia incapaz de parar de falar. Strik-Strikfeldt fitou resoluto seus olhos angustiados enquanto o general falava sobre coletivização, expurgos, assassinatos, prisões. Sem a menor dúvida, aquele homem inspirava compaixão.

Bem, caro colega, não se preocupe, pois tudo isso poderá ser corrigido em alguns meses — ou você acredita que Stálin tem alguma chance de escapar da derrota?

Vlasov uniu as pontas dos dedos e respondeu: Nossa derrota na guerra se deverá a dois fatores: primeiro, a relutância dos russos em defender nossos senhores bolcheviques, e segundo, a incapacidade de uma cúpula militar debilitada pela interferência de comissários.[19] Como escrevi no memorando.

Sim, é claro. Eu só queria me assegurar de que você não havia mudado de ideia. Você disse a Dürken que ainda não tínhamos conquistado a Rússia...

Bem, esse Dürken...

Não precisa dizer mais nada. Ele simplesmente não entende...

12.

Certa vez, não faz muito tempo, eu me vi deitado nos braços de uma mulher que declarou que não conseguiria mais, mesmo ainda apaixonada por mim, seguir em frente da mesma forma desonesta, enervante, assustadora, emocionante e indescritivelmente triste. Apegada a mim por anos a fio, fazendo de tudo para ganhar apenas mais um, apenas mais outro instante nos meus braços, agora estava inquieta na cama. Tinha se recusado a fazer amor comigo pela última vez, pois seria patético demais, e ela não sabia o modo correto de fazer amor pela última vez. Deveria dar tudo de si, ou…? Concordei que fazer isso teria sido triste demais. Beijei-a uma vez, desesperadamente, e voltei a me deitar com ela ainda nos braços, e o corpo dela, tendo determinado que o meu corpo era hostil, tentava educadamente não se esquivar. — Mas descrever dessa forma é tão injusto para com ela! Ainda me amava, entende; não que eu a entediasse; simplesmente tudo estava acabado. — Eu me perguntei se deveria parar de chamá-la de querida naquele momento ou esperar até o encontro seguinte. Sabia que assim que eu me levantasse, tudo *realmente* estaria acabado para sempre. Mas ela ainda era minha por mais cinco minutos, e então mais cinco, enquanto bocejava e sugeria que nos levantássemos para dar uma volta ou jogar um jogo de tabuleiro. E foi nesse ponto que as coisas chegaram entre Vlasov e sua condição imaculada. (Ela foi sempre mais admirável, sincera, honesta e decente do que eu.) Strik-Strikfeldt explicava que, sob a orientação secreta do Centro de Formação Experimental, *um Exército Popular Nacional russo já havia sido formado*!

13.

Wilfried Karlovich, perguntou o prisioneiro, com um tom de impaciência quase infantil, qual a sua opinião sincera sobre o memorando? Está tudo claro? A cúpula alemã fez algum comentário?

Ah, disse Strik-Strikfeldt. Bem, é um documento admirável, mas, na forma como foi redigido, russo demais.[20] Táticas de choque!

Sabe, respondeu Vlasov com uma risada irrelevante, certa vez presenteei meus sogros com uma vaca, e graças a isso eles acabaram punidos por serem cúlaques!

14.

Meu amigo, se não se importa de me contar, o que está fazendo com essa cápsula vazia?

É um suvenir, respondeu Vlasov com uma voz repentinamente inerte.

Posso dar uma olhada? Ora, é uma Geco de 7,65 milímetros. Dizem que o próprio Führer carrega uma pistola Walther desse calibre. Dizem que é ótima para distâncias curtas. A cápsula tem algum valor sentimental, ou estou querendo saber demais?

Desairosamente rígido, com entradas no cabelo visíveis no crânio de rosto arredondado, Vlasov encarava todos através de óculos redondos de lentes grossas que lhe concediam um ar de surpresa quase cômica. Até a boca era redonda. Botões redondos desciam dos pontos agudamente triangulares do colarinho. Respondeu: Serve para eu me lembrar de não assumir quaisquer compromissos que mais tarde talvez possa lamentar.

Hmm. Bem, é sem dúvida um objetivo digno, comentou Strik-Srtikfeldt em um tom de cautela inquieta. Será que você está tentando me dizer alguma coisa? Mas não, você não chamou atenção para… Bem, vou refazer a pergunta. Existe algo que você desaprove, ou que talvez lhe traga alguma preocupação?

Vlasov permaneceu em silêncio.

Strik-Strikfeldt suspirou. — Desculpe se o ofendi sem querer. Bem, bem, aqui está, e espero que lhe traga boa sorte.

Wilfried Karlovitch, se eu dissesse que encontrei isso em um vilarejo incendiado, uns dez dias antes da minha captura, você me entenderia?

Sem dúvida. Agora ficou bem claro. É evidente que você viu alguma coisa lamentável. Mas *houve motivo*…

Que motivo? Não, eu…

Quando Stálin expurgou o corpo de oficiais, você viu o que aconteceu com os homens que desapareceram?

Não.

E você sabe que nunca admitimos a invencibilidade da morte. Eu mesmo, bem, certa vez eu estava no front com alguns colegas, que tinham se tornado amigos queridos, na verdade não era muito longe daqui, ficava nesta mesma área de floresta, e fomos emboscados por partisans — crias da própria Zoia! Fui o único sobrevivente. Bem, bem, Vlasov, estou certo de que você viu coisa pior; a questão é que mesmo que os dois estivessem obviamente, você sabe, *mortos*, e eu estivesse inclusive lavado com seu…

Vlasov o encarava.

Como eu estava dizendo, a questão é que eu jamais me perdoaria se não os tivesse levado às pressas para o hospital de campanha, por precaução. Mas estavam *mortos, mortos, mortos*. Mas e se não estivessem? Então entendo perfeitamente sua posição, meu caro colega, pois é difícil demais acreditar na morte. Então você não pode ter *certeza* de que Stálin cometeu atrocidades, enquanto o que você testemunhou ao recolher esta bala — bem, o que exatamente você viu?

Nada de importante, respondeu Vlasov com um fio de voz. Alguns cadáveres…

Escute. Você me garantiu que acredita no racionalismo. Sempre existe uma explicação sensata. Você não sabe quem matou aquelas pessoas, ou por quê. Agora vou dizer uma coisa. Isso é ultrassecreto, então se ficarem sabendo que comentei isso com você eu vou direto para um campo de concentração. Mas estou confiando em sua discrição. Quando nossas forças entraram na Polônia, o casus belli foi um ataque dos poloneses contra uma estação de rádio alemã na fronteira. Bem, esse ataque foi uma fraude. Os órgãos de propaganda forneceram as balas, os uniformes e os corpos. Estavam *mortos*. Mas como e por que eles morreram, e quem eram, bem, a morte nem sempre joga limpo...

Sei disso, Wilfried Karlovitch.

Ótimo. Então conceda a todos o benefício da dúvida. É tudo que peço. Não se deixe retardar por suposições que não podem ser comprovadas. Admito que milhares de prisioneiros russos podem ter morrido de fome e frio. Mas posso garantir, meu caro general Vlasov, que nossos próprios soldados também morreram congelados em vagões-hospital no último inverno! Pense nas condições em que nossos dois exércitos precisam combater! Esse sofrimento comum deveria no mínimo servir para nos aproximar...[21]

Vlasov ansiava por cair nas graças de Strik-Strikfeldt. Precisavam confiar um no outro. Ali estava a chance do russo de lutar por algo em que acreditava. (Em seu ponto de vista era possível escolher: Morte nas mãos dos fascistas ou morte em nossos porões de execução.) Não podia exigir muitas condições. Quando Vlasov manifestou seu desconforto com a maneira que muitos russos estavam sendo tratados, o novo amigo respondeu: Algumas dessas coisas até podem ser verdade. Mas o Führer é um homem flexível, eu juro. Podemos convencê-lo a mudar de ideia.

Foi fácil convencer Vlasov a presumir que Strik-Strikfeldt nunca teria dito essas palavras sem autorização do escalão superior. Na verdade, ele pertencia à categoria que Khruschóv chamava, em particular, de "pessoas temporárias" —[22] servos ricos e poderosos a quem o senhor poderia jogar na vala a qualquer momento. (Khruschóv, é claro, falava sobre os subordinados de Stálin. Em nossa Grande Alemanha tais riscos não existem.)[23]

Na verdade, muitos de nós discordam de Berlim em inúmeros pontos importantes! E quero que pense sobre isso, general Vlasov. Se eu fosse russo e anunciasse que discordo de Moscou, o que acha que aconteceria comigo?

E assim os escrúpulos de Vlasov foram esmagados por um ataque concêntrico.

Naquela noite, detentos com talento musical organizaram uma serenata para Vlasov, usando balalaicas fornecidas pelos alemães.

15.

Vlasov sonhou que estava novamente diante das camponesas massacradas no mato queimado sobre o qual resplandeciam as cápsulas Geco, mas dessa vez compreendia o suficiente para se agachar e limpar o sangue dos rostos das vítimas com delicadeza, usando um lenço preto molhado no rio; e assim que fez isso, se deu conta de que o sangue não pertencia a elas; ilesas, imaculadas, as camponesas abriram os olhos, se sentaram e, uma por uma, beijaram seus lábios.

16.

Convocando Vlasov mais uma vez para o gabinete do comandante, o segundo-tenente Dürken convidou o general a assinar um panfleto de propaganda instando soldados soviéticos a se renderem.

Vlasov respondeu: Como soldado, não posso pedir a outros soldados que deixem de cumprir seu dever.[24]

Então vamos excluir o trecho em que pedimos que desertem, respondeu Dürken, ávido.

Vlasov assinou.

Em 10 de setembro de 1942, bem quando o 6º Exército do general Paulus começou a ter problemas em Stalingrado, os alemães lançaram panfletos sobre o Exército Vermelho convidando soldados a desertarem. Esses panfletos traziam o nome de Vlasov.

17.

Em 17 de setembro de 1942, graças a uma recomendação do segundo-tenente Dürken, os fascistas instalaram Vlasov no Departamento de Propaganda, na Viktoriastrasse, em Berlim. (Leitor, pense nesse departamento como o corpo mecanizado do terceiro escalão, destinado a explorar rupturas.) — Talvez você se sinta com as mãos atadas aqui no Antigo Reich, Strik-Strikfeldt havia alertado. É um ambiente mais legalista que nos territórios ocupados — tem mais obstrucionismo, eu diria. Quanto ao pessoal do gabinete, não os conheço tão bem. Se tiver qualquer problema, basta me ligar, colega. Não abandonarei você...

Quando vou me encontrar com Hitler?

Ah, no momento ele está ocupado tentando decidir o prazo para nossos tanques Tiger receberem os novos canhões de oitenta e oito milímetros...

Ainda que não contasse com janelas, o novo ambiente de trabalho de Vlasov era vivamente iluminado e a gerência nunca lhe deixava faltar álcool. Na parede fulgurava o rosto de **HITLER — O LIBERTADOR**. Às vezes aconteciam festas hilariantes regadas a bebida, com secretárias que davam a eterna impressão de terem sido escolhidas pela voluptuosidade (se me permite empregar essa palavra para descrever criaturas do tipo racial eslavo). Recostado em um sofá verde-claro, Vlasov sorriu sem jeito enquanto um poeta cossaco bêbado, cujos pais tinham sido fuzilados pelos bolcheviques em 1921, declamou estrofes concernentes a "este domínio antípoda/ onde o verão arde eterno". (Você é bem relativista, mas não o culpo!, gargalhou um tenente-general oriundo da parte mais fria da Sibéria.) Uma jovem alemã beijava sôfrega uma jovem russa no canto da sala. — Bem, que aproveitem a vida enquanto podem, pensou Vlasov com afeição impessoal e compassiva. Sem demora estarão lutando pelas próprias vidas. — Talvez por também estar um pouco bêbado, todos no escritório o lembravam dos soldados fumantes de *mahorka* que ele havia comandado na batalha de Moscou. Bivacando na neve (pois os fascistas tinham incendiado todas as choupanas dos camponeses), os soldados também se embriagavam, cantavam canções ("Estou aquecido neste bunker congelante/ graças à chama eterna do seu amor!"),[25] jogavam xadrez, catavam piolhos, limpavam as armas e se preparavam para morrer. Nesses momentos, as histórias de guerra de Vlasov eram muito requisitadas. Fazendo beicinho, uma datilógrafa chamada Olenka exigiu saber por que ele não havia guardado para ela sua Ordem do Dragão Dourado chinesa. — Eu teria usado a medalha no pescoço, Andrei Andrêievitch, teria mesmo, juro. E sabe o que mais? Eu teria *beijado* a medalha… — Vlasov deu um risinho e a beliscou, seu rosto relaxando até assumir uma feiura cheia de bonomia.

Foi nesse mesmíssimo sofá verde que na companhia de certo M. A. Zikov (que logo seria liquidado por causa de antepassados judeus) Vlasov redigiu a famosa Declaração de Smolensk, que começa com: **Amigos e irmãos! O BOLCHEVISMO É O INIMIGO DO POVO RUSSO**.[26] Os colegas brindaram com vodca e depois com schnapps. Foi assinada em 27 de dezembro de 1942 e publicada em 13 de janeiro de 1943, um dia após ter sido aprovada pelo Führer. Ainda que a declaração tivesse como destinatário o Exército Vermelho, o ministro Rosenberg providenciou que fosse lançada sobre os territórios ocupadas, onde, nas palavras de Strik-Strikfeldt, "era possível deparar com espectros cinzentos que se alimentavam de cadáveres e cascas de árvore".[27]

Os alemães, a essa altura, já haviam perdido a iniciativa estratégica. Rommel estava em apuros em El Alamein; depois veio o desembarque nos territórios franceses no norte da África; Stalingrado estava cercada. — Até o Führer andava repetindo: De algum jeito os russos vão romper a linha. Eles sempre conseguem. — Quando os Barões do Leste perceberam uma situação operacional de fluidez alarmante, passaram a tramar uma forma de redirecionar suas diretrizes. Talvez os feudos ainda pudessem ser salvos, se alguém como Vlasov…

E assim Vlasov sentiu ter restabelecido seu lugar no mundo (ou, se você preferir, ter estabilizado sua frente defensiva). Essa vida nova não oferecia "segurança" nenhuma, é verdade, mas ao mesmo tempo nenhuma pessoa sujeita ao Camarada Stálin estava segura. Vlasov também não havia maculado a própria consciência. Todas as nossas decisões, mesmo as autodestrutivas, contêm sem a menor dúvida elementos oportunistas: mas a decisão realmente mais segura, mais confortável, teria sido se abrigar no gabinete da Viktoriastrasse e assinar panfletos ditados pelos senhores alemães. Isso Vlasov se recusou a fazer. Queria lutar pela libertação da Rússia. E assim os propagandistas, prometendo uma fuga iminente daquele limbo agradável, fotografaram Vlasov com a nova indumentária, erguendo a mão direita em uma espécie de saudação indígena, ladeado por oficiais alemães sorridentes e desfilando ao longo do muro de voluntários imaginários.

Escutando Liszt no gramofone em seu novo alojamento no Hotel Corte Russa, seguiu acreditando em uma vitória dos alemães, pois qualquer outro desfecho teria consequências terríveis para seus sonhos. (E quais *eram* seus sonhos? Vlasov se deitou, os pés pendendo para fora da cama, e sonhou que a esposa o abraçava, mas ela era um monstro de seis braços com rosto de latão e o esganava, e ele não conseguia se libertar. Acordou ofegante e pelo resto da noite ficou deitado, olhando para o teto, tomado por perplexidade e aflição infinitas.) A Europa estava se tornando (para adotar as palavras de Guderian) uma fortaleza de largura e profundidade ilimitadas,[28] e não havia motivos para acreditar que essa fortaleza não seria capaz de frustrar qualquer tentativa de ruptura em sua linha defensiva. O desastre em Stalingrado fez com que Vlasov parasse para pensar, mas no fim ele decidiu que isso tornava ainda mais urgente o retorno ao front, onde poderia fazer uso de seus talentos, em vez de ficar assinando seu nome embaixo de propaganda escrita por outras pessoas. Seus colegas invocavam repetidamente o Führer com uma convicção tão reconfortante que a reunião vindoura parecia obviamente capaz de resolver tudo. E Strik-Strifkeldt telefonou mais uma vez, informando ter conseguido o apoio de uma facção poderosa do Comando Supremo...

Na verdade o nosso alegre báltico, cujas motivações cabriolavam no interior de um perímetro inviolável de bondade, continuava a fazer todo o possível para assentar o amigo sobre o que chamava de "bases sólidas". Ainda que Strik-Strifkeldt não tivesse uma influência tão poderosa quanto Vlasov tinha imaginado, ainda assim ela permanecia considerável. Escreveu poemas e peças sobre o tormento que a Alemanha tinha levado para o Leste. Enviou-os para uma lista seleta de oficiais da Wehrmacht, muitos dos quais ficaram bastante comovidos. Aos colegas mais próximos, insistia: Não podemos alterar as diretrizes. Em nome de mais segurança para nossas tropas de combate, porém, podemos introduzir um novo fator que talvez convença Berlim a reconsiderar as diretrizes. — E para um terceiro eleitorado provou-se capaz de falar um terceiro idioma. Graças à guerra, itens de primeira necessidade, mercadorias e até mesmo artigos de luxo fluíam dos territórios ocupados para o Antigo Reich, onde (como parecia o correto) eram vendidos por um preço superior ao que haviam custado, ou seja, nada. Strik-Strikfeldt tinha acesso a determinadas fontes de suprimentos. Tudo que precisava fazer para manter sua liberdade financeira era conectá-las com algum industrial, um sobrinho de general ou uma atriz entediada. Quando se tornou partidário de Vlasov, entrou em contato com alguns indivíduos escolhidos a dedo e declarou, colocando tudo em pratos limpos em nome da cortesia: Cavalheiros, a situação é a seguinte. Como o caráter eslavo-asiático compreende apenas o absoluto, entre eles inexiste a desobediência.[29] Obedecerão cegamente às nossas ordens, entenderam? Vamos exigir que Vlasov faça o impossível, e não haverá protestos...

Poderia explicar que justificativa teríamos para fazer uma aliança tão vergonhosa? *São eslavos!*

Isso é apenas um detalhe! Pense em todo o sangue que eles custarão a Stálin! Não se preocupem com isso. E depois podemos...

Strik-Strifkeldt fez de tudo, tudo mesmo. Com os óculos na ponta do nariz, escreveu inúmeros memorandos. O Exército Popular Nacional russo já contava com mais de sete mil voluntários de papel. Mas o general Keitel, que respondia diretamente a Hitler, já tinha descartado qualquer *Wlassow-Aktion*.

Vlasov, por sua vez, jogava paciência com Zikov, excelente em todas as formas de carteado. Enrolou outro cigarro usando o jornal alemão da semana anterior. Releu Guderian: "Esses homens permanecem essencialmente incapazes de abandonar a guerra de posições". Haveria melhor resumo dos erros da cúpula alemã em Stalingrado? Vlasov se perguntou por que Guderian não tinha sido consultado a esse respeito. (Não sabia que Guderian tinha sido exonerado com desonras do comando, muito tempo antes, por tentar restringir a linha defensiva na batalha de Moscou.) Pediu as memórias de Napoleão, mas responderam que não eram consideradas uma leitura muito edificante. Olenka o forçou a dançar com ela. Em sonhos, as seguintes palavras se contorciam em tentativas vãs de se alinharem: *operacional, fortificado, indefeso*.

A essa altura a máquina de propaganda soviética, que de início tinha se mantido em silêncio, depois insistido que Vlasov ou estava morto ou havia se tornado um objeto imóvel de propaganda fascista, tinha começado a prestar atenção no apelo carismático do general. Denunciando Vlasov como trotskista, havia passado a conectar sua vida anterior com o conluio contrarrevolucionário lançado por Tukhatchévski, a serpente eliminada. Aos trabalhadores soviéticos, amantes da paz, Vlasov foi revelado como hitlerista, comparsa dos imperialistas, traidor da pátria.

Foram elogios oportunos, pois em 1º de março de 1943 o Departamento de Propaganda abriu o Campo Dabendorf, onde sobre uma rubrica fantástica soldados russos de carne e osso começaram enfim o treinamento. (O relatório de inspeção dos alemães concluiu: "Disciplina: Frouxa. Os homens não se levantam à entrada de um oficial alemão".)[30] Um artista russo, prisioneiro no campo, preparou nada menos que nove esboços para uma proposta de insígnia, todos devolvidos pelas autoridades, todos desfigurados pelo "x" da proibição. Ao que dizem, Vlasov comentou: Eu adoraria deixar assim — nossa bandeira russa, riscada pelos alemães por sentirem medo.[31]

Enfim receberam permissão para usar a Cruz de Santo André, azul sobre campo branco.

O passo seguinte era passar a combater de verdade. Isso aconteceria a qualquer momento.

18.

Disse Strik-Strikfeldt: Infelizmente ele não concordou. Mas tenho um amigo que costuma caçar com o *Obergruppenführer* Friedrich Jeckeln em pessoa...

Muito aos poucos, Vlasov levantou a cabeça da fileira de cartas que virava com o mesmo afinco de uma mulher rolando cadáveres enlameados para confirmar a morte exata que lhe permitirá o luto. Então seu rosto grosseiro, quase simiesco, afundou entre o polegar e o indicador manchados de nicotina de sua mão esquerda. Cruzou as pernas muito, muito compridas. Bocejou. Disse: Vocês não conseguem nem arranjar um terno que me caiba e ainda querem conquistar o mundo![32]

Não se renda à amargura, meu caro colega. Estamos em tempo de guerra, afinal de contas, e você tem uma compleição peculiar.

Escute aqui, Wilfried Karlovitch. Quero voltar para o campo de prisioneiros. Aqui eu me sinto meio dormindo o tempo inteiro. É…

O Führer sempre é convencido por resultados. Sua Declaração de Smolensk teve mais impacto nos territórios ocupados que cem destacamentos antipartisan! Assim que ele entender que a única maneira de conservar nossos ganhos territoriais é ocupar seu Exército Popular Nacional russo com alguma tarefa…

Mas…

Não é essa a realidade da situação?

E assim mais uma vez o ferrolho se trancou, e Vlasov retornou ao interior de sua sufocante prisão conceitual, a ideia de que lógica, limitações e *realismo* moldam as ações dos homens influentes.

19.

Digamos, a título de argumentação (ainda que não seja verossímil), que mesmo a essa altura Vlasov não soubesse dos rapazes espancados e ensanguentados, os pulsos atados em dupla para facilitar o fuzilamento, das garotas cobertas de ataduras conduzidas até o muro para serem executadas, dos professores obedientes se equilibrando sobre barris enquanto a forca era ajustada, das famílias amarradas e atiradas das próprias varandas, dos jovens alinhados diante de uma parede para o pelotão de fuzilamento. — Por enquanto vamos ignorar tudo isso, como diria Strik-Strikfeldt. Não, ele sabia; gemia durante o sono; acordando por vezes em conta, bebia para afastar as pontadas de sofrimento, se apegando à lógica (que defendia obstinado) de que *Stálin é pior*, de modo a alcançar seu ideal, seu amor, seu objetivo oriental; e de uma perspectiva aérea suficientemente distante, Vlasov chega a se parecer com os soldados alemães, oito de cada lado, estrebuchando para empurrar um caminhão por quilômetros de lama na altura dos joelhos, as poças refletindo a beleza perene das bétulas. Sobre a mesinha de cabeceira, ao lado da garrafa de schnapps quase vazia, ali estava, de pé e agora manchada de verde pelos dedos gordurosos, uma certa cápsula de bala, Geco, 7,65 milímetros. (Vamos chamá-la de sua frente defensiva.) Mas alegar que o *conhecimento* de Vlasov ia além disso (e sem conhecimento, podemos até dizer que não existe responsabilidade) seria tão simplista e antiquado quanto a estratégia defensiva de Stálin. Nas memórias que escreveu no pós-guerra, Strik-Strikfeldt insiste que somente ao se tornar prisioneiro, quando um sargento americano esfregou fotografias de Dachau em sua cara, ficou sabendo que "nos campos de concentração alemães ocorreram brutalidades sem igual em outros campos do mundo".[33] O sargento, escreve um Strik-Strikfeldt indignado, se negou a acreditar em suas alegações de ignorância. Mas, no fim das contas, "o mundo ainda não acredita que esses bandidos conseguiram esconder seus crimes de grande parte do povo alemão. O mundo ocidental se recusa a acreditar nisso — assim como nós, naquela época, nos recusamos a acreditar que a América livre estava traindo a liberdade".[34] Aí está, e vindo de uma figura sempre tão sincera quanto seu juramento de fidelidade permitiu.

20.

Pois a integridade de Vlasov, ou, se você preferir, sua esposa, havia se blindado do marido por trás de uma parede de chapas de aço recurvadas; pela janelinha à prova de balas, Vlasov conseguia enxergá-la sorrindo com amor e misericórdia; estava pronta para falar com ele; faria o possível para ajudá-lo; mas nunca mais o abraçaria — ela, que tinha sido tão fraca, ela, que havia se agarrado a ele chorosa, buscando prolongar nem que fosse por mais alguns instantes o tempo que passavam juntos no quarto escuro e agradável; ele a acarinhou, tentando decidir quando se levantar e calçar as botas sem magoá-la. Que risível achar que podia não magoá-la! Tudo que ela queria era ficar com ele para sempre. Mas *ele* tinha coisas a fazer. Digamos que houvesse uma guerra lá fora. Ou digamos que ele pertencesse, como tantos de nós, aos "criativos", ou "casados", "recrutados", "politicamente comprometidos", "neutros", "ocupados", "distraídos" ou de alguma outra forma empenhados ou enredados. Por um motivo qualquer, ele tinha tornado a guerra *sua* guerra. Ela implorou que ele não partisse, e talvez ele até tenha *precisado* partir (digamos que um certo Adolf Hitler tenha invadido o país), mas não, digamos — não digamos nada por uma ou duas linhas, exceto que naturalmente não gostaríamos de "trivializar" a Segunda Guerra Mundial mediante a extrusão de sua horripilação através do bico esteliforme da bisnaga de confeiteiro de uma alegoria qualquer —, mas integridade *é* amor, e o amor por duas entidades, fidelidade a ambas, talvez seja uma traição de ambas. (Se ao menos a dor nos olhos dela tivesse me matado!) Ele teve de ir. Era sempre assim, até ele começar a esperar por isso e passar a lidar com a situação; era sempre assim; talvez até o lisonjeasse, depois que se acostumou com algo que de início só lhe causava apreensão e culpa; era sempre assim, com essa mulher verdadeira e inteligente que o amava, digo, essa deusa mítica, alegórica, da retidão moral, não, digo, alguém que não era perfeito mas que o amava, alguém que era melhor do que ele, alguém que lhe disse: Andrei, como você consegue dormir à noite? Vlasov teve de abandoná-la, e odiou fazer isso, mas prometeu que logo voltaria. "É bem sabido, explica a *Grande enciclopédia soviética*, que a estrutura da vida emocional muda conforme a época. Em consequência disso muda também o sentimento de amor, influenciado por relações de classe, mudanças de personalidade e de valores."[35] Mudanças de valores, é isso! Os olhos dela, os imensos olhos castanhos tantas vezes inchados de chorar, fitavam o marido com reprovação, às vezes com medo, às vezes com raiva; às vezes ela não era muito justa, mas era a integridade de Vlasov. Alertou: Não sei quanto consigo aguentar, e depois: Não sei se aguento, porque ele estava, digamos, combatendo ao lado de alguém que tinha assassinado tantos milhões. Depois de atuar nesse mundo, sempre voltava para ela. Sua integridade dizia: Não sei se vou conseguir. É como se antes eu precisasse conhecer você de novo. — Sua integridade dizia: Sua boca está limpa? Pelo gosto parece que não. — Ela dizia: Você sabe que sou muito delicada aí embaixo. Não estou com vontade. Ela dizia: Não vá embora, por favor. Ela dizia: É uma sensação tão *perfeita*. Ela dizia: Ah, meu amor. — Chorava ao dizer: Não vá. Quando Vlasov a reencontrava, ela estava chorando e dizia: Não aguento mais. — Depois parava de chorar. Ficava muito calma e afável.

Quando aquela a quem amei enfim me deixou, de início não doeu tanto, mas meu coração ainda não assassinado começou a adoecer com cada gota do veneno de sua ausência. Todos os meus amigos pareceram se afastar, não pareciam mais amigos, pois não a substituíam; e quanto menos esperanças eu tinha de reencontrá-la mais meu coração se incendiava, tamanha era a dor. Na época a dor ainda era forte, pois nosso amor tinha sido forte (ou pelo menos eu achava); por causa disso a agonia da morte precisava se expandir, se alongar e se retorcer infinitamente, como um verme parasita. Um organismo forte não morre. Vlasov ainda se apegava à época em que tinha sido íntimo de sua integridade. (Ela declarou: Se você precisar, podemos ficar deitados por mais um minuto, desde que não aconteça nada muito íntimo. Não consigo mais, fico confusa...)

Ela era uma estátua, a salvo de Vlasov por trás do vidro espesso. Queria ser amiga dele. Misericordiosa e distante, sentia pena. Ele estava livre. Precisava tomar as rédeas da própria vida.

21.

Foi enviado em um giro pelos territórios ocupados, com o objetivo de angariar simpatizantes. Em 28 de fevereiro de 1943 chegou a Smolensk, onde falou aos hilotas e foi muito aplaudido. (Este homem comandou o 4º Mecanizado contra nós em Lviv!, explicava Strik-Strikfeldt a todos os presentes em tom de reverência.) — A Rússia precisa ser independente, repetia Vlasov. — Em pé sobre um pedestal chamuscado e gélido que no passado sustentara um titã de mármore, fitou a plateia: velhos enregelados imprestáveis como mão de obra, camponesas refugiadas com lenços negros na cabeça, burocratas famintos que em vez de uma guloseima tinham ganhado Vlasov. Para essas pessoas, que ainda não haviam abandonado por inteiro a esperança de que os alemães talvez trouxessem algo de bom, seu discurso foi eletrizante. Que um dos seus — um general famoso, ainda por cima — tivesse permissão para falar qualquer coisa, ainda mais convocar uma aliança russo-germânica contra Stálin, enquanto oficiais da Wehrmacht assistiam sorrindo satisfeitos, era um sinal de que algum caminho intermediário para a salvação, por mais provisória e solitária que fosse, um conceito que mesmo após duas décadas de reeducação a maioria deles ainda enquadrava em termos religiosos, talvez não fosse apenas uma fantasia trágica. (Bem que avisamos!, cochicharam os idosos. Com os partisans, Stalingrado e aquela ruptura em Leningrado, Adolf não pode mais ser tão arrogante...) Vlasov ergueu bem alto o braço direito, saudando as vitórias russas que estavam por vir. Então voltou a ser fotografado, em posição de sentido, acompanhado por uma fila de oficiais fascistas, todos com botas reluzentes que iam até os joelhos. Visitou a catedral, que tinha acabado de ser reaberta: Hitler, o Libertador, estava trazendo a religião de volta! (Mas Stálin, astuto, também havia começado a reabrir igrejas.) Naquela noite Vlasov discursou para uma casa lotada no teatro estatal, que só tinha lugares em pé. Mesmo assim seus patronos não se arriscavam a permitir que ele falasse no rádio. Passou três semanas zanzando de um lado a outro em seu esforço de propaganda, conclamando voluntários. Os primeiros Homens de Vlasov já estavam em formação, prontos a serem passados em revista. (Vamos supor que ele não soubesse dos prisioneiros de guerra russos enviados para a câmara de gás em Auschwitz, fuzilados em Dachau e em Buchenwald. Apenas em Smolensk a mortalidade diária estava na casa das centenas.) Insistindo não ser marionete de ninguém, citou um antigo provérbio camponês: "Um casaco estrangeiro nunca veste bem um russo".[36] (O uniforme que criaram para Vlasov era pardo, como o das tropas de assalto.) À hostilidade dos mais questionadores, respondia: Os alemães começaram a reconhecer os erros cometidos. E não seria mesmo realista nutrir esperanças de escravizar quase duzentos milhões de pessoas...[37]

("Vocês não têm como enforcar cento e noventa milhões de nós", Zoia havia afirmado.)[38]

Seu antigo captor, o general Lindemann, veio saudá-lo, e brindaram.

Devo dizer que foi um discurso instigante! Essas pessoas acreditam em você, não resta a menor dúvida...

Para ser franco eu estou perdendo as esperanças, respondeu Vlasov, pois tinha acabado de saber que todas as formações de voluntários russos tinham sido desmanteladas e distribuídas entre unidades alemãs.

Ora, mas isso é coisa que um militar diga? Tenha mais um pouco de paciência, falta pouco para Berlim mudar de política, eu prometo!

Sabe, não são apenas os crimes de guerra, é o *absurdo*. Como seus líderes não compreendem que alienando as massas acabam por obstruir suas próprias intenções?

O general alemão suspirou e disse: Esqueça, meu caro colega. O Ocidente e o Oriente são dois mundos diferentes e não têm como se entender.[39]

Voltando a Berlim, com a lama de primavera do Reich agora esverdeada como a túnica de serviço de Hitler, enviou outro memorando admoestando o governo do Reich: "A grande maioria da população russa agora encara o conflito como uma guerra de conquista empreendida pelos alemães".[40] (Zikov perdeu a paciência e recitou outra estrofe de Púchkin.) Informou a seus senhores que talvez ainda fosse possível restabelecer boas relações com o povo russo, que sofreu tanto sob o comunismo, mas para isso mudanças imediatas na política de ocupação eram essenciais.

Olenka, a datilógrafa, havia desaparecido, mas sua substituta, uma morena letã chamada Macha, gostava mais ainda de se divertir.* Certa manhã Vlasov acordou no hotel Corte Russa abraçado a Olenka, que ainda dormia. Fitando aquele rosto tranquilo, quase enxergou os olhos fechados da esposa quebrantada. (E quanto a mim, enxergo os imensos olhos castanhos da mulher que enfim me deixou, a mesma que teria ficado comigo para sempre se eu tivesse feito uma determinada promessa. Ela era minha integridade.)

22.

Repito: Até aqui, a ruptura tática da ofensiva contra o caráter de Vlasov tinha sido limitada. Os atacantes não sabiam como empreender o choque operacional. Como reza o aforisma tão sábio de Strik-Strikfeldt: "Propaganda demais é mera propaganda".[41]

E assim Vlasov se viu de volta ao trabalho. Dias de primavera berlinense, frescos e quase quentes, céus coalhados de nuvens e a sombra das tílias, exsudações que se transfundiam agradabilíssimas em seus ossos. Ficou sentado pensando no que fazer. Zikov ainda não havia sumido. Uma das paredes do gabinete minúsculo e dilapidado estava ocupada com pilhas da produção literária de um colega: "E o submundo do *Untermensch* encontrou seu líder: o judeu eterno!".[42]

Recebeu um alerta da Gestapo informando que a URSS tinha enviado certo major S. N. Kapustin para se infiltrar no exército de Vlasov e assassiná-lo. Não se importou. Bêbado, contou a uma entediada arquivista do gênero feminino: Lembro-me do meu contra-ataque em Nemirov. Quatro dias de combates de tanques...

Assim como uma concentração de tropas, ao ser estilhaçada, tende a se polarizar em torno das cidades ou postos de comando que conhece, motivo pelo qual o inimigo na ofensiva tenderá a fechar círculos letais em volta desses exatos pontos,

* Registramos aqui que, conforme inúmeros relatos, Vlasov foi apanhado pelos alemães na companhia de uma tal Maria Voronova, cujo marido estava sendo reeducado às custas do Estado em local desconhecido na Sibéria. Para se sustentar, ela cozinhava para a família Vlasov. Por ordem da esposa de Vlasov, Maria Voronova supostamente se infiltrou no bolsão de Volkhov. Em uma fotografia celebrando sua captura, a dupla está sentada no interior de um veículo militar com armas apontadas para o céu. O rosto esticado e exausto de Vlasov só pode ser visto quase de perfil. Os óculos escorregaram até a metade do nariz. Ele segura um objeto afunilado, que pode muito bem ser uma cápsula de bala alemã, Geco 7,65 milímetros. Maria Voronova, se de fato for ela essa mulher lívida e com lenço na cabeça, conseguiu preservar algo de sua atratividade. Está sentada ao lado dele, quase sorrindo.

Vlasov não conseguia evitar a obsessão pela cápsula Geco, que girava entre os dedos sem parar, tentando se robustecer contra a próxima investida. Zikov ria dele. Macha roubou seu brinquedo uma vez, só por diversão, mas Vlasov ficou tão furioso que ela implorou perdão e, corando, largou a cápsula de volta na mão do general. Como parecia sempre haver schnapps disponível, ele parou de escrever manifestos. Logo se tornou tão indiferente que mal se dava ao trabalho de conversar com o funcionário do Gabinete para a Germanização das Nações Orientais. Era como se A. A. Vlasov fosse uma pedra escurecida pelo tempo e pela fumaça nas construções de Berlim, coroadas por figuras aladas, figuras com crucifixos ou figuras com lanças, todas transformadas em silhuetas pelo negrume do tempo. Outra promulgação do exército fantasma tinha acabado de vir a público, e os alemães não queriam transformá-lo em espetáculo de um homem só. Por que não deixá-lo sumir por algum tempo? Assim, com Strik-Strikfeldt de cicerone, Vlasov foi enviado para um período de repouso. Oh, sim; permitiram que ele fizesse um giro pelo Reno, cujos volteios às vezes quase fecham um círculo, polegares e indicadores aquáticos comprimindo inúmeras penínsulas de floresta e casas com telhado de ardósia em uma situação quase insular, enquanto folhas veranis escapam e se espalham. Ele visitou Colônia, Frankfurt, Viena…

Como são belas!, exclamou seu melhor amigo, os olhos semicerrados de alegria. Rápido, veja, meu caro Vlasov! Não, não, bem ali! Nossa, chego a ficar sem fôlego…

Em um parque, moças alemãs enfileiradas estendiam os braços e as pernas, imitando a rigidez de boneco de cera da *Lehrerin* nos degraus do monumento, gritando: *Um — dois — três — quatro! Todas juntas!*

Vlasov continuava bebendo. Após esforços consideráveis (nenhum dos quais seu tutelado deu qualquer sinal de valorizar), Strik-Strikfeldt obteve permissão para levá-lo a uma casa de repouso para membros da ᛋᛋ em Ruhpolding, na Baviera. Foi ali que Vlasov conheceu sua esposa alemã.

23.

Caso já tenha visto *Os quatro elementos*, de Adolf Ziegler, pendurado sobre a lareira de nossa Führerhaus em Munique, talvez você tenha guardada na memória uma loira esguia, de seios pequenos, aninhada na irmã de cabelos mais escuros no painel central do tríptico, ambas sentadas, a loira olhando pudica para o piso xadrez e protegendo com o cotovelo o encontro das coxas, castamente encostadas uma na outra. Os outros três nus têm poses algo absurdas (ou, como diria Vlasov, irrealistas), em especial a morena que se cobre delicadamente com um tecido enquanto segura na mão direita um feixe de cereais. Pelo menos a postura compacta e retraída da loira parece natural e confortável. A limpeza e a ordem meticulosas do cômodo que abriga a pintura, a risível mesinha redonda entre sofá e lareira, e, acima de tudo, a qualidade insistentemente alegórica da obra de Ziegler, tudo opera em consonância para dourar a impudicícia na forma de uma genuína pílula de decoro. E os gestos ridículos das deusas arianas redouram a pílula. Ninguém jamais pararia com os braços daquele jeito, ou inclinaria a cabeça daquele jeito, exceto, talvez, se fosse um efeito causado por uma rajada de metralhadora antes que ela caísse na vala comum! Mas a loira sentada (se desconsiderarmos a vasilha vazia que Ziegler a fez segurar) quase poderia ser uma figura da "vida real".

Se você imaginou que Heidi Bielenberg era atleta, acertou. Tinha sido uma daquelas loiras de tranças, as loiras de olhos azuis que, gritando tomadas pelo furor das massas, estendem os braços de mangas brancas em saudação protegidas por um muro de impassíveis soldados da ϟϟ com capacetes adornados por suásticas dentro de escudos vermelhos; tudo, por todos os lados, se torna branco, preto, cinza, vermelho e loiro. Primeiros vemos Heidi em meio a uma muralha de jovens alemãs, com roupas de baixo justíssimas, levantando globos acima da cabeça: *Um — dois — três — quatro! Todas juntas!* Segundo o instrutor de Heidi, ela poderia alcançar a excelência com dedicação árdua e uma autodisciplina *de severidade inflexível*. Para ela, algo fácil. Sempre tinha sido assim. Sua mãe também. Heidi quis participar das Olimpíadas de 1936, mas isso se provou impossível. Felizmente havia muitas outras coisas empolgantes para se fazer em nosso Reich. Heidi se tornou campeã de tiro e foi autorizada a portar uma pistola (uma Walther 7,65 milímetros, creio). Tanto o rosto atraente, medido por especialistas do osso nasal ao queixo com a ajuda de calibradores, como o cabelo, comparado com diversos retângulos de referência de vidro tingido, foram considerados satisfatórios, e ela foi cientificamente validada como ariana. Em uma competição regional, Heidi se manteve em pé sobre um aro giratório, segurando uma bandeira da suástica em cada braço estendido. Em seguida foi convidada a participar do Comício de Nuremberg, onde compartilhou uma tenda com duas outras moças e viu o Führer com os próprios olhos! (Manteve contato com as colegas de tenda. Uma já havia dado à luz um par de gêmeos arianos em uma instalação *Lebensborn*. A outra produzia detonadores para munição de oitenta e oito milímetros, cumprindo seu dever para com a guerra total.) Logo após o expurgo de Röhm, Heidi recebeu a Medalha de Esportes do Reich, obrigatória para qualquer jovem com aspirações de se casar com um membro da ϟϟ. Himmler em pessoa, que sempre reconhecia a perfeição, já tinha alçado Heidi aos níveis mais altos nos cadastros do Gabinete Geral da ϟϟ para Questões de Raça e Assentamento.

Conheceu o primeiro marido na fogueira de solstício de verão de 1938. Tudo nele parecia correto aos olhos de Heidi, da agilidade ao dançar à expressão estranhamente terna nos olhinhos da insígnia da caveira. Tudo aconteceu às pressas. De braços dados com o noivo, com o buquê entre eles, Heidi passou sob o arco das mãos em saudação, enquanto os convivas entoavam: *Sieg Heil! Sieg Heil!* Como a Alemanha já estava em guerra, ela mal viu Otto depois da lua de mel. Dois anos mais tarde (por uma dessas coincidências de porta de vaivém, Vlasov foi capturado na mesma época, sai um marido, entra outro), Heidi recebeu e imediatamente emoldurou o telegrama oficial que proclamava NOSSOS ALTIVOS PÊSAMES. O oficial-comandante enviou também uma carta, garantindo que a morte de Otto havia sido tão heroica quanto instantânea. Heidi também a emoldurou. Guardava uma convicção quase virginal de que, por ter sofrido, dificilmente o destino lhe exigiria outros sacrifícios. Foi apenas na vigília sobre o caixão coberto com a bandeira da suástica, com a mãe agarrando sua mão e tantos camaradas do marido montando guarda empunhando tochas de cera, que Heidi compreendeu a seriedade da luta contra o banditismo judaico. Aos poucos começou a entender certos comentários e silêncios que até então desconsiderava como inutilmente enigmáticos, ou até derrotistas. Sua mãe, ainda crente de que tudo teria um final satisfatório, não mediu esforços para atrair Heidi de volta à pureza lisa da fé, e obteve sucesso mais rapidamente do que havia imaginado; pois, no espírito da época, a viúva precisava se doar infinitamente e demonstrar suas forças diante da morte. Heidi comparecia diariamente à prática de tiro. Apesar da maternidade, continuava dona do corpo aperfeiçoado e dos apetites francos de uma *Sportfräulein*. Adorava caminhar, esquiar e fazer outros exercícios consonantes com o sábio adágio nazista: "Na promoção da saúde, o dardo e o trampolim são mais úteis que o batom".[43] Vlasov tinha um prazer imenso em ver Heidi comendo: pão branco alemão generosamente besuntado com manteiga de nata doce (nem mesmo apparatchiks tinham esse luxo na Rússia), goles intermináveis de *Pilsbier* alemã, meio frango assado de uma só vez. Nesses momentos o rosto de Heidi resplandecia, absorta no próprio prazer de um modo tão incondicional que Vlasov se via arrancado dos braços da melancolia. Admirar o que enxergava como inocência em Heidi talvez tivesse algo de condescendente, mas bem, a condescendência anda de braços dados com o voyeurismo de um homem mais velho, desejoso de algo que não tem mais condições de fazer. O rosto triste e pálido de sua condição imaculada havia se recolhido para sempre, escondido por trás de uma cortina velada. Estava corrompido; estava maduro. Por que não assistir com gosto aos absurdos de uma pessoa que ainda tinha a sorte de estar na infância moral? Além disso, os seios de Heidi eram fenomenais.

Não sei se amo você ou não, declarou Vlasov com sua franqueza habitual. Mas depois de tanto tempo eu, eu sinto uma pulsão sexual muito forte...

Sorrindo, a jovem viúva recitou: "Ser saudável é um mandamento heroico".[44]

24.

Na maior parte do tempo Heidi se sentia péssima. Sim, ela estava morta, desolada, acabada; aquilo que mais amava estava muito longe, debaixo da terra russa. (Sem o nome na sepultura, diziam — apenas o capacete.) Sempre odiou ficar sozinha. Às vezes não havia nada para fazer, exceto folhear uma revista *Signal*. Acima de tudo, admirava aquele general Vlasov por ter um sonho pelo qual estava disposto a lutar com fanatismo até o fim. (Esse sujeito comandou o principal ataque ao nosso Grupo de Exércitos Centro na Batalha de Moscou!, Strik-Strikfeldt se gabou com um exagero carinhoso.) Heidi tinha ouvido falar tantas coisas a respeito das qualidades de Vlasov — a vontade inquebrantável, o carisma com os subordinados, a inteligência e, acima de tudo (pois nós, alemães, acreditamos que a força compõe sua própria justificativa), a perícia no campo de batalha. Ela sabia da Ordem da Bandeira Vermelha e da medalha que ele havia recebido na China. (Você também o admira de verdade, não é mesmo, Herr Strik?) Sabia até mesmo da esposa que ele tinha deixado em Moscou. Diziam que sua cooperação com a Alemanha ainda não era total. Quem poderia culpar Heidi por ter intenções de estilhaçar aquela frente defensiva?

Andrei, você é um homem biologicamente valioso, ela disse, cruzando as coxas musculosas. É um combatente, um filho do solo. *Merece* ter duas esposas. O Führer precisa de filhos seus...

Vlasov riu constrangido. — O Führer não sabe que precisa de mim...

Bem, então ele não foi informado. Mas o Führer aprovou sua Declaração de Smolensk, não foi?

Se ele não tomar providências a respeito disso, o *Ostfront* não vai resistir! Isso tem me preocupado. E o número de batalhões de tanques em cada divisão Panzer precisa aumentar. Ainda bem que Guderian foi nomeado inspetor-geral das Tropas Blindadas...

Heidi se levantou e tocou na mão de Vlasov. — Acho que você é um autêntico nazista e nem sabe disso. Me diga uma coisa. Qual o seu desejo mais profundo?

Lutar pela libertação da Rússia.

Exatamente o que o meu marido dizia. Você não me acha bonita?

De forma quase automática, Vlasov balbuciou: Heidi, quando eu olho para você meu coração acelera...

Você está disposto a morrer pelo Führer, e da mesma forma eu estou disposta a conceder o que você quer.

25.

Heidi, é claro, não acreditava na possibilidade de gerar um *Übermensch* com aquele eslavo, mas de início a procriação nem estava em pauta. (Dizem que Vlasov tocou violão para cortejar Heidi. Era sempre afetuoso com Frauke, sua filhinha.) Homens da ϟϟ, loiros e de olhos azuis, apareciam para se recuperar e depois voltavam ao *Ostfront* para morrer, e ela havia se empanturrado com eles. Talvez quisesse fugir da mesmice.

Um pouco mais tarde, com o que Himmler costumava censurar em Heydrich como "crítica fria e racional",[45] Heidi começou a remoer a lição de Stalingrado. Os convalescentes (os poucos afortunados resgatados por via aérea da suposta "fortaleza") contavam a verdade sobre o que acontecia por lá, sobretudo quando choravam nos braços dela. Quase todos estavam se acovardando, menos o general Vlasov! —

Como Paulus recebeu promessas de abastecimento aéreo integral, não teve permissão para escapar quando os Panzers ainda tinham combustível suficiente. Então continuamos a passar fome, e os russos continuaram atirando e reduzindo o perímetro… (O que mais seus protegidos mencionavam? Improvável que as masmorras alemãs, ou as epidemias russas curadas com lança-chamas.) E assim Heidi desenrolou o mapa, e seu mascote eslavo, a quem chamavam jocosamente de *judeu democrático popular*, segurou os cantos como um bom cãozinho. Abaixo de Leningrado se aboletava a bandeira composta de quatro quadrados, dois brancos e dois pretos: dezoito. Bolchevo; mais abaixo Köruck 583, Legião Esp. a oeste e ϟϟ-Nordlund no meio, todos aparentemente protegidos pelo front negro que riscava o leste acompanhando o litoral do golfo logo abaixo de Leningrado, e em seguida se curvava aqui para sudeste e ali para sudoeste, aos trancos, descendo na direção de Moscou. Mas os jovens soldados cochichavam que os russos estavam formando exércitos de tanques homogêneos, de início com centenas e depois milhares dos terríveis T-34. Podiam empreender uma ruptura em qualquer lugar, a qualquer momento. E se a guerra estivesse de fato perdida? Talvez mesmo assim Heidi pudesse se tornar Primeira-Dama da nova Rússia, casando com Vlasov se ele… — Como todas as pessoas associadas à ϟϟ, estava acostumada a nutrir sonhos grandiosos. Além disso, sua mãe insistia para que ela se casasse para legitimar a relação.

Andrei, querido, qual a sua opinião sobre o que eu acabo de dizer?

Olhando para o mapa, não para Heidi, Vlasov respondeu com um risinho triste: Bem, em Moscou tive de arrastar tudo com trenós amarrados a tanques. A luta pela vida…

Heidi envolveu o russo nos braços. Disse: Compreendo você de todo o coração.

A hostilidade dos amigos de Heidi, e em especial de sua mãe, que mal conseguia imaginar a filha cometendo desonra racial com um eslavo, era sem dúvida dolorosa, mas jamais inesperada. Além disso, na vida de todos chega um momento em que o destino (como diria nosso Führer) nos convoca a atravessar o abismo da mudança para nos reconstruirmos em um mundo antípoda. Em tais momentos, até os protestos mais sinceros de nossos entes queridos são reduzidos a meras formalidades de partida.

E talvez Heidi ficasse mais confiante por saber que, conforme qualquer critério genuinamente alemão, ela era superior ao homem com quem tinha concordado em se casar. Ah, isso ela podia admitir sem piedade por si mesma! (Não podemos desconsiderar as alegações de que Strik-Strikfeldt, a quem todos consideravam radiantemente indispensável, tinha emprestado a ela uma cópia do arquivo da Gestapo sobre Vlasov.)

Vlasov acariciava o cabelo de Heidi. Parecia tenso, ou preocupado com alguma coisa.

Ela murmurou: Andrei, querido, sei que sua gratidão por mim será eterna, e que você me dará tudo que eu quiser…

26.

Wilfried Karlovitch, sabe o que aconteceu com Macha?

Meu caro colega, não tenho massa cinzenta suficiente para guardar na memória todo rabo de saia que você…

A datilógrafa da Viktoriastrasse.

Datilógrafa? Devia ser um elemento ilegal. Veja, dê uma olhada aqui; não tem ninguém com esse nome na escala. Ora, vamos, por que está me olhando desse jeito? Acredita mesmo que as pessoas simplesmente desaparecem sem motivo algum? O Reich não é a Rússia stalinista…

Ela…

Nosso fiel defensor da *Wlassow-Aktion* levantou um dedo, pedindo silêncio. Muito ao longe, ambos ouviram os toques curtos da sirene de alarme antecipado. Então deu de ombros e disse a Vlasov: Receio que você esteja mais uma vez preocupado com certas conjecturas. Pense nisso. Seria racional fazer mal a alguém que pode contribuir com o esforço de guerra?

Não. Não seria racional…

Você realmente gostava tanto assim dela? Se for o caso, talvez eu possa…

Foi apenas um flerte passageiro, respondeu Vlasov, direto como sempre. Mas me preocupo com ela enquanto ser humano.

Deve estar trabalhando em uma fábrica de armamentos. Por sinal, como vão as coisas com Heidi? Quero que saiba que certas regras foram desconsideradas em reconhecimento ao seu trabalho árduo. Sua união com Heidi foi sancionada *no mais alto escalão*. — Ou existe algum obstáculo? Por sinal, no que você está mexendo aí dentro do bolso? — Ah, sim, deve ser aquela cápsula besta…

27.

Em 22 de março de 1943 Vlasov dirige a graduação da primeira turma de oficiais de Dabendorf. Estava muito satisfeito com o emblema do Exército de Libertação da Rússia, que usava as mesmas três cores da *tricouleur* francesa e da *stars-'n'-stripes* americana. Agarrando com as duas mãos o atril, que por pouco não lhe batia abaixo da cintura, continuou o discurso de paraninfo: Espero que cada um de vocês não apenas tome posição, mas se torne um combatente fanático de nosso ideal. O que significa esse fanatismo? Bem, ponderemos por um instante a lógica desta guerra. Em termos lógicos, somos incapazes de forçar os bolcheviques, com suas forças incomparavelmente maiores, a recuarem. A lógica nos obriga a abandonar a luta. Sendo assim, convoco todos a abandonarem a lógica. Quando comandei o 4º Mecanizado em Lviv, atacamos o 6º Exército — bem antes de Stalingrado, entendam, eles estavam com força quase total, enquanto nós tínhamos no máximo um punhado de tanques (Kroeger, pare de encher meu copo!) — e assim, em termos lógicos, não deveríamos ter esperado qualquer sucesso. Mas então o general Von Kleist em pessoa me fez um elogio genuíno. Ele disse…

Vamos torcer para que ele consiga levar isso adiante, um oficial cochichou a outro.

De qualquer modo, melhor estar aqui do que num campo!

E se ele foi enganado?

O Führer diz…

Por iniciativa própria, e contra a vontade da própria mãe, que alertou: *Liebchen*, fique longe da política. Não é saudável para uma mulher!, a noiva de Vlasov compareceu à cerimônia. Li que usava seu Distintivo Esportivo alemão, com gavinhas caligráficas que se entrelaçavam, cercadas por uma guirlanda cujo fruto solitário era uma suástica. Um prisioneiro de guerra russo, com o que pode ter sido um sorriso irônico, elogiou o distintivo. Heidi respondeu: Se eu for reprovada em um exame anual, preciso devolver.

28.

Na manhã de 13 de abril de 1943, poucas horas antes da Rádio Berlim fazer um pronunciamento espetacular ao mundo inteiro, dando início ao que Goebbels chamaria de "uma vitória cabal para a propaganda alemã e em especial para mim",[46] Vlasov se abrigava indiferente nos braços de Heidi Bielenberg, aturando suas palavras carinhosas (o único vocabulário russo que ela aprenderia), quando o telefone tocou. Torcendo para que estivesse sendo intimado a comandar seu exército, avisado sobre a própria execução ou qualquer outra coisa diferente daquilo, esticou o braço na direção do aparelho. Era Strik-Strikfeldt.

Meu caro Vlasov, estou atrapalhando? Olha, tenho notícias de extrema importância. Chego em vinte e cinco.

Ia tebia liubliu, dizia sua esposa.

Eu também te amo, respondeu de forma mecânica. Levantando, começou a se vestir.

Andrei, esteja preparado para tudo. Esteja pronto; esteja com saúde…

(Vlasov sufocava no interior estreito do colarinho abotoado até o final.)

Andrei, está me ouvindo?

Foi atacado pela campainha. Desceu.

Ora, ora, Vlasov, tem se mantido ocupado?

Estou compilando uma lista de palavras consideradas obscenas tanto na Alemanha quanto na URSS. Quer ouvir algumas? *Internacionalismo. Cosmopolita. Plutocracia. Intelectual. Ternura. Fraqueza. Clemência.*

E o que você esperava, meu caro colega? Estamos em lados opostos de uma guerra, é natural que nossos sistemas se endureçam um pouco, formem trincheiras…

Gosto, murmurou Vlasov, que você sempre demonstra respeito…

E sua bela esposa?

É bela, e é minha esposa.

Imagino que ela esteja *en déshabillé*, caso contrário você teria me convidado a subir...

Wilfried Karlovitch, eu sou filho de camponeses. Não entendo francês.

Vamos dar uma volta, respondeu o gênio cômico, e antes que Vlasov se desse conta a dupla havia deixado a Zeughaus para trás e cruzava o rio pela boa e velha Schlossbrücke, cujos cavalos de ferro forjado Strik-Strikfeldt raramente deixava de acariciar, em uma ofensiva triplamente escalonada. Desta vez, porém, abriu mão do peixe serpentino, do cavalo-marinho marcial e até mesmo do tritão alegremente grotesco, cuja cauda se transmutava em patas de cavalo. Estava empolgadíssimo. Sob uma Vitória alada que, altiva, fitava os amigos do alto de seu pilar de granito rosa, fez uma pausa e disse: Queria ser o primeiro a lhe informar...

Estou ouvindo.

Ainda que eu sinta orgulho de ter me tornado seu amigo, é claro que certos aspectos da sua situação por aqui são... bem, nem sempre você foi tratado com justiça. Admito isso, e peço desculpas. Mas existe uma questão que me é muito cara, e na qual você nunca acreditou inteiramente: *a honra do soldado alemão*. Sendo bem direto, os alemães são de fato um povo honrado. Não assassinam mulheres e crianças. Não nego que houve episódios ocasionais de crueldade em tempos de guerra, mas não — não o que você imagina.

E?, disse Vlasov.

Bem, a notícia será divulgada nesta tarde. O tenente-coronel Ahrens, do nosso 537º Regimento de Comunicações, compôs o relatório mês passado, mas estava enquadrado como ultrassecreto até a perícia concluir uma investigação detalhada.

Vlasov o encarou.

Parece que um lobo, fuçando na floresta perto de Smolensk, desenterrou uns ossos. Uns *hiwis* de um destacamento laboral encontraram o buraco. Armaram uma cruz. Ahrens foi notificado sem demora.

Você gosta de enrolar quando conta uma história, não é?

O lugar está cheio de covas! A maior delas tem doze corpos de altura. Já desenterramos quatro mil vítimas, e Ahren acredita que ainda existam mais dez mil. Já estamos chamando de *Massacre de Katyń*. Adivinha quem foi enterrado por lá?

Judeus, imagino. Talvez russos...

Mas que piadista! Não, não, *não*! Todos são oficiais poloneses, e pelos documentos de identidade determinamos que foram assassinados entre abril e maio de 1940.

Ora, e por que não?, balbuciou Vlasov sem demonstrar emoção alguma. Vocês já estavam na Polônia a essa altura...

Meu caro colega, assim você está começando a me ofender! Estamos registrando todos os nomes, e quando as exumações estiverem terminadas, esses nomes serão divulgados para o mundo todo. *Sem nenhuma exceção, todos esses oficiais estavam sob custódia dos soviéticos*.

Eu não...

Não resta a menor dúvida. Alguns foram liquidados com baionetas. O Exército alemão não usa aquele tipo de lâmina…

Certo, acredito em você. Então a NKVD assassinou catorze ou quinze mil prisioneiros de guerra. Bem, mas…

Não quer saber da munição?, exigiu o amigo, triunfante.

O que tem ela?

Geco, 7,65 milímetros.

Vlasov congelou. E seu galanteador, vendo que enfim tinha alcançado a penetração profunda, avançou de pronto para explorar o sucesso inicial.

Você sabe muito bem que o Reich vendeu uma quantidade imensa de munição para a Letônia, a Estônia, a Lituânia e até mesmo para a União Soviética. Parece que sua NKVD prefere a confiabilidade da morte alemã, por assim dizer. (É verdade; enfie a mão no bolso e dê uma olhada.) Agora, e peço perdão caso eu esteja invadindo algum espaço particular de luto, mas seja lá o que você tenha visto naquele vilarejo, não estaria na hora de rever seus preconceitos? Você não se sentiria melhor, e mais feliz, se pudesse ser justo e lógico? Com essa descoberta, seus temores foram *exonerados*. Então tente relaxar e confie nos alemães…

29.

Vlasov foi enviado de volta aos territórios ocupados, na esperança de manter algum tipo de cabeça de ponte ideológica. O novo lema: "tratamento humano e correto". Vlasov estava tão maleável quanto um "boneco" de Buchenwald se oferecendo aos Kapos em troca de comida. Durante o trajeto, de dentro do trem, teve a impressão de ouvir tiros e gritos. Então, bêbado, murmurou: Entre os seios de Zoia…

Perdão, meu caro amigo, riu Strik-Strikfeldt, mas acho melhor eu não delatar esse comentário à sua esposa!

Em Kiev, um homem na fila do toalete sussurrou, em palavras tão perfeitamente espaçadas quanto os estandartes cor de prata dos regimentos derrotados: General Vlasov, eu fui garçom no grande banquete nazista de março deste ano. E ouvi as palavras do intendente. Estava citando o Comissário do Reich para a Ucrânia. Fiquei tão horrorizado que decorei palavra por palavra. General Vlasov, juro que ele disse o seguinte: "Algumas pessoas se incomodam com o fato de a população local não se alimentar o suficiente. Eles não podem exigir uma coisa dessas. Basta lembrar os sacrifícios que tiveram de ser feitos por nossos heróis em Stalingrado…".[47]

Sorrindo, Vlasov deu um tapinha no ombro do homem: Mas o que podemos fazer? Agora é tarde. Precisamos avançar e fazer o melhor possível, entende? Caso contrário, tudo em que acreditamos estará em risco.

Em Riga, o general viu um soldado raso alemão esmurrando e chutando um artista russo por causa de um atraso de cinco minutos a uma reunião de *agitprop* do Exército de Vlasov. Ficou sentado olhando; impotente, esfregou os olhos cansados.

Às festividades de Primeiro de Maio em Pskov (localizada na antiga Linha Stálin), Vlasov só compareceu depois de ameaçado. Havia recebido informações confiáveis de que russos brancos, bem como judeus, tinham sido fuzilados. Fez a barba; lustrou as botas alemãs. Foi aplaudido de pé! Depois, abordando a fila de dignatários da ϟϟ, todos com as mãos enfiadas nos bolsos dos sobretudos cinzentos, foi obrigado a se curvar para conseguir apertar a mão parcamente estendida de um coronel, que abriu um sorriso formal e disse: Vocês, russos, não são soldados no sentido em que essa palavra costuma ser empregada. São inimigos ideológicos. — Vlasov deu de ombros. Naquela altura ele mal se importava com a própria vida, ou ao menos era sua impressão, a angústia do amor perdido aos poucos ficando dormente, mas ainda viável como um vírus, esperando pelo contato com o hospedeiro, motivo pelo qual esse hospedeiro, sua integridade, precisou sorrir gentil e se manter distante, esperando com paciência pela morte do amor que ele sentia. Rumo a outra fábrica, para alimentar os trabalhadores com esperança em vez de pão! Depois, com autêntica mobilidade germânica, marchou de volta até Riga, a grama viçosa dos trilhos ferroviários fracassando na contenda com o cinza do céu de verão; e ali precisou se encontrar com mais trabalhadores, e em seguida com uma delegação da Igreja ortodoxa. Justificando a existência do ainda hipotético Exército de Libertação da Rússia, citou o provérbio "Um russo aguenta coisas que matariam um alemão".[48] (Sempre que pensava na Rússia, Vlasov se via acossado por sentimentos impuros, como água e sangue brotando de valas comuns.) Em Luga a multidão furou o bloqueio dos policiais, como quase fizeram anos mais tarde em Moscou, na estreia do pianista americano Van Cliburn.

Vocês querem ser escravos dos alemães?, Vlasov se atreveu a perguntar.

Não!

Então lutem ao meu lado! Lutem por uma Rússia livre, ombro a ombro com o Reich! Mostrem aos alemães do que somos capazes! Os homens da ϟϟ sorriam, enojados. (Pensando bem, nas fotografias os sorrisos dos alemães ao lado de Vlasov sempre pareciam forçados.) No corredor, um capitão das Waffen-ϟϟ discutia em voz baixa com Strik-Strikfeldt. Disse o capitão das Waffen-ϟϟ: Se derem uma bandeira ao exército de Vlasov...[49]

Já demos!

... E honrarias aos soldados, eles terão de ser tratados como camaradas, com direitos humanos naturais, direitos políticos naturais, e a *ideia nacional russa* vai ganhar ímpeto. Não consigo imaginar algo pior para os nossos interesses.

Sim, sim, retrucou Strik-Strikfeldt, sorrindo para as asas da águia da insígnia de batalha de tanques do homem das Waffen-ϟϟ, que traziam à mente cortinas ou salgueiros, mas se me permite questionar, não acha que talvez seja contraproducente deixar a população sem absolutamente *nada*?

Capitão Strik-Strikfeldt, não sei se você compreende a situação. Não está ciente de que o próprio Führer já decretou que nossos territórios orientais têm dez anos para se tornarem inteiramente alemães?

Sim, meu amigo, fiquei sabendo disso, embora nunca tenha visto qualquer...

Então não passe dos limites.

(Corroborando com entusiasmo sua tese de que ainda era possível reverter a situação militar, Vlasov explicava, sincero: Só agora se está resolvendo o problema de desdobrar uma ruptura tática em ruptura operacional.)[50]

Não repare, ele pensa em russo. E no fim das contas, de um ponto de vista estritamente *racional*...

Eu li o manifesto de Vlasov. É mesmo de uma *racionalidade* miserável.

A plateia aplaudiu Vlasov, mas depois do discurso a única pessoa que se aproximou para falar com ele foi um funcionário do Gabinete da ϟϟ para Inspeção Predial na Rússia. Strik-Strikfeldt, tentando aumentar o moral de seu orador de estimação, disse: Meu caro colega, você representa para os territórios ocupados o que Chostakóvitch representou para o lado oposto em Leningrado no ano passado! Que propaganda fortíssima!

Minha intenção ia além de mera propaganda.

Vlasov parecia satisfeito, pois tinham cedido aos seus caprichos como se ele fosse uma criança pequena, autorizada a ter a última palavra; mas então o viram sentado com as mãos na cabeça. Strik-Strikfeldt se aproximou correndo: Algo errado, colega?

Apenas um caso moderado de choque operacional, respondeu Vlasov com um riso quebrantado.

Nos campos de prisioneiros de guerra se dirigiu a veteranos líderes de pavilhões, que usavam braçadeiras negras. (Alguém tocava acordeão.) Sugeriu que combater o imperialismo poderia ser melhor que puxar pedras em uma pedreira até cair de exaustão e ser abatido a tiros; melhor que ser despedaçado por cães da ϟϟ ou enterrado vivo por judeus trêmulos, que em seguida também seriam enterrados vivos; melhor que os experimentos na câmara de descompressão de Dachau (o sangue não fervia até a altitude superar os setenta mil pés). Logo acumulou um milhão de Homens de Vlasov, um milhão de soldados russos lutando pela Alemanha. Declarou: Se ajudarmos o Reich a resistir por mais uns doze a quinze meses, nos tornaremos uma força que o Ocidente não poderá ignorar.[51]

Himmler obteve uma transcrição do discurso em Gatchina, a ocasião famigerada em que Vlasov se atreveu a chamar os alemães de "convidados dos russos". O *Reichsführer-ϟϟ* ficou furioso. Relatou essa traição diretamente ao quartel-general do Führer, e como consequência veio a ordem para devolver nosso eslavo a um campo de concentração. Os Homens de Vlasov foram dispensados. Strik-Strikfeldt, que sabia driblar obstáculos de forma requintada, encontrou uma pequena villa para seu protegido na Kiebitzweg, em Dahlem, perto do campo de treinamento do Exército de Libertação da Rússia. — Não mencione que ele está sob prisão domiciliar, para que não se sinta sufocado, Heidi aconselhou.

Tem certeza de que é saudável deixar que ele viva uma fantasia?

Somente acreditando ele pode fazer os outros acreditarem. Assim que o Führer acreditar, tudo se tornará realidade.

Sim, claro, balbuciou a loira.

E você sabe como é, menina, às vezes um homem precisa de, como vou dizer, um pequeno incentivo. Ainda mais se for um homem exausto.

Oh, Herr Strik, você é tão correto, e tão bom para nós! O senhor pensa em ficar muito tempo por aqui? Se for o caso, as paredes precisam ser caiadas…

Vlasov estava na porta. Heidi correu para os braços dele com ar de adoração. Ele lhe deu três beijos, à moda russa.

30.

Resguardado pela tela de camuflagem frondosa sobre o Charlottenburger Chaussee, digna de um cenário teatral, isolado entre paredes cobertas de cartazes berrantes e janelas de museu protegidas por sacos de areia, Vlasov empreendia longas caminhadas com seu anjo dourado da vitória. Desde que acompanhado por ela (cantarolando as saudabilíssimas melodias alemãs de Mozart),[52] tinha permissão para ir a quase todos os lugares permitidos a um alemão. Por um longo tempo depois que a mulher que eu tanto amava me deixou, continuei encontrando amigos mútuos, presentinhos, objetos abandonados; topônimos no mapa me emboscavam com recordações; das paredes, as fotos dela continuavam a me sorrir gentis; depois de um tempo me dei conta de que não me restava opção além de sair em busca dessas coisas cujas associações tanto me agoniavam e enterrar o luto fresco e sanguinolento sob a terra das novas experiências. Vlasov fez a mesma coisa. A folhagem verde e compacta do Tiergarten lhe recordava os pântanos russos durante os últimos dias de sua condição imaculada; desnecessário dizer que jamais mencionou a Heidi qualquer coisa a respeito dessa época.

Ambos gostavam de visitar a estátua de Moltke na Grosser Stern. O gênio prussiano fitava ao longe, austero e velho e mirrado, com uma águia em cada lado do brasão. (Logo teria pernas esburacadas por balas soviéticas.)

Heidi parou de cantarolar e disse: Que gênio ele deve ter sido! Um ariano puro!

Foi um marechal brilhante. Mostrou a seus generais como desbordar o flanco dos franceses…

Mas Andrei, como você teve permissão para estudar Moltke naquela horrenda zona soviética?

O marido sorriu de leve. Respondeu: Posso citar de memória, se você quiser. Uma das máximas de 1869: “Quanto mais forte e bem-sucedida se tornar nossa posição frontal, mais o atacante buscará nossos flancos. A resposta apropriada a essa ameaça é o desdobramento em profundidade”.[53]

Heidi já estava entediada, mas se esforçou; Vlasov nunca deixou de perceber o quanto ela se esforçava. — O que exatamente isso significa?

Significa que se o curso de um rio for bloqueado por um rochedo, o rio fluirá em volta dele.

Como o rochedo pode evitar a rendição? Imagino que o rochedo represente…

Sendo mais comprido que o rio.

Mas isso é…

Irracional, certo?

Então do que você está falando?

Que as ideias de Moltke são obsoletas. Não há como evitar o cerco nesta era de tanques e aviões…

Quando estamos cercados, o que devemos fazer?

Bem, a questão é justamente essa, não?, respondeu Vlasov com um sorriso compadecido. (Heidi estava tão satisfeita por ter conseguido distrair o marido.) Empreendemos uma ruptura, abrimos uma brecha. Deixamos de ser uma rocha e nos tornamos óleo, por exemplo. Então fluímos ao redor do inimigo e, se tivermos força suficiente, o cercamos.

Mas então o inimigo pode fazer o mesmo!

Correto, respondeu Vlasov, seco. Não tem fim.

Heidi ficou irritada com aquela postura didática, expositiva. Ele não tinha esse direito. Mas então relaxou a boca e o abraçou pela cintura. — Desculpa, ela disse. Sei que você está pensando no *Ostfront*.

Vlasov continuou em silêncio.

Está pensando no *Ostfront*, não é?

Sim…

Querido, você vai se sentir melhor se me contar.

Ainda que a pressão em nosso saliente de Oriol me pareça bem perigosa, tento me acalmar lembrando que o Alto-Comando sabe mais do que eu. O inimigo pode fluir à nossa volta. Nesse ritmo…

Andrei, eles vão chegar muito perto antes de serem repelidos?

Consigo imaginar que cruzarão o Dnipro sem problemas.

Quando chegarmos em casa você me mostra no mapa?

Sim, posso mostrar. Stálin ainda deve ter muitas reservas à disposição. Lembro que na minha época, quando os siberianos…

Você disse que eles podem cruzar o Dnipro. Mas ainda não disse onde serão detidos.

Bem, se alguém enfim me desse a responsabilidade eu poderia…

Mas você confia no Führer, não é?

Ha, ha! Não sou político; sou apenas um… Escuta. Quero perguntar uma coisa. Você sabe o quanto eu tentei avisar o Alto-Comando. Eles não escutam.

Eu sei, eu sei…

Será que devo tentar um contato direto com Himmler?

Ah, Andrei!, ela exclamou, misericordiosa.

Você está me escondendo alguma coisa?

De repente Heidi lhe pareceu dotada da mesma delicadeza distante da mulher de olhos castanhos que ele havia perdido, sua integridade. Algo terrível havia acontecido. Ela o fitava sem chorar ou beijar; alguma coisa tinha chegado ao fim.

Devo ligar para Himmler ou não?

Sacudindo a cabeça, Heidi contemporizou: Qual a opinião de Herr Strik?

Vlasov se entesou. — Não vai adiantar, certo? E você nem vai me dizer o porquê.

A esposa engoliu em seco, nervosa. Disse: Andrei, tenha coragem. Você merece levar a melhor. Mesmo que o rio escorra pela rocha, a rocha pode sobreviver a ele. Você...

Vamos para casa, ele disse. Preciso de um drinque.

Depois disso, fazendo pouco caso de todos os alertas, Vlasov saiu sozinho quando Heidi estava no banho. Bem, o que ela poderia ter feito? Até teria tentado, mas ele ignoraria seus esforços. Talvez a mãe dela tivesse razão. Quando as pesadas portas de madeira da Zeughaus se abriram para uma exposição de armamento soviético capturado (e uma tentativa de assassinar Hitler fracassou ali, talvez graças à vigilância dos capacetes de pedra da fachada voltados para todo lado em direções diferentes), ele provavelmente não estava presente. Quem gostaria de assumir a responsabilidade de permitir que Vlasov se aproximasse do nosso Führer? Ainda assim, Vlasov podia dar pequenos passeios; podia respirar o alento veranil das tílias. Um destacamento de moças com ancinhos apoiados no ombro, como se fossem fuzis, marchava em direção à colheita. (Um velho aposentado dizia à esposa: *De acordo com nossa concentração de forças...*) Strik-Strikfeldt, por acaso bem ali na esquina, convidou Vlasov a palestrar para uma associação de militares em convalescença, mas o russo se recusou, cruzando indiferente uma casa demolida por uma bomba inglesa. Seu melhor amigo correu atrás dele com o entusiasmo de um novo recruta. — Por aí não, caro colega! Ora, a Gestapo fica bem ali! Vão fazer picadinho de você! Não lembra o que aconteceu com Macha? Pode esquecer aquele hospital idiota, mesmo que eles *estejam* esperando sua presença; venha, me deixe...

Em resumo, Vlasov permaneceu atolado em Berlim, cujo nome, ironicamente, deriva de uma palavra eslávica: *brl*, que significa *charco*. Ele não conseguia escapar daquele limbo. De uma janela velada a outra, seu reflexo tremeluzia lívido como o clarão de um flash. Bebendo schnapps ou lendo a revista *Signal* no vaso sanitário, se lembrava de Vinnitsa, ele e Strik-Strikfeldt sentados à mesa rústica, a bela taquígrafa registrando tudo. Ainda que todos garantissem que seu projeto de ações ainda estava sendo estudado pelo mais alto escalão, em 8 de junho de 1943 o comandante supremo em pessoa declarou, não sem demonstrar irritação: Não tenho a menor necessidade desse general Vlasov em nossa retaguarda.[54]

Com todo o respeito, meu Führer, se Vlasov nos ajudasse a manter os eslavos quietos até acabarmos com a guerra, poderíamos liberar um número imenso de soldados envolvidos em operações antipartisan...

Não e não, Hitler interrompeu. Nenhuma entidade alemã deve levar a sério a isca contida no programa de Vlasov.[55]

O Exército de Libertação da Rússia...

Isso é uma ilusão de marca maior.[56]

Com lealdade de amigo, Strik-Strikfeldt escondeu de Vlasov essa nova frustração pelo tempo que conseguiu. (Achou melhor, todavia, sentar diante do pobre sujeito e mostrar um relatório, confirmado pelo próprio Himmler: a esposa russa de Vlasov tinha sido presa e executada em represália à sua traição. Em nome do bem maior, a racionalidade, era preciso mostrar a Vlasov que não havia mais volta.) Já era julho, período em que os soviéticos já tinham empreendido rupturas em uma operação científica, realizada em um primeiro momento com corpos blindados e mecanizados, seguidos por exércitos de tanques. O front estava se tornando uma peneira. Mas o lema da Alemanha continuava sendo *Defender cada centímetro*!

31.

Em setembro de 1943, por causa das deserções, todas as inexperientes formações russas foram transferidas para o *Westfront*. Isso contrariava sua própria razão de existir. (No *Ostfront*, o inimigo tinha começado a chamar piolhos e pulgas de *homens de Vlasov*.) Vlasov ficou desanimado — com uma intensidade doentia, na opinião de Heidi. Mais alto que todos os outros, apoiava a cabeça enquanto fitava confiante os alemães sorridentes, a boca virada para baixo ganhando a forma da decepção. Himmler, para quem ele era *aquele porco russo Herr General Wlassow*,[57] perdoaria o discurso de Gatchina desde que Vlasov escrevesse uma ordem direta: esqueçam a Rússia; marchem para a França. Zanzou de um lado para o outro, murmurando: Isso é pior que uma traição. É um insulto. Agora não podemos nem lutar em nosso próprio território… — Mas seu melhor amigo fez Vlasov lembrar que, àquela altura, os alemães e os Homens de Vlasov estavam na mesma situação. De qualquer modo, não houve muito tempo para seguir reclamando; o Exército Vermelho tinha avançado novamente…

Em 6 de novembro de 1943, quando Kiev caiu, ele ficou tão pálido quanto Hitler, inquieto, enfiando o indicador no mapa, gritando para Zeitzler: Não vamos conseguir salvar coisa nenhuma! As consequências para a Romênia serão catastróficas. Esta é uma posição importantíssima… —[58] Mas Heidi disse: Andrei, tenho fé em você. Não perca a esperança. Essa infelicidade é uma artimanha de seu sangue eslavo para acabar com você! Você pode superar isso se lutar; aceite a minha ajuda nisso…

Enquanto isso, ao que parecia, os americanos tinham empreendido uma ruptura, abrindo uma brecha na Normandia. (E como poderia ter sido diferente? Tudo que nos restava no *Westfront* eram divisões obsoletas, de caráter estático.) Nesse ínterim, o Führer e Guderian tentavam aumentar a produção de tanques Panther. Sentado lendo os jornais, Vlasov resmungava: Essa linha é indefensável. — Vivia discutindo com Heidi, para quem ele deveria ao menos se exercitar. Vlasov já havia chamado a esposa de estúpida duas vezes; ela estava contando. Sempre acusava o povo alemão de não ser generoso, ao que ela relembrava que Vlasov tinha ganhado de nós a própria vida, um posto de comando e até mesmo uma nova esposa. Ele estava ficando pálido e mole. Não conseguia parar de beber. Por insistência da mãe,

Heidi fez de tudo para se manter em silêncio. — Você se casou com ele, *Liebchen*. Agora precisa suportar. Goste ou não, agora não tem mais volta.

Eu sei. Na verdade nem estou irritada com ele. Só queria que ele conseguisse superar…

Heidi se aproximou da mesa do marido. (Ele estava no andar de cima, pensando.) O cartão de visitas de Herr Strik jazia ao lado do telefone. Ela discou.

Vou falar com ele, concordou o amigo, gentil. Mas não conte que tivemos esta conversa, Heidi. E não se preocupe com nada; já faz um bom tempo que eu lido com o seu Andruchka…

O telefone tocou.

Vlasov, disse Vlasov.

Conhece Rilke, meu caro colega? Claro que não. Você é filho de camponeses. Bem, um de seus primeiros poemas não me sai da cabeça. Chama-se "Herbsttag" e começa com "Senhor, foi um verão imenso: é hora…". E então, na última estrofe, um verso diz: "Quem não tem lar já não terá".[59] Entende aonde ele quer chegar, Andrei Andrêievitch?

A voz se tornou severa. — Perguntei se você entendeu.

Ah, eu aguento um pouco mais. Não se preocupe comigo. Não estou…

Não é disso que estou falando. Você precisa pensar em Heidi. Não construa um futuro sem um alicerce de lealdade e…

Vlasov desligou o telefone.

O plano para matar o Führer em 20 de julho de 1944 resultou na execução de inúmeros partidários de Vlasov. O marido de Heidi conhecia bem a todos. — Não conheço nenhum deles, pronunciou como epitáfio. Sobrevivi à escola de Stálin, entende?[60]

Em 25 de agosto de 1944, quando Paris caiu nas mãos do inimigo judeu anglo-americano, Vlasov se deitou para sonhar. Heidi não estava. Sem tempo livre para tomar banhos de sol, ficou com os seios tão pálidos quanto as luzes sinalizadoras de nossas posições militares. Ah, sim, ela estava ficando abatida; tinha perdido a cor. E a pequena Frauke tinha adoecido. Enquanto isso, a integridade de Vlasov tinha aceitado se encontrar com ele uma última vez, para prolongar ou terminar a despedida, de modo que ele passou o dia anterior inteiro tomado por uma euforia maníaca, porque até o fim do encontro ele poderia acreditar que ela o tinha aceitado de volta, voltado a ser sua; como eles não teriam se relacionado sexualmente naquele momento e naquele lugar, não se podia dizer que algo havia mudado; ele se encontraria com ela, como antes (exceto que desta vez o encontro não teria uma sequência). Eu mesmo acalento certo envelope, selado por mim, que jaz sepultado na gaveta da minha mesa; sobre ele escrevi PEDRA VERDE. "Ela recolheu isto do mar na última viagem que fizemos juntos", com a data. "Na verdade recolheu duas pedras e me perguntou se eu queria uma. Escolhi esta. Gostaria de saber se ela já tinha consciência de que me deixaria dentro de duas sextas-feiras." Não me atrevo a abrir o envelope e importunar a pedra verde em que ela tocou quando ainda me amava.

E se eu fosse tentar dizer mais alguma coisa conseguiria apenas gaguejar algo a respeito de seus imensos olhos castanhos. Quanto a Vlasov, sabemos que guardava no bolso certa cápsula de cobre! (Nas palavras de Guderian, “esses homens permanecem essencialmente incapazes de abandonar a guerra de posições”.) Foi para a cama embriagado de alegria, sonhou que se afogava e acordou uma hora mais tarde. Passou o resto da noite olhando para o teto, chorando.

Em 8 de setembro de 1944, Himmler, que certa vez havia se referido a Vlasov como “aprendiz de açougueiro bolchevista”, enfim o recebeu e concordou em deixá-lo comandar algumas tropas. A ação seria batizada de Operação Skorpion. Vlasov assentiu. Himmler olhou para a câmera com uma expressão solene, quase gentil, enquanto apertava a mão do russo, que exibia um sorriso sincero, sua confusão tão escura quanto a fumaça de uma arma antitanque. (Por favor, não esqueça de me contar como ele estava vestido, Heidi havia requisitado. Ele compareceu ao meu primeiro casamento, sabe. Eu o achei simplesmente magnífico.)

Na fotografia oficial, Vlasov parece desconfortável. Mesmo nos velhos tempos, todavia, seu colarinho abotoado parecia mais justo que o dos outros generais soviéticos, que encaravam a câmera com olhos coléricos ou turvos, as cabeças receosas inclinadas para trás. Vlasov era um espantalho formal, ensimesmado.

Garantimos que ao final da guerra você receberá uma pensão de tenente-general russo…[61]

Mas eu não…

Escute aqui, meu amigo, não sabe quem está interrompendo? E pelo futuro imediato você continuará recebendo schnapps, cigarros e mulheres.[62] O problema, Vlasov, é o seguinte. Só podemos confiar nossas defesas a elementos politicamente confiáveis. Na situação atual, vocês, eslavos, com todo o respeito, não podem receber armas e serem despachados sem acompanhamento, e até que o front se encurte não teremos efetivos de sobra para reforçar suas tropas com combatente alemães…

Nosso destino no caso de uma captura pelos soviéticos deveria servir como garantia!

Ah, mas não temos como saber. Você já trocou de lado uma vez; talvez faça isso de novo. Outra possibilidade é converter todos vocês, russos, ao budismo. Budistas são pacifistas, não causam problemas.

Herr *Reichsführer*, sei que já se formaram brigadas ϟϟ de bálticos e até mesmo de muçulmanos dos Bálcãs…

De fato, mas eles não têm um sangue tão divergente quanto o seu. Nessas questões é preciso calcular com muita frieza.[63] Entenda, no contexto da situação militar como um todo…

Poderíamos fazer tantas coisas com cem tanques Panther!, irrompeu Vlasov.

Himmler ficou em silêncio. Estava ansioso. Os anglo-americanos estavam prestes a adentrar em solo alemão.

Vlasov tentou animá-lo: Lembra quando Guderian escapou do assédio no Mosa e cercou divisões francesas e britânicas pela retaguarda? Ainda podemos fazer isso!

Himmler não se importava. Himmler não acreditava.

Vlasov tentou argumentar: Todos dizem que a Alemanha está preparando armas secretas: bombas voadoras, armas V, foguetes e não sei mais o quê. Então por que não formar alguns exércitos eslavos?

Balançando a cabeça, o *Reichsführer* retrucou: Se perdermos a guerra contra vocês, russos, será pelo envenenamento do nosso sangue com o vírus judaico.

O rosto bronzeado de Heidi se endureceu quando Vlasov contou. (Frauke tinha saído com as coleguinhas para recolher metal para o esforço de guerra.) Sentaram-se à mesa da cozinha e começaram a beber schnapps. Sem demora Heidi começou a soluçar e babar no ombro de Vlasov. Beberam até ficarem completamente sóbrios. Ele resmungou: Bem, eu não esperava que ele fosse me oferecer pão e sal...

É assim que recebem os visitantes em seu país?

Apenas os alemães, ele respondeu, amargo. E completou: Mas agora nem eles!

Ficaram em silêncio, ambos com medo de dizer qualquer coisa, até que enfim Vlasov, tentando sair da posição isolada em que haviam se colocado, pigarreou, passou o indicador pela borda do copo e murmurou: Não se preocupe com nada. Se estivermos destinados a morrer, vamos morrer. De outro modo, sobreviveremos a qualquer coisa.

O destino é tudo, concordou a esposa, solene. Vou vomitar.

Ainda estou convencido de que posso contra-atacar se minhas duas alas estiverem bem escalonadas...

Andrei, volto daqui a um minuto, e aí...

Mas Himmler...

Isso não é sadio!

Claro que não, riu Vlasov. Mas como esperar algo diferente de um *Untermensch*?

Himmler recebeu Vlasov novamente em 16 de setembro de 1944. (O boato segundo o qual o encontro foi promovido por Heidi, mediado por um membro da ᛋᛋ com quem ela tinha ido para a cama no passado, talvez não seja completamente infundado.) Vlasov requisitou dez divisões. Himmler tinha apenas duas para oferecer, e não estavam prontas.

Em nome da segurança do Reich, Himmler já havia decidido adiar a Operação Skorpion. Como comentou com o coronel da ᛋᛋ Gunter d'Alquen: Quem nos obriga a cumprir as promessas que fazemos?[64]

32.

Na política, é preciso dourar a verdade até que ela ganhe o brilho mais prático (digo, sensato), de modo que naqueles dias do outono de 1944, quando nem mesmo Vlasov poderia negar os campos de concentração, os prisioneiros fuzilados em série, os cadáveres congelados de mulheres dependuradas em forcas (não tinha visto o gelo incrustado nas pálpebras de Zoia, tudo cinza sobre cinza?), nosso russo sensato se viu obrigado, em seu manifesto mais recente, a definir a guerra como "um embate de vida ou morte entre dois sistemas políticos opostos: as potências do imperialismo, lideradas pelos plutocratas da Inglaterra e dos Estados Unidos, as potências do internacionalismo, lideradas pela gangue de Stálin, e as nações amantes da liberdade, sedentas por seguir seu próprio caminho, determinado por seu desenvolvimento histórico e nacional".[65] Quais seriam essas nações amantes da liberdade? Não, algumas coisas Vlasov não tinha como negar. E assim, como um trem de transporte de tropas obstruindo todas as plataformas mais remotas das estações ao chegar, uma pergunta que ele havia feito inúmeras vezes agora se detinha diante de seus olhos, bloqueando qualquer visão do futuro da Rússia.

Mas e os judeus?, perguntou pela última vez.

Com uma palmada triste no ombro do amigo, Strik-Strikfeldt respondeu: Todos os territórios controlados pela Alemanha estão sendo purgados de judeus por razões políticas, e não econômicas.

Razões políticas? E o que isso significa, na verdade?

Meu caro colega, você sabe muito bem que no Leste todos são antissemitas. E esses, bem, vamos chamar de pogroms, são um modo barato de conquistar a obediência crédula de seus Russos Brancos.

Mas os judeus…

Para eles é melhor assim, disse o amigo. Afinal de contas, eles não são elementos confiáveis. Para qual destino permitiríamos que eles fossem? Melhor libertá-los de uma vez de toda essa situação.

Vlasov o encarou com afeto. — Como você se sente com isso, Wilfried Karlovtich?

Não importa. Não, não vá embora. Ainda tenho um *cognac* excelente, e agora que os americanos controlam Paris imagino que não vamos mais receber nada, então bem que podemos — tome aqui. Sabia que você faria essa pergunta mais cedo ou mais tarde, mas…

Sim, disse Vlasov, sem fôlego. Sei o que você está pensando. Você quer saber por que eu não fiz essa pergunta muito tempo atrás.

Você fez.

Fiz, mas eu…

Bem, eu pensei nisso, sem dúvida. Ele vai me perguntar, eu pensei. E então… Logo no início eu tentei proteger você, pois sabia que era uma pessoa decente, e enquanto não soubesse de muita coisa ainda podia se salvar, uma vantagem sob qualquer ponto de vista. (Acha que eu me salvei? Na verdade, eu…) Quer dizer, se um único prisioneiro de guerra russo for salvo, já estamos no lucro, não é? Segundo fontes extraoficiais, três ou quatro *milhões* já morreram no cativeiro…

Não se preocupe, disse Vlasov. Você ainda é meu amigo. Eu só… Mas me responda uma coisa. Aquilo que você me contou sobre o massacre de Katyń foi mesmo — confirmado?

Ha, ha! Estou vendo seus dedos se mexendo no bolso. Deve estar mexendo naquela cápsula Geco. Sim, eu juro!

Então tudo bem, respondeu Vlasov, cordial. Então eu não me importo. Somos todos assassinos. E talvez, se não me render ao desespero, eu ainda consiga fazer algo de bom. Mas e Heidi? Vocês…

Perdão, meu caro colega. Só queria oferecer segurança e talvez alguma distração. Você não gosta dela? Se não gosta, posso…

O rádio gritava: *Para renovar nosso sangue alemão*… — Vlasov partiu para acariciar o cabelo claro e sedoso de sua esposa ariana.

33.

Eu sei, disse Heidi. Claro que é difícil saber como se sentir. Passei por essa fase com meu primeiro marido. Você precisa ser mais forte, Andrei.

O bombardeio de Berlim se intensificava.

Em outubro de 1944 os russos capturaram a primeira cidade alemã. Arrebentando cabeças de bebês, pregando mulheres nuas em portas de celeiros, levaram a cabo sua alegre vingança. Heidi, instalando sistemas de ignição para caças Messerschmitt, ouviu no rádio que os homens tinham sido obrigados a segurar lampiões e assistir enquanto as mulheres eram estupradas por hordas de soldados do Exército Vermelho. Os homens que resistiam eram castrados; as mulheres que resistiam eram destripadas. Quando os alemães retomaram o lugar, encontraram fileiras de cadáveres de mulheres e crianças em campo aberto, ao lado de cápsulas vazias e reluzentes. Então Goebbels fez um discurso. Alertou que todos precisaríamos fortalecer nossa vontade e endurecer nosso coração…

34.

No mês de novembro de 1944 os nazistas promoveram uma conferência em Praga. (Para onde tinham ido os judeus que moravam na cidade? — *Embora*.) Na estação ferroviária, uma longa fila de soldados alemães cumprimentou Vlasov com saudações nazistas caprichadas. Ele respondeu com um olhar fixo, coçando distraído as listras de general nas calças. Já havia recebido uma promessa (ou quase) de comando sobre o que ainda restava dos criminosos da Brigada Kaminski da ᛋᛋ, pois Kaminski tinha sido fuzilado por excesso de crueldade contra os rebeldes de Varsóvia. Por pouco não recebeu autoridade sobre um destacamento de armas leves; teve boas chances de se tornar Führer de três unidades russas destroçadas e desmoralizadas, trazidas do *Westfront* em colapso. Estava em suas mãos demonstrar do que era capaz. Se conseguisse ajudar o Reich a escapar da armadilha bolchevique, ora, receberia a recompensa merecida! Limpando os óculos, esperou que Kroeger trouxesse o schnapps. E agora, na cidadela, dignitários discursavam celebrando o novo Manifesto de Praga, preparado pela ᛋᛋ para receber a assinatura de Vlasov. Havia reclamado apenas de um trecho antissemita. Strik-Strikfeldt, que tinha começado a se preocupar com a própria carreira no pós-guerra, se recusou a traduzir os comentários de Vlasov no banquete triunfal, mas aquele russo estranho e alto não parece ressentido, pois depois da meia-noite se aproximou cambaleando e disse: Wilfried Karlovitch, Washington e Franklin eram traidores aos olhos da Coroa britânica.[66] Quanto a mim…

Você precisa se deitar, meu caro colega. Volte para a sua mesa. Onde está sua esposa? Deve estar muito orgulhosa de você…

Deus me dê forças! Mas você é um deus, não é, Wilfried Karlovitch?

Perdão? (Com licença, cavalheiros. Os russos ficam assim quando bebem, vocês sabem. É uma característica racial.)

Wilfried Karlovitch, você vai fugir com o Führer e ajudá-lo, porque você é um deus. Você é Loki. E um dia vai dizer a todos em Valhalla que não fui um traidor…[67]

Este homem comandou o 4º Mecanizado contra nós em Lviv!, declarou Strik--Strikfeldt às pressas. Ele também…

Vou explicar como nós, russos, fazemos, disse Vlasov, e ao dizer *nós, russos*, não conseguiu esconder o orgulho. Não é apenas racional; é tão fluido quanto uma execução de judeus! Primeiro, abrimos uma brecha nas defesas do inimigo…

Aquele inseto está falando sobre *nossas* defesas, disse enojado um membro da ᛋᛋ.

Em pelo menos um setor, mais se possível. (Kroeger não para de encher meu copo. Imagino que ache isso engraçado.) Segundo, lançamos ofensivas nas áreas que sofreram rupturas. Terceiro, prosseguimos com essas ofensivas até os flancos do inimigo. Quarto, cercamos as unidades inimigas isoladas pelas medidas anteriores…

É verdade; ele é de fato o Houdini das rupturas, Strik-Strikfeldt interrompeu, olhando para o teto.

E se querem um exemplo do que estou falando, prosseguiu Vlasov com um sorriso desafiador, recorro à operação bielorrussa deste ano, com a qual o Exército soviético obteve sucesso em…

Mas já basta!

Deem logo um tiro na nuca desse eslavo!

Mas no fim decidiram que, "quando a hora chegar", Vlasov receberá sua permissão para combater em solo tcheco.

35.

Por que não agora? A linha de frente se aproximava como um maremoto. Todas as nossas conquistas russas estavam submersas havia muito tempo. Como explica a *Grande enciclopédia soviética*, "neste longo e amargo embate, as Forças Armadas da URSS se provaram mais poderosas do que a mais poderosa máquina de guerra do mundo capitalista".[68] Agora as ondas do maremoto quebravam sobre o cadáver esquartejado da Polônia: no antigo Reichskommissariat Ostland, no antigo Reichskommissariat Ukraine e até mesmo nas regiões mais orientais do nosso Governo-Geral se revolviam barragens de artilharia, cabeças de praia de infantaria e hordas de tanques T-34, compondo aspectos distintos de um líquido metálico senciente. Os defensores recuaram. Ao ler que o Exército Vermelho havia recapturado Lviv, Vlasov não conseguiu deixar de recordar a batalha que ele mesmo tinha travado ali tanto tempo antes, e relembrou também outra coisa — a saber, que um dia antes de Lviv cair em mãos alemãs a NKVD havia massacrado centenas de presos políticos ucranianos, fuzilados dentro das próprias celas... E agora russos se aproximavam com seus caminhões Studebaker, passando por cima das carcaças de cavalos nas ruas calcinadas, saqueando os pães velhos que ainda restavam nas padarias e seguindo em frente, desaparecendo no ar enfumaçado. Tudo indicava que Varsóvia não os deteria por muito tempo. Logo o Governo-Geral seria inteiramente desgermanizado. Em seguida os soviéticos afogariam os últimos territórios daquilo que um dia tinha sido a Polônia — Katowice, Zichenau, Reichsgau Wartheland e Reichsgau Danzig-Westpreußen — sob um oceano de aço disfarçado de Polônia renovada. (Não seria de modo algum a Polônia. Seria um Estado vassalo da URSS.)

Vlasov compreendia isso muito melhor do que Himmler, descrito por Guderian como "um homem insignificante, com todos os sinais de inferioridade racial".[69] Sempre que escondiam o schnapps Vlasov se punha a estudar mapas, com o destino taciturno voando em círculos sobre ele como um bombardeiro inimigo. Ali estava ele, condenado mais uma vez à guerra de posições! (Ora, mesmo alguém que não seja alemão, como você, pode receber a Cruz de Mérito Militar, disseram, com uma palmadinha encorajadora no ombro.)

Seus homens escavavam valas antitanque. Quando Vlasov perguntou como estavam se sentindo, responderam com sorrisos exaustos: Não se preocupe, general. Não é muito pior que trabalhar na fazenda coletiva...

36.

Em 20 de janeiro de 1945 os russos cruzaram as fronteiras do Antigo Reich e adentraram o coração de nossa pátria. Em 25 de janeiro de 1945, desesperado e furioso, o Führer nomeou Himmler comandante do Grupo de Exércitos do Vístula. Em 27 de janeiro de 1945, o general Guderian (caído em desgraça após exagerar nas verdades sobre a situação bélica) anunciava na conferência de instruções: Vlasov queria fazer uma declaração.[70]

Vlasov não quer dizer nada, respondeu Hitler bruscamente.

E a ideia é que eles andem por aí com uniformes alemães!, acrescentou Göring, como se estivesse falando sozinho. Isso só gera aborrecimentos. Quem botar as mãos neles vai descobrir que são o pessoal do Vlasov...

Sempre fui contra vestir essa gente com nosso uniforme, disse Hitler, coçando as manchas vermelhas no rosto. Mas quem deu apoio a essa ideia? Nosso *amado* Exército, sempre cheio de opiniões próprias...

No dia seguinte, Vlasov enfim recebeu o comando de duas divisões. Mais uma vez se viu na linha de frente de uma guerra perdida, apoiado por uma quantidade insuficiente de artilharia e tanques. Na melhor das hipóteses, conseguiria empreender uma ruptura para a morte.

37.

E agora, quando mais uma vez estava tarde demais para qualquer coisa, suas tropas ficaram ainda mais variadas, até mesmo fabulosas: russos propriamente ditos, ucranianos, mencheviques, monarquistas, assassinos, mártires, lunáticos, pervertidos, democratas, escravos fugidos das fábricas ilegais de armas químicas, racistas, sonhadores, patriotas, italianos, *chetniks* sérvios, partisans vira-casacas que haviam se dado conta de que talvez não fossem ganhar recompensa alguma do Camarada Stálin, camponeses ingênuos que haviam recebido as tropas alemãs em 1941 de braços abertos e agora temiam com razão que com a volta dos comunistas estes se lembrariam disso e os fariam pagar, tártaros expropriados, *hiwis* de Stalingrado, punguistas de Kiev, bandoleiros do Cáucaso que estupravam toda e qualquer mulher na qual conseguissem colocar as mãos, monges militantes, esqueletos claudicantes, soldados do Exército polonês cujos primos tinham sido assassinados pela NKVD em 1940, agentes infiltrados da NKVD registrando nomes para a prestação de contas do pós-guerra (seriam os primeiros a serem presos), homens de Smolensk que nunca haviam lido a Declaração de Smolensk e por causa disso acreditavam que Vlasov lutava sobretudo por eles, homens que não sabiam nada sobre Vlasov além do nome e usavam esse nome como desculpa — uma horda primal, em resumo, reunida de forma concêntrica como ondulações distorcidas reverberando em torno de seu suposto líder, se expandindo em círculos crescentes que se desintegravam sobre o mapa da guerra. Quando a 36ª Brigada de Infantaria britânica ingressou em Forni Avoltri, na fronteira entre Áustria e Itália, aceitaram a rendição de um tropel de oficiais georgianos, dos quais não menos de dez eram príncipes herdeiros vestidos "com uniformes resplandecentes", segundo o diário de operações da brigada.[71] Tiros de pistola se ouviram de repente. Os ingleses suspeitaram de uma emboscada, mas eram dois dos príncipes, duelando por alguma questão de honra. A estupefação dos vencedores aumentou com a chegada da comandante, uma formosa dama de malares proeminentes que surgiu a galope para repreender seus homens por se render ao inimigo sem ter recebido permissão. Pulando da sela, se apresentou como filha do rei da Geórgia. (Nem preciso dizer que não existem mais reis em nossa República Socialista Soviética da Geórgia, que vem a ser a terra natal do Camarada Stálin.) Todas essas sumidades se consideravam membros ativos do exército de Vlasov. Vlasov, explicou a princesa, tinha garantido a independência da Geórgia…

A essa altura o Exército Vermelho havia ocupado a Silésia, os americanos estavam prestes a cruzar o Reno; e Vlasov contemplava o horizonte com um rosto torto e envelhecido, sofrendo com o peso dos óculos de armação de chifre. Seus russos se cutucavam ao vê-lo, orgulhosos, contagiando um ao outro com a esperança que cobiçavam mais do que sopa quente: *Ali vai nosso general! Dizem que o Führer sempre escuta o que ele tem a dizer...* — Munições, mapas, ordens impossíveis, silhuetas de contra-atacantes zelosos contrastadas com os campos cobertos de neve, nada disso o ajudaria muito. Não importava o que fizesse, se veria obrigado a recuar até uma linha encurtada.

Requisitou um exemplar do famoso manual sobre Panzers escrito por Guderian, mas responderam que como ele não receberia tanque nenhum... Retrucou: Até os bolcheviques me permitiam ter esse livro!, e deram de ombros.

Surgindo de trás de duas metralhadoras plantadas sobre um monte de lama coberto de neve, um tenente das Waffen-ϟϟ se aproximou dos homens de Vlasov e comentou, ao alcance do ouvido deste último: Ha, ha! Ainda bem que não acabamos com vocês! É uma honra, sabe, ter permissão para lutar pela Alemanha.

Na noite de 13 para 14 de fevereiro de 1945 os britânicos e os americanos queimaram trinta e cinco mil pessoas, em sua maioria civis, em um ataque de bombas incendiárias a Dresden. Superaram por pouco o feito nazista em Bábi Iar, onde apenas trinta e três mil judeus tinham sido metralhados. Goebbels propôs fuzilar um prisioneiro aliado para cada vítima. Ao ser informado, Vlasov respondeu: Kroeger não para de encher meu copo, e talvez pense que com isso está me controlando. Está enganado. Consigo ver e ouvir...[72]

Pouco tempo depois recebeu ordens de marchar e partiu, conduzindo seus homens mal equipados neve adentro, enquanto um canhão de tanque apontava para cima. Faria o possível. Seus homens lembravam os siberianos condenados no bolsão de Volkhov, combatendo fascistas com fuzis antitanque. (Topou com dois soldados famintos brigando por uma batata podre e disse: Não vamos derrotar Stálin de mãos abertas, mas com um punho fechado. Permaneçam unidos, rapazes! —[73] e na mesma hora eles fizeram as pazes, olhando para Vlasov com admiração.) Será que conseguiria repetir o antigo feito da Batalha de Moscou? Por vezes sem conta repetiu aos encarregados da ϟϟ como seu escalão de ruptura havia rechaçado o Grupo de Exércitos Centro dos fascistas. Nervosos, forçavam sorrisos esquentando as mãos nos bolsos; pois mesmo eles viam que Vlasov se dirigia ao fantasma de sua integridade, que, pálida e de olhos castanhos, tinha lhe ensinado a sentir.

Outro foguete Katiúcha iluminou a noite com fragmentos de terror, mas o tal Vlasov dizia: Certa vez o Camarada Stálin me entregou uma divisão à beira da ruína. Quando terminei meu trabalho, ela venceu uma competição!

(Onde estaria agora? Mãos e trapos pendiam da pira incandescente.)

Foi enviado a uma zona de impossibilidade assassina. Mesmo "gastando" todos os seus homens, conseguiria no máximo retardar o inimigo por algumas horas. Seria o mesmo que ordenar uma marcha até Auschwitz, para que todos trabalhassem até a morte! Da escola para moças que agora lhe servia de quartel-general (Kroeger já havia pregado um cartaz de **HITLER — O LIBERTADOR**), entrou em contato pelo rádio com o novo comandante do Grupo de Exércitos do Vístula.

Francamente, Vlasov, não entendo por que vocês, russos, insistem em combater. Com o front se desintegrando, que diferença duas divisões podem fazer?

Com todo o respeito, a questão não é essa. Precisamos com urgência de apoio da artilharia para…

A artilharia não está disponível. Por que não atacam em ondas? Vocês, russos, são famosos por, como você sabe, esmagar posições usando pura…

Herr coronel-general, os cadetes alemães que tentaram fazer isso ontem foram aniquilados. Como o rio está na cheia, nossa frente ofensiva está limitada a cem metros. O inimigo apontou as armas para aquele ponto…

Depois de tudo que fizemos por você, um pouco mais de entusiasmo seria… Você por acaso tem alguma proposta?

Apoio aéreo…

Fora de questão. Você está vivendo no passado, Vlasov. Ordeno que neutralize aquela cabeça de ponte sem mais delongas.

Coronel-general Heinrici, não estou sob seu comando.

Arrá! Agora veio à tona! Viu só, eu *sabia* que você não era um elemento confiável! Não pense que isso vai ficar sem registro! Então você se nega a reconhecer a autoridade alemã?

De acordo com o Manifesto de Praga, somos seus aliados formais. Nosso status é de…

Isso é papel higiênico! O que importa é saber se você vai ou não fazer algo a respeito daquela posição russa.

Vlasov, deixando de se importar com o desfecho daquilo, exigiu: Podem ao menos nos municiar?

Capture munição do inimigo.

Sem apoio adequado, essa operação é inútil. Peço permissão para retirar meus homens para outro front.

Serei obrigado a informar Himmler, Heinrici respondeu secamente.

Como queira. Bom dia, Herr coronel-general!

Heil Hitler!

Finda a conversa, Vlasov acendeu um cigarro. Jerebkov, seu subcomandante, a quem Vlasov já tinha ordenado a busca de um acordo com as potências ocidentais, trocou uma salva de sorrisos amargos e cúmplices.

Bem, senhor, o que mais poderíamos esperar?

Vlasov franziu o cenho. — Mande chamar os comandantes de regimento. Vamos ouvir a avaliação deles.

Não está pensando…

Vou telefonar para Himmler e dizer que vamos atacar, mas sob protestos. É a única maneira de salvar nossa pele. Você e Buniatchenko assumem o comando. Vou passar uns dias em Berlim. Quando o ataque fracassar, interrompa tudo e informe Himmler que você não pode fazer mais nada sem ordens minhas.

Compreendo.

Antes de agir, instrua os comandantes a salvarem o maior número possível de soldados nossos. Essas ordens não podem vir de mim, porque eu...

Sim, senhor. E será que em Berlim ainda será possível...

Na verdade, não estarei em Berlim. Vou visitar minha esposa em Karlsbad.

Em 13 de abril de 1945 os russos conquistaram Viena. Pouco depois, graças à conveniente contração do front, Vlasov pôde ver Heidi pela última vez. Tinha ficado ainda mais magra e muito mais dependente. Em honra à visita do marido, pintou os lábios com um vermelho tão brilhante quanto as cores da insígnia da divisão antiaérea da Luftwaffe, e sua mãe serviu água quente condimentada com café de verdade. Vlasov foi coberto de elogios pelas duas, crentes de que ele havia realizado um novo milagre e escapado de um cerco russo. Ficou sentado, imóvel, sem a menor intenção de fazer as duas sofrerem com a verdade; felizmente elas não desconfiaram de nada; nunca tinham lido sequer uma frase mentirosa na revista *Signal*. — Não se preocupe, dizia a mãe de Heidi. O Führer não vai deixar que os russos encostem em nós. Antes que isso aconteça, ele nos sufocará com gás. —[74] Beberam schnapps juntos. A mãe de Heidi queria saber se Vlasov havia passado pelo Reichenhall no caminho, pois era uma cidadezinha muito bonita, muito *alemã*. Quando ergueram os copos para brindar, a mão de Heidi começou a tremer. Vlasov bradou: Um brinde às esperanças frustradas!, e então os três beberam em silêncio.

Imagino que os pombinhos queiram ficar a sós, disse a sogra, e Heidi abriu um sorriso mecânico, dedilhando o rosto devastado. Ao longe soou uma concussão. Vlasov olhou para a cortina velada. Minúscula, abafada e caindo aos pedaços, aquela cozinha o comprimia tanto que ele mal conseguia respirar.

(Sim, isso mesmo — esperanças frustradas! Como o Führer, escravo de posicionamentos ilusórios, que por muitas vezes tinha se recusado a permitir que o *Ostfront* se contraísse sob pressão do inimigo, permitindo assim que os russos de início empreendessem rupturas para em seguida cercarem muitas de suas unidades mais importantes, de sua parte Vlasov negou o poder da mobilidade às suas várias esperanças. Fé mascarada de razão; cabeças de lança circunstanciais isolaram essas esperanças estáticas, e elas pereceram.)

Assim que a pequena Frauke caiu no sono, Heidi levou o marido para o quarto. O amor e a carência nos olhos da esposa deixaram Vlasov envergonhado. Heidi havia permanecido tão constante quanto as estrelas em seu colarinho. Chorando baixo, implorou que ele a emprenhasse. Disse: Pode ser minha última chance de receber a Cruz de Honra da Mãe Alemã.

(Ouviram a sogra tossindo do outro lado da parede.)

Cinco dias mais tarde, os batedores de Vlasov encontraram uma casinha na Algóvia, na qual se escondia a família de seu melhor amigo. Espiando pela janela semibloqueada por uma cortina, Frau Strik-Strikfeldt tapou a boca aberta com a mão. Tinha imaginado que todos estavam a salvo ali, no coração da última ilha do verão germânico, em que florestas perenes sombreavam campinas amarelo-esverdeadas. Passou anos tentando convencer o marido a não se misturar com eslavos, em vão. E agora aquilo. Sorrindo, nosso bom e velho báltico apareceu animado na porta. Estendeu a mão inutilmente. Engoliu em seco. Com um riso nervoso, exclamou: Como a sorte é volúvel! Às vezes é difícil até tomar fôlego! Não pense que sou indiferente a tudo que você sofreu. (Por sinal, você precisa fazer a barba.) O que se pode fazer quando — por sinal, dia desses ouvi uma piada ótima. "Definição de covardia: abandonar Berlim para ser voluntário no *Ostfront*!"[75] Ha-ha, ha-ha-ha-ha!

Alta e pálida, a marionete se sentou sobre um fragmento de concreto. Colheu um dente-de-leão. Tirou da mochila uma garrafa de schnapps de tamanho considerável. Guardando a garrafa sem compartilhar sequer um gole, a marionete se levantou e comentou com formalidade inexpressiva: A Alemanha desmoronou mais cedo do que eu esperava.[76]

Mas, meu caro colega, o Führer prometeu que logo nossas "Armas Fantásticas" estarão prontas.

Perdão, Wilfried Karlovitch, mas eu... Enfim, não adianta discutir com você. Eu não culpo ninguém. Como é mesmo que Heidi sempre fala? *O mais forte sobrevive.*

(Lembrou-se do caminho para casa: o arame farpado, a sentinela, depois as barricadas em ferradura e as pirâmides truncadas de sacos de areia na rua Smolensk, seguidas pela porta que não fechava direito, a escadaria gélida e escura como breu, a porta interna, e mais além um desespero coagulado em escuridão, que por sua vez tinha se congelado em pesar e doença onde sua outra esposa, sua integridade, jazia à sua espera.)

Em 27 de abril de 1945 seu camarada Jerebkhov tentou convencê-lo a fugir de avião para a Espanha, para trabalhar em prol do movimento de libertação em um ambiente mais seguro. Vlasov retrucou que desejava ter o mesmo destino de seus soldados.

Depois disso o encontramos no meio do Levante de Praga, dando ordens por um telefone de campanha que mal se escutava. Em 8 de maio de 1945, enquanto esqueletos de prédios se tornavam liras tocadas pelas chamas, o Conselho Nacional Tcheco enviou um apelo urgente às tropas de Vlasov, implorando que se voltassem contra os fascistas, mas quando ele tentou negociar pedindo asilo no pós-guerra os tchecos responderam que não podiam oferecer garantia nenhuma. Naquele mesmo dia, acatando as súplicas dos soldados, Vlasov voltou sua atenção para a zona anglo-americana. (Ela sussurrou: E depois volte para casa, Andrei, volte para mim...) Em 11 de maio de 1945, exigiu ser julgado pelo Tribunal Internacional em vez de uma corte soviética. No dia seguinte o Exército Vermelho invadiu o seu setor. Pendurando a cartucheira em uma viga destroçada, Vlasov invocou a proteção espúria de um comboio americano a caminho da Baviera. Suas esperanças mais pareciam cadáveres congelados, as mãos estendidas sobre uma planície coberta de neve suja, que derretia.

38.

E assim, mais uma vez, Vlasov se viu forçado a dispersar seu exército cercado e aconselhar seus homens a se evadirem em pequenos grupos. Alguns tiveram a sorte de alcançar os americanos e se renderam a eles. Vlasov, é claro, não foi um deles.* Sua via-crúcis se manteve fiel ao roteiro da época: primeiro a ponte com uma sentinela britânica de um lado e um guarda soviético de outro, depois a encruzilhada na entrada do bosque, onde tanques leves e holofotes direcionavam suas más intenções sobre o "joio fascista"; em seguida o complexo de arame farpado, seguido pelo primeiro interrogatório na tenda iluminada por lampiões (lotada de agentes da NKVD, que o encaravam como se fosse um crocodilo); o primeiro espancamento; o encadeamento de prisões, em que cada novo elo ficava mais a leste que o anterior; as inspeções, torturas, perguntas; os sufocantes compartimentos desprovidos de janelas das viaturas que se sacudiam por estradas esburacadas pela guerra; os sussurros do tráfego moscovita; e por fim, as celas do Lubianka. A primeiríssima coisa que tiraram dele foi o suvenir (Geco, 7,65 milímetros). Após um soco na boca, ergueram triunfantes o projétil alemão — a prova literal de que ele era um hitlerista assassino! Vlasov limpou a boca ensanguentada. Agora só queria passar pelas formalidades.

Uma fotografia do tribunal militar soviético em Moscou exibe um Vlasov mais pálido do que nunca após um ano de "interrogatórios", mas à diferença de inúmeros outros réus, que baixam humilhados a cabeça raspada, ele permanece desafiador, cerrando a mandíbula ossuda, os óculos pesados (removidos no dia do enforcamento dos doze homens, cabeças assentindo pensativas diante da parede de tijolos) obstruindo nossa compreensão das fossas oculares.** Esfregando a fronte descorada, na verdade Vlasov se perguntava se algum amálgama de planejamento e determinação poderia salvar seus colegas. Achava que não. De qualquer modo, nesse momento ele se distraiu com o depoimento hostil de seu antigo oficial comandante, K. A. Meretskov, que o tinha abandonado (como ele havia passado a acreditar) em Volkhov sem jamais ter concedido um talismã superior àquela expressão sem sentido: *superioridade local*.

* A alegação soviética, segundo a qual Vlasov teria sido encontrado deitado no assoalho de um caminhão Studebaker, enrolado em um tapete, "como um covarde", ainda não foi confirmada.

** De acordo com certas fontes no exílio, cuja procedência, é claro, anula sua credibilidade, o acusado recebeu ameaças de ser torturado até a morte caso não cooperasse. — "Sei disso e estou com muito medo" foi, dizem, a resposta. "Mas difamar a mim mesmo seria ainda pior..." [Andreiev, p. 78 (um pouco "retraduzido").] — A acusação ainda mais mentirosa, segundo a qual Vlasov e sua trupe teriam sido enforcados com cordas de piano, com um gancho inserido na base do crânio, pode ser refutada com um simples excerto do Programa do Partido Comunista da União Soviética: "A moralidade comunista é, entre todas as outras, a mais nobre e a mais justa, pois expressa em sua totalidade os interesses e os ideais da humanidade trabalhadora".([a])

([a]) *The Soviet Way of Life*, p. 316.

Meretskov parecia estar muito bem. Nas provas que ofereceu ao tribunal se referiu mais de uma vez a "Vlasov, o mercenário fascista". Com apenas uma réstia da velha energia, o acusado sorriu para ele, os óculos cintilando como as órbitas de uma caveira.

O promotor exigiu saber quais dos fantasmas e sombras que o acompanhavam tinham sido os primeiros a recrutá-lo para o conluio antissoviético. Vlasov pigarreou. Lambeu o toco de um dente recém-quebrado. Lembrando algo dito pelo Camarada Stálin: Fale a verdade, como um comunista!, assumiu plena responsabilidade por suas ações.

Poderíamos dizer que seu erro foi o cosmopolitismo, definido pela *Grande enciclopédia soviética* como a ideologia reacionário-burguesa de uma suposta "cidadania do mundo".[77] O cosmopolitismo se pretende universal. Na verdade não passa de uma fachada para as agressivas ondulações transnacionais do capital. Pacifismo e utopias humanistas são outros disfarces do mesmo fenômeno — que, é claro, diverge absolutamente do internacionalismo proletário.

Em 2 de agosto de 1946 o *Izvestia* anunciou que, conforme o Artigo 11 de nosso código penal, foi aplicada a pena de morte ao traidor A. A. Vlasov. ▸

O último marechal de campo

Aquele homem deveria ter se dado um tiro na cabeça… Pessoalmente, o que mais me magoa é tê-lo promovido a marechal de campo. Quis lhe dar essa satisfação derradeira. É o último marechal de campo que nomearei nesta guerra.

Adolf Hitler (1943)[1]

1.

Primeiro Beethoven no gramofone e depois a formação de batalha do 6º Exército; primeiro um beijo no rosto muito branco de Coca e depois uma conferência com Von Reichenau, primeiro a Polônia e depois a França; primeiro a Rússia, depois todo o resto. No encômio pós-guerra do colega Guderian, "ele foi um exemplo magnífico de oficial de estado-maior de inteligência brilhante, escrupuloso, diligente, original e talentoso, e seria impossível questionar seu patriotismo puro e nobre".[2] A guerra com a Rússia deveria durar seis semanas. Primeiro verão, depois inverno. O telefone voltou a tocar. Primeiro Operação Fogo Mágico, depois Casos Otto, Verde, Branco e Amarelo, a fumaça negra da justiça histórica subindo às alturas de vilarejos bombardeados, rostos alemães rindo por trás da janela losangular de um castelo polonês; primeiro Operação Leão-Marinho, adiada por causa de superioridade inimiga; depois Operação Marita, integralizada e consumada pela Operação Mercúrio, e por fim a cortina de escuridão abarcada por um 𝕏 gordo e branco. Acendeu outro cigarro. No quadrante superior esquerdo desse negrume, a meio caminho entre o canto e o centro absoluto do ⅩⅩ, brilhava um retângulo branco com a seguinte inscrição na antiga tipologia Fraktur se abrigando como um fantasma aristocrático em documentos secretos do Corpo de Oficiais: **Kriegsgliederung "Barbarossa"**,[3] e no canto inferior direito do negrume um triângulo menor acolhendo a palavra **B-Tag**. O negrume também anunciava **Geheime Kommandosache**, segredo militar, e o quadrante inferior direito exibia o carimbo: Ultrassecreto! Somente para oficiais!

Em 22 de junho de 1941 as primeiras dez mil bombas da Operação Barbarossa se consumaram em explosões tão douradas quanto o anjo da vitória de Berlim, que estende a mão bem acima da estátua de Moltke. E agora os grupos, exércitos, divisões e batalhões na fronteira acinzentada do mapa branco de Hitler deram início à guerra-relâmpago seguinte, brancura confiscada, marcada com pavilhões, galhardetes, bandeiras, círculos e semicírculos, as flechas afuniladas do sonâmbulo, de base larga, apontando para o leste...[4]

O tenente-general Friedrich Paulus tinha cinquenta e um anos de idade. Os trinta e um anos anteriores tinham sido dedicados ao Exército. Em resumo, era membro dos "Velhos Combatentes". Como nosso Führer, serviu com bravura na guerra mundial anterior, conquistando a Cruz de Ferro tanto em primeira quanto em segunda classe. Admirava a maneira com que o Führer havia recuperado todos os territórios que nos tinham sido arrancados ao fim daquele conflito. Além disso, era um daqueles generais atraentes de quem todos precisam; seu bigode tinha tanto estilo quanto uma baioneta alemã. Mesmo ligeiramente maculado pelo cosmopolitismo (Coca era romena), Paulus foi recebendo postos de comando cada vez mais importantes, pois ninguém poderia negar seu esmero e lealdade: chefe de estado-maior de tropas Panzer, depois chefe de estado-maior do 4º Exército na campanha polonesa (seu progresso sobre o mapa branco lembrando curiosamente uma das pontas de lança negras e rudimentares da Polônia medieval, escavadas por nossos professores),[5] chefe de estado-maior do 6º Exército durante a conquista da França... Esse mesmo 6º Exército logo estaria marchando para Stalingrado. Na qualidade de primeiro intendente do Estado-Maior do Exército, sob circunstâncias de sigilo extremo, esboçou o plano de guerra para Barbarossa. Bahnhof Görlitz era a parada da ferrovia. Depois vinham os postos de controle e a escolta de dois homens da ϟϟ até a Toca do Lobo, com seus subperímetros isolados com arame farpado no interior do paralelogramo saliente. Ali cresciam muitas árvores entre bunkers camuflados com musgo artificial, e ali se insinuavam os túneis de esconde-esconde nos quais ocultávamos o trem especial do Lobo; na Toca do Lobo, tudo era seguro. Ali Paulus consumou a maioria de seus maiores sucessos. "O objetivo supremo", instruiu nosso Führer, e todos prenderam a respiração, "é isolar a Rússia asiática ao longo da linha geral Volga-Arcangel."[6] Requisitos: Glicerina para cordite, gás de carvão para explosivos, bauxita para peças de aeronaves... Vagaroso e perfeito como um bicho-da-seda a fiar, Paulus construiu nossas redes, cronogramas e dispositivos. Nas palavras do general Kesselring: "Ele me causou uma impressão sobretudo boa, demonstrando bom senso e uma avaliação racional do teste de forças que estava por vir".[7] Coca ficou triste, é claro. Nunca havia superado inteiramente sua simpatia pela esquerda. Além disso, como a maioria de seus compatriotas, tinha um apreço exagerado pelas tropas russas. Buscando poupá-la de qualquer ansiedade desnecessária, o marido a encorajou a acreditar que todos os movimentos rumo ao leste cessariam na Linha Ribbentrop-Molotov; mas mesmo isso a deixava aflita; havia julgado a Caso Branco injustificada. De qualquer modo, tínhamos neutralizado a ameaça polonesa; a Caso Branco estava encerrada. Nosso dever subsequente era suspender as operações, possivelmente por uma década, e nesse período dificilmente os franceses e os britânicos declarariam guerra. Na verdade, ele mesmo tinha ouvido isso do Alto-Comando. Assim que enfrentássemos um conflito europeu em escala integral, o que necessariamente se desdobraria em outra guerra mundial, a Linha Ribbentrop-Molotov perderia a validade. (Confidencialmente, o Führer havia explicado que a Operação Barbarossa precisava ser lançada no máximo na primavera de 1941.) E Coca descobriu.

Paulus costumava levar trabalho para casa, pois a alternativa era jamais voltar para lá, e em certa ocasião o filho de sua filha Olga,[8] que a pedido de Coca passava três semanas com eles enquanto os pais resolviam um assunto em Paris, fez a travessura; algo no menino o fazia lembrar-se de seu filho Ernst, que com vinte e três anos era soldado no 6º Exército; o irmão gêmeo, Friedrich, também estava servindo à Alemanha, mas em outra unidade.[9] Mas o que exatamente o fazia lembrar-se de Ernst? Estaria sendo indelicado se afirmasse que ambos eram fracos, e talvez nem fosse tanto fraqueza, mas um certo tipo de tristeza que entesoura os próprios segredos. Em nosso Exército, na verdade, muitas vezes os soldados mais acabrunhados são também os mais corajosos, talvez por poderem ser libertados de si mesmos pela morte. Se tudo desse certo, a guerra já teria chegado ao fim no momento em que convocariam o menino de Olga; ele era muito inteligente, mas frágil. Perturbado por algum mal-entendido com seus camaradas da Juventude Hitlerista (afinal de contas, era um ramo diferente), o garoto entrou correndo no gabinete de Paulus, mesmo tendo recebido instruções claras para jamais fazer isso, mas ao vê-lo engolindo o choro Paulus não teve coragem de ser rígido. Lembrava-se muito bem dos próprios tempos de escola. Sobre a mesa de faia, infelizmente, jaziam quatro fotografias recentes de reconhecimento aéreo de concentrações do Exército Vermelho, que Paulus tinha disposto lado a lado, a lupa Schneider agradavelmente pesada e maravilhosamente nítida posicionada sobre Minsk naquele instante, com o cordão pousado a meio caminho da Bielorrússia; e ainda que para olhos civis todas as vistas aéreas se pareçam, em especial quando a topografia é plana, e ainda que as divisões soviéticas estivessem identificadas apenas por algarismos romanos, infelizmente cada fotografia estava decorada com o carimbo do Abteilung Fremde Luftwaffe Ost. — *Ost!*, suspirou o menino precoce. Vovô, o que está acontecendo no Leste? — Com um sorriso de reprovação gentil, Paulus pediu para que o menino ficasse quieto. — Você sabe que esses assuntos são proibidos, Robert, e sabe também por que eles são proibidos. Não é verdade? Mas me diga, o que aconteceu? — É que... é que temos inimigos por todos os lados, vovô. Isso... — Exatamente. E que história é essa sobre Heinz e Pauli arrancando um botão do seu uniforme? Você já é bem grandinho para ficar chorando... — Presumiu que Robert, em geral muito bom com essas coisas, não contaria nada a ninguém, nem mesmo à avó, a quem adorava, e, pensando bem, talvez Robert não fosse culpado por Coca ter descoberto o segredo, pois em diversas ocasiões anteriores e posteriores Paulus trazia na valise mapas da Rússia em grande escala. Como regra, todavia, Coca não adentrava o gabinete do marido sem ser convidada. Além disso, quando ele não tinha uma necessidade genuína de estudar os documentos secretos que havia trazido para casa eles ficavam trancados dentro da valise, e a valise ficava no cofre. Coca não disse nada até Olga vir buscar Robert. Esbaforida e agitada como sempre, Olga presenteou os pais com uma caixa de Veuve Clicquot, o favorito de Paulus, como recompensa por terem cuidado de Robert. Paulus achou um exagero, mas agradeceu da maneira mais gentil que lhe foi possível. Espiando o rosto do pai, Olga comentou que uma senhora francesa tinha feito um preço muito especial; sem dúvida levou alguma vantagem por ter aprendido um francês perfeito com Coca. — Sem a menor dúvida, respondeu o pai, sorrindo. — Olga coçou a sobrancelha e comentou ter ficado surpresa ao se sentir tão em casa em Paris; tudo estava sendo germanizado. Papai era um herói para muita gente por lá, graças ao papel que havia desempenhado. Coca meneou a cabeça, melancólica; queria que Olga fosse embora para dar início à discussão; ele tinha percebido isso muito bem, mas Olga, felizmente, não. Algumas lojas tinham sido fechadas, é claro, disse Olga, e derreteram a estátua de Victor Hugo para fazer cápsulas de balas. Não é uma pena, mamãe?, perguntou, e mamãe respondeu que era. Fez calor, um calor diferente do calor de Berlim, e a baronesa Hoyningen-Heune, que ao contrário de mamãe estava com uma aparência bem envelhecida, tinha reclamado de como era difícil abrir as janelas no chalé; a propósito, será que havia tomado a decisão certa ao não comprar uma réplica do machado franco de dupla lâmina para o papai? As visitas de Olga costumavam ser divertidas, no mínimo porque ela sempre conseguia ser um pouco mimada. E só Deus sabia que a coisa de que seu pai mais precisava naquele momento era se divertir um pouco; um sorriso já brotava no lado esquerdo de sua boca quando ela seguiu em frente: o conde Zubov tinha se encontrado com ela na Rue de Rivoli, bem por acaso; deu a impressão de ter ficado muito impressionado com o vestido novo que ela usava, *muito* impressionado! Paulus conseguiu imaginar perfeitamente o pobre conde, dono da polidez mais humilde entre todos os nobres, se sentindo obrigado a elogiar o vestido de Olga, que tinha custado muito caro, ad infinitum, ou até que ela ficasse satisfeita, dependendo de qual opção levasse mais tempo.

Imagino que ele tenha feito questão de examinar botão por botão, certo?...

Ah, papai!, exclamou Olga, encantadora, fazendo beicinho.

Fica muito bem em você, sem dúvida.

Mas Robert olhou para Coca com tristeza, e Coca parecia estar contendo o choro. Paulus tentou se convencer de que era apenas porque o menino estava indo embora por algum tempo. Depois que comeram todos os bolinhos de Coca, Paulus se levantou para carregar a mala de Robert, ainda que Olga tenha protestado alegando que ele estava famoso e importante demais para fazer uma coisa dessas. O barão, que pertencia à família Von Kutzschenbach, e com quem Coca se sentia mais à vontade que ele, tinha de fato comprado um carro esplêndido para Olga, um Mercedes último modelo. (Onde estava o barão agora? Olga não disse.) A flâmula com a suástica pendia em negro sobre o carmim do suporte metálico imaculado. Paulus, imóvel, ficou admirando o carro de um jeito quase constrangedor até Olga e o filho surgirem. Tentou imaginar os limites do controle que o marido exercia sobre ela. Não lhe cabia mais, estritamente falando, se preocupar com ela, mas um pai jamais consegue abdicar dessa responsabilidade. Primeiro abraçou a filha, depois apertou a mão de Robert; Coca beijou os dois e então o carro se afastou, virando a esquina um pouco rápido demais na opinião de Paulus, ainda que Olga fosse excelente motorista. Depois disso, é claro... Uma das coisas que tinha aprendido a respeito da esposa era que, estando infeliz ou irritada com alguma coisa, não conseguia deixar de expressar seus sentimentos; tentar convencer Coca a estabelecer um diálogo antes de depurar as emoções só teria piorado as coisas. Para ele sempre tinha sido importante ter uma relação tranquila com Coca, não apenas por odiar conflitos pessoais; a verdade genuína é que ele amava sinceramente a esposa; e tudo que a magoava o deixava arrasado. Assim, a combinação entre lógica e afeto o levou a responder, em vez de apenas repreendê-la, e ele declarou, inabalável: Coca, essa questão é uma decisão política. E em termos militares já existem justificativas suficientes...

Mas o que vai acontecer conosco?

Como assim?

Quem vai restar para ver como isso termina?

Ah, ele disse, temos uma chance enorme de ser vitoriosos ainda este ano.[10]

Paulus considerava o teatro do Oriente Médio bem mais importante para o resultado final. Somente ali os britânicos podiam ser derrotados.

Calçando luvas brancas limpas, se curvou sobre a mesa e estudou a folha nevada com símbolos: *Lage 4.6.41.abds mit Feindbild*, carta de situação com disposições inimigas. Bordos, carvalhos e tílias estivais singravam Berlim como bruxas.

2.

Em 5 de agosto de 1942 o tenente-general Paulus, agora no comando do 6º Exército, abordou Stalingrado em obediência às diretrizes da Operação Azul, ou Blau, como eu deveria dizer, pois azul é qualquer azul, mas para mim o *Blau* alemão significa um azul-cinzento como o mar Cáspio em um dia nublado. O objetivo primário da Operação Blau era tomar posse dos campos petrolíferos russos no Cáucaso. Stalingrado, um acréscimo tardio do sonâmbulo, ainda mal se enxergava no horizonte oriental. Os tanques avançaram roncando. Agosto se queimou sobre as estepes castanhas.

Recém-saído da vitória em Carcóvia, o rosto esticado de tão jovem mesmo aos cinquenta e dois, com uma nova Cruz de Cavaleiro no peito esquerdo, e mais acima no direito uma águia de asas planas com uma suástica nas garras, Paulus se sentou dentro da barraca e ficou ouvindo Beethoven.

Fazia dois meses da última vez em que tivera o privilégio de ver o Führer, em 1º de junho de 1942. (Von Manstein, herói da Operação Esturjão, estraçalhava as defesas de Sebastopol, um feito que lhe renderia uma promoção a marechal de campo pelo Führer; a ϟϟ preparava uma ação punitiva contra Lídice, um vilarejo; na África, Rommel tinha colocado os britânicos para correr.) O Führer embarcou num voo para Poltava, quartel-general vigente do Grupo de Exércitos Sul. Paulus, por sua vez, trocou o sobretudo cinzento de campanha pelo uniforme de gala, as botas de equitação engraxadas, a águia dourada no peito, galão dourado, botões dourados. O Focke-Wulf aterrissou junto às cabanas militares nas sombras do bosque. Mais além da copa das árvores ele espiou o que deveria ser a catedral do mosteiro de Krestovozdvizhenskii, que Coca, ortodoxa, havia mencionado como algo que valia a pena visitar, mas o Mercedes-Benz negro o levou na direção oposta, como se era de prever. Sentou-se no banco de trás, e o tenente-policial da S.D., bronzeado, jovem e com cabelos cor de mel, sentou-se na frente ao lado do motorista, com uma pistola no colo. Poltava não parecia nem tão quente nem tão branca quanto Zhitomir no verão anterior, o verão das maçãs e das cerejas, mas era igualmente silenciosa; é a regra nessas cidades orientais depois de serem absorvidas em nossos novos territórios. Paulus nunca deixou de achar isso um tanto lúgubre. Coca sempre o fazia lembrar, talvez com mais frequência do que deveria (ele se recordava em especial de uma discussão que tiveram enquanto ela escovava os cabelos, uma discussão que somente os esforços mais imensos impediram de se tornar uma briga), que na época da Guerra Civil esses camponeses escondiam metralhadoras em montes de feno, resistindo às extorsões do poder soviético. Ainda que ele tenha chamado a atenção da esposa, da maneira mais cuidadosa possível, para o fato de que essa resistência tinha sido inútil, e de que o poder coercitivo de nosso Reich era infinitamente superior ao dos russos com toda a sua desordem, péssima liderança e falta de comunicação, ainda assim ele tinha o costume de não apenas levar em conta o outro ponto de vista, mas também elevar um pouco as opiniões de Coca, deixá-las em exposição, por assim dizer. Então perguntou se andavam tendo algum problema com partisans. — De modo algum, Herr tenente-general!, respondeu o agente da S.D., sorrindo para Paulus no espelho ao mesmo tempo que continuava atento à estrada; era um jovem muito bem treinado, e Paulus o aprovava, de modo que prosseguiu com a conversa: Fico feliz em saber que essa gente é leal a nós. — Herr tenente-general, podemos pedir que eles façam qualquer coisa, são como cavalos. Trabalham até cair e não exigem nada.[11]

Primeiro vieram a estrada e o rio, o rio Vorskla, como ele sabia (Paulus nunca esquecia um mapa). Depois vieram muralhas de arame farpado com os postes de listras vermelhas e negras em cada portão, as jovens sentinelas de olhos azuis, alegremente alertas com suas metralhadoras. Quanto mais perto chegava de nosso Führer, mais perfeito tudo se parecia. Depois vieram os trilhos do trem, e nos trilhos os vagões sem janelas vigiados pelas Waffen-ϟϟ.

Ali foi deixado pelo carro, após ser saudado com um vigoroso *Heil Hitler* pelo agente da S.D. que se despedia. No portão seguinte entregou a pistola Mauser durante a estadia (não leve a mal, Herr tenente-general!). Dois soldados da ϟϟ o escoltaram pelo portão interno e Paulus se viu em um pátio cercado, com chão de cascalho, não muito diferente do pátio de exercícios de uma prisão; e ali, sob a fortíssima luz do sol, que intensificava o cheiro familiar da estrada, de creosoto e mais alguma outra coisa, talvez o rio, todos os principais envolvidos na Operação Blau aguardavam pelo chamado de nosso Führer. O general Warlimont, subchefe de operações, saudou Paulus com sinceridade, e os dois trocaram um aperto de mão. — E quando estaremos prontos para agir no Ocidente?, murmurou, e Paulus nada respondeu. Precisava se curvar e bater os calcanhares, pois seu comandante, o marechal de campo Von Bock, que havia recebido o bastão ao final da campanha francesa, juntou-se a eles, comentando sorridente que nosso Führer tinha ficado impressionado com a grande quantidade de mulheres com aparência ariana por ali. Como o marechal de campo de alta estatura não era conhecido pelo senso de humor, mais uma vez Paulus não soube como reagir, mas o general Warlimont gargalhou, talvez por querer distrair Paulus da pergunta um tanto infeliz que tinha acabado de fazer. Sabia-se que estava gradualmente perdendo acesso ao Führer.

Bem, Paulus, disse Von Bock, nem de longe antipático, os russos andam deixando você dormir?

Nem um pouco, Herr marechal de campo, replicou Paulus com orgulho sereno. Abrindo a cigarreira de prata (presente de aniversário de Coca), ofereceu cigarros a todos.

O marechal de campo List estava ali (não tão bem-vestido quanto Paulus), e também os generais Halder, Hoth, Von Kleist (que ainda não era marechal de campo), Ruoff e todos os outros. O próprio chefe de estado-maior de Paulus, o major-general Schmidt, estava ali havia horas; havia chegado em um outro Fiesler-Storch. O general Von Richthofen da 4ª Esquadra Aérea estava presente, andando de um lado para o outro e mordendo o lábio inferior, enquanto um infeliz soldadinho da Luftwaffe tentava acompanhá-lo carregando uma valise imensa. Os generais Von Greiffenberg e Von Mackenson cochichavam com ar cúmplice perto da cerca de perímetro, até um homem da ϟϟ se aproximar para ficar de olho neles. Soou o gongo. Enfrentando com coragem a mirada sombria e taciturna do ajudante de Hitler, os generais entraram no vagão de conferências, pousaram as valises e permaneceram sentados e atentos enquanto o Führer lhes pintava um cenário da portentosa colheita que seria ceifada dos campos experimentais do leste no futuro. Depois chegou a hora de preparar nosso grande avanço sobre o rio Volga. O próprio Führer indicou o caminho da sala de mapas. Todos os generais se detiveram com ar respeitoso em volta da longa mesa, que irradiava uma luminosidade tão branca por causa dos mapas que o inverno russo parecia ter se materializado ali; mas o Führer se aproximou a passos largos e sentou na cabeceira, franzindo o cenho para Maikop, Rostov, Stalingrado, na mão direita um indicador que parecia um açoite, enquanto todos os generais aguardavam, marcados como personagens ornamentalmente importantes pelas Cruzes de Ferro e Folhas de Carvalho; e o marechal de campo Keitel, a quem pelas costas todos se referiam como "a besta que diz sim", ficou postado de canto, com um sorriso ansioso, enquanto o marechal de campo Von Bock de repente fez uma careta; sofria de úlcera. O general Von Sodenstern, seu chefe de estado-maior, já estava com um comprimido à mão. — Keitel, esta linha está pronta?, o Führer quis saber. —[12] Sim, meu Führer, respondeu o pobre medíocre, que não tinha nem ao menos como enxergar para onde Hitler estaria apontando; e Paulus fitou o mapa, tão constrangido pela besta que diz sim que se sentiu imundo. Qual seria a missão? Na tesouraria do Führer as inúmeras bandeiras triangulares das reservas do OKH, pretas e brancas, aguardavam sobre as páginas cinzentas dos arquivos secretos; mas muitas já não estavam mais ali; erros tinham sido cometidos no ano anterior, e por isso Moscou e Leningrado ainda não tinham sido capturadas. Ninguém exceto o Führer sabia ao certo quantos homens haviam morrido com o inverno russo; era uma informação secreta. Mas Warlimont tinha acabado de cochichar do lado de fora que nosso total de baixas no *Ostfront* até aquele momento era de seiscentos e vinte e cinco mil.[13] Apenas a geladura havia custado setecentos homens a Paulus. Metade das reservas do OKH já tinha sido consumida. Algum dia, ninguém sabia quando, os anglo-americanos atacariam no *Westfront*, e em seguida as últimas reservas precisariam ser conduzidas às pressas até o ponto de penetração na França, na Itália ou talvez na Iugoslávia, para detê-los sem possibilidade de fracassar. Será que a essa altura a campanha russa já estará resolvida? A Operação Blau *precisa* dar certo. E então o Führer começou a falar. Disse a eles que essa área onde os rios Don e Volga se beijavam formava a articulação tática da qual dependia a campanha oriental inteira. O Grupo de Exércitos Sul, anunciou, seria imediatamente dividido nos Grupos de Exércitos A e B, de modo a executar um imenso movimento de pinça *aqui* e *aqui* (mais dois movimentos do chicotinho de brinquedo). O marechal de campo Von Bock, cuja fronte calva brilhava imperturbável sobre todas as outras cabeças, manteria o comando do Grupo de Exércitos B, que consistiria em quatro exércitos, incluindo o 6º, de Paulus; enquanto o marechal de campo List conduziria o 17º e o 1º Exércitos de Panzers através de Rostov até chegar nos campos petrolíferos. Era um objetivo grandioso o bastante; mas essa grandiosidade mal conseguia disfarçar o fato de Von Bock ter sido destituído de parte de seu comando.

Para Paulus, às vezes vitimado por uma sensibilidade a ofensas sofridas por outrem, esse anúncio foi simplesmente excruciante, não apenas por ser amigo de Von Bock, mas também por este último ser um marechal de campo — o posto mais alto ao qual podia aspirar um soldado alemão: inferior apenas ao próprio Führer! Para Paulus, portanto, essa alteração caprichosa de autoridade parecia degradante, e pior; por um instante ele ficou categoricamente indignado com o Führer. (List, é evidente, também era marechal de campo; sem dúvida merecia.) Além disso, Paulus acreditava que, após definir um objetivo para um Grupo de Exércitos, o Comando Supremo deveria permitir que este conquistasse tal objetivo à sua maneira. Mas não era assim que o Führer funcionava, pelo menos desde que a Operação Barbarossa havia começado a dar errado. Von Bock, pálido e magro, não mudou de expressão, e Paulus o admirou por isso. Seu chefe de estado-maior também não deu sinais de estar ofendido, mas por outro lado sua amizade com Keitel era notória. Com calma, o marechal de campo alto e esquelético requisitou um breve adiamento do início da Operação Blau, para que se concluísse a liquidação de alguns elementos russos nas cercanias de Carcóvia...

Depois que a conferência geral chegou ao fim, o Führer chamou um dos comandantes por vez. Ao conquistador de Carcóvia, disse: Meu caro Paulus, eu lhe dei uma tarefa extremamente importante. Não é apenas uma questão de aniquilar mais algumas divisões russas. Qualquer um dos meus generais poderia fazer isso.

Paulus sentiu um prazer intenso. Curvou-se de leve, sem se atrever a falar.

A situação do combustível está ficando crítica, prosseguiu o Führer. Se não obtivermos o petróleo de Maikop e Grozni terei de liquidar essa guerra.[14] Isso os *generais políticos* não entendem.

Entendido, meu Führer. O 6º Exército cumprirá sua atribuição.

Sem a menor dúvida, disse o Führer com um sorriso. Levantou-se e apertou a mão de Paulus.

Compreendendo que tinha sido dispensado, Paulus murmurou sua despedida e já tinha se virado para sair do vagão quando o Führer disse: Paulus.

Sim, meu Führer.

Não se preocupe com a ligeira escassez de efetivos. Sabe, as baixas do último inverno tiveram um aspecto positivo. Todos os fracos morreram. Quando você entrar em ação neste verão, vai perceber que o 6º Exército estará melhor por causa disso. No *Ostfront*, sobraram apenas aqueles duros como blindagem e tão fanáticos quanto dez bolcheviques!

Sim, meu Führer.

Os russos mal conseguem parar em pé. Você viu os relatórios. Quando o verão chegar ao fim teremos esmagado todos eles. Além disso, logo contaremos com uma quantidade ilimitada de armas-V.

Paulus, ainda atônito com os elogios do Führer, levou algum tempo para se perguntar se entre esses *generais políticos* estaria incluído seu antecessor, o marechal de campo Von Reichenau. No funeral deste último, no nicho sob a imensa cruz de ferro, o Führer havia pousado uma mão sobre o ombro de Paulus, murmurando a frase que aparecia diariamente na seção com bordas negras de todos os jornais: "Ordenado pelo destino nosso orgulhoso pesar".[15]

Para ser franco, Paulus compartilhava de muitos pontos de vista de Coca em relação à Operação Barbarossa. Era contra a guerra como um todo, pois parecia impossível de vencer; naturalmente, o gênio de nosso Führer o tinha convencido do contrário: Primeiro a Polônia, depois França, Noruega e todo o resto. A Operação Blau podia ser definida como uma aposta lógica, com chances excelentes de sucesso; ainda assim, considerando as baixas em Moscou, Paulus preferiria uma defensiva estratégica. Desde o verão anterior sofria de espasmos no lado esquerdo do rosto. Até então as tropas russas tinham se demonstrado incapazes de iniciativa operacional;[16] mesmo assim, como Coca nunca se cansava de destacar, havia mais russos que alemães. (O general Beck confidenciara a Paulus a seguinte história: No verão anterior, certa sabotadora comunista chamada Zoia, que pelas feições devia ter linhagem judia, tinha gritado, logo antes de receber a punição: "Vocês não têm como enforcar cento e noventa milhões de nós!". Não seria a melhor história para chegar aos ouvidos de Coca.) E havia também a questão da Solução Final, ainda que Paulus sem dúvida estivesse disposto a fazer sua parte na derrubada da ditadura judaica mundial. Em resumo, o tenente-general Paulus condenava diversos aspectos da nova Alemanha. Mas...

Eu estaria sendo injusto com o tenente-general Paulus se desse a impressão de que ele era "ambicioso", no sentido mais limitado da palavra. Se fosse de estirpe gálica ou mediterrânea meridional, sem dúvida sentiria atração pelas *fêtes* características desses povos menores. Sendo alemão, seu entusiasmo pelo espetáculo — e no fundo era apenas isso — se manifestava de forma mais sóbria. Comparecia a todo tipo de comemoração militar, mesmo quando não era de sua arma; havia marcado presença, por exemplo, quando fileiras tríplices de marinheiros em azul e negro receberam suas Cruzes de Ferro na coberta de proa. Ficou sem tempo para isso depois que dividimos a Tchecoslováquia. Mas tempos depois, no *Ostfront*, parecia sentir prazer em condecorar pessoalmente as tropas, chegando mesmo a distribuir agradáveis distintivos coloridos aos nossos voluntários orientais nativos: cavaleiros cossacos, policiais ucranianos e até o eventual "*hiwi*" russo, cujas intenções o resto de nós preferia não estimular. Parecia se nutrir dessa troca cerimonial de honrarias. (Bem, e não seria algo inofensivo? Coca gostava de se vestir bem para ir à ópera.) Quando foi informado pelo marechal de campo Von Reichenau, com um tapa nas costas quase cruel, de que o Führer tinha sido convencido (por Von Reichenau, ao que entendeu) a lhe dar o comando do 6º Exército, suas sensações ultrapassaram qualquer alegria e chegaram aos domínios do choque. Aquilo não era esperado. Quase ninguém tem a menor dificuldade em acreditar que merecemos qualquer bênção que se abata sobre nós; mas para Paulus, que preferia ferro autêntico a sonhos com ouro, a grande mudança gerou sentimentos quase insuportáveis. O 6º Exército, entenda, não era qualquer exército; era a maior força de combate do nosso Reich inteiro: vinte divisões alemãs, duas divisões romenas reduzidas à metade, um regimento croata, um grande número de integrantes da Organização Todt e outros civis — consideravelmente mais de um quarto de milhão de homens. E era dele; tinha conquistado tudo que Coca esperava. Não havia como subir além disso, exceto se tornando marechal de campo. Quem ele era, assim, para se rebelar contra essa oportunidade?

Certa vez o coronel-general do OKW comentou: Um dos sacrifícios necessários aos comandantes é superar quaisquer escrúpulos que possam ter.[17]

Não há a menor dúvida, respondeu Paulus.

Então Paulus, se inclinando para diante de forma desagradável, pareceu querer envolvê-lo em alguma coisa, mas o que era Paulus preferiu não saber.

3.

A Operação Blau teve início em 28 de junho de 1942. Em 30 de junho de 1942 Paulus empreendeu uma ruptura no 21º Exército do inimigo e repeliu os destroços do 28º, abrindo um talho profundo na Frente Sudoeste de Stálin. Pararam em uma colina para passar a noite. Suas tropas Panzer cantavam "Erika, amamos você" em harmonia a quatro vozes enquanto amontoavam os fuzis nos trilhos da ferrovia; ninguém temia soldados russos avulsos. Paulus emergiu da tenda imaculado, sorrindo ao ouvir a melodia, e no mesmo instante uma voz gritou: *Achtung! Stillgestanden!* e todos ficaram em posição de sentido para ele, os rostos bronzeados no tom róseo-acastanhado do mineral conhecido como germanita, ao que ele sorriu um pouco mais e então se retirou para deixar que cantassem em paz. Mas se mantiveram em um silêncio embaraçoso. Ele também não se sentia muito à vontade; a Cruz de Cavaleiro recebida por Carcóvia não bastava para provar seu valor; era quase como se tivesse voltado a ser criança, recebendo uma permissão temporária para jantar com os pais, correndo o risco iminente de ser criticado pela maneira com que corta a carne. Seu pai nunca deixou passar o mínimo erro, o que talvez estivesse por trás de sua diligência em estudar toda e qualquer questão até que a solução estivesse acima de qualquer dúvida. Às vezes ficava nervoso até diante de Coca, cuja linhagem remontava ao imperador romano Justiniano. Ainda não conseguia acreditar que havia se tornado responsável pelos trezentos mil homens ali fora. Como deveria tratá-los? Era seu primeiro posto de comando de larga escala. Coca alertou que muitos sentiriam inveja. Ele respondeu que não se importava com isso. Queria apenas cumprir seu dever. Rindo com descrença carinhosa, despenteou o marido. Já tinha escolhido onde o bastão de marechal de campo ficaria sobre o consolo da lareira. Primeiro Beethoven no gramofone, depois Bach. Paulus se inclinou sobre o relatório diário da situação do inimigo produzida pelo Fremde Heere Ost Gruppe I, seção Grupo de Exércitos Sul. Incluído estava o relatório da inteligência de comunicações, que continha as transcrições das súplicas patéticas das formações cercadas do Exército Vermelho, seguidas pelas ameaças igualmente desesperadas dos comandantes: *Nenhum recuo será tolerado*... Não poderiam de maneira alguma ser consideradas tropas de primeira classe. O ordenança estava a postos com um par de luvas brancas limpas. Voltou a atenção para o mapa das nossas disposições. O 6º Exército se aproximava de Kalatch, enquanto o 4º Exército avançava para nordeste rumo a Stalingrado, uma cidade que ele pretendia contornar a menos que o Führer determinasse o contrário; como Moscou e Leningrado, cairia sozinha. (Ele ainda se sentiria mais tranquilo se o objetivo da Operação Blau fosse Moscou.) O principal era avançar para sudeste na direção das reservas de petróleo do inimigo, passando por cima dos trigais desnudos como as cabeças dos cossacos ucranianos. Estava inclinado a subdividir o 6º Exército em dois grupos de ataque, norte e sul, mas preferia pensar melhor a respeito. Agora voltaria ao estudo do Volga. A margem ocidental daquele curso d'água, provou o mapa, era mais alta que a oriental — conveniente para ele. O ordenança, muito vaidoso, cujo sonho era aparecer em uma fotografia na revista *Signal*, apareceu para acender a lamparina da mesa de campanha. — E diga ao major-general Schmidt que amanhã vou precisar daquelas disposições de suprimentos. — Às suas ordens, senhor, respondeu o ordenança, animado. E em seguida Paulus voltou a ficar sozinho com seus mapas. Havia tomado como dever trabalhar ainda mais do que nos tempos do QG dos Panzer em Berlim; Coca ficaria indignada se soubesse quão pouco ele descansava. Mas ele não se atrevia a diminuir o ritmo. Nunca interrompia os esforços sinceros pela obtenção de informações da linha de frente. Tinha observado o tenente-general Rommel em Tobruk no ápice da Operação Girassol. Nunca havia superado o choque sentido ao ver como aquele oficial abusava dos riscos e excedia a própria autoridade. E ainda assim teve boa sorte; naquele mesmo mês tinha sido nomeado marechal de campo pelo Führer. (Tornar-se marechal de campo é, em certo sentido, viver para sempre.) Paulus, por sua vez, acreditava muito menos na sorte do que na diligência. Então ficava sentado na barraca até a maioria dos soldados já estar no sétimo sono, pairando sobre o mapa como um piloto de caça nos céus soviéticos; enquanto na escuridão quente sobre ele a lua brilhava como o olho de vidro de Von Reichenau. "Ordenado pelo destino nosso orgulhoso pesar." — Bem, Paulus, me diga que ordens devo transmitir agora? — Era o que o marechal de campo sempre dizia! (Paulus tinha considerado a política nos territórios ocupados implacável demais, mas foi admoestado por Von Reichenau: Você não tem base alguma para criar problemas com a questão eslava.) Ainda acreditava que a estrutura de comando soviética entraria em colapso em um prazo de quatro a seis semanas; nosso Führer havia dito que então a Rússia se tornaria a Índia alemã. Enquanto isso, que ordens ele deveria transmitir agora? (O ordenança veio averiguar se ele precisava de mais cigarros.) Tinha certeza de que nem Rommel nem Von Reichenau estudavam mapas tão meticulosamente quanto ele. — Você é bom demais para essa gente, Coca sempre dizia.

O ordenança trouxe um telegrama do Supremo Comando. O general Von Küchler tinha sido promovido a marechal de campo pelo papel desempenhado ao rechaçar a contraofensiva do inimigo no verão anterior.

No dia seguinte, quando von Manstein foi promovido a marechal de campo por conquistar Sebastopol, Paulus sentiu pontadas de inveja cujo estímulo não era de todo desagradável: se o marechalato estava sendo distribuído com tanta frequência, por que ele ficaria de fora? Coca ficaria tão orgulhosa. Sabia extrair o máximo de suas relações, e sem dúvida estava fazendo o possível por ele naquele momento. Que esposa leal! (Von Manstein também ajudaria; Paulus havia lhe emprestado artilharia de assalto em junho passado, bem no início da Operação Barbarossa.) Em mais de uma ocasião desde o início da guerra contemplou os sorrisos abertos dos membros da ϟϟ sendo condecorados na Toca do Lobo, e ainda que desconfiasse da ϟϟ pela distância que mantinham do exército regular, não conseguia deixar de imaginar que algum dia estaria ali com eles, recebendo não mais uma promoção de rotina mas a recompensa por bravura no campo de batalha; mesmo aí já havia começado a sonhar em algum dia se tornar marechal de campo. É estranho, mas foi em uma apresentação musical que ele tomou consciência dessa fantasia pela primeira vez. Pouco antes do início da Caso Amarelo, ele e Coca tiveram o privilégio de ouvir Furtwängler em pessoa regendo a Orquestra Estatal no concerto *Imperador* de Beethoven, o mar de partituras brancas lembrando chapas incólumes de blindagem luminescente, a música conquistando tudo; e ao redor dele incontáveis prendiam a respiração maravilhados, e depois aplaudiam de pé, emitindo cadeias sonoras tão ensurdecedoras como rajadas de metralha. Coca estava de cabelo solto, semelhante ao da estrela de cinema adolescente Lisca Malbran, em uma tentativa desnecessária de parecer mais jovem. A verdade é que ela jamais precisaria se preocupar com uma coisa dessas, pelo menos não no que dizia respeito a ele; ela era tão majestosa, tão superior a ele, que Paulus se sentia afortunado apenas por estar sentado ao lado dela, e sabia que a continuaria achando igualmente bela mesmo depois que a meia-idade fosse apenas uma lembrança. Então Furtwängler ergueu a batuta e a *Quinta sinfonia* enfeitiçou o recinto com seu motivo "Destino" tão amorável e sinistro quanto um bombardeio Ju-88 prestes a deixar o aeródromo à noite, as sombras das hélices como faixas compridas e negras rodopiando sobre a luminescência vítrea da pista de pouso. Estava se imaginando como Furtwängler, o Führer da música, cuja melodia agora jorrava para dentro dos corações de todos; quando de repente se deu conta de que *poderia* mesmo ser; e começou a compartilhar da mesma visão da guerra que era inevitável ao nosso Führer, ou seja, não como a implementação de operações previamente consideradas, mas como música pura e simples, pulsações de criatividade divina cujos padrões compunham as próprias harmonias. E quando seus tanques avançaram barulhentos pelas ruas arborizadas de Carcóvia (um feito que detonou uma mensagem congratulatória de ucranianos notáveis), sentiu-se como se de fato estivesse no pódio do maestro. Como o Führer deveria se sentir na tribuna de Nuremberg, com cem mil nazistas entoando seu nome e fachos de luz antiaérea girando no céu noturno? E agora Von Manstein tinha sido elevado a um plano quase idêntico — não que ele não merecesse. Com ele, já eram doze. Como ele, Friedrich Paulus, poderia se tornar o décimo terceiro? Após a capitulação de Stalingrado, se o Führer de fato quisesse a cidade, o 6º Exército avançaria até o mar Cáspio. Era bem provável, se progredisse com velocidade suficiente e fizesse um número considerável de prisioneiros, que o Führer se lembrasse dele... Sentando-se à mesa de campanha, redigiu uma mensagem parabenizando o marechal de campo Von Manstein.

4.

Voando baixo, com as armas apontadas para diante como falos de aço, seus homens conquistavam partes cada vez maiores da Rússia. Aquela terra taciturna, violentada por cossacos vermelhos e brancos, vizinho contra vizinho, e depois condenada cientificamente a passar fome pelo programa de desculaquização do Camarada Stálin, queria apenas dormir e deixar seu trigo-sarraceno crescer, mas agora o 6º Exército estava ali e os vermelhos continuavam atirando e morrendo em todas as ruínas; alguém não parava de falar em frango assado. Todos os civis interrogados negavam ser comissários mas indicaram prontamente todos os judeus; esses receberam instruções de ir para suas casas e aguardar pelos *Einsatzgruppen*, que chegariam sem demora. Paulus e Coca concordavam que os judeus precisavam ser excluídos de nossa vida nacional; ele acatava a garantia da esposa segundo a qual na Romênia talvez a situação fosse diferente. Coca tinha uma capacidade extraordinária de fazer as pessoas sentirem as complexidades de qualquer coisa; na lua de mel, sua alma havia crescido e germinado ao redor de ambos até ele se sentir em um bosque de cerejeiras no verão, uma sensação deliciosamente opressiva de assoberbamento; sempre tinha ansiado pelo abandono, por se deixar afundar rodopiando em algo maior que si próprio; e sua mente, com muita naturalidade, trabalhava na análise de cada faceta de cada questão; assim, quando estava com Coca, que transformava vinte facetas em vinte mil, se não tomasse cuidado acabava tonto; então sempre evitava arrastá-la para suas próprias perplexidades; aquilo que ele não se envergonhava de chamar de superioridade da esposa serviria apenas para multiplicá-las. Ele se absteve; seguiu em frente, como havia feito no verão anterior em Jitomir e Kiev; absorveu mais partes da Rússia sob as lagartas dos tanques, e as radiotransmissões do inimigo diziam: *Camarada comandante, estou pedindo ajuda!* ou *Camarada general, o que devemos fazer agora?* Até aquele momento, a fraqueza dos russos tinha sido insistir em uma rígida defensiva. Agora tinham enfim aprendido a correr.

Em 5 de julho de 1942 nossas forças começaram a adentrar Voronej, enquanto Paulus de sua parte passou por Ostrogorjsk como um rolo compressor. Para todos os efeitos, havia estraçalhado a Frente Sul do general Timochenko, de quem quase sentia pena. A Fase I da Operação Blau estava quase completa. Dois dias antes tinha feito mais quarenta mil prisioneiros. Na retaguarda, uma fila de soldados alemães mortos e tombados entre os tanques em chamas. Seriam enterrados, cada qual com sua cruz, e depois da vitória final os povos vassalos cuidariam de todos os cemitérios. Os mortos russos, por sua vez, estavam nas mãos dos camponeses. Uma semana depois haveria cruzes feitas com arbustos amarrados, alguns até em forma de ponta de lança, e velhas *babuchkas* com lenços na cabeça rezariam diante delas, pelo menos até serem enxotadas pelos destacamentos *Einsatzgruppen*.

Cercaram e aniquilaram mais dois exércitos inimigos — uma conquista pela qual mais alemães morreram. Três idosas ficaram assistindo, sentadas, de uma casa em ruínas. Paulus tinha plena consciência de que, a longo prazo, nosso problema de efetivos se tornaria insolúvel, mas naquele momento o 6º Exército ainda tinha muitos soldados de sobra. — Vamos dar um jeito, Herr tenente-general! Era o que o major-general Schmidt sempre dizia. Esse Schmidt chefiava seu estado-maior desde junho e, graças ao otimismo vigoroso, havia deixado uma impressão favorável. Ainda assim, quantos exércitos russos ainda restavam? Às vésperas da Operação Barbarossa, o Fremde Heere Ost Gruppe I tinha calculado que não havia mais de onze deles na Rússia europeia. Os outros — nove, talvez dez — nem chegariam a ser deslocados para a zona de engajamento, porque Stálin temia um ataque japonês. **Formações especiais: Número desconhecido**,[18] concluiu o Fremde Heere Ost. **O atabalhoamento, o esquematismo, as esquivas de decisões e responsabilidade, nada se alterou desde a campanha finlandesa.**[19]

Stálin parecia estar retirando suas forças. Talvez ainda achasse que a Operação Blau era uma finta. De qualquer modo não houve um enfrentamento decisivo, ainda não, mesmo quando lançamos a Fase II.

Em 6 de julho de 1942 cruzamos o Don. Em 9 de julho de 1942 nossas forças enfim esmagaram toda a resistência em Voronej, um entroncamento ferroviário muito importante, e mais vagões-plataforma com pilhas de prisioneiros russos rolaram na direção oeste rumo aos campos de concentração, encerrando assim a Operação Wilhelm; mas como essa batalha levou quatro dias, o Führer, ao que Paulus ficou sabendo, expressou seu veemente desagrado com o marechal de campo Von Bock. Estava tão atento ao calendário quanto os outros. Após os tormentos da campanha de Moscou todos tinham aprendido a não desperdiçar os dias dourados do verão russo. Por esse motivo a Operação Blau precisava estar concluída no máximo ao fim de outubro. Paulus não tinha como negar que o Führer tinha plenos direitos de estar aborrecido. O inimigo tinha usado o atraso para fazer uma retirada intacta para o leste, de modo que a captura de Voronej, por mais necessária que certamente tenha sido, deixou um gosto amargo na boca devoradora da Alemanha. Kalatch também não cairia facilmente. Segundo o Fremde Heere Ost Gruppe I, Grupo de Exércitos Sul, ali o inimigo ainda contava com doze divisões de infantaria e cinco brigadas blindadas. Ainda que Paulus estivesse sozinho no carro do comando, um sorriso encabulado surgiu em seus lábios. Não queria ser conhecido como o homem que não conseguiu tomar Kalatch. O major-general Schmidt já tinha observado por iniciativa própria que na opinião dele os soldados do 6º Exército estavam prontos para esforços ainda maiores. Sem saber se aprovava o empenho de Schmidt ou o repreendia com insinuações, Paulus respondeu, após uma pausa e talvez um pouco seco demais: a disposição para superar esforços do 6º Exército está acima de qualquer dúvida. Por enquanto é só, Schmidt. — Começou a visitar a linha de frente com mais frequência, ainda que, por não compartilhar a ânsia de protagonismo de marechais de campo como Von Manstein e Von Reichenau, tentasse não ser visto pelos soldados. Lembrava-se do pai supervisionando tudo que ele fazia; se negava a desconfiar dos outros desse modo. Seu biógrafo Goerlitz descreve sua aparência nesse período como frequentemente exausta e aborrecida. Estava em meio às preparações da Operação Fredericus II, que obliteraria o baluarte inimigo de Kupiansk. Coca teria ficado preocupada com ele, ainda que soubesse muito bem como eram as coisas; tinha dois irmãos militares. Às vezes o 6º Exército era alvejado de uma das choupanas de camponeses russos, e em vez de aceitar mais atrasos Paulus adotou como solução extravagante o uso de munição antitanque, porque na guerra, assim como em qualquer outro empreendimento, é preciso gastar alguma coisa para ganhar outra; nesse caso se poderia gastar tempo, efetivos ou material bélico. Destes três o tempo, o tempo de ouro, era no momento o mais precioso. Os trabalhadores escravos das *Ostlands* sempre teriam como produzir mais munição para tanques, mas o verão escoava, escoava.

Em 15 de julho de 1942 o Führer fez uma alteração na Operação Blau. Removeu o marechal de campo Von Bock do comando do Grupo de Exércitos A por causa de timidez e insubordinação. (Senhor, na minha opinião, comentou o major-general Schmidt, ele sempre teve algo de apático.) Mas no fundo tinha sido uma decisão *pro forma*; na verdade Von Bock já havia caído em desgraça, como Paulus lembrava muito bem, durante aquela conferência em Poltava, naquele dia quente que recendia a creosoto em que todos se reuniram em volta do mapa branco como neve — e aqui Paulus lembrou de repente que a esposa, que lia bastante, tinha uma edição uniforme, com encadernação branco-neve semelhante, das obras completas de Púchkin; e um desses volumes (ele quase conseguia enxergar) era intitulado *Poltava*. Sua memória para detalhes era quase fotográfica: ao dar uma espiadela em um mapa de, digamos, Stalingrado, inúmeros aspectos topográficos lhe traziam à mente as concentrações de tropas inimigas em cada baluarte e as disposições do 6º Exército que seriam necessárias para reduzi-las; no caso de *Poltava*, que para ele permanecia literalmente um livro fechado (ainda que gostasse quando Coca lia para ele, nunca havia encontrado muito tempo para poesia, nem mesmo em tempos de paz), suas recordações estavam relacionadas à suave luz do sol alemão, tornadas mais plenas por seu caráter passado do que jamais poderiam ter sido originalmente; naquela época perdida, que agora parecia quase lânguida, anterior à ascensão de nosso Führer ao poder, aqueles volumes brancos ocupavam toda uma prateleira no quarto do casal, e o que ele deveria estar lembrando, imaginava, era uma das manhãs de verão com Coca dormindo em seu ombro, e ele com olhos cansados distinguindo o título inscrito com letras douradas na lombada de cada livro branco, mas não em alemão; à diferença da maioria de nós, ele conseguia ler o alfabeto cirílico, e ainda que não entendesse o significado das palavras era surpreendente a frequência com que essa capacidade de transliteração lhe ensinava algo de útil, particularmente naqueles dias, é claro, quando ele inspecionava documentos capturados do inimigo; era bem provável que estivesse um pouco entediado, mas sem coragem de acordar Coca; onde estavam as crianças? Nessa época deviam ser bem pequenas. Ernst, em particular, sempre queria ir para a cama com eles; o pobrezinho sofria com pesadelos. Na verdade uma vez ele tinha entrado no quarto de manhã bem cedo enquanto ele e Coca faziam amor; de início nenhum dos dois percebeu a porta se abrindo bem devagar; então o rostinho gorducho encarava os dois de baixo para cima, desolado e perplexo; graças a Deus estavam debaixo dos lençóis; essa lembrança o perturbava. E então outra ocasião em que fazia amor com Coca e estava sendo magnífico; sentia que os gemidos dela eram um barco que carregava os dois lentamente por um rio de luz solar muito largo; então terminaram e Coca o beijava, chorando de alegria; era uma mulher muito emotiva; enquanto ele, de sua parte, nas garras da extrema clareza que tantas vezes assoberba um homem no primeiríssimo instante após o orgasmo, ficou deitado olhando fixamente para a prateleira com os livros, onde enxergou a palavra ПОЛТАВА, Poltava. Quantas vezes naqueles anos tinha lido o título desse volume específico sem jamais sequer se dar ao trabalho de abrir o livro? Muitas vezes livros dessa natureza contêm frontispícios de guerras antigas e assim por diante; teria sido interessante, agora lhe ocorria, aprender um pouco mais sobre a história daquela região. Primeiro invasões, depois rebeliões; isso ele tinha aprendido na escola militar. Enquanto Coca jazia deitada cobrindo ambos com os cabelos longos e macios, lambendo sonolenta o mamilo do marido, ele mais uma vez decifrou ПОЛТАВА. Nesse exato momento, lenta e silenciosamente, a porta se abriu: Ernst estava dando uma espiada. Por que estava se lembrando daquilo? Fazia anos que não pensava nesses livros de Púchkin; onde Coca os teria escondido? Era como se tantas coisas tivessem acontecido ao longo daquele único instante em que, ficando mais forte, a luz do sol calhou de atingir aquele livro específico que o momento foi praticamente infinito; ele quase supôs ser capaz de ver e sentir cada fio do cabelo de Coca que acariciava ambos de forma tão calorosa quando Ernst se esgueirou para dentro; e agora, enquanto sua mente variava sobre esses detalhes com uma completude voluptuosa que em si se aproximava da infinitude, tudo isso aconteceu no tempo necessário para acender outro cigarro; então o ordenança trouxe a bandeja, polida até ficar lustrosa como um espelho, sobre a qual haviam sido dispostas as comunicações do dia, primeiro o relatório da situação do inimigo, então o relatório da inteligência de comunicações, ambos cortesia de Gehlen no Fremde Heere Ost, Gruppe I, Grupo de Exércitos B; mas antes que pudesse se dedicar a qualquer um dos dois o ordenança apareceu com um anúncio decodificado do OKW em Poltava: o Führer decidira despojá-lo do 4º Exército Panzer, cujo apoio até então havia facilitado imensamente o avanço relâmpago. Ao que parecia alguém tinha convencido o OKW (ele torcia para que não tivesse sido "a besta que diz sim") de que o 4º Panzer deveria participar do vasto movimento de pinça contra Rostov. Essa decisão atormentou Paulus; já tinha lamentado a perda do 1º Panzer; sem essa ajuda ele teria levado muito mais tempo para resolver o saliente de Barvenko, e agora, com menos efetivos à disposição, tudo se estenderia ainda mais; mas ordens são ordens. Alguns dos oficiais reclamaram; até mesmo o major-general Schmidt pareceu chateado; mas Paulus estava resolvido a lidar com todos da mesma forma que tratamos nossos aliados romenos — a saber, com firmeza diplomática. Ampliou a cabeça de ponte em Kalatch, que caiu sem dificuldades. O Führer ficou satisfeito; pelo menos foi o que entendeu da comunicação do general Warlimont. Agora que tinha tempo livre, enviou uma mensagem amistosa de solidariedade ao marechal de campo Von Bock, cujo comando tinha sido repassado ao coronel-general Von Weichs; o marechal de campo respondeu em duas horas: "Meu caro Paulus, o importante é manter a calma". Era evidente que seria designado para a Reserva do Führer, se Deus permitisse. Cansado e abatido após outra inspeção da linha de frente, redigiu um bilhete curto para Olga, incluindo saudações para o neto e o cunhado; recomendou que fizesse sem demora uma revisão no Mercedes, para a eventualidade de uma falta de peças de reposição. Depois voltou a se ocupar de construir e orientar pontas de lança. Em 23 de julho de 1942 enfim capturamos Rostov após derrotar uma terrível resistência inimiga. (Velhas russas com lenços na cabeça guiavam com dificuldade bicicletas às quais se amarraram baldes d'água; avançavam trôpegas através da poeira vulcânica entre as ruínas, e então sumiam. Por que não tinham sido evacuadas pelo Alto-Comando russo? Essa negligência de parte do premiê Stálin parecia avessa à conduta básica de operações humanitárias.) Parabenizando todos nós pelo cumprimento bem-sucedido da Operação Blau, Fase II, o Führer cancelou a Fase III e deu início às Operações Edelweiss e Garça. A Operação Garça consistia em um ataque-relâmpago a Stalingrado, e o homem encarregado dessa operação era o tenente-general Paulus. A Operação Edelweiss era a continuação de nosso infinito avanço rumo ao sudeste, em nome do qual Paulus recebeu ordens de renunciar a cinquenta por cento da munição e cinquenta por cento do combustível. Não importava: *Panzergruppen* estavam a caminho para ajudá-lo! Quem estaria no comando? Provavelmente o coronel-general Hoth. Paulus tinha plena confiança nele. Infelizmente, o reconhecimento aéreo indicou que o inimigo estava tirando o máximo de proveito do atraso (dezoito dias) para se reagrupar no Volga, naquela cidade chamada Stalingrado.

5.

A *Grande enciclopédia soviética* nos informa que a cidade de Stalingrado, anteriormente Tsarítsin, foi fundada em uma ilha em algum momento do século XVI, e esse isolamento e cerco dignos de contos de fadas não podiam ser mais apropriados. "Ao longo dos séculos XVII e XVIII", ficamos sabendo, "Tsarítsin se destacou como centro da luta do povo contra a exploração feudal."[20] Até aí tudo bem; e melhora, pois durante a Guerra Civil a defesa do lugar recaiu sobre, entre outros, o próprio Camarada Stálin, e no curso natural das coisas o papel que este desempenhou ali foi ampliado em retrospecto, motivo pelo qual a cidade foi rebatizada com seu nome. — As forças de Adolf Hitler, tendo nesse ínterim destruído mais duas cidades russas, agora se aproximava da Cidade de Stálin. Por conseguinte, o que estava para acontecer teve de acontecer.

6.

O tenente-general Paulus não era um homem cruel, e pode servir como prova o fato de nunca ter sido acusado pelos soviéticos de qualquer crime de guerra. Imediatamente após assumir o comando do 6º Exército, cancelou a ordem de 10 de outubro de 1941 de nosso falecido marechal de campo Von Reichenau que determinava o emprego de medidas radicais contra sub-humanos.[21] Ainda assim, o tenente-general Paulus apreciava a eficácia de ataques repentinos com a intenção de causar terror: Quebrantavam uma população inimiga, e com isso terminavam a guerra, com maior rapidez que outras medidas supostamente mais benevolentes. No início de agosto ele estava totalmente engajado com o 1º e o 4º Exércitos de Tanques soviéticos na curva do rio Don.[22] Seu avanço foi retardado; julgou especialmente problemáticos os chamados "batalhões de aniquilação". Reorganizou mapas e regimentos, a comprida bandeira da suástica pendendo sobre o quartel-general em Golubskaia-no-Don. Quando o inimigo se provou superior, ainda que somente em número, nosso Führer mandou o 4º Exército Panzer voltar em seu auxílio, completo, vindo de Kotel'niko. Paulus esboçou boas-vindas simpáticas ao comandante, coronel-general Hoth. Enquanto isso o ordenança se aproximou para reabastecer a cigarreira de prata. Na verdade Paulus não se sentia muito bem; estava sofrendo havia algumas semanas da "doença russa". Não importava; também tivera disenteria na guerra anterior. Melhor não informar a Coca. Às quatro e meia da manhã de 15 de agosto de 1942 ele deu início à ofensiva, despedaçando o 4º Exército de Tanques soviético. Os italianos pareciam um pouco amedrontados; enviou o tenente-general Blumentritt até lá para reagrupá-los. Informou ao quartel-general sobre a fragilidade do flanco norte, mas lhe disseram para seguir em frente sem fazer exigências. Isso o deixou um pouco magoado, mas lembrou-se do que o marechal de campo Von Bock teria dito: O importante é manter a calma. Primeiro Bach, depois Mozart. Coca apreciava mais do que ele as óperas de Mozart; Paulus preferia música instrumental. Em 22 de agosto de 1942 teve um momento de alegria com os oficiais quando o rádio anunciou que o Brasil havia declarado guerra ao Reich; alguém comentou que o marechal de campo Von Reichenau sempre tinha manifestado o desejo de visitar o Rio de Janeiro, e Paulus, buscando fazer com que parassem de pensar no falecido, de quem todos sem dúvida sentiam falta (Von Reichenau jamais tinha esquecido o aniversário de Paulus), respondeu com um meio-sorriso simpático: Cavalheiros, sem dúvida a campanha brasileira terá suas recompensas! — o major-general Schmidt deu duas risadas, *ha, ha*, enquanto os outros gargalharam por mais tempo; então o ordenança serviu Veuve Clicquot a todos, em taças minúsculas de cristal da Boêmia, e depois foram todos dormir cedo, porque a manhã seguinte seria heroica; duzentos bombardeiros e aviões de metralhamento do 4º Esquadrão Aéreo chegariam a Stalingrado; e ao chegarem mataram quarenta mil pessoas, deixando esqueletos de prédios em meio a uma bruma vermelha, oh, sim, tão vermelha quanto calças de cossacos, aqueles cadáveres sobre pedestais de coluna de concreto armado. O rádio inimigo bradava: *Praça Vozkal'naia, Praça Deomstratsii*... Enquanto isso o 6º Exército já bombardeava os escritórios do Soviete Distrital.

7.

Em 31 de agosto de 1943 a cidade estava quase inteiramente cercada. Paulus já tinha isolado a maior parte do 62º Exército soviético. Era apenas uma mera questão de tempo e efetivos. O general Von Wietersheim, contudo, por algum motivo defendia a retirada de Stalingrado. Nem era preciso especular sobre o que o Führer teria a dizer sobre isso. Acendendo um cigarro, garantindo ao colega que sentia muito, destituiu do comando o general Von Wietersheim na mesma hora, colocando no lugar o coronel-general Hoth. Na conferência de estado-maior seguinte seus oficiais elegantes e atraentes liam jornais juntos, os quepes viçosos e novos, as mangas perfeitamente pregueadas enquanto esperavam as instruções; sobre o assunto general Von Wietersheim todos guardaram silêncio, com a única exceção do major-general Schmidt, que aprovava a decisão e tentou manifestar essa aprovação pública e longamente, até Paulus interromper: Não tenho dúvidas de que ele estava cumprindo seu dever da maneira que achava correta, Schmidt. Isso é tudo. — As cabeças de lança penetraram o front inimigo no setor Vertiatchii-Peskoravka, com Stukas guinchando e bombardeando logo à frente de cada assalto. Em 2 de setembro de 1942 o Führer decretou que na ocasião de entrada naquela cidade importuna todos os homens deveriam ser liquidados, supostamente por fuzilamento, e todas as mulheres deportadas. Paulus não simpatizou com essa ordem. De qualquer modo, não havia como ser levada a cabo de imediato. Naquele dia uma mensagem bem mais agradável chegou à bandeja de prata; seu velho amigo coronel Metz escreveu (com atraso, ao que parecia, e depois o cartão deve ter sido retido pela censura e erros de roteamento): "Receba meus parabéns pela Cruz de Cavaleiro — e não vai demorar para que o senhor receba o bastão de marechal de campo".[23] Em 3 de setembro de 1942 esmagou o medíocre contra-ataque do 1º Exército de Guardas de Moskalenko. Voltou a derrotá-los no dia 5. Compelido pela pressão contínua do inimigo, desviou algumas das tropas para nordeste, entre elas seu filho Ernst, que estava fazendo um bom serviço no regimento de tanques, pelo que tinha ouvido falar. Tinha moído o 62º e o 64º Exércitos soviéticos até ficarem à beira da extinção. Informaram: Herr tenente-general, Ieremenko está se entrincheirando para oferecer resistência na Linha G...

Em 9 de setembro de 1942, quando o Führer obrigou o marechal de campo List a renunciar ao comando do Grupo de Exércitos A por ter passado à defensiva, o tenente-general Paulus aperfeiçoava os detalhes de seu ataque maciço. Às seis e meia da manhã de 13 de setembro de 1942 teve início o assalto a Stalingrado: primeiro a Linha O, o perímetro de defesa mais externo; depois, em sucessão concêntrica, as Linhas K, S e G, que formavam o bastião final, mais profundo. O ordenança se perguntava quando a revista *Signal* enviaria um fotógrafo; mas já tinham publicado uma bela página dupla com nossos jovens e resolutos *Panzergranadieren* em seu verde-acinzentado, exibindo intermináveis colares de balas para a câmera.

Interceptou solicitações do 62º Exército soviético para recuar até a Linha G.

Primeiro nossos Panzers penetram o front do inimigo; depois se viram para cercá-lo. (Estava quase inteiramente recuperado da "doença russa".) Em seguida fortalecemos o anel com infantaria. Nós, alemães, cunhamos o nome perfeito para essa formação: um *Kessel*, um caldeirão dentro do qual o inimigo então começa a ser cozido. Se for preciso, isto é, se o inimigo ainda tiver qualquer capacidade de empreender uma ruptura, construímos um anel interno com mais soldados de armas e ideologia apontadas para dentro. Destituída de suprimentos, nossa vítima então começa a perecer. Como qualquer cozinheiro sabe que a carne ensopada cozinha mais rápido se cortada em nacos menores, injetamos então pontas de lança compostas de Panzers e infantaria para subdividir o *Kessel* em zonas mutuamente isoladas, casas fatiadas para revelar a alma de um povo. Cada um de tais ataques concêntricos, bem-sucedidos ou não, fere ainda mais o inimigo. Os soldados estão famintos; a munição está quase no fim. Fazemos o inimigo em pedacinhos, que então passamos a devorar. Essa era a base do funcionamento da Operação Garça.

Embora as flechas do avanço reluzissem tão perfeitas quanto os rios de munição para tanques que ainda fluíam das correias transportadoras da Alemanha, as coisas não correram com a facilidade habitual, talvez por causa de o Führer ter enviado a Divisão Panzergranadier Großdeutschland para o *Westfront*. Deve ter sido por isso que levaram dias em vez de horas para exterminar os vermelhos restantes, que insistiam em resistir naquele silo de armazenagem de cereais. O major-general Schmidt sugeriu em voz alta que talvez o general Von Wietersheim tivesse espalhado o derrotismo entre nossas tropas antes de ser destituído. Paulus respondeu, talvez um pouco ríspido: Seria melhor se preocupar com a situação de nossos suprimentos. Espero receber seu relatório em uma hora. — Se conseguisse interromper o sistema de barcaças, os russos estariam acabados! Faziam as travessias à noite, infelizmente, o que deixava a 4ª Frota Aérea exposta a muitos problemas. Mas de qualquer modo, o que era a noite em Stalingrado, onde o céu era sempre negro, o sol apenas uma lembrança como o verão do ano anterior, sol negro, chuva negra, céu negro sem lua dia e noite, todos tossindo, o brilho vermelho do fogo refletido sobre o Volga enquanto aviões se atiravam sobre as barcaças à meia-noite, russos gritando, alemães praguejando, sirenes soluçando, metralhadoras marcando tempo como fazia o metrônomo no rádio na Leningrado sitiada, longas tifas de fumaça negra pendendo macias e felpudas como o boá de uma diva da ópera?

O Fremde Heere Ost, Gruppe I, Grupo de Exércitos B interceptou outra das diretivas de meia-noite do premiê Stálin: Stalingrado deveria ser defendida a todo custo. (Stalingrado já estava arrasada, é claro, como a Estação Varsóvia de Leningrado.)

Primeiro ataque aéreo, depois ataque terrestre. Nossa Força Aérea dava apoio a Paulus com investidas pesadas no setor centro-sul. Ele já havia reduzido o 62º

Exército soviético a um por cento da capacidade. Mas novas tropas inimigas continuavam chegando de Kotel'niko.

Conforme suas ordens, Herr tenente-general, se empreendermos uma ruptura bem aqui, em Pavlovsk-Serafimovitch...

Sim, explicou a eles, mas infelizmente eles têm cento e sessenta mil homens ali. São dois exércitos, cavalheiros!

Herr tenente-general, disse Schmidt, acredito que entre Kletskaia e Verkno-Kurmoiarskaia...

Ao contrário do marechal de campo Von Rundstedt, que gostava de usar um uniforme de coronel como brincadeira, Paulus resguardava sua dignidade. Nem sempre respondia às sugestões. Da mesma forma que tomamos uma rua durante o dia e os russos a recuperam à noite, a zona avançada de sua consciência se alternava entre confiança e frustração. A euforia de um poder que nunca poderia ter experimentado em tempos de paz, o poder de compor algumas linhas e soar a campainha chamando o ordenança para levá-las ao telefone de campanha, e então erguer os binóculos e *ver* essas mesmas palavras encarnadas em balas e bombas, ensejava sensações que ele não confidenciaria nem mesmo a Coca, ainda que assim que estivessem juntos novamente ela fosse ser informada; compartilhavam tudo. Nesse ínterim ele se via concordando integralmente com o aforismo do marechal de campo Von Manstein segundo o qual "a segurança de uma formação de tanques operando na retaguarda do inimigo depende de sua habilidade de continuar se movendo".[24] Eles não podiam seguir se movendo em Stalingrado.

Na verdade, aquele combate urbano poderia até ser considerado um uso impróprio tanto de suas próprias habilidades quanto das do exército que ele comandava. Para Paulus, incapaz de não sentir apreensão e também ressentimento acerca da maneira com que o verão se consumia, teria sido um consolo, para dizer o mínimo, deixar para trás essas ruínas e avançar a toda rumo ao leste ou sudeste, cruzando as estepes douradas (cuja vegetação mais comum parecia ser a *Artemisia pauciflora*), liquidando concentrações de tropas inimigas em combate limpo e aberto. E pensar que ele poderia ter acabado na África! (Não encoste os dedos nessa torta, Coca tinha dito com o olhar que ele tanto temia.)[25] Particularmente preferia percorrer a linha tênue que separava o marechal de campo Von Kluge, que gostava de manter seus corpos Panzer em rédea curta para que pudessem liquidar quaisquer concentrações cercadas, do general Guderian, que preferia mandá-los na frente para fazer picadinho de frentes russas para nossa infantaria, para servirem de café da manhã para nossos rapazes loiros e bronzeados.

Acendendo um cigarro, rompeu o selo do relatório da situação do inimigo. A dez metros de distância jazia, só Deus sabia o porquê, o cadáver de um oficial ucraniano com calças de veludo em estilo antigo. Primeiro Beethoven, depois Bach. O Fremde Heere Ost Gruppe I, Grupo de Exércitos B tinha orientado que, ainda que não se pudesse desconsiderar um ataque contra seu flanco profundo, ou talvez um ataque ocasional às cabeças de ponte mais frágeis defendidas por nossos aliados, a ofensiva de inverno dos russos ocorreria, isso se ocorresse, bem mais ao norte, na zona do Grupo de Exércitos Centro — mais provavelmente nos arredores de Moscou. Essa informação tinha sido confirmada pelo Abwehr, cuja Organização Max em Sófia tinha acesso completo às comunicações do inimigo. Ele não acreditava nem deixava de acreditar.

Em 12 de setembro de 1942, acompanhado pelo general Weichs, expressou sem reservas suas preocupações sobre a estreiteza de seu front ao próprio Führer, que havia transferido o quartel-general mais para leste, da Toca do Lobo para Lobisomem, logo ao norte de Vinnitsa na estrada para Berditchev. Infelizmente não tinha a menor chance de receber prioridade naquele momento, não apenas porque, como sabia muito bem, o Führer gostava dele, mas não o amava, mas também porque a campanha oriental inteira tinha, como sussurrou Warlimont, empacado. Não queria dar a ninguém, fossem os subordinados ou o Führer, a impressão de estar levando as coisas a sério demais, porque isso só serviria para abalar a estima em que o tinham; todavia, a Operação Aurora Boreal, como até o marechal de campo Keitel admitiria, havia fracassado em subjugar Leningrado, que já estávamos sitiando havia um ano; e os resultados de seu próprio esforço, a Operação Garça, permaneciam inconclusivos; por fim, a Operação Edelweiss estava paralisada no Cáucaso. A maior vitória daquela ofensiva até então, a saber, a conquista de Maikop, tinha derretido em nossas bocas, porque quando o Grupo de Exércitos A adentrou ruidoso aquela cidade descobriu que as refinarias tinham sido completamente destroçadas pelos judeus-bolcheviques em retirada. Dizem que o Führer ficou seriamente desapontado, por causa de nossas exigências cada vez maiores de petróleo. Ainda assim o inimigo deve estar em pior situação; já haviam perdido oitenta por cento do petróleo. Primeiro interrupção, depois expropriação; esse era o programa da Operação Blau.

Como todos nós, o tenente-general Paulus mantinha certa confiança básica no próprio discernimento. Em 1940, seus jogos de guerra haviam previsto com exatidão nossas disposições de tropas em volta de Moscou em outubro de 1941. Tinha sido parabenizado pela precisão pelo marechal de campo Von Reichenau em pessoa. Isso sem dúvida valia de alguma coisa. Depois havia suas Cruzes de Ferro, tanto de Primeira quanto de Segunda Classe, recebidas na guerra anterior, a Cruz de Cavaleiro da Cruz de Ferro por Carcóvia e sua posição de oficial comandante do 6º Exército. Em dezembro de 1940, também tinha previsto que a Operação Barbarossa poderia durar mais que um único verão. O Führer tinha se enfurecido e gritado: Não vai haver uma campanha de inverno! —[26] Isso se tornou uma questão delicada entre eles. Paulus não podia mais mencionar campanhas de inverno.

Lobisomem, aquele comprido retângulo perfeito orientado para sudeste, era subdividido por cercas internas em três zonas controladas. Paulus duvidava que houvesse tido tempo para instalar milhares de minas ao redor, como tinham feito na Toca do Lobo; de qualquer modo ninguém perguntava essas coisas. Já tinha visitado tantos daqueles quartéis-generais secretos — os tetos altos e inclinados da Garganta do Lobo na Bélgica, os bunkers úmidos de Tannenberg na Floresta Negra, depois Toca do Lobo, Lobisomem, e quantos mais?[27] Tudo era concreto e chapa de aço soldada, as cortinas das poucas janelas raramente estavam abertas. Ao lado dele, o general Weichs engolia em seco. Tinha ouvido falar que ali no Lobisomem havia uma barbearia e uma sauna; esperava ter tempo para se revigorar ali antes do encontro com o Führer; tentou descobrir com o agente da S.D. no banco da frente quanto tempo teria, mas este respondeu sorrindo: Eles não me dizem nada, Herr tenente-general! E talvez seja melhor assim; quanto menos eu souber, menos posso fracassar! — Paulus riu um pouco, mas não lhe agradava o cinismo daquele homem. A zona central, a mais profunda e interna, engoliu então o carro; e o general Weichs foi levado embora para atender a uma convocação-surpresa da besta que diz sim, enquanto Paulus deixou adaga e pistola com o agente da S.D., passando com os guias da ᛋᛋ pelo arame farpado até chegar no segundo posto de controle, e então foi conduzido em meio às árvores até a casa de chá, onde foi saudado com firmeza por Martin Bormann. Tudo possuía um brilho oleoso, como as selas de couro da nossa cavalaria. — Se o general fizer o favor de aguardar um instante, disse Bormann, estamos esperando as taquígrafas completarem a troca de turno. Fique à vontade para jogar um pouco no cassino.

Eu não jogo, retrucou o tenente-general Paulus.

Eu deveria ter imaginado, disse Bormann. Por sinal, quando o Führer terminar vou ter de fazer algumas perguntas sobre sua esposa Elena, que se não me engano você chama de *Coca*...

Pediu permissão para usar o toalete. Ali, conferiu rapidamente se o rosto estava bem barbeado e vestiu luvas brancas limpas. O mapa em escala 1:300 000 do sistema ferroviário inimigo, com o carimbo **Geheim** e anotações em sua própria caligrafia (com letras bem grandes, para benefício dos olhos senescentes do Führer), continuava onde devia estar, no bolso mais externo da valise, que ele destravou para alcançar com mais facilidade assim que os olhos do Führer estivessem sobre ele; repensando, voltou a fechá-la, em nome de uma aparência mais elegante. Como sempre acontecia quando estava prestes a adentrar a presença do Führer, ficou tão nervoso que quase vomitou. Queria muito que o general Weichs estivesse ali. A menção de Coca por Bormann, uma das típicas manobras infames pelas quais o sujeito era conhecido — o que poderia ter contra ela? era romena; nossos aliados romenos eram recebidos praticamente como iguais! —, o tinha enervado ainda mais; mal conseguia entender o que era apropriado em tais circunstâncias, pois não era um *general político*. Não fosse a surpresa, sem dúvida teria dado uma resposta cortante. Uma fúria protetora começou a ferver dentro dele, que decidiu ignorar o pedido de Bormann. Isso fez com que ele se sentisse melhor. (Qual seria exatamente a dificuldade? O fato de ela ser grega ortodoxa?) Agora que já tinha revirado as palavras de Bormann, entendeu de uma vez por todas que não havia nada a temer vindo daquele animal, que jamais teria ousado ser tão rude com o marechal de campo Von Reichenau — ora, teria sido estrangulado! Paulus sorriu, pálido. O homem da ᛋᛋ estava à espera no corredor, do lado de fora. Ele precisa se impor; daria o máximo de si para que o Führer entendesse...

Entre, Paulus, disse o Führer, se levantando para apertar sua mão. Já comeu?

Ainda não, meu Führer. — Curvou-se e bateu os calcanhares.

Bem, não se preocupe; você vai ter um lugar na mesa. A comida é vegetariana, porém. É sua primeira vez em Vinnitsa?

Uma vez, antes da guerra, eu e minha esposa…

Bem, é uma cidade imunda, disse o Führer, levantando a voz. — Esses ucranianos, sim, têm uma pátina germânica, mas abaixo disso o material é pavoroso.[28] Judeus: a coisa mais horrível que se pode imaginar. Cidades cobertas de sujeira — ah, aprendi bastante nessas últimas semanas! Se os eslavos governassem o Antigo Reich por uma ou duas décadas, tudo acabaria arruinado e infestado de piolhos…

Sem dúvida, respondeu Paulus com suas luvas brancas.

Vlasov está detido por lá, prosseguiu o Führer. Conhece Vlasov, não?

Sim, na verdade combati contra ele em…

Bem ali, do outro lado da cidade! E dizem que preciso fazer algo de útil com ele! Acredita?

Não, meu Führer, eu não sabia.

Graças a Deus você não é um desses *generais políticos*! Muito bem, Paulus, aqui está o mapa. Esta linha representa sua posição atual corretamente?

Um segundo… Sim, meu Führer; está muito precisa.

Que bom. Tive de perguntar, porque hoje em dia não se pode mais confiar em ninguém. Você não acreditaria se soubesse como interpretam mal minhas ordens! E depois tentam me ludibriar. Tentam me fazer engolir informações falsas. Mas quer saber, Paulus? Eu é que vou cuidar para que todos se engasguem!

Às suas ordens, meu Führer.

Bem. Nossa esperança é que Stálin não consiga repetir o contra-ataque de 1920, comentou nosso Führer, que era um gênio militar. No fim das contas, você tem razão. Keitel! Onde diabos está Keitel?

Aqui, meu Führer…

E então se deu conta de que não tinham permitido a entrada do general Weichs. Era bem provável que a besta que diz sim nem soubesse por que havia recebido a orientação de convocar Weichs e depois mandá-lo para lá. Bem, não que Weichs estivesse fazendo falta, não era bem isso; mas sozinho era mais difícil manter a compostura na presença do Führer…

O tenente-general Paulus está preocupado com este front, Keitel. Olhe para o mapa, veja que raso o escalonamento!

Sim, meu Führer…

Meu caro Paulus, se até Keitel consegue ver o perigo, nada mais precisa ser dito. Keitel, pegue meus óculos, estão ali.

Corando, Paulus se curvou e bateu os calcanhares.

Agora a situação está clara, e mandarei ajuda no momento ideal, mas por enquanto você vai ter de usar o que tem. Como vão seus filhos, a propósito?

Até onde sei, ambos continuam cumprindo o dever para com o país e nosso Führer.

Ouvi maravilhas sobre Friedrich. Quando chegar a hora, talvez ele participe da conquista da Inglaterra. Estou falando abertamente sobre essa questão. E Ernst está sob seu comando?

Sim, está, meu Führer.

Oficial?

Sim, meu Führer, em um regimento de tanques...

Que sorte. Espero que ele não fique cheio de si!

Meu Führer, garanto que Ernst recebe exatamente o mesmo tratamento de qualquer outro soldado, e para poupá-lo de qualquer aborrecimento com os camaradas eu tomo cuidado para nunca...

É muito sábio e cauteloso de sua parte, meu caro Paulus. Sim, sim, é sempre melhor se manter distante. Onde ele está agora?

Bem aqui no mapa, meu Führer, a uns quatro quilômetros do Mamáiev Kurgan. Foi designado para...

Eu o invejo, Paulus, por ter dois belos rapazes prontos a se entregarem à Alemanha. São gêmeos, certo?

Sim, meu Führer.

Quando uma mulher dá à luz gêmeos, é puro heroísmo! Sua Coca é uma excelente reprodutora!

Obrigado, meu Führer...

Muito elegante, também. Você fez uma boa escolha. Não se preocupe com nenhum dos seus filhos. Warlimont reclamou para você que estamos com dezoito por cento de escassez de efetivos, não foi? Entenda, eu ouço tudo; tenho minhas antenas por aí! Bem, encontraremos as tropas quando precisarmos delas. Agora não precisamos. Mas assim que acabarmos de estrangular Leningrado até deixá-la sem vida...

Sim, meu Führer, disse Paulus. Sentiu muita vontade de indicar as posições antitanque inimigas ao longo do eixo Metchetka-Volga; onde elas estavam, o mapa do Führer mostrava apenas brancura. Além disso, os flancos do 6º Exército estavam resguardados por tropas-satélite de qualidade inferior.

Francamente, disse o Führer mudando de tom abruptamente, me decepciona que Stalingrado ainda esteja no mapa. Dentro de algumas semanas vou fazer um discurso no Sportpalast. O que devo dizer? Até lá você já vai ter varrido Stalingrado?[29]

Se a Força Aérea...

Meu caro Paulus, concordamos inteiramente a esse respeito, disse o Führer. Nenhum de nós foi duro o bastante. Os covardes e os de coração mole nunca vão nos entender...

Com um sorriso afetuoso, deu um tapinha no ombro de Paulus; e Paulus experimentou o que o major-general Schmidt gostava de chamar de "a maior alegria que qualquer um de nossos contemporâneos pode experimentar — a alegria de servir a um gênio".[30]

8.

Parou na planície cheia de escombros e debateu a situação com o tenente-general Pfeiffer. Schmidt escutava por sobre seu ombro. O assalto do dia 13 havia rendido a Estação Sadovaia e a orla de Minim. Tinha, na verdade, sido um ataque perfeito, e se Coca estivesse ali ele teria explicado com exatidão como arranjou as divisões e por que havia fechado as pinças onde fechou; depois da guerra seria muito agradável palestrar a respeito disso para cadetes da escola de oficiais. A fase seguinte seria tomar o pico do Mamáiev Kurgan. Tinha obtido penetrações múltiplas ao longo de todo o front vermelho, as pontas de lança crescendo para fora como braços de uma Cruz de Ferro, e então se juntando para cercar o inimigo em pontos de estrangulamento de tamanho conveniente. Agora o inimigo era o 13º de Guardas soviético; estava sendo hostilizado por eles a partir da margem oriental. Muito bem; conquistaria Stalingrado centímetro a centímetro e nunca mais soltaria.

Com as tampas das escotilhas levantadas, seus tanques desfilaram pelas ruas em ruínas, esmagando o entulho que brilhava ofuscante sob o céu branco e poeirento. A brancura se irradiava através das colunas vertebrais ocas dos prédios chamuscados. Poeira branca marcava as pegadas.

Não há muito a relatar, Herr tenente-general. Capturamos a loja de departamentos Univermag. E matamos Fedosseiev e seu estado-maior…

Ótimo. Algum mapa?

Vou conferir com a 2ª Seção, Herr tenente-general.

Mantenha-me informado.

Herr tenente-general…

O que foi?

Eles entrincheiram os tanques para que não possamos enxergar, e depois…

Estou ciente disso. Mais munição faria diferença?

Sim, senhor.

Vou ver o que posso fazer. Agora me diga, que grupo liquidou Fedosseiev?

Aqui estão os nomes, senhor.

Recomendarei que todos sejam condecorados.

Às suas ordens, Herr tenente-general!

Um soldado gritou e sangue, belo, brotou de seu coração. Ouviu-se um leve tinido nos escombros. Procurar o atirador seria perda de tempo.

Naquele mesmo dia, 21 de setembro de 1942, ele destruiu duas brigadas e um regimento hostis, arrasando as posições mais fortes do inimigo com tanques, esmagando russos que gritavam sob as lagartas. Instruiu o major-general Schmidt a pressionar ainda mais o quartel-general acerca de nossa situação de municiamento. Enviou um cartão-postal à viúva do marechal de campo Von Reichenau, a condessa Von Maltzan, garantindo que o nome do marido ainda estava nos lábios do 6º Exército. E agora precisava se preparar para o ataque à fábrica de tratores Outubro Vermelho.

Duas noites mais tarde, celebrou seu aniversário com alguns oficiais do estado-maior enquanto um contra-ataque dos siberianos arrancou de suas mãos alguns metros de sua frente no Volga. Obliterou os siberianos, é claro. Antes de conquistar o Volga não tinha como dividir as defesas dos vermelhos. Chamou a atenção de todos para esse fato repetidas vezes. Mas seus homens, exaustos, não conseguiram recuperar o terreno perdido. (Vamos dar um jeito, senhor, consolou o major-general Schmidt.) Ele compreendeu, perdoou; permitiu que ficassem no mesmo lugar, com as armas a postos. Se tivesse agido diferente, da maneira que o marechal de campo Von Reichenau, por exemplo, teria agido, isso sem falar em Schörner ou outro desses marginais, eles teriam ficado em estado de choque. Mas nem ao menos demonstraram gratidão; o que o destino nos entrega não demora a fazer parte de nós, o que nos deixa cegos aos cenários alternativos. E como poderia ser diferente? Se nos enxergássemos capazes de ser de outra forma, como isso nos deixaria rancorosos, ou, no caso oposto, apreensivos!

Pensava a longo prazo. Estava muitíssimo preocupado com a segurança futura do flanco norte profundo. Não era inteligente depender dos romenos. Não tinha como explicar isso a Coca, é claro.

Primeiro o bolo de aniversário do OKW, depois uma sucessão de brindes. Recolhendo-se aos aposentos, acendeu um cigarro e começou a ler os relatórios de comunicações. Mais tarde abriria o cartão de Coca, que havia chegado na ponte aérea da semana anterior. Ao que parecia, agora os russos estavam entrincheirando setenta divisões de infantaria e oitenta formações blindadas, ainda que ninguém soubesse de onde elas tinham saído. Para eliminá-las seria necessário remanejar mais efetivos das já enfraquecidas tropas dos flancos. Sua visão ficou borrada; os olhos senescentes tinham dificuldade de focar as disposições. Nosso Führer havia demonstrado como era necessário completar a Operação Garça sem demora, de modo a se conectar com o Grupo de Exércitos A antes do inverno. E sem dúvida o Führer estava recebendo relatórios acerca de seu comportamento! Até onde ele sabia, Schmidt era um dos informantes. Além disso, aquele insuportável coronel-general Richthofen da 4ª Esquadra Aérea, um homem que ele sempre tratou com decência, não parava de telefonar insistindo: Só mais um empurrão, meu caro Paulus. — Mais um empurrão! O que ele entendia disso? E por que a 4ª Esquadra Aérea não estava escurecendo os céus de Stalingrado com a mesma frequência de antes? De qualquer forma, em 29 de setembro de 1942, acendendo outro cigarro, enviou a 38ª Infantaria, a 100ª Infantaria, a 60ª Motorizada e os regimentos mais descansados da 16ª Panzer, com a intenção de estrangular o saliente inimigo em Orlóvski, o que ele fez em 7 de outubro de 1942, gastando milhares de vidas para obter esse resultado necessário: Agora tinha comprimido o front dos russos até uma profundidade máxima de dois mil e quinhentos metros. Agora estavam mesmo acabados.

O relatório de reconhecimento aéreo lhe informou sobre um imenso depósito de munições do inimigo na margem oriental do Volga, bem em frente à fábrica Outubro Vermelho. Pediu que fosse eliminado pela Luftwaffe, que promoveu duas incursões de bombardeio, mas ninguém sabia dizer se o depósito tinha sido riscado do mapa; talvez estivesse camuflado.

Mais uma vez os romenos alertaram não estar recebendo sua cota integral de suprimentos. Era evidente que contavam com a simpatia de Paulus, pois eram compatriotas de Coca. Ele prometeu informar ao OKW (e de fato informou a Schmidt). O reabastecimento, infelizmente, não estava inteiramente em suas mãos. Além disso, tinha plena consciência de que na falta de recursos a inclinação natural do OKW era nos favorecer em detrimento de nossos aliados, graças à variação nas qualidades de combate destes últimos.

Divisou novos regimentos antiaéreos do inimigo perto das ilhas do Volga…

Não era um *general político*, mas ficou sabendo secretamente por um subordinado de Warlimont que o Führer pretendia lhe dar a posição do general Jodl assim que ele tomasse Stalingrado.

9.

O segundo assalto também correu mal. Foi rechaçado pelo inimigo com metralhadoras e coquetéis Molotov. Mas suas cabeças de lança chegaram ao Volga. Isso era mesmo o fim para o Exército Vermelho; Paulus ficou animado ao pensar no que Coca diria. Ela, que tinha crescido com as melhores oportunidades e os melhores bens, merecia aquele triunfo agora. No máximo em seis semanas ele estaria contando tudo para ela; não restava a menor dúvida; e Coca, cujos reflexos no espelho dos movimentos que fazia ao pentear o cabelo ainda deixavam o marido sem fôlego, compreenderia e aprovaria tudo que ele havia feito. O major-general Schmidt passou por ali para congratulá-lo antecipadamente, como afirmou. O 6º Exército estava de nome limpo! Paulus tomou nota da necessidade de perguntar ao ordenança se haveria Veuve Clicquot suficiente para que cada oficial do 6º Exército recebesse uma taça. Em seguida resolveu o caso do soldado Dietrich, condenado à morte por fuzilamento por ter simulado um ferimento na perna. Paulus ordenou radiografias; para o espanto do dr. Braunstein a tíbia estava mesmo fraturada; com Bach no gramofone, retirou todas as acusações contra o soldado Dietrich, refletiu, sorriu um pouco, e mandou o garoto para casa por seis semanas, para que não ficasse magoado com o 6º Exército. Naquela noite, ao fechar os olhos para dormir enxergou mais uma vez os volumes brancos e radiantes de Púchkin na prateleira, com o sol brilhando sobre *Poltava*, e mais uma vez se perguntou onde Coca os teria escondido, e depois pela primeira vez se perguntou se ela já tinha lido algum dos livros, e pouco antes de cair no sono teve um vislumbre do rostinho triste, assustado e encardido de Ernst a espiar os dois. Ernst provavelmente estava encardido de novo, como todos os homens na linha de frente. Acordando de repente, Paulus fez uma oração silenciosa em prol da segurança dos dois filhos. Depois acendeu a lanterna e se curvou sobre a carta de situação (escala 1:300 000). No dia 16, ao zunirem para o sul na tentativa de cercar o 62º Exército soviético, suas colunas foram feitas em pedacinhos por uma emboscada de tanques T-34 enterrados e camuflados. Enviou os cinco novos batalhões de Pioneiros concedidos pelo Führer. A maioria desses garotos morreu, infelizmente. Em 18 de outubro a infantaria capturou a linha da rua Tramvaina. Na visita de inspeção, Paulus viu um dos soldados rodopiar no dedo o quepe azul e vermelho de um oficial da NKVD, sem dúvida "enviado para a retaguarda". Em algumas jurisdições esses quepes eram verdes, se ele não estava enganado. Eram espalhafatosos, na sua opinião. Por algum motivo, não conseguia tirar da cabeça o vestido novo de Olga. Coca dizia na carta: "Olga parece estar com boa saúde, ainda que me pareça estar com problemas financeiros. Acabaram as viagens para Paris! Os preços estão subindo em todo lugar. Você não acreditaria no preço da manteiga. A única boa notícia é que Robert ganhou um prêmio pela participação na pantomima antijudaica. É uma criança tão boa, tão inteligente e disposta a agradar. Espero que o sucesso não lhe suba à cabeça! Frau Reiting acaba de me visitar em lágrimas; parece que o filho tombou em ação em Leningrado. Como acha que posso consolá-la? Sempre foi tão simpática conosco, em especial com Olga. Vou incluí-la em minhas orações. Não tenho recebido notícias de Friedrich e ando bem preocupada. Ele escreveu para você? Ontem chegou uma carta de Ernst, bem curta; ele disse que faz muito tempo que não vê você". O lado esquerdo da boca de Paulus se contraiu de leve. "Imagino que você tenha como descobrir se está tudo bem com ele. Ainda rezo por vocês dia e noite. Já começou a nevar? Receba todos os meus beijos. Continuo acreditando em você e em nosso Führer" (sabia que ela tinha escrito as últimas quatro palavras para os censores). Sem anunciar sua presença, ordenou a distribuição generalizada de parabenizações e cigarros. Sua ordem do dia explicava que tudo correria com mais tranquilidade agora que a Linha Tramvaina estava em nossas mãos.

Em 21 de outubro mandou a 79ª Infantaria contra as fábricas Outubro Vermelho e Barrikadi. Precisava com urgência dar apoio ao general Dumitrescu do 3º Exército romeno, mas nosso Führer ainda não havia respondido ao pedido de reforços. Por ora teria de negligenciar o 3º romeno, pois a batalha na soleira da fábrica Outubro Vermelho exigia atenção total. Para ser mais específico, seus rapazes estavam morrendo a uma taxa incomum — assim como os vermelhos, é claro. O ordenança trouxe luvas brancas limpas sobre a bandeja de prata. O major-general Schmidt apareceu somente para dizer: Todos acreditamos no senhor. — Estavam se aproximando daquele momento em toda batalha cerrada em que a força de vontade, tanto dos atacantes quanto dos defensores, está em seus últimos suspiros, de modo que um único grande esforço de algum dos lados bastaria para decidir o combate. Foi então que ele lamentou de fato a perda das forças que o Führer tinha remanejado para o Cáucaso. Mas o tenente-general Paulus não era um homem de desistir. Abrindo a cigarreira de prata, acendeu um fósforo, tentando solucionar tudo nos mínimos detalhes, sempre atualizado sobre as frentes e as distribuições. Foi bem complicado, na verdade; quase chamou Schmidt para ajudar. O distrito Djerjinskii estava essencialmente em nossas mãos; a fábrica Outubro Vermelho não teria como resistir por muito mais tempo; naquele dia, pediu setecentos bombardeios em picada; Spartanovka estava quase se entregando. Nesse mês o vemos escrevendo ao velho camarada Lutz: "Agora o mais importante é golpear os russos com tanta força que levarão um bom tempo para se recuperar".[31] O sentimento era banal, o objetivo, prático. É disso que soldados eficientes são feitos. Para Coca, escreveu que o regimento de tanques de Ernst estava apresentando um desempenho louvável; infelizmente não havia tempo para visitar o garoto, mas ela não tinha com que se preocupar; ele ficaria sabendo se algo acontecesse. Pediu que mandasse beijos para Olga; sentiu que tinha o dever de mais uma vez lembrar à mocinha dos perigos de exceder os próprios recursos. Para Friedrich, o outro filho, escreveu uma breve carta de amor e encorajamento; Friedrich agora estava na África com o marechal de campo Rommel. Primeiro Beethoven no gramofone, depois um cigarro, depois o relatório de comunicações do inimigo, cortesia do Fremde Heere Ost, Gruppe I, Grupo de Exércitos B. Teve de sorrir; o major-general Gehlen era bom demais em ser plausível. A análise das comunicações do Exército Vermelho corroborava a afirmação de Gehlen segundo a qual a capacidade produtiva do que ainda restava da Rússia europeia tinha, em essência, sido obliterada.

Atirando foguetes pelas janelas, o inimigo russo, com bandoleiras dependuradas em vigas partidas, surgia de repente para arremessar granadas e então se abaixar e sumir em cavernas denteadas. Operários soviéticos se lançavam ao ataque com armas na mão, morrendo de forma quase inútil, mas nem tanto, porque cada vez que três ou uma dúzia deles tombavam, caía também um alemão. Havia sempre mais russos; os prisioneiros não paravam de citar as palavras de Zoia, a partisan, que executamos por sabotagem no inverno anterior: "Vocês não têm como enforcar cento e noventa milhões de nós!". — Havia apenas oitenta milhões de alemães. Na semana anterior ele havia comentado isso com Schmidt, que apenas sorriu e respondeu: Estou certo de que daremos um jeito, senhor.

Primeiro o relatório diário da situação do inimigo, depois o relatório da inteligência de comunicações. Infelizmente não mais contávamos com Heinkel-III em número suficiente para manter a mesma frequência de reconhecimento aéreo. O rádio do inimigo dizia: *Cuidem melhor dos tanques*. Mas que tanques eles tinham? Perto do final de setembro as transmissões inimigas começaram a se referir muito de vez em quando a uma certa Operação Urano. Paulus, que havia recebido justo crédito pelo sucesso total da Operação Tubarão, o plano que tinha logrado os russos com uma escalada de concentração de forças no front ocidental pouco antes de lançarmos Barbarossa (até Coca ficou impressionada), farejou perigo, não em seu próprio setor, certamente, mas aquilo poderia se revelar uma ameaça ao Grupo de Exércitos Centro. O marechal de campo Von Reichenau teria deixado o Grupo Centro cuidar de si mesmo; o marechal de campo Von Reichenau, a propósito, nem teria se dado ao trabalho do estudar essas transmissões inimigas, mas o tenente-general Paulus, sempre atencioso e escrupuloso mesmo em prejuízo próprio, enviou uma mensagem cifrada ao Fremde Heere Ost, Gruppe I, Grupo de Exércitos B, para alertá-los. Nunca responderam; de início ele ficou perplexo, depois ofendido. Sabia que muitos generais o chamavam de "auxiliar administrativo" às suas costas. Achavam Paulus afeminado; comparavam-no com o risivelmente gordo e irrequieto marechal de campo Keitel do OKW; diziam que ele não tinha iniciativa nem experiência, nenhum direito de comandar o 6º Exército. Essas opiniões o envergonhavam cada vez mais. Ninguém, à exceção de Coca, jamais havia manifestado qualquer reconhecimento pela Operação Tubarão, ainda que ela deva ter salvado milhares de vidas alemãs. Bem, problema deles, mas deviam tomar mais cuidado. Quando se está lidando com russos, reconhecimento em força bem-sucedido invariavelmente evoluirá para uma ofensiva generalizada. Ninguém parecia entender isso, nem mesmo Schmidt. De qualquer modo, todas as menções à Operação Urano logo sumiram das comunicações do inimigo. Acendendo outro cigarro, Paulus fez uma anotação para consultar o major-general Gehlen diretamente a esse respeito, assim que...

Mamáiev Kurgan voltou às mãos do inimigo, Herr tenente-general!

Por favor, me conecte com a 4ª Esquadra Aérea.

Às suas ordens, Herr tenente-general!

Pediu outro bombardeio, mas as bombas não desalojaram os russos. Paulus encarou o mapa.

Estava mudando de ideia com a mesma frequência da estação ferroviária trocando de mãos.

No dia seguinte recebeu o aviso esbaforido: Ataque, Herr tenente-general! Cerca de duas divisões, com uma ou duas brigadas de tanques...

No Mamáiev Kurgan?

Sim, Herr tenente-general. Estamos sendo forçados a recuar...

São T-60 e T-70, correto?

Vou conferir, senhor.

Não, me leve até lá.

Às suas ordens, Herr tenente-general...

Não, vamos enviar apoio blindado, decidiu. E por favor, mande Schmidt se apresentar a mim imediatamente.

Herr tenente-general, o que devo dizer aos homens?

Para seguirem avançando rumo à vitória final, respondeu, colocando os óculos.

Aos cochichos, um tenente-general quis saber se ele mesmo ainda estava certo dessa vitória final.

Desde que o Führer continue recebendo informações precisas, Paulus respondeu.

10.

Silhuetas no front escuro se enfrentavam com ódio, aflição e angústia, enquanto munições zuniam por sobre suas cabeças como planetas fulgurantes. Às oito em ponto de uma manhã tão fria e úmida quanto uma trincheira, o terceiro assalto fracassou. Um espasmo perpassou pelo lado esquerdo do rosto de Paulus. Alguns dos oficiais se atreveram a insinuar que ele deveria ter liderado o ataque, como teria feito o marechal de campo Von Reichenau; ele comentou com frieza que o comandante de um exército pode ser muito mais eficaz usando mapas do que dançando como um louco na vanguarda. (O major-general Schmidt sorriu, educado, mas não gargalhou.) Paulus tinha injetado onze divisões e oitenta tanques na batalha; agora estavam retorcidos e inúteis: suas tropas que antes voavam baixo não mais se moviam. Naquele momento, seu dever era recuperar a confiança da linha de frente. Logo o inverno chegaria, e então estariam enchendo os radiadores dos veículos com álcool, como haviam feito nas cercanias de Moscou no ano anterior. Primeiro Stalingrado, depois Baku. Estariam tremendo; estariam enrolando meias em volta das luvas de lã. A única esperança da Alemanha era continuar avançando em todas as direções. Sem dúvida estavam cochichando no ouvido do Führer no OKW: Antes de receber o 6º Exército ele nunca tinha comandado nem um regimento! — Mas o tenente-general Paulus tinha sido educado para jamais falar mal dos outros, não importava o que pensasse. Na avaliação do coronel Heim, Paulus era uma figura esguia, quase alta demais, que andava ligeiramente curvada para a frente em uma espécie de deferência aos de menor estatura.[32] Era verdade, assim como a eterna caracterização de Coca: Querido, você é simplesmente bom demais para essa gente.

Não nadava em rios, como Von Reichenau fazia na Polônia. Talvez por isso não o respeitassem.

Disseram: Essa missão defensiva é antagônica à natureza do soldado alemão.[33]

Paulus explicou que o 6º Exército ainda estava fazendo progresso, embora, sem dúvida, esse progresso tivesse se tornado lento como um ataque em meio a uma nevasca. A artilharia inimiga continuava massacrando suas tropas a partir da margem oriental do Volga. Os bombardeiros não conseguiam fazer nada a respeito.

O general Von Schwederer tentou contestar sua estratégia. Paulus o destituiu do comando.

Enfatizou para Schmidt que faltava pouco para a situação de municiamento se tornar crítica. Schmidt respondeu com um sorriso acusatório: Telefono para falar disso todos os dias, senhor, e tudo que me respondem é *quando vocês vão tomar Stalingrado, colegas?*

Primeiro Beethoven, depois um cigarro. Redigiu outra mensagem para o Führer, alertando sobre o declínio dos efetivos de infantaria do 6º Exército. O front estava guarnecido esparsamente; Paulus achava melhor consolidar as posições do Grupo de Exércitos B contra os vetores humanos da ideologia bolchevista, capaz de corroer e decompor qualquer coisa.

11.

Por causa das ordens permanentes vigentes de nosso Führer, Paulus não teve como preparar uma defesa em profundidade; como a linha de frente jamais podia ser abandonada, precisava ser defendida por praticamente todos os homens. Bastaria uma ruptura do inimigo para que suas forças acabassem cercadas. E essas rupturas eram inevitáveis. Um general alemão que sobreviveu à guerra e encontrou abrigo no apartheid da África do Sul relembrou: "Praticamente todo ataque russo era precedido por uma infiltração de larga escala, por uma 'coagem' de pequenas unidades e soldados isolados. Nesse tipo de guerra, os russos ainda não foram superados".[34]

O que ele podia fazer? Enfim voltou a ser convocado à presença do Führer, que certamente faria a recomendação operacional adequada.

12.

No primeiro e mais glorioso ano da Operação Barbarossa, Paulus, então subchefe de estado-maior do Alto-Comando do Exército, se viu embarcado num avião até a Toca do Lobo, que era na época, como era agora e como voltaria a ser de forma intermitente, o quartel-general do Führer. Já comentei que a Toca do Lobo era uma série de bunkers de concreto frios e úmidos, às vezes quatro, às vezes dez, todos semienterrados no solo da Prússia Oriental, partes internas suavizadas com painéis de madeira. A Toca do Lobo cheirava a cozinha e botas. Com trinta e tantos canhões antiaéreos e um arsenal de metralhadoras leves, armas antitanque, os mais recentes modelos de lança-chamas, a Toca do Lobo era muito, muito segura; tinha guardas até no cinema particular. A Toca do Lobo era, em um sentido muito verdadeiro, a alma da Alemanha.

Em diversas ocasiões Paulus tinha se encontrado com o general Warlimont e o coronel Von Lossberg para planejar o que seria confiscado após a captura de Moscou. Em geral se concordava que a maior parte das nossas Forças Armadas poderia então ser retirada do *Ostfront* e remanejada para a África ou a Inglaterra. Depois o convidaram para uma noite ouvindo discos no vagão-casa de chá, com o Führer anunciando: "Siegfried!", primeiro ato. Parecia gostar de quase tudo naquela época; não eram apenas as vitórias ainda não desfeitas; ele ainda não havia reprimido o austríaco dentro de si, os elogios encantadores, o beija-mão com as mulheres et cetera. Paulus, que esperava outra noite desconfortável de menosprezo, se apaixonou pela autoconfiança daquele homem, coisa que o marechal de campo Von Reichenau também possuía, sem dúvida, mas em menor quantidade; pois quando o Führer começava a falar do futuro, tudo que descrevia parecia ficar mais próximo e tomar corpo em algo mais sedutor que nossas mais doces fantasias; Moscou *seria* capturada; tínhamos tanto a força de vontade quanto a superioridade; logo, Moscou estava, de fato, quase capturada. Somente através de nosso Führer tudo isso poderia se concretizar.

Mas ele tinha começado a ficar com medo, e assim dependia ainda mais das correções do Führer para ajudá-lo a ver como, de fato, essas conquistas podiam ser realizadas. Sem o Führer, seria difícil imaginar que conseguiríamos, por exemplo, conquistar Moscou.

Daquela vez não havia escolta da ϟϟ; em vez disso, recebeu um passe válido por um dia e um único agente da S.D. o conduziu em volta do cassino para virar à direita no bunker de Martin Bormann (cujas persianas tremeram ligeiramente quando ele passou; viu um olho o encarando furioso em meio à escuridão), mas então se descobriu que o agente da S.D. havia cometido um erro; nosso Führer esperava por Paulus no centro de comunicações. Uma simulação de ataque de gás tinha acabado de chegar ao fim, e de uma forma não muito boa; o gongo não soou a tempo.

Permitiram que se arrumasse no toalete, onde encontrou o marechal de campo Von Manstein. Com a pressão da água sobre o concreto mais ruidosa que uma barragem de artilharia, este cochichou em seu ouvido: Paulus, as coisas por aqui não têm salvação, infelizmente. Não espere travar nenhum debate genuíno. Ele não aperta mais a mão de ninguém…

Apavorado, Paulus respondeu: E ele não me deixa recuar! Se eu pelo menos recebesse os reforços que me prometeram!

Ah, sussurrou o marechal de campo Von Manstein com um sorriso compassivo, essa política de englobar tudo e não render nada costuma terminar com a derrota do lado mais fraco.[35]

Mas a maioria das estratégias não termina com a derrota do lado mais fraco?

Se isso fosse verdade a estratégia não seria uma ciência. Aqui está o sabão.

Agora se curvar e bater os calcanhares, encontrar a multidão ruidosa de generais aguardando o encontro com o Führer — primeiro cumprimentos, depois mentiras.

Todos que sobrevivemos ao inverno de 1941 aprendemos da maneira mais difícil que qualquer calibre inferior a cento e cinquenta milímetros é ineficaz, pois a neve absorve todos os fragmentos do projétil![36]

E depois deixei em posição de sentido a noite inteira! Olhem nos meus olhos, seus covardes, eu disse! Falei que da próxima vez queria ver todos resistindo! Eu…

… em um gueto agora, pelo menos em Varsóvia. Logo vamos ter que…

Felizmente as armas-V estão quase prontas para uso.

Conversando com eles sobre a própria situação, Paulus se viu tentando imitar a dignidade parda e o olho semicerrado do marechal de campo Von Manstein.

Vamos voltar ao problema essencial, cavalheiros. Depois que a URSS for derrotada…

Halder tinha sido substituído por Zeiter, que pontificava de peito inchado: Assim que apagarmos do mapa Leningrado e Moscou, e confiscarmos todas as reservas de petróleo do Cáucaso, o Führer pretende, se possível, construir uma gigantesca linha de defesa e deixar a campanha oriental se encerrar por ali.

Warlimont revirou os olhos. Em conversa particular com Paulus, murmurou estar muito preocupado com a dispersão das forças do 6º Exército ordenada pelo Führer.

Precisamos aceitar integralmente esse risco, respondeu o tenente-general Paulus.

Primeiro Warlimont, depois Bormann; primeiro outra conferência de identidade, depois outra reunião com o Führer, cujos olhos haviam se tornado mais sinistros que as cruzes negras nas asas de nossos aviões.

Paulus, nunca vou me esquecer de quando os comunistas tentaram interromper meu discurso na Hofbräuhaus em 1921! Deixei bem claro aos meus camisas-pardas que eles teriam de demonstrar uma lealdade até a morte. Falei que nenhum de nós sairia daquele lugar, a não ser como *cadáver*! Avisei que se visse alguém se fazendo de covarde eu arrancaria pessoalmente a braçadeira...[37]

Sim, meu Führer.

Os russos estão acabados.

Paulus ficou mais branco que um tanque alemão.

13.

Flechas se expandiam sobre a carta militar, conduzindo suas aspirações para um lado e para o outro. Os três ataques do 6º Exército haviam fracassado em isolar as forças inimigas; quanto a isso não havia dúvida. Enquanto isso, presas e concentradas na cidade em ruínas, suas tropas continuavam a sofrer terrivelmente como resultado dos tiros diretos da concentração de canhões do inimigo. Estava chocado com o desgaste. O inimigo tinha começado a desafiar as tropas romenas dos flancos; em 4 de outubro de 1942, enquanto Paulus ainda tentava esmagar o 62º Exército soviético de uma vez por todas, eles já haviam conquistado terreno ao longo do eixo dos lagos Barmantsak-Tsatsa-Sarpa. Para piorar, os romenos tinham deixado sua artilharia ser capturada! Por mais que isso o humilhasse, não havia agora outra saída além de requisitar ao Führer novas reservas operacionais e táticas — uma inovação que deve ser creditada a Júlio César; foi o que Paulus aprendeu na Academia do Estado-Maior. Mas onde estavam as reservas? Será que não conseguiria nem ao menos algumas tropas da ϟϟ para reforçar a linha? (Assim como o marechal de campo Von Manstein, tinha em alta conta a disciplina de marcha da Divisão da Caveira.)[38] Ah, agora o prognóstico parecia tão negro quanto a fumaça do combustível queimado enquanto seus jovens alemães com capacetes de aço espiavam cada vez mais ansiosos pelas paredes destruídas. Nada era mais importante do que manter a pressão. Agora era mesmo preciso depender de Schmidt para seguir em frente; nenhum dos outros oficiais parecia ter consciência da gravidade da situação. Espiando ansioso pelos binóculos, avistou um torvelinho de silhuetas de sobretudos e rifles russos enquanto a infantaria inimiga corria para atacar; e então, precisamente ao seu sinal, foram obliterados por nossas metralhadoras e lança-chamas. Primeiro defesa, depois contra-ataque. Lá fomos nós, correndo abaixados, agachados sobre pontas de ruínas fumegantes, mirando na fumaça onde a gentalha inimiga também estava à espera; o filho, Ernst, nunca ficou sabendo que o tenente-general Paulus acompanhava o avanço do seu tanque pelos binóculos; um certo cabo cujo hobby era decorar cantatas de Bach confidenciou que Ernst era um dos soldados mais corajosos que ele havia conhecido. — Para ele é uma questão de honra — disse o cabo. — Naquela noite ele escreveu essas palavras em uma carta para Coca. Pessoas ainda não torturadas por compartilharem sua consciência da finitude das bandeiras triangulares ainda brilhantes e intactas guardadas em caixas nas reservas do OKH — e entre essas pessoas ainda não torturadas ele incluía o major-general Schmidt — até poderiam imaginar, com base, digamos, no Comício de Nuremberg em 11 de setembro de 1938, quando o Führer dirigiu a palavra a cento e vinte mil soldados de tropas de assalto, cujos ombros de lápide e pescoços de cogumelos de metal declinavam de forma simétrica e contínua até chegarem à ilha de concreto onde se postava nosso distante Führer, tendo às costas três titânicos estandartes com a suástica, muito mais altos que as árvores, que mais e mais soldados poderiam eternamente ser encontrados; mas agora tantos estavam mortos! *Precisávamos* dos cossacos de cabeça raspada ao nosso lado; tínhamos alguns deles mas precisávamos de todos os outros, e de todos os ucranianos do sexo masculino com dezesseis anos ou mais; as ucranianas deveriam todas se ocupar de cavar trincheiras; precisávamos contar com todo tipo possível de reservas, mas infelizmente o Führer havia dito... Paulus se recordou de como as ruas medievais de Nuremberg tinham sido literalmente pavimentadas com homens de capacete em marcha ao comício de 1936; ele estava lá; Coca estava ao lado dele, usando veludo; com orgulho ele ouviu as cornetas e observou os rifles em riste daquela coluna perfeita com dez homens lado a lado, cujos passos calçados com aço tilintavam com a melodia do *Siegfried* de Wagner forjando sua espada; ele se recordou do grande desfile de cavalaria de 1935, e onde estavam aqueles soldados agora? Primeiro Varsóvia, depois Moscou; primeiro o mar Negro, depois o Cáspio; primeiro Rostov no verão, depois a imundície nevada e o gelo lunar da colina Mamáiev; primeiro colunas mecanizadas em perfeita ordem, depois soldados arruinados e motores arruinados, tanques com bandeiras vermelhas, jorros nevoentos de explosões; e o tenente-general Paulus sentado olhando para baixo, as mãos enluvadas repousando sobre o colo.

Um milhão de alemães do Volga tinham sido deportados no agosto anterior pelo próprio Camarada Stálin, de modo a impedir que nos ajudassem. Se estivessem aqui agora! (Onde estariam? Sibéria, ele imaginava, e talvez Cazaquistão...)

O major-general Schmidt recomendou que ele tivesse mais confiança na vontade de vitória do 6º Exército. — Infelizmente — respondeu com frieza — não posso agir como você sugere.

Em 3 de novembro de 1942, justo quando o marechal de campo Rommel comunicou ao OKW que estava sendo expulso de El Alamein por um contingente superior de forças inimigas, o tenente-general Paulus compreendeu com inquietude que o inimigo parecia estar fortificando vilarejos a sul e a oeste, como se preparasse uma defesa prolongada. Para ele havia se tornado normal primeiro estar conquistando cidades e exércitos na França e depois estar envolvido em um combate sem fim em Stalingrado. Coca ainda esperava que ele trouxesse para casa o bastão de marechal de campo. (Ninguém havia sido promovido a marechal de campo desde Von Manstein, em julho.) Estava agora sob tanta pressão que tentava não pensar em nada além do ataque seguinte, da redução seguinte de efetivos do 6º Exército, e da mesma forma que todos nós gastamos instantes e anos de um modo que julgamos sábio, confiantes na esperança de que as dificuldades temporárias de hoje se estabilizem amanhã e não sejam, jamais, seguidas por nenhum novo infortúnio, ele também nutria a crença, sobre a qual evitava refletir, de que após enviar para a morte mais alguns milhares de soldados do 6º Exército Stalingrado seria conquistada. Bem, afinal de contas ele não era mais tão jovem; seria de fato um prazer imenso fruir um longo descanso ao lado de Coca. As cartas que enviava para ela se tornaram mais ardentes e sensuais do que nunca. Mesmo sabendo que as cartas eram lidas pelos censores, um fato da vida que antes o inibia, não mais se importava tanto com isso; muitas vezes adormecia se imaginando em casa ao lado dela: primeiro o jantar, depois Coca na cama, e em seguida passariam a noite adormecidos até o raio de luz do sol matinal surgir veloz como um projétil traçante e atingir os volumes brancos do outro lado do quarto; a camisola de Coca estaria pendurada na cadeira e ela estaria dormindo com o rosto voltado para o marido e encostado de leve, com toda a delicadeza, no ombro dele.

Em 8 de novembro de 1942, quando a coalizão anglo-judaica desembarcou no Marrocos e na Argélia franceses, ele sabia que Rommel estava liquidado. Acendeu um cigarro. Ao seu redor, Stalingrado estava quieta. Para além das linhas alemãs ressoavam as intermináveis canções russas acompanhadas por acordeões e as rajadas de tiro despropositadas, dignas de bárbaros; seria possível que os comandantes russos não fossem capazes de manter a mínima disciplina? Sempre que os capturávamos, estavam sempre fedorentos e com a barba por fazer — eslavos perfeitos. O que estariam fazendo? Mil hipóteses se desdobraram por trás de suas pálpebras. Seguiram mantendo silêncio no rádio. Schmidt recomendou que ele não se preocupasse; Schmidt comentou que ele parecia extremamente cansado.

Em 11 de novembro de 1942 o Fremde Heere Ost Gruppe I, Grupo de Exércitos B, informou que o Exército Vermelho havia criado um novo front no Don. O relatório de reconhecimento de comunicações alertou sobre o tráfego noturno crescente ao longo do eixo ferroviário Urbakh-Baskuntchak-Akhtuba. Provavelmente não passava de um comportamento defensivo do inimigo.[39] Os relatórios de interrogatórios de prisioneiros de guerra continham apenas apelos vazios por misericórdia. O *ᛋᛋ-Einsatzgruppeführer* Weiss apresentou documentos confiscados de um judeu-bolchevista cujo teor indicava embarques ferroviários em larga escala ao longo do eixo de Stalingrado; infelizmente esse judeu, a quem Paulus desejava interrogar com mais profundidade, já havia sido "enviado para a retaguarda" — isto é, neutralizado. Paulus se levantou sem dizer nada e se curvou ligeiramente, sorrindo com simpatia para o *Einsatzgruppeführer*, que no fim das contas só estava fazendo seu trabalho. Então trocou algumas ideias com seus oficiais, nenhum dos quais parecia estar nervoso em relação ao futuro, desde que o 6º Exército recobrasse sua força total. Paulus se viu obrigado a informar que, por causa de certos acontecimentos, não se podia confiar naquele "desde que". Ficaram em silêncio. (Talvez ele não estivesse em sua melhor forma. Ernst havia sofrido um ferimento grave na coxa; tecnicamente falando, não era um caso sério o bastante para que ele fosse enviado ao hospital do front, mas Paulus mandou o rapaz de volta para o Reich para convalescer, não por si mesmo, mas por Coca, uma decisão que acabou salvando a vida do filho.) Reunindo os oficiais em volta do mapa, apontou para a cabeça de ponte soviética que estava ameaçando o 3º Exército romeno. Aquilo, explicou, era um sintoma de nossa fraqueza; não havia como ser neutralizado. Os oficiais o encararam, a maioria com a barba por fazer e expressões severas, e ele revelou que estava considerando seriamente informar ao OKW que desejava empreender uma retirada para o Don e o Tchir antes que o inverno os prendesse ali. Responderam com um desdém silencioso. Paulus disse: Cavalheiros, se discordam, devem se expressar com mais clareza. Todos queremos depositar Stalingrado aos pés do nosso Führer... — Então eles se expressaram; pode apostar que o fizeram. Nenhum deles queria admitir que o 6º Exército carecia de fanatismo suficiente para terminar o trabalho. O major-general Schmidt declarou, animado: Bem, senhor, parece que é unânime! — Paulus, sorrindo compassivo, respondeu que neste caso adiaria por ora a recomendação de retirada. O relatório da inteligência de comunicações do dia seguinte confirmou que parecia haver uma atividade ferroviária anormal se aproximando de Stalingrado. Paulus consultou o Quartel-General do Führer, mas não obteve resposta. (Alguém por lá merecia ser enviado para um tribunal militar.) O Fremde Heere Ost Gruppe I, Grupo de Exércitos B, reassegurou que as novas concentrações de tropas inimigas ainda eram fracas demais para qualquer operação de larga escala.

Quase empalado por um medo repentino, percebeu que alguma coisa estava acontecendo e às seis e meia da manhã de 11 de novembro de 1942 lançou seu ataque derradeiro ao 62º Exército, na esperança de enfim despedaçá-lo e conquistar o domínio do Volga. Como era difícil naquele momento se apresentar diante dos oficiais, seus juízes, cujos homens ele tinha dizimado e cuja autoconfiança, o pouco que havia restado, dependia da dele! Acabou com a Outubro Vermelho, praticamente; a Barrikadi tinha sido liquidada, sem a menor dúvida; outra divisão soviética foi circundada, ainda que, teimosa, seguisse atirando protegida pelas tetas com pele de neve dos montes mortuários cossacos. Se conseguisse aniquilar a 13ª de Guardas Soviéticos... Mas tinham voltado a formar cabeças de ponte e baluartes.

Às quatro e dezessete da tarde de 18 de novembro de 1942 ele interceptou uma comunicação inimiga: `Enviem um estafeta para buscar as luvas de pelica.`[40] Ninguém conseguiu decifrar o significado. Seria melhor convocar a presença de Schmidt? Mas o que Schmidt poderia dizer? Ouviu Beethoven no gramofone, depois se deitou, dormindo mal. Às duas e quarenta da manhã se levantou, acendeu a lanterna e fitou o mapa, ansiando por enxergar uma disposição de forças que lhe permitisse destruir a 13ª de Guardas Soviéticos. A linha de frente já estava traçada em azul nos mapas do major-general Gehlen, com a ordem de batalha soviética em vermelho. Aquela fronteira azul, como um rio de verão, sinuoso a ponto de quase formar ilhas, não mais lhe parecia, como ocorria com seu estado-maior, emblemática de um imobilismo letal; não, era literalmente fluida, como a guerra, a vida, o destino — um viaduto, não uma barreira. Cochilando, sentiu como se passeasse de barco pelo Spree com Coca, Olga, Friedrich e Ernst. **Übersicht über sowjetrussischen Kräfteeinsatz**,[41] rezava a lenda. Se ao menos convencêssemos os japoneses a atacar no Extremo Oriente! Então Stálin se veria obrigado a se desvencilhar deste deserto úmido de ruínas, cujo título sem a menor dúvida fizemos por merecer. Às três e meia, Paulus estava exausto. Apagou a luz. Sonhou com o pai, funcionário público como o pai do nosso Führer; sonhou que o pai era gigante e perfeito, como de fato era; nada aconteceu no sonho, ele apenas fitou com reverência o rosto do pai. Às sete e meia foi acordado pelo ordenança que trazia um telegrama urgente: Estava sofrendo ataques de artilharia ao longo de uma frente ampla.

Então vieram as flechas vermelhas, abundantes, indicando os avanços russos, os minúsculos círculos azuis das divisões alemãs, romenas e italianas esmagadas por vastos novos exércitos de tanques.

Nossa linha defensiva foi rompida, Herr tenente-general!

Encostou os dedos no rosto, incrédulo.

O 3º Exército romeno está em debandada, senhor!

Informe ao OKW, disse Paulus.

Herr tenente-general, o Führer ordenou pessoalmente que a 48ª Panzer estabilize a linha...

Todos desviaram o rosto, pois uma ordem dessas era como um insulto a Paulus, um voto de descrença. Ele pensou: Pobre Coca, melhor ela nunca ficar sabendo disso...

Bom, disse em voz baixa. Gostaria que enviasse uma mensagem ao general Heim...

Às suas ordens, Herr tenente-general!

Onde o 7º Corpo romeno se encontra no momento?

Em Pronin, Herr tenente-general!

Nesse caso, se fizerem uma junção com a 22ª Panzer...

Perelazovskii caiu, senhor!

Não entendo como podemos ter perdido Perelazovskii, disse Paulus. Tente mais uma vez falar com o general Heim.

Herr tenente-general, a 22ª Panzer está em retirada...

Mas o 7º romeno deveria...

Com licença, Herr tenente-general, mas acaba de chegar uma mensagem do quartel-general do Grupo de Exércitos B...

Ora, ora, disse Paulus, colocando os óculos. Está claro que esperam que tomemos medidas radicais.

Herr tenente-general, o 6º Corpo romeno se rendeu.

Inteiro?

Herr tenente-general, eu...

Herr tenente-general, identificamos sem sombra de dúvida o 13º Corpo de Tanques soviético avançando para o norte...

Mas eles nem deveriam estar em nosso setor, Paulus retrucou, e todos ficaram em silêncio.

Onde está nossa 29ª Motorizada? Não muito longe de Nariman, imagino...

Perdemos o contato, Herr tenente-general.

Herr tenente-general, os romenos se recusam a...

Herr tenente-general, o que devemos...

Onde está Schmidt?

Senhor, ele...

Herr tenente-general, contato interrompido com...

Herr tenente-general, o 65º Exército soviético abriu um buraco em nosso flanco!

Paulus abriu a cigarreira de prata e pediu: Mantenham a calma, por favor.

Mas Herr tenente-general, estamos sendo empurrados de volta para cá!

Disse Paulus: Contra todas essas objeções apresento duas palavras: *Adolf Hitler*.

14.

Segundo a *Grande enciclopédia soviética*, cujos trinta e um volumes reúnem todo e qualquer conhecimento útil, "a forma usual de obter um cerco envolve a ruptura da defesa inimiga em dois ou mais setores da frente e um ataque desenvolvido ao longo de eixos convergentes. Como resultado são criadas uma frente interna sólida e uma frente externa ativa, isolando o agrupamento cercado do restante das forças".[42] As brigadas de tanques, exércitos de choque, corpos de cavalaria e batalhões de esquiadores soviéticos consumaram esse feito, e agora o anel se enrijecia da mesma forma que o gelo: de início uma pele delicada, tão fácil de rachar quanto glacê. Paulus, com os olhos agora fundos debaixo das sobrancelhas densas, quase eslávicas, se deu conta que as pontas de lança do inimigo provavelmente se encontrariam em Kalatch. Ele não tinha reservas para detê-los. Por outro lado, eles já haviam perdido quase cem tanques. Talvez estivessem liquidados.

Em 21 de novembro de 1942 o cerco de Stalingrado se completou. Mantendo a calma, Paulus requisitou duas aeronaves Fiesler-Storch para levar a si e ao major-general Schmidt até Nijne-Tchirskaia, onde o general Hoth receberia instruções para encontrá-los. Instruiu seus ajudantes de ordens a começarem a queimar documentos. Então deu ordens para o 11º Corpo do Exército recuar ao longo do Don até o centro do bolsão, o que fizeram, usando prisioneiros russos para puxar carroças com munições e abatendo a tiros todos os que não tinham mais forças para tanto. Segundo os relatórios que recebia, mais russos, russos vestidos de branco, já corriam pela neve manchada de negro, cinco exércitos ao todo; e já tinham efetuado uma junção em Soviétski, onde agora se entrincheiravam. Logo seria tarde demais. Um russo com a mandíbula arroxeada e uma estrela no quepe abriu a boca em um grito de ódio jubiloso quando os Katiúchas foram disparados...

Assim que o avião ganhou os céus, ele espiou pela janela e viu tropas russas tentando abatê-lo com armas leves, em uma demonstração risível de fanatismo. Os clarões dos disparos piscavam como mica. O major-general Schmidt sacudiu um dedo na direção deles e piscou. Então uma zona de nuvens amareladas levou embora Stalingrado e Paulus fechou os olhos, fingindo dormir para não ter de olhar para Schmidt. Não conseguia afastar a lembrança daquele dia de junho em Poltava, quando prometeu ao Führer que o 6º Exército cumpriria a missão. Agora ele nunca se tornaria marechal de campo.

Em Nijne-Tchirskaia, donzelas-R pensativas, com cabelos tão deliciosos quanto o linho e o trigo-sarraceno da Ucrânia, levaram seu uniforme reserva para ser passado a ferro, e quando ele saiu do banho trouxeram luvas brancas recém-lavadas para que ele usasse ao se curvar sobre a mesa de reuniões, contemplando do alto as mais recentes fotografias de reconhecimento aéreo do Fremde Heere Ost Gruppe I, Grupo de Exércitos B. Após algum tempo ele se deu conta que as fotografias eram antigas e obsoletas. Não havia indicação nenhuma de todos os movimentos de tropas inimigas, nem mesmo uma prefiguração, ainda que talvez isso se devesse à excelente camuflagem de inverno dos russos. No fundo da sala o major-general Schmidt falava ao telefone com o 8º Corpo Aéreo, exigindo reabastecimento. E então Paulus se levantou para saudar o general Hoth, o enrugado general Hoth, com sua cabeça raspada e seu colarinho com folhas de carvalho, sempre abotoado até o final.

Agora nossa principal tarefa, instruiu Paulus, deve ser destruir os tanques do oponente.

Mas aquilo havia muito não era mais possível, por causa da capacidade superior dos russos em termos de produção de tanques.

Perguntou ao general Hoth o que ele poderia fazer, mas o general Hoth não podia fazer nada.

E a 16ª Motorizada?

Não ficou sabendo? Enterraram os tanques para que não congelassem, e ratos roeram todas as fiações!

Todos aconselharam que ele recomendasse uma ruptura de cerco ao Führer, antes que fosse tarde demais.

Nesse caso, disse Paulus, mais de dez mil feridos e a maior parte de nosso armamento pesado teriam de ser abandonados.[43] E o que fariam em seguida? Primeiro abrimos mão de Stalingrado; depois reencenamos a retirada de Napoleão. Vocês devem conhecer a história, cavalheiros. Ele começou com quatrocentos mil homens. Quando abandonou Moscou, tinha cem mil. Desgaste é isso. Depois a retirada. Chegou à Polônia com dez mil...

A ideia é contra-atacar, insistiram.

Quem disse isso?

Ouvi falar que nosso Führer em pessoa...

Mas o major-general Schmidt estava de novo ao telefone. O Grupo de Exércitos B não tinha mais força alguma para um contra-ataque.

O general Hoth ponderou em voz alta se o Grupo de Exércitos A não teria como vir ao socorro deles, ao que Paulus se viu forçado a indicar com um único gesto da mão sobre o mapa a amplitude das estepes da Calmúquia.

As realidades amargas que o prensavam de todos os lados não podiam ser negadas, ainda que ele tivesse se pronunciado contra uma retirada, em parte porque uma decisão tão drástica deveria primeiro ser avaliada em detalhes, e em parte de modo a exprimir sua confiança em nosso Führer, que vivia acusando *Paulus* de covardia por ter escapado a bordo de um avião, ou pelo menos era o que ele tinha ouvido falar. Foi exigido seu retorno imediato ao 6º Exército. Deveria organizar uma defesa em ouriço e aguardar ordens adicionais. O marechal de campo Von Manstein comandaria o novo Grupo de Exércitos do Don. (Coca simpatizava bastante com a esposa dele, Jutta-Sibylle.) Por ora, qualquer tentativa de ruptura do cerco estava proibida. Voronej e Stalingrado eram nossos dois baluartes nessa zona. Ambos deviam ser defendidos até o último homem. Disseram a Paulus: O Führer instruiu o Ministério da Aviação a fornecer todos os recursos... — O general Heim, que não havia feito nada errado, foi preso e condenado à morte, ainda que mais tarde tenha sido salvo pelos colegas. Enfurecido e envergonhado com essas atribuições — na verdade ele se sentia como um criminoso medieval condenado a ser amarrado em quatro cavalos e feito em pedaços; para onde podia fugir? o que podia fazer? — mas sem trair nenhum sinal disso, Paulus embarcou no Fiesler-Storch acompanhado por um presente do general Hoth: vinho tinto romeno e uma caixa de Veuve Clicquot de Paris. Era bom demais para aquela gente. — Está pronto, Herr tenente-general? Hora da ação evasiva! Talvez aconteçam uns solavancos... — Esses pilotos da Luftwaffe sem dúvida mereciam os galardões verdes por bravura! Queria poder condecorar um por um. Prevendo o futuro com a facilidade costumeira, ficou preocupado com a situação de combustível do 6º Exército a longo prazo: o petróleo não nos fornece apenas calor, mas também mobilidade. Schmidt o encarava; Paulus virou o rosto. Surgiam as longas e estreitas margens do vale do rio Aksai, o rio em si congelado, então os quatro metros de neve acumulada, que ele conhecia tão bem, o céu amarelo-acinzentado, as compridas filas negras dos caminhões congelados na brancura da pista de Gumrak, tendas cinzentas em contraste com a neve, a estação ferroviária que havia se tornado o QG de Stalingrado (pois Golubinskaia, o quartel-general de onde ele havia decolado no dia anterior, agora estava em mãos inimigas), o exército cercado congelado no tempo como cavaleiros de armaduras prateadas em um museu, a carne dos cavaleiros há muito apodrecida no interior das armaduras. O médico da ϟϟ informou que a geladura tinha gangrenado as dobras das pálpebras de dezenas de soldados. — Obrigado, respondeu Paulus. Está dispensado. — Convocou todo o estado-maior para analisar as disposições dos grupos de ataque do inimigo. Depois disso, meditaram sobre o lustro perfeitamente negro das formações de Paulus superpostas sobre o cinza do mapa semirreal, que jamais exibia tropas inimigas. Primeiro defesa, depois preparações para romper o cerco; era assim que as coisas precisavam ser feitas. A linha externa seria avançada para além de Kotel'niko. Assim que o passo seguinte ficasse claro, ele teria que dar tudo de si. Sentiu muito frio nas pontas dos dedos envoltos pelas luvas brancas, e sua boca estava seca. Precisava se resguardar para o momento decisivo, mas quando ele chegaria? Para o bem da própria serenidade, tentou rechaçar todas as lembranças das críticas do Führer, mas então ela retornou, a vergonha imunda, como se ele tivesse voltado a ser um garoto surpreendido em meio à masturbação pelo pai contador; tudo que ele podia fazer era tentar convencer a si mesmo da enorme probabilidade de o Führer nem ter pensado mais naquelas acusações; todos sabiam que o humor do Führer estava piorando desde Moscou.

Paulus se sentiu inseguro. Mas o 6º Exército ainda estava em condições de combate. O ar fedia a cigarro.

Afinal de contas, disse o major-general Schmidt, foram os romenos que permitiram ao inimigo abrir uma brecha. O que se podia esperar daquele lixo eslavizado? O Führer espera que nós, alemães, intervenhamos para cumprir nosso dever. — Na verdade, não havia muito a fazer senão esperar pelo nosso Führer e pelo marechal de campo Von Manstein, e todos sabiam disso.

Não importa, repetiam uns aos outros, tentando manter a postura correta. Qualquer cadete sabe que a defesa é a forma mais vigorosa de combate.

Nossa vontade...

Mas de onde vieram todos esses agrupamentos operacionais?

Como assim, de onde vieram? A Rússia é infinita, idiota!

Se ao menos nos fortalecermos...

... Senão o inimigo vai abrir caminho até a Europa!

... A luta como precondição do desenvolvimento superior...

Assim que Von Manstein...

Ele não se importa conosco.

Quem não se importa?

Você sabe.

Muito pelo contrário, posso garantir que ele se importa até demais. *Mein Kampf* prova isso para além de qualquer dúvida. É por ele ter horror a testemunhar seu sofrimento...

Tentaram sinceramente ter coragem, da mesma forma que um soldado da ᛋᛋ com o rosto emaciado aguarda sua captura e seu assassinato nas mãos de cavaleiros cazaques com cigarros nos lábios.

Nuvens avermelhadas de poeira crepuscular pousaram sobre as ruínas congeladas. Paulus serviu o champanhe a todos. Ali agora era a Fortaleza Stalingrado, declarou nosso Führer. O destino deles seria reencenar o sofrimento dos russos em Leningrado. Invocaram os milharais, minas de carvão e refinarias alemães que logo se ergueriam em meio àquelas terras arrasadas, protegidas por detrás de um gigantesco *Ostwall*, a serviço do qual ele levantou a questão de bolsões fortificados baseados em vilarejos. Então, com as bolhas subindo à cabeça, declararam aos gritos seu desejo de romper o cerco imediatamente, mas o tenente-general Paulus deixou claro que tinha aceitado a decisão do Führer. — Não posso desistir, disse em uma de suas raras e delicadas brincadeiras. Sou teimoso como um vestfaliano, entendam!

— O Führer havia duvidado de sua coragem, e por isso agora ele jamais poderia romper o cerco. Se quisermos entender que tipo de pessoa ele era, talvez ajude compará-lo ao marechal de campo Von Brauchitsch, que na opinião do marechal de campo Von Manstein "não pertencia exatamente à mesma classe do barão Von Fritsch ou de Beck, Von Rundstedt, Von Bock e Ritter von Leeb".[44]

15.

Às dez e quinze daquela mesma noite medonha o rádio trouxe uma transmissão do nosso Führer: O 6º Exército se encontra temporariamente cercado por forças russas. Conhecendo o 6º Exército e seu comandante em chefe, não tenho dúvidas de que se manterão bravos e impávidos perante essa difícil situação. Saibam que estou fazendo o possível para socorrê-los. Darei minhas ordens no momento adequado. ADOLF HITLER.[45]

Então Paulus voltou a se alegrar. Nosso Führer ainda confiava nele. A confiança de nosso Führer lhe era tão vital quanto a gasolina para nossas tropas em Stalingrado.

Perguntaram a ele o que fazer.

O lado esquerdo de seu rosto se contraiu.

Olharam para ele.

Precisamos convencer cada um de nossos soldados de sua superioridade, declarou o tenente-general Paulus, de luvas brancas.

16.

Outro Ju-52, a cruz negra visível na asa oblíqua, veio descendo violentamente, o trem de pouso já estendido, fumaça negra emanando descontrolada da cabine; então veio o choque, a explosão, as chamas vermelhas na neve. Os soldados de Paulus gemeram.

Nada de errado em se manter impávido, comentou para ninguém em especial, mas não quando se trata de forças insuficientes mobilizadas em setores demasiadamente amplos.

Sim, senhor, disse o major-general Schmidt. Viu esse despacho? O Führer acaba de voltar à Toca do Lobo. Disse que está otimista acerca da nossa situação.

17.

Eles se conservaram bastante bem e animados até o Natal, cada projétil dos *Nebelwerfers* tão pesado quanto uma criança crescida. Dizem que o Camarada Stálin ficou muito impressionado com a eficácia da defesa alemã. O crédito deve ser dado a Paulus, ao menos em parte, pois foi ele que se manteve estudando as cartas de situação, dispondo pontos de concentração defensiva em cada subsetor. O 11º Corpo e a 14ª Panzer seriam dispostos *aqui* e *aqui*, na margem oriental do Don. Por ora, abriria mão da margem ocidental. Os homens acreditavam nele; confiavam que os tiraria. Ele, amaldiçoado desde sempre com a habilidade de prever as potencialidades mais obscuras de cada movimento do tabuleiro de xadrez, agora se via ainda não em xeque-mate, mas sem dúvida em xeque; era um rei branco debilmente protegido por peões. Disse aos oficiais: Não se preocupem. Assumirei toda a responsabilidade. — Para falar a verdade, ele ainda achava que conseguiria manter a posição caso se esforçasse o suficiente. Logo receberia permissão para dar início à Operação Tempestade de Inverno, seguida pela Operação Trovoada. (Ansiava pelo privilégio de uma derradeira conferência no quartel-general Lobisomem ou no quartel-general Toca do Lobo; ansiava por cair de joelhos, erguer os braços e bradar: Sem você, meu Führer, não há esperança.) Seu triunfo em Carcóvia na última primavera agora lhe parecia o resultado puro e simples de uma imperturbabilidade fanática: Tinha dito não ao 28º Exército soviético, e o 28º Exército soviético caiu morto. Foi então que injetou seus tanques na ferida sanguinolenta do inimigo, em Balakleia. Por que não tinha sido promovido a marechal de campo depois disso? (Uma vontade superior, segundo a instrução ouvida certa vez do marechal de campo Von Reichenau, é tão eficaz quanto uma pistola encostada na cabeça de uma garota-R!) E agora o inimigo concluía a Operação Saturno contra Rostov e Millerovo.

Primeiro os mapas, depois um cigarro, depois Coca. Escreveu mais uma de suas raras cartas à esposa, dizendo: "No momento tenho nas mãos um problema realmente complicado, mas espero solucioná-lo em breve".[46]

Nesse mesmo instante escutou uma melodia. Na rua coberta de gelo, um soldado tocava Beethoven em um piano de cauda que alguém havia carregado para fora de uma casa destruída.[47] Tocava muito bem; era o *Quinto concerto para piano*, o bom e velho *Imperador*. Cem soldados se reuniam em torno do pianista, escutando, protegidos do frio por cobertores enrolados em volta da cabeça. Eram seus rapazes com rosto de menina, cujos cintos de couro rangente tinham congelado no uniforme. Alguns sorriam. Os acordes ecoavam como fuzilaria e depois alçavam voo na direção das ravinas de Stalingrado, sufocadas pelo gelo, e ao voarem se tornavam ainda mais adoráveis que os fogos de artifício multicoloridos dos foguetes inimigos. Paulus ouvia as explosões a três quarteirões dali. Sentiu uma imensa vontade de se aproximar e fazer parte da multidão com os outros, mas temeu arruinar o prazer que sentiam. O telefone de campanha já sussurrava como milharais ucranianos; uma incursão havia sido realizada contra o perímetro sudeste.

Vinha dependendo muito do marechal de campo Von Manstein, instalado no quartel-general de emergência em Novotcherkask. Sob o comando de Von Manstein, o general Hoth e as formações romenas restantes rechaçaram alguns dos ataques russos. Paulus tinha ouvido falar que Von Manstein era um dos poucos que ainda conseguiam estabilizar a mente do Führer. Como Paulus, ele tinha enfrentado dificuldades, mas venceu no fim; penetrou o Forte Stálin, motivo pelo qual acabou promovido a marechal de campo pelo Führer. Quanto às palavras sussurradas nos chuveiros da Toca do Lobo, bem, todos têm dias ruins. Na avaliação de Gehlen, era "um dos melhores soldados do século".[48] Por isso a Operação Trovoada sem dúvida teria sucesso. Enquanto isso, fazia-se o possível.

Os oficiais, por unanimidade (se excluirmos a abstenção incisiva de Schmidt), imploraram que ele requisitasse uma retirada; ele o fez; teria de ser realizada para sudoeste, o que significava enfraquecer o perímetro norte durante as preparações. Se de fato conseguissem escapar, forças inimigas vastamente superiores estariam à espera para enfrentá-los nas planícies cobertas de neve. Sem minimizar essas desvantagens, Paulus apresentou a proposta ao nosso Führer, que naturalmente negou permissão para qualquer retirada. Paulus agora se sentia casado com Stalingrado.

Extraiu o 4º Corpo do 4º Exército Panzer da posição insustentável em que se encontrava e o reagrupou ao longo da linha sul em preparação à Operação Trovoada. Primeiro defesa, depois contra-ataque, assim que a Luftwaffe conseguir nos reabastecer. Também esperava que os comboios da Rollbahn enviassem pelegos, aquecedores portáteis e, acima de tudo, gasolina; primeiro reforçar o perímetro, com tanques ou então destroços de tanques cobertos de neve; depois...

O relatório de inteligência de comunicações informou que os vermelhos nem mais se davam ao trabalho de usar sua cifra de dois dígitos, exibindo uma segurança cheia de desprezo acerca do resultado final. Nada menos de vinte e quatro formações tinham se deslocado até ali. Ao final de novembro, o Grupo de Exércitos do Don alertou que agora cento e quarenta e três formações se encontravam na zona. Foi repreendido via teletipo pelo marechal de campo Von Manstein: `A melhor oportunidade de uma ruptura de cerco independente já foi desperdiçada.`[49] Mas Paulus, agora promovido a coronel-general, fortaleceu seus baluartes à perfeição. Onde tiveram como, os soldados do 6º Exército construíram barragens em anel ao redor de si mesmos, mesmo usando apenas escombros; assim, emulavam o estilo das casas dos camponeses russos. Ao ficar sabendo de cada incursão (e era mantido muito bem informado; conservava o comando visual do seu front), enviava reservas retiradas de outros setores, que seguiam em frente para morrer, agarrando os suportes dos caminhões abertos, armas ao lado, apontando para cima. O inimigo, saltando por aberturas cobertas de neve em paredes arruinadas, continuava sendo aniquilado da mesma forma. Logo tudo que restaria deles seriam retratos de verão mostrando rapazes acenando insensatos de cima de aviões ou tanques. Nas madrugadas daquelas noites de dezembro o teletipo de Gumrak tagarelava `S E G R E D O` e, por exemplo, `Nº 421026/42` e `PARTICULAR & IMEDIATO`; muitas vezes era nosso próprio Führer, comandando: **`será defendida e mantida operacional a qualquer custo, até o último homem.`**

Generais precisam obedecer ordens, como qualquer outro soldado, nosso Führer havia declarado.

Após consultas via teletipo ao marechal de campo Von Manstein, marcou no mapa: primeiro o 4º Exército Panzer e o 48º Corpo Panzer abririam um rombo nas linhas de sítio do inimigo, no ponto exato em que naquele mesmo dia Paulus tinha enxergado com o binóculo vapor de respiração se erguendo de trincheiras congeladas, como se fossem sonhos (sonhos de quê? de andar de mãos dadas com uma garota-R?); depois reuniria todos para o contragolpe; escaparíamos na direção de Donskaia Tsaritsa... Receando a expressão no rosto de Schmidt ao ouvir a menção da palavra retirada, Paulus enterrou o mapa em uma pasta negra que trazia no centro o carimbo **Geheime Kommandosache**, segredo militar, e cujo quadrante inferior direito estava carimbado com: ULTRASSECRETO! APENAS PARA OFICIAIS!

Mandou chamar o ajudante, coronel Adam, para tomar ditado. — Tranque a porta, por favor — pediu.

Às ordens, Herr coronel-general!

Onde está aquele sujeito de ligação do OKW?

Despachando com o major-general Schmidt, senhor.

Esses dois são muito amigos, sem dúvida, retrucou Paulus, e o coronel Adams não disse nada.

Muito bem. Isto é exclusivo para o marechal de campo Von Manstein. Está pronto?

Sim, senhor.

Caro marechal de campo, começou, *rogo sua permissão para acusar o recebimento da comunicação de 24/11/42 e agradecer a ajuda proposta*. Anotou?[50]

Sim, senhor.

Ao longo de toda a zona entre Marinovka e o Don contamos somente com finas telas de proteção alemãs. O caminho até Stalingrado está aberto para os tanques e forças motorizadas dos russos.

Meu Deus! Senhor, eu...

Nessa difícil situação, enviei há pouco ao Führer uma comunicação requisitando liberdade de ação caso ela se torne necessária. Não tenho como provar que só daria essa ordem em caso de extrema emergência, e a esse respeito posso apenas pedir que aceite minha palavra.

Sim, senhor.

Não recebi nenhuma resposta direta a essa comunicação.

Sim, senhor.

A *meu ver, os ataques principais em nosso front norte ainda estão por vir, já que o inimigo conta com estradas e ferrovias para...*

Senhor?

Trazer reforços. Ainda acredito, contudo, que o exército pode se manter firme por algum tempo.

Heil Hitler! Sim, senhor!

Como sou diariamente bombardeado com inúmeras indagações a respeito do futuro, que são mais do que compreensíveis, ficaria grato se...

O senhor precisa descansar?

Pudesse receber mais informações do que venho recebendo, de modo a aumentar a confiança dos meus homens.

Sim, senhor.

Permita-me dizer, Herr marechal de campo, que considero sua liderança uma garantia, e por favor, pode concluir isso, Adam? Você sabe como fazer isso da forma adequada...

Sim, senhor.

Terminou? Então me dê para que eu assine. Sabe, Adam, às vezes você me lembra meu filho Friedrich. É um rapaz muito corajoso e enérgico. Sem dúvida é melhor adicionarmos um pedido de desculpas por estar escrita à mão. Certo, pode lacrar. Encontre um oficial de confiança e faça com que isso chegue por via aérea até o quartel-general do Grupo de Exércitos do Don.

Às ordens, Herr coronel-general! Devo entregar ao major-general Schmidt?

Para quê?

Para ser aprovado, senhor.

Pelo que lembro, declarei que esta comunicação é exclusiva para o marechal de campo Von Manstein.

Sim, senhor.

Pode ir.

Paulus tentou fechar os olhos, mas um quarto de hora mais tarde o tenente-general Jaenecke, que não era apenas um subordinado leal mas também um amigo, já estava mais uma vez batendo à sua porta para suplicar uma retirada, insistindo: Vamos passar pelos russos como uma lâmina ardente cortando manteiga![51]

Não tenho a menor dúvida, mas precisamos seguir a palavra do Führer, respondeu.

Era natural que homens como Jaenecke romantizassem o que estava por vir. (E o que causava isso? Distrofia alimentar, também conhecida como inanição.) O fantasma do marechal de campo Von Reichenau pairava sobre todos. De algum modo ele fazia Paulus se lembrar do próprio pai, capaz de praticamente qualquer coisa. Quem poderia esquecer como Von Reichenau literalmente comandou nossa carga em Kiev? Ainda assim, cargas, por mais esplêndidas que sejam, só podem ter sucesso quando existem reservas — isso sem mencionar um local a ser atacado.

Von Reichenau, Rommel e até Von Manstein, agora Paulus ouvia falar que todos teriam simplesmente seguido adiante e evacuado Stalingrado antes que o Führer pudesse proibir. Até Jaenecke deixou isso implícito na breve conversa. Bem, até pode ser, mas será que não se importavam com as acusações de deslealdade que já tinham sido lançadas contra os líderes do Exército alemão? Bormann e os outros estavam apenas procurando uma desculpa para abolir o Estado-Maior Geral e nazificar tudo. E onde Schmidt se encaixava em tudo isso? Paulus não confiava mais em ninguém.

Uma delegação de oficiais veio rogar que ele desse início à Operação Trovoada, que em tese era ultrassecreta mas estava na ponta da língua de todos os soldados; e quando respondeu que por ora não se podia autorizar nenhuma ruptura de cerco os oficiais praticamente explodiram ao redor dele, como os blocos de gelo que surgiam dançando quando os rios russos congelados eram atingidos pela nossa artilharia; Paulus explicou que aquele tópico não estava mais em discussão, porque eles próprios haviam resistido a uma retirada até o Tchir quando ele havia mencionado o assunto no mês anterior; assim sendo, agradeceria se não tocassem mais na questão sem receber autorização prévia. Como o general Von Hartmann parecia o mais triste de todos, foi convidado a ficar na sala depois que os outros se retiraram. Batendo os calcanhares e se curvando, o convidado garantiu a Paulus que todos os envolvidos permaneciam leais. — É claro que se deve ser leal — Paulus respondeu. Isso nem está em questão, Hartmann. Um soldado sem a justificativa da obediência é um reles assassino.

Sim, Herr coronel-general. Não consigo parar de imaginar como toda a nossa luta e todo o nosso sofrimento se pareceriam vistos de, digamos, Sirius.

Sem dúvida a resposta dependeria de a pergunta ser feita antes ou depois de nossa conquista dos sirianos! Aceita um cigarro, Hartmann?

Obrigado. Então o senhor acredita que a obediência justifica esta campanha?

Para seu próprio bem, Hartmann, é melhor tomar mais cuidado. Eu não repetiria o que você acaba de dizer perante, digamos, o major-general Schmidt. Está dispensado.

Acendendo um cigarro, Paulus confirmou com tristeza uma sentença de morte por covardia. O soldado Vogel tinha dado um tiro na própria mão esquerda, na esperança de com isso ser levado para fora de Stalingrado. Primeiro Beethoven no gramofone, depois outro cigarro, então aquela carta para Coca: "No momento tenho nas mãos um problema realmente complicado, mas espero solucioná-lo em breve". Ela compreenderia; era esposa de um oficial alemão; após todos aqueles anos, sua maior expectativa sobre o marido era que ele desse o melhor de si. Quando pensava nela naqueles dias, sentia como se estivesse preso dentro de um cristal multifacetado que o cegava com a luz do sol. Quanto ao soldado Vogel, estava sendo empurrado para a cerca do perímetro naquele momento, tornozelos amarrados, joelhos amarrados, pulsos amarrados com faixas de couro afiveladas bem firme, um cartaz de papelão dependurado sobre o peito de modo a informar aos ex-camaradas que a mando do oficial encarregado aquele rapaz estava destinado à morte por fuzilamento. Primeiro esse tipo de questões administrativas, com as quais se pode lidar com toda a calma possível; depois outro cigarro. Ainda não era o momento de dar qualquer motivo para que Coca ficasse apreensiva; sem dúvida ela fazia uma boa ideia da situação do marido. Na verdade, a vida na Fortaleza Stalingrado tinha sido normalizada. (Essa era a Fortaleza Stalingrado: muros duplos de neve suja ao redor dos trilhos da ferrovia, ataduras cheias de sangue congeladas no chão dos abrigos subterrâneos.) Paulus mantinha a fotografia da esposa sobre a mesa de campanha, a fotografia em que ela estava de cabelos soltos como a atriz Lisca Malbran.

Recebeu o chefe de estado-maior do marechal de campo Von Manstein e garantiu que o 6º Exército conseguiria se manter firme se ao menos recebêssemos os suprimentos adequados, conforme o trato. Aguardava ansioso pela ordem de dar início à Operação Trovoada. Os dois homens brindaram um ao outro. Então fizeram outro brinde ao 6º Exército. O chefe de estado-maior foi embora de avião e Paulus nunca mais o viu.

Em 11 de dezembro de 1942, quando o inimigo esmagou o setor italiano, Paulus disse ao diretor de abastecimento aéreo da Luftwaffe: Sua ponte aérea fracassou. Recebemos apenas um sexto dos suprimentos prometidos. Com isso meu exército não tem condições de existir nem combater.[52]

Herr coronel-general, o marechal do Reich Göring em pessoa nos prometeu...

Podíamos ter rompido o cerco antes, Paulus interrompeu. Mas o Führer acreditou no marechal do Reich. E agora, o que devo dizer aos meus soldados?

O major-general Schmidt cantarolava alto "Erika, amamos você".

A pressão inimiga aumentava no front do Tchir. Paulus deu ordens segundo as quais dali em diante seguiríamos os mesmos procedimentos de segurança adotados na Toca do Lobo: um brilho roxo, por exemplo, indicaria que estávamos sob ataque de paraquedistas. Tomou providências para formar unidades de alerta com voluntários das tropas de segundo escalão; teriam a tarefa de se esgueirar para fora do perímetro, sacrificando a si mesmos se necessário para avisar sobre incursões-surpresa. Começou a escrever uma carta para Ernst, mas não soube o que dizer. Como sempre repetia o marechal de campo Von Bock, o mais importante era manter a calma. Concluiu uma carta para Olga, aconselhando a filha a ser mais cuidadosa com o dinheiro. Enviou a Friedrich suas melhores palavras de esperança.

Em 18 de dezembro de 1942 recebeu o oficial de inteligência do marechal de campo Von Manstein, um certo major Eismann, e o regalou com uma fatia de cavalo congelado. O major Eismann trouxe o último relatório do Fremde Heere Ost Gruppe I, Grupo de Exércitos B; e esse relatório sugeria que a situação de Stalingrado podia mesmo ser grave. O major Eismann trouxe também uma caixa de schnapps. Brindaram à vitória. O major Eismann alertou que assim que a Operação Trovoada tivesse início, o 6º Exército teria de seguir avançando consideravelmente para além de Donskaia Tsaritsa de modo a fazer junção com nossas forças de socorro. O rosto de Paulus se desmanchou e ele começou a rolar um lápis entre os dedos. Começou a falar, mas o major-general Schmidt, de alma tão poderosa quanto um dos carros de 7,7 litros do nosso Führer, interrompeu: O 6º Exército ainda estará em posição na Páscoa. Tudo que vocês precisam é ser melhor abastecidos por nós. O senhor não concorda?[53]

Paulus assentiu com a cabeça. Então disse: De qualquer modo, nas condições atuais romper o cerco seria impossível...[54]

Com todo o respeito, Herr coronel-general, uma ruptura é a única chance do seu exército.[55]

Esse tipo de conversa é traição!, exclamou o major-general Schmidt.

Meu caro major Eismann, disse Paulus, talvez você não tenha uma noção completa de nossa posição. Apenas cem tanques permanecem operacionais, e a situação de combustível, na melhor das hipóteses, só nos permitirá avançar trinta quilômetros com eles.

Sim, Herr coronel-general, mas assim que a Trovoada estiver em progresso o abastecimento aéreo se tornará gradualmente mais prático.

Quanto a isso não tenho dúvidas, concedeu Paulus, cortês, assentindo sem parar.

Herr major-general, posso, por favor, ter uma palavrinha a sós com o coronel--general Paulus?

Impossível, explicou o major-general Schmidt.

Como queira. Herr coronel-general, entendemos sua postura moral. Tecnicamente falando, o senhor é subordinado ao Grupo de Exércitos do Don, mas o Führer lhe deu uma ordem direta de conservar Stalingrado,[56] e desse modo o senhor talvez sinta que ela seria infringida com a Operação Trovoada. Nessas circunstâncias, o marechal de campo Von Manstein está disposto a absolvê-lo da responsabilidade…

Para quem?

Para o OKW.

Para o Führer, você quer dizer.

Sorrindo e limpando o distintivo de assalto de prata, o major-general Schmidt comentou: Major, conheci vários homens como você.

Bem, bem, disse Paulus rompendo o silêncio. A sugestão do marechal de campo é, para dizer o mínimo, inesperada. E como ele conseguiria me absolver?

Daria uma ordem direta para que o senhor iniciasse a Trovoada. Enquanto seu oficial superior, teria então de arcar pessoalmente com as consequências.

Compreendo, disse Paulus. Major, essa conversa foi extremamente interessante.

Em 19 de dezembro de 1942 Paulus enviou um alerta ao Quartel-General do Exército informando que o alcance máximo de seus tanques Panzer agora estava reduzido a vinte quilômetros. Estava sofrendo uma grande pressão dos bolchevistas no rio Michkova. O marechal de campo Von Manstein tinha acabado de emitir uma ordem ultrassecreta para lançar as Operações Tempestade de Inverno e Trovoada no primeiro instante possível. Em 23 de dezembro de 1942 o teletipo tagarelou:[57] `Boa noite, Paulus.` Era o marechal de campo Von Manstein. `Anteontem você informou ter combustível suficiente para uma surtida de 20 km. Zeitzler pergunta se essa informação poderia ser verificada novamente e confirmada.`

O pavor começou a pulsar nas entranhas de Paulus.

`Se ao longo dos próximos dias entregarmos por via aérea uma quantidade limitada de combustível e suprimentos, acha que, caso o pior aconteça, seria possível lançar a Operação Trovoada? Não quero uma resposta imediata. Pense a respeito e volte a entrar em contato, por favor, às 21h00.`

Encarando a parede sobre a cabeça do datilógrafo militar, que por sua vez olhava para o nada, os dedos brancos azulados obedientemente convulsivos contra as teclas do teletipo, Paulus andou para um lado e para o outro, ditando: A *Operação Trovoada se tornou ainda mais difícil, pois nos últimos dias o inimigo se entrincheirou nos fronts sul e sudoeste, e conforme interceptações de rádio, parece ter concentrado seis brigadas blindadas por trás dessas novas posições.*

Com um olhar de súplica, o datilógrafo olhava nos olhos de Paulus.

As preparações, prosseguiu, *levariam* — vejamos — *seis dias. Será uma operação muito difícil, a menos que Hoth consiga manter ocupadas as forças inimigas, muito poderosas, externas ao perímetro. Devo entender que estou autorizado a iniciar a Operação Trovoada? Assim que ela for lançada não haverá mais volta. Câmbio.*

O datilógrafo rezava.

`Hoje não posso lhe conceder autoridade total`, veio a resposta, e uma lágrima solitária começou a descer pelo rosto muito, muito branco do datilógrafo. Paulus fingiu não ter visto; era a atitude mais gentil. Ele próprio sentiu apenas alívio. Sempre que pensava em romper o cerco, um horror que de algum modo parecia *sujo* brotava como suor; Paulus sentia nos ossos que aquilo era impossível; enquanto conseguisse se manter por ali, não haveria como se envergonhar ainda mais. E sentia que nosso Führer, ao longe, isolado na Toca do Lobo, o compreendia. Se conseguisse seguir dando tudo de si aqui em Stalingrado pelo tempo que fosse possível, seria perdoado e poupado pelo nosso Führer. Sem dúvida, ninguém que ficasse ali poderia ser chamado de covarde…

No Natal, ainda que Paulus tenha sido informado de que a Divisão Viking da ᛋᛋ logo chegaria em Salsk, o que talvez de certo modo estabilizasse a defesa do Don ocidental, Paulus decidiu reduzir as rações de pão para cinquenta gramas por dia. (Ele ainda não sabia que por causa de outras incursões inimigas o marechal de campo Von Manstein não teria como abrir mão da Viking quando chegou a hora.) Comentou com ninguém em especial: É diferente de lutar na França, podem apostar!… — Mas as forças de socorro chegavam cada vez mais perto, combate a combate; as unidades avançadas chegaram a avistar o fogo em Stalingrado. O marechal de campo Von Manstein requisitou que ele atacasse. Isso, naturalmente, era impossível.

Na noite de Natal, os russos tomaram as ruínas da ponte Chestakov, obedecendo a um dos aforismos de Paulus: "É uma mera questão de tempo e efetivos". A questão de efetivos explicava o porquê de agora estarem fazendo garotas russas lavarem os instrumentos cirúrgicos. Paulus ainda tinha esperanças de receber permissão para dar início à Operação Trovoada, ainda que houvesse a chance de seus homens enfraquecidos acabarem dizimados na tentativa. Mas nem sinal de uma resposta da Toca do Lobo. Primeiro socorro, depois distribuição de combustível e munição, depois romper o cerco; ele sabia como fazer. Uma fuga de assédio para sudoeste era a solução correta, em teoria. *Será que aeronaves ainda podem decolar em segurança de Tatsinskaia?*[58] Schmidt ditava com a voz bem alta para o operador do teletipo, não o mesmo que havia chorado, mas outro, que lembrava um pouco seu filho Friedrich. Paulus desejou feliz Natal aos oficiais e brindaram ao 6º Exército. Naquela noite, com o rosto branco-acinzentado como o elemento germânio, Paulus saiu por entre os esqueletos de cavalos devorados para inspecionar as posições da forma mais discreta possível, de modo a não perturbar ou exaurir os soldados com falsas esperanças. A força de resgate estava em retirada, rechaçada de volta para o Aksai e depois para Kotel'niko. No interior do esqueleto de um prédio de apartamentos, um capelão conduzia uma cerimônia usando como altar uma caixa de munições. A congregação rezava com fervor, alguns chorando. Surgindo às pressas ao lado de Paulus, o major-general Schmidt comentou: Bem, senhor, o lado positivo é que essas privações fortalecerão nosso ódio racial.

18.

O major-general Schmidt tinha começado a criar unidades especiais usando nossas reservas, batizadas de *Aufgreifkommandos*. Sua tarefa era fuzilar desertores.

O senhor aprova essas medidas?

Prefiro recomendar políticas de longo prazo, Paulus respondeu.

Sem dúvida. Todo soldado precisa seguir ordens. O senhor tem autoridade para agir como bem entender...

Como os tanques já estavam quase sem combustível, deu ordens para que fossem enterrados na linha de frente, de modo a servirem de apoio para a infantaria na qualidade de casamatas. No mínimo os sentinelas teriam onde se abrigar daquele vento assassino, que parecia pior do que o sentido no ano passado em Moscou, ainda que, naturalmente, não fosse; a impressão só era essa por causa da insuficiência nutricional.

Disse um cabo: Eu sempre soube que deveria ter estudado russo!... — e levou tiros na cabeça do major-general Schmidt em pessoa: um, dois. Paulus acendeu um cigarro.

Contornando seus alemães escondidos nas trincheiras nevadas, seus alemães protegendo do frio as armas de assédio, agora armas antiassédio, Paulus foi até a linha de frente com o coronel Adam. Estava muito escuro. Até certo ponto ele torcia para enxergar os clarões dos disparos de nossas forças de socorro, ainda que soubesse que agora isso era impossível. O coronel Adam implorou para que desse meia-volta e retornasse, por causa do perigo. De repente o inimigo começou a disparar contra eles. Paulus se sentou na neve de um modo tão tranquilo que o coronel Adam teve certeza de que ele tinha sido atingido, mas apenas sorriu e acendeu dois cigarros, um para cada.

19.

As mensagens do marechal de campo Von Manstein agora pareciam menos urgentes, menos encorajadoras. Tentava assumir o comando de um grupo de batalha considerável próximo a Millerovo, mas o Führer ainda não havia se manifestado a respeito disso.

Paulus enviou uma comunicação pelo rádio: `Por algum tempo o Exército ainda tem como seguir repelindo ataques em pequena escala, desde que o abastecimento seja melhorado. Hoje apenas 70 toneladas chegaram por via área. Algumas unidades ficarão sem suprimento de pão amanhã, de gorduras ainda esta noite, de ceia amanhã. Medidas radicais agora são urgentes.`[59]

O marechal de campo Von Manstein, contudo, esperava recapturar o campo de pouso de Tatsinskaia. Estava dando de tudo para convencer o Führer a permitir que o 6º Exército empreendesse uma ruptura de cerco, ainda que àquela altura, naturalmente, apenas uns poucos remanescentes tivessem chance de ultrapassar o anel inimigo.

Os dias de inverno escoavam diante do 6º Exército com a mesma regularidade das patas congeladas de cavalos que eram cravadas na neve para marcar estradas. Paulus estava quase sem cigarros. "O Natal, é claro, não foi muito feliz", escreveu a Coca. "Em momentos como esse é melhor evitar celebrações."[60] Primeiro o guincho dos foguetes Katiúcha do inimigo, mais estridentes que as sirenes da Toca do Lobo; depois as explosões, seguidas após um intervalo pelos estrépitos cristalinos de escombros congelados se desfazendo em fragmentos, os gritos dos sobreviventes, todos absolutamente sinceros e envoltos em si mesmos, como se aquela dor fosse a primeira dor a ter vindo à luz neste mundo; Paulus sempre ficava surpreso com a quantidade de soldados que chamavam pelas mães nos últimos momentos. Primeiro assalto, depois defesa, cada vez ao preço de um perímetro mais enfraquecido; primeiro Stalingrado, depois tudo. Conversou com oficiais de todas as patentes, na esperança de estabelecer as bases operacionais de um plano verdadeiro. O 6º Exército precisava ser escalonado em profundidade, explicou. Não depositou pressão alguma sobre eles; aceitariam voluntariamente as propostas, com sorrisos vagos, provavelmente resultantes da fome. Seu amigo Karl Hollidt, do XVII Corpo, seguia acreditando nele. E o major-general Schmidt ainda acreditava piamente que os russos podiam se render. Quando Paulus perguntou em que informações ele baseava essa opinião, o major-general Schmidt respondeu: Podemos viver sem o judeu. Na verdade, viveremos melhor sem ele. Mas ele não sobrevive sem nós. É um parasita.

O tenente-general Jaenecke voltou a propor uma ruptura de cerco.

Para onde?, Paulus quis saber.

Para Voronej. É a *verdadeira* fortaleza...

E depois?

Isso o Führer decide.

Mas ele decidiu que temos de nos manter firmes por aqui mesmo. Você sabe disso.

Herr coronel-general, se empreendermos uma ruptura para sudoeste...

É uma solução radical, respondeu Paulus com desaprovação.

Em 1928 um certo conde Hermann Keyserling escreveu um ensaio intitulado *Das Spektrum Europas*. Hoje em dia empreitadas como essa seriam consideradas fora de moda, sem a menor dúvida, pois esse espelho europeu busca refletir, capítulo por capítulo, as feições do caráter nacional; além disso, nosso conde adota um estilo severo e abstrato cujas pretensões de rigor não caem bem para este leitor. Ainda assim, *Das Spektrum Europas* faz muitas observações interessantes sobre os alemães, das quais a seguinte talvez se aplique ao coronel-general Paulus: "Colocar o cumprimento do dever como virtude suprema, acima da responsabilidade pessoal, indica uma necessidade primitiva de se promover".[61]

20.

Após o Ano-Novo, pouquíssimos dos membros do 6º Exército, todos com a barba por fazer e os calçados forrados com palha, acreditavam na vitória final. Não esperavam nem ao menos que as reservas operacionais do OKW aparecessem para salvá-los. Tudo isso tinha se tornado tão distante quanto a neve de Carcóvia e destroços de máquinas. Em algum lugar de Carcóvia havia galpões com cobertores e galpões com comida, galpões cheios do unguento amarelo para geladura; e havia galpões abarrotados de munição, e galpões cheios de metralhadoras "Spandau", e galpões com combustível, galpões com chocolate, galpões com casacos de pele confiscados de judias que não precisariam mais deles, galpões com garotas-U e donzelas-R submissas para consolar os condenados, galpões com calor, galpões com vida; mas em relação a reservas, jamais haveria mais soldados para salvar o 6º Exército.

Mas por que não? Em junho devem ter convocado a turma de 1923. E se eles...?

E os nossos *hiwis*?

Não vão decepcionar os alemães!

Mas são eslavos!

E daí? Se os vermelhos invadirem todos os *hiwis* vão direto para a primeira vala! Eles *sabem* disso...

Mas talvez eles...

Schmidt falou...

Fuzilem todos, por mim. Não temos comida nem para nós mesmos, que dirá para esse lixo russo.

É exatamente o que venho pensando. Talvez, para prevenir uma revolta, seja preciso tomar algumas medidas.

Não temos outras preocupações? Não são mais perigosos que baratas; não passam de *hiwis*!

Eu comeria uma barata agora mesmo.

Zeitzler se colocou no regime de rações de Stalingrado. Quer que o Führer entenda como nosso caso é desesperador...

Onde ele consegue os duzentos gramas diários de carne de cavalo?, murmurou o general Von Hartmann com um sorriso venenoso. Deve matar um cavalo por dia só para fins de argumentação, ou algum judeu faz isso para ele. Esses desgraçados dos escalões de retaguarda…

Em algum lugar, no mundo onde vivia nosso Führer, havia sempre mais reservas, e essas reservas agora saíam das caixas de modo que esquadrões de caças alinhados se abasteciam de novos pilotos já sentados nas cabines, uma suástica na cauda de cada Messerschmitt, um triângulo e uma cruz negra de contornos brancos no tórax de cada Messerschmitt, todas as hélices apontando precisamente para cima; e o telefone disse: *Uma punição severa mas justa*… e o aço começou a se mover, cada vez mais rápido, as reservas avançando a toda na direção de Stalingrado, acelerando mais rápido que qualquer projétil russo. Paulus sabia que se pudesse comparecer apenas mais uma vez à Toca do Lobo, a Toca do Lobo no tronco da teia ferroviária, a Toca do Lobo com seus quatro postos de controle externos e um posto de controle interno servindo de câmara de compressão entre essa Europa cada vez mais russificada e o Reich, o Reich verdadeiro onde tudo ainda era possível, a Toca do Lobo, a Toca do Lobo onde havia café de qualidade, onde Paulus tinha como trocar de luvas brancas e onde as datilógrafas reclamavam que estava "quente demais", se ele tivesse como estar de novo diante da porta de aço soldado que levava ao cômodo onde o Führer o esperava, então, se ele conseguisse se impor e se expressar da forma adequada, tudo estaria terminado porque o Führer enxergava a fundo; conseguia ver as profundezas da terra. Era como se sentiam todos no 6º Exército. A Operação Trovoada não teria sido cancelada se isso tivesse acontecido. Assim como nossos prisioneiros russos que abarrotam vagões-plataforma se abrigam do vento atrás de muralhas feitas com os próprios mortos, os soldados de Paulus se esconderam por trás da crença no Führer pelo máximo de tempo que conseguiram, arrastando morteiros sobre trenós, as órbitas oculares tão brancas quanto buracos de explosão preenchidos de neve. Com inveja das luvas dos russos, forradas com abundância de peles, pois agora só se esquentavam com os infernais ventos alaranjados dos lança-chamas inimigos que cruzavam ruínas de prédios, lavavam as mãos tomadas de geladura com álcool surrupiado dos radiadores dos tanques agora inúteis. Os capacetes negros e robustos, inspirados em armaduras germânicas medievais, congelavam desgraçadamente sobre suas cabeças.

O compilador-biógrafo Goerlitz acredita que a ordem de liberar rações apenas para os combatentes aptos não foi dada por Paulus, que sempre sofria junto com seus homens, mas pelo general Roske, o último comandante da 72ª Divisão. Sendo verdade, parece que Paulus havia perdido o contato com os próprios subordinados — uma ideia palpavelmente absurda, sabendo que ele seguiu cumprindo seu dever, contemplando os mapas com olhos inexpressivos, abrindo mecanicamente a tampa da cigarreira de prata, procurando pela mágica disposição de forças que lhe permitiria tomar a ofensiva contra esses bandidos do Exército Vermelho, isolando e destruindo todos um por um, e depois disso talvez ainda fosse possível dominar a bacia do Cáspio. Assim sendo, eu de minha parte prefiro acreditar que a ordem em questão nunca foi emitida, que nada incorreto foi feito; pois sustentar qualquer outra opinião é difamar esse homem tão inteligente e meticuloso: Paulus, o Lógico.

Na véspera do Ano-Novo se relata que ele declarou a Zitzewitz (assombrado por essas palavras para sempre a partir daí): Tudo aconteceu exatamente como previ.[62] Está tudo naquele cofre, por escrito. — Heim havia muito o enxergava como um mártir.[63]

21.

Seus homens estavam ficando parecidos com judeus de campos de concentração. Quando teriam permissão de dar as mãos às tropas do marechal de campo Von Manstein? Aquele heroísmo deixava Paulus comovido, às raias do choro. Mais do que nunca ele reverenciava a memória da mãe, que jamais reclamou sobre as muitas doenças que enfrentou. Em uma das noites em que todos no quartel-general ficaram sentados ouvindo as lamúrias dos Ju-52, se perguntando o que estariam trazendo (a temperatura devia estar entre vinte e trinta graus negativos), ele repreendeu o coronel Adam, que também ainda acreditava nele: Aquele segredinho, a superioridade dos tanques T-34 sobre nossos Panzers, ajuda a explicar o fracasso de nossas operações por aqui. Veja bem, Adam, como a produção de tanques depende do eletroaço, nos seria de grande ajuda preparar um plano operacional mais realista para a primavera se descobríssemos os valores de produção de aço dos russos… — Às duas da manhã ele e o major-general Schmidt se ocupavam com jogos de guerra em folhas timbradas do 6º Exército. O major-general Schmidt era o Exército Vermelho e Paulus era a Wehrmacht. Sobre as luvas brancas, vestia luvas de pele russas, assim como o major-general Schmidt, porque não havia aquecimento no quartel-general; Paulus tinha ordenado que, em nome da simples equidade, até que tivéssemos combustível para aquecer os homens na linha de frente os aquecedores a gás do quartel-general não poderiam ser ativados. Após vinte e sete turnos ele conseguiu manobrar o major-general a abandonar Moscou para nossas forças, ainda que não sem um número expressivo de baixas; tudo isso só se tornaria possível se Paulus detivesse o controle centralizado das operações. (Ele não conseguiu evitar a lembrança de uma avaliação das habilidades de jogo de nosso Führer, sussurrada em seu ouvido pelo general Warlimon: "Estrategicamente, ele não compreende o princípio de concentrar forças no ponto decisivo".)[64] Após o vigésimo nono turno, o major-general Schmidt abandonou o jogo, dizendo: O senhor certamente ainda tem talento! — E acendeu o cigarro do comandante. Não, eles ainda não estavam sem nenhum cigarro; sempre havia reservas.

Paulus e o coronel Adam saíram para caminhar até a linha de frente, passando por cima de moitas cinzentas de cadáveres alemães. Tudo estava silencioso.

22.

Em 4 de janeiro de 1943 o informe diário para o Führer, que abrangia a situação mundial inteira em uma única página, destinou o seguinte parágrafo a Stalingrado: **6 Armee, Heeresgruppe Don: Ataque poderoso de tanques inimigos contra front NO rechaçado após ruptura temporária. No front SO, crescente fogo de artilharia inimigo.**[65] Schmidt se encarregou dessa operação; salvou nosso front noroeste. O coronel-general Paulus estava sentado no porão, virando as páginas de um livro que havia encontrado em uma cratera de bomba, e ainda estava sentado ali no dia seguinte, que marcava o primeiro aniversário de sua nomeação ao comando integral do 6º Exército; era um volume do século XIX, muito amarelado e, claro, totalmente em cirílico, que ele conseguia transliterar mas não interpretar; e se abria sozinho em uma gravura de um homem barbado de olhos tristes que usava um gorro de lã um tanto quadrado: ПУГАЧЄВЪ, ou seja, Pugatchóv, o cossaco analfabeto do Don e pretendente ao trono que aboliu a servidão, atacou Oremburgo, incendiou Kazan, tomou Saratov e sitiou Tsarítsin, ou seja, Stalingrado, onde foi derrotado pelo exército de Suvorov; transportado até Moscou, foi executado ali em 1775. Paulus tinha estudado sua rebelião muitos anos antes, na Escola do Estado-Maior. Os soldados russos da época de Pugatchóv usavam Cruzes de Ferro, como fazemos hoje, ainda que as deles tivessem fitas listradas, ao que parece. Não paravam de encará-lo enquanto ele passeava a esmo pela Rússia ilustrada, esquecendo covardia, "consciência", sindicatos judeus e todas as outras imundícies da chamada "civilização"; agora ele se via a bordo de um veleiro em um rio largo e calmo que poderia ser o Don ou o Volga, morros baixos por todos os lados, árvores sôfregas, raios de sol se esguichando estranhamente através do céu de água-tinta; e ele foi hipnotizado pela imensidão pálida e taciturna da Rússia; à parte o fato de não conseguir parar de tremer, bem que poderia estar em férias com Coca em Baden-Baden, sentado ao lado dela na areia, relendo *Guerra e paz*; tinha acabado de chegar ao trecho sobre a retirada de Napoleão, cuja exatidão irretocável ele, como resultado da própria pesquisa, tinha como confirmar; era tudo inevitável, deliciosamente arriscado enquanto Coca segurava sua mão, tomando banho de sol na espreguiçadeira, enquanto Ernst construía um castelo de areia com Friedrich e Olga experimentava o novo maiô, e ele se deleitou com o verão alemão, acendendo outro cigarro. Virou a página, mas o livro voltou a se abrir em Pugatchóv.

Em 9 de janeiro de 1943, conforme as instruções de nosso Führer, Paulus recusou a exigência de capitulação feita pelo inimigo. (Afinal de contas, disse nosso Führer ao marechal de campo Von Manstein, não faz sentido se render. O que acha que aconteceria com eles? Os russos nunca cumprem acordos.)[66]

Em 10 de janeiro de 1943 os russos deram início à Operação Anel. Paulus conferiu a Cruz de Ferro por bravura a todos os seus soldados. Incitou-os a não pouparem esforços rumo à vitória final.

Em 13 de janeiro de 1943 a Fortaleza Voronej, nosso último baluarte restante nas cercanias de Stalingrado, foi atacada; e logo cairia; não havia a menor dúvida. Como poderia haver qualquer socorro agora? O marechal de campo Von Manstein havia insinuado que mesmo que a posição do 6º Exército pudesse ser, a longo prazo, irremediável, o 6º Exército ainda tinha uma incumbência histórica de caráter mundial: atrasar o Exército Vermelho pelo máximo possível de tempo, o que talvez concedesse ao Grupo de Exércitos Sul tempo suficiente para consolidar suas defesas no sudeste da Rússia. Não estava mais otimista quanto à Operação Trovoada.

Em 15 de janeiro de 1943, quando chegou a notícia de que o inimigo havia rompido nossas pinças na distante Leningrado, Paulus ficou em silêncio. Com seu ajudante, o coronel Adam, se aventurou do lado de fora do quartel-general, e juntos palmilharam a vasta extensão de escombros da praça Vermelha, Paulus olhando para trás de vez em quando para fitar o local de onde tinham acabado de sair, onde a bandeira da suástica ainda pendia da varanda carbonizada e as sentinelas de serviço (194º Granadeiros) tiritavam. — O senhor está bem, coronel-general? — Paulus não respondeu. Escalaram o mais alto que a segurança permitia no esqueleto de um prédio de apartamentos semidestruído (obra deles ou nossa?) e Paulus aproximou os binóculos dos olhos, inspecionando seu front sudoeste, que estava tranquilo. Usando pás, três soldados que ele não reconhecia tiravam neve da pista de pouso. Sabe, Adam, de certo modo isso me desanuvia a mente. — Sim, Herr coronel-general... — Paulus fez um gesto de impaciência, e voltaram sem trocar palavra até a loja de departamentos Univermag. Naquele mesmo dia, no setor dele, os russos destroçaram inteiramente o 2º Exército húngaro. Os oficiais de seu estado-maior, como se fosse a primeira vez, cochicharam que o 6º Exército precisava lutar para abrir uma brecha e escapar... — Paulus se levantou, o rosto cadavérico, e declarou a todos: Espero que, enquanto soldados, cumpram as ordens de seus oficiais superiores. Da mesma forma que o Führer, enquanto meu superior, pode e deve esperar que eu obedeça às suas ordens.[67]

Em retrospecto, não temos como dizer que Paulus era tão valente e inspirador quanto o marechal de campo Model, nem que deteve os russos como havia feito o marechal de campo Von Küchler, que gozava da mesma combinação de determinação e sorte que caracterizou o marechal de campo Rommel por algum tempo; nem que era tão cruel quanto o marechal de campo Schoerner, ou tão ardorosamente obsequioso quanto o velho e gordo marechal de campo Keitel, ou tão competente quanto o marechal de campo Von Reichenau (que teve sorte de morrer antes que os Aliados o pudessem enforcar), tão traiçoeiramente decente quanto o marechal de campo Von Witzleben (a quem nosso Führer enforcou por ser assim), tão indiferente quanto o marechal de campo Von Leeb, tão eficaz em operações defensivas quanto o marechal de campo Von Kleist. Então, o que era Paulus? Eu o vejo como a figura central de uma parábola, e assim sendo, apático a contragosto; com o longo impermeável de couro, luvas e colarinho perfeitamente brancos mesmo naquele momento, a lealdade resplandecendo, ele foi conduzido até a história de nosso

Reich para ilustrar um princípio, desempenhar uma função, pensar e sofrer enquanto as coisas lhe aconteciam. (Qual o seu efetivo operacional?, perguntou ao general Von Hartmann, que respondeu: O senhor só precisa contar as cruzes em Gumark!) Nós, nacional-socialistas, sabemos que a melhor defesa é o contra-ataque; mas ao coronel-general Paulus não se concederam efetivos nem mobilidade para levar isso a cabo. Ele não passava de um soldadinho de chumbo, um personagem de um livro. Ficava sentado muito imóvel dentro da tenda ouvindo Beethoven no gramofone; as luvas já estavam sujas de novo. Será que nutria a mínima suspeita de tudo que ainda seria forçado a tolerar? É bem provável, pois àquela altura mais de uma pessoa já o tinha ouvido dizer: A história já declarou seu veredicto a meu respeito...[68] Stalingrado seria chamada de "divisor de águas". Depois de Stalingrado, e como resultado de Stalingrado, o domínio da Europa Central passaria da Alemanha para a Rússia. E tudo por causa de Paulus! Se ele tivesse... — ou se o Exército Vermelho, por acidente... — A culpa pela derrocada de nosso Reich, portanto, pode ser imputada ao coronel-general Paulus. Afinal de contas, nunca teria acontecido se tudo tivesse sido deixado a cargo dos bronzeados, despenteados e adoráveis rapazes da Luftwaffe nas páginas da revista *Signal*.

Ainda temos um morteiro e quinze obuses, Herr coronel-general...

Ótimo, ele respondeu.

Em 16 de janeiro de 1943, o dia em que o Iraque declarou guerra ao Reich, o relatório diário dizia: **6 Armee, Heeresgruppe Don: o inimigo voltou a pressionar nossas posições nos fronts O e S. Ao N do Don, avanço inimigo sobre o Kagalnik. Ataques nos fronts NE e N foram rechaçados.**[69] Nesse mesmo dia perdemos a pista de pouso em Pitomnik.[70]

Um major da Luftwaffe veio informá-lo sobre a situação estratégica do Grupo de Exércitos do Don. Paulus respondeu: Mortos não se interessam mais por história militar.[71]

No dia 19, semiasfixiado pela fumaça amarela das bombas aéreas russas, escreveu sua carta de despedida para Coca, sendo breve para o bem de ambos. No interior das dobras do grosso papel de carta do 6º Exército, anexou sua aliança de casamento, o sinete e as condecorações militares. O soldado prudente deixa as medalhas originais em casa e usa cópias autorizadas para se proteger de perdas ou danos de linha de frente. Ele não havia feito isso. Tal comportamento, da parte de um oficial de alta patente, podia ser interpretado como timidez. Assim que selou o envelope, sentiu-se melhor. Agora seu único desejo era que o avião que levaria aquelas lembranças até Coca não fosse abatido.

Em 22 de janeiro de 1943 a última pista de pouso em Stalingrado caiu em mãos russas. Paulus, mais uma vez, pediu permissão para se render. O Führer respondeu: Você deve resistir até o último homem, até a última bala.[72]

23.

Os russos nos tinham dividido em duas subfortalezas mutuamente isoladas,[73] com Paulus no bolsão sul, e grupos cinzentos de soldados rastejavam em meio às ruínas em busca de pão e calor, imitando os esquadrões cinzentos de piolhos que abandonavam as ataduras dos mortos. Os romenos estavam em pior situação, é claro; nossos alemães devem ser alimentados primeiro.

Paulus foi informado de que o general Von Hartmann se expôs ao inimigo até levar um tiro na cabeça. O general Stempel fez a mesma coisa. Por causa disso, Paulus emitiu uma ordem proibindo o suicídio.

Mantinha a caminhada diária até o front na companhia do coronel Adam, que apoiava seus passos hesitantes e cochichou em seu ouvido: Eu sei falar russo, caso isso se torne necessário, senhor. — Não será, respondeu o coronel-general Paulus.

Em 24 de janeiro de 1943 ele cogitou visitar a enfermaria de campanha no porão do antigo quartel-general da NKVD para animar os feridos, e recebeu permissão do major-general Schmidt, mas ao reconsiderar ele começou a temer que ao vê-los eles pudessem acabar se enfurecendo, e ele não queria fazer com que sofressem mais. Então ficou caminhando do lado de fora por um par de turnos, circundando a montanha de ataduras congeladas e membros amputados ao redor dos quais a neve era cor-de-rosa, como os paramentos da túnica de uma unidade antitanque das Waffen-ᛋᛋ. Então voltou ao quartel-general e ditou a seguinte mensagem ao OKW: `Não existe mais justificativa para cumprir a missão de defender Stalingrado. Russos já penetram fronts individuais, setores inteiros são perdidos com mortes de homens. Segue incólume ainda assim o heroísmo de oficiais e soldados.`[74]

Em 25 de janeiro de 1943 o general Von Seydlitz permitiu que seus homens se rendessem. Paulus o destituiu do comando. Foi substituído pelo general Heitz, que forjou o lema "Lutaremos até a penúltima bala".[75]

O inimigo havia começado a bombardear a Praça Vermelha.

24.

Em 27 de janeiro de 1943, quando a Força Aérea americana lançou as primeiras bombas sobre nosso Reich, novos ataques russos foram rechaçados na Fortaleza Stalingrado (Paulus trôpego com seu sobretudo, a cabeça baixa); e no dia seguinte o inimigo lançou uma barragem de artilharia tão intensa que os tímpanos de alguns soldados literalmente explodiram. Os oficiais, sentados, fumavam. Tinham encontrado mais alguns cigarros.

Certa vez ouvi o marechal de campo Von Manstein declarar que nunca seria capturado com vida por esses torturadores, contou o tenente-general Jaenecke.

O general Pfieffer, infectado já havia algum tempo com o vírus do derrotismo, contou a todos o que os prisioneiros alemães tinham enfrentado na guerra anterior:

os feridos deitados gemendo em carroças Panje, os açoitamentos com uma *nagaika* de sete tiras, as poças de urina congelada na Sibéria, os homens arrastados para morrer. Sem dúvida dessa vez seria pior, afirmou.

O major-general Schmidt lembrou a todos que em 1939, quando os russos avançaram para tomar posse de sua metade da Polônia, na época em que éramos amigos, o general Timochenko tinha emitido uma proclamação aos soldados poloneses, convocando todos a assassinarem seus oficiais. Imagine o que os vermelhos vão fazer *conosco*, disse o major-general Schmidt.

Todos começaram a trocar olhares pensativos.

Paulus, por sua vez, relembrou um incidente ocorrido quando o marechal de campo Von Reichenau ainda estava vivo.

Em julho de 1941, o 6º Exército estava baseado em Jitomir, onde o judeu Isaac Bábel, fazendo anotações para os horrendos contos da *Cavalaria Vermelha*, debatia e discutia com os correligionários a ética da revolução comunista que acabaria por fuzilá-lo em 1940;[76] foi em Jitomir que no auge daquele primeiro verão de maçãs e cerejas e cadáveres flutuando pelo rio Teterev que por ordem do marechal de campo Von Reichenau enforcamos um juiz soviético e neutralizamos os judeus, levando a tarefa a cabo em lotes, pois se tratava de uma mera questão de tempo e efetivos, um atirador por judeu, repetido quatrocentas vezes; alguns atiradores se mostraram incompetentes, o que meramente provava que eram virgens nervosos, a Operação Barbarossa tendo menos de um mês: ou os judeus não pereciam instantaneamente ou respingavam miolos nos esquadrões de fuzilamento, o que acontece quando se trabalha a uma distância curta demais. ("Estou feliz", Bábel escreveu no diário, "rostos grandes, narizes aduncos, barbas grisalhas; tenho tantos pensamentos; adeus, homens mortos." O ano era 1920.) No mês seguinte, nosso verão germânico ainda quente e dourado, o 6º Exército estava em Kiev e, após mais algumas centenas de judeus e judias adultos serem neutralizados, sua prole, cerca de noventa em número, foi deixada com vida por uns dois dias: mais uma vez, excesso de escrúpulos. Parte das tropas reclamou que as crianças não receberam comida nem água (os gritos dos bebês eram especialmente perturbadores), até enfim dois capelães militares se envolverem na situação. Seu relatório chegava ao ponto de equiparar essas operações necessárias com as atrocidades cometidas pelo inimigo. O marechal de campo Von Reichenau, que sempre se irritava com qualquer interferência, redigiu um memorando em três vias para o Quartel-General do Exército, declarando: "Averiguei que, após ter início, a ação foi conduzida de modo apropriado. O relatório em questão é incorreto, inconveniente e impertinente ao extremo. Além disso, esse comentário foi escrito em uma comunicação aberta que passou por inúmeras mãos. Teria sido bem melhor jamais escrever tal relatório".[77] Foi precisamente nesse ponto que Paulus chegou de avião para inspecionar o 6º Exército, vindo do OKW. Contou uma mentirinha a Coca; colocou na disenteria, "a doença russa", a culpa por sua aparência terrível ao retornar. Desde então, tentou nunca mais pensar sobre as medidas antijudaicas.

Mas Paulus também poderia acabar recebendo a culpa por essas medidas, com as quais não tinha relação alguma — na verdade, cancelou todas assim que assumiu o comando. Nem era preciso dizer que todos os inimigos eram judeus. Na certa seriam vingativos. Paulus decidiu que também jamais seria capturado com vida.

25.

Lia sem pressa uma edição antiga da *Signal* que havia chegado com só Deus sabe qual remessa de correio, provavelmente em algum momento do outono. O fogo de morteiro russo feria seus ouvidos. Tinha um curativo na testa; tanto ele quanto o coronel Adam haviam sofrido ferimentos no crânio durante o último ataque aéreo. Em uma fotografia colorida de página inteira, um homem e um garoto, encostando as cabeças loiro-avermelhadas, admiravam um modelo de submarino verde e vermelho com a bandeira da suástica de nosso Reich, o homem segurando o brinquedo nos braços (usava uma Cruz de Ferro, Primeira Classe), o garoto tão feliz que parecia sonhar, os lábios entreabertos. O homem, na verdade, era um almirante que Paulus havia conhecido socialmente havia uns anos, em um banquete de caçadores na casa de Göring. Ainda assim sua aparência lembrava a Paulus de si mesmo, e o garoto de Ernst. Ainda que Ernst e Friedrich fossem gêmeos, o pai sempre havia se sentido mais próximo do xará que de Ernst, sempre envolvido com algum problema na escola; muitas vezes Paulus teve que ser ríspido com ele, exclamando: Você é filho de um oficial alemão! — Apesar ou por causa disso, era em Ernst que ele pensava agora. Naquele momento a cena da *Signal* nada tinha de sentimental ou falsa. Paulus acreditava nela.

Foi então que o teletipo acordou. Era 30 de janeiro de 1943. Um líder de tropa de assalto, com o rosto azulado, se aproximou aos trancos para conferir quais eram as ordens. Então parou de piscar.

Nosso Führer havia promovido Paulus a marechal de campo.

26.

Aquele então era o clímax, a vitória pessoal que Coca sempre havia desejado para o marido. Nunca tinha pedido muito dele; afinal de contas, qualquer esposa de militar sabe que tem grandes chances de acabar viúva, mesmo que o marido não seja morto. Ela o tinha amado e ajudado, tolerando as ausências sem reclamar. Agora envelheciam, e nos trinta e um anos desde o casamento, quantas noites ela havia dormido ao lado do marido? E tudo que ela sempre tinha desejado em troca dessa lealdade eram alguns sinais de sucesso, honrarias públicas, para que pudesse se orgulhar. Em certo sentido, tudo que ele fez na Rússia foi feito para ela. Sem dúvida ele poderia ter ficado em casa ao lado da esposa, mas ela teria desejado isso? Era quando ele vestia as luvas brancas limpas, acendia um cigarro e se curvava sobre um mapa que conseguia dar o melhor de si; e o fato de estar tão longe dela, ainda que lamentável, não tinha como obstruir o amor perfeito que ele sentia. Ele se perguntou se ela teria sido informada. Conseguia enxergá-la na sala de estar, fitando o consolo da lareira sobre o qual repousaria o bastão de marechal de campo. Sem dúvida ficaria bem ao lado da fotografia com moldura de prata que mostrava Paulus atento, curvado sobre o coronel-general Von Reichenau, que em 28 de maio de 1940 ainda não era marechal de campo, enquanto aceitava a rendição do rei da Bélgica; o pangermanismo tinha enfim conquistado a vitória. Havia também a réplica das Cruzes de Ferro da guerra anterior, primeira e segunda classes; e o pequeno retrato, também com moldura de prata, com ele, Coca e as crianças quando todos eram tão mais jovens, todos em foco exceto Ernst, que, como era típico, estava inquieto e olhando para outro lado; por que Coca tinha emoldurado aquele retrato? Algo nele devia agradá-la, e, no fim das contas, nunca valia a pena argumentar com ela. Ah, mas como ela era tão, tão bonita naquela época! Ainda era bonita, é claro, mas a jovem com quem ele havia se casado em 1912 era indescritivelmente perfeita, o rosto branco e cálido reluzindo sobre o mundo por sob os cachos do cabelo, uma moda ligeiramente exótica à qual ela renunciou após o nascimento de Friedrich e Ernst. No instante em que ela lhe foi apresentada pelos irmãos, Coca lançou sobre ele uma luz brilhante. Paulus teria literalmente incendiado o mundo por ela. Essa fotografia havia sido tirada em 1920, um pouco depois do *Kapp-Putsch*, que ele havia apoiado com tanta paixão e do qual agora ninguém mais se lembrava. E as três crianças tinham crescido e seguido seu rumo. Hoje Coca devia pintar o cabelo, ainda que ele nunca a tivesse surpreendido fazendo isso. Aquele verão dourado e poeirento de ambos, onde tinha ido parar?

Paulus se apresentou para receber os balbucios congratulatórios de soldados tomados de curativos e geladuras. E como se fosse alguém mancando, um pensamento invadiu lento seu crânio — será que chegava a ser um pensamento? Era apenas algo que as pessoas sempre repetiam: *Nenhum marechal de campo alemão jamais caiu vivo em mãos inimigas.*

27.

Virar outro cadáver com carne tão perfeitamente branca quanto as paredes do quartel de Chemnitz seria mesmo o preço do triunfo?

Vestindo luvas brancas limpas, Paulus matutou: Não há motivos para não ser profissional até o fim.

Em alemão, a palavra composta que significa suicídio pode ser desmantelada em “morte livre”.

Se Paulus fosse capturado depois de tudo aquilo, sem dúvida seria uma decepção imensa para o Reich.

E para Coca também, é claro…

28.

Sendo esposa de um oficial alemão, Coca jamais vacilaria; quanto pior ficava a situação em Stalingrado, mais orgulhoso ele ficava dela e de si mesmo. Pouco a pouco ele superava a reverência que sentia pela esposa, que nunca havia se colocado entre eles de modo opressivo; tinha venerado sua deusa votiva ao longo de todos aqueles anos, dando o melhor de si como oferenda para receber em troca o orgulho amoroso da esposa, que repousava sobre ele tão docemente quanto o cabelo sobre seu rosto quando se deitavam abraçados; mas agora seu sofrimento e o deste exército cujos soldados ele sempre havia sentido, como é dever de qualquer bom general, como uma extensão de si mesmo, havia se tornado tão inegável para todos os envolvidos, incluindo o inimigo, que sua fortaleza também resplandecia para além de qualquer dúvida; e cada dia em que ele defendia o perímetro era um feito tão grandioso quanto sua vitória em Carcóvia; era por isso que agora ele se sentia mais orgulhoso e satisfeito consigo mesmo do que nunca. Sabia que podia aguentar até a morte. Sempre tinha sido corajoso; suportou muito desconforto; mas aquela luta miserável e muito possivelmente inútil havia levado tudo embora até restar apenas a verdade: ele estava pronto; era digno; acreditava sem reservas em si mesmo. Como se sentia grato a Coca por acreditar nele ao longo de tantos anos! Tinha precisado daquela crença; se aquela mulher linda e ardente, de sangue nobre, estava disposta a ser sua companheira pelo resto da vida, então sua rejeição pela Marinha, a carreira melancólica do pai, suas próprias reservas em termos de amizade, podiam ser encaradas com a mesma tolerância sorridente de um homem que relembra os equívocos da mocidade. Tinha conquistado o prêmio! E agora havia crescido e ido além. Amava a esposa mais do que nunca, mas enfim como uma igual, como uma mulher com quem dividia uma compreensão profunda, uma pessoa que podia ser imperfeita, às vezes até infantil, tão infantil quanto seus filhos; cujas diversas fragilidades Paulus agora podia admitir, apoiar e até mesmo amar, pois ele tinha deixado de ser frágil. Ninguém poderia afirmar que não havia cumprido o seu dever, mesmo com as explosões incessantes dos morteiros russos explodindo. Queria ter sido mais rígido com Olga e Friedrich, e menos rígido com Ernst. Bem, tudo isso era passado.

29.

Em 29 de janeiro de 1943, uma comunicação foi despachada a Berlim: Ao Führer! O 6º Exército saúda seu Führer pelo aniversário da conquista do poder. A suástica ainda paira sobre Stalingrado. Heil mein Führer! PAULUS.[78]

Em 30 de janeiro de 1943 o relatório diário informava: **6 Armee, Heeresgruppe Don: Mais ataques russos contra os fronts N e S do bolsão sul. 3 tanques inimigos destruídos a tiros.**[79]

Nas crônicas oficiais soviéticas, Paulus foi capturado pelo 64º Exército, sob comando do general M. S. Shumilov. Rendeu-se em 31 de janeiro de 1943, um dia após ter sido promovido pelo Führer a marechal de campo. [80] (Alegam que, traiçoeiro, declarou ao general Pfieffer: Não tenho a menor intenção de explodir minha cabeça em nome desse cabo da Boêmia.)[81] Em seguida se retirou para um cômodo isolado enquanto seus subalternos negociavam a rendição.[82] Findo o processo, Paulus subiu as escadas, ladeado por uma fila de rapazes eslávicos sorridentes com jaquetas brancas de capuz. Escreveu uma testemunha alemã: "Pesar e sofrimento marcavam seu rosto. Sua tez tinha cor de cinzas".[83] No lado de fora a imprensa Aliada estava a postos e fotografou o marechal de campo Friedrich Paulus, vestido com o sobretudo, avançando pela neve a duras penas. O major-general Schmidt lhe cochichava ao ouvido: Lembre que você é um marechal de campo do Exército alemão. —[84] Não precisou ir muito longe. Foi conduzido ao próprio carro oficial, que o levou até o quartel-general, e em seguida esse carro, um Mercedes igual ao de sua filha Olga, foi confiscado em nome do povo. Tiros espocavam alegres como rolhas de champanhe; fuzilavam *hiwis* assim que eram encontrados. Na caserna dos Pioneiros já incineravam os feridos.

Paulus tinha se tornado uma nulidade esbelta, com a barba grisalha por fazer e o quepe cobrindo os olhos cabisbaixos.

Ele se viu em uma casa de camponeses. Havia um fogo acolhedor. Os generais inimigos o inspecionaram com curiosidade autocongratulatória enquanto ele se curvou e bateu os calcanhares. Na entrada, um russo grande e calvo o filmava com uma câmera de cinema. A jaqueta do russo estava imunda com o que pareciam manchas de óleo. Por algum motivo, isso lhe era particularmente horrível. Por outro lado, suas próprias luvas estavam sujas. Ficou encarando a parede.

Primeiro exigiram saber por que Hitler não o tinha evacuado por via aérea. Afirmaram que nenhum *deles* jamais tinha sido deixado à mercê de um inimigo.

Creio que se esqueceram do general Vlasov, Paulus respondeu. Ele trabalha conosco desde julho passado.

Aquele pulha!

Sem dúvida vocês o conhecem melhor do que eu, disse.

De qualquer modo, você ainda não explicou por que foi abandonado por seu suposto "Führer".

Reza a tradição de nosso Exército, explicou, paciente, que o oficial comandante compartilhe do mesmo destino das tropas.

Bem, obrigado pela lição inspiradora, Herr marechal de campo! E você também merece nossa gratidão por outro motivo. Graças a você, agora contamos com uma vasta e inestimável experiência de combate defensivo aqui nas margens do Volga;[85] pode estar certo de que faremos bom uso dela!

Compreendendo que zombavam dele (o que, de qualquer modo, era o mínimo que ele esperava), manteve o silêncio.

Foi instruído a ordenar que o resto de seu exército se rendesse.

Com calma, retrucou: Isso seria indigno de um soldado![86]

Gargalharam suas horrendas gargalhadas russas, e um deles, um eslavo particularmente detestável que parecia prestes a cuspir no rosto de Paulus, ria e ria, os dentes manchados de amarelo-pardacento como um cadáver judeu, e então esse eslavo exigiu saber: Como é possível afirmar que salvar a vida dos subordinados seria indigno de um soldado, quando você mesmo se rendeu?

Eu não me rendi, Paulus corrigiu. Fui pego de surpresa.

Ora, ora. De qualquer modo, estamos falando de um ato humanitário.

Mesmo que eu assine uma ordem dessas, ela será ignorada, pois ao me render eu automaticamente deixei de ser o comandante.

Mas que lógica, Herr marechal de campo!

Eles eram exatamente como lhe apareciam em pesadelos: insolentes, ameaçadores, impermeáveis a argumentos. (Encontraremos um meio de lidar com ele, disse o Camarada Stálin.) Um deles, um rapazinho acabrunhado, parecia estranhamente familiar. Assim como o rosto germânico é mais fino e expressivo que o eslávico, mais sensitivo, Paulus não conseguia impedir que sua alma viesse brilhante à tona, sua ansiedade interior, seu desejo antigo de manter uma aparência decente. E ele compreendeu muito bem que daquele momento em diante, para todo o sempre, ele precisava esconder a dor, por lealdade a si mesmo; que no lugar das luvas brancas podia contar somente com um olhar empedernido; congelaria; se enrijeceria; não mostraria nada. Sentindo vontade de ter feito jus à expectativa final do Führer, Paulus disse: Reitero a minha recusa.

E de minha parte devo informar, Herr marechal de campo, que com sua recusa a salvar a vida dos próprios soldados você está incorrendo em um delito de responsabilidade em relação ao povo alemão e ao futuro da Alemanha.

Virando o rosto para a parede, Paulus voltou a ficar tão silencioso e imóvel quanto um cadáver preso em uma cerca eletrificada.

Os focos de resistência no bolsão norte (11º Corpo) se renderam de qualquer modo, é claro, em 2 de fevereiro de 1943; e em seguida os vemos em hordas enregeladas, impassíveis, desesperados ou sorrindo timidamente para os super-homens soviéticos vestidos de branco que os despachavam em direção à Sibéria, abatendo retardatários a tiros. Por anos, alguns deles formaram longas e sombrias filas duplas e permaneceram trabalhando nas praças arruinadas de Stalingrado. Aprenderam a ser peritos em enterrar cadáveres. Quase todos morreriam de exposição às intempéries, inanição, tifo, abandono e crueldade. (Não registrei o que aconteceu com certo Schmundt, que vivia aconselhando: Precisamos ser mais fanáticos, senhor. O major-general Schmidt, contudo, permaneceu leal ao nosso Führer até o último instante, e por isso ganhou vinte e cinco anos em um campo de trabalhos forçados.) A única coisa pela qual podiam esperar era o comportamento enérgico, imponente e ainda assim não de todo desprovido de compaixão da fêmea eslávica, sobretudo das oficiais mulheres. Até mesmo Paulus batia os calcanhares e beijava a mão da médica. (O socialismo obliteraria todos esses traços nacionais, mas é claro que isso levaria algum tempo.) Alguns deles, trabalhadores fortes e com inclinações técnicas, já condicionados à obediência, até que se deram bem como capatazes nos batalhões de construção do Ártico.

Paulus, fatigado e esquálido, aderiu à União Antifascista de Oficiais Alemães. Por que não? O Führer já tinha afirmado: É o último marechal de campo que nomeio nesta guerra. —* Fitando o porta-caneta metálico na sala do interrogador, tentando não pensar no que o marechal de campo Von Manstein diria, aderiu ao Comitê Nacional por uma Alemanha Livre. Foram corretos com ele, pois respeitavam seus talentos. Alguns até o parabenizaram por ter superado o general Timochenko em Carcóvia. Batendo os calcanhares, se curvou, abrindo um sorriso amarelo. Foram muito gentis com o ex-marechal de campo Friedrich Paulus. Agora ele se perguntava como algum dia imaginou que alguém poderia derrotar a União Soviética, que representava o povo. (Dois meses após a rendição, a fábrica de tratores de Stalingrado já estavam em condições de dar início a operações de consertos de tanques.) Logo Paulus se tornaria um marxista-leninista dedicado. Tinha passado a entender que as questões nacionais, se não eram mesmo de todo ilegítimas, deveriam sempre estar subordinadas a questões sociais mais generalizadas.[87]

Foi exibido para mais jornalistas. A. Werth, correspondente do *London Sunday*, escreveu: "Paulus parecia pálido e doente, com um tique nervoso no lado esquerdo do rosto. Demonstrava mais dignidade natural que os outros, e usava apenas um par de condecorações".[88]

Em Moscou, Stálin e Béria foram fotografados na sala de interrogatório com o chão forrado de tapetes *bokhara*. Paulus ganhou um pacote inteiro de cigarros. Sentou-se à mesinha presa ao piso na cela do Lubianka e refletiu com sinceridade sobre a melhor maneira de cumprir as ordens que havia recebido. Por esse motivo, e por causa de seu valor como peça capturada do jogo de xadrez, nunca precisou saber muita coisa sobre as minas de ouro de Kolimá, as pedreiras onde prisioneiros alemães trabalhavam até morrer de exaustão, as três categorias de rações, os prazeres de rachar lenha de abeto em troca de pedaços quadrados de pão imundo. Foi colocado com vinte de seus generais em um trem especial que os levou até um campo muito brando em Krasnogorsk. Esse trem, digamos assim, não era tão agradável quanto o do Führer, inteiramente composto de aço soldado; por outro lado, era quente. Por ora,

* Cumpriu essa promessa com a mesma perfeição das outras. Em 1º de fevereiro de 1943, ou seja, no dia seguinte à rendição do marechal de campo Paulus, os generais Von Weichs, Von Kleist e Busch conquistaram a mesmíssima honra. Em 1º de março de 1944, "o bombeiro de Hitler", o valente general Model, foi promovido em reconhecimento por sua excelência defensiva, que nos ganhou tempo para mandar os judeus húngaros chaminé acima. O legítimo último marechal de campo foi Schoerner (5 de abril de 1945), um homem cuja brutalidade de histeria louvável o dispôs a fazer com os derrotistas do Estado-Maior alemão o que ele já tinha feito com os civis russos; parece muitíssimo adequado que tenha recebido o bastão das mãos do nosso Führer em pessoa.

até pôde ficar com a cigarreira de prata. Primeiro foi enviado a Susdal, depois ao Campo 48 de Voikovo. Um velho e sábio detento declarou: Mesmo uma vida miserável é preferível à morte — mas ninguém jamais disse isso ao último marechal de campo, que foi tratado ainda melhor que um criminoso *urka* de alto escalão. (Nosso Führer prometeu que ele seria levado à corte marcial depois da guerra por não ter se matado. Nosso Führer declarou: Pessoalmente, o que mais me magoa é que eu o promovi a marechal de campo. Nosso Führer declarou: Morrem tantos homens, um sujeito desses aparece e no último instante denigre o heroísmo dos outros.)[89]

Se Paulus fosse qualquer outro, teriam rasgado as fotografias de Coca em alguma das revistas; e se ele tivesse protestado, um guarda risonho lhe teria torcido a orelha e comentado: Que bela mulher! Não se preocupe. Ela já caiu nas mãos dos russos. — Mas sendo quem era, pôde manter os retratos da esposa até o fim, ainda que seja verdade que nunca mais a tenha visto. Foi informado de que a Gestapo havia convidado Coca a se divorciar dele e trocar de sobrenome; ela escolheu ir para o campo de concentração. (Sem dúvida tinham insinuado a outra opção que ela deveria ter abraçado, aquela que teria agradado ao Führer, que sempre admirou nossas orgulhosas mulheres alemãs, para quem a honra permanece mais importante que a existência. De qualquer modo, ela era apenas uma romena.) Os agentes da NKVD manifestaram satisfação por Coca ter tomado a atitude correta. Não sabiam informar se ela continuava com vida.

Foi fotografado apertando a mão de uma bailarina siberiana, piloto de um avião que lançou paraquedistas por trás de suas linhas em Stalingrado. Esse é meu destino, disse para si mesmo. Foi fotografado palestrando para a União dos Oficiais Alemães, cujos membros agora eram tão irrelevantes quanto príncipes alemães do século XVIII com cachos empoados.

Em fevereiro de 1946 o vemos pálido, com olhos fundos, fingindo com destreza de prisioneiro ainda estar com ambos tão abertos quanto na época anterior à ruína, quando na realidade seu olhar vagava inquieto no interior da prisão do próprio crânio, circum-navegando a si mesmo enquanto Paulus, corcunda no banco de testemunhas de Nuremberg, aperta os fones de ouvido com força contra as têmporas enrugadas. Gargalhando, os promotores russos o chamaram de *nossa arma secreta*, de tanto que sua aparição repentina abalou o tribunal. (Os outros o chamaram de *o Fantasma de Stalingrado*.)

O tenente-general Roman Rudenko exigiu saber quais de seus ex-camaradas (que agora o encaravam do banco dos réus) tinham sido participantes ativos no início da guerra de agressão imperialista contra a URSS (ou, como diria seu ex-patrão, a Potência Judaico-Asiática). Calmo, sem hesitar, Paulus nomeou um a um.

(Sempre o defendi para o Führer, sussurrou a “besta que diz sim”, marechal de campo Keitel, que logo seria enforcado. —[90] Que vergonha para Paulus testemunhar contra ele!)

Rudenko em seguida indagou com olhos sôfregos: Concluí corretamente a partir de seu testemunho que muito antes de 22 de junho de 1941 o governo hitlerista e o Comando Supremo das Forças Armadas estavam planejando uma guerra de agressão contra a União Soviética?[91]

Paulus encarou as duas fileiras de botões reluzentes de Rudenko. Respondeu: Não resta a menor dúvida, de acordo com todos os atos conforme os descrevi e também em conexão com as instruções transmitidas.

Nos fundos do tribunal, seu filho Ernst, que parecia muito magro, encarava o pai com timidez e tristeza.

O advogado de defesa, se recordando das instruções de Göring (*Pergunte àquele porco imundo se ele é um traidor! Pergunte se tem documentos de cidadania russa.*) pigarreou e quis saber: E quanto a você, marechal de campo Paulus? Se não havia dúvidas sobre a natureza agressiva desta guerra, por que você participou?[92]

Encolhendo a cabeça contra o peito e recolhendo os ombros como as asas de um pássaro à noite, o último marechal de campo respondeu: Não cheguei a uma compreensão integral a respeito dessa questão até depois de Stalingrado, porque, como a maioria dos oficiais alemães, não vi nada de incomum em basear o destino de um povo e uma nação em políticas de força. Na minha concepção, eu estava cumprindo meu dever para com a Pátria…

Foi escoltado para a saída e fingiu olhar fixamente para a frente, mas voltou a visão de novo para dentro de modo a não enxergar os réus condenados no banco de duas fileiras, cercados por agentes da justiça dos vitoriosos, rígidos com seus capacetes brancos. Se tivesse vencido a batalha de Stalingrado, também estaria sentado ali; pois qualquer guerra contra nossa União Soviética deve ser uma guerra perdida. (Aquele homem está acabado, comentou o ministro das Relações Exteriores, Ribbentrop. Ele se desgraçou. — É claro, disse o general Jodl, que certa vez tinha bocejado durante uma das palestras de Paulus na Toca do Lobo. Coca havia recomendado ao marido que cortasse relações com ele. — Está completamente liquidado, Jodl prosseguiu, mas não posso culpá-lo; precisa salvar o próprio pescoço. — Ambos os réus perderam os seus.)[93] Pelas fachadas onduladas e sem telhado das casas alemãs destruídas, pelos fragmentos da muralha da cidade ele flutuou, de volta à prisão russa.

Primeiro Hitler, depois Stálin. Permaneceu honesto com a classe trabalhadora que lhe tinha perdoado e adotado. Após a morte de Stálin em 1953, deixaram que fosse a Dresden, que estava começando a ganhar prestígio nas indústrias elétrica e ótica.

Em seu primeiro dia de liberdade, Paulus caminhava com as costas muito recurvadas e topou com um concerto em uma sala destruída por bombardeio, cujas ninfas desmembradas e cobertas de fuligem se agarravam às paredes com a mesma tenacidade dos cadáveres congelados nas estradas russas; e ali, em um ajuntamento de trajes negros a rigor, os músicos tocavam um quarteto de cordas de autoria de certo D. D. Chostakóvitch, dito um dos grandes favoritos do falecido Camarada Stálin. O último marechal de campo se postou sorrindo polidamente, escutando. Odiou as harmonias dissonantes, que não o faziam lembrar-se tanto de melodias quanto de guerra. As partituras brilhavam ainda mais brancas em contraste com a indumentária negra dos músicos, como campos nevados alpinos interrompidos por silhuetas rochosas; mas o público que os cercava era cinzento e débil, e do outro lado da rua a carcaça de um cão fedia dentro de uma casa queimada. Oito anos tinham se passado desde as bombas incendiárias, mas em nossa *Deutsche Demokratische Republik* o tempo passa mais devagar, com a mudança sendo liberada em doses controladas e minúsculas para o bem de nossas personalidades delicadas, em breve protegidas pelo Muro de Berlim. De vez em quando os operários da reconstrução ainda encontravam relíquias que lembravam as estátuas de arenito silesiano de Berlim, enegrecidas pelo tempo. Sobre os músicos pendia um cartaz adornado por uma estrela vermelha: **LANG LEBE STALIN!**, e as autoridades não se arriscavam a retirá-lo ou mantê-lo por ali; precisavam aguardar pela ordem do Camarada Khruschóv.

Paulus ganhou um casarão, e permitiram que servisse ao povo como inspetor de polícia de escalão intermediário. Até onde permitiam as condições do pós-guerra, sua aparência corroborava a caracterização feita pelo coronel Heim no passado distante: "Elegante, de mãos esguias, sempre muito bem-vestido, com o colarinho refulgindo de tão branco e botas de campanha imaculadamente engraxadas".[94] Sobre o casarão, que por preferência de Paulus e dos russos ficava afastado no distrito Platteleite em uma colina com vista para a cidade, posso dizer (pois o vi) que das janelas e varandas é possível avistar as sumagreiras e, mais além, as profundezas de um misterioso golfo arbóreo: a floresta centro-europeia. Quando a saúde e o tempo livre permitiam, o velho descia os degraus gastos, passava por um arco de concreto até o mirante inferior, consolado pelas sacadas, torreões redondos, alpendres e terraços que pairavam sobre ele. Uma senhora de cabelos avermelhados colhia flores no mato. Coca teria adorado aquele lugar; morreu em 1947, em Baden-Baden, ao que lhe disseram. O filho Ernst tinha permissão para visitá-lo de vez em quando, provavelmente por ter sido colocado por algum tempo em um campo de concentração pelos nazistas, o que o tornou antifascista. O outro gêmeo, Friedrich, vivia ainda mais longe: morto em ação em Anzio, em 1944. Quanto a Olga, nunca aparecia; Ernst disse que ela estava bem, ainda que seu barão tivesse perdido bastante dinheiro ao longo da guerra; não sabia por que ela se recusava a escrever. Com dedos quase paralisados, o pai lhe escreveu um bilhete de felicitações pelo quadragésimo segundo aniversário. Ernst prometeu levar a mensagem consigo até o outro lado da Cortina de Ferro. Era de fato um filho muito legal. Ouvi falar (ainda que isso não possa ser confirmado) que em seu quarto, naquele Estado-fantoche revanchista conhecido como Alemanha Ocidental, ele tinha, desafiando a "desnazificação", uma fotografia com moldura de prata da conferência de Poltava em 1942,[95] quando a Operação Blau teve início: ali estava Heusinger com o punho na beirada da mesa de mapas, e o pai belo e alto de Ernst postado entre Heusinger e nosso Führer, um tanto às costas de ambos, com as mãos para trás; enquanto Von Weichs do 2º Exército fitava animado o verão branco do mundo do mapa, cujas beiradas o Führer agarrava com ambas as mãos, como se prestes a rasgar. Ernst nunca se decidiu se deveria isolar ou ampliar a imagem do pai. — Os dois homens acenderam cigarros e contemplaram a Europa. Era uma tarde muito úmida; eles precisavam se bater contra as pesadas nuvens de verão da Saxônia. O ferimento de Ernst, que ele chamava de suvenir de Stalingrado, às vezes o incomodava à noite, informou. Parecia estar ficando desleixado. Estava flácido e não se barbeava com perfeição, e sempre estava com olheiras. Disse certa vez: O senhor não imagina como fiquei feliz, pai, quando ouvi falar de sua Cruz de Ferro. Uma vez o enxerguei de longe, durante os combates em Carcóvia... — Pode ficar com ela se quiser, respondeu Paulus com um breve sorriso. Enviei para sua mãe em uma carta, pouco antes de perdermos a pista de pouso de Stalingradski. Ela teria guardado até o fim, sem a menor dúvida. Eu também... — Ah, então é por isso que o senhor não usa mais a aliança, disse Ernst com uma amargura indescritível. Mamãe nunca recebeu essa carta. — Paulus, sentado, ficou rígido, o lado esquerdo do rosto pulsando como um batimento cardíaco. Em outra ocasião, talvez para atormentá-lo, ou pelo menos assim suspeitou, Ernst lhe trouxe, e Paulus não conseguia imaginar como ele havia obtido aquilo naqueles tempos, uma cópia do testamento do Führer, e depois eles ficaram sentados dentro do casarão por trás de portas fechadas, o último marechal de campo e o ex-capitão, fumando cigarros e olhando para a parede, com Beethoven no gramofone, o documento entre os dois: `... e assim escolher a morte por vontade própria...`[96] Depois que Ernst partiu para a Alemanha Ocidental, Paulus rasgou seu testamento em pedacinhos e queimou tudo. `Que um dia o código de honra do oficial alemão, como já acontece em nossa Marinha, determine como impossível a rendição de um distrito ou cidade, e que acima de todos o Líder seja um exemplo fulgurante de cumprimento fiel do dever até a morte.`[97] Paulus tinha se afeiçoado bastante ao trevo branco e roxo que brotava toda primavera. Primeiro o trevo, depois o cheiro de árvores e folhas; as sumagreiras exuberantes eram árvores de julho; da sacada de casa, ele acompanhava cada avanço do verão lá embaixo, naquele desfiladeiro escuro. No inverno ouvia Beethoven no gramofone, não Chostakóvitch. Ninguém jamais perguntou seu endereço; se alguém tivesse perguntado, ele tinha a resposta pronta: Lausitzer Street. Primeiro direita, depois esquerda — esquerda até o final. Quando Hilde Benjamin, vulgo "Guilhotina Vermelha",[98] se tornou ministra da Justiça, tomou a decisão correta, mantendo-o no posto e até mesmo o promovendo, pois Friedrich Paulus era um subordinado meticulosamente sem defeitos. — É preciso estar de guarda como uma aranha na teia, o Führer costumava dizer, encarando o rosto de Paulus com um olhar fulminante em busca de algo maligno.[99] — Graças a Deus sempre tive um excelente nariz para tudo. Posso farejar as coisas antes que aconteçam... — A Guilhotina Vermelha tinha um nariz quase idêntico. Era um *troll* grisalho com olheiras — não muito atraente, opinavam os colegas do sexo masculino, mas se ainda estivéssemos em 1945 ela poderia ocupar uma dúzia de rapazes russos por um turno inteiro. O inspetor Paulus, é claro, nunca fez esse tipo de brincadeira. E nenhum dos outros policiais fazia comentários em sua presença; sentiam-se desconfortáveis por perto; não que não confiassem nele (tinha sido neutralizado havia muito, tornado inofensivo), mas não sabiam o que pensar a seu respeito. Por que, por exemplo, ele comparecia religiosamente não apenas a desfiles militares, o que era de esperar, mas também a qualquer evento, até mesmo as celebrações mais tediosas e insignificantes da classe trabalhadora, que inspiravam bocejos até em agentes da Stasi?

Ali se postava, sozinho, assistindo às marchas sob os domos e cúpulas bronze-esverdeadas das torres semidestruídas de Dresden. Faltava-lhe o que um marechal de campo bem mais capaz (estou falando de Von Manstein, é claro, que no momento cumpre pena em uma penitenciária britânica) praticamente corporificava; chamando modestamente de "tradição prussiana",[100] como se fosse apenas um procedimento que ele seguia sem merecer qualquer crédito pessoal; Von Manstein, em resumo, era um oficial que sabia como se aproximar de seus homens. Será que aquele inspetor Paulus se achava bom demais para seus colegas? Não importa. Às vezes, sem aviso, a Guilhotina Vermelha visitava Dresden em seu carro negro e reluzente, e nessas ocasiões invariavelmente adentrava a salinha muito arrumada de Paulus, com retratos de Marx, Lênin e Stálin alinhados nas paredes, e ficava olhando para ele, apenas olhando, como se ele estivesse com uma mancha no colarinho, ao que ele erguia a cabeça da papelada e devolvia o olhar sem nenhum ar de insolência, ou mesmo inexpressividade; estava pronto para qualquer coisa. Então ela entrava no carro e voltava a Berlim. Era como se Paulus a fascinasse. Muitas vezes elogiava a clareza e a abrangência de seus relatórios, e por que não? Ele sem dúvida tinha cuidado de tudo nos mínimos detalhes; sua lógica era tão rigorosa quanto a solução de um problema de cristaloquímica. Talvez por isso ele nunca tenha tido problemas por causa de suas ligações do pré-guerra com os amigos aristocráticos de Coca: o conde Zubov, a baronesa Hoyningen-Huene, o príncipe e a princesa exilados... Ao contrário da pobre Coca, morta, a Guilhotina Vermelha contava com acesso total aos seus relatórios de serviço do pré-guerra, um dos quais dizia: "Modesto, talvez até demais; afável, de conduta extremamente gentil, e bom camarada".[101] (Muitos cidadãos, um número excessivo deles, descobriam nos olhos dela algo semelhante ao clarão de um depósito de combustível em chamas, mas isso Paulus nunca viu; ela lhe sorria.) Segundo a avaliação dela, preservada para sempre nos arquivos da Stasi, o inspetor Paulus era "um representante inócuo da antiga casta militar profissional. Até que mais especialistas surjam das camadas populares, precisamos fazer uso dele. É cauteloso, discreto, diligente, pontual e inteligente e desprovido de quaisquer ambições pessoais".[102] Às vezes, é verdade, ele palestrava na academia militar, mas essas apresentações, para as quais invariavelmente requisitava autorização prévia da Stasi, não consistiam em nada mais perigoso que as autojustificativas de um velho. O tópico: Stalingrado. O tema: eu previ o resultado, mas o Alto-Comando fascista não me deu ouvidos. Essas palestras eram autorizadas porque ofereciam mais um exemplo de como o hitlerismo, capitalismo monopolista em essência, engana o povo. Fui informado de que até a Guilhotina Vermelha compareceu a alguns desses eventos, sorrindo irônica do fundo da sala. Quando ele a via, seu coração batia eletrizado dentro do peito; não saberia dizer o porquê; era quase como se estivesse recebendo uma visita de Coca. O lado esquerdo do rosto se contraía em tiques, mas ele continuava: Ao mesmo tempo, requisitei uma atenção especial ao estoque inadequado de suprimentos do 6º Exército... —[103] Além desse tema predileto, e das visitas intermitentes de Ernst (agora relembravam Stalingrado juntos quase com prazer; Ernst havia encorajado o pai a ampliar suas anotações datilografadas), não causava problema algum. Acendendo um cigarro após o outro (tinha pegado gosto pelo *mahorka* russo), não arredou o pé da mesa, muito leal, quando o Levante de Junho foi esmagado pelos tanques das forças armadas populares; Paulus conseguia ouvi-los do lado de fora, avançando pelas ruas de paralelepípedos, velhos T-34 pelo barulho. Como dizia o grande Moltke, "Gênio é diligência". Primeiro investigação, depois condenação e a sequência dela nos porões dos castelos amarelo-ocre. Em uma vitória magnífica para a classe trabalhadora, liquidaram a Organização Gehlen. Paulus se lembrava muito bem do major-general Gehlen. Era sobre a assinatura de Gehlen que os relatórios costumavam chegar, aqueles relatórios diários enganosamente otimistas sobre a situação do inimigo enviados pelo Fremde Heere Ost Gruppe I, Grupo de Exércitos B. Ernst, que parecia muito bem relacionado naqueles dias, disse ao pai que Gehlen se gabava: Meu departamento previu com dez dias de antecedência exatamente onde o golpe seria aplicado em Stalingrado![104] O julgamento de fachada correu à perfeição, ainda que Gehlen não estivesse no banco dos réus;[105] não conseguimos alcançá-lo em seu covil de Berlim Ocidental. Não importa: quinhentos e quarenta e seis espiões presos![106] Como ele costumava dizer nos velhos tempos, é uma mera questão de tempo e efetivos. Na Münchner Platz, onde a guilhotina elétrica antigamente decepava cabeças de judeus e derrotistas a um ritmo ideal de uma cabeça a cada dois minutos, agora guilhotinávamos bêbados por cantarem músicas nazistas.

Faleceu em 1957, um ano após o início da "desestalinização" e um ano antes do marechal de campo Von Manstein publicar *Vitórias perdidas*; a morte resultou, apropriadamente, de uma esclerose progressiva que permitiu à mente de Paulus contemplar sua situação irremediável até o último instante, aumentando a imobilidade até o corpo se tornar incapaz de qualquer movimento, nem mesmo tiques, até o coração também se ver dominado. Dizem que ele tolerou essa agonia com uma paciência absoluta. Por causa de entraves burocráticos na fronteira, Ernst chegou tarde demais para se despedir. Acho que pode ter levado o pai de volta a Baden-Baden, para colocá-lo ao lado de Coca; por outro lado, também li que Paulus foi enterrado em Dresden. Sem dúvida ambos os relatos são verdadeiros; vi com meus próprios olhos que Cristo tem duas tumbas em Jerusalém. Trepadeiras e glicínias tomaram conta da sepultura, e depois sumagreiras vermelhas brotaram triunfantes. Paulus foi o último marechal de campo. Não se designou a ele nenhum mausoléu: nem colunas nem cripta, nem águias de granito, nem tristes cavaleiros cobertos de fuligem matando serpentes de pedra. Mas morreu em boa situação; haviam lhe concedido o paraíso com telhado de ardósia de um verão saxônico, preguiçosos jogos de luz de tílias, nuvens suando chuva. Tinham dado a ele aquela casa que parecia uma tentativa de construir um seio a partir de superfícies planas. Mais tarde a Stasi se apropriou dela para fomentar o poder da polícia democrática.

Em 1960, mesmo ano em que Chostakóvitch visitou Dresden e, sufocado pela floresta onírica e misteriosa que cercava a cidade, compôs a triste *Opus 110*, veio à luz o livro de memórias de Paulus, *Ich stehe hier auf Befehl*; mas como a essa altura Liddell Hart já tinha publicado *Falam os generais alemães*, ninguém deu muita atenção a esse empreendimento secundário que, afinal de contas, não passava de desculpas esfarrapadas de um filho de contador. Graças à Guerra Fria, Stalingrado tinha se tornado um constrangimento para todos os envolvidos. Ainda assim, alguns dos vencedores concederam que o tal Paulus até que não tinha sido nada mau em algumas operações táticas envolvendo blindados. Seu filho, com lealdade, preservou, revisou e desenvolveu esses diversos textos defensivos, mas os bordos e tílias de Dresden cresceram sobre a memória de seu pai como monumentos. Primeiro a vontade, então o feito: Em 1970, quando a Fábrica de Tratores de Stalingrado (agora chamada Fábrica de Tratores de Volgogrado) entregou seu milionésimo tanque, Ernst Paulus cumpriu enfim o desejo de nosso Führer, explodindo o próprio crânio em uma chuva cinza e carmim. A última coisa que viu, ou pareceu ter visto, foi um exército de esqueletos brancos naquele dia negro. ▸

Zoia

A questão essencial sobre operações antipartisan — devemos enfatizar isso repetidamente — é que se algo der certo, está correto.

Adolf Hitler (1942)[1]

1.

A história de Zoia não tem início. Definida apenas por seu fim, que acontece não muito longe da fronteira oeste de Moscou, em um vilarejo chamado Petrischevo, a narrativa se projeta em retrospecto por meio de contrastes previsíveis e possivelmente falíveis até a ensolarada coletividade do pré-guerra, pela qual Zoia escolheu dar a vida. Mas e se não tiver escolhido? O crime pelo qual ela foi condenada pelos fascistas — incendiar uma cocheira, obedecendo à diretriz de terra arrasada do Camarada Stálin — teria certamente dado lugar a feitos mais grandiosos se a sorte tivesse assim permitido. Em resumo, Zoia não tinha a intenção de morrer — pelo menos não ali, não por causa de uma cocheira! Contudo, a quantos foi dada a mesma oportunidade de refletir, que dirá concluir: *Minha morte é um preço justo a se pagar por este objetivo*? Os conspiradores do Vinte de Julho contariam com a mesma satisfação caso tivessem sido bem-sucedidos em sua intenção de assassinar Hitler. Como não foram, acabaram enforcados com cordas de piano. Morte semelhante teve o general Vlasov, que primeiro lutou contra Hitler e depois contra Stálin. Será que "valeu a pena"? E os berlinenses e leningradenses que morreram em ataques aéreos, ou os soldados de ambos os lados que tombaram porque seus respectivos Comandos Supremos, por medo, vaidade ou incompetência, proibiram qualquer retirada? Ou, para ir ainda mais longe, e as mortes aleatórias que morremos em tempos de paz? Visto sob essa luz, o destino de Zoia adquire uma banalidade suprema.

2.

Naqueles dias, a neutralidade significava na melhor das hipóteses não ter amigos, enquanto a filiação a qualquer um dos lados convidava o outro a emitir uma sentença de morte. Além disso, tais punições costumavam ser impostas a inocentes. Para cada soldado alemão morto por partisans, entre cinquenta e cem reféns civis acabavam no paredão. Da mesma forma, quem denunciou Zoia Kosmodemianskaia, integrante de boa reputação do Komsomol de Moscou, à polícia militar alemã não foi um traidor, mas uma sensata assembleia de aldeões. Se alguém seria enforcado por uma ação que parecia imprudente, até mesmo absurda, então por que não a perpetradora em si, que tinha colocado a todos em risco sem consentimento? De fato, agiram na hora certa. O tenente da S.D. estava sentado, olhando pela janela do que tinha sido a escola. (Enforcou a professora na primeira leva de reféns. Um dos sapatos de salto caiu no momento derradeiro; ele guardou isso na memória.) Fazendo um gesto vago na direção das choupanas do outro lado da rua, declarou: Prendam toda essa escória. — Nesse exato momento a delegação de aldeões entrou na sala.

Em uma fotografia encontrada com o cadáver de um fascista morto em batalha por um soldado camponês, que estava em busca de uma salsicha ou um relógio de pulso, vemos Zoia (cujo nome de guerra era Tânia) cabisbaixa enquanto avança coxeando pela neve até a execução, já com o cartaz autoacusatório dependurado no pescoço. É 29 de novembro de 1941. Ela havia completado dezoito anos em setembro. Está acompanhada por um grupo de jovens alemães que a avalia de cima a baixo com a mesma cobiça que é moeda corrente em salões de baile.

Zoia chegou. Pisa sobre neve dura. Um muro oval e escuro de espectadores — fascistas cujas colunas duplas de botões cintilam foscas nos sobretudos; aldeãs com lenços na cabeça, cujos rostos expressam a mesma seriedade pálida que suas avós teriam demonstrado diante de qualquer câmera ou forasteiro; na primeira fila, crianças pequenas, escuras e com gorros na cabeça — circunda a cena. Por trás do patíbulo robusto, com três pernas, que se ergue para fora do quadro, uma plataforma piramidal de caixotes cobertos de neve permite a subida de um dos protagonistas, o carrasco, enquanto um banco alto espera pela outro. Zoia está de pé entre dois soldados altos. Cerrando os punhos muito brancos, sacudindo os cabelos negros para que não lhe caiam nos olhos, vira a cabeça na direção de um dos soldados, que se enrijece e fica muito ereto para retribuir o olhar. Ela diz: Vocês não têm como enforcar cento e noventa milhões de nós.[2]

Alguns dizem que foram os soldados do general Vlasov que a encontraram no início da contraofensiva de Moscou no mês seguinte. Tenho dificuldades em aceitar essa versão, pois Vlasov, que me inspira simpatia, até mesmo emulação, certamente teria hesitado em colaborar com os fascistas se tivesse encontrado uma prova tão precoce e inegável de sua crueldade. Sem dúvida viu a fotografia derradeira (tirada, segundo li, por Lidin, jornalista do *Pravda*), aquela que nos apresenta o cadáver desnudo na neve, a cabeça arqueada para trás como se em êxtase sexual, os olhos de longos cílios cerrados pelo gelo, os lábios crispados como se buscassem proteger os dentes quebrados, e o laço da forca, agora rígido como uma trança de cabo metálico, ainda lhe mordendo o pescoço, o rosto inchado de sangue até assumir a forma de uma máscara grega. Talvez Vlasov tenha se convencido de que essa imagem era uma falsificação de propaganda, ou mesmo de que ela, por alguma interpretação suficientemente draconiana da lei militar, foi interpretada como uma quinta-coluna digna de morrer.

Era a noite anterior à retomada de Solnetchnogorsk. Vlasov caminhava por um barranco semelhante ao desfiladeiro congelado com neve incrustada entre os seios de Zoia. Ao lado dele, a passos largos, avançava um batedor recém-chegado das linhas fascistas. Os dois tinham acabado de conversar sobre as disposições do inimigo. Agora falavam sobre Zoia.

O que fizeram com ela vai aumentar a ferocidade de nossa luta, isso eu garanto, Camarada General.

Então você diria que ela se fez célebre?

Ora, virou heroína nacional!

E o estranho é isso. Por que diabos os fascistas resolveriam nos dar uma heroína nacional?

Voltaram ao campo em silêncio. Vlasov ainda estava refletindo sobre a melhor maneira de desdobrar os trezentos e onze morteiros e armas pesadas.[3] Em 1936, tinha assistido a uma palestra do falecido marechal Tukhatchévski, autor do aforismo "a próxima guerra será vencida por tanques e aviação".[4] Ele estava certo, e Vlasov não tinha nem tanques nem aviação. O que ele poderia fazer, gastar homens como se fossem balas?

Os siberianos enceravam os esquis com despojos retirados de uma colmeia semiqueimada. Já tinham mascado toda e qualquer réstia de mel dos favos. Os fuzileiros antitanque do escalão de assédio lubrificavam as armas pela última vez, e dois rapazes imberbes cantavam alto fingindo coragem: "Em batalha por nossa nação, em batalha por nosso Stálin".[5] No rádio, Béria e Jukov ameaçavam de morte todos os generais derrotados. Junto ao buraco da fogueira, cercado de neve, o comissário rabiscava um discurso que teria Zoia como tema, lembrando a todos que o objetivo da atividade partisan era fazer *qualquer coisa*, não importava se grande ou pequena, que pudesse obstruir o deslocamento das reservas inimigas até a linha de frente. Por esse critério bem tolerante, a moça tinha obtido sucesso; e as tropas impacientes, loucas para acreditar em algo, seriam, ele esperava, inspiradas a imitá-la. *Ele* sabia que toda morte soviética em batalha valia a pena! Quem sou eu para chamá-lo de estúpido, cínico, incurável? A maioria dos soldados de Vlasov acabaria morta ou nos campos de prisioneiros dos alemães, onde podiam esperar tornarem-se cobaias de experimentos envolvendo balas envenenadas, Zyklon B, descompressão ou congelamento. (Quando prisioneiros russos morriam não havia necessidade de certidão de óbito.) Bem, se assassiná-los atrasava alguns milhares de fascistas a caminho da linha de frente, então era preciso manter a calma e…

O general Vlasov se pôs a fitar o rio congelado. As pinças da responsabilidade desesperada e inútil apertaram seu coração até ele quase gemer. Mas a paz de repente lhe veio, e ele murmurou, sem saber direito o que dizia: Entre os seios de Zoia.

3.

Aqui está o que, imagino, ele quis dizer com essas palavras.

Sendo um comandante terrivelmente carismático que nunca deixava de fazer seus homens se sentirem como irmãos, e como fazia tudo sempre com honestidade, podemos pressupor que Vlasov já tinha a sensação, que o comunismo passou o último quarto de século fazendo de tudo para destruir, de que a União Soviética era *mesmo* uma união, que abrangia um único organismo em combate desesperado cuja chance de sobrevivência a longo prazo só podia ser aumentada através de uma coordenação altruísta (*Gleichschaltung*, diriam seus congêneres fascistas) de todas as células, tentáculos, cílios e organelas, que as secreções endócrinas de ódio, excitadas em excesso, que haviam deixado o organismo meio envenenado e meio louco por tanto tempo poderiam agora enfim ser concentradas de forma útil em presas e ferrões e descarregadas sobre a Alemanha, cuja derrota, como a Alemanha tinha sido a primeira a atacar, poderia até ser chamada de propósito nobre.

E as massas precisavam dos seios mortos de Zoia para ter de onde beber. Beberam. E assim foram igualmente envenenadas com determinação.

O destino de Zoia marcou e fortaleceu as mulheres que pilotavam bombardeiros à noite, gargalhando e fumando cigarros, os jovens camponeses que atiravam nos tanques fascistas com seus rifles, e até o próprio Camarada Stálin, cujos discursos agora invariavelmente terminavam com: *Morte aos invasores fascistas*. O sangue congelado de Zoia, mais escuro que aço, fortalecia os sabres em riste dos cossacos galopando em direção às pesadas e cinzentas pranchas fotográficas do mito. Sua morte se tornou filme (*Soiuzdetfilm*, 1944), com trilha composta por Chostakóvitch. Décadas após a guerra, lembranças de Zoia reencarnaram na bruxa Lorelei, que canta uma irresistível canção sobre suicídio na sinfonia *Morte* do mesmo compositor. A essa altura o cadáver de Zoia havia se tornado a própria paisagem da Rússia, e não estou apenas querendo dizer que ruas e tanques receberam seu nome, o que de fato aconteceu;[6] a Rússia realmente se tornou Zoia, e quando o general Vlasov estudou o mapa, preparando a investida do escalão de assédio contra o Grupo de Exércitos

Centro dos fascistas, parecia enxergar o corpo de uma jovem gigante deitado ali sob a neve, seus braços e pernas nas cristas cujos contornos adorados e familiares o ajudariam, seus milhares de lábios as valas antitanque que retardavam e exauriam os fascistas, seu útero, ouro e prata com o resplendor cintilante de trincheiras nevadas, um bunker do qual nasceriam intermináveis novas divisões, aeronaves e tanques T-34 — sim, ela morreu virgem, mas agora tinha se tornado literalmente a Pátria-Mãe! — seu cabelo as moitas congeladas das quais os partisans poderiam armar eternas emboscadas ao inimigo, seus seios os pontos de concentração estratégica cuja investidura salvaria o Exército Vermelho — e entre os seios, entre os seios de Zoia, repousava o vale de perfeita e lisa brancura; foi ali, quando a luta de Vlasov enfim terminou, que ele pôde repousar sua cabeça. ▸

Mãos limpas

> *... toda tentativa de apresentar o altruísmo como rota para a transformação de uma sociedade antagonística, baseada em princípios não egoístas, acaba levando à hipocrisia ideológica, mascarando o antagonismo das relações de classe.*
>
> *Grande enciclopédia soviética*

1.

Disseram a ele: Um idealista como você daria um membro fanático do Partido.

Ele se apressou em sorrir, um sorriso ao qual faltavam três dentes. A fúria estendeu as asas dentro de seu peito.

E assim ele se tornou nazista. Estendeu o braço direito. O passo seguinte foi solicitar ingresso na ᛋᛋ. Isso também foi tão simples quanto apreender um judeu qualquer. Todos recebiam Kurt Gerstein de braços abertos. Loiro e de olhos azuis, o rapaz também recebeu uma pontuação perfeita pela árvore genealógica: cem por cento ariano! Além disso, era instruído (engenheiro de minas), reservado e acostumado a trabalhar em organizações. Até que coordenássemos todos os grupos, clubes e afiliações em uma única expressão da vontade de nosso Führer, Gerstein participou do conselho nacional da Associação Cristã de Moços, uma posição ao mesmo tempo responsável e inofensiva. Ainda que não tivesse tido chance de demonstrar a "obediência cadavérica" de nossos Velhos Combatentes, não era apenas mais um balconista de tabacaria.

Assim trilhou a estrada do destino, calçada com corpos em pé; uniu-se às centenas que repetiam o juramento. Tochas e arcos inspiravam a noite. Gravada na adaga curta e sólida, a inscrição: MINHA HONRA É A MINHA LEALDADE. Himmler lhe sorria à distância, e na escuridão aquele sorriso parecia a luz do sol no ombro de um assassino, um borrão luminoso sobre um ombro gordo, encolhido e envolto em lã, decorado com uma águia e uma suástica; sol no losango da insígnia de ombro, sol na face pálida e cruel do rosto marcado pela correia do capacete.

Não poderiam ter imaginado o que o impelia: sua cunhada Berthe tinha sofrido eutanásia em Hadamar. Ele queria descobrir o que estava sendo feito em nome do Führer; desejava o poder de abrir as pastas escuras carimbadas com a palavra **Geheim**, que significa secreto; ansiava por ler os documentos cujos selos circulares exibiam águias aferradas a suásticas.

Por ironia, aquele elemento impuro foi colocado no Departamento de Higiene. Ninguém antipatizou com ele. Otimizou procedimentos para desinfetar soldados e prisioneiros de guerra.

2.

Em 17 de agosto de 1942, três meses após o assassinato de Heydrich, Vice-Protetor do Reich, Gerstein se postou diante da mesa de Hans Günther, assistente de Adolf Eichmann em pessoa. Havia chegado a hora de escrever um novo capítulo em cada um de todos aqueles numerosos livros intitulados *Historia Polski*. Günther, conhecido como "Hans, o Esperto", era uma dessas pessoas que nunca deixam de acreditar que pura energia pode resolver os problemas diários. Quando esse método fracassa, o otimista se enfurece. Tais chefes são temidos e respeitados. E amados por nosso Führer.

Gerstein, você gosta de viajar?

Estou pronto, Herr capitão.

Minha resposta favorita! Amanhã vamos para a Polônia. Conhece o dr. Pfannenstiel?

De Marburg? Naturalmente, Herr capitão. É professor de higiene; nos correspondemos…

Ótimo. Ele também fará parte disto. Arranje cem quilos de ácido prússico, sem falta. Precisa de um requerimento?

Não, Herr capitão, tenho essa quantidade em estoque.

Melhor entregar diretamente no meu escritório. Meus ordenanças levarão até o vagão de carga.

Às ordens, Herr capitão.

Isso é tudo. Aqui está sua passagem.

Às ordens, Herr capitão.

Mais uma coisa, Gerstein. Preste atenção. Esse assunto é um dos mais secretos, talvez o mais secreto. Entendeu? Quem fizer comentários será fuzilado imediatamente.[1]

Entendido, Herr capitão.[2]

Heil Hitler!

Heil Hitler, disse Gerstein, e bateu os calcanhares.

No vagão do Expresso de Varsóvia, ia sentada uma bela e plácida jovem polonesa, de cabelos escuros, folheando muito vagarosa as páginas de uma revista ilustrada em alemão; a pele exposta de seu pescoço era tão perfeita quanto uma ideia política. Talvez fosse mulher da vida. Em seguida um oficial da Wehrmacht, de meia-idade, apareceu e se sentou ao lado dela. Usava no peito uma Cruz de Cavaleiro que manuseava nervoso, com insistência. Gerstein se levantou de um salto e bateu continência; o tenente fez um gesto para que ele se sentasse, os olhos pequenos nadando sem descanso no rosto exausto e desesperado. Então ele cochichou algo para a moça. Estranhamente, ainda que agora exibisse o primeiro de vários sorrisos ligeiros, foi para Kurt Gerstein que ela pareceu olhar. O jovem baixou os olhos.

O dr. Pfannenstiel tamborilou os dedos no peitoril da janela. Logo se animou o bastante para comentar: Como diz o Führer, após tantas gerações, nós, godos, estamos de novo em marcha!

Sem dúvida, disse o capitão Günther.

O tenente sorriu zombeteiro (pois, na verdade, o pobre dr. Pfannenstiel era tão pesado quanto um caminhão Opel-Blitz). A moça também sorriu, acariciando a manga do amante, mas o sorriso se desfez de imediato. Dirigindo-se a Kurt Gerstein, como era o hábito das pessoas, o tenente indagou: E para onde vocês, godos, estão marchando?

Varsóvia, mentiu o jovem, com um ar satisfeito. E qual seu destino, Herr *Oberstleutnant*?

Estou levando Basia para visitar os pais. Depois volto direto para o *Ostfront*!

Com um ar presunçoso, arrumou a cruz de cavaleiro. Gerstein o achou desprezível.

E quando vai voltar para mim?, perguntou a moça com uma voz débil e apática.

Não se preocupe, querida; não faltarão licenças depois que tomarmos Stalingrado.

As florestas verdejavam ensandecidas e veranis, nutridas por atrocidades. Parecia a Gerstein, tamanha a profusão de folhagens, que o trem agora passava por dentro da terra, e por alguma ilusão o tremular das folhas lembrava veios de calcedônia cristalina. Afinal de contas já anoitecia, o céu ficando azul-da-prússia pelas janelas do trem. Mais adiante se estendia a ainda mais abundante escuridão folhosa do verão na zona rural polonesa. (Mas a Polônia, é claro, tinha deixado de existir.) Ainda que Basia tolerasse o tenente lhe segurando a mão, nunca parou de olhar para Gerstein. Incapaz de seguir se controlando, ele deixou que seus olhos encontrassem os dela. Na mesma hora, sem dúvida por causa de alguma luminosidade peculiar, o rosto dela pareceu assumir os traços de sua cunhada assassinada, e ela disse com uma voz que somente ele conseguiu escutar: Tenha coragem, Kurt Gerstein. Quando trilhar o caminho escuro, lembre-se de mim, e sempre dê o melhor de si.

Talvez tivesse sido apaixonado por Berthe. O sorriso dela era sempre solene, à beira da tristeza, e ainda mais doce por causa disso. Tinha olhos muito castanhos com cílios espessos, e cabelos castanhos que ondeavam graciosos pela testa antes de, acariciando as sobrancelhas espessas, cachearem-se nas têmporas e então se deixarem cair até os ombros. Os lábios eram ao mesmo tempo grossos e delicados. Sua aparência tinha algo de judia.

Gerstein nem sentiu medo. Talvez estivesse sonhando, pois os outros no vagão seguiam sem perceber nada. Desde a infância tinha sido vítima de estranhos entusiasmos e alucinações. Sua falecida mãe vivia preocupada com essas suscetibilidades, e fazia tudo para manter o filho longe de uniformes e demais paramentos militares — não apenas porque se entristecia com qualquer coisa que lembrasse a morte do outro filho, mas também porque temia, não sem fundamento, que um capricho passageiro qualquer fizesse Gerstein se alistar em aventuras perigosas. Na adolescência ele costumava sonhar com um rosto pálido, nem masculino nem feminino, que pendia sobre o dele e o cobria de beijos a noite inteira. Algumas vezes tinha parecido ser mais que um sonho, como esta aparição.

Tentou improvisar uma resposta, mas o rosto de Berthe já estava se dissolvendo no rosto de Basia (por um instante não era nenhum dos dois, e quase deu a impressão de assumir a aparência de uma caveira); então o dr. Pfannenstiel sacou o relógio de bolso enquanto o trem adentrava uma zona demarcada por holofotes e arame farpado: a antiga fronteira. Dali em diante as terras tinham sido integralmente anexadas ao nosso Reich. E através da janela enxergaram um capacete encimando uma cruz, uma moita florida sobre um monte de terra. Gerstein e os outros dois homens da ᛋᛋ se levantaram e, rígidos, bateram continência para o cadáver. Foram encarados pelo tenente, com lábios se crispando. Basia, por sua vez, tinha voltado a ler a revista alemã.

3.

Nos trilhos silenciosos e tomados de ervas daninhas em Rzepin, um trem negro, comprido e sem janelas surgiu radiante ao lado deles, em meio ao crepúsculo. O tenente e sua amante ali desembarcaram, sem se despedir. O apito guinchou. Em seguida, surgiram casinhas cujas telhas compartilhavam a cor de terra. Jovens polonesas de seios fartos, diante de uma passagem de tijolos, sorriam para o trem e fumavam cigarros. Uma delas gargalhou alto, a boca resplandecendo venenosa. Após mais relva marrom-esverdeada e trens desviados, passaram por carapaças de máquinas crivadas de balas no pátio de Posen. Observando pela janela a plataforma escura lotada de poloneses, Gerstein se perguntou quem seria Basia na realidade. Uma alemã verdadeira não precisa de maquiagem, mas *ela* havia pintado os lábios com um vermelho carmim digno da brigada de incêndio da Polizei. Nem o pai de Gerstein, nem sua esposa, teriam gostado dela.

Fizeram uma pausa longa na estação seguinte. Ninguém incomodou. O dr. Pfannenstiel começou a roncar, e então acordou ofegando. O capitão Günther estava tão imóvel que parecia nem existir. Gerstein, por sua vez, olhava receoso pela janela. Homens da S.D., cansados, conferiam documentos, os pés calçados em botas de cano alto bem separados uns dos outros sobre o concreto sujo. O trem enfim voltou a se mover, agora muito lentamente, e depois de um tempo interminável chegou à nova fronteira. Pararam mais uma vez por quase uma hora enquanto a polícia inspecionava os documentos de todos. Então adentraram o Governo Geral.

Quer dizer que se borrifa direto nas roupas?, perguntou o dr. Pfannenstiel. Não tenho experiência com essa substância.

Correto, Gerstein confirmou. É uma recomendação enfática do Gabinete de Saneamento.

De Berlim?

Sim, Berlim, respondeu Gerstein com um sorriso inexpressivo, o sorriso em que faltavam três dentes.

Trocando de trem em Varsóvia, cruzaram a ponte do Vístula e chegaram em Lublin.

Gerstein, ouvi dizer que aquela igreja dominicana bem ali tem afrescos ruteno-bizantinos formidáveis. Imagino que você seja católico.

Não, Herr capitão, sou evangélico.

Certo. Vou fazer de tudo para não levar isso em conta. Evangélicos fazem o sinal da cruz?

Não, Herr capitão.

Mesmo assim, não invente de começar a se benzer em público! O Führer disse que, depois dos judeus, dos eslavos e dos maçons, os inimigos mais perigosos da Alemanha são as igrejas.

Às ordens, Herr capitão.

Acho que você não vai ter tempo de ver seus afresquinhos, Gerstein. Talvez consigamos visitar o castelo de Lublin. O porão está cheio de prisioneiros conservados em gelo…

4.

Qual a sua opinião sobre o castelo, Gerstein?

Bem, de fora parece…

Segundo o Führer, tudo que é polonês deve ser apagado do mundo.

Heil Hitler!, bradou Gerstein na mesma hora.

Os trilhos da ferrovia tinham a mesma cor do céu do anoitecer.

5.

Foram de carro para Lviv, capturada do general eslávico Vlasov um ano antes por nossas forças. (Vlasov logo começaria a trabalhar para nós.) Lviv agora se chamava Lemberg. Nas vitrines de todos os restaurantes finos, cartazes elegantes alertavam: EXCLUSIVO PARA ALEMÃES. PROIBIDA A ENTRADA DE POLONESES.

Você é um rapaz quieto, Gerstein. Acho isso louvável.

Obrigado, Herr capitão.

Você nunca esteve em Lemberg.

Não, Herr capitão.

Fico feliz em dizer que Lemberg já era uma cidade antissemita muito antes de chegarmos aqui. Até mesmo os estudantes poloneses costumavam…

Gerstein lhe sorriu com ódio.

Oculto por trás da grandiosidade e do verdor das árvores do verão polonês, mais além de montes arredondados e altos de feno polonês que pareciam túmulos antigos, um ramal ferroviário conduzia ao local secreto denominado Bełżec,[3] que às vezes apareceria nos pesadelos de Gerstein como uma imagem em negativo, branco sobre preto, o carimbo da águia nazista como um borrão branco sobre o documento com o preto da suástica; às vezes águia e suástica ficavam ambas inteiramente brancas, tornando-se uma bomba alada caindo em prefiguração de nossos foguetes V-2: GEHEIM. E então esse arquivo se abria; o segredo de Bełżec se abria diante dele em parágrafos datilografados e numerados, os números em alinhamento central, os títulos das seções sublinhados à moda de contratos legais. Tudo com a melhor das intenções; essa era a lição que ele deveria aprender. Assim que a zona estivesse limpa e límpida, haveria cenas mais alegres: Volksdeutsche recebendo casas de fazenda, carteiras de identidade e fotografias emolduradas do Führer ao tomarem posse de sua nova herança.

Cavalheiros, gostaria de lhes apresentar o Líder de Brigada-SS Otto Globočnik. Líder, creio que já conhece o professor dr. Pfannenstiel, nosso sanitarista das Waffen-SS. E este rapaz de aspecto jovem e saudável é nosso especialista em desinfecção de piolhos, o *SS-Obersturmführer* Kurt Gerstein.

Heil Hitler! Sim, o dr. Pfannenstiel e eu trocamos ideias há duas semanas, em Lublin.

Heil Hitler!

Heil Hitler!

O Líder de Brigada Globočnik foi incumbido de organizar as ações contra judeus no distrito de Lublin. E como vai esse belo trabalho?

Este lugar é uma cloaca, Günther. Por maior que seja nossa esforço, sempre aparece mais merda! Merda *judia*. Espero agora poder limpar tudo mais rápido…

É sua tarefa, líder de brigada.

É claro. Mas não param de me mandar judeus. Quando eu tinha limpado Lublin quase inteira me enviaram judeus da Áustria. Semana passada recebi um carregamento do Antigo Reich, todos fingindo serem heróis de guerra!

Que patifes!

Foram todos parar *no chuveiro*! Entendeu, Gerstein?

Não, líder de brigada.

Bem, você vai aprender. Olhe, você vai ter duas tarefas em Bełżec. Antes de mais nada, vai desenvolver um procedimento para desinfetar roupas. Temos pilhas e mais pilhas, uma montanha de roupas, todas usadas, e cheias de só Deus sabe que tipos de pragas dos russos, poloneses, judeus e essa ralé toda...[4]

Às ordens, líder de brigada.

Em segundo lugar, precisamos de um gás com funcionamento mais rápido que escapamento de diesel. É aí que entra seu ácido prússico.

Gerstein andava a passos rápidos por trás deles, com um sorriso amarelo, esperando receber explicações. O dr. Pfannenstiel já sabia. O dr. Pfannenstiel o deixava horrorizado.

Gerstein, este é o Líder da Kripo, Herr Christian Wirth. Wirth, este é o *ϟϟ-Obersturmführer* Kurt Gerstein, um rapaz muito engenhoso e confiável, ao que me disseram...

Heil Hitler, capitão Wirth!

Heil Hitler! Você vai se acostumar com o cheiro, Gerstein. Já passou por um curtume? Até fábricas de papel cheiram mal. Olhe, este barracão é o vestiário. Está vendo aquela janelinha para entregar itens de valor? É surpreendente ver quantos chegam a fazer isso. Descobrimos que isso os tranquiliza. Além disso, poupa trabalho posterior para o *Sonderkommando*, ainda que as regras exijam que todas as cavidades corporais sejam inspecionadas.

Foi então que o capitão Günther disse: Você não vai nos decepcionar, não é, Gerstein?

Estou às ordens, senhor...

Agora vou levar você até a barbearia, onde raspamos as cabeças das mulheres. Ganhamos um bom dinheiro com as crinas, sabia? As judias, em especial, cuidam muito bem do cabelo. Deve ser uma característica racial. E aquele caminho bem ali, com arame farpado dos dois lados, vai até os chuveiros, e é aqui que você entra.

Às ordens, capitão Wirth...

Uma judia loira e nua, sorrindo para Gerstein sem esperança nem vergonha, ergueu as mãos, uma por uma, sobre a cabeça, e lavou as axilas com um trapo ainda não confiscado. O pelo nas axilas parecia arame dourado. Ao ver como Gerstein olhava para ela, o capitão Wirth sacudiu a cabeça.

A natureza tem uma crueldade inerente, Gerstein, explicou o capitão Günther.

6.

Gerstein, dê partida no cronômetro.

Furioso, o capitão Wirth açoitava o assistente ucraniano de Heckhenholt.

Após duas horas e quarenta e nove minutos, Heckhenholt deu a partida no motor a diesel. Trinta e dois minutos depois disso, todos os judeus estavam mortos.

Gerstein comentou consigo mesmo em voz alta: O próprio Führer declarou que Madagascar seria um local de residência aceitável para os judeus.

Na verdade, retrucou o capitão Wirth em tom de advertência, os desejos do Führer sobre essa questão são ultrassecretos. Lembre-se apenas disso: a Solução Final é nossa única maneira de reduzir o risco de epidemias.

Compreendo, Herr capitão.

E agora?, ele se perguntava. A resposta se mostrou lógica: ganchos de ferro nas bocas e depois o capitão Wirth olhando com volúpia para a caixa de marmelada cheia de dentes de ouro de judeus mortos. (Os ucranianos surrupiaram uma maça de ouro do século XVI, umas moedas, uma imagem de marfim de algum santo.) — Para a vala comum! Agora, gasolina e fósforo!

O dr. Pfannenstiel se aproximou cauteloso do buraco e disse: Esses corpos não queimaram por inteiro.

E daí, meu caro? São só judeus!

O dr. Pfannenstiel, após um pigarro, explicou em tom repreensivo: A questão não é essa. O procedimento todo não é inteiramente satisfatório do ponto de vista higiênico.[5]

Gerstein tinha certeza de que o horror que sentia estava tão à mostra quanto uma Cruz de Ferro, mas assim foi a pique mais uma de suas ilusões. Todos sorriam para o belo, jovem e loiro rapaz. Com um tapinha no ombro, disse o capitão Wirth: Não existem nem dez pessoas vivas que tenham visto, ou que verão, tanto quanto você.[6]

7.

Existe um rol de boas almas. Abra a pasta cinza-escura e leia: os nomes e números de identificação desses justos foram datilografados na coluna da esquerda, seguidos por outros quadrados que por sua vez contêm as datas de serviço, os métodos empregados e o número de pessoas salvas. Para falar a verdade, eu tinha imaginado que esse rol se pareceria com um daqueles códices gregos, com âncoras e coroas de ouro nas margens; mas a prática da virtude é um ramo tão sombrio e remunera tão mal que contratar um datilógrafo militar é tudo que os anjos podem fazer; nem mesmo a ordem alfabética pode ser respeitada, motivo pelo qual em uma dessas folhas soltas encontramos, nesta ordem, o dr. Hermann Maas, de Heidelberg, que ajudou muitos judeus a chegarem a salvo na Inglaterra e na Suíça (ele foi enviado a um campo de trabalhos forçados em 1944, mas sobreviveu à guerra apesar da idade avançada); o pastor Erik Myrgren, de Berlim, a quem os israelenses designaram como um dos Justos Entre as Nações; e a dra. Elisabeth Abegg, também de Berlim, que vendeu suas joias para financiar a fuga de judeus. — O nome de Kurt Gerstein não consta.

Existe outra lista, muito mais volumosa que a primeira; é um livro antigo em cuja página de rosto, sobre a palavra solitária em cirílico vermelho, pende uma imensa barra de escuridão com grelhas brancas, e então teias de aranha cercadas por uma cruz. Esse livro tem a altura de uma lápide; suas capas são forjadas em chumbo; é preciso seis homens fortes para carregá-lo. Em Nuremberg, a acusação fez com que fosse trazido ao tribunal como prova contra cada um dos principais criminosos de guerra; a aparição do nome do réu em qualquer uma das páginas bastava para garantir a condenação, a menos que se tratasse de um cientista aeroespacial. Assim que a Alemanha Ocidental se tornou um aliado anglo-americano crucial na Guerra Fria, esse volume foi depositado nos Arquivos Nacionais em Washington, D.C., e em seguida armazenado no lugar errado e perdido. Por isso a maioria de seus ocupantes levou vidas prósperas no pós-guerra. Nessas páginas foram inscritos para sempre os nomes do capitão Günther, do dr. Pfannenstiel (cujo indiciamento foi revogado), do capitão Wirth, do Líder de Brigada Globočnik e de tantos outros — uma espiada aleatória revela o *ᛋᛋ-Personalakte* Hellmuth Becker, comandante da Divisão Caveira da ᛋᛋ, que gostava de estuprar russas em plena rua. — Mas o nome de Gerstein também não consta.

O que é Gerstein, então? Onde deve ser inscrito? — **Geheim**.

Sua história é tão rara, e portanto tão impactante, quanto altos-relevos de santos de corpo inteiro em paredes sem qualquer outra decoração.

A história começou a engrenar, como a corda se desenroscando sibilante das bobinas lubrificadas assim que o alçapão do patíbulo é aberto. Gerstein estava caindo; estava livre para deixar sua marca entre o início e o fim. No trem de Varsóvia a Berlim, encontrou um adido diplomático sueco e contou o que tinha visto em Bełżec em cochichos ao ouvido que se alongaram por toda aquela noite quente e medonha. Não tardou em falar no presente: "Todos se amontoam. Setecentas, oitocentas pessoas numa área de vinte e cinco metros quadrados!".[7] Ao lado dele, o barão Von Otter se mantinha rígido no corredor do vagão-dormitório, desviando o rosto do hálito do loiro. Estava escuro como breu no Governo Geral. Logo, graças a Deus, teriam passado pela estação Radom, e chegaria a fronteira do Reich; pouco depois disso ele teria como escapar. Acendeu outro cigarro. Quando não aguentava mais ouvir, seguia assentindo com a cabeça, educado, os lábios se movendo em algo que Gerstein deve ter imaginado ser uma oração pelos judeus mortos mas que na verdade não passava de uma lista de todos os nomes dos quais Von Otter se lembrava de uma visita recente ao cemitério romeno: Ecaterina, Eufrosina, Maria, Gelu, Andrei, Gheorghe, Nicu, Leni, Ionifia, Elena, Eleffenie, Melinte. Idiomas eram seu hobby. Tinha intenção de aprender romeno algum dia. Sem dúvida não seria difícil para um latinista. Então a luz se acendeu, iluminando todos os corpos nus e azuis, e um deles ainda se movia; ela estendeu as mãos na direção da janela, aí apagaram a luz de novo e Eleffenie, Melinte. Queria saber se Gerstein tinha efetuado uma contagem precisa dessas supostas vítimas. O loiro respondeu, com voz embargada: "Meu cronômetro registrou tudo com exatidão. Cinquenta minutos e setenta segundos — o motor ainda não tinha dado a partida! As pessoas esperam dentro da câmara de gás. Dá para ouvir choro, soluços...".[8] — Em resumo, ele havia caído nas garras da perigosa capacidade do *Untermensch* de se mascarar por trás de um rosto humano (a cunhada, por exemplo) e assim inspirar pena.

O barão Von Otter enviou um relatório ao seu governo, mas esse relatório deve ter recebido o carimbo GEHEIM, pois permaneceu inédito até três meses após o final da guerra.

8.

Por sua vez, Gerstein abriu o Novo Testamento e leu: "Deixa que os mortos enterrem os seus mortos". Então o horror se abateu sobre ele como uma doença.

9.

É natural acreditar, ou querer acreditar, sendo a inércia autopreservação, que uma vez que tenhamos aberto a cripta, a pasta cinza-escura, e lido algum segredo espantoso, descobrimos *o* segredo, dentro do qual todos os outros, se de fato existem outros, devem estar contidos; assim não precisamos correr o risco de nos dar ao trabalho de desenterrar mais nada. As seduções da comodidade, que impediram a maioria dos alemães de fazer o que Gerstein tentou, nos encorajam a dizer: Em todo caso, já cumpri meu dever. O resto é com os outros.

Desde criança, Gerstein sofria do que seu pai chamava de *maus pensamentos*, se referindo a uma introspecção do tipo melancólico, dada ao isolamento. Quem dera não tivesse tido aqueles pensamentos! Não teria sido obrigado a causar tanta dor a si e aos outros…

Bełżec tinha uma capacidade produtiva de quinze mil assassinatos por dia.[9] Isso significava (Gerstein fez o cálculo em uma folha de papel timbrado da Deutsche Gesandtschaft de Budapeste, com a águia nazista; então rasgou a página em pedacinhos e queimou tudo) quatrocentos e cinquenta mil judeus mortos com gás todo mês, ou *cinco milhões e meio de judeus por ano*, sob condições ideais, é claro. Era um número chocante, considerando que naquela primeira vez em Bełżec quando a luz forte se acendeu na câmara ele achava ter visto o pior. Mas no dia seguinte, após se despedir do capitão Günther em Lemberg com um *Heil Hitler*! muito alto (o capitão Günther tinha sido requisitado para assuntos secretos em um lugar chamado Chełmno), o loiro se viu a bordo de um caminhão fabricado na França ao lado de seu amigo íntimo dr. Pfannenstiel, o capitão Wirth ao volante, rumo a um segundo campo de extermínio, chamado Treblinka, cujas oito câmaras de gás podiam matar vinte e cinco mil judeus por dia; e no devido tempo as diversas incumbências de coordenação e inspeção levariam Gerstein até as instalações virgens de Maidanek, cujos barracões esverdeados só eram capazes de devorar dois mil judeus por dia, mas o lugar produzia repolhos deliciosos adubados com as cinzas dos judeus, brancas como a neve; e o capitão Günther havia mencionado Chełmno, enquanto o capitão Wirth, com uma piscadela, admitiu a ele conhecer Sobibor (capacidade: vinte mil por dia), em que engenheiros alemães tinham inventado um aparato especial para moer ossos de judeus até virarem pó. Como dizem as Escrituras, "em minha casa há muitas moradas".

A piada em Sobibor (Gerstein vai morrer de rir com essa, prometeu o capitão Wirth) era que nossa primeira execução com gás por lá — quarenta e poucas judias nuas que não paravam de gritar; você precisava ver como elas... — foi realizada com um motor a gasolina de duzentos cavalos de força e fabricação *russa*! Esses judeus bolcheviques precisavam ver como usamos a tecnologia deles! — Quem riu foi o dr. Pfannenstiel; também ele comentou que o argumento do capitão Wirth, a saber, a justiça irônica de nossa apropriação de material capturado, renderia uma excelente coluna na revista *Signal*. Uma pena ser GEHEIM!

Gerstein, com um sorriso mecânico, um sorriso que escondia a falta de três dentes, tinha acabado de chegar ao total dessas três instalações: mais de vinte e dois milhões de judeus por ano, excluindo Chełmno e ignorando erros humanos ou mecânicos — quantos judeus havia na Europa? Teria coragem de perguntar ao dr. Pfannenstiel? Quantos judeus ainda restavam acima da terra na Europa?[10] Quantos mais no resto do mundo? E se ele tivesse errado o cálculo? Digamos que na verdade não mais de, por exemplo, dois milhões de judeus por ano fossem abatidos? E quantos outros campos seriam criados? Dois milhões, cinco milhões ou vinte e dois milhões — ele era um engenheiro de minas. Conseguia entender cifras extensas.

Em Treblinka a ϟϟ promoveu um banquete para eles, e após um *Sieg Heil!* para nosso Führer e uma cantoria vigorosa, ainda que não inteiramente afinada, de *Deutschland über Alles*, o dr. Pfannenstiel, corado de vinho polonês, se levantou para fazer um discurso improvisado que terminou assim: Quando vemos os corpos dos judeus, entendemos a grandeza do trabalho que estamos realizando! —[11] Gerstein soltou uma gargalhada que foi quase um grito, erguendo a taça para fazer um brinde. O dr. Pfannenstiel se sentou. A tarde chegava ao fim. Gritos de mulheres vinham do lado de fora, numa ladainha que logo cessou; seria uma ação, uma ação geral ou uma ação total? O dr. Pfannenstiel tornou a encher o cálice de Gerstein, com uma discreta mesura. Gerstein agradeceu. — *Gosto* de você, seu godo de olhos azuis! — casquinou o colega; de tão aberta a risada, Gerstein enxergou a garganta. — Então o capitão Wirth acenou.

Gerstein, você viu com seus próprios olhos que por aqui a operação vai bem, começou, encabulado, e Gerstein, com um sorriso tranquilizador, assentindo com a cabeça diante do capitão como se fosse um colegial, pensou: Esse monstro vai pedir um favor!

Não vai mencionar o problema com o motor para Berlim, não é?

Claro que não, Herr capitão! Esse tipo de coisa acontece em qualquer lugar...

Você é um rapaz muito compreensivo, não vou me esquecer disso. Agora queria pedir mais uma coisa. O que pretende fazer com o ácido prússico?

Seguirei suas orientações, Herr capitão, Gerstein respondeu com o tom mais lisonjeiro que conseguiu. Na verdade, aquilo não era tão ruim. Qualquer coisa era melhor do que se sentar ao lado do dr. Pfannenstiel.

Você vai entender os motivos do meu pedido: Heckenholt e todos os outros dependem de mim para ganhar a vida. Já Globočnik, bem, cá entre nós, ele já esteve em apuros e não quer ir para a berlinda. Nenhum de nós quer ir para a berlinda, Gerstein. Compreende? Bem, eu gostaria que você fizesse o seguinte.

Às ordens, capitão!

Quero que você diga ao pessoal de Berlim que não precisamos de nenhuma modificação,[12] pelo menos não em Bełżec (estou pouco me fodendo para Treblinka). Por causa dessa interferência já tivemos de abandonar o gás engarrafado, que funcionava à perfeição, acredite, logo que tudo começou. Que reclamem o quanto quiserem sobre problemas de abastecimento. Nesta vida todos temos problemas de abastecimento. Gás engarrafado era o que usávamos na T-4 depois que aqueles molengas decidiram que alemães não podiam ser fuzilados. Bem, que todos se danem. Diga para aqueles babacas em Berlim que, com base no seu conhecimento técnico, o diesel faz mais sentido que o ácido prússico — é mais rápido, ou mais seguro, ou sei lá eu. Convença aqueles burocratas a nos deixarem em paz. Eles não vivem no mundo real. Combinado?

Gerstein, sabendo que cada hora em que a máquina de Heckenholt estivesse quebrada seria uma hora em que judeus poderiam escapar de serem assassinados em Bełżec, e sabendo também que a letalidade do seu ácido prússico azul-celeste era vastamente superior à do monóxido de carbono, sorriu para o capitão Wirth com uma franqueza encantadora e disse: Lamento, mas o ácido prússico se deteriorou em trânsito.[13] Na verdade, é bem instável. Receio que não temos alternativa senão enterrar tudo…

Excelente! Gerstein, você será recompensado. Está vendo aquele ucraniano bem ali? Vou garantir que ele arranje alguma coisa para você.

Herr capitão, isso não é necessário…

Mas agora o capitão Wirth tinha começado a se preocupar que Gerstein esperasse algo mais que um pagamento único em ouro de judeu. Todas as prostitutas da Polônia, ao que parecia, tinham se abancado nas cercanias dos trilhos, nem de longe desencorajadas pela névoa negra e malcheirosa que pairava sobre Bełżec fizesse chuva ou sol; e seu oficial de ligação, Oberhauser, que apreciava encontros ocasionais com qualquer donzela-P de aparência ariana, havia informado que elas não paravam de aumentar os preços, sem dúvida porque os tesouros de Bełżec eram, ao menos do ponto de vista desse tipo de gente, inexauríveis. (O capitão Wirth em pessoa tinha visto uma rameira aloirada levando dois dos ucranianos para dentro de uma espécie de caverna que ela tinha feito no monte de roupas de judeu empilhadas atrás do barracão das locomotivas. Foi obrigado a puni-la por isso.) O temor fez o capitão Wirth se tornar grotescamente indiscreto, e logo, para dar umas risadas, estava contando a Gerstein tudo sobre Hadamar, *meu Deus, ele está falando de Hadamar*, e mais tarde, quando o capitão Wirth insistia que ele levasse pelo menos uns quilos de manteiga, isso sem mencionar uma mala de vodca "Wyborowca" (no fim o dr. Pfannenstiel teve muito prazer em livrar Gerstein desse fardo), Gerstein não desviou os olhos enquanto sorria, como alguém atordoado por uma luz ofuscante, porque o capitão Wirth havia contado sobre como na época de ouro da Operação T-4 — uma empreitada muito necessária, como ele tinha certeza de que Gerstein sabia, um projeto desafiador, para ser bem direto, tempos muito gratificantes, um procedimento que, apesar de estar classificado como Geheim, tinha sido exposto e interrompido pela corja cristã cujos rabos gordos estávamos salvando naquela guerra — ele costumava abater retardados mentais pessoalmente, com um tiro na nuca, usando seu revólver de serviço, porque apenas em 1941 um gênio inventou o sistema de chuveiros falsos. Gerstein, pasmado com ar de simpatia, questionou por que um oficial tão graduado e de tanta qualidade não havia recebido mais ajuda no desempenho do dever, ao que o capitão Wirth respondeu gargalhando que a uma distância tão pequena, e considerando que os alvos eram meros doentes mentais pacíficos, não judeus calejados, um atirador era melhor do que dois, porque dois tiros na cabeça é demais; dois praticamente arrancam fora a cabeça;[14] e foi então que ocorreu a Gerstein que o capitão Wirth, que era pálido, usava óculos e vivia de cara amarrada exceto quando explicava as Operações T-4 e Reinhard, que o capitão Wirth, que usava uma Cruz de Ferro, um sol metálico e um quepe com caveira, tinha muito provavelmente matado em pessoa todos em Hadamar — o que significava que ele era o assassino de Berthe.

10.

Ao amigo Helmut Franz, disse certa vez com seu típico didatismo: Esses tempos não me deixam alternativa senão buscar caminhos no fio da navalha, viver perigosamente. —[15] Isso foi no verão dourado de 1941, quando avançávamos cada vez mais velozes Rússia adentro, e na retaguarda, seguindo de perto nossos soldados, os colegas de Kurt Gerstein conduziam judeus em uma marcha só de ida para fora da cidade. Gerstein ainda não tinha conhecimentos irrefutáveis; ainda não tinha sido convidado a Bełżec. Mas pertencia à ϟϟ; caminhava no fio da navalha. A futuridade havia se tornado uma tumba negra com uma argola de ferro.

E agora ele tinha puxado a argola de ferro; não havia sido um prazer.* Sonhou que o negrume manchava suas mãos, e então...

Foi para casa, a casa do seu pai. A esposa o esperava. Ofereceu a bochecha branca e lisa como cera para um beijo. O pai desceu as escadas lentamente, saudando o filho com um *Heil Hitler* sonolento. As crianças estavam na cama fazia tempo.

* Como lemos no *Tristão* de Godofredo de Estrasburgo: "Existe algo mais pernicioso ao amor que a dúvida e a suspeita?... Ainda assim em falta maior incorre o homem que transforma a dúvida e a conjectura em certeza; pois ao obter sucesso e confirmar que suas dúvidas têm fundamento, o fato que tanto lutou por desvelar se torna um sofrimento que ultrapassa qualquer outro".([a])

([a]) Strassburg, p. 223.

Jantaram, uma boa janta naquelas circunstâncias; Elfriede fez o melhor possível; e Gerstein se perguntou o que a pobrezinha pensaria dele se soubesse que havia recusado toda aquela manteiga judia.

11.

Sob o retrato do irmão mais velho, de quem ele mal se lembrava (tombou no front ocidental em 1918), o pai sentado na poltrona, franzindo o cenho diante de uma matéria da revista *Signal* sobre três cativantes jovens trabalhadoras do leste (donzelas-R, pela aparência) posando com saias na altura dos joelhos no gramado de verão do palácio de Potsdam, risonhas. "Já adotaram a moda europeia e aprenderam rápido o estilo de penteado da Europa Ocidental."[16] Na página oposta havia outra fotografia colorida de tanques embarcando num cargueiro italiano, imagem saturada de tons mediterrâneos de oceano e terra, tudo veranil. Dizia a legenda: "Suprimentos para Túnis".[17]

Ha!, disse o velho de repente, rememorando. Eu me esqueci de lhe escrever a respeito disso, Kurt. Outro judeu tentou roubar nosso nome! Outro *Goldstein*.[18] Mas dessa vez pegaram o camarada. Lembra quando reclamei do último caso, em 1933? E minha reclamação foi ignorada. Bem, esse foi apagado, graças ao Todo-Poderoso. Despacharam para longe!

Onde ele foi pego, pai?

Na Universidade Técnica, em Berlim mesmo, você acredita? Muito abusado, não usava a estrela amarela. O nome próprio era meio russo. Acho que vão ter de fazê-lo de exemplo. As coisas que andam acontecendo! E me lembro também de outro caso, no qual um certo Richard Goldstein de Hamburgo…

Pai, você já contou essa história mil vezes.

Ludwig Gerstein encarou o filho. Então se levantou, partindo como um planeta escuro emborcando em silêncio.

Kurt, por que não o deixou falar? Não faz mal nenhum e ele fica feliz. Agora ele vai ficar preocupado, achando que você pensa que ele está senil…

Ele costumava dizer que lamentava o que estava sendo feito.[19]

Claro, você não se importa que ele vá descontar tudo em mim depois que você for embora.

Mas Kurt Gerstein a encarou com a mesma severidade implacável do pai.

12.

Nunca conseguiu entender por que ele não permitia que ela e as crianças fossem a Berlim. — Alguém precisa cuidar do pai — dizia apenas. E do jeito que as coisas andam, se desistirmos desta casa nunca mais a recuperaremos.

Todos preferimos estar com você, Kurt. Mas acho que você prefere os filhos dessa viúva que você abrigou.

Você viu com os próprios olhos o quanto Frau Hedwig é pobre!

Sem dúvida, foi uma manobra beneficente perfeitamente executada, disse Elfriede com um sorriso maldoso. Enquanto isso, você deixa seus próprios três filhos sozinhos comigo.

Ele não disse nada. Tübingen era a cidade da sua infância, o lugar onde ele tinha fracassado nos estudos teológicos. Ali, tinha sido outra pessoa. Obrigado, Deus, pelas cortinas de blecaute! Odiava a visão de Tübingen.

Bem, insistiu a esposa, e como vão indo?

Quem?

Quem estamos discutindo? Os filhos de Hedwig.

Sentindo como se falassem de pessoas que nenhum dos dois conhecia, procurou algo a dizer e enfim declarou: Estão na Juventude Hitlerista, é claro.

Devem ficar lindos juntos, com uniformes combinando. Gêmeos, ainda por cima!

O que você está insinuando?

Nada. Vou para a cama.

Deus te guarde, disse ele.

Quando ele a estava cortejando, costumavam fingir juntos que Gerstein havia libertado de ogros um castelo encantando, conquistando assim sua bela donzela. Havia muito Elfriede tinha superado essas brincadeiras tolas.

13.

Apesar das boas maneiras e do pedigree magnífico, o *Obersturmführer* Gerstein permanecia menos popular com seus camaradas da ϟϟ do que se imaginaria. — Encontrou Deus — diziam a seu respeito. — Gostaríamos mais dele se não tivesse encontrado. — Ou, para contar a história de um viés mais positivo, nenhuma amizade o distraía dos deveres oficiais. Por consequência, a vida profissional de Gerstein se tornou tão bela quanto as montanhas que se veem ao sul a caminho de Auschwitz. Conforme sua folha de serviço desse período: "G. é especialmente adequado a todas as tarefas. Proficiente e seguro. É disciplinado e tem autoridade".[20] Inspetores dos furgões usados como câmaras de gás aprenderam a se dirigir a Kurt Gerstein sempre que queriam reclamar sobre procedimentos inadequados.[21] Afundavam no sofá baixo de couro, pegavam a edição mais recente da revista *Signal* da mesinha de centro, entediados pela primeira fotografia colorida de página inteira (o reluzente radiador metálico de um avião de transporte Ju-52 sendo polido por nossos rapazes-soldados bronzeados na África), diziam com ou sem açúcar para a professorinha que servia como secretária e datilógrafa e então esperavam até o homem no outro extremo do imenso escritório terminar de rugir ao telefone: *Mande dizer que é melhor isso estar pronto amanhã ao meio-dia, ou vão parar na chami-*

né! Está ouvindo? Acho bom ter ouvido. Heil Hitler! e então batia o pesado fone negro no gancho, "como um cuteleiro com martelo e bigorna", pensavam os poetas entre eles, e nenhum deles jamais suspeitou de que a pessoa com quem ele estivera gritando (e a propósito também a pessoa que gritava) não existia. Então ele se aproximava com um sorriso torto, pois se sentia humilhado pelos três dentes faltantes; levantavam de um salto para um *Heil Hitler!* e então o *SS-Obersturmführer* Gerstein, o estimado e loiro Kurt Gerstein, com o cabelo penteado para trás, perguntava o que podia fazer por eles. — Os operadores seguem calibrando errado as máquinas, Herr *Obersturmführer*, e dar broncas não adianta nada! Não é muito gentil com o pessoal da limpeza, pode apostar! Os judeus cagam e vomitam o chão inteiro antes de... — E sorrindo, o loiro Kurt Gerstein, o único homem na SS que os entendia, concordava que isso era inadmissível, prometia requisitar uma investigação, pedia detalhes sobre a quantidade de judeus sendo mortos, a localização dos centros de extermínio temporários, larguras e profundidades das valas comuns et cetera, informações que, sendo essas questões **Geheim**, não deveriam ser reveladas de modo algum, mas se não fosse mais possível confiar em um membro da SS, tudo estava perdido! Na verdade, os métodos de trabalho em todos os nossos territórios orientais melhoraram gradualmente à medida que Auschwitz foi entrando nos eixos. Alguns agradeceram a Kurt Gerstein por isso.

Já viu nossos parques de carros de combate e de artilharia alinhados em quadrados perfeitos sobre a grama verde da Alemanha? (Caso tenha visto, espero que não acabe fuzilado!) O gabinete do *SS-Obersturmführer* Gerstein tinha uma disposição igualmente metódica, com todas as pilhas de pastas organizadas compulsivamente em quadrados, como se ele temesse uma inspeção, e aquela edição mais recente da *Signal* centralizada na mesinha, todos os arquivos trancados, meia dúzia de retratos emoldurados de nosso Führer marchando nas paredes conforme o tamanho; e as canetas e os lápis absolutamente verticais, comprimidos no porta-canetas como judeus em uma câmara de gás — bem, você já entendeu. Gerstein era sempre prestativo e correto com os colegas, ainda que rezasse. Um velho pensionista chamado Greisler, que resmungava algo a respeito de mecânica de diesel a quem perguntasse sua antiga ocupação, elogia Gerstein até hoje: Ajudou meu sobrinho a ingressar em uma Escola Adolf Hitler! — Não devemos dar tanta ênfase ao depoimento de Frau Alexandra Bälz, que se lembra de ter visitado Gerstein no final do verão de 1942; depois de confessar em meio a lágrimas que não podia mais continuar, envenenou para sempre a vida dela com seu segredo pavoroso. (Se a SS ficasse sabendo ele teria sido fuzilado imediatamente, e sua família inteira enviada para Dachau.) Na noite seguinte, o *Obersturmführer* Gerstein jantava até animado com Hans Günther, o "Esperto", em um dos restaurantes subterrâneos de Praga — um estabelecimento tão profundo e escuro, na verdade, que ambos se sentiam no interior de um barril de vinho. Abstendo-se do vinho, garantiu ao superior que seu único desejo era servir ao Reich. Como poderia colaborar ainda mais para o êxito da Operação Reinhard?

Gerstein, de início eu tinha minhas dúvidas a seu respeito, mas agora vejo que você é firme como ferro! Amanhã cedo levo você até Theresienstadt. O capitão Seidl é austríaco, como nosso Führer. Um verdadeiro homem de ferro! Acho que você vai se impressionar com o modo com que ele engana os judeus da Boêmia. Até a Cruz Vermelha engole a isca! Está na hora de você aprender esse sistema, porque precisamos ficar prontos para a Hungria.

Às ordens, Herr capitão! Obrigado por confiar em mim...

Também não devemos atribuir uma importância exagerada às recordações do pastor Otto Wehr, segundo as quais em seu encontro derradeiro com Gerstein, no outono de 1944, este lhe contou: a cada meia hora, esses trens repletos de judeus condenados me perseguem... —[22] Suspirou ofegante para o bispo Dibelius, que tinha celebrado seu matrimônio: "Ajude-nos, ajude-nos! Essas coisas precisam ser assunto no mundo inteiro..." —[23] Por que perder tempo com questões tristes e oficiais? Afinal de contas, o Plano Geral para o Leste estava se realizando!

Sem dúvida, o próprio sucesso do Plano nos impeliu para muito longe dos dias fáceis em que o coração do Reich ainda estava repleto de judeus, que, maduros para a colheita, ofereceram aos caçadores não apenas o dinheiro e os itens de valor que qualquer cidadão urbano, até mesmo os mais pobres, certamente possui, mas também a linguagem compartilhada, tão conveniente para atormentar (cuspir na cara da esposa ariana da presa e chamá-la de *puta de judeu* sem temer que o marido não entenda!). Porém agora os caçadores se viam instigados não apenas pela escassez de animais de caça na terra natal, mas ainda mais pela magnitude continuamente intensificada da caça, a buscar provimento nas reservas estrangeiras do Governo Geral, do Reichskommissariat Ukraine (onde Gerstein poderia ter se servido de uma caneca de cerveja com uma águia na tampa), do Reichskomissariat Ostland, da faixa cada vez mais larga de território soviético não incorporado às costas do front que avançava para o leste, isso sem mencionar Romênia, Croácia, Bulgária, Grécia, Hungria, onde em muitos casos os camponeses judeus, já acostumados a séculos de espancamentos, confiscos e pogroms, amontoavam-se em silêncio quando os caçadores os expulsavam das choupanas já em chamas; e quando os caçadores os ofendiam, os judeus respondiam com olhos arregalados como se não estivessem entendendo nada, mesmo quando os homens dos *Einsatzgruppen*, entre leituras de anúncios de Rosodont, **O Dentifrício Sólido de Bergmann**, abatiam a tiros os mais velhos e os doentes de forma sumária; mesmo quando separavam os homens jovens e fortes para cavarem a vala, o domínio dos caçadores parecia não deixar marca alguma naqueles rostos pálidos como uma página em branco; e pior ainda, o que havia para surrupiar além de uns poucos dentes de ouro? Claro, os judeus da Holanda, da Bélgica, da Itália e da França eram mais ricos, mas a tendência era que fossem descascados pelas polícias dos próprios países. Assim, os caçadores alemães sentiam que tudo estava rareando. Às vezes não havia nem dentes de ouro. Em maré baixa, os judeus poderiam acabar secando de vez, como parecia estar ocorrendo, mas sem proporcionar lucro algum, farfalhando e morrendo, escoando para dentro de cada vala recém-cavada, seu sangue absorvido, sua memória emparedada como o coração pustuloso do ainda não composto *Oitavo quarteto de cordas* (*Opus 110*), de Chostakóvitch, as nódoas calcinadas dos vilarejos judaicos rapidamente tomadas por relva mais dourada que a culpa. Os caçadores ainda acreditavam na caçada (afinal de contas, em nossa Ucrânia ainda restavam obedientes donzelas-U, e na Rússia garotas-R, e assim por diante). Mas começavam a sentir que atiravam em ratos do campo em vez de cervos.

Até que o *Ostfront* se estabilize... O capitão Günther não parava de repetir. Tinha começado a registrar propriedades de judeus nos últimos confins da Boêmia. Os antigos proprietários passaram em marcha pela torre da pólvora de Praga, com seus enegrecidos e antigos baixos-relevos de virgens matronas e cavaleiros com aparência de sapo. Dali seguiram para Theresienstadt para aguardar até que os fornos de Auschwitz tivessem espaço para eles. Gerstein, por sua vez, se esfalfou tentando descobrir o conteúdo de novos documentos secretos. Poderia ser dito que essa era sua honra. Decepcionava os camaradas por não ter tempo para ir com eles ao cinema e ver Lisca Malbran. Na maior parte do tempo se dividia entre Praga e Berlim, mas parece que o vejo em Dachau, onde prisioneiros russos foram congelados com fins experimentais, as temperaturas corporais cada vez menores sendo registradas com termômetros inseridos no reto; e estava da mesma forma em Birkenau, onde seus camaradas da ᛋᛋ colecionavam os crânios mais interessantes de comissários judeus-bolcheviques, criando códigos para eles e afixando etiquetas tão exuberantes quanto as condecorações de Mussolini. (Ali, mais uma vez, Berthe. Os olhos dela lembravam os da princesa italiana que morreu no bordel de Buchenwald.) Eu o encontro caminhando às pressas pela calçada diante da Deutsches Haus em Praga, com coroas de flores e bandeiras da suástica se desvanecendo a cada instante sobre sua cabeça; e então o transporte; quinze Minnas verdes cujos janelões com barras só lhe mostravam escuridão; por experiência própria, sabia que ali dentro cabiam até cinquenta prisioneiros, se os responsáveis não se importassem com algumas mortes por asfixia, de modo que possíveis setecentas e cinquenta novas vítimas de Hitler tinham acabado (às onze e quarenta e cinco da manhã) de passar por essa esquina e desapareceram enquanto ele fingia não estar contando seu número; seu destino devia ser o palácio Petschek, onde funcionava a Gestapo; sua missão era observar o tráfego, mas acabou proibido pela moderação. Percorrendo e atravessando a Central Europa com seus inventários de carga ultrassecretos para entregas de Zyklon B, às vezes tinha tempo para inalar o cheiro soturno mas de algum modo gratificante de antigas pedras de igreja encharcadas com quinhentos anos de incenso, hálito e vapor de pão sacro recém-assado. Em vez de alívio, as orações só lhe traziam desespero. Como poderia negar que com o conhecimento vinham pecado e morte, que sua missão de aprender a verdade o tinha infectado com horror, que agora ele era um cúmplice até que salvasse os judeus? — Mas tinha as mãos limpas.

Em agosto de 1942, as visões horrendas ecoando como saltos de botas em uma igreja antiga, procurou o núncio apostólico em Berlim para dar seu testemunho. O monsenhor Orsenigo não quis atendê-lo, talvez por causa das *Siegrunen* da ᛋᛋ que resplandeciam num escudo lateral de seu capacete escuro. Deixe os maus modos aos mal-educados, seu pai sempre dizia,[24] mas Kurt Gerstein, que ainda tinha muito a aprender, insistiu até que lhe imploraram que fosse embora em nome de Deus. Quando deixou a legação papal, pálido e trêmulo, começou a ser seguido por um policial, e então mais outro, de bicicleta, se juntou ao primeiro. Mudou de direção, se esquivando por um muro cujo cartaz, um pouco rasgado e encardido, pois era a "Palavra da Semana" do mês anterior, exibia a estrela judaica obrigatória, com a explicação **Quem usa este símbolo é um inimigo do nosso povo**.[25] Continuou sendo seguido pelos dois policiais. A primeira coisa que lhe veio à cabeça foi bater na porta do bispo Dibelius, mas não se dignaria a implicar alguém em sua própria desgraça. (O que posso fazer é quase nada, Dibelius havia afirmado.) Em desespero, embarcou num bonde e permaneceu ali por três paradas na direção de Wannsee; assim se livrou deles. (O capitão Wirth jantou com ele em Auschwitz e disse: Você precisa ter nervos mais fortes, meu amigo.)

Fez uma visita ao adido de imprensa suíço, que torceu o nariz e disse: Claro, Herr Gerstein, transmitirei sua história ao departamento. Mas, em primeiro lugar, ela é implausível; em segundo lugar, se você der uma olhada no mapa da Europa Central, verá que a Suíça não é um país muito grande, mas o Reich vem crescendo cada vez mais, de modo que você não deve esperar ler seu relato nos jornais de amanhã. — Gerstein deu meia-volta.

Mais uma vez tentou se encontrar com o monsenhor Orsenigo, mas esse cavalheiro, ao que lhe disseram, estava em viagem ao Vaticano. Assim, correndo um risco imenso, deixou um bilhete para o dr. Winter, assessor jurídico do arcebispo de Berlim. Não houve resposta.

Dia após dia, negligenciando perigosamente suas obrigações, zanzou diante dos portões da embaixada sueca até topar com o barão Von Otter. Os gêmeos de Frau Hedwig esperavam que ele aparecesse em sua divisão da Juventude Hitlerista para palestrar sobre o tema do cavalheirismo alemão, mas Gerstein se atrasaria. Na esquina, dois agentes da Gestapo vigiavam de dentro de um Mercedes-Benz. Gerstein se apressou em abordar o conhecido, apertou com força sua mão, perguntou com voz trêmula se a história que havia contado tinha rendido alguma coisa. — Fiz um relatório, é claro, respondeu seu conhecido, dando olhadelas inquietas para o Mercedes. Já teve uma grande influência nas relações entre Suécia e Alemanha.[26]

Graças a Deus!

E agora, por favor, me dê licença, *Obersturmführer* Gerstein. Preciso cuidar de minhas obrigações oficiais...

Barão, tomo a liberdade de lhe informar que agora estão abrindo todas as valas comuns no leste para destruir as provas. Escreva isso, por favor: o *ϟϟ-Standartenführer* Paul Blobel é o especialista em incineração...

Herr *Obersturmführer*, você enlouqueceu? Aqueles homens na esquina...

Naquele inverno estavam em meio às janelas quebradas e paredes reforçadas com sacos de areia de uma casa noturna em Minsk, uma cidade que agora pertencia ao nosso Reich, motivo pelo qual com exceção de determinados especialistas necessários para o esforço de guerra todos os judeus do lugar já haviam sido apreendidos e neutralizados, e Gerstein, que para o assombro dos camaradas tinha acabado de recusar o presente de um imenso jarro de vidro com xarope de bordo, que sua esposa teria recebido com imensa gratidão, pensava: O que é minha vida? Uma garota-R loira e adorável, tão esguia que meus braços poderiam dar duas voltas ao redor de sua cintura, descansa encostada na parede ou se agacha com cuidado para repassar copinhos minúsculos, transparentes e frios de vodca "Cazaquistão" para os oficiais da Wehrmacht que jogam bilhar no subsolo; ela irradia juventude, queima essa juventude momento a momento, desperdiçando tudo por ali. O que deveria estar fazendo com ela? O que eu deveria ter feito com a minha? A minha se foi, se extinguiu. E ela é tão esguia e loira quanto esta vela que acendeu para mim, a vela que meneia sua chama esguia e loira de forma tão suave quanto a garota faz com a cabeça, ambas as expressões igualmente insondáveis. Ela é ariana; é uma de nós; é bonita; deveria estar *com* um de nós. É o que dizem. Mas a chama devora a vela mesmo que não encoste em outro pavio. (Não quer ver o espetáculo, Gerstein? Vamos encher a câmara de gás de mulheres nuas! — Mas parecem tão inocentes! — Ha, ha! Como são malandras! — E o coração dele gritou; muito longe dali, em Kúibichev, Chostakóvitch ouviu o grito em seus pesadelos e o guardou para a *Opus 110*.) Ela se agacha e coloca outro copo de vodca na prateleira ao lado dos jogadores de bilhar. O líquido treme. É mais límpido que gelo, mais prateado que água. O rosto dela está em branco. Tédio ou medo? Quer ir para casa. Se tivesse o suficiente para comer, acho que não estaria por aqui. E o que vai fazer com a própria beleza? Será que ela sabe? É noite, e lá fora a neve está escura e suja — neve nas ruas cheias de crateras de bombas, casas escuras emplastradas de anúncios de regras e represálias decoradas com a águia e a suástica, então mais neve, lixo congelado, bandeiras da suástica tremulando e crepitando despercebidas ao vento noturno, e em algum lugar, provavelmente em um beco apertado com pilhas de escombros que vão até a altura dos telhados, paira o fantasma de Berthe, eternamente invisível para os soldados alemães que, trêmulos e com os rostos azulados, esperam por mais um amanhecer cinzento. Ela não é Berthe; sei disso. Pousa a mão na bochecha. Baixa os olhos para a mesa de bilhar. Fico esperando que boceje. Quase não há contornos nos quadris. As pernas parecem subir até o peito. Os seios são modestos, mas firmes. Tem a elegância funcional de uma aeronave alemã. Essa mulher-metal americana cruza veloz os ares, se consumindo em uma chama de magnésio. A chama é constante. Ela abre um leve sorriso. Um dos jogadores gira o taco de bilhar como se fosse uma hélice; ele também voaria, se pudesse, mas está gordo e velho demais. A juventude vencerá. A juventude são as nádegas da garota, firmes e quase chatas, que mal e mal brotam com a mais sutil e aerodinâmica das curvaturas. E o rosto — uma rocha loira perfeita e inteiramente em branco! As cariátides gregas são femininas sem serem humanas. Ela é isso. Talvez eu não queira ser humano. Quero ser ela. Quero comê-la como se fosse caviar.

Mas se eu conseguisse comer sua bondade ela acabaria derretendo por inteiro sobre minha língua.

Na mesa, diante de Gerstein, havia outro membro da ᛋᛋ, que o observava com atenção. Por fim, tal camarada disse, afável: Não tem problema, Gerstein. Eu mesmo vomitei depois da minha primeira execução.

14.

A esposa de Gerstein implorou que ele abandonasse a ᛋᛋ por ela e pelas crianças. Pegou-o pela mão e o levou até um espelho, murmurando: Olhe para você, Kurt! Olhe o que isso está fazendo com você!

Com orgulho, ele respondeu: Eu mesmo escolhi esse caminho.

Ao que ela disse: Como você, um homem honrado, um cristão sincero, consegue presenciar e assistir a essas coisas?[27]

O rosto dele se endureceu na forma de carne de capacete, e ele replicou: Sou grato por ter visto essas atrocidades com meus próprios olhos, de modo que um dia, se Deus quiser, terei como dar meu testemunho contra elas.

Ela deu risada.

Então ele fez um movimento como se fosse bater nela; e disse: O que você está pensando? Que isso salvaria você caso alguma coisa acontecesse comigo…

Não, Kurt, não…

Então está tudo certo. Não devemos pensar somente em nós mesmos.

Mas não era precisamente isso que ele estava fazendo? Na vez seguinte em que foi a Theresienstadt, em outra missão secreta para Hans Günther, o “Esperto”, havia menos vagões de carga do que de costume, de modo que logo terminou o registro. Desembarcando em Praga, pensou em comprar algo para a família. Era um membro da ᛋᛋ; podia ir aonde bem entendesse! Tanto tchecos quanto alemães olhavam para ele com medo, o que lhe dava vontade de gritar. Sorrindo com frieza, limpou um grão de poeira imaginário de seu quepe com caveira. Chamava a si mesmo de *um espião de Deus*. Naquelas ruas cheias de curvas, com paredes altas cravejadas de janelas vigilantes, bandeiras da suástica pendiam de ambos os lados com a mesma regularidade perfeita de Berlim, de modo que muitas vezes ele enxergava três à sua frente, à esquerda, três mais à direita, até a rua terminar em um arco negro e robusto que lembrava um túmulo. Cruzando uma ponte de pedra sobre o Vltava, que agora chamamos de Moldau, chegou até uma rua onde uma anciã vendia mel. Estava sentada na beira da calçada de pedras, cantarolando sonolenta para si mesma, de boca fechada. Algo no rosto dela o fez lembrar-se da enfermeira católica que tinha cuidado dele na infância; foi a única a ser gentil com ele. Quando a sombra dele caiu sobre ela, a anciã olhou para cima e gritou.

15.

Os bolchevistas anglo-judaicos nos chamam de "totalitários", e é verdade que por todo o nosso Reich, até na própria Toca do Lobo, nos expressamos através dos mesmos sinais; por exemplo, o encerramento preliminar de um alerta de ataque aéreo é representando por três sons agudos dentro de um intervalo de um minuto; então, assim que tiver sido verificado o encerramento da ameaça inimiga, um som estridente do mesmo tom guincha incessante por um minuto; descobrimos que tal consistência é bem conveniente. Ficaria surpreso se o inimigo não tiver seu próprio sistema igualmente "totalitário"! Pelas mesmíssimas razões, escolhemos educar todos os meninos alemães, isto é, todos os meninos decentes, na Juventude Hitlerista; de modo que sua reação nestes tempos de ameaça racial possa ser confiável.

Os gêmeos de Frau Hedwig, Erich e Edmund, estavam entre os decentes. Tinham acabado de estudar os cavaleiros teutônicos. Quando Gerstein entrou, Edmund lia em voz alta: "Ao longe e ao largo se estendia a floresta que ele precisava cruzar para não tomar distância do combate ao qual, sem ter nenhuma culpa, tinha sido convocado".[28]

Pousando a mão sobre o ombro do menino, Gerstein perguntou o que ele tinha entendido do trecho que acabara de ler. Edmund respondeu: **Duros tempos, duros corações!** É nossa Palavra da Semana. Quando uma guerra nos é impingida pelo Judaísmo Internacional, não temos escolha. Precisamos lutar. É isso que significa, hoje, para nós.

Correto!, riu o bom e loiro Kurt Gerstein. Por sinal, você já sonhou com essa floresta escura?

Nunca, disse Edmund.

Erich?

Não, Herr Gerstein. Talvez não tenhamos entendido sua pergunta. É sobre o bem *contra* o mal, não é?

Claramente. Agora releia.

"Ao longe e ao largo se estendia a floresta que ele precisava cruzar..."

Gostariam de ser cavaleiros, meninos?

Oh, sim! Como o senhor, Herr Gerstein!

Continue.

"Para não tomar distância do combate..."

Contra quem?

Os judeus, Herr Gerstein.

E quem mais?

Ninguém mais!, gritou o belo menino, orgulhoso por ter resolvido a pergunta capciosa. *Os judeus são nosso infortúnio*. Os eslavos e os anglo-americanos apenas os seguem. Não é isso, Herr Gerstein?

Isso, respondeu, gentil, lembrando-se da ocasião em 1935 quando a Juventude Hitlerista ofendeu Nosso Senhor com sua apresentação de *Wittekind*, de Edmund Kiss. Quando o jovem ator loiro no palco zombou: "Não queremos um Salvador que chore e se lamurie!", Kurt Gerstein se levantou para gritar: Protesto! Não vamos deixar que ridicularizem nossa fé em público! —[29] Acabou chutado até cair no chão, e continuaram chutando. Foi quando ele perdeu três dentes.

Não havia feito todo o possível? Não seguia fazendo isso? Contou aos meninos a história de Hans Dumm, desprezado pelos irmãos nobres por ser um tolo, mas que no fim conquistou a princesa por ter protegido formigas, patos e abelhas, favor que devolveram o ajudando quando ele recebeu missões mágicas humanamente impossíveis no castelo de imagens de pedra: as formigas reuniram e contaram todas as pérolas espalhadas, os patos mergulharam para encontrar a chave perdida e a abelha-rainha provou os lábios de todas as princesas adormecidas para descobrir qual a mais encantadora de todas.

16.

Outra vez conseguiu se encontrar com o cônsul suíço, Hochstrasser, e furtivamente cuspiu seu repugnante segredo, enquanto Hochstrasser o encarava ressentido. —[30] Transmitirei sua história a Berna, se insiste tanto, Herr *Obersturmführer*. Mas você segue exigindo que continue anônima!

Pelo amor de Deus! O senhor não entende a situação em que isso coloca minha esposa e meus filhos?

Como preferir. Mas boatos anônimos desse tipo, bem…

O que o senhor quer que eu faça? Apareça com um trem abarrotado de cadáveres?

Herr *Obersturmführer*, tenha um bom dia.

17.

Mais uma vez o ácido prússico se decompôs!, relatou o *Obersturmführer* Gerstein. Agora não nos resta nenhuma solução senão enterrar tudo.

Parece estar se decompondo com uma frequência impressionante ultimamente, comentou Hans Günther, o "Esperto".

Aí está a qualidade nos tempos de guerra!, respondeu o homem da ᛋᛋ com uma gargalhada estrondosa. Reclamou pessoalmente com a fábrica inúmeras vezes.

Alguém precisa ser fuzilado.

Claro que usam judeus e eslavos na linha de produção! Mas pelo bem da nossa equipe de transporte…

18.

Seu pai ainda não perdoou você, disse a esposa em sua visita seguinte; e ainda que ele não soubesse pelo que não estava perdoado, a sensação de estar errado lhe veio com a facilidade habitual. Do alto, lançou sobre a esposa um olhar que ela só conseguiria interpretar como severo; e aguardou.

Por interromper a historinha dele, ela explicou.

Oh, ele disse, colocando mais lenha na lareira. Aquela sobre o judeu que foi apanhado.

Gerstein sabia como esse judeu devia ter se sentido, porque aquilo já lhe tinha acontecido duas vezes, a primeira em 1936, na vez em que remeteu os sete mil panfletos religiosos antinazistas e então acabou levado em um dos Minnas verdes, em que através de uma janelinha quadrada com barras, no lado direito, ele enxergou nuvens, escuridão e janelas; então foi direita volver e ordinário marche com os outros até o Columbia-Haus, onde os camisas-negras o torturaram com chicotes molhados. Em 1938, por causa de suspeitas absurdas de monarquismo, foi carregado por outro Minna verde a um campo de concentração, onde logo aprendeu a dizer ao médico de sorrisinho eterno: Caí pela escada. — Em resumo, havia superado todos os erros ideológicos anteriores. Tinha saído dali graças a certo agente da Gestapo, mas seu pai também tinha ajudado ao insistir que Kurt Gerstein sempre tinha sido um antissemita sincero. Nunca esqueceria daquelas semanas em Welzheim, suas férias, como chamavam; e em particular a coisa que nunca contaria a ninguém, a coisa que os membros da ᛋᛋ haviam feito com ele. Tudo isso, é claro, tinha acontecido na época em que ainda estávamos de brincadeira, quando a praxe era o espancamento em vez da liquidação. Houve um tempo em que ainda se via o retrato de Röhm pendurado em todos os nossos campos de concentração. Então abatemos Röhm e as coisas ficaram sérias. Demos início às Operações Reinhard e Barbarossa, e abrimos os trabalhos em Bełżec.

Sua esposa disse: Você precisa pedir desculpas.

Como quiser, Friedl, ele respondeu, e subiu até o quarto de Ludwig Gerstein. Não devia duplamente a vida ao pai?

Desde muito pequeno, a presença do pai o fazia lembrar do Zeughaus de Berlim, quadrado e avermelhado, um imenso cubo severo cravejado de figuras.

O velho estava deitado. Entreabrindo os olhos, espiou o filho com hostilidade feroz. Não havia mais nada a fazer senão se ajoelhar, beijar a mão do pai e implorar seu perdão: O senhor sabe que sempre fui uma pilha de nervos, e agora com essa guerra…

O pai seguiu o encarando, sem mudar de expressão.

Inspirado, o loiro se inclinou, sussurrando: Isso sem mencionar meu trabalho secreto…

Aquilo ganhou o dia. O pai disse: Está perdoado, Kurt. E agora nunca mais vamos falar sobre isso.

Obrigado, pai. Mais uma vez, me desculpe por…

Hoje em dia as pessoas estão se esforçando para realizar tantas coisas. Acredito que você esteja dando tudo de si.

Sim, pai.

"Pois quem desejar o Graal deve abordar esse prêmio com a espada",[31] recitou o pai, e Kurt Gerstein assentiu com a cabeça, submisso.

E você tem viajado? Quais os comentários sobre a situação no *Ostfront*?

Vamos conversar sobre isso ao lado da lareira, pai? A sopa de Friedl deve estar quase pronta...

Conte-me apenas isso, Kurt, antes de descermos para nos reunir com os outros. Pelo que você tem ouvido, Paulus conseguirá resistir?

É difícil dizer, respondeu Gerstein, e de imediato, notando o medo terrível no rosto do pai, retificou: O Führer nos prometeu que a Fortaleza Stalingrado jamais será conquistada.

Tem razão, disse o pai depois de uma pausa. É a única maneira de pensar nessas coisas, atualmente. Agora vamos descer e ficar com os outros.

Ao ver os dois descendo juntos as escadas, o pai com o braço no ombro do filho, Elfriede sorriu, grata, e Gerstein pensou de repente: Ora, como ela se parece com Berthe! (Bem, mas no fim das contas Berthe era irmã dela.)

Seus três filhos, pálidos e desanimados, comeram a sopa em silêncio. Friedl disse: Agora você precisa nos contar onde tem andado, Kurt.

Minsk. Recebeu minha carta?

Ainda não, ela respondeu com firmeza.

Foi muito bombardeada?, o pai quis saber.

Receio que sim. Não há muito de bom a dizer sobre aquele lugar.

Bem, afinal de contas a cidade passou muito tempo sob domínio judaico. E os judeus, fugiram todos ou ainda estão causando problemas?

Foram evacuados, respondeu Gerstein com amargura. A sopa está excelente.

Seu filho Christian[32] perguntou: Vati, ouvi falar que não falta comida em Praga. Você vai a Praga, não vai?

Vou.

Trouxe alguma coisa de lá para nós?

Deixe seu pai comer, Elfriede interrompeu. Não vê que ele está cansado?

Vati, algum dia você vai nos levar para lá?

Depois da guerra, respondeu Gerstein com as mãos na cabeça.

Quantos castelos eles têm? Quais as cores da bandeira? Estou fazendo um trabalho sobre bandeiras na escola.

Agora a bandeira deles é a suástica, ora essa. O que esses professores andam ensinando?

Ele não anda tirando boas notas, anunciou Elfriede com rispidez, e Gerstein entendeu que ele, o homem ausente, estava fracassando com todos. A caridade começa no lar, diz o provérbio, e ele estava desperdiçando sua caridade muito, muito longe dali, com uma raça cuja extinção ninguém sequer lembraria! Deixa que os mortos enterrem os seus mortos, como dizem as Escrituras. Por um instante ele se imaginou levando a família para passear em Praga, ou pelo menos Christian, para que o menino visse as torres cheias de adornos, as varandas curvas de pedra ostentando nossas longas bandeiras carmim cujas suásticas nos enchem a todos de orgulho; e não era a Alemanha, mas aqueles demônios que...

Vati, quando você for de novo até Praga, por favor, traz alguma comida bem boa?

Christian, disse Elfriede, menos categórica do que poderia, você sabe que não pode falar desse jeito com seu pai! Peça desculpas!

Desculpa, Vati. Vati, o que eles comem em Praga?

Gerstein queria agradá-los. Respondeu: Bem, às vezes pato assado.

Com repolho roxo?

Agora chega, disse Ludwig Gerstein. Tente não se irritar com ele, Kurt.

Não estou irritado, pai. Por que está tão escuro aqui dentro?

Não está escuro. O fogo está bem vivo.

Não, são essas cortinas de blecaute. Que regra bem ridícula! Os Aliados têm dispositivos capazes de localizar alvos com precisão mesmo no escuro...[33]

Não seja derrotista, Kurt!

Ninguém disse nada até a sopa terminar, e então Christian perguntou com uma voz baixa e tímida: Vati, por favor, posso ver seu quepe?

Sorrindo de alívio, Gerstein tirou o quepe e o passou adiante. Lembrou-se de ver soldados quando era pequeno e ter vontade de ser um deles.

Gosto dessa caveira!, riu o menino.

Seu bobo! Você já tinha visto!

Por favor, mamãe, deixa eu olhar mais um pouquinho!

Deixe, decretou Ludwig Gerstein. Não vai fazer mal nenhum para o garoto.

Vati, quando eu crescer posso ser da ϟϟ que nem você?

Claro, disse Gerstein, tentando não se desmanchar em lágrimas.

19.

Em novembro de 1942 fecharam Bełżec, tendo liquidado meio milhão de bandidos judaico-poloneses. Queimaram os corpos, fuzilaram os trabalhadores judeus e também os queimaram, demoliram as instalações e sepultaram o relatório final dentro de uma pasta carimbada com a invocação GEHEIM. Então voltaram de carro até Lemberg para celebrar num dos restaurantes Exclusivo para alemães. Proibida a entrada de poloneses. Para falar a verdade, Bełżec tinha sido apenas uma marcha de treinamento de oitenta quilômetros, digamos assim; a campanha verdadeira seria travada em Auschwitz, cujo nome público era Campo A. O bom e loiro *ϟϟ-Obersturmführer* Kurt Gerstein estava ali desde o princípio; com os colegas, cantou "Erika, amamos você", uma melodia muito popular com nossas tropas Panzer em Stalingrado; e Gerstein tinha uma bela voz; disseram que no passado tinha sido um líder da juventude cristã, então sem dúvida havia liderado muitos corais nessa época. Pensando bem, ele parecia um condutor de coral com seus olhos estranhamente delicados e lábios finos como os de uma garota, o rosto quase tão alvo quanto os relâmpagos gêmeos como talhos pálidos na escuridão da insígnia no colarinho direito; tinha uma aparência muito vistosa em prata e negro; seu porte, com a cabeça muito altiva, de início parecia confiante, mas em seguida o queixo empinado, aos olhos de qualquer observador atento (para sorte dele, neste mundo havia poucos), parecia o tipo de postura que poderia ser assumida por, digamos, um prisioneiro polonês diante do pelotão de fuzilamento; em nossa experiência, surpreende a frequência com que um restolho racial desse quilate tenta de fato ser corajoso; bem, corajoso ou não, sabem que a bala entrará pela testa — se tiverem sorte —, de modo que enquanto os olhos nos encaram, e às vezes a boca pode até mesmo sorrir (ainda que ao sorriso faltem três dentes), a cabeça se inclina para trás, de modo inconsciente, num esforço primitivo de se distanciar mais um ou dois centímetros do destino.

Com seus distintos camaradas, marchou pelas ruas de Cracóvia, todos cantando "Erika, amamos você" em uníssono perfeito, acompanhados pelo tinido agradável das botas de aço sobre as pedras do calçamento, e naquele momento apenas ele entre todos se lembrava das valas repletas de judeus mortos fedendo e marrom-amarelados como a terra que cai como chuva sobre a neve depois que mais um morteiro explode em Stalingrado. Siegfried, o filho do taverneiro falido, estava sem cigarros (tinha acabado de cumprir duas semanas de "pronta detenção" por fumar no centro de manutenção de viaturas); Kurt Gerstein lhe deu um maço inteiro. Albrecht, o ex-assistente de caixa, queria enviar à mãe algumas barras de ouro que lhe haviam caído do céu; Kurt Gerstein telefonou para o capitão Wirth e isso foi providenciado. Os belos Heini e Karl, que tinham se conhecido na prisão em 1932, estavam rabugentos porque em vez de se divertirem ainda mais com garotas-P precisavam agora entregar alguns documentos no Gabinete Central para o Problema Judeu na Boêmia e na Morávia; o querido e loiro Kurt Gerstein se ofereceu para fazer essa viagem.

Estava tentando ler o jornal, cuja primeira página mostrava Ribbentrop empinando o queixo em imitação das estátuas em seu Ministério das Relações Exteriores recém-reformado; isso significava que não havia notícia alguma, pelo menos não notícias boas. Queria terminar o artigo sobre Ribbentrop, mas os camaradas não deixavam. Eram seus filhos. Heini, que tinha voltado a se entusiasmar com nossa literatura nacional, não parava de fazer perguntas sobre *Tristão*, que para poupar tempo estava lendo em uma adaptação para o alemão moderno. O menino havia enfim chegado ao verso em que Tristão, o Amoroso, se dispõe a ajudar Tristão, o Anão, a resgatar uma amante confinada no castelo de um inimigo. Matam o cavaleiro maligno e seus seis irmãos; tudo certo com essa parte, mas Tristão, o Anão, morre no processo, e Tristão, o Amoroso, é ferido na virilha por uma lança envenenada. Apenas Isolda pode salvar Tristão, e não chegará a tempo. O Belo Heini queria saber o significado da lança envenenada. Por que tinha de ser no baixo-ventre? O que isso queria dizer? Talvez, pensou em voz alta o Belo Heini com um tom de voz inocente, Kurt Gerstein soubesse explicar alguma coisa sobre cavaleiros feridos no baixo-ventre. — Em vez disso, Kurt Gerstein puxou uma cantoria de "Três cavaleiros cruzaram o portão", e depois todos resolveram que Kurt Gerstein era mesmo uma ótima pessoa; ficaram bêbados e o abraçaram, como fazem nossos soldados mais leais. Sacaram os revólveres e os lançaram com estrépito sobre a mesa do café, gargalhando do pavor alheio. Então todos juraram irmandade de sangue, inclusive o doce e louro Kurt Gerstein: todos furaram os dedos com as adagas da SS e misturaram o sangue com o dele!

Em nossos romances medievais, irmão luta contra irmão porque a identidade fica oculta por trás de cada elmo fechado. Mas todos aqueles rapazes usavam a mesma armadura que ele: sua honra era sua lealdade. Fingiu ser irmão deles, e não enxergaram seu rosto. Enquanto estivesse escuro, ele não conseguiria enxergar os rostos deles; rezou para que o capitão Wirth não acendesse a luz. E sentiu vontade de saber jogar baralho, porque isso teria deixado todos felizes. Assassinavam de forma inocente, porque receberam ordens de assassinar e porque eram estúpidos. Nem mesmo o próprio Cristo culparia suas mãos ensanguentadas. Convidaram Gerstein a tomar cervejas com eles e assistir a espetáculos de dançarinas no Wintergarten assim que a guerra acabasse. Perguntaram qual sua atriz de cinema predileta, Ingrid Lutze ou Lisca Malbrum, de dezessete anos, e ele sorriu e disse que havia uma certa Berthe, sobre quem ele nunca parava de pensar; quando perguntaram quem era, ele cantou "Erika, amamos você" mais uma vez. Puxou *Heil Dir im Siegerkranz*. Achavam que ele tinha perdido aqueles três dentes em uma briga de rua; sabiam que ele tinha estado com os camisas-pardas, como o lendário Otto das Barricadas. E isso fazia com que o amassem ainda mais.

Então, por sobre o crânio bronzeado de um polonês de cabeça raspada, espiou um membro da SS abraçando uma loira-U enquanto passavam pela rua oblíqua e serpenteante até serem engolidos pelo toldo de um bar. Riu, o olho se contraindo em espasmos, e murmurou: **Geheim**!

Enfim escapou deles. (Como insistia Friedl, suas convicções fanáticas estão lhe deixando infeliz, Kurt.) Sentia muitíssimo, mas tinha de atender ao chamado do dever. Foi considerado um hipócrita idiota; nunca sabia se divertir.

Na cidade de Oświęcim se encontrou com o capitão Wirth, que tomava cerveja usando a terrina de uma família morta, uma concha engastada em prata com padrão em zigue-zague; e disse o capitão Wirth, "mas fica entre nós", que os novos crematórios, construídos com genuína perfeição germânica pela Topf und Söhne, estavam quase dobrando a capacidade estimada de quatro mil, quinhentos e setenta e seis cadáveres (o capitão Wirth havia decorado essa cifra),[34] ao que Gerstein (já calculando: oitocentos por dia dá vinte e nove mil e duzentos por ano, excluindo-se dois mil por dia em eventuais piras abertas, o que dá...) riu e gritou: Bem feito para esses judeus! — então sua pálpebra se contraiu, o que não despertou a menor suspeita no capitão Wirth porque nossos caçadores de fato desenvolvem certos maneirismos indicativos do estresse do trabalho heroico. — Lembre-se de ficar de boca fechada!, gargalhou o capitão Wirth. Afinal de contas, até os russos lacram o equipamento de rádio antes de uma ofensiva secreta...

E então acendemos a luz...

O que foi? Diga, você já conhece o *Haupsturmführer* professor August Hirt? Não dou a mínima para a maioria desses cabeçudos, mas o professor Hirt é bem pé no chão, um sujeito bem *Volkish*. Basta se agachar quando ele começa a atirar jargão. Você precisa conhecê-lo, Gerstein. Acaba de começar uma coleção de esqueletos judaicos...

20.

Após o colapso da Fortaleza Stalingrado o ânimo ficou ainda mais feroz, os fanáticos ainda mais numerosos, assim como no desenrolar de certas doenças a densidade de trombócitos no sangue aumenta após um sangramento. Foi necessário tomar as medidas mais radicais. Aqueles que nos conheciam melhor, a saber, nosso diabólico inimigo no *Ostfront*, caracterizaram o temperamento alemão como errante entre os pontos antípodas da "resistência encarniçada; às raias da imprudência inconsequente; e retraimento que se transfigura em covardia mórbida".[35]

A meu ver, afirmou o *ϟϟ-Oberstumführer* Kurt Gerstein, demonstrar leniência no trato com os judeus seria tão fatal quanto ceder à hesitação ao eliminar uma cabeça de ponte dos russos.

Falou bonito, meu jovem!

Na realidade, a despeito do quão eloquente fosse Gerstein, alguns de nós estávamos começando a seguir uma linha diferente. Exterminar os judeus? Sem dúvida! Mas primeiro vamos espremer algum dinheiro. Logo Auschwitz vai começar a dar lucro.

Foi nessa época que o engenheiro holandês H. J. Ubbink visitou o apartamento de Gerstein em Berlim e levou a história de Bełżec até Londres. Ninguém acreditava. Nem mesmo Ubbink acreditava mais nela, e começou a chamar Gerstein de "santo louco". Assim outro verão germânico chegou sem ser perturbado, e o santo louco, que Hans Günther, o "Esperto", agora tinha enviado em missão de inspeção a Chełmno, escapou por um fio de ser forçado a assumir seu lugar na fila bem espaçada de homens da ϟϟ que abatiam judeus, enquanto a luz do sol consagrava os capacetes-cogumelo dos atiradores. Graças a esse trabalho duro, nunca mais existiria uma Polônia. — Essa carnificina em massa vai contra a tradição alemã, disse o dr. Pfannenstiel, que estava ali em missão particular de pesquisa. Graças a Deus pelas câmaras de gás! — Os atiradores semicerraram os olhos ao ouvir isso. Naquele dia as câmaras de gás não estavam funcionando, e eles se sentiam com excesso de trabalho. Um sujeito chamado Sorli precisou se virar com um Nagant defeituoso; teria feito um trabalho mais rápido com seu chicote de couro! Ficou indignado com o dr. Pfannenstiel. Também não gostou muito do jeito de Kurt Gerstein, não que Gerstein tenha dado um pio, mas em meio a uma guerra se aprende rápido a avaliar os outros: Será que esse homem é duro o bastante para nossos tempos? Sorli comentou na cara de Gerstein que ele devia ser um desses imbecis dos escalões de retaguarda que esperam que os outros sujem as mãos por ele. (O dr. Pfannenstiel tinha uma opinião semelhante, mas colocou de modo mais literário: Em nosso épico nacional, Siefgried conquistou Brunhilde para Gunther e, dizem alguns, até mesmo a deflorou para ele, de tão fraco que era o rei anterior. Nós, trabalhadores leais, somos Siegfrieds, não Gunthers! Não estou certo, meu caro Gerstein?) A essa altura o esquadrão inteiro era da opinião de que talvez Eichmann devesse ser informado a respeito da postura de Kurt Gerstein. Com um ódio racial saudavelmente fanático, Gerstein, gargalhando o mais alto que conseguiu, começou a chutar o rosto de um judeu morto. Disse: Parece que esse judeu caiu das escadas! — Isso os apaziguou; ele se mostrou leal. Sorli gostou dele então. Depois todos beberam schnapps. Sorli se gabou de um punhado de coisas — mais munição para as acusações de Gerstein. Sorli também era um homem culto; não parava de falar sobre quando viu Lizzi Waldmüller, em 1930; era *Traum einer Nacht* na Nollendorfplatz. Então chegou a hora de fuzilar mais uma leva de judeus. Sem dúvida pelo menos desta vez Kurt Gerstein mostraria o aço de sua lealdade!...

Como Gerstein seguiria em frente? E ainda assim dizem que o loiro embarcou em um voo secreto até a Finlândia para contar sobre a Solução Final. Voltou exausto e aterrorizado ao seu gabinete, todas as paredes decoradas com a imagem de Hitler, revista *Signal* na mesinha de centro, e sobre a mesa uma pequena fotografia, com uma dedicatória do retratado (*Para Kurt Gerstein, em irmandade*), o *SS-Oberdienstleiter* Viktor Brack, cujo rosto cinzento e de magreza anormal exibia tanto a miséria da idade avançada quanto certa dureza nativa; Brack era um homem muito decente, de fato, um homem correto e também dinâmico; mais do que qualquer outro, foi o gênio da Operação T-4, e por isso seria enforcado pelos americanos em 2 de junho de 1948; Gerstein lhe confessou certa vez, correndo um risco ensandecido, quase suicida: Herr *Oberführer*, tem alguma coisa em você, o sorriso, na verdade, que me lembra minha falecida cunhada...

O telefone estava prestes a tocar. O telefone o mandaria para Auschwitz. Abriu a nova edição da *Signal* e leu um artigo sobre a situação nos Estados Unidos: estudantes negros estavam intimidando os professores em diversas grandes cidades. Até os americanos começavam a perceber a necessidade de certas medidas. No pátio, homens da SS gritavam e outro caminhão despejava prisioneiros que caminhavam com ruído por sobre as pedras do calçamento enquanto a datilógrafa do centro de manutenção de viaturas lhe trazia o café de chicória. Não houve ataque aéreo naquele dia. Bem na frente dela, ele rezou.

Tentou telefonar para o barão Von Otter e foi informado de que ele, mais uma vez, estava na Romênia. E o bispo Dibelius? Era um homem moderado; defendia apenas a exclusão dos judeus de nossa vida econômica.[36] Trêmulo, Gerstein desceu correndo as escadas.

Sua aparência provavelmente chamava a atenção, mas o porteiro com suásticas nas lapelas abriu a porta com um *Heil Hitler!* imperturbável. Para onde ele iria? Precisava caminhar bastante, desanuviar a cabeça... Na Kurfürstendamm, uma mulher de cabelos loiro-avermelhados pedalava uma bicicleta com suas pernas longas e rosadas; tudo nela era róseo; aquele cabelo loiro-avermelhado lembrava o "belo ouro vermelho" tão apreciado pelos nórdicos antigos. No Tiergarten, um policial montado em um cavalo trigueiro passou lentamente, semivisível em meio às arvores...

O telefone tocou. Convocou Gerstein à Boêmia. Hans, o "Esperto", estava com um excedente de judeus.

Segundo uma testemunha (acho isso difícil de acreditar) Gerstein entrou no Castelo de Praga, residência de nosso Protetor do Reich para a Boêmia e a Morávia, onde, à guisa de cooperação interdistrital, supostamente interrogou a equipe pessoal do *ᛋᛋ-Oberstgruppenführer* Daluege a respeito de certas ações secretas levadas a cabo contra os tchecos para vingar o assassinato de Heydrich. Um desfile de enfermeiras nazistas passava do lado de fora. Pela janela aberta, Gerstein as ouviu gritar: *Sieg Heil, Sieg Heil!* O assistente de Daluege dizia: Você tem algo que não cheira bem, Herr Gerstein. Vou denunciá-lo. — Gerstein se levantou, deu um tapa no rosto do assistente, sorriu (exibindo de propósito os três dentes faltantes) e disse: Então me denuncie, seu judeuzinho de cara branca! Berlim quer saber se este gabinete foi *duro* o bastante, se as medidas foram tomadas. Por exemplo, existem alegações de que as moradoras de Lídice ainda estão vivas. Vou dizer a Berlim que não existem homens por aqui, que vocês não passam de um bando de judeus de casca mole. — No fim, por ter agido de uma forma tão tresloucada que sem dúvida deveria ter sido enviado por Berlim, permitiram que lesse o arquivo sobre Lídice: cento e setenta e três homens fuzilados no vilarejo, mais dezenove liquidados na detenção, sete mulheres neutralizadas, duzentas e três outras enviadas para campos de concentração, cento e cinco crianças deportadas ou germanizadas, o vilarejo arrasado, tudo com aprovação pessoal do Führer. Para Gerstein esse era o próximo passo do horror, um novo jazigo com aro de ferro que se abria dentro dele: sabia desde sempre que o sonâmbulo sabia de tudo, mas havia mantido segredo para si mesmo acerca desse conhecimento, como um esqueleto em uma floresta, como algo prateado sobre negro.

Voltou para Berlim e, de memória, anotou as estatísticas de Lídice. Bombas americanas caíram mais uma vez sobre a Chancelaria do Reich. Alguém que ele não conhecia gritava; ele precisava ir para o abrigo antiaéreo. Com frieza, respondeu que estava ocupado. Naquele momento o hotel Kaiserhof foi destroçado pelos aviões. Ouviu nossos canhões antiaéreos disparando, e então o sinal de cessação de ataque. Tentou mais uma vez telefonar para o barão Von Otter. A linha estava desconectada. Quando o serviço voltou ao normal, telefonou para três semiconhecidos, e todos desligaram rapidamente sem falar nada. Então a datilógrafa do centro de manutenção de viaturas entrou trazendo café de chicória. Com muita delicadeza, disse a ele: Perdão, Herr *Obersturmführer*, mas quem o senhor é debaixo do uniforme não é da conta de ninguém.[37]

21.

Sonhou que escavando a terra encontrou um crânio dourado com olhos de rubi — uma caveira ao mesmo tempo bela e aterradora, como o uniforme que ele usava; ao acordar, teve uma visão desvanecente na qual erguia o crânio na direção do sol.

22.

Praga telefonou mais uma vez; tomou o trem expresso. Hans Günther, o "Esperto", aguardava no escritório.

Mais missões secretas para você, Gerstein. Muito secretas.

Às ordens, Herr Capitão.

Leve esta mala para Herr Lang no Reichsbank e diga que veio de mim. Não peça recibo. Entendeu?

Tudo ficou bem claro, obrigado, Herr capitão.

Gerstein, estou muito feliz com seus trabalhos. Você é um rapaz extraordinário. Isso é tudo. *Heil Hitler!*

Heil Hitler!

Que mala pesada! Sabia muito bem o que havia ali dentro; a confiança de Hans, o "Esperto", estava provada. Sentou-se olhando pela janela do Expresso de Berlim, observando o cenário de verão. As horas se sucediam e os outros passageiros do vagão mantinham o silêncio, apavorados demais para olhar para ele. Uma senhora idosa tossiu. Batendo a unha na caveira do quepe, Gerstein se virou devagar na direção dela, encarando-a com uma expressão impassível no rosto. Então surgiu o cobrador. Gerstein apresentou o bilhete, encarando o homem até que desviasse o olhar. Acendeu um cigarro. Surgiu então a fachada comprida e alta do Reichsbank, com suas bandeiras de suástica e cinco fileiras de concavidades retangulares que lembravam os balestreiros dos quais defensores de castelos medievais lançavam suas flechas. Herr Lang estava à sua espera. Pesaram juntos o ouro: vinte e dois quilos. Para Gerstein havia algo de terrivelmente impuro sobre aquela massa marrom-amarelada: seria o fato de ter vindo da boca de pessoas mortas, ou viria a imundície de sua origem judaica? Esse é um dos assuntos mais secretos. Fechou os olhos, desligou as luzes da câmara de gás.

Está se sentindo bem, Herr *Obersturmführer*?

Sim, estava apenas tentando calcular o total em Reichsmarks.

É bastante. Bem, em números redondos…

Um mês mais tarde voltou a ser convocado até Praga, para receber outra mala. Tinha duas horas antes da partida do trem. (Ali passavam seus colegas, marchando em uma fila tão alinhada e grandiosa quanto as colunas dóricas da Neue Wache de Schinkel.) Desta vez seus passos o guiaram até um antiquário com relógios tiquetaqueantes, porcelanas com seios à mostra, colares de pérolas falsas e vestidos negros de mulheres mortas. Procurou algo para a esposa... Permitiu-se imaginar como o rosto de Christian teria se iluminado se Gerstein colocasse em volta do seu pescoço aquela Cruz da Ordem da Águia Branca setecentista que o capitão Wirth o tinha forçado a aceitar; meninos sempre amam artigos militares, e neste caso era uma estrela de *ouro* com oito pontas, decorada com prata e diamantes! Na verdade ele deveria ter vendido aquilo para alimentar a família. Em vez disso, enterrou a condecoração em solo polonês, rezando baixinho pelo antigo dono, as árvores verde-acinzentadas se tornando etéreas através das lágrimas como teria acontecido ao cair qualquer chuva. Chuva de sangue, chuva de aço, chuva na grama verde luxuriante de Auschwitz! Tanto lágrimas quanto orações têm a suposta qualidade de revigorar a alma.

23.

Como Himmler, agora carregava consigo uma cápsula de cianureto escondida; acho que guardava sob a pedra de sinete do anel. Assim como nas florestas de faia da Baixa Saxônia as sombras dos troncos desnudos pelo outono convergem e se projetam como canhões na escuridão da qual são feitas, os pensamentos de Gerstein o conduziam cada vez mais fundo até uma confusão plena de desespero: Ali vem Kurt Gerstein, que desde a adolescência sempre rejeitou a impureza desta existência terrena, inspecionando outro campo de extermínio! "É tentador descartar Gerstein como um invencioneiro", escreve o historiador-eticista Michael Balfour. "Ele deve ter se dado conta de que suas ações não davam frutos."[38]

Agora se forçava a testificar absolutamente tudo; contava ensandecido todos os fios de arame farpado de um gueto temporário: outra nota de rodapé para o depoimento juramentado ainda por redigir. Postou-se diante do amontoado escuro de judeus poloneses no mercado de sua cidade; esperavam pela ϟϟ e pela polícia, que os recolheriam e escoltariam até a morte. Gerstein contou as vítimas, vigiadas por seus colegas: setecentos e vinte e quatro novos crimes para o depoimento. E então — porque seu passe, carimbado pelo gabinete de Eichmann, permitia um direito de ir e vir quase pleno — acompanhou os caminhões para ver onde ficavam as valas comuns. Estava presente, tentando rir com os camaradas, quando tiraram as roupas dos judeus, em seguida espancados e fuzilados. Um velho que precisou se aliviar ficou agachado no mato e acabou esquecido pelos assassinos. Gerstein lhe cochichou ao ouvido, incitando o homem a se esconder na floresta. — Não, obrigado, Herr *Obersturmführer*, replicou o judeu com frieza, num alemão irretocável. Prefiro a companhia de minha esposa e meus filhos. — E então vestiu as calças e se uniu à leva seguinte de judeus russos magros, com rostos amarelados e braços erguidos, barbados, ajoelhados, enquanto a Ordnungspolizei posava com sorrisos fáceis ao lado das presas abatidas. Estavam tão tranquilos que poderiam facilmente ser confundidos com cavaleiros de fim de semana no Tiergarten. Na cidade, o sino da igreja permaneceu em silêncio sob a plataforma com telhado em forma de cruz, pendendo entre pernas de madeira maciça.

24.

Anoitecia, e Gerstein passeava pelos jardins do antigo palácio. Às sete começou a esfriar, e as fontes estavam encantadoras. Um mosquito lhe picou o pescoço. Sob o arco de madressilva, a bilheteira acendia um cigarro atrás do outro, soltando gracejos para todos os oficiais alemães. Então, ao mesmo tempo que as badaladas puras e um tanto leves das sete horas, surgiu Berthe.[39] Gerstein se lembrou de um trecho de *Tristão* que ele havia ajudado a explicar ao Belo Heini: "Quem olha nos olhos de Isolda sente coração e alma refinados como ouro na chama incandescente" —[40] a chama do crematório, é claro.

Berthe tomou os dedos de Gerstein nas mãos, um de cada vez, fazendo com que ele se lembrasse de quando foi preso em 1936 e foi obrigado a "tocar piano", ou seja, fornecer suas impressões digitais. Os soldados tinham sido gentis com ele daquela vez, porque não era judeu e sabia cantar.

Disse Gerstein: Lembra que você me disse para seguir o caminho escuro?

É claro. E sei o que vem espremendo seu coração. É longo, não, esse caminho escuro? E você está perdendo o ânimo, não está?

Jamais, ele sussurrou.

Olhe para suas mãos, murmurou a morta. Tão macias e brancas. Não estão sujas de sangue.

Obrigado, Berthe. Obrigado por dizer isso…

Beijou-lhe os olhos de aparência judaica. Então ela o levou até a igreja. O sacristão apareceu de imediato, trêmulo.

Abra a cripta agora mesmo!, ordenou o *ϟϟ-Obersturmführer* Kurt Gerstein. Agora me deixe a sós. Espere lá fora.

Estelas reluzentes de mármore negro, antigos túmulos de granito branco, cruzes de madeira, uma caixa de ferro enferrujada com uma cruz, esse era o lugar ao qual Berthe o tinha conduzido. Quer saber como passar pela vida? Aos pés de uma cruz de madeira, queime uma vela.

25.

E agora uma nota para todos entre vocês que consideram esta história um conto sobrenatural grosseiro: é bem provável que pessoas ambiciosas de toda sorte se sintam forçadas a reduzir os sujeitos que as preocupam a, digamos, judeus a serem liquidados ou judeus a serem salvos. Pode não haver tempo para aprender os nomes de cada Esther ou Isaac incluídos no escopo da Operação Reinhard. E quanto mais esses sujeitos (quero dizer, objetos) se alteram de acordo com o propósito, mais problemático se torna perceber suas qualidades irrelevantemente humanas. Cito o depoimento de Michal Chilczuk, do Exército Popular Polonês (participou da libertação de Sachsenhausen): "Mas o que vi eram pessoas que chamo de humanas, mas era difícil apreender que se tratava de humanos".[41] O que Chilczuk quis dizer com isso? Para usar um aforismo, um esqueleto humano não é humano. Ele nos assusta por provar a verdade daquele epitáfio tão comum na época de Holbein: "O que eu fui, você é. O que sou agora, você será". O olhar daquelas órbitas escuras, de contornos acentuados, parece implacável, e os inúmeros dentes, que tanto assombravam Edgar Allan Poe, se mostram numa exposição violenta, despidos das fitas de carne róseas e festivas que chamamos de "lábios", cujas convoluções e involuções são capazes de expressar alegria, cordialidade, até mesmo ternura. O sorriso de um crânio humano é tão ameaçador quanto o de um crocodilo. Como em si a morte não é nada, a melhor representação possível para nossa mente é aquele rosto inexpressivo de osso que um dia será o nosso e ao qual não conseguimos deixar de conceder uma expressão. Em tais circunstâncias, como essa expressão poderia ser reconfortante? Por isso o *ᛋᛋ-Obersturmführer* Kurt Gerstein não consegue deixar de vestir o crânio com a imagem da amada Berthe.

Na Quarta-Feira de Cinzas daquele ano, Gerstein estava presente quando aqueles poucos pastores da Igreja Confessante Prussiana se atreveram a ler um sermão sobre o mandamento "Não matarás". Mesmo assim os colegas da ᛋᛋ não suspeitaram dele, tamanha era a confiança que tinham em si próprios.

Após o colapso do *Ostfront* em um mapa secreto, ele gritou: *Cristo vencerá esses demônios*! Os vizinhos devem ter ouvido, mas ninguém o denunciou. Todas as noites ele lia a Bíblia e depois rezava em voz alta, deitado exausto na cama.

Então veio o levante do Gueto de Varsóvia, que a todos pareceu não menos violenta e brutalmente inútil quanto a maneira de os russos cercados lutarem até a morte.

Por que os Aliados não faziam nada? Deviam temer a responsabilidade de ter de abrigar tantos milhões — ou será que também eram antissemitas? — Gerstein se postou entre as colunas da nave central da igreja, tentando perguntar. Arcos ofuscantes de chamas de velas responderam. E para quê? Seria o mesmo que seguir se curvando e batendo calcanhares para o fantasma de Berthe.

Helmut Franz lhe cochichou que os britânicos, que poderiam ter feito isso sozinhos, se abstiveram deliberadamente de bombardear as câmaras de gás de Auschwitz. A Suíça se recusou a conceder asilo aos judeus. Apenas Kurt Gerstein estava disposto a agir!

26.

Agora o vemos sozinho, com um uniforme impecável, prata sobre negro, o rosto tão resoluto quanto a caveira em sua fronte enquanto acelerava pela estrada de

Varsóvia a Cracóvia em um caminhão militar, com uma pá e seis tonéis com cinquenta quilos de cristais azul-celestes de Zyklon B debaixo da lona na parte de trás, e ao redor dele as cristas úmidas e delicadas dos campos poloneses em meio à chuva de verão, flores altas por trás de cercados, estradas molhadas, árvores frondosas em que desabrochavam estrelas brancas, e no horizonte distante à sua frente outras árvores tão cinzentas quanto o mar do Norte. Em cada posto de controle batiam os calcanhares, faziam a saudação nazista e indicavam que seguisse adiante com um gesto. Se conseguissem enxergar dentro da sua alma ele teria sido fuzilado, fuzilado, *fuzilado*!

Alto e loiro, o *ϟϟ-Obersturmführer* Kurt Gerstein avançava a toda na direção de Auschwitz. Logo chegaria à barreira branca e preta, ao letreiro ARBEIT MACHT FREI, e seria tarde demais. (Tinha acabado de contar a Helmut Franz sobre as vítimas femininas dos experimentos médico no Bloco 1.) Quantos tonéis mais poderiam se decompor em trânsito? Rápido, para dentro da floresta verde, muito verde, de troncos esguios, reluzindo de chuva recente! Será que havia partisans por lá? Que o matem. Resguardado pelas árvores, suando e trêmulo, começou a cavar uma sepultura para o ácido prússico: hoje o conteúdo de dois tambores, cem quilos. Em teoria, estava salvando cem mil vidas.[42] Os cristais se derramaram no buraco, brilhando, de uma beleza celestial; os vapores lhe deram ânsia de vômito. Seria fuzilado, fuzilado, fuzilado! Por que não enfiava um punhado na boca e acabava logo com aquilo? *Agora eles vão ter o que mastigar!* Era o que sempre dizia o sargento Möll quando os cristais escorriam zunindo pelos cones de distribuição que iam até as câmaras de gás de Auschwitz. E Gerstein *riu*; ele de fato *riu*, para que o deixassem livre para seguir cumprindo sua promessa... Depois passaria a noite em Cracóvia. Em geral conseguia visitar a basílica de Santa Maria, a multidão apavorada abrindo caminho para que ele passasse e se metesse entre aquele labirinto de madeira escura tornada lisa por tantas mãos, lançando olhares vazios para candelabros escuros, retratos ainda mais escuros, janelas tão profundas quanto as órbitas de um crânio. Seu Cristo pálido havia ressuscitado, mas, ai de nós, ressuscitou pregado à cruz. Ali estava Ele, pairando inutilmente no firmamento elevado e azul do teto das arestas da abóbada com suas estrelas douradas.

27.

Em 31 de janeiro de 1944 a linha de frente tinha se partido em segmentos que lembravam destroços de naufrágio na vazante da maré. — Nunca romperão nossa Muralha Atlântica!, bradou seu pai com lealdade.

E como fariam isso?, concordou o *ϟϟ-Obersturmführer* Kurt Gerstein. Ele era a imagem perfeita de nossa raça ariana; era óbvio que possuía a determinação firme de aplicar, com severidade mas justeza, a autoridade alemã.

Kurt, mesmo velho deste jeito sinto que deveria estar fazendo alguma coisa.

Olhe para você, pai! Mal consegue caminhar!

É verdade. Mas me dê uma pá, e mesmo que leve o dia inteiro ainda consigo cavar meu metro de trincheira antitanque!

Isso é louvável, pai.

Tive um pesadelo esses dias. Sonhei que os eslavos estavam em Berlim! Você acha que chegarão aqui?

Deus fará o melhor.

E o que isso significa, exatamente? Em nome do Todo-Poderoso, você apoia nosso Führer ou não?

Imagino que esteja vendo o uniforme que visto, respondeu Kurt Gerstein entredentes.

Vejo o que você pensa sobre esse uniforme. Até os seus filhos veem. E Elfriede! Como sofre essa pobre moça por culpa sua, você nunca vai entender. Se quiser ter uma vida digna, Kurt, nunca trate mal uma mulher. Uma mulher, como você sabe, não carrega armas.[43] Seu dever...

Perdão, pai, mas como o senhor define seu dever *cristão*?

Está tentando me criticar, Kurt? Foi essa a sua intenção?

Não.

Bem, então o que estava tentando dizer?

Pai, eu... Para mim, louvar Nosso Senhor não quer dizer nada se isso não for expresso em atos práticos de caridade.

Mas isso em si nada tem de prático, porque se cada um de nós resolver expressar seu amor cristão da maneira que achar mais correta, ninguém cumprirá seus deveres. A verdade é que somos todos egoístas, e estamos sempre procurando desculpas! Sabe, Kurt, ao longo da minha carreira muitas vezes tive de condenar à forca algum pobre coitado. De um ponto de vista individual, humano, ele podia não ter feito nada de errado, e ninguém jamais saberá o quanto teve minha simpatia. Por exemplo, a mãe de um sujeito estava morrendo de câncer, uma morte agonizante. Não podiam fazer nada por ela; por causa daquelas malditas sanções de Versalhes, as farmácias não tinham qualquer opiáceo para diminuir a dor daquela mulher. E por isso ele sufocou a mãe com um travesseiro — puramente por amor, está entendendo, Kurt? Mas precisamos cumprir nosso dever.

E se você tivesse se recusado a condená-lo...

Em primeiro lugar eu correria o risco de perder a licença, e nesse caso não sei o que aconteceria com sua mãe e todos vocês nos anos seguintes. Já éramos pobres o bastante, isso sem mencionar a desgraça. Não se pode perder essas coisas de vista. Mas deixando de lado a obviedade de meu dever para com minha família, o princípio mais amplo é o seguinte: se o homem que asfixiar a mãe por amor for absolvido, pode ter certeza de que o homem que asfixiar a mãe por ódio vai se aproveitar desse fato!

Mas existe uma distinção, afinal...

E você continua discutindo com seu próprio pai! Está contra todos nós. O que você defende?

Perdão, pai, mas essa distinção...

Só vemos uma distinção porque estamos abstraindo os dois casos de matricídio; estamos deixando que sejam hipotéticos, de modo a brincar de Deus e dar uma espiada nos corações dos réus. Mas na vida real, nunca saberemos.

Mas *o senhor* sabia.

Sim, eu *acredito*, estou humanamente *convencido*, de que o homem que condenei à morte tinha cometido eutanásia; e que as leis atuais do nosso Estado permitiriam que sua mãe fosse libertada da agonia, desde que fosse o próprio Reich a...

Falando nisso, pai, obtive provas de que Berthe sofreu eutanásia em Hadamar.

Você está me interrompendo. E daí? Pobre moça, melhor para ela! Já se esqueceu de como ela se tocava na igreja? Espero que tenha a decência de nunca contar isso a Elfriede. A questão é a seguinte, não devemos ter a impertinência de brincar de Deus. Não nos cabe decidir quem deve viver e quem deve morrer.

Pai, disse Kurt Gerstein em desespero, em seu lugar eu teria abdicado do cargo.

Que vergonha! E pensar que um dia eu ouviria meu próprio filho...

Perdão, pai. Eu não quis...

Então por que não abdica do seu?

Não abandonarei minha responsabilidade, respondeu firme o loiro, e então, num esforço para acalmar a conversa: Por sinal, onde Friedl se meteu?

Compras, compras, disse o velho com um aceno tolerante.

Gerstein sorriu, tentando esconder a fúria. Friedl devia estar numa fila para comprar leite diluído.

Ao contrário de você, continuou o pai (Ludwig Gerstein nunca se deixava distrair em uma conversa), não sou dado a desistências. Quando era juiz, *cumpri meu dever*, a despeito de quão doloroso ele fosse. Também lutei no *Westfront* na última guerra, Kurt; você não imagina as coisas que vi...

O filho quase gargalhou. — Não, pai. Nem imagino.

Cumpri meu dever, e nunca brinquei de Deus. Mantive a humildade que condiz com um ser humano.

E o senhor não acha que deveríamos fazer nossas próprias escolhas?

Como Adão e Eva, que fizeram uma escolha contrária ao mandamento de Deus? Como os bolchevistas seguem escolhendo hoje em dia? Já se esqueceu do massacre da floresta de Katyń? Essa é a obra tão sanguinária dessa gente, da qual nosso Führer pode nos salvar...

Kurt Gerstein sussurrou: Precisamos escolher, como Jesus escolheu.

Não, retrucou o pai, isso é uma fantasia rematada. Você não é Jesus. O que você imagina é impossível.

O pai, que acreditava no poderio crescente das defesas aéreas de nosso Reich, nunca tinha sido como ele: desde o nascimento, Kurt Gerstein tinha sempre sido medroso como um judeu.

28.

Em julho de 1944 um jornal suíço publicou um artigo sobre a situação dos judeus húngaros, com o título **Pessoas estão sumindo**.[44] Um amigo anônimo passou um recorte dessa matéria por baixo da porta de Gerstein. Seu coração começou a bater com tanta força que ele ficou com medo de vomitar. Desabando na cama, começou a ler, torcendo para não ter sido mencionado. Felizmente, *Die Ostschweiz* creditava a informação ao governo polonês no exílio. Então, é claro, Gerstein ficou decepcionado.

Foi quando o 2º Exército de Guardas Blindados da URSS liberou o campo de concentração de Maidanek. Encontraram as pilhas de roupas, a sala de fuzilamento. O documentarista Roman Karmen, severo e correto com quepe e uniforme do Exército, filmou os nazistas capturados, imundos, diante do Bloco 2, a câmera apertada contra o corpo como se não quisesse chegar perto demais;[45] eles eram nós; ele nos filmava como se estivesse mais embaixo, mirando em nossos queixos com barba por fazer para nos deixar ainda mais feios que nossas almas. Filmou os repolhos gigantes; deu zoom nas cinzas humanas usadas como fertilizante. E milhares de russos assistiram a esse cinejornal, talvez centenas de milhares. Os órgãos de imprensa soviéticos publicaram relatos detalhados. E ainda assim, contudo, os Aliados do Ocidente se recusavam a acreditar. Gerstein estava desesperado. Já os colegas começaram a olhar discretamente para trás, quase como se enxergassem a chegada dos russos.

O capitão Wirth, que por algum motivo sempre inclinava a cabeça para trás ao dizer *Heil Hitler!*, como fazem nossos austríacos, serviu-lhe um drinque e disse: Para ir direto ao assunto, não é à toa que chamam esse Günther de "Esperto". Passou esse tempo todo reclamando de ser subordinado a Stahlecker! Você não responde a Stahlecker, certo?

Não, Herr capitão.

Deixe de formalidades bestas comigo, Gerstein; estamos juntos nisso. Minha opinião é a seguinte: Stahlecker vai ser o bode expiatório. Pode escrever, Gerstein. Se essa guerra continuar piorando, o "Esperto" vai seguir imaculado, e o mundo inteiro vai ouvir sobre o major-general Walther De-Tal Stahlecker, que cometeu esse monte de crimes contra a judeuzada! Mas quer saber, Gerstein? Ei, você bebeu? Estou falando com você. Não vou ser o bode expiatório. Agora escute. Você e eu precisamos fazer o seguinte…

Mas Gerstein não estava dando a menor atenção.

Seguiu assombrando igrejas, se aventurando como um cavaleiro, abordando qualquer pastor que pregasse sermões contra matar; mostrava praticamente a qualquer visita as pastas cinza-escuras com bordas vermelhas com carimbos de ASSUNTO SECRETO DO REICH e GEHEIM; e seus colegas saíram marchando em fila tripla à direita de um caminho demarcado por arame farpado, as insígnias da Caveira brancas como bebês em contraste com os rostos bronzeados com traços de bebê e os uniformes escuros; nem todos eram loiros como Gerstein, mas marchavam em sincronia, queixos erguidos, olhando fixamente para diante; eram tão confiáveis quanto tanques Panzer. Ali vinha o comandante Rudolf Höss, voltando do departamento "Canadá" com a cabeça erguida e os olhos benignamente estúpidos um tanto preocupados, com o prestativo Kurt Gerstein, digo, ϟϟ-*Obersturmführer* Kurt Gerstein, trotando ao lado, se curvando para cochichar ao comandante que parte do Zyklon B havia se decomposto em trânsito e precisaria ser enterrado para evitar riscos à saúde do destacamento responsável pela operação das câmaras de gás.

Mas o que Himmler diria disso? E já tinha acontecido antes. Até parece que você anda tentando acabar com meu ácido prússico, Gerstein! Rá, rá! Essa substância é mesmo tão perigosa?

Receio que sim, Herr comandante.

Bem, isso vai afetar nossa eficiência! Diga-me, Gerstein, você não tem como aperfeiçoar a segurança do processo de transporte? A meu ver, a entrega veloz e segura desse agente neutralizador essencial cai inteiramente em sua esfera de responsabilidade.

Às ordens, Herr comandante!

Pelo que sei, você observou as operações preliminares ad hoc em Treblinka e Bełżec. Correto?

Sim, Herr comandante.

Naquela ocasião, você defendeu o argumento do capitão Wirth a favor do uso de gás de escapamento de diesel em vez de Zyklon B. Li seu relatório. Para ser franco, me surpreende que você tenha expressado esse ponto de vista. Ainda defende isso?

Herr comandante, como o senhor mesmo acaba de comentar, o Zyklon B sofre de uma tendência à deterioração. A meu ver, é preferível realocar menos judeus por dia de um modo *confiável* a correr riscos com um agente tóxico extremamente perigoso e incontrolável...

Entendo o que você quer dizer, mas discordo. Precisamos seguir adiante. Infelizmente, não contamos com efetivos suficientes para fuzilar todos... Bem, compreendo que essa preocupação não é sua. Cada um de nós trabalha para o Führer da melhor maneira que pode. Mas devo alertá-lo, Gerstein: se isso acontecer de novo, e precisarmos voltar ao uso de motores a diesel, ou, Deus nos livre, de armas de baixo calibre, terei de fazer um relatório. Entendido?

Claramente, Herr comandante, e mais uma vez garanto que não é de meu...

Sabe o que acho mais estranho? A maior parte do nosso Zyklon vem do serviço de higiene do dr. Mryugowsky. E o gás dele nunca estraga. Quem é seu fornecedor?[46]

Um tal dr. Peters, da companhia Degesch. Herr comandante, quero que saiba que já estou tratando desse assunto com ele. Ao que parece, mesmo as impurezas mais microscópicas nos tonéis de metal podem causar...

Certo, certo, suspirou o comandante Höss. Não queremos nenhuma impureza...

Peço desculpas pela inconveniência, Herr comandante.

Não se preocupe, Höss respondeu, calmo. Se você tivesse sido inconveniente, eu certamente faria um relatório. Na situação atual, Gerstein, a quantidade que você consegue fornecer é tão insignificante em comparação à do dr. Mryugowsky que essas suspensões não impedem o bom funcionamento de nossas operações por aqui. Vai ficar para o almoço?

Será um prazer, Herr comandante. Eu…

Já basta. Não se preocupe. Ninguém vai fazer relatório algum neste momento. Espero você à uma e quinze. *Heil Hitler!*

Heil Hitler!

Que rapaz vistoso!, Höss pensava consigo mesmo enquanto seguia a caminho do crematório.

29.

Agora não se arriscava mais a destruir o ácido prússico. Assim se tornou cúmplice, segundo a história.

Sofrendo de diabetes, desmaiava com frequência. Seus irmãos da ᛋᛋ também perdiam o ânimo; se embebedavam mais do que nunca, dizendo uns aos outros: Se eu soubesse como tudo ia acabar… — Em sonhos via o crânio de Berthe, que chorava, as lágrimas secando, deixando uma crosta esbranquiçada sobre o azinhavrado domo em forma de sino de sua igreja de esqueletos. Da mesma forma que as trincheiras iam ficando mais rasas à medida que se aproximavam da linha de frente, as defesas de Gerstein contra o que ele tinha visto, e a vida secreta que ele levava, ofereciam cada vez menos abrigo. Outro modo de expressar isso é dizer que a cultura vai ficando mais tosca, e a vida menos valiosa, ao longo do caminho para o leste: os ornamentos barrocos de Praga, por exemplo, são mais pesados e encorpados que os fluidos nus de mármore de Viena. Ao chegarmos em Leningrado não há mais nada, apenas uma vala comum fumegante livre de qualquer adorno além de neve e escombros — uma prova inconteste da sub-humanidade eslava. Na rua Kaprova-Josefov, em Praga, não muito longe do gabinete de Hans Günther, o "Esperto", um baixo-relevo alto e emaciado, que lembrava uma múmia, flexionava os braços emaciados contra o canto de uma parede; adornado com correntes e peixes, era um símbolo cristão inofensivo, mas para Gerstein o que havia ali era um judeu morto, que o assombrava. (Não seja covarde!, teria dito o capitão Wirth.) Em Berlim, graças a Deus, nenhuma livraria o agredia com a palavra **SLAVISTIKA**; mas outros itens tinham a capacidade imprevisível de assustá-lo. Seus depoimentos contra o regime de Hitler haviam se tornado tão brancos, regulares e infinitos quanto um cemitério alemão de Stalingrado em dezembro. Se fossem encontrados pela Gestapo, ele teria sorte se não acontecesse nada pior que fuzilarem a si e à sua família… No gabinete, o telefone tocou e disse: … *Uma batida surpresa para capturar suspeitos…*

Procurou mais uma vez o monsenhor Orsenigo, para tentar chegar ao papa, mas de novo foi rechaçado. Angustiado, exclamou para a esposa: Como alguém pode exigir de um cidadão comum qualquer ação contra o nazismo quando o representante de Jesus na terra se recusa a me ouvir?[47]

Escute aqui, Kurt! Por favor, por favor, me escute! Ninguém está exigindo que você faça isso!

Nosso Senhor Jesus Cristo teria feito isso e muito mais, respondeu.

Elfriede torceu as mãos, mas tinha ficado muito ressentida com ele. Todas as outras esposas de membros da ϟϟ que ela conhecia viviam bem, mas Kurt nunca trazia mais nada para casa, nem mesmo mel da Boêmia, por mais que as crianças estivessem com fome. Dizia a todos que ele era egoísta; não se importava com ninguém além de si próprio. E não parava de falar da judeuzada, ela chegava quase a passar mal. Será que ele não lembrava que nosso povo também estava sofrendo? Na verdade, nosso Führer havia dito... Ansiava por comandar o marido com a mesma habilidade do sogro: "E agora nunca mais vamos tocar no assunto".

A verdade é que Kurt nunca tinha sido normal. Mesmo antes da guerra vivia nervoso; ela se questionava o que tinha na cabeça para se casar com ele.

Os gêmeos de Frau Hedwig, achando Gerstein estranho, voltaram para a mãe, e ele se culpou por isso. Edmund se tornou mais reservado que Erich, que anos mais tarde afirmou: Eu e meu irmão suspeitamos de tudo. (O verão sempre está grávido do inverno, é claro, e quando chega setembro Berlim está categoricamente grávida, as nuvens brancas e pesadas quase explodindo de chuva, as folhas amarelas prontas para despencar como paraquedistas do caule materno.) O loiro se tornou paciente de vários hospitais da ϟϟ, balbuciando como tantos outros homens traumatizados pela guerra: O que Deus pensa de mim? — Nesses lugares a única leitura disponível era a revista *Signal*: "'Vou levar a segunda à direita', anuncia Hilde admirando a nova bolsa que acaba de ser disposta na vitrine que foi consertada".[48] "Não importa quantas bombas eles joguem", diz o velho Mayer. "A Alemanha vai continuar trabalhando!"

30.

Entrou pela porta aberta de uma igreja e ouviu: "Exortamos nosso povo alemão a apoiar a doutrina de sangue e solo". Então saiu para a cervejaria com o ϟϟ Müller, "o palhaço do crematório". Müller tinha sido o primeiro a lhe contar sobre os experimentos com malária do dr. Klaus Schilling, em Dachau. — Louvável, disse Gerstein muito sério, atinando que precisaria adicionar uma seção inteiramente nova à sua declaração juramentada sobre crimes de guerra.

Louvável nada!, gritou Müller, muito bêbado. Tenho um camarada na S.D.. Sabe o que ele gosta de fazer para se divertir?

O quê?

Forçar judeus a ficarem de joelhos e implorarem pelas próprias vidas, e então...

E então?

Não seja idiota. Você sabe o resto. Mas primeiro ele…

E Müller cochichou algo muito obsceno no ouvido de Gerstein. E o loiro riu. Ele *riu*! Era preciso.

31.

O barão Von Otter foi transferido para Bucareste, afirmaram, mas ele conseguiu um último encontro secreto com o cônsul Hochstrasser, dizendo: Conferi pessoalmente essas informações. O codinome do trem especial de Hitler foi trocado de "Amerika" para "Brandenburg". Ele raramente usa algum dos carros, mas se faz isso, vale a pena saber que mandou retirar os pneus à prova de balas por causa de seu estômago frágil. A espessura da placa de aço traseira é de oito milímetros…

Herr *Obersturmführer*, isso é uma franca provocação. Sabe o que aconteceria com meu país se Berlim tivesse qualquer suspeita de…

Estou dizendo, agora mesmo enquanto conversamos as pessoas estão sendo despidas e forçadas a entrar em câmaras de gás por toda a Europa Central! Dá para ouvir os gritos…

Acredito que você tenha ouvido, disse o cônsul da maneira mais cortês que conseguiu.

E estou grato que acredite, respondeu Gerstein um pouco duramente. Agora posso continuar? As placas laterais têm uma espessura de apenas quatro milímetros; sendo assim…

Herr *Obersturmführer*, a sua segurança e a da sua família só dizem respeito a você. Quanto a mim…

Se Hitler perder, ele baterá a porta na saída com tanta força que a terra vai tremer.[49] Não consegue imaginar o que ele está preparando para todos nós?

Como afirmei, não aceito me comprometer, retrucou o cônsul com um sorriso frio de lábios grossos, não muito diferente daquele eternamente gravado no rosto de Baco; já o vi sorrindo e me encarando sob um arco do Palais im Grossen Garten, em Dresden. Considere-se avisado. Darei ordens para que nunca mais se permita sua entrada neste gabinete.

As viagens de inspeção dos territórios orientais, cada vez menos extensos, se é que aconteceram, não deixaram qualquer registro; contudo, tenho em mãos evidências bem confiáveis de que ele visitou os campos em Oranienburg (onde recebeu um tapinha no ombro e ouviu deles: Gerstein, depois de ver o que acontece por aqui o sujeito fica bruto ou sentimental!)[50] e Ravensbrück, que o perturbou em especial porque os detentos eram mulheres.[51] As integrantes da ϟϟ que havia por lá (foi o que me disseram) ficaram muito impressionadas com o alto e belo Kurt Gerstein. Uma delas em particular, uma cantora de ópera bissexual que a cada semana se ocupava com uma francesa diferente, crime pelo qual mais tarde ela mesma se tornou prisioneira, tinha um esquema envolvendo a desinfecção da lavanderia da ϟϟ que levava o loiro a Ravensbrück com certa frequência; fingindo interesse nela, Gerstein ouviu de seus próprios lábios histórias sobre o carimbo secreto "Noite e Névoa" da Gestapo nos dossiês de determinados prisioneiros; também dela ficou sabendo que, como as judias húngaras não estavam morrendo na velocidade desejada, outras medidas estavam em preparação. Ravensbrück era um campo bastante brando, com um único crematório, e Gerstein não demorou a se dar conta de que tinha visto mais coisas que a ϟϟ-*Aufseherin* Luise. Acho improvável que ela tenha contado sobre as jovens polonesas cujas pernas eram abertas a bisturi e injetadas com gangrena para simular ferimentos de guerra. — Gemem e fingem ser especialistas!, riu Luise, beliscando o braço de Gerstein. Mas chega disso! Quer que eu cante a "Liebestod" do *Tristão*? Dizem que consigo arrancar lágrimas. Está pronto? Kurt, perguntei se você está pronto.

O bico da fúria perfurou o crânio de Gerstein na altura da nuca. As garras da fúria escarafuncharam suas entranhas, dilacerando e escavando.

32.

Hans Günther, o "Esperto", entrou em contato para saber se seria mais prático liquidar os judeus restantes de Theresienstadt de uma só vez se fossem arrebanhados até valas abertas e depois salpicados com Zyklon B. A expressão sempre límpida e agradável do rosto de Kurt Gerstein entrou em cena quando o loiro mentiu respondendo que isso era completamente impossível. Foi a última vez que conseguiu salvar alguém. No fim das contas esses judeus acabaram mortos assim mesmo, fuzilados.

Em casa, vivia cometendo o crime capital de ouvir transmissões da BBC; além disso, aumentava o volume até os vizinhos conseguirem ouvir pelas paredes. Deitava na cama pensando o que seu pai sempre havia chamado de pensamentos malignos; rascunhava adendos às acusações: durante a campanha francesa, assassinaram prisioneiros de guerra no vilarejo de Le Paradis. Sintonizava até a Rádio Moscou. O marechal de campo Paulus estava falando na Emissora Liberdade, oferecendo-se para lutar por uma "ordem democrática" na Alemanha. Quando as visitas cada vez mais raras o advertiam por estar cedendo a impulsos suicidas, o loiro insistia, teimoso, que só fazia isso para que os vizinhos tivessem acesso a essas transmissões sem nenhum risco para si mesmos. Defendia essa posição absurda em voz tão alta que em certas ocasiões as visitas temiam por sua sanidade. Então, tomado de uma fúria súbita, começava a descrever como os cérebros dos judeus explodiam e voavam pelos ares quando atirávamos neles à queima-roupa. Não conseguia parar de ficar vendo isso, afirmou.

Herr Gerstein, desculpe perguntar, mas alguma vez o senhor tomou parte ativa nas ações contra os judeus?

Tenho as mãos limpas, ele respondeu entredentes.

33.

Seu pai apareceu para uma visita, e Kurt Gerstein, reunindo toda a coragem que tinha, começou a insinuar, com a boca seca, algumas das coisas que estavam acontecendo no Leste. (Quem abrir a boca será imediatamente fuzilado, havia dito o "Esperto".)

Tempos difíceis exigem métodos difíceis, respondeu o pai, dando de ombros.[52]

Mas o que Cristo diria sobre esses métodos?

Eu ainda acredito em Hitler, retrucou o pai. Mas quero lhe perguntar uma coisa.

Diga, pai.

Por que você não anda com uma chibata?

Como assim?

Bem, muitas vezes vejo homens da ϟϟ com chibatas. Acho bem estiloso. Quer que eu compre uma para você?

É muita generosidade sua, pai, mas chibatas são reservadas a membros de equipes permanentes, em Bełżec, por exemplo…

Bem, então por que você não dá um jeito de ser indicado para uma equipe permanente? Sério, garoto, ando preocupado. Você parece meio perdido.

34.

Você parece meio perdido, seu pai tinha dito, mas Berthe sussurrou o orgulho e a gratidão que sentia por ele ter sido fiel…

Ha, ha! Você devia ter visto como matamos…

Melhor não falar para sua esposa!

Trudchen? Ela é tão pudic-dchen que jamais…

Agora é sua vez, Gerstein! Você não é um de nós? Conte uma história.

Que tipo de história?

Não me venha com modéstia! Anda logo! Não vai fazer parte da nossa camaradagem?

Muito bem, disse o camarada racial Kurt Gerstein com uma risada alegre. (Ah, os olhos sinceros e os lábios firmes!) — Bem, esta historinha aconteceu lá no verão de 1940, quando fiquei sabendo da operação T-4. Em retrospecto, acho que foi providencial minha cunhada Berthe…

Todos o encaravam.

Ter sido sufocada com gás, ou, como é mais provável, levado um tiro na nuca com um revólver de baixo calibre. Era louca, entendem? Incurável. E foi então que entendi que tempos severos exigem medidas severas. Depois pedi ingresso na ϟϟ.

Sabemos que você é um idealista, Gerstein. Nossa esperança era que, pelo menos uma vez, você…

Que se dane, Franz. Ele nunca vai se rebaixar ao nosso nível.

Quer saber, Gerstein? Às vezes me ofendo com essa sua conduta exageradamente cristã. Em nosso ramo não é problema algum dar umas risadas de vez em quando. Na verdade, até faz bem.

A verdade é...

Todos nós precisamos sujar as mãos de vez em quando. Não temos como ficar sentados num escritório enorme, como você. Não somos ninguém. Ninguém aqui é filho de figurão, como você, então precisamos almoçar aqui no crematório, dia após dia, com judeus mortos fedendo e queimando e as cinzas caindo em cima dos nossos sanduíches. O que você acha disso?

Diga a verdade, pastor Gerstein...

Rabino Gerstein ficaria melhor!

Quando foi a última vez que você mandou um judeu para a Terra Prometida com as próprias mãos?

Para ser mais direto, Gerstein, qual o seu ponto de vista sobre a questão judaica?

Franz, *eu sou um especialista em desinfetantes de cianeto*. Não entende o que isso quer dizer?

Então tiveram de rir. No fim das contas, o loiro Kurt Gerstein era mesmo um deles, a despeito do eterno e incômodo meio-sorriso...

Perto do final de 1943, não tenho como dizer quando com exatidão, um velho amigo visitou seu escritório. Gerstein estava sentado diante da mesona, cuidando das contas — o cômputo atual de Auschwitz, segundo seus cálculos, estava em dois milhões de vítimas — quando enxergou o Mercedes enorme com a bandeirola de suástica. Achou que fosse a Gestapo, mas era apenas o dr. Pfannenstiel. Queria que Gerstein o acompanhasse até a Polônia, pelo prazer da companhia, é claro, e também para inspecionar certos novos avanços técnicos relacionados com a Operação Reinhard.

Se você me conseguir um vagão-dormitório!, riu Kurt Gerstein, sabendo que isso era impossível.

Não é uma exigência muito germânica, meu jovem amigo...

Mas se você precisar de qualquer coisa...

Bem, como no fim das contas você é o homem que inventou a câmara de gás...[53]

Como assim?

Por favor, sem falsa modéstia! Foi você que levou o Zyklon B para Bełżec. Depois escreveu aquele relatório.

Correto, disse Gerstein. Na verdade, o que eu disse foi...

Tenho a garantia do próprio Hans "Esperto", que o adora, de que sem você a operação inteira teria...

Diga uma coisa, Herr *Doktor*, e sem nenhuma sutileza judaica, por favor: em sua opinião médica, quando somos todos encarados por aquelas pilhas de judeus mortos de Bełżec, qual a *expressão* nos rostos deles?

Com um olhar severo, o dr. Pfannenstiel respondeu: Não notei nada de especial nos cadáveres, exceto que alguns tinham um inchaço azulado ao redor da face. Como morreram asfixiados, não chega a ser uma surpresa.[54]

Gerstein disse: Pelo que estou vendo, o senhor ainda não foi convidado a visitar Auschwitz, Herr *Doktor*, porque por lá andam usando Zyklon B, que os deixa rosados![55]

Não me diga! Mas isso não passa de uma curiosidade, Gerstein. A questão relevante é a seguinte: seria a ciência capaz de conceber um modo de eliminar a crueldade desse processo de extermínio de seres humanos?[56]

35.

É para sua esposa, disse o capitão Wirth, sorrindo. Você é tão impossível quando se trata de aceitar presentes que acabei pensando comigo mesmo, acerte esse sujeito blindado direto no ponto fraco, a esposa!

Obrigado, respondeu Gerstein, acariciando o couro macio e flexível da bolsa com um ar meio distraído.

Pele humana, disse o capitão Wirth. Não se preocupe; não é judia. Um belo e jovem camponês russo; eu mesmo escolhi.

36.

Quando Gerstein ainda era estudante, antes mesmo de ter passado no exame *Abitur*, inclusive, o amigo Helmut Franz lhe mostrou uma reprodução do famoso desenho a pastel de Käthe Kollwitz intitulado *Os voluntários*, que mostra rapazes muito jovens com rostos boquiabertos e hipnotizados marchando em fila, liderados por um esqueleto. Bem, mas no fim das contas aquela imagem, produzida em 1920, de modo algum corresponde à nossa situação histórico-mundial corrente, que pode ser representada sem esforço pelas bolotas vazias e pelas castanhas esmigalhadas vistas no cascalho ao longo do Landwehrkanal. — Nem ele nem Helmut Franz tinham gostado de *Os voluntários*. Acharam antialemão.[57]

Helmut Franz tinha ido mais longe: Sim, é verdade que na última vez fomos liderados por um esqueleto, mas nunca mais vai acontecer uma Guerra Mundial!

Claro que não, concordou Gerstein. De qualquer modo, todos nós precisamos desejar o melhor para a Alemanha, não o pior.

Por muito tempo ele continuou a acreditar nisso, e de certo modo seguia acreditando. Queria ser Hagen, defendendo a Alemanha diante do mundo. Quando o sonâmbulo se tornou chanceler em 1933, Gerstein concedeu que o homem tinha seus defeitos, mas Helmut Franz relembrou que se cada um deles, bem como todos os alemães, simples e incessantemente desejassem sua bondade, o sonâmbulo se tornaria bom. Isso significava se voluntariar da forma mais extrema, intuindo e trabalhando em prol do que o nosso Führer pudesse querer, desconsiderando quaisquer defeitos na liderança.[58]

E assim, quando contou ao amigo dos crimes que tinha visto no imenso verde industrial de Birkenau, com seus inúmeros fios de arame farpado arqueados sobre postes de luz de concreto, Helmut Franz, que havia ficado chocado ao descobrir o segredo de Bełżec, alertou: Melhor não investigar tão a fundo coisas malignas, Kurt, não apenas em nome da sua segurança, e da nossa, mas também porque o mal merece respeito! Você arrancaria as roupas de um leproso para deixá-lo à mostra? Chamaria a atenção para a feiura de alguém que tem poder para o prejudicar?

Eu me recuso!, respondeu Gerstein. O pecado de Parzival foi *não* perguntar, *não* investigar a fonte do mal. Por isso foi amaldiçoado e perdeu o Graal.

Você é místico demais. Hoje em dia, nossa única esperança como alemães é forjar nosso próprio Graal. Se não ficar perfeito, que a nossa lealdade o aperfeiçoe!

Lealdade? Quando o dr. Mengele fica ali assobiando enquanto aponta com o polegar, esquerda ou direita! E então eles…

E seu próprio mal nisso tudo, Kurt?

Como assim? Não tenho responsabilidade nenhuma.

A vida toda você tem sido o mártir. Suportou a severidade do seu pai, mas esse fardo nunca lhe trouxe paz. Enfrentou o mal e perdeu os dentes. Alertou todos nós sobre o mal e foi parar num campo de concentração. Quando todos ajudamos em sua reabilitação — e sabe, Kurt, não foi apenas seu pai; fomos *realmente* todos nós — você de imediato fez tudo que podia para ser enviado a Bełżec, e agora tem pesadelos! Assim fica difícil não imaginar que você procura a própria ruína.

Está insinuando que eu quero sofrer? Isso é…

Não. Você não é masoquista no sentido clínico. Essas coisas terríveis acontecem com você por insistir que não é mau como todos os outros.

Qual é o meu pecado, especificamente?

Orgulho, Kurt, ou cegueira obstinada. Você se acha melhor do que nós. E assim tenta o impossível. Claro que só pode acabar punido.

Talvez seja o caso. Mas se for, seu pecado é se apoiar na impossibilidade como um escudo contra qualquer tipo de engajamento.

Em outras palavras, Kurt, você me acusa de ficar imóvel enquanto você se oferece como voluntário. Mas quem é seu líder?

Sigo o Nosso Senhor Jesus Cristo, respondeu entredentes.

É o que você acha. Mas e se você estiver naquele desenho de Kollwitz, seguindo o esqueleto?

Separaram-se com frieza. O metrô estava lotado de inválidos e velhas. Gerstein relembrou como em 1932 estaria repleto de milicianos entoando canções grosseiras e ameaçando a todos daquele jeito afável; então o Führer liquidou Röhm, e depois disso se viam principalmente homens da ᛋᛋ, resolutos e imperturbáveis de um modo profissional; agora as pastas da Caso Branco e da Operação Barbarossa haviam se escancarado, e os homens eram engolidos pela guerra. Sentiu saudade dos milicianos. Naquela época, ainda acreditava na vitória. Empolgado com a frase "medidas radicais", quase se uniu aos Capacetes de Aço.

Helmut Franz estava correto em parte; Kurt Gerstein sempre tinha sido um voluntário. Quando se filiou ao Partido, foi por causa de um genuíno ardor alemão; Berthe ainda vivia. Depois se voluntariou para ser um espião de Deus.

Helmut Franz, talvez, também sentia inveja. Para começo de conversa, nunca teria uma aparência tão sadia quanto a de Kurt Gerstein.

37.

Descendo pela escuridão! Berthe jazia sob o monte de terra ao qual levava uma trilha, por baixo da chaminé afunilada de tijolos. Ele não havia conquistado o direito de amá-la, como amava a irmã? Escancarem os portões![59] Os cães de guarda do Comandante uivaram; os ᛋᛋ formaram uma fila dupla com rifles erguidos; eram uma guarda de honra; MINHA HONRA É A MINHA LEALDADE. O que aconteceria a seguir? **Geheim**.

Não conseguia mais imaginar o que aconteceria a seguir. Estava acabado; tinha feito de tudo; tinha terminado.

38.

Sim, tinha terminado. Logo os caçadores teriam de esconder o que pudessem. Como Kurt Gerstein, precisariam tomar o caminho do fio da lâmina. Pois o encerramento da Operação Reinhard estava próximo! Nos registros oficiais, o capitão Wirth foi assassinado por partisans judeus-bolcheviques no outono de 1944, enquanto o líder de brigada Globočnik, desesperado com a insistência das Forças Armadas em seguir traindo nosso Führer, atirou contra a própria cabeça com sua pistola Walther (Geco, 7,65 milímetros). Seus corpos nunca foram encontrados. O ouro judeu já adentrava a Suíça, em contas classificadas como GEHEIM. A Divisão 1005 (obliteração de cadáveres) tinha quase encerrado seu trabalho ao longo dos territórios orientais que ainda controlávamos; cometeram um lapso em Majdanek, infelizmente; deixaram rastros em Lemberg, que já tinha voltado a ser Lviv; mas em Auschwitz as câmaras de gás e os crematórios estavam prontos para serem explodidos quando chegasse a hora, de modo que nada pudesse ser provado contra nós. Naturalmente, a Divisão 1005 exigia quantidades cada vez maiores de metanol. Gerstein fez o pouco que podia, ou seja, nada, para impedir o trabalho. Tentou fofocar de novo com o barão Von Otter. Para a conveniência de algum promotor do pós-guerra cuja existência ele nem mais imaginava, registrou a localização das valas e o volume aproximado da matéria que continham, a massa compacta, eu deveria dizer, cuja forma compartilhava a mesma irregularidade da bola de fogo que brota de uma aeronave após um impacto direto; essa coisa, que a Divisão 1005 precisava separar com picaretas até devolver aos componentes iniciais antes de queimá-los, infestava os pesadelos de Gerstein a ponto de ele literalmente sentir o mau cheiro; acordava sufocado, sentindo na boca o fedor de Bełżec. Nem era preciso dizer que, no instante em que a guerra terminasse, ele apresentaria todas as suas declarações e sairia livre.

Os caçadores, por sua vez, não davam a mínima para a Divisão 1005. Desmobilizando contra (digo, adiantando) as ordens, planejavam comprar casinhas brancas nos rochedos das campinas. Seus passados continuavam no mesmo lugar, é verdade, como ossudas pedras ocultas debaixo do viço, mas, dizendo a si mesmos, como sempre haviam feito, *precisamos encarar os fatos*, removeram algumas fotografias dos álbuns dos tempos de guerra; planejavam novas carreiras na imobilidade surpreendente dos Alpes suíços, o silêncio úmido e cálido do verão. Assim como as montanhas suíças se abrem em vales amplos e profundos de verde e cinza através dos quais o tempo passa disfarçado de nuvens, assim a "era do pós-guerra", que nosso Führer teria chamado de "o intervalo entre duas guerras", se expandia diante deles, tendo como limites não os muros de uma prisão, mas cercas contra avalanches e vinhedos com terraços. No quarto de hóspedes, ou talvez no armário, porém mais provavelmente no interior de um cofre, guardariam aquela peça de uma armadura dourada da Transilvânia. Cada Natal e cada Páscoa seriam ocasiões suficientes para trazer à luz aquele cálice composto de uma imensa concha de caramujo (ou seria um náutilo de concha alveolar?), cuja base era uma mulher dourada, nua exceto por uma espécie de tanga, em pé sobre um arfante peixe dourado; de algum modo ela os fazia lembrar dos loiros campos da Polônia. Mas tudo isso estava a meio ano de distância. Até o último minuto continuaram fuzilando intelectuais, judeus e mais judeus, comunistas, soldados poloneses e russos, pacientes de hospitais e lunáticos. (Faziam isso longe das vistas dos generais, é claro, em conformidade com um procedimento carimbado GEHEIM.)

Gerstein, por sua vez, continuou promovendo suas reuniões perigosamente ilegais, sempre em busca de aprender mais e dar alertas sobre os últimos crimes do Terceiro Reich: os enforcamentos em massa de Plötzensee, as retaliações na Eslováquia, os experimentos com punção de fígado do dr. Brachtl, mãos judias ao alto, olhos judeus desviando o olhar em desespero, homens da ϟϟ e da Orpo pilhando as casas silenciosas, caminhões do Exército transportando levas convenientes de judeus para os fossos antitanque na floresta. No escritório, seguia fazendo as contas. O "Esperto" Hans Günther, por exemplo, parecia ter assassinado duzentas mil pessoas. Gerstein tentou computar os subtotais para a Boêmia e a Morávia, e fracassou.[60] Sua mente avançava pela floresta escura. Depois deitou-se na cama, fraco, esperando pela prisão derradeira.

Em agosto de 1944 o vemos escrevendo ao pai: "O senhor está enganado sobre uma coisa. Nunca tomei parte em nada disso. Sempre que recebi ordens, não apenas deixei de segui-las, mas garanti que fossem desobedecidas. De minha parte, deixo tudo isso para trás com mãos limpas e consciência limpa".[61] Correndo riscos terríveis, extraviou mais alguns carregamentos de Zyklon B. Também modificou a fórmula, para que as mortes fossem menos excruciantes. Por que não considerá-lo tão heroico quanto o ᛋᛋ-*Obersturmführer* Michael Wittmann, que recebeu a Cruz de Cavaleiro por destruir sozinho sessenta e seis tanques soviéticos?

Em 24 de maio de 1945 ele se entregou aos americanos, fornecendo documentos detalhados e incriminadores contra Wirth, Pfannenstiel, Günther, Eichmann, Brack, Höss e todos os outros, cada folha adornada pela águia agarrando a suástica dentro do círculo. Disse à esposa: As pessoas vão ouvir falar de mim, pode ter certeza! Você vai ficar pasma quando souber tudo que eu fiz…[62]

Ela e as crianças sobreviviam de cascas de pão velho a essa altura, "tortas de Stálin", como já tínhamos aprendido a chamar. Quando chegasse o verão, talvez conseguissem colher algumas groselhas. — Seu pai diz que vamos ficar pasmos, ela disse a Christian com um riso cansado.

Mas os americanos mandaram Kurt Gerstein para casa. Então ele foi se entregar aos franceses.

Foi encarcerado em Paris com outros oficiais da ᛋᛋ. Em 10 de julho de 1945, deram início ao processo contra ele pelo crime de genocídio.

39.

Quando Parzival foi desonrado por não questionar o mal que infestava o Castelo do Graal, ficou determinado a limpar seu nome. No tempo devido encontrou seu irmão mestiço, se redimiu, converteu o irmão e tornou-se rei. Infelizmente, Kurt Gerstein não pôde tomar nenhuma dessas providências ao ser desonrado, pois em 25 de julho de 1945, o carcereiro deu uma espiada em sua cela e avistou seu cadáver dependurado.

Em 1949, a Assembleia de Desnazificação de Tübingen recusou-se a reabilitar sua memória, chamando-o de "nazista subalterno". Não era nosso camarada.

Um tribunal registrou pesaroso em 1955: "Pode ser que o mero fato de empreender tais esforços, associado ao constante risco de vida, tenha sido suficiente para convencê-lo de que tinha as mãos e a consciência imaculadas. Mas essa convicção não indica se esses esforços sempre obtiveram o sucesso desejado".[63]

Em 20 de janeiro de 1965 ele foi, de fato, reabilitado. Antissemitas do mundo inteiro, a essa altura, já negavam que qualquer coisa desagradável tivesse ocorrido. Afinal de contas, como riu Göring durante o próprio julgamento por crimes de guerra em Nuremberg: "Qualquer um pode fazer um filme de atrocidades se desenterrar cadáveres e depois mostrar um trator empurrando os corpos de volta para a cova…".[64] ▸

O segundo front

> *Todos os rostos parecem familiares, mesmo aqueles que nunca encontrei: provavelmente porque éramos todos soldados lutando por uma vitória comum.*
>
> V. Karpov, Herói da União Soviética, *c.* 1987[1]

1.

V. I. Tchuikov, marechal da União Soviética, duas vezes Herói da União Soviética, e não por acidente "o herói de Stalingrado",[2] redigiu suas memórias em uma prosa que surpreende pelo lirismo. Guderian, Paulus, Rokossóvski, Meretskov, até Von Manstein — todos os outros generais deixam a desejar nesse aspecto.

A carreira de Tchuikov é maculada por diversos fracassos,[3] sobretudo por sua disposição incorreta do 9º Exército durante a Guerra Finlandesa. Mas agora que tudo chegou ao fim, com os fascistas obliterados, a Alemanha partida em dois apoios de livros quase inofensivos, e os finlandeses, por acaso, ansiosamente subservientes a nós, temos condições de elogiar seus feitos literários. Ele se presta a mencionar que "as formas negras e corcovadas dos tanques inimigos abatidos lembravam camelos de joelhos".[4] Tem um modo todo especial de nos trazer à vida Fediuninski com sua ordem escrita a lápis para tomar o comando do 42º Exército — e o que era o 42º Exército na época? Nada além de um bando de raquíticos, muitos sem armas nem uniformes, que tremiam agachados ombro a ombro —, de nos mostrar o ser humano por trás do impiedoso Rokossóvski, cuja prisão e reabilitação prévias eram agora segredos de Estado;

de nos levar até uma distância perigosamente próxima do rosto pálido e empapuçado de Jukov (Jukov era aquele que vivia ameaçando: *Vai ser fuzilado!* ou *Vai para a corte marcial!*). Indivíduos menos destacados também recebem atenção. Certa russa com as iniciais E. E. K. ganha uma menção empolgada; Tchuikov parece ter ficado cativado em especial por seus cabelos longos e negros. Fiquei sabendo com razoável certeza a partir de terceiros que o relacionamento foi platônico, que na verdade ele nunca chegou a vê-la exceto em uma fotografia; parece que ela era casada com um cineasta de documentários que passou algum tempo agregado à sua equipe. A discrição me impede de registrar o nome do cineasta. Diz-se que ele, que conseguiu filmar de uma distância extremamente próxima o primeiro interrogatório do marechal fascista alemão Paulus após sua captura, somente conquistou essa posição favorável mediante suborno: alguém, não precisamos dizer quem, obteve a fotografia de misteriosa E. E. K., quc na verdade, pelo que ouvi falar, tinha uma aparência bem comum. Pouco tempo após esse episódio, o cineasta e E. E. K. se divorciaram. Essa história pode ser invenção, e se a registro aqui é em nome da completude. Por certo o leitor não encontrará mais que alusões elípticas a ela no relato de Tchuikov, cujo otimismo, a propósito, ganha uma nódoa quase individualista após a rendição de Paulus. Acerca de nossas ofensivas maciças após Stalingrado ele escreve: "A primavera estava conosco, mas por trás das linhas inimigas ainda era outono".[5] Bem, sobre isso ele tinha razão! Fico feliz em dizer que apesar desses adornos o livro jamais deixa de enfatizar as lições políticas da guerra, a qual, como todos sabemos, nos foi impingida pelos interesses predatórios da burguesia internacional. Desse general não devemos esperar uma perspectiva estratégica abrangente. Europa, o Front Central, o Front de Voronej, com o Front das Estepes como reserva estratégica, todas essas integrais e grandezas já foram tabuladas para nós nas equações de um matemático bem superior (estou falando do Camarada Stálin, é claro); ainda assim, o Camarada Tchuikov se assegura de que nos lembremos do sentido de cada coisa. Em particular, "esta longa demora na abertura do segundo front nos faz compreender as ações de nossos aliados ocidentais de uma forma bem mais correta do que a representada nessas mensagens tranquilizadoras".[6]

2.

Dizem que Tchuikov, que, como mencionei, era "literário", estava estudando as disposições das tropas inimigas certa noite, entre as batalhas de Stalingrado e de Kursk. Ao descobrir uma falha na formação alemã, sorriu, mostrou ao comissário e recitou esta estrofe de Marina Tsvetáieva: "Você não tem como resistir, pois estou em todo lugar/ na aurora, sob a terra, no alento, no pão! Sou onipresente. Assim ganharei/ seus lábios!".[7]

O comissário deu risada. Gostava de Tchuikov, admirava suas conquistas, e não viu motivo para informar essa fraqueza por uma poeta imoral (e ainda por cima suicida). Uma preocupação mais pertinente era: Como Tsvetáieva o tinha infectado?

Elena Konstantinovskaia, pelo que me disseram, escutou o *Ganharei seus lábios!*, ainda que mais uma vez a questão pareça ser como. Na verdade, o que ela estava fazendo por ali? Sim, era tradutora profissional; talvez estivesse engajada nos interrogatórios dos prisioneiros fascistas? Não podemos pressupor que a missão do marido tenha sido emendada para incluí-la — casais viviam e trabalhavam em separado nos anos da guerra. Por outro lado, por que não pressupor isso? O marido, R. L. Karmen, tinha poder, atenuado pela frase "cineasta de documentários", e por ela teria mexido qualquer pauzinho. Teria mandado buscá-la numa limusine Zis branca.

3.

Do lado de fora, o vapor se erguia do mingau sobre o imenso fogão com rodas. Dois soldados barbeavam um ao outro dentro de um tacho cheio de água suja de neve derretida. O comandante de tanque com um porco-espinho de mascote estava tendo um sonho erótico com Elena Konstantinovskaia. Elena, por sua vez, tinha quase terminado de conferir sua tradução de uma mensagem interceptada da 9ª Divisão Panzer alemã. O marido estava longe, entrevistando uma mulher do nosso 46º Regimento de Guarda de Bombardeiro Leve Noturno; seria uma heroína perfeita para um cinejornal *Sovkinojurna*, e ele mencionou isso com o sorriso franco e torto. A piloto deu uma risadinha tímida. Estava se divertindo como nunca. Elena lacrou tradução, original e todas as suas anotações dentro de um envelope, do qual em seguida assinou o verso e então fumou um cigarro alemão, abotoou o casaco, colocou o chapéu de pele, abriu a porta da tenda e saiu para entregar o trabalho a uma oficial de comunicações muito simpática que insistia em ser chamada de Natália Kovalova por Elena, em vez de tenente Dantchenko. Como Natália Kovalova era, é claro, uma representante "dos órgãos", todos a evitavam. Sem dúvida ela sabia que Elena tinha sido *levada* em 1936. Elena a odiava.

Assim que passou pela tenda do general Tchuikov, escutou uma voz alegre, obviamente a dele, cantarolar: *Ganharei seus lábios*!

Já o tinha encontrado diversas vezes. Sua maior lembrança era o rosto exausto.

4.

Cada um de nós tinha um prêmio especial que esperava arrebatar em Berlim. No caso de Karmen, era a mesa do sonâmbulo na Chancelaria do Reich. Diziam que tinha marchetada uma cabeça de Medusa. Ele adoraria colocar os pés sobre essa mesa enquanto planejava os filmes sobre nossa vitória. — Acabou ficando com uma placa de rua da Unter den Linden. Não é uma lição sobre a vida?

(Verdade que, em consonância com sua profissão, ele era fascinado por placas e as colecionava com certa frequência. Um espécime sobre o qual teceria comentários perto do final da carreira estava nas ruínas de um vilarejo que liberaríamos em 1944. O inimigo deixaria aquela placa com duas flechas especialmente para ele:

← RUMO À PÁTRIA: ORSCHA-MINSK-WARSCHAU

e

RUMO AO FRONT: WJASMA-MOSHAISK-MOSKAU →

Era um marcador que podia ser movido à vontade, ao sabor dos movimentos da pátria inimiga. Quando Karen incluiu a placa em sua coleção, a fronteira do Reich já havia encolhido para antes de Varsóvia.)

As tropas sonhavam com ouro nazista. Tinham ouvido falar que vinha de dentes de judeus, mas não davam a mínima; só queriam voltar para casa vivos e ricos.

Tchuikov, pelo que me informaram, sonhava com uma semana de noites com Elena em um apartamento luxuoso, talvez pertencente a Göring ou Ribbentrop. Não se esperaria, mas era um homem sentimental. Chorou quando Klavdia Chuljenko cantou "O lencinho azul". Suas intenções com Elena compartilhavam desse mesmo caráter romântico. Ela era casada, mas por que não? Seu ordenança registrou entre risos ter encontrado a luva forrada de pele de uma enfermeira no chão da tenda de Karmen; foi no dia anterior à chegada de E. E. K. Corpulento, com rosto achatado e pouca instrução, Tchuikov não nutria quaisquer ilusões sobre a própria desejabilidade; por outro lado, o prestígio que conquistou em Stalingrado permitiu a ele se servir de um bom número de coisas que desejava.

Elena, por sua vez, quase conseguia se ver acariciando os cabelos negros de Tchuikov (ele tinha apenas quarenta e três anos), mas apenas quase, porque na verdade se interessava bem mais por mulheres do que por novos homens, e de qualquer modo não tinha a menor expectativa de estar em Berlim. Essa sua sensualidade enfatuada e felina, que na minha opinião (quem fala é o Camarada Aleksandrov) assenta muitíssimo bem a uma mulher, atraiu um número incontável de aventureiros à frustração amorosa, mas também se virava muito bem consigo mesma. Em certa ocasião ela fez um comentário que estraçalhou o marido por um longo tempo. Mas a culpa foi toda dele. Com autocomiseração, e pelo mesmíssimo motivo que, décadas após ela ter pedido o divórcio, ele voltaria, de cabelos brancos mas ainda esguio, a aproximar do rosto a filmadora em Toledo — queria registrar todos os lugares em que estivera ao lado dela! —, às vezes insistia em exprimir sua própria versão do passado em comum de ambos. Um de seus delírios era a existência de uma velha Elena e de uma nova Elena; a velha tinha sido amorosa e ardente; a nova não era. Essa comparação acabava detonando um acesso de fúria gélida em Elena. E naquele momento ele não parava de falar sobre as noites em que costumavam fazer amor. Elena sorria, olhando para o nada. Desesperado, ele descreveu a *conexão profunda* que, poderia jurar, ambos compartilhavam naqueles momentos. Queria saber — precisava saber! — se ela também tinha sentido isso.

Não quero magoar seus sentimentos, respondeu Elena, muito calma.

Mas eu preciso saber!

Não. Nunca senti isso que você está descrevendo. Para mim é apenas uma sensação física.

Mas você não...

É apenas manipulação, disse Elena, com indiferença.

5.

No dia seguinte, Roman Karmen e sua esposa foram convidados a jantar com Tchuikov. A comissária estaria presente; assim como o comandante de tanques que tinha um porco-espinho como mascote. O porco-espinho, infelizmente, estava ausente.

Jantar na tenda de um general não é para qualquer um! Mas como um comandante deve de tempos em tempos se mostrar para as tropas da linha de frente, temos em alta estima o cinema e os apparatchiks relacionados — R. L. Karmen, por exemplo. Na verdade, gostávamos desse leal artista soviético. Nos tempos de paz ele havia registrado a inauguração do primeiríssimo alto-forno de nossa terra soviética — as grandes instalações de Krasnogorsk. "Lágrimas brotaram dos olhos dos homens quando aquela primeira torrente ígnea de metal líquido começou a se derramar. Karmen estava por lá, e registrou tudo em filme."[8] Tinha autoconfiança suficiente para se abster de filmar a cerimônia oficial, o pretenso tema. Nosso veredicto: altamente eficaz. Também ficamos impressionados com as imagens incríveis que Karmen produziu das silhuetas de nossas tropas se inclinando para a frente, distorcidas como sombras noturnas ou esculturas de Rodtchenko, enxameando em preto e branco, aos milhares, para completar o anel e liquidar Paulus na Operação Saturno.[9]

A esposa, por sua vez, também deixou uma excelente impressão. Trazia no peito a Ordem da Estrela Vermelha.

Todos conheciam o valente câmera Pogozeli, então conversaram sobre ele. Isso levou Karmen a contar a história da franco-atiradora de Stalingrado, mais precisamente no setor Orlovka, que levou uma bala no coração, tossiu, ergueu devagar o rifle e fez mira, espremeu mais um tiro (que, contudo, saiu a esmo) e desabou morta. Seria verdade? E por que não? — Ela tinha cabelos escuros e compridos como Elena, disse o marido, e Elena é capaz de tudo.

Elena sorriu e olhou para a parede.

Ao mesmo tempo que todos os fascistas são covardes, disse a comissária. Você assistiu ao interrogatório de Paulus. Eu adoraria ter estado presente! Ele sucumbiu de imediato?

Bem, respondeu Karmen, pensativo, é verdade que, ao acender um cigarro, ele estava com as mãos trêmulas.[10]

Isso alegrou a comissária; Roman Karmen sempre sabia nos agradar.

Ninguém queria parar de falar em Stalingrado. Nossa vitória ainda nem tinha um mês. Vivaz e animado, Karmen contou como tinha sido a noite fria — ah, fazia muito, muito frio! — em que os fascistas alemães, aos milhares, marcharam para o cativeiro. — Aquele som da neve sendo pisada ficou pairando no ar, sabiam?, disse sorrindo. Lembrei-me de uma cachoeira enorme nas campinas de Privolskie.[11] Você teve uma reação parecida, Camarada General?

Tchuikov assentiu com a cabeça, tolerante, encarando Elena.

6.

Roman Lazarevitch, disse a comissária, ouvi falar que ano passado você falou na Conferência sobre Cinema Americano e Britânico.

Falei, Karmen confirmou. Creio que foi em agosto.

E o que nossos *Aliados* tinham a dizer?

Aposto que você pode imaginar, respondeu Karmen com um sorriso.

O cone de luz do lampião emprestava um lustro branco e suave às condecorações de Tchuikov. Ouvi dizer que agora ele era um dos generais prediletos do Camarada Stálin. — Coma, por favor, ele pediu.

Na realidade, exceto pelo chá e o pão, tudo era comida americana: rações G, para ser exato, concedidas pelo programa *Lend-Lease*. Havia até manteiga americana! E desse modo a conversa naturalmente passou aos diversos presentes recebidos dos Aliados. Mandaram até Airacobras e Spitfires de segunda mão; os Airacobras até que foram úteis. Os tanques não serviam para nada, menos ainda os britânicos, que batizamos de "tumba para sete irmãos". Os jipes eram superiores a qualquer coisa que pudéssemos ter imaginado.[12]

E você também não filmou Churchill no ano passado?, quis saber a comissária.

Sim, no aeroporto de Vnukovo. Ele e Harriman estavam em Moscou para negociar o segundo front.

Elena pousou a mão sobre a dele, em um gesto de alento orgulhoso, e ele prosseguiu: Eu o filmei bem de perto enquanto passava em revista a guarda de honra.

E o que Churchill disse, Roman Lazarevitch?

Ah, falou que estava plenamente determinado a continuar a luta... Depois mostrou os dedos fazendo aquele V da vitória.

O sorriso torto e astuto de Karmen nunca pareceu tão encantador quanto naquele instante. Todos caíram na gargalhada, rindo de Churchill e dos Aliados.

7.

O degelo de primavera estava começando. Tínhamos alinhado nosso front, exceto pelo saliente de Kursk, cujo bolsão se estendia favorável rumo a oeste. Quando a neve acabasse de virar lama, nossos fronts sudoeste e sul liberariam Sloviansk e Mariupol, criando com isso condições para que destruíssemos o Grupo de Exércitos Centro dos fascistas alemães. Mas era difícil, tão difícil quebrar aquele encanto germânico que transforma vilarejos em lama e cadáveres! No mês passado tínhamos liberado Carcóvia, e agora os alemães a tinham tomado de volta.

Não, ele é *Von* Paulus, insistia a comissária. Essa gente toda é *Von*.

Tchuikov permanecia sentado, soturno e aborrecido. Elena tomava o chá. Parecia bem tarde.

A comissária conhecia Boris Cher, que tinha sido assistente de câmera de Karmen em Stalingrado. Ambos também conheciam uma mulher chamada Ekaterina, do Estúdio de Cinejornais de Moscou. Nem Elena nem Tchuikov a conheciam.

O mais importante é não esquecer os mínimos detalhes, disse Karmen. Em Stalingrado tentei recordar tudo — não apenas registrar, mas lembrar! E sei que assim que chegarmos na Alemanha vou fazer a mesma coisa.[13]

Nesse caso, não se esqueça de lembrar do segundo front!, respondeu a comissária com uma casquinada horrenda.

Assustado, Karmen piscou. Pareceu enxergar um cadáver congelado na neve, uma careta no rosto, um tanque morto no horizonte.

8.

Tchuikov, pálido e lívido de fadiga, pediu licença aos convidados; precisava descansar um pouco. — Em outras palavras, completou, estou plenamente determinado a continuar a luta!

Todos deram risada, e Karmen fez aquele hilário V da vitória com os dedos.

9.

Alguns dias mais tarde, Karmen partiu com um pequeno destacamento, incluindo o comandante de tanque que tinha um porco-espinho como mascote, para que o resíduo de um grupo Panzer escondido no mato em meio às carcaças dos próprios tanques destruídos — cinquenta homens, no máximo — pudesse ser capturado, e a captura, registrada. Barricadas de lenha em estradas russas cobertas de neve, cadáveres congelados, nada de novo. Mas Roman Karmen tornaria aquilo significativo. Além disso, estava em cima do prazo.

Andava com esperanças de filmar o próprio Tchuikov, mas o indivíduo parecia exausto demais. Seria mais fácil filmar o comandante do front, Malinóvski, que Karmen já conhecia da defesa de Madri. E a comissária, que parecia incrivelmente simpática, já havia prometido apresentá-lo a um dos subordinados mais fotogênicos de Tchuikov: o major-general N. F. Batiuk, da 79ª Divisão da Guarda de Rifles.

Ansiava pela aprovação de Tchuikov. Era veneração, mesmo. Tinha desferido um golpe inflexível nos fascistas! Saltando, correndo agachado, Karmen passaria a guerra inteira tentando estar à altura de homens como Tchuikov. Já assistiu às sete bobinas da declaração de amor de Dziga Vertov às mulheres de nossas Forças Armadas soviéticas?[14] Roman Karmen queria criar algo parecido. E se não conseguisse encher sete bobinas, que fosse uma só. Logo começou a trabalhar no filme A *Batalha de Orlov*. (Novos T-34 fervilham por sobre os trilhos serpenteantes dos bondes, enquanto civis correm por entre eles; todos estão a caminho do front!) Seu cinejornal sobre a Operação Cidadela explicaria tanto com palavras quanto com uma sequência de câmera assustadoramente perigosa como os imensos destruidores de tanque "Ferdinand", de oito rodas, eram eficazes em ataques frontais com seu canhão de oitenta e oito milímetros, mas vulneráveis a serem atacados pelos flancos ou sobrepujados por nossa infantaria vermelha. Ele era um de nós; chegou mesmo a embarcar em missões aéreas contra o inimigo. Ele filmava; ele puxou a alavanca de liberação de bombas com as próprias mãos.[15]

O comandante de tanque que tinha um porco-espinho como mascote contou-lhe uma história sobre algo horrível que tinha acontecido em 1941, em meio aos estrepes gigantescos cravados na neve ao redor de Moscou, e Karmen fingiu escutar olhando para a frente, lembrando-se de como Elena tinha dito com sua voz suave, de uma delicadeza perfeita: Sinceramente não posso dizer que tenho qualquer esperança. — Ele não conseguia deixar de ouvir isso. E o tempo todo ela era tão delicada com ele; sua delicadeza era tão irreal quanto o segundo front. — E assim chegaram no mato.

Combate! O canhão deu o bote, reproduzindo a mesura repentina de um pianista ao final de um concerto. Cabeças de fascistas surgiam das torres redondas dos tanques; eram centauros. O comandante de tanque que tinha um porco-espinho como mascote quase foi morto, mas o resgatamos. Roman Karmen filmou.

10.

Enquanto isso Tchuikov, agarrando o canto da mesa de mapas entre polegar e indicador, continuava pensando em Elena.

Ela apareceu com um disco para gramofone da *Opus 40*, de Chostakóvitch, que Tchuikov achou deveras romântico e agradável, ainda que alguns trechos do terceiro movimento lhe escapassem.

E o que ela tinha de especial? Ele poderia ter alguma das enfermeiras risonhas e peitudas a qualquer momento…

Ali, em seu mundo secreto, que lembrava uma daquelas caixas aquecidas a lenha sobre trenós, que mantêm vivos os nossos feridos no trajeto entre a linha de frente e o posto de primeiros socorros, ela talvez pudesse se entregar a Tchuikov, mas o efeito que ela exercia sobre ele o deixava inquieto; não conseguia absorvê-la por inteiro de uma só vez; assim como o brilho débil do lampião pendurado ilumina o centro do nosso mapa, nossa zona de batalha imediata, com mais força do que os cantos, da mesma forma ele a percebia e experienciava, querendo conhecê-la por inteiro, mas somente um único homem tinha sido capaz de fazer isso. Ela tem algo de especial, remoía Tchuikov, sem saber o que era.

Estava apenas solitário e cansado; era isso. Quase nunca descansava! Stalingrado havia fracassado em lhe destruir a saúde, mas mesmo naquele momento desejava o sono acima de qualquer outra coisa. E logo o solo teria descongelado o suficiente para recomeçar operações mais sérias.[16] Von Manstein tinha rechaçado nossas pontas de lança do Dnipro e recapturado Carcóvia; isso teria de ser corrigido. Em 17 de julho ele tomaria parte na operação Izium Barvenkov para auxiliar o flanco sul de nosso Front de Voronej contra a Operação Cidadela dos fascistas alemães.

Perguntou a Elena como ela havia recebido a Ordem da Estrela Vermelha, e ela sorriu com seus lábios muito, muito vermelhos, acendeu um cigarro e respondeu: É segredo. Ele gostou disso. Ela perguntou-lhe como ele tinha recebido a *sua* Ordem da Estrela Vermelha, e ele respondeu: Recebi no segundo front! Ela sorriu mais uma vez. Pegou outro cigarro, e ele se inclinou para acendê-lo. E isso foi tudo que aconteceu entre eles.

O cabelo dela era escuro como o fio do lampião contra a parede pálida da tenda.

11.

Karmen tinha voltado com uma aparência animada, satisfeito consigo mesmo; trouxe tabaco alemão para Elena e um par de binóculos negros Zeiss para a comissária. Além disso, no caminho de volta tinha filmado cenas de outra indômita avó camponesa nas ruínas de sua casa, assando pão em uma fôrma feita com um pedaço da asa de um avião alemão. Tirou a jaqueta; pendurou o chapéu de astracã imundo. Então, com o sorriso já ganhando ares de incerteza, deu um passo na direção dela. Mas Elena estava tão silenciosa quanto um pônei das estepes.

De nada servia transgredir os silêncios de Elena. Por exemplo, onde ela estivera antes de se encontrarem na Espanha? Seu mutismo a esse respeito continha no interior de florestas nevadas paliçadas e torres de guarda, correntes e portalós vislumbrados entre as frestas de suas cercas de aço. Os silêncios de Elena eram alertas tornados ainda mais temíveis por sua constância, quase tranquilidade, eu diria. Ah, seu belo rosto com sua delicadeza, sua delicadeza impassível!

Era uma vez R. L. Karmen, recém-chegado de filmar um desfile esportivo na praça Vermelha — moças com malha de ginástica erguendo letras cirílicas gigantescas sobre os ombros, e acima de todas o retrato do Camarada Stálin (os sapatos brancos das mulheres lampejavam quando elas marchavam; isso foi capturado pelas lentes de Karmen) —, que levou a esposa a uma exposição de arte em Leningrado, não a retrospectiva de 1932, pois nessa época ainda nem conhecia Elena; de qualquer modo, uma artista que se destacava nas paredes, graças aos esforços de um certo Otto Nagel, era a mulher que ele tinha fotografado na Estação Báltico-Bielorrussa, na esperança de que o retrato fosse publicado na *Vsiermirnaia Ilustratsia*. Ah, sim, nossas esperanças! De qualquer modo, ele ainda admirava essa K. Kollwitz; mesmo hoje pensava que seus retratos em grupo monumentais talvez concedessem novas ideias para ângulos de câmera. (Um exemplo de 1965: um soldado de nosso Exército Vermelho alimenta uma sorridente garotinha russa em A *grande guerra patriótica*, dirigido por R. L. Karmen.)

Elena já tinha se deslocado até um canto da sala para folhear as monografias. Karmen a seguiu. Assim que se aproximou, viu-a fitando calma e belamente uma página que trazia uma citação da artista: "Creio que a bissexualidade é quase um fator necessário na produção artística".[17] Karmen experimentou uma sensação de dor tão extrema que mal conseguiu falar. Elena tinha consciência dele, é claro; sabia que estava lendo o que ela lia; todavia, mais tarde, anos depois, ele suspeitou que ela jamais havia percebido sua dor; pois quem somos nós para nos imaginarmos tão interessantes para os outros, mesmo para nossos próprios cônjuges, a ponto de conseguirem nos interpretar de modo fidedigno? Na época ela lhe parecia ter perfeita ciência dos sentimentos dele, cuja existência sem dúvida a desagradava, e que continuava tranquila a ser exatamente quem era, sabendo que isso o magoava, lamentando de forma distante, mas segura acima de tudo de que sua natureza não podia nem deveria ser mudada. Ele admirava sua estabilidade; a odiava e a adorava; enquanto isso ansiava que ambos fossem algo que nenhum deles podia ser; e tudo isso aconteceu num instante, com os dois lado a lado lendo "Creio que a bissexualidade é um fator praticamente necessário na criação artística". Ela era assim. Ela era *isso*. E ele não podia fazer nada para satisfazer a necessidade que ela sentia de estar com mulheres.

Mas não era nada disso! Ele de fato se imaginou aceitando que ela estivesse com toda e qualquer mulher que escolhesse, caso estivesse também inteiramente com ele. Era isso que o torturava.

E naquele momento ele acreditava que Elena não era de fato bissexual, que seus desejos confessos por outras mulheres não passavam de uma cortina de fumaça para seus sentimentos por Chostakóvitch.

Mas talvez não acreditasse nem nisso; pode ter sido algo que se inseriu mais tarde; tudo que ele sabia era que ele e Elena, que agora divergiam tanto em seus desejos por sexo que para ambos o assunto era pura agonia, estavam lado a lado, lendo algo que fazia ambos se lembrarem dessa diferença. Então Elena saiu para fumar um cigarro. Ele não a acompanhou. O mais provável é que ela tenha se esquecido imediatamente daquele momento.

Ele nunca esqueceu. Lembrava-se dele agora em sua tenda no quartel-general do 62º Exército. Tinha voltado à tona com o silêncio da esposa.

Elena saiu para fumar. Karmen apoiado no cotovelo, sentado à mesa, parecendo pálido e cansado, preparando o roteiro da filmagem.

12.

Depois de Stalingrado, o sistema de duplo comando havia em tese sido abolido para recompensar o Exército: os comissários deixariam de controlar até nossa respiração. Dragonas começaram a ser usadas; surgiram até boatos de que as tropas poderiam editar seus próprios jornais de linha de frente. Ainda assim, qualquer um que imaginasse que os comissários não ofereciam mais perigo seria um inocente. (Por exemplo — quem inclui é o Camarada Aleksandrov — eu só precisava tirar o telefone do telefone do gancho para que dois agentes da Smersh aparecessem.)

E assim talvez o comissário estivesse apenas de mau humor, ou talvez fazendo uma manobra política, mas foi ele que contou a Karmen que sua esposa tinha visitado o Camarada General Tchuikov e que se ouviu música.

Karmen e o comissário eram homens da mesma estirpe. Suas funções eram idênticas: mobilizar, encorajar, fortalecer, estimular. Para isso, precisavam retratar as coisas como deveriam ser. E às vezes isso lhes deixava exaustos. Não deve nos surpreender que compreendessem um ao outro.

Onde estava Elena? Ah, estava na tenda de Natália Kovalova, traduzindo algo relacionado à Divisão Panzer ᛋᛋ "Adolf Hitler", algo ultrassecreto. E Karmen pensou: É bem possível que ela prefira Natália Kovalova.

Sentou-se com o comissário e se embebedou. — Lembro-me do que ela fazia e agora não faz mais, disse.

O comissário lhe deu um tapinha nas costas, serviu outro copo e disse: Não se abale com ela, Roman Lazarevitch! Como diz o Camarada Stálin, "sentimentos são coisas de mulher".[18] É verdade que você esteve na datcha do Camarada Stálin?[19]

No verão passado, respondeu Karmen com voz débil. Em Zubalovo.

Que homem de sorte você é, Roman Lazarevitch. E o Camarada Stálin bebeu com você?

Não, mas a luz do escritório dele estava acesa.

Bem. De qualquer modo, não tenho vergonha de dizer que sinto inveja. A propósito, pelo que Elena Evseievna recebeu a Estrela Vermelha?

Ah, bravura. Ela é muito corajosa, muito honesta. Mas ao mesmo tempo…

Enfim, para distraí-lo, o comissário tentou inspirá-lo com nossa vitória vindoura, que sem dúvida ocorreria no máximo por volta do início de 1944 — ou ocorreria se ao menos nossos supostos "Aliados" abrissem o segundo front.

Zangado, Karmen resmungou que os Aliados pareciam Elena, que vivia dizendo *Eu entendo* sem tomar nenhuma providência para fazer qualquer coisa a respeito da situação.

13.

Então vieram Kursk, Maidanek, Bucareste, Poznań. Todas as balas ricocheteavam na jaqueta de Karmen, amarrotada, manchada de óleo e forrada de pele.

Elena nunca chegou a Berlim, é claro; nunca viu sua antiga amante, Lina, isso sem mencionar as ruínas enevoadas e as vigas tomadas pela ferrugem ao longo do canal de Teltow. O que terá acontecido com ela? Sua história termina com o mesmo sigilo delicado em que Barcelona costumava se esconder nas noites em que a Legião Condor se aproximava — tudo às escuras, exceto pelas luzinhas azuis! Assim era o coração de Elena Konstantinovskaia.

E quanto ao segundo front, quando nossos Aliados enfim o abriram, quem ainda se importava? É verdade que milhares deles morreram nas praias da Normandia. Mas centenas de milhares de nós já tínhamos morrido. Além disso, é nítido e claro que sua única razão para invadir a França com tamanho atraso foi nos negar uma vitória total na Alemanha.[20]

Em seguida à capitulação fascista, o que significa umas três semanas após Tchuikov ser nomeado Herói da União Soviética pela segunda vez, expropriamos de imediato todos os objetos de valor em nosso setor — máquinas operatrizes, relógios de pulso, caixilhos de janela e, obviamente, quaisquer mulheres que agradassem aos homens do nosso Exército Vermelho (um projétil incendiário servia bem para extraí-las dos porões).[21] Levamos até as placas das ruas — e por que não? Assim foi durante o primeiro inverno. Em fevereiro de 1946 uma forte ventania varreu os escombros, e depois disso um de nós encontrou uma página de uma carta sobre a neve, ou talvez nem fosse uma carta, somente uma folha de papel com palavras ensandecidas em russo, em especial o nome Elena escrito inúmeras vezes — ah, aquilo era tão louco! —, e como não sabia ler, levou a carta até o quartel-general para o caso de se tratar de alguma provocação antissoviética. Nunca chegou aos olhos do Camarada General Tchuikov, é claro. Ele era importante demais para essas ninharias. Mas muitos de nós a fizemos passar por nossas mãos cobertas de cicatrizes. Apenas nosso comissário teve a perspicácia de reconhecer a caligrafia de Roman Karmen. ▸

Operação Cidadela

O método alemão sem dúvida tem raízes no caráter nacional, que — ao contrário de todas essas tolices sobre "obediência cega" — possui uma forte veia individualista e — possivelmente por causa da herança germânica — sente algum prazer em correr riscos.

Marechal de campo Von Manstein (1958)[1]

Ser alemão significa fazer algo por fazer.

Comandante de campo de concentração (1933)[2]

1.

Dos portões filigranados de Praga viemos marchando em colunas triplas, com os rifles apontados para cima e os rostos tão rígidos quanto as águias esculpidas na ponte Moltke. Viemos de Berlim, cruzando o Portão de Brandemburgo; às nossas costas, o anjo vitorioso no topo da Siegessäule lançava uma luz dourada sobre nossos capacetes. (Por acaso você já viu o anjo com suas imensas asas sulcadas que lembram cunhas de machado, o cetro erguido, o vestido esvoaçante e a guirlanda estendida, tudo de ouro? É a nossa rainha das águias.) Também viemos de Varsóvia, não tantos quanto o necessário, pois o gueto judaico se rebelou e isso teve de ser neutralizado; ainda assim, alguns de nós viemos de Varsóvia, outros de Budapeste e Bucareste;

muitos viemos de reservas ao norte e ao sul da linha da frente; de todos os cantos do Reich viemos, e marchamos todos até Kursk. Goebbels tinha acabado de apresentar o slogan "Guerra total, a guerra mais curta", pois a morte estava voltando para nós, cantando no oriente com a voz lastimosa de um foguete Katiúcha. Nossa única esperança reside no sonâmbulo, que já assumiu responsabilidade total pelo desastre em Stalingrado.

Por mais grave que seja a perda do 6º Exército, e certamente é, disse o marechal de campo Von Manstein com muito cuidado, entrelaçando os dedos, isso ainda não significa que a guerra no Leste está completamente perdida. Ainda podemos forçar um impasse — caso nos adaptemos a esse tipo de solução.[3]

Sempre que penso nessa ofensiva, disse o sonâmbulo, sem dar ouvidos, sinto meu estômago se revirar.

Eu também sentia algum desconforto, porque mesmo que estivéssemos capturando milhares, e depois dezenas de milhares de russos, e depois mandando todos até a retaguarda para serem descartados (no estande de tiro militar nos arredores de Dachau eram fuzilados em lotes de quinhentas cabeças), sempre havia mais! Todos os meus conhecidos tinham pesadelos. Aquele saliente inimigo dentro do qual Marx e Engels haviam resolvido a questão nacional, aquele saliente em Kursk, quantos russos esconderia? Contávamos com cinquenta divisões, duas brigadas de tanques, três batalhões de tanques, oito batalhões de artilharia: novecentos mil homens![4] Mas o que significa qualquer número se comparado ao infinito?

Por isso tão poucos de nós apoiavam a Operação Cidadela. Afinal de contas, deveríamos ter sido mais benevolentes conosco: vencer não era nossa tarefa; ninguém esperava isso de nós. Nosso único trabalho era levar a culpa.

No dia em que rompemos o lacre de nossas ordens o sol estava amarelo-limão, como a braçadeira de um soldado de comunicações das Waffen-ᛋᛋ. Viemos de cavalos, tanques e motocicletas por estradas embarradas; nós nos reunimos, esperando pelas mais recentes más notícias. O cheiro do trigo inimigo nos fazia pensar no verão. Talvez o sonâmbulo tivesse sonhado com alguma forma de reorganizar nossos *Kampfgruppen*. Ou talvez, finalmente, nossas armas-V estivessem prontas. Rüdiger, que vinha da mesma cidade que eu, não acreditava nisso. Às vezes ele se sentava ao meu lado na trincheira, relendo a revista *Signal* do mês anterior e sacudindo a cabeça enquanto eu me assegurava de que todos os cabos estivessem enrolados à perfeição nos carretéis. A única vez em que o vi aprovar alguma matéria foi quando publicaram páginas duplas sobre Lisca Malbran. Mas de que *ela* serviria numa trincheira? Dancwart queria saber. Como você pode imaginar, Rüdiger tinha uma resposta. Tinha visto a atriz em *Corações jovens*,[5] um filme-E politicamente confiável. Teria feito qualquer coisa para vê-la em *Entre dois fogos*, mas esse filme entrou e saiu de cartaz enquanto registrávamos a passagem do tempo no campo de matança. Bem, bem; tínhamos saído das trincheiras; havíamos alcançado o ponto de partida para o assalto, e as armas de longo alcance do sonâmbulo assomavam por sobre nossas tendas. — Amanhã vai fazer calor, comentou nosso Rüdiger, sacudindo a cabeça. — Então invocamos nosso amargo idealismo alemão, com todas as suas imperfeições, e ficamos em posição de sentido, *Achtung! Stillgestanden!* As ordens, que continham as palavras "total" e "incomparável", alertavam que o Exército Vermelho havia deslocado contra nós mil e quinhentas minas antitanque e mil e setecentas minas antipessoal por quilômetro do front, isso sem mencionar um milhão e trezentos mil soldados. Então agora sabíamos com exatidão o tamanho do infinito. Em resumo, precisamos estar prontos para contra-ataques vigorosos. Não importa. Seremos salvos pelos novos tanques Tiger.[6]

Foi então que o velho aleijado de guerra apareceu do nada, implorando para lutar ao nosso lado; lembrava-se da época dos canhões puxados por cavalos sob árvores cobertas de neve — dias perdidos, os dias de 1941! Já era verão; tínhamos comprado o verão ao preço do 6º Exército e quatro formações aliadas, isso sem mencionar os diversos territórios que tínhamos conquistado em 1942 — tudo transformado em gelo! Bem, e daí? Ainda era verão.

Para ser sincero, não sei como aquele intrépido aleijado conseguiu se virar sem ordens de movimento. Mas, pensando bem, ainda nem estávamos convocando rapazes de quinze anos, porque a Operação Cidadela corrigiria tudo. Ele era um homem muito, muito velho, com setenta anos, talvez mais, cego de um olho, mas andava rápido com a muleta. Agora, quando me lembro disso, parece um sonho. E por que ele nos escolheu em especial? Eu estava no 9º Exército, 47º Corpo Panzer, 9ª Divisão Panzer, que àquela altura não estava exatamente tendo um grande desempenho. Estávamos todos esqueléticos como projéteis antitanque com nossos capotes e gorros cinzentos, nossos cintos listrados apertados ao máximo, nossos capacetes cinzentos transformando nossas cabeças em balas.[7] Estávamos famintos e mal-humorados, não fazendo quase nada sem ordens diretas, sabendo que deixaríamos outra bela floresta de cruzes por aqui, com capacetes pendendo de algumas e telhados retangulares sobre bem poucas, todas destinadas a serem arrancadas da lama quando os eslavos tomassem conta. Nem mesmo o soldado Volker, que se esforçava em ampliar a mente visitando lugares de nota nos diversos lugares incríveis aonde íamos, conseguiu ter o menor entusiasmo por Kursk, conhecida acima de tudo pelo Banco Estatal e os palácios dos boiares Romodanov. Lembro-me de como no início da Operação Barbarossa ele dava uma espiada dentro de toda choupana antes de atearmos fogo, na esperança de encontrar prova de algo além daquilo a que nos referíamos polidamente como *determinada forma de existência*. Rüdiger dizia: Não faz sentido. Como um Vermelho teria algo que interesse a algum de nós? Até as Natashas deles são horrendas! Quer ver beleza alemã? Aqui está o retrato da minha filha... — Mas Rüdiger não entendia. Volker não era um caçador de suvenires; tinha poucas qualidades em comum com o cabo Dancwart, que uma vez abarrotou um tanque inteiro de blusas bordadas de camponeses. Volker — por que estou falando de Volker? Ele morreu. A última vez em que o vi empolgado foi meses antes da Operação Cidadela, quando o impacto direto de um Katiúcha fez nosso depósito temporário de munição explodir como fogos de artifício. Muitas vezes aquele garoto me divertia.

Carregava um guia que dedicava dois capítulos a Moscou. O segundo falava apenas de igrejas, e baseado em tudo que sei dos vermelhos posso garantir que estava ultrapassado; uma ou duas linhas teriam liquidado esse assunto depois que Stálin tomou o poder! Bem, qual a diferença? Ir para a igreja não salva ninguém. Volker não queria entrar na catedral de São Basílio para ser salvo, mas porque a cúpula o fazia lembrar-se de um pião com que ele e o irmão brincavam quando crianças. Esse irmão levou uma bala na garganta em Sebastopol. Morreu pelo nosso Reich. Será que Volker queria fazer alguns eslavos pagarem por isso? Em minha opinião, isso não estaria de acordo com sua natureza; ele se interessava mais por música. Certa vez comentou que teria gostado de estar no cerco a Leningrado, apenas para ouvir a nova sinfonia de Chostakóvitch! Esse tipo de idealista não dura muito neste mundo. A propósito, ele foi um homem muito corajoso, evitado pelos vermelhos no combate corpo a corpo; temiam seu rosto. Uma pena ele nunca ter visitado Moscou, que, ouvi falar, oferece muitos confortos; Rüdiger foi incorreto; as Natashas deles nada têm de monstruosas. E o Kremlin é adornado com estrelas de vidro vermelho; vou levar uma para casa se conseguir encontrar alguma que combine com minha árvore de Natal. E por que não Moscou? Assim que resolvermos o saliente e entrarmos com tudo em Kursk, sem dúvida chegaremos lá, porque com a destruição do Front Central e do Front de Voronej, apenas o Front da Estepe e um número infinito de outros fronts obstruiriam nosso caminho.

Agora me pergunto se Dancwart não tinha razão. Pelo menos ele levou alguma coisa; aquelas blusas bordadas se transformaram em schnapps, cigarros e novas Natashas (garotas-P e donzelas-U, devo dizer). Mas ele me entediava. Seu provérbio favorito era: "Seguir em frente até o sol raiar".[8] E agora Volker também me entediava. Tudo que ele queria era ser ferido mais uma vez, e quem não queria isso?

Não aquele aleijado! Ele queria ser um herói. Dá para imaginar? Em nosso poema nacional, quando o vidente Hagen adverte Gunther contra ir ao país dos hunos, é chamado de covarde, de modo que, furioso, insiste em compartilhar do destino dos outros. Meu psicanalista chamaria isso de compensação. O sonâmbulo chamaria de nobre sacrifício. Podia ser qualquer uma dessas coisas, porque agora o aleijado nos informava: Olhando para mim vocês não diriam, mas fui aceito na Divisão de Granadeiros Panzer Grossdeutschland!

Rüdiger sacudiu a cabeça, Gernot ficou quieto como um civil russo, enquanto Dancwart, que chegou a ter uma esposa eslava mas fez a coisa certa, ergueu os olhos da batata crua da qual tirava pontos podres com a faca e, com espanto genuíno, perguntou: Por que diabos a gente se importaria com isso?

Mesmo assim, riu o aleijado, aqui estou. Tenho lutado pela Alemanha desde que arianizamos a loja de departamentos Hermann Tietz. Aqui vamos nós, mais uma vez!

Então eu me lembrei dele. — Como vai sua esposa?, perguntei.

Ele começou a enxugar o olho e ficamos com nojo.

Eu era telefonista; ficava ali sentado girando a manivela da minha caixa cinzenta. A Operação Cidadela era a Operação Suicídio, e sinceramente tentei alertá-

-lo para esse fato. Pense no saliente inimigo — metade do tamanho da Inglaterra![9] Devem ter levado em conta meus desencorajamentos quando compareci perante o Tribunal de Desnazificação, mas tenho outra versão. Sim, tentei enfraquecer o exército de Hitler — fui quase um membro da Resistência! —, pois disse ao velho: cuidado com esses ataques em massa de T-34!

Acredite ou não, ele retrucou: consigo resistir tão bem com uma perna quanto você com duas.

O que eu poderia retrucar? Os T-34 eram meu pior medo. Surgiam à luz do dia ou na escuridão, com os faróis dianteiros sempre ligados. E quantos tanques Tiger você acha que tínhamos na 9ª Panzer? Nenhum. Então como poderíamos ter alguma esperança de deter os eslavos?[10] Para ser direito, minha esperança era algo ao mesmo tempo mais particular e mais realista: um ferimento moderado. Eu era moderado em tudo. Um soldado agachado, abaixando a cabeça cansada em uma trincheira estreita na lama, aí estava eu. Naquela época, quando um soldado saía de licença do *Ostfront*, recebia um pacote especial do Führer, composto de salsicha, manteiga e chocolate. Era tudo que eu queria. Mas Rüdiger suspirou que dali para a frente talvez não houvesse mais licenças, nunca mais.

Disse o aleijado, que eu tinha até esquecido que estava ali: Não adianta negar. Houve um ataque aéreo. Foi o fim dela.

Gernot enrolou folhas em um cigarro. Gernot não se dava a mínima. A esposa de Gernot já havia queimado.

Disse o aleijado: Foram os americanos, mas não vejo problema em me vingar nos russos. Além disso, sou um ex-atleta. Gosto de fazer exercício. Acredito na cultura física.

Olha, nem sei por que me dei ao trabalho, mas o levei até o sargento Gunther, que disse: Precisamos de todos os homens disponíveis. Ele pode ficar com as rações do Schnelling; a lista de mortos ainda não foi atualizada. Se ele é cabeça-dura o bastante para ter se apresentado como voluntário, talvez as balas do russos ricocheteiem no crânio dele…

2.

A Operação Cidadela começou às quatro e meia da manhã de 5 de julho de 1943. Foi concluída em 19 de julho de 1943, após a morte de setenta mil de nós. Bem, desde o início sabíamos que de nada adiantaria; como acabo de dizer, como soldados da linha de frente nosso dever era obedecer a ordens e assumir a responsabilidade.[11]

Ninguém mais cantava “Erika, amamos você”. E o tempo inteiro o ar se inflamava com o som de guinchos metálicos; e depois que fracassamos no eixo de Ol’khovatka, o céu se tornou cinza-claro como o uniforme de um general da ᛋᛋ; e depois que o 9º Exército perdeu dois terços dos tanques no eixo de Ponyri o céu se tornou marrom como o uniforme de um guarda ᛋᛋ de campo de concentração; e por fim, depois que perdemos nos eixos de Oboian' e Kortcha, ficou negro como a braçadeira de um engenheiro do Exército. Foi no eixo de Prokhorovka que fomos derrotados de verdade. Stalingrado tinha sido o fim, mas Kursk foi realmente o fim; dois anos após a Operação Cidadela vi um russo com sua namorada alemã em Berlim; brincavam com a pistola dele, atirando na direção do sol, e ele a beijava e ela o beijava e ela usava uma rosa cor de sangue no cabelo.

3.

Quanto a nós, os russos ainda não haviam provado de nossas garotas; ainda carregávamos armas, e quando ordenados disfarçávamos o X de nosso emblema divisional com um V cruzado por uma barra horizontal.[12] Não queríamos facilitar para os eslavos a tarefa de saber quem éramos, entende?

Dizem que o 23º Corpo de Freissner atacou primeiro, mas nunca vou acreditar que não merecemos o prêmio! Às cinco da manhã avançamos da Linha Butovo-Gerzovka, com os longos canhões de nossos tanques Tiger apontando o caminho bem acima de nossas cabeças; nunca vou esquecer como aquelas imensas babás de aço seguiam tranquilas ao nosso lado, nos consolando durante nossa marcha em fila tripla.[13] Até então, nossa formação ainda era tão perfeitamente espaçada quanto os cílios de Lisca Malbran. Eu não me sentia inseguro. Entenda, eu ainda não tinha dado uma olhada em um T-34. Quando os Tigers começaram a se afastar (todos pertenciam aos desgraçados da 21ª Panzer)[14] foi como se alguém estivesse segurando minha cabeça debaixo d'água e eu tivesse de aceitar meu primeiro alento de fatalidade; mas ainda que eu tenha me engasgado, aquilo não me matou; a morte agora estava em meus pulmões e logo estaria em meu sangue, mas eu apenas segui engasgado; daí minha bravura alemã. Era uma vez uma mulher que me amou e eu a amei e tudo era perfeito; então ela parou de querer dormir tanto comigo e eu entrei em pânico, o que a afastou ainda mais; acabei aprendendo a esconder minha angústia, para retardar o desengate final; em resumo, eu acreditava em magia; se eu conseguisse ocultar minha necessidade de permanência dos Tigers, eles seguiriam me acompanhando por mais meia hora![15] Mas lá se iam eles agora; as sombras de seus canhões de oitenta e oito milímetros passaram por mim e me esfriaram; um granadeiro, de pé na escotilha aberta, acenou para mim, e o tanque gemeu e avançou com estrépito; então todos seguiram rugindo em frente até sumirem de vista, e ficamos sozinhos.

Rüdiger sacudiu a cabeça. Eu gostava dele porque sempre esperava o pior.

Tínhamos seis tanques de comando, trinta e oito Panzer-IV, trinta e oito Panzer-III, que àquela altura da guerra eram pouco superiores a bicicletas, e um Panzer-II repintado, cuja tripulação já se considerava morta e enterrada. Essa é a nossa história, a história da 9ª Panzer. Éramos soldados magrinhos marchando em desordem, com cigarros dependurados na boca e olhos ansiosos voltados para a frente.

Como a 21ª contava com apenas metade dos nossos tanques, tinha a pachorra de sentir inveja de *nós*; eu ficaria feliz em trocar dois por um, desde que ganhássemos Tigers! Aquela mulher que mencionei (Lina, o nome dela), quando ela não estava comigo a falta que eu sentia era tamanha que eu parecia à beira da morte; quando eu estava com ela, saber que logo a perderia envenenava tudo; era assim que eu me sentia agora, vendo os tanques Tiger se afastando. Ali se afastava outro de nossos pelotões de morteiro com seus oitenta e um; meu Deus, vamos mesmo ficar sem nenhum apoio na frente de assalto? Quanto aos setenta e cinco que sobrecarregavam nossos Panzer-IV, bem, reclamo mais tarde. Pelo menos hoje tanto os Grupos de Exércitos Centro quanto os Sul se engajaram em combate, e isso fornecia algum conforto: a força dos números, como se diz. O triste é que o saliente era tão vasto que o Grupo de Exércitos Sul permaneceu a uma distância infinita! Pelo lado bom, o Grupo Sul teve de encarar dez mil tanques, enquanto nós do Centro enfrentamos apenas três mil — para mim, uma excelente notícia. Sem dúvida nossa dedicação produziria resultados decisivos. Pelo menos foi o que disse aquele aleijado, e também nosso comandante, tenente-general Scheller.

O inimigo tinha coalhado nosso caminho com inúmeras armadilhas para tanques, sobretudo nas baixadas de Gerzovka, mas rompemos a linha externa dos russos. Não foi agradável. Aguardamos um instante para que eles terminassem de atirar nos próprios feridos antes de avançarmos. Ninguém pode dizer que não somos compassivos.

Às nove da manhã tínhamos alcançado nosso primeiro objetivo, o Ponto 237.8, a oeste de Cherkasskoie. Acredite em mim quando afirmo que não constava do guia do soldado Volker. E ao meu lado o excelente Rüdiger, ainda jovem mas queimado de pólvora, o cabelo loiro cortado bem rente, observava o terreno adiante, o pescoço pulsando, a mão direita a postos no gatilho; procurava a morte com os olhos amargos e desconfiados. Ah, esse era o Rüdiger! E Rüdiger sacudiu a cabeça. *Ação!* Agora enfrentávamos um ataque aéreo pesado, e às nove e quinze nosso posto regimental de artilharia recebeu um impacto direto. Entre os mortos estava meu amigo, o ajudante regimental cabo Hildebrand. (Era ele que sempre dizia: Podia ser pior! Podíamos ter estado em Stalingrado!) Sua cabeça pálida atingiu o solo; sangue escuro brotou de sua boca. Bem, e daí? Poderia ter sido eu. Alguém que eu não conhecia já choramingava sobre a ofensiva traída, e todos os oficiais não paravam de gritar, tarde demais: *Levantar posições defensivas!* E então o rugido de nossos oitenta e oito silenciou tudo que era humano. — Às dez alcançamos nosso segundo objetivo, o Ponto 210.07, onde nos encontramos com o 1º e o 2º Batalhões. Aqui fomos retardados por mais armadilhas para tanques.

Rüdiger, o expressivo Rüdiger, estava agora no caminhão à minha frente, e Volker estava atrás. De acordo com seu guia, o bairro Tverskaia de Moscou é muito agradável; Stálin alargou as ruas especialmente para nós! Quanto ao velho aleijado, de início achei que estivesse com o sargento Gunther, o que não era possível; para falar a verdade, naquele momento eu não dava a mínima para ele. Quase conseguíamos ouvir a respiração dos eslavos que nos cercavam por todos os lados nos trigais. Aquilo me deixou nauseado de medo. E quero aqui mencionar que o sonâmbulo cuidou para que as melhores novas armas de assalto fossem entregues aos seus mascotes das Waffen-ϟϟ; sofríamos de escassez de efetivos e certamente não contávamos com viaturas blindadas de rolamento misto, posso garantir! Como já registrei, eu era apenas um telefonista; precisava avançar a bordo de um caminhão aberto. Repetia para mim mesmo: Se eu pudesse fazer alguma coisa; se eu pudesse usar a razão para escapar! Não sou uma boa pessoa, mas também não sou um monstro. Nunca atirei em um civil, exceto quando recebi ordens. Mereço viver. Que medidas posso tomar? Bernardos-eremitas viram capacetes quando bem entendem; contrabandistas inventam esconderijos que ninguém antes concebeu; tripulações de tanques conseguem ser transferidas para Tigers. E tanques se protegem com pasta antimagnética, de modo que minas russas não possam...

Então, subitamente, de algum lugar do interior de uma floresta alta e densa de caules de girassol se ergueu uma coisa metálica que parecia um cálice com um bastão; esse objeto inócuo rodopiou pelo ar, pousou na cobertura do motor do Panzer-III em nosso flanco esquerdo, que era o tanque de Dancwart, e o explodiu, como eu estava esperando; esse foi o fim de Dancwart. Para o sonâmbulo, tudo isso não passava de reconhecimento em força.

Às onze nossos engenheiros haviam completado a ponte sobre a baixada de Gerzovka, e até eu, que sabia das coisas, quase me convenci de que conseguiríamos mesmo romper a linha e despedaçar aquelas sobrenaturais concentrações inimigas, porque uma ilusão era melhor que a grosseria do sargento Gunther, que bradou: Quem não acabar morto vai ser chamado de traidor por perder, então melhor dar tudo de si! E nem pensem em ser capturados. Eslavos usam os crânios dos inimigos para beber. —[16] À uma detivemos um ataque de tanques russos na direção de Korovino, destruindo todos os sete tanques. Mas então vieram mais tanques, em quadrados de cem e duzentos.

Bem, continuamos fazendo o possível. Nossa força de vontade estava blindada, como o coração, o trem e o automóvel do nosso Führer. Disse Volker: Não podemos fazer nada, então melhor seguir em frente e descobrir o que vai acontecer conosco...[17]

Ao fim do segundo dia tínhamos conquistado uma penetração de quinze quilômetros de profundidade. Depois disso tudo ficou impossível. Quando chegamos ao quinto dia tínhamos penetrado ainda mais fundo, é claro, mais meia dúzia de quilômetros; nossa força de vontade podia estar blindada, mas a blindagem do inimigo era mais espessa. Tentamos ser cuidadosos; erguemos os binóculos e espiamos através de buracos em todas as paredes; mas cadáveres, enegrecidos de moscas, jaziam nas zonas de matança entre arames farpados. Mesmo que apenas um em cada quatro fosse alemão, ainda assim perderíamos, porque os russos são tantos, entende?

Nossos aviões se erguiam sobre nossas cabeças, guinchando sem parar, mas havia mais aviões russos do que eu jamais tinha visto, às vezes golpeando diretamente os nossos em pleno ar. O sargento Gunther me deu ordens de entrar imediatamente em contato com a Central Europa.

Desenrolei meu cabo telefônico e fiquei atento aos cliques, mas tudo que consegui descobrir foi que nossa rede FREYA havia ficado muda. Nenhuma instrução! Então o sinal cochichou: Recebi a insinuação de T-34 prontos a brotar do nada em vastas concentrações secretas.

Ali vem outra revoada de Chturmoviks! — Procurem abrigo!, gritou o sargento Gunther. — Rezei para que não fossem pilotados pelas "bruxas da noite"; eram as mulheres mais aterrorizantes da terra! Em 1941, quando começou a Operação Barbarossa, podíamos ter abatido todas com nossos mágicos oitenta e oito. O oitenta e oito é um canhão antiaéreo; é uma arma perfeita, mesmo, mas agora precisávamos dos oitenta e oito para ficarmos a salvo daqueles tanques T-34! Se alguém disser que um setenta e cinco pode cuidar desse trabalho, não acredite. Já vi inúmeros dos nossos Panzer-IV conseguirem impactos diretos e mesmo assim perderem. É possível fuzilar um vampiro com uma metralhadora, mas se nenhuma das balas for de prata, melhor usá-las em si mesmo. — Lembrem, dizia o sargento Gunther, mirem na traseira dos T-34. Mandem todos para o Comissário Paraíso em uma coluna de fogo! — Mas eu nunca consegui matar nenhum, porque era apenas um telefonista. É incrível que não tenham *me* matado mil vezes.

Morrendo, penetramos mais alguns centímetros nas defesas russas, nos recusando a admitir as silhuetas escalonadas de mais tanques no horizonte. Cuidado com o excesso de sabedoria, dizem por aí.[18] Gostei de perdê-los de vista na fumaça marrom-enegrecida que se erguia em diagonal dos motores de nossos Panzer-IV assassinados.

Em Berlim, nosso sonâmbulo certamente abria uma nova pasta de caso, verde ou cinzenta, cujos planos operacionais de resgate se entrelaçavam em movimentos de pinça tão eficazes quanto os leitmotivs concatenados de Wagner: Cidadela conquistaria seu objetivo! Mas e se na verdade ele estivesse almoçando? Nós nos esquivamos; fumaça brotou do vilarejo do outro lado do trigal. Penetrações realizadas, ondas de aviões russos, assim corriam nossas vidas. A 15ª de Rifles já tinha sido forçada a recuar até a cadeia ocidental; os vermelhos atiravam em nós usando armas antitanque de 14,5 milímetros; então nossos oitenta e oito foram disparados e mataram todos eles; Deus abençoe os oitenta e oito!

Quando chegamos a 9 de julho de 1943 não conseguíamos mais avançar. Estávamos quase cruzando o que certamente seria o último campo de girassóis quando encontramos uma fila de fuzileiros do Exército Vermelho disparando contra nós de uma trincheira. Então um eslavo correu em nossa direção, puxando o pino de uma granada. — Neste caso, riu Rüdiger, gostaria de nunca ter tentado argumentar com você. — A bala dele atingiu o alvo antes da minha. Mas ali vinham mais vinte eslavos!

Por ignorância ou teimosia descuidada, você já gastou a broca de uma furadeira? Talvez fosse feita para madeira, e você precisasse furar um buraco em uma placa de aço. O metal não é tão grosso assim; por que a broca não aguentaria?

Mas ela esquenta, e você se apoia na furadeira, até a broca ficar arruinada sem que você tenha conseguido perfurar. Foi assim que Rüdiger aprendeu a expressar certa sabedoria sem nem ao menos mover os olhos. Não apenas tínhamos sido embotados pela fricção dos contra-ataques inimigos, mas também das alturas, nas profundezas do saliente e fora de nosso alcance, baterias russas nos detonavam. Por que não eram abatidas por nossa Luftwaffe? Também não tínhamos equipes de lança-chamas suficientes; estávamos até sem petróleo gel. Ainda assim nos esforçamos para trazer à vida aquele novo conto de fadas, colado com pasta antimagnética e enfeitado com as estrelas de lata com esmalte vermelho que tínhamos roubado de sepulturas soviéticas; e era um belo conto de fadas sobre tanques alemães camuflados em verde e amarelo; mas em 11 de julho de 1943 pontas de lança inimigas penetraram em nosso saliente do Orel, e o coronel-general Model, que ainda não era marechal de campo, precisou retirar alguns de nós do assalto para enfrentar essa ameaça. Para ser bem direto, estávamos ficando cada vez menores enquanto a infinitude aumentava.

4.

Na antiga lenda, quando Kriemhild ateia fogo no palácio, Hagen aconselha os companheiros a se refrescarem bebendo o sangue dos abatidos. Mas quando a artilharia russa abriu fogo em nossos tanques atolados nos charcos e aleijados pelas minas, como nos refrescaríamos? Lembro-me daquela batalha de quatro dias ao longo das cadeias montanhosas, quando os russos borbotavam sem parar da terra coberta de palha como se fossem recortes de papelão, todos usando boinas e apontando armas longas ou curtas para nós, enquanto FREYA nunca me respondia. Assim que convocamos nossos tanques a voltarem para nos ajudar, os vermelhos se esconderam de novo. Ah, éramos companheiros excelentes. Mande a nós, os Cavaleiros Teutônicos, para atacar outro castelo! Nossos *Nebelwerfers* contra os Katiúchas deles, que problema sem solução! A essa altura eu estava com um curativo ao redor da cabeça; um morteiro havia explodido nos girassóis à minha esquerda. O sargento Gunther já tinha morrido. Em cinco minutos seu corpo ficou tão amarelo quanto o escritório elegante de Ribbentrop na Wilhelmstrasse. Agora o velho aleijado poderia ficar com as rações *dele* também.

Foi então que um T-34 subiu de ré na minha direção a toda a velocidade, a probóscide apunhalando o ar; pendeu sobre nós por um instante e então se inclinou de forma horripilante, prestes a tombar, nos esmagando sob as lagartas.

Sei que devo ter gritado. Gostaria de saber por que aquela coisa sempre me aterrorizou tanto; é como se os projetistas soubessem exatamente o que eu mais temia e odiava; criaram exatamente o que eu não queria que criassem. (Enquanto isso, tudo que eu *não* temia estava encarnado nas formas do Tiger, para o qual eu juro que sorriria mesmo se soubesse que estava vindo me esmagar.) Esse T-34 rugia tão alto que eu não conseguia ouvir os gritos esgoelados dos meus camaradas. Deixou sulcos carmesim na grama. Então seguiu avançando em direção à nossa retaguarda e logo sumiu de vista; não sei como acabou encontrando seu fim, porque logo em seguida outro Katiúcha matou seis de nós.

Foi então que recebemos ordens de avançar para aproveitar a captura do vilarejo de Soborovka, que também não era mencionada no guia de Volker. Sim, senhor, às ordens! E avançamos; saímos correndo como se tivéssemos a esperança de ser mais rápidos que os velozes projéteis disparados por nossos próprios oitenta e oito. Gernot levou a mão ao rosto, gritando desolado, quando a morte o pegou pelos testículos. Então caiu. Ah, esqueci; já estava morto. Em algum lugar, um telefone tocou.

5.

Antes da guerra eu tinha pesadelos, e me consultei com um psicanalista que explicou: Cada vez que o inconsciente é rejeitado, forma batalhões para contra-atacar em outro ponto. *Eles* podem ser rechaçados à vontade; se você tiver força suficiente, pode até exterminá-los, mas isso seria autodestrutivo. O inconsciente mobilizará mais batalhões. E eles atacarão o consciente até romperem as linhas. Em minha opinião, é isso que está acontecendo com você.

Bem, ele estava certo. Tínhamos começado a ser abatidos pelas metralhadoras, e se tentávamos buscar abrigo em alguma ravina, sem a menor dúvida estaria apinhada de minas russas. Foi o que sucedeu com o soldado Volker. Saiu voando rumo a Moscou — em mil pedacinhos. Não digam que desejos não se realizam. O restante de nós avançou rumo à vitória final, que até poderíamos ter conseguido obter com a ajuda de mais um punhado de brigadas de *Nebelwerfer*. Se pudéssemos estabelecer uma cabeça de ponte; ah, se pudéssemos nos entrincheirar rodeados por um círculo de Tigers entrincheirados! Infelizmente não havia Tigers suficientes para que estivessem em todos os lugares; anos mais tarde fiquei sabendo que o 9º Exército inteiro contava com apenas trinta e um deles; quando eu tinha visto a 21ª Panzer avançar otimista rumo ao front de assalto no primeiro dia, sem dúvida não tinha a menor suspeita de que ali estavam todos os Tigers disponíveis em nosso lado do saliente; o Grupo de Exércitos Sul estava com todos os outros! Você acredita? A missão deles era ser a ponta da cunha, e a cunha estava se desgastando; o inimigo não parava de alvejar nossos tanques com seus Zis-3s.

Quantos outros milhares teríamos de matar? O trigo subia até os ombros de nossos cavalos de aço, e então nos afogava. Nossos canhões de assalto estavam ficando sem combustível e eu ainda não conseguia obter contato com FREYA. Então disquei a frequência emergencial, e adivinhe que sinal recebi? A Central Europa ordenou que apertássemos nosso front de assalto! Talvez esperassem que eu traçasse runas no dorso da mão.[19] Não valia a pena nem gastar saliva para xingar.

Rüdiger sacudiu a cabeça mais uma vez; no instante seguinte tudo que restava dele era um rosto branco arrebentado, com o interior vermelho já enegrecido. Ele costumava dividir os pacotes comigo; certa vez deu a Gernot uma adaga muito bonita que tinha encontrado em algum lugar. Resultados decisivos, por que não, então seguimos nos empenhando em avançar até que uma briga de tanques inimigos nos forçou a recuar; nos entrincheiramos e esperamos que nossa artilharia autopropulsada abrisse o caminho; então, às suas ordens, voltamos a avançar até que encontramos algo tão terrível quanto os T-34: uma bateria de Katiúchas, apontados não para nossos tanques, mas direto para *nós*, guinchando sobre a terra enquanto progrediam a toda a velocidade! Mesmo se eu tivesse uma divisão-ᛋᛋ inteira para me proteger, mesmo que o sonâmbulo tivesse me puxado para baixo de seu cobertor mágico, eu não teria como sobreviver àquilo, e ainda assim de algum modo continuo existindo; fui praticamente o único; o outro foi aquele velho aleijado.

6.

A pior coisa que eu já vi não foi a aniquilação dos homens com quem vivi e combati; afinal de contas, compunham uma parte insignificante da 9ª Divisão Panzer, que era apenas uma das muitas unidades do 9º Exército alemão, que continuou a avançar sobre Olkovatka depois que Rüdiger e o resto de nós desaparecemos, e, além disso, poderia por sua vez ser extinto, como o 6º Exército em Stalingrado, sem anular a existência de seu Grupo de Exércitos. Por esse motivo, se o Grupo de Exércitos Centro desaparecesse, as forças militares de nosso Reich teriam continuado a funcionar até o fim! Rüdiger, sem dúvida; eu tinha saudades de Rüdiger, mas precisamente porque me identificava com ele de uma forma tão perfeita que a morte dele não era mais trágica do que a minha teria sido. O que realmente acabou comigo foi quando um canhão russo de cinquenta e sete milímetros disparou contra um de nossos Tigers e abriu um rombo. Dessa vez ouvi a tripulação gritando. E ele queimou, de forma tranquila e espetacular, de dentro para fora. Até então eu acreditava de verdade que os Tigers estavam a salvo.

O aleijado grasnou em meu ouvido: Munição com núcleo de tungstênio. É o segredo deles. Não se preocupe. Vamos nos vingar desses eslavos.

Você já viu um pássaro ferido na beira da praia? Caranguejos surgem do nada — ficam à espera sob a areia — e o cercam, de início cautelosos; antes que você perceba o primeiro caranguejo já pulou sobre a asa machucada e arrancou um bocadinho com a pinça. O pássaro se debate, mas ali vêm outros caranguejos, apressados. É o que acontece quando os T-34 cercam um Tiger ou um Ferdinand, sondando com seus setenta e seis até que um disparo à queima-roupa penetra; se isso não funcionar, os infantes russos, que pegam carona nos tanques como ovos colados na carapaça de uma mamãe besouro, nos abordam e atiram em todas as frestas de ventilação, ou derramam gasolina por ali e acendem — ah, não tem nada que esses eslavos não façam! E depois? De um buraco no Panzer pende uma mão, semiconectada a um negro quebra-cabeça de ossos.*

7.

Minha existência se tornou tão pesada quanto um trator Stalinets S-60. O que eu podia fazer senão arrastá-la adiante? Agora uma fila de russos se estendia às minhas costas; eu não me atrevia a levantar a cabeça para dar uma olhada, mas estavam gargalhando. Em frente até a vitória final; essa ainda era a minha direção, e a deles.

O sol piscou para mim das verrugas no rosto de um SU-152. Eu me esquivei, rastejei pelos caules de girassol sob a grande probóscide, escapei do rosto quadrado e cego daquela coisa maligna que havia matado nossos Tigers. Ela não me viu.

O velho vinha logo atrás, arrastando a muleta. Então ficou ao meu lado. Então ficou à minha frente. Rastejamos sem parar. Ele nunca se cansava.

Às dez, com o céu da noite marcado pelas patas aracnídeas do fogo de artilharia, paramos. Onde estávamos ainda é passível de discussão — meu palpite seria entre a segunda e a terceira linhas defensivas do inimigo. Eu ansiava por telefonar ao quartel-general e informar nossa posição; talvez essa informação até lhes fosse útil. Sempre que eu ficava isolado no *Ostfront*, o que acontecia com muito mais frequência do que você talvez imagine, para ficar mais calmo eu costumava me visualizar entre uma fileira de operadores de central telefônica; sentavam de frente para a parede, de modo que tudo que alguém enxergava eram suas costas uniformizadas e as cabeças com cabelos cortados rente, um fone negro enterrado em cada orelha esquerda, uma bateria de prateleiras metálicas estreitas das quais brotavam fios e cabos como se fossem trepadeiras; para mim, representavam a própria consciência; cada operador era um pensamento conectado por cabos a outros pensamentos; juntos, formavam um cérebro, escondido a salvo debaixo da terra, cego ao inimigo do lado de fora: nada podia assustá-los. Como toda criança, eu costumava fechar bem os olhos quando queria espantar os monstros debaixo da cama. Talvez não fosse racional, mas era melhor que fumar cigarros com Rüdiger sentado na terra nua.

O velho me cochichou: Quer que eu mostre como sobreviver?

Eu não gostava mais dele. Teria preferido Volker, sempre leal e disposto a se voluntariar como sentinela noturno. Passou a vida sentado na borda relvada de um

* Por que não se podia eliminar por inteiro o fator humano? A Terceira Guerra Mundial, que espero que seja vencida pela Alemanha, será lutada com robôs. Então todos poderemos nos esconder em bunkers profundos; seremos invulneráveis. Na primeira tarde da Operação Cidadela, nossos veículos de demolição Goliath guiados por controle remoto abriram caminho em Maloarkhangelsk, mas a 129ª Brigada Blindada soviética rechaçou as incursões seguintes. Por acaso esse fato invalida nossos Goliaths? De modo algum. Apenas não tínhamos Goliaths suficientes.

útero-trincheira, escrevendo cartas que nunca chegariam. Eu respeitava esse tipo de futilidade.

Não me dignei a responder e voltei a rastejar, mordendo a correia do capacete, e segui em frente até encontrar abrigo atrás do casco carbonizado de um tanque Tiger, cuja torre de tiro se erguia ao dobro da altura que eu alcançava de pé. Agora disparavam contra nós com rifles antitanque, mas às cegas. Se Dancwart estivesse aqui, teria aberto fogo com seu oitenta e oito! O velho ficou bem atrás de mim. Ficamos juntos escondidos ali, observando a busca infrutífera de nossos longos raios brancos de luz antiaérea na escuridão inimiga. Quando pararam de atirar, continuamos escondidos, porque como dizia o comentário brilhante do sargento Gunther, nunca se sabe.

A aurora chegou às três. O velho repetiu: Devo mostrar como sobreviver?

Continuei sem responder. Rumo ao norte, avistei meia dúzia de Tigers em posição contra um grupo de T-34. De repente o sol cintilou sobre os canos dos canhões e nossos Tigers começaram a disparar. Mataram todos os T-34, cujos disparos, por sua vez, ricochetearam nos Tigers. Eu quis gritar de alegria, mas não me atrevi. E se os russos escutassem?

Terei de deixar você sozinho por um tempo, disse o aleijado.

Agora eu sei quem você é, respondi. Você é Wotan. Bem, não quero seu conhecimento. Não lembra como Siegfried se livra de Wotan? Eu sou Siegfried.

Isso só acontece em Wagner, ele retrucou, cansado. Está incorreto.

Começamos a rastejar na direção leste. Não consegui me livrar dele, o que era típico de mim; jamais teria qualquer chance de ser Siegfried! *Entre dois fogos*, esse era eu. Que filme-E perfeito! Lisca Malbran teria mais esperanças de representar a virilidade alemã do que o telefonista Siegfried — como Rüdiger sacudiria a cabeça perante isso!

Depois de meia hora descansamos em uma trincheira individual russa, o russo morto ainda ali dentro da cintura para baixo, o resto do corpo sobre o trigo pisoteado; ainda mal fedia, e o casquete lhe cobria os olhos, de modo que não precisamos estabelecer qualquer relacionamento com ele.

A ruína nunca morre, disse o velho.[20]

Continuei sem responder. Mordemos a língua e seguimos adiante com nossos capacetes.

Na trincheira seguinte havia um morto nosso, e ao lado dele um equipamento de comunicação! Ansiando por escapar daquela situação desesperadora, de repente me vi tentando falar com FREYA no telefone coberto de lama; nem preciso dizer que o inimigo tinha cortado o fio.

Eu entendia muito bem o que o aleijado esperava de mim. Queria me fazer sentir angústia, me deixar suspenso entre as zonas até eu crescer. Mas eu estava determinado a não sofrer qualquer mudança; isso teria sido desleal com meus próprios sofrimentos.

8.

Permita que eu me estenda sobre isso: a perseverança sempre está correta, mesmo quando inflama o lado oposto. Aprendi com os contos de fadas da avó Elsa que é preciso seguir sem a menor divergência os conselhos de raposas, peixes, sonâmbulos, corvos, telefones, anões esfarrapados; além disso, esse conselho se torna ainda mais válido quando se disfarça de disparate: ao roubar o cavalo dourado, sele o animal com os arreios gastos, e não com o arnês cravejado de joias que pende do outro gancho. Quando raptar a Princesa Dourada, que se oferece para acompanhá-lo de boa vontade sob a condição de permitir que ela se despeça dos pais, é isso mesmo que você deve proibi-la de fazer. Seja firme; deixe-a chorar! Em outras palavras, a recompensa só chegará para quem obedecer de modo cego e fiel.

Eu mesmo sempre estive disposto a me submeter, em especial a mulheres. Ainda assim, em meus momentos de fraqueza, enfraquecido ainda mais pelas insinuações traiçoeiras de Rüdiger, comecei a sentir que a obediência impensada, aquela que chamamos de "obediência de cadáver", nos fez perder Moscou e Stalingrado; ainda não nos tinha conquistado Leningrado; nem permitiria que se dissesse que a Operação Cidadela estava progredindo bem. Em resumo, minha crença no sonâmbulo tinha morrido. Mas *ele* acreditava! Mantinha a Central Europa unida enquanto dormia! FREYA teria entrado em curto-circuito sem ele. Meu telefone de campanha zumbiu cliques em código de outra vitória iminente: ele obrigaria o inimigo a recuar...

Um tempo atrás, quando o Fremde Heere Ost o alertou de que os russos estavam lançando setecentos novos tanques por mês contra nós, o sonâmbulo respondeu: "Os russos estão mortos!".[21]

E se dizer algo tornasse aquilo realidade? E se sacrificar o 6º Exército em Stalingrado correspondesse a selar o cavalo dourado com couro em farrapos? E se a Operação Cidadela conquistasse a Princesa Dourada para nós somente e apenas se nos sacrificássemos?

Quando as quatro dúzias de homens de ébano acorrentados aparecerem, você não deve responder quando perguntarem seu nome. Deve permitir que primeiro o espanquem e depois lhe decepem a cabeça. Ao ser cercado por T-34, encare seus focinhos sem piscar. Não lhes ceda um único centímetro quadrado! Se você seguir essas ordens à risca, a serpente falante se transformará em uma princesa com quem você pode se casar, e você se tornará o Rei do Castelo Dourado.

Queria me casar com a Princesa Dourada, pensei, e me dei conta de que havia pensado em voz alta.

O velho respondeu: São as primeiras palavras sensatas que saem de você.

Infelizmente, não existe Princesa Dourada.

Na verdade, existe.

Talvez no topo da Siegessäule em Berlim...

Não, ela está bem ali, logo após o 38º Diretório de Construção Defensiva! Mas os russos não vão facilitar nem um pouco. Eles não gostam de vocês.

Bem, pode apostar, eles têm motivo, respondi. Mas eles estavam condenados a perder suas terras. É a vontade da história. Melhor começarem a nos amar, pois o que eles tinham não volta nunca mais.[22]

Então mostre a eles a vontade da história! Ou está com medo de um punhado de eslavos?

O que eu podia responder? Como não me canso de repetir, sou apenas um telefonista. Não me importo de admitir que sou um sujeito tímido. Antes de minha Lina me deixar, ou eu deixá-la (esqueci o que veio primeiro), costumávamos nos sentar em um banco diante do Landwehrkanal, e em setembro as bolotas de carvalho golpeavam o chão como disparos; às vezes percutiam nos bancos vizinhos; confesso sem problemas que ficava ansioso; um dos motivos para ela ter me deixado foi por querer um herói, enquanto eu lhe parecia um judeu.

E o que eu *acabei* respondendo? — Vou seguir em frente!, gritei.

Um russo decapitado, gotejando vermes, saltou para fora da tumba e avançou na minha direção, agarrando o ar enquanto se acercava. Eu o explodi com uma granada de mão.

9.

Quando recusei ajuda pela terceira vez, o velho desapareceu. Desmanchou-se no ar; *sumiu*, como Rüdiger, Dancwart, Gernot e Volker. Fiquei satisfeito; não queria estar em seu conto de fadas. Sem dúvida existe em algum lugar um jardim de peras douradas onde eu poderia emboscar a Princesa Dourada ou pelo menos roubar o cavalo dourado e sair cavalgando até Baden-Baden. Era nesse conto de fadas que eu preferia estar, esse que termina com meu delicioso pacote do Führer. Na situação em que eu estava, não conseguia escapar do conto de fadas narrado pelos russos, cujas bocas eram metralhadoras Degtiariov DP, que chamávamos de vitrolas por causa dos pentes de munição que pareciam discos. FREYA tentou sussurrar cliques para mim no telefone de campanha, mas foi silenciada pelos gritos dos russos. Ah, aquele conto estava ficando cada vez mais feio; como eu queria voltar para a Central Europa! Mas primeiro seria preciso sobrepujar concentrações de forças homogêneas, defesas escalonadas em profundidade, camadas hermeneuticamente infinitas de armadilhas para tanques, trincheiras individuais. E aqueles T-34, meu Deus! Por orientação do sargento Gunther costumávamos mirar nos tanques de combustível reserva quadrados, postados na traseira, mas você sabe o que aconteceu com o sargento Gunther.

Vou lutar até o último homem!, gritei, ao que dez russos mortos brotaram do solo com uma explosão e começaram a marchar para cima de mim, esmigalhando vermes entre os dentes. Até o sonâmbulo teria gritado. Eu me esquivei. Seguiram caminhando cega e penosamente até nossas linhas; os vermes haviam comido seus olhos.

Se pelo menos tivéssemos mais Tigers! Certo, eles não eram invulneráveis, mas quando andavam em grupo os T-34 não se atreviam a disparar; nessas ocasiões os T-34 se entrincheiravam e ficavam escondidos, como eu.

Munição, como qualquer força vital, é pesada; um homem só consegue carregar uma quantidade limitada. Não me atrevi a contar quanto ainda me sobrava. Uma coisa eu sabia: quanto mais fraco eu me tornava, mais fortes eles ficavam. Ali vinham mais russos! Mandei alguns para a segunda morte e escapei de outros; então seus irmãos surgiram, novos brotos de cebolas mofadas. Eu ainda tinha a cartucheira, com alguns cartuchos a postos.

Ali veio um eslavo de aparência tão maléfica quanto Raspútin, com estrelas nas platinas, e eu estava totalmente sozinho! Ele me viu; estendeu os braços na minha direção. Então esse russo tentou me beijar na boca, e como sei que isso teria significado minha morte, usei minha última granada para explodi-lo, mas ali vieram outros russos. Como o sonâmbulo tinha insistido, "os russos estão mortos!".

Era uma vez uma época em que eu era um elemento invulnerável de nossos rebanhos de viaturas blindadas de transporte de pessoal abrindo caminho pelos trigais do saliente de Kursk. Os alemães estão mortos! Se eu pelo menos tivesse algo ou alguém para vender ao diabo, pode apostar que teria feito isso, pois estava em apuros!

10.

Em seguida aconteceu uma coisa milagrosa, consegui superar a pressão incessante do inconsciente e penetrei mais uma linha inimiga. Bem, e daí? Um telêmetro estereoscópico me encarava como um par de najas com as cabeças soerguidas, e então enxerguei um russo se escondendo em meio aos girassóis; foi abatido com minha última bala! Esse ato me abriu caminho para encontrar uma anciã numa cabana com pernas de galinha; tecia algo usando vermes. Estava tentando me assustar?

Sei como ela teria sido categorizada por meu psicoterapeuta: um princípio feminino irado, o que significa (para o caso de eu ter perdido o fio da meada) uma mulher irritada, uma mulher furiosa. Mas, por minha vez, eu acreditava se tratar apenas de uma anciã numa cabana com pernas de galinha. Não existe magia, exceto no caso dos tanques Tiger.

Tome uma cumbuca de sopa, ela disse, mas recusei. Nunca coma nada no outro mundo! Perséfone belisca seis sementes de romã e se vê obrigada a passar metade de cada ano no Hades. Foi por isso que, por motivos de segurança, o Führer mandou destruir o caviar e todos os doces enviados pelo marechal Antonescu.

E o que você quer?, ela exigiu saber. Meneava a cabeça sem parar.

Nada, na verdade, respondi. Sou apenas um telefonista.

Bem, você deve estar aqui em busca de algo.

É exatamente o que eu costumava dizer ao Rüdiger.

Fiz sopa com os olhos dele. E agora você está aqui.

Citei para ela uma coisa que ouvi não lembro onde: “Ser alemão significa fazer algo por fazer”.

Ela se levantou do tear, bamboleou até a lareira e mexeu o caldo soturno e borbulhante com uma concha feita de óculos de aviador. Ah, como Rüdiger teria sacudido a cabeça! Eu, por minha vez, não conseguia deixar de me sentir ansioso. Alguma novidade nisso?

Durante esse tempo todo você esteve perseguindo o segredo da vida, disse a bruxa. Bem, isso você não vai encontrar por aqui. Mas tenho algo mais importante — o segredo da morte.

Confesso que a oferta me tentou por um instante. Dizem que é preciso encarar a escuridão; foi por isso que tivemos de atacar o Leste, para começo de conversa! E se eu pelo menos possuísse o segredo da morte, poderia ter consumado sozinho a Operação Cidadela, aplicando o que Von Manstein chama de “um *esforço nítido e concentrado no ponto decisivo*”.[23] Então FREYA me amaria. Mas e se conhecer tal segredo me transformasse? Eu estava determinado a não mudar. Para ser bem direto, eu não estava ali por escolha própria; eu era apenas um telefonista.

Perdão, eu disse a ela, mas tenho medo da morte. E a propósito, eu nem teria aceitado de você o segredo da vida. Como o conhecimento pode ser de qualquer coisa senão da morte?

Você vai se arrepender!, ela respondeu. Acho que se sentiu rejeitada.

Conteúdo rejeitado virá à tona em algum outro lugar. Meu psicoterapeuta vivia repetindo isso. Eu sei, eu sei. E minhas balas tinham acabado.

11.

Assim, rejeitei o conhecimento. Avante rumo à vitória final!

Minha maior vontade era recuperar o contato com o imenso telefone preto da Central Europa, onde residia o verdadeiro conhecimento, de uma espécie ao mesmo tempo inerte e imortal. Fui treinado a usar minha força de vontade para entrar no telefone, e erguer os olhos para a face inferior de baquelite preto e fitar as constelações de sinais e conexões tão brilhantes quanto as fagulhas nas pontas das lanças das valquírias. Então eu conseguiria me orientar; então eu saberia para onde ir, o que fazer.

Ah, eu me sentia tão sozinho, tão sozinho! Como um tanque em chamas que avança rugindo às cegas até topar com uma mina terrestre e perecer, era assim que eu me sentia; tentava me reagrupar e me reforçar, mas sem nenhum sucesso. E o céu estava sempre escuro. Ao meu redor os T-34 seguiam jorrando infinitos na direção de todos os objetivos operacionais. E FREYA havia me abandonado! FREYA era Lina, em quem de agora em diante pensarei como LINA. Para ser mais preciso, FREYA e LINA eram irmãs. Eu devia ter entendido isso antes. Somos cegos para algumas coisas até ser tarde demais. Por exemplo, a arremetida dos vermelhos contra o 23º Corpo de Panzers impediu a Divisão Grossdeutschland de participar do avanço sobre Kursk. Quem sabe? Se a Grossdeutschland estivesse por lá, talvez a Cidadela tivesse sido bem-sucedida.[24] Se LINA tivesse me amado, quais teriam sido minhas possibilidades? — FREYA e LINA eram ambas tão bonitas quanto as gotas de metal derretido que às vezes pingavam de um avião em chamas.

Em um campo de girassóis, uma nuvem de fogo pairava como um enxame de moscas sobre um Tiger morto. Então vieram carapaças arruinadas fendidas na lama, trincheiras em forma de rosca na areia chamuscada, cabos gêmeos se contraindo em espasmos num crânio, uma bobina de indução se espiralando infinita no interior da órbita ocular de alguém: o bastante para que eu enfim invocasse FREYA!

Fornecia a senha; foi por isso que ela me permitiu tocá-la. Então transmiti: Contra o que preciso me defender?

16º Exército Aéreo Russo... disse FREYA. A voz dela era ao mesmo tempo cálida e fria, ao modo espetacular e metálico do ouro.

Casamatas e posições de morteiro... LINA completou. Ela havia sido meu grande amor. Mas agora era meu dever conquistar a Princesa Dourada.

E então perdi a ambas; aquele momento infinito me foi subtraído, sentimentalizado pelas águas-fortes de Käthe Kollwitz, em que uma mulher se despede de seu menino soldado.

12.

Afundei cada vez mais em minha própria solidão. (Como tinha aprendido em minha educação total, "o objeto deve ser perseguido com fanatismo".) Soldados e metralhadoras à espreita no milharal, soldados escondidos na relva do rio esperando a vez de vadear a água em fila única, todos agora estavam às minhas costas; era raro encontrar as ruínas de tanques reviradas na lama; uma vez passei por um canhão camuflado com listras negras ondulantes, quase como a face de um relógio cuco suíço; foi uma anomalia; rastejei para além de quase tudo. Em outras palavras, agora estava nas profundezas do inconsciente, e com isso cada vez mais vulnerável a ataques de blindados em meu flanco que se alongava.

Então tomei o bocal negro, ventosa de feridas, e disquei para o Pai de Todos em Berlim! Queria contar que havia um inimigo à espera do lado de fora, um gigante de capacete; sua boca era vasta como o cano do canhão de um SU-152; acima de tudo, queria confessar que o inconsciente era demasiado para mim, mas não me atrevi, então quando o sonâmbulo surgiu na linha apenas perguntei se deveria avançar para dar apoio ao nosso flanco esquerdo ou atacar a partir da minha posição. Era o tipo de pergunta que agradava ao Pai de Todos. (Não era verdade, ele não tinha um olho só. Como eu, recusava todo e qualquer conhecimento que pudesse infectá-lo com a morte.)

Quer que eu me preocupe com uma questão tão específica?, gritou. Quando os manipuladores judeus já insinuaram seus cabos para dentro do meu telefone? Seu patife!

Sim, meu Führer!

Quero ser transferido agora mesmo ao seu oficial comandante. Vou ordenar que você seja *fuzilado*!

Sim, meu Führer. Ele morreu, meu Führer.

Então sobrou apenas você?

Sim, meu Führer.

E está disposto a prosseguir na reconquista desses territórios perdidos?

Sim, meu Führer!

Ele baixou a voz e cochichou: Você precisa tomar muito cuidado. Está cercado de judeus por todos os lados. E quanto mais você avançar para o leste, mais perto vai chegar dos asiáticos amarelos. Stálin é um deles. Não poupe ninguém, está me ouvindo? Seja justo, mas impiedoso!

Sim, meu Führer! Mas eu não tenho mais balas!

Ele pode ter batido com força o telefone preto no gancho, mas nunca acreditarei nisso. O Pai de Todos era meu amoroso Tio Wolf! De qualquer modo, agora a linha estava mais uma vez em silêncio.

O que fazer senão prosseguir? Eu só podia dar o melhor de mim. A qualquer momento, repeti para mim mesmo, eu veria mais gigantes e dragões, isso sem mencionar um castelo com uma bandeira vermelha onde um ogro estaria violentando garotas arianas. E então? Algum tipo de arma mágica, ou…

13.

O outono já me acercava. Em setembro as graciosas bolotas de carvalho em forma de bala no Tiergarten, brilhantes como unhas, começam a cair no chão e se decompor por dentro, de modo que quando Lina e eu as abríamos pareciam estar recheadas de pólvora negra e magnífica. Para mim, o outono é isso. Quando as folhas amarelam e caem rodopiando até o Landwehrkanal estão mais douradas do que nunca, pois não apenas podemos enxergar através delas como se fossem diapositivos — afinal de contas, pendem entre nós e o sol — mas agora também estão em um movimento irrevogável; oscilam, mostrando-nos o sol num canto ou outro, então despencam de repente como paraquedistas, e tudo é muito rápido; aceleram para baixo, meteoros, gotas de ouro líquido; mas assim que atingem a água, que é marrom-esverdeada na luz, azul-esverdeada na sombra, não passam de detritos; sujeira. É assim o outono, aquele triste instante dourado. O outono é a Terra de Ninguém.

Buscando nutrição nas munições dos mortos, passei por rebanhos de tanques avançando em velocidade constante pela campina rumo à floresta de plumas de fumaça no horizonte, mas não tinham o menor interesse por mim. Foram devorados por nuvens famintas que pareciam os conectores semicirculares entre notas em uma partitura de Chostakóvitch. Não posso dizer que isso não era esperado, porque a essa altura o clima estava ficando muito soturno. Enquanto isso uma revoada de Chturmoviks, escalonados em linhas paralelas, surgiu ruidosa no céu; com as estrelas vermelhas nos flancos, lembravam as folhas de bordo de setembro apanhadas por uma lufada de vento. Ah, mas será que me viram? Eu me escondi dentro de uma das inúmeras crateras com bordas brancas deixadas por suas bombas e segui em frente; meu psicoterapeuta, isso sem falar no sargento Gunther, teria ficado orgulhoso. Depois disso uma caveira falante num bunker quis me contar alguma coisa, ou me dar alguma coisa, mas, para ser sincero, eu não estava nem um pouco interessado em iluminação. Um corvo me crocitou: *Devolva a sombra aos alemães*! Atirei nele e errei.

Um veículo blindado inimigo! Aquilo era grave. Mas me esquivei; também escapei das bruxas nos campos de girassóis. Cruzando a toda uma paliçada em ruínas, com minha arma apontada para o alto, e correndo por um campo em chamas cujo cultivo eram tanques mortos, rumo a um destino obscurecido por inteiro pela fumaça, senti tanto medo que nem fiquei assustado.

14.

Depois de um longo intervalo avistei luz no horizonte, uma luz diabolicamente familiar, mas não vinha de traçantes nem explosões; quando cheguei mais perto vi que era metal; para ser mais exato, era uma muralha de placas metálicas — tampas de escotilha, escudos ou estrados de encouraçado. E a muralha estava polida, de modo que reluzia como fogo.

Bem, eu era um telefonista; ninguém poderia me enganar; eu conhecia esse tipo de sinal. Mesmo que nunca o tivesse visto, já tinha lido a respeito. Haveria uma valquíria adormecida do outro lado. Eu só teria de tirar seu elmo e... Mas que me importava? Toda valquíria algum dia vai embora voando, mesmo que tenha sido uma esposa amorosa por sete anos. Ela anseia pela guerra. Mesmo se eu soubesse como fazer joias para ela, me abandonaria. Elas sempre me abandonam, porque não passo de um telefonista.

No esforço de me codificar de alguma forma, me tornei presciente. Quase sentia os dedos dos duendes batedores do inimigo em minha nuca. Agora recebia as transmissões de uma caverna próxima, repleta de monstros! Ali vinha o primeiro deles, um T-34 com as tampas gêmeas das escotilhas redondas abertas na vertical lembrando olhos de caranguejos atônitos. E eu sabia que na Central Europa esperavam que eu enfrentasse esses T-34 para conquistar a Princesa Dourada, e eu até tinha alguma noção de como proceder (primeiro apanhar o tanque de comando, que abriga o radiotransmissor; os outros tanques podem apenas receber),[25] mas será que eu já não havia feito o bastante? Então corri em frente na direção da muralha, que brilhava com ainda mais fulgor, como uma montanha de neve. Na verdade eu estava correndo para fugir dos T-34, mas quando você foge de uma ameaça na direção de outra o mundo chamará isso de bravura.

Ah, tudo ao meu redor se tornava gélido! Aquele veículo blindado tinha voltado a me perseguir, mas derrapou no gelo e capotou; na última vez em que o vi estava rodopiando sem parar de cabeça para baixo, até que uma imensa águia de aço com refletores no lugar dos olhos desceu a toda a velocidade e o levou embora. Mas e aqueles T-34? Melhor nem olhar!

"Vejo você a brilhar, minha amada, caótica, onisciente, desalmada Rússia."[26] Isso foi escrito por Svetlana, filha de Stálin. Ela se referia a esta muralha.

Cubos de concreto semienterrados em colinas de gelo erguidas por prisioneiros me forneciam esconderijos mágicos enquanto eu avançava serpenteando; não queria ser o *inimigo às abertas*, aquele desmascarado pelo Camarada Bukharin. Enquanto isso, a muralha havia ficado tão brilhante que eu não precisava mais abrir os olhos para enxergar. Enfim compreendi como deve ser a existência de um sonâmbulo.

A muralha era protegida por um homem feito de aço; era tão sisudo quanto o coronel-general Hoth, que eu tinha visto uma vez, talvez na *Front*, talvez na *Signal*; na minha lembrança, ele espiava os eslavos por um telêmetro duplo, embora provavelmente não houvesse eslavos à vista; experimentei o prazer de ver Rüdiger sacudindo a cabeça diante daquela fotografia colorida do coronel-general Hoth, que nunca chegamos a conhecer. Quanto a esse outro homem de aço, parecia um cavaleiro teutônico e estava sentado com as mãos metálicas entre os joelhos; os tornozelos de suas botas de aço tinham articulações fulgentes como as de uma mangueira de chuveiro de liga de níquel; nossa época deu à luz esse tipo de homem; nas décadas vindouras eu veria cada vez mais deles. Não me importo de confessar que era apavorante demais para mim!

Ele me enxergou. Veio a passos largos. Se eu tivesse uma granada, teria lançado contra ele.

Para minha sorte havia um buraco ensanguentado e sórdido por baixo da muralha — perfeito para um miserável telefonista!

Então me enfiei por ali como um verme e me vi diante do castelo, que se erguia a uma altura tão infinita quanto a da fumaça negra que sobe como fervura pela escotilha de um T-34 moribundo.

Eu deveria ter perguntado a alguém qual o próximo passo. Mas a quem? Não ao velho aleijado que sabia de tudo e não parava de insinuar que eu só precisava acreditar nele; não à bruxa velha ou à caveira falante. Tentei perguntar ao Pai de Todos, mas você sabe no que isso deu. LINA teria sabido. Uma vez ela até viajou para o Leste; estava estudando linguística. Mas tanto LINA quanto FREYA estavam fora de serviço. Em resumo, eu não tinha nada; eu não era nada.

Assim mesmo minha Princesa Dourada estava à minha espera na entrada, sozinha.

Por quê? Por que uma mulher faria qualquer coisa por um homem que não é um herói? Porque ela tinha pena de mim.

15.

Quando olhamos para cima na direção da deusa da vitória no topo da Siegessäule, percebemos sua feminilidade graciosa; ela estende sua guirlanda dourada com ternura e majestade ao mesmo tempo, mas não vemos a expressão em seu rosto dourado. Ela fica alta demais, distante demais. Foi isso que senti por todas as mulheres da minha vida. De sua parte, as mulheres tentaram me entender, mas o que há para ser entendido? Não sou nada além do que sou. Quando em um domingo sem vento no Tiergarten a luz do sol avança como chamas pelas folhas de um carvalho aparentemente imóvel, não há explicação. Por que não consigo sentir o vento? Por que não vejo as folhas se contraindo? Comigo e com as mulheres é exatamente assim. Rüdiger, meu duplo, também nunca conheceu as mulheres. Por esse motivo para ele o feminino se resumia no rosto quase máscara de Lisca Malbran. Lisca Malbran em *Corações jovens*, sorrindo diretamente para mim, com clarões muito brancos salpicados nos lábios cinzentos e brilhantes, não seria a Princesa Dourada? Os ombros macios e desnudos de Lisca Malbran, Lisca Malbran se inclinando recatada para a frente, fitando o herói do cinema com olhos castamente alertas; Lisca Malbran em mais um abraço calmo, meio sorridente, semiformal com Harald Holberg em *Entre dois fogos* (Rüdiger costumava dizer que odiava Harald Holberg mais que os eslavos, porque não era certo que homem algum pudesse tocá-la); Lisca Malbran na revista *Signal*, usando uma bela minissaia branca com botões que mesmo eu, a despeito de toda a minha falta de masculinidade, ansiava por arrancar do corpo dela — segurava uma corda enrolada na mão direita e mordia o lábio inferior com um sorriso determinado e doce —, aos dezessete anos Lisca Malbran era sem dúvida uma deusa da vitória, uma *Goldelse*, eu deveria dizer, pois esse é o apelido da estátua dourada em nossa Siegessäule. Lisca Malbran costumava ser mencionada quase a cada hora na época em que Rüdiger e Volker e eu nos postávamos na estrada com nossas botas reluzentes, fumando tabaco de verdade ou entoando canções enquanto assistíamos ao incêndio de mais um vilarejo.

16.

E então?, perguntou a Princesa Dourada, com as mãos nos quadris.

Sem dúvida eu deveria ter pedido que ela nos concedesse uma arma-V para que pudéssemos encerrar a guerra em nossos próprios termos, preservando todas as vitórias e triunfos. No mínimo eu deveria ter salvado Berlim. (Mas o *que* Berlim supostamente deve ser, além de castanhas e teias de aranha?) Qualquer alemão decente teria querido isso. Mas eu não era decente. Não creio tampouco que Rüdiger teria pedido uma arma-V; seu desejo mais íntimo teria sido algum tipo de conhecimento carnal. (Ela tinha cabelos escuros como o rio Vltava em um dia nublado de primavera.) Mas eu não era homem o suficiente nem para isso; eu era apenas um telefonista!

Como poderia trazê-la de volta para o Reich? O que diria FREYA e LINA, isso sem mencionar meu pai? Será que não ficaria decepcionada com a vida normal? Não, vou ser bem direto: será que não ficaria decepcionada comigo? Eu estava tão acostumado a essa altura a receber e transmitir as mensagens de outros que quando tinha sonhos eróticos com alguém, mesmo com LINA, eu me via assistindo a um filme íntimo dela quando jovem, digo realmente jovem, como Lisca Malbran, e ela estava sentada pálida, macia e perfeita com as pernas abertas e os olhos fechados e os tendões do pescoço tensionados mas os lábios entreabertos com o polegar pressionado contra a base da barriga e os outros dedos trabalhando frenéticos para levá-la ao orgasmo. Onde eu estava enquanto ela fazia isso? Conectado a uma central telefônica! Talvez ela tivesse me salvado com seu amor, mas isso também era loucura, porque se ela tivesse feito de mim algo grandioso, eu não conseguiria estar à altura; como eu poderia ser um Príncipe Dourado? Eu não era melhor ou pior do que ninguém, e todos os outros estavam sendo massacrados, então como eu teria alguma chance de ser salvo? Em resumo, o que eu faria se ela me colocasse, ou eu me colocasse, em uma posição de arriscar uma nobreza sobrenatural? Eu acabaria me matando.

Então fiz meu próprio pedido, o pedido do covarde, que era estar todas as manhãs sentado em um *Biergarten* à sombra das árvores com as viúvas idosas que não tinham nada com que se preocupar porque já haviam perdido tanto; encostavam nas xícaras de café de chicória ou agarravam os copos de Rheinwine de tempos de guerra; cochichavam nos ouvidos umas das outras sobre quais netos haviam tombado no *Ostfront*, quais judeus tinham sido levados embora; mesmo que suas casas tivessem sido destruídas por bombas, elas ainda eram afortunadas. Essa era a vida que eu queria. Não exagerei; não pedi nem ao menos bolos de creme. Ossos doloridos, solidão, a Princesa Dourada não teria de mudar nada disso. Não precisava nem servir café na minha xícara. Ah, eu era um homem fácil; estava pedindo ninharias! E se não pudesse tê-las, me contentaria em voltar a estar escondido com Rüdiger na minha trincheira em zigue-zague, com um tanque Tiger me protegendo no horizonte.

17.

Fiz meu pedido. Caí de joelhos aos pés de minha encantadora Princesa Dourada. Quando ela demonstrou clemência e não me abateu, ousei me levantar. Respirei fundo. *Felizes para sempre?*, rezei.

Quando a beijei veio súbita a percepção de que nada disso tinha sido real, e que eu tinha enxergado como rebanhos de tanques o que na verdade era uma enorme formação de folhas que avançavam rapidamente unidas sobre as calçadas próximas à Siegessäule.

18.

Em 9 de julho de 1943, quando a Divisão Caveira da SS capturou o vilarejo Outubro Vermelho, postada na linha defensiva mais interna antes da própria Kursk, objetivo da Operação Cidadela, nosso sonâmbulo deve ter pensado que não havia mais como a Princesa Dourada lhe escapar; mas em 17 de julho de 1943 ele precisou cancelar a Cidadela para resolver a nova ameaça anglo-americana na Itália. O marechal de campo Von Manstein manifestou um sonoro "eu avisei". Na primavera de 1944, foi destituído do comando pelo sonâmbulo, o que, considerando os rumos que a guerra tomou, acabou sendo uma grande sorte desse cavalheiro. Sendo um bom prussiano, aguentou a aposentadoria e a subsequente sentença de prisão com um autocontrole cheio de orgulho. Em *Vitórias perdidas*, escreve sobre a Cidadela: "E assim a derradeira ofensiva alemã no Leste terminou em fiasco, a despeito de o inimigo que enfrentava as formações de ataque do Grupo de Exércitos Sul ter sofrido o quádruplo de baixas em termos de prisioneiros, mortos e feridos".[27]

Nunca estive no Grupo de Exércitos Sul, é claro. Talvez por isso o êxito que consolou Von Manstein me deixe indiferente. Eu estava com Dancwart, que muitas vezes enxerguei vestido com sangue russo; Volker, que sempre insistia em tomar lugar no ponto mais arriscado; Gernot, que adorava combater em terreno aberto; Rüdiger, generoso até mesmo com os inimigos. Éramos todos excelentes granadeiros Panzer, com correias ao redor dos capacetes. Bem, no fim das contas, qual a diferença?

O engajamento em Prokhorovka (12 de julho de 1943) costuma ser considerado o lócus preciso de nossa derrota no saliente de Kursk. Dizem que foi a maior batalha de tanques da história, mas não tenho como confirmar; nessa época eu estava sentado num banco de praça, beijando Lisca Malbran na boca. Em algum ponto ao norte de Belgorod, num lugar onde os campos sofreram cortes profundos das lagartas escuras de nossos tanques cujas sombras eram mais escuras que sangue, nossos tanques Tiger esmagaram a relva e o trigo, decorados com cruzes negras tão escuras quanto os sulcos na luz ofuscante do verão. Mas os T-34 sugaram sua vida. Stálin tripudiou: "Se a Batalha de Stalingrado assinalou o crepúsculo do Exército fascista alemão, por sua vez a Batalha de Kursk fez com que se confrontasse com a catástrofe". —[28] Em resumo, ele concordava com Von Manstein. Bem, quem disse que a Cidadela não valeu a pena? Nossa retirada permitiu que aqueles eslavos executassem muitos de nossos colaboradores.

Depois da Operação Cidadela vieram as Operações Kutuzov e Rumiantsev, e ambas acabaram mal para nós. Tudo foi rápido como o refluxo do verdor veranil rumo a oeste; o inverno mais uma vez chegava do leste, enquanto no oeste os úmidos campos de esmeraldas insistiam que ainda era julho; as sombras verdes dos carvalhos e das tílias tinham a mesma umidade cálida do suor das axilas da minha Princesa Dourada. Já tínhamos recuado até a Linha Hagen. Acho que eu estava por lá; quase me lembro de gritar: *Salve-se quem puder! São T-34!*

Tiraram Orel de nós, mas não antes de explodirmos tudo e matarmos mais eslavos. Lá, descobriram as valas comuns e começaram a fazer propaganda contra nós. Perto do fim de agosto, Carcóvia já estava perdida. Então eles lançaram a Operação Suvorov…

Assim batemos em retirada, plantando minas terrestres que pareciam valises metálicas, e ao meu lado um coronel com trauma de guerra e olhos fundos repetia sem parar: Meu nome é Hagen. Minha tarefa é assumir a culpa. ▸

O telefone toca

Como regra geral, compor para duas vozes só funciona…
quando as dissonâncias são precedidas por uma nota comum.

Rimski-Korsakoff, *Princípios da orquestração*
(rascunho, 1891)[1]

1.

Sonhou que o enorme telefone preto tocava, e a voz em seu ouvido era dela; foi quando achou que estivesse prestes a sofrer um ataque cardíaco. Ela queria receber uma visita dele, mas ele achava que não suportaria. Com aquela voz de uma beleza dolorosa, ela afirmou precisar que ele fosse. Então ele foi, momento em que ela declarou que o que realmente precisava era que eles fossem amigos. Isso, ele respondeu, sem a menor dúvida ele não suportaria; desde que nunca, jamais, a visse, então o que tinham sido um para o outro permaneceria congelado como estava, mas assim que começassem a ser "amigos", aquilo que ele se recusava a abandonar estaria mesmo *terminado, terminado*. Estava chorando quando se levantou para deixá-la e ela, evitando, é claro, se aproximar, fitava-o com uma delicadeza implacável. Então ele desviou o rosto e começou a sair; ele na verdade saiu do sonho, acordando com lágrimas no rosto e a velha saudade o envenenando até os ossos; foi quase impossível não ir até ela naquele exato instante, ou ao menos dar um telefonema; mas, afinal de contas, todos devem cuidar do próprio trabalho até o fim.[2] Nesse meio-tempo, a familiaridade de sua angústia era um velho truque, tão confortável;

realmente, por assim dizer, o confortava de algum modo. O dependente regenerado que sente o desejo quase acredita nele, então meramente sorri; agora ele era esse tipo de sujeito; nunca tinha se livrado por completo, mas no fim das contas era melhor que o outro sentimento, o medo que também vivia dentro de seus ossos, carcomendo o esqueleto de dentro para fora ano a ano. Quanto a Elena Konstantinovskaia, tinha uma nítida lembrança do quão ciumenta ela era — ora, nunca confiou nele nem mesmo com os colegas do sexo masculino, especialmente Glikman. O que aquele homem tinha? Sua amizade não era tão próxima quanto Glikman acreditava; a propósito, qualquer pessoa que presumisse ter alguma, alguma, bem, alguma *intimidade*, digamos assim, com Dmitri Dmitriévitch Chostakóvitch era bem-vinda a sonhar o que bem entendesse; ele mesmo não se importava em blindar-se de ironia se isso pudesse, bem, a questão é que cada instante que ele passava distante de Elena a deixava mais amarga até um nível fantástico; porque do modo que ela sensatamente via as coisas, ele ainda estava morando com Nina, não estava? E ele nunca abandonaria Nina, nunca. Portanto, ele não tinha direito nenhum de subdividir ainda mais o coração mesmo com amizades inócuas, não é? Não é? Tantas vezes ele havia sentido medo de Elena! Ah, as vezes em que ela havia atirado um prato na parede simplesmente porque Sollertinski tinha telefonado, ou então pegado uma das partituras, ameaçado rasgá-la em pedacinhos por nenhum motivo que ele jamais tenha compreendido — como ele a tinha odiado, mesmo! Ou ao menos, como ele a havia temido...! Por que então ela o feriu tanto ao ir embora? Bem, sem dúvida tinha sido um choque. Ele precisava analisar esse choque sem demora.

Devo ter amado uma, digo, uma *ilusão*, pensou, o que soou tão banal que ele se perguntou em que romance ruim teria lido aquilo. Mas era verdade. E ele ainda amava. Ele a amava até o ponto da agonia. E era pior do que irremediável; ele nunca poderia...

Lembre-se, disse Glikman, tentando consolá-lo, não é como se ela tivesse deixado você. Seja lógico, Dmitri Dmitriévitch! Por que se sentir abandonado? Ela lhe propôs casamento mas você voltou para Nina. Assim não fica melhor? *Elena nunca deixou você*.

Sorrindo diabolicamente para o *querido amigo*, Chostakóvitch respondeu: Fica muito pior, seu, seu, seu fiadaputa — não, me perdoe, Isaac Davidovitch, eu... Minha nossa, que coisa rude acabei de dizer! Tire isso da memória, eu imploro; foi apenas um... Sabe, prefiro imaginar que ela me deixou, porque nesse caso eu não tive escolha. Eu não tive uma, uma *escolha* que eu...

O telefone tocou. Não era Elena Konstantinovskaia.

2.

Nossos supostos "Aliados" tinham enfim lançado a Operação Overlord contra os fascistas; haviam estabelecido uma cabeça de praia no litoral francês, na Normandia. Dá para acreditar? Sangramos até quase a morte em Stalingrado enquanto eles, você sabe. É como uma paródia. Suas estatísticas de baixas devem ser exageradas; não acredito que a França possa ser assim tão perigosa. É claro que todos damos de tudo; todos nós fazemos o possível. Quem sou eu para, para, dizer que os americanos não deveriam tocar o segundo violino? Nina diz que eu não sei de nada. Ele tentava ler sobre o acontecimento no *Pravda*, mas Maksim, que ainda não tinha deixado para trás a idade infantil de travessuras e peças, insistia em provocá-lo passando uma escova de dentes nas cordas de seu segundo melhor piano; aquele som o deixava melancólico, mas ele não sabia o porquê. Lebedinski, que havia recebido uma criação rígida, ficava chocado por ele não bater no filho, mas ele simplesmente não conseguia. — Ele está tocando os clássicos!, bradou Chostakóvitch com um esboço horrendo de sorriso; temia ser desprezado por Lebedinski por causa de sua leniência. A verdade é que ao ouvir aquele som fantasmagórico, quase erótico, que lembrava um gemido de mulher, aquilo, por assim dizer, lhe dava ideias; não seria nada mau entrelaçar aquele acorde em sua *Nona sinfonia*, que estava quase pronta, ou talvez na *Décima*. (Na verdade se materializou na aterrorizante *Décima quarta*.)

O telefone não tocou. Lebedinski ficou o olhando encarar o aparelho. Confundindo vigilância com ódio, Lebedinski, cujo cunhado tinha sido levado embora após ser convocado por um telefonema a uma reunião importante, disse: Ah, sim, Dmitri Dmitriévitch, que prazer! Ficar no aguardo do *prazer* daquela coisa, para que...

Eu sei, eu sei, interrompeu o anfitrião, alarmado. Lebedinski ficou constrangido, embaraçado. Um quarto de hora mais tarde, tinha ido embora. Chostakóvitch ficou sentado, sozinho, bebendo vodca e encarando o telefone.

Galia estava na mesa da cozinha, fazendo a lição de casa. O dever: escreva um ensaio sobre o tema "Heróis imortais da Grande Guerra Patriótica". Escolheu como seu herói imortal o oficial de ligação Putilov, baseado em Stalingrado. Diz a história que, sob fogo cerrado do inimigo, ele rastejou para consertar um cabo de comunicações. Foi metralhado pelos fascistas. Segurando com os dentes os dois fios partidos, completou o circuito e morreu. As comunicações foram restauradas.

Papai, você acha que aconteceu assim mesmo?

Acho bem interessante, Galicha, e, sabe, bem, bem educativo. Será que poderia mesmo ter acontecido? Digo, será que os elétrons... Pergunte à sua mãe. Ela é física. Você tem sorte por ela. A propósito, seu cabelo fica bem, sabe, *bonito* preso desse jeito. Como eu te amo, querida criança! Esse estilo é novo? E essa fita vermelha é muito... Mas não está bem presa. Ah, nossa! Vem cá, por favor, menina bonita, e eu vou...

Os dias se passaram. O telefone nunca tocou.

Uma cena de certo cinejornal de Roman Karmen: uma lâmpada de iluminação pública queimada pende do caule metálico como uma azeitona translúcida; neve acumulada se empilha até quase chegar ao céu. Qual era esse, mesmo? Talvez *Os homens do Sedov*. Que sensação curiosa aquela neve lhe trazia! Porque a neve, perceba, significa espera — não que eu acredite em música programática. Se ao menos o telefone, sabe, *tocasse*! Bem, bem, e agora nossos incansáveis fascistinhas alemães estavam lançando armas-V contra a Inglaterra. Às vezes ele tinha de rir...

Naquela noite, sonhou com um ídolo monstruoso cujo rosto era um telefone preto, e acordou com falta de ar. Não passava muito das quatro. Ainda faltavam horas para amanhecer o dia, mas não eram horas suficientes para que ele tivesse esperanças de voltar a dormir. Amanhã estaria imprestável. Para sua sorte, a música para dançar que haviam exigido não era complicada; conseguiria compor aquilo acordado, dormindo ou a meio caminho. Mandem-me lá para fora, e carrego os fios nos dentes; quem se importa com o que acontecer depois disso, desde que o sinal seja restabelecido? Essa é minha vida; essa é minha vida. É uma situação, como eu diria, muito típica. E quanto mais Galia acreditasse que era maravilhosa, melhor para ela.

Estava compondo o *Segundo quarteto de cordas* quando o telefone tocou. Guinchou com a mesma estridência metálica de quando havia tocado no ano anterior para anunciar que o Camarada Stálin tinha recusado o hino nacional que ele tinha composto com A. Khatchaturian. Desta vez era apenas o almoxarife do Conjunto da NKVD, informando que se ele aparecesse com uma lata ela seria preenchida com geleia; Nina andava implorando por isso, menos para Maksim que para Galia. A menina parecia ter parado de crescer, ainda que não reclamasse mais de fome. Ele compreendia que agora essa condição era generalizada, infelizmente. E Nina tinha afirmado (de forma um tanto categórica, de fato) que o mínimo que ele podia fazer era implorar alguns gramas de qualquer coisa para seus filhos, já que fazia tantos favores para estranhos. Ela se recusava a acreditar que ele amasse Galia tanto quanto amava Maksim. Na verdade, toda vez que ele pousava os olhos sobre aquela menina, se recordava de tê-la nos braços quando ainda era um bebê; lembrava-se da primeira vez em que ela disse seu nome; ele não teria a menor dificuldade em se cortar em pedacinhos se isso de alguma forma pudesse, sabe. Respondeu a Nina: Talvez eles adicionem alguns trompetes, então...

Do que diabos você está falando?

Do *telefone*, sua imbecil. Então não temos mesmo como escapar dele. E então modular...

Não tenho tempo para isso, disse Nina, como sempre dizia. Bem, ele não devia tê-la chamado de imbecil, mas por outro lado ele com frequência sentia mal conseguir...

O telefone tocou. O coração dele explodiu causando enjoo. Ergueu o fone e não ouviu nada além de um silêncio maligno. Às vezes faziam isso para se assegurar de que alguém estava em casa, quando queriam, sabe. O que ele realmente queria era encontrar um bom casaco de pele de coelho para Galicha enquanto ele ainda estava *aqui*, porque... Bem silenciosamente, recolocou o fone no gancho, pegou a valise, que continha uma escova de dentes, cuecas limpas e uns retalhos de papel pautado, saiu de casa e se postou diante do elevador, esperando muito silenciosamente por uma hora de modo que as crianças não tivessem de vê-lo sendo preso.

3.

Um dia depois de convencer o júri a conceder a Rostropóvitch o primeiro prêmio no Certame da União, o telefone tocou. Era, bem, sabe. Isso era a pior coisa, pior até do que ser preso. Ela queria saber como ele estava. Foi muito delicada. Ele não conseguiu falar com ela, infelizmente; na verdade mal conseguia, bem, sei que você entendeu. Algumas coisas são infinitas. Para sua sorte, Nina e as crianças não estavam em casa. Elena deveria saber; foi por isso que ela… Ele ficou em posição fetal e explodiu em lágrimas. ▸

Êxtase

Outra qualidade do Poema: uma poção mágica derramada em um recipiente engrossa de súbito e se transforma na minha biografia, vista por alguém em sonho ou em uma fileira de espelhos… Às vezes parece transparente, e emite uma luz incompreensível (similar à luz durante as Noites Brancas, quando tudo brilha de dentro para fora)…

Anna Akhmátova (1961)[1]

Uma vez ela disse que ele tinha sorte, e ele respondeu que sim, pensando: Tenho sorte pois às vezes me encontro com você, o que não era o que ela tinha querido dizer.

Uma vez ele quis dizer que ela também tinha sorte, pois dois homens a amavam demais, demais, mas se controlou: se ele a amava, para ela isso não era nenhum sinal de sorte, pois ela e o outro homem eram muito melhores do que ele.

Nunca podia encostar nela, era tácito.

Uma vez, em uma carta, ele perguntou se realmente não havia esperança, e ela escreveu em resposta jurando que não havia mesmo esperança nenhuma. Então ele perguntou mais uma vez. Firme, triste e não sem afeto, ela afirmou que nunca, jamais, jamais haveria qualquer esperança. Ela sentiu pena. Quanto a ele, continuou nutrindo esperanças, primeiro porque ela continuou a se encontrar com ele, às vezes sem que o outro homem soubesse, segundo porque ainda que ela costumasse murmurar *não diga isso* quando ele, incapaz de se controlar, repetia que a amava, no segundo mês deixou de contestar, meramente olhando para a mesa do restaurante ou direto para o rosto dele com uma expressão indecifrável que o fazia sentir vontade de render sua vida aos pés dela pois, como uma divindade, o havia escutado, ainda que não concedesse aquilo pelo que ele rezava; terceiro porque quando ele mencionou de passagem que havia escrito e destruído um diário dos anos imaginários em que ambos moraram juntos em uma daquelas casas que parecem ilhas brancas e estreitas nos oceanos retangulares das pereiras — uma casa muito específica, dotada de uma torre com janela com vista para o dique — ela comentou que teria lido esse diário; quarto porque ela lhe disse por vontade própria que, caso não tivesse conhecido o outro homem primeiro, eles poderiam ter sido muito felizes juntos (ainda que logo em seguida tenha começado a pensar em voz alta se de fato ela seria a mulher certa para ele); e quinto porque para ele seria insuportável demais não ter esperança nenhuma. Desnecessário dizer que ele não tinha como se divorciar de Nina.

Ela era sempre boa para ele. Sorria em silêncio diante de tanta veneração. Quando ele perguntava o que estava sentindo, ela respondia: Acho que você já entende tudo.

A esperança o deixava feliz, e os encontros dos dois quase sempre o deixavam muito feliz, ainda que às vezes o fato de que nunca poderia se casar com ela ou nem mesmo tomá-la nos braços deixava seu peito apertado de tanta agonia que ele ficava em silêncio e precisava fazer o máximo esforço para evitar as lágrimas. Nesses momentos, sempre se lembrava de sorrir para ela, que genuinamente desejava o melhor para ele e cuja bondade sobrepujava com folga a dor que ele, ridículo, seguia infligindo a si mesmo.

Ela disse: Não faz sentido esperar por mim.

Ele respondeu: Sabe, Elena, eu, eu acho que vou esperar.

Ela disse: Não espere.

Ele perguntou se a veria naquela tarde.

Sobre essa questão de tomá-la nos braços, devo explicar que algumas vezes eles trocaram abraços de olá e uma vez ela o abraçou no adeus por um longo tempo, um abraço apertado e trêmulo, que o deixou convencido de que ela não queria mais encontrá-lo, mas não era o caso, ainda que fosse verdade, ou parecesse ser, que daquele dia em diante, sempre que ele tentava abraçá-la ela cruzava os braços e passava reto, de modo que ele, nauseado pela ideia de estar forçando a barra, parou de tentar, sem saber por quanto tempo conseguiria se controlar nessa questão e ao mesmo tempo com uma certeza orgulhosa e extática de que poderia, de fato, se abster disso pelo resto da vida se fosse mesmo o que ela desejava ou esperava. Três ou quatro dias mais tarde, reuniu coragem para perguntar por que ele não podia mais abraçá-la, e ela, alisando o cabelo escuro, garantiu que ele podia, sim; tudo fora um mal-entendido; ela tinha achado que era ele que não queria. Nem tenho como descrever o quão feliz ele ficou. Além disso, naquele dia ele teve a sorte imensa de encontrá-la duas vezes; e no segundo encontro a abraçou muito apertado; passou o resto do dia em êxtase.

Uma vez, quando ele disse a ela o quanto a amava, ela respondeu: Sinto muito. (Em geral ela apenas abria um meio-sorriso e não dizia coisa alguma. Ouvia-o tão paciente e silenciosamente quanto Deus. Mas desta vez ele tinha feito isso por escrito, de modo que ela também respondeu assim.)

A ideia dele era que havia um por cento de chance de ela deixar o outro homem em dez ou vinte anos. Enquanto pudesse acreditar nisso, conseguia ser feliz com certa frequência.

O outro homem era, por definição, mais amoroso, honesto e decente que ele. Mesmo que ela passasse dos limites e se entregasse a ele, como poderia estar à altura do padrão estabelecido pelo outro homem? Mesmo que se devotasse somente a ela não seria o bastante, pois o outro homem já era devotado a ela, e a dor que ele, o adorador, causaria na mulher ao fazê-la causar dor ao outro homem seria imperdoável. Então tudo que restava era devotar-se a ela dentro dos limites permitidos pelas circunstâncias. E como essas circunstâncias determinavam que essa devoção tivesse lugar mais ou menos na ausência dela, rezava para ficar louco e viver em um mundo onde ela estaria sempre com ele. Todos os dias, o amor que sentia por ela se gravava a fogo ainda mais fundo em seu peito e sua garganta.

Era por escrito, como já falei, que eles realmente se comunicavam durante esse período, ainda que essa comunicação não tivesse como não ser dolorosa. Depois que terminaram de vez ele passou a se comunicar somente com música. Na verdade ia lhe compor uma sinfonia, mas ela explicou que a dificuldade era ele já ter lhe dado tanto de tudo exceto a única coisa que deveria ter lhe dado. Ele escreveu muitas, muitas cartas para ela, e ela escreveu três em resposta, a última das quais pediu que ele destruísse, e então ela aceitou mas nunca mais respondeu às cartas dele, que no fim das contas diziam todas a mesma coisa. Seus encontros, infundidos por ela com histórias ocasionais e silêncios compassivos e semicomplacentes, davam a ele uma oportunidade de ser ao mesmo tempo fantasioso e egoísta. Às vezes até se esquecia da guerra. Quando não estava muito triste ou constrangido ele falava, demais, é claro, mas apenas para que pudesse dizer *eu te amo*, já que ela nunca faria isso. Ele a encarava em êxtase. Todas as vezes em que a via, o êxtase aumentava. Então ela olhava para o relógio e precisava ir embora. Ele ficava agoniado mesmo que devesse estar com os ânimos elevados por ter estado com ela, e se perguntava quando poderia vê-la novamente; ah, ele era louco por ela.

Era realmente viciado no rosto dela, e ainda assim por um longo período não conseguia se lembrar dele de modo algum, sendo tão mais brilhante que a luz do sol refletida em um corpo d'água que ele só conseguia se recordar dessa claridade ofuscante; então, depois de um tempo, como ela se recusava a lhe dar uma fotografia, começou a treinar desviar o olhar por um instante quando ainda estava com ela, lutando para sustentar na visão interior o que tinha acabado de ver (o rosto pálido, sério, macio e esguio, ah, o cabelo escuro, aquele cabelo escuro), de modo que após um esforço imenso ele começou a reter um pouco da aparência dela, ainda que, por causa da falibilidade dele, essa aparência não tivesse como não esmorecer até se tornar uma fotografia granulada e desbotada de alguma bela da corte do passado, o cabelo uma massa sólida de negro exceto por riscas paralelas de luz do sol tão distintas quanto os dentes de um pente, o traje pintado à mão docemente esvaecido, os olhos o transpassando tristes e gentis, a imagem inteira coberta pela teia de aranha de uma folha de papel tailandês semitranslúcido cujas fibras brancas oscilam no espaço laqueado entre ela e ele como larvas belíssimas; em outras palavras, ela permanecia eternamente em outro lugar.

Mas, repetindo, isso não significa que ela não estivesse presente, encarando-o firme do outro lado da mesa, falando ou ouvindo. Ela se importava com ele (e mais uma vez devo enfatizar que ela não era de modo algum distante; era mais do que pena o que sentia por ele). Ele nutria esperanças e ficava imaginando que ela o amava; se apenas pudesse ter certeza disso, teria licença para viajar sem percalços pelo longo caminho de sonhos, desespero e esperanças inúteis.

Guardou absolutamente tudo que ganhou dela, é claro. Trocaram livros. Em certo momento começou a emprestar para ela alguns dos próprios livros; não é preciso dizer que teria deixado que ela ficasse com todos, mas temia que fazer isso a deixasse desconfortável, pois ela não podia se sentir muito bem recebendo as coisas que ele considerava tesouros, pois isso o deixaria sem elas (ele não se importaria) ou talvez fosse interpretado como um encorajamento indevido (com o qual ele se importaria até demais). Às vezes, inclusive, ele até conseguia de um modo educadamente silencioso dar a ela coisas que considerava tesouros, mas isso chegava às raias da desonestidade e ele não queria dizer a ela nenhuma inverdade. Por que então não comprava exemplares novinhos desses livros e resolvia a questão? Alguns estavam fora de catálogo, mas o motivo principal, mais uma vez, era que ele não queria oprimi-la dando e dando sem parar. Ela sabia o quanto ele a amava. De início não acreditava, mas agora sim (ou era o que ele pensava; ela disse que não acreditava, mas ele julgava que ela tinha dito isso para evitar encorajá-lo). Não era suficiente? Então emprestava livros para ela. Afinal de contas, um dos melhores prazeres da vida é ler um livro de perfeita beleza; mais prazeroso ainda é reler um livro desses; e o mais prazeroso de tudo é emprestar esse livro à pessoa amada: Agora ela está lendo ou acaba de ler aquela cena dos espelhos; ela, que é tão adorável, está sorvendo a mesma beleza que sorvi.

Entre os outros volumes cinzentos, vermelhos, esverdeados, negros e alaranjados de alturas variadas havia um livro branco com letras pretas com proporções perfeitas de todas as formas, ao mesmo tempo nem ostentoso nem insignificante. Era um de seus livros favoritos (não podemos dizer que era *o* favorito porque sua vida ainda não havia chegado ao fim). Ele mencionou o livro, e ela se mostrou disposta a aceitá-lo; era gentil a esse ponto, de ler o livro que ele amava.

No momento em que o livro passou de fato das mãos dele às dela, estavam sentados um de frente para o outro em um dos três ou quatro restaurantes onde costumavam se encontrar; e ela, tendo fitado o rosto dele com a costumeira seriedade de uma inteligência esplendorosa, examinou o livro que segurava com o mesmo ar satisfeito de posse que ele gostaria de ver quando ela olhasse para o corpo dele antes de fazerem amor, o que ela nunca, jamais faria em qualquer hipótese, não importava o quanto ambos vivessem, um fato que lhe dava vontade de emitir um som mais suave e melancólico do que qualquer grito; e então, sentado a uma distância que lhe permitiria tocar nas belas mãos em que ele não podia encostar, observou-a abrindo o livro até a página de rosto com a ilustração semicaligráfica a pincel de uma guirlanda *pongmalai* budista, feita por um artista desconhecido, provavelmente representando flores de jasmim, disposta sobre a coxa desnuda de uma mulher. Foi o momento mais íntimo que eles jamais teriam (exceto, é claro, se aquele um por cento se tornasse cem e ela o aceitasse para sempre). Ele não estaria ao lado dela quando ela de fato começasse a ler o livro; mas pelas conversas frequentes que tinham ele imaginou que seria possível ficar em dia com o trecho em que ela estivesse. Ela havia prometido começar a leitura naquela mesma noite, quando estivesse em casa com o outro homem, o que significaria que pelo menos cruzaria a fronteira do falso rosto, seguido pelos dramáticos talos duplos (conectados por uma folha) da letra inicial E.[2] E agora ela via diante de si aquelas amplas margens brancas e aquelas generosas entrelinhas brancas que encorajavam cada palavra a se envaidecer como o tesouro que de fato eram.

Devo mencionar que este belo volume, tão prazeroso de se ter nas mãos, começava sua história de um modo estonteante de tão brusco, como se o leitor tivesse acabado de emergir de um túnel escuro e chegado em outro mundo, um mundo perfeito cujo solo era uma planície quente e branca sobre a qual as palavras viviam suas vidas eternas.

Não preciso dizer nada sobre o enredo, cujas involuções (é uma história de amor obsessivo) progrediam como os terraços aninhados de uma torre cravejada de budas que se estreita à perfeição até o nada. Uma vez visitei certo *wat* em Bangcoc onde, ainda que exausto pelo calor e pela luminosidade daquele dia, fui cativado pela sensação de vagar até um lugar muito alto em meio às brumas, um platô onde explodiam rochedos floreadamente desgastados pelo tempo. Havia muitas torres, assim como neste mundo há muitos livros perfeitos.

Este livro, bem, seria errado dizer que continha tudo, mas possuía em si uma muralha branca com afrescos de figuras mascaradas, demônios e dançarinas com seios à mostra, todos usando armaduras com escamas douradas. Esses personagens, que em tese representavam os diversos tipos de seres que floresceram durante a época do autor, passavam por estranhas aventuras, é claro, e mais comentários foram escritos acerca de seus capítulos do que sobre quaisquer outros do livro, pois aos seus encontros com líderes de bandoleiros na selva, seus diálogos com o Príncipe Celeste e seus arriscados mergulhos no mar para obter a Pérola Suprema não faltava beleza e mesmo importância filosófica, mas esses personagens continuavam sendo habitantes bidimensionais de parábolas — sombras universais, sem dúvida, mas dependentes, aprisionados naquela muralha branca (que se tratava, na verdade, de páginas duplas em branco). Conquistaram amor, poder e tesouros ao seguirem o

Caminho Correto, mas a felicidade disponível a eles se baseava em uma ignorância, neles inculcada por misericórdia pelo autor, do fato de que eles não eram reais, e de que no reino do real, onde as formas verdadeiras de amor, poder e tesouro perduram para sempre, seus esforços brilhantes e planos (imagine as vidas animadas dos recortes de Matisse) nunca, jamais, jamais teriam qualquer esperança; pois os sonhos em que viviam só podiam ser transcendidos pela protagonista do livro, cuja perfeição sobrenatural começava a se evidenciar no quinto capítulo. Por ora, ele mal podia esperar que ela chegasse ao segundo capítulo, cujas palavras, conforme ele tinha lido em um dos comentários mais antigos, tinham sido dispostas de forma sintática e tipográfica para replicar folhas de nenúfar em forma de coração dentro de um vaso imenso diante de um muro dourado. Entre as folhas, nos interstícios complexos do espelho d'água, ela conseguiria encarar diretamente a zona pura sobre a qual as linhas impressas tinham sido sobrepostas com tanta uniformidade. Ele compreendia muito bem que cada frase lida por ela a deixava mais próxima do momento em que terminaria o livro, aquele momento em que a derradeiríssima gavinha do orgasmo se alonga, se adelgaça e começa a se tornar uma lembrança; mas até isso ele conseguia aceitar; ansiava apaixonado por acompanhá-la de um capítulo a outro como um amante tirando as roupas às pressas, rindo na tentativa de ultrapassar aquela que ama, que já quase terminou de tirar tudo, parada diante dele na salinha branca.

Naquela semana ele se viu sonhando menos com aquele lugar com casas que lembravam ilhas brancas, o qual, se visto do alto, a bordo de um avião, como um leitor pairando sobre um livro aberto, parece quase verde-azulado, com retângulos amarelo-vivos ocasionais de campos de mostarda, e rios de águas frescas serpenteando pela planura, as margens de relva abundante cravejadas aqui e ali de árvores. Onde os campos brilham mais verdes, ali também um dos rios às vezes também se esverdeia, mas em um ponto onde o verde ficou tão intenso a ponto de quase rivalizar com a negrura, o rio conserva o caráter lápis-lazúli original; e é ali que a torre com janelas daquela estreita casa branca se ergue sobre o pomar de pereiras para fitar o dique. Essa casa agora estava vazia. Mas ele não se preocupava; sabia onde ela estava. Estava dentro do livro branco. E enquanto morasse ali, estaria com ele. Ele estava em êxtase.

(Mandou a ela um telegrama para descobrir se já tinha chegado no capítulo da folha de nenúfar, e tinha; ela tinha entendido tudo; e ainda que ela estivesse ocupada, telefonou para ele na mesma hora, tão gentil, e conversou por quase meia hora, depois da qual ele implorou que ela lhe desse um retrato e ela respondeu, delicada: Não.)

Aquele livro, dentro do qual ele tinha entrado, era onde agora ela também vivia. Agora e para sempre seria dela.

Seu amor era agraciado por um controle perfeito. Ele sabia que nunca magoaria a ela ou ao outro homem. Podia viver sem perguntar coisa alguma. Ele a amava tanto que podia livremente abrir mão dela, se ela pedisse isso. Seu amor era bem mais perfeito do que ele era. Talvez se possa dizer que compartilhasse da mesma perfeição desse livro branco, cujas dançarinas bidimensionais (feitas surgir apenas para enfatizar a integridade da protagonista) usavam coroas douradas que se afunilavam em ferrões com nervuras forrados de lantejoulas. Seus pulsos faziam lentos movimentos de natação enquanto os devotos se ajoelham diante das espirais de incenso e das flores. E agora, no quinto capítulo, a mulher das coxas desnudas, a mesma da página de rosto, emergia de uma letra inicial E[3] e começava a dominar os outros personagens, que no fundo não passavam de reflexos fragmentados e resplandecentes de rostos em azulejos dourados.

Agora ela estava lendo o quinto capítulo. Ele se lembrava tão bem. Tinha lido em uma tarde de verão, de modo muito parecido com o que ele agora fitava o rosto dela tão profundamente, sorvendo e sorvendo seu brilho inexaurível enquanto ela o olhava gentil, e ele não conseguiu deixar de sorrir para ela porque estava tão feliz, e ela retribuiu o sorriso, os dedos esguios deslizando para cima e para baixo do copo de café. A felicidade de saber que agora ela estava naquela sala específica com os azulejos dourados onde ele tinha estado e para onde poderia voltar sempre que quisesse era uma felicidade tão intensa que ele ansiou pela morte. Toda a angústia havia se dissipado.

E agora no oitavo capítulo essa protagonista, essa mulher do livro, recebia de alguém um sofisticado *pongmalai*; consistia em duas fitas lilás, cada uma com sua própria cadeia de botões de flor brancos e botões verdes e mais botões brancos que então se mesclavam no bojo invertido de uma rosa aberta; então uma flor branca de banana do tamanho de uma maçã conduzia o olho através da lacuna até a imagem refletida, a rosa invertida, seguida por mais duas cadeias de perfumados botões de jasmim branco, cada qual com borlas de pétalas de banana. Era a cena crucial. Ela estava lendo naquele momento. E ele experimentou o êxtase de saber que, com sua perfeita inteligência, ela agora sabia que a mulher no livro era *ela*, com cada elemento visual, cada átomo tipográfico até a derradeira letra ə,[4] representando e adorando com perfeição seus atributos. ▸

Operação Hagen

"Jurei a ela que não mais lhe faria mal", retorquiu o rei Gunther, "e pretendo manter minha palavra para sempre. No fim das contas, ela é minha irmã."
"Deixe que eu assuma a culpa", respondeu Hagen.

Nibelungenlied, c. 1200[1]

1.

Obliteramos Varsóvia quarteirão por quarteirão; por que deixar que os eslavos a tomassem de volta? Preparamos tudo para dinamitar Praga, mas infelizmente ela caiu rápido demais.

Hagen, chamado de Hogni na forma mais arcaica, se opôs desde o início a atacar a Rússia. Mas era nobre demais para esconder a própria culpa. Eu o considero tão corajoso e prospectivo quanto Rommel. Ele disse: Deixe que eu assuma a culpa.

O sonâmbulo gostou disso, posso garantir! E assim Hagen foi classificado como indispensável para o esforço de guerra (tive sua carteira de identidade nas mãos, contando suas diversas suásticas e águias) — mas entre as crises ele não tinha autorização sequer para adentrar o primeiro posto de controle da Toca do Lobo. Isso indica a opinião do Alto-Comando sobre ele. Um homem de menor envergadura teria ficado ofendido, mas Hagen nunca deixou de ser realista. Ele me disse: Sei para o que estou aqui, e aceito isso. Agora vamos encher a cara no Ferradura Dourada. Segundo Himmler, a *hostess* é a última negra que sobrou em Berlim…

Ele encheu a cara; eu não. Observei uma lágrima solitária descer vagarosa por sua face.

No primeiro inverno da Operação Barbarossa, com Moscou invicta e nossos soldados morrendo congelados aos milhares, Hagen e eu fomos tomar uma cerveja no Kranzler. O lugar estava quase vazio, e também não havia café. Hagen murmurou que a sobretaxa de vinte por cento do álcool talvez fosse aumentada em breve; ele também levaria a culpa por isso.

A vendedora de cigarros, que parecia exausta, estava sentada costurando o estofado das cadeiras mais esfarrapadas usando barbante para pacotes. As linhas alemãs não andavam fortes o suficiente, agora que não passavam de papel trançado;[2] mas ainda chegavam pacotes da Suíça; todos se aproveitavam disso. A vendedora de cigarros sentia rancor dos agentes judaicos que haviam causado aquela reviravolta chocante na guerra. Piscando para mim, Hagen disse: A culpa é toda minha. Eu sou o Rei dos Judeus.

Ela lhe deu um tapa no rosto.

Hagen gargalhou e ofereceu a outra face. Uma lágrima solitária começou a brotar do duto de seu olho injetado.

Em 12 de dezembro de 1942, enquanto o sonâmbulo dizia: Não devemos abrir mão de Stalingrado sob hipótese alguma. Nunca mais a recuperaremos!, Hagen ficou em silêncio, mas depois comentou comigo: Não pense que não consigo ver o fim. Eu *sei* o que vem pela frente. — Ele viu mesmo. Mas nunca sequer piscou. Não é uma virtude?

Em 19 de julho de 1943, quando abandonamos a Operação Cidadela por considerá-la perdida, o sonâmbulo mandou chamar Hagen por telefone. Eu estava do lado oposto da Galeria de Mármore quando ele bateu o fone, mas o estampido foi alto como um tiro, então me aproximei correndo. Então vi a expressão no rosto dele. Podia ser um soldado da ϟϟ metralhando um caminhão cheio de infantes russos em vingança contra as brumas, cercos, ataques aéreos, partisans, ataques suicidas, invernos e pântanos do Ostfront. Ele me pegou olhando e gritou: *Dispensado*! Bati os calcanhares, fiz a saudação e me afastei marchando até a sala de espera, onde ainda estaria ao alcance de um chamado se ele precisasse de alguma coisa. Outro estampido! Estava tentando bater o fone até enterrar o aparelho debaixo da terra! Mas ali surgiu Hagen, imaculado, irônico, pronto para qualquer coisa. Deveria ser general, mas era apenas um coronel. Piscou para mim quando abri a porta para anunciar sua presença. Antes que eu a fechasse às suas costas, já comecei a escutar gritos e vidros se quebrando. Quando Hagen ressurgiu cambaleante, parecia ter exagerado ao doar sangue em um hospital de campanha. Suspirou: Preciso de um pouco de Pervitin para acordar...

Fomos assistir a um cinejornal no Ufa-Palast. O filme estava ultrapassado; mostrava somente vitórias. A maior parte da plateia tinha vindo somente para a atração principal: Lisca Malbran em *Corações jovens*. Dá para imaginar: senhoras idosas, homens pernetas e alguns operários pálidos — mas devo também mencionar o garotinho solitário e radiante com uniforme da Juventude Hitlerista; gritava *Sieg Heil* a cada bomba que caía. — Meu substituto, brincou Hagen.

Passeamos na Wilhelmstrasse e contamos as janelas quebradas; passamos pelas lojas com vitrines protegidas por tábuas na Potsdamer Strasse, onde ele riu com raiva: "Não devemos abrir mão de Stalingrado sob hipótese alguma". Não senti nenhuma necessidade de perguntar a ele como tudo terminaria.

A essa altura eu estava dormindo com a vendedora de cigarros do Kranzler. Ela não tinha pontos de ração nem mesmo para comprar um novo espartilho. Depois que o apartamento dela foi bombardeado, cometi o erro de perguntar se Hagen tinha algum conselho acerca de onde deveríamos morar. Ele respondeu: Há caixões de estanho na cripta.

Minha vendedora de cigarros foi convocada para trabalhar em uma fábrica de armamentos em que cada nova bala ainda era coberta de cobre, como a catedral de Berlim, mas o cobre acabou, o que também era culpa de Hagen. Então os britânicos soltaram uma bomba dez minutos antes do fim do expediente. Não consegui nem um pedaço do vestido como lembrança.

Para me distrair, Hagen me levou ao festival de Bayreuth para ver *Götterdämmerung*. No último ato, quando Gunther canta: "Não reclame para mim, mas para Hagen; é ele o varrão maldito que ceifou este herói!",[3] Hagen riu em voz alta, então chorou mais uma vez. Como ele estava de uniforme, ninguém se atreveu a mandar que ficasse quieto. Olhei para cima, na direção do camarote particular do sonâmbulo, mas a cortina estava fechada. Às vezes é melhor não saber.

2.

Ali vem Hagen pelo Portão de Brandemburgo, na frente de uma longa fila de mulheres e crianças ansiosas. A batalha de Berlim recém-terminou. Dizem que cem mil civis morreram. Os sobreviventes estão voltando. Uma mulher adentra Berlim Ocidental a passos largos, agarrando o casaco sem botões. Outra mulher, uma beleza de cabelos escuros, segura a mão do filho, o rosto confuso, em choque. Hagen salta sobre um monte de escombros e grita para todos: Fui eu! Eu perdi Berlim!

Jogaram pedras nele. Mas Hagen é invulnerável, como Judas. Blindado pela culpa com placas de aço.

Vejo Hagen em Nuremberg — é claro. Como não estaria ali? É um dos principais réus! Talvez o tenham deixado ir, pois era apenas um coronel, mas ele insiste que na verdade era general.

Nunca esquecerei da expressão no rosto do juiz Jackson quando Hagen se levantou, olhou bem para a frente e explicou com frieza: A função dos alemães na Europa, e nosso dever em si, é levar a culpa por tudo. Cometemos crimes para que o resto de vocês se sintam puros.

Em 1º de outubro de 1946 ele foi considerado culpado de todas as acusações.

O general Nikitchenko acrescentou: Os registros estão repletos de suas próprias admissões de cumplicidade. Não há nada que possa servir de atenuante.[4]

Ali estava ele, sentado na primeiríssima fila, com os piores dos criminosos de guerra; alguns vestiam uniformes, outros terno, as cabeças pendiam para a frente, como se desabassem sob o peso dos fones de ouvido, esperando a sentença ser pronunciada. Isso foi feito em ordem alfabética. Ao chegar a vez de cada um, o réu abria os olhos, endireitava a postura e se preparava, encarando os juízes. Quando a corte convocou Hagen a se levantar, porém, o rosto dele se iluminou como as luzes do Metropole na inesquecível noite em que, juntas, as *artistes* Margot e Heidi Hoffner dançaram nuas, e todos que as vimos sentimos ter compartilhado um segredo nas profundezas do abraço do blecaute de guerra.

Réu Hagen, disse o presidente, por causa das acusações pelas quais você foi condenado, o Tribunal Militar Internacional o sentencia à morte por enforcamento.[5]

Eu sabia, disse Hagen.

O psiquiatra da prisão apareceu na última tarde para registrar suas emoções. Hagen disse: Minhas emoções podem ser resumidas em duas palavras: *Déjà vu*.

O dr. Gilbert anotou essa resposta. Parecia irritado.

Tudo é culpa minha, bocejou Hagen, baforando um anel de fumaça. Eu matei todos aqueles judeus. Também senti que o dia de hoje aconteceria. Previ tudo isso lá atrás, em 1929.

Lembra-se dos testes que apliquei em você?, perguntou o médico com um tom de voz irritado. Aprendi muita coisa a seu respeito. Entre outros defeitos, você sofre de infantilismo. Por isso nunca consegue parar de brincar com os outros. Nunca assume responsabilidade por nada.

Do que diabos você está falando? Podem me punir por tudo que bem entenderem! Estou pronto. Quando você tiver problemas conjugais, fique à vontade para me culpar perante sua esposa. Eu sei bem no que *isso* vai dar.

Fechando o caderno com violência, o dr. Gilbert se levantou e esmurrou a porta da cela até o guarda abrir a porta para que saísse. Recusou-se a olhar para o condenado, mas quando a chave começou a girar, sussurrou em um tom contrariado, virando a cabeça para trás: Você não sabe quem você é. Hoje à noite, você vai morrer sem saber nem isso.

Claro que eu preferiria ser quem eu sou, disse Hagen. Mas alguma coisa sempre me faz assumir a culpa pelo que Deus fez. E se eu também for essa coisa? ▸

Adentrando a montanha

Montamos os diagramas dos agrupamentos de tropas como se fossem as coxias de um palco teatral — 1, 2, 3, 4 — recuando para dentro.

Serguei Eisenstein, *c.* 1942[1]

Antes de bater a porta atrás de si, o sonâmbulo precisava que nada mais restasse, nem mesmo a porta; nas antigas lendas nórdicas, os grandes homens adentram a montanha quando morrem, e suas vozes podem às vezes ser ouvidas em pontos com buracos no solo; mas a intenção do sonâmbulo era que depois dele não houvesse montanha, nem vozes no chão, nem chão, e certamente nem alguém sobre o chão para ouvir.

Ele pediu: Trudl, por favor, pode me trazer a pasta da Operação Espiral? Que boa menina.

(Quer saber por que se chamava Operação Espiral? A Serpente de Midgard engole a própria cauda, e depois? Para onde ela vai?)

O telefone tocou. Quatro oficiais tinham esperado tempo demais para explodir a ponte de Remagen; o inimigo havia cruzado o Reno![2]

Fuzile todos, ele ordenou.

O telefone tocou. A bacia do Ruhr logo escaparia de nossas mãos.

Inunde as minas de carvão, ele ordenou. Os judeus vão ter de esperar vinte anos até que elas voltem a ter alguma utilidade![3]

O telefone tocou. O inimigo se aproximava de Düsseldorf.

Então queime Düsseldorf, ele ordenou. Preciso sempre dizer tudo?

O telefone tocou. O gauleiter Wagner gostaria de confirmar se o sistema de distribuição de água de Baden deveria ser destruído.[4]

Confirmado, ele disse. Trudl, menina, me faria a gentileza de preparar o chá?

O telefone tocou. Speer cometeu traição.

Traga-o aqui esta noite, ele ordenou.

Quando Speer apareceu, o sonâmbulo o encarou e disse: Bormann me entregou um relatório sobre sua conferência com os gauleiters do Reich. Você fez pressão para que eles não cumprissem minhas ordens e chegou até a declarar que a guerra está perdida. Tem noção das consequências disso?

Speer, olhando para o concreto do teto como se tivesse avistado uma rachadura, insistiu que a guerra *estava* perdida.

Se você ao menos tivesse esperanças!, objetou o sonâmbulo, pois Speer era seu arquiteto. Isso seria o bastante para me deixar satisfeito…

Speer permaneceu em silêncio.

Você tem vinte horas para pensar no assunto!, gritou o sonâmbulo. Agora saia daqui; você está doente; está dispensado do meu gabinete![5]

O telefone tocou. Um oficial qualquer precisava saber o que devia ser feito com as mulheres e as crianças de seu setor depois que as casas fossem demolidas.

Diga a ele que a natureza desta luta não permite qualquer consideração com o populacho.[6]

O telefone tocou. Seu Reduto Nacional nos Alpes estava quase pronto. Sem dizer nada, ele desligou.

O telefone tocou. Göring queria garantir que a Filarmônica seria destruída com todo o resto.[7] Enquanto isso ele ouviu uma explosão distante, acima do solo.

Pegou o telefone na mesma hora, exigindo saber como os russos estavam conseguindo bombardear Berlim. O telefone explicou que os russos tinham armado uma cortina de fogo pesada e precisa sobre o aeródromo de Praga, de modo que nossa Luftwaffe se via impotente.

Então a Luftwaffe se tornou supérflua, exclamou o sonâmbulo. Todo o comando da Luftwaffe deveria ser enforcado imediatamente![8]

Bateu o fone no gancho, furioso.

O telefone tocou. — *Mein Führer*, perdemos as comunicações com Wenk. Os russos estão…

Ah, não tenho dúvidas de que eu sou o alvo deles, ele disse.

O telefone tocou. Embora Wenk ainda não pudesse ser contactado, o 9º Exército estivesse cercado e as tropas de Heinrici também estivessem fora de sintonia, o general Koller ainda assim estava pronto para dar início à contraofensiva que salvaria Berlim. O sonâmbulo ameaçou: Qualquer comandante que refrear suas tropas perderá a vida dentro de cinco horas![9]

O telefone tocou. Quando ele viria para o Reduto Nacional?

Fora de questão, ele explicou. Podem usar de algum subterfúgio para me apanhar. Não tenho nenhuma vontade de ser exibido em um museu judaico.

O telefone tocou. Seu chofer, Kempka, havia levado duzentos litros de gasolina para o jardim ao nível da rua, conforme ordenado. Os russos estavam no Tiergarten.

O telefone tocou. Bombardeiros britânicos tinham destruído o Reduto Nacional.

Viram?, ele comentou com as secretárias. Eu sempre sei o que é certo.

Sua recém-esposa, Eva, suntuosa e esplêndida como manteiga de Holstein, tinha acabado de engolir uma cápsula, de acordo com suas instruções. Estava deitada ao lado dele no sofá, os imensos olhos bovinos se enevoando. Ele levou a Walther até a cabeça e então hesitou, baixou um pouco a pistola e deu uma olhada dentro do cano, para ver o que conseguia enxergar no interior da montanha. Primeiro escuridão, depois escuridão, e então, bem lá dentro, brilhava uma luz azul e pálida que deveria vir direto da Rússia; achou que conseguiria dar uma espiada no Grand Salle de Fêtes da imperatriz Elizabeth Petrovna em Tsarkoie-Sélo, o carpete tão vasto e pontilhado de monogramas quanto a horta de beterrabas de uma fazenda coletiva, cártulas de anjos pairando indistintos no teto, então uma janela de caixilho aberta com vista para outros castelos. Logo ele tomaria posse de tudo isso.

Nesse instante o telefone tocou mais uma vez, e pela cadência do toque ele sabia que eram más notícias.

Nada de arrependimentos agora!, exclamou, sorrindo. ▸

Desnazificação

Não existem povos ruins.
Mas sem piedade,
posso afirmar…
todo povo
tem seus répteis.

Ievguêni Ievtuchenko (1962)[1]

1.

Uma longa fila de homens de expressão inflexível e capacetes de aço baixaram os estandartes de suástica até as pedras do calçamento. Foram as últimas moedas do baú do tesouro de soldados agora sumido como ouro lançado num rio. Foi onde terminou, ali no Tiergarten.

Um Lobisomem apertou um botão, e fileira após fileira de armas antitanque escondidas na grama explodiram. Estavam sem munição. Então se ouviu um tiro. O Lobisomem tinha guardado a última bala para si mesmo. Não era mais um fator.

Então deixaram Berlim marchando em coluna, dando adeus aos prédios em ruínas que tão poucos veriam novamente; estavam indo para o leste, entenda. Logo aprenderiam sobre as secreções esbranquiçadas dos pulmões tuberculosos; virariam especialistas em observar o avivamento do rosto de um prisioneiro moribundo. (Tinham observado a morte de eslavos, mas isso era diferente.)

A Central Europa, limpa pelo fogo, agora podia se tornar tão ampla e branca quanto a Stalin-Allee na nova Berlim de nossa zona soviética, cujos cidadãos minúsculos se perdem entre árvores e cubos maciços de apartamentos na direção da torre distante do futuro. Com a chegada do Exército Vermelho, a Unter den Linden com seus prédios cúbicos e estátuas semelhantes a sentinelas nos tetos se tornou quase perfeita de modo instantâneo, mas não pararíamos por aí: cada novo arranha-céu seria mais alto e melhor do que quaisquer artefatos do mundo capitalista. E isso realmente aconteceu, ou pelo menos quase aconteceu, o que é o máximo de esperança que qualquer ofensiva pode ter: lembro-me das novas torres e plataformas da Universidade de Moscou, cujo matiz amarelado (graças ao envelhecimento dos diagramas que estudo em 2001) as dourava com uma aparência monumentalmente romana. Lembro-me do Camarada Stálin andando a passos largos pelas brilhantes passarelas úmidas do Kremlin, protegendo tudo que se encontra no interior de nossa grandiosa terra soviética. (Eu não estava lá, mas Roman Karmen filmou. Assisti a todos os seus filmes.) Às vezes era acompanhado pelo Camarada Vorochilov, com estrelas imensas nas dragonas vermelhas. Fitavam do alto as fábricas e os blocos de apartamentos de Moscou, limpos e frios, permanecendo alertas, contidos e resolutos. Agora, diante deles, chegava a fila de prisioneiros fascistas.

2.

Nossa jornada se estendeu por milhares de quilômetros, às vezes em vagões de trem sem janelas, o resto do tempo a pé. A maior parte de nós se lembrava de como tinha sido da primeira vez, com Ivans e Natachas tropeçando diante de nossos Panzers, carregando seus pertences nas costas. O sonâmbulo havia dito: Não esqueçam quem são os senhores! E o marechal de campo Von Manstein caminhava ao nosso lado sorrindo e alerta, com as mãos nos bolsos. Mas todas as vitórias caíram dentro do Reno, ainda que nossos Pioneiros tenham explodido todos os prédios que ainda estavam de pé. Escapamos para o oeste, e então de volta para o leste! Von Manstein semicerrava os olhos e esticava o pescoço no tribunal…

Lá na Alemanha, onde a névoa sangra lodo prateado sobre salgueiros, castanheiras e bordos, ou seja, longe demais para se imaginar, nossas irmãs se prostituíam em troca de chocolate ou goma de mascar. Como o sonâmbulo não existia mais — tinha entrado na montanha, se dizia — tínhamos sido decapitados, como a estátua de Marte na Zeughaus (fruto do impacto direto de um canhão russo). Mancamos até o leste, e às vezes usavam porretes para espancar nossos rostos ou soltavam uma rajada de metralhadora sobre nós.

Bem, eles são os vitoriosos, então devem ser a raça superior. — Era assim que tentávamos explicar as coisas para nós mesmos. Éramos cadáveres de olhos arregalados, tentando aprender as primeiras lições da vida após a morte. Primeiro quilômetro a quilômetro, depois versta a versta, fomos enfraquecendo, recuando no tempo, nos tornando desnazificados. — Nunca fui nazista, todos dizíamos.

Do alto de uma colina de pinheiros, o castelo arruinado encarava cegamente uma paisagem de telhados vermelhos e campos verdes. E aqui os russos abateram outro soldado perdido, que tombou ainda sonhando com uma Reichskreuz de mil anos, uma Reichskreuz abarrotada de pérolas e joias. A essa altura já sabíamos como ficar de bico calado.

O vento começou a morder nosso rosto. Zombeteiros, nossos captores citaram estes versos de Akhmátova: "Não sorrio mais. Um vento congelante me anestesia os lábios".[2]

3.

Fomos transportados ao leste em vagões fechados; viajamos por trilhos de bitola tão estreita quanto os estranhos segmentos de notas enfileiradas que têm início no compasso noventa e seis da *Oitava sinfonia* de Chostakóvitch; são para os instrumentos *Piatti* e *Cassa*. Dizem que a maioria de nós está destinada às minas. Em nossos contos de fadas da Alemanha, os mineiros eram ricos o bastante para terem pregos de ouro nas solas das botas. Bem, quem sabe? Talvez fosse ser assim. Por trem e caminhão, avançamos ainda mais para o leste. Depois tivemos de caminhar por vinte horas seguidas, sem nem um gole de água suja. Quando nos deixavam descansar, o que às vezes durava apenas uma noite, às vezes semanas inteiras, baixávamos os olhos para nossas mãos entrelaçadas e nos perguntávamos em voz alta se teríamos sido salvos por apenas mais uma mina Teller na floresta de Hürtgen.

Depois veio o desfile em Moscou, aquele suplício dos desonrados que veio antes de nos subdividirem em longas colunas de prisioneiros, que lembravam minhocas prontas a se enterrar neste ou naquele buraco no solo russo e trabalhar até morrer; marchamos pela praça Vermelha e as pessoas cuspiram em nós; mas eu tinha descoberto um truque; fingia que ainda era um dos heróis da Legião Condor, marchando pela tribuna de revista de Franco em Madri, decorada com uma suástica, com nossos braços direitos estendidos: *Sieg Heil*!

No tribunal, os guardas eram substituídos a cada duas horas. O telefone gritava como uma águia. Então fomos sentenciados em lotes. Mas uma vez, na prisão de trânsito, uma russa nos trouxe um balde de leite quente.

Depois disso veio o campo, é claro, que de início não passava de um anel de arame farpado demarcando um terreno estéril; alguns de nós, ainda amarrados, baixaram a cabeça e encararam exaustos o solo; outros olharam para o céu boquiabertos; e foram colocando mais e mais de nós ali dentro até ficar tão lotado que a única possibilidade era ficar em pé; tínhamos sido transformados em uma das gravuras de Käthe Kollwitz sobre prisioneiros do kaiser! Um de nós cochichou: Minha esposa foi campeã nacional de natação... — Eu, por minha vez, jamais mencionei minha família, que até onde eu sabia ainda vivia em sua caverna subterrânea em Colônia.

Uma injeção de adrenalina no peito pode às vezes ressuscitar um coração que parou de bater. Infelizmente, o médico do campo não tinha adrenalina. Cada cadáver se tornava verde-oliva como um veículo de transporte de tropas dos americanos.

Aqueles de nós cujas águias ainda não tinham sido arrancadas dos bolsos da frente já estavam fazendo planos para a Operação Volund. Em uma noite muito fria um de nós começou a cantar em um tenor assombroso: "Wälse! Wälse! Onde está sua espada, a espada forte que empunharei contra o destino? Explodirá de meu peito, onde meu coração furioso a oculta?".[3]

4.

E assim nós os desnazificamos, tornando possível o seguinte verbete triunfante de nossa *Grande enciclopédia soviética:*

> **Alemanha** – Um Estado (capital: Berlim) que existiu na Europa até o fim da Segunda Guerra Mundial (1933-45).[4]

A Alemanha havia desaparecido para sempre. Os dois Estados submissos que restaram poderiam facilmente ser levados a lutar um contra o outro para sempre, como nós e a Alemanha costumávamos fazer. Quanto à antiga Alemanha, ela nos fazia lembrar de tempos idos em que Moscou não era mais que igrejas, curvas de rio e carruagens abertas...

Então voltamos às nossas próprias questões. Construímos um forno a vácuo sob arco para fundir lingotes de titânio. ▸

Idílios de ponte aérea

Por três dias inteiros, durante os quais para ele o tempo não existiu, debateu-se naquele saco preto no qual estava sendo forçado a entrar por um poder invisível, invencível.

Tolstói (1886)[1]

1.

É quase impossível convencer meus netos de que no início a Cortina de Ferro era apenas isso — ainda que, agora que parei para pensar, talvez aquele material não fosse ferro. Quem já inspecionou as bolsinhas de folha de chumbo que protegem filmes dos raios X em postos de inspeção de segurança de aeroportos pode imaginar muito bem o peso anormal, isso sem mencionar a pendularidade (em oposição à flexibilidade) dessa Cortina de Ferro: agarre a perna de um cadáver recente na altura do joelho e levante; a panturrilha vai oscilar para dentro, forçando o pé a descrever o mesmo arco inevitável do pêndulo de um relógio antigo; mas é um movimento de sentido único; o calcanhar se choca contra a nádega ou a coxa e tudo termina por aí. Quando cumpríamos nosso turno na fila de saída do posto de fronteira, às vezes eu fresteava ou erguia a bainha da Cortina de Ferro apenas para dar uma espiada no lado capitalista para onde eu me dirigia; ninguém era muito rígido nessa época, e eu obviamente não estava tentando "escapar". De qualquer modo, o "ferro" ou fosse lá o que fosse aquilo devia ter uns quinze centímetros de espessura; eu só conseguia levantá-lo até a altura do tornozelo antes que o peso e a luz branca que irrompia esplendorosa se tornassem mais do que eu podia suportar, e então eu soltava, e a cortina afundava em silêncio de volta ao lugar anterior, o ímpeto amortecido de forma tão perfeita pela imobilidade que jamais poderia haver uma oscilação posterior. Segundo um palestrante americano, o *Oitavo quarteto de cordas* (*Opus 110*), de Chostakóvitch, supostamente representa a escuridão da Cortina, mas (falando apenas por mim mesmo) preciso dizer que minha sensação do lado comunista era algo bem diferente de melancolia; tudo *era* escuro, verdade, mas era a escuridão de uma tenda circense, onde tudo podia acontecer. Vou contar qual era a sensação. Sacando o pesado passaporte do bolso, já antegozando o prazer de conquistar um novo carimbo (naquela época a pictografia dos vistos da Central Europa mudava quase todo mês, em parte como resultado da situação política — qualquer símbolo podia se infectar com conotações inimigas — mas principalmente por motivos de segurança: como o mercado negro reproduzia com facilidade esses carimbos, o único recurso do poder popular nascente era trocar a estrela vermelha por uma foice azul, ou encerrá-la num retângulo), primeiro eu ouvia o barulho de respirações ao meu redor; depois, uma mão pegava meu passaporte; depois de um longo intervalo eu escutava o baque raivoso do carimbo, e aquela mão descorada e peluda voltava ao meu campo de visão, expelindo o documento de volta à minha posse. Eu dava um passo à frente. Com um brilho cegante e súbito de flashes, agentes da polícia secreta me fotografavam de perfil, e depois disso eu passava entre dois soldados cujas baionetas caladas me faziam cócegas nas orelhas; enfim eu fazia a última curva onde duas abas da Cortina (tente visualizar a fenda da saia de uma mulher) tinham sido erguidas e presas por correntes no teto para admitir um triângulo muito estreito de uma luz belíssima de tirar o fôlego através do qual cada um de nós precisava se mover com esforço, em geral não sem encardir os ombros com grafite, chumbo ou fosse lá qual fosse de fato o material da Cortina de Ferro;[2] então eu estava livre; mas o que nunca conseguirei explicar é que naquele exato instante minha cabeça ficava invariavelmente pesada; eu sentia um gosto metálico e meus lábios inchavam; uma náusea ébria roubava meu equilíbrio; e quando eu voltava a me levantar tinha a impressão de que desmaiaria. Acontecia com todos nós. Talvez alguma substância química alteradora de consciência tivesse sido liberada por um dos lados contra ou em conluio com o outro. Cambaleávamos até o posto de controle alemão-ocidental (Bornholmer Strasse) e o sol chamuscava nossas peles pálidas. Se alguém tivesse entornado areia dentro da minha cabeça eu não me sentiria tão estranho. Tínhamos esquecido de tudo! Era o gosto do sono que lambíamos dos nossos lábios. Ali estava novamente o policial com o bigode comprido com as pontas recurvadas; ele já me saudava pelo nome e carimbava meu passaporte com vivacidade adicional, pois gostava de mim; a águia da Alemanha capitalista era seu alter ego. Nunca o perdi de vista; a luz do sol brilhava severa e perfeita em seus botões metálicos; mas como se pareciam aquelas duas sentinelas do outro lado? Talvez as baionetas me incomodassem a ponto de me distrair de seus rostos. Atrás deles estaria o guarda de fronteira que carimbaria meu passaporte, dessa vez com a representação de uma marreta de pé com três estrelas de pontas aguçadas na cabeça; o funcionário alemão-oriental, contraparte do cavalheiro bigodudo da Bornholmer Strasse, havia me esquadrinhado minuciosamente de seu guichê; dizer que vi sua mão era incorreto; agora relembro um refletor em ângulo logo abaixo da fenda por onde se entregavam e recebiam documentos; essa luminosidade que feria a vista, a qual eu de algum modo associei por engano aos flashes da polícia secreta, me atingia em cheio no queixo, para que o guarda de fronteira pudesse me comparar melhor com minha fotografia por trás de sua muralha de vidro escuro; na verdade o vidro não podia ser escuro, porque me recordo de um rosto pálido, meio borrado, talvez com mais de dois olhos; devia também haver um olho na aba do quepe, porque... Mas antes dele não havia nada. Era como se eu nunca tivesse visitado o mundo por detrás da Cortina de Ferro!

Nos campos de cebola da Europa, úteros de orlas translúcidas crescem concêntricos dentro de úteros; e dentro *deles*, cresce o quê? Consigo sem dúvida me lembrar de erguer a Cortina de Ferro a partir de dentro, só para ver o brilho; ansiava por perguntar ao policial com o bigode comprido de pontas recurvadas se ele me permitiria fazer o mesmo a partir deste lado, mas então sua expressão se alteraria; ele se daria conta de que sua confiança amistosa jamais deveria ter me tocado; as coisas entre nós ficariam para sempre embaraçosas, porque alemães-ocidentais, os únicos alemães restantes, seguem as regras. O que eu deveria fazer? Porque gostaria tanto de ver! Berlim, que em tempos medievais parecia um coração escavado de uma carcaça humana, subdividido em dezessete lóbulos: Wedding, Moabit, Königsviertel e todo o resto (não importava que cada um fosse tão apertado quanto um Messerschmitt-109) —[3] Berlim agora era um coração esquartejado, as câmaras lacradas umas das outras por muralhas de sacos de areia; e agora essa Cortina de Ferro já estava adentrando os sonhos dos stalinistas, sendo elaborada na forma da areia inclinada das calhas de massacre no interior do complexo do Muro de Berlim. (Eu provoquei isso; você vai ver.) Daqui em diante o sangue alemão deve coagular; não pode mais fluir livremente. No setor francês eles cantam uma musiquinha sobre alguma coisa que acontece, alguma bela coisinha, esqueci o quê, meu francês nunca foi grande coisa mesmo, quando uma dançarina loira de Stalingrado mostra as pernas no setor soviético; acho que talvez surja um clarão de luz solar na escuridão comunista ou algo assim. A verdadeira questão é: como a mente consciente pode saber o que o inconsciente anda tramando? Num de seus discursos, o chanceler Adenauer proclamou que nesta era científica (ou seja, nuclear), a metáfora do coração se tornou obsoleta; é melhor pensar em Berlim como um cérebro; e em sua visão, a visão de Adenauer, o que está por trás da Cortina de Ferro é o cérebro reptiliano, o sistema primordial e amoral de controle involuntário que, localizado na base do crânio, pode e deve ser despachado pela Otan em uma cirúrgica *Nackenschuss* baseada em mísseis; somente assim a

Alemanha, que é a Europa e por conseguinte todos nós,* poderá se tornar inteira novamente. (Isso também é o que o Führer dizia.)

2.

A inconsciência jamais pode examinar a consciência; mas o inverso é possível, pois a consciência é *confiável*, como um avião de transporte Ju-52. Durante um pôr do sol tão roxo quanto a carteira de identidade de um agente da NKVD, passei mais uma vez por baixo da Cortina de Ferro, e dessa vez estava decidido a me aferrar com vigor às minhas impressões. Ah, o misterioso Leste! Fiquei ali por um bom tempo, não sei dizer com precisão quanto, mas lembro-me de neve e escuridão; acho que experimentei uma sinfonia que me atordoou e me acorrentou com acordes de aço, ainda que seja possível que eu não tenha ouvido a elaboração orquestral mas apenas a base, caso em que teria sido executada para mim por um gênio de óculos que tocou de memória em um piano de cauda que estava à venda, em troca de pagamento a ser feito com pão; lembro-me de ter sido beijado por alguém chamado Elena, mas não tenho mais certeza se o nome era Elena Konstantinovskaia, Elena Kruglikova[4] ou talvez Elena Rosetti-Solescu, a quem pareço associar o apelido Coca. Estou razoavelmente certo de que as calçadas estavam cintilando e brilhando por causa do gelo; creio que posso ter visto crianças me espiando de dentro de seus capuzes com bordas de pele; mas tenho um amigo alemão-ocidental (codinome HIRSCH)[5] que assina a *National Geographic*, e uma vez ele me mostrou uma matéria ilustrada sobre o Canadá, onde há um povo chamado esquimós, em cuja existência não acredito porque vivem em condições que o fenômeno de nossa Cortina de Ferro não pode explicar: luz do dia por seis meses, escuridão no restante; mas se de fato existem esquimós, então as crianças com capuzes de pele no artigo de HIRSCH podem ser germanas; ainda que igualmente plausível seja a hipótese de que as crianças que encontrei fossem cazaques; eu poderia facilmente ter avançado tão longe a leste; estava em uma terra tão profunda e ampla quando a trincheira antitanque do diabo; ouvia o tique-taque de um metrônomo.

Bem, seria Elena Konstantinovskaia ou Elena Kruglikova? E o que ela representava para mim? Guardei uma memória límpida como gelo dos chapéus apertados de peles pretas que parecem combinar com os cabelos das mulheres cazaques, então devo ter estado no Cazaquistão. Recordo-me também de garotas russas cujos ombros cobertos de peles douradas — sim, deviam estar usando pele de raposa ou talvez

* Aqui citaremos mais uma vez *Das Spektrum Europas*, do conde Hermann Keyserling, que nunca fica ultrapassado: "A Alemanha é a consciência da humanidade... o espelho do mundo".([a])

([a]) Keyserling, p. 136.

zibelina branca, então será que eu estava na ópera? — lembravam a luz do sol sobre a neve. Mas o resto estava escuro; isso eu posso jurar. — Que categoria de escuridão, você pergunta? Preta-terra como as mãos de um soldado, preta-ferro como a própria Cortina — com um gosto de azul e cinza, como de costume em metais.

Essa é a totalidade da inteligência que consegui reunir, nada mau para uma primeira viagem. Então decidi cruzar de volta para Berlim Ocidental. Ansiava por descobrir quanto sucesso teria em prevenir a ebulição dessas recordações; e talvez tivesse também uma boa quantidade de objetivos adicionais, mas não consigo lembrar. Quando cheguei à Cortina de Ferro em si, onde a escuridão é particularmente escura, o guarda de fronteira apontou a luz para mim por tanto tempo que comecei a me perguntar se ele sempre fazia aquilo; então ele perguntou: Por que esses olhos tão evasivos?

Chocado e assustado, tentando formular uma resposta, fiquei inquieto, e então o enxerguei se inclinando para a frente por trás do vidro escuro, como se eu estivesse fitando a água escura do canal de Kriukov e vislumbrasse de repente a escuridão mais escura de algum peixe ou monstro nadando em minha direção; sim, ele se inclinou para a frente e boquejou: *O que é você, na verdade?*

3.

Temi aquele funcionário; de modo que na ocasião seguinte estava determinado a escavar meu próprio caminho ilegal; nesta terra em escombros todos escavamos como coveiros, conscientes de que algum membro da ϟϟ em fuga talvez tenha parado aqui para enterrar uma espada dourada de coroação, ou até mesmo uma valise cheia de colheres de ouro e prata de um castelo de Cracóvia; todos escondemos coisas quando vemos a morte chegando, e pode até ser que, enterrando desse modo nossos tesouros, estejamos preparando a mente para nosso próprio sepultamento. Para o faraó devia ser um consolo saber que seu cetro e suas mulheres dormiriam para sempre ao seu lado. O tempo inteiro, sem dúvida, acreditamos que é possível despertar desse sono, rastejar de volta por debaixo da Cortina e resgatar nossa propriedade, que permanece (outra esperança!) escondida em segurança longe das expropriações da Comissária Morte — os seres humanos são absurdos, não?

Levantando um canto da Cortina de Ferro na vizinhança do que em breve seria chamado de *Checkpoint Charlie*, descobri escuridão ali dentro, mas estava preparado; tinha comigo a mais recente lanterna “Eagle”! Agora conseguia enxergar cúpulas, sinos, águias e janelas redondas. Meus olhos já estavam ficando pesados, mas eu também estava pronto para isso; comecei a me beliscar. Isso deve ser a Iugoslávia. Os edifícios do Império Austro-Húngaro, ainda que esburacados por bombas, se estendiam diante de mim como as páginas de um livro, com janelas no lugar das palavras. O que eu deveria ler ali? Este lugar (pelo que me disseram — iugoslavos, por coincidência) é a alma da Europa, ou pelo menos a alma eslava. Mas por que aceitar um mapa desenhado por outrem? Leve como uma bolha de sabão, sonambulei rumo ao leste. O que vi? Ou melhor, o que *não* vi? Minha história está atravancada por bricabraques visuais, nenhum dos quais importa; é tudo escombro, por assim dizer; e se eu conduzir você por uma viela onde estrelas vermelhas e aranhas vermelhas dançam sobre cordas, isso é a mera *realidade*, a qual, sendo si mesma em vez de nós, permanece inerentemente alienígena, como as belas chamas que parecem ornamentos mas traem a criança queimando sua mão. Na verdade, não existe nada nem de longe tão *real* quanto certa velha senhora de Berlim Ocidental que me encara amorosa com seus olhos fundos, agachada ao lado de sua cesta vazia; hoje em dia a encontro todas as manhãs logo antes de deslizar por baixo do Muro. É uma agente da Organização Gehlen, e seu codinome é NEY. Ela não muda nem dorme. E agora aqui estava eu na Bielorrússia; ora, ora. Deve ter sido por isso que comecei a sonhar com algo pálido — neve, talvez; bem, fosse lá o que fosse, era quase tão branco quanto as cores oficiais do Comando de Linha de Frente da Organização Todt... então me belisquei de novo. E agora o facho da minha lanterna topou com um herói eslávico sobre um cavalo de batalha empinado; o frontão estava repleto de baixos-relevos com outros eslavos; então surgiram as coroas de flores, sepulturas e piras de guerra, com o nacionalismo mantido dentro dos limites da decência comunista. Admito que a essa altura eu já estava ficando sonolento, sem dúvida alguma. Os rostos dos habitantes pareciam passar por mim como algas marinhas. De algum modo eu tinha adentrado uma multidão deles: eslavos ou figuras oníricas, seus rostos ossudos e brancos, tornados aterrorizantes por bocas negras e órbitas oculares negras e fraturadas, não paravam de me encarar de longos mantos e vestidos negros interrompidos somente pelos triângulos brancos dos pulsos que emergiam de mangas negras para entrar em bolsos negros. Pensei ter ouvido o nome Elena Kruglikova; talvez fosse Konstantinovskaia. Usando toda a força para me beliscar, descobri que uma bela mulher me beijava. Talvez eu estivesse na Tverskaia, em uma das entradinhas onde vendem brinquedos de madeira.

4.

Tudo que existiu sempre existirá. Esse é o principal consolo, ainda que espúrio, oferecido tanto pela religião quanto pela matemática. Em algum lugar ainda mais distante na Rússia, o *salon de réception* de Nicolau II sobreviveu com suas cadeiras e telas folheadas a ouro, um tapete tão ornamentado que causava tontura, em grande parte branco, como um quebra-cabeça de banquisas; e na parede, a representação de uma imensa coluna militar — estão a cavalo? — esse cômodo é tão escuro!... Alguém está saudando; parece que estamos no pôr do sol — é provável que esta área de recepção agora obsoleta tenha sido transferida, o que teria sido uma decisão inteiramente correta, para um iceberg. E essa mulher me beijando, quem quer que ela fosse, eu precisava acreditar que mesmo que a perdesse ela estaria sempre comigo. Mas isso não valeria para Chostakóvitch, porque, sabe... Elena estava me beijando, *me beijando*! E agora, onde ela estava? As pilhas da minha lanterna tinham acabado; comecei a escavar às cegas rumo ao oeste. A guerra entre a Alemanha e a Rússia tinha sido um conflito entre lava e gelo; o gelo tinha vencido, mas tudo que o gelo havia congelado até a morte e tudo que a lava havia calcinado estava a salvo em algum lugar, ou seja, na Rússia, pois Adenauer tinha provado que a Rússia é o inconsciente coletivo. Segundo a *Grande enciclopédia soviética*, volume quinze, "o amor por uma ideia", ou seja, pelo não mais "existente" conscientemente, "pode tomar a forma de um êxtase intelectual que talvez apenas seja possível em certos níveis culturais",[6] cada um necessariamente vigiado e demarcado, primeiro pela Polícia Popular, depois pela Autoridade Militar Soviética, então por fim pelas unidades aquarteladas do Exército Vermelho. Por isso a Cortina de Ferro interessava a todos.

Mas mesmo assim, quando não havia como sabermos que um dia acabaria destruída e enterrada em uma mina de chumbo em Ekaterinberg, que os pátios tornados bolchevistas da Central Europa, formados de escombros, crânios e palácios com aberturas bloqueadas por tábuas, seriam tomados por separatistas criptofascistas (entre os quais lamento incluir o alemão-ocidental NIKA, que sabotou organizações trotskistas de 1951 até ser neutralizado em 1974), ou então cair nas garras do Hotel Astoria, onde turistas americanos felizes subiam para os quartos com passamanaria, bonecas de madeira, absinto e fólios de antes da guerra, eu sentia que a Cortina de Ferro não seria eterna. E admito francamente que isso me entristecia. Uma pirâmide flamejante (para escolher um exemplo familiar dos tempos de guerra) possui uma forma específica a cada dado momento, e uma forma geral ao longo do tempo; chamamos de pirâmide apenas por conveniência; ela se debate rumo ao alto, não chegando a nenhum lugar específico, condenada ao apaziguamento. Mas uma Cortina de Ferro, caso durasse, nos daria algo para navegar do bem até o mal e voltar, mesmo que discordássemos sobre qual era qual! Bem, agora ela desapareceu, desapareceu mesmo, como as lojas de ícones de São Petersburgo antes da guerra, e agora vou contar exatamente como aconteceu.

5.

Mas primeiro é necessário mencionar que quando voltei pelo túnel para minha própria zona, bocejando e esfregando os olhos, estava dia claro, e assim me viram e as sirenes tocaram.

Então me levaram de táxi, não de Minna verde, graças a Deus, à Organização Gehlen para ser interrogado; e num cômodo sem janelas, um homem muito, muito pálido com óculos escuros me falou: Você absorveu a mentalidade russa.[7]

Como você sabe?

Tem algo de russo em você, aquela coisa emocional, sentimental, impossível de mensurar...[8]

Abriu uma pasta preta com a etiqueta vermelha e branca GEHEIM e me mostrou que meu nome tinha sido removido da lista de pessoas confiáveis. Não preciso afirmar que ele me inspirava no máximo dez por cento do terror do funcionário alemão-oriental; assim mesmo, sempre que representantes da autoridade definem minha alma não consigo deixar de me perguntar se o som estalado que escuto no porão é o pelotão de fuzilamento engatilhando; então perguntei a ele, tentando conseguir o máximo possível de informações: O que preciso fazer para voltar a ser confiável?

Matar alguém.

E depois?

Esqueceremos que você nos preocupou. Talvez você até seja pago.

A gaveta da mesa saltou como se provida de mola, e arredando duas longas pistolas pesadas e um par de esporas que pareciam rodas solares de prata (talvez tenham pertencido à cavalaria polonesa de antes da guerra), ele pescou uma Walther novinha e uma caixa de munição: Geco, 7,65 milímetros.

São especiais, declarou como um sorriso estranhamente tímido, e naquele momento eu soube que ele mesmo havia produzido as balas. (Aqueles olhos fundos naquele rosto pálido e balofo, aquela voz monótona; quem ele me lembrava?)

Abri a caixa. As cápsulas eram de latão, mas os projéteis eram todos de prata sólida.

Por lá, ele explicou, eles são todos vampiros, entende? Você precisa usar uma dessas para matar um eslavo.

Sabendo agora que eu o trairia em nome da bela mulher que havia me beijado, perguntei: Quanto a isso, nenhum problema, mas como posso me manter acordado?

Você jura defender o sistema de "antepara estanque" da Organização Gehlen?

É claro. Quer dizer, eu…

Sim ou não?

Juro.

Engula esta pílula. Você nunca mais vai dormir.

Quer dizer que não vou mais poder sonhar?

Sonhos são para covardes. Engula, e ande logo, senão terei de apertar este botão.

Tem algum líquido para me ajudar a engolir?

Líquidos são para covardes.

Entendo, respondi, fingindo engolir a cápsula. Na verdade ela ficou debaixo da minha língua. Agora eu precisava muito sair dali, porque ela começava a se dissolver. A cada momento que se passava eu dormiria um pouco pior.

Com licença, falei, mas preciso mijar.

Engula esta pílula. Você nunca…

Mas às vezes eu gosto de mijar…

Gosta? Vou anotar isso no seu arquivo. Tudo bem. No fim do corredor, mas não se esqueça que estamos de olho em você. Será que você adivinha do que mais sinto falta?

Não, respondi, me remexendo inquieto.

Das florestas de faia da Baixa Saxônia. Agora estão trancafiadas na Terra dos Sonhos. Por acaso você conhece?

Não.

Responda apenas para mim. Isto não é oficial, de forma alguma. Sabe, tem uma fila comprida de árvores sob filas compridas de névoa, com o céu interrompido entre elas, eu diria até estrangulado, e a casa do meu pai fica mais adiante; o telhado é excepcionalmente inclinado e ela é feita de pedra. Você já esteve lá?

Vou ainda mais para o leste.

Ainda mais para o leste! Você tem mesmo um dom natural! Seu codinome vai ser HINDEMITH. Não se preocupe. Vamos transformar você num homem.

Saindo às pressas do gabinete, encontrei o banheiro, me tranquei dentro de uma cabine, tirei a pílula, enrolei em papel higiênico e escondi dentro do tanque de porcelana. Para minha sorte, flutuou. Fazia anos que eu não me sentia tão desperto.

Ótimo, ele disse quando voltei. É este que você vai matar.

Mostrou a fotografia de um homem pálido, com início de calvície e óculos de lentes grossas: o compositor soviético Chostakóvitch.

Disse: É ele que está por trás de tudo isso.

Depois disse: Os pássaros no Tiergarten, a luz verde do verão no Tiergarten, vamos ter tudo isso de volta.

6.

Ora, sim, disse Chostakóvitch com uma tentativa inconstante de sorriso espirituoso, mesmo em Leningrado, mesmo aqui tão longe, por assim dizer, tão ao *norte*, ouvimos falar de, de uma interrupção, acho que se deve chamar assim; não sei ao certo se era exatamente uma *guerra*...

É claro, falei.

Fizeram minha pequena Galicha brincar de Jogo da Borboleta na escola, e naquele domingo haveria um jogo do Dínamo quando... Você acha que eu como cogumelos mágicos no café da manhã, não é?

Desafivelei minha Walther e disparei uma bala de prata na cara dele. Guinchando, murchou até se tornar uma pilha de partituras em branco chamuscadas. Depois eu acordei. Ainda estava na Alemanha Ocidental e faltavam duas horas para me inserirem na zona da minha missão.

Era uma tarde quente, de ruínas malcheirosas. Três meninos, um de cada vez, se dependuravam no cano de um canhão antiaéreo destruído. A Cortina de Ferro maculava o horizonte com sua névoa plúmbea. Caminhei devagar entre a planura dos terrenos limpos por bombardeiros, me questionando o que diabos eu de fato deveria ser ou fazer.

Quando você se separa de uma mulher, o que precisa fazer é matar o amor que sente por ela; ele deve sofrer um bloqueio e morrer de fome, como o sonâmbulo tinha intenção de fazer com Leningrado; é a única forma. Para separar Chostakóvitch deste mundo, é preciso ser igualmente enérgico. É uma mera questão de tempo e efetivos.

A Organização Gehlen tinha acabado de terminar a instalação de um cabo telefônico em um dos canais que separavam Berlim Oriental de Berlim Ocidental. Pescando o fone da água às onze e quinze da noite, falei a senha e recebi o sinal verde. (Também houve algo sobre se dirigir da Anhalter Bahnhof até Hahenklee, mas desde então acordei; não me recordo dessa parte. Acho que aconteceu mais cedo.) Lembrando como tinha sido no passado, quando o inimigo surgia do meio de árvores russas para nos assassinar, eu me sentia da mesmíssima maneira: deprimido, mas ainda assim determinado. Então cruzei o canal, uma mão depois da outra, excitado ao longo de todo o trajeto pelas leves cócegas elétricas do cabo. Do outro lado, tinham inserido uma vara para levantar uma placa da Cortina de Ferro para mim, uma questão de talvez uns trinta centímetros. Eu me insinuei sob aquela escuridão plúmbea, chutei a vara depois de passar e voltei à Terra dos Sonhos.

Esquadras de janelas estreitas, dispostas à perfeição em cada parede do mar de pedra, mobilizavam suas estreitas varandas no mundo inteiro como se fossem canhões. Era evidente que eu tinha adentrado a Cortina em Praga. Um agente pequenino se aproximou e puxou conversa, sussurrando: Tanto você como eu trabalhamos no Leste, então entendemos das coisas... — Assenti com a cabeça, enquanto sacudia as últimas gotas de água do canal do cano da minha Walther.

O posto de comando fica naquele porão, disse o agente pequenino de codinome GREINER. Infelizmente não sobrou ninguém. Ontem à noite a Guilhotina Vermelha pegou todo mundo...

Não se preocupe, falei, tentando consolá-lo. De qualquer modo é tudo um sonho. Mesmo que seja pego pela Guilhotina Vermelha, você vai acordar antes de morrer. É impossível morrer num sonho.

A menos que você morra de verdade, ele cochichou, amargo.

Bem, seria uma eventualidade, respondi. Já estava ficando sonolento, mas bem de leve — precisamente o bastante para anestesiar aquela sensação de medo. Como dizemos nós, humanos, isso não pode estar acontecendo! Autoengano é uma definição pessimista de otimismo. Eu estava confiante de que naquela noite eu faria meu trabalho e seria cortado da lista de pessoas que "preocupavam" a Organização Gehlen. Era meu novo objetivo de vida. Então apertei a mãozinha de GREINER e lhe desejei uma camuflagem duradoura. Ele bocejou e rastejou até o porão para dormir, o que a mim pareceu imprudente, mas em minha organização nós nos abstemos de dar conselhos sobre como os outros devem viver.

Meu alvo não seria difícil de encontrar, me disseram, porque ele, abre aspas, "vive em um balé de conto de fadas sem contexto humano", fecha aspas, de modo que vaguei na direção que parecia mais inumana, avançando veloz rumo ao leste sob o que um viajante do século XIX descreveu como "um céu cinza-pérola, ligeiramente azul, que emprestava uma qualidade luminosa a tudo exceto aos telhados verde-pálidos", sim, eu sabia disso, tudo transparentemente cinza, com limoeiros pintados no pano de fundo.

Chostakóvitch estava jantando com uma mulher mais jovem, uma certa Galina Ustvolskaia, sobre quem não me passaram informação nenhuma; pareciam estar ingerindo o que parecia algum tipo de peixe das cavernas gordo, cego e branco, com um quê de linguado. Ele parecia doentio e ela, irritada com alguma coisa. Para ser sincero, não gostei dela. Gemendo, meu anfitrião trancou a porta depois que entrei e capengou de volta à mesa. Quando perguntei a ele quem era, sorriu e citou a poetisa Akhmátova: "Chamam de trabalho! Isso que é vida! Ouvir música por acaso e fingir que é minha...".[9]

Ustvolskaia começou a gritar quando saquei a pistola. Dei cinco tiros na cabeça dele, que disse depois: Tem um termo musical — é, é, bem, na verdade é italiano, que talvez você não... *ma non tanto*, que, acho, significa *mas não tanto*.

7.

Então acordei numa cama de casal com lençóis engomados; no travesseiro ao meu lado dormia um único fio de cabelo comprido e escuro. Isso me deixou muito feliz, ainda que eu preferisse saber quem havia sonhado comigo; por outro lado, se eu realmente decidisse saber, poderia ter pedido informações na Organização Gehlen. Colocando nos ombros um roupão branco, abri as portas-janelas e saí para o terraço, fruindo a luz do sol sobre meus pés descalços e a vista adorável da cúpula branca e bojuda de nosso Grande Salão Popular — como era bom estar em casa de novo! Deixei meu olhar ser levado pelo amplo e branco bulevar que passa pelo Arco do Triunfo (que, é claro, é mais alto que o original francês) e então se alarga, se alarga novamente na forma de um perfeito canal branco e adentra o labirinto branco de Berlim; torna-se um istmo estreito entre torres de vigia, então se alarga em um pátio em forma de ferradura cercado pelas alas retangulares do vasto ministério branco onde nosso sonâmbulo marcha sobre nós. Nesse exato momento os responsáveis pelo meu caso bateram. Voltei para a cama às pressas e escondi a tempo, debaixo do travesseiro, o fio comprido de cabelo escuro. Eram três — GRAENER, que em nada se parecia com GREINER; HAVEMANN e PFITZNER — e entraram juntos quase tímidos, porque eu era seu herói, perceba; cercaram minha cama, sorrindo clementes. A pílula antissono estava funcionando até melhor do que o esperado, garantiram. Eu não tinha motivo para desânimo. Piscando, GRAENER deu um tapinha no meu travesseiro e acrescentou: Mais uma vez, o povo alemão precisa do romantismo.[10] Então PFITZNER ergueu a seringa: Lá vamos nós de novo! Feche os olhos! E me reinjetaram na Zona Soviética.

8.

Dessa vez eu estava ficando melhor em, em, digamos — meu Deus! Agora meus pensamentos gaguejavam como os *dele*...

Nadei pela Central Europa, que é um aquário coalhado de cascas de pedra de antigos institutos poloneses. Fui até Moscou, que bem podia ser Leningrado, encontrei Chostakóvitch e disparei até deixá-lo bem mortinho. Foi mais ou menos isso que eu fiz. Dessa vez ele estava sozinho; acho que tinha brigado com G. I. Ustvolskaia. Dessa vez terminei o serviço. Transformei Chostakóvitch em um novo homem. Quando completei minha missão digna da história mundial ele estava destruído como o leão de pedra de Potsdam e seus miolos estavam espalhados por três cômodos diferentes. Como só tinha sobrado uma bala, também fiz questão de garantir que seu coração estivesse parado. Repito: era uma mera questão de tempo e efetivos. Então deslizei a Walther de volta para o bolso do meu sobretudo. Eu já estava de saída quando ele me disse: Na verdade meu coração está, digamos, dentro daquele piano. Eu não teria me importado se na verdade você tivesse me, hã, riscado da partitura, mas infelizmente você vai ter de...

Como eu suportaria ficar olhando para ele? E o timbre daquela voz, meu Deus, meu Deus! O que ele falaria sobre mim às minhas costas? Saí para a rua coberta de neve, tentando não cair no sono entre as multidões translúcidas que se acotovelavam. Era evidente que naquela situação havia mais, como vou dizer, *complexidade* do que haviam me informado. Bem, isso não é incomum no ramo da inteligência. Será que eu estava com dificuldades de lidar com a situação? Melhor voltar agora mesmo para o escritório e requisitar um informe mais completo.

L. Moholy-Nagy escreveu certa vez: "A penetração da luz no corpo é uma das maiores experiências visuais".[11] E assim voltei para a Alemanha, a verdadeira Alemanha, onde a luz do sol era tão branca quanto as mãos de Heydrich.

9.

Quem manda no mandachuva?, quis saber o homem pálido de óculos escuros. Parecia bem mais infeliz do que eu. Sentia falta dos velhos tempos em que soldados, e não sonhos, marchavam pelo Portão de Brandemburgo. Ele me lembrou seu principal ressentimento: "Todos dançam conforme a música de Chostakóvitch".

Senti tanta vergonha dos meus fracassos que simplesmente baixei a cabeça. HAVEMANN apontou o dedo para mim e sacudiu.

De algum modo a claridade pareceu menos clara. Não havia escapatória, pois já tinha sido articulado. E se até mesmo o homem pálido estivesse condenado? Comecei a desconfiar mais dele, embora ainda me negasse a temê-lo, pois o tinha enganado com muita facilidade. Relembrando que viajei tantas vezes para o leste por vontade própria, encontrei apoio: não estava fazendo exatamente o que queria?

PFITZNER entrou na sala, carregando uma bandeja com mais balas de prata. GRAENER me trouxe um anel de invisibilidade. O homem pálido, franzindo o cenho e se levantando, me disse: Estaremos pensando em você quando estiver do outro lado.

Então me perguntei: O que *é* o outro lado?

10.

Naquela noite precisei encontrá-los na Stresemannstrasse. Fui injetado no setor russo bem diante da cúpula em ruínas da Haus Vaterland. Foram necessários seis ex-nazistas motivados para levantar a Cortina de Ferro para mim. Não havia distinção entre mim e eles, exceto pelo fato de saberem quem eram. Um deles me deu um tapa entre as omoplatas e cochichou: Graças a Deus alguém enfim está fazendo alguma coisa. — Outro colocou um cigarro americano nos meus lábios. NEY sussurrou um informe para sua cesta vazia. Então me fui. Eu me sentia tão sozinho quanto um mensageiro pedalando a bicicleta na direção do campo de tiro do inimigo.

Fiquei vagando, tentando me orientar. — Vamos ter tudo aquilo de volta, o homem pálido tinha insistido, mas o que exatamente teríamos de volta? Ele estava com saudade dos bons e velhos tempos das Garotas-Kontroll em três graus e Bubis em casacos compridos dançando com suas Mädis em bares de lésbicas? A sonolência recuou, me deixando nauseado como se eu tivesse ingerido uma ligeira overdose de algum narcótico.

Localização: Berlim Oriental. Soldados russos carregavam mensagens para dentro e para fora do que antigamente era nosso Ministério da Aeronáutica, com o Muro diante deles. Eu mal conseguia refrear a inveja que sentia desses indivíduos. Pareciam tão felizes com seus rostos enegrecidos pela fumaça e seus relógios de pulso pilhados! (Ultrassecreto: Seu Partido já planejava transformar o Café Kranzler em blocos de escritórios.)

Dessa vez eu tinha trazido comigo, disfarçada de guarda-chuva enrolado, uma das velhas *Faustpatronen* que tínhamos entregado aos velhos da Guarda de Defesa Interna nos últimos instantes; essa arma de tiro único servia para destruir tanques, e meu plano era dispará-la contra os dois pianos de Chostakóvitch, na esperança de enfim fazer seu coração parar de bater. O homem pálido de óculos escuros ficaria decepcionado se soubesse, isso se ainda não tivesse sido informado, que eu desistira de suas balas de prata. Por mais que eu quisesse agradá-lo, preferia voltar à lista de pessoas confiáveis. A pior parte era saber que eu não podia confiar em mim mesmo.

Quanto ao anel de invisibilidade, já o tinha perdido. Bem, em toda missão alguma coisa dá errado. Sem dúvida existe uma explicação científica para isso.

Quando me dei conta estava num lugar invernal cujo gelo pendente me lembrou as paredes brancas como a neve e o leito de cristal da Caverna do Amor do *Tristão* de Gottfried. Alguém estava me beijando; estou bem certo de que dessa vez era Elena Kruglikova. Então surgiram tanques separados por uma distância uniforme (três a três, lado a lado), descendo pela rua Górki. Rápido! Desviei para não ser visto. Elena pareceu decepcionada, mas apenas por um instante, porque eu não era real; ela já estava sonhando com outro alguém, talvez um certo, bem, você sabe. Onde *ele* estava? Dei uma espiada nas chaminés triplas do *Aurora* sobressaindo do gelo do porto; logo ali, a loja de departamentos Univermag comemorava Stalingrado; se eu tivesse como ver o Cavaleiro de Bronze... Belas mulheres da Guarda de Defesa Interna passaram marchando pela longa fachada do Palácio de Inverno, com os rifles apontados para o céu; ainda não haviam começado a passar fome. Então ouvi o som inimitável das unhas dos dedos de Chostakóvitch estalando sobre teclas de piano; estava prestes a tocar sua redução da *Sétima sinfonia*; Elena Kruglikova já começava a cantar. Ali estava ele! Eu o enxergava perfeitamente através de um círculo livre de gelo na janela. Que composição interessante, sem falácias atonais;[12] o Tema do Rato em especial, que me dava vontade de dançar. (Mas estou certo de que se não estivesse ouvindo às escondidas ela não teria me agradado tanto.) Esperei até que terminasse. Ele se levantou do banco do piano, fez uma mesura desajeitada, com os pulsos cerrados ao lado do corpo, e E. Kruglikova, que na vida real talvez nunca tenha se encontrado com ele (não tenho nenhuma informação confirmada a esse respeito), abriu um sorriso lustroso; usava um vestido preto de baile e um colar de lágrimas congeladas. Seus amigos aplaudiram, com isso imitando o ruído de estática de um rádio clandestino.

Perdão, perdão; não foi nada além de um *nadinha*, desculpou-se Chostakóvitch (codinome ELENKA; eu me esqueci de contar isso).

Ficando na ponta dos pés, disparei o foguete contra ele conforme planejado, seguido de fogo de metralhadora leve até todos estarem mortos, enegrecidos e esburacados como a catedral de Santa Edviges — pode apostar! Ele *já era*, como o Romanisches Café. Suas mãos decepadas fugiram correndo por dentro do piano, onde sem dúvida moravam em alguma espécie de ninho ou buraco de aranha; mas eu tinha *planos* para aquele piano! Duas granadas de mão mais tarde, ele não serviria nem para eu palitar os dentes, de tão perfeitamente pulverizado. Esperei. Com muita cautela, sangue começou a se lixiviar daquela pilha de serragem, então eu devia enfim ter acertado o coração. Então um pingente de gelo azul-celeste brotou, e pisei em cima dele.

Sei que eu deveria aceitar e simplesmente, digamos, estar, bem, *morto*, disse Chostakóvitch, inserindo com cuidado os dentes ensanguentados de volta na boca, sobretudo porque não é muita gente que escuta música hoje em dia. É tudo muito... Mas *não posso*. Tem algo em mim que não me deixa aceitar, como vou dizer, o destino.

Não consegui pensar em nada para dizer. Sem dúvida não conseguia imaginar o relatório que teria de escrever. No mesmo instante comecei a sofrer do que chamávamos de *uma crise de nervos* — traga sua própria máscara antigás! E Chostakóvitch não calava a matraca:

Talvez por causa *daquele canalha*, você sabe quem, aquele montanhista do Kremlin que escalou sua pilha de corpos; eu poderia ter sido um deles, mas de algum modo nunca consegui me render, digo, musicalmente, já que, é claro, sem dúvida me rebaixei de todas as outras maneiras possíveis — não que eu tenha entrado no Partido, pelo menos isso. Pensando bem, se você quer me matar vai ter de me fazer compor música falsa…

Pigarreando (por que não tentar ser agradável?), me arrisquei: E que tal sua "Canção das florestas", Herr Schostakowitsch? Não foi um pouco de lambeção de botas stalinistas?

De modo algum, caro amigo! E repito, de modo algum! Entenda, mesmo ali há paródia — não que *aquele canalha* jamais fosse perceber — e está intumescida de tanto autodesprezo. Mas quem desprezo esta noite é *você*. Só porque você é um monstro, precisa também ser um idiota?

Herr Schostakowitsch, estou tão cansado disso tudo quanto você.

Agora ele conseguia recolocar os óculos para me encarar. Disse: Uma ou duas vezes, bem, isso, sabe, porque fiquei repetindo para mim mesmo, ele vai aprender. Mas você não aprendeu. Isso quase não tem mais graça.

11.

Com perseverança eu o pegaria. De volta a Berlim Ocidental, tomei um remédio para dormir e sonhei com valquírias. Quando acordei fui até o escritório, onde me deram café instantâneo americano. O homem pálido não estava lá, mas alguém de codinome LEHMANN me informou que todos estavam orgulhosos de mim; até mesmo Adenauer tinha sido informado. Por acaso eu gostaria de outro café? Eu me senti *valioso*. Isso seria o divisor de águas. Melhor mesmo, pois minha existência em ambas as zonas continuava potencialmente castigável.

Eu enxergava uma longa fila de sapatos gastos marchando rumo ao leste por baixo da Cortina de Ferro, e num contra-ataque de autoconfiança disse a mim mesmo: Que esses pobres sonhadores formem fila para serem examinados; eu, por minha vez, vou entrar e sair ao meu bel-prazer; eu trabalho para a Organização Gehlen!

Se ao menos eu não tivesse perdido meu anel de invisibilidade! (Não conseguir enxergá-lo foi o problema.) Ao menos eu tinha a última fornada de balas de prata; PFITZNER me garantiu que tinham sido benzidas por um padre croata. Se eu fracassasse dessa vez, a culpa seria realmente minha. Que constrangedor Chostakóvitch me considerar um idiota! Era uma vez, em algum conto de fadas, uma época em que eu respeitava a mim mesmo, mas não me lembro quando foi, nem onde. Ao menos eu tinha uma vantagem: eu era um realista.

Às duas e dez da manhã brechei a Cortina usando um porão nas ruínas do hotel Kaiserhof. Haviam cortado uma aba de protometal cinzento, que lembrava uma fralda, e pendurado ao longo da escadaria destruída, e passar por baixo disso deu mais trabalho do que eu imaginava, de tão pesada, fria e morta; ao menos ainda não estava envenenada ou eletrificada. De qualquer modo, subi. Adeus às danças com moças arianas na Berolina Haus! Tanques arrebentados ao redor do arrebentado Reichstag, na grama banhada pelo luar ruínas por todo canto (pois a Polícia Popular ainda não tinha como ser linha dura com tudo), esta não era a Berlim que eu teria imaginado no passado, nos dias em que nossas águias de pedra voavam. Se ao menos LEHMANN estivesse aqui para repetir o quanto todos sentiam orgulho de mim!

Apesar de tudo, no instante em que cheguei ao Leste comecei a me *sentir* diferente, como se tivesse escapado de uma consciência falsa. Estavam marchando, ou deslizando, talvez seja melhor dizer, sob um estandarte que proclamava que suas vidas estavam melhores e mais alegres; fui afetado por sua emoção: a vida me parecia assim. Sonhei me casar com a proprietária daqueles cabelos longos e escuros, fosse lá quem fosse, logo que o homem pálido confirmasse minha presença na lista de cidadãos seguros. Ou talvez eu me envolvesse com especulação de moedas. Mas primeiro eu tinha de ser *precavido*. Suspeitando que Chostakóvitch pudesse me enganar de novo, resolvi manter a calma a qualquer custo; segundo qualquer cálculo esclarecido, não importava se ele conseguisse se fingir de morto mais uma ou duas vezes. No fim ele acabaria permanecendo morto. Afinal de contas, se ele não fizesse isso, como eu conseguiria transferir meu nome da lista ruim para a lista boa?

Parei para tomar uma cerveja num café em uma praça arruinada. Será que eu não tinha esse direito? Eu era um agente de boa reputação da Organização Gehlen! No rádio, Klavdia Suljenko cantava "O lenço azul". A guerra tinha morrido; essa canção envelhecia; e eu também. Mas a cerveja era boa; na verdade o gosto mais parecia algo além de água de sonho; noite a noite eu ia adotando uma postura mais realista em relação ao Leste. Por exemplo, a Cortina de Ferro era melhor para os dois lados; agora eu reconhecia. Antes a NKVD adentrava Berlim Ocidental de carro para sequestrar pessoas de quem não gostava, e assim que estivessem de volta ao setor russo ninguém podia fazer mais nada. Agora estávamos a salvo deles, e eles, a salvo de nós; por isso **A VIDA FICOU MELHOR**. Também me empolgava o modo com que essa zona havia conservado seu caráter infinito, enquadrando infinitamente campos retangulares europeus cinza-escuros de contornos brancos, às vezes prateados; esse aspecto ilimitado às vezes me lembrava dos bons e velhos dias quando sonhávamos com um verão a quem ninguém conseguiria impingir um compasso quaternário final. *Quando* a Europa de fato terminou? Nos Urais, fui advertido, havia lugares onde o mapa se amarrotava sob a forma de montanhas, e ali viviam os Gigantes do Gelo. Mas primeiro as coisas mais importantes: agora eu tocaria a *Opus 110*: "A execução de Dmitri Chostakóvitch". Coitado! Não era nada pessoal. Hora de sobrevoar ruínas e mais ruínas, me orientando (partindo do princípio de que eu tinha interesse em me orientar) pelos trilhos ferroviários paralelos tão numerosos quanto as linhas musicais de um único compasso do *Anel* de Wagner; trens compridos avançam por eles rumo ao leste, carregando prisioneiros alemães e máquinas operatrizes.

Alguém tentou me beijar, mas eu não quis saber; não me deixaria capturar por uma arapuca alemã-ocidental. A garçonete me trouxe outra cerveja.

Onde eu estava agora? Estaria bêbado ou apenas sonolento? Há quanto tempo Klavdia Suljenko tinha acabado de cantar? Eu queria beber ao som de uma voz quente; serviria a de Elena Kruglikova, mas ainda melhor seria aquela voz docemente rouca, de fumante, da musa bissexual de Chostakóvitch. Escondido no oblívio por trás de um morro de escombros, espiei uma entrada muito iluminada que era a única coisa restante de um prédio; seus contornos de tijolos partidos terminavam de forma tão distinta quanto os braços de uma estrela-do-mar; eram branco-osso em contraste com a escuridão; e no interior da entrada, mais escuridão; em primeiro plano em contraste com essa escuridão, Elena Konstantinovskaia de cabelos soltos e os olhos castanhos arregalados de tristeza e amor.

Sabendo que na Terra dos Sonhos encontramos a anima aonde quer que vamos, deixei aquela sua encarnação sofrer em paz; sem dúvida tinha acabado de se separar de Chostakóvitch. Verificação (obtida através de lentes Zeiss): lágrimas quase do tamanho de toranjas corriam por seu rosto. Aprendi com o Camarada Aleksandrov, que continua a acompanhar esse caso de perto e cujo codinome é LYALKA, que a última coisa que ela disse a ele, ou melhor, gritou ou soluçou enquanto descia as escadas, deixando nosso compositor se retorcendo na cama como um asqueroso verme de agonia (ela havia beijado sua boca, depois a testa, então a boca uma última vez; ele ficou de lábios cerrados), foi que sentia muito e que o amava. Ele gritou que também a amava. Se essas informações forem verdadeiras, e daí? Minha teoria é a seguinte: ela tinha *medo* de ficar sozinha com ele, isolada, trancada em um quarto escuro debaixo das teclas do piano. Gritou palavrões diante dele; ao menos não quebrou pratos. Ele esperava que ela *mudasse* para acomodar seu desejo! (Aqui estou pensando em Chostakóvitch ou R. L. Karmen?) Por isso ela já o havia deixado duas vezes; e naquela terceira vez, quando era ele insistindo no assunto, pediu que ela escrevesse em partituras em branco o que queria dele; ele escreveu o que precisava dela; ele concordou com tudo que ela queria dele, mas agora ela se recusava a acreditar que ele conseguiria estar à altura disso, e ela, por sua vez, não tinha como fazer o que ele queria, que era se doar ainda mais; tinha medo de ser consumida; e assim na última vez que ele foi vê-la brigaram, e não houve sexo; então na vez seguinte, que foi realmente a última, quando ela veio cuidar dele depois da primeira vez que o assassinei, ela dormiu com ele, mas apenas dormiu, e vestida; ela o abraçou, mas jamais ficou próxima o suficiente para deter a corrente de ar que soprava entre eles, e quando ele implorou que ela o abraçasse forte ela se recusou, irritada, e assim foram obrigados a se separar para sempre; quem pronunciou a frase foi ela, mas apenas quando ele pediu; e ela poderia estar disposta a continuar do jeito que estavam — pobre Elena! —, não queria perdê-lo nem magoá-lo; ela chorava e chorava enquanto descia as escadas para sempre, com lágrimas enormes escorrendo velozes pelo rosto. Não posso negar que senti vontade de consolá-la.

Mas talvez nunca tenha acontecido assim; talvez ela nunca o tenha deixado. Eu estava na Terra dos Sonhos, então talvez esteja confundindo Elena com Lina, que me deixou antes da Operação Cidadela; me esqueci do porquê; às vezes nos esquecemos de modo a, você sabe.

Bem, agora que ela o havia deixado oficialmente, eu não a magoaria se o abatesse a tiros. O tema que eu buscava incutir — renúncia, desistir de Elena, deixá-la encontrar o par ideal, seu *verdadeiro* Chostakóvitch — seria melhor representado se eu liquidasse o falso que estava no andar superior.

Como os bombardeiros americanos haviam derrubado a parede frontal daquele cenário, fiz mira, mas cada bala se transformou em uma nota musical negra que perfurou guinchando o coração dele!

Eu deveria ter imaginado que isso não o incomodaria; ele até gostou. Depois que acoplou novamente os olhos e limpou os óculos, chegou até a acenar; graças a mim, tinha agora colecionado novas dissonâncias desesperadoras para a *Opus 110*. Onde eu estava errando? Descobriria na próxima. Era uma mera questão de tempo e efetivos. Mas não me atrevi a olhar para trás, para o caso de Chostakóvitch talvez estar imitando meus maneirismos, ou até mostrando a língua.

12.

Em Berlim Ocidental passei o dia inteiro fazendo planos, ainda que a claridade me ferisse os olhos; quase ansiei pelos velhos blecautes dos tempos de guerra. Ou talvez eu apenas não suportasse mais ficar acordado. Será que ainda suportaria viver daquele jeito? Momento a momento, tento não ser repulsivo. Enfermarias de hospital abarrotadas de soldados sem pernas ou olhos, pode esquecer! A música de Chostakóvitch, tudo bem. A Otan virá nos salvar de tudo isso. Mas até termos guarnecido nosso lado do Muro, habitarei em sonhos.

Primeiro a Cortina de Ferro, depois o Gendarmenmarkt, seria bem isso. Nazistas belgas que sobreviviam às custas das vendas de seus livros de memórias para os dois lados me aconselharam a envenená-lo; mas o pequenino agente de codinome GREINER, que eu francamente começava a julgar derrotista, insistiu que os soviéticos tinham antídotos para tudo, inclusive fatos deploráveis. Comecei a recear a noite; não sabia o porquê, pois agora preferia o lado oriental; precisava da sensação de segurança e conforto que sempre me tomava quando enxergava o retrato imenso de Stálin, encimado por uma estrela, protegendo o Hotel Adlon, que tinha sido praticamente incendiado por soldados bêbados do Exército Vermelho em busca de vinho.

Mesmo assim, GREINER tinha me ensinado que a Organização Gehlen tinha o direito de levar a cabo a Operação ELENKA: Nosso alvo (você sabe de quem estou falando) era pianista no mesmíssimo sentido dos membros da infame Orquestra Vermelha, que se uniam com alemãs inocentes, nos vendiam itens do mercado negro a preços amistosos e levavam a cabo ordens em nossos escritórios por toda a Europa ocupada; ao mesmo tempo, esses subordinados fanáticos e leais, em quem confiávamos à nossa nobre maneira alemã, desempenhavam o papel de Hagen, apunhalando Siegfried pelas costas com sua miríade de lanças judeu-bolcheviques. Mas alto lá! Nosso assunto eram pianistas. Ah, sim, alugaram apartamentos em Paris, Bruxelas, até mesmo Berlim; e em horas e frequências ditadas por seu Centro, que sem dúvida chamavam de Central Europa, se aboletavam diante dos transmissores (que às vezes nos davam um trabalho imenso para localizar com precisão) e tocavam *nossas* melodias criptografadas de disposições de tropas para a Operação Barbarossa, objetivos estratégicos para a Operação Blau, embarques de trem para a Operação Cidadela. Müller da Gestapo era meu amigo. Ele dizia: Pense neles todos como judeuzinhos escuros, curvados à noite sobre os transmissores, transmitindo por cliques todos os nossos segredos mais preciosos! — Na verdade ele nunca foi meu amigo; parece que ando sonhando o sonho de outro alguém. Não consigo nem cantarolar minhas próprias canções.

Mais e mais repito para mim mesmo: Por que me dar ao trabalho? Já não fracassei em tudo? Não é melhor que eu não saiba a quem pertence aquele fio de cabelo escuro? Especialmente por tê-lo perdido há tanto tempo; tentei amarrá-lo ao meu anel de invisibilidade para dar sorte…

Chega de sonhar! Em 1950 escavamos um túnel de escuta sob a Cortina; foi a Operação Ouro. Hoje foi a aurora da Operação Azougue. Em outras palavras, a Operação ELENKA se mutará no próprio sucesso. Recitei para mim mesmo: "Precisamos basear nosso trabalho em uma presunção de vitória".

13.

Próximo estratagema: Peguei o telefone preto e liguei para ELENKA.

Amassando um pedaço de celofane contra o fone o tempo todo, para imitar estática, gritei: Camarada Chostakóvitch, Central Europa chamando! Você está convocado imediatamente ao Teltowkanal.

Mas isso é realmente, digo, obrigado, obrigado!

Amassei celofane.

E poderia, por favor, me dizer exatamente onde o, como vou dizer, esse *Teltowkanal* — oh, oh, com licença, tem alguém batendo. E se for, como vou dizer? Só um instante; só um instante!

E aquele malandro desgraçado desligou na minha cara!

Bem, nunca perca as esperanças. Exibindo meu passaporte, cruzei a Cortina legalmente, dessa vez na Friedrichstrasse, porque agora eu era ao mesmo tempo estrangeiro e diplomata. Eu era uma coluna de um homem só marchando suntuosa, fluindo até uma direção específica.

14.

Saltando em silêncio por entre as minas terrestres, cheguei a um tanque queimado, me agachei, tomei fôlego e espiei cauteloso ao meu redor para ver alemães-ocidentais trabalhando à luz de lanternas, levando embora pedras de calcário da carcaça de nossa Chancelaria do Reich com sua ferrovia especial de bitola estreita. Bem, por que não? Estava morta, e seu esqueleto semidesnudo se via flanqueado por colinas de seu próprio cascalho e poeira. Se ao menos conseguissem carregar para longe minhas últimas vaidades e ilusões! Queria me satisfazer abandonando tudo que era dúbio. Desejava me tornar um esqueleto perfeito. Sem dúvida, se pelo menos eu engolisse a pílula certa conseguiria chegar a uma zona onde a Chancelaria ainda estava de pé, e então se eu caminhasse a passos largos pela Galeria de Mármore, que era tão comprida quanto uma pista de pouso para aeronaves leves, ficaria cada vez mais distante dessa admirável noite nova de constelações de estrelas vermelhas. Infelizmente, naquele momento estavam desmantelando a Galeria de Mármore. Estavam usando as pedras para fazer lápides para heróis soviéticos. Por falar em ilusões!

Já haviam demolido a embaixada americana ao lado do Portão de Brandemburgo. Tive de rir; parecia tão sem sentido! Reabriram o teatro Volksbühne para espetáculos proletários. Rebatizaram tudo que puderam. Trocamos Bülowplatz para Horst-Wessel-Platz, e *eles* mudaram para Rosa-Luxemburg-Platz. Eu deveria ter adivinhado! Wilhelmstrasse virou Otto-Grotewohl-Strasse, e quem diabos foi Otto Grotewohl? Digamos que não foi nenhum kaiser. Se não se importam, vamos continuar chamando de Wilhelmstrasse. Eles negam as fortificações destruídas de suas memórias de guerra comemorando o futuro; faço a mesma coisa vivendo no passado. Francamente, é por isso que sempre precisaremos de dois alemães. (Mas tudo não passa de sonhos, o nada completo.) Dorotheenstrasse se tornou Clara-Zetkin-Strasse; bem, posso viver com isso; não tenho nada contra mulheres, nem mesmo contra mulheres comunistas. Se ao menos alguma delas me beijasse de novo! Mas vermelhos não têm tempo para beijos. Além disso, quem me beijaria? Sou um traidor de ambos os lados, e estou velho; meus globos oculares estão afundando no rosto, então que se dane tudo exceto aquele fio de cabelo preto que não tem como me dizer não. Roubaram a esfera cravejada de pérolas com o crucifixo dourado ligado a ela por faixas de ouro; coroaram Stálin com nossa coroa de pedras preciosas; deram a ele nossa adaga hachurada, nosso cetro de ouro. Bem que podiam enfiar no rabo de Stálin — ah, como meu humor anda maravilhoso! PFITZNER me informou que meus colegas estavam ficando decepcionados. Bem, como eu conseguiria neutralizar um alvo impossível de matar? E a propósito, o que PFITZNER tinha feito para chegarmos mais perto de nosso objetivo? Ele poderia ao menos ter obtido a cooperação de algum pequeno país neutro. Eu detestava PFITZNER. E essas minas terrestres na Wilhelmstrasse, onde ficava nosso Ministério das Relações Exteriores, essas ruínas na noite, seus pináculos e lacunas se estendendo para cima e para baixo como vãos de pontes sofisticadas, tudo isso bastava para irritar qualquer um.

Ali estava a Schauspielhaus, quase intocada. Por que ainda não tinham demolido? Uma vez vi Marlene Dietrich ali, em 1927. Agora usavam o lugar para discursos edificantes sobre cotas de trabalho. Não faz mal. Eu estava acostumado a cair no sono; aqueles discursos não me incomodariam. Além disso, o homem pálido da Organização Gehlen havia me prometido que ganharíamos tudo de volta.

Avancei e me escondi por trás de um daqueles pilares esplêndidos, que mal estavam chamuscados, e me orientei. — Não, eu tinha subestimado aqueles eslavos! A voz de Elena Kruglikova ascendeu ao céu.

15.

Foi quando me dei conta do seguinte: *eu sou a sombra de Chostakóvitch*.

Mas o que cada um de nós representa? Somos opostos, é verdade. Então, se a significância dele for adicionada à minha significância, o resultado vai ser zero? Nesse caso, por que seguir em frente?

Eu estava começando a me perguntar se a única maneira de matá-lo seria me matando.

Aquela fria zona noturna se abriu diante de mim; era ainda mais larga que o bulevar planejado pelo sonâmbulo para Berlim (humilharia a Champs-Élysées com vinte metros de vantagem); acelerei pelo espaço até encontrá-lo quando soou a meia-noite; ele parecia estar à minha espera, pois assim que flutuei pela janela, Elena Konstantinovskaia gritou e ele ergueu uma das mãos debilmente e a colocou diante dos olhos.

Foi quando descobri que de algum modo eu tinha me esquecido de carregar a pistola; não andava dormindo direito.

Disse Chostakóvitch: Sabe, caro amigo, você tem algo que eu não tenho. Você demonstra, como vou dizer, *determinação*. Eu persevero na minha música, é evidente; ninguém pode se meter nisso, mas de resto eu, bem.

Disse a ele, e estava sendo sincero: Na verdade, Herr Schostakowitsch, admiro você.

Muita gentileza; muita gentileza. Oh, como você se sujou! Você merece, bem, bem, por que incomodá-lo? Estou disposto a concordar que algo em mim precisa morrer. Como podemos acabar juntos com essa tortura? Talvez veneno…

Foi exatamente o que propus a GREINER, Herr Schostakowitsch, mas ele…

(Onde estava Elena? Tinha se dissolvido no ar. E se nunca tivesse estado ali? Eu estava ficando com muito sono.)

Você me odeia?, ele exigiu saber.

Claro que não, Herr Schostakowitsch! Acabo de dizer o quanto admiro você!

Mas eu odeio *você*. Considero você um homem perverso, terrível. Os pesadelos que causou aos meus amigos, sobretudo a, como vou dizer, Elena…

Mas isto é inofensivo; não é real!

O que você espera ganhar com a minha morte? Dinheiro? Um Prêmio Adenauer? Deve ser dinheiro. Vocês amam dinheiro por lá.

Com licença, Herr Schostakowitsch, mas estou numa lista.

Ah, ele disse. Então é isso. E para se salvar você está disposto a, a...

Implorei que me perdoasse. Eu me dei conta de que ele estava certo. Em um instante, ele tinha me voltado inteiramente contra a Organização Gehlen.

Eu me recuso a perdoar você, ele disse. Não sinto a menor pena, ah, não! Porque você foi torpe, entende. Deixe eu falar uma coisa: como todos os assassinos, você é, como vou dizer, *otimista* demais.

Em meu agora habitual estado de desgraça e desespero (nunca vou me esquecer de como Elena Konstantinovskaia me olhou antes de se desvanecer), eu me afastei dele, vagando rumo ao oeste em meio a diversas colinas de escombros cravejadas de lanças de aço. Então ele me odiava! Eu me perdi em uma confusão de tijolos, uma massa de plintos, gargantilhas de ferro, correntes de aço, entranhas rochosas, tudo apinhado sob arcos em ruínas. Ele me odiava! Eu me sentia tão desprovido de sol quanto Dresden no inverno. E escavei um caminho de volta sob a Cortina de Ferro até adentrar uma tarde ofuscante de tão clara em Berlim Ocidental, o bulevar longo e branco se estendendo do Arco do Triunfo até o Salão do Povo com sua águia escura com asas de faca, o único ente que não era branco; o bulevar era perfeito e estava vazio; passando o Salão do Povo ele se articulava para a esquerda e subia até as nuvens; parques e casas de guarda brancos me cercavam, e então tudo se esvaecia em um clarão tão excruciante que enfim compreendi que eu sempre ignoraria o verdadeiro propósito estratégico dessa operação.

16.

Isso significava que eu enfim devo ter acordado: eu sabia que não sabia.

17.

Assim que estava descansado, penetrei por sob a Cortina através de um túnel do S-Bahn em desuso que levava até o centro da terra, o qual posso agora garantir que é um cômodo hemisférico cujo padrão de azulejos azuis e brancos foi axadrezado, escaldado e guarda-chuvado por séculos. Ali descobri fileiras de dispositivos de escuta que pareciam retratos em uma galeria, cada máquina afixada à realidade por seus dois fios, cada um com sua etiqueta: **ZOIA, VLASOV, GEHLEN**... Se estendiam ininterruptos ao infinito. Onde estava **CHOSTAKÓVITCH**? Mas afinal de contas, eu precisava *vê-lo*, tinha de enfrentá-lo! Em uma cripta de Berlim, avistei a imagem de uma criança pequena cuja mão se estende com inocência para o mundo que lhe foi negado, sob a guarda de uma águia de pedra. Eu era a criança dentro da tumba! Eu não tinha nada, nem mesmo uma águia, porque ele me odiava.

Mas encontrei a ressureição no delicioso luar de Berlim Oriental. E como uma rolha de champanhe estourei e saí voando pelo ar, rumando a toda a velocidade para a Central Europa! A ventania era forte; eu adoraria estar carregando meu variômetro, para conferir as variações de pressão barométrica. Mas meu variômetro era outro dos itens que perdi ao longo dos anos. Os morros de Praga, coalhados de árvores e torres, estavam inteiramente às escuras; Riga estava soterrada por folhas de outono; e num parque vazio e coberto de neve em Moscou encontrei Chostakóvitch andando em círculos.

Emporcalhado de sujeira cor de ferro, interrompi seu movimento; obstruí seu caminho; funguei e insisti: Herr Schostakowitsch, sinto muito…

Indignado, ele me interrompeu: Preciso dizer uma coisa, meu *caro* amigo alemão: a meu ver é o pior dos cinismos se, se, se macular com um comportamento reprovável e em seguida pronunciar palavras belas. Eu, quer saber, acho que é preferível pronunciar palavras reprováveis e não cometer atos ilegais…[13]

Mas nada me tiraria dele agora! Ele era tudo para mim. Ele — e Elena, é claro. (Onde estava Elena?)

Ah, como estava frio! Precisei me abaixar e rastejar na neve. Mas valeu a pena; cumpri meu objetivo. É raro que escolham aceitar minhas desculpas. Mas no fim, Chostakóvitch aceitou. Ele é um homem muito gentil.

Na época eu sonhava em inventar um método de obter uma reconciliação entre ele e Elena (codinome LINA); será que deveria atirar nele antes ou depois disso? Que tal não atirar jamais? Sabe, aprendi a adorar o sujeito, e valorizava sua felicidade acima da minha própria. Inúmeras vezes fiquei espiando enquanto compunha. Quando ele fechava os olhos, vi o quão feliz genuinamente estava; com minhas lentes Zeiss, fui capaz de obter uma visão ampliada das veias em suas pálpebras, que pulsavam no ritmo com o que deveria ser a *Quinta sinfonia*, descrita por R. Taruskin como "uma série de componentes, gestos ou eventos imediatamente reconhecíveis como signos ou símbolos cujos referentes não são especificados por nenhum código estável e universalmente reconhecido".[14] Agora ele sorria! Os dedos se espalmaram sobre a mesa e ele parecia estar tocando um acorde complexo no piano, ou talvez ordenhando o seio esquerdo de Elena — como eu o amava por sua felicidade!

Em uma das visitas de assassino, que agora superavam em número os ataques aéreos dos Aliados a Berlim, ele me confidenciou que existia um certo *outro mundo* onde ele às vezes residia, um mundo debaixo das teclas do piano; sem querer magoá-lo revelando que eu já sabia disso, calculei o total: vamos ser claros; primeiro há Berlim em si, dividida em Oriental e Ocidental, Leste e Oeste, assim como a própria Europa; em segundo lugar, há os quatro setores da Alemanha; enquanto isso, dentro da zona soviética há uma outra zona, um lugar onde tudo é belo e puro (por isso eu o amava; isso é, de fato, um conceito extremamente germânico); mas quem pode ir até lá? Apenas o próprio Chostakóvitch? Elena também pode? Ela o deixou porque não queria ir para lá; mas e se na verdade ela o tiver deixado porque ele a acreditava capaz de entrar naquele mundo, e ela sabia que isso não era possível? Sempre que escuto a *Opus 40* acredito que ela era capaz, mas se for o caso, em que ponto a operação ruiu? Ele me disse que perto do fim ela estava realmente tentando; emoldurou a primeira página da partitura da *Opus 40*, uma composição que era genuinamente *ela*, como ele a conhecia; e a pendurou na parede de seu pequeno apartamento na Prospekt Kiróvski em Leningrado, para mostrar a ele que ela, que ela, você sabe (essas últimas seis palavras vieram ipsis litteris de Chostakóvitch). Certo, mas será que ele podia levá-la até lá? Deus, por favor, por que não?

Ele também me contou sobre um pesadelo que o atacou durante anos: ele tenta fazer amor com Elena mas toda vez que a toma nos braços o telefone toca.

Implorei a ele pela senha. Queria ser admitido naquele mundo a leste do Leste, o mundo sob as teclas do piano. Se eu ao menos conseguisse isso, estaria livre; não precisaria mais me preocupar sobre em qual lista a Organização Gehlen me tinha registrado.

Ele disse: Mas isso é triste, porque você não é, não é, como vou dizer, digo, seu nome não é Lialka! Qual a base do nosso relacionamento? Digo, vamos ser francos, você não tem mesmo sido muito, você sabe. Além disso, *não é seu mundo*.

Onde fica meu mundo então, Herr Schostakowitsch?

Construa um, meu caro amigo…

Não sei como.

Tanta energia, tanta, como vou dizer, agressão, tanto talento! Sem dúvida você consegue tornar algo belo. Você trabalhou duro…

Mas isso é o beijo da morte, Herr Schostakowitsch!

Perdão; isso é tudo tão…

Enchi seu copo com schnapps alemão-ocidental e ele bradou: Ah, obrigado, obrigado!

Então voltei a implorar, e ele disse: Você pode entrar, mas não pode sair.

Como assim, Herr Schostakowitsch?

Onde você estava nessa guerra? Como não entende? Esqueça. Ouça este acorde!

Ah, meu Deus! Foi o som mais belo que eu já ouvi ou ouvirei — e o mais triste.

Eu teria feito qualquer coisa por ele a essa altura; teria até mesmo gaguejado como ele.

Mas ainda restava aquilo que Goethe teria chamado de "a eterna questão Elena", porque, bem, como vou dizer…?

A nota eterna! Ame Elena ou morra! Ame Elena *e* morra! Deve ser uma das duas. Ah, se eu ao menos pudesse, bem, você sabe.

18.

Quando me dei conta, estava enamorado de Elena Konstantinovskaia. Chostakóvitch que se dane! Eu a queria para mim. Ah, não me diga que não conheço a beleza ariana; já vi Lisca Malbran posando com um vestido de camponesa. Mas e se eu nunca mais assistisse a outro filme com Lisca Malbran, e daí? Elena era quem eu amava.

No escritório ninguém estava feliz, quanto a isso não havia dúvida. Tinham quase deixado de acreditar em mim. Nem me atrevo a contar o que HAVEMANN disse...

Eles se negaram a me oferecer uma cadeira no escritório externo em que dois homens se sentavam diagonalmente, cada um em sua mesa de carvalho, um ao lado do telefone, outro diante da máquina de escrever; fichários de carvalho subiam até o teto, e eu ansiava por saber qual gaveta me continha; HAVEMANN devia saber, mas HAVEMANN, após ministrar sua censura, me deixou sozinho, e depois disso ninguém mais olhava para mim. Agora eu mesmo mal me aguentava — ah, como eu ansiava por não existir!

Enfim soou a campainha. GRAENER E NEY me escoltaram pelo corredor de fichários de aço branco, viraram à esquerda no salão de fichários de aço negro onde um agente assobiava em pé, fingindo estudar um determinado registro de impressões digitais quando o tempo todo estava me encarando do alto do documento, e então GRAENER E NEY me abandonaram no limiar do escritório interno.

Acariciando o telefone preto, que se curvava para baixo de forma tão esquisita quanto os óculos da secretária — ele a dispensou durante nossa conversinha —, o homem pálido exigiu saber se eu tinha mesmo engolido aquela primeiríssima pílula. Insisti que tinha, sim; eu, como vou dizer, não arredei o pé, sabe.

Você está fazendo caretas, ele me repreendeu. Parece que está sendo despedaçado por cavalos selvagens!

São os nossos tempos, senhor, respondi.

Sente-se, ele disse.

Sentei.

Pigarreando, ele começou: O mistério de por que Siegfried roubou o anel e a cinta de Brunhild, o que o deixou passível de ser provado como deflorador e por conseguinte odiado por seus parentes, a questão de por que ele revelou a Kriemhild seu ponto vulnerável de modo que ela cometesse a estupidez de compartilhar a informação com Hagen, tudo isso aponta a um desejo de autodestruição. E de onde vem *isso*?

Respondi (e senti orgulho da minha resposta, também): Em primeiro lugar, vaidade. Em segundo, incapacidade de guardar um segredo. Isso tudo não está na pasta do caso, senhor? Não faltam motivos para suspeitar de que Kriemhild fosse uma espiã "Juliette". Quanto a Siegfried, ele se recusou a ser incolor ou autoprotetor; era simplesmente *ele mesmo*, e pagou o preço.

Meu amigo, isso é verdade até certo ponto, mas você não enxerga que é a beleza a causadora de todo o mal? Lembra-se do conto "A senhorita de Scuderi", de Hoffmann? O ourives demoníaco cria braceletes, colares e anéis tão perfeitos que não consegue se separar deles. O que lhe resta fazer senão se insinuar à noite, assassinar os clientes e recobrar seus tesouros? E sua Elena também não é assim?

Não. Com todo o respeito, ela não é.

Ela está deformando seu raciocínio.

Às ordens, senhor!

A quem pertencia o cabelo que você amarrou àquele anel de operações secretas que lhe confiamos?

Não sei.

Você não perdeu o anel. Nós o pegamos para obter o cabelo.

Não haviam plantado o cabelo, para começo de conversa?

Ele deu uma risadinha. — Talvez também tenhamos feito isso. E se fizemos, o que provaria?

Não sei.

Covarde! Tome este comprimido! Não, espere. Suas respostas são bastante reveladoras. O que realmente aconteceu *antes* entre Siegfried e Brunhild — digo, antes de a lenda começar?

Concordo que ela o conhece de algum modo, já que…

Concorda? Ótimo. Por isso preciso que você me conte a origem daquele único fio de cabelo escuro que você encontrou sobre o travesseiro.

Um súcubo?, teorizei.

Não seja sarcástico comigo. Ordeno que leve em conta seu relacionamento anterior e inconsciente com Elena Konstantinovskaia, que por sua própria interpretação de eventos-padrão é sem dúvida uma espiã "Juliette". Entregue amanhã um relatório por escrito. Quero todos os nomes.

Às suas ordens, senhor, eu disse. Mas Elena ainda era quem eu amava. Sabendo que a amava, eu sabia quem eu era.

19.

Mas e Chostakóvitch? Com essa pergunta não quero dizer *quem é ele?*, a *Opus 110* responde isso. Quero dizer *o que eu faço com ele*? Uma das espiãs "Juliette" da Organização Gehlen, talvez NEY, se não uma cantora romântica de alta classe do Wintergarten, poderia servir para afastá-lo dela. Eu tinha desistido das balas de prata, sem a menor dúvida. Ah, mas como eu faria até mesmo isso com ele? Bem, por Elena, é claro. (Ela teria seu próprio mundo secreto; eu me esconderia ali.)

Meu desejo era trazê-la por baixo da Cortina de Ferro e comprar tudo que ela quisesse na loja de departamentos KaDeWe. O que alegraria alguém mais do que isso? Se ela não quisesse ir comigo, eu gostaria de depositar aos seus pés uma caixa de aço cheia de mercadoria contrabandeada! Próximo sonho: nossa filha se pareceria com a garotinha alemã-oriental que desenha um sol na calçada com giz e levanta a cabeça sorrindo para a lente de Roman Karmen em *Camarada Berlim* enquanto o sol brilha sobre seus joelhos unidos. Viu, eu já estava começando a pensar como um deles!

Naquela noite não fiz nada além de pairar em transe por Berlim Oriental, vendo Elena em todas as janelas.

Estava feliz mesmo ao amanhecer, quando voltei para casa no Oeste. Quase beijei as asas largas, de ângulos agudos e estranha delicadeza da águia de pedra na fachada da Chancelaria.

Mas quando passei no escritório fui compelido a entregar meu relatório, que, receio, nada tinha de condescendente; e depois disso me deixaram esperando por um longo tempo até enfim alegarem que o homem pálido estava ocupado. Mas e HAVEMANN? Também ocupado. E PFITZNER? Não mencionamos mais esse nome no escritório. E se agora eu estivesse em outra lista, uma lista pior? Um agente que eu nunca tinha visto (em retrospecto, chego quase a acreditar que era o ex-capitão da ᛋᛋ KHANNI, que se vendeu ao Leste e então se infiltrou na Organização Gehlen, recrutando KURT nesse processo) me informou, não sem alguma simpatia, que a Operação ELENKA tinha sido rebaixada, por mais importante que ainda fosse para o futuro derradeiro da Alemanha, porque em preparação para a iminente Guerra Fria, os Amis agora exigiam que devotássemos mais efetivos para desenterrar os últimos planos de armas-V da Luftwaffe, que haviam sido escondidos dentro de um caixão no cemitério de um vilarejo pouco antes da rendição;[15] daqui em diante isso constituiria nossa Prioridade Maçã. Perguntei: Quando a Prioridade Maçã for conquistada, será que nos contariam? Todos ainda confiavam em mim, respondeu o agente, mas eu teria de assassinar ELENKA sem apoio logístico.

Tome um desses comprimidos!, acrescentou. São *novos*.

Novos? E daí?

Melhoram a concentração. É disso que você precisa agora, soldado.

Eu não queria, mas como o lábio inferior dele tremeu…

Então saí; desci e emergi em um dos corredores de mármore que levavam ao saguão da Südbahnhof; saí para o sol; desci as escadas, de largura quase infinita, atravessei a rua e olhei para trás para contemplar sua imensa fachada retangular com dois relógios gigantes e a águia agarrando a suástica; os braços de pedra ajanelada da Bahnhof se espalhavam para os dois lados até onde o olho enxergava. Eu me sentia a salvo; todos os meus poderes pareciam ter voltado. Se ao menos meu caro amigo Chostakóvitch pudesse ver isso! Enfim sentiria orgulho de mim. — Minhas especulações se tornaram ainda mais rapsódicas, até que acordei por trás da Cortina, no antigo hospital de Berlim-Karlshorst. Caso você não tenha ouvido falar, informo agora que ninguém mais vai para lá por motivos de saúde.

Três homens altos com uniformes azuis estavam sentados em um sofá extremamente longo, comparando partituras de Chostakóvitch e Wagner e fazendo marcações com lápis vermelhos. Entre eles dormia uma mulher de guarda-pó azul. Quando ela acordou me dei conta de que era Elena Kruglikova, ainda que na verdade pudesse ser Klavdia Suljenko. Enfim vi a luz. Era uma espiã "Juliette"! Queriam distrair minha atenção de Elena Konstantinovskaia! Deve ter sido o objetivo o tempo todo. Contra os encantos de Kruglikova me protegi com a história admonitória do espião apaixonado WALTER, que uma vez seduziu e então se casou com LOLA, que por coincidência era secretária no Ministério das Relações Exteriores da Alemanha Ocidental. Pobre LOLA! Sei até seu nome real. Um dia a Organização Gehlen, ou talvez a CIA, fisgou seu agente encarregado, MAKS, que desertou e expôs ambos os cônjuges. Quando foi presa e mostraram a confissão do marido, dizendo que se casou com ela por ideologia, não amor, LOLA se enforcou na cela.

Um copo d'água com meus interrogadores, um brinde de conhaque à amizade, uma beliscadinha de caviar, você sabe como é. Essas eram as pessoas que sequestraram o jurista Walter Linse de plena Berlim Ocidental e o enforcaram em Moscou.[16]

Se trabalhar corretamente conosco, sempre seremos bons amigos, prometeu o homem mais alto, codinome GLASUNOW.[17]

A mulher que talvez fosse Kruglikova abriu os olhos, se sentou e sorriu para mim com um olhar de *qual o problema de um pouco de sexo entre camaradas*? Sacudi a cabeça e ela se desmanchou no ar.

Então me deram um belo estojo de mapas de couro com três lápis no bolso costurado, mas não havia mapa nenhum dentro dele. Incapaz de não acariciá-lo, soube na mesma hora que quaisquer boatos de lágrimas negras *in der Sowjetzone* não passavam de propaganda!

Às vezes, entenda, sem meu sinal de identificação eu não sabia quem eu era! E depois de todos os intermediários e pontos de entrega da Organização Gehlen, depois de tantas vezes cruzar aquela ponte sobre água negra e acetinada, água que na verdade era uma cortina negra com pregas de luz amarela granulosa; e então de algum modo (pois eu já estava ficando com sono), depois de tantas travessias daquele muro amplo e branco arqueado de escuridão, com janelas e palácios brancos, eu não sabia ao certo nem o que amava. Entenda, espiãs "Juliette" são tão traiçoeiras! E alianças podem se tornar ainda mais emaranhadas. Por exemplo, considere este enredo secundário do Caso NIBELUNGO: quando RÜDIGER, antes seu amigo e agora, em virtude de lealdades conflitantes, prestes a se tornar seu inimigo, oferece a HAGEN o próprio escudo, este último jura com fervor jamais lhe causar qualquer mal na batalha vindoura, e mantém a palavra; em vez disso, RÜDIGER será morto pela espada que ofertou ao cunhado GERNOT. De que serve isso tudo? Gostaria de nunca ter decodificado nada disso. O que HAGEN e RÜDIGER deveriam ter feito? A monotonia plana e limpa dos bancos e ministérios de pedra do sonâmbulo sempre representou algo imutável — pois não importava que o Pacto Nazi-Soviético tenha se tornado a Operação Barbarossa; isso foi um evento sobre-humano, ocorrido a um nível tão acima do meu que em nada deturpou minha integridade. Agora que eu tinha uma chance, tentei agir, todas as vezes colocando a culpa por meus fracassos no ilusionismo de balas de prata mal produzidas; e se houvesse uma explicação melhor, que me livrasse de ainda mais responsabilidade? Ah, como eu estava sonolento! Poderia tirar uma soneca; poderia culpar o oportunismo da burguesia por tudo; era tão bom quanto ter o sonâmbulo de volta.

O homem mais baixo, codinome RIMSKI, me disse que liberdade significa compreender nosso lugar dentro das leis da história; somos mais livres quando reconhecemos nossa submissão à lei da gravidade do que quando, tolos, a negamos.

E me parecia que RIMSKI era tão familiar quanto meu próprio pai; ele me oferecia o consolo que meu pai teria oferecido, se não tivesse morrido sufocado pelo gás em Ypres duas guerras atrás. Leis da história! Eu certamente encontraria a mim mesmo se ao menos obedecesse a leis suficientes.

Mas então o que GREINER diria a meu respeito, ou o homem pálido de óculos escuros? Quem eu me tornaria se pensassem mal de mim?

Formações socioeconômicas versus os saltos das botas de um oficial sobre um piso de parquê, o que eu escolheria?

RIMSKI me aconselhou a nunca pensar em retrospecto. Se traísse a Organização Gehlen de modo livre e pleno, eles me dariam uma pequena mansão na Trescow-Allee, onde Elena e eu poderíamos fazer pequenas Kruglikovas. Então eu estaria a salvo no campo da paz! De vez em quando seria convocado a me pronunciar *contra* a remilitarização e *a favor* da reunificação nos termos apropriados. Estaria pronto?

Preciso sonhar a respeito.

Sonhos são para covardes, disse o terceiro homem, que devia ser o chefe do serviço secreto da Alemanha Oriental, Markus Wolf.

Eles me levaram a bordo de um avião até uma casa de campo murada nas florestas das cercanias de Moscou, cujas dependências eram iluminadas à noite; e ali, entre os pinheiros e bétulas da floresta de prata, onde Elena Konstantinovskaia tinha dado à luz em 22 de junho de 1941, o Centro concedeu minha chance de ser feliz.

20.

Elena, por favor, case comigo?

Qual serviço de inteligência mandou você aqui? Lembre que estão ouvindo.

Elena, se me devotar a você serei capaz de me tornar eu mesmo?

Não.

Prometo ser muito, muito leal. Sempre direi sim. Por favor, diga sim…

Não. Seus olhos me assustam. Sinto muito. Tente ser forte…

21.

Desse modo aprendi que o não é mais forte que o sim. (Chostakóvitch já sabia disso.) É preciso dois sins para que eu se torne nós, mas apenas um não para que o nós se separe, não importa o desejo da outra parte. O não de Elena Konstantinovskaia matou meu sim, que despencou sem voz na solidão. Ela fez isso e jamais haverá remédio.

Ela disse não, de modo a ser verdadeira consigo mesma. Nesse caso, como vou encontrar a mim mesmo se disser não? Como posso ficar em situação ainda pior? (Não gosto desse sentimento em meu coração; será que se eu dormir passa?) Daqui em diante, direi não a tudo.

22.

No cômodo ao lado, Chostakóvitch estava sentado ao piano. Não posso dizer que ele estava consciente do que tinha acabado de acontecer; nunca saberei o quanto ele sabia; eu estava inconsolável demais. É provável que ele não soubesse; estava perdido demais em si mesmo, postado dia e noite naquela câmara sem janelas, inscrevendo senhas e grupos de cifras na partitura da *Opus 110*.

Com um tapinha no ombro, ele me falou: Não se preocupe, não se preocupe. Neste mundo não há nada além de absurdos…

Ele foi gentil comigo; não precisava ser gentil! Era ele que eu amava…

23.

Assim, me recusei a colaborar. Disse não. Infelizmente, não significa sim, pois eles haviam organizado o encontro com Elena Konstantinovskaia e devem ter influenciado o resultado. Mas sim também significaria sim. Em outras palavras, o sim é mais forte que o não. De qualquer modo, insisto que agi segundo minhas convicções. Disse a eles que minha culpa era imensa, não que se importassem com culpa. Exigi ser entregue à Stasi. Confessei que naquele exato momento eu ainda era um membro pernicioso e ativo da Organização Gehlen. Nem uma entrevista no Ministério da Segurança Estatal me fez mudar de ideia. Quando me beliscaram, mal senti.

Eles me levaram de volta a Berlim Ocidental a bordo de um avião; sempre gostei de aeronaves. Fui acompanhado por um estenógrafo em meu interrogatório. Talvez ele gostasse de mim pelo que sou. Ele "tocou piano" em uma máquina de escrever "Erika" capturada. Depois me levaram perante a Guilhotina Vermelha, que me condenou à morte, depois me deram um julgamento justo conforme todos os princípios da legalidade socialista. Um busto dourado de Wilhelm Pieck assistiu a tudo com um ar severo de solicitude amorosa. Mais uma vez, admiti tudo. Infectado pelo gangsterismo americano, tinha conspirado para enfraquecer sua prontidão defensiva. Pior ainda, tinha continuado a sonhar com um suposto "caminho alemão para o socialismo". Tinha me esquecido do maior aliado e amigo da classe trabalhadora alemã, a União Soviética. Aliás, havia pensado em roubar minha bela Elena Konstantinovskaia da União Soviética. Por fim, lembrei à corte que minha classe já tinha cumprido sua missão histórica e não precisava mais existir. Meu advogado de defesa me abraçou, orgulhoso.

Quando me fuzilaram, não me preocupei; sabia que os tiros não me feririam mais do que Chostakóvitch já havia ferido. Aquilo me pareceu como escorrer rodopiando pelo ralo de uma pia velha e manchada num apartamento comunitário; eu podia me sentir sendo sugado para baixo, acelerando em círculos cada vez mais rápido até de repente me ver no encanamento de chumbo que se comunicava secretamente com o Oeste.

Saí, nem um pouco ferido, e era noite. Morrer no Leste é viver no Oeste.

24.

Agora sim! Seus telefones pretos começaram a soar. Minha confissão tinha lhes revelado o perigo que corriam. Chostakóvitch era sua voz, e Elena sua alma. Se pudéssemos roubá-la teríamos uma alma, e eles ficariam sem nenhuma. Eu tinha sido tornado inofensivo, por amor ou mesmo por *Nackenschuss*, mas e se GREINER ou NEY atravessassem?

Fizeram um bloqueio a Berlim. Foi a Fase Um. Assim que pudessem, reforçariam a Cortina de Ferro. Por ora, usariam a fome para nos obrigar a sair de Berlim Ocidental. Era precisamente isso que o sonâmbulo vivia temendo.

Os sonhadores que deram as mãos e correram rumo ao oeste todas as noites, atravessando as florestas da Terra dos Sonhos, tentando escapar da Guilhotina Vermelha e vir até nós, já tinham sido detidos pela Cortina de Ferro. Lembra-se dos últimos dias da Operação Cidadela, quando estávamos enfraquecidos demais para romper o cerco em Prokhorovka? Isso foi uma continuação dessa operação; nenhuma guerra termina de fato. Os mais afortunados foram presos na Área Restrita; nunca nem alcançaram a Zona Protegida.

Restavam certos jogos, estratagemas, possibilidades, exemplificados pela manobra de Kurt Strübund[18] com os documentos encadernados em couro de um clube erótico chamado Confederation Diplomatique; conseguiu fazer cento e oitenta alemães-ocidentais atravessarem clandestinamente; a Polícia Popular acreditou que eram passaportes diplomáticos! Mas a Cortina de Ferro, tão cinza-escura quanto o solo de Poltava, ziguezagueou a oeste através da Prinzenstrasse até o Checkpoint Charlie, então a norte ao longo das beiradas do Tiergarten até o Portão de Brandemburgo, dividindo ao meio a Unter den Linden, roçando o Reichstag em ruínas, subindo até a Invalidenstrasse e a Chausseestrasse, e em seguida a leste para além da Brunnenstrasse antes de subir abruptamente a norte mais uma vez, cercando, encerrando ou lacrando partes as quais nem todas qualquer indivíduo conseguia ver (graças a diferenças ideológicas, você sabe); e então baixaram a Cortina até o chão, afixaram sua bainha no solo com parafusos e completaram com rebites! Queriam nos levar todos até a delegacia, nos trancar e nos fazer dormir até ficarmos curados da realidade para sempre.

25.

Para a sorte do Mundo Livre, no Campo de Tempelhof tínhamos sonhado um vasto anel de hangares e terminais em torno da pista de decolagem circular: o Aeroporto de Tempelhof, com o par de leões, um de frente para o outro, à sombra das duas torres, uma de frente para a outra! Boa parte desse edifício existia apenas no modelo do arquiteto Sagebiel, mas ao menos a águia no teto do terminal de passageiros tinha se consolidado na terra; recordo-me de ver soldados russos hasteando sua bandeira lá em cima em 1945; ainda que tenham dado tudo de si, nossa águia os apequenou. Quanto às partes inconclusas, não importava; sempre podíamos sonhá-las até que se tornassem sólidas.

Dois soldados do Exército Vermelho com casquetes e sobretudos compridos estavam desativando minas com bastões de cabeça circular; traziam rifles às costas, escombros diante deles e à sua volta. O que realmente temiam? Talvez alguma explosão acordasse o Leste, e em seguida a luz do verão surgiria com força total! Só Deus sabe. No fim das contas, estavam preparando o terreno para o Muro. Sem demora chegou o dia em que soldados soviéticos de confiança começaram a desenrolar o primeiro anel de arame farpado, bem pertinho de *seu* lado da placa que anunciava **SETOR BRITÂNICO**.

26.

E quanto a mim?

Pela lógica eu deveria ter sido relegado à pior de todas as listas, mas o homem pálido de óculos escuros foi sentimental, imagino que por eu ter contado que uma vez vaguei mais além de determinada fileira comprida de árvores na Terra dos Sonhos, onde antigamente ficava a casa de seu pai; nem preciso dizer que eu nunca tinha estado por lá, mas ele acreditou. A Operação ELENKA sempre tinha sido uma aposta com poucas chances; os diagramas da Luftwaffe tinham sido recuperados, para a satisfação dos Amis, e reagir ao bloqueio de Berlim era agora a Prioridade Maçã. Além disso, precisamente por eu não saber quem eu realmente era, tinha jeito para lidar com criaturas oníricas. GRAENER, GREINER; HAVEMANN e PFITZNER, todos tentaram fazer o que eu acabei fazendo; nenhum deles conseguiu extrair a espada da pedra! De minha parte, ao receber minha autorização dos níveis mais superiores da Organização Gehlen, subi com dificuldade ao telhado do Tempelhof e golpeei a águia de pedra com um bastão. E para longe ela voou, guinchando!

Roger, Wilco, A-OK! Começaram nossos idílios de ponte aérea.

27.

Ali vinham os *Rosinenbombers*, trazendo leite em pó, manteiga e chocolate de nossos ex-inimigos, os plutocratas judeus anglo-americanos; hoje estava claro que nossas divergências tinham sido um engano e que todos deveríamos ter nos unido contra os eslavos muito antes da queda de Stalingrado.

Muralhas de sacos de farinha, sacos de leite e sacos de areia foram erigidas nos armazéns! Então precisamos mesmo admitir que os Amis eram bons.

Berlinenses faziam fila esperando sua vez no barril de leite americano. Sorrindo, velhos magricelos que lembravam muito bem como gritar *Heil Hitler*! se enrolavam bem nas próprias roupas, sentavam nos escombros e tomavam tigelas de sopa americana. Contrabandistas pernetas oferecendo manteiga ao lado de um muro em ruínas olhavam para cima, enquanto ao redor do perímetro do Tempelhof nossos Amis seguiam avançando devagar, a bordo de seus tanques abertos; estavam prontos a derrotar quaisquer monstros que pudessem surgir se esgueirando em nossa direção por baixo da Cortina de Ferro.

Outro avião passou pela Terra dos Sonhos, mantendo nossa ilha vigilante e viva! (Vista do ar, Berlim era um imenso biscoito amanteigado com padrões complexos em forma de sulco, cujas inserções e arcos pareciam feitos de açúcar branco endurecido; na verdade era tudo concreto.) Mais doces voaram para o Tempelhof! Crianças correram para o topo de um morro de tijolos quebrados, acenando e acenando para os deuses americanos do chocolate.

Mais sacos com forma de corpo cheios de alimentos em pó desceram das barrigas daqueles C-54, que pousavam no Tempelhof a cada noventa segundos.[19] Era como um sonho.

Salvamos as megeras de aventais negros do Markt-Halle; permitimos que reformas monetárias continuassem a ser incubadas por sob a longa costa quadrada do Reichsbank. Resgatamos a Casa de Ópera Kroll, onde no passado a Lei de Concessão de Plenos Poderes transformou nosso sonâmbulo em ditador absoluto. Preservamos Tempelhof, onde uma vez Käthe Kollwitz levou seu filho Peter para ver o pouso do "Chama Branca" dos irmãos Wright e o sonâmbulo declarou guerra ao desemprego.

Lembra-se daquela fotografia famosa das crianças empoleiradas em escombros e vigas de aço destruídas, acenando para um dos *Rosinenbombers* de partida? Hoje em dia chamamos isso de *desinformação*. Fingimos que era para eles, como as faíscas que os incendiaram quando tentaram escapar de Dresden. Na verdade, mantinham Berlim abastecida somente para mim. Eu havia voltado a ser seu herói, porque não parava de ser executado. Apenas eu possuía o talento de ir para o Leste. Se ao menos tivesse conseguido neutralizar Chostakóvitch, a civilização ocidental estaria salva. Mas como não consegui, bem, você sabe.

Ah, sim, eu me escondi da Stasi e da NKVD em diversos apartamentos fabulosamente arruinados, que se estreitavam em picos tão improváveis quanto pináculos góticos. Provar que alguém é impossível de matar leva tempo. Às vezes eu rastejava à noite até a placa **VOCÊ ESTÁ DEIXANDO O SETOR AMERICANO**, e o deixava, bem por baixo da Cortina de Ferro! (O poder estatal democrático antifascista transpirava luz do sol, turva e veranil, pelos dormentes da ferrovia. Eu conseguia sentir, mesmo que na mesma hora um rato tenha aparecido.) Atirei em ELENKA tantas vezes, era justo permitir que atirassem mais algumas em mim também, conforme as exigências da classe trabalhadora. E ela exigiu, e eles atiraram. Às vezes eu mal conseguia ficar acordado…

Em uma ocasião, logo antes de me liquidarem (nunca senti nem uma ferroada), GLASUNOW ficou em pé me olhando e gritou: "Berlim Ocidental nunca fez parte da República Federal e nunca vai pertencer a ela!".[20]

Mas não nos importávamos com o que GLASUNOW dizia! Aguentamos até os soviéticos capitularem. Retiraram o bloqueio na primavera de 1949. Fizemos uma festa no escritório. Depois disso nos ocupamos do "milagre econômico"; passamos de uma vitória a outra. Ainda assim, a Cortina de Ferro seguia mais inflexível que as maçãs do rosto de uma velha prostituta de guerra. Mas isso não nos incomodava. Como previu o Camarada Honecker, já estávamos planejando uma encampação gradual por monopólios alemães-ocidentais.[21] Em 5 de maio de 1955, a Alta Comissão Aliada se dissolveu! A Alemanha Ocidental, a verdadeira Alemanha, tinha voltado a ser um Estado soberano!

28.

E quanto a Chostakóvitch e Elena? Agora eu estava tão anestesiado em relação a eles que poderia muito bem estar dormindo! *Ela*: eu a tinha perdido, então por que admitir sua existência? *Ele:* fracassei tanto em matá-lo quanto em ajudá-lo, então por que encarar minha vergonha? Eu havia me encontrado; eles me amavam no escritório; eu era um símbolo do sobre-humano. Nunca mais acordei; digo, nunca dormia; e uma vez sonhei desperto com uma mulher de cabelos escuros, totalmente nua, que me encarava com olhos castanhos arregalados, orgulhosa mas sem sorrir; seu olhar me lembrou o de um inspetor de alfândega; acho que podia ser Elena Konstantinovskaia, mas se não fosse, devia ser Elena Kruglikova. Fechando meus olhos em chamas, ouvi respirações ao meu redor, por todos os lados; em retrospecto, acho que estava num cinema, assistindo a uma antiga cópia de *Idílios de ponte aérea*, estrelado por Lisca Malbran. Ela vestia um uniforme de marinheiro branco como a neve, mas na verdade era paraquedista; foi levada de avião através das linhas inimigas para que pudesse, sozinha, salvar Stalingrado. Era uma heroína, e eu era um herói — um herói nacional. Cada vez que eu recebia outra bala no pescoço, ganhava outra medalha, póstuma, é claro. Ah, agora eu estava na lista boa! Racionalizei que aqui em Berlim as estradas de ferro do mundo inteiro começavam e terminavam em paralelos, de modo que sabia que de algum modo poderia encontrar ele ou ela, ou senão eles poderiam me encontrar. A Cortina de Ferro nunca me deteve. Além disso, em julho de 1961, o Camarada Ulbricht anunciou em uma coletiva de imprensa que "ninguém tem a menor intenção de construir um muro!".

E assim em 13 de agosto de 1961 o Camarada Honecker informou com orgulho: "À zero hora o alerta foi dado e ação teve início".[22]

29.

A Stalinallee, com oitenta metros de largura, a essa altura tinha se tornado Karl-Marx-Allee. Com o passar da semana o Muro se consumou com esmero em torno da Cortina, até ficar ainda maior que a estátua do soldado do Exército Vermelho no parque de Treptow. Antes que os apartamentos da Bernauer Strasse fossem lacrados, eu ainda via gente pulando, primeiro das janelas do primeiro andar, depois do segundo. Bem, eles acabaram com isso. Quase ninguém conseguia mais passar. Recordo-me de como os leões gêmeos de pedra se agacharam em sua Ponte dos Leões como se estivessem prestes a vociferar contra os dois leões de pedra do outro lado; lembro-me do Muro passando às vistas da estação Potsdam demolida; não consigo me esquecer de nada; minha mente é tão blindada quanto o velho Palácio de Ordens. E agora isso se foi, bem como a Cortina de Ferro. Mas naquela época, bem, você sabe!

A Guilhotina Vermelha se ocupava de condenar pessoas à morte. Às vezes, quando eu mesmo não estava sendo executado, costumava assistir às execuções a partir de um dos pilares gêmeos de pedra com vista para a pista de decolagem circular do Tempelhof. (Nessa época eu estava quase farto de Berlim.) Em Varsóvia, por anos uma cabeça de pedra e uma mão de pedra jazeram sobre o solo. Mais para o Leste, ainda tinham tudo: os enxergões de palha das prisões soviéticas, os inúmeros ícones emoldurados a ouro nas paredes azuis da imperatriz. Mas a Cortina de Ferro estava fechada; e o Muro, vigiado por longos comboios de jipes americanos com estrelas brancas e holofotes ofuscantes, matava mais vítimas; cães de guarda rosnavam na zona da morte para defender o inevitável avanço ascendente contra os Cavaleiros Teutônicos da Operação Cinza da Otan; o presidente Kennedy convocou o mundo livre a se manter determinado; Adenauer enviou seu "amor fraterno" aos alemães-ocidentais "que ainda são forçados a viver, separados de nós, em cativeiro e ilegalidade. Dizemos a eles: vocês são parte de nós, e nós pertencemos a vocês".[23] Ao ouvir isso, nossas lhanas alemãs-ocidentais o presentearam espontaneamente com um buquê!

Eu não gostaria que você deixasse de acreditar em finais felizes, pelo menos não de nosso lado. Conquistamos o tesouro inestimável da democracia: berlinenses ocidentais surrados fazendo fila para votar, e nuvens de verão branco-prateadas sobre tudo. As mudas de árvores recém-plantadas na Unter den Linden ficavam mais altas a cada hora que passava. Uma garota apoiada sobre uma das pernas soprou fumaça de cigarro em mim com os lábios pintados, inclinou a cabeça para o lado e piscou. ▸

A Guilhotina Vermelha

Antes da própria Moscou, conhecemos Berlim através de Moscou.

Walter Benjamin (1927)[1]

1.

Era uma vez, embora deva ter acontecido outras vezes antes, o brilho do primeiro botão; então o telefone começou a tocar, direto da Central Europa. Para a Guilhotina Vermelha, ela mesma integrante do Zentralkomitee, e portanto consciente dos eventos antes de ser informada pelo telefone, era mais um momento para somar seus triunfos e se regozijar por seus ideais terem se tornado ainda mais grandiosos com o passar dos anos. Do lado de fora, quase à vista de Berlim Ocidental, nossos Jovens Pioneiros de Thälmann davam as mãos em círculo, cantando em um espaço calçado com pedras que tinha sido limpo de ruínas pelas Escombrofrauen. A Guilhotina Vermelha quase cantou junto. Tinha sido tão feliz no Wandervogel aos catorze anos! As palavras tinham mudado, mas muitas melodias continuavam as mesmas.

Disse o telefone: Sentença confirmada para Nellis.

Ótimo, disse a Guilhotina Vermelha, a quem o Camarada Sorgenicht tinha exaltado corretamente como "Hilde Benjamin, personalidade comunista, que personifica a unidade entre teoria e prática".[2] A chamada imprensa "alemã-ocidental" a descreve como "uma mulher negroide com olhos escuros e malignos, a encarnação feminina de Roland Freisler. Os réus sabem que não devem esperar clemência desse indivíduo encantador".[3] Vindo de tal fonte, sem dúvida alguma pode ser considerado um elogio.

A *Grande enciclopédia soviética* a negligencia em prol daquele esteta-suicida famoso que um estranho acaso transformou em seu cunhado. Não há também nenhum monumento a ela em *De minha vida*, do Camarada Honecker. Esses silêncios não podem ser mal interpretados. Por acaso o Serviço Secreto americano expõe seus agentes mais eficazes em prol dos livros de história? A Guilhotina Vermelha permanece uma das nossas mais notáveis *ativistas da zero hora*, e na época desta lenda, a maior parte da qual acontece entre as constituições de 1949 e 1968, todos vimos seu nome ou seu rosto. (Por que não seu rosto? Nunca teremos certeza se ela não estava nos espiando por trás das cortinas de veludo das janelinhas de uma limusine russa.) Sou informado de que ela tinha semelhança física tanto com a Camarada N. K. Krupskaia quanto, como mencionei, com nossa companheira de viagem K. Kollwitz, cujas gravuras pesarosas tantas vezes mostramos em reproduções aos nossos Jovens Pioneiros, de modo a doutriná-los com o ódio de classe adequado. Kollwitz representava *a si mesma*. A Guilhotina Vermelha representava todos nós. Seria um erro perdoável confundi-la com algum perfil ao estilo de Rodtchenko de uma mulher feita de arame. [4]

2.

Diz a história que no dia da *zero hora*,[5] quando os vitoriosos mobilizaram nossas crianças a carregarem espelhos, máquinas de escrever e butim variado para fora de nossos apartamentos e até a estação ferroviária onde tudo isso poderia esperar debaixo de chuva até ir para a Rússia, a Guilhotina Vermelha entrou a passos largos no gabinete do comandante militar soviético — não se tratava de um lugar visitado levianamente pela maioria dos alemães — e ele a recebeu, bêbado e usando quatro relógios de pulso.[6]

O que Frau quer? Frau não bonita; Frau cai fora!

Eu falo russo, ela respondeu nesse idioma.

Ele pareceu atônito. Ela ficou em pé diante dele, esperando. De repente ele tirou um relógio do pulso, jogou nela e disse: Pega.

Obrigada, Herr comandante.

Todos os alemães odeiam os russos. Você odeia os russos?

Não.

Eu odeio os alemães.

É a realidade.

Ótimo. Beba comigo.

E ela bebeu.

Certo. Agora, o que você quer?

Então ela confidenciou a ele seu sonho. Ansiava por aplicar à Alemanha a ciência jurídica progressista de nossa mãe oriental, a União Soviética.

3.

Voltando a 1919, quando K. Liebknecht e R. Luxemburgo foram assassinados por elementos da direita. Helene Marie Hildegard Lange, dezessete anos de idade, explodiu em lágrimas, perdeu o apetite e praticamente parou de falar com qualquer pessoa. — Mas Hilde, o que podemos fazer contra essa gente?, sua mãe exigiu saber. Lutar contra eles não é apenas perigoso, é inútil.

Frau Lange tinha muita coisa ao seu lado: lógica, experiência e, acima de tudo, amor. Mas no exato momento em que a garota estava quase sendo convencida a "seguir levando sua vida", viu a xilogravura em memória de Liebknecht, criada por K. Kollwitz a partir de desenhos feitos no necrotério a convite da família.[7] A cabeça do mártir, atirada sobre a brancura do nada do papel, é atravessada pelas sombras de sua agonia final. A luz brilha sobre seu queixo e seus malares. Os buracos de bala na testa foram lamentavelmente escondidos, ou reverenciados, por flores vermelhas. O esgar derradeiro da boca é uma reentrância semicircular curvada para baixo. Na meia dúzia de esboços feitos por Kollwitz o rosto não é mais do que era objetivamente: apagado, pálido, inanimado. Na verdade, podia até ser ainda menos. No primeiro desenho as flores foram omitidas. Depois vem o estudo a carvão, que mantém detalhes mas agora, com a mesma motivação e efeito de uma mulher se maquiando, adiciona os borrões taciturnos do instrumento ao cadáver. Aqui a artista também inclui uma fila de trabalhadores enlutados. Senhoras idosas precisam de mais maquiagem que mulheres jovens; os mortos, mais ainda; então essa K. Kollwitz, ansiosa por agradar, procede em seguida a incisões com água-forte, escurecendo tanto o rosto de Liebknecht que a orelha, a órbita ocular, a maçã do rosto, o cabelo e a fronte são inteiramente obscurecidos. A litogravura subsequente abstrai a cena sob forma de linhas; o estudo em aquarela, sob forma de pinceladas; ela enfim se decide pela xilogravura, cujas marcas de cinzel parecem dissecar o rosto de cada pranteador expondo músculos e tendões; são todos cadáveres pálidos e sorumbáticos na escuridão que rodeia a face do morto, do qual alguns planos, crescentes e ângulos foram restaurados à luz mas que permanece, como nos primeiros esboços, um retrato do *nada*, agora solidificado em algo que lembra um ídolo de ébano. E quanto à parte mais proeminente da imagem, o próprio esquife? É um nada em branco — sendo mais exato, é uma longa mortalha branca de múmia com algumas ondas retas de negrume oblíquas nos contornos.[8] Em 1960, imediatamente após a estreia de "Camarada Berlim", houve um banquete em honra do cineasta, um certo R. L. Karmen, que entre mordiscadas de nosso excelente queijo alemão informou a Guilhotina Vermelha que esse ousado artifício de brancura na folha comemorativa de Liebknecht o tinha inspirado a fazer algo similar no documentário sobre a abertura de nosso primeiro alto-forno em Krasnogorsk: havia omitido a cerimônia em si! — Quanto à Guilhotina Vermelha, que efeitos teria exercido sobre ela a aridez gráfica de Kollwitz? (Se algo não tem um efeito mensurável na prática, dizemos nós, comunistas, não é arte popular!) Falando estritamente como crítico de estética, não como Camarada Aleksandrov, eu teria de responder que essa xilogravura nos ensina *simplificação e abstração*.

E assim Fräulein Lange decidiu estudar direito em Heidelberg. Sua mãe quis saber o porquê. Ela respondeu: Creio que vou ser capaz de ajudar as vítimas da injustiça.[9]

Por favor, pense melhor sobre isso, querida. Uma coisa é ingressar no direito, outra, bem diferente, é...

Com uma voz fria como aço, ela disse: Assassinaram Liebknecht e agora a filha dele vai ingressar no direito! É por isso que *eu* vou fazer o mesmo.

Sua mãe não podia fazer nada com ela.

A lenda nos informa que ela foi um dos melhores alunos, e talvez o melhor de todos.[10] Às vezes sonhava com uma caixa dourada que não podia ser aberta. Estava procurando a chave. Algum dia ela encontraria, e então...

Fez trabalhos como metalúrgica para pagar os estudos. E conta a lenda que ela era praticamente uma integrante da classe trabalhadora. Certa noite, bem tarde, tendo concluído o trabalho no torno, trancou a oficina e caminhou até o ponto do bonde, chegando bem na hora em que um mendigo, como se fosse um *troll* ou um *kobold*, cujos escassos fios de cabelo se grudavam empapados ao crânio enrugado, arrancava a bolsa de uma velha senhora. Fräulein Lange assistiu a tudo em silêncio. Mesmo nessa época, tinha a reputação de ser imparcial.

Em 27 de fevereiro de 1926 se casou com o Camarada Georg Benjamin, um médico, que, a lenda não perde tempo em nos lembrar, "também foi superintendente das escolas de Berlim-Wedding, um bairro operário".[11] Em novembro de 1927, enfim compreendendo a máxima do Camarada Ulbricht segundo a qual "social-democracia significa social-fascismo", ela ingressou na única organização legítima do proletariado, o Partido Comunista. Dois anos mais tarde assumiu a defesa legal de nossa organização Socorro Vermelho, com a qual K. Kollwitz também contribuiu com cartazes de propaganda.[12]

Historiadores burgueses, românticos e pervertidos preferem se lembrar da Berlim de Weimar como uma concreção dos nichos privados do Café Princesa, onde Walter, irmão de Georg, e seu amigo poeta, Heinle, costumavam se encontrar com prostitutas. Celebram os velhos com bengalas e cartolas na Academia Prussiana, últimos remanescentes de uma classe moribunda, que se consideravam no direito de "recompensar" os feitos de Kollwitz quando, em termos objetivos, eles não passavam de imitações hipócritas e rarefeitas das lésbicas de Schwerinstrasse-13, que não conseguiam parar de sonhar com os belos joelhos de uma certa Lina! Bem, que os cavalheiros da burguesia se lembrem de Berlim como bem entenderem. Como o Camarada Khruschóv nos prometeu, "nós vamos enterrá-los".

Do ponto de vista da nossa heroína, Berlim não era mais que uma sucessão de câmaras da Corte Imperial Trabalhista, onde ela se tornou um dos acusadores mais ardentes do Estado burguês, inspirada pela memória do Camarada Liebknecht. Naquela época seu amor pelo futuro era impaciente e raivoso, como o da mãe que escova os cachos do filho exagerando um pouco na força, ignorando os gritos, para que ele fique perfeito para a escola. Ela se demonstrou particularmente inflexível quando defendeu grevistas contra acusações forjadas de perturbação da paz. No Quarto Senado Criminal, ela batalhou ano após ano contra o pernicioso dr. Niedner. Quanto mais insatisfeita se tornava com o mundo ao seu redor, mais convincentes ficavam seus sonhos. Por isso ela discursava com tanta eficácia nos comícios do Partido, sempre nos instando a combater os capitalistas sem fazer concessão alguma; ela nos ensinou o lema "Libertem os prisioneiros proletários!". Como o Camarada Liebknecht, exigiu que os órgãos do Estado burguês prussiano-alemão fossem substituídos por conselhos de trabalhadores e soldados, e que generais e aristocratas fossem levados a juízo em tribunais revolucionários. Sua mãe tinha pesadelos a essa altura; temia que Hilde tivesse o mesmo fim do Camarada Liebknecht. Hilde estava disposta a isso. A lenda nos informa que "nesse período, a comunista Hilde Benjamin não tinha dúvidas de que seu trabalho mais importante era levar a cabo as decisões do Partido".[13]

Em setembro de 1930 ela defendeu o trabalhador que o sistema legal da República, com sua tendenciosidade de classe, julgou conveniente acusar do assassinato do agitador nazista Horst Wessel. (Ele *tinha* assassinado Wessel, mas a questão não é essa.) A jovem advogada chamou a atenção na primeira fila dos bancos dos réus, que brilhavam de tão encerados naquele tribunal elegante revestido em madeira,[14] pois estava calma, ponderada, e até sorria. O réu, cujos olhos brilhavam de desespero e cujo colarinho não estava muito limpo, cochichou outra de suas ansiedades no ouvido dela. O sorriso da dra. Benjamin se alongou ligeiramente. Observadores rudes poderiam tê-lo descrito como um sorriso de desprezo. — Endireite a postura, falou, de canto de boca. Aja como um ser humano. Olhe no rosto do inimigo.

Convocada pelo promotor, a mãe de Horst Wessel exibiu o uniforme ensanguentado do filho. Rogou pelo dia em que os alemães se vingariam dos judeus por esse crime e por tantos outros. A dra. Benjamin sorriu com ironia.[15]

Os fascistas não se esqueceram dela. Dizem que o suposto "Führer" tinha seu nome em uma lista. A dra. Benjamin comentou: Deve haver tantos outros nomes nessa lista que já estarei velha quando ele me pegar! — A verdade é que toda vez que os via marchando nas ruas, ou, pior ainda, os ouvia cantando a "Horst-Wessel-Lied", era como se levasse um chute no estômago. Mas nossa diretiva nessa época ditava que quanto mais rápido aquelas bestas chegassem ao poder, melhor, pois levariam as contradições do capitalismo a seu ponto crítico.

Sempre que perdia um julgamento, tinha algo muito específico a dizer ao cliente. Não era o suposto "consolo" com o qual um advogado burguês busca lavar as próprias mãos em relação ao que o sindicalista demitido ou o ladrão faminto teria agora de sofrer — ou, se era, era um consolo cortante como uma navalha. Inculcava ódio; simplificava e abstraía o caso até os fundamentos socioeconômicos; direcionava energia para o futuro. O que ela dizia era o seguinte: Aprendi a reconhecer que questões de lei e justiça são, ao mesmo tempo, questões de poder.[16]

4.

Como bons comunistas, vamos omitir os aspectos pessoais irrelevantes de seu casamento com o dr. Georg Benjamin. Seu filho Michael (nascido quando o Reich absorveu a Áustria) também não nos interessa; vamos apenas registrar que no fim ele cumpriu as expectativas e estudou em Moscou.

Assim que o sonâmbulo assumiu o poder ela se viu no perigo iminente de ser *levada embora*. Mesmo assim, corajosa, se manteve defendendo os trabalhadores, seguindo a máxima do Camarada W. Ulbricht segundo a qual "os comunistas precisam conhecer melhor do que ninguém a legislação trabalhista dos fascistas".[17] Georg temia pela esposa, mas ela lhe dizia a mesma coisa que antes dizia à mãe: *Eu tenho uma cabeça para pensar!* Logo, é claro, ela perdeu o direito de exercer a profissão.

O marido dela era judeu e teve o destino costumeiro: preso em maio de 1933, enviado para o KZ-Lichtenburg, libertado no Natal, retornou ao trabalho político legal e ilegal, preso novamente em 1936, condenado a seis anos de trabalhos forçados, que completou em contato com o arame farpado eletrificado de Mauthausen.

Quer saber quem agora está sempre a postos para ajudar a nós, alemães? Só pode haver uma resposta: SMAD, a Sowjetische Militäradministration.

Observando os vagões abertos com mulheres, crianças e idosos tentando escapar dos eslavos, ela aguardou. Tinham ruínas negras para comer e céu cinzento como bebida, mas avançavam nos trilhos prateados da esperança: se ao menos conseguissem chegar à zona americana antes que os vermelhos cruzassem o Oder! A viúva Benjamin permaneceu em casa, em silêncio.

Então veio aquela visita ao homem com quatro relógios de pulso, em resultado da qual (cito a legenda com toda a precisão) "ela foi convidada pelo comandante da jurisdição Stieglitz da cidade de Berlim a organizar o sistema judicial, e assim foi nomeada Promotora Pública".[18] Isso foi em maio. (Ela fez uma pausa para sorrir para a câmera no novo filme de Roman Karmen, *Berlim*.) Quando setembro chegou ela já era diretora do desenvolvimento de quadros. "A remoção radical de elementos nazistas e reacionários era um dos focos principais de seu departamento."[19]

5.

O plano dos *ativistas da zero hora*: como a Alemanha Oriental ainda não tem nem sindicatos, nossa primeira tarefa será completar a revolução burguesa de 1848.[20] Depois vamos esmagar capitalistas e junkers, os monopolistas que criaram o nazismo.

Sem eleições, é claro. Hitler teve eleições.

Por isso buscaremos em Moscou o Grupo Ulbricht,* formaremos nosso comitê de trabalho a partir dos dois partidos proletários, e então criaremos um bloco antifascista de base ampla, que desbastaremos pouco a pouco até restarmos somente nós.

Passo seguinte: a reforma agrária democrática, iniciada em nosso primeiríssimo outono — estou falando de coletivização, com alto-falantes, holofotes, ameaças e alegres fogos de artifício. Afinal de contas, os produtores da riqueza nacional são os únicos que merecem a cidadania plena. Qualquer misericórdia que porventura tenhamos possuído foi sepultada debaixo da terra bege-esverdeada de Auschwitz.

6.

Uma jovem grávida, cujo marido a SMAD tinha acabado de *enviar para o Leste*, perguntou a ela, talvez com alguma melancolia, qual era a sua opinião sobre os últimos avanços no setor americano, ao que a nova promotora pública respondeu desdenhosa: Lá não acontece a criação do novo, mas a restauração do antigo.[21]

* O Camarada Ulbricht já tinha se mostrado de grande auxílio durante a Guerra Civil Espanhola,([a]) quando preparou voluntários trotskistas para serem liquidados. Negou-se a sorrir para a câmera de cinema de R. L. Karmen. Por experiência própria, Elena Konstantinovskaia sabia com exatidão o que ele era, e o evitava apavorada. O Camarada Leonhard se lembra dele assim: "Inteiramente inocente de ideias teóricas ou sentimentos pessoais, até onde sei ele nunca deixou de levar a cabo as instruções que lhe foram transmitidas pelas autoridades soviéticas, de forma sempre impiedosa e hábil".([b]) Era exatamente o tipo de pessoa que queríamos administrando a Alemanha Oriental. Um tanto para nossa surpresa, ele sobreviveu à morte de Stálin ao indicar que, se ele sofresse expurgo, os criminosos de 17 de junho de 1953 seriam incentivados; e, afinal de contas, nada deve servir para dar qualquer vantagem a esses elementos subversivos. Em 1969, A. A. Gretchko, marechal da União Soviética que comandou as forças armadas fraternas da União Soviética na Alemanha de 1953 até 1957, foi entreouvido dizendo: "O velho não serve mais para muita coisa".([c]) E de fato, em 1971 Ulbricht foi desalojado por nosso novo homem, o Camarada Honecker.

([a]) Robert Conquest, *The Great Terror: A Reassessment*, Nova York: Oxford University Press, 1990, p. 411.

([b]) Wolfgang Leonhard, *Child of the Revolution*, trad. de C. M. Woodhouse, Whitstable, Kent, Reino Unido: Ink Links, 1979, reimpr. da ed. em inglês de 1957; ed. orig. em alemão de 1950, p. 288.

([c]) Edward N. Peterson, *The Secret Police and the Revolution: The Fall of the German Democratic Republic*, Westport, Connecticut: Praeger, 2002, p. 5.

7.

Quase todos os alemães evitavam aquela cerca encimada com arame farpado em Karlshorst, por trás da qual operava o general Jukov. O Camarada Ulbricht adorava ir até lá; só então o víamos sorrir. (Os coletivizadores imploraram que intercedesse com os russos, que seguiam desmantelando tudo e mandando para leste, até mesmo o maquinário de que precisaríamos para a coletivização. O Camarada Ulbricht respondeu: "Esta reunião não tem relação alguma com desmantelamentos".)[22] Por sua vez, a Guilhotina Vermelha corria para Karlshorst quase duas vezes por semana. Tinha um passe. Era pálida, de olhos brilhantes e cabeça redonda — tinha algo de quase deformado. Vinha para acelerar o momento decisivo em que o esquadrão de fuzilamento se aproximava das estacas, um homem curvado sobre cada vítima com uma pistola pronta para o tiro de misericórdia. Às vezes não conseguia concretizar seu anseio, mas ao menos podia enviá-los para sempre, ou quase, até alguma das cadeias de nossa zona oriental, que tínhamos começado de chamar de "a desgraça amarela".

Os fascistas repetiam sem parar na parede, na parede, e depois de um tempo a vontade era mandar todos eles para a parede, ou amarrá-los em cadeiras na base de alguma pilha ensolarada de escombros, o esquadrão de fuzilamento em posição. Em vez de sentir pena de seu país, ficava enojada e furiosa com os incontáveis braços muito brancos erguidos como se fossem antenas de cada lagarta marchante de prisioneiros alemães.

Eu, por minha vez, me lembro da cena na *Nibelungenlied* em que Kriemhild concorda em enxugar as lágrimas e se casar de novo apenas quando o emissário promete tomar para si qualquer tarefa necessária para vingar iniquidades cometidas contra ela.

8.

Faz muito que nós, comunistas, expusemos como mentira a ideia de que a lei pode ser aplicada universalmente. Se A explora B, então a mesma liberdade para A e B significa que A continuará explorando B.

É por isso que precisamos de um novo legalismo socialista, para sobrepujar o legalismo burguês.

"A lei é o instrumento da classe trabalhadora."

Nem sempre foi assim. Nem sempre vai ser assim. O legalismo socialista é dinâmico.[23] Mas na primeira fase, remoção da burguesia, a lei deve estar amparada na ditadura do proletariado. Depois que os exploradores do antigo regime forem completamente extintos, o legalismo socialista abandonará a violência e passará para a segunda fase, um legalismo de nível único para um povo inteiro, um povo agora liderado de forma indiscutível pela classe trabalhadora, como por exemplo em nossa amada União Soviética.

E como chegamos a essa segunda fase? A Camarada Benjamin sabe a resposta: desenvolvendo as melhores forças do povo.

9.

Já em 1946 ela havia se tornado a principal influência dentro da Administração Central de Justiça.[24] Na época ainda era esbelta. Eu a vi agarrando as bordas frondosas do atril em uma conferência feminina; usava um vestido escuro. Sem desperdiçar um instante sequer, começou a treinar juízes populares e promotores populares — por exemplo, o idoso com chapéu de couro, esbelto, pálido mas firme, que passava os dias sentado em um banquinho no pátio, raspando a argamassa de tijolos reutilizados; sua mesa de trabalho era uma tábua estendida sobre três torres de tijolos, e ele nunca erguia os olhos. Quando o chamávamos, então erguia; quando trouxemos à tona a questão do ódio entre classes ele começou a abrir um largo sorriso. A Guilhotina Vermelha retribuiu o sorriso; ela o lisonjeava dizendo que ele pertencia ao "elemento genuinamente revolucionário". Ele não precisava estudar a essência da jurisprudência para ser um juiz popular!

Primeiro ela começou a ser chamada de "a mulher sem clemência", depois de "Hilde Vermelha de Wedding", e logo, "a Guilhotina Vermelha".

Explicando-nos que "a lei deve corresponder ao progresso da civilização",[25] ela começou a aplicar o artigo 6, parágrafo segundo de nossa Constituição contra criminosos corporativos e agentes imperialistas.[26]

10.

Era uma vez a Camarada Margot Feist, carregando flores e parabenizando o trabalhador Wilhelm Pieck pela presidência, e progredimos felizes para sempre. As árvores frutíferas de Potsdam estavam novamente carregadas; as águas paradas da floresta do Spree não eram mais perturbadas por cargas de artilharia. Tínhamos mantido aberta a igreja de Neuzelle. Um bêbado com barriga de cerveja cuidava dela para nós. Ainda assim, as condições para a construção do socialismo permaneciam aquém do ideal. A Constituição, por exemplo, ainda olhava para trás, não para a frente. Além disso, tínhamos classificado como inoperantes oitenta e nove por cento das indústrias de Leipzig. ("Esta reunião não tem relação alguma com desmantelamentos.") E o suprimento de gêneros alimentícios permaneceria inconstante por pelo menos mais dois anos. Afinal de contas, o que tinha sido semeado em nossos campos além de minas terrestres e projéteis de artilharia? Em consequência, os trabalhadores abandonavam os locais de trabalho de modo a caçar algo para comer. Que escolha nós tínhamos além do rigor? — Uma mulher pegou seis anos por vender ovos em Berlim Ocidental —[27] outra vitória para a justiça voltada ao Partido. Espectadores se atreveram a expressar sua pena. Mas a Guilhotina Vermelha explica que para conquistarmos o socialismo devemos eliminar os supostos "direitos civis".

Sem crença, todo encanto fracassa. Em lugar de ruínas oferecíamos a monumentalidade larga e branca da Stalinallee, com arcos e janelas, preta e branca, esmorecendo magnífica rumo ao Leste.

11.

Graças às perdas justamente infligidas ao fascismo alemão, em nossa nova zona nos víamos sobrecarregados com uma proporção de 1,35 mulheres para cada homem. O resultado: exploração sexual. O remédio: esforços legais intransigentes, levados a cabo por nossa Guilhotina Vermelha, de modo a viabilizar uma igualdade absoluta para as mulheres. Parecia-lhe mais do que nunca que a única esperança, não somente para ela — qual a importância de um único ser? — mas para todos nós, estava em algum reino de uma futura aurora, e que para encontrar o caminho até lá ela tinha de abrir caminho dinamitando o passado.

Mas em uma reunião, enquanto discutíamos as mudanças necessárias a serem feitas na própria Constituição, uma delegação de médicos ousou nos interromper exigindo que o aborto fosse permitido às alemãs estupradas pelo Exército. O Camarada Ulbricht respondeu: Os alemães deveriam ter pensado nisso antes de lançar a Operação Barbarossa.

Camarada Benjamin, você é mulher; sem dúvida compreende! Suplicamos a você!

Eu apoio o Camarada Ulbricht, respondeu a Guilhotina Vermelha.

Mas, Camarada Benjamin, *você estava lá ontem* quando aqueles dois mongóis estupraram Resi Nordlund na rua. Vimos você passar! E você não sente nada?

Meus *sentimentos* não têm relevância alguma, disse a Guilhotina Vermelha com desdém.

Ela só tinha onze anos de idade! Sabia que ela morreu? E tudo que o oficial russo fez foi atirar para o alto…

Nós fizemos por merecer. Eu me recuso a continuar discutindo esse caso.

Aquela criança fez por merecer?

Não tenho nada a dizer sobre os indivíduos envolvidos neste caso. Como comunistas, temos de ser realistas. A legislação segue o Partido, *correto*? O Partido segue o Camarada Stálin, *correto*? Vocês acham que o Camarada Stálin está disposto a permitir que acusemos o Exército Vermelho de qualquer coisa?

(O oficial russo ficou sem balas, encolheu os ombros e deu as costas. A Guilhotina Vermelha olhou por um instante. Passou no teste: manteve a reputação de imparcialidade.)

E assim resistimos; era a única forma prática de construir o futuro. Nossa nova zona se tornou um panorama de morros de escombros cobertos de trabalhadores! Organizamos destacamentos de trabalho; fizemos os encanamentos centrais voltarem a funcionar. A Guilhotina Vermelha falou em outro comício, diante das colunas esburacadas de balas de restos nazistas: uma faixa enorme, uma mão erguida, as palavras ***PELA LIBERDADE E PELA HUMANIDADE, CONTRA O REVANCHISMO DE BONN!*** Seu lema: "Limpeza meticulosa de toda a esfera pública".[28]

Em 20 de setembro de 1947, na Ópera Estatal Alemã, tocamos Beethoven, e então teve início o II Congresso Partidário do Partido da Unidade Socialista. Nosso futuro: brindes à amizade internacional, longas filas de tratores armados com bandeiras em nossos campos alemães, Jovens Pioneiros gargalhando e correndo morro abaixo em fila tripla, fumaça branca de nossas novas fábricas e delegados sorridentes.

12.

Na primavera de 1948, nossos oráculos soviéticos anunciaram que a desnazificação estava completa na zona alemã-oriental. Ficamos tão felizes! Talvez o Exército Vermelho fosse voltar para casa. Mas em setembro, o realismo revolucionário, explicado pelo telefone grande e preto, nos compeliu a descartar a ideia fantasiosa de uma suposta "estrada alemã para o socialismo". Alguns se debateram contra essa decisão justa e necessária. A Guilhotina Vermelha provou a implicação de todos na conspiração Slánský-Rajk, de origem americana. Como diz tão belamente sua lenda, "ela demonstrou a habilidade de evoluir continuamente de acordo com suas responsabilidades crescentes ao mesmo tempo que moldava o novo sistema judicial de nosso Estado socialista".[29] E se a desnazificação não estivesse de fato completa, no fim das contas? Entre seu círculo se desdenhava o amor; na melhor das hipóteses, era expresso em silêncio. Georg Benjamin tinha sido um homem bom; ela confiara nele; ele acreditava no que ela fazia, e portanto a compreendia; não seria suficiente? Mas depois que o reduziram a um esqueleto preto como nanquim que fazia uma careta para o fio elétrico onde fritava, ele a assombrou como um amante assombra outro. Ela não podia salvá-lo, mas podia *puni-los*.

Mobilizou as Comissões de Controle do Partido para peneirar traidores: titoístas, revanchistas etc. Os únicos que não eram traidores eram os homens com pás, as mulheres escalando pilhas de tijolos com dificuldades. Como explicou a Guilhotina Vermelha aos juízes de seu povo: "Como, acima de tudo, o homem desenvolve a personalidade no trabalho, além do direito ao trabalho existe também o direito a uma ocupação correspondente aos talentos e habilidades de cada um".[30] Que ocupação seria essa? Qualquer uma que atribuirmos a você.

Ela se envolveu de perto com a redação da legislação criminal de 1948 que protege nossa economia contra todos os parasitas, negociantes e investidores. Seis anos por vender ovos? Por que não vinte? Vejo a mão dela na Ordem 160 da SMAD contra sabotagem. Afinal de contas, como o Camarada W. Pieck anunciou no III Congresso Partidário, em 1950, "o Partido da Unidade Socialista é um partido do legalismo".

Ela instruiu seus juízes populares: "O mais importante é aplicar as leis em um novo espírito democrático".[31] E assim acusamos setenta e oito mil indivíduos de crimes políticos apenas em 1950 (foi nesse ano que nossa Stasi surgiu).[32] O resultado necessário: não restavam mais classes ou seções capazes de viver às custas dos outros.

13.

Nos dois últimos meses de 1950, onze espiões foram fuzilados pela SMAD; depois mais seis — testemunhas de Jeová e outros assassinos de aluguel dos imperialistas americanos — foram condenados por espionagem americana. — É sua assinatura, não é?, chiou a Guilhotina Vermelha.

Mas mesmo então um número excessivo de nossos juízes fracassava em entender que todo veredicto é um veredicto político! Não pode existir neutralidade, "objetividade", em um tribunal de justiça. Por isso nomeamos a Camarada Benjamin como vice-presidente da Suprema Corte. "Ela se provou capaz", diz a lenda, "de disciplinar inimigos da nova república com uma severidade implacável."[33]

Por que você não admitiu estar a soldo do Serviço Secreto britânico?, ela gritou.

Não, eu não tinha a menor consciência de que havia alguém ali, respondeu debilmente o réu; receio que tenha causado má impressão em nosso tribunal.

Você não fazia a menor ideia disso, embora tenha assinado este recibo!

Mas isso é apenas um documento comercial corriqueiro...

Não me venha com esse tipo de evasivas. Não se faça de bobo. Você estava fazendo negócio com monopolistas que já prendemos. Pronto. Está dito. E você estava indo a um encontro com o Serviço Secreto britânico, certo? *Sim ou não?*, gritou a Guilhotina Vermelha.

Ele tentou se esquivar; não respondia corretamente. Em uma hora chegou a sentença de morte, que ela impôs pela unidade do povo alemão e pela liberdade do mundo inteiro.

14.

Em 23 de maio de 1952, três meses depois de ela receber um doutorado honorário da Universidade Humboldt, nossa lei sobre o Serviço de Promotoria Estatal enfim nos permitiu controlar diretamente as decisões de juízes e promotores. Sob o cogumelo branco de um abajur ela assinou outra sentença de morte com uma reluzente caneta prateada, o cabelo recolhido em uma trança no topo da cabeça, livros nas prateleiras ao fundo, uma gema redonda brilhando no anel; assinou com pálpebras descaídas e lábios crispados, como uma mulher realizando alguma tarefa doméstica.

Assim que a camarilha criptofascista anglo-americana rejeitou a proposta moderada do Camarada Stálin para uma Alemanha unida e neutralizada, a Guilhotina Vermelha lhes mostrou que enxergávamos o que havia por trás de suas ações vis. Desta vez ela certamente eliminaria seu pesadelo de que talvez houvesse de fato um ninho de nazistas debaixo da terra, jogando *Skat* em um bunker com paredes forradas de madeira, os quepes de caveira pousados sobre os joelhos e os rifles apoiados na parede; um deles curvado sobre um rádio de galena, usando fones de ouvido e com um mapa na parede ao seu lado; estava entregando nossos segredos de Estado ao reacionário Adenauer, ao traidor Tito, ao traidor Schumacher e aos imperialistas americanos. Em minha opinião, ela tinha uma estranha elegância com seu traje escuro com a camisa branca abotoada por baixo, o broche triangular sobre o seio esquerdo; em nome do povo, presidiu o julgamento do desprezível Wolfgang Kaiser, que tinha cometido o crime de estabelecer contato com uma suposta "organização de direitos humanos" na Alemanha Ocidental. Ele tentou se justificar — mas não por muito tempo. Com o que, nós, alemães, chamamos de *Lustschrei*, um grito de prazer, ela provou que a intenção dele era plantar bombas e envenenar cigarros. Nós o decapitamos em 6 de setembro de 1952 — um desdobramento natural de nossas tendências antifascistas democráticas.

Ela compareceu à enorme Conferência Partidária em julho, quando estipulamos formalmente nossa missão de construir o socialismo em nossa Alemanha; concordamos também com a necessidade de endurecer ainda mais a nossa linha. Nesse espírito, a Guilhotina Vermelha aprovou nossa primeira nova legislação constitucional. Depois teve de sair às pressas para condenar mais sabotadores.

15.

Johann Burianek sabotou uma ponte com explosivos fornecidos pelos imperialistas americanos; nós o fizemos decorar sua confissão antes de enviá-lo *para onde merecia*. Não se preocupe; ele não vai voltar.

Naquele outono um jornalista alemão-ocidental emitiu o seguinte veredicto: "Quem tiver passado pela experiência, mesmo que uma só vez, de ver esta mulher soltar as rédeas de seu intelecto gélido, dificilmente a esquecerá. Ela, sozinha, é a lei".[34]

16.

Em 1953, em dissonância ingrata com *Os invencíveis*, filme fundamental de A. Pohl que tem como protagonista a classe trabalhadora alemã, certos inimigos da democracia resistiram à imposição de normas trabalhistas.[35] De sua parte, a Guilhotina Vermelha tomou todas as medidas racionais para frustrar o levante vindouro. Neutralizou, por exemplo, o eletricista Kurt König, que havia realizado espionagem militar contra a União Soviética no território de nossa própria República Democrática Alemã! Será que Kriemhild teria perdoado o assassino do marido mesmo que ele caísse de joelhos? É improvável, e ele sabia disso. Assim sendo, a desobediência não custaria a este König nenhum quinhão de sua segurança predestinada, e salvou seu orgulho. Mas agora ele estava exausto. Implorou e suplicou antes de o guilhotinarmos.

Apesar disso, ousaram brandir esta faixa contra nós: EXIGIMOS UMA REDUÇÃO DAS NORMAS. A Guilhotina Vermelha enxergou o que isso de fato era: uma provocação fascista. Efetivamente, em poucos instantes eles também haviam começado a iludir as massas com a suposta "questão dos direitos humanos". Metade dos trabalhadores estava em greve na fábrica Bergmann-Borsig! A união têxtil "Progresso" também se infectou. Logo havia quinhentos mil criminosos! A Guilhotina Vermelha sacudiu a cabeça, furiosa, quando o telefone a informou sobre chamas e janelas quebradas na Potsdamer Platz! O telefone ordenou: *Declare lei marcial em cento e sessenta e sete distritos*!

Para a sorte do poder popular, ainda contávamos com dezenove divisões do Exército Vermelho. Os atiradores de pedras na Potsdamer Platz não se deram melhor contra nossos T-34 do que em 1945.

Nosso ministro da Justiça, Fechner, que tinha sido insensato a ponto de apoiar o direito dos trabalhadores de entrar em greve contra o próprio regime, foi removido em 16 de julho de 1953. Em seu lugar, empossamos a Guilhotina Vermelha. É então que sua lenda de fato começa.

Como explica a *Grande enciclopédia soviética*: "a Autoridade Geral de Promotoria, chefiada pelo promotor-geral da RDA, supervisiona a observância do legalismo socialista".[36] A Autoridade Geral de Promotoria agora se expressava de forma plena e natural na pessoa da Guilhotina Vermelha.

Na Invalidenstrasse, bem a leste de onde o Muro logo se ergueria, a Kaiser-Wilhelm-Akademie für die Ausbildung von Militärärzten, concluída em 1905, nazificada em 1933, era agora o tribunal de Hilde Benjamin, e todas as manhãs ela chegava às oito em ponto; dez minutos antes brincava com as duas Escombrofrauen que encontrava todo dia no outro lado da rua; uma delas usava óculos de segurança e prendia em um coque o cabelo esbranquiçado de poeira; a outra, mais jovem, usava uma saia escura que não ia muito abaixo dos joelhos; no intervalo, muitas vezes a Guilhotina Vermelha via as duas sentadas sobre tijolos, apoiando as costas na pilha de tijolos que haviam construído; a Escombrofrau de óculos de segurança olhava para o nada e a Escombrofrau de saia lia jornal. Então os escombros das cercanias do tribunal foram inteiramente limpos. A Guilhotina Vermelha sentia um pouco de falta dessas duas mulheres. Às vezes, no verão, ela se aproximava da janela e fitava na direção oeste. Via o modo com que a folhagem do Tiergarten pinta de verde as nuvens do verão. "Seus julgamentos mais importantes são conhecidos", diz a lenda, "e não carecem de menções adicionais."[37]

17.

Prendemos seis mil criminosos, fascistas e agentes estrangeiros. Os tribunais militares soviéticos começaram a fuzilar os cabeças em agosto; já tínhamos liquidado muitos outros. Dizem que a Guilhotina Vermelha tinha prazer em estar presente nessas ocasiões; apreciava em especial inspecionar o caixão com antecedência. Em seu arquivo da Stasi, uma avaliação desse período informa que `a Camarada`

BENJAMIN, do ponto de vista profissional e político, é uma camarada de extrema qualificação.[38] Trabalha de modo científico. Desde então ela adicionou ao nosso código penal os crimes de infração contra a disciplina laboral e infração contra a disciplina do Plano. Com escárnio, se dirigiu aos réus: Vocês têm direito à greve, sim, mas um putsch fascista não é uma greve! Em nome do povo, declaro vocês *culpados*; a sentença é a *morte*! — e tomou um copo d'água.

Como seria de esperar, ela nunca deixou de mostrar esmero nos veredictos ao diferenciar trabalhadores desencaminhados de provocadores.

18.

E o que houve com Fechner? Essa pergunta permaneceu nos lábios da classe trabalhadora até 1955, quando ele foi preso por nossa querida Guilhotina Vermelha. Ela lhe deu uma oportunidade de esclarecer sua postura, não em seu interesse próprio, mas no interesse de nosso povo, que ainda precisava aprender o que significava ser vigilante. Então o sentenciou a oito anos.

19.

Ela reuniu novas brigadas de instrutores nos tribunais, para controlar os juízes e promover com mais afinco sua transformação de agentes ingênuos da "objetividade" burguesa a combatentes inflexíveis — uma tarefa ainda mais imprescindível agora que ela tinha começado a se preocupar que muitos dos próprios colegas talvez fossem inconstantes e trabalhassem sem consistência. Instruiu os asseclas: "Não podemos demonstrar brandura nem fraqueza no confronto com os adversários de nossa ordem. Assim sendo, punições duras são punições corretas".

Maravilhado com as realizações dela nesse período, o Camarada Gotthold Bley a compara implicitamente a uma operária do proletariado ao escrever que "a lei socialista e a legislação socialista eram as ferramentas, motores e alavancas que ela usava".[39]

Ela revogou a nova proposta de Código Penal, que não era rígido o suficiente. (Acredite ou não, em muitas subcategorias legais continuamos nos valendo do Código Penal de 1871.) A justiça havia se tornado tão elegante quanto as pilhas de tijolos recuperados nas carretas de Dresden. Com um sorriso amargo, ela entrelaçou os dedos como tesouras, os olhos cintilando quase felizes enquanto ela desfazia outro complô. (Camarada Büttner: "Ela solidificou a inter-relação dialética entre lei e sociedade na consciência geral".)[40]

Em setembro ela condenou Werner Hoffmann, que tinha rastejado até chegar no Ministério do Interior. Nunca esquecerei como os lábios dela se abriram como um bico enquanto ela agarrava com força o atril, exigindo *morte*.

Em outubro, como o propósito de nosso sistema judicial é destroçar para todo o sempre a resistência de monopolistas desapropriados e defender as conquistas dos trabalhadores contra os inimigos externos, liquidamos o engenheiro Christian Lange-Werner, cujas conexões nazistas podem ser provadas.[41] Eu estava lá quando a Guilhotina Vermelha bradou: "Somente aqui, na República Democrática Alemã, aprendemos as lições do passado".[42]

Esse infeliz Lange-Werner tentou se justificar. — Mentiras!, gargalhou a Guilhotina Vermelha, e o mundo inteiro gargalhou com ela.

Ela provou para todos nós que ele havia tentado trair a pátria com a agente alemã-ocidental de codinome SYLVIA, que sem dúvida trabalhava para a inteligência britânica, os imperialistas americanos, o Departamento K-5 e a Organização Gehlen. Ainda no decurso do julgamento, a Guilhotina Vermelha ordenou: "A sentença deve ser levada a cabo de imediato assim que um adiamento for negado".

Quando a elevamos a membro pleno do Zentralkomitee, ela já era o terror dos imperialistas de toda parte, e seu arquivo da Stasi informa, em consonância, que `em 28 de janeiro de 1954 chegou ao nosso conhecimento que o Serviço Secreto americano plantou um cúmplice para levar a cabo atos terroristas contra a dra. Hilde BENJAMIN.`[43] Mas nós o pegamos; foi guilhotinado em segredo.

20.

Outros tributos lhe foram prestados pelas forças do revanchismo. Certa noite de inverno, pessoas desconhecidas erigiram um cadafalso de mentira no topo de sua datcha em Brieselang;[44] chegaram até a dependurar uma boneca de palha enforcada — uma provocação deplorável. Fomos nós que a informamos; percebemos ao amanhecer, enquanto ela ainda dormia. Quando o telefone preto a informou da situação, ela ficou branca, mas sem demora deu risada. Para confortá-la, prendemos de imediato quatro indivíduos suspeitos, e certamente é possível que algum deles tenha sido o culpado.

Desde então tomamos nota de um estranho boato, registrado diversas vezes por nossos informantes, segundo o qual ela teria fugido para a Suíça a caminho de Israel, porque era judia.[45] Isso apenas demonstra o quanto segue crucial exterminar sem misericórdia alguma os criminosos fascistas. Por exemplo, dois trabalhadores bebiam em uma taverna e um deles disse ao outro: "Aqui temos três tipos de pessoas: quem já foi preso, quem está preso e quem vai ser preso".[46] O telefone preto entreouviu, o que significa que a Guilhotina Vermelha também. Inclinando-se para a frente com seu traje cinza-claro, a luz ricocheteando em seu cabelo cinza-escuro, ela fitou a mata cerrada de microfones com a mesma sinceridade extasiada de uma criança implorando por doces, e seus labiozinhos úmidos se abriram para exigir *morte, morte, morte*.

21.

Ela começou a dizer que para conquistar o futuro precisávamos estudar ainda mais de perto as lições do passado. Fez com que a levassem de carro até Dresden para assistir a outra palestra ministrada pelo ex-marechal de campo fascista alemão Paulus, que culpava Hitler, Von Manstein e os monopolistas por tudo — a linha correta, enfim. Seu rosto de ancião, esplendoroso de tão branco, desabava em pontos que talvez devessem ser firmes, os olhos imensos como se em pânico por trás dos óculos pretos de lentes grossas enquanto ele falava no atril, um copo d'água sempre por perto. A Guilhotina Vermelha se sentou na última fila, sorrindo. No colo, uma pasta da Stasi. De tempos em tempos ela abria a pasta e espiava bem-humorada o primeiríssimo item, uma fotografia de Paulus no Palácio da Justiça de Nuremberg oito anos antes, quando a Alemanha ainda não estava dividida; parecia um espantalho no banco das testemunhas; ao lado dele, um policial militar de capacete branco; fios saíam dos fones de ouvido de Paulus; ele olhava para a frente, com ar escrupuloso; apenas o PM olhava para ele. Por algum motivo que ela não conseguia explicar, essa imagem lhe dava prazer.

22.

Em julho de 1954, graças à cooperação gradual e crescente entre os tribunais e nossos representantes populares, guilhotinamos o ex-nazista Wilhelm Wolff por causar epidemias em animais de criação de nossas fazendas coletivas, e por outros crimes igualmente depravados. Compareci ao julgamento; lembro-me de Hilde Benjamin de pé no atril, enterrando os dedos em sua superfície enquanto se inclinava na direção do microfone, gritando: "Nada de liberdade para os inimigos da democracia!".

Chamado a se defender, o réptil fascista Wolff indicou que não teria motivação alguma para causar uma epidemia.

Respondeu a Guilhotina Vermelha: Aqui está sua motivação — disseminar agitação.

E ela o condenou à *morte, morte, morte*.

23.

Em 1955 ela já estava atarracada e disforme como um sapo; eu a vi exibindo seus dentes estapafúrdios diante dos albaneses. Em 8 de março de 1955, nem uma semana depois de sentenciarmos Paul Köppe à morte, o Politbüro confirmou sua condenação (o burguês recebe a ordem ao contrário). No mesmo dia, no julgamento de Rudloff, quando o promotor público sugeriu leniência, a Guilhotina Vermelha interveio para salvar a sociedade desse assassino quádruplo.

Eu a vi com um impermeável claro e curto, a cabeça e os joelhos à mostra e as mãos nos bolsos, andando carrancuda a passos largos logo atrás do Camarada Ulbricht, cujo impermeável é bem mais comprido e que usa uma cartola, quase como um capitalista; seu braço direito está congelado em saudação, o fio da lâmina de sua mão está forçado contra a borda do chapéu enquanto ele e a Guilhotina Vermelha marcham pelo asfalto brilhante de chuva da Potsdam, não exatamente pisando nas cabeças refletidas dos soldados empunhando rifles voltados para eles em uma longa, longa muralha; todos saúdam, exceto a Guilhotina Vermelha.[47]

Em maio de 1955, quando guilhotinamos Karl-Ernst Hahn e Alfred Rzepio pelo homicídio fracassado de um taxista, um crime que lhes foi sugerido por filmes americanos de gângsteres, a Guilhotina Vermelha bradou: "Como assinalou o Camarada Mielke, eles expulsaram a si mesmos da classe trabalhadora!", e nossos juristas democráticos, em cooperação atenta com os órgãos de segurança da Alemanha rediviva, concordaram. Com os dedos estendidos e apontando para o alto, os lábios entreabertos com ardor, ela se postou diante do microfone com a mais rematada sinceridade enquanto exigia mais uma morte, mais uma morte.

Tinha agora um certo aspecto sonolento, como se ela fosse um crocodilo sagrado bem alimentado que sempre podia contar com receber o próximo sacrifício humano. Às vezes apenas entreabria os olhos. Bocejava de vez em quando (a pobre Camarada Benjamin está envelhecendo depois de tanto sofrimento!), interrompendo o réu com um dedo erguido em vez de um ataque furioso com palavras. Mas se ele se atrevesse a argumentar o caso em vez de confessar ou, pior ainda, tentasse contradizê-la, a Guilhotina Vermelha ainda conseguia explodir! Em 14 de setembro de 1955, quando liquidamos os ex-agentes da Stasi Susanne e Bruno Krieger por espionagem contra nosso Estado, as massas vibraram como trabalhadores do Ártico erguendo os punhos enluvados em um filme de Roman Karmen. Assim mesmo, alguns ficaram decepcionados; pois a Guilhotina Vermelha não lhes proporcionou um espetáculo digno de nota. Talvez isso tenha acontecido porque os Krieger não se defenderam. (Susanne Krieger tinha acreditado que não seria guilhotinada caso incriminasse outros. Não há motivo para manter nossos combinados com esse tipo de gente.)

Naquele mesmo mês, quando nos livramos do diretor Nellis da Usina Elétrica J. W. Stalin por sabotagem, a gerente técnica da fábrica se postou no tribunal para levar relatórios a todos os ex-colegas. Ela estava lá quando o rosto redondo e tosco da Guilhotina Vermelha ficou animado, se abriu em sorrisos e despedaçou o diretor Nellis com denúncias. Ela exigiu *morte, morte, morte*. Como poderíamos negar-lhe tal guloseima?

Em janeiro de1956, guilhotinamos os agentes fascistas dos Estados Unidos Werner Rudert e Max Held. Quando o Politburo confirmou as sentenças, o sorriso dela ficou tão cheio de gordura e açúcar quanto um de nossos *pacotes de intelligentsia*. Então ela tirou uma soneca na mesa, roncando com um sorriso largo.

24.

Em 4 de novembro de 1956 ela chegou ao tribunal às cinco para as oito para o julgamento de Hagen. Nikolai de Stalingrado sorriu para ela em um lampejo de dentes de aço; a saudação dele sempre desfazia temporariamente aquela tristeza pesada, pálida, um tanto indistinta, no interior de sua cabeça, que a puxava para baixo; o peso escuro de seu traje ganhou brilho porque o Kalachnikov dele brilhava.

Bem, bem, Camarada Benjamin, então hoje outra cabeça vai rolar?

Pode apostar nisso!, riu a Guilhotina Vermelha.

Imaginava que ele gostava dela, mas ele lhe tinha pavor.

E subiu então para o gabinete, onde a fitava do alto uma galeria de retratos de santos mortos: o promotor pioneiro E. Melsheimer, o constitucionalista K. Polak, o corajoso G. Dmitroff, que havia desafiado um tribunal hitlerista e vencido, e, é claro, o representante do movimento internacional dos trabalhadores, Félix Djerjinski, cujos "órgãos" liquidaram milhões de seres humanos em nossa amada União Soviética.[48]

Fizeram entrar o réu, cujo rosto desesperado a lembrou da negrura de crateras brancas da fachada chamuscada de nossa casa de ópera. A Guilhotina Vermelha já estava lá; preferia que suas vítimas já topassem com tudo no lugar. Seriam conduzidos para dentro e lá estaria a Guilhotina Vermelha sentada no centro da mesa comprida e alta, com um busto do Camarada Ulbricht à esquerda e um busto do Camarada Stálin à direita. Usando sua marca registrada, traje escuro, blusa branca e gravata preta, ela vistoriava o mundo, a cabeça muito ereta e os braços cruzados enquanto do alto fitava complacente nossos repórteres e fotojornalistas socialistas, então lenta, muito lenta, virava a cabeça para a direita para inspecionar a presa mais recente, que ao ser conduzida ao assento no banco do réus, cercada pela polícia secreta e os supostos advogados de "defesa", não conseguia deixar de se sentir um aluno chegando atrasado na escola.[49] E isso era apenas o início do que sentia; porque chegou a hora de voltarmos nossa atenção ao pavor que a presença dela de algum modo injetava nas pessoas, paralisando-as como veneno de aranha, de modo que ficavam confusas, submissas, silenciosas. Mais tarde, ao serem conduzidas para a câmara de execução de paredes caiadas, passavam os últimos instantes de vida tentando em vão compreender como ela as tinha apanhado: a verdade é que sua boca não era eloquente (não precisava ser; lambia os lábios com uma língua cinzenta e alegre); sua lógica jamais poderia ser recapitulada — como seria? Pois os condenados eram inocentes, pelos padrões humanos "objetivos" que agora estão obsoletos.

E quem era *este* aqui? Ao que parecia, enquanto uma equipe de Escombrofrauen reerguia o que restava das lápides do cemitério judaico, ouviram um ruído, de modo que três delas cercaram o buraco com pás erguidas e prontas a golpear, enquanto a quarta saiu correndo atrás da Polícia Popular. O criminoso de guerra fascista Hagen tinha se escondido ali. Que provocação! Os anglo-americanos tinham fingido enforcá-lo em Nuremberg, e ali estava ele! Contava com um túnel e até mesmo um rádio de galena de modo a receber ordens dos inimigos de nossa nova

Alemanha. Era mais uma vez a Operação Ouro dos anglo-fascistas. Nossa corajosa Polícia Popular, comandada pelo Oberst H. Scholz, apareceu correndo para ajudar; soldados do Exército Vermelho vieram a toda pela Leninallee em seus Vopo-jipes. E assim capturamos a serpente imperialista Hagen.

Primeiro fazendo beicinho com os lábios gorduchos e cinzentos, e em seguida mostrando os dentes tortos, a Guilhotina Vermelha estreitou os olhos diante do réu, que a encarava com ar insolente. Ah, ela sentiu o início de um ataque de fúria! Enquanto isso, em nome dos químicos sorridentes e atletas risonhos da Alemanha Oriental, nossos Jovens Pioneiros (com idades de seis a dez anos) já gritavam *Abaixo o traidor!* enquanto nossos Pioneiros Thälmann (onze a catorze) acenavam com cartazes de linda caligrafia em apoio à nossa sentença inevitavelmente justa, fosse ela qual fosse.

Estimados camaradas e amigos!, começou a Guilhotina Vermelha *em nome do povo*; e seus olhinhos largos e beicinhos entreabertos ficaram sem dúvida prontos para fazer justiça. Vigilância contra os répteis! Cuidado, espiões! Pegamos mais um!

E ainda assim, por mais que ela ardesse em chamas e fuzilasse com o olhar, o traidor fascista se recusava a baixar os olhos, revelando assim sua postura negativa. Como estava pálido! Deve ter passado muito tempo embaixo da terra.

Todas as preparações estavam concluídas. A sentença já tinha sido confirmada. Ela sentia que mal poderia descansar até que ele estivesse na tumba, com a cabeça separada do corpo.

Confesse suas atividades criminosas, começou a Guilhotina Vermelha.

Quais delas?, riu Hagen.

Quando Hagen não apenas se recusa a se levantar para a viúva de Siegfried, mas deposita sobre o colo a espada cravejada de jaspe do homem que assassinou, o bardo que o criou se alegra; o que seria mais viril que um desacato aberto, ainda mais na presença de um anfitrião superior? Hagen sabe que está condenado, e exibe sua hostilidade na beleza e na nudez insultuosa daquela espada.

A Guilhotina Vermelha encarou aquele rosto desafiador e experimentou um senso medonho de familiaridade. Jamais tivera o hábito de ceder aos supostos "sentimentos", de modo que as sensações de aflição e repugnância que a tomavam de assalto eram esmagadoras e inexplicáveis. Este Hagen tinha sido, conforme a acusação, guarda no KZ-Mauthausen. Embora a morte de Georg tenha sido julgada oficialmente como suicídio, todos sabemos como *essa gente* faz as coisas. Era possível que Hagen tivesse testemunhado ou até mesmo precipitado a morte do marido dela. De qualquer modo, uma verdadeira comunista se mantém impassível diante de tais coisas.

Réu Hagen, você cometeu crimes contra o povo, não?

Cometi, sim.

Então por que disse aos oficiais que efetuaram sua prisão que não tinha feito *nada fora do normal*, quando sabia perfeitamente bem que não era o caso?

O acusado começou a responder: Não posso exprimir isso de forma ainda mais exata…

Na verdade você pode exprimir de forma extremamente exata!, riu a Guilhotina Vermelha, e o tribunal inteiro riu com ela. Mas você quer nos fazer de bobos.

Não, eu não quero… ele sussurrou. Ao menos, isso era o que os outros sempre tinham sussurrado. Mas Hagen não sussurrou coisa alguma. Na verdade, ele deu uma risadinha: Você não é judia apenas por casamento, não é, Frau Benjamin? Você é *judia de sangue*. Sabe o que alemães pensam sobre judeus de sangue?

Ela ficou branco-acinzentada.

É claro que o condenou à *morte* — mais um exemplo da imparcialidade da justiça em nossa República Democrática Alemã. Explicou a nós, espectadores: Esta sentença é um alerta a todos que hesitam na defesa de nosso Estado, para todos que deixam de se empenhar pela vitória da paz mundial.[50]

Mas seu rosto redondo e pálido se contorcia e tremia inquieto.

25.

Depois disso ela pareceu envelhecer ainda mais rápido, e a inclinação da sua boca expressava cansaço e asco. Nem procissões à luz de tochas, à nossa moda tradicional alemã, nem trens abarrotados de carvão reluzente a alegravam. A fumaça do passado pairava tão soturna sobre tudo! E quanto ao sonho que havia tido, com a caixa de prata manchada cuja tranca ela não conseguia vencer, nunca conseguiu entender por que lhe causava tanta ansiedade.

Foi ao escritório da Stasi e o Camarada Mielke a recebeu sorridente; mas ela se perguntou se, um instante antes de sua chegada, ele não estivera fazendo comentários antissemitas a seu respeito.

Em 1956, quando criamos nosso Exército Popular Nacional para reagir à ameaça crescente do Oeste, o segundo Plano Quinquenal foi aprovado, e Roman Karmen fez o filme *Aurora indiana*. Enquanto isso, a desestalinização teve início. Isso colocou a Guilhotina Vermelha em uma posição quase tão desconfortável quanto a do Camarada Ulbricht. De qualquer modo, já se comentava que as energias dela haviam se enfraquecido. Antes, o que costumava exigir de quem estava sob seu poder era a confissão. Depois de Hagen, ansiava acima de qualquer outra coisa por silêncio antes de uma condenação rápida. Seus tribunais não ficavam mais tão cheios de espectadores com impulsos sádicos. E agora, sem considerar a situação interna e externa de imensa seriedade que enfrentávamos naqueles dias, o *Neues Deutschland*, seguindo a linha do Camarada Khruschóv, ousou atacá-la por ser "esquemática e inflexível".

Recuamos; anistiamos vinte e um mil criminosos. Para nossa sorte, o suposto "levante húngaro" nos deu a desculpa de que precisávamos para restaurar nossos padrões. Em 17 de janeiro de 1956, a Guilhotina Vermelha anunciou: "Não nos é permissível abrir mão da pena de morte. Não houve sentenças injustas em nossa República Democrática Alemã".

Assim mesmo, em 1957 concordamos em punir homicídios com vinte e cinco anos de prisão, em vez de morte. Eu a vi sentada ao lado do ministro da Justiça húngaro, Ferenc Nezval, ambos isolados, e mais tarde naquele mesmo dia ela assinou uma peça legislativa medonha em uma cerimônia bizarra de obtusa modéstia, com figuras vestidas em trajes escuros postadas em fila às costas deles, e mais atrás, dependurado na parede, o imenso retrato de um homem de cabelos brancos: o Camarada Ulbricht. Felizmente, traição, espionagem e crimes correlatos ainda podiam ser penalizados como mereciam.

Dizem que ela compareceu ao funeral do ex-marechal de campo Paulus, que por motivos políticos foi um evento discreto. Depois disso ela se sentou diante da escrivaninha do quarto de hotel, abriu a valise, tirou a pasta da Stasi, retirou a segunda fotografia, que mostrava Paulus até a cintura em uma trincheira de Stalingrado, agarrando o pulso e parecendo empurrar o inimigo sob o olhar obediente dos homens uniformizados que o rodeiam; gargalhando, ela rasgou essa fotografia em pedacinhos.

Assinou outra sentença de morte, e então a vi conversando animada com Erich Mückenberger, os dentes faltantes e tortos dando a ela uma expressão de monstro barato; a sentença não foi levada a cabo. Enquanto isso seu arquivo da Stasi começou a incluir reclamações sobre seus lapsos de humor, arrogantes, soberbos, "avessos ao coleguismo". Foi mais ou menos nessa época que reinvestigamos seu passado e descobrimos que os anos entre 1937 e 1939, que em sua declaração autobiográfica ela dizia ter passado como funcionária do varejo, tinham na verdade sido ocupados com o trabalho em uma confeitaria de propriedade judaica. Não que tenhamos algo contra judeus em *nossa* Alemanha (pela Alemanha Ocidental não posso dizer nada). Assim mesmo, todo cuidado é pouco, por causa do aventureirismo sionista atual. É possível que um relatório tenha sido feito ao Camarada Mielke. Por outro lado, não posso acreditar que tenha dado em algo. O tributo em memória de Georg Benjamin que ela escreveu alguns anos mais tarde foi publicado e recebeu aclamação cuidadosa.

Em 5 de dezembro, quando distribuímos cigarros e schnapps para celebrar o Dia da Constituição Soviética, ela tentou cair nas graças do Camarada Honecker, que obviamente se tornaria o Número Um mais cedo ou mais tarde, mas ele a esnobou.

Eu a vi com um casaco de pele, em pé ao lado do secretário Grüneberg do SED-Zentralkomitee em 1958, época em que já tínhamos liquidado por completo o desemprego. Foi quando os povos amantes da paz da União Soviética exigiram que os imperialistas anglo-americanos desmilitarizassem Berlim. Nem preciso dizer que os imperialistas rejeitaram esse pedido justo. Não importa. Quando a hora chegar vamos lhes abrir os olhos.

Em outra cerimônia com soldados soviéticos ela sorria, parecendo amável, com o cabelo grisalho em tranças enroscadas no topo da cabeça; e a manta listrada parecia bem estilosa dentro do casaco de pele. Particularmente ao envelhecer, começou a ter um rosto meditativo estranhamente amável, redondo e macio, enquanto se sentava diante de uma mesa com talha branca com uma fila de outros dignatários; ela podia ser uma refugiada judia, o que de fato era por casamento, ou uma cigana espanhola ou até mesmo Käthe Kollwitz em pessoa com aquele rosto pesado e redondo; ah, que estranho que ela pudesse ser Käthe Kollwitz! Como define com tanta perfeição a Declaração Programática do Conselho Estatal em 1960: "Nossas leis são a efetivação da liberdade humana".[51]

Naquele mesmo ano, quando a Stasi expandiu poderes e filiação de modo a melhor espionar *negativos-hostis*; quando executamos o traidor Manfred Smolka; quando Roman Karmen dirigiu *Nossa amiga Indonésia* e Chostakóvitch compôs a *Opus 110*, reiniciamos nosso ímpeto pela coletivização forçada — uma tarefa tornada duplamente urgente pela seca de 1959. Quem estaria disposto a assumir os processos por fracasso na entrega de cotas de colheita? Ora, nossa querida Guilhotina Vermelha! (Camarada Bley: "Com base nos ensinamentos de Lênin, ela prefigurou uma direção necessária para o movimento dos trabalhadores e dos camponeses na legislação socialista".)[52] Enquanto isso, a Guilhotina Vermelha se sentou frágil e desconfortável na primeira fila de uma reunião, a mão agarrada no braço da cadeira, as pernas brancas cruzadas para o centésimo quinquagésimo aniversário da Universidade Humboldt.

Como era de esperar, nossos esforços crescentes em socializar a agricultura fizeram mais parasitas abandonarem a nação — dois mil por dia! A Guilhotina Vermelha mandou para a prisão todos que apanhamos, bradando: "Receber educação gratuita e depois fugir, por acaso isso é decente?". Mesmo assim, mais e mais deles escaparam. Então o Camarada Ulbricht se viu forçado a construir o Muro — ou, usando o termo mais adequado, a "barreira protetora antifascista". Funcionou à perfeição. Deixou evidente para o mundo a divergência rematada entre nossa nova Alemanha e o que foi apropriadamente chamado de *nazideutscher Faschismus*. O telefone gritou de alegria. "Restaram apenas escombros da 'política de força' de Adenauer",[53] tripudiou o Camarada Honecker.

26.

Ela delineou nossa Lei de Família de 1966, que protege a propriedade das esposas após o casamento e requer que os pais eduquem os filhos sob uma perspectiva socialista. Quantos outros países podem se gabar de uma legislação tão progressista? Sua cabeça estava inclinada, exibindo a divisão no cabelo enquanto assinava; um homem do Zentralkomitee estava curvado sobre ela, enquanto à sua direita outro homem se curvava sobre o Camarada Ulbricht. Concederam-lhe a Medalha de Serviços Prestados do Exército Popular Nacional, em ouro. Mas seus ideais já se perdiam.

Com respeito à eleição de 1967 para a Volkskammer, foi combinado de imediato antes de sua viagem de uma semana à Bulgária que ela se apresentaria como candidata,[54] como de hábito; mas três dias antes de seu retorno, em 30 de maio de 1967, ela ligou para o motorista e pediu para ser levada a Potsdam naquela limusine de janelas diminutas para cuidar das formalidades, e acabou descobrindo que no fim das contas não seria indicada; e que, na verdade, seu mandato de ministra da Justiça estava encerrado. Um relatório de Richter Hauptmann, da Stasi, descreve-a como `atônita e revoltada`. Sua cabeça redonda e grisalha afundou entre os ombros trajados de negro. E ela se viu obrigada a dar lugar ao dr. Kurt Wünsche. Afinal de contas, já estava com sessenta e cinco anos.

Levou consigo alguns suvenires, incluindo uma pasta cujo único documento restante era uma fotografia granulada de Paulus de perfil enquanto adentra o cativeiro, de cabeça erguida. Agora ela adentrava o seu, no sobrado da nova área restrita cercada de concreto entre Basdorf e Wandlitz, com quadra de tênis e estande de tiro; segundo o Camarada Ulbricht, a comida era muito superior à do restaurante "reservado" do hotel Lux de Moscou. Ela podia caminhar até a casa do ministro Matern sempre que quisesse, ou até mesmo até a casa do Camarada Ulbricht, que exibia nas paredes pinturas chinesas sobre seda.[55] Mas ela não gostava de nenhum dos dois. Às vezes, quando ia receber uma massagem, encontrava o Camarada Ulbricht fazendo ginástica, e se esforçava ao máximo para ser educada, mas como poderia esquecer que ele não tinha feito nada para impedir sua remoção?

Em 1968, apoiamos com firmeza a União Soviética contra os provocadores tchecos. Ouvindo rádio em casa, a Guilhotina Vermelha gritou: *Morte, morte!* No ano seguinte, a União Soviética nos vendeu e normalizou as relações com a Alemanha Ocidental! (Veja! Ali está Roman Karmen, sorrindo amável para criancinhas de cabelo muito curto enquanto filma *Camarada Berlim*. Logo voltará para uma retrospectiva em comemoração ao seu sexagésimo quinto aniversário. Mas nada disso faz a Guilhotina Vermelha se sentir melhor.)

Naquele setembro ela compareceu a uma conferência jurídica internacional na Academia Alemã Walter Ulbricht de Estado e Direito, mas apenas como palestrante de história do direito; não tinha mais permissão para fazer o que tinha sido colocada na Terra para fazer. As lições do caso Hagen foram esquecidas. E tudo foi piorando em nossa cada vez mais avançada sociedade socialista até 1989, último ano de sua idade avançada, altura em que seus olhos escuros se desviavam de tudo enquanto sua boca aberta exibia os dentes. Poucos meses depois de ela fechar os olhos para sempre, a Alemanha Oriental fez o mesmo.

Bem, quais foram suas conquistas? Em 1967, setenta e cinco por cento de nossos juízes dos tribunais regionais e distritais eram oriundos da classe trabalhadora.[56] "Aqui se deve lembrar sua imparcialidade, bem como suas contribuições marcantes para o aperfeiçoamento do direito de família e na condução de casos consistentes com a cultura da jurisdição socialista."[57] Os louvores se estendem com a mesma extensão das filas nos postos de gasolina Intertank. Quando ela se aposentou, novecentos e trinta empreendimentos industriais tinham sido desmonopolizados e transferidos ao controle popular; treze mil e setecentas fazendas tinham sido confiscadas por agências locais de autogoverno![58] Muito desse trabalho vital foi realizado nos tribunais, e devemos ser gratos à Guilhotina Vermelha. Os cones dissimulados dos dispositivos de disparo SM-70 no Muro só foram instalados nos anos 1970; não podemos lhe dar crédito por instituir seu uso; mas ela podia se orgulhar de ter presidido nosso novo Código Penal de 1968, que respeita ainda mais a justiça soviética e substitui a decapitação por (cito os regulamentos) "um tiro inesperado na nuca, à queima-roupa". Como sempre dizia o Camarada Mielke: Jogo rápido com eles todos! Porque sou humanitário.

27.

Na primeira semana de agosto de 1971, o Camarada Mielke em pessoa atendeu o telefone. A ligação tinha origem em Majakowskiweg 18/20. A voz idosa e feminina na linha era tão histérica que por um longo tempo ele mal conseguia entender o que dizia.

De qualquer modo ela andava dormindo muito mal naquele verão por causa de um sonho recorrente, o sonho da caixa de ferro negro que ninguém podia abrir; e então veio o primeiro telefonema anônimo, de manhã bem cedo: "Seu caixão está pronto, Camarada Benjamin".

Sentindo um calafrio, ela desconectou a linha com um ruído tão alto quanto o do sonâmbulo; e então se sentou no sofá, tremendo.

O telefone voltou a tocar. "Camarada Benjamin, seu caixão está ali fora."

E mais uma vez, e outra! A cada telefonema o caixão ficava mais próximo.[59] Ela enfim ligou para o número especial da Stasi. Foi então que o Camarada Mielke resolveu cuidar pessoalmente do assunto.

Nossa Polícia Popular sempre cumpriu de forma honrada seu dever contra os fascistas alemães; além disso, ela era *um de nós*, então prenderam alguém somente para deixá-la satisfeita, mas então o telefone voltou a tocar. O coveiro procurava a Camarada Benjamin.

É porque eu sou judia, não é?, ela cochichou para o Camarada Mielke. Seja sincero, você me considera judia só porque me casei com um judeu? ▸

Nunca mais mencionaremos

Onde quer que se estude a Torá à noite
um raio fino como um fio brota da luz oculta
e se derrama sobre quem nela estiver absorto.

Cabala (século XIII)[1]

1.

Toda vez que ela lhe dizia não, esse não era tão perfeito quanto suas maçãs do rosto.

Ela tinha algo de confortavelmente imóvel, tranquilizadoramente implacável — parada, silenciosa, esguia e incorruptível, portanto frágil em última análise; como era boa demais para se curvar, teria de se estraçalhar caso algum dia dissesse sim; por isso até o último momento ele continuou capaz de se orgulhar de si mesmo por aceitar suas recusas com o máximo de dignidade, ainda que falível, amando-a e respeitando-a ainda mais por não lhe dar tudo de si. Como ele a prezava, tinha de prezar a coerência que ela havia criado em relação ao outro homem e que seu toque teria consequentemente despedaçado. Ele a amava; não lhe causaria dano.

Pediu a ela pelo menos uma fotografia, e ela o fitou do outro lado da mesa e então respondeu com a voz muito baixa: Não.

Pouco tempo depois estreou seu *Concerto nº 1 para violoncelo em mi bemol maior*, então havia uma quantidade imensa de mulheres, não que com aquela idade ele tivesse sempre como, você sabe, e assim, quarenta minutos depois da gravação constrangedora com Rostropóvitch, onde havia uma mulher que logo o estava beijando sem parar, deitada em cima dele na cama enorme do hotel, abraçando-o com força suficiente para espremer um pouco da solidão, deixando-o lúcido o bastante para ter alguma chance de não cometer erros se ao menos cogitasse de forma rápida e lógica o que diabos ele queria, essa mulher, essa mulher gentil que gostava dele e que já lhe havia dito que após míseras quatro horas em sua companhia, três das quais só o tinha visto do outro lado de um cômodo lotado e barulhento que resplandecia de taças de bebida (minha cara, obrigado por sua, sua, você sabe, mas eu, eu, bem, eu apenas peguei um pequeno tema bem simples e com toda, *toda* a simplicidade fiz o melhor para desenvolvê-lo!),[2] ela já sentia ciúmes de todas as outras mulheres que porventura compartilhassem de sua vida (ele nunca contou a ela sobre a mulher de cabelos muito, muito escuros), essa mulher deitada em cima dele talvez pudesse ajudá-lo; porque ele precisava de algo sexual de modo a aliviar um quinhão de seu desejo pela mulher com cabelos escuros e com isso minimizar o aborrecimento que sua paixão causava a ela, ainda que aborrecimento não seja bem o termo, eu quis dizer angústia, aflição, um verdadeiro mal, porque ela *se importava* com ele; e como ele tinha, digamos, sentimentos recíprocos, esse algo sexual que agora buscava na mulher em cima dele não podia ser sexual *demais*, pois ele não trairia, não faltaria com a fidelidade à, à mulher com cabelos muito, muito escuros, cuja cama de casal desarrumada (naquela época ela ainda estava casada com R. L. Karmen) ele tinha vislumbrado uma vez, com uma agonia (não por ciúme, apenas por causa de uma sensação que não podemos chamar de perda, posto que ele não possuía mais sequer um mísero fragmento dela que pudesse ser perdido) que por um momento ele julgou erroneamente que não seria capaz de suportar. Isso foi antes da morte de Nina. E agora a mulher de cabelos escuros estava casada com o professor Vigodski. Ele aguentou; compôs um quarteto de cordas. Depois faria um telefonema para a mulher de cabelos escuros — ah, como ele amava telefones! Então ele se casou com Margarita, que fez o mínimo possível para preencher o lugar de Nina; ela não era muito, bem, você sabe do que estou falando. Então pediu à mulher deitada em cima dele se ela faria a gentileza de, por favor, pousar os dedos delicados sobre sua garganta, e então estrangulá-lo um pouco e depois um pouco mais, o que entre sorrisos, sussurros e longos beijos ela, afetuosa, fez, garantindo a ele que não se importava com nada se fosse algo de que ele precisava, e como ninguém a tinha informado do quanto aquilo era perigoso, ela foi bem mais além do que Galina Ustvolskaia jamais tinha ido, mais além do que Tatiana Glivenko, o primeiro amor dele, mais além inclusive do que a outra, a de cabelos escuros que o tinha abandonado para sempre e de cuja memória um amor duradouro e mesmo agora não inteiramente não correspondido o havia salvado com força surpreendente. Então a mulher em cima dele, beijando sua boca sem parar, colocava lânguida as mãos em sua garganta sempre que tinha vontade, sorrindo diante do seu sorriso feliz de gratidão e deleite antecipado; então pousava as mãos macias logo abaixo de seu queixo e começava a espremer, *legato*, *dolce*, os olhos cravados em seus olhos enquanto afundava os dedos nele e tomava posse de sua vida furiosamente imprestável, a qual ele ansiava por depositar aos pés da mulher de cabelos negros para que ela guardasse ou destruísse a seu bel-prazer, guarda ou destruição igualmente harmoniosas com sua aceitação palpitante porque ele era dela e se ela o destruísse, ele continuaria sendo dela por inteiro, enquanto se em vez disso ela o fizesse se levantar até ficar diante daquele rosto estrelado por um instante ele saberia poder ficar com ela pelo menos por mais aquele intervalo de tempo. Elena, você tem tanta sorte de não ter se casado comigo. Um ponto vermelho girava. Àquela altura, alguém que lhe era alheio emitia sons involuntários da garganta, mais profundos que os sons que ele mesmo fazia durante o orgasmo, e ainda assim partidos como a queda de contas cilíndricas que um dia formaram um colar; aqueles sons em staccato, um tanto desagradáveis, nada líquidos, nem tosse nem gorgolejo nem cliques de metrônomo que ele representaria musicalmente no terceiro movimento da *Opus 110*, pareciam substituir com eficácia a respiração que ele não mais podia ou desejava realizar; ele afundou em uma sensação prazerosa de desfalecimento que nunca deveria ter fim mas sempre tinha, e nesse momento seu coração se partia porque ele se via sozinho, ou seja, sem a mulher de cabelos escuros.

Deitado sozinho naquela cama enorme e vazia com as mãos gélidas e o coração e a garganta tão apertados com a tensão de esperar pelo toque do telefone preto, ou pela falta eterna desse toque, ele acabou se dando conta de que não tocaria, porque a mulher de cabelos escuros devia ter ido embora do Conservatório horas antes, de modo que ele discou o número sem se preocupar com ninguém usando botas cor de framboesa, isso sem mencionar o outro homem, Vigodski; quando o outro homem atendeu ele desligou; uma hora mais tarde ele telefonou mais uma vez, dessa vez obtendo sucesso em ouvir a voz dela, rouca de sono, uma voz *ritenuto*, ao que ele disse com a voz estrangulada: Queria tanto que você estivesse em cima de mim nesta cama, Elena; preciso de você em cima de mim, me beijando e beijando e *beijando*...

Então ele apagou a luz e ficou ali deitado começando a sentir o gosto do sangue na garganta. Ligou o rádio, apenas para, você sabe. Era Klavdia Suljenko cantando "O lenço azul": "O metralhador luta pelo lenço azul usado por ombros queridos". Silenciou-a, não que ela deixasse de ter certo *je ne sais quoi*; a questão era que ele, de qualquer modo, nossa vida é mesmo uma comédia. Na manhã seguinte ele vestiu uma camisa de gola alta porque seu pescoço estava com marcas dos dedos da mulher gentil, que eram quase tão brancos e perfeitos quanto os dentes da mulher de cabelos escuros.

2.

Em outubro passado, quando se encontraram na esquina da loja de departamentos Elisseiev três horas antes da estreia da *Décima primeira sinfonia*, nevava e os dois estavam atrasados. Ela tinha ajustado sua gravata, como uma esposa faria. Ele pediu a ela o favor de abandoná-lo de uma forma delicada se um dia viesse a abandoná-lo, ao que ela respondeu que eles não estavam mais juntos e nunca mais estariam, de qualquer modo. — Ah, como você é sábia!, ele riu. Quero outra aula de inglês! — Então, superando a agonia, ele insistiu, *mezzo piano*, que é claro que eles estavam juntos. Ele sabia o que sabia; por acaso ela não sabia também? Ela mesma não tinha admitido que às vezes ficava em silêncio em vez de falar sobre o que quer que estivesse sentindo? Sempre que ele ia a Leningrado, o que acontecia bastante na época, havendo sempre algo novo a ensaiar, ela o via ou todos os dias ou quase todos os dias, e quando se sentava diante dele no bar que só aceitava dinheiro vivo, sempre sorria com tanta ternura! Assim sendo, ele explicou, era provável que ela ainda o amasse, pelo menos até certo ponto, e por esse exato motivo ele havia telefonado tão tarde da noite para dizer o quanto queria que ela estivesse ali no quarto do hotel, deitada em cima dele, beijando-o, beijando-o, ao que no dia seguinte, depois que Rostropóvitch o levou de carro até Komarovo, ela respondeu telefonando para lá (ele tinha compartilhado com ela itinerários, hotéis, residências e números, em especial o da irmã, Maria) e declarando com sua voz suave e firme que não queria nunca mais ouvi-lo sussurrando aquele tipo de mensagens no ouvido dela, porque eram tristes demais.

A dor que isso lhe causou foi quase inexprimível, mas apenas quase; musicalmente sempre há um modo de, como vou dizer. Ele podia jamais "tê-la" no sentido desejado de tê-la deitada em cima de si em um quarto vazio, abraçando-o com força, nem mesmo por uma hora, que dirá para todo o sempre. Mesmo na Filarmônica ele não se atrevia a, se você entende o que estou dizendo, correr qualquer risco que pudesse, digamos, fazer com que ele fosse notado. Tinha enviado a ela um par de ingressos para a estreia no outubro anterior. Foi gentil da parte deles ter comparecido; Vigodski lhe concedeu aquele estranho sorriso francês. Se ao menos ela pudesse, bem, mas ele mesmo precisava se sentar ao lado de Margarita, que havia se enfeitado toda, aquela… Às vezes ele mal sabia por que tinha… Akhmátova, como era inevitável, podia ser vista na plateia, em geral na companhia da amiga Z. B. Tomachevskaia. O filho dela ainda estava *fora*? Pobre mulher; pobre mulher! Ela era extremamente, bem, você sabe. Ele se mantinha longe das duas, temendo sobretudo que Akhmátova pudesse ter ficado a par de um número excessivo de seus segredos. Então, na quarta fila, a de cabelos escuros; sorria para o marido, de forma impessoal, ele esperava, e então, infelizmente, deitou a cabeça em seu ombro. Por que ela não podia ao menos…? Era uma vez uma alameda de tílias em Tsarkoie Selo, onde os dois se beijaram sentados em um banco e depois ela deitou a cabeça no ombro dele e os cabelos dela, ah, meu Deus, aqueles cabelos compridos e escuros. E agora ela fazia isso com Vigodski, que ele achava extremamente… Quando se sentava sozinho naqueles ensaios de Leningrado, sempre tinha vontade de que ela estivesse ao seu lado, mas isso naturalmente teria sido especialmente, digamos, demonstrativo. Talvez se Glikman pudesse servir de intermediário mais uma vez ela poderia ao menos meio que, digo, mas até isso seria impossível; um dos aspectos que ele mais admirava nela era a forma silenciosa e impassível com que conseguia dizer não. Nina também era assim. Por outro lado, em todos os outros sentidos ele tinha Elena; podia amá-la; podia pensar nela; melhor ainda, da mesma forma que o arco gentil da Ponte Azul nos oferece o caminho para as cúpulas de Santo Isaque, a *Opus 40* nos auxilia a cruzar as águas escuras e geladas da realidade até o lugar em que Elena se encontra; Lialka, ela gostava que eu a chamasse assim, quando nós ainda... Elena, me ajude! Elena, não consigo aguentar! Mas você é a única pessoa que jamais poderá me consolar, pelo mesmo motivo que é a única que conseguiria fazer isso. Não é curioso? Representei esse dilema com *ostinato* diversas vezes. Esta noite eu vou...

Já contei que quando ele estava em Leningrado ela o via quase diariamente, de modo que ele podia fitar seus belos olhos e sentar perto o bastante para encostar nela, sob a condição de jamais encostar nela; ele podia contar qualquer coisa; ela contava algumas coisas; em resumo, ele podia seguir indefinidamente amando-a e estando com ela desde que pudesse lhe contar tudo. Mas agora ela estava dizendo que eles nunca estiveram juntos e que ele não tinha permissão para lhe contar tudo. Foi por isso que ele sentiu a dor estranguladora.

3.

Quando a jovem fornidamente rechonchuda, que até tinha cabelos escuros, começou a beijá-lo profundamente com a língua em forma de espátula, ele lhe acariciou o cabelo e a desejou, o que significa que ele não a desejou por quem ela era; ele simplesmente precisava de uma estadia temporária no corpo de qualquer mulher; então a tomou nos braços em uma das camas de casal vazias em que ele dormia, mas no instante em que começou a montá-la, *prestissimo con moto*, se podia colocar nesses termos, enxergou o rosto da mulher que amava olhando para ele através da carne da substituta, cuja brancura era digna de papel transparente, de tão pouco que escondia aquele rosto de expressão intensa e atenta da mulher de cabelos escuros com seu quarto de sorriso não exatamente triste de lábios muito, muito vermelhos, que enlouqueceram seu desejo até transformá-lo em algo que só podia ser expresso de forma sufocada, caindo de joelhos quando ela não estava ali para ser importunada pelos seus pedidos; sim, a carne estranha conseguia esconder tão pouco dos cabelos tão, tão escuros que brilhavam por baixo dela; e assim as mãos dele definharam e descaíram.

Assim, ela, aquela que ele amava, jazia, não exatamente entre eles, mas além deles, mais real do que ele ou essa outra dentro de quem ele agora se encontrava; mesmo com os olhos fechados ele não conseguia deixar de enxergar o rosto dela o encarando com firmeza através da carne da outra mulher; os olhos dela, inflexíveis e tristes, permaneceram fixos nele; era como se ela estivesse sentada bem ao lado dele no sofá; ela tinha dito que ele não precisava esconder nada dela, que podia contar qualquer coisa...

Ele deixou a jovem fornidamente rechonchuda muito feliz, até mesmo grata, e isso não foi coisa pouca, serviu para resolver parcialmente a própria solidão, e foi algo bom em si mesmo.

Então ele foi se encontrar com a mulher de cabelos muito, muito escuros.

Como vai sua filha, Elena?

Vai bem; obrigada por perguntar…

Então ele disse: Acho que você está tentando não, digamos, me amar, mas eu, eu também acredito que mesmo assim você me ama.

O que você quer, Mítia? Já se passou tanto tempo…

E sempre que você tenta fingir que agora não estamos juntos…

Não estamos.

Ou que nunca estivemos juntos, quando na verdade…

Ela se afastava.

De fato, você, bem. Há pouco passei por aquela datcha perto de Luga. Se lembra bem, você escreveu nossas iniciais atrás da cabeceira da cama e me mandou não olhar, mas dessa vez eu, eu, calhou que o coração que você desenhou também continua ali; sobreviveu aos alemães.

Não lembro. Eu nunca estive lá; eu mal conheço você…

É precisamente isso que me dá esperanças, minha querida Elena, quando você, sim, sim, sim, sinto muito que agora você, por favor me perdoe.

Na ocasião seguinte em que a viu, ele pediu mais uma vez a fotografia e ela disse não; na vez depois dessa ele cochichou: Trouxe uma fotografia para mim? e Elena *sorriu*; ela sorriu um sorriso preguiçoso e disse: Talvez.

Noite após noite ele ficou íntimo da fronteira ambígua naquela fotografia entre o rosto dela, amarelo-marfim, e os cabelos, os cabelos muito, muito escuros que o emolduravam até a latitude do lábio inferior de modo que as têmporas e as bochechas se combinavam em algo ao mesmo tempo dourado e negro, essência de tigre, enquanto a luz branca congelada sobre cada fio de cabelo curvado para cima no lado direito do rosto criava um contraste mais digno de zebra. Se ele pudesse simplesmente, bem, ou se ela pudesse se encontrar com ele a sós em Komarovo, o que estaria fora de questão, aí… Margarita não se importaria, desde que ele… Até arrumaria a cama depois! Ah, Elena, que sorte você não ter se casado comigo.

Ela sorria para ele, os olhos escuros alongados pelo sorriso, um sorriso que parecia vê-lo e saber quem ele era mesmo que ela ainda não o tivesse conhecido no ano em que a fotografia foi tirada; ele também ainda não havia se casado com Nina; o sorriso parecia dizer: Aceito seu amor e o reconheço, ainda que eu jamais seja sua; serei o seu céu; você sempre poderá olhar para cima e me ver; nunca pararei de sorrir para você.

Nem preciso dizer que ela era bem mais jovem quando sorria feliz, amorosa e sincera daquele modo, com os lábios vermelhos perfeitos e os dentes brancos perfeitos — como descrever um sorriso? Todo mundo tem boca, sabia? (Lebedinski compreenderia. Mas ele não podia contar nada a ninguém, nem mesmo a Lebedinski. Tinha prometido a ela.) E os cabelos dela, os cabelos escuros que ela talvez tivesse começado a tingir, pois já estava com quarenta e cinco anos, o que ele achava difícil de acreditar, tinham sido ligeiramente mais claros à luz do sol daqueles dias; seu balé *Relâmpago* tinha acabado de estrear e ela tinha dezesseis anos; seus cabelos tinham sido quase avermelhados, porque de tão escuros eram quase de todas as cores, e todos os pelos das sobrancelhas perfeitas eram visíveis em contraste com o rosto muito, muito branco; os olhos escuros sorriam para outro alguém, o fotógrafo desconhecido; quem era, ela não lembrava; mais tarde falou que podia ser sua melhor amiga, Vera Ivanovna; desde então o rosto dela ficou um pouco mais bronzeado e os cabelos tinham escurecido.

À medida que ela ia ficando mais velha, os olhos se alongavam mais raramente em qualquer sorriso; fitavam com intimidade amorosa o outro homem, depois o outro homem depois dele; os lábios profundamente vermelhos dos quais apenas o outro homem jamais provaria semissorriam para o outro homem como às vezes faziam para ele que agora possuía para sempre essa fotografia como relíquia e consolo; e aqueles cabelos, aqueles cabelos muito, muito escuros, castanhos ou negros dependendo da luz, criavam uma escuridão viva e amorosa dentro da qual o outro homem podia descansar.

Sempre que mergulhava na fotografia, afundando mais além do modo como o rosto dela ficava mais largo nos malares e então, logo abaixo da boca, se estreitava para criar um queixo comprido cuja estranha elegância o fazia lembrar-se de uma nota de flauta em uma sonata de Haydn, ele se via capaz de acreditar que se pudesse ao menos ter aguardado e sido paciente por sabe-se lá quantos anos, talvez ela pudesse ter se descoberto capaz de dar mais de si a ele sem com isso se ferir. Até dar a fotografia a ele, a dificuldade tinha sido não ter certeza de possuir qualquer parte dela, exceto pelo equivalente a um aperto de mão que qualquer pessoa daria a quase qualquer um; pois ela estava certa; aquela manhã de verão perto de Luga nunca tinha acontecido; Glikman tinha ido até lá para ele e voltado dizendo: Meu caro Dmitri Dmitriévitch, sinto informar que restou apenas uma parede em pé. Impacto direto de um tanque Tiger...

Certa noite em Riga, quando a conexão telefônica de qualquer modo não teria sido mesmo muito boa, ele não ligou para ela porque, incapaz de suportar a falta que sentia dela, foi dormir debaixo da mulher gentil que gostava muito dele, de modo que pudesse quase estrangulá-lo mais uma vez, e o conforto corpóreo das mãos daquela mulher sobre ele, o bálsamo de sua afeição (talvez agora ela até o amasse), o conhecimento de que caso ele tivesse pedido com delicadeza ela o teria estrangulado até a morte — sim, ela o teria matado para que ele pudesse dormir para sempre a salvo nas mãos de uma mulher! —, tudo isso era indescritivelmente mitigante e ao mesmo tempo aumentava sua solidão, pois ele tinha plena consciência de que essa mulher que gostava dele ou o amava não era a mulher com cabelos muito, muito escuros. Então não pôde ligar para ela naquela noite; foi a primeira noite em que não fez isso; e de manhã, exausta e com a voz até mais grave do que o normal, ela confessou que havia ficado literalmente histérica, tanto que o outro homem quase tinha percebido; e assim que ela disse isso ele se deu conta de que agora ela o havia deixado entrar nela, e então mesmo antes de largar o telefone ele sentiu uma felicidade egoísta, embora essa felicidade soubesse que a angústia de retornar àquele local da falta de certeza seria insuportável.

Ele sabia que agora precisava tomar cuidado para evitar que essa felicidade a fizesse entrar em pânico da mesma forma que sua histeria o tinha deixado feliz. Muitos compassos depois, viajando para Leningrado no carro de Rostropóvitch, ambos debatiam a cor de certo tremolo de violino em seu ciclo judaico e ele imaginava qual seria a sensação caso pudesse de algum modo convencer Galina, a esposa de Rostropóvitch, a célebre soprano, a encontrá-lo em algum lugar e tocar sua garganta como se fosse um xilofone — uma fantasia indesculpável, sem dúvida, que o envergonhou e o tornou digno de punição, pois Rostropóvitch era leal como uma sanguessuga — e então Rostropóvitch apresentou uma pergunta tímida sobre Prokofiev, sobre a qual ele pareceu estar ponderando até que Rostropóvitch, desviando os olhos da estrada coberta de neve, viu que na verdade ele havia se recolhido ao mundo debaixo das lajes negras e da neve branca das teclas do piano. A fotografia dela havia se tornado o único lugar onde ele poderia estar em sua companhia mesmo se ela não estivesse com ele. O rosto dela, tornado ainda mais triste e fechado desde a época da fotografia (ou talvez só parecesse triste quando ela estava com ele), agora ele conhecia melhor que o seu próprio. Ela deveria ter sido dele.

Em uma manhã tão branca quanto o lampejo do sol sobre os lábios muito, muito vermelhos naquela fotografia, ele estava deitado na cama de casal em Leningrado com o receptor do telefone pousado sobre o rosto. Ouviu dela o silêncio costumeiro, até que, com a voz muito baixa, ela disse: Sabe, vou ter de pedir que devolva. Fiz a coisa errada. Magoei a ele e a mim e a você. Desculpa.

Bem, isso é uma verdade, sem dúvida. Eu de fato... Talvez você volte a mudar de ideia, Elena; é minha esperança.

Não. Eu não vou mudar de ideia.

Tudo bem.

Após um silêncio, ela disse: Não vamos mais falar sobre isso. Não vou dizer nada. Na próxima vez em que você se encontrar comigo, pode apenas me dar sem falar nada.

Mas se você não disser nada eu vou, sabe, continuar supondo que talvez você tenha mudado de ideia.

Não. Eu não vou mudar. Só me devolva e não diga nada. A culpa foi minha. Desculpa.

Ele se determinou a nunca perguntar o porquê, e nesse esforço, cuja imensidão o exauriu bem mais que a construção de uma sinfonia, cuja essência é meramente a comunicação em vez daquela canção ainda mais grandiosa conhecida como silêncio, foi bem-sucedido, graças a algo que ele chamou de, e por que não, amor, muito obrigado. Venha me encontrar no Jardim de Verão. Ah, ignore, Elena, ignore. Sei muito bem que anos atrás eu deveria ter, você sabe. Logo ele acompanharia a orquestra até a Inglaterra e a França para apresentações da *Oitava sinfonia*. Pelo menos cinco ensaios, e depois o ensaio geral; ele mal poderia... Também seria melhor armazenar munições contra a solidão; hora ideal para telefonar para aquela jovem fornidamente rechonchuda com a língua em forma de espátula. E vodca! T. Nikolaieva certamente apareceria por lá para um dueto — que boa menina! Será que deveria se divorciar de Margarita? Precisava se encontrar com Glikman, tão bom ouvinte, e então... Bem, mas por que ela precisava tomar de volta a fotografia, quando dá-la tinha significado tão pouco para ela e tanto para *ele*? Então ele compreendeu: exatamente por esse motivo ela teve de fazer aquilo.

Na manhã seguinte sua angústia estava menor quando acordou, pois havia se convencido de que algum dia ela talvez mudasse de ideia de novo, já que tinha mudado de ideia uma vez, e mesmo que não mudasse, bem, ele já havia pensado que, sinceramente, não conseguiria, você sabe, *não conseguiria continuar fazendo aquilo*, mas agora sabia que conseguiria, sim; conseguiria fazendo aquilo para sempre; conseguiria seguir adiante, sem parar jamais.

4.

Sabendo que teria de extrair o máximo possível da fotografia agora que nunca mais a veria novamente (tudo bem, repetiu para si mesmo; vai ser apenas mais uma pequena morte), memorizou mais uma vez aquele rosto de delicadeza feminina, com o sorriso da juventude agora substituído por um olhar de combustão lenta, que aguentou muito e poderia aguentar quase qualquer coisa.

Desesperadamente escondendo seu desespero (tentando esconder seria uma descrição melhor) com trajes de zombaria, comentou mais uma vez que conseguia encarar a chegada do próximo encontro, quando se convencionou que ele devolveria a foto, porque sua esperança continuava aumentando, ao que ela respondeu com sua voz grave e perfeita: Não. Não vou mais mudar de ideia. Não quero mais falar sobre isso. Quero que você devolva a foto sem dizer mais nada, e depois disso nunca mais vamos tocar nesse assunto.

Então ali estava a fotografia da qual em breve ele teria de abdicar de forma honrada, ou para sempre ou até que ela, ela, você sabe, aquele rosto na fotografia mais belamente distante dele do que nunca, radiante através do envelope que ele já tinha lacrado como símbolo de obediência e fidelidade posto que continha algo que não mais lhe pertencia. Ah, ainda lhe restavam vários dias; ela não o teria julgado mal, ou pelo menos não diria nada, ou nem mesmo teria ficado sabendo, se ele continuasse bebendo da fotografia, beijando-a e dormindo com ela debaixo do travesseiro adjacente da cama de casal vazia; mas ele não violaria; ele não espionaria; ele não se imporia sobre algo ao qual não tinha direito.

Fechando os olhos, achou o sorriso dela mais evasivo do que na fotografia. Ah, sim, seus dentes eram tão cristalinos quanto a *Sinfonia Júpiter*! A palpitação de esperar por ela, de encontrar forças na memória da voz dela, era quase insuportável. Aquele estranho modo de ser intocável onde quer que estivesse, como o céu, era algo que quase lhe poderia servir de lição. Segundo Platão, quando aprendemos a amar, a imagem de qualquer bem-amado específico pode ser trocada pelo conhecimento do Bom. Talvez não tenha sido verdade nesse caso, não havendo nada tão Bom ou bem-amado quanto a mulher de cabelos negros, mas porque tudo que ele era e fazia tinha de ser, como eu disse, Bom, então seu cancelamento da doação da fotografia tinha de ser Bom, significando que se ele compreendesse e aceitasse como havia feito com todos os outros atos dela, então sua fidelidade só poderia se fortalecer. Disse a si mesmo: Que tipo de amor seria, caso precisasse de qualquer imagem externa dela? — Teria sido o mais rasteiro dos fetichistas. Caso pudesse ir além de superstição e corporeidade, a amaria de forma ainda mais genuína.

(Na rua ele viu um homem abraçar uma mulher pela cintura e a dor que sentiu foi extrema.)

Tentou compreender (que meramente significa acreditar) que na verdade ela estava dizendo o seguinte: Eu vou ser o seu céu; nunca vou parar de sorrir do alto para você; mas agora você não vai mais enxergar esse sorriso.

E então na vez seguinte em que ele a viu (ela tinha vindo de muito longe para encontrá-lo na loja Elisseiev) deu a ela o envelope, murmurando: *Tenho uma coisa que não me pertence*. Ela aceitou o envelope em silêncio. E depois disso nenhum deles jamais voltou a mencionar a fotografia. ▸

Por que não falamos mais sobre Freya

Existe algo de atemorizante em manter tal relação com uma criatura tão imperfeitamente conhecida…

Nathaniel Hawthorne (1846)[1]

1.

Na escuridão brilhante e pavimentada com pedras da Ernst-Thälmann-Strasse, multidões negras se postavam diante das vitrines brilhantes e vazias. E Lina estava perdida em meio a elas. Lina tinha vindo em memória da irmã Freya, que tinha sido sacrificada à tempestade de fogo. E Lina estava perdida em todos os lugares! Era uma vez uma época em que a cúpula, a torre e o pináculo da Frauenkirche se elevavam sobre as ruas antigas e estreitas de Dresden, que agora eram bem mais ficcionais do que tinham sido no conto de fadas de Hoffmann sobre o vaso de ouro. Pensando bem, a ornamentação estranhamente plana da Dresden de antes da guerra bem que poderia ter servido como pano de fundo. A peça se chamava *Lina e Freya*. A Dresden dos livros antigos nunca existiu exceto nos livros, um fato objetivo, implicando que as ruínas em ondas partidas de tijolos e pedras daquela noite e daquela manhã em que Dresden inteira foi espatifada como uma romã cujas sementes foram arrancadas das catacumbas *na verdade não estavam lá*.[2] Dresden é a Central Europa, o reino cercado de muros bem no meio do passado! Aqui todos os dias começam com *era uma vez*. Mas Barbarossa se recolheu ao interior de sua caverna da montanha para sonhar novos sonhos cruéis; nós o perdemos; ele nunca existiu.

Assim como verdades deprimentes sobre Stalingrado devem ser consideradas propaganda russa (uma mãe ajoelhada sobre um corpo congelado, uma coluna muito, muito comprida de vultos encapotados e cambaleantes desaparecendo na névoa), em si o incêndio de Dresden não passou de um pesadelo: acorde dele e enxergue os garotos loiros de nossa pátria alemã com seus uniformezinhos, ceifando a colheita com foices forjadas à mão! Essa lógica também me permite dizer que nem Lina nem Freya jamais existiriam exceto como reificações acronímicas dos tentáculos do telefone preto. O que seriam, além de personagens literárias?

Mas Lina estava perdida. Esta rua tinha sido outra, com outro nome. Agora era a Ernst-Thälmann-Strasse com seus canos à mostra fazendo sombra na neve.

2.

Quando cruzou para Berlim Oriental no fim daquele último ano antes do Muro, estava quase certa de que uma pessoa estaria à sua espera, talvez um de seus pais; recordava-se deles, vindo encontrá-la quando era pequena; esperava alguém, qualquer um. Bem, não era a vida? Nada nunca adianta, seu pai costumava dizer.

Sinceramente, ela sentiu um pouco de medo de ir. Ouviu o mesmo que todos nós a respeito da outra Alemanha. Mas tinha de prestar respeito à memória de Freya.

Foi como recuar dez anos entrar nessa nova Alemanha Oriental. Ali, é claro, o milagre econômico nunca tinha acontecido. Para ela todos pareciam famintos e esfarrapados.

De Ost-Berlin ela tomou o trem de volta para o coração da nossa Alemanha — árvores escuras sobre grama loira, e nuvens sobre tudo — onde parecia que mais cinco anos tinham sido desfeitos! Castelos queimados, apartamentos fechados com tábuas, cidades vazias. Todos esses cenários foram desviados do leste para cá pelo maquinário político, de modo que o conto de fadas moribundo pudesse se representar a outro público cativo. Passaram por um cartaz que ninguém se animou a tirar: ***APRENDER COM A UNIÃO SOVIÉTICA É APRENDER COM A VITÓRIA!*** Hera tinha crescido sobre ele. Que herói acordaria a Bela Adormecida?

Na Bahnhof-Dresden sua família não estava à espera na plataforma; como Lina poderia ter previsto quando chegaria? Desembarcou com a única mala e ficou em pé na estação fria e suja. Foi ali que uma vez ela beijou aquele tenente de cujo nome não mais se lembrava; ele falava com sotaque da Silésia. Onde estaria agora? No Leste ou debaixo da terra.

3.

O amor da vida de Lina foi uma tradutora russa chamada Elena Konstantinovskaia, para quem ela tinha mostrado os joelhos muito, muito brancos; nunca tinha feito nada parecido com mulher nenhuma, e depois disso nunca mais foi a mesma coisa, não como tinha sido com Elena.

Foi o último ano para a Berlim de Weimar: Hansis de lábios vermelhos e vestidos longos vermelhos lambiam as varetinhas dos drinques diante de Lina. Ela venceu o concurso de joelhos mais belos daquele conhecido estabelecimento na Schwerinstrasse 13. E o tempo todo sentia saudades de Elena. E no Verona-Lounge ela aprendeu a dançar tango com *gougnettes* de seios suculentos que usavam chapéus masculinos. Freya se escandalizaria. Eu a vi usando um *Tituskopf*, por cujos cachos serpentinos ela deixou dois dias de salário na cabeleireira. Lotte Cigana do Topkeller, sempre tão gentil com ela, mesmo nas noites de sexta-feira, lhe armou encontros com Christa, Grete e por fim, já em desespero, com Minna Vermelha, mas Lina nunca sentiu, como havia sentido com Elena, que suas coxas brancas brilhavam.[3]

Você nunca se analisa no espelho, disse Lotte. Isso entrega tudo. Mulheres que não adoram se olhar não amam outras mulheres. Na verdade você não é uma de nós.

Lina respondeu: É que sempre que eu olho fico decepcionada.

Sem dúvida a *brevidade* e a *descoberta* haviam contribuído substancialmente para o aperfeiçoamento da experiência de Lina, que em retrospecto parecia ter durado mais que uma das noites brancas de Leningrado. Ela se lembrava de estar deitada de lado, olhando de cima para a amante, até que a aurora emprestasse à garganta de Elena um ardor branco; agora Lina conseguia enxergar seu pulso, sadio e rápido como o de alguém escapando dela às pressas. Os lábios vermelhos e opulentos de Elena se entreabriram e seu hálito de cigarro sussurrou inaudível, inspirando e expirando. Quando Elena começou a acordar, Lina virou de lado para evitar que ela fosse assombrada por seus olhos carentes. (Essa era a maldição da vida de Elena, ser amada tão profundamente por tantas pessoas e a todas ter de frustrar.)

O que aconteceu com você em Leningrado?, Freya perguntou por vezes sem conta.

Foi o início da frieza entre as duas.

E depois? Um governo de recuperação nacional.

Depois de Stalingrado, Lina tinha sido mobilizada para inserir estopins em projéteis de calibre oitenta e oito. Em 1945 ela se viu mobilizada mais uma vez, agora pelos Amis, que nos faziam caminhar pelas campinas quentes e malcheirosas sobre as quais tinham sido dispostos cadáveres de campos de concentração: pernas de palito de fósforo, fedendo, apodrecidas, virilhas pudicamente ocultas por cobertores.[4] Como isso podia ter acontecido? Nunca ouvimos nada a respeito, exceto por alguns cochichos. A mulher à frente dela vomitou. Lina, por sua vez, permaneceu olhando fixo adiante, sem se ver dominada pela repugnância; pois quando a guerra enfim terminou todos já tínhamos visto algum tipo de julgamento.

Depois veio a Guerra Fria. Fomos todos mobilizados mais uma vez.

Os olhos de Lina ainda eram castanhos, mas o cabelo estava grisalho.

4.

Lembra-se da fila de figuras arcaicas chispando pelo Georgentor? Seguiam um esqueleto, como nos desenhos de Käthe Kollwitz. E agora seu esqueleto as havia conduzido até o nada. Desapareceram no fogo.

Toda a sua família estava em casa. Ela não os via desde 1942. Desatou a chorar ao ver os rostos famintos e submissos.

Estavam sentados em torno de uma mesa oval com toalha branca, bebendo chá e vinho pelo aniversário de Lina; o retrato de Freya estava na parede, e um anjo de porcelana sorria tolo para todos em sua nudez esterilizada.

O pai dela, que estava muito, muito velho, tentou explicar como tudo tinha acontecido: Tentamos mantê-los longe com uma barragem de nossos oitenta e oito, mas eram aviões demais, voando rápido demais, alto demais.

Felizmente, tudo isso era história morta. Os criminosos anglo-americanos não tinham jurisdição sobre nossa zona. Dresden veio a conhecer a presença consoladora do soldado do Exército Vermelho.

Ela tinha levado chocolate e café. Sua mãe chorou.

E Freya? Ninguém disse sequer uma palavra sobre ela. As coisas são assim entre nós, alemães.

5.

Será que Freya existiu mesmo? Retratos podem ser falsificados. Por que não repudiá-la? Negar os mortos é negar a própria morte. Por que acumular todo e qualquer sofrimento, como faz Chostakóvitch? Despertando de um pesadelo de fogo, encontramos imposturas, improbabilidades. Por que ainda existimos, mesmo? Precisamos de um espelho secreto — Elena, por exemplo.

Era uma vez Lina, a quem chamavam de "Mädi de poucos quadris" e foi até o Auluka-Lounge para aprender refletindo-se em mulheres que mulher ela realmente era. Um ex-príncipe russo tocava piano, mas não foi ele que fez Lina se lembrar de Elena; foram as bolas de neve artificiais: que frias, que brancas, logo, que russas! A verdade é que Elena teria preferido o Café Olala na Zietenstrasse, cujas janelas sujas e discos riscados eram mais "reais", mas o que é "real" quando estamos presos em um conto de fadas?

Meu reflexo na vitrine da Thälmann-Strasse não sou eu. É Elena Konstantinovskaia. (Somos ambas tão brancas, não é?) Estendo a mão para tocá-la e encontro entre a minha palma e a dela — o centro da Europa. Elena pode ser meu espelho; como anseio que seja! Mas não Freya — não quero que meu reflexo seja um esqueleto.

6.

No brilho úmido das pedras do calçamento da Altmarkt, multidões escuras faziam fila ao redor das luzes ardentes da loja de departamentos "Howa". Dentro dela triângulos ardentes, estrelas ardentes, estatuetas perfeitas. E então, mais além da Howa, a Ernst-Thälmann-Strasse prosseguia até a escuridão.

Os mortos tinham jazido aqui, enquanto garotos subnutridos da Hitlerjugend e velhos com casacos longos e surrados passavam erguendo um a um pelos braços e pelas pernas e colocando nas carretas puxadas por cavalos que os levariam até as piras fumegantes. Quem contou isso foi sua prima, Vala. Vala agora estava grisalha e sem os dentes da frente. Não parava de suspirar: Ah, Lina, é uma vida difícil, tão difícil.

Queimaram Freya aqui?

Ah, não, disse Vala.

Foi na primeira onda ou na segunda? Vala, eu tenho esse direito. Ela era minha irmã.

Na segunda onda, disse a prima. Não vamos falar sobre isso.

7.

Era uma vez uma garotinha loira de tranças, sorridente, que plantou um buquê na botoeira de lapela de um voluntário da Condor. Outra garotinha, menos loira e mais séria, se atrapalhou com a *Edelweiss*; o soldado olhou um pouco ansioso para a própria lapela, sem saber se ela tinha feito tudo certo e se seria incorreto dizer algo caso não tivesse. Essa segunda garotinha era Freya.

Quem era a garotinha sorridente? Sempre há outro alguém, alguém irrelevante. Deve estar morta, e a negamos.

Quem, então, era Freya? Está morta, então isso não seria irrelevante?

É claro que a família inteira tinha estado lá. Ficaram no apartamento de Lina em Berlim. Isso deve ter sido em 1936 ou 1937, quando a Frauenkirche ainda estava inteira, quando o órgão da igreja ainda cantava. Naquele dia tiveram o privilégio de assistir com os próprios olhos enquanto o sonâmbulo flutuava a bordo de um Mercedes-Klemm conversível. E os legionários da Condor marcharam pelo Portão de Brandemburgo…

8.

O castelo destruído, depois o Kulturpalast, depois a Altmarkt, era isso que Lina via todos os dias quando olhava pela janela. (Onde estavam os russos? Eles ficavam à parte; tinham seu próprio lugar.)[5] Na "Honetta Damenmoden" da Altmarkt podia-se comprar um vestido longo, sapatos ou quem sabe uma mala. Esses objetos pareciam mais solitários do que eram de fato porque Lina e Vala os fitavam do lado de fora paradas na galeria naquela noite de dezembro.

E bem ali, Vala cochichou, tinha uma garotinha loira chorando ao lado de uma carreta de cadáveres, bem ali onde está aquele cano gotejando. A garotinha mais doce que você pode imaginar! Cem por cento ariana. E por algum motivo nunca consegui deixar de pensar no que pode ter acontecido com ela.

E as duas ficaram ali, encarando cansadas aquele cano exposto em meio à imundície queimada e congelada.

9.

Freya não morreu na tempestade de fogo, certo? Lina quis saber.

Vala tomou seu braço e a conduziu até uma cena sem vida, apenas pegadas brancas na neve branca em torno da Kreuzkirche, e então disse: Tem certeza de que quer saber?

Tenho.

Bem, então, aconteceu no aniversário da Revolução Russa, quando os soldados do Exército Vermelho sempre ficam bêbados. Agora melhorou, claro. Isso foi quando eles invadiam nossas casas, ano após ano.

Ouvi falar.

Exato. Tudo que nos diziam *naquela época* era verdade. Eles não são humanos. Por exemplo, a vovó estava com oitenta e poucos. Já ouviu o bastante?

Lina não disse nada. Elas eram uma de meia dúzia de duplas vestidas de preto caminhando sobre a calçada cinzenta.

Vala disse: Invadiram a maternidade empunhando armas e estupraram a enfermeira que os convenceu a não estuprar uma mãe que tinha acabado de dar à luz. Não vou dizer quem é; você conhece. Talvez ela soubesse o que aconteceria, e nesse caso admiro seu sacrifício. Lina, você não faz ideia de como era. Eles nos estupravam nas ruas, nos trens, nos campos. Eles nos prendiam e nos estupravam. Eles nos estupravam enquanto limpávamos o chão deles. Claro que não era tão ruim quanto no início, quando eles nos estupravam na frente dos nossos maridos e depois…[6]

E você? Não me diga se não quiser…

Cinco vezes, à luz do dia. Se quer mesmo saber, foi em cima de um cavalo morto no meio da Grossenhanter Strasse, na frente da adega do Weber…

Vala…

Mas tudo que fizeram comigo depois, talvez por eu ter sido uma menina obediente, foi me dar uns chutes na cara. Heinz já estava morto, você sabe, então pelo menos não teve de assistir a isso… Desculpa por contar isso.

Lina conhecia Vala. Sabia que era melhor se abster de comentários sobre o que tinha acabado de ouvir, agora e para sempre. Além disso, sabia que não deveria olhar para Vala, muito menos encostar em sua mão. Então disse apenas: Entendo. E Freya?

O prefeito Petzold de Saupersdorf organizava festas para os russos, com vodca e mulheres jovens. Foi assim que manteve o cargo. O resto você pode imaginar. Vamos? Preciso comprar dois pães no Meyer antes que ele fique sem.

Foi um consolo para Lina saber que ninguém teve a intenção de matar sua irmã; ela devia meramente ser, como disse Vala em relação à avó das duas, *delicada por dentro*.

Seu pai fez o que pôde, disse Vala. Foi até mesmo reclamar com o coronel, o que naquela época exigia muita coragem. O coronel avisou que se ele não fosse embora seria preso por difamar o Exército Vermelho.

Depois disso, disse Vala, tudo que ele fazia era zanzar de um lado para o outro repetindo *Ivan nunca irá embora*.

10.

Mas isso nunca aconteceu. Nunca existiu uma Freya. Fui ao Albertinium para uma exposição de pintura e escultura proletária em 1958, e por mais que olhasse, não encontrei nada infeliz!

Quer saber o que é a felicidade? Felicidade é a ausência de informações desagradáveis. Faço tudo para me manter dentro dessa definição quando faço meus relatórios. Tudo que todos querem ouvir é que tudo ficou perfeito e feliz para sempre.

Gosto de olhar para os pães empilhados de quatro em quatro, com a ponta para fora, e as salsichas penduradas na vertical, uma por gancho, naquela loja limpa da Postplatz. Para mim, perfeição é isso. Herr Meyer concorda; tem orgulho de seu estabelecimento. Se eu quisesse, poderia me lembrar de novembro de 1945, quando a primeira luz voltou à Postplatz, brilhando enfumaçada nos esqueletos dos prédios; na época foi um triunfo, mas em comparação com a situação atual em 1960, é triste. Mesmo quando não quero, às vezes me recordo de um esqueleto despedaçado, queimado, polvilhado de açúcar, deitado na Postplatz com uma braçadeira nazista queimada, a boca destruída escancarada e os dentes pretos caindo como os tijolos da Lukaskirche; isso também foi um triunfo, para nossos inimigos vitoriosos.

Aprecio negar a vida e a morte de Freya, me poupando assim de determinadas informações. E aprecio olhar para as colegiais de Dresden com saias xadrez na altura dos joelhos, as blusas abotoadas com modéstia até o pescoço. Felicidade não seria isso?

Por que sentir pena de nós mesmos, eu me pergunto? Vamos reservar nossa compaixão aos órfãos norte-coreanos no Lar Maksim Górki. Nossas noivas alemãs-orientais seguram buquês; nós lhes desejamos boa sorte das janelas dos apartamentos coletivos.

Nossas Escombrofrauen de saias compridas, que passaram vinte anos ininterruptos arrastando vagonetes de quatro rodas cheios de tijolos pelos trilhos, com os ossos de igrejas e esqueletos de torres de Dresden pranteando a si mesmos do outro lado do Elba, nos ajudaram a chegar onde estamos hoje, e agora que estamos aqui, vamos tirar de cena as Escombrofrauen!

11.

Seu irmão Hans agora era um velho pálido e carrancudo com olhos fundos. Nunca tirava as mãos de dentro dos bolsos do colete anterior à guerra. Tinha sido mobilizado para carregar vigas para a construção daquele esqueleto de aço escuro que tínhamos acabado de erigir no outro lado do Elba, que chamamos de "Maravilha Azul", e o joelho ruim não havia servido como motivo para dispensa; na verdade, como era um ferimento de guerra, recebido no *Ostfront*, fazer menção a ele tinha lhe rendido um tapa de mão fechada na orelha; foi sorte dele não ter acontecido coisa pior. E agora seus filhos tinham de aprender russo na escola, ele disse; logo nem seriam mais alemães. E fazia frio no inverno, tanto frio, disse; os russos tinham levado a estufa embora.

Gertrud, esposa de Hans, havia morrido na primeira onda. Ele mesmo a retirou dos escombros; levou-a nos braços até a Altmarkt. Ficou ali parado assistindo enquanto a carroça puxada por cavalos carregou-a até a pira, mas não deixaram que ele chegasse mais perto, por medo de epidemias.

Morava com os filhos na casa dos pais de Gertrud, que ainda estavam vivos. Lina foi visitar, e os encontrou sentados em volta da mesa com as cortinas abertas, os mais velhos sorrindo com cautela, prontos para que algo ruim acontecesse, os meninos sorrindo na antecipação de um bolo. O retrato de Stálin pendia sobre eles, com uma coroa de flores no pescoço, porque ele já havia morrido e se tornado um deus. Pareceram aliviados quando ela se despediu.

Eu acompanho você, disse Hans.

Do outro lado da rua, em andaimes que pareciam os anéis fantasmagóricos anexados às notas musicais que se projetam sobre a pauta no *Oitavo quarteto* de Chostakóvitch, uma dúzia de trabalhadores se empoleirava, compartilhando uma garrafa de schnapps. Um deles gritou uma obscenidade para Lina.

Não diga nada, falou Hans.

Quando eu disse alguma coisa?

Agora todos são mal-educados, até mesmo meus filhos. Por favor, perdoe-os.

A neve cinzenta e suja tinha sido moída sobre as pedras do calçamento das ruas vazias até virar limo, e silhuetas esparsas cruzavam a sombra fria, em movimentos lentos e silenciosos dignos de enlutados.

Lembra-se do vice-*Landrat* Beda?, ele lhe perguntou ao pé do ouvido.

Claro. Uma vez, quando éramos pequenas, ele deu um chocolate para cada uma…

Foi indiciado por sabotagem, porque não gostaram de seu relatório sobre a semeadura. Foi encarcerado por dez meses; mas também não gostaram disso, então aumentaram a sentença para três anos. Isso foi em 1946, então ele deveria ter saído em 1949, mas nunca mais voltou.

As pilhas de escombros estavam amontoadas de forma impecável em torno dos suportes partidos da Frauenkirche, como se fossem oferendas; a janela redonda permanecia em pé, sem emoldurar nada além do céu cinzento.

Você deve estar se perguntando por que não falamos sobre Freya, ele comentou em seguida. Sabe, os russos *a levaram embora*. Não sei como contar; é tão vergonhoso.

Ivan nunca irá embora, Lina recitou, mas em voz tão baixa quanto a do irmão, porque um policial assoava o nariz do outro lado da rua. Três mulheres robustas se apoiavam sobre as pás, fingindo trabalhar.

Não, é pior do que isso, disse Hans. Você morou em Berlim; talvez tenha ouvido falar dessas coisas, mas nós... Sabe, Freya — não sei como dizer isso — foi embora com uma mulher. É por isso que não falamos mais sobre ela.

Lina explodiu em gargalhadas. ▸

Operação Wolund

Selaram seu malfadado destino ao olhar para dentro.

Völundarkviða (século IX?)[1]

1.

Eu era o último, exceto por Raoul Hillenberg, Raoul Wallenberg e cem mil outros. Eu era o último de que tinha conhecimento. Eles me mantiveram por causa do meu relacionamento anterior com o coronel Hagen, a quem desprezavam acima de todos os outros criminosos de guerra. E ainda que nunca tenham me temido (embora devessem me temer), tenho certeza de que captavam o ódio dentro de mim.

Eles me mantiveram em uma ilha sem nome; se tinha nome, nunca fiquei sabendo. O último lugar com nome que conheci foi a prisão de Shpalnery.

Realizei trabalhos para eles que apenas um alemão poderia fazer. Quer saber o que era? Trabalho com foguetes.

Eles me colocaram em grilhões, me tolheram; além disso, eu precisava dormir no interior de uma teia de arame farpado tecida por uma aranha metálica cujas pernas eram tão compridas e estreitas quanto a espada russa de aço gelado chamada *chpaga*; sendo mais direto, eu não dormia muito, por causa das injeções. O que eles mais queriam era um míssil que pudesse cruzar voando toda a Floresta Myrkvith e exterminar os alemães-ocidentais; também esperavam poder matar os Amis em Washington. Como eu queria viver, falei que conseguia fazer tudo que quisessem; além disso, na verdade eu conseguia mesmo.

Deram uma espiada na minha caixa de ferramentas. Fotografaram minha bancada. Bateram na lateral do meu foguete e o som foi oco. Não entenderam nada.

A tenente Dantchenko sempre me tratou bem. Nunca me esquecerei dos lampejos vermelhos sobre o uniforme azul da NKVD. Certa vez, quando o parceiro dela estava na latrina, falei que poderia fazer alguma coisa especial para ela, se quisesse, alguma coisa bela e venenosa que lhe permitiria matar quem bem desejasse. Então ela ficou desconfiada. Quis saber que favor eu pediria em troca. O que eu queria era ela, cochichei.

Ela gostou disso. Logo eu a estava chamando de Natália Kovalova. Depois, de Natalka. Ela adentrava minha teia de aranha para me ver.

Certa noite, durante o sexo, eu a estrangulei. Então peguei suas chaves e encontrei a comprida, com dentes serrilhados, que entrava na barriga da aranha. Destranquei a aranha e escapei da teia. *Heil Dir im Siegerkranz.*

Depois cortei fora os olhos de Natalka — lindos olhos castanhos! — e espetei fios dentro deles, que conectei a transístores e diodos. Espremi o bulbo e se abriram. Agora eram sensores. Afinal de contas, quem cria todo valor material é o trabalhador. Instalei os olhos de Natalka bem no alto, no nariz do foguete que deveria matar os Amis, e o foguete ganhou vida. Já era um excelente foguete, com carcaça de liga de magnálio.

Afiei os belos dentinhos brancos de Natalka, que haviam se provado tão bons em deixar marcas de amor, e com eles recheei granadas que depois montei debaixo das asas do meu foguete. (Guardei os caninos para uma mina antipessoal que instalei na porta.) Limpei bem o interior do crânio, e o enchi de fios e interruptores para que o foguete tivesse um sistema de guiamento. Preenchi os tanques de combustível com seu sangue quente russo! E quanto ao resto dela, ah, ela tinha a pele tão macia quanto um caminhão dos Amis; sua carne tinha curvas tão suaves quanto o peito de um T-34, que repele nossos projéteis como o peito de um pato faz com a chuva. Então reduzi o restante dela a cubos dentro de latas metálicas para eu ter o que comer durante a viagem. Então fiquei pronto para voar pelas alturas.

Em outras circunstâncias eu teria feito joias para aquela mulher. Pobre Natalka! Mas eu era prisioneiro e estava furioso, sabendo que nunca mais haveria crianças se despedindo de nós na estação de trem em Berlim.

Então eles surgiram pela porta, atirando. Eu estava na cabine do meu foguete a essa altura. Assim que entraram, minha mina antipessoal explodiu e os dentes de Natalka mataram meia dúzia deles! Gargalhando, puxei o interruptor e subi com tudo, atravessando o teto.

Devo contar como e por que venci? Sob minha língua (o único lugar que não revistaram) guardei uma lasca da velha Reichscoroa, em outras palavras, um pedaço da Vera Cruz. ▸

Opus 110

O problema do "pão preto" da cultura já está resolvido, chegou a hora de fornecer os "biscoitos doces" da cultura à sociedade.

O modo de vida soviético (1974)[1]

1.

Melhor apreciado no interior de um cômodo sem janelas, melhor ainda no interior de um cômodo sem ar — sendo mais correto, um bunker lacrado para sempre e envolto em raízes de árvores —, o *Oitavo quarteto de cordas* de Chostakóvitch (*Opus 110*) é o cadáver vivo da música, perfeito em seu horror. Podemos chamar de asfixia e sangramento simultâneos da melodia. A alma se despe de vida no interior de um cômodo empoeirado. Quando a guerra terminar, quando Stálin morrer e à guisa de cemitérios a Europa contar com as chaminés órfãs de Murmansk destruída por bombas incendiárias, as igrejas carbonizadas de Dresden, a política nos poupará por alguns piscares de olhos, roendo nervosa as próprias garras. O soldado volta para casa, arranca o uniforme enlameado e ensanguentado e volta a ser um cidadão. Chostakóvitch também. Visitantes comentam seu sucesso: pão branco e preto ao mesmo tempo, queijo, manteiga, até mesmo linguiça na mesa![2] Meias de nylon para Ninucha! Amado pelos filhos, respeitado por Lebedinski, reverenciado por Glikman; Ninucha (para você, Nina Vassilievna!) mantém longe os visitantes indesejados; cortejado pelo Partido; beijado por Galina Ustvolskaia. Ah, sim, ele está muito, como vou dizer? Se ao menos eu pudesse... Não atenda o telefone! Porque está na hora de, bem, você sabe. Mas que som é esse? Certamente não estava na *Opus 40*. Qual tom expressa o luto com mais eficácia? Na escuridão, um violoncelo recorta uma melodia tão seca quanto o zumbido de vespas dentro de um crânio. Ele coloca as mãos nos ouvidos, mas de que adianta? Vem de dentro! Que som é esse? Até agora, tudo que ele e *nós* podíamos ouvir era o retinir patriótico de tanques sob os arcos de Leningrado, conforme traduzidos em minha *Sétima sinfonia*. E eu até *acreditei*! Não estou dizendo que os outros não eram idealistas, até Khrennikov com seu queixo gordo, que fez por merecer seu... não que eu vá falar mal de um colega, ah, não, *caros* amigos! Sabiam que o Camarada Stálin elogia Khrennikov? Podem apostar! São idênticos. Não, não sou eu que devo ser considerado o grande homem do nosso tempo. Fico irritado quando chutam os dentes de alguém e esperam que eu transforme isso em música. Como é estranho que Roman Lazarevitch deseje que eu componha trilhas para suas supostas "obras-primas", quando Khrennikov seria bem mais, você sabe. É claro que *ela* nunca dormiu com Khrennikov, pelo menos não que eu... Graças aos céus tudo está terminado. Isaac Davidovitch me disse que ela se divorciou dele, de modo que ele deve estar... Não que seja da minha conta. Ela deve encontrar outro homem mais velho. E sim, a guerra também terminou; queria que Maksim parasse de ter pesadelos com Auschwitz! Digo, neste mundo é preciso... E Galicha me diz que o menino nem mesmo... Não que ela tenha muita sorte, também, tendo a mim como pai. Ah, nossa! Agora a Europa está quieta — mas que som é esse?

É *ele mesmo*, faminto, engasgado e chorando dentro de um cômodo sem ar. Conforme o sábio juízo do *Sovetskaia Musika*: "É impossível esquecer que a obra de Chostakóvitch tem certa tendência a se fechar em si mesma, que as raízes populares de sua música não são profundas o bastante".[3] Seu rosto pálido e reluzente afunda na direção da partitura, que ele ancorou à mesa com as mangas do paletó, cotovelos virados para fora; não parece mais um garoto; está com entradas no cabelo; precisa de mais um cigarro. Não sente mais o que devia lhe causar agonia; não passa de um catalisador de uma reação bioquímica que transforma dor em música. — Que som é esse? Um ré, provavelmente. — À sua direita, da mandíbula longa e preta do melhor piano, dentes musicais lhe sorriem; quando chegar a hora, quando a *Opus 110* estiver pronta para ser executada, eles saberão o que fazer! Raízes encrespadas e fibrosas comerão sua carne. Neste instante não são populares nem profundas o suficiente. Não tema; morderão mais fundo. Que som é esse? Os gemidos lamurientos e sinistros das cordas encerram um *largo* de sufocamento. Menos pavoroso que o *allegretto* dos esqueletos quando a alma é perseguida e apanhada pela morte, *aquele som* é mais triste: tendo a morte realizado seu trabalho, agora precisamos agonizar. Por conseguinte, *Opus 110*.

Talvez caiba registrar que esse quarteto abre com o compasso em quatro notas, ré, mi bemol, dó, si, o que em imprópria notação alemã seria DSCH, o que por sua vez também seria *Dmitri Chostakóvitch*. Afirmação do eu caracterizou os artistas soviéticos perseguidos por seguirem suas Musas particulares. No caso de Akhmátova, proibida de publicar por muitos anos e que perdeu filho e amante para campos de prisioneiros, isso sem mencionar aquele ex-marido que fuzilamos muito antes, a estridência do *eu sou* chega às raias da megalomania. Tivesse ela sido, por exemplo, inglesa, essa excentricidade poderia ter sido considerada insuportável. Verseja sobre as estrofes, ruas e monumentos que a posteridade batizará com seu nome. Mas ela era *russa*. Não era livre. O que mais poderia afirmar, além de si mesma? No mundo do *nós*, o *eu* em colapso repetia o nome dela, desafiador. Tornou-se heroína; seus poemas eram decorados sem segredos dentro de Marias Pretas e campos no Ártico. Ela escreveu *eu*, e Chostakóvitch escreveu *DSCH*.

Pouco antes da *Opus 110* ela compôs um poema para ele. Escreveu que sua música lhe fazia companhia dentro da sepultura, "como se cada flor explodisse em palavras".[4] Então, aos poucos, afundou na decrepitude, chorando e tomando chá por anos a fio no interior de um cômodo sem ar.

2.

Quando ouviram as terríveis notícias sobre os americanos terem detonado duas "bombas de átomo" sobre o Japão, matando milhares ou centenas de milhares (como de costume, a contagem dos mortos variava conforme quem contava), Chostakóvitch disse com um sorriso horrendamente soturno: Nossa tarefa é exultar.

Músicos mais jovens haviam começado a se afastar, por causa desse cinismo diabólico, que parecia quase macaquear o de Stálin, inchando até eclipsar as novas colunas heroicas de Moscou; enquanto sua própria geração, que o conhecia bem, simplesmente se preocupava com sua vontade de viver. Sem necessidade: ele já havia sobrevivido. Para ele, todos não passavam de sombras matinais azuis sobre neve recente, silhuetas de pessoas deslizando cautelosas pelas calçadas cobertas de gelo, um casaco marrom-camelo ou uma pele loira aparecendo de surpresa, o hálito visível de uma mulher de cabeça descoberta antecedendo sua chegada; ele assistia a todos de seu reduto sob as teclas do piano. Espiando para fora e para cima, pronto a se esquivar por trás dos óculos, trocava mesuras até mesmo com os que usavam botas cor de framboesa — querido Chostakóvitch! Era tão moderado quanto o Camarada Stálin. Aquelas coisas cáusticas e medonhas que guinchavam de seu sorriso contorcido, abruptas como gritos de violino ("nossa tarefa é exultar") — bem, bem...

Ainda em 1944, o celista V. Berlinski, ao mesmo tempo que louvou sua espantosa memória musical, se viu forçado a descrevê-lo como "uma pilha de nervos".[5] E agora, com os alemães esmagados sob os próprios escombros, Chostakóvitch, de rosto semimacio, mãos macias e palidez perfeita sentado ao piano com os pulsos em paralelo de brancura cadavérica, aprumou o ouvido com insistência para ouvir a *Oitava sinfonia* (logo seria denunciada como "repulsiva, ultraindividualista")[6] dentro do bunker craniano; quando chegou ao firme chamado às armas do quarto movimento, aquele tamborilar tenso e doce de sinceridade totalmente abnegada, mordeu os lábios com nojo de si mesmo, ao pensar em como podia ter acreditado em qualquer coisa! Ele tinha se feito perceber. Tinha até nutrido esperanças. Agora compunha fugas (e aqui talvez devamos registrar que a origem etimológica do termo é a palavra latina *fuga*, que quer dizer isso mesmo).

Sabemos que Hitler tinha de fato considerado rodear Leningrado com uma cerca elétrica. Agora o país inteiro estava cercado, ainda mais do que antes. Espectros remoinhavam pelo Jardim de Verão em espirais cada vez mais estreitas, mas não era verão. E Chostakóvitch, tomando os primeiros fôlegos do ar de tempos de paz, se viu na situação do camponês esfarrapado de *Lady Macbeth*, sua ópera proibida, que invade a adega atrás de vinho para roubar e sai cambaleando, derrotado pelo fedor de um cadáver assassinado.

Em 1945 o vemos compondo a canção popular "Queima, queima, queima" especialmente para o Conjunto Musical da NKVD. Mesmo a essa altura ainda guardava uma muda de roupas de baixo e uma escova de dentes extra na mala, para o caso de ser preso. Só por, você sabe, *diversão*, ele gostava de imaginar que bateriam na porta em um tema cinco por quatro, o que seria muito… Nina também havia se preparado. Enquanto as crianças dormiam, ele às vezes se deitava na cama dela e começava a sussurrar em seu ouvido imprecações contra o Camarada Stálin. Os olhos dela se abriam. Em voz baixa, suplicava: Meu Deus, o que você está dizendo? Pense no que poderia acontecer conosco!

Será que sempre tinha sido assim? Um viajante francês do século XIX, de prosa tão extravagante quanto o roxo da carteira de identidade de um agente da NKVD, declarou certa vez: "Os russos não são fantasmas, mas espectros, caminhando solenes lado a lado ou em fila, nem tristes nem alegres, jamais deixando que sequer uma palavra lhes escape dos lábios".[7] Essas palavras foram escritas quando todos os seiscentos e vinte e seis sinos de igreja de Petersburgo ainda tocavam. Será que eram afinados? Ele adoraria ter podido, sabe. E agora, com Petersburgo transformada em Leningrado e as moças de origem nobre do convento de Smolni mortas, até o silêncio era arriscado. Todos tinham de cantar hosanas. *Ele* cantaria em ré bemol-dó-ré bemol, de forma desagradável, no *allegretto* da *Oitava sinfonia*. Na estreia, pareciam nervosos. Ele queria explodir todos! Era um cidadão leal de nossa grandiosa terra soviética; cantarolou junto. Depois foi dormir no outro cômodo.

3.

Em 1946 a sombra entusiasmada e impiedosa do Camarada Stálin, o Camarada Jdanov (que logo morreria em circunstâncias peculiares), anunciou ao Sindicato dos Escritores Soviéticos de Leningrado: "O leninismo emana do fato de que nossa literatura não pode ser politicamente indiferente, não pode ser 'arte pela arte'".[8] Então eles se aquietaram; sabiam o que estava por vir. Na verdade, incrível era não ter acontecido antes. Quando o tema já soou, como seguir com a opus sem ele?

Cruzando os braços sobre o peito imponente até ficar parecido com um de nossos tanques KV, o Camarada Jdanov deu ordens imediatas para não haver mais qualquer desvio da tarefa em curso no front literário — ou seja, criar arte para "iluminar o caminho à frente com um holofote".

Lendo essa diretriz nas páginas do *Pravda*, Chostakóvitch compreendeu que era apenas uma questão de tempo até voltarem a atenção para a música. Seria *Lady Macbeth* mais uma vez.

Nina tentou pousar a mão sobre seu ombro, mas ele se esquivou desdenhoso, vítima de um ódio apavorado. Que homem ridículo ele era! *Com um holofote*. E no escuro, com tudo congelado, não é tão fácil escavar sob a neve e se esconder antes da chegada do holofote; eu provavelmente o representaria com um si bemol entre duas notas dó, em uma base zunidora, tamborilante, pois isso seria muito, como Elena gostava de dizer em sua frase predileta do inglês, *creepy*. — Oh, nossa, oh, puxa, que argumentos brilhantes reuniriam contra todos nós!, ele murmurou, torcendo a cabeça como uma coruja a corda, bebendo vodca até ficar branco.

Batendo a porta, Nina foi visitar seu "amigo especial", o físico A. Alikhanian.

Acendeu outro cigarro "Kazbek", o cabelo escorrendo desgrenhado pelo rosto enquanto ele brincava com os filhos. Galicha estava ficando mimada, mas ele não conseguia se obrigar a ser firme com a menina; logo ela descobriria como o mundo, você sabe, *opera*. Ele se lembrava dela bebê em Leningrado, mamando esfomeada um pedaço de torta de algodão. Ela chorava e escondia a cabeça no colo dele quando os fascistas disparavam os oitenta e oito. E Akhmátova tinha dito... — Como desenvolveriam a ofensiva desta vez? Era provável que fossem usar Khrennikov para denunciá-lo no rádio. Ele adorava esse tipo de trabalho. Estava adaptado perfeitamente ao nosso tempo, como uma daquelas moscas-varejeiras que se especializam em, nem preciso dizer. Por que...? Mas salvei Galicha disso — e Maksim também, que por sinal precisa escrever alguma coisa para o boletim de parede de sua brigada de Pioneiros. Ele é extremamente... E mesmo que Nina não vá me perdoar; ela diz que eu não faço o bastante pela minha própria família, eu nunca parei, bem, eu deveria ter apenas... E tudo a troco de nada! A *sinceridade* daquela *Sétima sinfonia*, mal consigo aguentar sempre que escuto! Agora me envergonha tanto. Com um, um, um *holofote*, por assim dizer; é assim que eles vão... Mesmo que Lebedinski vá dizer... Leo Oskarovitch me informa que onde a filha de Stálin vai, um guarda-costas acompanha, é claro, e esse homem odeia sobretudo concertos! Quando ela vai ao conservatório para escutar, por exemplo, composições do ex e futuro inimigo do povo Chostakóvitch, esse Mikhail Nikiforovitch reclama: "Com licença, minha cara Svetlana Alliluieva, agora eles vão voltar a serrar caixas para fazer lenha".[9] Ele deve estar se referindo aos instrumentos de corda, não acha? E então Svetlana Alliluieva responde — o que ela responde? É *hilário*! Acho que é isso que todos eles pensam. Então Khrennikov! Ele sabe como fazer — direto na nuca, dizem, para que não... E lá vêm as varejeiras. Depois vão me expulsar do cinema, onde ganho meu dinheiro. *Zoia* acaba de receber um Prêmio Stálin, então vão se arrepender por eu ter escrito a música para aquela monstruosidade. Melhor compor mais uma trilha sonora enquanto ainda posso. Roman Lazarevitch talvez me ajude, por pena. Ele recebe convites para beber com os filhos de Stálin, ouvi falar. Ele é bastante… Senão posso esperar que Leo Oskarovitch, ou talvez Simonov, que se dane Simonov.

Maksim continuou desenhando veleiros com contornos copiados de fotografias do jornal. O pai tentou sorrir. Pregou os melhores desenhos na parede.

Quem era a atriz principal de *Zoia*? Quase me lembro do nome dela. Era Galina Vodianischkaia ou Galia Vodianischkaia? Foi quando Roman Lazarevitch me insultou. Ele me mandou, mandou, na verdade eu esqueci o que ele disse. Seria melhor eu telefonar para ele? Mas ele é um bom menino. Agora que voltei a ser leproso, vai manter distância. Foi assim na última vez. Mas na última vez havia uma mulher, digamos assim, entre nós, e portanto… Mas ela continua entre nós. A voz dela sempre soa tão triste! Se eu ao menos pudesse pegar o telefone e, e, sabe, ela ficaria extremamente…

Ele estava, juro, quase pronto a se divorciar de Nina, digo, não no ano seguinte, mas neste ano, e pedir Elena Konstantinovskaia em casamento; mas teve um pesadelo em que Maksim tentava correr até ele mas Nina não soltava o menino; de repente ele virou um crocodilo que mordeu e arrancou o braço de Maksim, que começou a gritar! Quem gritava daquele jeito? Meu Deus, foi apenas um sonho! Pelo menos não foi o sonho do ponto vermelho. Às vezes precisamos simplesmente…

Sem aviso, sua mente soou um acordo tão belo quanto o rio vermelho de um lança-chamas sendo esguichado no interior de um abrigo subterrâneo do inimigo! Catorze anos mais tarde, aquele som, que todos os outros achariam aterrorizante, medonho, guincharia na *Opus 110*. Bem, mas de qualquer modo o que é a *Opus 110*? Não seria o, o suposto clímax da minha vida, porque isso seria muito…

Nina tinha insistido para que ele não fizesse nenhuma nova amizade, sobretudo com funcionários do governo, mas isso ele já sabia. Com saia curta e chapéu extravagante, ela parecia bem glamorosa ao lado dele em Praga. (Avaliação do Camarada Aleksandrov: "Uma jovem bonita e loira, com olhos castanhos adoráveis e belas formas".)[10] Quando pensava em Nina, experimentava culpa e compaixão à distância, e por que não o faria, porque de outro modo não teriam como, você sabe. Quando ficava doente ou triste ou, ou, foi então que soube que Elena teria sido a escolha certa. Elena, que sorte você não ter se casado comigo. Nina bateu com força diante dele outro prato fundo com sua excelente sopa de cogumelos; ele se perguntou onde ele teria encontrado os… Maksim brigava com Galicha, que tinha dito… Ele se perguntou se algum dia voltariam a tirar férias juntos. Era impossível prever quem seria o próximo a ser transformado em inimigo. Aquelas batidas em tema cinco por quatro deviam ter soado em 1936, e as cuecas ainda estavam na mala! Por isso ele não conseguia parar de beber. Era tudo parte da, da, você sabe. De qualquer modo, ele precisava; de outro modo os colegas ficariam, por que dizer? Apparatchiks, propagandistas, chauvinistas, funcionários e parasitas tilintavam taças com ele; e dois valentões da polícia secreta, abrindo lânguidos o zíper das jaquetas forradas com pele de carneiro, caminharam até o compositor assustado e beijaram suas duas bochechas. O mais alto gritou: Dmitri Dmitriévitch, você é tão russo quanto ouro vermelho! — Talvez isso devesse servir de alerta para que não seguisse adiante na escuridão ilícita de seu novo projeto, o ciclo intitulado *Da poesia judaica*.

4.

O que atraiu Chostakóvitch às harmonias judaicas? A resposta mais simples, e mais verdadeira, poderia ser *sua tristeza*. Deixe isso de lado por um instante. Ainda que eu não consiga deixar de ver formas insetoides na notação musical, no interior de uma partitura residem muitas formas humanas. Uma clave de sol, por exemplo, lembra um moscovita ou leningradense vestindo um casaco volumoso com capuz. Uma clave de fá se curva da mesma forma simples e dolorosa que a silhueta de uma viúva em Leningrado extraindo água da brancura de um canal congelado. Eu mesmo não consigo explicar o porquê, a menos que de algum modo essas figuras indiquem ou representem um conteúdo subjacente, talvez uma Causa Infinita das Causas. Por que não? Afinal de contas, os cabalistas acreditam que as próprias letras do alfabeto são emanações de Deus; e em nossa União Soviética aceitamos a concepção marxista segundo a qual a arte, e de fato toda a cultura, consiste em uma mera superestrutura assentada sobre realidades econômicas. Qual era o *conteúdo* de D. D. Chostakóvitch? Onde repousava seu sentido? Ele lutava ritmicamente pela liberdade, mas o que faria com ela se a conseguisse? Ou a liberdade, como insinuava o novo movimento existencialista, não teria qualquer expressão exceto a própria luta?

Certa noite, não muito depois de os círculos dominantes das potências reacionárias estabelecerem um Estado "alemão-ocidental" separado, ele teve um sonho muito estranho, repleto ao mesmo tempo de mau agouro e esperança. Sonhou que tinha voltado a ser um jovem estudante pálido, assombrando os corredores do Conservatório de Leningrado como um fantasma arrebatado. Esse domínio tinha agora se tornado o mundo fabuloso no interior das teclas pretas de todos os pianos, o refúgio reverberante para dentro do qual desde a infância sua alma sempre tinha sido capaz de se recolher. No lado de fora, vultos escuros de meninos com chapéus de lã abaixavam o rosto diante da neve cegante em que se postavam; o sonhador compreendeu que essa brancura era o *mundo ostensivo*, onde habitavam seu corpo, suas honras e seus perseguidores. Lá dentro ele estava a salvo. As vibrações picantes do cromatismo que impregnava aqueles corredores o nutriam como se ele ainda fosse um bebê com a cabeça no seio da mãe, ouvindo as batidas do coração dela. Ou imagine, se quiser, que esses acordes pairantes lembravam chumaços de poeira folheados a ouro por um projétil traçante divino feito de luz do sol, para sempre sublime e intocável. Mas de repente foi como se a poeira tivesse começado a rodopiar em espirais ameaçadoras; as harmonias sofriam interrupções e distorções, como se alguém tivesse colocado a mão em concha na frente de uma boca ululante por uma breve pausa, e então liberado o som reprimido em um intervalo crescente, interrompido mais uma vez e então libertado, o som amortecido devorando compassos cada vez mais longos até enfim aquele mesmíssimo silêncio abafado que existe dentro de cada nota da *Opus 110* ter conquistado a obscuridade para sempre. E no interior do túnel, chegando mais perto dele com uma cadência meio arrastada, sintomática dos intervalos cada vez mais reduzidos de sua vida, ele agora avistou uma aparição afim, um espectro alto e ursino com a barba e os cachos de um judeu chassídico. De algum modo, sabia que o nome desse indivíduo era Camarada Luria, e que o Camarada Luria estava furioso com ele.

Porque você nos traiu a todos com aquela sua medíocre *Sétima sinfonia*, que apregoa o próprio *sentido* no peito como uma medalha idiota…

Bem, bem, bem, então preciso rogar que me desculpe, respondeu Chostakóvitch, quase asfixiado de apreensão onírica. Sabe, eu queria inspirar as pessoas e — bem, eu quis dizer que achei ser uma chance de me fazer útil…

Útil?, bradou irado o Camarada Luria. Você sabe muito bem que a utilidade é o mais baixo dos cafetões para quem a verdadeira arte se prostitui! Além do mais…

Deu um passo à frente. Chostakóvitch tremeu.

Além do mais, Dmitri Dmitriévitch, já passou da hora de conversarmos sobre forma.

Outro passo. Chostakóvitch foi tocado pelo odor de cabelos queimados.

Estou certo de que você percebeu, continuou o Camarada Luria, como estetas adoram tagarelar sobre a impotência da forma sem conteúdo, ou do conteúdo sem forma. Mas na música, tanto forma quanto conteúdo perfeito podem se ver tão natimortos quanto uma lei desprovida do selo celeste. É preciso haver *emoção*…[11]

Com licença, com licença; mas neste caso emoção não é a mesma coisa que, hã, *conteúdo*? Entendo, claro, que não é equivalente à *forma*, a despeito do que pregam nossos realistas socialistas. Por exemplo, nas mãos certas um *allegro* em tom maior pode comunicar qualquer coisa, não apenas felicidade…

Exato, disse o Camarada Luria, dando outro passo. Você mesmo provou isso com *Lady Macbeth*.

Oh, bem, obrigado por isso, sim, obrigado. Mas, se me permite a pergunta, o que é conteúdo musical senão o sentimento da música?

O Camarada Luria sorriu, deu mais três passos rápidos, esticou um braço no que parecia um sinal de bendição e *tocou* nele.

Aquele toque! Foi como entrar em um cômodo obscurecido e ser atacado de repente por mariposas macias, silenciosas e horrendas, soltando escamas em flocos ao esbarrarem às dúzias por seu nariz, sua testa, suas bochechas e olhos, batendo asas e morrendo secas, se desintegrando às cegas, poluindo, investindo, se asfixiando. Ele cambaleou. Engasgou-se com uma poeira que poderia ser a fumaça dos milhões e milhões de judeus queimados.

O Camarada Luria era um esqueleto carbonizado. O Camarada Luria disse, astuto: Depois que alguém é cremado (não importa se estava vivo ou morto), sua forma é sua imagem em nossa memória. Seu sentimento, seu valor emocional, se me permite, não é maior ou menor do que o sentimento que *nós* experimentamos ao lembrarmo-nos desse alguém. Assim, qual o conteúdo dele?

Não sei.

Seria um punhado de cinzas?, exigiu saber o Camarada Luria, soprando no rosto de Chostakóvitch aquele hálito horrível que fedia a carne humana assada.

Não, não...

Qual é o *seu* conteúdo?

Eu... Eu não tenho conteúdo; sou vazio.

Então diga isso em sua música.

5.

Mais tarde, no decurso de suas pesquisas judaicas, aprendeu que Isaac Luria tinha sido um cabalista eminente.

6.

Sou *vazio*!, gritou satisfeito para Glikman e Lebedinski. Não tenho, como vou dizer, conteúdo algum. Se cantarolasse alguns compassos de "Suleiko" realizaria meu sonho, porque...

Por favor, Dmitri Dmitriévitch!

Chega de exortações comunitárias!

Imploramos que por favor fique em silêncio! Vai saber quem pode estar...

O rosto de ambos estampava, horrendo e claro, o pavor de que ele pudesse dizer alguma coisa ao mesmo tempo proibida e entreouvida. Ele estudou o que via, e com destreza converteu isso em um único acorde musical, que na ocasião oportuna buscaria no depósito do interior de seu crânio e soldaria no chassi da *Opus 110*.

7.

Agora os Chostakóvitch moravam em Moscou. Amigos demais haviam perecido em Leningrado; eles não aguentariam voltar. (Aqui, comenta o Camarada Aleksandrov: "Chostakóvitch exagera. Somente oito por cento das residências de Leningrado foram destruídas".)[12] Aquelas casas de tons castanhos e terrosos permaneciam sem vidraças, as múltiplas escuridões retilíneas tão inumanas e estranhas quanto ruínas romanas, com a vida em seu interior havia muito extinta e levada ao cemitério por meninos e meninas do Komsomol durante limpezas de primavera. Em comparação, Moscou permanecia intocada. Havia menos chances de as crianças, digamos, *lem-*

brarem. Além disso Lebedinski, Glikman e seus outros amigos sussurraram que o Partido tinha recomeçado os ataques contra intelectuais de Leningrado, não que Nina, que parecia ficar mais receosa a cada aniversário, acreditasse que Moscou era mais segura; mas era preferível imaginar que se estaria mais seguro *em algum lugar*. Então o Camarada Jdanov fez aquele discurso sobre o — rá, rá! — *holofote*! Além disso E. E. Konstantinovskaia estava lecionando no conservatório, e ele não queria, por acidente, você sabe. (O rosto dela teria ficado branco como algodão, lembrando fumaça antiaérea.) A irmã dele, Maria, havia dito que Elena se casou com um tal professor Vigodski. Melhor ficar longe! Por último, digo, em primeiro lugar, o estádio do Dínamo ficava bem ali em Moscou, e ele nunca havia se cansado do futebol.

O compositor tinha dois pianos de cauda no apartamento duplo. Mantinha ambos envoltos em panos pretos quando não precisava deles. O apartamento, os pianos, a datcha e todo o resto eram um presente do Camarada Stálin. (Fica de olho naquela bicha, Stálin disse a Béria. Mais cedo ou mais tarde ele vai fazer merda. Aí quero que você o pegue de jeito.)

Chostakóvitch envelhecia rápido. Oh, oh, se sentia doente! Todo sentido o abandonava. Sua melhor estudante do período, uma bela reclusa de nome G. I. Ustvolskaia, estava recolhida em um cômodo sem aquecimento, literalmente dando murros no piano em uma luta feroz para dar à luz sua *Sonata nº 1*, a qual ela insistia (para horror dele) expressar sua influência; bem, eu, sem dúvida, talvez o piccolo, um pouquinho, quer dizer, mas a fúria dessa jovem não era contida, como a dele tinha eternamente sido; ele ficava perplexo; por que ela fazia aquilo com a cabeça, encarava a parede, cerrava os dentes? Ela dizia que eram os tempos, e ele, bem, sem dúvida ele não podia dizer que era uma tola, ainda que ela não fosse sadia; a despeito de sua evidente inaptidão para a vida, ela tinha algo que o fazia lembrar-se de Nina; seu querido amigo Sollertinski, agora morto havia tantos anos, certa vez opinou que ele tinha atração por mulheres fortes.

Os acordes mofados e soturnos que ela arrancava do piano eram deveras apropriados, segundo ela, para uma igreja. Havia aquela expressão de Elena Konstantinovskaia, oh, sim; chegaram até a estudar inglês juntos: *It gives me the creeps* [Me dá arrepios]. Na verdade ele havia passado anos sem pensar nisso. A sonata de Ustvolskaia lhe dava arrepios. Assim como os pesadelos que tinha com o Camarada Luria, isso sem mencionar, hã, bem, os tempos, o que significa, você sabe, *aquele canalha*. Quanto ao próprio Chostakóvitch, na luta ao seu modo em busca da beleza, por ser verdadeiro somente às melodias que escutava (esta, a única lealdade que ele não tinha como trair), caiu como uma bomba rodopiante sobre a tumba da *Opus 110*. Ali, podia explodir tudo que bem entendesse. Seria inócuo, sem ar para alimentar a combustão... Mais e mais rápido, mais e mais fundo! Ele já estava mais cinzento que as paredes do Conservatório de Leningrado. O frio inclemente e seco do inverno russo (segundo os meteorologistas, culpa do anticiclone asiático) o atingia com mais força do que nunca naqueles dias. Só conseguia se aquecer bebendo vodca. Mas Nina disse...

Fazia os alunos escreverem as partituras a tinta, sem exceção alguma, por causa de sua visão.

8.

I. Schwartz, que já havia demonstrado certo talento lírico, não tinha mais condições financeiras de continuar os estudos. Chostakóvitch lhe disse: O que ouvi é melhor do que qualquer coisa de Chostakóvitch![13] (E disse o mesmo aos outros alunos.) Pagou todas as despesas de Schwartz nos dois anos seguintes, em segredo, para que o rapaz não se sentisse em dívida de gratidão. Mas era provável que o Camarada Stálin soubesse. Era provável que o Camarada Stálin tivesse sorrido triunfante ao ver que Chostakóvitch financiava sujeitos com sobrenomes alemães...

As pessoas enfim se cansavam de assobiar a "Canção do artilheiro" de Khrennikov. A velha "Canção do contraplano" de Chostakóvitch estava voltando. Nina contou que na semana anterior tinha ouvido um veterano sem pernas cantando a canção perto da estação de trem.

Chostakóvitch reagiu com rispidez e ela fechou as cortinas. Em Petersburgo, no cômodo em que Paulo foi assassinado em 1801 por uma facção militar, um decreto manteve as cortinas fechadas por mais de meio século. Enquanto isso, as orações se escondiam da mesma forma no interior das cúpulas cravejadas de estrelas da Ismaelóvski, e nobres belas e jovens aprendiam a ser damas por trás dos muros altos do Smolni. Oh, nossa, isso foi nos compassos de abertura do prelúdio! E Nina saiu; pelo jeito com que bateu a porta, ele sabia que ela voltaria tarde.

No dia seguinte, dois homens com botas altas e reluzentes apareceram para dar um conselho: Você está se negando a verdadeira felicidade, Dmitri Dmitriévitch. O que poderia fazer um verdadeiro comunista mais feliz do que se expressar sobre o tema Lênin?

Ou, a propósito, o tema Camarada Stálin!, interpôs o homem mais baixo.

Sim, sim, sem dúvida; que descuido eu cometi...

Havia um suprimento infinito desses personagens, mas o jeito de falar nunca mudava. Ele os conhecia tão bem que quase conseguia rir! Se ainda tivesse vinte anos, teria composto a trilha de um balé sobre eles; os bailarinos seriam besouros de papelão. Porque era tudo tão... E ainda assim, seja estranho ou não dizer, cada novo assalto desgastava um pouco mais suas defesas. Nina teria aprovado seu realismo; por outro lado, se Galina Ustvolskaia pudesse enxergar a lisonja no sorriso que ele abria para os dois, daria um murro que atravessaria o piano.

Você nos prometeu Lênin na *Sexta sinfonia*. Depois, prometeu na *Sétima*. Não que tenhamos nada contra a *Sétima*, é claro, mas *quando você vai incluir Lênin*?

Camaradas, vocês sabem que tento compor com sinceridade! Não quero jogar fora minha música de qualidade inferior em, hã, Lênin. Sem dúvida a *Sétima* não era digna dele. Aquilo foi apenas um... Para ser sincero, estou esperando...

Sim, o *que* você está esperando?

Dmitri Dmitriévitch, o que lhe vem à cabeça quando você pensa em Lênin? Responda imediatamente.

Bem, eu, eu teria de dizer um *largo* em forma *passacaglia*...

Chega de enrolação! O que você está esperando, Dmitri Dmitriévitch? Você não é contra Lênin, por acaso?

Ainda que sua *Nona sinfonia* tenha decepcionado muitos críticos, seu *Trio nº 2 para piano* havia recebido um Prêmio Stálin! Quase consigo vê-lo se sacudindo loucamente de alegria ao ser informado, como um garotinho montado num cavalo de pau, ou Mítia bebê cavalgando Tatiana Glivenko ou Elena Konstantinovskaia rumo ao crepúsculo vermelho de, de, não importa; isso sem mencionar D. D. Chostakóvitch prestes a ser convocado para o Camarote das Autoridades pelo Camarada Stálin! Sobe a cortina; começa *Lady Macbeth*; enfim ele estava no passo certo! Mas não ia tirar as cuecas da mala, oh, nossa! Porque era precisamente quando eles, como vou dizer, e você pensa que eles o amam e o perdoam, que alguém bate na porta! E então Nina encararia com olhos secos enquanto eles espalham partituras e manuscritos pelo tapete, procurando aquele *largo* em forma *passacaglia*, e as crianças, sabe, sim, exatamente, as minhas crianças. O que me lembra: sempre penso em comprar um pouco de pó de arroz branco "Moscou" para Galicha, porque... E um vestido azul de musselina; ela quer muito um vestido novo. Pobre criança — com um pai como eu para, para, estou sendo claro o bastante? É por isso que um Prêmio Stálin é a honra mais elevada de nossa grandiosa terra soviética, e estou muito, você sabe. Dizem que a expressão dele naquela ocasião lembrava uma criança dentro de uma trincheira, espiando por entre os dedos a chegada dos bombardeiros alemães.[14] (Naquela época não tínhamos ISU-152 suficientes para detê-los.) E não é de espantar! Ele sofria de nervosismo crônico de se apresentar em público! Voltou para casa e murmurou para Nina: Estou muito transtornado, não sei ao certo o porquê...

Ora, por quê? Pois naqueles dias, graças ao Camarada Stálin, a música soviética havia se tornado tão ampla e estável quanto as lagartas de um tanque T-34! Nós nos sentíamos impelidos pela nobre meta soviética de superar todos os estágios culturais anteriores, de *planejar* a cultura. Sobravam apenas uns poucos diversionistas. Bem, na verdade, um número excessivo dos principais compositores era de diversionistas. E assim agora nosso novo órgão de propaganda *Cultura e Vida* começou a atacar um certo D. Chostakóvitch. Em 1948, mais uma vez ele estava sendo acusado de tendências formalistas e antidemocráticas.

9.

O Comitê Central do Partido Comunista apontou ele e outros como forasteiros. Vão voltar a serrar caixas para fazer lenha. Ele perdeu na mesma hora seu cargo no Sindicato dos Compositores. Quando foi chamado ao gabinete pelo diretor para ser informado dessa nova promoção, Chostakóvitch agradeceu, olhando para o nada. Tinha de limpar imediatamente a mesa e ir embora para não contaminar os outros. E do jeito que meu coração bate, aquela guinada, quase barroca, se eu a representasse como um, um, um elemento grave, então poderia colocá-la na minha próxima opus. Não, eles não mais o chamavam exatamente de "Kandinsky da música"! Será que Elena se sentiu suja quando foi chamada para ser expulsa do Komsomol? Nunca lhe perguntei, porque... E quando a levaram embora num Maria Preta, quão baixa ela se sentiu? Eu... Chegou a existir um cartaz de D. D. Chostakóvitch usando um capacete de cobre e liderando a patrulha de incêndios no telhado do Conservatório. Aquele cartaz estava por toda parte em Leningrado! Nina guardou um para as crianças verem quando ficassem mais velhas. Se ele por acaso encontrasse, bem, você sabe, usaria para limpar o rabo. Em 1941 Gavriil, irmão de Glikman, tinha opinado que ele ficava muito bem de capacete.[15] Combinava demais com seu rosto clássico. (Esse indivíduo, a propósito, era outro acólito. Quando recebeu a convocação, passou os últimos momentos de liberdade na Academia de Escultura, cinzelando um busto de Chostakóvitch em alabastro branco. Depois saiu para a escola de artilharia.) É lógico que nosso Grande Compositor, você sabe, um certo S——, tinha novamente decidido tornar a vida *a battuta*: **A VIDA FICOU MELHOR, CAMARADAS; A VIDA FICOU MAIS ALEGRE**. Elena havia lhe ensinado o lema que aprendeu nos Pioneiros: "Sempre alerta". Ele costumava cochichar isso no ouvido dela pouco antes de eles, você sabe. Ela sempre dava risinhos. Minhas cuecas estão na mala. Venham me levar, seus desgraçados. Ou pior ainda, me façam marchar e assistir ao último horror de Roman Karmen. O que é agora? Vou lembrar. Ah, já sei: "Canção dos campos de Kolkhoz". Mas que... Devo compor uma "Canção das florestas" ou uma "Canção das fábricas"? Então todos vão poder...

Em fevereiro, muitas de suas obras, incluindo a odiosa *Oitava sinfonia*, foram banidas pelo órgão Glavretkom — uma diretriz necessária, com a qual nenhum comunista verdadeiro pode discutir. E. A. Mravinski, que tinha regido uma estreia da *Quinta* uma década antes, sob condições igualmente agourentas, havia levantado a partitura acima da cabeça, assumindo um risco considerável. Agora a *Quinta* seria completamente proscrita. Mravinski regeu a última apresentação, beijou a partitura e depois a levantou...

Afinal de contas, o que esse Chostakóvitch deveria esperar? Recusando-se a participar de nosso empenho coletivo durante os anos da guerra, havia se retirado do front de Leningrado.

Havia um montinho amplo, baixo e nevado no meio da praça do Teatro. Bem no meio, escura, resplandecia a terra nua. O montinho parecia a aréola de uma menina recém-entrada na puberdade. Ele andou em círculos ao redor do montinho, a passos rápidos, naquela intersecção de trilhas margeadas por cercas e bancas. Para além das cercas, grama nevada. Parou. Espiou entre as colunas do Teatro Bolshói, lembrando-se daquele anoitecer um quarto de século antes, quando ele tinha chegado às pressas da estação de trem, se enfiando decidido no bonde sinuoso e brilhante para manter sua pontualidade lendária. Estava com a partitura de *Lady Macbeth* na valise, para o caso de precisar apresentá-la ao Camarada Stálin. E então a multidão entrou, a cortina subiu, e...

Ele caminhou penosamente ao redor do monte de terra.

Em abril, convocado ao I Congresso da União de Compositores Soviéticos para ser mais bem instruído a respeito de seus erros, Chostakóvitch, incapaz de colocar Nina e as crianças ainda mais em risco, por que eu fui, sabe, se levantou para chegar ao púlpito. Seu rosto estava mais quadrado do que antes. Não fitava mais os pés dos adoradores com seu olhar baixo e tímido; em vez disso, encarava os acusadores no mesmo nível. Havia aparado um pouco o cabelo. A boca estava mais crispada, mais firme. Mesmo durante a questão *Lady Macbeth* ele tinha conseguido se entrincheirar fora do alcance dessa humilhação especial. Mas naquela época ainda havia Antigos Bolcheviques a vivisseccionar. Agora que o Camarada Stálin tinha vencido o jogo, mesmo peões brancos como Chostakóvitch precisavam se pintar de preto, porque no ano seguinte a *Lady Macbeth*, sim, sem dúvida foi em 1937, o compositor N. S. Jelaiev foi preso por, por, que diferença faz. Ele nunca voltou, não é? E Elena já tinha tido sua breve, como vou dizer, *experiência*. Graças ao que ela lhe havia cochichado ao pé do ouvido, ele sabia o tom de um martelo golpeando um trilho no toque de alvorada de um campo de prisioneiros em uma manhã de inverno no Ártico. Isso seria preservado na *Opus 110*. E o que posso coletar agora para minha opus? Qual o sentido da, da minha resposta, você sabe; ah, é engraçado, mesmo; é uma loucura; tenho vontade de rir porque é a mesma sensação de receber um Prêmio Stálin! Medo de palco, sabe, a coisa toda. Será que deveria ter usado minha Medalha pela Defesa de Leningrado, ou teriam chamado isso de provocação? Tudo é provocação. E o pior é que... Galina deve estar rezando por mim; é o tipo de coisa que ela faria. Se eles me levarem embora consigo vê-la pulando pela janela, e então eu... E Elena deve estar sabendo graças ao jornal. Elena, que sorte você não ter se casado comigo. Ninucha concordava com *isso*! Ele teve de fazer aquilo por, por ela e pelas crianças, e depois nunca mais voltariam ao assunto. Quando ele se lembrou do desaparecimento de Meierhold — meu Deus! O homem era um mero gerente de teatro! — e de como sua esposa Zinaida tinha sido encontrada com os olhos removidos, por que não consigo parar de pensar nisso, entra ano e sai ano?

Pelo gesto nobre de Mravinski, assim como pelo outro em 1938, ele não sentia gratidão alguma, não, não, até mesmo a gratidão era preciso dissimular! Impossível dizer em que tom os "órgãos" tocariam agora! E essa impossibilidade o assombrava. Todas as noites esse terror lhe invadia o sono.

No dia anterior Nina tinha implorado que ele se registrasse no Partido. Ele respondeu (era noite, e naturalmente a discussão aconteceu sob forma de sussurros hediondos): Eu, eu, eu prefiro ir até lá e me cagar todo, mas nunca vou fazer *isso*, nunca, nem mesmo se eles nos levarem embora a todos! Também não vou me registrar no Partido Nazista!

Agarrando o pódio com as duas mãos, encarou o primeiro rosto que viu, um rosto tão presunçoso quanto o de um operário stakhanovita de fábrica de cimento premiado com um relógio de pulso graças à sua produtividade exemplar. O rosto lhe mostrou os dentes de repente, em uma agressão quase scherzo.

Chostakóvitch pigarreou. Disse: Camaradas, é tudo verdade. Sou um — sou um forasteiro formalista... — Franzindo o cenho, inquieto, coçou a melena que rareava, a pele do rosto envelhecida incapaz de não se vincar em mil novas caretas. Ao seu redor, por todos os lados parecia enxergar os dentes expostos de sorrisos duplos de quepes nazistas sobre rostos nazistas. Pensou consigo mesmo: *O aparato de tortura de Buchenwald*. Mas como ele tinha saído dos trilhos? Por que não apenas se imaginar unido a um dos vultos pálidos dos acrobatas iluminados de forma berrante na escuridão do Circo de Moscou? Por que ser arbitrário? As pessoas o chamariam de arbitrário de qualquer modo, porque ele, bem. Estavam esperando, e não de um modo muito gentil.

Disse, com esforço para não explodir em risadas ou lágrimas: Toda vez que ligo o rádio e escuto Klavdia Suljenko cantando "O lenço azul" eu me dou conta da profundidade de minhas, você sabe, bem, quer dizer, eu, eu, certas características negativas em meu estilo musical impediram que eu me reconstruísse...[16]

Sob as imagens gigantescas de Lênin e Stálin, confessou todos os crimes, suas tendências eróticas neuróticas antidemocráticas. Assim Nina não teria de, você sabe. Não é real. Nem mesmo a música é real. É por isso que rejeito a música programática, porque ela finge ser real. E Galicha, a querida Galichinha que ontem mesmo tão atrevida meneou a cabeça na direção dele, com as tranças dançando sobre os ombros do suéter listrado e florido;[17] ele a estava ajudando com o dever de casa quando ela, ela, enfim, como ele poderia até mesmo cogitar fazer mal à própria filha? — Por que não posso agir que nem um maluco? — Era o que ele costumava dizer; comparava-se a Rodtchenko, na época em que, diabos. E Meierhold tinha dito... Meierhold também nunca mais voltou. E aquilo que fizeram com a esposa dele me dá vontade de... Que som é esse? Foi isso que os vizinhos escutaram quando eles começaram a mexer no olho esquerdo dela. Lembre-se disso, por favor, para a *Opus 110*. Então ele expressou sua fé irrestrita na sabedoria do Partido.

Querida Mita, você uniu a esquerda e a direita! Pois ao mesmo tempo que seus colegas igualmente ameaçados o tratam com desdém — alguns deles estão tão ameaçados quanto você, mas ainda não desistiram — representantes espontâneos do povo soviético ameaçam Nina e espatifam suas vidraças.

10.

Agosto foi quando enforcaram o colaborador fascista A. A. Vlasov. É assim que iluminamos o caminho à frente *com um holofote*. O jeito que a corda rangeu, posso colocar isso na *Opus 110*? Em setembro, enquanto os quadros do Camarada Stálin começaram a arrebanhar conspiradores sionistas, Chostakóvitch foi destituído dos empregos de professor nos conservatórios de Leningrado e Moscou. — Oito gramas para ele!, alguém gritou. (Era o peso de uma bala.) — Obrigado, obrigado, ele respondeu, se levantando do assento. Como nunca estive aqui, como posso me sentir humilhado? Acham que conquistaram uma suposta "vitória", mas eu não estou aqui; estou sob as teclas do piano, no meu, meu... É onde quero repousar. Meus lábios ainda se mexem? Eu me sinto extremamente... E se ao menos ela pudesse ter... Nesse caso, teriam de ser dezesseis gramas! — Então ele saiu, piscando com firmeza por trás das lentes dos óculos. Chame de cadência baixa; não era desespero. Ninguém ousou lhe dedicar sequer uma palavra de consolo, muito menos seus alunos, que naquele mesmo dia tinham ficado em pé atrás dele, respeitosos, enquanto ele lhes tocava outro tema no piano; bem, quem poderia culpá-los? Sou apenas um, um, como é que se diz. É claro que queriam ser progressistas; não queriam ser erradicados. Era muito...

O pobre Maksim, agora com dez anos de idade, se viu obrigado a condenar o próprio pai durante um exame na escola de música. — Sorrindo ao ficar sabendo, Chostakóvitch fez cafuné no menino.

Desculpa, papai. Não fique brabo. Eles me obrigaram, mas eu amo você...

Claro, claro, riu Chostakóvitch. Sei que você é leal a mim. Afinal de contas, querido menino, não temos escolha senão nos colocar a serviço de nossa própria, hã, classe. Mas por que suas meias estão tão sujas? Vem aqui um minuto. Oh, nossa, oh, puxa...

Quais eram suas sensações naquele momento? Dentro dos olhos de Maksim, algo gritava sem parar; e era isso que o deixava em agonia, ou, para ser bem específico, o som (que som é esse?); sua alma sabia como aquilo deveria soar, e se tornou outra nota na *Opus 110*! Bem, bem, e Lebedinski me informa que Akhmátova também teve seu momento de fama no *Leningradskaia Pravda*.[18] "Poesia nociva e hostil ao povo." Isso é de fato muito... E pensar que ela tirou minha *Sétima sinfonia* de Leningrado no colo. Pobre senhora, pobre senhora! Melhor ficar longe. Algum dia vou musicar algum de seus poemas, só para meio que, você sabe. Glikman me garante que em "Poema sem herói" as palavras *minha sétima* fazem referência a, a... Que som é esse? Ah, dói; dói; *dói*! — Como será que foi para Chostakóvitch, e será que então foi igual, ao explodir pela primeira vez dentro do crânio como uma hemorragia cerebral, ao que seria doze anos mais tarde quando ele se trancou na estância hidromineral logo acima de Dresden e rabiscou as notas daquele mesmíssimo acorde na partitura? Como posso dizer? Bem, durante os anos de guerra, a discrição congênita por trás de sua timidez, à qual o caráter comunal de nossa revolução e seus próprios ideais haviam levantado cerco, chegou de fato a ser violada de modo temporário, tamanha a emergência. Em vez de ouvir apenas a própria música, às vezes tinha de ouvir pessoas, e se afetava com variados pesares e aspirações. Em especial não conseguia se afastar de soldados, porque quase todo homem era um. Certo soldado do Exército Vermelho em Leningrado, que ele encontrou somente uma vez, e apenas por um instante, e ainda assim jamais conseguiu se esquecer, havia perdido a família inteira para uma morte instantânea naquele primeiro agosto, cortesia de uma bomba despachada até o apartamento sob autoridade do marechal de campo Ritter Wilhelm von Leeb; esse soldado acabou ferido logo depois, adorava a ferida como se fosse uma filha; tinha orgulho dela; era dela, e era tudo que tinha. Um fascista alemão lhe havia golpeado o antebraço com uma baioneta, mas ele matou o desgraçado; tinha cortado aquela garganta branca e macia! Bêbado, talvez ausente sem permissão, sem ter para onde ir, o soldado do Exército Vermelho literalmente agarrou Chostakóvitch no meio da rua, aumentando a ansiedade natural deste até um nível próximo do *fortissimo* porque ele estava a caminho de assumir em dezessete minutos seu posto na patrulha de incêndio no teto do conservatório; mas o soldado do Exército Vermelho, muito alto e com hálito azedo e triste e olhos emoldurados em vermelho, não compreendia nada disso. Primeiro contou a Chostakóvitch como, em sua opinião, cada membro da família devia ter morrido; ele não estava lá, é claro, ou teria morrido também; estava na linha de frente, que ficava a alguns quarteirões de distância; e a atividade de sua imaginação (sabe, minha mãe gosta de sentar bem na janela quando costura, porque os olhos dela não estão mais muito bons para detalhes; ela enxerga bem de longe, então deve ter visto a bomba chegando; é isso que acaba comigo) era a maneira de seu organismo de resistir ao choque; depois de contar a história repetidas vezes — e Chostakóvitch nada sentiu em relação a ele além de uma compaixão que em si era uma agonia; talvez nunca tenha experimentado na vida tanta proximidade com outra alma, exceto quando ele e Elena estavam, você sabe — o soldado do Exército Vermelho arregaçou a manga para enfiar a ferida, aquela ferida horrorosa, que ele tinha impedido todas as enfermeiras de enfaixarem e que estava, por causa disso, infeccionada, na cara de Chostakóvitch, contando com os mínimos detalhes como a havia recebido, falando sobre o quanto estava honrado de carregar consigo para sempre aquela marca entre cicatrização e putrefação; e contou que às vezes beijava a ferida e fingia que eram os lábios da esposa morta; às vezes fingia que era uma garota muito jovem chamada Natalka, uma garota de cabelos pretos e compridos que ele tinha amado ainda mais que a própria esposa mas cujo pai, infelizmente, era um inimigo do povo (e Chostakóvitch pensando: Meu Deus, oh, nossa, o que você está querendo dizer?); às vezes ele fingia que nossa Pátria-Mãe era essa jovem Natalka, e que ao beijar a ferida estava beijando-a; depois ficou agressivo e começou a perguntar a Chostakóvitch o que *ele*, obviamente um intelectual inútil, havia feito por nossa Pátria-Mãe; nesse momento Glikman o ajudou a escapar. Cada nota da *Opus 110* seria uma ferida como aquela, uma ferida acalentada pelo compositor, pronta a ser enfiada ouvido adentro de todos…

Mas ao mesmo tempo ele *detectou* esse sentimento e, com habilidade, reduziu-o aos metais componentes, de modo a desbastá-lo em tiras engenhosas e soldá-lo nas paredes de acordes mais estratégicas da *Opus 110*, até não poder senti-lo. Não possuía realidade alguma.

Bons comunistas lhe escreveram cartas dizendo que ele deveria ser exterminado. Bem, não é que estavam certos? Não seria ele um formalista, um lacaio dos americanos, um vlassovista? Mencionaram seus óculos pretos e grossos; categorizaram-no como esteta decadente burguês, apologista do sionismo. — Ele piscou para Nina como um velho corvo triste quando ouviu essa última acusação, e então cochichou no ouvido dela: Isso me deixa, digamos assim, orgulhoso. Porque, bem, você sabe o que o Camarada Hitler disse? "A consciência é uma criação judaica." —[19] E Nina se desvencilhou dele como se tivesse sido queimada. Aquele cinismo suicida a estarrecia.

Já fazia tempo que o Camarada Khrennikov o tinha rotulado como "Estranho ao povo soviético".[20] Destruíram suas gravações e partituras onde puderam...

11.

Naquele mesmo ano, bem quando o Camarada Stálin começou a isolar Berlim contra os capitalistas,* Chostakóvitch concluiu o ciclo *Da poesia judaica*, o qual, é claro, por causa daquela terceira palavra, jamais poderia ser executado em público enquanto o Camarada Stálin vivesse, e talvez nem mesmo depois disso. Quando os amigos expressaram determinação em encontrar um local para que isso acontecesse, ele comentou: Por que desperdiçar tanto esforço? Essa é nossa vida...

Suas esperanças sitiadas, como prédios semitransformados em esqueletos e vislumbrados através da fumaça de tanques em chamas, se insinuavam cada vez mais fundo por trás de seus tiques e dos murmúrios de aquiescência sem nenhum sentido dedicados a tudo.

Ativistas disseram a ele: Dmitri Dmitriévitch, achamos que você tivesse aprendido a lição em 1936, quando desmascaramos os erros de "Ledi Makbet".

Sim, sim, exato.

Mas imaginamos que você tivesse aprendido com o castigo! Sem dúvida na *Sétima sinfonia* você colocou sua arte a serviço do povo.

Obrigado, obrigado...

Não foi um elogio. Para ser sincero, você não está à altura de seus antigos ideais.

Agradeço as valiosas observações críticas, disse a eles com humildade, consolado apenas ao pensar nas risadas de Nina abafadas pelo travesseiro quando ele lhe cochichasse toda aquela palhaçada. Ah, ele era um palhaço, não? Jamais conseguiriam romper *suas* defesas!

* Como explica a *Grande enciclopédia soviética*, "as potências ocidentais... sabotaram cada vez mais o trabalho do Conselho de Controle Aliado até que, em março de 1948, o destruíram por completo".([a])

([a]) V. 13, p. 7, verbete sobre o assunto (ligeiramente modificado em nome do contexto).

Você entende as sanções que enfrenta?

É claro, camaradas, e tenho certeza de que essas sanções vão, hum, por assim dizer, me inspirar em, em (Ninucha vai adorar essa!) obras criativas futuras e proporcionar, hã, *insights*...

Dmitri Dmitriévitch, você corre um grave risco de voltar a ser um inimigo do povo!

Agradeço o alerta, camaradas. Mas não se preocupem comigo; por favor, não se preocupem. Em vez de dar um passo para trás, prefiro dar um passo, digamos assim (Ninotchka vai morrer de tanto rir; na verdade Ninotchka vai ficar apavorada), *adiante*...[21]

Na verdade ele não se importava mais; quase queria que o fuzilassem, desde que ninguém fizesse mal a Nina e as crianças. Galina Ustvolskaia, bem, ela não era tão próxima quanto Elena tinha sido, e... Ainda que suas composições fossem muito... Lembra-se da sequência "coração das máquinas" de Dziga Vertov em *Avante, soviete*? Deve ter sido em 1926, porque foi logo antes da minha *Segunda*, você sabe, *sinfonia*. Um belo cineasta, mesmo, ainda que fosse também, bem, como Roman Lazarevitch, crente em demasia. Será que Vertov ainda está vivo? Imagino que tenha *desaparecido*. Roman Lazarevitch deve saber, mas não me atrevo a perguntar. Quero um "coração das máquinas" para a *Opus 110*. Será uma máquina para, não sei, para pulverizar ossos humanos, digamos; Roman Lazarevitch filmou isso. Lembro que por algum motivo eu estava no Kino Palace com Ninucha, que chorou — bem atípico da parte dela, devo dizer. Quero oito gramas! Ou seriam nove? Depois podem pulverizar meus... Ele nunca tinha se sentido *assim* antes! Quando precisaria daquelas cuecas na mala? Em 1937 eles gostavam de deixar um homem em desgraça livre por semanas ou meses, para que ficasse exausto de tanta preocupação até a chegada do Maria Preta. A vida estava mais confusa, camaradas, **A VIDA FICOU MAIS ALEGRE**.

Mas Mítia, se lamuriou a esposa, estão estendendo as mãos para você! Por favor, aceite! Nunca lhe implorei nada...

Oh, nossa, oh, puxa! Mas uma mão também pode, sabe, *agarrar* alguém!

Ali estava ele, quase rígido na cadeira, ancorado pela carne em forma de pera, os dedos brancos esticados sobre o piano sob o olhar de veneração de G. A. Ilizarova, cujo cabelo escuro envolvia o rosto pálido como um capacete de castidade. — Dmitri Dmitriévitch, jamais ingresse no Partido!, ela sussurrou. Temos tanto orgulho de você! Continue lutando!

E se alguém estivesse ouvindo? Rapidamente (mas piscando para Ilizarova) ele começou a louvar as vitórias cada vez mais brilhantes de nosso povo soviético.

12.

Naquele mesmíssimo momento, sua "Canção das florestas" (*Opus 81*), que celebrava a mão de obra soviética (e, por consequência, o Camarada Stálin), retumbava em quase todas as fábricas da URSS. Ninucha adorava a canção, adorava mesmo!

Isso era o pior de tudo. Ele mal conseguia... Enquanto *Lady Macbeth*, que ele tinha dedicado a ela, bem, a questão é que Ninucha agora estava com cabelos ondulados e sorria como uma imagem esculpida sobre o colarinho branco engomado, sentada compacta no camarote forrado de veludo ao lado do marido, que talvez fosse preso naquele mesmo instante e tinha acabado de receber o Prêmio Stálin: dez mil rublos! Pobre mulher, será que não merecia seu momento de fama?

A *Opus 81* era, de um ponto de vista artístico, o oposto da extravagância. Não se recorda de como a catedral de Santo Isaque era visível desde a Finlândia, graças à cúpula dourada? Por isso tivemos de cobri-la de cinza durante os Novecentos Dias — um cinza muito escuro, como ele se lembrava, que tornava ainda mais verde a horta vitoriosa de repolhos. A *Opus 81* era boa música coberta de cinza em nome da sobrevivência — acinzentada até um dourado berrante. E Nina nem se importava. Mas o que ele estava dizendo? Nina o amava; queria que ele fosse bem-sucedido e florescesse; quanto aos dez mil rublos, ela sabia como lidar com isso; é uma mera questão de tempo e efetivos. Agora ele podia sair, se embebedar e, você sabe. Gostaria também de mandar algum dinheiro para Elena Konstantinovskaia, que segundo Glikman estava na pobreza desde que havia se divorciado de Roman Lazarevitch. Aquele professor Vigodski não ganhava muito dinheiro, e agora tinham uma filha. Elena tinha uma filha! Imagine só! Como o tempo, sabe, *voa*. Ele torcia para que ela nunca ouvisse a "Canção das florestas". Oh, nossa! Como ela não ouviria? E eu vivia dizendo para ela que nunca... Bem, éramos jovens. Mas na verdade, digo, não estou muito empolgado com isso.

Depois da estreia em Leningrado, ele correu para o quarto de hotel na companhia da pupila-amante Galina Ustvolskaia e escondeu a cabeça debaixo de um travesseiro. Depois começou a chorar desbragadamente de vergonha e desprezo por si mesmo.

13.

Ustvolskaia ficou ao lado da cama. Conhecia-o tão bem. Tentando abafar a repulsa que lhe subia como náusea por entre as costelas, falou: Você está sendo injusto consigo mesmo. Qual o problema de dançar conforme a música de vez em quando? Não se esqueça da sua genialidade. Você realizou tantos, mas tantos sonhos...

Obrigado; obrigado. Mas como você vai me amar agora?

Ela hesitou.

Não diga, ele falou, temendo a resposta. Agora vamos falar de você. Receio que não ande compondo o bastante...

Dmitriotcha, prefiro continuar me preocupando com você...

Os lábios dele vibraram como os de um instrumentista de sopro. Enfim, disse: Não desperdice esforço.

14.

Voltou para casa e na mesma hora começou a discutir com a esposa. (Algum dia ela também será um esqueleto.) Ela disse estar farta das lamúrias sobre o sucesso da "Canção das florestas". Ele não entendia aonde ela queria chegar. Disse isso. Ela respondeu:

Você não pensa mesmo ou gosta de ser autodestrutivo? Quando você faz sujeira, depois precisa limpar sozinho.

Ninotchka, não seja tão dura, não, não, não, não agora…

Não! Fique aqui e me escute. Você parece um desses burgueses ordinários dos filmes; chega a ser cômico. Você não tem como esconder de mim seus segredos, Mítia. Quando estava dormindo com aquela vadia da Elena, eu conseguia literalmente sentir o cheiro dela em você. Aquele cheiro vulgar e felino — argh! Você é um homem que precisa ter casos. Talvez eu preferisse amar alguém diferente, mas as coisas são assim, não é? Bem, você vai me responder ou não?

Eu, eu não entendo que relação isso tem com…

Talvez um artista só consiga ser fiel a si mesmo. Talvez precise trair todos os outros. Pode me fazer o favor de parar com essa cara de mártir? As coisas são assim, é simples. Às vezes acho que você nem percebe. Um par de olhos escuros aparece flutuando na sua direção e você não consegue se controlar; vai atrás deles como um sonâmbulo…

Nina, você está me *matando*, é isso que você está fazendo. Não que você…

Não estou reclamando. Eu sabia bem onde estava me metendo. Assim que se casou comigo você teve de se afastar. *Aquele canalha* manda você fazer zigue; chega até a mandar um alerta pelo *Pravda*, e aí você faz zague. Aquela confusão toda em que você se meteu por causa de *Lady Macbeth*, você *sabia* muito bem o que aquilo nos causaria! Ah, não estou dizendo que foi algo pessoal…

Nina!

Nina o quê? Você é um gênio e tudo o mais, mas não tem a menor noção sobre si mesmo. Vive procurando alguma Musa, e ela precisa ser uma Musa de olhos escuros saída de algum outro lugar. Qualquer outro compositor soviético estaria empolgadíssimo com o sucesso da "Canção das florestas", mas *você*…

Estou vendo que de nada adianta continuar essa conversa, não, não, não. Vou sair para me encontrar com Lebedinski…

Mítia, pare de agir como uma criança. Você sabe que eu te amo. Espero que tenha consciência de que eu até respeito algumas coisas suas. Estou apenas um pouco brava com você; não estou pedindo que mude seu jeito. Afinal de contas, você vai dormir com seja lá com quem você estiver dormindo.

Por favor, qual o propósito desta conversa?

Não sei. Como você sempre diz, por que desperdiçar esforço? E ainda assim, quando volta todo animado de sua pequena Galicha, que a propósito nunca vai se casar com você, e acha que está escondendo tudo de mim ainda que ela tenha *estu-*

dado com você por dez malditos anos, e que sua outra pequena Galicha, essa que nós dois estamos criando juntos, saiba muito bem o que está acontecendo, bem como Maksim, e enquanto isso você se irrita por eu ser eu e não ela, aí fica todo severo e silencioso comigo, ora, então acho que preciso lhe dizer o que você é.

Muito bem, então, ele gritou, tão pálido e agoniado que ela não conseguiu se decidir se o esbofeteava ou começava a chorar, o que eu sou?

Você é um — bem, bem, você não segue a linha do Partido, isso eu garanto! Meu Deus, mas você é um espírito livre, Mítia! Você é um *formalista*.

15.

Dmitriotcha, aceita um chá? Posso fazer bem rápido. Uma bela xícara quente de chá — é uma coisa que consola, especialmente em noites frias e escuras...

Ela tinha servido em um hospital militar durante a guerra. Sabia como cuidar de doentes mesmo quando estava furiosa.

Ele perguntou: Será que a música pode atacar o mal?

Certamente não. A única coisa que ela consegue fazer é gritar.

Ele gargalhou de forma medonha. — Sua *formalista*! Mas ainda assim me pergunto qual o sentido de tudo, se não existe, digamos, um propósito em...

No rosto de Ustvolskaia uma expressão de pena, irritação e talvez repulsa; ele não conseguia decifrar. Ela disse: Por favor, Dmitriotcha, não chore mais. Você vai sofrer bem menos quando parar de esperar o impossível. Não existe esperança para nenhum de nós, sejamos fuzilados ou não.

Mas as ilusões não morrem todas de uma só vez...[22]

Nunca tive nenhuma.

É um processo longo, como uma dor de dente. E então as ilusões apodrecem e começam a feder dentro de nós, como...

Você já me falou tudo isso. Agora beba seu chá.

Já vi você segurar a xícara enquanto compõe, e vi você envolver os dedos compridos e brancos em volta do calor.

Sempre que ela tinha um orgasmo, sua boca o fazia recordar uma janelinha redonda no Teatro Kirov pela qual ele nutria simpatia.

16.

Em janeiro de 1949 o Camarada Stálin enfim deu início à sua campanha contra as influências judaicas. Talvez só então, com as distrações dos tempos de guerra mais ou menos sob controle, ele tivesse encontrado tempo para ler *Mein Kampf*. Em fevereiro, Galina Ustvolskaia completou sua *Sonata nº 2*,[23] cujas lúgubres cadeias de semínimas deixaram seu amante quase fora de si de tanta melancolia. Em março, por desejo expresso *daquele canalha*, Chostakóvitch foi enviado a Nova York como integrante da delegação de paz soviética. Todas as suas obras foram liberadas quatro dias antes. (Cuidaremos desse problema, Camarada Chostakóvitch. —[24] Foi exatamente o que o Camarada Stálin disse ao telefone. Oh, nossa, oh, puxa, ele tinha, digamos, autorizado a operação!) E o compositor, que havia se esquecido de quase tudo exceto de como nutrir seu medo vigilante, começou de repente a esperar que se ele ao menos agisse de uma forma obediente e quebrantada o bastante, talvez sua música pudesse voltar a ser executada.

Enquanto isso, o que deveria tocar? Talvez não a música incidental de *Lady Macbeth — isso* seria uma piada! E a *Opus 40* só me deixaria triste e deixaria Elena em apuros. E que tal a favorita do público? Mas você-sabe-quem está tomando medidas, ao menos é o que me informa o *Pravda*, para transformar o setor soviético do Nazistão esfacelado em uma república pangermânica subserviente às necessidades da, como vou dizer, história. Assim sendo, minha *Sétima sinfonia* talvez tenha, hã, sobrevivido à sua *utilidade*, entende? Porque precisamos de alemães de novo! Hora de renovar o, como vou dizer, o pacto nazi-soviético! Ha, ha! Ninucha, não fique me encarando com essa boca aberta, porque você fica parecendo, hã, mas falando sério, nessa época *tão, tão* feliz, não seria melhor esquecer o cerco de Leningrado? E Vlasov também nunca existiu. Se ao menos eu tivesse composto um triozinho suave ou algo do tipo em honra da Operação Cidadela! Porque isso seria muito, muito. Por favor não me olhe assim, Galina!

Sem dúvida, nossa *Grande enciclopédia soviética* continua a afirmar que a *Sétima* "desempenhou um papel importante em unir o mundo contra o fascismo". Mas enciclopédias estão sujeitas a revisões. Assim vemos Chostakóvitch tocando o segundo movimento de sua *Quinta sinfonia*, menos famosa, no Madison Square Garden, os ombros quadrados envoltos no traje escuro com ele sentado ao piano, o rosto arqueado para diante, a boca virada para baixo com firmeza: primeiro um acorde tão cálido quanto o risco de espuma branco em um *café au lait*, e então, você sabe. Ele não conseguia entender sequer as coisas mais simples que os americanos diziam, mesmo que no passado tenha recebido aulas de inglês de Elena Konstantinovskaia. *It gives me the creeps*. Era tudo que ele lembrava. Quantos anos já tinham se passado? — Não me sinto muito entusiasmado, disse para si mesmo enquanto os dedos bem estendidos começaram a atacar com violência e rapidez o terreno branco e preto do piano. Alguém na primeira fila resmungou: Que sujeito bem esquisito.

Depois disso mais repórteres, insinuações e estupidez pequeno-burguesa, enquanto seu único interesse era manter a família longe de, por que dizer? Sendo os Estados Unidos um país capitalista, os diversos coros cívicos cantam a cappella por lá, isto é, sem acompanhamento instrumental. Em uma zona bem regulada, tal abuso de liberdade jamais seria tolerado. Hora de endurecer nossa linha com os americanos! Eles são muito… Oh, puxa! Mas enfim, por que a *Quinta*? Porque estamos na Quinta Avenida, idiota! Essa sinfonia também me deixou em apuros, porque as plateias aplaudiram com entusiasmo exagerado quando eu era oficialmente um, um, como era mesmo, ah, sim, um estranho cultural. Elena já tinha sido levada para, você sabe. — Segundo movimento. Mais uma hora; então poderei sentar em um canto e beber champanhe. Talvez alguma americana aceite, você sabe, estourar a rolha! O estouro ouvido ao redor do mundo... Pizzicato.

Nem de longe a *Quinta* era sua, por assim dizer, favorita — digo, que se dane. Tinha como subtítulo *A resposta criativa de um artista soviético a justas críticas* — o tema preciso que ele buscava expressar naquele dia.

Tocou de modo apropriado. Tocamos todos, ou senão. Até mesmo Akhmátova redigiu odes animadas louvando *aquele canalha*. Bem, nem todo mundo: a corajosa Tsvetáieva, na verdade, nem preciso dizer. Ele tinha ouvido falar que nem doía, exceto se fizessem com você e usassem corda de piano. Vlasov deve... Mas não falamos sobre isso. Em um de seus últimos poemas, escritos quando o Exército do sonâmbulo entrou marchando em Praga, Tsvetáieva tinha escrito, *com raiva e com amor*, "eu me recuso a ser".[25] Esse sentimento seria cimentado na câmara cinzenta da *Opus 110*.

Decrescendo. Os americanos aplaudiram — hipócritas, ele pensou. Seu pé virava para o lado quando ele se curvava. Dizem que os espasmos continuam por um longo tempo, mesmo depois que você, bem. Então leu em voz alta as denúncias, obedecendo às ordens, ao mesmo tempo que girava entre os dedos um cigarro "Kazbek" apagado. Atacou entre outros um certo D. D. Chostakóvitch, que havia cometido inúmeros erros. Sua boca ficou seca e ele não conseguiu terminar o discurso. Uma voz masculina agradável concluiu a leitura em seu lugar.

17.

Sim, ele ficava pálido quando bebia vodca. Ficava ainda mais pálido quando bebia o futuro. Sem dúvida não era tão ruim quanto as noites moscovitas no início de 1945 sem energia elétrica entre as seis da manhã e as seis da noite, de modo que às três da tarde, quando o sol de inverno fracassava, ele tinha de se sentar na escuridão fria, incapaz de compor à luz pálida da lâmpada de querosene; mais tarde estaria tenso, incapaz de dormir antes da meia-noite, acordando no escuro com o coração tartamudeando como uma metralhadora. Agora ele... Em suma, hoje em dia sua principal tarefa consistia em preparar respostas para diversas críticas previsíveis. De vez em quando fazia algum bico: Bem, Dmitri Dmitriévitch, vai haver uma salva de vinte e quatro canhões em Moscou pela liberação de cada capital, para que o mundo saiba que não foi apenas Leningrado, mas também Minsk, Kiev, Stalingrado e todo o resto! Decidimos, e sem dúvida você vai concordar, que sua fanfarra deve consistir em acordes de vinte e quatro notas, que sem dúvida criarão um efeito tonal impressionante, muito mais amplo que o tema grave que você será convocado a compor para simbolizar o comando fascista alemão. Depois, hora de mais um sonho de sair de casa em uma noite chuvosa, com Nina gritando e sacudindo o punho cerrado por trás do vidro da porta de entrada, Maksim e Galia gritando *Papai, papai, papai*! Em silêncio enquanto ele cruzava a escuridão até a casa de Elena, onde ela permitiu que a beijasse pela janela mas não o deixou entrar.

Por quanto tempo conseguiria andar na linha? Por centenas de noites se torturaria com o próprio medo. Glikman o arrastou para fora de casa para assistir a *Cazaquistão soviético*, de Roman Karmen, espetacular como se esperaria. Sentiu pavor da chance de encontrar Elena no Kino Palace, é claro; ficou arrasado por não encontrá-la.

Em 1950, pouco depois de as potências reacionárias derrotarem nosso bloqueio de Berlim, ele compôs uma trilha sonora para o filme *Belinski*, escrevendo a orquestração com a mesma presteza confiante do ex-marechal de campo fascista Paulus esboçando suas ordens de batalha: uma fileira para cada subunidade, motorizada ou não, cada divisão com seu próprio compasso, então esses compassos aglomerados em corpos dos quais ele criava seus exércitos; os exércitos se aglutinavam em *Heeresgruppen*; e os apparatchiks adoraram. Com *Hamlet* foi a mesma coisa. O telefone preto tocou; Roman Karmen queria que ele soubesse que a trilha era perfeita, soberba.

Mas Karmen parecia triste! A voz estava tão... Talvez ainda estivesse superando Elena, como todos nós — oh, puxa! Mas não seria correto, bem, sobretudo se levarmos em conta que ele e eu, hã, e além disso, preciso que ele telefone para Arnchtam por mim; preciso de trabalho; preciso de um favor, caro Leo Oskarovitch! Porque todo aquele dinheiro de *Zoia* se acabou. As crianças andam tão... A propósito, o que aconteceu com a atriz Vodianischkaia? Uma Zoia excelente! Mas o que esse apparatchik quer de mim? Por que não libera a linha? Ainda mais agora, que estou começando a me sentir meio, sabe, *em pânico*? Meu caro Roman Lazarevitch, se me permite usar, usar — hum-hum! — usar uma metáfora musical, não que eu, bem, você se, digamos, *afina* à pessoa amada. E então mesmo que você se apegue a uma estranha, ou mesmo a leve para a cama e então, você sabe, e tudo para, apenas para bloquear aquela barragem de artilharia de, como vou dizer, solidão, você se entedia e, e — uma substituta não tem como sustentar o ritmo! Por isso *não gosto* que pessoas tenham relações amistosas ou antagônicas demais.[26] Ou mesmo que uma substituta acabe conseguindo sustentar o ritmo, um tom diferente tem um não sei o quê diferente. Então você diz adeus. Mas assim que volta a ficar sozinho, o anseio pela pessoa com quem você está afinado retorna, e então, não pense que não sei! Como posso dizer essas coisas para você, meu querido, *querido* Roman Lazarevitch? Por sinal, na próxima vez em que se encontrar com Leo Oskarovitch, por favor, diga olá por mim e pergunte se ele tem algum, hã, você sabe. E aquela atriz mirim que fez o papel de Zoia quando criança, como era mesmo o nome dela? Vou lembrar. Era Katia Skvortsova, ou talvez Elena Skvortsova? Elena é um nome tão comum; aparece toda hora.

Compôs a música para o cinema espetacular de *A queda de Berlim*, cujo protagonista era o Camarada Stálin. Roman Karmen não estava envolvido com isso, segundo ele, porque estava dedicado demais ao trabalho em *Turcomenistão soviético*, mas pode ter sido porque tinha se desentendido com os desgraçados da Mosfilm, porque ouvi falar que o que você diz não é o que queremos ouvir, disse ele, e Karmen respondeu, e depois ambos ficaram em silêncio; bem, muito gentil da sua parte tomar tempo para me ligar, meu querido, *querido* Roman Lazarevitch! Obrigado por falar com Leo Oskarovitch por mim, mesmo que, bem. Ele ainda toca piano? E como vai — esqueça, eu só queria, queria, e por favor aceite meus cumprimentos.

Concordou com a sábia decisão de suspender a publicação de seu novo *Quarteto de cordas nº 4* por causa das inflexões judaicas.

18.

Eles o enviaram até a Alemanha Oriental como principal delegado soviético para o Festival Bach. Ele não queria ir, mas estava no júri. (Achou ter ouvido alguém chamar.) Um russo venceria. Ele já havia prometido exercer a "abordagem classista" adequada.

Sua escolta de comunistas alemães bateu os calcanhares e prestou continência. Perguntaram se ele precisava de alguma coisa. — Obrigado, obrigado, mas por favor, não se incomodem, ele respondeu. Os outros jurados o chamaram de "estimado camarada". Ele se lembrou de nazistas altos e sorridentes. Lembrou-se de rostos borrados nos crepúsculos de inverno em Leningrado, órbitas oculares escuras de inanição. Lembrou-se de todos os cinejornais a que tinha assistido com crianças brancas como leite sendo enforcadas, os fascistas alemães ajustando o laço da forca de antemão para que tudo corresse perfeitamente. Por sorte, o Camarada Stálin havia liquidado seu aparato estatal.

Berlim Oriental continuava bem destruída, graças à resistência insensata dos hitleristas remanescentes. Gargalhando, alguém comentou que Dresden estava bem pior. O Camarada Aleksandrov quis saber por que o Festival Bach acontecia em Leipzig, quando Leipzig era a cidade do protofascista Richard Wagner. Chostakóvitch se manteve quieto, sentindo vermes rastejando dentro do coração. Decidiu se manter longe de Dresden para sempre. Não queria mais ver qualquer, você sabe. Com Berlim, que era, afinal de contas, apenas nosso ponto de conexão, ele não se importava. Anos antes, seu professor Galzunov tinha elogiado os portões de pedra da cidade, cuja grandiosidade havia muito se desmanchara em algo que parecia terra. Será que o setor oriental estaria tão arruinado? Bem, por que não estaria? Ficava muito longe? — Bem ali! — E eles...? Melhor não perguntar. Ele se sentia sufocando e sangrando ao mesmo tempo. Que som era aquele? Queria um piano para compor. Que som era aquele? Na janela do carro, seu dedos começaram a tamborilar o *allegro molto* da *Opus 110*.

Também não dava a mínima para Bach, não naquela época; ao longo de décadas havia tentado aprender tudo que pôde com o artífice Bach, que colocava uma nota depois da outra, e então encaixava a terceira nota no lugar perfeito; mas essa observação banal e inócua se provou a ponta de lança de algo adverso que agora rompia as defesas de sua mente, a saber, o áxion de Paulus, aquela mediocridade nazista, que, caso você não guarde essas coisas na cabeça, era o marechal de campo que capturamos em Stalingrado; parece que ele costumava repetir o aforismo: "É uma mera questão de tempo e efetivos". Era assim que Bach devia ter construído suas composições; é o que todos fazemos, e quando eu mesmo, quando eu...

Quando encontrou Glikman novamente, perguntou se tínhamos fuzilado Paulus; Glikman não tinha certeza; talvez tivesse perdido o anúncio no *Pravda*. É só uma questão de... e pelo resto daquele dia, para ele Bach estava arruinado. E se não existisse diferença alguma entre pessoas que criavam pouco a pouco e pessoas que assassinavam pouco a pouco? Ninguém concordaria com isso, é claro; de qualquer modo era melhor pensar em alguma outra coisa, em Elena Konstantinovskaia, por exemplo. Seu cabelo era fogo e sua pele era leite. E se ela estivesse em Dresden quando os anglo-americanos chegaram? Por que tinha se divorciado de Roman Lazarevitch? Glikman disse... Na verdade, provavelmente ele não deveria pensar sobre Elena.

Intervalo! Hora de escrever um cartão-postal para Glikman: "Tudo vai tão bem, tão perfeitamente excelente, que não consigo encontrar quase nada a respeito do que escrever".[27]

Depois que o levaram para um passeio na Stalin-Allee ele pediu permissão para voltar ao hotel e descansar, porque graças à sua educação em Leningrado ele já possuía uma compreensão íntima da maneira com que os cantos dos prédios bombardeados, sendo mais fortes que o resto, sobrevivem formando pináculos medonhos cujo efeito de igreja é acentuado à noite quando as estrelas delineiam a nave de uma imensa catedral de nichos, criptas, galerias, arcos de pedra solitários nos quais quase esperamos avistar um ícone russo, a imagem de mármore de um santo católico alemão, o sarcófago de um kaiser; mas não há nada para receber oferendas, nenhum motivo para deixar sequer uma flor murcha em memória dos mortos da Central Europa. Então refulge uma luz amarelo-esbranquiçada: uma patrulha militar. É o mais perto que podemos chegar de grades douradas, camaradas! Guardem o ouro para a *Opus 110*.

Por favor, Camarada Schostakowitsch, implorou em segredo uma alemã, meu irmão caçula está sendo desnazificado porque todos os alunos da escola dele tiveram de ingressar na Juventude Hitlerista. Não foi culpa dele; o que mais poderia ter feito? Uma carta que recebi no mês passado diz que o apartamento dele foi confiscado, e desde então eu não...

Sem dúvida, sem dúvida. Cara senhora, eu sinto muito. A realidade é essa...

E um trem o carregou para longe através da verde planura do interior alemão.

19.

Em Leipzig ficou ao lado da pianista T. P. Nikolaieva, recém-chegada de Moscou.

Gostaria de passear por Dresden, Dmitri Dmitriévitch?, quis saber um indivíduo de botas cor de framboesa. Estamos bem perto. Faz bem para a alma russa, de fato, ver a cidade tão arrasada. Odeio todos esses alemães. Você também, não é? Não se esqueceu de Leningrado, certo?

Camarada Aleksandrov, você acertou na mosca, por assim dizer, e se me sobrar tempo depois da competição — bem, bem, quem sabe quanto tempo vai levar?

E então entraram todos na Thomaskirche, onde os restos mortais de Bach tinham acabado de ser enterrados novamente.

Nikolaieva aguardava, rígida; devia estar nervosa. Ainda que desde 1945 ele tivesse passado por ela muitas vezes na escuridão semirreal do conservatório, estava isolado pela própria fadiga, que gera limitações, e pelas inúmeras perseguições que choviam sobre ele como fragmentos metálicos sibilantes; aquela moça bem que podia ser uma estranha; afinal de contas, tinha estudado com Goldenweiser, não com ele. Os olhos dele eram triângulos de luz fosca, com cantos arredondados, chanfrados sobre os óculos. Melhor não flertar; estava ficando velho demais! Muito, muito tempo antes, era uma vez uma época em que Akhmátova lambeu os lábios, e rindo muito ele bradou: Muito bem, Anna Andrêievna, sim, muito bem. A embocadura *deve* ser mantida úmida, já que você está prestes a tocar minha trompa... — Não, esses dias estão mortos e enterrados. Esta bela e jovem Nikolaieva, alegre demais para ser feia, talvez na verdade não estivesse tarde demais para, esqueça, sorria ao lado dele, exibindo os dentes superiores. Que tipo de pessoa seria? Outro devoto das teclas brancas e das teclas pretas que a conheceu na infância se recorda dela como "uma típica menina russa, com duas tranças, sempre séria, amistosa e asseada".[28] Cidadãos das potências capitalistas se apresentam (ao menos é o que me contam) perguntando como preferem gastar dinheiro: Você coleciona selos? Eu gosto de assistir a filmes de guerra. Mas para conhecer alguém em nossa terra soviética, que agora inclui meia Alemanha e incluirá no futuro próximo a Alemanha inteira, precisamos apenas descobrir a forma que o sofrimento dessa pessoa assumiu durante a Grande Guerra Patriótica (marido enforcado em Minsk, irmã morta de inanição em Leningrado, todos os quatro filhos mortos em batalha em Stalingrado); contudo, sendo tais informações dolorosas tanto de transmitir quanto de receber, é melhor que todos compartilhemos uma experiência comum de horror, falando apenas com nossos olhos ou através da música. Mas então, que tipo de pessoa ela seria? Quando começou a tocar, não preencheu a Thomaskirche com melancolia comovente; em vez disso, algo leve, distinto e distante se construiu: um castelo, não uma fonte, um artefato cuja superfície tesselada possuía uma geometria de notas precisa e quase perfeita; sua execução não tinha chiaroscuro, somente habilidade. Sem pressa nem melodrama, com a harmonia aparentemente simples de uma inscrição romana, ela construía castelos no ar, mostrando-se nua, sem vergonha e sem medo, como ele jamais poderia ser; mesmo na juventude, quando tinha sido o queridinho do futuro de quem qualquer infortúnio sempre ficaria distante, sua natureza tendia a se expressar de modo extravagante — daí os elementos grosseiros e travessos de *O nariz*, o fogo rápido de *Relâmpago*, as dissonâncias complexas de *Lady Macbeth*, nenhuma das quais era forçada ou "errada", apenas hiperativas, talvez um tantinho ansiosas; D. D. Chostakóvitch era assim, sem dúvida; isso era "honesto", mas, mas, como vou dizer? Nikolaieva fazia música como uma tsarina se portava, com elegância tranquila e desprovida de pressa. Era como se ela lhe dissesse: Tudo que aconteceu é irrelevante; não pode mais nos magoar; existe apenas a música, que vive dentro de nós e além de nós, precisando de nós para se expressar mas capaz de sobreviver para sempre entre expressões. Castelo dava lugar a castelo.

O júri a instruiu a tocar, dos quarenta e oito prelúdios e fugas de Bach, aqueles que tivesse melhor preparado; ela tocou todos. Chostakóvitch ficou atônito. Não enxergava mais as cabeças grisalhas que pareciam ovos nos bancos de madeira da igreja. Sentia-se, como vou dizer, bastante animado, porque... Na verdade (espero que não haja problema em revelar seu segredo) ele se sentia como se tivesse encontrado uma nova companhia para viver com ele no mundo secreto sob as teclas do piano! Não que ele e ela pudessem jamais... Além disso, ele nunca mais se deixaria apanhar. Porque depois de Elena, com todo aquele, sabe, era melhor nem ao menos... Agora ela é Elena Vigodski, imagine só! E como eu podia ter qualquer esperança? Posso pelo menos... E assim Tatiana venceu a competição. Flores para ela! Mais flores para o túmulo de Bach... Os óculos dele escorregavam nariz abaixo. Ele se sentia muito... Ali, naquele instante, ele resolveu compor um ciclo de prelúdios e fugas (*Opus 87*), dedicado a ela e arranjado em quintas ascendentes. A chama breve e alegre da "Fuga em lá menor", que ele escreveria no ano seguinte, se tornou uma homenagem especial à alma dela.

Estimado camarada... disse um alemão, mas a vida interior de Chostakóvitch já estava se afastando com uma sutileza cuidadosa, da mesmíssima maneira com que o primeiro prelúdio, o *moderato* em dó maior, começa com as notas do próprio Bach, doces e melodiosas, clássicas, como um bom compositor comunista seguindo a linha harmônica correta; e então vem uma dissonância. Volta a melodia, mas atenuada, enevoada pelo cromatismo. O prelúdio começa a ascender cada vez mais no firmamento da música absoluta, até a paisagem ordenada ser enterrada sob nuvens e nos elevarmos para além da atonalidade, rumo a uma sacralidade além da compreensão. Lampejos de ordenação verde e ouro se revelam distantes, lá embaixo, para então sumirem pois estamos no céu. Escapamos. Estamos além deles. Morremos.

20.

Em 1951, foi escolhido deputado do Soviete Supremo da República Federativa Soviética da Rússia. Tomando seu lugar, sentiu o olhar do Lênin pálido e titânico às suas costas. Lenin, pétreo. Ele, pétreo. Perguntaram quando consagraria uma sinfonia a Lênin, e ele resmungou alguma coisa. Seus pensamentos estavam tão opacos e quebradiços quanto metal da época de guerra. Voltando para casa, fez um desvio rumo a Lebedinski para ressarcir a garrafa de vodca que havia pegado emprestada na semana anterior, e algumas mulheres idosas, integrantes das antigas classes abastadas que de algum modo tinham escapado dos campos de prisioneiros, estavam amontoadas diante de um muro coberto de gelo, mendigando. Com uma careta tímida, Chostakóvitch se aproximou. Deu alguns rublos à anciã mais velha, o rosto vermelho de constrangimento, e se afastou às pressas, tentando não ouvir os gritos suplicantes das outras. E então, do outro lado da rua, usando um belo casaco com gola de pele de raposa-prateada, *ali estava ela*, estou falando de Elena Konstantinovskaia, o cabelo agora grisalho mas ainda mais, o que posso dizer, receio dizer bonito, porque, bem, ela estava tão perfeita, e tão improvável por causa disso, quanto um ícone pré-revolucionário com moldura de ouro; e ela o viu mas ambos tinham sido educados pelos nichos em corredores em que se colocam prisioneiros com o rosto virado para a parede, de modo a não reconhecerem uns aos outros. Ele torceu para que ela estivesse em uma situação melhor com esse tal, esse tal, como era mesmo o nome dele, esse tal Vigodski; a filha deles deve ser muito, bem, isso ele podia perguntar para sua irmã Maria. De qualquer modo, será que ele não a teria avistado na estreia da *Geórgia soviética* de Roman Karmen? Porque naqueles dias os olhos dele, você sabe, não estavam tão... Correu para casa e desmoronou. Graças a Deus Ninucha havia saído! Soluçou por sua vida e por si mesmo. Tentou ficar quieto na maior parte do tempo, mas de vez em quando recebia um discurso para ler e precisa se levantar e balbuciar as palavras. No jargão musical, a frase *da capo al segno* significa *repita estes compassos até chegar ao sinal S*. O sinal S era Stálin. D. D. Chostakóvitch precisava repetir por vezes sem conta o que era ordenado.

Sentou-se. Tranquilizou-se: Não existe forma. Não existe conteúdo. Nenhuma palavra significa coisa alguma. — Seu pé se contraiu e o rosto foi tomado por erupções de caretas.

Não conseguia se esquecer de quando a NKVD o tinha interrogado sobre sua ligação com o marechal Tukhatchévski. Ouviu alguém gritando ao fim do corredor — gritos muito puros, quase todos em si bemol; no tempo devido, os incluiria na *Opus 110*. Agora era deputado do Soviete Supremo. Amanhã jazeria ao lado de Tukhatchévski se isso fosse o que eles queriam. Como era mesmo o jingle? "Não basta amar o poder soviético. O poder soviético também precisa amar você."

Tamborilou os dedos no joelho, elaborando as cadências de seus prelúdios e fugas, pelos quais o Sindicato dos Compositores voltaria a denunciá-lo como "formalista". Quando ele a convocava, Nikolaieva aparecia correndo no apartamento para ouvir cada composição ao ser concluída: Coma mais umas panquecas, querida. Ninucha sabe mesmo como, isso, com creme azedo. Às vezes ela se sentava no outro piano e observava seus dedos ligeiros; às vezes se sentava no sofá sob o retrato de Akhmátova. Quando estavam apenas os dois, ele sempre conseguia tocar *con fuoco*, com fogo.

Na primeiríssima vez que ela apareceu, ele havia terminado o par em dó maior, que tocou com grande ímpeto, na opinião dela; e então, sem pausa, olhando dentro dos olhos dela, começou o "Prelúdio em lá menor". Quando ele tocou a fuga concomitante, ricamente *alegretto*, um vermelhão profundo começou a subir da base do pescoço dela. Entendeu que aquela música significava *ela*. Mesmo então, depois de Stálin e Jdanov, nenhuma deficiência o barrava do mundo perfeito dentro das teclas pretas, o mundo cromático de sustenidos e bemóis e agitadas evasões celestiais, o lugar entre sim e não. Nem precisa ser dito que essa peça foi escolhida especialmente para receber críticas naquele recital no Sindicato de Compositores, cujos canteiros são plantados de modo que as flores formem imagens de Lênin e Stálin.

Rejeito absolutamente esse tipo de música, começou nosso Secretário Sindical, uma criatura maligna chamada S. Skrebov. E, do meu ponto de vista, a fuga em lá menor soa distorcida e falsa, errônea em modulações e acordes. Quanto ao prelúdio em sol maior...[29]

Nikolaieva virou as páginas enquanto ele tocava. — Obrigado, Tatiana, ele sussurrava, os novos óculos pousados com um peso inédito sobre sua carne, agora dotada de uma aspereza digna de avô. Por causa da ansiedade, tocou extraordinariamente mal.

Dmitri Dmitriévitch precisava lembrar (explicaram os colegas enquanto ele se sentava ao piano com a cabeça entre os joelhos) que a intelligentsia não existia mais por si; era apenas um destacamento avançado da classe trabalhadora. Ele estava repetindo os mesmos erros cometidos com *Lady Macbeth* em 1936. Corria um sério risco de ser considerado um desertor do front cultural.

Dmitri Dmitriévitch, não apenas seu desempenho ao piano foi atroz mas as obras são tão soturnas que impedirão sua reabilitação criativa.

Você está absolutamente certo, é claro, respondeu o compositor com Nikolaieva postada ao seu lado como consolo, parecendo prestes a virar mais uma página. Você precisa, como vou dizer, de letras leais e sinfonias sanitárias, prelúdios populares e — agora vejamos...

Ao menos isso ele compreendia.

Se não se importa que eu diga, você deveria ouvir sua própria *Sétima sinfonia*, Dmitri Dmitriévitch! Ali você foi bem-sucedido em extrair sua música da vida das massas. Ouvi falar que você baseou o terceiro movimento inteiramente em canções folclóricas nativas de nossos povos fraternos. Não é verdade?

Sim, sim, eu garanto, sussurrou Chostakóvitch. Abriu um leve sorriso e os óculos cintilaram. Tentou acender um cigarro mas os dedos trêmulos insistiam em quebrar os fósforos.

Agora, esse lixo formalista que você acaba de nos entregar, isto, bem — por que você não se deixa orientar pelo espírito do Partido?

Aprecio imenso sua orientação, camaradas. Sem dúvida vocês sabem como, hã, iluminar o caminho à frente com um holofote. E que luminescência! É muito... Será que poderia recomendar...

Não tem erro, Dmitri Dmitriévitch, basta manter as coisas simples. Por exemplo, sabe aquela música "O herói Tchapaiev percorreu os Urais"? Um verdadeiro clássico soviético.

Ah, sim, ah, *ah*, sim, ouvi essa no rádio. Parece ser das mais pedidas.

Ou a cantiga de Pokrass — "O Exército Vermelho é o mais poderoso de todos", sabe?

Talvez Dmitri Dmitriévitch devesse prestar mais atenção nos épicos heroicos dos povos eslávicos oprimidos.

Já demos essa dica, camarada. E, para sermos justos com ele, aquela *Sétima sinfonia* até que…

Obrigado, obrigado!

Todos somos a favor do internacionalismo, Dmitri Dmitriévitch, mas existe uma diferença entre internacionalismo e *cosmopolitismo*, entende? Você está fazendo o jogo dos sionistas!

Sionistas! Mas eu nunca — digo, neste caso, que, hã, *erro* terrível eu cometi!

Ficou ali sentado na banqueta do piano, sorrindo para eles por cima do ombro, as mãos inquietas tremendo sobre as teclas com os dedos pendurados, cada mão parecendo um pedaço do esqueleto carbonizado de uma ponte destruída pela guerra, até Nikolaieva enfim tocar nele e cochichar em seu ouvido. Agradecido, ele se levantou de pronto e encontrou uma cadeira no canto do palco.

E ele se mantém distante de nós. Não pede para ingressar no Partido…

Conseguindo enfim acender um cigarro, Chostakóvitch admitiu a justiça absoluta de todas aquelas críticas. Depois foi para casa com Nikolaieva.

Ela perguntou: Como está se sentindo, Dmitri Dmitriévitch?

Agitato, ele riu, contorcendo os dedos.

Quando não havia mais testemunhas ela pegou o rosto dele nas mãos e o beijou, *affettuoso*. Mas não foi, você sabe.

21.

Quase sem esperanças de que fosse possível lhe ensinar algo, ainda assim mandaram até sua casa um antigo professor particular para avaliar seus conhecimentos sobre as obras do Camarada Stálin. O professor ficou horrorizado ao não encontrar nenhum retrato do Camarada Stálin no recinto. Chostakóvitch gaguejou e pediu desculpas, escondendo nas costas os dez dedos que se agitavam como os tentáculos de uma sépia recém-pescada; por baixo da agitação, com um humor indiferente e cruel, seu aparato defensivo já preparava frases de uma abnegação insidiosamente simulada: Sem dúvida, Camarada Ivanov, devo ter passado todos esses anos dormindo, mas apenas porque eu, bem, veja só, eu sabia que o Camarada Stálin tinha cuidado de tudo, então pensei que ele, digo, acho que posso ter sido preguiçoso (se eu pudesse apenas compensar meu erro e me tornar seu, seu — ha, ha, ha! — instrumento de percussão!), então chegou a hora deste velho bobo aprender; e como tudo já foi analisado para todo o sempre pelo gênio do Camarada Stálin, talvez se você me ensinar os pontos principais eu possa, digamos assim, dar três passos à frente em vez de dois passos para trás, pois é tudo uma questão de tempo e efetivos, e então, quando eu enfim entender as sutilezas, minha música sem dúvida vai alcançar a, hã, melodia perfeita.

Glikman preparou resumos dos odiosos volumes, para que Chostakóvitch não precisasse ler nenhum. O professor ficou atônito com sua evolução. Ele prometeu pendurar um retrato do Camarada Stálin na parede assim que encontrasse a versão ideal, *eu disse pendurá-lo*, ele sussurrou naquela noite para Ninucha, com um riso tão desbragado que ela temeu que se engasgasse. Ah, aquele, aquele assassino desgraçado.

Queria que o ciclo inteiro fosse tocado de uma vez — tudo, do scherzo à sarabanda —, mas não se atrevia a fazer isso. Quem o fez foi a dedicada Nikolaieva. Sonhou que ela o convocava para ficar ao seu lado.

Em 1952, ano do clássico *Desfile aéreo* de Roman Karmen, Chostakóvitch recebeu outro Prêmio Stálin, categoria dois, por sua obra coral *Dez poemas sobre textos de poetas revolucionários* (*Opus* 88). Enquanto isso terminou seu *Quinto quarteto*, abrindo musicalmente seu coração ao incorporar citações do *Trio para clarineta, violino e piano* de sua amada Galina Ustvolskaia.

22.

Com o que você está sonhando agora?, sua esposa quis saber.

Melhor me perguntar o que estou ouvindo. Não consigo tirar da cabeça o terceiro movimento da minha *Sétima*. Ora, ora, me perdoe, minha querida, não ligue...

São aqueles trechos idílicos que você tem vergonha de ouvir escondido...

Como diabos você sabe disso?

Porque você precisa compor esses trechos para tirar os apparatchiks do seu pé, e por isso compõe música horrorosa o tempo todo como forma de protesto, mas no fundo você acharia melhor...

Não é verdade, não é verdade, ele suspirou, acendendo um cigarro "Kazbek". Sempre preferi música horrorosa! Mesmo *Lady Macbeth* não tinha nada de diatônica, e isso foi antes de eu me sentir obrigado a ser qualquer coisa...

Então por que você está ouvindo esse terceiro movimento agora? Na época você me falou que o compôs apenas para que as massas...

E é por isso que não suporto ouvir isso agora, não percebe? Estou ficando cansado de...

Ah, eu acho que você gosta bastante.

23.

Em 1953 o compositor judeu Weinberg foi preso. Com uma coragem quase suicida, Chostakóvitch abriu a escrivaninha, retirou uma única página de partitura, tão fina quanto as que usávamos para escurecer janelas em Leningrado, e no verso escreveu uma carta endereçada diretamente ao Camarada Béria em prol do colega. Algo lacrou o túnel entre rosto e alma — alguma coisa, sem dúvida, como um compartimento estanque impermeável de aço num navio-petroleiro. Como a esposa de um inimigo do povo também se tornava automaticamente uma inimiga, a esposa de Weinberg, Natália, seria a próxima a ser presa — ao amanhecer, sem dúvida; Lebedinski lhe cochichou que agora a moda era essa. — Tenho certeza de que ele vai arranjar uma "esposa de campo", soluçou a pobre Natália; ele a tinha embebedado, sem saber o que mais poderia fazer por ela. — Claro que não, minha cara. Você é bonita demais para que ele jamais, você sabe. Não se preocupe, não se preocupe... — E era provável que o tempo todo ele estivesse num navio de escravos rumo a, digamos, Kolimá. Ou será que haviam fechado Kolimá? — Chostakóvitch se organizou com discrição para adotar a filha de sete anos do casal, Vitocha. Um homem com botas cor de framboesa o aconselhou a esquecer o assunto, e ele respondeu: Oh, nossa! Que, que erro *absurdo* acabo de cometer! — ao que o apparatchik compreendeu muito bem que aquele ingovernável Chostakóvitch jamais mudaria, jamais pararia de fazer o que pudesse para salvar Vitocha.

Não surpreende que esteja tão frio! O papel ao redor das janelas tinha começado a rachar. Preciso me lembrar de pedir à querida Ninucha que cole mais algumas tiras do *Izvestia*; aquele ar quente deve nos aquecer! E se não o fizer, vamos chamar Rostropóvitch e seu violoncelo. Agora vão voltar a serrar caixas para usar como lenha. Que piada — oh, nossa! Já contei a Mstisláv Leopóldovitch? Nina achou idiota. Nina está pronta, graças a Deus; sempre foi corajosa. Que abram fogo com os oitenta e oito!

Então, tremendo de horror (sem isso não se sentiria vivo), começou a fazer, digamos, investigações, com muito tato, é claro, para que eles não, acho que você entende, e o Camarada Aleksandrov deu uma passadinha para informá-lo com um sorriso maligno de que aquele merda por quem ele se interessava ainda estava na prisão de trânsito, no caso a prisão de Nijnigorodski, não Lefortovo, graças a Deus, que segundo a *Grande enciclopédia soviética* é "uma figura imaginária de um ser sobrenatural poderoso";[30] Nijnigorodski não é tão ruim quanto, digamos, Kresti em Leningrado; e o Camarada Aleksandrov até explicou como Natália poderia mandar pacotes. — Por mim, completou, ele ganhava logo nove gramas de chumbo, direto na fuça! Quanto a você, Dmitri Dmitriévitch, sabe que cor seu arquivo tem agora? Quer uma dica? Que tal marrom-merda? Quanto àquele lixo sionista, ele nunca vai ser solto, nunca mesmo. Se quer mesmo ajudar essa família de judeus, diga para Natália se divorciar dele e trocar de nome. Ela vai se virar; é até atraente para uma vagabunda idosa. Você acha que mulheres são inteligentes o bastante para jogar xadrez? Porque se ela não for, vai receber um xeque-mate! Não posso deixar de dizer que dessa vez você cometeu um grave erro. Só estou arriscando o pescoço por sua causa porque você estava em Leningrado na hora certa...

Felizmente, Stálin sacudiu o punho fechado na direção do céu, desabou na cama e morreu; e um mês depois Weinberg se viu libertado.

Chostakóvitch não saía de casa. Havia se tornado tão gordo quanto um dos pilares da igreja de Santo Isaque. Sua carne estava cinza-azulada como o Neva nos dias úmidos e abafados de novembro, quando o domo dourado da catedral de Kazan empalidece até a vacilação. Muitas mãos brancas como mingau se espalharam por sobre o piano. Uma penca de almas flutuava em volta da partitura da sinfonia, bem abaixo do retrato de V. I. Lênin. De algum modo seu bom amigo Denissov tinha obtido quinhentos gramas de puro caviar do mar Cáspio, da variedade negra, cujos glóbulos espocam entre os dentes como uvinhas maduras. (Nove gramas para ele!) Glikman estava ausente. Precisou fazer algo relacionado à esposa. Chostakóvitch sempre tentava ajudar Glikman. Ao ficar sabendo de seu segundo casamento, aconselhou: Se ignorar o feminino, você mesmo, como vou dizer, bem, você mesmo vai sofrer. — Weinberg e Natália pairavam sobre Nina, cochichando no ouvido dela enquanto o rádio dizia: *Um oficial destemido e um comunista*. Nikolaieva estava no sofá, cantarolando tristonha para si mesma. Ustvolskaia não aceitou o convite, mas os vizinhos do andar de baixo estavam por lá. A pedido deles, tocou um dos prelúdios, *moderato no troppo*, as mãos então seguras, a habilidade perfeita porque a música era perfeita, com o mesmíssimo jorro quase líquido de partículas metálicas de uma carga explosiva, sem envolver fusão, apenas supertensão controlada, que fortalece a onda de choque permitindo que penetre qualquer coisa, de costelas a um tanque de aço. Quando ele terminou, tudo era silêncio; duas das mulheres choravam, mas Nikolaieva sorria como um gato que tivesse acabado de apanhar um camundongo.

Agarrando os joelhos com as mãos, parecendo *sportif* apoiado contra a bela I. Makharova, serviu mais uma vodca sob o olhar de A. Khatchaturian, no qual a inveja só era enfatizada pela nobre renúncia. Estaria Makharova disposta a receber um apertão na nádega? A esquerda, é claro, somente a esquerda! Nosso compositor retraiu as mãos, a boca se contraindo *allegro* nas duas pontas quando a conversa ganhou o rumo da política. Todos os convivas pareciam esperançosos, agora que o acorde de Stálin tinha enfim se dissolvido em *arpeggio*.

Mas Dmitri Dmitriévitch, sem dúvida agora haverá melhorias!

Edik, disse Chostakóvitch, os tempos são novos, mas os informantes são antigos.

Essa sua nova *Décima sinfonia*, que os capitalistas tiveram o descaramento de chamar de "obra-prima", foi naturalmente atacada em seu país natal por causa de dissonância e pessimismo. Além disso, continha um elemento ofensivamente erótico. O segundo movimento fervilhava com sua assinatura musical, interligado com as iniciais musicais de seu mais recente amor não correspondido, a jovem pianista E. M. Nazirova. Apressou-se a pedir desculpas por tudo isso no *Sovietskaia Muzika*.

Em agosto o vemos escrevendo ao leal Glikman, implorando que descubra o paradeiro de certa G. I. Ustvolskaia, com quem ele tinha muitos assuntos a debater; no dia seguinte, escreveu: "Caro Isaac Davidovitch: Por favor, ignore meu pedido. Recebi um telegrama e não tenho mais motivo algum para me preocupar".[31]

Vemos seu rosto pálido e desgastado brilhando de óculos sobre o esquife de Prokofiev. Empreendeu de boa-fé muitos esforços para libertar a viúva do campo de concentração em que se encontrava desde 1948. Também interveio por Kurt Sanderling, regente de Leningrado. Quando Nina, atormentada de pavor, alertou-o sobre as possíveis consequências, ele respondeu: Não se preocupe, querida, não se preocupe; não vão fazer nada comigo.

Estava disposto a denunciar Béria em particular, mas de forma apática. Tinha sido meio envenenado pela humilhação de ter recebido tantos libretos públicos para cantar. No *Pravda*, denúncias de inimigos da classe trabalhadora apareciam regularmente com sua assinatura. Em eventos oficiais ele fingia anotar os comentários perspicazes e corretos de outros camaradas, para que pudesse se abster ao menos de aplaudir.

24.

Dizem que pouco depois da morte de Stálin um hóspede surpreendeu Chostakóvitch lendo a biografia oficial do monstro, mas em segredo, como se fosse algo vergonhoso. Ora, milhões tinham lido aquele livro (ou ao menos comprado)! Assim como *Mein Kampf* havia marcado presença nas estantes de todas as famílias alemãs ao longo de certo período, na época do "culto da personalidade" a vida de Stálin vendeu muito bem — até melhor, talvez, do que seus *Fundamentos do leninismo*. Nenhum cidadão soviético tinha como escapar. E *agora*, apenas *agora*, Chostakóvitch estava lendo aquele livro — e fazendo isso *escondido*! Era tão estranho...

Logo em seguida ele foi condecorado pelos italianos.

25.

O breve dia de inverno estava quase terminado. Espiando por entre as cortinas do quarto de hotel, olhou para cima e viu que o céu havia ganhado o tom negro-avermelhado escuro e quente de chá com infusão de geleia de framboesa. Lembrou-se da escuridão deliciosa do sangue menstrual de Tatiana Glivenko certa manhã sobre os lençóis brancos — bem, já haviam se passado quarenta anos, e por isso suas lembranças estavam maculadas por um carmim menos erótico, como a imagem inesquecível daquela mulher diante do conservatório que tinha perdido o rosto para uma bomba alemã. Deixando as cortinas se fecharem, tamborilou uma cadência da *Opus 40* sobre a escrivaninha. (Sem problemas; os outros nunca a reconheceriam.) Uma hora mais tarde o vemos sentado muito quieto na cadeira, de cabeça baixa, atento ao ritmo de passos leves bem ao longe no corredor. Os estalidos ressonantes dos saltos altos, que lembravam um metrônomo, o tranquilizavam, pois eram femininos e não escondiam nada. Eram os sons mais turvos de botas macias e esponjosas, ou passos abafados, ou as batidas firmes mas pouco evidentes de saltos masculinos que o perfuravam como alfinetes. Ouvia vozes no quarto ao lado. Ouvia água corrente. Ouviu a cadência cansada de uma descarga de privada.

Tremendo, abriu a porta do quarto de hotel e surpreendeu a camareira o observando. Tentou sorrir para ela. Depois tomou o rumo do elevador, às pressas.

Dois homens com sobretudos escuros e botas brilhantes estavam parados no saguão, contemplando seus reflexos no espelho. Depois de um tempo um deles bocejou, descruzou as mãos das costas e se debruçou sobre o balcão. Algo naquelas mãos lembrou Chostakóvitch do tinteiro de alabastro em seu quarto. A recepcionista, apavorada, estendeu o livro de registro. Enquanto isso o outro homem se virou e disse: Ora, mas se não é Dmitri Dmitriévitch! Parabéns pela reabilitação.

Obrigado, obrigado…

O homem com mãos de alabastro bocejou, soltou o livro de registro, avançou até Chostakóvitch e disse: Quase uma década entre uma sinfonia e outra, não é isso? Você não é exatamente um trabalhador modelo!

Porque minhas mãos se cansam, camaradas, mesmo quando eu… Elas, digamos, me *subvertem*. Mas sou apenas um verme, e minhas sinfonias são meras, hã, então não é uma grande perda eu, eu… peço desculpas.

Tome uma vodca conosco. Queríamos mesmo ter uma conversa com você.

Ah, mas que, meu amigo, infelizmente, é…

Camarada Ustvolskaia foi retardada. Venha até aqui.

Ficaram sentados no bar, e Chostakóvitch agarrou o copinho de vodca com as mãos trêmulas.

Perguntaram-lhe se sabia que M. Weinberg tinha sido abordado por um agente da inteligência britânica. Queriam saber quando ele terminaria a *Sinfonia de Lênin*. Exigiram que se filiasse ao Partido Comunista, o único partido verdadeiro da classe trabalhadora. Ele preferia ser associado à classe trabalhadora, não? Fizeram repetidas menções à *sua obrigação para com o povo*.

Sim, sim, *sim*, ele respondia com um sorriso tão sobrenatural quanto o resplendor fugidio das abóbadas douradas de uma igreja do outro lado do canal.

26.

No inverno de 1954, bem pouco depois de círculos reacionários nos EUA formarem o bloco agressor OTSEA, Nina morreu de repente. Depois disso ele sonhou que ela o chamava. Seus outros pesadelos pareciam grupos de soldados do Exército Vermelho, de ambos os sexos, posando em fotografias esmaecidas. E assim ele pediu Galina Ustvolskaia em casamento. Mas havia muito ela tinha sido aprisionada pela consciência de que, assim como no inverno o azul-cobalto da atmosfera russa rápido se acinzenta em escuridão, da mesma forma dentro dele e de todos os seus projetos era inevitável que qualquer instante de claridade se anuviasse em obscuridade melancólica. Ele sabia muitas piadas, sem dúvida, mas na verdade não era muito divertido estar na presença de D. D. Chostakóvitch! Foi por isso que ela recusou, na opinião dele. Não que ela mesma fosse, como vou dizer, divertida. Mais um motivo para que buscasse um homem que pudesse, bem, você sabe. Não estou dizendo que ele não se magoou. Mas seja lá o que tenha sentido ou experimentado a esse respeito, digamos apenas que aconteceu noutra cadência, uma cadência descendente, é claro, mas eu, eu, enfim, de que adianta?

Ele se casou com M. A. Kainova, funcionária do Komsomol. Bem, Elena não havia pertencido ao Komsomol? (Eles a expulsaram antes de prendê-la.) Ainda que o propósito principal dessa união fosse adquirir uma mãe para seus dois filhos semibravios, agora sendo educados de qualquer jeito pela criada Maria (sabe, eu coloco todos em perigo, o pai deles costumava dizer, eu *corrompo* todos, e assim, assim, assim, portanto...), seus amigos suspeitaram que ele tinha adentrado esse casamento de qualquer jeito porque a solidão o assustava quase tanto quanto suas próprias composições, agora invariavelmente tão maciças, largas e cinzentas quanto encouraçados. Mas falando de brilho! Todos sabiam que ele era melancólico, ou ao menos o acusavam disso (Elena, que sorte você não ter se casado comigo); assim, por que não cometer um erro diferente? Agora vamos descobrir se a claridade casa com D. D. Chostakóvitch ou se para ele seria melhor, você sabe. Margarita, inspirada, ou assim alegou, pelos barcos e pela água reluzente de *Nossa amiga Índia* de Roman Karmen, a que assistiram juntos no Kino Palace, queria passar a lua de mel em algum lugar quente — uma praia no mar Negro, por exemplo. Ele quase entrou em pânico, e ainda não tinham nem... Li que quando Glikman apareceu para fazer uma visita formal ao novo casal, todos menos a noiva ficaram em silêncio, e ela anunciou com orgulho que não entendia nada de música. — E melhor assim, Isaac Davidovitch, porque vou fazer Mítia se concentrar em coisas importantes. Sabe o que ele me prometeu? Aceitou se filiar ao Partido assim que chegar a hora! — Chostakóvitch baixou a cabeça, arrasado. Sentou-se ao piano e tocou um acorde que lembrava uma manhã dominical de setembro em Praga, azul e fria. Quando terminaram com a vodca, ele acompanhou Glikman até a porta. — Fique de olho nele, Isaac Davidovitch! — Boa noite, e meus cumprimentos, Margarita Andrêievna!

Por compaixão, o visitante resolveu não comentar nada com o amigo, mas Chostakóvitch, tremendo e gaguejando em sua companhia na claridade nevada da parada do bonde, choramingou: Ah, sou mesmo um canalha, e agora eu, eu, por assim dizer, me desgracei perante você porque eu, ela mandou você embora, eu sei disso, e quando estou com ela tudo que quero é me sentar no cantinho e nunca mais compor música, porque ela, sabe, ela me ridiculariza; acho que faz de propósito! Não acha? Por que não dou ouvidos a você, caro Isaac Davidovitch? Sei que você não aprova. Deve achar que me casei com ela só para ter uma jovem, digamos assim, um jovem pedaço de mau caminho, mas é nas *noites*, sabe, não que eu e Nina tenhamos dormido na mesma casa depois que Maksim nasceu, bem, isso quase nunca acontecia; houve, se você me entende, momentos em que nós, em que, você sabe, mas na maior parte do tempo ela me deixava sozinho, e era isso que eu queria; você viu como era quando ficou conosco em Kúibichev em, quando foi mesmo isso, deve ter sido em 1942, porque você veio buscar a partitura da minha, minha, *Sétima sinfonia*, que não passava de um, eu, eu, um intermezzo. Naquelas noites em que... posso dar inúmeros exemplos tristes. Você se lembra daqueles anos, Isaac Davidovitch? Se uma bomba alemã pudesse ter — mas pelo menos eu podia sonhar minha música, e ela nunca me tratou com indiferença.

Claro que não tratou, respondeu Glikman, pousando uma mão no ombro do amigo. Nina amava você.

Sim, oh, sim, ela amava, meu caro Isaac Davidovitch, enquanto o tempo todo eu...

Glikman, que o conhecia tão bem, murmurou cuidadoso: Isso mesmo. Ano passado, quando Nina morreu, se completaram exatos vinte anos, não foi?

Chostakóvitch corou. (A compaixão repugnante nos olhos do amigo, *aquilo* também seria incluído na *Opus 110*, ah, seria, sim!) Então, lento, traçando uma linha na neve com o pé, disse: Nina ainda estava viva quando, quer dizer, o aniversário caiu, tecnicamente, em maio. Vinte anos! E ela tinha vinte. É o número mágico. Isaac Davidovitch, você está coberto de razão. Creio que nunca teve notícias de, de, *dela*. Se tivesse, me contaria? Pensando bem, por favor, não conte, porque isso seria, sabe.

Como quiser.

Ouvi falar, sibilou Chostakóvitch em voz muito baixa, que ele a cortejou usando *terno*. Ele usava terno mesmo na linha de frente na Espanha. Parecia muito elegante na época. Acho que estava usando o mesmo terno quando fotografou Dmitrov...

Você tem muitos ternos, Dmitri Dmitriévitch.

Por outro lado, segundo Lebedinski ela parece estar meio que, como vou dizer, *passando necessidade*, e se houver algo que eu possa fazer... Sei até o dia de maio, e mesmo que esqueça ainda tenho (levei comigo quando fomos evacuados de Leningrado) o programa daquele festival de música, em que nós, foi quando toquei meu concerto para piano que a conheci; ela, ela comentou que minha música a fazia recordar-se das noites brancas...

Com todo o respeito, Dmitri Dmitriévitch, você poderia ter se casado com ela.

Sim, mas infelizmente...

Com licença, mas discordo. *Ela era a pessoa certa para você*. Mesmo depois que Nina contou que estava grávida você poderia ter levado isso adiante. Por favor, me perdoe, Dmitri Dmitriévitch, estou falando como amigo...

Você tem toda a razão, é claro. Sempre fui tão covarde...

Não diga isso, por favor!, bradou Glikman, agoniado.

Você estava lá, não estava? Acho que me lembro de você dançando com ela...

Perdão, Dmitri Dmitriévitch, mas eu não estava lá.

Tem certeza? Denissov me contou que agora ela prende o cabelo num coque. E naquela primeiríssima noite eu senti — ah, meu Deus!

Talvez mesmo agora ainda não seja tarde demais. Posso investigar...

Todo mundo sabe, não é? Nina sabia, Tukhatchévski sabia; meus filhos sabem muito bem; sempre que aquele filho da puta do Camarada Aleksandrov aparece, adora me provocar a respeito disso. Bem, bem, que as ações de todos falem por si!

Lembrar dói. E eu, talvez ela não, eu, eu, por favor, Isaac Davidovitch, me diga o que devo fazer! Por favor…

Case com ela.

Ela é casada. Com Vigodski.

Case com ela.

Até mesmo Galina Ustvolskaia, sabe o que ela disse? Que eu a queria como, digamos, como uma substituta. Calculei que se não pudesse ter Elena, ela talvez ao menos… E não preciso dizer que tentei ser esperto. Em tempos como estes ficamos versados em esconder coisas! Porque admiro a, a, a *mente* dela. Que formalista! Digo, revisionista; é por isso que agora vêm atrás de nós. Bem, ainda reconheço bela música quando a ouço, graças a Deus. E ela… E eu também… Bem, ela riu na minha cara! Você não sabe como ela é rancorosa! Foi uma situação e tanto. Estávamos na cama quando a pedi em casamento, e então ela…

Tem certeza de que quer me contar, Dmitri Dmitriévitch? Talvez amanhã você fique constrangido.

Não me interrompa; posso aguentar! Ela saiu da cama, nua em pelo como estava, ficou de costas para mim e começou a se vestir. Quando terminou de abotoar o casaco, virou de novo de frente para mim e disse: *Você teve sua chance em 26 de maio de 1934!* Viu, até ela havia decorado a data, a primeira vez em que Elena e eu… Mas juro que nunca contei a ela! (Por sinal, você conheceu esse Vigodski?) Essa data nunca deixará de ser, sabe, ainda que é claro isso às vezes me deixe triste, o que também fala por si. O que você disse, Isaac Davidovitch, está cem por cento correto. E então Galina disse, e o modo com que ela disse, ah, como ela é fria! Ela disse: *Eu não sou ela e não quero ser ela.* Cometi um erro grandioso! Ainda que não me interesse… E então ela…

Não diga, Dmitri Dmitriévitch!

E então ela cuspiu em mim.

Mítia, se recomponha…

E eu…

Por favor, por favor, pelo seu próprio bem…

Não consigo me controlar. Quer saber o que eu *peço* para as mulheres?

Dmitri Dmitriévitch, eu…

Faça-me um favor, meu caro Isaac Davidovitch. Na próxima vez que me encontrar, e na vez seguinte, e em todas as outras vezes posteriores até nossa morte, por favor, tenha a bondade de, sabe, de, de…

Compreendo. Nunca mais vamos tocar nesse assunto.

Obrigado, obrigado!

Exceto se você quiser. Mas se eu…

Não fale mais nada, Isaac Davidovitch, eu imploro!

Mas você não vai se filiar ao Partido? Por favor, me prometa.

Quando Margarita começa a insistir nisso, eu, bem, não posso fazer nada quanto ao que ela diz. Esses textos do Partido de Dolmatovski foram, hã, na verdade, quando Margarita telefonou para Dolmatovski e disse que eu havia concordado em, em, nessa altura eu não podia dizer não, e disso veio a *Opus 98*. Mas me filiar ao Partido? Nem se me arrancarem os dentes! Prometo que nunca vou ceder dessa forma.

Isso é tão importante para mim, disse Glikman, e seu bonde chegou.

Entendendo-o mal, odiando-o às vezes, Nina cuidou dele até o fim, tolerando as poses, compartilhando a desgraça cheia de riscos. Margarita, por sua vez, parecia sempre estar com ele de um modo bem diferente, arrastando-o até eventos oficiais, fazendo com que lembrasse de seu dever para com as massas. Há muito enterrados aqueles dias de Chostakóvitch sentado em uma selva de cadeiras escuras, a boca apertada contra a mão enquanto ouvia o ensaio da *Sétima*! Na época, ele acreditava que a música podia ser *boa*. Agora ele... Precisaria voltar a ouvir o nada? — Estamos atrasados por sua causa de novo!, rosnava Margarita por entre os dentinhos brancos. — Ele logo se divorciaria dela, e passaria a vagar pelo apartamento de Lebedinski, esperando que ela terminasse de sumir. Havia uma revista sobre cinema, que ele folheou repetidas vezes. Em uma fotografia, o velho Roman Karmen empunhava a câmera da mesma forma casual e hábil que um soldado com uma arma, sorrindo sedutor para uma jovem vietcongue com uma submetralhadora; ela estava em uma fila de combatentes; estavam sempre em fila; e Chostakóvitch esperou e esperou até o telefone tocar; Maksim cuidou de tudo; Margarita tinha ido embora; para sempre incorporada aos fachos de automóveis e reflexos de placas sobre a umidade fria das ruas de Moscou. Fiquei sabendo que ela se aliou a um homem melhor. Por que não dizer que esse, esse, sabe, esse *Vigodski* agora tem duas esposas? Ele recolhe meus refugos. Ah, como sou canalha, como... A vida é puro incômodo. Será que Elena ainda tem aquela bolsa açafrão que comprei para ela na Turquia? Era de excelente qualidade. Tomara que Nina nunca tenha descoberto, porque... Enquanto isso os apparatchiks o proclamaram um Artista do Povo da URSS; a Suécia lhe concedeu filiação honorária na Academia Real de Música. Todos o aconselharam a pegar aquela tal ópera, *Lady Macbeth* ou coisa que o valha, e dar um bom polimento, para deixá-la em dia com os novos tempos. Por exemplo, com todo o respeito, como ela soaria se transposta a um tom maior? Havia também a questão dos fragmentos melódicos emprestados do reacionário Mússorgski. Diante dessa acusação, ele confessou de pronto: Todas essas citações musicais, bem, são apenas um modo de eu não ser quem sou. — Ah, aqueles canalhas! Se ao menos eles... — Por outro lado, seu interesse na situação das mulheres era sem dúvida estimado, disseram. *Lady Macbeth* talvez sirva para mostrar como a vida de nossas cidadãs e camaradas melhorou imensamente após a Revolução. Talvez se ele reforçasse a heroína como vítima, de modo que não fosse mal interpretada como... — "Interesse", oh, nossa! Ele podia convencê-las a tirar a roupa com a mesma delicadeza que seduziu M. Meierovitch a reescrever a "Rapsódia cigana" — embora já fizesse dez anos que isso tinha acontecido. Certo, isso tinha acabado. O tempo, como vou dizer, passa.

Neve caindo e embaçando as ruas brancas, árvores transformadas pela neve em espessas imagens em negativo de si mesmas, neve semiderretida macia e bege, neve branca caindo sobre ombros femininos abrigados em peles, contornos brancos de trilhos que tinham sido negros, quepes russos e chapéus de pele cazaques largos como copas de árvores, tudo era tão ou-tudo-ou-nada quanto as anotações que ele rabiscava à tinta nas partituras; e espiando tímido por entre as cortinas do apartamento, avistou diante das fachadas salpicadas de manchas singelas uma nota musical viva; ela vestia um casaco de pele branco e seus cabelos compridos se espalhavam negros às suas costas como um lá sustenido com sua haste descendente — um mero sonho, mas, oh meu Deus, aqueles cabelos compridos e escuros! Ela parecia não se atrever a chegar mais perto. Bem, não era surpresa alguma; a vinte passos dela estava parado um homem com neve no bigode escuro, neve no quepe e no casaco de pele escuro; usava botas altas e reluzentes e encarava sem piscar a janela de Chostakóvitch. Não seria ele o mesmo que vivia seguindo Akhmátova? Agora é um alívio que seja apenas um sonho, porque... Ao menos tudo permaneceu branco e preto; era quase o mesmo que seu verdadeiro lar sob as teclas do piano. Quando esse sonho vai terminar? Quero acordar agora. Tem alguma coisa que não me agrada por aqui, e não sei o que é. Duas moças de cabelo comprido se aproximaram debaixo de um guarda-chuva vermelho. Aquela vermelhidão o interrompeu e o tomou de assalto. Agora estava onipresente em tropas de garotinhas com balões vermelhos, tropas de Pioneiros com bandeiras vermelhas. Mas não sou anticomunista. É apenas aquele ponto vermelho que eu... Que som é esse? E como posso preservá-lo em forma musical? Contém um si sustenido agudo que me arrepia, mas também elementos graves e secos. Akhmátova tem bom ouvido. Será que ela... Os sons de bombardeio ela registrou no poema "Primeiros disparos de longo alcance sobre Leningrado" como uma espécie de *trovão seco*. Mas não é, precisamente, a mesma coisa que isto. Vou acordar agora mesmo e... Ele de novo. Que som é esse? Oh, nossa, como odeio esse som. E está mais próximo; devem ter acertado o alcance afetivo. Acho que esse som vive dentro do ponto vermelho. Sabe, acho que devo ter visto alguma coisa quando era mais novo e... Talvez uma gota de sangue nos lábios do meu pai quando ele, não. Ou algo que, que, que som é esse? Não é mesmo trovão seco, pois aquele si sustenido...

O pobre Glikman, que sempre teve boas intenções, atraiu a atenção dele para um filme sobre as operárias que reconstruíram Stalingrado, dormindo dentro dos destroços de aviões alemães porque não havia outro alojamento; imaginou que o heroísmo dela talvez fosse um tema adequado para a próxima sinfonia de Chostakóvitch. — Sem dúvida, Isaac Davidovitch; precisarei meditar sobre esse assunto com o máximo de, como vou dizer, *cuidado*. Algo *feminino*, é claro, tem suas supostas "vantagens". Por exemplo, aquela operária que flerta com você, Vera Ivanovna, sabe, quando acompanho você à noite até a parada do bonde, já a vi aplicando o batom roxo antes de colocar o capacete de proteção. Ora, isso é bastante... — E ele virou a cabeça de repente, para que Glikman não enxergasse seu sorriso furioso.

E ainda assim, por que ser tão, tão, sabe? Certa vez Glikman o tinha levado até o Kino Palace por volta de 1932, por aí, antes mesmo que ele tivesse beijado Elena pela primeiríssima vez; tinha acabado de começar a compor *Lady Macbeth* e se importava com a situação das mulheres, ou imaginava se importar; Nina já havia reclamado que ele nunca se importava com *ela*, mas isso era, como vou dizer; a questão é que o Kino Palace exibia um documentário de Roman Karmen sobre Ievdokia Iermochkina, trabalhadora exemplar de uma fazenda coletiva; quando ela começou a ensinar mulheres analfabetas, apontando para o quadro-negro e fazendo com que todas repetissem a lição: "Não somos escravas, escravas não somos", um arrepio perpassou Chostakóvitch. Ele ainda era, hã, *jovem*, sabe. Ah, e Karmen também! Será que nosso *querido* Roman Lazarevitch ainda tinha uma crença inabalável? Dezoito anos membro do Partido; dezoito anos puxando sacos; não era surpresa alguma que Elena não pudesse encará-lo; ouvi falar que ela é muito, muito... Acho que ele é orgulhoso. Quando vai fazer uma continuação sobre Ievdokia Iermochkina? Ela deve ter enchido a cara e destruído o trator, porque é assim que nós...

Oh, Chostakóvitch sorriu! Veneno escorria da sua boca. Algo *feminino*, é claro — em minha próxima sinfonia! Mesmo as severas mulheres-dragão de meia-idade que mantêm tudo em ordem em nossos hotéis soviéticos, até mesmo elas ele seduzia. (Espiando pela janela tarde da noite naquelas "noites brancas", por vezes avistava Marias Pretas levando embora inimigos do povo, como de costume, mas agora fingiam ser furgões de padaria. O tom dos pneus cantando acabaria na *Opus 110*.) Sua música se tornava uma vasta órbita em torno do planeta da escala de doze notas, a órbita se deteriorando aos poucos.

27.

Em 1955, quando os círculos dominantes dos Estados Unidos haviam começado a refrear o movimento de liberação nacional do Vietnã, seu ciclo *Da poesia judaica* estreou enfim (na cosmopolita Leningrado, é claro). Perdoamos sua provocação sionista, apesar do fato de ele ainda não ter se filiado ao Partido. Seguimos tolerantes mesmo quando ele usou do prestígio crescente para ajudar a consumar a reabilitação póstuma de V. Meierhold. Ah, ele era um verdadeiro internacionalista, um elemento neutro! Infelizmente, nossa União Soviética ainda precisa dessa gente. Assim ficamos sentados na última fileira, bocejando e esfregando nossas botas cor de framboesa uma na outra. Então dissemos aos críticos o que deveria ser dito sobre essas canções judaicas (que após tanto tempo abafadas, já fazia quase uma década, lhe pareciam tão lúgubres e arcaicas quanto as exéquias de Kirov no Palácio Tauride), e foi isso que eles disseram. Mas o público o aplaudiu. Enfraquecido por outro ataque pesadelesco pelos flancos, ele se curvou repetidas vezes, a mão na garganta como se a gravata estivesse apertada demais. Depois se sentou na beirada da cama no quarto que ela havia reservado no próprio nome no hotel Sovietskaia; nós o vemos espiando tímido através da cortina os poucos carros, quadrados e escuros, nas ruas brilhando com neve semiderretida; ali vinha um bonde vermelho-berrante; ali uma flâmula vermelha na fachada de um ministério; ali outro pôr do sol moscovita, *adagio*. Logo ela chegaria, se a camareira não, por assim dizer, bem, na verdade ele estava preocupado com a camareira. (Ah, meu caro amigo, essas camareiras supervisionam todos os quartos e todos os elevadores! Com uma vigilância quase camarada, se você me entende. Silenciosas e atentas; idosas ou jovens, mas sempre a postos; gire a chave na fechadura da forma mais silenciosa possível, abra a porta e saia para o corredor e ali estará uma delas observando, garantindo que você é você. Ainda assim, são eslavas como nós; além disso são mulheres, então às vezes podem ser, digamos, bastante compreensivas.) Agora ela estava atrasada. Quando fechava os olhos, ele podia literalmente enxergá-la com casaco escuro e sapatos escuros, ascendendo os degraus gastos do Conservatório de Leningrado. Teria mudado de ideia? A noite estava tão negra quanto o uniforme de um membro da ϟϟ.

Sabe, Galicha, eu nunca diria isso se não — essa vodca é bem — mas o seu rosto, você me lembra…

Queria poder mandá-la para o inferno, ela respondeu, sem rodeios.

Como você sabia?

Uma vez, dormindo, você disse o nome dela. Por isso nunca vou me casar com você.

Você está sempre com raiva! E eu, eu…

Mas Ustvolskaia já tinha sumido, batendo a porta ao sair.

Ele telefonou para T. P. Nikolaieva e a convocou até o quarto de hotel para beber o resto da vodca. — Sim, Mítia, eu vou, mas não posso…

Não se preocupe; não se preocupe. Não estou pedindo isso.

Duas horas mais tarde ela chegou esbaforida, carregando um pacote de linguiça maravilhosamente gordurosa, e ele se deu conta de que ela tinha ficado alarmada por causa dele, não que ele… Acendeu um cigarro e disse: Tatiana, às vezes eu sinto que, bem, não sou um poeta, como, por exemplo, Blok, mas você já sentiu que em algum lugar existe uma *mulher* no centro de tudo, uma deusa, digamos, ou será que uma mulher percebe a mesma coisa como sendo um princípio masculino?

Você está falando sobre sua música.

Sim, de algum modo, ainda que…

Imagino que quando alguém se dedica com sinceridade suficiente a qualquer coisa, acaba personalizando aquilo.

Sabia que você iria me entender! Ser fiel a uma ideia é como ser fiel a uma mulher. Nunca traí a minha música, pelo menos até agora. Já compus caça-níqueis, ah, sim, para filmes e coisas do tipo. Até Akhmátova, com todo o seu orgulho real, no fim precisou beijar o rabo *daquele canalha* porque…

Mítia, por favor, mais cuidado!

Não se preocupe; eles não têm como nos ouvir com aquele rádio tocando a mais recente monstruosidade de Khrennikov no último volume. Sem dúvida a música revela a alma do compositor, não acha? Quando encontro esse, hã, esse cagalhão musical, eu, eu, não chego nem a sentir pena de Khrennikov. Já contei que ele ainda está tentando me derrotar no front do cinema? Que bom soldadinho, que buldogue!

Às vezes você parece criança…

Perdão, perdão! Mas para voltar a Akhmátova, a questão principal é que ela escolheu salvar a vida do filho em vez de se manter pura, e para mim ela, ela… Lembra quando fuzilaram o primeiro marido dela?

Eu ainda não tinha nascido.

Desculpa, minha pequena e doce Tatianotchka, às vezes eu me esqueço como o tempo passa! Bem, eles fuzilaram o marido, e não ela. Na sua opinião, quem teve mais sorte?[32]

Que pergunta!

Pelo menos me responda, e da forma mais sincera que conseguir. Elena me disse — escutou com os próprios ouvidos! — que recitam os poemas dela até no gulag. Então ela é uma… Mas será que prejudicou a própria obra ao escrever aquele lixo?

De modo algum. Na verdade, até protegeu a obra. De outro modo eles teriam…

Com certeza! Ah, meu anjo! Mas a questão não é só essa. A pessoa faz isso para não ser fuzilada, e então… Bem, o luto também é um direito, mas não é concedido a todos![33] Então eu não, vou repetir, eu *não* fiz coisa alguma para… E a música é como, bem, de qualquer modo, ninguém ainda resolveu a questão feminina, não é, Tatiana? Nem mesmo o próprio Lênin! Vocês são criaturas estranhas! Eu…

Todo mundo sabe quem você ama, Mítia. Por que não se casa com ela?

Ah, não sou bom o suficiente para… Sabe, agora escrevo principalmente quartetos em vez de sinfonias. Estou ficando importante.

Ficou a noite inteira acordado, bebendo com ela. Não encostaram um no outro. Na manhã seguinte ele se sentiu terrivelmente mal. Maksim, que vagava pelo apartamento na época, esperando pelo chamado do Sindicato dos Compositores, queria assistir ao filme *Vietnã*, de certo R. L. Karmen, mas seu pai não tinha tempo, porque estava muito, sabe. Era mesmo terrível não ter uma secretária. Antes Nina sempre atendia o telefone e informava que ele estaria ausente por dois meses.[34] Bem, bem, hora de ser filosófico!

Em seguida sua mãe morreu. Ao lado do leito de morte ele encontrou um volume dos contos de Tchékhov aberto em "Mas será que isto de nós vivermos na cidade, no abafamento e no aperto — será que isto não é também um estojo?".[35] Isso fez um horror se abater sobre ele; não entendeu o porquê. Incluiria esse aperto abafado na *Opus 110*.

28.

Em 1956, ano do "discurso secreto" de Khruschóv denunciando o culto a Stálin, a *Oitava sinfonia* foi reabilitada; e um editorial no jornal *Voprossi Filosofii* condenou a repressão de *Lady Macbeth* vinte anos antes. Colegas, músicos e regentes se apoiavam cheios de si sobre seus dois pianos. Quanto a ele, sorria com raiva como se já enxergasse como tudo seria até o fim de sua vida. (Quem disse que não podemos ver o futuro? Se aquela bomba alemã assobiar, não nos acerta. Caso ela *chie*, cuidado!)[36] Na verdade a raiva era a parte mais fácil; o que ele não aguentava era o medo. Sob o piano ele ainda guardava a mala pronta, com duas mudas de roupas de baixo. Tinha ouvido falar que, não importava o que se fizesse, todos ficavam infestados de piolhos. Elena tinha precisado raspar a cabeça antes de ser libertada; então ficou mesmo parecendo uma prisioneira! E ela sempre tinha tido um cabelo tão comprido e bonito. Ele se perguntou como estaria agora. Sua irmã disse que a filha de Elena aprendia idiomas muito rápido. Uma ou duas vezes ele sonhou, bem, certo, talvez tenha sido meia dúzia de vezes, que do telhado do Conservatório ele assistia impotente a um atirador de elite russo, com a cabeça raspada, sendo revistado por dois alemães, o rosto preto de sujeira, manchado pelo desespero; seria liquidado; e então, quando os fascistas o colocaram diante da parede ele se deu conta de repente de que estavam prestes a fuzilar Elena, disfarçada pelo uniforme do Exército Vermelho; ele tentou gritar mas então o pesadelo rolou sobre seu peito, e era tão pesado, amplo e metálico quanto lagartas de tanques. Felizmente, agora tais distúrbios tinham sido quase erradicados. Por que todos os aduladores e vigias não podiam seguir a *ela*, em vez dele, e fornecer um relatório diário? Talvez ela...

O Ministério da Cultura havia organizado aquela audição. Ah, ele tinha labutado; tinha se preparado; havia eliminado inúmeros compassos que poderiam ser interpretados como eróticos, ou até antissoviéticos; ali estava o libreto revisto, agora definitivo, domado e aparado como o biquíni de uma bela banhista, de fato perfeito, o que significa uma nota adiante e dez notas para trás, tudo melhor e mais alegre; de modo que seus perseguidores sorriram como crocodilos ali no interior do apartamento (número 87, 37-45 Mojaiskoie Chosse) quando ele se sentou diante do que chamava de "o outro piano" e tocou a ópera inteira de memória, pensando consigo mesmo: Quem tiver ouvidos, ouvirá.

Depois o Camarada Kabalevski comentou: Exceto por alguns trechos bonitos, e sem dúvida não quero diminuí-lo como músico, meu caro Mítia, ainda é uma apologia a uma assassina degenerada!

O Camarada Luria também estava por lá, e recendia a incêndio. Cofiando a barba, contentou-se em lembrar a todos nós que até mesmo o exilado Martinov havia resumido a obra de Chostakóvitch como "alerta de um desvio nocivo".[37]

Sim, sem dúvida, meus *queridos* amigos, porque eu mesmo não passo de um, vocês sabem.

E você pretendia seriamente compor um ciclo inteiro dessas supostas "óperas feministas", Dmitri Dmitriévitch?

Receio que sim, ele sussurrou triunfante. Quando você, hã, compra garotinhos na China antiga eles são *mãozinhas*; garotinhas são apenas *casulos*. O que me faz sentir...

Mas que bobagem repulsiva!

O Camarada Khubov enfiou a terceira adaga, dizendo:[38] A verdadeira questão é que o artigo "Desordem em vez de música" do *Pravda* nunca foi revogado. Portanto, ainda está valendo.

Furioso, Glikman gritou para eles: Mas Stálin está *morto*!

Pode ser o caso, Isaac Davidovitch. Mas, no fim das contas, o Camarada Stálin permanece um gênio. Estava no comando do Partido naquela época. E de modo algum se vai contra o Partido. Não concorda, Mítia?

Correto, correto, correto!, gritou Chostakóvitch com a voz trêmula. É apenas uma questão de — quer dizer, é evidente que fracassei na tentativa de superar meus erros antiquíssimos!

Ah. Bem, fico satisfeito que enxergue isso. Continue andando na linha, Mítia, e veremos o que pode ser feito. Talvez daqui a dez anos chegue a hora certa. Quanto a você, Isaac Davidovitch, falando como colega, se não como amigo, recomendo que tome muito, muito cuidado. Não preciso dizer que nenhum comentário feito por algum de nós sairá desta sala. Mesmo assim, não enxerga como sua contraofensiva equivocada poderia, na verdade, prejudicar Mítia?

Não se preocupe, não se preocupe, sussurrou Chostakóvitch. Gostaria de agradecer a todos pelos comentários proveitosos…

Mítia, não tome nada disso como algo pessoal! Ninguém ainda está chamando você de inimigo do povo! Apenas se acalme e lembre que estamos apenas interessados no seu bem…

Obrigado por isso, Camarada Khubov. Obrigado, obrigado!

E agora uma pergunta técnica. Não se preocupe, Camarada Aleksandrov; não será técnica *demais*. O que eu quero saber, Mítia, é o seguinte: Qual o tom desta ópera?

Bem, eu…

Quero que você saiba que nesta manhã todos nós ouvimos sua trilha para *A queda de Berlim*. Partes desse filme agora estão datadas, claro, mas na minha opinião ali você fez seu melhor trabalho.

Obrigado, obrigado!

É o que os americanos chamam de *feel-good music*, se é que você me entende, Mítia. Ela nos devolve ao mundo com uma música que podemos assobiar! Em essência, começamos em tom maior e então, após uma disputa dramática, no decurso da qual conquistamos nossa vitória contra o fascismo internacional, voltamos à tônica, a base harmônica. Voltamos àquele mesmo tom maior, seguindo a linha correta. Que tom *é* aquele, por sinal?

Na verdade…

Não importa. Mítia, é óbvio que você entende o conceito de tônica, e neste caso você é tão bem-sucedido quanto Blanter ou mesmo Khrennikov.

(Chostakóvitch se esquivou e sorriu sua gratidão, remexendo os dedos tão freneticamente quanto Scarlatti.)

Infelizmente, essa sua ópera não tem tônica. Perdeu o rumo. Avança por trás das linhas inimigas e acaba isolada.

Camarada Kabalevski, você expôs o, o, como vou dizer, erro central da minha carreira. Sou apenas um… Perdido, é exatamente isso. Você não apenas me expôs, você, hã, *iluminou o caminho à frente com um holofote*. Veja bem, perdi a tônica em 1935, por aí. Talvez tenha sido em 1934, ou 1936. Foi… Você acredita que a alma de cada compositor (bem, não digo alma, que é, é, vamos falar de personalidade, uma palavra mais adequada à nossa, digamos, moderna época soviética) é mais adequada a trabalhar em certo tom, ou, ou, até mesmo…? Minha tônica deve ser ré menor, que às vezes me faz recordar os bordos e as limeiras do Jardim de Verão, porque eu… Mas então eu, hã, a extraviei.

Que bobagem!

Veja bem, estou confuso. Isso eu confesso. Pelo menos não tive má-fé. Estou, estou, tem algo errado. E *Lady Macbeth* é um mero reflexo…

Não consigo nem imaginar como sua pobre esposa deve ter se sentido quando você dedicou a ela esse lixo obsceno.

Ela era na verdade minha, digamos, noiva na época, Camarada Aleksandrov…

Mas você o dedicou a ela?

Infelizmente sim; isso não pode ser apagado, mas Nina sempre teve um senso proletário muito robusto. Ela nunca gostou…

Onde está Nina, por sinal?

Ela…

Aqui diz que você afirmou que sua ópera era sobre *amor*. É verdade?

É sobre, eu, eu, como o amor poderia ser se o mundo não estivesse cheio de coisas vis…[39]

Que coisas vis, exatamente?

Hã, o hitlerismo, por exemplo.

Não se faça de esperto, Mítia! Quando você desovou esse disparate formalista os fascistas ainda não tinham invadido.

Bem, digamos proto-hitlerismo então. Porque é claro, o incêndio do Reichstag e tudo o mais, você sabe, o julgamento de Dmitroff… E você tem toda a razão; entendo agora que *Lady Macbeth* é e sempre será nada além de desordem repulsiva; obrigado por me ajudar a ver que…

Seguiram falando; as mandíbulas dos crânios se moveram; mas tudo que ele ouvia era seu próprio Tema do Rato reiterando a si mesmo cada vez mais alto.

29.

Ele foi inteiramente reabilitado no II Congresso da União dos Compositores Soviéticos na primavera de 1957. Galina Ustvolskaia tinha acabado de completar a *Sonata nº 4*, que consistia em quatro movimentos *attacca*, segundo ele tinha ouvido falar; ela não tinha encontrado tempo para tocar para ele, mas Glikman, que parecia onipresente, já tinha ouvido e a declarado extremamente depressiva.

Muitas fotografias desse período o mostram apoiando a mão na testa, encarando o branco de uma partitura no estúdio de gravação. Quando estava sozinho, gargalhava como estivesse cuspindo algo preso na garganta: Ah, sim, minha tônica deveria ter sido ré menor! Seria perfeito! Nem Glikman sabia o que eu estava... — Continuou tão produtivo quanto os mineiros de carvão stakhanovistas que cumpriam catorze vezes a cota necessária. Seus acordes desfilavam por cada partitura como um exercício de marcha de garotas bronzeadas pela praça Vermelha, vestidas com camisas brancas sem manga e shorts cinzentos. Às vezes até estavam felizes; às vezes pareciam explosões floridas de arco-íris feitos de flechas. Em uma reunião de amigos, bebeu demais e começou a cantar: "Queima, vela, queima forte, no cuzinho vermelho de Lênin",[40] o que poderia ter lhe rendido dez anos de cadeia. Naquele outono sua *Décima primeira sinfonia*, que já tinha alcançado um sucesso imenso apesar das referências secretas aos tanques soviéticos que estavam esmagando o levante húngaro (Maksim tinha cochichado: Papai, e se enforcarem você por causa disso?),[41] conquistou um prêmio Lênin — que bem, após o discurso secreto de Khruschóv não podia mais ser chamado de Prêmio Stálin. Os capitalistas a descartaram como música programática. Luzes pálidas e frias, se elevando na diagonal da calçada úmida, se propagavam pela escuridão como rastros de avião a jato. Trechos de luz úmida, zonas planas e escuridão, e então a acolhida pálida de luzes nos pórticos de prédios oficiais sitiava as comemorações. Bem, bem lá dentro, Chostakóvitch avançava trêmulo de um aperto de mão a outro, esvoaçando sorrisos, bebendo vodca em excesso. Ah, que sorriso! Ele se escondia ali dentro; acreditava de fato que o sorriso o protegeria. ("Os russos", escreveu um alemão, "são mestres na construção de fortificações de campanha feitas de madeira e à prova de bombas.")[42] Sorria. As pessoas o achavam tão rígido quanto um cadáver congelado.

Em 1958, quando ele conquistou o Prêmio Sibelius, o Comitê Central aprovou uma moção denunciando em parte o Decreto Jdanov de 1948, mas apenas em parte. Foi chamado de Decreto sobre Correção de Erros. Chostakóvitch sorriu venenoso ao ouvir. Bem, qual a diferença? Nem mesmo Nina acreditava em mim, mesmo quando eu pensava que minha *Sétima sinfonia* seria capaz de, você sabe. Maksim chorava de fome e eu cheguei a pensar que poderia transformar isso em arte! Eu...

Foi o ano em que Pasternak foi obrigado a recusar seu prêmio Nobel, o ano em que uma antologia soviética dos versos de Akhmátova apareceu em forma impressa, dedicada a "Dmitri Dmitriévitch Chostakóvitch, em cuja época vivi sobre a terra". Ah, sei precisamente do que você está falando, minha querida, *querida* Anna Andrêievna! Em minha época. Minha maldita época de...

Nós o vemos pálido e cansado com camisa social e gravata, o braço em volta de A. Mravinski, que logo o trairá por medo e que cruza os próprios braços, esquelético e indiferente como um soldado ferido. Nós o ouvimos sussurrando ao jovem amigo E. Denissov: Quando penso na minha vida, me dou conta de que fui um covarde, um covarde.[43] Mas se você tivesse visto tudo que eu vi, Edik, talvez você também tivesse se tornado um covarde. Pode imaginar? Aceitar, aceitar, sabe, o convite de um amigo, e ao chegar no apartamento descobrir que ele *desapareceu*, com todos os livros e roupas atirados na rua, e um novo *camarada* já morando ali! Eu...

O telefone tocou. Seu *querido* amigo Leo Oskarovitch, que havia tentado consolá-lo após o divórcio de Margarita, estava convidando para uma festa na Leningradskoe 44-2, sabe, a Casa Kino;[44] podia levar quem quisesse; Roman Lazarevitch estaria por lá, e podia render trabalho se nosso confiável Dmitri Dmitriévitch pudesse compor às pressas algo antiformalista em tom maior — nada parecido com sua *Décima primeira sinfonia*, por favor me perdoe por dizer, mas só queremos ajudar — para a trilha sonora do primeiro filme em Kinopanorama do mundo, *Distantes e vastos são os confins de meu país*. Roman Lazarevitch quer que você saiba, Dmitri Dmitriévitch, que ele é muito...

Foi o ano em que o indicaram para ser presidente do Comitê de Organização da Primeira Competição Internacional Tchaikóvski (o prêmio foi para um americano alto e jovem chamado Van Cliburn); foi o ano em que a artrite ou fosse lá o que fosse começou a se instalar em seus pulsos, o ano em que o município de Moscou promoveu uma inauguração especial de placas em memória de Prokofiev. Placas e prêmios, tudo tão... Por exemplo, essa Ordem da Estrela Vermelha que ela traz sobre o lado direito do peito; segundo minha irmã, ela usa sempre que Vigodski resolve sair em público e, e você sabe... A primeira esposa de Prokofiev usou da ocasião para criar um escândalo envolvendo a segunda. E por que eu deveria me importar? Eu e Prokofiev nem éramos, sabe; mas como renunciei a sentir determinados sentimentos, por que não satisfazer minha, minha *maldade*? Porque isso me deixa ainda mais pronto para a *Opus 110*! Será *Opus 110* ou *Opus 111*? Estou pensando na *110*, que será um quarteto, algo bem íntimo, para que todos consigam ouvir o, o, como é mesmo o nome. Como se a esposa de Prokofiev chegasse a, a... Tremendo de fúria, Chostakóvitch engoliu vodca, esbravejando contra a podridão das mulheres. Quando a musicóloga M. Sabinina protestou com voz hesitante que, bem, ela era uma mulher, ele recuou um pouco, e em seguida confessou que, como Prokofiev e a segunda esposa, ele agora estava completamente impotente.

Entre ele e Galina Ustvolskaia não havia mais consonância. Amigos em comum alertaram que ela não se cansava de denunciar tanto sua música quanto sua pessoa. (Li que ela havia se apaixonado por I. A. Balkachin.) Tentando não pensar nela, se pôs a sonhar sentado com as mocinhas do conservatório, com seus estojos de violino nos ombros. Resmungou para Lebedinski: Púchkin falou! "Ninguém escapa ao seu destino!"

Precisou ir até Leningrado para um concerto. Receou a viagem. Em cada rua, temia ver Ustvolskaia. Temia-a acima de qualquer outra coisa, porque ela o tinha deixado e...

Teve um pensamento súbito e irracional (ele sabia que era irracional) de que caso se matasse antes do dia seguinte não seria tarde demais, e ela saberia que ele a amou e o aceitaria de volta.

E o tempo todo ele sabia muito bem que era Elena Konstantinovskaia que ele amava. Elena, é você. Ah, por que eu não disse isso? Assim como no inverno tememos na linha de frente abandonar nossos abrigos subterrâneos, por ser tão difícil escavar outros no chão congelado, ele não queria abrir mão de Ustvolskaia, ainda mais agora que o pênis não conseguia mais executar sua tarefa histórica; esse era o único motivo. Ela era seu perímetro externo, e Elena o interno. Sentia falta da música, é claro.

Em 1959, quando a Lunik pousou na Lua (outra vitória soviética no front científico), sua filha se casou. Às cegas, como um soldado perdido atirando granadas de dentro da trincheira, Chostakóvitch esboçou inúmeros sorrisos, desejando estar sozinho e longe dali; mas fingiu que Nina segurava sua mão. Pediram que tocasse alguma coisa, mas os pulsos doíam. Galia parecia tão alegre ao lado do novo marido, em cuja presença Chostakóvitch se sentia pouco à vontade, tudo que queria era se sentar em um canto, temendo deitar sua sombra asquerosa sobre a felicidade da filha. Solícito, Glikman preencheu seu copo de vodca até o topo e sussurrou que tudo estava correndo bem.

Sobre essa música que ela quer, cochichou Chostakóvitch, quem deveria estar sentado em meu lugar deveria ser o grande compositor, o mestre, você sabe de quem estou falando, o, o, aquele canalha.

Mas meu Deus, Dmitri Dmitriévitch! Tome mais cuidado, eu imploro, por favor! Aquele sujeito ali, como é mesmo o nome dele?

Ora, aquele é nosso caro, por assim dizer, *amigo* Camarada Aleksandrov. Não acha admirável o lustro daquelas botas? Ele sempre coloca o bem-estar do proletariado no alto…

Dmitri Dmitriévitch, ele está tentando escutar! Quer que eu leve você para casa?

De modo algum, meu caro Isaac Davidovitch. Quis apenas observar que o Camarada Stálin foi um compositor brilhante de fugas orquestrais. E sabe em quais instrumentos ele as tocava? Ora, nos, nos, nos *órgãos*, é claro! Isaac Davidovitch, sinto muito; eu não devia estar falando essas coisas; sou apenas um filho da puta…

Elena Konstantinovskaia havia comentado com ele que no período em que ficou "longe" seu sono era atrapalhado continuamente pelos estalos, raspagens e guinchos de anéis metálicos ao longo da cerca de arame do perímetro enquanto cães de guarda acorrentados corriam de um lado para o outro, se lançando contra os prisioneiros. Ele nunca havia se esquecido desse detalhe. Foi isso que invadiu de súbito sua mente enquanto ele estava no casamento de Galina. Ali mesmo começou a resolver como transmutar aquilo em música, porque… Bem, como ele poderia dizer o porquê? Encontraria um jeito de incluir aqueles estalos, raspagens e guinchos na *Opus 110*.

Depois, meio bêbado, ou talvez apenas um quarto bêbado, aproximou-se da elegância quadrangular do Hotel Leningradskaia (construído de 1948 a 1953), com o campanário no topo, e no alto da torre nada de cruz, é claro, mas uma estrela. Caminhou devagar, dando voltas.

Dmitri Dmitriévitch, que ótimo ter recebido nosso convite!, disseram os homens com botas cor de framboesa. Já conhece o Camarada Aleksandrov? Queríamos conversar com você sobre ingressar no Partido.

Ah, mas é claro, sim, sim, Chostakóvitch respondeu com uma voz tão cerosa quando os dedos dos pés de um cadáver, eu *juro* pedir ingresso assim que terminar minha sinfonia sobre Lênin. Assim vou ter, digamos, algo a oferecer. E talvez eu devesse compor alguma coisinha sobre a questão germânico-polonesa. No momento sou apenas um verme, sabem, apenas — por assim dizer — um verme. Mas...

Mas a *Sétima sinfonia* já não era sobre Lênin?

Oh, nossa, a *Sétima*, bem, mas naquela época eu não estava *pronto*. Lênin é, digo, eu quero estar inteiramente preparado, de modo a fazer justiça integral a esse tema. Por exemplo, a liquidação das classes precisa ser expressa em pizzicato...

Chega de palhaçada. Sabemos mais do que você imagina sobre sua verdadeira postura diante do poder soviético. No fim das contas, Dmitri Dmitriévitch, você tem tido sorte. Continuamos acompanhando seu caso. Em 1936, por exemplo, você só não foi levado embora com Tukhatchévski porque seu interrogador foi preso. Bem, quer saber? Ele foi reabilitado!

Postumamente, não é? Ou vocês andaram, digamos...

Você se dá tanta liberdade com essas piadas, Dmitri Dmitriévitch! É sério, às vezes quase dá para acreditar que alguém está protegendo você! Bem, pense no que falamos. Esperamos sua colaboração irrestrita. E lembre-se: os "órgãos" não vão se esquecer de você...

Foi a época em que estreou o *Concerto nº 1 para violoncelo em mi bemol maior*. O último movimento continha uma paródia de "Suleiko", canção favorita de Stálin — tão enterrada, sem dúvida, que nem mesmo Rostropóvitch, a quem o concerto foi dedicado, conseguiria farejar — a despeito do que falassem os sujeitos com botas cor de framboesa, Chostakóvitch valorizava o próprio pescoço, oh, *sim*, meus bons amigos! — mas quando estavam todos a sós, com vodca nos copos, o compositor cantarolou esse trecho como uma vespa furiosa, e aí *quem* poderia deixar de ouvir? *Su-lei-ko!* Rostropóvitch caiu na gargalhada, mas Chostakóvitch já sentia a cabeça leve e roía as unhas e espiava ao redor. Rostropóvitch serviu mais vodca. Depois Chostakóvitch partiu com a delegação cultural soviética para uma turnê por cidades dos Estados Unidos.

30.

Em abril de 1960, quando em reconhecimento da iminente ascensão ele se viu eleito primeiro-secretário do Congresso de Compositores da RSFSR, Khruschóv estava lá, ribombando com sua vulgaridade inimitável sobre a boa música que podia ser cantarolada por qualquer proletário em oposição à música ruim, à música intelectual que soava como "um crocitar de corvos". Todos por perto se viram obrigados a fazer o papel de puxa-saco, é claro. Os mais sortudos ficaram à espreita em cantos mais escuros do salão de atos. Chostakóvitch, é claro, se aninhou nessa escuridão, se escondendo entre os colegas, fitando com olhos vazios através dos óculos enquanto mil sorrisos torturados ou malignos devoravam um ao outro em sequência sobre seus lábios.[45]

Um homem de terno escuro tirava fotografias. Seu flash lembrava as luzes noturnas da prisão de Butirka. Por que não se imaginar parecido com o tal professor Vigodski de Elena? Preciso mandar Glikman até lá para ele me dizer como o homem, você sabe. Quero matá-lo! E agora eles têm uma filha, então é... Enquanto isso, o vácuo mais negro precisa ser conquistado; a missão dos cosmonautas era prevenir astronautas americanos de sobrepujarem nossa posição de liderança. (Naquele exato momento, os americanos estavam nos ameaçando em Cuba.) Enquanto todas as opiniões sobre essa questão eram entusiasticamente as mesmas, a cacofonia de vozes desafinadas representava as discrepâncias de entonação de instrumentos valvulados. Agora ele tinha sido espionado e o cerco estava se fechando. Quando indagaram se ele apoiava a sovietização completa do espaço, ele assentiu com a cabeça, obediente. Na verdade, os planetas o enervavam. Por algum motivo ele sentia medo da Grande Mancha Vermelha de Júpiter. Sem dúvida acabaremos chegando até Júpiter; nossos cosmonautas, por assim dizer, forçariam o Vístula... A música triste e sutil de *Lady Macbeth* soava entre seus ouvidos — sem dúvida a única execução na Rússia inteira. Khruschóv, aquele valentão, podia ser visto agora mesmo cantando o trecho dos trabalhadores que meteram a cozinheira gorda dentro de um barril e a estavam bolinando, apertando suas tetas e gritando: *Só uma chupadinha*...! Ele encontraria um modo de concentrar a peçonha desses compassos e injetá-la na *Opus 110*. E agora o Camarada Aleksandrov dizia...

Ele odiava todos. Odiava todos eles.

O indicador de Khruschóv avançou de repente até ele. Chostakóvitch sorriu alarmado.

Já Dmitri Dmitriévitch, bem aqui, Khruschóv gritava, ele... bem, ele viu a luz logo no início da guerra com sua, como é mesmo o nome, sua sinfonia.

Chostakóvitch pensou consigo mesmo: Ele fala com uma cadência mista — não, uma cadência enganosa...

É isso mesmo, camaradas!, gritou um apparatchik. Nikita Sergueiêvitch acertou na mosca! Nosso Dmitri Dmitriévitch pode ter atraído maus bocados para si, mas ele viu a luz!

Khruschóv avançou até ele a passos largos e estendeu o braço. Com amargura, Chostakóvitch permitiu um aperto de mãos. (Naquele dia o braço o estava incomodando sobremaneira. De 1964 em diante ele se veria obrigado a abandonar as apresentações em público.) — Ora, Dmitri Dmitriévitch, me disseram que você era uma tripa de tão magro, e aqui está você, um legítimo balão de barragem! Deve estar comendo até demais do nosso excelente pão russo!

Peço desculpas por isso, estimado Nikita Sergueiêvitch, por favor me perdoe...

Foi só uma brincadeira! Vamos ao que interessa. Quando, afinal, você vai se filiar ao Partido?

Khruschóv cheirava a suor. Tinha uma barriga do tamanho da rotunda do Teatro Kirov.

Oh, nossa, oh, puxa, suspirou Chostakóvitch. A dificuldade é que, digo, sem querer soar muito detalhista, Nikita Sergueiêvitch, eu nunca consegui entender o, o, sabe, quando eles falam sobre mais-valia…

Deixa essa merda para os intelectuais!, gritou Khruschóv. Só quero que você me diga que é um homem do Partido. Você é um homem do Partido?

Eu, eu apoio o Partido com todo o meu…

Então todos os epígonos aplaudiriam, e a compositora do povo L. Liadova, uma mulher que não fazia exatamente seu tipo, se aproximou correndo e o beijou…

Liadova queria fazer algumas críticas amistosas, para ajudá-lo a compor música mais correta. Achava que sua música precisava ser mais clara. Em uma de suas últimas discussões, Galina Ustvolskaia tinha dito que ele traíra a própria música por estar disposto a *fingir* para aqueles assassinos que ela significava qualquer coisa que eles quisessem que significasse. E então ela, eu, eu quis dizer que depois disso ela… E essa Liadova era tão inescapável quanto uma torrente de colcheias! Talvez até tivesse algo de alegre. Quem sabe no fundo ela até, sabe? Afinal de contas, por acaso ele estava condenado a passar seus últimos anos de vida em um, digamos, cemitério? Não conseguia se decidir se a estupidez dela representava segurança ou seria apenas insuportável. Ela havia pintado os lábios até ficarem tão vermelhos quanto chamas de foguete. Ele ficou imaginando como seria, seria, ah, melhor esquecer. Acariciando seu cabelo grisalho e oleoso, inchando as bochechas até a boca formar um ponto carmim estonteante, ela cochichou: Você não quer arruinar os planos dos imperialistas, Dmitri Dmitriévitch? Quando vai ingressar no partido? Isso mandará um recado muito…

Ele queria mesmo era ficar bêbado. Queria desmaiar. Sonhou que um esqueleto o chamava com um gesto. **A VIDA FICOU AMARGA, CAMARADAS**. Por quanto tempo uma alma é capaz de se esforçar tanto, até a distensão?

Ficou ali sentado, o rosto sem expressão alguma, algo que muitas vezes era interpretado, graças a Deus, como atordoamento, e cruzou os braços da forma mais apertada que conseguiu, sentado imóvel no estrado enquanto os músicos tocavam sua "Canção das florestas".

31.

Gordo e pálido, com um terno escuro e pesado, sorriu diante do cálice de vinho com os outros funcionários sorridentes.[46] Logo, com seu sarcasmo mais discreto, enviaria a todos os amigos cartões-postais congratulatórios sobre o aniversário da gloriosa Revolução de Outubro. Para Glikman, escreveu: "A vida está longe de ser fácil. Como anseio por convocar o auxílio da Velha tão inspiradamente invocada" (como Glikman teria rido! como Nina teria urrado! ele mesmo gargalhava chorando enquanto ia mais fundo na piada; ouvindo a si mesmo, escutou um lamento em três tons, como uma sirene de ataque aéreo) "pelo poeta em 'Horizonte além do horizonte', publicado em" (Glikman explodiria de rir com a pomposidade a seguir) "*Pravda*, Órgão Central do Partido, em 29 de abril de 1960".[47] Quarenta e um anos mais tarde, quando Glikman enfim publicou a correspondência de Chostakóvitch, adicionou uma nota de rodapé especial para explicar, para benefício daqueles que não contamos com o aparato "Enigma" de decodificação, que a Velha personificava a morte. "Beijos calorosos", prosseguia a carta. "Fique bem e feliz."

Ao receber essa saudação, Glikman, assoberbado pelo receio, chegou a se esforçar, me disseram, para fazer uma visita a Elena Konstantinovskaia, que agora era presidente de línguas estrangeiras do Conservatório de Leningrado, mas ela repeliu as abordagens,[48] comentando: Olha, já estou com quarenta e seis anos, e Mítia tem quantos? Cinquenta e quatro? É tarde demais para nós dois. E estou casada. E minha filha nunca entenderia; ela odeia Mítia! Sendo mais direta, já que você me abordou à revelia de Mítia, é óbvio que ele não está interessado. Você pode achar que ele precisa de mim, mas quem sou eu? E o cigarro dela se apagou misteriosamente. Ela o jogou no chão, acendeu outro e prosseguiu: Não sou alguém de quem se possa *precisar*; eu, eu — agora você está me fazendo falar que nem ele! Então, por favor, transmita minhas cordiais saudações a Isaac Davidovitch, e para Mítia não tenho recado nenhum pois ele não me mandou dizer nada, e agora será que você por favor poderia por favor cair fora, por favor?

Mítia aprisionou o cigarro com garras de sibarita. Ainda que o *Quarteto de cordas nº 7* tenha demonstrado a mesma beleza nervosa de suas lembranças de Galina Ustvolskaia roendo os nós dos dedos, brancos como a neve, em 1951, ele estava voltando à terra. Ainda se sentava ereto ao piano, as mãos retas o suficiente para que um desfile de soldados de brinquedo marchasse sobre elas, mas o uso dos membros ficava cada vez mais doloroso, os médicos não sabiam o porquê. Ele se escondeu do mundo em sua datcha caindo aos pedaços em Komarovo, bem longe de Moscou, onde os reflexos das árvores caiadas lembravam ossos nas ruas marrons e úmidas. Quando chegava alguma visita, ele a levava para longas caminhadas e falava sobre o clima. Às vezes se sentava em um banco, cruzava os braços e ficava encarando sem piscar até que fossem embora. Ele queria, bem, não sei. Talvez fosse melhor telefonar para Roman Lazarevitch e pedir conselhos. Porque ele... Bem longe dali, alguma criancinha camponesa zumbia com uma voz tão aguda quanto um bombardeiro alemão sobre Leningrado. Era tudo muito, como vou dizer, agradável. Mas então preocupações monetárias o tiravam dali, ou ele sentia uma vontade irresistível de ouvir sua composição mais recente sendo executada. Viciado nas vozes de jovens sopranos, não conseguia mais se controlar e sempre escrevia trechos textuais para que cantassem. Estava flertando com uma mulher casada e silenciosa, chamada I. A. Supinskaia. Elena, viu que sorte você não ter se casado comigo? Sua paixão lembrava os saltos ascendentes, loiros e sadios das chamas em um fogão cheio de lenha da taiga, e ele não tinha coragem de, sabe. Como regra geral, abominava enxergar o próprio rosto redondo, pálido e cansado. Como poderia infligir aquilo a alguém? Como Lebedinski não se cansava de repetir, Você não tem muita sorte com as mulheres, Dmitri Dmitriévitch! Ou talvez seja mais preciso dizer que você acumulou um quinhão de fracassos. —[49] Obrigado, obrigado, ele respondia amargo. Em última análise, era tão solitário quanto um molusco. Mas sempre que era convocado a se apresentar, não escapava. É por isso que o vemos sentado nervoso dentro de uma fábrica, os braços vertidos para dentro com rigidez enquanto todas as *babuchkas* e jovens camponesas aplaudiam ao receber essa orientação. Ele precisava de uma mulher para, melhor esquecer. Agora ele era um patrimônio do país — e não importava que sua música tivesse fracassado na tentativa de se livrar por inteiro de elementos indesejados. No Comitê Central, ele foi apresentado como prova de que podíamos fazer frente aos americanos, ao menos no front cultural.

Quando ele segurou a mão dela pela primeira vez, Irina contou o quanto sempre tinha sido influenciada pela *Sinfonia de Leningrado*. — Ele puxou a mão. Disse: Na verdade, não me oponho a você chamar a *Sétima* de *Sinfonia de Leningrado*, mas ela não é sobre o cerco. É sobre a Leningrado que Stálin destruiu, e Hitler apenas, digamos, concluiu o trabalho.[50]

Por favor, cuidado com o que diz, Dmitri Dmitriévitch!

Oh, por favor, oh, por favor, me chame de Mítia…

Alguém pode estar…

É exatamente disso que, digamos, estou falando, ele respondeu, com um sorriso de aflição presunçosa. Sabia que estava sendo bem detestável. Ao mesmo tempo, algo dependia daquele instante. Ela enfim entendia por que ele costumava ser chamado de "Chostakóvitch, inimigo do povo". Se não o rejeitasse agora, bem, então…

Ela mantinha o cabelo bem longe da testa preso em um coquezinho pudico que ele achava erótico. Era tão fervorosa quanto qualquer outra garota de coral — ah, a doçura com que abrem as partituras negras, fitando dentro dos olhos do regente da mesma forma que os filhos de um certo D. D. Chostakóvitch costumavam fazer quando ele lhes lia histórias! Entre as pernas dela sem demora seus dedos velhos e gordos ganhariam vida, expressando os glissandos mais cristalinos. Ela tinha sobrancelhas muito inteligentes que se erguiam a qualquer palavra inconveniente. Às vezes, quando olhava para ele, apoiava o rosto nos dedos delicados. Desviando o olhar, ele sentia a mesma ânsia desesperada de salvação que o tinha feito suplicar a Tukhatchévski em 1936. Mas dessa vez ele não ansiava por vida, apenas por ordem. Se Irina o aceitasse, seria gentil com ele. Desceria-lhe com gentileza até a sepultura.

Convocou Lebedinski ao apartamento, para beberem vodca. Franzindo o cenho diante do piano, fazendo cócegas silenciosas nas teclas pretas, convidou a visita a falar de mulheres. Lebedinski gargalhou e o chamou de caso sério. Hora do caviar! Só mais um bocadinho, sabe, pepino, e então um gole de, de, por que, sabe, hoje fez muito frio. Lebedinski não se importava; adorava vodca. Dizem que faz bem para a saúde, porque… Ah, minha cabeça! Preciso de mais vodca. Quando havia engolido o suficiente para que o rosto ficasse pálido, começou a sussurrar a respeito da sorte por "Stálin" ter esmagado *Lady Macbeth*, de modo que sua denúncia talvez involuntariamente ambígua da repressão jamais tinha sido conspurcada por um equivalente pró-soviético.

Mas como você é cínico, Mítia! Como pode ficar se contorcendo de um jeito tão masoquista? Quase me dá enjoo ouvir você…

Não se preocupe; não se preocupe. É, digamos, *irrelevante* se a minhoca se contorce no anzol. E quer saber? Não me importo mais comigo.

Como assim, não se importa?

Assinaria qualquer coisa, mesmo que me mostrassem o documento de cabeça para baixo. Só quero ser deixado em paz…[51]

Ligou o rádio, e o Camarada Khruschóv exigia saber: Falando abertamente, por que os Estados Unidos da América, a França e o Reino Unido precisam de Berlim Ocidental? A cidade é tão útil para eles quanto uma quinta pata para um cão. A propósito, ninguém invade Berlim Ocidental.[52]

Bem aí o telefone tocou. Ele começou a tremer; não queria atender, mas como estava sendo observado por Lebedinski fingiu ter coragem; e não era nada mais nada menos que nosso estimado Camarada Karmen, que tinha acabado de receber um Prêmio Lênin por seus dois filmes fascinantes sobre trabalhadores petroleiros do Cáspio, e que agora estava, eu não *acredito*, telefonando para dar um conselho: Talvez você devesse se filiar ao Partido, Dmitri Dmitriévitch. Podemos ajudar! Sabe, sou filiado desde 1936, e isso sem dúvida me ajudou. Fico muito triste de ver você passar por tantos problemas desnecessários…

Muitíssimo obrigado pela sugestão, meu querido, *querido* Roman Lazarevitch! Talvez depois da minha próxima, você sabe, sinfonia…

Passando manteiga em outra fatia grossa de pão preto, Lebedinski deu uma risadinha, mas não alto o bastante para que o telefone imenso e negro pudesse ouvir: É isso aí, Mítia! Fica enrolando esses fiadaputas até você morrer!

Tantos problemas desnecessários, ele disse. E quando penso nele, sabe, passando as mãos em Elena… Parabéns pelo seu, digamos assim, seu belo trabalho, Roman Lazarevitch! Imagine, um Prêmio Lênin! Estou extremamente…

Pode contar comigo para recomendar você ao Partido.

Roman Lazarevitch, isso é muito… nunca vou me esquecer de suas boas intenções.

Graças a Deus me livrei desse filhodaputa, não que eu acredite em Deus, nem que deva cortar qualquer contato com Roman Lazarevitch (isso Lebedinski se recusa a entender), porque ele *estava lá*, e desta vez não estou falando de estar com ela, não mesmo; estou falando de Leningrado, oh, sim, meus amigos, quando nós… ha, ha! Aquela neve, e mais neve e cadáveres congelados nas calçadas e Maksim implorando por comida, mas *nós* não precisamos passar por *nada*, graças às maravilhas da minha, da minha suposta "sinfonia". Aqueles que deixamos para trás cobriram os rostos e então… felizmente o *querido* Roman Lazarevitch registrou aquele inverno para mim, para que eu possa sentir culpa para todo o sempre! Galicha ainda não está da mesma, digo, um grito prolongado, talvez em tom si bemol, é o que eu deveria, sabe. Na *Opus 110*. Essas janelas brancas como gelo, e então o, o, mas nada era pior que os trenós. Com as criancinhas mortas. E Maksim, preciso fazer alguma coisa por Maksim. Como será que ele, enfim, ainda bem que ele se dá melhor com Irina do que se dava com Margarita. Ela me faz tão bem! E quanto a Galicha, agora que se casou eu não posso, por que completar esse raciocínio? Preciso… Que som é esse? Alguma coisa debaixo do piano. Deve ser um (Lebedinski vai gostar!), um rato do meu Tema do Rato.

Lebedinski precisou ir embora logo depois disso porque, bem, você sabe. Mas Chostakóvitch não queria ficar sozinho! Irina estava com o marido, então Nikolaieva estava com *ele*, sentada sob o retrato de Akhmátova. Não estavam mais de mãos dadas. Bem, melhor assim, porque ela tinha uma aparência um tanto, como vou dizer, *bovina*; esse pensamento fez com que ele amarrotasse o rosto cinzento em um estrépito de risadas, não que pudesse contar a Glikman, que… Ele a adorava; ela era muito… Tenho minhas ideias próprias sobre as mulheres russas.

No rádio, de novo o Camarada Khruschóv. Disse a ela: Escuta só esse valentão. Agora ele nega, mas claro que cortava gargantas bem ao lado do Camarada Stálin…

Quieto, Mitenka! Você perdeu o juízo? Ora, alguém pode estar…

Tem razão, claro. Quer dizer, você e eu estamos muito bem tratados. Mas a voz dele, sabe, Chostakóvitch prosseguiu, bem, ela ficou *achatada*, como a minha. Até o Camarada Khruschóv precisa de um descanso! Tatiana, meu anjinho, o quanto você lembra sobre instrumentos de sopro? Sabe, no Conservatório de Leningrado aprendi com Glazunov em pessoa que há dois tipos…

Sinos vivos e sinos mortos, interpôs Nikolaieva, que não suportava a ideia de que alguém achasse que ela era burra.

Exato. E um sino vivo — me corrija se eu estiver enganado, querida —, bem, o peso e a têmpera do metal conferem um som, bem, por assim dizer, um som *ressonante*. Ainda tenho bastante música a compor, mas agora não passo de um sino morto, como nosso Nikita Sergueiêvitch ali no rádio. Tudo que eu compunha…

Você está bebendo demais, Mítia…

Não, não, não, é só para me aquecer. Querida, por favor, por que você não… Bem, sinos mortos, como você sabe, são feitos de metal *macio*. São capazes de tons muito escuros, como, como, bem, como se alguém estivesse tocando um trombone no interior de uma catacumba…

Os prelúdios e fugas que você compôs para mim não tinham nada disso, disse Nikolaieva, sincera. Eles me deixavam *feliz*. Pretendo apresentá-los a vida inteira…

Talvez haja algumas boas notas por ali, sim, sim, sim, querida, respondeu o velho com certa satisfação. E não estou dizendo que não haverá outras. O *allegro molto* na, você sabe, a fuga em ré bemol maior é bastante — bem, você conhece, e peço desculpas por não…

Então nem isso faz você feliz? E a *Sétima sinfonia*? Serviu ao menos para reunir as pessoas. Uma vez você me contou o quanto você se sentiu vivo na época; disse que tinha dado tudo...

Você não aprendeu na escola, ele exigiu saber com uma voz odiosa, que Ivan, o Terrível, após ter persuadido seu arquiteto a, por assim dizer, dar o melhor de si na construção da catedral de São Basílio, em seguida *arrancou os olhos dele*? Enfim, em nosso século as coisas são tão mais fáceis. **A VIDA FICOU MAIS ALEGRE!** Ainda que a esposa de Meierhold, sabe, arrancaram os olhos dela também, se lembro direito. Usando — ha, *ha*! Aquilo foi extremamente... Ela devia ser um elemento bastante antissoviético, não acha? Hoje estamos mais evoluídos. Uma mulher belíssima, por sinal, ainda que talvez fosse um tantinho, digamos, roliça, ao nosso modo russo.[53] Não que com isso eu... Bem, depois que me cegarem e castrarem e todo o resto, então eu... Beba mais um pouquinho de vodca, Tatianochka. Afasta, sabe, afasta o *frio*.

Em junho, de algum modo ele se viu acompanhado por alguns desconhecidos com botas altas e brilhantes. Muito amistosos, adentraram sua casa, de modo que ele precisou oferecer vodca. Um deles, que ele parecia ter visto antes, se chamava Camarada Aleksandrov, e ele persistiu na esperança de que por causa dessa relação anterior, da qual ele não conseguia se lembrar em detalhes, pegariam leve com ele, que o encerramento seria concluído em, por assim dizer, tom maior, já que pela lei das médias ele deveria conseguir evitar infortúnios adicionais, ainda que essa noção talvez simplesmente se provasse (como vou dizer?) uma estupidez de sua parte. A vodca tinha acabado, mas eles deviam ter trazido mais, ao que parecia, porque seguiam enchendo seu copo.

Queriam que ele tocasse piano, mas ele não queria. Não era uma, uma, sabe, uma foca amestrada.

Puxaram as cadeiras até ficarem coladas na dele e falaram bem diante do seu rosto. — Vamos abrir os seus olhos, disseram. — Cerrando os punhos, ele sorriu olhando para os joelhos. Onde estava Maksim? Se ao menos Maksim voltasse agora para casa! Logo estariam falando sobre a Mãe Rússia, e ele disse: Sinceramente, eu, eu, tem horas que tudo que eu quero é cair de joelhos e beijar a terra! e ao ouvirem isso eles trocaram risadinhas e cutucões de cotovelo, nem um pouco desconcertados com a tristeza abominável dos olhos dele. Ele falava sério, cada sílaba era verdadeira; na verdade estava pensando em uma frase que tinha ouvido em outro lugar — devia ter sido naquele filme de Roman Karmen em que Vlasov sussurra *os seios de Zoia* e começa a beijar um montinho de neve na floresta — mas meu Deus, não pode ter sido Vlasov, porque Vlasov tinha, você sabe. Talvez Marina Tsvetáieva tivesse escrito alguma coisa sobre, hã, "encosto os lábios no seio da terra imensa, redonda e conflituosa",[54] mas Tsvetáieva havia colocado uma corda no pescoço e, quer dizer, por que seguir adiante, melhor mesmo era não dizer nada. Seguiram olhando para ele, que gaguejou ao se autodepreciar, sentindo vontade de estar morto para que não o apanhassem, ainda que então ele provavelmente não fosse ver Elena mais uma vez.

Encheram seu copo mais uma vez até ele começar com certos gestos de resistência estereotipados e fúteis, mais ou menos como uma velha *babuchka* de lenço branco erguendo os braços horrorizada após enfim encontrar o cadáver do neto depois de passar dias procurando, os tornozelos cruzados, os braços esticados para o alto como os braços dela, parecendo tentar deter a bala nazista. Bem, mas vodca não faz mal algum; chega até a ser, digamos, uma espécie de remédio! Ainda que de fato deixe a pessoa, bem, você entende — sobretudo em junho, porque é quando as "noites brancas" chegam a Leningrado. Foi nessas noites que me deitei pela primeira vez nos braços de Elena. Falei isso ou só pensei? Por que eles não param de rir da minha cara? O *que* foi que eu pensei? Pense nisso, disseram. Podemos ser bons amigos, mas também podemos ser duros. — Estou pensando; estou pensando! Será que devo telefonar para Glikman? Mas isso o comprometeria. Que tal Lebedinski? Ou até mesmo Roman Lazarevitch? Onde ele está agora, Cuba ou Indonésia? Não consigo mais acompanhar, para ser sincero; estou velho. Quase não suporto; isso vai me matar! Mas eu preciso, hã, então por favor, se vocês me derem licença por apenas três compassos, *prestissimo*, juro! Só quero um espaço para respirar. Enquanto ele vomitava no banheiro, viraram o volume de Dostoiévski que repousava voltado para baixo sobre o segundo melhor piano e descobriram que ele tinha sublinhado este trecho: "Por que até mesmo as melhores pessoas parecem estar sempre escondendo algo dos outros, sem dar um pio a respeito disso?".[55] Só precisaram ficar ali, de pé, quando ele voltou; sorriram e apontaram para o livro.

Depois disso ele ficou sem front defensivo. Tentou ficar tão achatado quanto uma barata para se esconder entre as teclas do piano, mas eles o agarraram até seus dedos começarem a tremer pálidos como as bailarinas do Teatro de Comédia Musical em Leningrado, em 1941; minha nossa, ele nunca se esqueceria de como durante os ensaios várias delas tinham caído mortas ali mesmo sobre o palco, por causa da (como vou dizer?) fome. Ele se agitou e tremeu, se agitou e quase se partiu; então se viu deitado no sofá com eles curvados logo acima. Quando ficou sóbrio, descobriu que havia assinado um formulário de ingresso no Partido Comunista.

Ficou despedaçado. Se Ninotchka, sempre sem papas na língua, estivesse viva, teria-os mantido muito longe! Lebedinski teria bloqueado a porta!

Ele embarcou no trem "Flecha Vermelha" da meia-noite de Moscou a Leningrado, fingindo, como uma criança, que com esse estratagema ficaria a salvo deles; Maksim e Galia tinham idade suficiente para cuidar de si mesmos; ele nunca mais voltaria a Moscou! Então acelerou mais fundo para dentro da escuridão, gracejando para si mesmo: "Todas as ferrovias levam a Auschwitz!".

Irinia teria lhe feito companhia, bastava ter pedido; estava pronta para abandonar o marido, que parecia ser muito, como vou dizer. Mas naquele momento, apenas para o caso de ele não conseguir levar adiante a história do Partido, pensar em como ela o encararia com seus olhos hiperinteligentes, de uma expressividade anormal, bem… — Lebedinski e Glikman se encontraram com ele na plataforma. Prometeram escondê-lo por ali de modo que perdesse a convocação em Moscou. Estava doente, anunciaram. Telefonariam para o Partido por ele. Mas isso era apenas um adiamento.

32.

Era *desejo pessoal* do Camarada Khruschóv vê-lo filiado ao Partido, disseram. Inúmeras mudanças tinham sido feitas. Ele veria que agora era um Partido muito agradável, um Partido adorável, mesmo.

Correu até o apartamento de sua irmã Maria e se escondeu por lá. Talvez ali não o encontrassem; procurariam no hotel Europaskaia. (O pior de tudo: O que Elena diria?)

Depois que ele entrasse no Partido, explicaram, o caminho estaria livre para que ele se tornasse presidente do Sindicato dos Compositores da Federação Russa.

Maria fez com que ele se sentasse à mesa da cozinha e trouxe uma enorme tigela de sopa. Entendia muito bem aqueles filhos da puta. Tinha sido exilada por eles na Ásia Central depois do caso Tukhatchévski. Talvez por causa dessa experiência ainda continuasse amiga de Elena; essas duas tinham um vínculo; ah, sim.

Será que está mesmo tão feliz em me ver quanto aparenta?, ele se perguntou, ou está apenas fingindo, por pena? Minha própria irmã, e ainda sim estou tão… E agora o telefone vai tocar. Eu, eu, é como se ela me encarasse apenas à distância, a uma distância enorme. Eu só posso, eu deveria ter trazido um presente! Nem disso eu consegui lembrar. Como sou inútil! Por que não me fuzilam de uma vez? Por quantos anos guardei aquelas roupas de baixo extras na valise? Talvez as traças tenham comido tudo. Nossa, oh, puxa, como Mariucha parece velha! E se eu não for bem-vindo por aqui? Será que o piano dela está afinado? Tem um grão de poeira em cima dele. Ela sempre dizia que eu era orgulhoso demais. Melhor voltar para a casa do Glikman amanhã. E gosto do jeito que Vera Vassilievna sorri para mim enquanto como o que ela cozinhou. Ele teve sorte de se casar com ela! Se ao menos ela tivesse olhado para mim, então talvez eu… — Desimportante! — teria dito Lebedinski… Posso ser orgulhoso, mas daria qualquer coisa para me transformar em Glikman e não ter de pensar! Acho impossível não desprezá-lo, porque ele me ama. Aqui na Mariucha, bem, eu não passo de uma, uma, você sabe, uma imposição. Não me atrevo a perguntar de Elena. Como adoraria estar enterrado, bem enterrado, *tum* ti *tum* ti *tum*, com montanhas de terra negra sobre mim para que não, para que não conseguisse *ouvir* nada! Preciso mesmo ir embora da Mariucha hoje à noite, mas acabei de chegar…

Você não está tomando a sopa, Mítia.

Por favor, me perdoe. Sou um imbecil, um verdadeiro…

Cala a boca e come.

Ele levou a colher quase até a boca e então disse: Você acha que Glikman mente para mim às vezes?

Como pode pensar uma coisa dessas? Ele venera você! Confia em você!

Mas uma vez você disse…

Mítia, você está ficando doente dos nervos. Agora entre no quarto e deite na cama e durma. Se alguém telefonar, juro que não digo que você está aqui.

O Camarada Pospelov do Departamento do, por assim dizer, Comitê Central já telefonou para a casa do Glikman…

Eu *juro*!

Mariucha, você é um anjo! Eles não deixaram… E tem também um tal Camarada Aleksandrov, que eu… Se ao menos Nina…

Vá dormir e não se preocupe com nada.

Mas amanhã eu vou ter de, eu, eu receio que…

Como achar melhor, ela respondeu com um sorriso compassivo e distante. Mas saiba que é bem-vindo por aqui, Mítia.

Obrigado por me dizer isso. E eu, sabe, você também acha que eu devo resistir?

Está falando em não… Vou ligar o rádio. Olha só, não é uma das suas trilhas de cinema que está tocando? Que sorte! Amo essa música. Agora chega mais perto. Tenho certeza de que ninguém consegue ouvir. A prima Katerina é engenheira, e ela disse…

Mas…

O telefone começou a tocar.

33.

Claro que você precisa resistir, Mítia. Não preciso nem dizer. Como pode mesmo cogitar a ideia de se juntar a eles? Mesmo se durante todas aquelas décadas horrorosas eles não tivessem feito mal a ninguém, nem mesmo a você, ainda seriam maléficos! Ah, querido Mítia, pobrezinho, não chore…

34.

Afinal, cochichou *allegro* a Glikman, em cujo amor inquestionável ele tinha voltado a confiar, digo, *afinal*, em 1936 eles votaram contra mim, até mesmo Sollertinski; apenas Scherbakov se absteve, e acabou esfolado por isso! E o incrível é que a minha ópera nem chegou a impressionar Scherbakov! Mas ele acreditava na *verdade*. Isso era realmente… Que batalhas no front cultural! Falando nisso, você já assistiu ao último filme de Roman Karmen? *Nossa amiga Indonésia*, o título é esse, não estou brincando! Nosso *querido* amigo! Meus filhos fizeram questão de assistir; é realmente… Eu me neguei a rastejar naquela época, mas não termina nunca, e não ando bem; quando você disse a eles que eu estava doente, era mesmo verdade…

Tenha coragem, Dmitri Dmitriévitch! Você não precisa se filiar!

Tem razão! Mas, veja, eu, eu, eu me tornei tão desgraçado... Meus filhos... Que envelope é esse?

Um telegrama, Glikman respondeu triste.

Para mim?

Sim, lamento.

Mas Maksim está se candidatando ao Sindicato de Compositores, e se eu me negar... Não, vou resistir. Não vou fazer isso, você vai ver! Vamos esquecer isso tudo e falar sobre a vida sexual de Tchaikóvski! Sabia que ele amou uma moça que, quem, digamos apenas que ele... Para sempre. É mesmo fantástico. Ela estava disposta até mesmo a, sabe. E ele também deveria ter se casado com ela, mas disse: "Que sorte você não ter se casado comigo!". Só me levam até Moscou amarrado, e vão ter que me arrastar, entende? Só amarrado...[56]

Por favor, se acalme, meu caro Dmitri Dmitriévitch!

Prefiro me matar! Nunca vou me juntar a esses assassinos...

Em julho, foi para Dresden. O clima ameno da nova República Democrática Alemã lhe fazia bem, proporcionando um alívio especial para ossos e juntas, agora tão estragados quanto os antigos calçamentos de madeira que datavam da época em que Leningrado se chamava São Petersburgo. Será que gostaria de visitar a ponte Georgji Dmitroff quando chegasse? Já estavam recomendando que a visitasse, em nome da solidariedade. Respondeu que sim, claro que estava ansioso pela, você sabe, visita.

Lembrou-se da estreia de *Camarada Dmitrov em Moscou*, de R. L. Karmen; Elena não conseguia tirar as mãos dele; começaram a se beijar antes mesmo que as luzes se apagassem. E agora é Camarada Chostakóvitch em Dresden! Mas nunca serei Camarada Chostakóvitch. Prefiro, você sabe.

Que estranha a sensação de estar na Alemanha! É tão... Fitando pela janela do trem a grama abundante e loira das planícies alemãs, sentiu um senso de vergonha e estranheza, como se tivesse desvelado a nudez de uma defunta. Bem ali, volteando preguiçoso e amplo como as pausas e compassos de Beethoven, estava o Elba, onde nossas tropas aliadas tinham se unido contra os fascistas. Depois vieram arcos de pedra decorados com figuras e florões, tudo maciço mas abundante. Dresden, ele teria de dizer, dava uma sensação mais pesada, menos francesa que Leningrado. Era bem improvável que Elena... Nossa, quantas ruínas avistou! Duas conchas em arco, quebradas, uma diante da outra entre pedras destroçadas; era a Frauenkirche. Outra nota musical espocou dentro da sua cabeça. Ele se perguntou se estaria prestes a ter um derrame; quando voltasse a Moscou, precisava aprender os sintomas. A esposa de Lênin não havia morrido de uma coisa dessas? Às vezes parecia melhor apenas, bem.

O guia lhe explicou que estavam usando picaretas para destruir as velhas propriedades dos junkers com suas listras cor de chocolate, de modo a canibalizá-las para fazendas coletivas. — Muito bem!, gargalhou Chostakóvitch. Prontidão defensiva! No, no, no front de classes, você sabe...

Sentia-se uma grande umidade. Cercas, muros cor de couro cru com o concreto rachado e riscado de branco, então as casas saxônicas com janelas quebradas, todos os campanários de bronze aos poucos ficando verde-terra, as telhas alaranjadas ficando negro-terra e — vejam só quantas ruínas! Havia inúmeros terrenos baldios em Dresden. Nesses lugares, tudo tinha sido levado embora. Parabéns. Explicaram que as estátuas do Grosser Garten haviam sobrevivido; eram, basicamente, anjos decadentes e todo tipo de bobagens espalhafatosas. Se ele quisesse dar uma olhada, só para se divertir, não havia problema. Quando viesse de novo talvez já não existissem mais, porque, bem, você sabe como é o progresso! Estamos iluminando o caminho com um *holofote*. Todas essas criancinhas loiras com seus primeiros carrinhos de mão, aprendendo a dignidade do, bem, *trabalho*, isso me dá vontade de vomitar. Na verdade, muitos dos camaradas queriam se aposentar em Dresden quando chegasse a hora. (Que som é esse?) Ele gostaria de ver o lugar em que R. Wagner tinha regido no século XIX? Infelizmente os bandidos americanos tinham, você sabe. E será que gostaria de visitar o novo Lar Maksim Górki, onde crianças alemãs-orientais e norte-coreanas, resgatadas por nós da agressão anglo-americana, tinham aprendido a viver juntas em harmonia internacional? Para falar a verdade, era exatamente isso que ele esperava, hã... Ficaram muito satisfeitos de ouvir isso, porque na realidade as crianças estavam à sua espera. Ele ficaria especialmente encantado de saber que um menino norte-coreano cujos pais tinham sido assassinados pelos aventureiros americanos queria tocar uma coisa no piano apenas para ele, um concerto ou talvez até uma balada ou algo assim, um negocinho. Podiam garantir que seria edificante: arte que precisava combater o que o Camarada Ulbricht havia sabiamente definido como "o veneno do ceticismo".

Em relação aos danos de guerra (causados por bombas incendiárias), disse a si mesmo: Dresden está em ruínas, tudo bem, mas lembro-me de como aquela primeira bomba arremeteu contra a lateral do prédio de apartamentos do outro lado da rua, e *então* uma pausa de quatro compassos, e *então* daquele buraco fumegante, que tinha uns dois andares de largura, eu diria, escombros e cadáveres começaram a brotar chiando![57] Um tarol conseguiria recapitular aquele som. Era bastante... Foi isso que vocês fizeram com Leningrado. Por novecentos dias! *Vocês* fizeram. Com seus oitenta e oito, creio. E então vocês, digamos assim, germanizaram o palácio Peterhof em um, um, um *esqueleto*...

Não, havia um erro de impressão no itinerário. (Eles o viram tremer.) Ele não ficaria em Dresden. Haviam reservado aposentos para ele na estância termal de Goerlitz, nas montanhas, a quarenta quilômetros dali. (Ele estava quase pronto, as glândulas excretando música tão peculiar quanto as teias de aço das ruínas da Fábrica de Tratores Djerjinski.) O Camarada Chostakóvitch (Schostakowitsch, como eles diziam) precisava lembrar que pertencia ao povo; precisava cuidar melhor de si mesmo. Sua visita ao Lar Maksim Górki seria adiada. Sabiam que ele estava cansado; queriam criar as condições ideais para seu trabalho, o qual...

Obrigado, queridos amigos, obrigados, respondeu incerto. Sei que tudo estará, digamos, esplêndido...

Acima de qualquer outra coisa, ele não precisava se preocupar, garantiram. Compreendiam que sua saúde andava sendo atacada pela tensão nervosa. Ele receberia tudo que fosse preciso. Eles lhe davam valor; tinha sido declarado membro correspondente da Academia de Artes da República Democrática Alemã, a partir de hoje. Obrigado por isso, meus *queridos, queridos*, digamos, amigos. E parabéns pelo maravilhoso Lar Maksim Górki. Já tinham organizado um passeio pelos monumentos de Dresden, isso sem mencionar as amplas *Plätze* e os leões de pedra, os chafarizes, agora desativados, as outras pontes antigas de Dresden com seus inúmeros arcos (a "Blaues Wunder" também); e ele poderia entrevistar quantas vítimas dos americanos quisesse. Até mesmo antigos oficiais da ϟϟ estavam colaborando conosco, de tanto que ansiavam por vingança. Sem a menor dúvida ele acharia recompensador transformar aquelas histórias em música; tratava-se de uma mera questão de tempo e esforço...[58]

Algum problema, Camarada Schostakowitsch?

Bem, eu, esse zumbido nos meus ouvidos, agora é um incômodo permanente. Não espero conquistar mais, mais, sabe, quaisquer grandes *vitórias* no front cultural! É apenas, como vocês dizem, um, uma questão de tempo e efetivos. Mas eu, por sinal, a datcha do ex-marechal de campo fascista alemão Paulus não fica por aqui? Ele devia ser extremamente... Sim, sim, eu sei que ele morreu há pouco tempo, há três anos, se não estou enganado; devo ter lido a respeito no *Pravda*...

A intérprete, à sua espera diante de um palácio ocre, se mostrou uma bela alemã de cabelos escuros, de rosto estreito como de costume entre os alemães, que tinha estudado piano no passado. Algo no oco entre as omoplatas o fez lembrar-se de Elena Konstantinovskaia, digo, Vigodski, não que ele, você sabe. Com uma risada modesta, ela confessou que os professores a julgaram desprovida de talento. Seu irmão tinha sido abatido no *Ostfront*, durante a Operação Cidadela. Seu ex-noivo estava em um campo de prisioneiros soviético, até onde ela sabia. Tinha sabiamente se casado com outra pessoa. Sua mãe, seu pai, seus irmãos e irmãs tinham todos morrido pouco antes da meia-noite em 13 de fevereiro de 1945. Ela estava presente quando a Juventude Hitlerista escavou os escombros do abrigo de ataque aéreo. Estavam quase sem marca alguma, mas suas peles tinham sido cozidas até ganharem uma cor castanho-dourada.

O rosto pálido e cansado de Chostakóvitch começou a se contrair. Com toda a delicadeza, pousou a mão sobre o ombro da moça.

Havia mortos em todas as ruas, ela prosseguiu animada, mas imagino que você também tenha visto mortos no seu lado...

Sim, sim, sim, sim, minha querida, oh, sim, mas acho melhor nos pouparmos do sofrimento desse tópico, porque, sabe...

Com licença, Herr Schostakowitsch...

Ah, por favor, me chame de Dmitri Dmitriévitch.

Dmitri Dmitrijewitsch, me desculpe, mas eu só queria dizer que quando levaram todos os cadáveres para o mercado e cremaram...

Bem, talvez tenha sido a melhor maneira. Bem, bem, bem, bem. Em Leningrado cavaram valas comuns assim que a terra descongelou. Mas, minha querida...

E agora às vezes eu sinto vontade de enlouquecer. À noite, escuto o som dos aviões chegando. Os bombardeiros, digo.

Bem, bem, bem, bem. Não importa. Talvez estejamos precisando comer alguma coisa. E você já provou vodca russa? Não, estou vendo que você precisa falar a respeito. Bem, pode me descrever esse som que você escuta? Você por acaso tem ouvido absoluto? Um número surpreendente de pessoas tem, sabia. E quem sabe se você...

Não tenho certeza. Talvez seja um acorde grave e vibrante em mi bemol maior.

Ora, é a abertura do *Anel* de Wagner, não é? "Das Rheingold" começa assim. Mas creio que talvez um B-17 cantaria num registro mais agudo, porque...

Sinto muito, Dmitri Dmitrijewitsch, mas não tenho ouvido absoluto, e como mencionei, sou quase inteiramente desprovida de talento.

Nunca acredite nisso, minha querida jovem, se posso dizer, colega? Nós, músicos, costumamos nos subestimar! Mas o tom exato não importa. A característica mais marcante da música judaica é a habilidade de construir uma melodia alegre sobre uma base de entonações tristes.[59] E talvez vocês, alemães, façam o contrário, o que seria, por assim dizer, *natural* para vocês, já que não gostam de judeus, como ouvi falar. Perdão... Um acorde maior, então, podemos chamar de acorde maior? Afinal de contas, acordes maiores em tese são felizes. Ao menos é o que os meus, os meus comissários vivem me dizendo.

Em tese, ele deveria estar escrevendo a trilha para o filme *Cinco dias — Cinco noites*. Em vez disso, começou a compor a *Opus 110*.

35.

Sobre este trabalho, comentou com Glikman: escrevi um quarteto ideologicamente deficiente, do qual ninguém precisa. Refleti que, se algum dia eu morrer, é bem improvável que alguém vá compor uma obra dedicada à minha memória. Então decidi que eu mesmo faria isso. Você pode até escrever na capa: "Dedicado ao compositor deste quarteto".[60]

Oficialmente, claro, dedicou a *Opus 110* "às vítimas da guerra e do fascismo". Por que não? Nada faria qualquer diferença. Ele, é claro, não era vítima de ninguém, porque havia concordado em, você sabe.

Segundo a *Grande enciclopédia soviética*, as características topográficas mais pronunciadas do nosso planeta consistem em uma imagem espelhada quase idêntica à face inferior da crosta. As estepes da Ucrânia, assim, formam o telhado da plataforma cratônica que as replica, enquanto os montes Urais não apenas se projetam ao céu, mas em igual medida apunhalam como canos de canhão mirados no magma sobre o qual nossos continentes resvalam inquietos. Para mim, a ideia de que este mundo se duplica no interior do próprio inferno vermelho e líquido é profundamente enervante. Caos fervilha sob meus pés. O caos parece sufocado; quer respirar. Mas o caos, por sua própria natureza, é um desvio formalista. Ainda acredito em mim mesmo, mas somente em minha própria feiura. Extingam isso, camaradas! Mesmo nas profundezas das minas de carvão soviéticas insistimos agora na explosão sem chama de um cartucho de Hidrox, pois reduz o perigo. Nosso capataz dá o sinal. Um clangor abafado sufoca a escuridão sufocante, não abrandada por qualquer luz. No lado oficial, um certo D. D. Chostakóvitch excreta nova música programática para as massas. E no lado espelhado, onde se presume que nada possui chama (de outro modo espiaríamos um vermelho serpentiforme ao fitarmos o interior das fendas negras sem fundo das teclados do piano), um equivalente de D. D. Chostakóvitch compõe a *Opus 110*.

Com o rosto redondo, olhando fixo para o piano como um velho cocheiro saído da São Petersburgo do século XIX, assistiu à música triste e furiosa gotejar de seus dedos. A armação dos óculos havia clareado até a transluscência com o passar dos anos. Agora era menos um homem severo que um peixe velho boquiaberto e de olhos arregalados. Rindo, os inimigos brincavam que ele tinha ficado parecido com Krupskaia, a viúva de Lênin, igualmente notória pela ineficácia e pelo olhar esbugalhado. (Ineficácia! Não é disso mesmo que se trata a música? Lebedinski tinha contado sobre aquele nazista subalterno, K. Gerstein, que havia entrado na ϟϟ para revelar seus segredos e deter seus crimes; foi condenado pelo tribunal por não obter resultado.) — A Operação Reinhard já foi incluída; a Operação Blau se fará presente no segundo movimento. Podemos fazer referência a um T-4 na abertura? Mas tudo será *abafado*. Akhmátova insiste, corretamente, na minha opinião, que é criminoso não fazer referências contínuas às câmaras de tortura que nos rodeiam.[61] Debaixo da terra, e então fuzilam! Nina e eu ouvíamos as execuções todas as noites. Agora Nina também está debaixo da terra, o que deve ser muito... E então Elena, não. Não podia contar com a simpatia de Nina na época. Que som é esse? Que *allegrinho* sórdido, como um... Pelo menos meu Tema do Rato tinha humor para quem estivesse disposto a se divertir. E eu iria... Quando os Novecentos Dias começaram e Maksim chorava de fome à noite, prometi que o incluiria na *Sétima*. E incluí; compus aquilo para *ele*. Agora é minha última chance de garantir que não desperdicei nenhuma de suas lágrimas, porque... Eram em lá bemol menor, isso eu nunca vou esquecer. E minha mãe disse... E Rodtchenko? Foi uma influência, ao menos uma influência de juventude. Agora que estou... Os quadrados de madeira ocos de Rodtchenko, um dentro do outro, cada figura torcida em um plano diferente da vizinha, ora, só podem ser celas de prisão! Mais escultura abstrata para minha, para minha suposta "opus". — Oh, nossa, oh, puxa, quase me esqueci da Operação Fogo Mágico! Porque foi onde Elena encontrou o galante cavaleiro Roman Lazarevitch. (Dmitri Dmitriévitch, o cavaleiro teve a condescendência de recomendar, na minha opinião a questão é *usar* esses gritos para manter nosso ódio antifascista em boas condições, rejeitar essas coisas horrorosas em nome da paz. Perder tempo com o lado escuro não é bom.) E a Espanha, claro. Onde ela e Roman Lazarevitch... Preferimos nossas tragédias pessoais, pois somos todos covardes e canalhas.

Os amigos presumiram que ele andava bebendo demais. Enquanto permaneceu na Alemanha Oriental, não parou de entornar schnapps, com e sem a intérprete. (Ela lhe sorriu uma vez, e ele se lembrou do riso infantil de uma jovem atiradora de elite que ele tinha visto em algum lugar, talvez em Kúibichev. Então ela parrou de sorrir. Baixou o rosto suavemente imaculado.) Às vezes ele bebia até pegar no sono. Quando acordava, estendia a mão em busca do copo, resmungando para o espelho: Em termos gerais, eu, eu sou um degenerado.

Fazia um verão fresco e úmido na Alemanha. Ele queria se sentar na margem relvada do Elba apenas para ficar olhando os barcos a vapor e, por assim dizer, tomar fôlego, mas não houve tempo porque passaram o dia inteiro lhe mostrando filmes de atrocidades. Não se podia omitir a Caso Branco, mas ele ainda não sabia direito como, bem, talvez em *largo*, e se conseguisse espremer alguma amargura de alguns poucos floreados adicionais... Depois o acompanharam de volta para o hotel. A intérprete de cabelos escuros estava doente naquele dia. Ele ainda não sabia se deveria fazer referência à Operação Cidadela. Já que o irmão dela havia tombado em Kursk, por que não? Era uma mulher bonita, ainda que não roliça o bastante para seu gosto. Vejamos, o que eu estava fazendo durante a Operação Cidadela? Recordo-me de assistir ao cinejornal de Roman Lazarevitch a respeito, agora já faz dezessete anos, naquele Kino Palace onde Elena e eu costumávamos, costumávamos, como era o mesmo o nome? "A batalha de Orel." Não, não pode ter sido naquele Kino Palace, porque... Rugindo, um tanque Tiger atravessa a lama e desce até um rio; a água chia em volta das lagartas; ele nada como um crocodilo imponente, agarra a lama da outra margem, ergue o canhão e segue em frente, com fascistas alemães sentados calmos sobre ele, como se montassem uma baleia; então Roman Lazarevitch, que sem dúvida vestia aquela jaqueta forrada de pele e cheia de manchas de óleo, faz uma panorâmica para mostrar a guarnição de um de nossos cento e vinte e dois: Preparar, apontar, fogo! Não tenho problemas em admitir que ele era corajoso. Na verdade, eu gostaria de ser ele. E daí? Aquele canalha, sabe, ainda que de fato tenha sido eu a... O tanque Tiger explode, acompanhado por música que poderia ter sido composta por um certo D. D. Chostakóvitch! Que, digamos, *heroico*! Giro panorâmico até um trigal com seu ponto forte oculto, repleto de canhões antitanque; giro panorâmico até armadilhas de minas; giro panorâmico até generais do Exército Vermelho com sobretudos de couro e binóculos. Mais além explodiríamos a maligna rede FREYA! Será que ela já o tinha deixado? Todos aqueles nossos aviões sobrevoando os tanques deles já na época me lembraram uma trilha, todavia mais para orquestra que para um quarteto de cordas. E daí? Vou me assegurar de que a *Opus 110* contenha *tudo*, já que é a última vez que serei, digamos, eu mesmo. De um ponto de vista estritamente musical, a Cidadela deve ser um brevíssimo interlúdio. (Em prováveis eixos de pesadelo posicionava suas próprias armadilhas de pensamento.) *Allegro* seria fácil demais. Isso seria como deixar aqueles puxa-sacos com botas cor de framboesa me mandarem deixar tudo bem *feliz* e em tom maior! Há momentos em que fazer a coisa certa talvez me destrua, mas isso não significa que não é a coisa certa. Se Elena estivesse aqui, ou ao menos Nina...

Pegando o jornal, leu que um traidor chamado M. Smolka acabara de ser executado por atividades terroristas cometidas por ordem do Serviço Secreto americano. As últimas palavras do traidor: "Não há dúvida de que a deserção e a traição dos interesses da paz e do socialismo são os crimes mais severos possíveis, e só podem ser expiados pela punição mais severa".[62] Deve ter sido guilhotinado ao raiar do dia, sem dúvida. Era assim que faziam as coisas em Dresden.

O sangue corria sem chamas no interior de seu coração sem janelas! Completou a *Opus 110*.

36.

Sobre este quarteto, a coisa mais básica que pode ser dita é que ele é triste demais até mesmo para evoluir de gemido a lamúria ao crescendo descompassado da morte. Sem dúvida a dança macabra do segundo movimento reluz asquerosa e vívida como um sinalizador de sódio à noite (e assim se vai a ausência de chamas!); brilha tanto quanto a luz elétrica que ilumina a câmara de gás na hora de conferir se todos os judeus estão mortos; enquanto a ameaça do terceiro permanece mais arrepiante que os gritos de terror em Leningrado quando caíam as bombas alemãs; nunca vão parar de cair. E ainda assim como um todo o efeito é de alguém se afogando, já tendo deixado para trás as convulsões mais desesperadas; começou a aspirar água; a água verde que enxerga está ficando negra; e vai se assentando no limo. Alguns dos ouvintes que fecham os olhos durante o segundo movimento declaram perceber um globo ocular ou dominó vermelho girando, e quanto mais acelera, mais sinistro o brilho. Essa imagem eidética parece simbolizar a aproximação de algo maligno. Eu mesmo nunca vi qualquer ponto vermelho, talvez porque a *Opus 110* já me ameace com tamanha perfeição que sinestesia alguma se faz necessária para ampliar ou refinar a ameaça. Enquanto a música de Chostakóvitch se retorce como os movimentos vermiformes de dedos envoltos em luvas negras às costas de um policial, o Cavaleiro de Bronze afunda sob sacos de areia e tábuas. Leningrado se estrangula em um laço de arame farpado. O sentido se dissolve em pura música. (E pensar que uma vez ele havia desejado superar o "tema do Destino" da *Quinta* de Beethoven! Quando o destino e tudo o mais não têm, você sabe, qualquer sentido!)[63] Daí as notas de abertura do primeiro movimento tão cuidadosamente desesperançosas quanto soldados em uma trincheira de neve diante de Leningrado, apoiando as metralhadoras em blocos de gelo.

Críticos ocidentais afirmam reconhecer uma tristeza peculiarmente eslava, que seria no mínimo tão antiga quanto as relíquias da cultura Volosovo abaixo de Riazan. Glikman, de sua parte, insiste que a *Opus 100* contém aqui e ali um acorde colhido de eras mais arcaicas (por exemplo, os gritos de Pedro III após beber o vinho envenenado). Por isso é reducionista alegar que este quarteto é apenas uma correção da *Sétima sinfonia*, a destilação da agonia de Leningrado com toda a propaganda eliminada pelo filtro. Afinal, o que *é* Leningrado? Esqueçam dos alemães por ora. Esqueçam as causas externas. (Qualquer definição de Deus leva à heresia, escrevem os cabalistas.)[64] A tranquilidade enevoada em tons castanhos da velha Petersburgo permanece. É a cor morta de um embrião em conserva; é coroada por dourado eclesiástico e sublinhada por labirintos aquáticos de comércio e refugos. Aqui encontramos o pequeno Mítia de mãos dadas com a mãe; ele a puxa para a frente para apanhar uma folha que desce girando. Aqui espionamos Akhmátova e Gumilev, seu primeiro marido (é ele que vamos fuzilar por traição contrarrevolucionária); estão vagando pela névoa em busca de poemas! — Esta parte da *Opus 110* não tem nada de assustador e mal chega a ser melancólica, é apenas eslávica. Bem, bem, caros amigos; vocês sabem no que tudo isso, hã, *vai dar*. O segundo movimento será inteiro de facas e cadáveres, mas os compassos onde estamos agora permanecem bem prata sobre negro, como um distintivo da ϟϟ. — É preciso entender a personalidade dele, murmura uma Akhmátova defensiva, quando a mãe de Mítia aparece correndo atrás deles: Anna Andrêievna! Com licença, Anna Andrêievna; acho que você esqueceu o xale. — Estendendo a mão para receber aquela ninharia (ganha flores de estranhos o tempo todo), Akhmátova agradece com a polidez fria pela qual é tão famosa. Então percebe Mítia e diz ao marido: Ali está ele! Meu principezinho de olhos cinzentos! — O menino não sabe do que ela está falando. Não tem olhos cinzentos. Estremece e cora, cruzando os dedos enluvados. Entende apenas o seguinte: Essa senhora o ama; ela não ama a mãe dele ou, ao que parece, o próprio marido, que agora, com raiva, apanha brusco o xale: Anda, ou vamos nos atrasar para o baile! Madame, somos muito gratos... Rodopiam rumo a uma Petersburgo da cor de catacumbas: castanho, amarelo, marrom, tudo se misturando, como fazem as coisas mortas, na forma de terra úmida. Dela explode a *Opus 110*, como fragmentos metálicos se projetando de destroços de concreto armado.

E o compositor igualmente destroçado — vamos chamá-lo de *petchatnik*, oficial russo desaparecido há séculos que guardava o selo estatal — lembra, ou imagina, a época em que Akhmátova ainda era uma deusa, não tinha se tornado uma deusa mutilada de lágrimas, quando ainda podíamos ir a bailes de máscaras na Rússia, antes de o dominó vermelho explodir no centro de Petersburgo e transformá-la em Leningrado. Com licença, Anna Andrêievna... Nesse ponto a música, que nesse aspecto tem uma estranha semelhança com algumas das sonatas para cravo de Scarlatti, se expande *mais* e *mais*, escapando dos letais anéis concêntricos de Leningrado; ela se eleva como os prelúdios e fugas que ele havia composto para sua amada T. P. Nikolaieva na *Opus 87*, mas não contém alegria e nem mesmo uma escapatória; ela se expande como uma vista aérea cada vez mais alta de Dresden sem telhados nem janelas, de suas imensas espinhas de peixe, pentes com metade dos dentes faltando, sobre cascalho de escombros de um branco ofuscante, fachadas de tijolos com abertura de janelas destroçadas em forma de runas e suásticas, *Strassen* e *Plätze* agora inteiramente ensolaradas e abertas, espículas decepadas. Como disse o Führer certa vez: Não se pode lutar uma guerra com métodos do Exército de Salvação! A *Opus 110* repete essa máxima no idioma dos instrumentos.

Que som é esse? No primeiríssimo momento em que Chostakóvitch chegou a Dresden a música inundou seu crânio com um grito hediondo; ele levou as mãos ao peito e o mundo começou a girar, mas nada mais acompanhou: uma donzela do século XVIII estendia a mão de pedra, fitando serena os escombros que podiam ser Stalingrado ou Leningrado. A intérprete tinha lhe confidenciado que em um único instante a vista que ela tanto amava naquela cidade ficou parecida com um pedaço de lenha na grelha, a carne torturada em animadas facetas cor de cereja, e então o cristal se espatifou, vindo abaixo por entre os dentes de ferro até se tornar cinza cinzenta. Enquanto Dresden queimava, Hitler, o Libertador, sorvia o último calor que obteria de seu depósito de verões alemães. Então a paisagem do Graal esfriou, e ficou sem *da capo al segno*, sem saída. Chostakóvitch acredita piamente nisso tudo. Não escapou; também não fugiria daquela vez; na *Opus 110*, autodepreciativo, cita *a si mesmo*: o tema de abertura do *Concerto para violoncelo no 1*, o "tema judaico" do *Trio para piano no 3*: Bem, Elena, viu que sorte você não ter se casado comigo? — Onde está Elena agora? Não comigo, não comigo. (Enquanto rabiscava os acordes do segundo movimento com as mãos trêmulas e cobertas de manchas senis, ele a enxergou como um esqueleto taciturno de sorriso largo, vestido com trapos queimados, com longos cabelos prateados cobertos de poeira; o crânio tinha uma inclinação quase elegante, como se imerso em pensamentos, e ela fitava com doçura os olhos dele; aos poucos das órbitas queimadas veio o veneno, aquele veneno inevitável que infecta as relações entre vivos e mortos; ela ainda tinha algo de doce, e em vida não há dúvida que não lhe faria mal algum, mas agora a escuridão eterna no interior de seu sorriso era mais forte e o aprisionava, o deixava prostrado até que tombasse entre os dentes e ficasse ali, definhando até morrer em seguida para todo o sempre; ele precisava escapar.) E sempre que há qualquer beleza na *Opus 110*, está desmembrada; pinga morte como entranhas cheias de merda pendendo de um torso feminino branco como mármore (assim sucumbem todos os inimigos do poder de Hitler e Stálin). E a morte exsuda também dos silêncios entre as notas, os silêncios de documentos secretos nazistas (**Geheim**), a pausa de oito compassos que pendeu entre ele e Maksim quando o garoto confessou tê-lo denunciado na escola; o ar sufocante de um Maria Preta com suas celas sem janelas — por acaso já contei que no Lubianka os prisioneiros são conduzidos em silêncio, obedecendo a sinais que os guardas fazem com a mão, prontos a virar o rosto para a parede ao sinal adequado? Faz tanto tempo que ele sabe isso. **A VIDA FICOU MAIS**, mais, sabe... Algumas notas da *Opus 110* se encerram em acordes como no interior de um caixão, enquanto outras, solitárias, desprovidas de esquife, se tornam leningradenses tombando um a um para morrer na neve.

Quanto ao ritmo, caso você já tenha presenciado nossos camisas-negras em Berlim ou os quadros da NKVD em Leningrado espancando inimigos do povo, sabe muito bem como é, os gritos se alternando com arquejos. Que som é esse? É o *allegro molto*.

Claro que fracassei em descrever a *Opus 110*, assim como fracassei em descrever a morte; a música permanece em última análise indescritível a menos que Khrennikov e os outros artilheiros da cultura soviética a componham para nós em recortes pré-calculados de mediocridade cintilante coberta de cobre. E Chostakóvitch, adentrando enfim os espaços negativos sob as teclas pretas do piano, estende a linha de frente para *além* da música até um inferno perfeito onde sua vida, a desculaquização e a Operação Barbarossa se tornam uma coisa só.

Esqueça o segundo movimento, quando ele manda ver com os oitenta e oito! Escuto baterias nas colinas de Pulkovo; o Smolni agora manchado de verde, manchado de marrom, manchado de cinza sob redes de camuflagem; meu Deus, os fascistas já consolidaram um baluarte na fábrica de máquinas de escrever de Leningrado! Hora de desmontar os velhos canhões do *Aurora*... Esqueça o terceiro movimento, ainda que eu seja todo ouvidos. Uma lareira que lembra uma boca, com chamas vermelhas no interior; isso é muito... A breve mas obstinada resistência de um tema silvestre no movimento final evoca as porções de solo melódico verde-e-ouro reveladas por entre as nuvens das fugas ambiciosas, espetacularmente cromáticas que ele tinha composto para Tatiana Nikolaieva. Mas novamente a névoa tinha menos a ver com a obscuridade da inovação do que com melancolia cega. Voamos alto, sim, mas não sabemos desligar os fachos de raios X que reluzem através da terra para iluminar esqueletos destroçados, torturados; fechamos os olhos, mas não conseguimos deixar de enxergar através das pálpebras. Segundo Lebedinski, quando Chostakóvitch compôs esses compassos estava rememorando os cavalos antigos e azinhavrados nas pontes de Leningrado e frivolidades semelhantes que a Revolução ainda não tinha tido tempo de arrebentar. Eles o chamavam de formalista, mas na verdade era um classicista. Vamos chamar esse erro de comédia pura. De qualquer modo, a música de Chostakóvitch sempre esvoaça de um estado de ânimo a outro com uma rapidez incrível, o que significa que ele é instável. É a sua, sua, digamos, marca registrada (não é assim que dizem os capitalistas?). Um após o outro com o conjunto da NKVD! Que som é esse? Uma citação da canção russa tradicional "Definhando na prisão" ilumina a câmara abafada do quarteto com o clarão da história, mas o brilho não é suficiente para nos mostrar qual prisão ou banho de cianureto pode ser, além da dele próprio. Na *Opus 110*, nada se completa antes de sucumbir. Por exemplo, aquele lampejo de formosura próximo ao final, perfumado por Elena Konstantinovskaia, proporciona quase nenhum alívio ao ouvinte; acima de tudo, lembra-nos de que D. D. Chostakóvitch está morrendo de olhos abertos. Ele sabe o que é a felicidade. Sabe que nunca a terá. Dessa forma o tema silvestre é, acima de tudo, cruel. Catierina Izmáilova, a heroína da desafortunada *Lady Macbeth*, canta essa mesma melodia ao amante no último ato. As sílabas da canção formam seu apelido, Seriója — ah, como ela o adora! E os outros prisioneiros vão escutar, mas...

Que som é esse? Você por acaso já viu os rostos sem expressão de pessoas em fila para mandar encomendas aos cônjuges em campos de prisioneiros? Mascaram-se da consciência de que os "órgãos" estão atentos a tudo. Ou talvez tenham desenvolvido esse hábito pelo simples fato de nossa União Soviética ser um país gelado; aprendemos a nos esconder simplesmente para, por assim dizer, ficarmos aquecidos, para, para, para, bem. Nesta ópera, contudo, estamos nos tempos antigos de caçadores de ursos da Rússia: pântanos e florestas de russa penúria se estendem por todos os lados, cercando as muralhas que aprisionam Catierina. Em nossa época a vida será mais, digamos, **ALEGRE**: as muralhas ficarão mais altas, a *Quinta sinfonia* terminará com hordas de notas com patas de inseto eriçadas de perfídia e acordes enfileirados no arame farpado da partitura; a *Opus 110* gritará como inválidos no interior de um hospital em chamas (por sinal, gritar também é a tarefa de um intelectual em crise); infelizmente, *Lady Macbeth* continua presa na época pré-revolucionária; a pobre Catierina está a caminho da Sibéria! Mas está *feliz*, canta o nome de Serиója. Como é mesmo que aqueles idiotas sempre repetem a respeito de Zoia? "Não viveu muito, mas viveu lindamente!"[65] Ha, e então foi enforcada pelos fascistas! Lindamente, sem dúvida! Às vezes eu quero vomitar. E Catierina é só outra, sabe... Querem que eu a componha em tom maior: *Não viveu muito, mas foi* **ALEGRE**. Mas que... Teria sido bom para ela ter tomado tempo para analisar a impassividade estudada dos rostos dos companheiros de prisão, porque assim talvez tivesse encontrado a zombaria enterrada em sepulcro raso sob a terra inquieta dos lábios cinzentos — enterrada viva! Bem, isso é o que se espera da *Opus 110*. Por outro lado, por que não permitir a Catierina seu pequeno, seu, seu, sabe...? Ela canta "Serиója", cada repetição do nome que ama se elevando da garganta até os céus da ternura além dos muros da prisão! Tudo isso acontece em um mísero punhado de compassos. Não podíamos permitir felicidade excessiva. Serиója está cansado de Catierina. Arranjou uma nova vadia prisioneira chamada Sónietka. Com uma crueldade que me deu enjoo quase literal quando assisti à ópera em Leningrado, Serиója passeia animado com ela à direita do palco, zombando de Catierina na frente dela. É por isso que, quando Catierina canta o tema silvestre, o nome dele o profana, e seu desprezo por ela, que nos é visível no palco mas não para o Camarada Stálin porque ele se retirou dois atos atrás e não para Catierina porque o amor de fato é cego, os assassinatos que ela cometeu por adoração a ele, e essa mesmíssima adoração, que até agora a fortalecia de modo a sofrer e aguentar e até em certa medida permanecer feliz, oscila e tremula lindamente apenas porque certo Deus extremamente cruel, destino ou dialética, que de modo algum é D. D. Chostakóvitch mas o suserano desconhecido de todo este conhecido palco sobre o qual cantamos nossas esperanças, quer exaltá-la sob a luz do sol apenas por este instante de modo que o choque e a profundidade de sua derrocada até a escuridão mais imperiosa sejam magnificados, com base no exato mesmo princípio que tornou necessário, quando o Camarada Stálin condenou o general Vlasov à forca, elevar Vlasov um pouco acima do laço, de modo que a corda tivesse folga suficiente para ser manipulada de forma conveniente, e em seguida ele seria desapropriado dessa altura pelo ativar de um alçapão no patíbulo ou pela remoção de um banco ou outro método igualmente propício; então Chostakóvitch, buscando mesmo naquela época há muito perdida de sucesso inocente dar expressão ao que devia ser seu próprio desespero fundamental e irrevogável, escreveu aquele lampejo sereno de luz do sol na partitura de Catierina para conceder ainda mais definição à escuridão que se aproximava, seu caráter hediondo acentuado de forma correspondente em uma profundidade de ataque superior; e Glikman tinha me garantido pessoalmente (não que se trate de um elemento sequer um por cento confiável) que quando Chostakóvitch compôs esses compassos, hipnotizado pela lacuna infinita entre as teclas brancas e pretas do piano, não conseguia deixar de lembrar que as tropas fascistas alemãs que cercamos em Stalingrado haviam enfiado patas de cavalo congeladas na neve à guisa de sinalização de tráfego; aqueles postes de carne, macilentos e escuros, provavelmente lembravam as teclas pretas, mas quem as tocava? A vitória! **A VIDA FICOU MELHOR, CAMARADAS**. A vida é uma prisão temporária. Luz do sol entre duas escuridões não é de fato luz do sol; é a Europa Central em si, ou seja, é o *largo* do quarto movimento, que consegue transmitir a atmosfera de expectativa nauseante que pairava sobre Chostakóvitch nesse período; e essa sensação é abstraída e generalizada para incluir as mulheres nuas em pé sobre uma saliência de terra, encarando a colina para não terem de ver a vala com cadáveres brancos e sangue negro na qual em breve jazerão, pois do outro lado daquela vala, dois soldados alimentam a metralhadora com um novo pente, esperando que o telefone de campanha toque. Assim que ficamos sabendo dessa história (judeus estonianos) a vida se altera — não é? Violino, viola, violoncelo, violino! Que som é esse? Chostakóvitch se torna cada uma das vítimas; tremendo em silêncio, encarando o rosto negro, redondo e telefônico de Nina com seus buracos perfeitamente redondos, compõe música que prende a respiração, em um esforço de não gritar e gritar. — Em outras palavras, é tudo luz do sol, branca e brilhante sobre os malares do pelotão de execução. Um Stuka da Legião Condor arremete com esforço para engolir o sol; o bombardeiro em si lembra um condor, mas com bigodes de gato; lá vai ele! Logo mergulhará e soltará as sementes, duas a duas; mas neste instante ainda ascende, inofensivo, glorioso. Catierina canta a luz do sol e em seguida é imediatamente atacada pela tortura diabólica da zombaria de Seriója e dessa nova e jovem Sónietka, surgida do nada e também zombando, e praticamente no instante seguinte, ela que envenenou o próprio sogro e estrangulou o próprio marido por amor agora em nome do ódio mais rematado e imperturbavelmente desesperador agarra Sónietka nos braços e pula no rio (Leskov escreve no original do século XIX que ela "se atirou sobre Sónietka como um lúcio robusto sobre uma perca diminuta e macia")[66] para que ambas se afoguem. Sobre o perfeito abraço letal preside o sol brumoso, concedendo ao rio a brancura cálida de uma trilha musical; é um dia de verão no Elba, com os esqueletos das cúpulas de Dresden ainda se agarrando aos escombros quebrantados onde quer que consigam; colegiais alemães-orientais nadam felizes ao lado das ruínas da Carolabrücke; as ruas estão limpas e vazias em torno das ruínas de aparador de livro da Frauenkirche (lá vai o ex-marechal de campo Paulus; está sendo levado ao escritório pelo motorista em seu carro oficial); as tílias exibem seu pleno verde-polícia, que se assemelha aos quepes de oficiais subalternos da ᛋᛋ; garotinhos alemães-orientais tocam tambores e soam cornetas para celebrar a vitória iminente do socialismo; aquela luz do sol, o tema silvestre, paira como um arco-íris esmorecido pela duração de diversos compassos (isso me lembra o retorno ilusório do tema da floresta ao fim do primeiro movimento da *Sétima sinfonia*), logo se perde para sempre diante do lúgubre tema em sete notas* que assombra os corredores da prisão do terceiro movimento, e então, muito além de qualquer estrépito furioso de esqueletos ou investidas de pinças inimigas, que os filtros perceptivos da desesperança já traduziram de ameaçadores para não mais que ridículos (e daí se aquele imenso esqueleto esticou o braço para me apanhar em suas garras e me levantar até seu rosto rígido e insetoide tão redondo e amarelo e impiedoso quanto o sol, e depois me fez em pedaços sangrentos com mordidas? E daí se aquele esqueletinho branco e desleal se aproximou sorrateiro como um crocodilo saindo da escuridão para me matar? Há muito já ultrapassei inutilmente minha própria morte), recapitula a abertura do primeiro movimento porque a *Opus 110* não é uma progressão, somente uma prisão, e o prisioneiro (um tal D. D. Chostakóvitch) já deu uma volta pelos muros e retornou ao ponto de partida. Está no centro do mundo, entenda. (O centro do mundo é Leningrado, que é Stalingrado, que é Auschwitz.) Todos os lugares trazem até aqui. Daí o horror da *Opus 110*, tão íntimo quanto o lodo gutural da música, cordas pingando amargura e ódio.

37.

Depois disso sua vida se tornou tão calma quanto o som esmorescente de um bombardeiro alemão que acaba de soltar a carga. Os amigos o impediram de levar adiante a ameaça que envolvia remédios para dormir. Nunca mais os assustou dessa forma, porque bem, teria sido, digamos, ridículo. Além disso Chostakóvitch, você sabe, não abandona os filhos! Por que não levar adiante sua obra? Mais cedo ou mais tarde a morte vai acabar batendo na porta; o Camarada Chostakóvitch já tem a valise arrumada... No mesmo ano, aquele a quem os capitalistas tinham designado erroneamente como "o Mozart da Rússia moderna" compôs a *Décima segunda sinfonia*, cujo tema enfim era Lênin — uma sátira odiosa e grotesca de Lênin. Oh, sim, era, como vou dizer, engraçada a seu modo, hilariante mesmo, quase tão bem-

* Deste, as últimas três notas, salientes, súbitas e sinistras, evocam em igual medida as três batidinhas que os russos dão com os nós dos dedos em locais públicos para alertarem uns aos outros sobre a aparição de um agente policial conhecido, e os três toques curtos do sinal de cessação que em inversão nefasta do significado costumeiro avisam os alemães de bem para ficarem prontos para um possível ataque aéreo.

-humorada quanto a NKVD interpretando Zinoviev se humilhando a caminho da execução (de novo!, gritava o Camarada Stálin, lágrimas de risadas escoando pelas bochechas). Subacordes feculentos maculavam a música, que assim mesmo passava por cima deles com uma violência metódica, como um tanque esmigalhando cadáveres na beira da estrada. Lebedinski conseguiu convencê-lo a desistir dessa tentativa de suicídio, e Chostakóvitch reescreveu a sinfonia por inteiro em quatro dias, o ritmo normal de composição para trilhas de cinema e outros trabalhos sob encomenda; nem é preciso dizer que recebeu elogios pelo tema (para a maioria desses críticos soviéticos, música era algo tão obscuro quanto os aspectos elétricos do bimetalismo). — Caros Camaradas!, gritou com felicidade ébria. — Agora, a *Quarta sinfonia*, terminada em 1936, poderia enfim ser executada em púbico pela primeiríssima vez. Pouco tempo depois nossos precavidos aliados alemães ergueram o Muro de Berlim.

Sua velha vizinha F. P. Litvinova perguntou se a música seria diferente sem a orientação do Partido, e ele respondeu: Sabe, minha cara Flora Pavlovna, eu teria mostrado mais inteligência, usado mais sarcasmo. Eu poderia, digamos, ter revelado minhas ideias abertamente em vez de recorrer à camuflagem. Poderia ter composto uma música mais — como definir? — mais *pura*.[67]

Em resumo, ele já tinha obtido êxito na mais crucial das esferas: sua filiação preliminar ao Partido Comunista de nossa URSS tinha sido ratificada em setembro! Folgo em informar que no ano seguinte o consideramos digno de filiação completa! — Ora, ora, ele riu, bêbado. É o final que sempre tive em mente. Conheço alguém que tem muita sorte por não ter se casado comigo!

Litvinova, por sua vez, serviu mais chá com um sorriso amargo, fazendo de tudo, em nome de algo que teria descrito como decência, para esconder a raiva, enquanto com as mãos velhas e convulsivamente sôfregas ele usou a colher para colocar mais chá de framboesa na xícara. O filho dela, incapaz de qualquer camuflagem, estava na Sibéria por ter ousado gritar o amaldiçoado slogan tcheco, "Socialismo com face humana".

Chostakóvitch tossia e tossia. Por que Flora Pavlovna estava tão quieta? No interior de seu crânio retumbou uma rajada de tristeza luminosa que poderia ser expressa de forma mais apropriada no próximo quarteto de cordas. O que seria música pura, senão formalismo? Os ossos doíam; ele queria se curvar como um soldado na linha de frente (quem fica ereto acaba apanhado por um atirador de elite), mas talvez Flora Pavlovna não entendesse, porque ela não tinha, o que significa... Do que ela exatamente o acusava? Parecia que ela o acusava de *algo*, e ainda assim ele sempre a tinha ajudado, fornecido cupons para a loja de departamento GUM, escutado as queixas, ensinado música ao filho dela; o que ela esperava que ele fizesse pelo filho dela? O Camarada Chostakóvitch não era, digamos, o Camarada Stálin; ele não tinha como, você sabe, mexer *pauzinhos*; e de repente a mão dele começou a se sacudir, derramando chá sobre sua região genital enquanto ele observava tudo com uma surpresa pesarosa; Litvinova se levantou para pegar um guardanapo. O que ela queria dele? Será que ele deveria pedir desculpas a *ela* por, por...?

Pensando bem, nunca havia confiado naquela megera. Uma vez tinha topado com ela perto do hotel Leningradskaia, onde ele tinha encontros amorosos com Elena Konstantinovskaia; e Flora Pavlovna fingiu não o ter reconhecido, ele nunca soube o porquê. Ela sempre se comportava como uma vizinha, mais ou menos, uma amiga, mas… Não que ele a tivesse acusado de alguma coisa se, você sabe, porque na nossa época todos precisam, como vou dizer, *cooperar*. Enquanto isso, todo mundo acusa todo mundo pelo que todo mundo fez! Não que *eu* tenha… Ali valia seu próprio slogan, aprendido à perfeição com o falecido Camarada Stálin: "Nunca confie em ninguém. Nunca diga nada" — exceto em forma musical, é claro. Música é segura, porque ninguém entende. Em outras palavras, somente na música tudo fica claro.

Faz algum tempo, cerca de vinte anos, na verdade, aprendemos a pendurar saquinhos de areia aglomerados em nossos tanques como proteção contra os foguetes portáteis nazistas conhecidos como *Faustpatronen*, que lembram ferramentas de encanador e atravessam paredes com um tijolo e meio de espessura, e era isso mesmo que ele fazia atualmente contra gente como Litvinova; fortalecia o couro contra ela onde conseguia, para que ela não conseguisse picá-lo com sua raiva. Se ao menos ele conseguisse ficar tão profunda e eternamente bêbado quanto Mússorgski! Aí não teria de, você sabe. Não que vivesse mal; depois da *Opus 110* tudo tinha voltado à irrealidade. Nem é preciso dizer que ele lamentava que Pável, filho de Litvinova, que musicalmente não era, por assim dizer, desprovido de talento, tivesse sido varrido para o bolor e o gelo de uma solitária em Kolimá; mas isso acontecia com todos nós! Sua própria irmã Maria tinha sido exilada uma vez, afinal de contas, não que eu tenha qualquer intenção de encará-la mais uma vez depois do que fiz — oh, nossa, como ela está velha! Agora sempre que a vejo penso a mesma coisa. O rosto dela é tão amarelo quanto o Senado Imperial, tão amarelo quanto o prédio do Almirantado! Nem quero imaginar como Elena se parece hoje em dia. Sem a menor dúvida não quero me ver — nem devemos omitir o caso de Akhmátova, e todos aqueles, você sabe; quanto a E. E. Konstantinovskaia, a quem pelo menos eu jamais vou chamar de Vigodski, melhor nunca mais ser mencionada; sem dúvida é uma coincidência que tenha morrido no mesmo ano que D. D. Chostakóvitch; e Galina Ustvolskaia estava fora de alcance; Tatiana Nikolaieva estava, você sabe; Nina estava morta, embora ele ainda tivesse um retrato emoldurado de quando ela ainda era mocinha e projetava o rosto sorridente na direção dele, usando a blusa florida (depois que ele se casou com Margarita a foto teve de desaparecer do melhor piano, mas assim que se casou com Irina ela pôde voltar porque Irina era gentil e tolerante);[68] Tukhatchévski estava esqueletificado em uma vala de construção; Leningrado nunca mais seria a mesma; a Rússia e a Alemanha permaneciam bastante, como vou dizer; e não importava a dimensão do sofrimento de Litvinova, a *Opus 110* a tudo continha, mesmo apenas no segundo movimento, cujos sons aterradores excediam os canhões de doze polegadas de nossa frota do mar Negro…

38.

Em 1961, quando defendemos o socialismo construindo o Muro de Berlim, *Lady Macbeth* foi enfim reencenada, mas sem os trechos eróticos. Chostakóvitch não deu a mínima.* Aquela soprano no palco, como é mesmo o nome dela? Tudo está ficando muito... Não consigo ouvir as notas agudas mesmo; ela se parece com minha ideia da, da, digamos adorável e alta Germânia, com sua espada e seu pássaro carniceiro! Mas Irina não gostaria dessa comparação. Ela...

Enquanto isso, Iuri Gagárin se tornou o primeiro ser humano a visitar o espaço sideral, e era um de nós; sendo um homem soviético, cantou uma canção de Chostakóvitch enquanto orbitava o mundo! Chostakóvitch não deu a mínima.

Pensando bem, qual deveria ser a aparência de Germânia? Isso está me incomodando! Uma ruiva alta de toga, com uma espada ereta em uma das mãos e um estandarte na outra, ou talvez um feixe de trigo, ou algo assim. Nem preciso dizer que está chutando o rosto de alguém. Que som é esse? Eu me esqueci de colocar esse som na *Opus 110* e agora perdi a chance. E aquele livro na Niévski que Galicha encontrou, com aquela imagem aterradora da morte vindo buscar as crianças, também me esqueci disso! Mas isso não tem como ser perdido, está a salvo, porque é arte, feita por um ser humano, dizer que "a semente do plantio não deve ser moída".[69] Não que pretendam parar de moer, mas ao menos alguém está... E o sofrimento da mãe *russa*, sabe, o que dizer disso? Uma *inostranka*, uma estrangeira, será sem dúvida o tema do meu próximo quarteto. Talvez essa piada esteja... O que mais me esqueci de preservar? Pareço Akhmátova com seu "Réquiem" — não consigo deixar de lado, porque algo novo sempre, você sabe. Mas estou sobrecarregado. Ou digamos apenas que fiz meu trabalho. Como disse uma vez a Elena, circunstâncias muito complexas desempenham um papel muito importante neste caso. Agora é melhor apenas, não sei. Queria poder falar com Irina sobre isso, porque ela é meu anjo, mas tenho medo de deixá-la triste. Fracassei; fui humano; fui incompleto. Agora a *Opus 110* está *encerrada* — chega de gritos! Uma vitória do... Como era mesmo o conselho que aquele desgraçado do Camarada Aleksandrov vivia dando? Oh, nossa! "Afogue as mágoas no poder do Exército Vermelho" — hi, hi! E Germânia está sentada debaixo de uma árvore, marcando a página na Bíblia com a lâmina comprida da espada — bem oitocentista; Glazunov teria, você sabe; Mússorgski também — ela empunha um escudo adornado com uma águia bicéfala, tem uma coroa aos pés e está... Lembra-se de como degolaram todas as crianças quando estavam batendo em retirada? Com a espada comprida; precisa ser comprida. Precisavam de sangue para o hospital de campanha. Ou talvez tenham usado uma agulha, porque Glikman me informa que salvamos algumas das crianças. Que som é esse? De uma perspectiva

* Na verdade, a palavra que predomina em *Lady Macbeth*, bem mais que a languidamente salivar *tselúi*, me beija, é... *tédio*.

tonal, ele ilumina o caminho à frente com um *holofote*. Um holofote antiaéreo, digamos. Speer usou alguns desses no Comício de Nuremberg, bem quando Elena e Roman Lazarevitch começaram... E Germânia precisa ter lábios vermelhos, *bem* vermelhos, com sangue russo escorrendo da boca. Isso seria... Ah, essa ópera não tem fim. Que compositor tedioso e medíocre eu sou! E pensei que eu me importasse se tocavam de um jeito ou de outro, ou se incluíam todas as minhas notas! Mais sangue em minha próxima sinfonia. Mas quase não tenho mais sinfonias. O médico diz que preciso... Pobre, querida Irina, presa comigo! Que velho desgraçado e egoísta eu sou! Eu devia... Nem Margarita merecia o que eu a fiz passar. Se ao menos o avião tivesse caído! Podia ter sido abatido pelos fascistas. Claro que teria sido melhor se Nina e as crianças estivessem em outro avião. Mas aí... Uma águia bicéfala! Que som é esse? E ela está...

Convidou Glikman para acompanhá-lo a um concerto de Galina Ustvolskaia, mas na última hora não teve coragem de, bem. Glikman sugeriu que fossem à estreia do novo filme de Roman Karmen, sobre a nova ordem em Cuba; chamava-se *A lâmpada azul* e dizem que é muito, muito, sabe, mas sempre que encontro meu caro Roman Lazarevitch não consigo deixar de pensar em certa, enfim, não estou dizendo que Chostakóvitch não estava ocupado. Compositor e decompositor, precisava seguir adiante *al fine*, até o fim.

Seguiu vivo até 1962, quando se comentou que sua *Décima terceira sinfonia* estava explicitamente ligada ao poema subversivo "Bábi Iar" de Ievtuchenko,* e o secretário distrital do Partido gritou: Mas que afronta! Deixamos Chostakóvitch ingressar no Partido e ele aparece com uma sinfonia sobre judeus! —[70] Depois que Ievtuchenko cedeu e fez as mudanças exigidas pelo Partido, de modo a retirar a ênfase da natureza judaica do massacre, Chostakóvitch encheu a cara com Lebedinski, que andava encontrando cada vez menos, e cochichou: Sou judeu! Ah, como quero ser judeu...

Peço desculpas pela franqueza, Dmitri Dmitriévitch, mas existe uma solução para seus problemas.

Bem, naturalmente conversaremos em particular sobre a possibilidade de uma solução, uma, uma, digamos, solução política. Não, por favor, não sorria desse jeito! Quando espremi a coragem para me divorciar de Nina, não consegui encará-la; escrevi uma carta, mas ela não respondeu, então Ashkenazi entregou outra cópia.[71] Ele chegou a ir até Detskoe Selo, onde Nina e a mãe dela já tinham, você sabe. Às vezes eu...

Dmitri Dmitriévitch, agora ela é viúva. Eu investiguei.

A *Opus 40* estava quase pronta; a coitada da Elena estava esperando ao lado do telefone. Dá para acreditar? Mas *então*, sabe...

* Aqui devemos registrar em rodapé a elegância sombria do poeta de "Bábi Iar", Ievtuchenko, que muitas vezes posava para fotografias com a mão sobre o peito, enquanto Chostakóvitch sorria ansioso ao seu lado.

Foi o ano em que o vemos autografando partituras para Jovens Pioneiros que estavam pouco se fodendo, o ano em que se casou com a terceira esposa, Irina, cujos rosto macio e redondo, óculos redondos e coque reluzente ele amava tanto. Pediu desculpas em segredo a todos os amigos pelas grosserias juvenis da esposa. Glikman, em especial, sentia ciúmes. Mas isso é normal. Ele me informa — dá para acreditar? — que Roman Lazarevitch também se casou nesse ano![72] Sinceramente, que seja feliz. Essa Maia Ovtchinnikova, não conheço as circunstâncias dela. Espero que goste de caçadas e carros velozes, porque senão... O sujeito é meu *doppelgänger*! Tudo que eu faço ele copia, à sua maneira de *golem*. Mas isso eu só imagino, por causa de, você sabe. Como seria telefonar para ele e...? Parece estranho, mas ainda que quase nunca ligue para ele sei o número de cor: *VI, 93, 80*.[73] E se eu dissesse apenas meu caro Roman Lazarevitch, venha beber vodca comigo, vamos conversar sobre os velhos tempos, tenho certeza de que ele... É uma pessoa muito mais doce que eu — nada rancoroso. E se eu dissesse Roman Lazarevitch, por favor, me conte como foi a Espanha para você e para ela, e não omita nada! Quero saber o que ela disse quando ficou sabendo que havia recebido a Ordem da Estrela Vermelha! Eu fiquei, sabe, *orgulhoso*. E ao mesmo tempo não dou a menor bola para minhas próprias condecorações. Quantas pessoas devo convidar para meu casamento? Como tenho pavor dessas coisas! Quase seria melhor se, sabe.

Minha intenção era incluir tudo na *Opus 110*, exceto Elena; mas claro que precisei incluir Elena, por causa daqueles... Ela, sabe, não parava de gritar e *gritar*. Mas eu preferiria compor algo ao estilo da *Opus 40*, só uma, sabe, uma coisinha simples que a *adore*, mas de uma forma ainda mais acromática, borrando e mostrando como faz o cabelo dela, ah, meu Deus, o cabelo comprido, já deve estar grisalho ou talvez tenha caído. Como era mesmo que ela costumava, não, eu não vou admitir que esqueci. Só uma coisinha parecida com a *Opus 40*, algo que, como vou dizer, respeite o direito dela ao *isolamento* da mesma forma que o pavilhão adorável e pálido da sala de concerto fica velado por trás das folhas de bordo do parque de Catarina. Será que devo visitar o parque de Catarina com Irina? Sem dúvida ela vai achar bem, hã, *romântico*. Uma vez, quando encontrei Elena no Museu Agrícola de Todas as Rússias, nós...

Obrando com a dedicação impiedosa e exemplar de um operário-modelo, seguiu vivo até 1963, quando seu amigo, o marechal Tukhatchévski, foi reabilitado postumamente. Vamos tomar champanhe da Crimeia com R. L. Karmen! Chostakóvitch compôs a música do evento em memória do amigo, se sentindo (como vou dizer?) ansioso. Não importava que Stálin estivesse morto; já havia se tornado hábito esperar, esperar, sabe, bem, esperar que uma mão lhe tocasse o ombro. Como os "órgãos" interpretariam isso? Ele ainda ansiava por ser uma pessoa decente, ainda mais agora, desde...

Tinha às costas sua jovem e silenciosa Irina, o cabelo preso em um coque duplo. No sino elevado do cenário, enxergou algo esvoaçando por trás das folhas de ferro sem lustre da balaustrada. A saia de Elena tremulava daquele jeito, a saia vermelha que ela costumava usar com a jaqueta negra, e ela traçava padrões com a unha no cálice de vidro sobre a mesa. Enquanto tocavam, o sino brilhava cada vez mais belo contra o céu azul que se tornava noite, e a saia de Elena, bem, na verdade não era mesmo a saia dela. Eu ficaria mais magoado se descobrisse que era ou sabendo que não era? Oh, nossa! As violinistas com blusas brancas e saias pretas, os homens de ternos em preto e branco, as pedras de cantaria amarelas sob as pirâmides truncadas invertidas das luminárias, e as sombras entre as pedras muito negras, em conjunto formavam algo, outra composição de outro compositor, talvez Haydn, certamente não Chostakóvitch. Essas vidraças, acortinadas ou apenas negras, são o tema da minha música. *Esta* música era muito, digo, ele nunca deveria ter composto aquilo, porque para começo de conversa aquilo não traria Tukhatchévski de volta, e em segundo lugar, não era, como vou dizer, saudável fazer os "órgãos" relembrarem ações passadas. Melhor não relembrar o marechal! *Consigo tudo que quero!*, ele costumava se gabar. E então... Mas sem dúvida tenho orgulho de Irina, que para ser bem direto possui, como devo descrever, uma elegância quase serpentina: adoro *mesmo* essas mulheres pálidas e esguias! Quando ela prende o cabelo num coque desse jeito me dá vontade de enterrar os dentes, é tão delicioso! Como ela é boa comigo! E como é *compreensiva*. E todos os outros velhos sentem inveja; não sabem que nem consigo, bem, mas eu adoraria que ela parasse de morder os nós dos dedos desse jeito. Pobrezinha, deve estar nervosa. Por que se preocupar? É tarde demais para ficar nervosa! Ela já se casou com um ex-inimigo do povo. Isso foi muito...

Quando chegaram em casa, ela quis saber o destino da esposa. Ele não podia acreditar que ela não soubesse. Claro, estava tudo na *Opus 110*, mas admito que isso é elíptico; de qualquer modo, seria de imaginar que, bem. Sentado no banco do piano, descansando os pulsos doloridos sobre a tampa que por misericórdia escondia o sorriso aberto daquelas teclas pretas e brancas, ele contou, observando o reflexo dela na madeira reluzente entre suas mãos: A primeira, hã, *se matou com um tiro*. Durante a Guerra Civil. Isso deve ter sido muito... Embora eu mesmo — não me olhe assim, Irinotchka! Dizem que ela foi apanhada roubando pão e não quis fazer o marido cair em desgraça. Nunca lhe perguntei nada, é claro. E a segunda *desapareceu*.

Mas...

Como um sussurro venenoso, ele soprou no ouvido dela: Certo, então, *ela foi liquidada pelos "órgãos"*. Depois que o liquidaram, obviamente; digo, ninguém colocaria um finale antes de...

Os olhos dela ficaram do tamanho de crateras de bombas. — Mítia, tem certeza de que ela não estava envolvida? Não me lembro dessa época, claro, mas...

Lembra, sim!, ele gritou. Nós todos lembramos!

Com a voz reduzida a algo tão enervante quanto uma falha na linha de frente, ele disse: Mas sim, nós *fingimos*, entende...

De qualquer modo, disse Irina, com firmeza, a apresentação foi muito bonita.

E ele executou, repito, ele *executou* o seu pai, e ainda assim você é ingênua a ponto de...

Cuidado, Mítia! De qualquer modo, minha mãe disse...

Para *proteger* você, tolinha! Nem isso você sabe? E com um pai polonês e uma mãe judia, como você pode não saber *o que acontece neste mundo*? E o que aconteceu com sua mãe, você, bem, é assim para todos nós. Irinotchka, por favor, por favor, me perdoe por eu, por, por falar com você desse jeito monstruoso; sei que sou um… Pobrezinha! Causei tanta dor a você! E você sabia, no fim das contas, não sabia?

Ofegando, ela respondeu: Você fala essas coisas todas, mas se filiou ao Partido.

Diante disso ele encheu de socos o próprio rosto com seu punho decrépito e meio aleijado.

39.

Então?, ela quis saber.

Foi chantagem, Irinotchka… Se você me ama, não desenterre esse assunto… Khatchaturian é membro faz anos…[74]

Seguiu vivendo até 1964, o trigésimo aniversário do primeiro encontro com Elena Konstantinovskaia, quando foi obrigado pela deterioração de membros e juntas a abandonar toda e qualquer apresentação em público. (Afinal de contas, na União Soviética as antigas relíquias são uma ofensa contra a história, não é?) Meus *caros* amigos, vocês conhecem aquela estátua que perdeu as mãos em Dresden, por causa dos, dos Aliados, sabem? É a mesma coisa agora com D. D., como vou dizer, Chostakóvitch! Conservando ao menos as capacidades cívicas, ele se levantou no auditório, arquejando e tremendo um pouco, esticando os dedos doloridos como raízes de árvores, fitando o horizonte socialista para além do microfone, e expressou sua confiança no futuro. Era um de nossos principais quadros de confiança. Todas as vezes que topava com alguma figura de autoridade, um policial ou até mesmo um zelador, sentia enjoos de tanto horror. Encarando as cortinas amarelas, fingindo não saber que aquele slogan havia caído em descrédito, declamou aos colegas do Partido: **A VIDA FICOU MELHOR, CAMARADAS. A VIDA FICOU MAIS ALEGRE**. Imploraram que ele tomasse mais cuidado.

Enfim, ele murmurou aos amigos, acabou. O segundo movimento foi o pior.

Mítia, você está bêbado e não parece nada bem. Do que está falando?

Opus 110, é claro. Foi quando todos morremos. Compus o segundo movimento como um Katiúcha: oito lançadores de foguetes de uma vez! Era para ser horrível. Mas agora eles nos mataram a todos, então não precisamos tomar cuidado.

Foi o ano em que ele condenou em público a *Soleil des Incas*, de E. V. Denissov. O brilho dourado da Medalha pela Defesa de Leningrado queimava sobre seu peito com pessoinhas armadas orientadas para a esquerda, formando uma muralha de rifles e baionetas contra o inimigo; sobre elas, no centro, uma torre se estendia até a estrela soviética em seu ápice.

Olhando fixamente para Chostakóvitch como se as feições deste fossem tão aterradoras quanto o rosto destroçado por bombas de um estranho qualquer que tivesse se apresentado quinze minutos antes, Denissov quis saber por que ele tinha feito aquilo. A resposta: Bem, bem, Edik, você sabe, porque eu estava com medo, é claro… — (Um funcionário do Partido tinha feito uma visita.) — É, é, igual nos cinemas, quando todos nos levantamos ao som da canção de Horst Wessel! Ou, ou, ou *Deutschland über Alles*! Digo, você pode… Na verdade, considero *Le Soleil des Incas* uma, bem, uma obra-prima, uma genuína obra-prima. Em termos acústicos, o arame farpado do segundo movimento apresenta padrões tão distintos e nítidos quanto os poliedros concêntricos de uma teia de aranha. Não é uma obra para idiotas. Espero sinceramente que você não altere uma nota sequer…

Mítia, você não se dá conta de que não posso ser seu amigo depois disso?

Imploro que me perdoe. Admito que sou um escroto. Mas é a nossa, nossa, *nossa vida*. Em 1948, ou talvez tenha sido em 1956, quando, você sabe, até Maksim precisou…

Adeus, Mítia.

Sabia, sabia, a — a trompa deve ser tocada, como regra geral, entre o quarto e o décimo segundo parcial. Bem, se alguém que está mergulhado até as orelhas em sangue ordena que você toque no décimo sétimo parcial, certo grau de distorção…

Denissov já estava dando as costas, e para sempre.

Tenha piedade, Erik! Lembre-se da vulnerabilidade dos meus filhos!

(Para a esposa, cuja delicadeza ele valorizava cada vez mais, murmurou: Sou um sujeito criminoso e insensível, sabia?[75] Um, um, um inimigo do povo, na verdade. Mas ele nunca… Sabe o que um grande camarada falou? "Neste mundo, quem não conseguir ser odiado pelos adversários não me parece digno de amizade."[76] Adivinhe quem? É, digamos, um alemão. Austríaco, na verdade. Um austríaco falecido. Minha Irinka, tão pequena e sensual, obrigado por… Mas vou sobreviver. Vou superar isso tudo.)

Seguiu vivendo até 1965, quando o declararam doutor em artes. *Essa* honra era de fato indispensável!

Conclamaram-no a compor mais canções populares, de conteúdo cívico. Ah, que patronos das artes! Agora que era membro do Partido, isso significava que era genuinamente um de nós, logo precisava mesmo andar na linha com mais precisão. As melhores reputações exigem manutenção; até mesmo tijolos brancos novinhos aos poucos ficam manchados em, por exemplo, Dresden. Sugeriram que usasse como modelo "Que sempre brilhe o sol" de A. I. Ostrovskii, e "Marcha das brigadas comunistas", de A. G. Novikov. Nossa, oh, nossa! Disseram: Estamos cercados por tanta imundície, Dmitri Dmitriévitch! Cuidado para não se sujar com isso. — Ele assentiu com caretas diplomáticas. Mais tarde, naquele mesmo dia, sob o olhar da filha, sentou ao piano e acompanhou a si mesmo cantando com uma voz rachada e ensandecida:

O canto animado faz o coração brilhar;
O canto animado acaba com o chorar!
Em vilarejos remotos, cantar é uma alegria;
de Moscou a Leningrado, cantar é uma iguaria![77]

Lembra-se disso, Galicha? Tocava no rádio quando você ainda era bem, bem pequena... Que perfume gostoso! É "Aurora Vermelha" ou...? É o que eu preciso emular. O efeito é, sabe, *enorme*.

Ela sacudiu a cabeça e disse: Você está fazendo isso consigo mesmo.

Como vai a vida de casada? É verdade o que dizem por aí? Ouvi falar que às vezes as mulheres... deixa pra lá. "Que sempre brilhe o sol." Por sinal, você ficou sabendo que seu irmão recebeu outro prêmio? Você vai à cerimônia? Estou muito... Seu cabelo está extremamente, como devo dizer, eficiente. Oh, nossa! É um estilo novo?

Enquanto isso, Khruschóv foi afastado do poder em favor de Brejnev, que explicou ao XXIII Congresso: a arte socialista é profundamente otimista e edificante. —[78] Chostakóvitch seguiu vivendo. Dizem que assistiu repetidas vezes ao novo filme de R. L. Karmen, *A grande guerra patriótica*; depois de algum tempo nem Glikman ia mais com ele ao cinema; afinal de contas, o homem perdeu a esposa no, então eu entendo esse, esse, sabe. Mas Chostakóvitch não conseguia tirar os olhos da mulher de Leningrado com o sobretudo nevoso, puxando outro trenó até o cemitério. Eu poderia jurar que é alguém que eu conheço! Porque ela... e o cabelo comprido e escuro. Mas não posso dizer que Elena está me chamando para deitar ao lado dela, porque até onde sei ela continua... De qualquer modo, ele evitava mais horrores do que procurava. Em uma tarde chuvosa, numa festa de algum artista amigo de Glikman, ele se perguntou o que deveria fazer, como deveria viver; qual era mesmo o nome dela, ele precisava muito, enfim, tudo eram óleos em molduras folheadas a ouro, flores, paisagens, frutas, isso sem mencionar o eventual, sabe, nu. Não aprovo nus, porque eu me sinto, bem. As mulheres fitavam mais os sorrisos das outras do que a arte, o que era previsível, mas para onde Irina havia escapado? Não me deixe aqui, meu Deus, ou vou ser acossado. Tudo que eles querem é... De repente temeu algum ataque furtivo: tantos indivíduos com os quais ele se importava, espero que não a maioria, melhor nem contar, com Denissov são cinco, passaram para o outro lado, não apenas Denissov mas, oh, nossa, e sobretudo essas paisagens nevosas, não aprovo isso também! E o *que* eu aprovo? Irina, é claro. Essa mulher é tão boa para mim! E meus filhos. Por que não pintam alguma coisa alegre e *vermelha*? "Que sempre brilhe o sol", e ilumine o caminho com um *holofote*; sei que somos capazes; é apenas uma questão de, de, de tudo em tom maior! Falando nisso, será que devo parabenizar Roman Lazarevitch por ter sido nomeado Artista do Povo da URSS? Tenho o número de telefone dele bem aqui: *VI, 93, 80*. Leo Oskarovitch me contou coisas excelentes sobre Maia Ovtchinnikova. Ele tem uma esposa afetuosa, como eu; agradeço a Deus e ao poder soviético pelas esposas afetuosas! Se eu tivesse minha própria bomba atômica eu... Será que minha bela Irinka se importaria de mandar um cartão para ele em meu nome, com saudações a ela, para que eu possa apenas... Aposto que ele ainda tem um busto de Stálin na escrivaninha! Oh, nossa, e também me esqueci de telefonar quando ele recebeu a segunda Ordem de Lênin ano passado. E ele sempre foi tão, e daí. Que terrível! Não tenho desculpa; é apenas... Um bronze de um nu absolutamente comovente, feminino, careca, com um rosto quase simiesco, trouxe à tona a *Opus 110*; estava a meio caminho entre choro e grito, com as mãos no cabelo, e ele não aguentou, virou as costas e olhou pela janela; algo escuro, parecido com chuva, abria crateras na calçada. Como posso cair fora daqui? É tão... Mas para quê? Arranha-céus maciços e com torres no perímetro, como castelos, brotavam em toda parte, com auréolas de andaimes; neles maçaricos brilhavam como estrelas de brilho constante (agora, sempre que enxergava uma chama, recordava-se dos mortos cobertos de bolhas em Dresden, as crianças agarradas a corrimões e balaustradas até serem inaladas pelo fogo, os gritos das aves tropicais sendo assadas no zoológico); novas árvores cresciam entre os apartamentos comunitários, e aviões rolavam protetores sobre tudo. Alguns pareciam caças. Vejamos; os caças alemães se baseavam em Gatchina, Siverskaia, Tosna. Bombardeavam Leningrado todos os dias. E Pilutov se tornou Herói da União Soviética quando abateu todos aqueles Messerschmitts. Aquilo foi muito...

Aconselharam R. L. Karmen a filmar um encontro de mentes entre D. D. Chostakóvitch e A. Akhmátova,[79] com quem ele nunca tinha tido qualquer coisa em comum, no fim das contas, exceto pesadelos, então ele se postou ao lado dela na lama coberta de neve, esperando que a câmera ronronasse, e então disse: *Oitenta e oito, oitenta e oito*, um exercício que havia inventado para criar a ilusão de um diálogo animado pelo estiramento dos cantos da boca; talvez cantores de ópera também achem isso, sabe, conveniente. Onde estava Irinotchka? Ela teria sido educada; ela era tão, graças a Deus por isso, porque na minha idade, bem. Akhmátova o encarou; usava a Medalha de Leningrado, com a fita verde, mas ele não; a pobre mulher parecia bem corpulenta, porque nossa comida russa, sabe... Certo, então ele magoou os sentimentos dela, mas não deu a mínima, não que desgostasse dela; a pobre mulher parecia velha e decrépita. A única coisa que tinha contra ela era o fato de ela ter levado embora de Leningrado a partitura da *Sétima sinfonia*, apertada contra o colo promíscuo; imaginou que isso o havia tornado sua alma gêmea. Se ela tivesse perdido a *Sétima*, e se ele tivesse sido abatido, ele não teria contribuído para aquela vergonhosa, você sabe. Não que Nina e as crianças tivessem merecido um fim daqueles, ainda que talvez tivessem sido, deixa para lá. Roman Lazarevitch, por sua vez, parecia satisfeito; ambos apertaram as mãos, e por um momento Chostakóvitch ficou com receio de que ele pronunciasse o nome *dela*; sim, ele temeu isso acima de qualquer outra coisa que tivesse temido neste mundo; talvez tenha gritado.

O rosto de Karmen foi se tornando estranhamente argiloso com a velhice; era um bege macilento e pálido, os cabelos brancos penteados para trás lembrando linhas traçadas num pedaço de argila; era ainda mais desprovido de feições do que antes, como se o pobre Roman Lazarevitch estivesse desmoronando até se tornar uma bola primordial! Os lábios eram duas barras pálidas de argila meio amassadas uma contra a outra. E pensar que ele e Elena... A cabeça tinha afundado ainda mais no pescoço argiloso, se estabilizando entre pedaços de argila que se chamavam ombros. Os olhos vazios tinham afundado um tantinho. No fim das contas, estava pronto para ser retirado da prateleira a qualquer momento para que pintassem sobre ele alguma expressão qualquer, para que pudesse ir ao forno e depois ser vidrado e receber acabamento. Mas não estou sendo muito... Lançando um olhar furtivo em sua direção, o cineasta disse apenas: Muito grato, Dmitri Dmitriévitch! Você não envelheceu um dia sequer! E aqui está um exemplar do meu livro mais recente, um presentinho...

O heroísmo da luta e da criação. Ora, obrigado, Roman Lazarevitch, obrigado! É improvável que eu consiga ser bem-sucedido na criação de qualquer coisa, hã, *criativa*, mas se conseguir certamente mando um exemplar para você...

E esse Dmitri Dmitriévitch, fosse lá quem fosse, fazia discursos de improviso, expressando no olhar o estranho embotamento de boi condenado ao abate de que lembramo-nos do julgamento do ex-marechal Tukhatchévski: A União Soviética apoia inteiramente a posição justa de, como vou dizer, Ho Chi Minh.

Elena contou a ele que nos campos do Ártico partiam ao meio o crânio do cadáver antes do enterro, só para garantir. E na noite em que foi estuprada por aqueles três guardas, ah, vamos pensar em outra coisa. Então ele foi para onde quer que mandassem; se arrastou a duras penas pelas ruas cobertas de gelo da Mãe Pátria, Irina fazendo malabarismos com duas valises e ao mesmo tempo segurando seu braço para impedir uma queda. Assim que voltassem para Moscou ele compraria mais perfume "Flor de Pedra" para ele! O mundo em que ela vivia era onde ele também queria viver (um promotor teria arremetido contra ele); tinha sido muito injusto ao se casar com ela e arrastá-la para seu, seu, você entendeu. Qual o problema de um pouquinho mais de culpa entre amigos? Ele nem perceberia. Já o haviam removido de qualquer consideração, assim como o próprio Chostakóvitch havia cortado com uma navalha as notas antiquadas de suas partituras; quando as lâminas perdiam o fio ele mandava Glikman ou o irmão de Glikman saírem para comprar uma nova por cinquenta copeques. Denunciando a prolongada agressão anglo-americana contra, digamos, Cuba, falando arrastado de propósito e resmungando cada página datilografada do roteiro, ele esticou o pescoço para longe dos sorrisos de cadáver da plateia para olhar fixamente pela janela para a neve sobre os telhados planos das cidades soviéticas da Ásia, neves sobre os telhados planos de salões, palácios e blocos de apartamentos neoburocráticos. Até Irina tinha se cansado de viajar a essa altura. Originalmente ela tinha pensado, bem, ele não sabia o que ela tinha pensado. Por que tinha abandonado o marido, afinal de contas? Talvez nem ele nem eu pudéssemos nos passar por homens. Ela quer um... Mas como posso agradá-la se eu, hã, para rebater a insolência inaudita do campo imperialista. Exigimos a punição imediata desses, ah, sim, desses perigosos inimigos da classe trabalhadora. Essas árvores nevadas, com montanhas de neve por todos os lados, bem, é melhor não, por assim dizer, exagerar, mas do que estávamos falando? Ele se sentia engolido pelo papel de partitura. Sempre que as pessoas pediam que ele generalizasse ou se pronunciasse sobre alguma coisa, ele respondia: Ha, ha! Minha querida senhora, nesta vida conhecemos apenas nosso próprio setor da linha de frente, por assim dizer...

Vamos mapear o setor que cabia a D. D. Chostakóvitch? O sistema defensivo consistia agora, em primeiro lugar e fundamentalmente, em Irina (que era muito *gemütlich*, creio), depois em Glikman, Lebedinski e sua irmã Maria, em terceiro em sua crescente invalidez física, que despertava compaixão e culpa nos outros, em quarto em sua filiação ao Partido, que o isolava e o protegia dentro daquilo a que estrategistas militares se refeririam como posição de interceptação e intermediária; em quinto vinha o mundo dentro das teclas do piano, o adorável mundo de escuridão pura e brancos sincelos de inverno, para dentro do qual no passado ele tinha imaginado que poderia convidar quem bem entendesse, por exemplo, a garota roliça de vestido azul que cantava no hotel Sovietskaia; infelizmente, os túneis daquele mundo haviam cedido em várias partes desde que ele tinha detonado os vários cartuchos de Hydrox da *Opus 110*; ele ansiava por se recolher ali dentro, e às vezes ainda fazia isso, mas não era a mesma coisa; era abafado, desmoronado, inundado e envenenado, mas ele não via sentido em reclamar disso, nem mesmo para os, como vou dizer, representantes populares responsáveis; em sexto e último vinha sua linha interior, a saber, suas lembranças de Elena Konstantinovskaia, que na verdade tinha sempre sido muito, você sabe.

40.

A Academia Sérvia de Ciências e Artes lhe concedeu filiação honorária. As fileiras de assentos pelo piso em zigue-zague, o palco seccionado por cadeiras e molduras, então cortinas sobre tudo, era tão... Sendo uma coruja velha e cansada, aprumou a cabeça, sorriu e arrulhou seu *obrigado, obrigado*. No ano seguinte, enquanto tinham início os novos expurgos da literatura soviética, foi nomeado Herói do Trabalho Socialista. A essa altura o famigerado dissidente A. I. Soljenítsin já se referia a ele como "o gênio acorrentado". Ainda assim, se atreveu a assinar uma petição em prol de Soljenítsin. Dizem que ele costumava ficar no fundo das salas de concerto, ouvindo a música de outros compositores, e fechava os olhos chorando em silêncio de tanta emoção. Suado, flácido e fraco, seguiu vivendo, produzindo música com uma eficiência comparável à da máquina de plantar milho SKNK-6, capaz de semear três hectares e meio por hora de terra arada. "É uma mera questão de tempo e efetivos." **A VIDA FICOU MELHOR...** "Em seus melhores momentos", escreveu Layton, crítico burguês, "as sinfonias têm o alcance panorâmico épico dos grandes romances russos."[80] Glikman, para quem tudo que ele compunha era uma obra-prima, escreveu: "Ando bastante decepcionado com tantas coisas, e acredito que muitas coisas terríveis vão acontecer. Sou um compositor banal e medíocre".[81] Ustvolskaia havia cortado relações com ele para sempre. Nikolaieva tinha se tornado muito, muito ocupada. Irinuchka, que era tão boa e que perdoava tudo, teria compreendido se ele precisasse se refrescar com uma delas (não que pudesse ter feito qualquer coisa, exceto usando a mão semiparalisada); era uma esposa tão magnífica, tão amorosa e respeitadora de sua dor; chegou a confiar seus manuscritos escondidos a ela. Certa vez, ela perguntou por que ele não tinha se casado com E. E. Konstantinovskaia, digo, Vigodski, e ele respondeu animado: Forças antitanque inferiores!

Como ela não foi embora, ele empertigou a cabeça e disse: Irinotchka, eu, eu, prefiro não entrar nesse assunto. Fico humilhado. Bem, nós, digo, nós tentamos bastante. E, e... Em primeiríssimo lugar, não pense que não amo você, Irina. O pior de tudo é o seguinte. Ela... Mas, sabe, o que aconteceu com ela e comigo, bem, não podemos botar a culpa apenas na época e *naquele canalha*. — Então pegou o telefone para ligar para Nikolaieva, mas a voz do outro lado da linha, uma voz masculina, informou de modo bem antipático que ela estava em turnê pela Ucrânia. — Faça o favor de dizer a ela que preciso conversar sobre, você sabe, sobre, sobre Mússorgski. Sobre o, hã, clarone baixo. — Glikman voltou a escrever, e ele começou a resposta: "Lentamente, e com enorme dificuldade, espremendo uma nota depois da outra, estou compondo um concerto para violino", e então um eco lúgubre soou entre seus ouvidos com tanta força que ele precisou largar a caneta, porque sua própria frase, "espremendo uma nota depois da outra", meramente repetia a atitude "é uma mera questão de tempo e efetivos".[82] Ah, esses fascistas foram mesmo indivíduos especiais, sem dúvida!

Enterrado debaixo dos escombros de três Ordens de Lênin, uma Ordem da Revolução de Outubro e uma Ordem da Bandeira Vermelha do Trabalho, seguiu vivendo até 1968, quando Akhmátova morreu. O cortejo fúnebre foi tão sólido quanto a linha ferroviária de parada única que cruzava a Toca do Lobo: Bahnhof Görlitz, última parada! Agora, para dentro do buraco. Ele compareceu, é claro. Oitenta e oito; oitenta e oito. O oitenta e oito é a melhor peça de artilharia de uso geral dos alemães. Afinal de contas, ela estava em Leningrado quando... Temos uma Mãe Pátria, e eles um Estado Pátrio. O filho de ambos é a Central Europa. E *eu* tenho Messerschmitts, Heinkels, Junkers, munição transportada pelos esgotos, alemães agachados em trincheiras cobertas de neve, o torvelinho escuro de sobretudos quando soldados do Exército Vermelho pulavam de dentro da terra para atacar; formavam sua eterna terra natal, onde cadáveres pálidos e boquiabertos jaziam abraçados na esquina tomando chuva. Ali estavam os Messerschmitts de volta; ela gritava e gritava.

E a alma dele era o sol de inverno dessa espectral terra onírica, agora tão pertencente ao passado quanto a velha Petersburgo; os gritos de Elena, que ele pensou em sepultar na capela cinzenta da *Opus 110*, continuaram a torturá-lo até o fim; se elevavam e cessavam totalmente expostos, iluminados por raios de desespero. A *Opus 110* nos olhava a todos das alturas; ele havia trazido um novo mal para o mundo, sem resolver um mal anterior. Em tese alguém pode, digamos, criar um muro à prova de balas usando neve, mas neste caso a artilharia deles tem como, bem, você sabe. Ou será que ele fez mesmo alguma coisa? A morte não tinha estado sempre conosco? Se tivesse vivido quinhentos anos atrás, Chostakóvitch poderia ter encontrado a *Opus 110* por sorte nas profundezas de um velho poço com samambaias nas paredes e insalubres círculos concêntricos de escuridão. Vamos, então, descer até a Rainha do Inferno. Depois podemos subir de volta e herdar um morro verdejante inteiro com ruínas de cemitérios nas entranhas. Ha, ha! Escadas íngremes e escuras escavadas na própria pedra das muralhas do castelo, ascendentes, candelabros que parecem aranhas, e se eu for bom poderei fazer amor com Elena em uma cama de ébano com entalhes de serpentes. Glikman teve esse encontro no spa de Gagra, com os Vigodski, digo, não com as serpentes. Ele me contou que estavam extremamente... Mas que som é esse? E ainda assim, a despeito desse medo terrível e de toda a tristeza, ele seguiu vivendo até 1969, quando um de seus maiores carrascos, o musicólogo P. Apostolov, sofreu um ataque cardíaco na première da sinistra *Décima quarta sinfonia*, cujo tema declarado era a morte, e cujas melodias (se é que podem ser chamadas assim) eram mais negras que a fumaça de uma refinaria em chamas. Explicando o que exigia da orquestra, disse no primeiro ensaio: Nos flancos esquerdo e direito, as regiões do batalhão estão escalonadas até a profundidade dos, dos, sabem, setores regimentais. —[83] Mas só estava brincando. Ah, esse hilário D. D. Chostakóvitch! Ao público da sinfonia, disse: A morte é aterrorizante; para além dela não existe nada. Sabem, eu não acredito em vida além-túmulo... —[84] Recusando-se a acompanhá-lo ao fosso, o velho amigo Lebedinski lhe escreveu uma carta de rompimento de relações; é o que diz uma história, mas outros contam que Lebedinski, como Glikman, tinha ciúmes da influência de Irina. A terceira versão, segundo a qual Lebedinski temia os dirigentes do partido e representantes dos "órgãos" que agora frequentavam o lar dos Chostakóvitch, pode ser desconsiderada sem nenhum problema como difamação antissoviética. — Infelizmente, disse Chostakóvitch à esposa, Lebedinski se tornou, como vou dizer, velho e estúpido. —[85] E sentou-se pesadamente, a mão apertada contra o peito. Todos são igualmente repugnantes. Onde estão meus cigarros? Por exemplo, aquele criminoso de guerra, Von Manstein; Lebedinski enviou suas memórias quando ainda éramos amigos; gosto em particular deste, deste, onde está? Aqui: "Era essencial garantir que, você sabe. Portanto, agora também para os alemães era necessário fazer uso da política de 'terra arrasada' adotada pelos soviéticos durante suas retiradas em anos anteriores".[86] O pior de tudo é que esse monstro está *certo*. Mas que... — De volta à *Décima quarta*, que não me importo de confessar que chegou a me dar pesadelos; ela de fato recende a sepultura; de qualquer modo, tem com a *Opus 110* a mesma relação dos espasmos pós-morte de um sapo dissecado (um espasmo musical, poderíamos dizer, ou pelo menos rítmico, pois é ocasionado por idiossincrasias do experimentador, que abre e fecha o circuito entre carne e bateria galvânica, *prestissimo*) com as genuínas convulsões de morte ocorridas ao colocarmos o réptil no vidro letal. — Minha *Décima quarta*, sabe, eu meio que, sabe, me afeiçoei a ela, por ser *detestável* e por me lembrar do meu passado. Por exemplo, a vez em que Elena, sabe, estava com, com, e a vez em que os fascistas alemães destruíram o Palácio de Catarina. Eu me esqueci de incluir isso na *Opus 110*... — Sobre essa obra (dez instrumentos de percussão, dezenove cordas, duas vozes solo), personalidades musicais importantes insistiram que seu conflito sinfônico nunca exibiu qualquer resolução dialética — o que significa que deveria haver mais trechos em tom maior.

Encarando as teclas do piano com as quais suas mãos em garra, decrépitas e dolorosas, não podiam mais fazer amor, ele nos agradeceu pela crítica de camaradas; oh, sim, ele nos agradeceu com palavras tão luzentes quanto os cadáveres cintilantes de gelo que um dia adornaram Leningrado. — E, de fato, eu, bem, é simplesmente impossível. Na minha próxima sinfonia, vou mudar tudo exatamente conforme seus conselhos! Se formos covardes na aplicação dessas medidas, a ϟϟ entrará em cena. Essa seção de violino que não lhe agrada, vou pedir à orquestra que toque bem rápido, para que o público nem consiga ouvir! Além disso, vou, hã, vai haver resolução dialética em todos os compassos, eu garanto! Como um *holofote*! — Mas, como de costume, ele estava, como vou dizer, provocando. Afinal de contas, não seria o fogo antiaéreo noturno uma canção escura gravada em traços de luz puros e delicados, semelhantes aos raios de ouro de vinte e quatro quilates que o estilo aquecido de um encadernador, se traçado com uma espontaneidade suficientemente desprovida de erros ao longo da superfície da folha metálica, grava para sempre nas capas de couro negro do Livro da Noite?

Em um grandioso Salão do Povo com um candelabro de latão, ele se embebedou e cochichou colando a face no rosto de Glikman: Andam falando desse novo, esse, esse, esse intercâmbio cultural! Bem, mas sempre tivemos isso, não é? Temos Marias Pretas e *eles* têm Minnas verdes!

Meu caro, caro Dmitri Dmitriévitch, o que diabos você está dizendo? Por favor, tenha cuidado…

Ou os Minnas verdes sumiram com o Reich? Talvez agora usem ônibus escolares para transportar todos…

Todos? Mas de quem você está falando?

Ora, estou falando de todos nós. Viva a, digamos, a, Pátria!

Dmitri Dmitriévitch, eu me preocupo dia e noite com sua felicidade.

Obrigado. Obrigado!

E tenho uma coisa importante a dizer.

Sim, meu amigo, respondeu Chostakóvitch em pânico, os dedos começando a galopar loucamente pela sala. O que é?

Lembra que há muitos anos você me pediu para…

Não, não! Por favor, não…

E depois da última vez em que o vi, quando você começou a chorar…

Não chorei!

Eu juro…

Então você traiu minha confiança, foi isso?

Quando você estava em lágrimas, me pediu que fosse até ela e…

Você contou para ela? Como se atreveu?

Ela ficou insistindo, Dmitri Dmitriévitch. Então eu contei, porque…

Porque o quê?

Meu caro Dmitri Dmitriévitch, aconselho que abandone sua situação atual, porque você não está feliz. Mesmo agora não é tarde demais para…

Por favor, guarde os conselhos para si mesmo, meu *caro, caro* Isaac Davidovitch!

Com um sorriso desesperado e humilhado, Glikman disse com voz terna: Por isso sei que você está apaixonado. Porque apaixonados nunca acatam os conselhos dos amigos. Primeiro pedem, e depois ignoram, e em seguida se ofendem terrivelmente quando os amigos, que só querem ajudar e...

Isaac Davidovitch, por favor, me perdoe! Ah, sou um canalha, um, um, um canalha! E por isso você contou, é claro, é claro — porque eu *queria* que você contasse! Como ela está? O cabelo já deve estar todo branco. E então eu — ah, sou um filho da puta! Galina estava certa ao não se casar comigo!

Esqueça-a, disse Glikman, pousando a mão sobre o ombro de Chostakóvitch; e Chostakóvitch sentiu de repente que amava Glikman mais do que já tinha amado qualquer homem ou mulher sobre ou sob a terra, e Glikman repetiu com ternura: Esqueça-a. Não é Galina Ustvolskaia que você ama.

Chostakóvitch seguiu vivendo até 1970, quando publicou um artigo intitulado "A vida de Lênin, um exemplo inspirador para todos nós". Também compôs a *Opus 139*, "Marcha da polícia soviética". Enfim, por que se adiantar ao progresso? É melhor apenas, você sabe. Mas Irina continuou sendo tão gentil. O tato silencioso da mulher que senta no banco ao lado do pianista do concerto, virando as páginas no momento exato e mal existindo de qualquer outro modo, resumia Irinotchka, que se devotava a ele com tanta perfeição; como ele podia fazer por merecê-la?

Sabia que a estava arruinando, como tinha arruinado Tatiana, Elena, Nina e Galina; ele era uma bomba envenenada que matava a todos; a pobre e cansada Ninucha havia sofrido mais do que todos, porque tinha vivido mais tempo com ele. E então ele... Elena, que sorte você não ter se casado comigo. Seria aquela que vira as páginas menos importante que o pianista do concerto? Para começo de conversa, ela tem de saber ler música, uma proeza nada desprezível em nossa época. Mais importante ainda, ela me faz companhia, me conhece e me conforta. Impede que o enxame de tristezas da *Opus 110* me... Eu, eu, as coisas que crescem nas profundezas das valas comuns! E então... Do interior do grande arco de tijolos, os trilhos se estendem até um grupo de árvores. Acho que é a câmara de gás. Torres de vigia feitas de madeira, fileiras e fileiras e fileiras de barracões de tijolos ocre, restos de chaminés na grama, minha música é isso. Longas fileiras de acordes, quarteirão após quarteirão de pinho, longos e graves com acordes mais profundos à direita, com tetos mais negros, tudo mira o mesmo tipo de sensação — você sabe, aquela sensação de... Mas quando ela me abraça, a Operação Barbarossa nunca aconteceu! Ora, eu não seria vil, todavia, ao querer negar...? Lembra-se de quando os caças-bombardeiros americanos voltaram a Dresden pela terceira vez e começaram a metralhar mulheres e crianças nos gramados? Isso é que é picar linhas melódicas! Os americanos deveriam, bem... E mesmo assim algumas pessoas sobreviveram. Eu me pergunto quem teve mais sorte. Todos podemos torcer por nossa, nossa, digamos, sobrevivência. E eu mesmo, ainda que tenha tanto medo, eu...

O tempo avançou e ele seguiu vivendo até 1972, quando estreou sua *Décima quinta sinfonia*; pois apesar das deficiências eles ainda esperavam que ele cumprisse a cota de sinfonias, assim como nos velhos tempos exigiam que o chefe da NKVD de uma determinada cidade prendesse e fuzilasse dez mil inimigos do povo de uma só vez, sem pestanejar. Infelizmente, a *Décima quinta* não passava de uma débil ação de retaguarda, uma breve resistência por trás de linhas ocupadas pelo inimigo. Muitos acordes foram emprestados de Wagner, Prokofiev, Mússorgski e um certo D. D. Chostakóvitch. Como um todo, era tão cinzenta quanto os olhos de Tukhatchévski, tão limpa quanto as unhas de Nina, tão solitária quanto, você sabe, Irina. Elena, viu que sorte você não, bem. Eu costumava ser — como diria? Presunçoso. E agora, quando escuto a risada tola de alguém, especialmente de algum homem, porque as mulheres são, você sabe, eu, eu mal consigo... Elogiaram sua banalidade, e os ouvidos continuaram zumbindo. Ele ficava procurando o Camarada Stálin na última fila, ou Jukov, Khrennikov, ou qualquer outro alguém dotado de uma determinação inabalável de "iluminar o caminho à frente com um holofote". Nossos aliados inabaláveis na Alemanha Oriental, por sua vez, chamaram a sinfonia de "estranhamente reservada e introvertida".[87] Sua atenção divagava; sua boca tremia; seu casaco escorregou do colo e foi apanhado por Irina. O holofote está focado em mim; me dá arrepios! Os óculos estavam do tamanho de mostradores de relógio. Luz branca lampejava sobre eles, de modo que às vezes os outros tinham dificuldade em ler seus olhos — obrigado, obrigado! Sentou-se rígido, franzindo o cenho, com as mãos inúteis ao lado do corpo. Por que não decepá-las? Eu ocuparia menos espaço neste mundo! Assim conseguiria me esconder do Camarada Aleksandrov, que não me deixa em paz; está sempre por perto com sua... Relembrando o acorde de gritos de quando uma bomba incendiária fascista alemã acertou um hospital infantil, ele se deu conta de que havia se esquecido de colocar esse som na *Opus 110*. Ora, ora! Será que devo reescrevê-la? Ela se desmontaria com a mesma perfeição de uma pistola nazista, cada movimento em negro e prateado. E então aquele som específico — que som é esse? Porque... Fazendo um esforço doloroso para se levantar e agradecer aos músicos como de costume, percebeu que vários se afastavam de sua mão defeituosa. Com ironia, chamavam-no de *Camarada* Chostakóvitch. Seu coração rufou com a mesma intensidade infernal do segundo movimento da *Opus 110*. No dia seguinte, contudo, uma admiradora americana convidou Chostakóvitch até o apartamento dela para um café da manhã íntimo, não muito longe de onde no passado ficava o orfanato "Spartak". Qual era o nome dela? Era algum nome, digamos, *americano*. A memória dele nem sempre... Ela comentou que a *Décima quinta* era brilhante, e ele pensou consigo mesmo: Se ao menos eu fosse quinze compassos mais jovem, eu poderia, eu teria, bem. Vou calcular: quinze anos atrás, Nina tinha acabado de morrer, e Elena estaria com quarenta e três anos. Quando foi mesmo que aquele Vigodski se casou com ela? Depois da guerra; deve ter sido depois da guerra. Nessa época ela não estaria velha demais para, para, como vou dizer, mas é melhor nem pensar nisso porque, enfim, a maioria dos encontros segue esse roteiro. Além disso, pelo bem da minha suposta "saúde"... Ele se lembrou dos gritos que Elena emitia: primeiro *appassionato*, quase *con dolore*, depois *morendo*, então após um silêncio longo e rígido, com o rosto trancafiado em prazer, *con brio* para o encerramento, não da forma explosiva tão comum em outras mulheres, mas com a mesma calma irrefreável de um foguete se elevando sobre a própria chama, com um esplendor de fato sobre-humano; daí aquela passada suave e estridente do arco do violoncelo no segundo movimento da *Opus 40*; foi quando ele percebeu pela primeira vez o quanto ela estava acima de todas as outras. Bem, isso era passado. Os *waffles* preparados pela americana (ela parecia sofrer de um caso de esquerdismo infantil) o fizeram lembrar de prédios transformados em carcaças pela guerra. Era tudo uma questão de escala. Em vez de crateras quadradas de concreto crestado que um dia haviam sido quartos, poços quadrados de amido rígido e dourado o encaravam, brilhando com manteiga derretida e xarope de bordo importado lá do Canadá!

Obrigado, obrigado, minha cara, ele disse, e agora preciso ir embora, pois não estou muito bem, entenda... — E ele não estava mesmo muito bem. Na verdade, estou tão fraco que se Elena fosse minha eu cairia morto de tanta felicidade.

Irina tinha proposto uma visita a Leningrado, para que ele pudesse ver a cidade pela última vez. E ele deveria ter ido; Leningrado o definia tanto quanto a *Opus 110*; Gavriil, irmão de Glikman, já famoso por esculpir o *Apolo Chostakóvitch*, logo proporia engastar pedrinhas de Leningrado em sua sepultura,[88] cercada por barras de metal ("Irina Antonova considerou minha ideia a melhor de todas"); todos temos certeza de que um tour pela reconstrução socialista daquela metrópole o teria revigorado. Irina imaginou que seria agradável passear pela avenida Niévski e dar uma espiada nas lojas; alguém tinha dito a ela (acho que foi a cantora G. P. Vichnevskaia) que alguns dos costureiros eram tão bons quanto os parisienses; e quando ela deu a sugestão seu rosto parecia tanto com o de uma garotinha, um sorriso de encanto antecipado, que ele se deu conta de que ela não era feliz havia muito e ansiava por algum tipo de prazer, mesmo do tipo mais trivial; era esse desejo de alegria que os olhos dela expressavam com tanta intensidade; foi precisamente isso que ele achou mais, como vou dizer, perturbador, porque também estava impotente nesse departamento. Ela queria, hã, digo, mas logo a Niévski! Faltando bem pouco para a revolução de outubro, o escritor simbolista Biéli proclamou: "Petersburgo inteira é uma infinitude da avenida elevada ao enésimo grau. Além de Petersburgo nada existe".[89] Nada além de tanques, isto é, os T-26, os T-34 e TVs de sessenta toneladas... Oh, nossa, ele se lembrava muito bem, tão bem, sabe, obrigado, os cadáveres todos com rostos virados para trás que sopravam pela avenida Niévski como folhas, e os rostos vivos cor de terra, e aquele braço decepado pendendo do portão do jardim;[90] eu achava que minha Galicha seria jovem demais para se lembrar, mas até hoje ela tem pesadelos; acho que será torturada até morrer. E essa criança com quem ele havia se casado não tinha a menor ideia! Era simplesmente jovem demais. Ele se lembrava em especial do monte de canhões apontados para o céu em *Leningrado combate* de R. L. Karmen, o instituto Smolni obscurecido pela fumaça. Ele e a família, claro, estavam em Kúibichev nessa época. Não se pode deixar de admirar Karmen pela, sabe. E agora que ele tinha ofegado ruidosamente para se levantar de modo a ficar acima dela, severo como a estátua de Lênin que permaneceu diante do pórtico do Smolni ao longo dos Novecentos Dias, Irina começou a perceber que mais uma vez o tinha ofendido, e o rosto dela ficou vermelho enquanto ele arengava: Eu, eu, olhava para a avenida Niévski por um buraquinho todo irregular! E o som daqueles Stukas descendo, *vibrato* puro, eu, eu…

E deixe-me adivinhar, a esposa interrompeu, também se levantando. *Ela* estava ao seu lado.

Não!, ele gritou, expulso da fúria pelo choque. Não se preocupe, não se preocupe; é tudo bobagem. Eu nem estava…

Nu, é claro. Bem, sem dúvida vocês tiveram momentos românticos, na época em que você ainda conseguia…

Com a voz de súbito estridente ele implorou: Não seja cruel, Irina!

Desculpa! Perdão, Mítia. Fiquei com ciúmes por um instante, só isso.

Eu…

Esqueça. Acabou. Por favor, me perdoe. Não vamos para Leningrado.

Seguiu vivendo até 1973, quando assinou uma carta aberta no *Pravda* denunciando A. Sakharov, ativista dos direitos humanos. Esse ato servil lhe custou vários dos amigos ainda restantes.* O vanguardista I. P. Lubimov, com quem ele sempre tinha sido generoso, não se dignava mais a cumprimentá-lo. E daí? Ele que abraçasse os rapazes sorridentes da Legião Condor! Sua fama se distinguia pela ausência de calor, como a luz do sol do Ártico sobre um calçamento de capacetes de soldados.

Seguiu vivendo até 1974, quando compôs a espetacular *Suíte sobre versos de Michelangelo*, cujas canções são tão belas quanto uma revoada de caças multicoloridos. Tinham se passado exatos quarenta anos desde aquele festival internacional de música em Leningrado em que ele havia tocado seu concerto para piano e uma certa aluna de vinte e um anos lhe tinha entregado sorrateiramente um bilhete assinado com as próprias iniciais, E. E. K. Na verdade era Nina que havia pedido o divórcio. E Irina também, certamente, você sabe, mas Irina era quase da mesma idade de sua filha; não sabia o que, enfim, havia momentos em que ela o envolvia com um braço e ele ria sozinho: Ela acha que está me abraçando mas só está abraçando meu casaco! Irina colocava a mão sobre os dedos dele, macios, gordos e brancos como bagas de cemitério. E para onde ele se voltava, acabava, você sabe. Por exemplo, e isso é apenas um exemplo, todas as vezes que Irina ligava a televisão estava passando outro programa de Roman Karmen sobre a luta fraterna da América Latina, e você sabe o que eu sinto sobre meu caro, *caro* Roman Lazarevitch! Eu me pergunto se ele ainda recebe muitos beijos. Ouvi falar que ainda está com boa saúde. Ao partir para o front, a tradição é receber três beijos de despedida de nossas mulheres russas. Ele está com outro terno, filmando a Casa Branca em Washington, D.C.;

* "Posso atestar que nenhum dos meus conhecidos combateu", escreve Nadejda Mandelstam. "Tudo que fizeram foi se deitar no chão. Era o máximo que alguém com consciência poderia fazer — e mesmo isso exigia verdadeira coragem."([a])

([a]) Mandelstam, p. 307.

dá para acreditar? E ali está Fidel Castro sentado bem à vontade no banco de trás de um carro, conversando com crianças através da janela aberta (é uma cena de *Ilha em chamas*), esbelto, com cabelos brancos, Roman Karmen se posta como um sonho ao lado de Castro, que parece muito revolucionário e dinâmico; panorâmica de crianças, multidões, idosas, militantes, desfiles. E Irina é tão crédula; ela acredita mesmo que essa gente acaba de ser, sabe, *libertada*! Porque viu isso na tevê! Ela diz que não tenho direito de dizer o que ela deve pensar só porque sou mais velho; ela é tão inteligente quanto eu. O que posso responder? Não posso dizer que Elena teria, bem, o que eu sei? Sorriu para Irina; não pense que ele não se sentia, em última análise, *grato*. Nina viu tudo com muita clareza, percebeu que ele ficaria melhor com Elena, mas ele não conseguiu levar aquilo adiante, talvez exatamente porque ficaria melhor, o que ele não suportaria; correu atrás de Nina e fez com que ela o aceitasse de volta. Ele devia ter acreditado no próprio coração. E então Elena tinha dito — o que ela tinha dito? — Enterre-me em Leningrado, ele pediu a Irina.

Na realidade ele viveu até 1975, quando, três quartos paralisado e com dores terríveis, a máscara do rosto tremendo mais do que nunca, emitindo ondulações em torno do próprio reflexo embaçado, ainda conseguiu criar sua *Sonata para viola* (*Opus 147*), que descreveu com exatidão como "brilhante — brilhante e límpida". Um mês depois foi asfixiado pelo câncer de pulmão.

Quando sua morte teve início, foi como se sucessivas mortalhas, cada uma tão diáfana que por pouco não era transparente, se depositassem sobre seu rosto, estrangulando o fôlego quase com ternura, com Irina curvada sobre ele na ala do hospital, gritando seu nome como um telefone estridente. Ele conseguia ouvi-la por mais tempo do que podia vê-la, pois as mortalhas seguiam caindo em rodopios de modo que a imagem dela foi se acinzentando gradualmente até atingir um negrume mais profundo que qualquer sentido, e ainda que por um breve momento ele quase tenha conseguido perceber o reflexo da presença dela nadando nas águas riscadas pela noite, ela começou a se desvanecer muito rápido; de fato, antes que ele tivesse tempo de confundi-la com certa outra mulher, ela já havia desaparecido de um modo quase divertido de tão repentino, de modo que ele se afundou com uma solidão irremediável naquela agonia aveludada que o afogava e fazia cócegas enquanto um ponto vermelho-sangue corria diante dele em espirais cada vez mais estreitas.

Por coincidência, E. E. Konstantinovskaia morreu naquele mesmo ano.

Eles o enterraram em Moscou, é claro. Roman Karmen estava presente, e também os irmãos Glikman, é claro; bem como a moça de uniforme branco do Armazém Trinta e Um. Embora tenha recebido um funeral no Salão do Conservatório de Moscou, e tenha sido enaltecido não apenas como compositor da *Sétima sinfonia* e do "Contraplano", mas também como um bom comunista, os "órgãos" que tocavam todas as músicas não prantearam em excesso. Dizem que um destacamento de homens com botas cor de framboesa adentrou seu apartamento menos de duas horas depois de sua morte; saíram com uma braçada de documentos particulares, que nunca mais foram vistos. A *Grande enciclopédia soviética* lhe concede um verbete respeitoso, consonante com suas variadas honras, medalhas e condecorações (cada Prêmio Stálin corrigido com muito tato para Prêmio Estatal da URSS. Será que o convocaram para devolver os antigos troféus de modo que fossem gravados novamente?). Suas obras, dizem, "afirmam os ideais do humanismo soviético". No longo artigo sobre música soviética, ele recebe uma série de agradecimentos respeitosos. A *Sétima sinfonia*, nem é preciso dizer, é rotulada como "um monumento imortal do período". Até seu erro formalista mais extraordinário, a ópera *Lady Macbeth*, aparece como "um clássico soviético". Sem dúvida se referem à revisão castrada. Agora que estava seguramente defunto, não havia motivo para desacreditá-lo; a propósito, ele estava morto desde que havia composto a *Opus 110*.

Podemos imaginar que sua reputação estava embalsamada com a mesma segurança de Lênin no mausoléu (Stálin, receio, tinha sido retirado às escondidas assim que *sua* fama decaiu). E ainda assim o regime talvez sentisse algum rancor por suas infidelidades formalistas. Talvez eu esteja imaginando coisas. *O modo de vida soviético*, todavia, publicado no ano anterior ao seu falecimento, menciona "os interessantes resultados obtidos em uma pesquisa de opinião realizada em empreendimentos industriais nos Urais".[91] Pediram aos trabalhadores que nomeassem seus artistas favoritos. Entre os compositores, Tchaikóvski é o primeiro a ser mencionado, e Mússorgski, o último, com um ou outro estrangeiro no miolo. Dmitri Dmitriévitch não aparece. Afinal de contas, nenhum indivíduo pode ser indispensável em nossa União das Repúblicas Socialistas Soviéticas, o país mais grandioso e perfeito do mundo, cujas fronteiras tocam uma dúzia de mares. ▸

Um pianista de Kilgore

Não pode machucar você, então nada de se agitar. Você é um esqueleto; nada machuca um esqueleto.

Jakov Lind, *Alma de madeira* (1962)[1]

Em 1958, um ano após o lançamento do quebra-gelo atômico *Lênin*, aconteceu uma competição musical na URSS. Entre os concorrentes estava um jovem americano de Kilgore, no Texas, chamado Van Cliburn.

Tocava com a perfeição do aço inoxidável da Usina Metalúrgica Krasni Oktiabr' de Stalingrado (agora, é claro, conhecida como Usina Metalúrgica Krasni Oktiabr' de Volgogrado). E se você deseja saber o quão perfeito isso é, preciso apenas contar que a fábrica recebeu a Ordem de Lênin em 1939 e a Ordem da Bandeira Vermelha do Trabalho em 1948. Nesse caso, ele não deveria ter recebido o primeiro prêmio? Bem, graças ao chauvinismo de grande potência dos anglo-americanos, uma suposta "Guerra Fria" se desenvolveu. (O que significa guerra fria, aliás? Nós, russos, sabemos. É o cadáver congelado de um soldado metido de cabeça na neve. Será que um piano consegue expressar isso? Sim, sob as mãos de Van Cliburn as teclas do piano pareciam feitas às vezes de gelo, às vezes de aço e às vezes de caramelo aromático. E as notas passavam como nuvens de verão.) Aqueles que, em nome de uma "objetividade" espúria, se atrevem a alegar que os louros deveriam ser conferidos a um rústico lacaio da burguesia, apenas porque as plateias de Moscou gritavam: *Primeiro prêmio, primeiro prêmio!* e *Vaniúcha, Vaniúcha!*, não entendem o que está em jogo: o propósito de competições não é recompensar qualquer "mérito" individual, mas educar as massas. Nossa União Soviética precisa ser vista como vencedora no front cultural! E alguns juízes e espectadores não puderam deixar de reagir com desdém ao modo com que o rapaz esticava o pescoço sobre o piano, o pescoço, envolto pelo colarinho branco, quase na horizontal, pois tinha exatos um metro e noventa e três centímetros de altura; precisava afastar o banco do piano; para D. D. Chostakóvitch, por exemplo, ele lembrava uma antiga gravura de um cavalo de corrida se esforçando na linha de chegada — o que não implica que a interpretação do concerto por Cliburn traísse qualquer esforço. O rigor e a grandiosidade quase militares da abertura foram desempenhados com tanto controle quanto a Operação "Pequeno Saturno" em Stalingrado. O *andantino simpico* do segundo movimento "fluiu" em padrões tão imprevisíveis quanto perfeitamente corretos, o fluxo primeiro cintilando de modo congelado, como uma chuva compacta de cristal, e então esvoaçando com leveza na direção de algo tão docemente inatingível a cada ouvinte quanto a felicidade de uma criancinha. Não seria triste se conseguíssemos nos sentir tão felizes? Van Cliburn não parava de sorrir, como se sentisse aquilo. De voz baixa, mas nunca taciturno, vestido com a ortodoxia respeitosa da escuridão intensificada por lascas estreitas de brancura no pescoço e nas mangas, devia ser um inocente. Afinal de contas, era americano, e além de tudo tinha nascido tarde demais para ser chamado para a guerra. (Bom, muito bom mesmo, disse o jurado Oborin, mas, você sabe, ele está sacudindo demais a cabeça, de uma forma bem sentimental... —[2] Três dias mais tarde esse mesmo Oborin apareceu em uma fotografia no *New York Times*, apertando sorridente a mão do americano alto e receoso.) — Não havia questão: Cliburn era uma criatura bisonha, um ignorante, um pianista de Kilgore, no Texas... Por essas e outras razões, diversos funcionários abnegados conspiraram para dar aquela medalha de ouro, que era acompanhada por vinte e cinco mil rublos em dinheiro vivo, para um dos três concorrentes soviéticos, ou, senão, ao pianista da República Popular da China (com a qual nossas diferenças ainda não tinham se aguçado); mas o distinto jurado S. Richter exigiu que essa facção fosse indeferida, creio que por causa do modo com que Cliburn tocou o terceiro movimento, o *allegro con fuoco*: começando com perfeita neutralidade (frieza na execução, calor no conceito), o piano assumindo de repente uma paixão que se alternava com glissandos de uma espécie diferente de neutralidade, como ondulações sobre um lago ensolarado no Ártico; depois vinha a ligeireza ofegante e erótica do finale, que nunca deixou de ser claro e cuidadoso ao mesmo tempo, como o toque deliberado de um amante.

Tchaikóvski encerrado. Cliburn fez uma pausa. As mãos pairaram sobre a paisagem listrada do piano com a mesma tensão solitária que aflige pilotos de aeronaves de reconhecimento quando sobrevoam o território inimigo, reunindo coordenadas de estações ferroviárias, catedrais e blocos de apartamentos para a conveniência dos bombardeiros-chefes. Um sorriso lento e enlevado estremeceu ao longo de seu rosto. As mãos se abaixaram. Ele começou a tocar Rachmaninoff. Os juízes fecharam os olhos pensativos. O público chorou. Um apparatchik correu até o telefone. No espaço de vinte minutos milicianos haviam cercado o Conservatório Tchaikóvski, contendo as multidões ardentes e apaixonadas. Que situação! No fim, alguém precisou telefonar para o Camarada Khruschóv em pessoa. Então o assunto foi decidido em favor do americano, creio que pelo fato de uma magnanimidade calculada parecer a postura menos constrangedora. Afinal de contas, até os jurados estavam aplaudindo! Os *bravos* duraram oito minutos. Cliburn foi abraçado por E. Gilels e K. P. Kondrachin… — Era onze de abril — o mesmíssimo dia em que, em contradistinção aos americanos instigadores de guerras, retiramos nossos últimos quarenta e um mil soldados da Alemanha Oriental. Pouco depois da meia-noite os dezesseis jurados chegaram a um consenso (ou seja, foram informados da decisão do Camarada Khruschóv). No dia treze um alto-falante anunciou: *Harvey Lavan Cliburn, Junior*. A multidão urrou: *Vanítchka, Vanítchka*!

Oh, nossa, oh, nossa, disse Chostakóvitch. Ficou muito surpreso, porque o parágrafo que havia preparado para assinar e publicar tecia elogios sobre "esta última vitória soviética". Já se comentava que o pai de Cliburn era mercenário de uma companhia petroleira, e que as despesas de viagem do filho tinham sido financiadas por uma organização de fachada do capitalista internacional Rockefeller.

Mítia, por favor, relaxe, disse Oborin. Não é problema seu. Arranjam outra coisa para você assinar. Pelo menos ele tocou música russa…

Tem razão!, respondeu o compositor, muito aliviado. Oh, nossa, oh, nossa, oh, nossa…

Confiava em Oborin porque o conhecia. Tinham sido evacuados juntos do cerco de Leningrado, naquela viagem de trem muito, muito longa que jamais esqueceriam, acompanhados de vez em quando pelo *vibrato* dos bombardeiros fascistas.

Além disso, Oborin prosseguiu, não foi apenas o garoto Cliburn que tocou bem. Os membros da Sinfônica do Rádio realmente se superaram…

Liev, qual a sua opinião sincera? Sendo muito honesto, eu não estava exatamente, como vou dizer, prestando atenção ao Rachmaninoff, porque meu filho…

Bem, devo dizer que o concerto de Tchaikóvski foi soberbo, até onde isso é possível em se tratando de Tchaikóvski, ainda que a maioria dos jurados tenha preferido o Rachmaninoff, que eu achei bem enjoativo. Talvez ele tenha exagerado um pouco no *rubato*… não, estou com inveja. O garoto é um mestre.

Não diga!, murmurou Chostakóvitch, os dedos inquietos. Quem imaginaria? Ora, ora, ora. Um garoto americano de Kilgore, no Texas. Dá para imaginar?[3]

No dia 18, Van Cliburn deu o primeiro recital público como vencedor. (Enquanto isso, a Marinha dos Estados Unidos lançou de um submarino um míssil Polaris sem ogiva.) Elevando as mãos e encarando sonhador os próprios dedos esticados como se nunca os tivesse visto antes, repetiu o concerto de Tchaikóvski, o qual o *New York Times*, ainda usando a linguagem da guerra, descreveu como "um ataque vasto e percussivo que dominou a orquestra".[4] Ainda que Van Cliburn tenha de fato temperado o primeiro movimento com acordes de poder estrondoso cuja constância de metrônomo sobrepujava o calor romântico das cordas, ele não era uma máquina de guerra. Seus golpes mais altos de martelo permaneciam controlados, de algum modo lembrando sinos. Além disso, aquele trovão de abertura logo cedia lugar a arpejos cristalinos, nos quais cada nota cintilava de forma tão distinta quantos cristais de gelo. Sempre que a partitura permitia, Cliburn exibia um toque ainda mais gentil, se prolongando um pouco, se afastando da doçura severa inicial, confiante o suficiente para conceder à orquestra um lugar ao sol, às vezes seguindo, às vezes conduzindo, como um dançarino mostrando boas maneiras à parceira. Ah, ele era sempre claro; cada uma de suas notas era vidro. Recebeu aplausos ensandecidos. Depois repetiu o Rachmaninoff. — Outra ovação! Para o bis, tocou sua própria composição, "Nostalgia".

E então chegou a hora em que Chostakóvitch precisou encontrá-lo, no jantar comemorativo. Pensando bem, já o tinha encontrado duas vezes, primeiro nas cerimônias de abertura e depois quando o prêmio foi anunciado, pois, como posso ter me esquecido de contar, Chostakóvitch era o presidente do Comitê Organizador dessa primeira Competição Tchaikóvski Internacional (um cargo nomeado, cuja indicação sublinhava as expectativas confiantes do Partido de que sua reabilitação jamais inspiraria qualquer arrependimento), de modo que ele em pessoa precisava subir ao palco, elogiando Van Cliburn, e transmitir a medalha e o envelope de dinheiro vivo para a mão suada do rapaz enquanto os flashes dos jornalistas explodiam como disparos antiaéreos. Para falar a verdade, ele estava menos interessado em Cliburn que na bela violinista de Volgogrado sentada à sua frente na mesa. Algo nos lábios dela — bem, ela não era tão jovem assim, mas Chostakóvitch havia começado a perceber que todas as mulheres agora lhe surgiam diante dos olhos como uma virgem, mais ou menos. Ele mal conseguia acreditar em como as mulheres de quarenta anos tinham lhe começado a parecer juvenis. No dia anterior conversou com E. V. Denissov a respeito do que caracterizava um verdadeiro rosto de moça russa: uma proeminência agradável dos malares, ao menos na juventude (ou será porque até pouco tempo atrás as crianças russas mal tinham o que comer?); Denissov, menos empolgado com esse tema, por estar mais preocupado com o novo Decreto sobre Correção de Erros do Comitê Central, bocejou, abriu e fechou os dois pianos, comeu um arenque e encaminhou a atenção de ambos para a tez pouco atraente de muitas russas, mas Chostakóvitch contra-atacou elogiando os trigais de cabelos loiros ou avermelhados ou negros, isso sem mencionar as sobrancelhas escuras que tanto combinavam com mãos brancas (isso não foi muito proletário!, riu Denissov).

Tinham designado a Van Cliburn uma intérprete de beleza quase intimidante. Mas Chostakóvitch percebeu que os dois mal se olhavam. Ela ficava tamborilando os dedos sobre a mesa do banquete. (Cliburn, por sua vez, sentiu que ela lhe era indiferente, o que dava uma sensação estranha, mas afinal de contas aquele era outro país, um país perigoso, um país eslavo inimigo.)

Sr. Chostakóvitch, seria uma honra se o senhor me chamasse de Van.

Mas quanta gentileza!, exclamou o velho, ansioso. Minha nossa! Bem, *Van*, obrigado, obrigado, obrigado; e fique à vontade para me chamar de Mítia…

Chegou quase a sentir pena de Cliburn. O rapaz era tão ingênuo.

Da mesa seguinte, a jovem e triste compositora S. Gubaidulina lhe lançava olhares. Assim que o banquete estivesse encerrado, ele sabia, ela o acossaria num canto e começaria tudo de novo: Dmitri Dmitriévitch, é de você que nossa geração depende para obter respostas. Por favor, eu imploro, não deixe o convencerem a ingressar no Partido. Você não imagina quantas pessoas estão contando com sua resistência...[5]

Os cachos loiros do rapaz americano o enfureciam, ele mal sabia o porquê.

Sabe, Van, eu também fui solista desse mesmo concerto de Tchaikóvski! Foi em Carcóvia, no verão de 1926. Bem antes da, da, você sabe. Hitler tomou a cidade três vezes, e tomamos de volta duas, e depois disso eles... três e duas, bem, como esse cálculo fecha? Mas acho que não sobrou muito da cidade antiga. O marechal de campo Paulus tinha muitos tanques de início, antes que nós... Ruas arborizadas. Enfim, não resta nada. Talvez uns tijolos, ou... Por exemplo, eu já fui jovem! Mal dá para imaginar...

Estava tentando ser gentil. Na verdade, a previsibilidade da composição, típica do século XIX, agora o agoniava. Oborin tinha razão; a música de Tchaikóvski merecia ser parodiada.

O rapaz sorriu e começou a dizer alguma coisa, mas Chostakóvitch, constrangido e ansioso, seguiu adiante com a história, louco para deixá-los à vontade, tentando fazer aquilo ser engraçado: Talvez você não tenha ouvido falar dele, Van, mas o maestro era, era, o Nikolai Malko, que agora está na Orquestra Sinfônica de Sydney. Ele fez o possível para cuidar de mim. Ha! Ficávamos jogando *bilhar* quando deveríamos estar ensaiando! Em 1926 eu deveria ter, me desculpe, mais ou menos a sua idade. Você joga bilhar, Van?

Puxa, Mítia, nunca tive tempo. Se quiser me ensinar, podemos tentar uma partida...

Oborin já estava alegando que só histeria em massa explicava o público ter chorado com a execução de Van Cliburn.

Outra jovem russa se aproximou com flores para Vanítchka. Ele agradeceu, tímido, sentado muito ereto, e se curvou de leve. Não parecia saber se deveria se levantar ou não ao aceitar o buquê. Ela o convidou a acompanhá-la na estreia de *Distantes e vastos são os confins de meu país*.[6] O rapaz corou de vez. Todos desviaram o olhar, com pena dele. Por que motivo sua aparência inspirava em Chostakóvitch uma sensação peculiar, quase de horror? Era como se ele tivesse esquecido algum segredo pela metade. Então lembrou: a primeira página do *Izvestia*, com a galeria de retratos dos heroicos generais que tinham salvado Moscou, e entre eles o predileto do Camarada Stálin (ao que se dizia), o alto, magro e ansioso Vlasov, que espiava a fama do alto através das lentes grossas dos óculos de armação preta. Por que Vlasov havia causado tamanha impressão em Chostakóvitch? Não, a impressão deve ter sido causada mais tarde, no fim da guerra, quando o homem foi enforcado por traição e covardia. Dessa vez o *Izvestia* não publicou fotografia nenhuma. Eles nunca tinham se encontrado.

Nem o destino de Vlasov tinha sido incomum. Mas aquela imagem em especial, o rosto já retorcido como se tomado de ansiedade e angústia, ainda que na verdade devesse ser uma simples questão de ele ser mais alto que o fotógrafo, bem, nisso Chostakóvitch conseguia se enxergar. Quanto ao americano Vanítchka, não se parecia em nada com o general Vlasov. Sim, era alto, e se curvava de nervosismo, mas...

Mítia, vou contar uma coisa, Oborin tinha dito. Uma vez, quando eu estava preparando um concerto no front, passamos por cima de uma mina alemã. Todos morreram, menos eu. No meu caso foi mesmo pura sorte, e eu... Bem, enfim, daquele instante eu lembro apenas de dois estampidos vigorosos — não especialmente *altos*, perceba, mas vigorosos. E às vezes, mesmo agora, o estouro de um motor...

Mas Vlasov e esse garoto, eu, não, não existe...

Olha, disse Oborin. Não existe uma conexão lógica entre os estalos do motor de um caminhão e duas explosões de minas terrestres. Mas quando estamos em perigo, ninguém tem tempo para ser lógico. O coração acelera e tentamos nos salvar, só isso.

Então você está dizendo que talvez eu tenha me identificado com Vlasov...

Mítia, você enlouqueceu? Pare de repetir esse nome. Vai saber se não tem alguém no corredor...?

Bem, Van, foi uma apresentação notável, devo dizer. Você deveria se sentir, como vou dizer, muito orgulhoso. Ao que entendi, sua mãe...

Minha mãe foi minha melhor professora. E eu tocava clarineta na Kilgore High, respondeu o rapaz em tom de segredo.

Minha mãe também me ensinou muito bem.

Seria uma honra conhecê-la, Mítia.

Infelizmente ela está *morta*, riu Chostakóvitch, mexendo nos óculos. E sua mãe, ela, digo, ela está com saúde?

Ah, ela está muito bem, obrigado. Mítia, queria perguntar uma coisa. Você acha que toquei o Rachmaninoff muito rápido? Eu fiquei um pouco nervoso...

Não, não, *não*, na minha opinião sua escolha de tempo foi corretíssima. (Por favor, peça para sua mãe cuidar da saúde.) Foi uma apresentação esplêndida, de fato, muito, muito talentosa, e aquele *moderato* no primeiro movimento, bem, o modo com que você tocou, tinha uma constante, sabe, ternura...

Obrigado por me dizer isso, Mítia, porque sempre fui louco pela sua *Sétima sinfonia*. Quando estava tocando o *moderato*, assim que passei da parte rápida tentei desacelerar e tocar algo que pudesse soar como seu terceiro movimento...

Sim, sim, acho que tenho, podemos dizer, *intimidade* com essa música, disse Chostakóvitch com uma piscadela. Como é mesmo, Van? O terceiro movimento, digo. Pode cantarolar? Talvez se...

Ela sempre me inspirou, prosseguiu o rapaz com certo desespero. A parte que se chama "Espaços abertos do interior do país"...

Ah, nossa, bem, talvez você me superestime. Mas sem dúvida você fez uma belíssima apresentação.

Corando, Van Cliburn escutou na cabeça os compassos cruciais do segundo movimento, o *adagio sostenuto*, bem como havia tocado. Para ele era a mais romântica das músicas, o piano sustentando a doçura das cordas, e então ficando tão reflexiva quanto um noturno de Chopin. Sempre que a tocava, sentia como se estivesse caminhando por um pavilhão veranil. E o grande Chostakóvitch tinha aprovado sua apresentação! Mal conseguia respirar de tanta alegria.

Mas como é a sua vida em casa?, Oborin quis saber. Você serve nas Forças Armadas do seu país, Van?

Ano passado me chamaram, mas tenho um problema sanguíneo...

Um pianista alemão-oriental se aproximou para dar seus parabéns, e assim que ele estava a uma distância segura Chostakóvitch, segurando com força o copo de vodca, falou entre risos para Van Cliburn: Sabe o que o Camarada Stálin falou no desfile de aniversário dos vinte e seis anos? Acho que foi o de vinte e seis. Ou será que foi o de vinte e cinco? Tanto faz. Como foi mesmo que ele falou? Espera aí. Não, não, agora eu lembrei! Ele disse: "Camaradas, viva a", digamos, "vitoriosa aliança bélica anglo-soviético-americana. Morte aos", se você me entende, "invasores alemães".

Cliburn piscou e disse: Bem, obrigado por me contar, Mítia. Fico agradecido.

Chostakóvitch se engasgou com a vodca.

E então um jornalista da TASS se inclinou sobre a intérprete e disse, com um entusiasmo malicioso: sr. Cliburn, o povo soviético exige unanimemente saber mais sobre o estado da questão dos negros em seu país.

Nossa, Mítia, disse Cliburn, sem nem olhar para o jornalista, nunca encontrei um negro de quem eu não gostasse. Afinal de contas, eles também são americanos.

Chostakóvitch mordeu o lábio para não cair na gargalhada. Mal podia esperar para contar essa a Lebedinski! (Em Lebedinski, assim como no protagonista de Poe, o ponto fraco eram os dentes. Em 1944 ele tinha visto um vilarejo ucraniano recém-libertado dos fascistas. Todos os cadáveres pendiam sorridentes. Para ele, a coisa mais sinistra eram os sorrisos putrefatos. E agora sempre que alguém abria um sorriso largo ou branco demais ele sentia vontade de gritar.)

Às pressas, Oborin interpôs: Van, imagino que hoje todos em Kilgore, Texas, estejam orgulhosos de você.

Um pouco embaraçado, como sua gravata-borboleta escura agarrada à fenda afunilada de brancura (ouvi falar que, como regra, nos Estados Unidos todos se vestem informalmente), o rapaz disse: Na verdade eu nasci em Shreveport, Louisiana. Não imagino que saiba onde fica...

Não, disse Oborin, mas ouvi dizer que faz muito calor nas suas províncias sulistas. Quase como na África.

Levantando a voz, o jornalista disse: Muitos negros por lá, trabalhando em condições atrozes...

Sim, é quente, respondeu Van Cliburn com uma voz exausta.

E Chostakóvitch começou a perceber algo de aflito e defensivo na alma do americano. E de fato, o homem de botas cor de framboesa que apareceu no dia seguinte para tomar vodca comentou com uma piscadela: Sabe, Dmitri Dmitriévitch, ele é homossexual. É uma informação incontestável. Está no arquivo dele.

Não me diga, retrucou o compositor fingindo um profundo assombro. Ora, ora, ora, que interessante.

O que você esperaria de um país tão decadente? Por mim (e tenho certeza de que você concorda comigo, Dmitri Dmitriévitch) eu esmagaria aquela cara americana sorridente! Odeio todos eles. Lembra que entrava ano e saía ano e eles não abriam um segundo front? Queriam que os fascistas nos aplicassem uma sangria...

Sim, sim, sim, sim, disse Chostakóvitch, cujas têmporas haviam começado a doer por excesso de bebida. Você tem toda a razão, Camarada Aleksandrov...

Toda vez que enxergo um americano eu me sinto pronto a explodir. Começo a pensar no segundo front, e aí... Bem, pelo menos você é um de nós, Dmitri Dmitriévitch. Você estava em Leningrado...

Estava mesmo, Camarada Aleksandrov, e eu, eu, eu nunca vou me esquecer do que...

Minha primeira esposa caiu nas mãos deles. Foi refém. Em Kiev.

Ora, ora. Estava por lá a trabalho? Se me permite dizer, meu caro amigo, às vezes é melhor não...

Sempre achamos que eles só a tinham enforcado, mas sabe o que fiquei sabendo ano passado? Sabe o que fizeram com ela antes? Enquanto aqueles americanos de merda estavam rindo e coçando o saco? Melhor eu nem começar. Quem ensinou nossa música a ele?

Um russo. Rozina Levina...

Um exilado. Ralé.

A mãe dele também, creio.

Que bonitinho. Um filhinho da mamãe. Não surpreende que ele seja uma boneca.

Ele me disse que ela foi pianista de concerto...

Isso só piora as coisas.

E é pior ainda, Camarada Aleksandrov. Veja bem, eu me atrevo a dizer que ele...

Ele o quê? Precisamos de todos os detalhes. Diga tudo que lembrar sobre esse desgraçado...

Sabe, ele — bem, eu compartilho seus sentimentos de, de, digamos, traição, e ainda assim, neste caso, bem, eu acredito piamente que ele *não bate muito bem*.

Como ele poderia dizer o que sentia de fato? Talvez Cliburn soubesse mais do que deixava entrever. Mas Chostakóvitch seguia convencido de que aquele americano fazia parte do processo natural de *esquecimento*. Vamos chamá-lo de uma bactéria no cadáver apodrecido de nossas memórias de guerra. Logo não vai sobrar mais nada, nem mesmo ossos. (Ele era apenas um garotinho, claro, com as mãos nos bolsos.) Quando Chostakóvitch esteve em Leipzig para o Festival Bach, um comunista alemão, com um sorriso malicioso, citou para ele as palavras de um certo general Von Hartmann, comandante da 71ª Divisão do 6º Exército em Stalingrado. Alguns dias antes da rendição final, Hartmann havia comentado: Vistas de Sirius, as obras de Goethe não serão mais que poeira daqui a mil anos, e o 6º Exército um nome indecifrável, incompreensível para qualquer um. —[7] Então caminhou a passos largos até o topo de um aterro ferroviário e começou a atirar a esmo na direção dos russos até ser abatido. O comunista alemão prosseguiu: Não posso negar que essas palavras me marcaram, Dmitri Dmitriévitch. Para ser bem direto, aquela postura heroica tão burguesa e dramática a serviço do niilismo absoluto — bem, aquele imbecil estava inteiramente certo a respeito do 6º Exército. Quem se importa com ele agora? — E o comunista alemão, rindo, seguiu vilipendiando o general Von Hartmann (de quem Chostakóvitch nunca tinha ouvido falar) até ficar aparente que o comunista alemão não conseguia parar de pensar no 6º Exército e talvez não quisesse que o 6º Exército se tornasse um nome indecifrável, porque os sofrimentos pelos quais todos na Alemanha e na Rússia tinham passado haviam se tornado valiosos como simples resultado da própria intensidade; ele tinha pavor de condená-los ao crematório da história. Chostakóvitch sentiu (além da repulsa, que trêmulo fez de tudo para disfarçar, pela ideia de que algum alemão imaginasse agora ser um camarada seu) algo entre tristeza e paz. Pois ele também não estimava tanto a própria desesperança? E aquela bactéria loira dos Estados Unidos estava ali em uma missão de transformar a morte que naquele momento caracterizava todos os europeus, e talvez até os vivificasse, de volta em poeira.* A bactéria venceria. Seria assoberbante. Ele não queria morrer — o que era o mesmo que dizer *ele era a morte*; não conseguia tolerar que sua morte morresse… ▸

* Na verdade, poucos anos após a morte de Chostakóvitch os críticos de Nova York zombavam da "superficialidade" de Cliburn. Seu repertório minguou. Em sua turnê de 1994 não tocou nada além do *Concerto nº 3* de Rachmaninoff e daquele primeiro concerto de Tchaikóvski que lhe tinha proporcionado uma fama singular. (A *Grande enciclopédia soviética*, contudo, que desde a dissolução da URSS agora jamais poderá ser suplantada por uma nova edição, continua a louvar sua "espontaneidade, lirismo franco, som exultante e dinamismo impetuoso").([a]) Ouvi falar que ele abre cada apresentação interpretando o hino dos Estados Unidos, "The Star-Spangled Banner".

([a]) V. 12, p. 121 (verbete sobre Harvey Lavan Cliburn, Jr.).

Vitórias perdidas

> *E então, enquanto fumava um cigarro com a tripulação de um tanque ou conversava com uma companhia de fuzileiros sobre o panorama geral, nunca deixei de encontrar aquela ânsia irreprimível por seguir em frente, aquela prontidão de me dedicar até a última gota de energia, as marcas registradas do soldado alemão.*
>
> Marechal de campo Erich von Manstein (1958)[1]

1.

Nos tempos do sonâmbulo, resgatamos nossa honra e despachamos *Panzergruppen* em todas as direções. Quando enfim voltei para casa, porém, a vanguarda do futuro já havia marchado através do Portão de Brandemburgo, com sobretudos de botões triplos fechados até o pescoço, mãos nos bolsos e olhos tão inexpressivos quanto crateras de bombas! Segundo minha esposa, cuja memória não é nada má quando se limita a eventos naturais confirmáveis, algumas de nossas tílias estavam florescendo naquele maio, como se não tivessem motivo para deixar de fazer isso, e o resto eram gravetos carbonizados, então ela se refere a essa época como "primavera russa", o que prova que ela pode ser espirituosa, a menos, é claro, que ela tenha ouvido essa frase no rádio. De qualquer modo, fomos inteiramente desnazificados. Nosso próprio filho, me contaram, jogou fora seu uniforme da Hitlerjugend e ficou sentado na beira do chafariz, ouvindo dia após dia a banda do Exército americano. Depois o

Muro foi erguido e metade da Alemanha se perdeu para nós, transformada magicamente em um dos novos países cinzentos da Central Europa, e nosso pavor da morte voltou por inteiro. Um velho bêbado se levantou em uma cervejaria e tentou falar sobre destino, mas alguém amassou seu crânio com uma caneca de dois litros e ele desabou. Quando cheguei em casa naquela noite minha esposa estava parada ao pé da escada com a mão na ombreira da porta, me espiando através do espaço onde a janela de vidro em forma de losango costumava ficar, e devo ter parecido triste, porque ela me disse com um voz estranha e suave como o verão: Não leve em conta esses anos perdidos; ainda temos quase meio século para endireitar tudo, ao que eu disse: Não leve em conta esses oito anos que passei em Vorkuta, quando arrancaram meus dentes e destruíram meus rins, ao que ela retrucou: Olha, todos sofremos na guerra, mesmo eu que você deixou sozinha enquanto estava fora estuprando polonesas e fuzilando ucranianos em valas; todos sabem o que você estava aprontando; além disso, você é um homem de meia-idade e, e veja só quanta cerveja você anda bebendo; seus rins teriam pedido água de qualquer forma. — Tendo concluído o reconhecimento de suas formações (como teria dito meu antigo comandante; ele morreu de gripe em alguma mina de carvão perto de Tíflis), digamos que retrocedi; recuei de minha posição na esperança de salvar alguma coisa; bati em retirada para dentro de mim mesmo. Que ela fale de destino o quanto desejar, repeti para mim mesmo. Pelo menos *eu* não estou maculado por ilusões!

Por acaso, eu estava guardando um agradinho para mim mesmo; estava entesourado sob as almofadas da minha poltrona. Pouco antes de eu ir para o hospital, a Athenäum-Verlag lançou as memórias do meu herói, o marechal de campo Von Manstein. Ainda que eu não me considere livresco, pareceu adequado demonstrar meu apoio, digamos assim, sobretudo porque o pobre velho tinha acabado de sair da cadeia, catorze anos mais cedo, se a memória não me falha — o único favor pelo qual serei grato a esses "Aliados". Por quatro anos não consegui abrir o livro, por causa do estilhaço na minha cabeça, mas a coisa enfim parou de se mover e conquistei alguma paz, e ali estava ele na sobrecapa, em toda a sua dignidade cinzenta, usando sua Cruz de Ferro e suas folhas de carvalho. O título do livro era *Vitórias perdidas*.

Sempre achei que se Paulus tivesse ao menos recebido permissão para escapar do cerco e se juntar às tropas de Von Manstein, poderíamos ter vencido a guerra, e provei isso para um bom número de pessoas, inclusive até um dos guardas russos em Vorkuta. Von Manstein poderia realmente ter salvado a todos nós.[2]

Sempre que penso sobre o que aconteceu com a Alemanha, ou sobre minha própria vida miserável, ou sobre como minha sobrinha de catorze anos morreu, carbonizada pelos americanos em Dresden, fico tão emotivo que começo a ranger os dentes, e então minha esposa diz aos amigos: *Ele está daquele jeito de novo*. Ela nunca se importou com meu irmão, o ex-engenheiro, agora preso por trás do muro da suposta "República Democrática Alemã", consertando canos de esgoto para os comunistas e ganhando quase nada em troca, meu pobre irmão a quem nunca mais verei (ainda que ele possa me telefonar); é outra vítima das ilusões profundamente escalonadas de nosso antigo Alto-Comando. *Ela* diz que meu irmão não a recebeu no seio da família. Como se isso estivesse em questão! Bem, eu poderia falar por horas. Mas Von Manstein acabaria com meu desânimo. Von Manstein me mostraria como tudo deveria ter sido feito! E eu soube desde a primeiríssima página que ele também defenderia o Exército alemão. Sabe, outra coisa que me deixa furioso é o modo com que o mundo inteiro condena o "militarismo alemão", como se não tivéssemos lutado simplesmente por espaço vital suficiente para sobreviver! O que, digamos, os franceses teriam feito caso tivessem perdido a última guerra e sido forçados a pagar em sangue, solo e dinheiro, ano após ano, enquanto todos os vizinhos afiavam as facas, prontos para trinchar outro pedaço da França? Dizem que fomos longe demais na Polônia. Bem, os poloneses teriam anexado a Alemanha até chegar em Berlim, se tivessem tido a chance! Von Manstein defende essa exata ideia no livro, que recomendo com vigor. Ele desmascara a política de força agressiva dos poloneses. Quem ler jamais verá a Polônia do mesmo jeito; isso eu garanto. Para ser mais direto, Von Manstein está por dentro de tudo! Os vitoriosos podem tentar de tudo para enterrá-lo, mas isso só me faz admirá-lo ainda mais. Como disse um grande alemão, "sozinho o forte é mais poderoso".[3]

Bem, não avancei muito no livro, na verdade. Estava mais ou menos na metade da campanha polonesa. Mas já posso dizer que minha fé em Von Manstein não seria frustrada,[4] porque assim que soou o primeiro tiro ele já explodiu a calúnia de que queríamos causar qualquer mal aos poloneses; ele disse — vou conferir a página — arrá, aqui estão as exatas palavras dele: "Quando Hitler exigiu a destruição rápida e impiedosa do Exército polonês, isto era, em jargão militar, simplesmente o objetivo que deve embasar qualquer grande operação ofensiva".[5] E as supostas "atrocidades" que cometemos no processo? (Quem reclamar que nosso Exército se comportou, relativamente falando, de forma incorreta, deveria passar alguns anos em Vorkuta!) Encerramos o assunto da forma mais rápida que conseguimos. A capitulação da Polônia, mais uma vez nas palavras de Von Manstein, "preservou de todas as formas a honra militar de um inimigo derrotado após uma luta galante".[6] E isso é tudo que qualquer bom alemão precisa dizer sobre o assunto.

E o que aconteceu, então? Esses "Aliados" degenerados, que enforcaram nossos líderes por conluio agressivo, declararam guerra contra *nós*! — Bem, cumprimos nosso dever. Meu melhor amigo, Karl, que esteve com o 8º Corpo de Aviação de Von Richthofen e jamais contou uma mentira sequer na vida, me escreveu em uma carta que uma águia voou ao lado dele, do lado de fora da cabine, em todas as incursões contra Sedan. Não sou sentimental, mas essa anedota faz pensar. Bem, Karl foi abatido sobre Stalingrado. Estava trazendo comida e remédios para o 6º Exército. Tudo desperdiçado! Mas ele não aceitaria que eu sentisse pena. A questão é que seguimos a única linha correta, e nossas políticas permaneceram tão generosas quanto nos foi possível sob aquelas circunstâncias. — Assim como uma ou duas rajadas de metralhadoras leves em geral limpam uma estrada de partisans, Von Manstein profere uma frase e todas as objeções voam pelos ares! Por exemplo, "como resultado do comportamento impecável de nossas tropas", escreve, "não ocorreu nada que pudesse perturbar nossas relações com a população civil durante meus seis meses na França".[7] A palavra de Von Manstein vale ouro. Se ele faz uma afirmação, caso encerrado. E ainda assim eles nos punem por "crimes" contra a França! É por isso que às vezes acordo de manhã de ressaca, pensando: de que adianta?

Minha esposa estava furiosa de novo, dessa vez porque entupi o ralo ao me barbear, uma acusação procedente, mas me abriguei na casamata porque logo depois da parte sobre honra militar *Vitórias perdidas* ficou especialmente interessante. Sempre gostei de questões teóricas. Em Vorkuta eu tinha o costume de perguntar aos guardas o que teria acontecido se em vez de Roosevelt, Stálin tivesse morrido; essa pergunta me custou estes dois incisivos superiores. Então você pode imaginar como fiquei empolgado quando Von Manstein também começou a tratar de questões teóricas: o que a Polônia deveria ter feito para evitar a derrota? Para mim é um verdadeiro exercício de imparcialidade vestir a pele do inimigo apenas por um piscar de olhos, e então, digamos, sacudir um pouco o esqueleto; é uma boa preparação para *a próxima vez*. Sim, é o modo certo de lidar com isso. E Von Manstein, nem preciso dizer, tinha a resposta na cartucheira: a Polônia deveria ter abandonado os territórios ocidentais para salvar seus exércitos do cerco, e então esperado pela chegada dos Aliados. (Claro, eles não teriam vindo; nunca vieram. O que se pode esperar desses covardes? Veja o que é a Polônia agora — um satélite da Rússia!) Fiquei com vontade de falar sobre isso com alguém, mas meu filho, que nos velhos tempos teria concordado com tudo que eu dissesse, não tinha mostrado a cara o dia inteiro; acho que ele estava o mais perto possível do Tiergarten, na esperança de mendigar cigarros de negros americanos. De qualquer modo, e ele se importaria? Quando retornei de Vorkuta ele me olhou como se eu fosse um monstro. Minha esposa tentou conciliar a situação afirmando que ele não tinha me reconhecido. Bem, e daí; *sozinho o forte é mais poderoso* e assim por diante. Depois veio a questão à qual eu poderia de fato me dedicar de corpo e alma: o que *nós* deveríamos ter feito para evitar a derrota nas mãos dos russos? Nem preciso dizer que eu já fazia uma boa ideia, mas apenas em termos gerais. Então melhor prestar atenção, repeti para mim mesmo, pois quem está falando é o marechal de campo Erich von Manstein! Ele me faria *enxergar* as flechas nos mapas, as pontas de lança, os retângulos de nossos Grupos de Exércitos, que pareciam lingotes! Eu estava de volta, cruzando veloz todos aqueles novos estados que vinham à tona em praticamente todas as páginas de *Vitórias perdidas*, com seus Comissários do Reich predeterminados por nosso sonâmbulo em pessoa enquanto a Wehrmacht seguia em frente, a área operacional idealmente (eu entendo mesmo a teoria por trás disso, veja bem) não muito mais profunda que a própria linha de frente, de modo a evitar interferências em nossos "Destacamentos Especiais" na retaguarda, e sobre estes é melhor nem dizer nada, porque são secretos; o que estou tentando explicar é que em *Vitórias perdidas* a Alemanha estava em marcha mais uma vez, e quanto mais longe avançávamos mais fortes ficávamos, até nos tornarmos gigantes em uma terra de sonhos. Sou realista, mas por que não posso visitar o passado, ainda mais agora que me é tão doce quanto o cheiro de açúcar queimado que subiu quando nossos bombardeiros acertaram os armazéns de Badaievski em Leningrado? Sobre Leningrado, Von Manstein afirma (e concordo com ele) que em 1941 poderíamos ter conquistado a cidade se tivéssemos avançado um pouco mais, mas o sonâmbulo não permitiu; exigiu Moscou ao mesmo tempo, e por isso não conquistou nenhuma das duas. (Em retrospecto, ele de fato parecia estar — vamos ser gentis — um pouco deslumbrado.) Fizemos outra investida em 1942, mas bem quando estávamos chegando a algum lugar fomos atacados pelo 2º Exército de Choque de Vlasov, e então tropas foram desviadas para o Cáucaso; e quando Von Manstein tinha acabado de resolver *essa* confusão Paulus entrou em apuros em Stalingrado! Então, veja bem, foi por má sorte que nunca entramos com tudo em Leningrado. Açúcar queimado! Nunca vou esquecer aquele cheiro delicioso. Era como se todos os confeiteiros da Rússia tivessem arregaçado as mangas, preparando-nos um bolo da vitória do tamanho de uma montanha; a cobertura estava prontinha; sempre gostei de açúcar caramelado.

O marechal de campo Von Manstein encerra o primeiro capítulo das memórias: "Daqui em diante falariam as armas".[8] Logo romperíamos a Linha Stálin. Tomaríamos Leningrado enfim. E quando fizéssemos isso, von Manstein estaria lá! Ergueria seu bastão de marechal para dizer *Alemanha*. Na mesma hora chegaria o verão imperecível.

2.

Alguns de nós, naquela cela aberta em Vorkuta, sempre de gorro e com nossos panos de pés e qualquer outra coisa que conseguíssemos encontrar enrolados em volta do rosto como proteção contra o frio, de modo que parecíamos *babuchkas* russas, bem, para passar o tempo costumávamos conversar sobre política, quase nunca sobre amor, porque isso teria sido insuportável demais; era quase como se já conseguíssemos enxergar os sorrisos safados das garotas arianas por quem tínhamos dado tudo; agora estavam se entregando a soldados americanos apenas para ganhar um pouco de chocolate; quando voltei para casa e as vi mostrando os dentes para os homens que haviam queimado Dresden, quase desci o braço nelas, não estou mentindo! Por mais que a maioria de nós estivesse triste e chateada em Vorkuta, os loucos por mulheres estavam pior que todos. Podemos cantarolar "Lili Marlene"[9] como idiotas; fantasiar sobre esta ou aquela mulher ou até ficar com o rosto negro como o de um partisan enforcado; mas ainda estamos aqui e ela ainda está *lá*, para além do arame farpado; mas mesmo no gulag podemos sugerir uma teoria ou dar uma opinião, e precisamente por opiniões parecerem, para ser direto, menos reais do que parecem em casa, nos alojamentos ou mesmo nas marchas, por que não aproveitar isso ao máximo? Lanternas de cabeça na primeira trincheira, como sempre digo! É o mesmo que estar em comboios exultantes avançando cobertos de poeira para além do horizonte das estepes, com o rugido das lagartas de tanques acalentando o trajeto inteiro pela planura de verão; uma vez que se tenha ouvido isso, sempre se vai querer mais. Nesse estado de espírito, é possível debater uma questão com prazer — por exemplo: a campanha russa foi ou não agressiva? Von Manstein considera as disposições de tropas russas um "desdobramento contra qualquer contingência",[10] o que implica, pelo menos no meu ponto de vista, que é possível argumentar que a Operação Barbarossa era defensiva. Além disso, relata como, no primeiro dia da campanha russa, o "comando soviético mostrou sua verdadeira face", matando e mutilando uma patrulha alemã.[11] Para mim, isso é conclusivo (especialmente dito por Von Manstein), mas de qualquer modo se pode discutir algo assim e polir as próprias opiniões até estarem tão imóveis e perfeitas quanto diamantes; melhor se ocupar com isso, já que ninguém vai a lugar algum nos próximos muitos e muitos anos, talvez nunca mais.

Um pouco antes de se casar com Eva Braun e explodir os miolos, o sonâmbulo redigiu seu testamento político, do qual meu amigo paraplégico Fritzi arranjou uma cópia ano passado, sei lá eu como. Ainda bem que Fritzi já tinha sido desnazificado! Bem, esse documento afirma muitas coisas que não tenho como respaldar plenamente; por exemplo, na minha opinião o homem foi severo demais com os judeus, não que eles não precisem de mão firme. Mas o que me impressionou foi ele ter se decidido sobre tudo — *tudo!* — quando ainda era um mendigo faminto em Viena; nesse testamento, insistiu que nas décadas que se passaram ele não havia mudado de ideia sobre nenhuma das conclusões a que tinha chegado na época. Então, ele olhou à sua volta e pensou (é o que imagino): O que nós, alemães, vamos ser agora? Uma ralé de estupradas sifilíticas e homens pernetas! — Aí, apertou o gatilho. Exige coragem. Paulus não teve coragem de fazer isso em Stalingrado. Eu teria feito num piscar de olhos, caso fosse fazer alguma diferença para a Alemanha. *Isso* é triunfo da vontade! Portanto, de certo modo, ainda o respeito, sobretudo por saber o que sabia, fosse verdade ou não. (Se ao menos tivesse permitido que as formações móveis de Guderian cuidassem da especialidade dos alemães em vez de adotar aquela defesa estática, mais adequada a eslavos!) Por que não passar o tempo nos decidindo a respeito do que acreditamos, e então argumentar em favor dessa crença, ser leal a ela?

Mesmo na época da prisão, algo dentro de mim estava ficando pronto para se sentir de certo modo, como uma peça de artilharia de campanha apontando para o alvo; eu queria me tornar alguma coisa de uma vez por todas; pode parecer estranho, mas Vorkuta voltou a mim enquanto eu estava sentado no conforto do lar, lendo Von Manstein; e não eram mais anos desperdiçados; tinham levado a alguma coisa. Eu queria clarificar a existência, nem que fosse apenas para mim mesmo, traçar distinções secretas e perfeitas até minha compreensão se tornar uma estreita ponta de lança. (Aqui vai uma distinção, e grátis: russos optam por uma imensa barragem de artilharia antes de um ataque, enquanto nós, alemães, preferimos confiar em nosso próprio sangue.) Estava acontecendo, linha por linha; e eu ainda tinha centenas de páginas gloriosas pela frente, como as estepes russas no verão de 1942, se estendendo perfeitamente douradas e infinitas como todas as nossas vitórias, ou vitórias perdidas, talvez eu deva dizer; e durante a leitura eu fazia anotações sobre o progresso de nossas divisões de assalto.

3.

Não pense que já não vi de tudo: o entusiasmo nacional, o orgulho, os sucessos desperdiçados ao reverso da vontade da Natureza, a maneira com que nossos figurões com seus longos sobretudos cinzentos se empertigavam sorrindo como tubarões quando algum dignitário polonês ou sei lá de onde rastejava até eles para um aperto de mão! Naquela época o sonâmbulo ainda podia sonhar em quebrar Leningrado como se fosse uma noz, fazendo o Neva fluir ao contrário, montado nos ombros do Cavaleiro de Bronze; eu, de minha parte, ainda tinha todos os dentes; meus sonhos se estendiam ao leste como silhuetas da infantaria alemã marchando em meio à poeira das estradas do verão. (Para dar umas boas risadas costumávamos sintonizar a Rádio Leningrado, porque tudo que transmitia era o tique-taque de um metrônomo.) Bem, faz tempo que o verão acabou. Mas não me importo, pois reconheci dentro da minha alma algo tão titânico quanto os canhões ferroviários Dora que nos ajudaram a subjugar Sebastopol — sim, a esta altura você já deve supor; eu servi com *ele*; sou um veterano do 11º Exército de Von Manstein! E recebi uma Cruz de Ferro de Primeira Classe — não importa que os americanos tenham decretado que não posso usá-la. Então continuo a leitura, *sabendo* que de algum modo eu tinha mais mil anos à minha frente; e através da janela os lírios cintilavam e operários alemães reconstruíam tudo. Não moramos muito longe do Landwehrkanal, nossa linha defensiva primária durante a batalha de Berlim (é também onde aquela vadia judaica Rosa Luxemburgo levou o que merecia em 1919). É onde nossos garotos alemães de treze anos surgiram com seus uniformes escolares negros para morrer na luta contra o bolchevismo. Tanta história ao meu redor! E naquele dia eu me senti de fato parte de tudo aquilo, posso garantir, sentado na minha poltrona e terminando *Vitórias perdidas*. Então cheguei na parte em que Von Manstein diz que Hitler não foi ousado o suficiente para arriscar tudo em nome do sucesso; e comecei a sentir aquela coisa a qual passei tanto tempo me preparando para sentir. E era isto: *Se ao menos Von Manstein tivesse sido nosso Führer...* ▸

As noites brancas de Leningrado

1.

Se isto fosse um filme, em especial o tipo de filme que alegra as pessoas em tempos de guerra, teria se passado nas famosas "noites brancas" de Leningrado, quando Chostakóvitch se aninhava nos braços de Elena Konstantinovskaia. Não é, infelizmente. Além disso, sendo o verão uma estação expressamente reservada aos arianos, esta história russa se vê obrigada a acontecer no inverno, quando as noites de Leningrado, como a maior parte dos dias, são pretas, pretas, pretas! Que tal uma concessão? Contaremos nossa história em cinza.

Era uma vez, no século XX, quando meus pais ainda eram jovens, uma época em que a cor ainda não tinha ingressado no mundo. Luz e escuridão, preto e branco, bastavam aos meus pobres avós; quando meus pais nasceram, o cinza tinha sido inventado pela IG Farbenindustrie. De início não parecia servir para nada além do enodoado fog londrino, mas quando a blitz começou, ele expressava muito bem a fumaça das cidades que queimavam. Três dias antes que o Führer interrompesse sua monumental batalha de tanques em Kursk, o Departamento de Guerra dos Estados Unidos, informado por um desertor da Zeiss de que os filmes caseiros de Hitler estavam sendo filmados *em cores*, lançou o ultrassecreto Projeto Taos, no decurso do qual um engenhoso cientista precoce chamado Ansel Adams empregou uma formação em ouriço de canhões de fóton para fraturar a escala tonal do firmamento em exatas dez zonas, do negro primordial da Zona 0 ao branco perfeito da Zona X. Contraste, relações entre nuvens e penhascos, pinheiros cinza-perolados adornados com recônditos de negro profundo, luminância e detalhe, rios de semiamplitude cinza-canhão listrados com rastros de um cinza mais claro, distinções como essas permitiram ao nosso universo um número maior de ajustes em relação aos proporcionados pelo modelo de Gutenberg anterior; mas foi só com a Operação Polaroide que a maioria dos cidadãos conseguiu enxergar cores pela primeira vez: cores primárias na Fase Um (agora sorrimos ao lembrar que até 1979, a folhagem do ápice do verão só podia ser amarela ou azul); e então, assim que nossa paisagem americana foi adequadamente condicionada pelo Raio Adams, as secundárias, as terciárias e enfim os diversos sabores infravermelhos que tanto apreciamos em situações eróticas. Como afirmei, os alemães tinham nos passado a perna nessa questão, assim como os russos fariam com o espaço sideral; não posso deixar de mencionar a "avaliação" do OSS, recentemente tornada pública, preparada por um certo Frank Voss, nosso agente americano local cuja verdadeira missão é farejar armas secretas aqui nas ruínas do Führerbunker; esse sujeito daltônico vivenciando as cores pela primeira vez (na verdade, a única vez, posto que seu último rolo incluía sua captura, tortura e liquidação na Coreia do Norte) escreve que a pilha de latas de aço no poço de escombros na extremidade de um corredor úmido agora vigiado por nada menos que três metralhadores calmucos ("eram bem amistosos", relata, "e também me passaram a localização de um destacamento Werewolf responsável por vários aborrecimentos em nosso setor") emite um brilho mais pálido que qualquer cinza da Zona VII, que todavia compartilha da inevitabilidade dramática da Zona II; Frank Voss, que no passado foi estudante de teologia, especula que para os sentinelas, cuja sofisticação, a seu ver, deixa muito a desejar (sua ideologia, escreve com tristeza, os força a enxergar em preto e branco), essa luz indescritível pode ser tão sagrada quanto a estrela na fronte pálida de seu revolucionário cruzador *Aurora*. — Sim, indescritível! — Derrotado, Frank Voss se retira para metáforas cinzentas mais seguras; relatos do brilho atômico sobre Hiroshima agora parecem igualmente inexatos. Contudo, nesse episódio ele conquista nossos corações tanto quanto aquela eminência prateada cintilante, Bing Crosby; aliás, se não fosse a Guerra Fria, nosso jovem e tenso americano teria provavelmente recebido a Ordem de Kutuzov por bravura, porque, sem medo nem hesitação, excede a ousadia dos aliados calmucos: a saber, abre a tampa da maior lata de filme! E instantaneamente, em um raio de talvez seis metros, o corredor se colore não de "vermelho", "azul" ou "amarelo", cores que de qualquer forma lhe faltariam palavras para descrever, mas de seus opostos atenuados, porque os primeiros experimentos dos alemães com filmes envolviam filme negativo. Depois de acompanhar as tentativas estranhamente comoventes de Frank Voss de descrever esses tons com base em estimativas de seu comprimento de onda, chegamos a esta transcrição (em parte corrompida) de uma tentativa de contato com o QG: `Lamento muito incapacidade de avaliar o fenômeno. Fazendo o possível. Favor confirmar imediatamente na linha emergencial se objetos devem ser destruídos antes da chegada de especialistas soviéticos.` Voss tenta então, com mais afinco do que nunca, descrever o rubor magenta concedido ao teto por muitos milhares de *frames* de oito milímetros quase idênticos dos lábios de Eva Braun, mas aqui o relatório foi **CENSURADO: APROX. 300 PALAVRAS EXCLUÍDAS**. Bem, não seria melhor assim? O testemunho místico atinge seu valor máximo como propaganda quando ganha nuances inacabadas, até mesmo obscuras. Além disso, os alemães nunca tiveram a intenção de compartilhar as cores com ninguém, exceto a elite, e o resto da Europa permanecia horrivelmente cinza naqueles dias, papel de blecaute sendo a melhor Zona 0, que em museus sujeitos à penetração do Raio Adams parece no máximo um tênue preto-esverdeado, enquanto na mais confiável Zona X não pode ser mais claro que o cadáver de um oficial nazista encarando o céu. Por esse motivo Ansel Adams em pessoa, esse americano genuíno, nunca visitou a Europa até 1974, altura em que tinha sido projetado à oitava década de vida; havia calculado que as condições de iluminação por lá seriam impossíveis na prática, que valores mais altos seriam bloqueados, pois para além da praia de Omaha o continente permanecia dividido em apenas duas zonas grosseiramente distintas (nas quais Adams contou explicitamente as meias-noites cinza-peroladas de Leningrado); mas ele teve de ir assim mesmo. Em Paris, faltava à sua sombra comprida até mesmo um componente azul; e quando chegou a Arles, em um meio de transporte cujos engenheiros tinham ido muito além do maciço futurista de qualquer trem blindado, se viu "ligeiramente encantado pela paisagem passando veloz" (terra preto-chumbo; relva cinza-prata; a Académie Française debatia com vigor a inclusão de certos sépias e castanhos-avermelhados), "mas entediado com a mesmice rural e os indícios de antiguidade surrada e modernas paisagens industriais. Em poucas palavras, confesso sentir saudades de casa".[1]

2.

Bem, quem não teria saudades de casa, sobretudo durante os anos de guerra? (Imagine o desânimo dos espectadores quando os alpinistas do Camarada Stálin escalaram a reluzente Torre do Almirantado de Leningrado e a camuflaram com tinta cinza-fosca.) Não apenas a Europa estava mais cinzenta e com um contraste mais acentuado do que nunca — isso sem mencionar os vidros quebrados, o frio e a escuridão — mas, como demonstram filmagens do período, as estruturas atômicas estavam de fato mais *folgadas* — daí os malares cinzentos e pontilhados dos poloneses famintos, o quase-branco penugento dos cambitos das crianças, as irregularidades aveludadas do que deveriam ser sulcos cinzelados em colunas nas fachadas de lojas de departamentos ainda não bombardeadas. O argumento perverso de certos "especialistas" de esquerda, segundo o qual o filme dos anos 1940 era inerentemente mais granulado que o atual, já foi refutado por um estudo da CIA que empregou ampliação extrema para comparar documentários nazi-soviéticos baseados em nitrato com os filmes coloridos de hoje.* Como Adams demonstrou, "o grão é uma característica fundamental da própria realidade".

3.

Apesar de tudo, devemos admitir uma qualidade dos velhos tempos cinzentos: a coerência. Assim como um poema atinge seu efeito mediante uma aplicação restrita de escolha dentro de uma aplicação ampla de exclusão (a palavra de que preciso não pode ser nenhuma das milhares que não rimam com *cinza*), a Europa dos tempos de guerra era perfeita ao seu modo espectral, habitada por seres de tez prateada com poros grosseiros. Como meus pais se pareciam quando jovens? Agora têm cabelos brancos. Sempre devem ter tido, é claro; eles se casaram antes que o castanho fosse inventado. Em termos relativos, tiveram sorte; meu pai cresceu na extrema brancura dos invernos de Chicago; minha mãe tinha seus trigais cinzentos do Nebraska. Na Europa, a escala tonal permanecia notadamente mais inóspita. Que interno do continente poderia esperar ser mais que um civil fugitivo e esguio, vestido com um terno preto como tinta, ou um de tantos homens com camuflagens nevadas sobre um tanque, apontando armas negras para a neve? Alguns milhões de almas conseguiram ser jovens soldados russas cinza-foscas, condecoradas e encimadas por chapéus de pele cinza-médios; nós as vemos marchando rumo ao oeste naquele espetáculo de propaganda, *A queda de Berlim*, para o qual Chostakóvitch compôs a trilha. Quando Khruschóv, flanqueando a Operação Polaroide, introduziu a cor vermelha na sociedade soviética no começo de 1961, ela pegou tão rápido que todas as condecorações subsequentes precisavam ser carmim ou sangue, mas durante a guerra todas as medalhas permaneceram cinzentas, é claro, o que na verdade considero adequado porque foi uma guerra cinza e lúgubre de cadáveres congelados; sangue congelado fica preto; vermelho teria ficado deslocado. Os garotos pálidos e magricelas montando os pentes redondos das metralhadoras, de que cor poderiam ter sido, senão branco-osso? Entre os reflexos de longas colunas militares brancas se contorcendo no Neva e os filetes negros de pessoas minguando dia após dia nas ruas congeladas de Leningrado, apenas duas zonas eram necessárias: ultracinza de campanha, como exemplificado pela escuridão achaparrada sobre as lagartas dos *Panzerkampfwagen* (especificamente, um Pzkpfw-IIIF), e cinza-gelo, a cor das faixas stalinistas ultrapassadas pelos Panzers, as faixas que diziam: **A VIDA FICOU MAIS ALEGRE**.

* Os detalhes mais distintos de nossas projeções orto-mx resultam não apenas de uma sensibilidade nervosa mais organizada e uma acuidade moral aperfeiçoada, mas, acima de tudo, de uma superioridade tecnológica absoluta. Os milhões de cores e zonas tonais de que nós, americanos, desfrutamos nos dias de hoje têm uma aparência melhor do que nunca graças à cooperação da iniciativa privada. A filtragem digital está a caminho. Antes que se inicie a próxima guerra, esperamos eliminar por inteiro todo e qualquer espaço intra-atômico.

4.

Ele se levantou da cama e ficou em pé, magro e nu, observando o próprio hálito congelar dentro do quarto acinzentado. Foi até a janela. Bocejando, riscou um pequeno círculo no gelo da vidraça. Através desse orifício enxergou o que sabia que enxergaria: encouraçados cinza-foscos congelados no gelo.

Enxergou homens com sobretudos escuros e gorros de lã cinzenta, mãos nos bolsos e rifles enfiados debaixo do braço, canos apontados para cima, encostados ombro a ombro para se aquecer enquanto a banda militar tocava. Então começaram a marchar. Serpentes brancas de luz nevada esvoaçaram sobre eles enquanto se crispavam ritmicamente fora de foco.

Enxergou o calçamento cintilando e brilhando por causa do gelo.

Sorriu. (Listras brancas — arranhões no filme de guerra — se debateram sobre seu rosto.) Estava tão feliz quanto jamais estaria, porque a mulher na cama era sua amante, Elena Konstantinovskaia, e porque mesmo depois de tudo ela ainda o amava.

O mestre da composição (pois era isso que ele era) não lamenta a ausência de cinza entre as teclas brancas e pretas do piano. De qualquer modo ele tinha seus cinzas, três tons russos, fortes e grosseiros, que lhe bastavam para tudo. — Duas zonas, acabei de escrever, mas ela nos trouxe a terceira. Entre preto e branco jazem os seguintes três cinzas, do escuro ao claro: o cinza-carvão dos cachos pubianos de Konstantinovskaia, que corresponde à sombra lançada por nossos T-34 sobre o calçamento congelado da avenida Kirovski (que por meio desta sejam repudiados os Pzkpfw-IIIF do inimigo); o saudável cinza-médio de suas unhas, lábios e mamilos; e o cinza pálido e cremoso, nada cinza-gelo, de seu rosto, mãos e ombros, bronzeados pelo sol da Rússia. Sob os seios muito, muito brancos vivem sombras gêmeas em crescente que anseiam por se expressar em seu próprio tom intermediário entre cinza-lábio e cinza-ombro, mas não têm como, pois todos os cinzas foram utilizados. Assim que o poema fica restrito, e com isso mais profundo (por exemplo, se limitando a branco, preto e três cinzas), se torna mais inteiramente o que é; Konstantinovskaia é perfeitamente o que é; é perfeita; salva a ele, que a ama, porque o sol branco de uma explosão é um rosto, o rosto da Morte, e os longos caracóis negros da Morte são fumaça; sem Konstantinovskaia, branco e preto seriam apenas Morte; ela os abençoou em matrimônio. Ali vêm mais alemães em cinza de campanha; ali vêm oficiais subalternos com galões prateados nas dragonas. Graças a ela o cinza de campanha não é apenas um tom inimigo; é também cinza-lábio; ele o beija sempre que beija a boca da amante…

Ele bebe da boca de Konstantinovskaia. A bruma branca do hálito da amante esvoaça por sobre as turgescências das vagas cinza-enegrecidas do Neva. Esse hálito amanhã estará congelado, guarnecendo os torrões de neve e os torrões de gelo sujo e os cadáveres com um novo branco. Sim, a lama será congelada em prata por esse hálito, e depois será branco polvilhado, e as casinhas destruídas por bombas de Pulkovo parecerão mais limpas. Tudo será branco sobre branco, mesmo a rara fumaça tímida que se congela assim que nasce das chaminés.

5.

Ele disse: Bem, Elena, que azar eu não ter me casado com você...

Não chore. Fique comigo hoje.

Mas depois eu...

Passe a noite aqui.

Se estão vigiando...

Claro que estão vigiando, Mítia.

Com isso ele se animou e riu: Bem, sem dúvida, estão todos à espera de que eu acabe mal. Olhe aqui, Elena, está vendo o que eu trouxe? Eu me esqueci de mostrar antes porque estava empolgado demais por, bem, eu, eu estava pensando em você, Elena, oh, sim, eu estava... Sollertinski me deu este peixe defumado. Adoraria saber onde ele conseguiu...

Venha já para a cama, ela disse em voz baixa.

6.

E isso prosseguiu, continuou, em curvas cinzentas como os trilhos triplos do bonde de Leningrado que agora levavam diretamente do rosto pálido e empapuçado do Camarada Jukov até a cabeça redonda e careca e os olhos redondos e arregalados do marechal de campo Wilhelm Ritter von Leeb; as horas cinza-pérola escoavam trêmulas e balbuciantes, os seios brancos de Konstantinovksaia santificados por compartilharem a mesma luz profana das munições alemãs chegando para beijar as ruas recentemente pavimentadas com os cadáveres que haviam criado; as sobrancelhas dela eram um muro de fumaça. Mas era apenas um filme de guerra sonhado por ele. Já tinha ido para Kúibichev havia muito a essa altura; tinha sido evacuado com a esposa e os filhos, por ser valioso. Konstantinovskaia estava na Espanha; ela se casou e se divorciou de um certo Roman Karmen. E quando o último rolo se soltou tiritando, quando o projecionista devolveu todos à horrenda luz, o astro do filme acordou, rolou para longe dos roncos da esposa, se levantou da cama, mexeu na *Sétima sinfonia* e mais tarde parou com o rosto amarrotado de tristeza e ansiedade enquanto repousava as mãos sobre os ombros dos dois filhos. Os óculos não paravam de escorregar nariz abaixo. Queria tirá-los. Sua filha Galia traçou um círculo na vidraça congelada. Espiando por ali, enxergou os ônibus parados, os automóveis russos negros, de capota plana, com capôs que pendiam em dobro sobre as rodas como as mandíbulas enganchadas de um louva-a-deus, e depois que ele contou somente dois tons de cinza, seus dedos muito, muito brancos, que naqueles dias tinham o mesmo tom das teclas do piano, começaram a se apertar como as antenas de um inseto se encolhendo para morrer.

7.

Certo, então desde o início ele sabia que era um filme; deixou-a às pressas porque Nina estava grávida; havia se unido às multidões obscuras no outro lado da rua, o lado seguro, onde as fachadas permaneciam brancas e providas de múltiplas janelas. (As letras cirílicas, estampadas com estêncil, branco sobre cinza, alertavam: CIDADÃOS! DURANTE FOGO DE ARTILHARIA ESTE É O LADO MAIS PERIGOSO DA RUA.) No filme ele tinha enfim voltado para o lado ao qual pertencia. A trilha sonora era sua. Ela estava em cima dele, e ele estava dentro dela, e ambos abriram a boca e então aqueles dois cadáveres russos, pálidos e boquiabertos, formaram sua própria sociedade exclusiva em uma esquina que reluzia brilhante como prata na chuva. ■

Notas

Estas histórias não têm uma base tão rigorosa em fatos históricos quanto na minha série *Seven Dreams*. Desta vez busquei escrever uma série de parábolas sobre agentes morais europeus — famosos, famigerados ou anônimos — em momentos de decisão. A maioria dos personagens deste livro são pessoas reais. Pesquisei os detalhes de suas vidas com todo o cuidado que me foi possível. Esta, porém, é uma obra de ficção. Espero que a justiça poética tenha sido concedida, tanto a eles quanto às suas situações históricas (que foram reduzidas a parábolas e depois enfeitadas aqui e ali com teias de aranha sobrenaturais). Como exemplo gritante, confira a nota que vem logo após esta seção: "Um triângulo amoroso imaginário: Chostakóvitch, Karmen, Konstantinovskaia". Peço desculpas por qualquer ofensa que eu possa ter cometido contra os vivos, e repito: esta é uma obra de ficção.

Em tais circunstâncias, seria um exercício estéril de didatismo listar quaisquer fontes que não sejam citações diretas. Mas tentei ao máximo ser fiel nos pequenos detalhes (por exemplo, "o som de nossos passos, que eu amava, e ainda amo, apesar de tudo")* e justo com os personagens históricos envolvidos. Creio que nem preciso explicar que os sistemas sociais aqui descritos, juntamente com todas as suas instituições e suas atrocidades, derivam integralmente do registro histórico.

* Guy Sajer, *The Forgotten Soldier*, trad. de Lily Emmet, Nova York: Harper and Row, 1971, trad. da edição original em francês de 1967, p. 71. O soldado esquecido era alsaciano e serviu na Wehrmacht. Sentia falta do som de botas de aço sobre paralelepípedos, um detalhe que surrupiei para "Mãos limpas".

A cronologia servia para leitores talvez não familiarizados com alguns dos nomes e eventos mencionados. Meu editor me convenceu a cortá-la, por causa da escassez de papel em tempos de guerra. Não há nenhuma obrigação de consultar uma cronologia; no entanto, ela poderia ter fornecido alguns exemplos sinistros de sincronicidades alemãs e russas.

Preparei a lista de patronímicos para quem tem dificuldades em guardar na memória nomes e apelidos russos.

O leitor não precisa se preocupar demais com a terminologia militar, em especial porque sua aparente especificidade foi tantas vezes ilusória durante a Segunda Guerra Mundial. O número de soldados numa divisão ou num regimento, por exemplo, variava não somente de acordo com o fato de o regimento ser alemão, soviético, romeno, italiano etc., mas também de acordo com o número selvagem de baixas que tivesse sofrido. Com o avanço da guerra, as formações tendiam a ficar menores que a designação oficial. (Um exemplo de não equivalência: quando a tentativa alemã de atacar Moscou, Operação Tufão, foi interrompida no inverno de 1941, noventa e cinco divisões soviéticas — oitocentos mil homens — pararam setenta e sete divisões e meia alemãs — um milhão de homens.) Após inúmeras tentativas de elaborar um belo gráfico para você, acabei perdendo as esperanças. A equivalência relativa dos postos hierárquicos nos exércitos em questão era menos problemática, mas muitas vezes também não era exata. A única questão que exige uma elucidação específica é a seguinte: no uso do Eixo (e da maior parte dos Aliados), a palavra "front" se refere à área imediatamente contestada entre dois exércitos. No uso dos soviéticos, contudo, um front poderia ser um agrupamento operacional, semelhante a um grupo de exércitos nazista. Durante a Grande Guerra Patriótica, a União Soviética formou e dissolveu fronts conforme as exigências de cada situação. Nunca foram menos de dez, e nunca mais de quinze. Para minimizar a confusão, usei letra maiúscula para indicar o termo no sentido soviético. Assim, o Front de Volkhov é o "Grupo do Exército Vermelho da Região de Volkhov", enquanto o front de Volkhov é a linha de frente da área de Volkhov.

Em relação ao *Ciclo do Anel*, *Parzival*, *Tristão e Isolda* de Eschenbach, a *Nibelungenlied* e as canções nórdicas da *Edda poética*, deve-se observar que nomes e atos se alteram em variações das histórias: Hogni é Hagen e Gunther, Gunnar; Brynhild aparece como "Brünnhilde" sempre que está numa ópera de Wagner. Guthrún pode se metamorfosear em Kriemhild ou Grimhild, ou desaparecer completamente. Siegfried conquista Brünnhilde para Gunther cavalgando através de uma muralha flamejante, ou então já fez isso, despertou-a e jurou sua fidelidade antes de conhecer Gunther. Em qualquer caso, o relacionamento entre Siegfried e Gunther é uma constante: por um lado complacência arrogante, com um toque de intimidade ilícita entre Siegfried e Brünnhilde, e por outro dependência invejosa e ressentida. Tentei respeitar as consistências e inconsistências adequadas.

Quando os plurais dos substantivos alemães são idênticos às formas singulares ("gauleiter", "*Nebelwerfer*" etc.), achei por bem improvisar uma forma plural com final *s*, especialmente em construções paralelas como "Nossos *Nebelwerfers* contra os Katiúchas deles, que problema sem solução!".

A equiparação moral entre stalinismo e hitlerismo não é novidade alguma. V. Grossman foi o pioneiro e o melhor nessa comparação em seu romance *Vida e destino*. Aqui ela é um mero ponto de partida. (O que é totalitarismo? Em 1945, pouco antes de sua própria morte em um bombardeio aéreo, o terrível Roland Freisler, juiz do "Tribunal Popular" nazista, diz ao seu adversário condenado algo que também poderia ser dito por um stalinista: "Nós e o cristianismo somos iguais num único aspecto: Exigimos o homem inteiro!" — Helmuth James von Moltke, *Letters to Freya 1939-1945*, ed. e trad. de Beate Ruhm von Oppen [Nova York: Alfred A. Knopf, 1990; ed. original alemã 1988], p. 409.)

Uma parte considerável das minhas descrições visuais, tanto em prosa direta quanto em metáforas, deriva das ilustrações do livro compilado por Irina Antonova e Jorn Merkert, *Moskva-Berlin Berlin-Moskau 1900-1950* (Moscou: Galart [uma suposta coprodução com a Prestel-Verlag em Munique e Nova York; não vi essa outra edição, mas se algum dia ela for lançada me parece preferível para o leitor que não consegue entender cirílico], 1996). É um livro espetacular.

Descrições de uniformes, armas e outros artigos militares do Terceiro Reich, sobretudo no *Ostfront*, fazem referências ocasionais aos livros de Nigel Thomas, *The German Army 1939-45 (3): Eastern Front 1941-43*, ilus. por Stephen Andrew (Oxford: Osprey Publishing, Men-At-Arms ser. nº 326, 1999); Bruce Quarrie, *Fallschirmjäger: German Paratrooper 1935-45*, ilus. por Velmir Vuksic (Oxford: Osprey Publishing, Warrior ser. nº 38, 2001); Robin Lumsden, *A Collector's Guide to Third Reich Militaria*, ed. rev. (Surrey: Ian Allan, reimpr. rev. de 2000 da ed. original de 1987); Werner Haupt, *A History of the Panzer Troops 1916-1945*, trad. do dr. Edward Force (West Chester, Pensilvânia: Schiffer, 1990; ed. original em alemão de 1989).

Descrições dos aviões de todos os lados combatentes se baseiam nos belos e coloridos encartes desdobráveis de *The Gatefold Book of World War II Warplanes* (Nova York: Barnes & Noble, por arr. c/ Brown Packaging Books, 1995). Para obter detalhes sobre as fontes das especificações técnicas de aviões soviéticos, consulte a nota apropriada em "Os foguetes de Elena".

Minhas descrições eventuais da caligrafia de escritores e compositores alemães e russos derivam de amostras que aparecem no livro compilado por Marianne Bernhard, *Künstler-Autographen: Dichter, Musiker, bildende Künstler in ihren Handschriften* (Dortmund: Die bibliophilen Taschenbücher, Harenberg Kommunikation, 1980). A exceção é a caligrafia de Chostakóvitch, que descrevi com base em fac-símiles reproduzidos em diversas biografias etc.

EPÍGRAFE [p. 7]

1. *Testimony: The Memoirs of Dmitry Shostakovich as Related to and Edited by Solomon Volkov*, trad. de Antonina W. Bouis (Nova York: Limelight, reimpr. da ed. de 1979 da Harper & Row), p. 156 (doravante citados, para fins de argumentação, como Chostakóvitch e Volkov).

AÇO EM MOVIMENTO [pp. 21-8]

1. Marechal de campo Erich von Manstein, *Lost Victories: The War Memoirs of Hitler's Most Brilliant General*, ed. e trad. de Anthony C. Powell (Novato, Califórnia: Presidio Press, 1994, reimpr. da trad. condensada de 1958; ed. orig. em alemão de 1955), p. 22.

2. Wilfried Strik-Strikfeldt, *Against Stalin and Hitler: A Memoir of the Russian Liberation Movement 1941-5*, trad. de David Footman (Londres: Macmillan, 1970, trad. da ed. alemã de 1970), p. 39.

3. Donald Cameron Watt, *How War Came: The Immediate Origins of the Second World War 1938-1939* (Nova York: Pantheon, 1989), p. 200.

4. Ibid., p. 462.

5. John Erickson, *The Road to Stalingrad: Stalin's War with Germany: Volume One* (New Haven, Connecticut: Yale University Press, 1999, reimpr. da ed. de 1975), p. 5.

6. Adolf Hitler, *Mein Kampf*, trad. de Ralph Mannheim (Boston: Houghton Mifflin, 1971; ed. orig. em alemão, 1925-6), p. 325.

7. J. V. Stalin, *On the Opposition (1921-27)* (Beijing: Foreign Languages Press, 1974).

8. Confira as notas sobre fontes de "O último marechal de campo" (nessa história aparece uma versão ampliada).

9. Gérard Chaliand (Org.), *The Art of War in World History from Antiquity to the Nuclear Age* (Berkeley: University of California Press, 1994), pp. 954-5 (Guderian sobre poder de fogo).

OS SALVADORES: UMA HISTÓRIA CABALÍSTICA [pp. 31-48]

Talvez se faça necessária uma nota sobre os últimos anos de Krupskaia, quando a descrevo "escrevendo em apoio aos julgamentos de fachada de Stálin, afirmou que muitos de seus próprios ex-colegas de luta mereciam ser abatidos a tiros, como se fossem cães raivosos". De acordo com um eminente historiador do período, ela sem dúvida merece créditos por ter tentado, em vão, salvar alguns dos colegas, como o Velho Bolchevique Piatinski. Pelo visto, I. D. Chigurin sentia-se em dívida com ela por ter recebido autorização para ter uma morte natural, ainda que miserável. (Consultar o livro de Robert Conquest, *The Great Terror: A Reassessment* [Nova York: Oxford University Press, 1991, reimp. da ed. de 1990], pp. 238, 437-8.) Nesse relato, e em vários outros, Krupskaia é mencionada en passant, com toques de simpatia ou piedade. Por outro lado, Soljenítsin, em sua trilogia sobre o sistema prisional, exige saber: "Por que a fiel companheira de Lênin, Krupskaia, não revidou? Por que não se manifestou nem ao menos uma vez com uma denúncia pública, como fez o velho trabalhador da fábrica de linho de Rostov? Será que realmente tinha tanto medo de perder sua vida de anciã?" (*The Gulag Archipelago 1918-1956: An Experiment in Literary Investigation*, trad. de Thomas P. Whitney [San Francisco: Harper and Row, 1973, 1975, 1978; orig. manuscrito *samizdat* russo dos anos 1960], v. 2, p. 333).

MOBILIZAÇÃO [pp. 49-52]

1. Citação do livro de Erich Eyck, *Bismarck and the German Empire* (Nova York: Norton, 1968, reimpr. da ed. de 1950), p. 239.

2. Ibid., p. 246.

MULHER COM FILHO MORTO [pp. 53-77]

1. Provérbio russo que aprendi com uma prostituta em Moscou.

Parte de minha compreensão da personalidade dessa artista foi delineada pelo livro de Elizabeth Prelinger (com contribuições de Alessandra Comini e Hildegard Bachert), *Käthe Kollwitz* (Washington: National Gallery of Art/Yale University Press, 1992).

2. Baseado numa carta em *The Diary and Letters of Kaethe Kollwitz*, org. de Hans Kollwitz, trad. de Richard e Clara Winston (Evanston, Illinois: Northwestern University Press), p. 184 (21 fev. 1944).
3. Baseado em *Diary and Letters*, p. 122 (registro de 14 ago. 1932: "Parei diante da mulher, olhei para ela — meu próprio rosto — e chorei e acariciei suas bochechas").
4. A história de Frau Becker e seus filhos: baseada em Käthe Kollwitz, *Die Tagebücher*, ed. por Jutta Bohnke-Kollwitz (Berlim: Akademie-Verlag, 1989), p. 49, registro de 30 ago. 1909, trad. de WTV.
5. *Tagebücher*, p. 379 (9 nov. 1918, trad. de WTV).
6. Família de Kollwitz exibindo a bandeira imperial pela primeira vez: Large, p. 127.
7. Conhecido como Rumpelstiltskin pelos leitores anglo-americanos de contos de fadas.
8. Descrito em *Tagebücher*, p. 170 (10 out. 1914, trad. de WTV).
9. *Tagebücher*, p. 400 (16 jan. 1919, trad. de WTV).
10. Ibid., p. 403 (registro de 25 jan. 1919, trad. de WTV).
11. Large, p. 166, ligeiramente alterado.
12. *Tagebücher*, p. 176 (27 nov. 1914, trad. de WTV).
13. Sonhos recorrentes de Käthe com Peter: *Tagebücher*, p. 193 (final de jul. 1915, trad. de WTV).

Vários detalhes sobre a discussão de Peter com os pais a respeito do voluntariado, sua morte, as condições de seu túmulo e a viagem de Käthe e Karl à União Soviética em 1927 ("A Rússia me intoxicou") vêm dos *Tagebücher*, p. 400 (16 jan. 1919, trad. de WTV), pp. 745-7 (Apêndice: "*Die Jahre 1914-1933 zum Umbruch* [*1943*]"). Uma mulher que parece ter conhecido Kollwitz afirma ter ouvido dela que "persuadiu o filho a se voluntariar para o combate". Essa mesma mulher, contudo, afirma que Peter, o neto, morreu "na campanha polonesa". Esse Peter morreu em 1942, muito depois de a campanha polonesa ter chegado ao fim. (Alison Owings, *Frauen: German Women Recall the Third Reich* [New Brunswick, New Jersey: Rutgers University Press, 1999, 3. reimp. da ed. em brochura de 1993], p. 311 [depoimento de Frau Emmi Heinrich].)

14. "Seu filho tombou."
15. *Tagebücher*, p. 85 (registro de 9 set. 1910, trad. de WTV). (Original: *Heut den Beginn gemacht zu der plastischen Gruppe: Frau mit totem Kind.*)
16. Ibid., p. 508 (registro de 12 set. 1921, trad. de WTV).
17. Christoph Meckel et al., *Käthe Kollwitz* (Bad Godesberg, Alemanha Ocidental: Inter Nationes, 1967), p. 16 (Ulrich Weisner, "On the Art of Käthe Kollwitz"), ligeiramente alterado.
18. Martha Kearns, *Käthe Kollwitz: Woman and Artist* (Old Westbury, Nova York: The Feminist Press, 1976), p. 162.
19. Tantas vezes representado em estudos sobre Chostakóvitch e suas composições tardias, especialmente o *Oitavo quarteto de cordas*. Thomas Melle, por sua vez, corrige: "Notação alemã inadequada. A notação alemã correta seria: d, d, es, c, b".
20. Otto Nagel, *Käthe Kollwitz*, trad. de Stella Humphries (Londres: Studio Vista, 1961), p. 58.
21. Descrição de Kollwitz em meio ao júri da Academia Prussiana: baseada numa fotografia no livro de Martin Fritsch (organizado e editado por Annette Seeler), *Käthe Kollwitz: Zeichnung Grafik Plastik: Bestandskatalog des Käthe-Kollwitz-Museums Berlin* (Leipzig: E. A. Seeman, 1999), p. 37.

22. Laszlo Moholy-Nagy, *Painting, Photography, Film*, trad. de Janet Seligman (Cambridge, Massachusetts: The MIT Press, 1987, reimpr. da 2. ed. alemã de 1927), p. 13. O encontro entre esses dois artistas é totalmente inventado.

23. Ibid., p. 45.

24. Inspirado na justificativa de Frau Ellen Frey, que defendeu Hitler décadas após o Terceiro Reich; em Owings, p. 181. (Frau Frey disse "viver por", não "defender", mas isso pareceu mais apropriado no contexto, já que o garoto está morrendo.)

25. Descrição da mão e do corpo de Peter nas lembranças de Kollwitz: inspirada numa descrição em *Diary and Letters* (p. 115; registro de 27 ago. 1927) de seu malogrado neto Peter: "a frágil mãozinha sobre as nossas. O lindo corpinho nu".

26. Carta de Kollwitz aos filhos sobre aprender russo: *Diary and Letters of Kaethe Kollwitz*, p. 183 (7 fev. 1944).

27. Ibid., p. 187 (13 jun. 1944).

28. *Diary and Letters*, p. 114 (13 fev. 1927).

29. Disposição da exposição de Kollwitz em Moscou: baseada nos *Tagebücher*, p. 632 (nov. 1927). A presença de Elena Konstantinovskaia é uma invenção.

30. Grete, Anna e a velha proletária: extraídas dos *Tagebücher*.

31. Descrição da jovem Käthe Kollwitz (comparada por mim à jovem Krupskaia): inspirada em uma foto no livro de David Clay Large, *Berlin* (Nova York: Basic Books, parte do Perseus Book Group, 2000), p. 70 ("Käthe Kollwitz, *c.* 1905". Fonte: Archiv für Kunst und Geschichte).

32. *Great Soviet Encyclopedia*, v. 12, p. 586 (verbete sobre Käthe Kollwitz).

33. *Tagebücher*, p. 18 (introdução).

34. *Diary and Letters*, p. 52 (set. 1909).

35. Baseado em comentários de Ludwig Hirschfeld-Mack sobre suas obras com cores refletidas; excerto em Moholy-Nagy, p. 80.

36. *The Diaries of Nikolay Punin 1904-1953*, org. de Sidney Monas e Jennifer Greene, trad. de Jennifer Greene Krupala (Austin: University of Texas Press, 1999), p. 51 (registro de 15 ago. 1917; ligeiramente reformulado).

37. Não há nenhum indício de que Kollwitz tenha ou não comparecido a uma apresentação de Chostakóvitch. Originalmente eu a condenei à medíocre *Segunda sinfonia* apenas porque a data de estreia, 1927, coincidia com o ano de sua visita. Na verdade, essa sinfonia estreou em Leningrado em novembro, de modo que é provável que Kollwitz já tivesse ido e voltado antes que a sinfonia chegasse até Moscou. Por essa razão, o "Scherzo em mi bemol maior" (1923-4) pareceu uma aposta mais segura.

38. *Diary and Letters*, p. 115.

39. Ibid.

40. *Tagebücher*, pp. 18-9 (introdução).

41. Desfile na praça Vermelha: baseado em parte na descrição em *Briefen an den Sohn*, pp. 201-2 (Moscou, 6 nov. 1927).

42. Catálogo de Kete Kolvitz (transliterado assim em cirílico), *Katalog vistavki proizvedenii iz muzeev i castnitch sobranii German Demokrat. Republiki* (Moscou: Isdatelstvo Akademii Khudojest SSSR, s.d. [prov. 1963], sem núm. de página). Este é apenas um truque meu como fabulista. O nome *Atentos* foi alterado para o equivalente em russo somente por ter aparecido assim no catálogo. Claro que, para a própria Kollwitz, o título permaneceu "Zuhörende" ou, em algumas versões, "Zuhörender".

43. *Bemerkung*, atribuído a Otto Nagel (op. cit., p. 288; trad. um pouco enfeitada de WTV).

44. Danilo Kiš, *Um túmulo para Boris Davidovitch*, edição americana *A Tomb for Boris Davidovich* com trad. de Duska Mikic-Mitchell (Normal, Illinois: Dalkey Archive Press, 2001, reimpr. da ed. de 1978 da Harcourt; ed. orig. em servo-croata de 1976), p. 42. Para evitar a monotonia, troquei "prisioneiros da" por "detentos da".

45. *Diary and Letters*, p. 115 (Véspera de Ano-Novo, 1927).

46. *Tagebücher*, p. 49, registro de 30 ago. 1909, transcrição de WTV.

47. Baseado em *Diary and Letters*, p. 116 (registro de mar. 1928: "Ficar feliz pelos outros, estar em harmonia com eles, é um dos maiores prazeres da vida").

48. Baseado numa afirmação em Kearns, p. 141.

49. O encontro entre Kollwitz e Karmen foi inventado por mim.

50. *Tagebücher*, p. 149 (ago. 1914, trad. de WTV, ligeiramente alterada). Como ele não é mencionado em nenhuma outra parte dos diários, não sei se era realmente o "velho Reschke" (o adjetivo é meu).

51. Ibid., p. 152 (10 ago. 1914, trad. de WTV).

52. Descrição de Peter em seu último mês de vida: baseada em uma fotografia nos *Tagebücher*, p. 167 ("Peter Kollwitz, 2. Oktober 1914").

53. K. K. Ognev (Org.), *Roman Karmen* (Moscou?: Sovexportfilm, s.d., depois de 1975), p. 7 (excerto do diário de Karmen na Espanha, presumivelmente em 1936; trad. de WTV).

54. Descrição do quarto de Peter: baseada numa fotografia nos *Tagebücher*, p. 192.

55. *Tagebücher*, p. 899 (notas; trad. e ligeiramente reescrito por WTV).

56. Traje de Hitler em Hamburgo, 1928: *The Infancy of Nazism: The Memoirs of Ex-Gauleiter Albert Krebs 1923-1933*, org. e trad. de William Sheridan Allen (Nova York: New Viewpoints, uma divisão da Franklin Watts, 1976), p. 155.

57. *Tagebücher*, p. 899 (notas, trad. e ligeiramente reescrito por WTV).

58. Essa imagem parece ser rara. Eu a encontrei apenas em Nagel, p. 139 ("*Wir schützen die Sowjetunion!*").

59. Hitler para seus subordinados: "Obediência muda" — Krebs, p. 189.

60. Käthe Kollwitz, *Brief an den Sohn 1904 bis 1945*, org. de Jutta Bohnke-Kollwitz, p. 279. (Berlim: Wolf Jobst Siedler Verlag, 1992), p. 91 (19 nov. 1914, trad. de WTV).

61. Descrição do ex-líbris de Hans Kollwitz: baseada em Kollwitz, *Brief an den Sohn*, p. 81 ("*Das Exlibris, das Käthe Kollwitz 1908 für ihren sechzehnjährigen Sohn entwarf...*").

62. Descrição da exposição em Leningrado: baseada numa foto no livro de Otto Nagel, *Käthe Kollwitz* (Dresden: VEB Verlag der Kunst, s.d., 1962 ou posterior), pp. 66-9. A presença de Konstantinovskaia e Chostakóvitch foi inventada.

63. Chaliand, p. 945 (conversa secreta de 17-8 set. 1941).

FECHASTE OS PORTÕES DO DANÚBIO [pp. 78-81]

1. Kollwitz, *Diary and Letters*, p. 123 (registro de ago. 1932).

2. *Song of Igor's Campaign: An Epic of the Twelfth Century*, trad. de Vladimir Nabokov (Nova York: Random House/Vintage Books, 1960), p. 55 ("Apostrophe", ll. 523-8; substancialmente "retraduzido" por WTV, nem tanto para melhorar o trabalho de VN quanto para evitar os custos de licenciamento).

3. Anedota dos colcozianos em Moscou: inspirada em James von Geldern e Richard Stites, *Mass Culture in Soviet Russia* (Bloomington: Indiana University Press, 1995), p. 184, anedota.

4. Gabriel Jackson, *The Spanish Republic and the Civil War 1931-1939* (Princeton, Nova Jersey: Princeton University Press, 1965), p. 401.

5. Tchukovskaia, p. 40 (registro de 27 set. 1939), ligeiramente resumido. Na verdade quem disse "a água negra salpicada de luz amarela..." foi Akhmátova, não Tchukovskaia.

OS FOGUETES DE ELENA [pp. 82-8]

1. Detalhes sobre aviões soviéticos, propulsão de foguetes etc.: *Great Soviet Encyclopedia*, verbete sobre aviação; Yaroslav Golovanov, Sergei Korolev, *The Apprenticeship of a Space Pio-*

neer, trad. de M. M. Samokhvalov e H. C. Creighton (Moscou: Mir Publishers, 1975, rev. da ed. russa de 1973); *Jane's Fighting Aircraft of World War II* (Nova York: Military Press, 1989, reimpr. da ed. de 1946-7), verbetes sobre poder aéreo soviético e motores aeronáuticos soviéticos.

2. Lewis Siegelbaum e Andrei Sokolov (Orgs.), *Stalinism as a Way of Life: A Narrative in Documents*, trad. de Thomas Hoisington e Steven Shabad (New Haven, Connecticut: Yale University Press, 2000), pp. 395-6 (Documento 146, autoria ["dois inspetores insignificantes"] não citada; Arquivo Estatal da Federação Russa [GARF], f. 5207, op. 1, dd. 1293, 11.7-8).

3. Descrições (aqui em "A palmeira de Débora" e em "Intactos") das esculturas não objetivas de Rodtchenko: baseadas nas fotografias de Galerie Gmurzynska, *Alexander Rodchenko: Spatial Constructions/Raumkonstruktione* (Ostfildern-Ruit, Alemanha: Hatje Cantz, 2002).

4. Golovanov, p. 212.

5. Marina Tsvetaeva, *Selected Poems*, 3. ed., trad. de Elaine Feinstein (Nova York: Penguin, 1994, reimpr. da ed. de 1993), p. 15 ("Verses About Moscow", 1916, estrofe 2); ligeiramente "retraduzido" por WTV.

6. Eu inventei esses nomes. Uma brigada de Pioneiros com quarenta/cinquenta membros era subdividida em elos, com dez membros cada. Cada brigada recebia o nome de uma liderança revolucionária; cada elo recebia o nome de uma ferramenta ou um campo de produção. Os Pioneiros eram divididos por idade entre Jovens Pioneiros e Pequenos Outubristas. O Komsomol (Organização da Juventude Comunista) abrigava jovens de catorze a 23 anos. Tiro ao alvo e primeiros socorros teriam mesmo sido algumas das habilidades aprendidas por Elena na organização. Conforme mencionado em "*Opus 40*", ela foi expulsa do Komsomol em 1935.

7. Detalhes sobre o Komsomol e os Pioneiros: parcialmente retirados de Samuel Northrup Harper, *Civic Training in Soviet Russia* (Chicago: The University of Chicago Press, 1929).

8. Siegelbaum e Sokolov, loc. cit.; ipsis litteris, exceto pelo fato de o nome de Elena ter sido substituído pelo de outra garota, e Liza Ivanovna ter se tornado Vera Ivanovna.

9. Gottfried von Strassburg, *Tristan; with the Tristan of Thomas*, trad. de A. T. Hatto (Nova York: Penguin, 1975, reimpr. da ed. rev. de 1967; trad. orig. 1960; poema de Strassburg *c*. 1210), p. 148, grosseiramente "retraduzido" por WTV.

VOO INAUGURAL [pp. 89-92]

1. Hanna Reitsch, *The Sky My Kingdom: Memoirs of the Famous German WWII Test-Pilot*, trad. de Lawrence Wilson (Londres: Greenhill Books, 1991, reimpr. ampl. da ed. inglesa de 1955, mas [p. 219] "escrevi este livro após ter sido libertada de um ano e meio como prisioneira nos Estados Unidos", daí minha data aproximada de 1947).

2. Cápsulas Geco 7,65: como em parte o enredo gira em torno dessa questão, talvez valha a pena fazer algumas observações. Segundo Paul (op. cit.), "os poloneses" massacrados em Katyń "foram rapidamente alvejados na nuca a uma curta distância, provavelmente com uma pistola de fabricação alemã — a Walther 7,65 mm leve... considerada a melhor pistola policial do mundo" (p. 110). "O calibre, Geco 7,65 milímetros, não se encaixava nas pistolas Tokarev ou Nagan que costumavam ser usadas pelo NKVD. Era compatível com a Walther..." (p. 206). De fato, tanto a Tokarev quanto a Nagan (muitas vezes grafada como Nagant) eram de calibre 7,62 mm. A tabela de armas portáteis em *The Oxford Companion to World War II*, org. de I. C. B. Dear e M. R. D. Foot (Nova York: Oxford University Press, 1995), p. 1016, não lista nenhuma arma soviética de 7,65 mm. Inexplicavelmente, esse também é o caso das armas alemãs (ibid., p. 1014). As duas únicas pistolas alemãs que aparecem na lista, a Parabellum P08 e a Walther P38, são ambas de 9 mm. Parece, então, que o calibre 7,65 usado em Katyń não era bem o favorito de nenhum dos lados. No entanto, a tabela "Características das pistolas de serviço alemãs da Segunda Guerra

Mundial" na 12. ed. do famoso *Small Arms of the World: A Basic Manual of Small Arms*, de Edward Clinton Ezell (Nova York: Stackpole, 1983), p. 500, tem oito registros, sendo os dois primeiros a P08 e a P38 supramencionadas, o terceiro a Mauser 1932 de 7,63 mm e os outros cinco todos de pistolas com calibre 7,65 mm. São elas: Mauser 1910, Mauser HSc, Sauer 38, Walther PP e Walther PPK. (Foi com um desses dois últimos modelos que Hitler se suicidou em 1945). Na tabela soviética equivalente (p. 696), aparecem quatro modelos de pistolas e revólveres, incluindo os dois já mencionados em Dear e Foot. Os dois modelos restantes (Makarov e Stechkin) são ambos de 9 mm e de qualquer modo parecem mais comuns no pós-guerra. Em suma, com base nas informações disponíveis, parece que a afirmação de Paul está correta: os poloneses foram assassinados com balas de fabricação alemã. Grandes quantidades de Geco 7,65 mm foram vendidas para os países bálticos e talvez até mesmo para a URSS durante o entreguerras. O massacre foi sem dúvida cometido pelos soviéticos, não pelos alemães.

3. Detalhes sobre aeronaves alemãs, propulsão de foguetes etc. (a maioria exagerados e distorcidos por mim): *Dear and Foot*, verbete sobre armas-V; Reitsch, vários detalhes menores sobre planadores e experiências de voo; *Jane's Fighting Aircraft of World War II* (Nova York: Military Press, 1989, reimpr. da ed. de 1946-7), verbetes sobre poder aéreo alemão e motores aeronáuticos alemães.

4. Martin Heidegger, *Poetry, Language, Thought*, trad. de Albert Hofstadter (Nova York: Harper & Row/Colophon, 1971), p. 220 ("... poeticamente o homem habita...", palestra proferida em 1951).

QUANDO PARZIVAL MATOU O CAVALEIRO VERMELHO [pp. 93-6]

1. *The Poetic Edda*, 2. ed. rev., trad. de Lee M. Hollander (Austin: University of Texas Press, 1987, reimpr. da ed. de 1962), p. 180 ("Helgakvitha Hundingsbana" I, estrofe 1, ligeiramente "retraduzida" por WTV).

2. Essa descrição da armadura do Cavaleiro Vermelho é baseada em Wolfram von Eschenbach, *Parzival: A Romance of the Middle Ages*, trad. de Helen M. Mustard e Charles E. Passage (Nova York: Random House/Vintage, 1961; poema orig. em alemão concluído *c.* 1210), p. 81 (Livro III). O Cavaleiro Vermelho era Ither de Kukumerlant.

3. *Meyers Lexikon*, v. 5 (1937), p. 711. (Condensei e editei o bocejante original: "... *und zugleich auch mit ihm den Sieg des Gedankens der schaffenden Arbeit, die selbst ewig antisemitsch war und ewig antisemitsch sein wird*".)

4. As pranchas em preto e branco: Adolf Hitler I e II — mesmo v., após a p. 128.

5. Parzival, Galogandres e o rei Clâmide — Eschenbach, pp. 113-5.

6. Pranchas sobre "Garten" e "Germanen": ibid.

7. Verbete sobre nacional-socialismo: ibid., v. 8, 1940.

OPUS 40 [pp. 97-109]

1. Sofiya Khentova, *Udivitelienui Chostakóvitch* (São Petersburgo: Variant, 1993), p. 117 (2ª carta de 15 jun. 1934), ligeiramente "retraduzida" por WTV.

2. Para pesquisar os primeiros nomes soviéticos de prédios e monumentos de Leningrado nesta história, em "E eu secaria meu cabelo salgado" e em "A palmeira de Débora", fiz uso eventual do livro compilado por A. Radó (lançado pela Sociedade de Relações Culturais da União Soviética com Países Estrangeiros) *Guide-Book to the Soviet Union* (Berlim: Neuer Deutscher Verlag, 1928), pp. 197-364 (verbete sobre Leningrado).

3. Aparência física de Chostakóvitch nessa época: baseada na ilustração em Detlef Gojowy, *Schostakowitsch* (Hamburgo: Rowohlt, Bildmonographien, 2002, reimpr. da ed. de 1983), p. 49 ("Porträt Schostakowitschs aus den Jahren 1933 bis 1935").

4. Cartas de Chostakóvitch para Elena e vários outros detalhes de pano de fundo: baseados em Khentova, pp. 114-37, 150-9, 168-70, 245-6, trad. para WTV por Sergi Mineiev (16746 palavras a 16,777 centavos por palavra, um custo total de 2846,82 dólares).

5. Datas da composição de diversos movimentos da *Opus 40*: Laurel E. Fay, *Shostakovich: A Life* (Nova York: Oxford University Press, 2000), p. 80.

6. Equivalência relativa de dois temas da *Opus 40*: Harold Barlow e Sam Morgenstern, *A Dictionary of Musical Themes* (Londres e Tonbridge: Ernest Benn Limited, 1974, reimpr. da ed. de 1949), p. 438.

7. Khentova (Mineiev), p. 115 do original, p. 1 da tradução de Mineiev.

8. *Musik und Gesellschaft*, v. 34, n. 9, pp. 549-52, set. 1981 (Ekkehard Ochs, "*Das Streichquartett im Schaffen von Dmitri Schostakowitch: Zum 75. Geburtstag des Komponisten am 25. September*"), p. 549 (trad. de WTV).

9. Khentova, p. 131, p. 12 de Mineiev; chostakóvitchizado por WTV.

10. Apud Richard Taruskin, *Defining Russia Musically: Historical and Hermeneutical Essays* (Princeton, Nova Jersey: Princeton University Press, 2000, reimpr. rev. da ed. de 1977), pp. 480-1 (em *Sovetskaia Muzika*, n. 3, p. 121, 1933).

11. Khentova (Mineiev), p. 114 do original, p. 1 da trad. de Mineiev; ligeiramente reescrito para maior clareza contextual por WTV.

12. Baseado em Khentova (Mineiev), p. 116 do original, p. 2 de Mineiev (carta de DDC para EEK, 15 jun. 1934).

13. Ibid.

14. Emanuel Ax, notas de programa da gravação CBS "Masterworks" do *Trio* (*Opus 67*) e da *Sonata para piano* (*Opus 40*) de Chostakóvitch; produzido por James Mallinson (código MX 44664); p. 3.

15. Distinção entre motivo, leitmotiv e tema: baseada em parte numa conversa com o etnomusicólogo Philip Bohlman em set. 2003; após pensar por um momento, o professor Bohlman me aconselhou a usar "tema" como a palavra certa no caso de Chostakóvitch.

16. Ekkehard Ochs sobre dialética em Chostakóvitch: Ochs, p. 551 (trad. de WTV).

17. Mesmo documento, pp. 119-20 do original; Mineiev, p. 4; ligeiramente "retraduzido" por WTV.

18. Número de Conquest, no capítulo sobre o caso Kirov. Kirov foi assassinado por Stálin.

19. Elizabeth Wilson, *Shostakovich: A Life Remembered* (Londres: Faber and Faber, 1995, reimpr. da ed. de 1994), p. 105 (depoimento de Arnold Ferkelman, ligeiramente "retraduzido" por WTV).

20. Ver pp. 122-3, p. 6 da tradução de Mineiev (25 jun. 1934), ligeiramente "retraduzido" por WTV.

21. Ochs, p. 549 (trad. de WTV).

22. Khentova (Mineiev), p. 122 do original, p. 6 da tradução de Mineiev (1ª, carta breve de 25 jun. 1934).

OPERAÇÃO FOGO MÁGICO [pp. 110-5]

1. Chostakóvitch e Volkov, p. 94.

Muitas de minhas descrições visuais da Legião Condor e de suas ações se baseiam em fotografias do arquivo Ullstein, em Berlim.

2. Libreto da versão Solti da *Siegfried* de Wagner (James King, Régine Crespin et al.; Wiener Staatsopernchor, Wiener Philharmoniker, 1985), p. 130 (Ato III, Cena 3; texto em alemão trad. por WTV).

3. Como Loki deu origem aos ogros: *Poetic Edda*, p. 139 ("Voluspá hin skamma", estrofe 14).

4. Nomes e descrições de diversas formações de aeronaves alemãs: baseados num diagrama do v. 4 de *Meyers Lexikon* (Leipzig: Bibliographisches Institut AG., 1938), pp. 193-4: "Fliegen im Verband".

5. V. 5 (1938), p. 1276, trad. e tornado um pouco mais leve por WTV (final do verbete sobre Adolf Hitler, em seguida concluído com elogios de Goebbels).

E EU SECARIA MEU CABELO SALGADO [pp. 116-30]

1. Uma combinação de *The Complete Poems of Anna Akhmatova*, ed. ampliada, trad. de Judith Hemschemeyer, org. de Roberta Reeder (Boston: Zephyr Press, 1997), p. 521 ("At the Edge of the Sea", 1914) com *Anna Akhmatova: Selected Poems*, trad. de D. M. Thomas (Nova York: Penguin, 1985), p. 31 (o mesmo poema, traduzido como "By the Seashore"), "retraduzido" por WTV como "At the Seashore" e por Daniel Pellizzari como "À beira-mar".

Para muitos detalhes da vida de Akhmátova me baseei no livro irritantemente reverente de Roberta Reeder, *Anna Akhmatova, Poet and Prophet* (Nova York: St. Martin's Press, 1994). Referências aos casos heterossexuais de Akhmátova baseiam-se, em maior parte, na verdade como eu a entendi; referências a práticas sexuais mais bizarras são invenções do meu narrador, Camarada Aleksandrov.

2. Um anacronismo; os tanques Stálin não estariam disponíveis nessa época. Mas eu queria mencionar o nome de Stálin o mais perto da abertura que me fosse possível.

3. Akhmátova (Hemschemeyer), p. 879 (Apêndice, "In Praise of Peace", 1949), "retraduzido" por WTV.

4. Punin sobre a arte se lançando sobre a vida "como uma sombra": Diário de Punin, op. cit., p. 203 (registro de 24 fev. 1944).

5. Chostakóvitch e Volkov, p. 273.

6. Apud Reeder, p. 25.

7. Casos de Gumilev com "Estrela Azul" (Elena Debouchet) e Tania Adamovitch: Reeder, p. 62.

8. Ibid., p. 88, ligeiramente resumido.

9. Excertos de "Poema sem herói": todos de Akhmátova (Hemschemeyer), pp. 563-4 (I.4.405, 407-11, 415, 418), "retraduzidos" por WTV.

10. Lydia Chukovskaya, *The Akhmatova Journals, v. 1, 1938-1941* (Evanston, Illinois: Northwestern University Press, 2002, reimpr. da ed. da Farrar, Straus & Giroux de 1994; ed. orig. em russo de 1989), pp. 6-7.

11. História da "Rota Stálin": Von Geldern e Stites, pp. 258-61.

12. Endereços dos principais locais de detenção (mencionados aqui e em *Opus 110*) — Dr. Cronid Lubarsky (org.), *USSR News Brief: Human Rights: List of Political Prisoners in the USSR as on 1 May 1982, 4th issue* (Bruxelas: Cahiers du Samizdat, 1982), p. 37.

13. Chukovskaya, op. cit., p. 6.

14. Ibid.

15. Ibid., p. 14.

16. Masaryk sobre Dostoiévski e sobre o ateísmo russo: Thomas Garrigue Masaryk, *The Spirit of Russia* (Nova York: Barnes and Noble, 1967; ed. original em alemão, 1912), v. 3, pp. 49, 10.

17. Pesadelos de Gumilev: registro de diário citado em Reeder, p. 61.

18. Ibid., p. 61 (trad. de "Pentâmetro iâmbico", 1913).

CASO BRANCO [pp. 131-2]

1. *Three Märchen of E. T. A. Hoffmann*, trad. de Charles E. Passage (Columbia: University of South Carolina Press, 1971), p. 324 ("Master Flea: A Fairytale in Seven Adventures", escrito em 1822, publicado em 1908).

2. Watt, p. 514 (Hitler para Sir Nevile Henderson, 29 ago. 1939), p. 534 (Diretriz nº 1 de Hitler para a Condução da Guerra, 31 ago. 1939).

OPERAÇÃO BARBAROSSA [pp. 133-5]

1. Marie-Louise von Franz, *Shadow and Evil in Fairy Tales*, ed. rev. (Boston: Shambala [A C. G. Jung Foundation Book], 1995), p. 45.

Alguns dos termos técnicos relacionados a telefones foram extraídos (e, espero, usados corretamente) da *Great Soviet Encyclopedia*, v. 25, p. 476 (verbete sobre comunicação telefônica). Essas palavras e informações também foram usadas, em menor escala, em "Aço em movimento" e na descrição da transmissão da *Sétima sinfonia* em Leningrado em "A palmeira de Débora".

2. Baseado em Khentova, p. 123, p. 6 da tradução de Mineiev (carta de 25 jun. 1934).

O SONÂMBULO [pp. 136-48]

1. George Bernard Shaw, *The Perfect Wagnerite: A Commentary on the Niblung's Ring* (Nova York: Dover, 1967, reimpr. da 4. ed. de 1923), p. 2.

2. Gunnar, Hogni e Guthrún são chamados assim no "Canto groenlandês de Atli" da *Edda antiga*, da qual a *Nibelungenlied* deriva em parte. Nessa versão da história, Gunnar é Gunther, Hogni vira o nobre e maldoso Hagen e Guthrún, que nunca quis que os irmãos viessem ao encontro de sua destruição, agora é Kriemhild, que os atrai até ela para se vingar do assassinato de Siegfried.

3. Apud John Toland, *Adolf Hitler* (Nova York: Bantam, 1976), p. 646.

4. O interesse de Hitler pela direção em Bayreuth: Albert Speer, *Inside the Third Reich*, trad. de Richard e Clara Winston (Nova York: Avon, 1970, trad. da ed. alemã de 1969), p. 185.

5. Baseado em Toland, p. 854 (ligeiramente alterado).

6. Assim deduzimos da *Nibelungenlied*, na qual Gunnar se torna Gunther, como já observei; mantive seu nome nórdico para manter a consistência com a abertura de "O sonâmbulo".

7. Das "conversas secretas" citadas por William Shirer em *Rise and Fall of the Third Reich* (Nova York: Simon and Schuster, 1960), p. 102.

8. *Voluspá* (A profecia da vidente), estrofe 60; em *The Poetic Edda*, p. 12.

A PALMEIRA DE DÉBORA [pp. 149-223]

1. Chostakóvitch sobre fins e meios na música: Fay, p. 258.

2. Perdas russas no cerco de Leningrado: fontes soviéticas contemporâneas estimaram cerca de 1 milhão de vítimas. As cifras ocidentais eram consideravelmente mais baixas; em geral, apontavam entre 600 mil e 700 mil mortos. Por volta do final da vida de Chostakóvitch, porém, o historiador americano William Craig escreveu que "mais de um milhão de civis russos sitiados tinham morrido de fome somente durante o pesadelo que foi o inverno de 1941" — *Enemy at the Gates: The Battle for Stalingrad* (Nova York: Reader's Digest Press/E. p. Dutton & Co., 1973), p. 18.

A *Great Soviet Encyclopedia* [*Bol'shaia Sovetskaia Entisklopediia*, org. de A. M. Prokhorov, 3. ed. (Moscou: Sovetskaia Entisklopediia Publishing House, 1973)], org. e trad. de Jean Paradise et al. (Nova York: Macmillan, 1976), determinou as seguintes estatísticas: 641803 pessoas morreram de fome e 17 mil por causa de bombardeios aéreos e fogo de artilharia. Os alemães lançaram 150 mil projéteis de artilharia, 100 mil bombas incendiárias e 5 mil explosivos sobre Leningrado durante o cerco (v. 14, p. 383; verbete sobre Leningrado). Decidi pelo uso dos números mais altos por razões análogas ao meu uso dos números inflacionados de Gerstein sobre o Holocausto em "Mãos limpas" (consultar a nota mais adiante); era nisso que as pessoas acreditavam na época.

3. Wilson, p. 29 (depoimento de Mikhail Gnessin, ligeiramente "retraduzido" por WTV).

4. Ibid., p. 17.

5. Victor Ilyich Seroff em colaboração com Nadejda Galli-Shohat, tia do compositor, *Dmitri Shostakovich: The Life and Background of a Soviet Composer* (Nova York: Alfred A. Knopf, 1943), p. 102 (carta de Tania para Nadejda Galli-Shohat).

6. Inspirado em Wilson, pp. 48-9. As anedotas sobre os sapatos e sobre o acasalamento dos insetos (a segunda levemente alterada em relação ao que de fato aconteceu) foram transferidas para cá em prol do efeito narrativo. Os dois eventos ocorreram durante o recital posterior em Kharkov, com Malko.

7. Ibid.

8. Ian Kershaw e Moshe Lewin (Orgs.), *Stalinism and Nazism: Dictatorships in Comparison* (Cambridge, Reino Unido: Cambridge University Press, 1997), p. 45 (Ronald Grigor Suny, "Stalin and His Stalinism: Power and Authority in the Soviet Union, 1930-53").

9. Fay, p. 55 (ligeiramente alterado).

10. Inspirado em Chostakóvitch e Volkov, p. 75 (outro contexto).

11. Piada sobre Stalin & Cia. no navio a vapor que começa a afundar: Von Geldern e Stites, p. 329 ("Anecdotes").

12. Seroff, p. 157 (*New York Times*, 20 dez. 1931).

13. Wilson, p. 90. A edição de 1979 da *Great Soviet Encyclopedia*, publicada depois que o compositor ganhou vários prêmios Stálin e estava convenientemente morto, se limita a declarar friamente que esse balé e *Dinamíada* "não se integraram ao repertório teatral".

14. *Bol'shaia Sovetskaia Entisklopediia*, org. de A. M. Prokhorov, 3. ed. (Moscou: Editora Sovetskaia Entisklopediia, 1973), org. e trad. de Jean Paradise et al. (Nova York: Macmillan, 1976), volume da URSS, verbete sobre música.

15. Versão de Hemschemeyer, "retraduzida" por WTV.

16. Seroff, p. 180, ligeiramente resumido.

17. Ibid., p. 665 ("Por que você envenenou a água...", 1935), "retraduzido" por WTV.

18. Duas páginas de paralelos entre Chostakóvitch e Kandinsky são traçadas em texto de Gavriil Glikman (Munique), "Schostakowitsch, wie ich ihn kannte", no livro organizado por Hilmar Schmalenberg, *Schostakowitsch-Gesellschaft e. V. (Hrsg): Schostakowitsch in Deutschland* [*Schostakowitsch-Studien, Band I*] (Berlim: Ernst Kuhn, Studia Slavica Musica, Band 13, 1998), pp. 189-90.

19. Wilson, p. 95.

20. Seroff, p. 191 (entrevista a Leonid e Piotr Tur; ponto de exclamação adicionado).

21. Ibid., p. 252 (na verdade retirado da declaração "Sobre minha ópera", de DDC).

22. Wilson, pp. 98-9.

23. Ligeiramente inspirado em Chostakóvitch e Volkov, p. 163 (o contexto original eram as sinfonias de Glazunov).

24. Richard Taruskin, *Defining Russia Musically: Historical and Hermeneutical Essays* (Princeton, Nova Jersey: Princeton University Press, 2000, reimpr. em brochura da ed. de 1997), p. 501 (citando um "ensaio para programa" escrito por Chostakóvitch).

25. Chostakóvitch e Volkov, p. 234.
26. Inspirado em Seroff, p. 253 (da declaração "Sobre minha ópera" de DDC).
27. Wilson, p. 110 (apud Sofia Khentova; ligeiramente alterado).
28. Baseado em Chostakóvitch e Volkov, p. 110.
29. Wilson, p. 114 (Alisa Chebalina).
30. Baseado em Chostakóvitch e Volkov, p. 78. O compositor prossegue: "É preciso tratar tudo com ironia, especialmente as coisas que nos são caras".
31. Chaliand, p. 915 ("Counterinsurgency").
32. Seroff, pp. 206-7.
33. Vagamente inspirado em palavras atribuídas a ele noutro contexto no livro de Alan Clark, *Barbarossa: The Russian-German Conflict 1941-45* (Nova York: Quill, 1985, reimpr. da ed. de 1965, com nova introdução), p. 33.
34. Chostakóvitch e Volkov, p. 97.
35. Interrogatório de Chostakóvitch: transformei isso em algo bem mais brutal do que foi. Uma fonte propõe que talvez nunca tenha acontecido: homem intensamente sensível, Chostakóvitch pode ter sentido tanto medo da morte iminente que perdeu a capacidade de diferenciar o que aconteceu de fato do que ocorreu apenas em sua imaginação atormentada. (Uma síndrome, importante enfatizar, comum durante o Terror.) Disponível em: <http:/www.siue.edu/~aho/musov/basner/basner.html>. Acesso em: 28 mar. 2025. ("'You Must Remember!' Shostakovich's alleged interrogation by the NKVD in 1937", p. 3.)
36. Dizem que essa frase não é de Chostakóvitch, mas ele concordou com a feliz sugestão.
37. Baseado em Isaak Glikman, *Story of a Friendship: The Letters of Dmitry Shostakovich to Isaak Glikman 1941-1975, with a Commentary by Isaak Glikman*, trad. de Anthony Philips (Ithaca, Nova York: Cornell University Press, 2001; ed. orig. em russo, 1993), p. xxxii.
38. Aumento da capacidade produtiva de Leningrado desde 1913: *Great Soviet Encyclopedia*, v. 14, p. 385. Na verdade, porém, o ano de referência foi 1940, não 1941. Imagino que a precisão (nos termos da época) dessa estatística não tenha sido afetada.
39. *The Soviet Way of Life* (Moscou: Progress, 1974), p. 347 (cap. 8, "The Soviet Family").
40. Solomon Volkov, *Saint Petersburg: A Cultural History*, trad. de Antonina W. Bouis (Nova York: Free Press, 1995), p. 423.
41. Descrição da *Oitava sinfonia*: baseada em parte em minha audição e em parte na partitura em si: *Dmitri Schostakowitsch, 8. Symphonie Op. 65, ed. nr. 2221* (Hamburgo: Musikverlage Hans Sikorski, Taschenpartitur/Pocket Score; "SovMuz" ["Sowjetische Musik"] ser., s.d., 1991?; comp. original: 1943).
42. Esses mapas, bem como os símbolos militares alemães mencionados nessa história e em *Opus 110*, "Ruptura" e "O último marechal de campo", derivam das reproduções de ordens de batalha no livro organizado por Kurt Mehner, *Die Geheimen Tagesberichte der Deutsche Wehrmachstführung im zweiten Weltkrieg 1939-45* (Osnabrück: Biblio, 1987).
43. Alexander Werth, *Russia at War 1941-45* (Nova York: E. p. Dutton & Co., 1964), p. 305 (trad. a partir de Pavlov, *Leningrad v. blokade*).
44. V. 2, n. 5, p. 71, maio 1941, artigo sobre Chostakóvitch.
45. Nadejda Mandelstam, *Hope Against Hope*, trad. de Max Hayward (Nova York: Modern Library, 1999, reimpr. da trad. de 1970), p. 71.
46. Wilson, p. 140.
47. Seroff, p. 237. Não posso confirmar que Glikman tenha escrito isso, mas ele de fato compunha essas coisas para Chostakóvitch de vez em quando.
48. Reeder, p. 255 (inscrição manuscrita de Chostakóvitch; resumida e chostakóvitchizada por WTV).
49. Baseado em Seroff, p. 236 (cabograma para *Novas Massas*, 28 out. 1941).

50. Condensado de Seroff, pp. 160-1 (entrevista ao *New York Times*, à qual acrescentei a palavra "camaradas").

51. Inspirado em *Testimony: The Memoirs of Dmitry Shostakovich as Related to and Edited by Solomon Volkov*, trad. de Antonina W. Bouis (Nova York: Limelight, 2004, reimpr. da ed. de 1979 da Harper & Row), p. 103.

52. Baseado em Chostakóvitch e Volkov, p. 154.

53. Baseado em Khentova (Mineiev); p. 126 do original, p. 9 da tradução de Mineiev.

54. Chostakóvitch e Volkov, p. 154.

55. Datas de composição para os movimentos da *Sétima sinfonia*: Glikman, p. 3 (carta de 30 nov. 1941). Minhas datas para a conclusão dos outros dois movimentos também se baseiam nessa fonte (ver p. 6; carta de 4 jan. 1942).

56. Wilson, p. 37.

57. Ibid., p. 346.

58. *Great Soviet Encyclopedia*, v. 14, p. 383 (verbete sobre Leningrado).

59. Glikman, p. xxxiv, um tanto quanto chostakóvitchizado.

60. Baseado em Chostakóvitch e Glikman, pp. 136-5.

61. Na verdade, Jukov deplorava a incompetência militar de Stálin.

62. Tchukovskaia, p. 15; ligeiramente "retraduzido" por WTV.

63. Baseado em Chostakóvitch e Glikman, p. 180.

64. Ibid., p. 199.

65. Punin, p. 207 (registro de 30 jul. 1944, acusações entreouvidas no retorno a Leningrado após a evacuação; ligeiramente alterado). Na verdade Chostakóvitch foi evacuado já em 1º de outubro, mas como eu queria associá-lo ao início do inverno em Leningrado atrasei a partida em duas semanas.

66. Seroff, p. 175 (carta de Sonia Chostakóvitch à sua filha Zoia, *c*. 1929).

67. Informações diversas sobre efetivos de tropas, baixas, organização militar etc.: John Ellis, *World War II: A Statistical Survey* (Nova York: Facts on File, 1983). Algumas vezes simplifiquei essas cifras para fins narrativos. Por exemplo, quando escrevo em referência à Força Aérea Vermelha "quatro regimentos por divisão, duas divisões por corpo", omito que isso vale a partir de 1943 e que às vezes uma divisão pode ter três regimentos em vez de quatro, e um corpo algo entre duas e quatro divisões. Os dados de Ellis fazem aparições eventuais não apenas nesta história, mas também em "Ruptura" e "O último marechal de campo".

68. Duplicação da ração de pão de Leningrado em fevereiro de 1942: *Great Soviet Encyclopedia*, v. 14, p. 383 (verbete sobre Leningrado).

69. Harrison E. Salisbury, *The Nine Hundred Days: The Siege of Leningrad* (Nova York: Harper & Row, 1969), p. 522.

70. Seroff, op. cit., p. 3.

71. Barlow e Morgenstern, p. 438.

72. Robert Simpson (Org.), *The Symphony* (Nova York: Drake, 1972), v. 2 ("Mahler to the Present Day"), p. 208 (artigo sobre Chostakóvitch).

73. Intelectuais desdenhosos: aqui está um deles, discursando sobre o suposto "tom de obra-prima": "A redução ao absurdo se manifesta hoje nas sinfonias tardias de Chostakóvitch. Anunciadas de forma aberta e cínica como devedoras de seu caráter particular a uma diretriz política imposta ao autor por uma ação disciplinar do Estado, foram transmitidas por todas as Nações Unidas como modelos de expressão patriótica". Virgil Thomas, "Masterpieces", 25 jun. 1944, no livro organizado por Sam Morgenstern, *Composers on Music: An Anthology of Composers' Writings from Palestrina to Copland* (Nova York: Greenwood Press, 1956), p. 496.

74. Do livro compilado e traduzido por Daniel C. Matt, *The Essential Kabbalah: The Heart of Jewish Mysticism* (San Francisco: HarperSanFrancisco, 1996), p. 83 ("The Palm Tree of Deborah", em "The Ten Sefirot").

75. Op. cit., p. xli.

76. Loc. cit., mas desglikmanizei isso em algo bem mais desalentado e hesitante.

77. Notas de rodapé da gravação Sony Classical da *Sétima* (Filarmônica de Nova York, regência de Leonard Bernstein, gravado em Nova York, 22-3 out. 1962).

78. General Walter Warlimont, *Inside Hitler's Headquarters 1939-45*, trad. de R. H. Barry (Novato, Califórnia: Presidio Press, reimpr. da ed. de 1964; ed. original em alemão de 1962), p. 254.

79. Um tanto inspirado em Fyodor Dostoyevsky, *Uncle's Dream and Other Stories*, trad. de David McDuff (Nova York: Penguin Classics, 1989), p. 75 ("White Nights").

INTACTOS [pp. 224-9]

1. República da Polônia, Ministério das Relações Exteriores, *German Occupation of Poland: Extract of Note Addressed to the Allied and Neutral Powers* (Nova York: Greystone Press, *c.* 1941), p. 80 (Apêndice 1, proclamação de 28 out. 1939, pelo governador-geral Frank).

2. *Der Sieg in Polen*, org. Oberkommando der Wehrmacht; com prefácio do próprio marechal de campo Keitel (Berlim: Zeitgeschichte-Verlag, 1940), p. 129. A palavra efetivamente usada é *unversehrt*.

3. Emblemas de divisões Panzer, 1941-2: Werner Haupt, *A History of the Panzer Troops 1916-1945*, trad. de dr. Edward Force (West Chester, Pensilvânia: Schiffer, 1990; ed. original em alemão, 1989), p. 178.

4. Representações de runas: Rudolf Koch, *The Book of Signs: Which Contains All Manner of Symbols Used from the Earliest Times to the Middle Ages by Primitive Peoples and Early Christians*, trad. de Dydyan Holland (Nova York: Dover, 1955, reimpr. da ed. de 1930), pp. 100-4.

5. Descrições diversas da arquitetura do Terceiro Reich em Berlim e seu destino durante a guerra e no pós-guerra: baseadas em Speer, caps. 5, 6 e 10; e em fotografias e textos do livro de Mark R. McGee, *Berlin from 1925 to the Present: A Visual and Historical Documentation* (Nova York: The Overlook Press, 2002, reimpr. cond. da ed. alemã de 2000).

6. Speer, p. 192.

DISTANTES E VASTOS SÃO OS CONFINS DE MEU PAÍS [pp. 230-59]

1. Louis Harris Cohen, *The Cultural-Political Traditions and Developments of the Soviet Cinema 1917-1972* (Nova York: Arno Press, 1974), p. 93 (Karmen sobre "One Day of War", de Mikhail Slutski, 1942).

Alguns detalhes e datas da vida de Roman Karmen foram extraídos do catálogo da retrospectiva de filmes (dedicada a ele) publicado pelo Museu de Arte Moderna de Nova York em 1973. Outros vêm do livro *Roman Karmen: Retrospektive zur XIV. Internationalen Leipziger Dokumentar- und Kurzfilmwoche* (Leipzig: Staaatliches Filmarchiv der DDR, 1971). Também fiz uso das muitas fotografias do livro de Ognev, já citado na história de Käthe Kollwitz. Sem dúvida deveria ter usado *Roman Karmen v vospominankiakh sovremennikov* (Moscou: Iskusstvo, 1983), mas nunca o fiz. Lamento dizer que também não consultei o indubitavelmente instrutivo *Roman Karmen*, de N. Kolesnikova, G. Sentchakova e T. Slepneva (Moscou, 1959). Informações diversas sobre a carreira de Karmen e L. O. Arnchtam derivam do livro editado por S. I. Iutkevitch et al., *Kinoslovar v dvukh tomakh*, v. 1 (A-L) (s.l.; prov. Moscou: Izdatelstvo "Sovestskaia Entsiklopediia", 1966), pp. 672-4 e 112-3, respectivamente.

2. Roman Karmen e Elena Konstantinovskaia parecem ter se casado na Espanha em algum momento entre 1936 e 1937, já que se diz que Konstantinovskaia "trouxe um marido da Espanha".

Quando se divorciaram eu não sei, mas pode muito bem ter sido já em 1938 ou 1939, dadas as longas viagens feitas por Karmen quase imediatamente após voltar à URSS. Neste livro, imaginei que eles se casaram em 1936 e se divorciaram em 1943, depois de Stalingrado e antes de Kursk.

3. Ligeiramente alterado de Roger Manvell, *Films and the Second World War* (Nova York: A. S. Barnes and Co., 1974), p. 128.

4. Referências da *Great Soviet Encyclopedia* a Roman Karmen: v. 11, p. 457 (verbete biográfico sobre Karmen em si), v. 12, p. 368 (verbete sobre produção de filmes) e v. 19, p. 214 (verbete sobre tecnologia cinematográfica).

5. Entrevistado por telefone por WTV, 2002.

6. Influência de Käthe Kollwitz sobre Karmen: inventada, assim como seu comparecimento à exposição de Otto Nagel em 1924. *O sacrifício* teria sido uma influência plausível, pois não apenas foi produzida pouco antes da exposição (1922) como também era uma imagem muito poderosa.

7. Catálogo do Museu de Arte Moderna, p. 2 não numerada.

8. Ibid., p. 9 não numerada.

9. *Kino-Eye: The Writings of Dziga Vertov*, org. de Annette Michelson, trad. de Kevin O'Brien (Berkeley: University of California Press, 1984), p. xxvi ("From Kino-Eye to Radio-Eye", 1929). (Vertov batizou a si mesmo; seu nome de nascimento era Denis Arkadievitch Kaufman.)

10. Catálogo do Museu de Arte Moderna, p. 11 não numerada (ligeiramente resumido).

11. Op. cit., pp. 142-3 ("The Truth About the Heroic Struggle"). Essas duas frases ficam bem separadas no original.

12. *Roman Karmen: Retrospektive*, p. 77 (Sergej Drobaschenko, "Roman Karmen"), trad. de WTV.

13. Ações de Elena na Espanha: tudo inventado (exceto a Ordem da Estrela Vermelha), já que não consegui descobrir nada definitivo sobre ela. Segundo a *Great Soviet Encyclopedia*, v. 10, p. 603 (verbete sobre história da Espanha), mais de 2 mil voluntários soviéticos, a maioria pilotos e operadores de tanques, combateram na Espanha.

14. Martin Blinkhorn (org.), *Spain in Conflict 1931-1939: Democracy and Its Enemies* (Londres: Sage, 1986), pp. 228-9. Essa fonte traz a cifra de quinhentas toneladas.

15. Leon Trotski, *The Spanish Revolution (1931-39)*, introdução de Les Evans (Nova York: Pathfinder Press, 1973), pp. 267-8 (n. 66: "The Murder of Andrés Nin by Agents of the GPU", 8 ago. 1937). Escreve Trótski: "Ele se recusou a cooperar com a GPU contra os interesses do povo soviético. Foi seu único crime. E por esse crime, pagou com a vida".

16. Konstantin Slavin, Exportkino sobre Karmen, livro soviético sem data e sem capa; no Bundesarchiv, Berlim; p. 5.

Informações sobre ordens, condecorações, títulos e honrarias da URSS (a Ordem da Estrela Vermelha de Elena, a Ordem de Lênin de Tchuikov e a Medalha pela Defesa de Leningrado, descrita em "*Opus 110*"): *Great Soviet Encyclopedia*, v. 9, p. 241; v. 15, p. 629; v. 18, pp. 516, 658.

Muitos detalhes das ações de Karmen durante os anos da guerra são baseados em seu *Über die Zeit und über mich selbst: Erzählungen über mein Schaffen*, trad. para o alemão pela Henschel Verlag, texto datilografado, núm. de cat. no Bundesarchiv 92 28/87, pp. 23-37. É muito provável que *About Myself and the Times*, publicado em 1968 pelo Departamento de Publicidade da Indústria Cinematográfica Soviética, seja o mesmo livro. Não encontrei uma cópia desse documento. Três mil e seiscentas palavras de *Über die Zeit* foram traduzidas para o inglês para mim (dezessete centavos por palavra; num total de 613,19 dólares) por Elsmarie Hau e Tracy Bigelow. Várias das minhas descrições, atribuições, colegas e testemunhas etc. são totalmente inventadas.

17. Um pouco "retraduzido" de ibid., p. 24 do original; Hau-Bigelow, p. 1.

18. *Selected Poems*, p. 72 ("Courage", 1942), "retraduzido" por WTV.

19. Von Geldern e Stites, pp. 338-9.

20. Thomas Melle a WTV: "'*Zeichen*' me parece genérico demais para um livro de gramática não filosófico", o que era exatamente a minha intenção.

21. Ligeiramente encurtado e "retraduzido" de *Über die Zeit*, p. 37 do original; p. 8 de Hau-Bigelow.

22. Op. cit., p. 176 ("chovia" no original).

23. Berlim, dois excertos do velho e insalubre livro: *The Nibelungenlied*, trad. de A. T. Hatto (Nova York: Penguin, 1969, reimpr. da ed. de 1965; ed. orig. em alemão *c.* 1200), pp. 23, 54 (capítulos 3, 5), "retraduzidos" por WTV.

24. Ausência de Karmen nos créditos de *Stalingrado*: Bem de vez em quando o encontramos listado — uma vez até como codiretor de *Stalingrado*, no livro editado pelo dr. Roger Manvell, *The International Encyclopedia of Film* (Nova York: Bonanza Books, 1975, reimpr. da ed. de 1972 da Rainbird), p. 174.

25. Thomas Dickinson e Catherine De la Roche, *Soviet Cinema* (Londres: The Falcon Press, 1948), p. 67 (quem escreve é De la Roche).

26. John Wakeman (org.), *World Film Directors, v. 1: 1890-1945* (Nova York: The H. W. Wilson Co., 1987), pp. 1122-5.

27. Vamos supor que eles nunca tenham se casado. Nesse caso, imagino os seguintes episódios: (1a) Certa vez, no aniversário de Elena, Karmen a presenteou com uma longa tela dobrável composta de retratos que ele havia tirado de camponesas em Kara-Kum. M. Ia. Slutskii, com quem ele codirigiu diversos documentários, garantiu que eram rostos impressionantes. Era um objeto muito grande, claro, na verdade algo até egoísta, e ele teria se ressentido se alguém o presenteasse com algo daquele tamanho esperando que fosse colocado na parede; com quatro metros de comprimento, certamente dominaria um cômodo. Por causa disso, primeiro mostrou para Elena. Ela disse que era linda. Karmen perguntou se ela gostaria de ficar com a tela. Garantiu que, se ela não quisesse, não ficaria ofendido; só queria dar aquele presente por estar muito orgulhoso do resultado, e gostaria de presenteá-la com alguma coisa da qual sentisse orgulho. Elena pareceu feliz e impressionada; pendurou a tela na parede do apartamento. E então, certo dia, a tela não estava mais lá. Karmen não comentou nada. Na visita seguinte, a tela ainda não estava lá e, da vez posterior, Elena comentou en passant que estava redecorando a parede e que, mais cedo ou mais tarde, a tela estaria de volta. Mas Karmen sabia que isso jamais aconteceria. (1b) Karmen realmente acreditava que suas imagens na tela eram lindas. Se fossem medíocres, ele não perceberia. Só queria fazer Elena feliz. Ela adorava arte. Sempre repetia isso. Admirava em especial as artes visuais, ainda que também gostasse de música; tinha vários discos, muitos dos quais Karmen supunha que houvesse ganhado de Chostakóvitch, e raramente deixava de ouvir as últimas composições dele no rádio. Às vezes isso deixava Karmen muito enciumado, mas ele nunca dizia nada. (2) Uma vez Karmen deu a Elena a foto de uma velha mulher calmuca, uma imagem da qual ele era particularmente orgulhoso; um mês depois ele encontrou a foto no assoalho do carro dela, amassada e com sinal de ter sido pisada. Elena o estava levando de carro até a casa de Boris Makasseiev, e quando Karmen estava prestes a sair do automóvel, viu a foto. Entregou a foto amassada a Elena e comentou: Acho que isso pode ser guardado num lugar melhor. Quando Elena voltou para buscá-lo, duas horas depois, a foto ainda estava no carro, mas na parte de trás. A esposa de Makasseiev viu. Era uma mulher muito doce, um pouco tímida, que gostava de Karmen. Sabia que ele e Elena estavam passando por um mau momento — Nossa, que fotografia linda!, ela disse. Posso ver? — Elena estendeu a foto e falou: Sinto um pouco de culpa por estar nesse estado, porque Roman deve achar que não dou importância a ela. — Karmen não disse nada, e Makasseieva pegou a fotografia e disse: É linda. Elena, nunca mais trate o trabalho de Roman desse jeito ou vou lhe dar um tapa na cara. — Desculpa, era brincadeira, completou bem rápido quando viu a expressão no rosto de Elena.

28. *Vsesoiuznuii Gospudarstvennui Fond Kinofilmov, Sovietksie Khudojestvennuie Filmui: Annomiiobannui Kamaloi, v. 2: "Zvukovuie filmui (1930-1957)"* (Moscou: Gosudartvennose Isdatelstvo "Iskusstvo", 1961), pp. 331-2. *Zoia* é o item 1789. Aparece definido como um drama, lançado pela Soiuzdetfilm em 22 de setembro de 1944. Arnchtam aparece listado em primeiro e terceiro lugar, Chostakóvitch em quarto (como compositor, obviamente), Karmen não aparece. Zoia era G[alina] Vodianischkaia; Zoia criança era Katia Skvortsova; V. Podgornui era o oficial alemão; R. Plyatt era o soldado alemão. (Havia muito mais russos do que alemães no elenco.) *Zoia* recebeu o Prêmio Stálin em 1946. Foi elogiado no *Pravda* em 22 de setembro de 1944, no *Izvestia* e no *Komsomolskaia Pravda* no dia seguinte; e mais duas vezes no *Komsomolskaia Pravda*; no *Iskusstvo Kino* em 1946 etc. O *New York Times*, por sua vez, concluiu que Galina Vodianitskaia "interpreta a heroína com primor", mas que o filme tem uma "construção tediosa" — muitos trechos de cinejornal intercalados com muitos flashbacks da infância sentimentalizada de Zoia (*The New York Times Film Reviews 1913-1968, v.* 3 [Nova York: The New York Times e Arno Press, 1970], p. 2058 [B. C. (Bosley Crowther?)], *Zoia*, 16 abr. 1945, 18:6).

29. Ligeiramente inspirado em Chostakóvitch e Volkov, *Testimony*, p. 149.

30. *Roman Karmen: Retrospektive*, p. 78 (Sergej Drobaschenko, "Roman Karmen"), trad. de WTV.

31. V. 19, p. 214. O *New York Times* ridiculariza o filme pelo excesso de automóveis sendo dirigidos em alta velocidade e pela rigidez dos narradores masculino e feminino que se alternam (o primeiro é o próprio Karmen; o segundo é E. Dolmatovski). Mesmo assim o *Times* aprecia as usinas de aço de Magnitogorsk, os campos de petróleo do Cáspio e a balsa de madeira nos Cárpatos. "Distantes e vastos" parece ser quase inteiramente um relato de viagem (*The New York Times Film Reviews 1913-1968*, v. 5 [1970], p. 3134 [Bosley Crowther, "Great Is My Country", 1º jul. 1959; 26:1]).

32. *Roman Karmen: Retrospektive*, p. 69, trad. de WTV.

33. Ibid., p. 70, trad. de WTV.

34. Baseado em S. I. Iutkevitch et al., p. 674, trad. de WTV. Reordenei e mais ou menos condensei os itens da tediosa lista original. Apesar dos itálicos, não se trata nem de longe de uma citação direta, mas de uma paráfrase de segunda geração.

RUPTURA [pp. 260-321]

1. Victor Klemperer, *I Will Bear Witness: A Diary of the Nazi Years 1942-1945*, trad. de Martin Chalmers (Nova York: Random House, 1999), p. 287 (registro de 8 jan. 1944).

2. Recomendações de Vlasov a Stálin: não se sabe muito sobre elas, ainda que os dois tenham mesmo conversado. Como Vlasov estava com boa reputação após a Batalha de Moscou, decidi colocar em sua boca a estratégia que realmente foi seguida.

3. Harold Shukman (org.), *Stalin's Generals* (Nova York: Grove Press, 1993), p. 304 (Catherine Andreyev, "Vlasov").

4. Erickson, p. 534.

5. O sr. Thomas Melle observa (carta ao autor, set. 2003): "Uma pequena confusão semântica se instalou aqui: 'schlachten' significa 'abater' (animais, Matadouro-Cinco etc.); 'Schlacht' significa 'batalha' ou 'combate', e o plural de 'Schlacht' é 'Schlachten' — 'abater' e 'batalhas' são a mesma palavra em alemão. Acho que 'batalha do caldeirão' seria mais adequado. Em um dicionário aparece 'batalha de cerco e aniquilação'". Encerro aqui minha intervenção artística e semântica.

6. Shukman, p. 305.

7. Heinz Guderian, *Achtung-Panzer! The Development of Tank Warfare*, trad. de Christopher Duffy (Reading, Berkshire, Reino Unido: Cassell Military Paperbacks; ed. orig. em alemão, 1937), p. 24 ("retraduzido").

8. Mais ou menos segundo o livro editado por Sewern Bialer, *Stalin and His Generals: Soviet Military Memoirs of World War II* (Nova York: Pegasus, 1969), p. 252 (Memórias do marechal I. Kh. Bagramian).

9. Captura de Vlasov: contada com precisão, exceto pelo fato de que ele foi capturado com uma mulher chamada Maria Voronova, que era a empregada da família em Nijni Novgorod e de fato havia sido enviada pela esposa de Vlasov para cuidar dele. Como a presença dela suscita várias questões sem relevância para a parábola, decidi deixá-la de fora.

10. Inspirado em um diálogo entre Vlasov e o oficial de inteligência alemão que o capturou, capitão Von Schwerdtner, citado indiretamente no livro *Vlasov*, de Sven Steenberg, trad. de Abe Farbstein (Nova York: Alfred A. Knopf, 1970, trad. da ed. alemã de 1968), p. 28.

11. Ernst Klee, Willi Dressen e Volker Riess, *"The Good Old Days": The Holocaust as Seen by Its Perpetrators and Bystanders*, trad. de Deborah Burnstone (Old Saybrook, Connecticut: Konecky and Konecky, 1991, reimpr. da ed. alemã de 1988), p. 123 (tradução minha; a versão apresentada na página seguinte é ligeiramente diferente).

12. A maioria das fontes ocidentais estima que cerca de 33 mil pessoas foram assassinadas. As fontes soviéticas às vezes afirmam que foram 70 mil. A testemunha ocular A. Anatoli Kuzentsov dá a cifra de 100 mil em seu "romance-documentário" *Babi Yar*.

13. Ligeiramente reescrito a partir da declaração de um funcionário da alfândega alemã que viu judeus sendo metralhados em Vinnitsa. Essa testemunha ocular estimou que "alguns milhares" foram fuzilados "ao longo de todo o período" (Klee et al., p. 119).

14. Chaliand, p. 916 ("Counterinsurgency").

15. Strik-Strikfeldt, op. cit., p. 73 (ligeiramente reescrito).

16. Ibid., p. 75 (um pouco alterado).

17. Ibid., pp. 253-4 (Apêndice II: "General Vlasov's Open Letter: Why I Took Up Arms Against Bolshevism"; um pouco condensado e alterado).

18. Ibid.

19. Ibid.

20. Ibid., p. 76 (ligeiramente alterado).

21. Ligeiramente inspirado no argumento apresentado pelo general Jodl em seu julgamento por crimes de guerra em Nuremberg; ver Gilbert, p. 253 (10 abr. 1946).

22. Kershaw e Lewin, p. 51 (Suny).

23. Segundo-tenente Dirksen: "Uma democracia dos melhores": Muito vagamente baseado nas opiniões de um oficial da S.S. em 1937, conforme lembrado por seu interlocutor, Eugen Kogon, em *The Theory and Practice of Hell: The German Concentration Camps and the System Behind Them*, trad. de Heinz Norden (Nova York: Berkley Publishing: Berkley Windhover, 1975, reimpr. da ed. de 1950), pp. 8-9.

24. Andreyev, p. 44.

25. Baseado em Antony Beevor, *Stalingrad: The Fateful Siege: 1942-1943* (Nova York: 1999, reimpr. da ed. de 1998 da Penguin UK), p. 290 (da última estrofe de *zemlianka* ["O abrigo subterrâneo"], "retraduzida"). Um pouco de anacronismo, já que essa música foi cantada em Stalingrado e provavelmente não em Moscou no ano anterior.

26. Andreyev, p. 206 (ligeiramente "retraduzido").

27. Strik-Strikfeldt, op. cit., p. 49 (que, na verdade, diz: "Era possível encontrar vultos fantasmagóricos, cor de cinzas, famintos, seminus, sobrevivendo talvez por dias a fio de cadáveres e cascas de árvore").

28. Guderian, p. 42 (ligeiramente alterado).

29. B. H. Liddell Hart, *The German Generals Talk* (Nova York: Quill, 1979, reimpr. da ed. de 1948), p. 226 (na verdade as palavras não são de Strik-Strikfeldt, mas do depoimento do general Blumentritt; bastante alterado e ampliado).

30. Strik-Strikfeldt, p. 256 (Apêndice III: "Extracts from Report of Captain Peterson on His Inspection of the Dabendorf Camp, 13 and 14 Septembr 1943").

31. Baseado em Steenberg, p. 85.

32. "Retraduzido" de Steenberg, p. 53.

33. Strik-Strikfeldt, pp. 242-3.

34. Ibid.

35. V. 15, p. 155 (verbete sobre amor).

36. Andreyev, pp. 47-8 (ligeiramente alterado).

37. Ligeiramente inspirado na paráfrase em Steenberg, p. 71.

38. Índice de mortalidade dos prisioneiros russos em Smolensk: Strik-Strikfeldt, pp. 49-50.

39. Liddell Hart, p. 226 (depoimento do general Blumentritt).

40. Alexander Dallin, *German Rule in Russia 1941-1945: A Study of Occupation Policies* (Nova York: Farrar, Straus & Giroux/Octagon, 1980), p. 567 (ligeiramente reescrito e condensado).

41. Strik-Strikfeldt, p. 25.

42. Joachim Remak (Org.), *The Nazi Years: A Documentary History* (Englewood Cliffs, Nova Jersey: Prentice-Hall, 1969), p. 37 (S.S. Hauptamt-Schulungsamt, *Der Untermensch*, 1942; "retraduzido" por WTV).

43. Do livro compilado por George L. Mosse, *Nazi Culture: Intellectual, Cultural and Social Life in the Third Reich* (Nova York: Grosset & Dunlap, 1966), p. 43 (*Frankfurter Zeitung*, 1937, "The Blond Craze").

44. Joachim C. Fest, *The Face of the Third Reich: Portraits of the Nazi Leadership*, trad. de Michael Bullock (Nova York: Ace Books, 1970), p. 392 ("German Wife and Mother", citando Hans Johnst).

45. Fest, p. 137 ("Reinhard Heydrich — The Successor").

46. Allen Paul, *Katyn: The Untold Story of Stalin's Polish Massacre* (Nova York: Scribner's, 1991), p. 224 (registro de 28 abr. 1943 no diário).

47. Remak, p. 124 (relatório do Intendente Fähndrich, Kiev, 5 mar. 1943; um pouco alterado).

48. Strik-Strikfeldt, p. 192, ligeiramente alterado.

49. Dallin, p. 576 (Erich Koch; ipsis litteris).

50. Derivado em parte da *Great Soviet Encyclopedia*, v. 21, p. 21 (verbete: ruptura).

51. Inspirado na opinião que expressou conforme registrado em Strik-Strikfeldt, p. 215.

52. Thomas Melle observa: "Você sabe, é claro, que Mozart era austríaco". Sei, sim.

53. Conde Helmuth von Moltke, *Moltke on the Art of War: Selected Writings*, org. de Daniel J. Hughes, trad. de Harry Bell e Daniel J. Hughes (San Francisco: Presidio Press, 1993), p. 203 ("1869 Instructions for Large Unit Commanders", X., "Tactical Considerations", A., "Infantry and Jäger", ligeiramente "retraduzido").

54. Dallin, p. 574 (ligeiramente reformulado).

55. Ibid.

56. Ibid.

57. Paul Padfield, *Himmler, Reichsführer SS* (Nova York: Henry Holt & Co., 1990), p. 476 (Padfield usa a grafia "Vlassov").

58. Condensado de Warlimont, p. 390 (fragmento nº 7, discussão com o coronel-general Zeitzler, 27 dez. 1943).

59. Versos de "Herbsttag": *Ahead of All Parting: The Selected Poetry and Prose of Rainer Maria Rilke*, org. e trad. de Stephen Mitchell (Nova York: Modern Library, 1995), p. 14 (texto em alemão, trad. de WTV).

60. Ligeiramente alterado de Strik-Strikfeldt, pp. 202-3.

61. Baseado em Padfield, p. 467.

62. Ibid.

63. Ibid.

64. Clark, p. 408.

65. Extremamente resumido de Daniels, p. 230.

66. Strik-Strikfeldt, p. 229.

67. Ibid., p. 230, bastante alterado (o original diz: "Deus me dê forças para suportar até o fim. Mas você, Wilfried Karlovich, você irá com Malichkin e o ajudará. Disso eu sei. E um dia vai dizer aos outros que Vlasov e seus amigos amavam seu país e não eram traidores").

68. V. 4, p. 351 (verbete sobre a Grande Guerra Patriótica de 1941-5).

69. Heinz Guderian, *Panzer Leader*, trad. de Constantine Fitzgibbon, cond. (Nova York: Ballantine Books, s.d.), p. 30.

70. "Vlasov queria fazer uma declaração" e respostas de Hitler e Göring-Warlimont: p. 503 (fragmento 24/25, conferência de instruções em 27 jan. 1945).

71. *Carol Mather, Aftermath of War: Everyone Must Go Home* (Londres: Brassey's [UK], 1992), p. 70 (dei uma floreada).

72. Strik-Strikfeldt, p. 230.

73. Inspirado em Steenberg, p. 155.

74. Ian Kershaw, *Hitler 1936-1945: Nemesis* (Nova York: W. W. Norton, 2000), p. 762 (palavras de uma idosa anônima).

75. Baseado em Klemperer, p. 313 (registro de 8 maio 1944).

76. Strik-Strikfeldt, p. 227.

77. V. 13, p. 190 (verbete sobre o tema).

O ÚLTIMO MARECHAL DE CAMPO [pp. 322-97]

1. Alan Bullock, *Hitler: A Study in Tyranny*, ed. rev. (San Francisco: Harper & Row, Harper Colophon Books, 1964), pp. 690-1 (Hitler aos oficiais de seu Estado-Maior, 1 fev. 1943).

2. Panzer Leader, p. 30.

3. Mehner, v. 3, nota final. Frases não traduzidas: "Plano de guerra 'Barbarossa'. Dia-B".

4. Informações sobre efetivos do inimigo, disposições etc. disponíveis para Paulus no Fremde Heere Ost: construí grande parte de meu cenário imaginário a partir de detalhes do artigo de David Thomas, "Foreign Armies East and German Military Intelligence in Russia 1941-5", *Journal of Contemporary History*, v. 22, n. 22, abr. 1987.

5. Todas as biografias de Paulus divergem intensamente sobre este e outros temas. (Até mesmo o cuidadoso Erickson, por exemplo, o chama de "Von Paulus", ainda que Goerlitz deixe claro que nosso herói era filho de um guarda-livros). Samuel W. Mitcham, por exemplo, afirma em *Hitler's Field Marshals and Their Battles* (Nova York: Cooper Square Press, 2001), p. 226, que na época ele estava de fato no 10º Exército, e que esse 10º Exército foi renomeado como 6º Exército.

6. Diretriz nº 2 para Barbarossa, conforme citado no livro de Walter Goerlitz, *Paulus and Stalingrad: A Life of Field-Marshal Friedrich Paulus with Notes, Sources and Documents from His Papers*, trad. pelo coronel R. H. Stevens (Nova York: Citadel Press, 1963, trad. da ed. alemã de 1960), p. 96.

7. *Kesselring: A Soldier's Record* (página de rosto cortada pela encadernação da biblioteca; publicado pouco depois de 1953), p. 52.

8. Robert, filho de Olga: na verdade não sei se ela teve filhos.

9. Filhos de Paulus: Mitcham (p. 224) lhe atribui três: Olga, Friedrich (morto em ação na campanha de Anzio) e Alexander. Craig (p. 408) menciona uma filha sem nome, suponho que Olga, Alexander (morto em Anzio) e Ernst, e diz que Ernst cometeu suicídio em 1970. Beevor (p. 427) não menciona Olga, diz que Friedrich foi morto em Anzio e chama o terceiro filho de

Ernst Alexander. Assim sendo, optei por Olga, Friedrich e Ernst. Como as circunstâncias e a natureza do ferimento de Ernst não foram especificadas, dei a ele um ferimento grave na coxa que exigiu sua evacuação de Stalingrado. Se não tivesse sido evacuado, parece-me improvável que tanto ele como o pai tivessem sobrevivido à campanha. Além disso, imagino que o ferimento tenha ocorrido antes de a situação alemã em Stalingrado atingir um estágio muito desesperador, pois (a) seria menos provável que ele fosse evacuado nesse momento e (b) ele poderia estar mais inclinado a resistir, como o pai. Tudo isso não passa da mais frágil especulação, uma dádiva de Deus para ficcionistas históricos.

10. Conversa entre Paulus e Coca: ligeiramente inspirada em Goerlitz, p. 28.

11. Klee, Dressen e Riess, p. 158 (carta do chefe da Gendarmerie, Fritz Jacob, em Kamanets Podolski, 21 jun. 1942).

12. Warlimont, p. 522 ("Appendix A: Staff Conference Fragment No. 8", 12 dez. 1942; na verdade quem fala são Hitler e Zeitzler).

13. Ibid., p. 239 ("War Potential 1942", números de 1 maio 1942). Na verdade, a situação das reservas era ainda pior do que Paulus poderia imaginar. Escreve Warlimont (p. 240): "No momento não existem mais reservas disponíveis na Alemanha".

14. Kershaw, p. 514 (ligeiramente alterado).

15. Hitler e Paulus no funeral de Von Reichenau: isso nunca aconteceu. Hitler enviou um representante para a cerimônia.

16. Na verdade essa foi a avaliação do Fremde Heere Ost às vésperas da Operação Barbarossa. Consultar Thomas, "Foreign Armies East", p. 274.

17. Warlimont, p. 162 (na verdade escrito por Halder em seu diário).

18. Inspirado vagamente na tabulação em Thomas, p. 276.

19. Ibid., p. 274. Acrescentei "desde a campanha finlandesa".

20. V. 5, p. 566, verbete sobre Volgogrado.

21. Houve diversas variantes da infame "ordem dos comissários", cujas disposições foram rescindidas em diferentes momentos e em diferentes graus por diferentes comandantes. Em relação aos comissários, muitos generais alemães parecem ter acreditado, por exemplo Von Manstein (p. 179), que, como não se tratava exatamente de soldados, capelães ou médicos, e como tinham o objetivo de incentivar a "resistência encarniçada" nas formações inimigas, eles não se qualificavam como não combatentes privilegiados. A maior parte da ordem dos "comissários", porém, é repugnante e assassina. Na primeira das "Instruções para a Conduta das Tropas na Rússia" numeradas, lemos: "O bolchevismo é o inimigo mortal do povo nacional-socialista. Essa visão de mundo subversiva e seus portadores validam a luta da Alemanha". A segunda instrução adverte que "esta guerra deve ser travada de forma impiedosa contra" (e neste ponto das ordens as seguintes categorias foram sublinhadas) "*cabeças, quinta-colunistas, judeus* e outros que se posicionem ativa ou passivamente contra nós" — Mehner. (A palavra alemã para "instruções", *Richtlinien*, na verdade significa "parâmetros", mas uma substituição mais rígida me pareceu apropriada neste caso. Eu queria literalizar a palavra no cognato *Right Line* [Linha Correta], com seu tom moral ainda mais forte, mas, infelizmente decidi que isso soava muito stalinista. Os excertos nesta nota foram ligeiramente condensados.

22. Algumas das setas, vetores etc. militares para Carcóvia e Stalingrado derivam dos mapas no livro editado por Günter Wegmann, "*Das Oberkommando der Wehrmacht gibt bekannt...*": *Der deutsche Wehrmachtsbericht* (Osnabrück: Biblio, 1982).

23. Ligeiramente resumido de Goerlitz, p. 167. Essa mensagem é datada de 5 de junho de 1942, portanto deve ter chegado até Paulus muito antes do que permiti que chegasse.

24. Von Manstein, p. 185.

25. Ibid., p. 32.

26. Ibid., p. 35.

27. A arquitetura de Lobisomem, Toca do Lobo, Garganta do Lobo e, falando nisso, muitos dos detalhes estruturais de trens, carros, quartéis-generais etc. de Hitler mencionados nesta história e em "Mãos limpas" vêm do livro de Peter Hoffmann, *Hitler's Personal Security* (Londres: Macmillan, 1979). Hitler esteve na Toca do Lobo, com muitas interrupções, de 24 de junho de 1941 a 20 de novembro de 1944. Enquanto isso houve dois períodos no Lobisomem: de 16 de julho a 1º de novembro de 1942 (o período de maior relevância aqui) e de 17 de fevereiro a 13 de março de 1943. A visita final de Paulus à Toca do Lobo, quando ele fica "mais branco que um tanque alemão", é invenção minha.

28. Kershaw, p. 244 (lembranças de A. Rosenberg); um pouco modificado; no original são poloneses, não ucranianos.

29. Warlimont, p. 242, citando Goebbels, mar. 1942.

30. Ibid., citando o diário de Goebbels, registro de 21 mar. 1942.

31. Goerlitz, p. 169.

32. Ibid., p. 48.

33. Baseado em Newton, p. 63 (Otto Schellert, "Winter Fighting of the 253rd Infantry Division in the Rzhev Area 1941-1942").

34. Major-general F. W. von Mellenthin, *Panzer Battles: A Story of the Employment of Armour in the Second World War*, trad. de H. Betzler (Norman: University of Oklahoma Press, 1956, reimpr. da ed. inglesa de 1955), p. 185.

35. Warlimont, citando o registro de 21 mar. 1942 no diário de Goebbels, p. 40.

36. Inspirado em Newton, p. 117 (Gustav Höhne, "In Snow and Mud: 31 Days of Attack Under Seydlitz During Early Spring of 1942").

37. Inspirado em *Mein Kampf*, p. 504 ("An Attempted Disruption" na ed. em inglês).

38. Op. cit., p. 187.

39. Thomas, p. 269 (a fonte dessa informação errônea, porém, não era na verdade a Leitstelle für Nachrichtenaufklärung).

40. Erickson, p. 464.

41. *The Service: The Memoirs of General Reinhard Gehlen*, trad. de David Irving (Nova York: Times Mirror, World Publishing, 1972, trad. da ed. alemã de 1971), frontispício.

42. V. 18, p. 78 (verbete sobre cerco).

43. Inspirado no sentimento expresso pelo general Schmidt na p. 268 do livro de Beevor. Como nessa mesma página Beevor escreve que Paulus vivia "assombrado" por comparações com a retirada de Napoleão, forneci as cifras padrão desse desastre.

44. Manstein, p. 75. Em relação a Paulus, Manstein foi na verdade bem mais generoso, concluindo (p. 303) que era "muito difícil ele ter uma visão suficientemente clara da situação geral".

45. Versão um pouco alterada de Beevor, pp. 269-70.

46. Goerlitz, p. 72 (carta de 7 dez. 1942).

47. Episódio do piano de cauda na rua, o altar natalino feito de caixa de munições e outros detalhes variados — inspirado no livro traduzido por Franz Schneider e Charles Gullans, *Last Letters from Stalingrad* (Nova York: William Morrow & Co., 1962).

48. Gehlen, pp. 153-4. Na verdade essa avaliação foi feita no pós-guerra.

49. Von Manstein, p. 306.

50. Carta de Paulus a Von Manstein, conforme ditada ao coronel Adam: bastante resumida, um pouco "retraduzida" e ligeiramente alterada em relação à versão completa que Von Manstein apresenta como Apêndice I (pp. 551-4).

51. Ligeiramente alterado de Mitcham, p. 235.

52. Inspirado em Craig, p. 234.

53. Ligeiramente "retraduzido" de Von Manstein, p. 334.

54. Levemente inspirado numa citação indireta em Von Manstein.

55. O resto dessa conversa com Eismann é inventado. Evidências de que Von Manstein estava mesmo disposto a assumir a responsabilidade pela desobediência de Paulus a Hitler estão em suas memórias, pp. 341-2.

56. Hitler: "Não devemos abrir mão de Stalingrado sob hipótese alguma...": Warlimont, p. 285.

57. Condensado e ligeiramente reescrito a partir do original em Goerlitz, pp. 276-7 (seção "Documents and signals").

58. Conversa por teletipo de Schmidt com seu colega general Shulz, o chefe do Estado-Maior do Grupo de Exércitos Don, em 24 dez. 1942 (Goerlitz, p. 278).

59. Condensado e ligeiramente "retraduzido" de Von Manstein, p. 351.

60. Goerlitz, p. 80 (carta de 28 dez. 1942).

61. Conde Hermann Keyserling, *Europe* (Nova York: Harcourt, Brace & Co., 1928; ed. orig. em alemão, s.d., *Das Spektrum Europas*), p. 121.

62. Goerlitz, p. 43.

63. Ibid., p. 48.

64. Warlimont, p. 244.

65. Mehner, v. 6: *1 Dezember 1942-31 Mai 1943*, p. 71; traduzi e resumi.

66. Craig, p. 368.

67. Levemente alterado de F. W. von Mellenthin, oficial do Estado-Maior alemão. (Presumo que se trate do mesmo major-general que escreveu *Panzer Battles: German Generals of World War II As I Saw Them* [Norman: University of Oklahoma Press, 1977], p. 115. Na verdade Paulus estava se dirigindo a um único homem, o coronel Dingler do 14º Corpo Panzer).

68. Goerlitz, p. 72.

69. Mehner, v. 6, p. 95; resumi e traduzi.

70. Von Manstein, no entanto, crava essa data como o dia 12.

71. Beevor, p. 370.

72. Baseado em Warlimont, p. 286; Kershaw, p. 549.

73. Segundo Von Manstein (p. 364), na verdade três bolsões se formaram em 24 de janeiro, uma afirmação que não li em nenhum outro lugar. Goerlitz afirma que o 6º Exército foi dividido em dois em 26 de janeiro.

74. Condensado e "retraduzido" de Von Manstein, p. 358.

75. Beevor, p. 382.

76. *The Complete Works of Isaac Babel*, ed. por Nathalie Babel, trad. de Peter Constantine (Nova York: W. W. Norton & Company, 2002), p. 380 (registro de 3 jun. 1920 no diário).

77. Klee, Dressen e Riess, p. 153 (resumido e ligeiramente alterado).

78. Baseado em Beevor, p. 379, condensado.

79. Mehner, v. 6, p. 123; traduzi e resumi.

80. Rendição alemã em Stalingrado — Dizem que os soviéticos capturaram 2 mil oficiais e 91 mil homens. Pouquíssimos deles voltaram para casa. Em 1958, Von Manstein escreveu: "Dos 90 mil prisioneiros que enfim caíram nas mãos dos soviéticos, não mais do que alguns milhares ainda devem estar vivos" (p. 360). O efetivo original do 6º Exército era de cerca de 300 mil homens. Presume-se que os cerca de 200 mil homens não capturados já tinham tombado em combate. Mitcham (p. 239) menciona "a cifra comumente aceita" de 230 mil alemães mortos ou capturados durante o cerco, sem contar os feridos que tiveram a sorte de ir embora de avião. Von Manstein (p. 396) estima que entre 200 mil e 220 mil soldados estavam no bolsão desde o início do cerco. "No total, o Eixo deve ter perdido mais de meio milhão de homens" (Beevor, p. 398). Segundo Beevor (p. 394), os russos sofreram 1100000 baixas em Stalingrado, das quais 485751 foram mortes.

81. Beevor, p. 381.

82. Com relação à necessidade do suplício do 6º Exército em Stalingrado, as palavras de Von Manstein (op. cit., p. 354) merecem ser citadas: "Cada dia a mais que o 6º Exército pudesse

continuar prendendo no lugar as forças inimigas que o cercavam era vital para o destino de todo o Front Oriental. Não faz sentido dizer hoje que no fim das contas ainda perdemos a guerra e que seu término antecipado teria nos poupado de um sofrimento infinito. Ser sensato depois que tudo aconteceu não é vantagem nenhuma. Naquela época, não era de forma alguma uma certeza que a Alemanha estivesse fadada a perder a guerra, no sentido militar. Um impasse militar... estaria totalmente dentro dos limites de possibilidade se a situação na ala sul dos exércitos alemães pudesse ter sido restabelecida de alguma forma".

83. Craig, p. 372.

84. Beevor, p. 388. Na verdade essas palavras foram proferidas algumas horas mais tarde, imediatamente antes do interrogatório de Paulus.

85. Baseado à risca em Vasili I. Chuikov, marechal da União Soviética, duas vezes Herói da União Soviética, *The End of the Third Reich*, trad. de Ruth Kisch (Bristol, Reino Unido: Macgibbon and Kee, 1967; ed. orig. em russo, *c.* 1964), p. 17. No original, Tchuikov não estava falando com Paulus nem sendo sarcástico.

86. Paulus aos seus captores e a conversa seguinte: baseados em Beevor, p. 390; algumas partes ipsis litteris, outras foram inventadas.

87. Experiências de Paulus na URSS de 1943 a 1953: baseadas em menções ocasionais a ele em Bodo Scheurig, *Free Germany: The National Committee and the League of German Officers*, trad. de Herbert Arnold (Middletown, Connecticut: Wesleyan Press, 1969; ed. orig. em alemão de 1961).

88. Werth, *Russia at War*, p. 549.

89. Hitler sobre a rendição de Paulus: Warlimont, p. 306 (fragmento nº 47: conferência do meio-dia [transcrição], 1 fev. 1943).

90. Telford Taylor, *The Anatomy of the Nuremberg Trials: A Personal Memoir* (Boston: Little, Brown, Back Bay Books, 1992), p. 310, ligeiramente alterado.

91. Rudenko e a resposta de Paulus — Ibid., p. 311.

92. Advogado de defesa e a resposta de Paulus — loc. cit., um pouco alterada.

93. Gilbert, p. 148 (12 fev. 1946).

94. Goerlitz, pp. 47-8.

95. A fotografia com moldura de prata da conferência de Poltava é, obviamente, uma invenção minha. Vale apontar que Ernst Paulus acrescentou à compilação de Goerlitz (p. xiii) a seguinte frase: "Portanto, com toda a reverência, dedico este livro à memória do 6º Exército".

96. Tuviah Friedman, diretor do Centro de Documentação, *Long Dark Nazi Years: A Record of Documents and Photographs of Adolf Hitler's Final Solution* (Haifa, 1999), testamento, p. 4 (as páginas desse livro não têm uma numeração consistente). Esse documento foi descoberto no compartimento secreto de uma mala em posse de uma tal Frau Irmgard Unterholzer, em Tegernsee.

97. Ibid.; testamento, p. 6.

98. Faz algumas aparições em Richard J. Evans, *Rituals of Retribution: Capital Punishment in Germany 1600-1987* (Nova York: Oxford University Press, 1996). Não tenho acesso a nenhuma fonte afirmando que ela tenha se encontrado com Paulus na vida real.

99. Ligeiramente alterado de Warlimont, pp. 326-7 (fragmento nº 5; debate sobre a Itália com o Sonderführer Von Neurath em 20 de maio de 1943).

100. O marechal de campo Von Manstein se referiu à proximidade entre oficiais e soldados como "tradição prussiana": op. cit., p. 207.

101. Apud Von Mellenthin, *German Generals*, p. 104.

102. Eu inventei isso.

103. Goerlitz, p. 219 (memorando "Fatos básicos sobre as operações do 6º Exército em Stalingrado [Fase I]", de Paulus).

104. Baseado em Gehlen, p. 56. Em suas memórias, Gehlen está quase sempre certo. David Thomas apresenta um cenário diferente.

105. Em 11 de novembro dois líderes foram guilhotinados em Dresden, entre 4h18 e 4h22 da manhã, pelo crime de espionagem industrial.

106. Número fornecido por Gehlen, p. 174, que acrescenta com desdém: "Uma cifra absurda, que deveria ter bastado para convencer qualquer observador neutro de que era pura propaganda; isso me lembrou das alegações da RAF e da Luftwaffe na Batalha da Inglaterra".

ZOIA [pp. 398-402]

Conforme transliterado na *Great Soviet Encyclopedia* (v. 13, p. 433), o nome dela é Zoia Anatol'evna (Tania) Kosmodem'ianskaia. Nesta história, preferi a ortografia mais solta e menos ameaçadora dos relatos anglo-americanos sobre a Segunda Guerra Mundial. A enciclopédia nos informa, tipicamente omitindo qualquer menção a detalhes mundanos, que "ela foi capturada pelos fascistas... enquanto cumpria uma missão de combate".

1. Warlimont, p. 289 (Hitler em conferência com seu Estado-Maior em Wolfschanze, fragmento nº 29, sessão noturna, 1 dez. 1942).
2. Karpov, p. 150. As duas primeiras das três fotografias de Zoia são reproduzidas aqui.
3. Erickson, p. 534.
4. Baseado em Chostakóvitch e Volkov, p. 100.
5. Alexander Werth, *Leningrad* (Nova York: Alfred A. Knopf, 1944), p. 33. Para seguir a métrica do original russo (que aparece na mesma página), adicionei um "nosso" antes de "Stálin" (o original é *za Stalina*) e, desse modo, traduzi *za rodinu*, "pela nação", como "por nossa nação".
6. Além de várias ruas Kosmodem'ianskaia, há um monumento em homenagem a ela na rodovia de Minsk.

MÃOS LIMPAS [pp. 403-53]

A história de Gerstein me atormentou por vários motivos. "No início do nazismo na Alemanha", escreve Marie-Louise von Franz, "alemães muitas vezes me perguntaram em que aspecto eles eram anormais, pois ainda que fossem incapazes de aceitar o nazismo, isso os fazia duvidar da própria normalidade. [...] a desgraça se abateu sobre pessoas que tinham feito a coisa certa": *The Feminine in Fairy Tales*, ed. rev. (Boston: Shambhala, 1993), p. 36. Algumas das observações em "Mãos limpas" sobre as necessidades conflitantes de negociar com o mal e de respeitar o mal se abstendo de investigá-lo se devem em parte a esse livro; da mesma forma a noção de que alguém que continua a lutar contra o mal e acaba vitimado é, sob uma perspectiva psicológica, cúmplice. Basicamente, Von Franz está argumentando que, se reprimirmos o nosso próprio lado maligno, ele vai aparecer em outro lugar. Minha motivação ao colocar tais argumentos na boca de outros personagens foi aprofundar nosso entendimento daquilo que o biógrafo de Gerstein chamou de "a ambiguidade do bem". Mesmo assim, acredito piamente que a bondade de Gerstein não tinha nada de ambígua, por mais infrutífera que tenha se mostrado. Ele é um dos meus heróis.

1. Nora Levin, *The Holocaust: The Destruction of European Jewry 1933-45* (Nova York: Schocken, 1973), p. 311 (um pouco "retraduzido"). No entanto, em seu próprio depoimento, que presumivelmente é mais fiel, Gerstein não atribui essas palavras a Günther, mas ao chefe de brigada da S.S. Otto Globočnik; consultar o livro de Saul Friedländer e Kurt Gerstein: *The Ambiguity of Good*, trad. de Charles Fullman (Nova York: Alfred A. Knopf [Borzoi], 1969), p. 104. Por razões narrativas, usei a versão de Levin.

2. Para uma versão na íntegra da declaração juramentada de Gerstein, consultar *Bundeszentrale für Heimatdienst, Schriftenreihe der Bundeszentrale für Heimatdienst: Dokumentation zur Massen-Vergasung, Heft* 9 (Bonn: Impresso pela Oberfränkische Verlangsaft und Druckerei G.m.b.H, Hof/Saale, 1955), pp. 7-16 (declaração juramentada de 4 maio 1945).

3. Na verdade ele, Günther e Pfannenstiel viajaram juntos de caminhão. Como a fidelidade literal teria impossibilitado a apresentação do *doppelgänger* de Berthe, inventei uma viagem de trem.

4. Ibid., p. 311 (alterado e ampliado).

5. Retirado de Klee, Dressen e Riess, p. 244 ("'O campo tinha instalações sanitárias limpas': professor Wilhem Pfannanstiel, sanitarista das Waffen-S.S., sobre uma execução com gás em Bełżec").

6. Friedländer, pp. 108-9.

7. Extraído do relatório de Gerstein de 4 maio 1945 (presumivelmente para os americanos); em Klee, Dressen e Riess, p. 242. Em Friedländer esse testemunho aparece no pretérito.

8. Ibid.

9. Conforme a estimativa de Gerstein em 1945, reproduzida na p. 104 de Friedländer. Considerando as estatísticas que desde então se tornaram mais ou menos consensuais sobre o número de pessoas assassinadas no Holocausto, a cifra de Gerstein é muito alta. Com base em seu número para Sobibor, por exemplo, a "produção" anual desse campo seria de mais de 7 milhões de vítimas. Um dos assassinos estima que um total de "apenas" 350 mil judeus ali morreram (Erich Bauer, o "Gasmeister"; em Klee, Dressen e Riess, p. 232). O comandante de Auschwitz afirma que "o maior número de execuções com gás em um único dia foi de 10 mil. Era o máximo possível... com instalações modernas" (ibid., p. 273). Segundo o Museu Estatal de Auschwitz-Birkenau, em Oświęcim, "dos cerca de 50 milhões de pessoas que morreram durante a Segunda Guerra Mundial, cerca de 20 milhões foram vítimas da política de extermínio sem precedentes do Terceiro Reich" (p. 11; Franciszek Piper, "The Political and Racist Principles of the Nazi Policy of Extermination and Their Realization at Auschwitz"). Para melhor respeitar e recriar os processos de pensamento de Gerstein, mantive sua contagem. Como, sobre Maidanek, Gerstein escreve apenas "visto em preparação", baseei a quantificação de sua "produtividade" no relato de 1944 de Alexander Werth (op. cit., pp. 890-4, incluindo o detalhe terrível sobre repolhos). Werth parece ter sido o primeiro jornalista ocidental credenciado a visitar o campo.

10. Os protocolos da Conferência de Wannsee informam ao "Herr Subsecretário de Estado Luther" que 131 800 judeus permaneceram no Antigo Reich, 43 700 na Ostmark, 2 284 000 no Governo Geral da antiga Polônia, cerca de 5 milhões na URSS; tudo isso somado chegava ao seguinte total: "*zusammen: über 11 000 000*": Peter Longerich, *Die Wannsee-Konferenz vom 20. Januar 1942: Planung und Beginn des Genozids an den europäischen Juden* (Berlim: Gedenk- und Bildungsstätte Haus der Wannsee-Konferenz, Band n. 7, série org. por Norbert Kampe; Edition Hentrich, 1998), fac-símile, p. 6 (também carimbado 171), *Besprechungs-protokoll* (com carta de apresentação em papel timbrado da S.D. ao Subsecretário de Estado Luther, datada de 16 fev. 1942, carimbada pelo escritório de Luther em 2 mar. 1942), s. III.

11. Ligeiramente resumido do relatório de Gerstein (Friedländer, p. 113).

12. Ligeiramente inspirado no relatório de Gerstein (Friedländer, p. 112), ampliado e floreado. Wirth nunca ofereceu suborno a Gerstein abertamente.

13. Ibid.

14. Quase igual ao diário de guerra do *Blutenordenträger* Felix Landau, em Klee, Dressen e Riess, p. 97 (registro de 12 jul. 1941; ele estava fuzilando judeus).

15. Friedländer, p. 91 (retraduzido).

16. L. Mayer (org.), *Signal: Years of Retreat 1943-44: Hitler's Wartime Picture Magazine* (Londres: Mayer Hamlyn: A Bison Book, 1979). Todas as edições da revista selecionadas por Mayer eram destinadas às ilhas do Canal e, portanto, apareceram em inglês. Como as páginas

desse volume não são numeradas, não tenho como citá-las. Também me baseei em algumas das ilustrações da *Signal* em "O último marechal de campo". Como as datas das diversas edições não foram indicadas, pode haver pequenos anacronismos.

17. Ibid.

18. História de Ludwig Gerstein sobre o "judeu que tentou roubar nosso nome" e a conversa subsequente: baseadas no seguinte texto, escrito por Ludwig no álbum de família: "Na década de 1890, um médico judeu de Hamburgo, Richard Goldstein, mudou o sobrenome para Gerstein. Uma queixa apresentada por meu irmão Karl ao Senado da cidade não teve êxito, mas prometeram que isso não aconteceria novamente. Uma nova reclamação, apresentada por mim em 1933, ficou sem resposta" (Friedländer, p. 10), e Ludwig Gerstein menciona "um estudante expatriado" na Universidade Técnica de Berlim. A parte sobre um judeu com nome falso ser descoberto e deportado é invenção minha. Ludwig Gerstein encerra o álbum exortando seus descendentes a salvaguardar a pureza de seu sangue ariano. Como as pessoas geralmente são mais grosseiras ao falar do que ao escrever, não hesitei em torná-lo ainda mais espantosamente antissemita do que os registros provam que de fato era.

19. Baseado fielmente no testemunho do advogado judeu R. Coste em Friedländer, p. 11.

20. Na verdade, retirado de seu relatório de treinamento de 5 de maio de 1941, um pouco alterado (Friedländer, p. 90).

21. Baseado na declaração de August Becker, Ph.D., inspetor de vans de gás (Klee, Dressen e Riess, p. 71). Não encontrei nenhum indício de que essas pessoas tenham de fato procurado Gerstein.

22. Reformulação bem livre de Friedländer, p. 134 (Otto Wehr).

23. Friedländer, p. 136 (depoimento de Otto Dibelius, resumido).

24. Na verdade isso é parte do conselho dado ao cavaleiro Parzifal por um de seus primeiros professores, Gurnemanz de Graharz. Consultar Von Eschenbach, p. 94.

25. De *Politische Plakate*, comp. por Hans Bohrmann com ensaios de Ruth Malhotra e Manfred Hagen (Dortmund: Harenberg Kommunikation; Die bibliophilien Taschenbücher, n. 435, 1984), p. 374, item n. 278 (trad. de WTV). A nota na p. 643 identifica esse item como "Parole der Woche 1942 Nr. 27 (1.-7.7.)", ou seja, a "Palavra da Semana" da primeira semana de julho.

26. Gerstein acreditava, ou queria acreditar, que o barão tinha dito isso; são palavras de seu relatório aos Aliados no final da guerra (Friedländer, p. 124).

27. Bastante alterado a partir da p. 131 de Friedländer (na verdade o arquiteto Otto Völkers era o interlocutor de Gerstein). Segundo Friedländer, durante esse período Gerstein pode realmente ter tentado proteger a esposa de ficar sabendo todos os detalhes sobre o que ele tinha visto em Bełżec; mas, pelo depoimento dela (p. 132), parece claro que estava ciente de que um grande número de pessoas estavam sendo assassinadas pelos nazistas.

28. Von Eschenbach, p. 214 ("retraduzido" por WTV).

29. Friedländer, p. 37, um tanto "retraduzido".

30. Último encontro de Gerstein com o cônsul suíço Hochstrasser: uma ficção, assim como o primeiro. Segundo Balfour (loc. cit.), em algum momento Gerstein falou sobre o Holocausto a Hochstrasser, que passou essa informação para seu país. Não sei nada sobre sua atitude em relação a Gerstein.

31. Na verdade Eschenbach, p. 269, ligeiramente "retraduzido".

32. Não consegui descobrir os nomes dos filhos de Gerstein.

33. Depoimento de Nieuwenhuisen, com quem Gerstein estava falando, na verdade; em Friedländer, p. 163.

34. Capitão Wirth sobre a capacidade dos crematórios e piras abertas de Auschwitz: de acordo com o Museu Estatal de Auschwitz-Birkenau em Oświęcim, pp. 169-70 (Franciszek Piper, "The Mass Extermination of Jews").

35. Chuikov, p. 15.

36. Informação fornecida em Friedländer, pp. 38-9. É um dado desolador; Gerstein clamava no deserto, tão distante da normalidade alemã que precisava considerar alguém como Dibelius um aliado!

37. Na verdade são palavras de uma idosa cujo filho ligeiramente antinazista tinha ingressado em um grupo nazista apenas para ter um pouco de paz. É citada em *Fatherland*, de Karl Billinger (Nova York: Farrar & Rinehart, 1935; não há informações sobre a data do que deve ter sido a edição original em alemão), p. 243. Billinger era um comunista alemão bem enfadonho que teve a sorte de ser anistiado após cerca de um ano em um campo de concentração. Roubei dois ou três de seus detalhes para minhas cenas da prisão e da internação de Gerstein em 1936.

38. Michael Balfour, *Withstanding Hitler in Germany 1933-45* (Nova York: Routledge, 1988), pp. 240-1 (verbete sobre Gerstein).

39. Colóquio entre Gerstein e Berthe: vagamente baseado no diálogo entre Svipdag e sua falecida mãe, Gróa, na *Edda poética*, pp. 141-3 ("Svipdagsmál", estrofes 1-16). Gróa compartilha com o filho encantos e orientações para viajar ao outro mundo e conquistar sua noiva.

40. Strassburg, p. 150, ligeiramente "retraduzido" por WTV.

41. *The Liberation of the Nazi Concentration Camps 1945*, org. de Brewster Chamberlin e Marcia Feldman (Washington, D.C.: United States Holocaust Memorial Council, 1987), p. 38 (ligeiramente "retraduzido" por WTV).

42. Não se sabe quanto ácido prússico Gerstein destruiu e exatamente como fez isso. Friedländer (p. 181) cita Gerstein dizendo em um depoimento juramentado que "a quantidade real envolvida foi de cerca de nove toneladas e sete quintais, o suficiente para matar 8 milhões de pessoas". Os alemães usavam medidas métricas, é claro: 18 700 libras equivalem a 8500 quilogramas. Como 8500 equivale a 941,2 vezes 8 milhões, podemos dizer que um quilograma de Zyklon B pode matar mil pessoas; daí o cálculo desesperadamente teórico de Gerstein, no qual a retenção de cem quilogramas salvou 100 mil pessoas. Como a maioria dos cálculos de Gerstein, este teria inflado bastante os números do Holocausto. De acordo com o comandante Höss, que devia entender do que estava falando, "de cinco a sete quilos de Zyklon B eram suficientes para assassinar 1500 pessoas" (Museu Estatal de Auschwitz-Birkenau em Oświęcim, p. 171), Gerstein estava enganado por um fator de cinco a sete. Mais uma vez, achei melhor ser fiel aos seus processos de raciocínio e às informações disponíveis para ele na época em vez de fornecer estatísticas corrigidas posteriormente.

43. Substancialmente "retraduzido" e condensado de Von Eschenbach, p. 268 (eremita Trevrizent a Parzifal).

44. Mencionado pelo Museu Estatal de Auschwitz-Birkenau em Oświęcim, p. 254 (Henryk Swiebocki, "Disclosure and Denunciation of SS Crimes").

45. Descrição da linguagem corporal de Roman Karmen enquanto filmava os nazistas capturados em Maidanek: baseada numa foto em *Ognev*.

46. Detalhes sobre fornecedores de Zyklon B e o papel obscuro, mas provavelmente insignificante, de Gerstein no fornecimento a Auschwitz: Friedländer, pp. 184-8. Não existe registro de que Gerstein tenha conversado com Höss da forma como imaginei. É de imaginar que isso deve ter chegado muito perto de acontecer aqui ou em outro momento.

47. Depoimento de Gerstein em 1945; em Friedländer, p. 160.

48. Mayer, op. cit., p. 160. A frase seguinte, "Não importa quantas bombas eles joguem…", é invenção minha. A vitrine consertada pela qual Hilde está espiando corajosamente foi danificada por um ataque aéreo dos Aliados.

49. Inspirado em Gerstein a Nieuwenhuisen, com quem estava falando, na verdade; em Friedländer, p. 163.

50. Klee et al., p. 163 (carta do *SS-Obersturmführer* Karl Kretchmer, Sonderkommando 4a, 27 set. 1942).

51. Detalhes sobre o campo de concentração de Ravensbrück: baseados em *Ravensbrück: An Eyewitness Account of a Women's Concentration Camp*, de Germaine Tillion, trad. de Gerald Satterwhite (Garden City, Nova York: Anchor Books, 1975).

52. Friedländer, p. 203.

53. Alegação (não feita especificamente pelo dr. Pfannenstiel ou por qualquer outra pessoa) mencionada por Balfour.

54. Friedländer, p. 118 (testemunho de Pfannenstiel perante o Tribunal de Darmstadt, 1950, ligeiramente resumido).

55. Descrito em Museu Estatal de Auschwitz-Birkenau em Oświęcim, p. 168 (Franciszek Piper, "The Mass Extermination of Jews").

56. Em seu testemunho no pós-guerra perante o Tribunal de Darmstadt, Pfannenstiel realmente declarou: "Eu estava particularmente interessado em saber se esse processo de extermínio de seres humanos estava acompanhado por quaisquer atos de crueldade" (Friedländer, p. 118). Acredito que minha alteração faz perfeita justiça ao seu raciocínio na época em que podia participar do Holocausto com impunidade.

57. Gerstein e Helmut Franz sobre *Os voluntários*, de Kollwitz: imaginado por mim. Os pontos de vista de Helmut Franz sobre a necessidade de respeitar o mal e manter distância dele baseiam-se, em parte, no argumento de Von Franz em *Shadow and Evil in Fairy Tales*.

58. A mesma conversa, sobre voluntarismo e o desejo de que Hitler fosse bom: um tanto baseada na noção de lealdade a Hitler de Rudolf Hess, conforme citado em Krebs, pp. 206-7. Hess realmente se compara a Hagen.

59. *Poetic Edda*, p. 151 ("Svipdagsmál", estrofe 43).

60. Duzentos mil judeus na Boêmia e na Morávia: Richard Overy, *Interrogations: The Nazi Elite in Allied Hands, 1945* (Nova York: Viking, 2001), p. 369 (HQ BAOR, relatórios de interrogatório do Subcentro nº 1, 3-10 dez. 1945).

61. Levin, p. 310; Friedländer, p. 208 (um pouco "retraduzido").

62. Friedländer, p. 211.

63. Ibid., pp. 198-9 (documento do tribunal de Frankfurt, 1955).

64. G. M. Gilbert, Ph.D., *Nuremberg Diary* (Nova York: Da Capo, 1995, reimp. da ed. de 1947), p. 152 (15 fev. 1946). Göring, obviamente, foi condenado à morte. Vale a pena observar que sua esposa lhe disse: "Vou pensar que você morreu pela Alemanha!" e "então todo o sofrimento desapareceu do rosto dele". O veredicto da esposa: "Ele era a devoção e a bondade encarnadas": Emmy Goering, *My Life with Goering* (Londres: Bruce and Watson, 1972), pp. 157, 159.

O SEGUNDO FRONT [pp. 454-65]

1. *Russia at War: 1941-45*, org. Vladimir Karpov [fotos; com texto de Georgii Drozdov e Evgenii Ryabko, trad. de Lydia Kmetyuk] (Londres: Stanley Paul, 1987), p. 17.

2. Ele também recebeu oito ordens de Lênin e uma Ordem da Estrela Vermelha. Só foi promovido a marechal de campo em 1955.

3. Avaliação das proezas militares de Tchuikov: baseada na breve biografia de Richard Woff, em Shukman, op. cit., pp. 67-74. Eu me esqueci de mencionar que durante o Pacto Nazi-Soviético ele participou da heroica libertação da Polônia Oriental dos poloneses.

4. Ibid., p. 18.

5. Ibid., p. 17.

6. Ibid., p. 20.

7. Tsvetaeva, p. 43 ("*Where you are I can reach you*" [1923]), "retraduzido" e ligeiramente truncado por WTV.

8. Catálogo do Museu de Arte Moderna, p. 4 não numerada.

9. Situação de Tchuikov em março de 1943: baseada em Richard Woff, em Shukman, p. 72; John Erickson ("Malinovsky"), na mesma obra, p. 120; John Erickson, *The Road to Berlin: Stalin's War with Germany*, v. 2 (New Haven, Connecticut: Yale University Press, 1983), pp. 45-64; *Great Soviet Encyclopedia*, v. 29, p. 195, que também informa sobre as várias condecorações de Tchuikov.

10. *Erzählungen über mein Schaffen*, p. 32 do orig.; Hau-Bigelow, p. 5.

11. Símile da cachoeira por Karmen: baseado no mesmo documento, pp. 32-3, Hau-Bigelow, p. 5.

12. Gratidão soviética pelos itens do *Lend-Lease*: cito o verbete da *Great Soviet Encyclopedia* sobre esse programa: "As entregas feitas sob o regime de *lend-lease* estimularam a produção dos Estados Unidos durante a guerra e promoveram o enriquecimento de monopólios às custas do governo".

13. Baseado em *Erzählungen über mein Schaffen*, p. 36, Hau-Bigelow, p. 7 ("Outra vez as ruínas de Berlim passam por mim. [...] E mais uma vez tento não esquecer, como [tentei] dois anos antes em Stalingrado, nem mesmo o menor, nem mesmo um único detalhe desse evento histórico").

14. Feitas em 1938, mas não amplamente distribuídas pois nessa época o cineasta já estava sendo isolado por "formalismo". Como se diz por aí, morreu esquecido. Eu gostaria de ter tido tempo para acrescentar uma história sobre o porão infestado de ratos onde o jovem Dziga Vertov editou *Kino-Pravda*, ou a estranha coincidência na qual seu filme *Três canções para Lênin* foi tão bem recebido pelos fascistas italianos que acabou premiado no Festival de Cinema de Veneza de 1935.

15. Baseado em *Erzählungen über mein Schaffen*, pp. 24-8, Hau-Bigelow, pp. 2-4.

16. Fotografias de prisões soviéticas vistas de fora (mencionadas ocasionalmente em "O segundo front" e "*Opus 110*"): Lubarsky, pp. 14-9.

17. *Diary and Letters*, p. 23 (autobiografia).

18. Enzo Biagi, *Svetlana: An Intimate Portrait*, trad. de Timothy Wilson (Nova York: Funk & Wagnalls, 1967), p. 25.

19. Ibid., p. 19. Segundo essa fonte, Karmen e Simonov estavam presentes quando Svetlana conheceu seu grande amor, o cineasta casado A. J. Kapler, que foi *mandado embora* por cinco anos em retribuição.

20. Um argumento comunista real. Consultar Andeas Dorpalen, *German History in Marxist Perspective: The East German Approach* (Detroit, Michigan: Wayne State University Press, 1985), p. 449.

21. Estupros de alemãs pelo Exército Vermelho: informações de Clark, p. 417.

OPERAÇÃO CIDADELA [pp. 466-91]

1. Von Manstein, p. 383.

2. Billinger, pp. 140-1.

3. Von Manstein, pp. 289-90, ligeiramente alterado.

4. *Great Soviet Encyclopedia*, v. 14, p. 134 (verbete sobre Batalha de Kursk). Em geral considera-se que esse enfrentamento durou duas semanas. Aparece concatenado com outras batalhas em fontes soviéticas, no entanto, fazendo com que tenha durado cinquenta dias — ainda mais monumental.

5. A admiração de Rüdiger por Lisca Malbran em *Corações jovens*: um anacronismo. Esse filme foi liberado pela censura em meados de setembro de 1944 e estreou no final de novembro.

A Batalha de Kursk tinha ocorrido no verão de 1943. *Corações jovens* desapareceu rapidamente, pois em seu segundo mês tinha rendido apenas 372 Reichsmarks, 10% menos do que o exigido pelas autoridades. Tratava-se de um filme-E ("*Erste Grundhaltung latente polit. Funktion*"), em outras palavras, um drama "sério" com as devidas alusões políticas. Filmes-H eram comédias com toques políticos. Havia também filmes-nP (não políticos) e filmes-P (abertamente políticos). Depois de Stalingrado, os filmes-E ganharam precedência sobre os filmes-H, "por causa da seriedade e da grandeza de nossos tempos". Ao contrário de muitos filmes, sobretudo os filmes-P, *Corações jovens* não recebeu nenhum subsídio. Informações do livro do dr. Gerd Albrecht, *Nationalsozialistiche Filmpolitik: Eine soziologische Untersuchung über die Spielfilme des Drittes Reiches* (Stuttgart: Ferdinand Enke, 1969), resumido para WTV pela deliciosa Yolande Korb. *Corações jovens* deve ter sido um filme horroroso.

6. Vários detalhes relativos ao armamento dos dois lados em Kursk, especialmente em relação ao número e à capacidade dos tanques Tiger: David M. Glantz e Jonathan M. House, *The Battle of Kursk* (Lawrence: University Press of Kansas, 1999).

7. Algumas das minhas descrições visuais de tropas alemãs nessa operação se baseiam em fotografias do arquivo Ullstein.

8. *Nibelungenlied*, p. 202 ("Não podemos nos abrigar", respondeu o destemido Dancwart. "Todos devem seguir em frente até o sol raiar").

9. Erickson, *The Road to Berlin*, p. 64.

10. Experiências da 9ª Divisão Panzer em Kursk: parcialmente baseadas em Haupt, 173-4 (diário de batalha da 9ª Panzer, *Panzer-Grenadier Grossdeutschland*, 6 jun. 1943, Cidadela/Orel).

11. Baseado em Hans von Luck, *Panzer Commander: The Memoirs of Colonel Hans von Luck* (Nova York: Random House/Dell, 1989, reimpr. da ed. não datada da Praeger), p. 238 (o original diz, em outro contexto: "Aquilo nos soou bastante patético, mas de que adiantava? Sabíamos que daquele momento em diante caberia a nós, como soldados da linha de frente, assumir a responsabilidade e tomar as decisões").

12. Haupt, p. 178. Quando escrevo que "disfarçávamos o X de nosso emblema divisional com um V cruzado por uma barra horizontal", na verdade estou descrevendo o disfarce da 5ª Panzer.

13. Forças da 9ª Divisão Panzer em Kursk: Glantz e House, p. 349.

14. Forças da 21ª Brigada Panzer em Kursk: ibid., p. 284.

15. Número de tanques Tiger designados para o 9º Exército em Kursk: Nik Cornish, *Images of Kursk: History's Greatest Tank Battle, July 1943* (Londres: Brown Partworks/Brassey's, 2002), p. 135.

16. Inspirado em Tsvetaeva, p. 114 ("Ônibus", 1934-5): "Dentro de mim, calor e canto de pássaros./ Poderias beber os dois/ das duas metades do meu crânio/ [Eslavos faziam isso com os inimigos]".

17. *Nibelungenlied*, p. 215 ("'O que nos foi contado irremediavelmente acontecerá', disse o destemido Volker, o violinista. Vamos até a corte para descobrir o que pode acontecer conosco, valentes, na Hungria").

18. Vagamente inspirado na *Edda poética*, p. 22 (estrofe 54, "Hávamál").

19. "Operação Cidadela" tem várias referências à *Edda poética*, das quais este é um exemplo representativo. Brynhild (aqui conhecida como Sigrdrífa) aconselha Siegfried, que acabou de despertá-la do sono mágico, a abrir seus caminhos na vida com a ajuda das runas. "Em teu corno de beber, trace-as [as runas Alu], e nas costas da tua mão, e a runa Naudiz nas tuas unhas" (p. 235, "The Lay of Sigrdrífa", estrofe 8, interpolada com fn.).

20. *Edda poética*, p. 25 ("Hávamál", estrofe 25, "retraduzida" de forma muito livre por WTV).

21. Fest, p. 94.

22. Baseado na *Nibelungenlied*, p. 215 ("Ela tem motivos para um longo luto", respondeu Hagen, "mas faz muitos anos que ele foi morto. Ela deveria amar o rei dos hunos agora, pois Siegfried não volta nunca mais — ele foi enterrado há muito tempo").

23. Von Manstein, p. 547 (itálico no original, exceto em "um").

24. Significado da arremetida dos Vermelhos contra o 23º Corpo de Panzers: descrito em Glantz e House, p. 161.

25. Informações de Cornish, p. 186.

26. Svetlana Alliluyeva, *Twenty Letters to a Friend*, trad. de Priscilla Johnson McMillan (Nova York: Avon Books [Discus], 1967), p. 132 (carta 11).

27. Von Manstein, op. cit., p. 449, "retraduzido" por WTV. O tradutor observa (p. 549) que o capítulo sobre a Operação Cidadela, de onde retirei essa citação, é na verdade um artigo de Von Manstein para a *U.S. Marine Corps Gazette*, que nesta edição em inglês substituiu o capítulo bem mais longo sobre Cidadela do texto original, "de modo a abreviar essas memórias até um tamanho adequado para publicação na Grã-Bretanha e nos Estados Unidos".

28. Apud Cornish, p. 216.

O TELEFONE TOCA [pp. 492-6]

1. Nikolay Rimsky-Korsakov, *Principles of Orchestration, with Musical Examples Drawn from His Own Work, in Two Volumes Bound as One*, org. de Maximilian Sternberg [professor de Chostakóvitch], trad. de Edward Agate (Nova York: Dover, 1964, reimpr. da ed. de 1922 da Edition Russe de Musique; rascunho inacabado de R-K, 1891), p. 141 ("Voices related in fifths and fourths"). Nestas histórias preferi a ortografia "Rimski-Korsakoff".

2. Baseado em Wilson, p. 288 (depoimento de Ievguêni Tchukóvski: Chostakóvitch ao seu filho Maksim). O original diz "do começo ao fim".

ÊXTASE [pp. 497-503]

1. Anna Akhmátova, *My Half-Century: Selected Prose*, trad. de Ronald Meyer (Evanston, Illinois: Northwestern University Press, 1997, reimpr. da ed. de 1992 da Ardis Press), p. 135 (segunda carta, Komarovo, 26 ago. 1861).

2. As três letras em negrito no livro: lamento que pareçam obscuras para alguns leitores. São *E*, *E* e *a*, marcando o início, o meio e o fim do livro: "**E**lena **E**. Konstantinovski**a**". (Às vezes o nome dela é transliterado mais corretamente como "**Ie**lena" [em inglês, "**Ye**lena"], como na biografia de Chostakóvitch escrita por Fay, mas por deferência a pessoas que talvez não estejam familiarizadas com a letra *ie* me mantive fiel à transliteração mais tradicional.)

3. Ibid.

4. Ibid.

OPERAÇÃO HAGEN [pp. 504-7]

1. *Nibelungenlied*, p. 148 (cap. 19, "How the Nibelung Treasure Was Brought to Worms"), "retraduzido" por WTV.

2. Detalhes sobre o estofamento das cadeiras no Kranzler com barbante de pacotes suíços e a "negra" no Ferradura Dourada: Samuel Hynes et al., *Reporting World War II: Part One: American Journalism 1938-1944* (Nova York: Library of America, 1995), pp. 213, 219 (Howard K. Smith, "Valhalla in Transition: Berlin After the Invasion of Russia: Autumn 1941").

3. Libreto da versão Solti da *Götterdämmerung* de Wagner (estrelando Birgit Nilsson, Wolfgang Windgassen et al.; Wiener Staatsopernchor, Wiener Philharmoniker, 1985), p. 206 (Ato III,

Cena 3, traduzi e alterei o libreto alemão, que diz: "Não reclame a mim; reclame a Hagen; ele é o varrão amaldiçoado que chifrou este herói!").

4. Uncovered Editions (org.) ("a série foi criada diretamente do arquivo de The Stationery Office em Londres"), *The Judgment of Nuremberg*, 1946 (Guildford, Surrey: TSO Publishing; impresso por Biddles, copyright da Crown, 1999, reimpr. cond. da ed. de 1946), pp. 183, 185 (juiz Jackson, julgamento de Göring).

5. Ibid., p. 297 (sentença pro forma para cada criminoso de guerra condenado com a pena capital).

ADENTRANDO A MONTANHA [pp. 508-10]

1. Sergei Eisenstein, *The Film Sense*, trad. e org. de Jay Leyda (Nova York: Harcourt Brace Jovanovich/Harvest, 1975, reimpr. da ed. de 1942; ed. original russa *c.* 1942; data não fornecida), p. 183 ("Form and Content: Practice", *c.* 1942).
2. Speer, p. 562.
3. Ibid., p. 564 (o procedimento real foi descrito por Hörner, assistente do Gauleiter, e talvez a orientação não tenha vindo especificamente de Hitler, ainda que estivesse em conformidade com sua ordem geral).
4. Destruição planejada para Düsseldorf e Baden: ibid., pp. 566-7. Mais uma vez, não há indícios de que Hitler estivesse envolvido a um nível tão minucioso.
5. Conversa entre Hitler e Speer: condensada de ibid., pp. 570-3, com alterações e acréscimos.
6. Ibid., p. 577 (foi, na verdade, uma ordem geral para os comandantes em chefe).
7. Relatado em ibid., p. 585.
8. Levemente alterado e condensado de Kershaw, p. 801.
9. Bullock, p. 783, citando Koller.

DESNAZIFICAÇÃO [pp. 511-4]

1. *Fifty Soviet Poets*, comp. por Vladimir Ognev e Dorian Rottenberg (Moscou: Progress Publishers, 1974, reimp. da ed. de 1969), p. 178 (Yevgeni Yevtushenko, "Snivelling Fascism", minha trad. do texto russo. A tradução apresentada na p. 179 suaviza o original).
2. Akhmátova (Hemschemeyer), p. 175 ("*I no longer smile...*", 1915, de *White Flock*), "retraduzido" por WTV.
3. Libreto da versão Solti da *Siegfried* de Wagner (estrelando James King, Régine Crespin et al.; Wiener Staatsopernchor, Wiener Philharmoniker, 1985), p. 44 (Ato I, Cena 3; texto em alemão trad. e ligeiramente alterado por WTV; uma tradução mais literal seria: "a espada forte que balançarei na tempestade").
4. V. 6, p. 340.

IDÍLIOS DE PONTE AÉREA [pp. 515-49]

1. Leo Tolstoy, *The Cossacks and Other Stories*, trad. de Rosemary Edmonds (Nova York: Penguin, 1960), p. 159 ("The Death of Ivan Ilyich", 1886).
2. Várias descrições da arquitetura do Terceiro Reich em Berlim e seu destino na guerra e no pós-guerra: baseadas em fotografias e texto em McGee.
3. Large, p. 301 ("Model of Hitler's planned north-south axis, including the Arch of Triumph, and the domed Hall of the People". Fonte: Landesbildungsstelle). Várias outras descrições de

paisagens urbanas idealizadas e projetadas pelos nazistas se baseiam em cinco das maquetes e desenhos de Albert Speer reproduzidos em Antonova e Merkert, pp. 424-5.

4. Elena Dmitrievna Kruglikova foi a soprano que cantou a primeira parte de Liucha na ópera *Solo virgem revolvido* (1937), de Djerjinski.

5. Alguns dos meus codinomes são fictícios; outros são derivados de *The Sword and the Shield: The Mitrokhin Archive and the Secret History of the KGB*, por Christopher Andrew e Vasili Mitrokhin (Nova York: Basic Books, 1999), pp. 437-59 (cap. 26, "The Federal Republic of Germany"). A triste história de LOLA aparece aqui; as datas, claro, tornam-na mais um anacronismo.

6. V. 15, p. 153 (verbete sobre amor).

7. A partir de Gehlen, p. 127 (Gehlen está falando sobre um colega-rival bilíngue).

8. Ibid.

9. Akhmátova (Hemschemeyer), p. 414 ("The Poet", verão de 1959), "retraduzido" por WTV.

10. Um tanto baseado em uma observação do compositor Paul Graener citada em *The Twisted Muse: Musicians and Their Music in the Third Reich*, de Michael H. Kater (Nova York: Oxford University Press, 1997), p. 26.

11. L. Moholy-Nagy, op. cit., p. 69.

12. Expressão bastante usada por músicos nazistas.

13. Volkov, p. 243, um pouco alterado (dito originalmente em referência a A. Sakharov).

14. Taruskin, p. 520.

15. Baseado em *Twice Through the Lines: The Autobiography of Otto Jahn*, de Otto Jahn, trad. de Richard Barry (Londres: Macmillan, 1972, trad. da ed. original alemã de 1969), p. 223.

16. O sequestro de Walter Linse ocorreu em 1952, não antes da ponte aérea.

17. Alguns detalhes das negociações mirabolantes do narrador com as autoridades da Alemanha Oriental e da Rússia foram extraídos de Jahn, pp. 238 ss. Jahn foi sequestrado (segundo seu próprio relato; outros o acusam de ter desertado) em julho de 1954.

18. John Dornberg, *The Other Germany* (Garden City, Nova York: Doubleday & Co., 1968).

19. Large, p. 408.

20. Collective Team, *GDR: 300 Questions, 300 Answers*, trad. de Intertext Berlin (Dresden: Verlag Zeit im Bild, 1967), p. 109.

21. Afirmado por Erich Honecker, *From My Life* (Nova York: Pergamon Press, Leaders of the World Biographical Series, 1981), p. 208.

22. Ibid., p. 211. Citando a ameaça para a Terra dos Sonhos na figura de oitenta organizações de espionagem e terrorismo de Berlim Ocidental e, pior ainda, inúmeros especuladores de moeda, sem falar nos capitalistas monopolistas anglo-americanos, Honecker exige (p. 209): "Podíamos nos dar ao luxo de ficar assistindo passivamente à fronteira aberta sendo explorada para sangrar até a morte nossa república através de uma guerra econômica sem precedentes?". O que fazer? Posicionar os fantasmas da Terra do Pesadelo contra os capitalistas!

23. Palavras de Adenauer para os alemães-orientais (ditas, na verdade, em 1955): Paul Weymar, *Adenauer: His Authorized Biography*, trad. de Peter De Mendelssohn (Nova York: E. P. Dutton & Co., 1957), p. 488.

A GUILHOTINA VERMELHA [pp. 550-74]

1. Walter Benjamin, *Reflections: Essays, Aphorisms, Autobiographical Writings*, org. de Peter Demetz, trad. de Edmund Jephcott (Nova York: Harcourt Brace Jovanovich/Harvest/A Helen and Kurt Wolff Book, 1978), p. 92 ("Moscow", escrito originalmente em 1927).

2. Academia de Ciência Política e Jurisprudência da República Democrática Alemã [org. de Rolf Steding], *An Example for Unity of Theory and Practice: On the Occasion of the Eighty-fifth*

Birthday of Professor Dr. Sc. Dr. Hilde Benjamin (Potsdam: Centro de Informações sobre Estado e Justiça, Departamento de Publicações e Impressão, Artigos de Eventos Contemporâneos de Ciência Política e Jurisprudência, nº de série 345, 1987), vertido ao inglês para mim (dezessete centavos de dólar por palavra; não estou me lembrando de quanto custou no total) por Elsmarie Hau e Tracy Bigelow; pp. 9-17 do original; Hau-Bigelow, p. 5 (Klaus Sorgenicht, "Hilde Benjamin, A Communist Personality Who Personifies the Unity of Theory and Practice").

3. Arquivo da Stasi sobre Hilde Benjamin. Cópia do Arquivo da Stasi obtida em setembro de 2003. Kopie BstU, Archiv der Zentralstelle AR 2 E/mi#1.01 [? ilegível] 1156/61, 26 abr. 2002. O código de arquivo de Benjamin parece ter sido A/27355/15/10/84, Ref. C. Traduções, traduções errôneas e retraduções são todas de WTV. Página BstU 00051 (*Die Welt*, 15 ago. 1952, Wolfgang Weinert, "Ob schuldig oder nicht schuldig"); abreviado; as duas últimas palavras foram ligeiramente alteradas em nome da eufonia.

4. A maior parte das minhas descrições físicas de Hilde Benjamin, assim como algumas de minhas descrições do ex-marechal de campo Paulus, são baseadas em fotografias do arquivo Ullstein. Uma descrição de Benjamin tem como base uma fotografia encontrada em *Einsichten: Diktatur und Widerstand in der DDR*, por Stiftung Haus der Geschichte der Bundesrepublik Deutschland, Zeitgeschichtliches Forum Leipzig (Hg.), (Leipzig: Reclam, 2001), p. 70.

5. Alguns detalhes da vida da Guilhotina Vermelha derivam do arquivo da Stasi sobre Hilde Benjamin. Algumas outras informações biográficas foram extraídas de *Die Machtfrau: Hilde Benjamin 1902-1989*, de Marianne Brentzel (Berlim: Christoph Links, 1997).

6. Alguns oficiais russos se comportaram mesmo dessa forma, mas esse encontro é pura imaginação. A descrição da própria Benjamin é bem diferente.

7. As associações de Benjamin com Käthe Kollwitz e Roman Karmen são completamente inventadas.

8. Descrição de várias versões da imagem em memória de Liebknecht: baseada nas reproduções e no texto em Prelinger, pp. 51-6.

9. Steding (Sorgenicht), trad. de Hau-Bigelow, p. 6 (um pouco alterado; não foi dito à mãe dela).

10. Descrição da vida e da carreira de Benjamin antes de 1945: em parte de seu arquivo Stasi, pp. BstU 000001-6; p. 786, [?]taaat1.Komitee für Rundfunk, [?]bt. Monitor, 2.1355 (2.135) [código escrito à mão; algumas partes ilegíveis], Karl-Wilhelm-Fricke, DLF 21.40 vom 5.2.77, Porträt Hilder Benjamins.

11. Steding (Sorgenicht), loc. cit.

12. Algumas das minhas inferências sobre o papel de Benjamin na arena jurídica comunista da década de 1920 vêm de "A luta da classe trabalhadora por um novo estado de direito e um sistema jurídico democrático" (1969), de Hilde Benjamin, em *Aus Reden und Aufsätzen* (Berlim: Staatsverlag der Deutschen Demokratischen Republik, 1982), trad. para WTV pelo pastor Andreas Pielhoop.

13. Steding (Sorgenicht), p. 7 (ligeiramente alterado).

14. Descrição da sala de audiências no julgamento de Horst Wessel: baseada no arquivo de Benjamin na Stasi, p. BstU 000229, *Spiegel*, 18 mar. 1959, p. 30 ("SOWJETZONE: Recht: Zwischen Recht und Rot").

15. Depoimento da mãe de Horst Wessel e resposta de Benjamin: eu inventei.

16. Steding (Sorgenicht), loc. cit. (um pouco alterado; não foi dito a ninguém em particular; uma reiteração oficial em terceira pessoa de seus pontos de vista).

17. Benjamin (Pielhoop), p. 4.

18. Steding (Sorgenicht), loc. cit.

19. Ibid., p. 8.

20. Levemente baseado em *The Making of the GDR 1945-53: From Antifascism to Stalinism*, de Gareth Pritchard (Manchester, Reino Unido: Manchester University Press, 2000), p. 8.

21. Arquivo de Benjamin na Stasi, p. BstU 000010, p. 4.

22. Leonhard, p. 343. Essa fonte descreve também o confronto com Ulbricht a respeito do aborto; reformulei um pouco a resposta dele na conversa imaginada mais adiante no texto, e inventei totalmente o papel de Benjamin.

23. Algumas descrições de paisagens da Alemanha Oriental e vários conceitos relacionados à "legalidade socialista" têm dívida com *East Germany: A New Germany Nation Under Socialism?*, org. de Arthur W. McCardle e A. Bruce Boenau (Nova York: University Press of America, 1984), pp. 52-79 (Horst Krüger, "Alien Homeland: Sentimental Journey Through the GDR-Province", 1978); e pp. 156-71 (Institut für Theorie des Staates und des Rechts der Akademie der Wissenschaft der DDR, "The Nature of Socialist Legality", 1975). Krüger conclui (p. 73): "Na verdade, a pior coisa do outro lado da fronteira era esse bom comportamento capaz de matar alguém de tédio".

24. Alguns eventos e estatísticas mencionados daqui em diante vêm de *Resistance with the People: Repression and Resistance in Eastern Germany, 1945-1955*, de Gary Bruce (Oxford: Rowman & Littlefield, Harvard Cold War Studies Book Series, 2003). Também tenho dívidas para com "Soviet Policy Toward the German Democratic Republic", de Angela E. Stent, em *Soviet Policy in Eastern Europe*, org. de Sarah Meiklejohn Terry (New Haven, Connecticut: Yale University Press: A Council on Foreign Relations Book, 1984), pp. 34-41, 47 ss.

25. Steding (Gotthold Bley, "The Creative Work of Hilde Benjamin in the Formation of the GDR'S Legislation and Legal System"); Hau-Bigelow, p. 12 (resumido e reescrito).

26. A maior parte dos diversos julgamentos e sentenças alemães-orientais foi extraída de informações contidas em *Rituals of Retribution*, de Evans, assim como algumas citações breves de Hilde Benjamin. Foi desse livro que peguei emprestados e, em seguida, alterei e floreei diversas frases e pronunciamentos jurídicos para se adequarem aos propósitos do meu gangsterismo americano. Talvez os leitores achem interessante, como eu achei, descobrir que o sistema jurídico da Alemanha Oriental era muito, mas muito menos letal do que as variantes nazista e soviética. Evans conclui (pp. 864-6) que a RDA executou mais de duzentas pessoas, a maior parte na década de 1950. Tribunais militares soviéticos na RDA executaram outras pessoas. Execuções por assassinato foram abolidas em 1975; a pena capital foi totalmente abolida alguns anos mais tarde. Evans então descreve Hilde Benjamin como alguém "perfeitamente capaz de cometer assassinato em massa" (p. 869).

27. Bruce, p. 227.

28. Benjamin (Pielhoop), p. 4.

29. Steding (Sorgenicht); Hau-Bigelow, p. 8 (resumido e reescrito; na verdade ela propôs, de forma ainda mais radical, que "ao ser promulgada, uma lei corresponde ao progresso da civilização").

30. *GDR: 300 Questions*..., p. 62.

31. Benjamin (Pielhoop), p. 6.

32. *Binsichten: Diktatur und Widerstand*, loc. cit., p. 71. "Não restavam mais classes ou seções capazes de viver às custas dos outros." — *GDR: 300 Questions*..., p. 42 (tempo verbal alterado).

33. Steding (Sorgenicht); Hau-Bigelow, p. 9 (resumido e reescrito).

34. Arquivo de Benjamin na Stasi, p. BstU 00051 (*Die Welt*, 15 ago. 1952, Wolfgang Weinert, "Ob schuldig oder nicht schuldig").

35. Peterson, p. 3.

36. *Great Soviet Encyclopedia*, v. 6, p. 315 (verbete sobre a República Democrática Alemã).

37. Steding (Sorgenicht); Hau-Bigelow, p. 9.

38. Arquivo de Benjamin na Stasi, p. BstU 00055.

39. Steding (Bley); Hau-Bigelow, p. 12.

40. Steding (Horst Büttner, "Keeping the Revolutionary Achievements and Experiences of Coming Generations Alive"); Hau-Bigelow, p. 18. (O original, que se refere especificamente ao

trabalho de Benjamin como ministra da Justiça naquele período, diz: "Ela solidificou a conexão inseparável e a inter-relação dialética entre lei e sociedade...".)

41. Ligeiramente baseado em *The GDR Today: Life in the "Other Germany"*, de Hans Werner Schwarze, trad. de John M. Mitchell (Londres: Oswald Wolff, 1973, trad. da ed. orig. alemã de 1970), p. 41.

42. Benjamin (Pielhoop), p. 5.

43. Arquivo de Benjamin na Stasi, p. BstU 00040.

44. Ibid., p. BstU 0004; recorte de jornal, 2 mar. 1954: "Galgen für Hilde Benjamin".

45. Ibid., p. BstU 000031 (carta de Breitschneider, *Oberkommissar, Leiter der Abteilung VI*, para a Stasi, 3 fev. 1954).

46. Peterson, p. 257.

47. Descrição de Benjamin e Ulbricht no desfile militar: um tanto baseada em uma foto do arquivo de Benjamin na Stasi, p. BstU 000227, *Spiegel*, 18 mar. 1959, p. 28 ("SOWJETZONE: Recht: Zwischen Recht und Rot"); como a reprodução é ruim, não posso afirmar que a figura masculina é mesmo Ulbricht.

48. Uma lista precisa, e F. D., fundador da odiada Tcheká, é realmente descrito dessa forma; em Steding (Büttner), p. 55 do original; Hau-Bigelow, p. 17.

49. Descrição da Guilhotina Vermelha na sala de audiências: baseada no arquivo de Benjamin na Stasi, p. BstU 000220, *Spiegel*, 18 mar. 1959, p. 22 ("SOWJETZONE: Recht: Zwischen Recht und Rot"); alguns detalhes inventados (por exemplo, na reprodução de má qualidade da foto do jornal, não consegui distinguir quem os bustos representavam; é bem possível que Stálin já não estivesse mais ali a essa altura; Pieck, Lênin ou Marx são outros possíveis candidatos).

50. Arquivo de Benjamin na Stasi, p. BstU 000015; p. 10.

51. Benjamin (Pielhoop), p. 7.

52. Stinging (Bley); Hau-Bigelow, p. 12.

53. Op. cit., p. 213.

54. Arquivo de Benjamin na Stasi, p. BstU 000178, Haupt-abteilung xx/1/I, Berlim, 19/6/67.

55. Descrição da área restrita onde moravam Benjamin, Ulbricht e outros membros privilegiados do Partido: Carola Stern, Ulbricht: A Political Biography, trad. e adaptado por Abe Farbstein (Nova York: Praeger, 1965; ed. orig. em alemão sem data), p. 196.

56. *GDR: 300 Questions*, p. 67.

57. Steding (Sorgenicht); Hau-Bigelow, p. 9.

58. Estatísticas sobre fazendas e empreendimentos industriais confiscados na Alemanha Oriental (na verdade, até 1974): *Great Soviet Encyclopedia*, loc. cit., p. 316.

59. Trotes sobre o caixão: Arquivo de Benjamin na Stasi, p. BstU 000191, Haupt-abteilung xx/1, Berlim, 12 ago. 1971. Alterei de forma substancial esse incidente.

Em 2003, em Berlim, Juliane Reitzig, uma mulher bonita de vinte e poucos anos, respondeu da seguinte forma às minhas perguntas sobre como foi crescer na RDA: "A escola era muito militarizada. Você tinha que demonstrar esforço, sabe. Não era algo como 'olha só esse livrinho sobre abelhas' e sei lá o quê. Era tudo muito político. Na terceira série primária já começavam a mostrar documentários sobre o Holocausto. Os americanos eram nossos inimigos e os russos eram nossos amigos, é claro. Os nazistas eram maus, é claro. Nós, os comunistas, éramos as pessoas boas. Não se mencionava qualquer envolvimento de alemães-orientais com os nazistas. Os malvados eram sempre os alemães-ocidentais... Eles nos incentivavam a fazer amizades por correspondência. Eu ficava animada com aquilo, mas ao mesmo tempo eles verificavam se a gente estava mesmo escrevendo cartas. Ganhávamos viagens de férias se nosso esforço era considerado suficiente. Organizavam excursões para a Rússia... Muitas pessoas tinham mais do que outras, especialmente aquelas que faziam parte do SED, o partido. Todo mundo tinha emprego. Todos tinham onde morar. Mas era uma economia planejada... Meus pais me disseram que tinham se inscrito para ir para o Oeste, disseram para eu não contar a ninguém, mas eu contei para minha melhor amiga, e o avô dela trabalhava para a Stasi. Corriam uns boatos, e mais tarde descobriram que ele trabalhava lá com toda a certeza. Nunca mais voltei para o lugar onde eu morava. Detesto aquele homem e também outras pessoas diretamente envolvidas com aquela política... Quase todo mundo queria a reunificação". Juliane não reconheceu imediatamente o nome Hilde Benjamin. Sobre a destruição de Dresden, declarou: "Não sei mesmo todos os detalhes históricos, fora o bombardeio, mas o poder estava nas mãos de um regime que precisava ser detido".

NUNCA MAIS MENCIONAREMOS [pp. 575-84]

1. Matt, p. 90 ("The Hidden Light", do *Zohar* 2, 213-4).
2. Bastante exagerado a partir de Wilson, p. 325 (testemunho de Ievguêni Tchukóvski: Chostakóvitch sobre o *Primeiro concerto para violoncelo*).

POR QUE NÃO FALAMOS MAIS SOBRE FREYA [pp. 585-93]

1. Nathaniel Hawthorne, *Tales and Sketches* (Nova York: Library of America, 1982), p. 402 ("Monsieur du Miroir", versão rev. de 1846).

Em várias histórias, sobretudo nesta e em "*Opus 110*", as descrições de Dresden antes da destruição são baseadas no texto e nas fotografias (rotuladas com indicadores tão úteis quanto, por exemplo, "*zerstört, später abgebrochen*") em *Das alte Dresden: Geschichte seiner Bauten*, de Fritz Löffler (Leipzig: E. A. Seemann, 1999, reimpr. da ed. de 1995). Certos detalhes sobre Dresden na década de 1960 foram extraídos de *Germany Beyond the Wall: People, Politics... and Prosperity*, de Jean Edward Smith (Boston: Little, Brown & Co., 1979, rev. da ed. de 1967). Este autor visitou Dresden em 1967.

2. Fotografias de Dresden nos primeiros anos após o bombardeio: Christian Borchert, *Zeitreise: Dresden 1954-1995* (Dresden?: Verlag der Kunst, 1996). A vitrine da "Honetta Damenmoden" foi na verdade fotografada em 1956, não em 1960, ano da visita de Lina; nessa época provavelmente parecia um pouco menos espartana.
3. Locais e tipologias lésbicas na Berlim de Weimar: Mel Gordon, *Voluptuous Panic: The Erotic World of Weimar Berlin* (Los Angeles: Feral House, 2000).
4. Fotografias de Dresden destruída, incluindo cadáveres: Richard Peter, *Dresden: Eine Kamera klagt an* (Halle/Saale: Fliegenkopf, s.d., *c.* 2000).
5. Na entrevista citada anteriormente (para "A Guilhotina Vermelha"), Juliane Reitzig fez os seguintes comentários sobre as tropas soviéticas: "Acho que as pessoas tinham medo dos soldados russos, mas ao mesmo tempo era preciso gostar deles. Eles ficavam à parte; estavam em uma base aérea; tinham seu próprio lugar. Raramente eram vistos na rua; havia guardas nas áreas separadas".
6. Informações sobre o duradouro estupro generalizado de mulheres alemãs por soldados russos em Dresden e outras partes da Alemanha Oriental: Fritz Löwenthal, *News from Soviet Germany*, trad. de Edward Fitzgerald (Londres: Victor Gollancz, 1950). Bruce (p. 47) conta uma história odiosa sobre homens do Exército Vermelho com sífilis que, liberados do hospital para uma noitada, estupraram mulheres alemãs-orientais em Brandemburgo. Um dos motivos para tantos membros do SED terem resistido à dominação russa foram esses estupros. A história do vice-*Landrat* Beda vem dessa mesma fonte.

OPERAÇÃO WOLUND [pp. 594-5]

1. *Poetic Edda*, p. 164 ("Volundarkvitha", estrofe 21).

OPUS 110 [pp. 596-691]

1. *The Soviet Way of Life*, p. 409 (cap. 9: "The Society of Great Culture").
2. G. Glikman (1945), em Schmalenberg, p. 182 (trad. de WTV).
3. Walter Z. Laquer e George Lichtheim, *The Soviet Cultural Scene 1956-1957* (Nova York: Atlantic Books/Frederick A. Praeger, 1958), pp. 13-4, citando *Sovetskaia Musika*, n. 3, p. 9, 1956.
4. Akhmátova (Hemschemeyer), p. 276 ("Music", Zh. 452), "retraduzido" por WTV e em seguida por DP.
5. Wilson, p. 244.
6. MacDonald, p. 191. O denunciante foi Viktor Beli e o cenário foi, é claro, o infame congresso da União dos Compositores Soviéticos em janeiro de 1948.
7. Dumas, p. 55.
8. A *Documentary History of Communism in Russia from Lenin to Gorbachev*, org. de Robert V. Daniels (Hanover, New Hampshire: University Press of New England, University of Vermont, 1993), pp. 236-7 (*Report to the Leningrad Branch of the Soviet Union of Writers and the Leningrad City Committee of the Communist Party*, 21 ago. 1946).
9. Biagi, p. 23. ("Com licença, minha cara Svetlana Alliluieva" foi meu acréscimo chostakóvitchiano.)
10. Na verdade, G. Glikman (1945) em Schmalenberg, p. 182 (trad. de WTV). Nessa época os Chostakóvitch estavam casados havia mais de uma década.
11. Este e outros aspectos do credo judaico se baseiam nos textos e comentários em *Introduction to Rabbinic Literature*, de Jacob Neusner (Nova York: Doubleday, 1994).
12. Cifra de Werth em *Leningrad*, p. 43.
13. Ligeiramente baseado em fala de G. Glikman, em Schmalenberg, p. 199 (trad. de WTV).
14. Descrição de Chostakóvitch em 1948: baseada na ilustração em Gojowy, p. 81 ("Im Zentrum des Kulturkampfes 1948…").
15. O cartaz de Chostakóvitch usando capacete de cobre; a reação de Gavriil a isso e à escultura: G. Glikman, ibid., pp. 179-80.
16. *New Grove Dictionary of Music and Musicians*, org. de Stanley Sadie (Washington, D.C.: Macmillan, 1980), v. 17, p. 265 (verbete sobre Chostakóvitch, ligeiramente reescrito).
17. Baseado na ilustração em Gojowy, p. 29 ("Dimitri Schostakowitsch mit seiner Tochter Galina").
18. Denúncia de Akhmátova no *Leningradskaia Pravda*: Reeder, p. 296.
19. Museu Estatal de Auschwitz-Birkenau em Oświęcim, p. 145 (Francizek Piper, "Living Conditions as Methods of Extermination", citando *Gespräche mit Hitler*, de H. Rauschning).
20. MacDonald, p. 192.
21. Discurso ambíguo de Chostakóvitch para os ativistas: Glikman, p. 27 (carta de 8 dez. 1943, com intenção sarcástica no original, chostakóvitchizada ainda mais por WTV).
22. Ligeiramente baseado em Chostakóvitch e Volkov, p. 85.
23. Fevereiro é uma interpolação minha. Sei apenas que é datada de 1949.
24. Chostakóvitch e Volkov, p. 148.
25. Op. cit., p. 122 (de "Poems to Czechoslovakia").
26. Baseado em Khentova (Mineyev); p. 152 do original, p. 18 de Mineyev.
27. Glikman, p. 39 (carta de 2 fev. 1950; na verdade, deve ter sido escrita cinco meses antes

de Chostakóvitch ir para a Alemanha Oriental, mas é um típico chostakóvitchismo. Glikman observa que sempre que o amigo escrevia tais coisas, geralmente queria dizer o oposto, ou pelo menos era isso que sentia).

28. Dmitry Paperno, *Notes of a Moscow Pianist* (Portland, Oregon: Amadeus Press, 1998), p. 199.

29. Wilson, p. 251 (depoimento de Liubov' Rudneva, ligeiramente alterado).

30. V. 3, verbete sobre Deus.

31. Glikman, p. 49 (29 ago. 1953).

32. Baseado em Chostakóvitch e Volkov, p. 98 (aqui Chostakóvitch estava de fato comparando a si mesmo com o executado Tukhatchévski).

33. Baseado em Chostakóvitch e Volkov, p. 136.

34. Baseado em Gojowy, p. 106 (DDC a Denissov, trad. de WTV).

35. Anton Chekhov, *The Tales of Chekhov*, v. 5: *"The Wife" & Other Stories*, trad. de Constance Garnett (Nova York: Ecco Press, 1985, reimpr. da ed. da Macmillan de 1918), p. 267 ("The Man in a Case", 1898), condensado por WTV.

36. Werth, p. 55.

37. Ivan Martynov, *Dmitri Shostakovitch: The Man and His Work*, trad. de T. Guralsky (Nova York: Philosophical Library, 1947), p. 47.

38. Discussão com os Camaradas Khubov et al. sobre *Lady Macbeth*: adaptação livre do relato de Glikman, pp. 261-2.

39. Baseado em Chostakóvitch e Volkov, p. 108 (na verdade, o compositor estava falando de *Lady Macbeth*).

40. G. Glikman, em Schmalenberg, p. 197 (trad. e levemente alterado por WTV).

41. As "referências secretas aos tanques soviéticos que estavam esmagando o levante húngaro" na *Décima primeira sinfonia*: baseadas em Wilson, p. 317 (depoimento de Liev Lebedinski: "Não ouvimos nesta música a polícia atirando na multidão em frente ao Palácio de Inverno em 1905, mas os tanques soviéticos rugindo nas ruas de Budapeste").

42. *German Battle Tactics on the Russian Front 1941-1945*, comp. por Steven H. Newton (Atglen, Pensilvânia: Schiffer Military/Aviation History, 1994), p. 127 (Gustav Höhne, "In Snow and Mud: 31 Days of Attack Under Seydlitz During Early Spring of 1942").

43. Baseado em Wilson, p. 304 (depoimento de Edik Denissov). Por razões narrativas, transferi essa cena de 1957, quando de fato ocorreu, para 1958.

44. Endereço da Casa Kino (Dom Kino): dr. Heinrich E. Schulz e dr. Stephen S. Taylor, *Who's Who in the USSR 1961/62* (Montreal: Intercontinental Book and Publishing Co., 1962; impresso na Áustria; orig. comp. pelo Institute for the Study of the USSR, Munique), p. 320 (verbete sobre Karmen). Vamos torcer para que a Kino House estivesse no mesmo lugar em 1958.

45. Khruschóv e Chostakóvitch, 1960: baseado em uma cena descrita em Wilson, pp. 381-2 (depoimento de Serguei Slonimski).

46. Número de membros do corpo docente do Conservatório de Leningrado: *Great Soviet Encyclopedia*, v. 14, p. 396 (verbete sobre o Conservatório de Leningrado). Como esse é um número de 1972-3, pode ser um pouco maior do que seria uma década antes.

47. Glikman, p. 90 (carta de 30 abr. 1960).

48. Abordagem secreta de Glikman a Elena Konstantinovskaia em nome de Chostakóvitch: isso é totalmente fictício.

49. Mais ou menos baseado em Wilson, p. 352 (depoimento de Lebedinski).

50. Quase literalmente de Chostakóvitch e Volkov, p. 156.

51. Wilson, p. 183 (na verdade não foi dito a Lebedinski, mas lembrado por I. P. Liubimov, ligeiramente alterado).

52. *Conquest Without War: An Analytical Anthology of the Speeches, Interviews, and Remarks of Nikita Sergevich Khrushchev, with Commentary by Lenin, Stalin and Others*, comp. e org. por

N. H. Mager e Jacques Katel (Nova York: Pocket Books, 1961), p. 99 (na embaixada da Tchecoslováquia em Moscou, citado no *New York Times* de 10 maio 1960).

53. Ligeiramente baseado em Chostakóvitch e Volkov, p. 78.

54. Tsvetaeva, p. 20 (de "Insomnia", 1916, estrofe 6), "retraduzido" por WTV.

55. Uncle's Dream etc., p. 109 ("White Nights").

56. Ligeiramente alterado de Glikman, p. 92 (comentário de Glikman).

57. Vítimas alemãs do bombardeio de Dresden pelos aliados: Kershaw (p. 761) apresenta uma estimativa de "pelo menos 35 mil" vítimas.

58. Gehlen (p. 249) menciona três nomes que trabalharam para os serviços de inteligência da Alemanha Oriental em parte "para vingar o bombardeio de Dresden pelos aliados em 1945".

59. Wilson, p. 235 (depoimento de Rafiil Matveivitch Khozak).

60. Ligeiramente alterado de Fay, p. 217.

61. Levemente baseado em Chukovskaya (p. 5), que na verdade escrevia que ela mesma seria uma criminosa se não fizesse pelo menos algum registro elíptico de suas conversas com a grande poeta.

62. Richard J. Evans, *Rituals of Retribution: Capital Punishment in Germany 1600-1987* (Nova York: Oxford University Press, 1996), p. 852. Pelo contexto não fica claro se as palavras de Smolka foram mesmo relatadas na imprensa.

63. Adaptação livre de Chostakóvitch e Volkov, p. 17.

64. Matt, p. 32 (Abraham Isaac Kook, "Pangs of Cleansing", em *Orot*).

65. Vsessoiuznuii Gospudarstvennui Fond Kinofilmov, p. 331 (registro sobre o filme *Zoia*, trad. de WTV).

66. Nikolai Leskov, *The Enchanted Wanderer: Selected Tales*, trad. de David Magarshak (Londres: Andre Deutsch, 1987, reimpr. da ed. de 1961 da Secker & Warburg), p. 50 ("Lady Macbeth of the Mtensk district", 1865).

67. Fay, p. 268.

68. Baseado na ilustração em Gojowy, p. 28 ("Die Ehefrau Dimitri Schostakowitschs, Nina Wassiljewna geb. Warsar").

69. Título de uma imagem de Käthe Kollwitz, 1941-2.

70. Wilson, p. 359 (Kirill Kondrashin).

71. Baseado em Khentova, p. 130, trad. para WTV por Sergi Mineiev.

72. Data do casamento de Roman Karmen com Maia Ovtchinnikova, seu número de telefone e sua predileção por caçadas e carros velozes: *The International Who's Who, 1977-78* (Londres: Europa, 1977), verbete sobre Karmen. O original diz "cars" (carros), não "fast cars" (carros velozes). Mas *Distantes e vastos são os confins de meu país*, de Karmen, tem um número imenso de sequências com carros velozes.

73. Número de telefone particular de Karmen por volta de 1965: Andrew I. Lebed, dr. Heinrich E. Schulz e dr. Stephen S. Taylor, *Who's Who in the USSR 1965-66*, 2. ed. (Nova York: Scarecrow Press, 1966; impresso na Espanha; origin. comp. pelo Institute for the Study of the USSR, Munique), p. 346, verbete sobre Karmen, cujo endereço era então Polianka 34. Como o *International Who's Who* apresenta um número diferente em 1977-8, não me pareceu invasivo publicar este.

74. Vagamente baseado em Fay, p. 218.

75. Vagamente baseado em Chostakóvitch e Volkov, p. 242 (na verdade isso foi dito em referência a críticas de Soljenítsin, não de Denissov).

76. Hitler, p. 363.

77. Von Geldern e Stites, p. 234 (Vasily Lebedev-Kumach e Isaac Dunaevsky, "March of the Happy-Go-Lucky Guys", 1934), "retraduzida" do seguinte, que tem rima ABCC no texto em russo: "O canto animado enche o coração de alegria./ Ele nunca deixará você ficar triste./ O campo e os vilarejos amam cantar,/ E cidades grandes gostam também".

78. Daniels, p. 282 (Relatório do Comitê Central do PCUS ao XXIII Congresso do Partido Comunista da União Soviética, 29 mar. 1966).

79. Baseado em Chostakóvitch e Volkov, pp. 274-5. Até onde sei esse encontro não foi filmado, e Roman Karmen não estava presente.

80. Simpson, op. cit., p. 198.

81. Glikman, p. 140 (carta de 3 fev. 1967, resumida).

82. Ibid., p. 143 (carta de 8 abr. 1967).

83. Baseado em Glantz e House, p. 277 (Stavka Front Directive No. 12248, 8 maio 1943, 4h29).

84. Wilson, p. 417 (Mark Lubotsky, livro de memórias não publicado).

85. Wilson, p. 352, chostakóvitchizado.

86. Op. cit., p. 470.

87. Otto-Jürgen Burba, "Repetitio und Memento: Struktur und Bedeutung der Ostinatoformen bei Dmitri Schostakowitsch", em *Schweizer Musikpädagogische Blätter*, Suíça, v. 85, ed. 1, pp. 25-30, jan. 1997; trad. para WTV por Yolande Korb; "retrad." aqui e ali por WTV; p. 28 do original; p. 5 não numerada de Korb.

88. Glikman, em Schmalenberg, p. 178 (trad. de WTV). Nesse livro de memórias, Glikman diz "Petrogrado", e não "Leningrado".

89. Andrei Bely, *Petersburg*, trad. de Robert A. Maguire e John E. Malmstad (Bloomington: Indiana University Press, 1978), p. 12 (ligeiramente alterado).

90. Punin, p. 191 (registro de Leningrado, 13 dez. 1941): "Por muito tempo pendia ali um braço cortado na altura do cotovelo, amarrado por alguém na cerca do jardim de um dos edifícios destruídos. Multidões sombrias de pessoas passavam por ele com rostos inchados que lembravam terra".

91. *The Soviet Way of Life*, p. 395 (cap. 9: "The Society of Great Culture").

UM PIANISTA DE KILGORE [pp. 692-700]

1. Jakov Lind, *Soul of Wood*, trad. de Ralph Manheim (Nova York: Hill and Wang, 1964; ed. orig. em alemão de 1962), p. 46 ("Soul of Wood").

2. Paperno, p. 209.

3. A professora Svetlana Boym, por acaso bolsista da American Academy durante minha breve residência por lá em 2003, propõe que eu tenho uma interpretação equivocada da atitude antiamericana dos russos. Do ponto de vista dela, os russos não teriam sido anti-Cliburn de forma alguma. Em vez de representar algo sinistro, afirma, Cliburn teria sido simplesmente isolado e esquecido enquanto seus colegas russos enchiam a cara e davam em cima de mulheres.

4. Edição de 11 abr. 1958, p. 12, col. 5.

5. Baseado muito vagamente no seu depoimento retrospectivo em Wilson, pp. 304-5.

6. Aqui estou tomando uma liberdade, pois não sei ao certo quando esse filme de Roman Karmen foi exibido pela primeira vez. A *Great Soviet Encyclopedia* me diz apenas que foi lançado em 1958, ano em que Cliburn venceu a competição.

7. Craig, p. 373, ligeiramente reescrito.

VITÓRIAS PERDIDAS [pp. 701-7]

Eu teria preferido ambientar esta história em 1958, quando o livro *Vitórias perdidas* apareceu pela primeira vez, no lugar de 1962; assim, o paralelismo com "Um pianista de Kilgore" teria sido mais preciso; infelizmente, o Muro de Berlim só foi erguido em 1961. Achei melhor fazer com que os eventos da história ocorressem um ano mais tarde, para que o narrador pudesse considerar o Muro uma injustiça sedimentada em vez de uma afronta nova em folha.

1. Von Manstein, p. 29.
2. Curiosamente, Paulus parece ter culpado tanto Hitler como Von Manstein. O ambiguamente sequestrado Jahn teve uma oportunidade de falar com ele em 1954, no escritório de Herr Weidauer, o *Bürgermeister* de Dresden. Jahn o descreve (pp. 258-61) como um homem destroçado, tagarelando de forma desprezível sobre suas condecorações.
3. O grande alemão era Schiller, mas Hitler adorava citar esse aforismo.
4. Por falar em grandes alemães, eis o que a *Great Soviet Encyclopedia* (v. 15, p. 436, verbete biográfico) tem a dizer sobre Von Manstein: "um membro honorário de diversos círculos revanchistas".

Minha avaliação pessoal do sujeito tem muito a ver com a seguinte observação em *Lost Victories* [Vitórias perdidas] (p. 533): "Digo apenas que não me foi dada a oportunidade — como alguém que por vários anos esteve absorto em árduos deveres no front — de perceber a verdadeira natureza de Hitler ou a deterioração moral do regime, à medida que obviamente podemos perceber hoje em dia. Boatos como os que circulavam em casa dificilmente chegavam ao front, talvez menos ainda até nós". Consigo aceitar isso até certo ponto, mas, como insistiram os veredictos do Julgamento de Nuremberg, em certa altura a cegueira se torna culpabilidade. Além disso, o que significa "deterioração moral"? Ele achava que o Terceiro Reich era moral em seus primórdios? O assassinato em massa dos camisas-pardas e a abertura de campos de concentração logo no início de tudo não o incomodaram?

5. Von Manstein, p. 190.
6. Ibid., p. 59.
7. Ibid., p. 151.
8. Ibid., p. 33.
9. O sr. Thomas Melle quer que eu escreva "Lili Marleen", como em alemão, mas como nunca vi essa grafia em nenhuma fonte anglo-americana sobre a Segunda Guerra Mundial, temo que pareça errada para os meus leitores.
10. Op. cit., p. 181.
11. Ibid., p. 180.

AS NOITES BRANCAS DE LENINGRADO [pp. 708-14]

Após concluir esta história, descobri a seguinte nota de rodapé em Moholy-Nagy (p. 15): "A interação entre vários fatos fez nossa época mudar quase imperceptivelmente para a ausência de cores e o cinza: o cinza da cidade grande, dos jornais em preto e branco, dos serviços fotográficos e cinematográficos; o ritmo eliminador de cores de nossa vida contemporânea. Pressa perpétua, movimento rápido, fazem com que todas as cores se dissolvam em cinza".

1. Ansel Adams, *Examples: The Making of 40 Photographs* (Boston: Little, Brown & Co., 1983), p. 117 (comentário sobre sua fotografia de Jacques Henri Lartigue).

Um triângulo amoroso imaginário: Chostakóvitch, Karmen, Konstantinovskaia

Em nome das minhas intenções narrativas, inventei muitas das inter-relações entre esses três indivíduos.

De acordo com *Udivitelienui Chostakóvitch*, de Khentova, Konstantinovskaia voltou da Espanha casada com Karmen. Ele estava gravando documentários por lá em 1936 e 1937.

Konstantinovskaia e Chostakóvitch foram íntimos por pouco mais de um ano, mais ou menos de junho de 1934 até algum momento de 1935, provavelmente no final do verão ou no outono, e pouco depois ela foi expulsa do Komsomol e presa. Parece ter ficado na prisão por um ano, ou até menos. Portanto imagino que tenha se apresentado como voluntária na Espanha em 1936. Não tenho como saber se ela teve as experiências terríveis no gulag que lhe imputei.

É fato que ela recebeu a Estrela Vermelha por bravura na Espanha. É muito provável que tenha sido combatente. É possível que tenha entrado em ação com uma brigada de tanques soviética. Não consegui, todavia, descobrir nenhum detalhe sobre seu serviço na Espanha. Como ela recebeu a Estrela Vermelha, decidi lhe dar conhecimentos sobre tiro ao alvo e primeiros socorros enquanto esteve no Komsomol.

Em seu livro de memórias, *Über die Zeit und über mich selbst: Erzählungen über mein Schaffen*, Karmen afirma que sua esposa esperava por um parto em 22 de junho de 1941. Os trechos do livro que consegui ler em Berlim não informam qual esposa era essa. Poderia muito bem não ser Elena, pois quase imediatamente após o retorno dos recém-casados à URSS em 1937, Karmen partiu para outras viagens longas, o que não implica o mais íntimo dos casamentos; por outro lado, bons cidadãos soviéticos estavam acostumados a colocar as famílias em segundo lugar. Em *Central Europa*, supus que a futura mãe fosse Elena.

O *International Who's Who, 1977-78* nos informa que em 1962 Karmen se casou com Maia Ovtchinnikova. Logo, ele e Elena devem ter se divorciado antes disso.

Khentova escreve que Elena se casou com um tal professor Vigodski, com quem teve uma filha, mas não informa data nenhuma. Khentova afirma ainda que, embora Elena tenha mantido contato com alguns parentes de Chostakóvitch, em especial com a irmã dele, Maria, ela o viu somente mais uma vez. Mesmo assim guardou as cartas dele até o fim da vida, o que pode ter sido feito pelas mais diversas razões, mas por que não supor que era um romance mal resolvido?

É improvável que Chostakóvitch nunca tenha superado Elena, como foi imaginado neste livro. Também não há motivo algum para supor que o casamento de Elena com Karmen tenha fracassado porque ela ainda estava apaixonada por Chostakóvitch. Além disso Elena era loira, e não morena, e não tenho nenhuma base para acreditar que ela fosse fumante e bissexual. Como Chostakóvitch tinha opiniões um tanto tradicionais sobre mulheres (não expressava muito respeito pelas compositoras, por exemplo, um ponto de discórdia entre ele e Galina Ustvolskaia), não posso ter certeza de que conseguiria tolerar uma amante bissexual.

Quando penso em Chostakóvitch, e quando escuto sua música, imagino uma pessoa consumida por medo e remorso, uma pessoa que (como Kurt Gerstein) fez tudo que pôde para defender o bem — nesse caso, a liberdade de criação artística e a mitigação das emergências alheias. Ficou cada vez mais abatido, e certamente tinha dificuldades em dizer não — um traço de caráter que pode muito bem tê-lo mantido vivo nos anos stalinistas. Apesar de ter se filiado ao Partido perto do fim, para mim ele é um grande herói — um herói trágico, naturalmente. Richard Taruskin escreve o seguinte em *Defining Russia Musically* (p. 537): "Como é agradável e reconfortante retratá-lo como gostaríamos de nos imaginar agindo em seu lugar" — em outras palavras, como integrante de uma fantasiosa resistência antissoviética, algo que o levaria imediatamente a ter o mesmo destino de Vlasov.

Seu casamento com Nina Varzar foi infeliz em inúmeros aspectos, e eu queria dar a ele, pelo menos na ficção, um grande amor — que ele pode muito bem ter experimentado com a última esposa, Irina. Como em *Central Europa* a paixão por Elena domina sua vida até o fim, incluindo os anos que passou com Irina, peço perdão a ela, e também aos seus filhos, por quaisquer deturpações exigidas pelos objetivos deste livro.

Roman Karmen não foi um grande artista, mas era um sujeito corajoso e aventureiro, que hoje seria muito fácil descartar como propagandista stalinista. Ele e Käthe Kollwitz podem ser chamados de colegas propagandistas sem cometer uma injustiça, embora, em minha opinião, ela fosse muito superior a ele do ponto de vista "estético". Os documentários de Karmen merecem mais atenção do que têm recebido. Eu o imagino, acredito que de forma plausível, como um "soldado com uma câmera" apaixonado, que fez o melhor que conseguiu. Suspeito que também fosse alegre e simpático. Pode muito bem ter tentado ajudar Chostakóvitch, como imaginei em "*Opus 110*", embora, mais uma vez, ao ampliar a obsessão de Chostakóvitch por Elena, eu tenha certamente exagerado no número de pensamentos remetidos a Karmen por nosso compositor. De qualquer modo, respeito a memória de ambos.

E quanto a Elena Konstantinovskaia? Para mim ela permanece um enigma. Mas certamente eu a amo, tanto quanto posso amar alguém que nunca conheci. Tive diversos motivos para fazer com que minha versão dela fosse capaz de amar tanto homens quanto mulheres. Um deles era torná-la tão infinitamente amorável quanto eu conseguisse. Como escrevi neste livro, "acima de tudo Europa é Elena".

Agradecimentos

Gostaria de agradecer ao meu pai pelos três dias que passamos em Berlim e Dresden em julho de 2001. "O último marechal de campo", "*Opus 110*" e "Mulher com filho morto" foram os principais beneficiários disso. Foi maravilhoso ver meus pais em Berlim em 2003, quando pude fazer mais algumas anotações.

A American Academy em Berlim fez a gentileza de me tornar escritor residente em setembro de 2003, uma circunstância bastante afortunada, quase voluptuosa, que beneficiou quase todas as histórias alemãs. Quem fez isso acontecer foi George Plimpton, da *Paris Review*. O sr. Plimpton faleceu antes de eu voltar da Alemanha; gostaria de ter podido agradecê-lo melhor. Também gostaria de agradecer aos meus colegas da Academy pela amizade. Em especial ao etnomusicólogo Philip Bohlman, professor de música e estudos judaicos na Universidade de Chicago, que foi bolsista da American Academy e me deu uma ajuda tremenda, tanto com a tradução de determinados termos musicais de ensaios críticos da Alemanha Oriental sobre Chostakóvitch quanto na resposta a várias de minhas perguntas sobre motivo e leitmotiv em música. Juliane Reitzig, estagiária da Academy, respondeu a algumas perguntas sobre como foi crescer na RDA.

Ainda que ela tenha sido muito bem paga por mim, e que em geral eu tenha muita dificuldade em agradecer pessoas a quem pago, quanto mais penso na ajuda que ela deu a este livro, mais grato fico a Yolande Korb, da Academy. Essa assistente de pesquisa e intérprete fenomenal me levou ao Ullstein Bilderdienst e a diversos outros lugares, arranjou em bibliotecas todos os livros que eu queria etc. Também foi muito paciente com minha confusão mental (graças a uma fratura na pélvis, eu estava tomando analgésicos narcóticos durante todo o tempo em que ela conviveu comigo).

* * *

Os arquivos fotográficos do Ullstein Bilderdienst em Berlim provaram ser tão ricos quanto o tesouro dos Nibelungos. Manifesto aqui a minha gratidão a esse estabelecimento, sem o qual eu nunca teria visto tantas imagens da Legião Condor, da Operação Zitadelle, de Hilde Benjamin, de Friedrich Paulus, de Kurt Gerstein e de vários tanques alemães; e sem dúvida não teria conhecido esplendores tamanhos como os cílios de Lisca Malbran.

A dra. Gudrun Fritsch, curadora do Käthe-Kollwitz-Museum em Berlim, tolerou meu alemão claudicante e me forneceu referências e conselhos úteis para “Mulher com filho morto”.

O sr. Thomas Melle, também de Berlim, corrigiu com muita gentileza e exatidão vários dos meus erros de alemão, principalmente de sintaxe, mas algumas poucas vezes também de personalidade. Ele também reuniu uma pilha imensa de livros sobre Hilde Benjamin para mim quando eu não tinha como carregar muita coisa, graças à fratura na pélvis. Sou extremamente grato a ele.

(Agora que escrevi o parágrafo anterior, eu o duplico e triplico, pois desde então Thomas já leu o manuscrito inteiro, me salvando com paciência de muitas outras de minhas inúmeras ignorâncias. Muito obrigado, meu amigo.)

Agradeço a ajuda de última hora de Nina Bouis, cujo conselho sobre *vruchka* versus *ruchka* eu acabei seguindo.

Chris Chang, da revista *Film Comment*, de Nova York, ajudou bastante com contatos e referências sobre Roman Karmen. Detectou também duas inconsistências em meu rascunho de “As noites brancas de Leningrado”. Entre outros favores, me apresentou a Yuri Tsivian, especialista em cinema da Universidade de Chicago, que compartilhou comigo suas opiniões sobre as realizações profissionais de Roman Karmen, e eu o citei literalmente em “Distantes e vastos são os confins de meu país”.

O sr. Heinz Riedel Lehmann, de Berlim, me contou algumas histórias interessantes sobre Paulus no cativeiro soviético; algumas foram incluídas neste livro. Em Berkeley, Kara Platoni, que contratei para fazer algumas pesquisas sobre Elena Konstantinovskaia, foi muito eficiente e simpática; por meio dela, certamente devo agradecer a Alan Mercer, editor do *DSCH Journal*.

Jean Stein foi a altruísta de sempre com livros e apresentações.

David M. Golden foi extremamente generoso com seus livros, seu conhecimento sobre judaísmo e o Holocausto, e seu tempo. Chegou até a encontrar para mim três excelentes tradutores de alemão, com quem foi um prazer trabalhar e a quem eu gostaria de agradecer: Pastor Andreas Pielhoop, Elsmarie Hau e Tracey Bigelow, que me colocou em contato com Sergi Mineiev, cuja rápida tradução do russo de alguns trechos escolhidos da biografia de Chostakóvitch escrita por Khentova me poupou muitas preocupações e muito esforço.

Meagan Atiyeh fez comentários gentis sobre as histórias e me incentivou a continuar trabalhando nelas. Tenho lembranças felicíssimas do tempo que passamos juntos. Quando ela elogiava as histórias, isso significava tudo para mim. Ela me fez companhia em diversos pontos da Europa. Gostaria de poder expressar melhor o quanto ela era gentil, calma e firme, o quanto me era agradável terminar outra história e mostrar para ela, compartilhar com ela meu mais recente tique verbal stalinista, procurar com ela por jornais alemães antigos ou livros russos novos. Ela sempre vai ser especial para mim.

Mandy Aftel, Jenny Ankeny, Amel Boussoualim, Moira Brown, Kate Danaher, Jake Dickinson, Takako Kawai, Paula Keyth, Mayumi Kobana, Mechelle Lee, William Linne, Larry McCafferey, Shannon Mullen, Lori Nelson, Ben Pax, Terrie Petree, Vanessa Renwick, Tom Robinson, Deborah Triesman e Becky Wilson apoiaram bastante tanto este livro quanto a mim durante um período difícil.

Gostaria de agradecer a Paul Slovak, Susan Golomb, Amira Pierce, Kim Goldstein e Sabine Hrechdakian por seu trabalho em *Central Europa*. E sou muito sortudo por ter Carla Bolte como designer da versão original deste livro. Há vários anos essa mulher refinada, gentil e inteligente também tem sido uma amiga e confidente de grande paciência. Carla, muito obrigado por se preocupar comigo.

Lizzy Kate Gray me deu conselhos de especialista sobre algumas questões de terminologia musical e instrumentação relacionadas às histórias de Chostakóvitch. Sempre serei grato a ela pelas vezes em que escutamos juntos as seleções que eu estava estudando da *Sétima*, da *Oitava*, da *Décima quarta*, da *Opus 110* e dos prelúdios e fugas. Seu pai, Gary, e eu tivemos uma ótima conversa sobre a arfagem dos aviões da Segunda Guerra Mundial.

ESTA OBRA FOI COMPOSTA POR OSMANE GARCIA FILHO EM ELECTRA
E IMPRESSA PELA LIS GRÁFICA EM OFSETE SOBRE PAPEL PÓLEN NATURAL
DA SUZANO S.A. PARA A EDITORA SCHWARCZ EM AGOSTO DE 2025

FSC
www.fsc.org
MISTO
Papel | Apoiando o manejo florestal responsável
FSC® C112738

A marca FSC® é a garantia de que a madeira utilizada na fabricação do papel deste livro provém de florestas que foram gerenciadas de maneira ambientalmente correta, socialmente justa e economicamente viável, além de outras fontes de origem controlada.